第一册

文苑英華

中華書局

圖書在版編目(CIP)數據

文苑英華/(宋)李昉等編.—北京:中華書局,1966.5
(2023.9重印)
ISBN 978-7-101-00807-4

Ⅰ.文… Ⅱ.李… Ⅲ.古典文學-作品集-中國-梁(502
~557)~五代(907~960) Ⅳ.I212.1

中國版本圖書館CIP數據核字(2003)第090143號

責任印製:管 斌

文 苑 英 華

附:作者姓名索引

(全 六 册)

〔宋〕李 昉 等編

*

中 華 書 局 出 版 發 行

(北京市豐臺區太平橋西里38號 100073)

http://www.zhbc.com.cn

E-mail:zhbc@zhbc.com.cn

北京建宏印刷有限公司印刷

*

787×1092毫米 1/16·377½印張·12插頁·5150千字

1966年5月第1版 2023年9月第12次印刷

印數:18201-18600册 定價:1480.00元

ISBN 978-7-101-00807-4

出版說明

宋初太平興國年間，是我國封建社會中官修書籍頗有成績的時期。太平興國七年（九八二），《太平廣記》早已完成，《太平御覽》也接近定稿，於是宋太宗下令從《御覽》的纂修人員中抽調了李昉、宋白、徐鉉等將近半數的人力，加上楊徽之等一共二十多人，重新編纂一部上繼《文選》的總集，這就是篇帙達一千卷的《文苑英華》。全書上起蕭梁，下迄晚唐五代，選錄作家近二千二百人，作品近兩萬篇，分「賦」、「詩」等三十八類。其中以唐代的作品爲最多，約佔十分之九。

這部總集從太平興國七年九月開始纂修〔一〕，到雍熙三年十二月（九八七年一月）完成。原來準備和《文選》一起刊印，由於發現原稿有許多不能使人滿意的地方，眞宗景德四年（一〇〇七）做過一次「芟繁補闕」的工作，眞宗大中祥符二年（一〇〇九）又由石待問和張秉、陳彭年等覆校兩次。校完後是否刊刻，由於史料記載的含混，已經很難斷定〔二〕。南渡以後，宋孝宗又命令「校理書籍」的專職人員做了一次校訂，但是質量很差，以致周必大在告老辭官以後不得不和胡柯、彭叔夏等再做一次校訂才上版刊行〔三〕。這次校出的錯誤，分別用小字夾注或篇末黑地大字的形式一一標明。今天看到的《文苑英華》，就是這個校定的本子。

南宋以來，《英華》一共刊刻過兩次〔四〕。第一次在宋寧宗嘉泰元年（一二〇一）開雕，到嘉泰四年秋天完工〔五〕。第二次在明世宗嘉靖四十五年（一五六六），由於福建巡按御史胡維新的倡議，又得到巡撫塗澤民和總兵戚繼光的贊助，當年六月上版，第二年（穆宗隆慶元年）成書。萬曆年間重印，又對原版作了修補。此後就一直沒有重刊。

歷史上有不少封建王朝，在以「武功」取得政權以後，總要繼之以「文治」。文治武功，是一件事情的兩個方面，都是爲封建統治階級利益服務的手段。宋初官修幾部大書，也無非是裝出「右文稽古」的樣子，以顯示他們的「彬彬盛業」。如果把問題說得具體一點，和一些大型類書一樣，《文苑英華》把古人的成品分類編纂，主要的意圖在於爲讀書人和官僚提供考試作文和辦公應酬的方便，使應用者有所依傍，得以摹倣拼湊。否則，我們就很難理解《英華》選錄了那麼多律賦、試帖詩、策論、公牘這一現象。但從周必大序文的說明和《英華》的實際情況來看，這部大書的編纂目的中也未始沒有保存資料的一面。周必大說：「是時印本絕少，雖韓柳元白之文尚未甚傳，其他如陳子昂、張說、張九齡、李翱等諸名士文集，世尤罕見，修書官於宗元、居易、權德輿、李商隱、顧雲、羅隱輩，或全卷收入。」〔六〕宋朝以前，書籍流布依靠傳抄，既多錯誤，又容易散失。宋初統治者利用他們的人力、財力和館閣藏書的優越條件，給後世留下了一部文獻資料，這個客觀效果我們可以給予恰當的估計。

明清兩代，這部書被人利用的情況並不是很普遍的。清朝纂修《全唐詩》和《四庫全書》曾經用來作爲參考，《全唐文》和嚴可均輯《全上古三代秦漢三國六朝文》中的不少文章更是取資於此。但當時某些學者像錢大昕、王鳴盛、趙翼，却對它不加注意。其後徐松等人考釋唐史唐文，開始較多地運用了其中的材料。至於受到學術界的充分重視，那還是近代的事。從前人所做出的一些工作來看，《英華》的資料價值約有三個方面：第一，《英華》中收錄的大批詔誥、書判、表疏、碑誌，只要善於利用，可以考訂載籍的得失，補充史傳的缺漏。比如徐松的《登科記考》、勞格的《唐尚書省郎官石柱題名考》和《唐御史臺精舍題名考》、吳廷燮的《唐方鎭年表》，以及近人岑仲勉的許多有關考證唐史的著作，其中許多重要的材料都是從《英華》中鉤稽出來的。第二，唐人文集，見於《新唐書·藝文志》著錄的有三百多家。宋初存書的情況雖然未必符合於這個數字，但大體上不致相差太遠。隨着時間的沖刷，這些文集又逐漸散失。明朝人和清朝人曾經對一部分亡佚的文集做過輯補，主要的材料來源仍然離不開《英華》。《四庫全書》中所保存的七十六家唐人文集，其中李邕、李華、蕭穎士、李商隱等人的集子都是這樣輯出來的。補遺工作可做的也很多，勞格的《讀書雜識》曾舉出了一部分見於《英華》而爲《全唐文》失收的篇目，我們核對了《全唐詩》，發現同樣也有失收的情況。舉證過繁，不一一贅列。第三，關於文字校勘。宋人編訂的唐人文集，所據的材料往往和《英華》源出兩途，文字有所差異，可以互相比較。至於明清人編訂的唐人文集，《英華》一書更是重要的校勘依據。再以《全唐詩》和《全唐文》爲例，館臣們抄錄《英華》，除了有上面所說的漏抄以外，還有不少誤抄的情況。此外，《英華》中還有不少「集作某」、「某史作某」的小注，這個「集」和

「某史」當然是宋本，這樣的小注正是以宋本校宋本的校勘記，對後人校勘該集該史有參考價值。作爲一部資料書，《英華》存在很多嚴重的缺點。封建社會裏官修書籍常常粗製濫造，部頭越大，錯誤越多。《英華》的纂修人，像扈蒙、宋白、吕蒙正、楊礪、蘇易簡等等，大多是詞章之士而非淵博的學者，這樣複雜而細密的工作本來不一定是他們的專長，加上草率馬虎，分工而不合作，編纂中途又有人員的調動，這就造成了這部書中數以千計的學術性和技術性錯誤。這個影印本附錄的彭叔夏《文苑英華辨證》十卷，分二十個門類，指摘了編纂工作中各式各樣的錯誤，體例謹嚴，論斷精確，在我國校勘史上不失爲一部有代表性的著作〔七〕。

除了彭叔夏接觸到的問題以外，編纂工作中極其自覺的封建階級的功利主義，還爲《英華》帶來了兩個根本性的毛病。首先，在作品的收錄上，給人一個突出的印象是又濫又缺。以「賦」和「詩」兩個部分爲例，其中選錄的許多作品，不僅思想內容上空洞貧乏，在藝術上也是堆垛辭藻，敷衍成文，即使用封建選家一般的標準來衡量，也決够不上什麼「英華」。清代的李慈銘就譏評過《英華》中所收的賦十之七八「陳陳相因，最無足觀」〔八〕，這樣的意見應該是不算苛刻的。而另一方面，一些爲歷來的選家都不肯放棄的有名的詩篇，這部一千卷的大書却摒而不錄〔九〕。這種應有而無、應無而有的情况，給這部書的資料價值造成了不少損失。其次，在編纂的體例上，《英華》沿襲了《文選》的分類原則，把所收的作品分爲三十八類，每一類中又分爲若干門目。這種分類方法把選錄的作品割裂得支離破碎，使人無法看出作家作品之間的發展脈絡和繼承關係。而且這樣的分類不容易做得恰當妥帖，例如賦、詩、雜文的區別在於文體，但中書制誥和翰林制詔的區別又在於受制的對象和作者身分。一次分類中採用了兩種以上的分類原則，無疑是不科學的。

《文苑英華》從宋朝初刻到明朝重刻，經歷了將近四百年的時間，從明朝重刻到今天，又已經四百年了。年深月久，流傳到今天的刻本抄本，都已寥寥可數。過去的學者曾經利用這部大書做出了一定的成績，但是由於受到觀點方法和其他條件的限制，他們的工作一般只停留在史料的蒐獵考訂上，而且還沒有做好做盡，有待於我們去做進一步的努力。而尤其重要的是，今天有馬克思列寧主義的思想指導，《英華》所保存的豐富的原始資料，將會幫助我們更加全面地了解當時的社會經濟、政治、文化方面的情況，窺見統治階級的若干意圖和動向，進而更加深刻地說明歷史和文學發展中的某些重要問題。所以，儘管這部書存在多少嚴重的缺點，現在把它整理影印，讓更多的從事古代文化研究、教學的專業工作者得以利用，這還是有必要的。

關於影印工作，要向讀者說明的，主要有幾點。

一、《英華》的宋刊本傳世極少，到明朝又深藏在文淵閣裏，外界所見到的一般都是傳抄本。抄得起這樣一部大書的人，不消說都是貴族官僚、富商地主。這批人通常並不讀書，更不會親自動手抄寫，書成以後，不過是放在書架上當作裝飾品。抄手看透了這一點，抄寫也不妨馬馬虎虎。輾轉傳抄，越錯越多。明朝重刊《英華》，所根據的底本是抄本，成書又極其倉卒，因而出現在這個刊本裏的文字錯誤是相當驚人的。影印這部書，北京圖書館所藏宋刊殘本，字墨明晰，自然是理想的底本〔一〇〕。除此而外，我們見到的明抄本共有三部。惜乎這三部抄本都有殘缺，而且行欵字跡也不盡合於影印的要求。解放前商務印書館曾將宋刊本和明刊本縮小製版，大部分印樣仍保存無缺。利用這份印樣，在不少地方有其方便之處。考慮再三，除了宋刊本一百四十卷以外，其他八百六十卷只能用明刊本做底本。商務印書館印樣中不足的部分，我們向北京圖書館借用所藏原本攝照補配，共計配入宋本二十卷，明本三千餘葉。

二、明刊本錯誤極多，如果沒有一個比較理想的校記，使用時將會感到很不方便。傅增湘曾據明抄本和部分別集以校明刊本，這個校本現在也藏在北京圖書館。我們對這個校勘記做了部分覆核，發現不僅不注據校的出處，而且還有不少遺漏，不足以令使用者信賴。而要從頭開始，做一個新的校勘記，比較各本的異同，並且加以按斷，這又決不是短時期內所能完成的。與其雜濫，毋寧暫缺。我們希望，在將來條件具備的時候，再爲讀者提供一個較好的校記。

三、原刻卷首有一個分類總目，徒佔篇幅而不便查檢。我們這次編訂了一個新的篇名總目，分列於各册之前，並就我們力所能及，參考抄本和其他書籍對原書的錯誤作了一些校正。現在的這個總目中，凡篇題作者和原書所題不符的地方，就是我們所做的改動。因爲作品中文字的脫衍訛謬固然會造成研究的障礙，而篇題和作者的錯誤更會使研究無從下手。這樣做，對讀者也許有一定的幫助。改動的地方都有比較確鑿的根據，沒有這樣的根據而僅在疑似之間的問題，一律不加改易。

四、底本的墨污作適當修削；書中文字不加描潤；藏書圖章全部修去；卷次和頁次的錯誤，調整次序而不改誤字〔二〕。

五、本書卷末把彭叔夏《文苑英華辨證》和勞格《文苑英華辨證拾遺》一併印入，以便於讀者參稽〔三〕。又，本書篇目過多，作品又係按類分編，我們根據篇名總目編了一個《作者姓名索引》，附錄備查。

影印書籍意在存眞，不宜對原書有所更動。《英華》中所選收的少數詩文，對當時的鄰國和國內少數民族表現了封建大國沙文主義和大民族主義的態度。這種情況出現於封建統治階級的上層人物及其文人的筆下，是不足怪的。由於這部書只是供研究工作參考的資料，我們保留了這些歷史的遺跡。讀者通過這些反面材料，可以對過去的封建統治者加深了解，從而做出更準確的分析批判。因此，本書僅在專業範圍內發行。

本書的影印工作承北京圖書館和商務印書館惠予協助，敬致謝忱。

中華書局影印組　一九六六年一月

〔一〕這是根據本書卷首引《會要》的記載；徐松據《永樂大典》輯出的《宋會要輯稿》册五十六《編纂書籍》條文字相同。李心傳《舊聞證誤》卷一引《會要》作九年，疑誤。

〔二〕《宋會要輯稿》册五十五《勘書》條：「（景德）四年八月，詔三館秘閣直館校理分校《文苑英華》、李善《文選》，摹印頒行。《文苑英華》以前所編次未精，遂令文臣擇古賢文章，重加編錄，芟繁補闕，換易之，卷數如舊。又令……校之。李善《文選》校勘畢，先令刻版。又命官覆勘。未幾，宮城火，二書皆燼。」《玉海》卷五十四也有關於書籍校勘的記載。按，「宮城火」一事發生在大中祥符八年，但是《會要》的記載含混不清，只說了《文選》刻版的事而沒有提到《英華》。由於古人習慣上常把未經刊刻的稿本也稱爲「書」，所以《英華》在北宋是否刻過，還是一個疑問。

〔三〕《文苑英華》既經大中祥符八年的火災，後來金人攻破汴京，又把館閣的圖籍全部細載而北；所以南宋時所作的校訂，所用的底本未必就是眞宗時校過的本子。周必大主持的一次校訂，實際上以彭叔夏付出的勞動爲多，《文苑英華辨證》就是一個憑證。

〔四〕莫友芝《郘亭知見傳本書目》卷十六說《英華》有「明會通館活字本」，周弘祖《古今書刻》卷上說有「明慶府刊本」，此外還有人說有「清坊刻本」、「吳鼒精刻本」。這四種記載都不可靠：會通館只有《文苑英華纂要》和《辨證》，「慶府刊本」、「清坊刻本」和「吳鼒精刻本」則不僅未見傳本，而且從未見有別的書目著錄。

〔五〕傅增湘《藏園羣書題記》認爲，現存宋刊殘本每册後有「景定元年（一二六〇）十月二十五日裝褙臣王潤照管訖」的墨書木記和內府圖章，所以嘉泰刊本刻成後，是過了五十七年才裝訂完竣的。這個意見後來有人贊同。但景定元年裝褙的書可能是初印本重新裝訂，也可能根本不是初印本，而且趙希弁在淳祐九年（一二四九）所撰的《郡齋讀書志附志》中已經著錄周必大刊本，傅增湘的錯誤不辨自明。

〔六〕見周必大《平園續稿》卷十五《文苑英華序》，本書卷首所引亦同。

〔七〕彭叔夏的著作裏有錯誤，有遺漏，可以參看《四庫全書總目》卷一八六《文苑英華辨證》提要、顧廣圻《思適齋集》卷十五《書文苑英華辨證後》、前中央研究院《歷史語言研究所集刊》第十二本岑仲勉《文苑英華辨證校白氏詩文附按》。但總的來估量，優點是主要方面。

〔八〕見《越縵堂日記》光緒戊子十一月十三日。

〔九〕舉幾個例子，像杜甫的「三吏」、「三別」、《諸將》、《詠懷古跡》，李白的《早發白帝城》、《黄鶴樓送孟浩然之廣陵》、《夢遊天姥吟留别》，都沒有收入。宋之問的詩選了一百三十多首，柳宗元的詩只選一首。

〔一〇〕本書中卷二〇一至二一〇、二三一至二四〇、二五一至二六〇、二九一至三〇〇、六〇一至七〇〇、其底本都是宋本。

〔一一〕如卷五〇第五頁誤爲第三頁，卷九四七第五、六兩頁誤倒。

〔一二〕存世的《文苑英華辨證》，我們所知道的，以元刊本和《知不足齋叢書》本較爲精善，但均有損缺。現在採用的底本是廣東翻刻《武英殿聚珍版書》本，這個本子是足本，字跡比較清楚，並且附刻了勞格的《文苑英華辨證拾遺》。

文苑英華總目

文苑英華第一册目錄

刻文苑英華序

侍御雲屛胡君按部閩事不浹月旣彬彬然祗於浚矣廼尤雅意文教購文苑英華繕本檄福泉胡守帛萬守慶尨梓之蓋侍御童時大中公樂山先生曾摘錄口授今猶能

誦說亹亹慈谿顏冲宇氏君所稱同志友者亦嘗謀與共鋟未果侍御玆役蓋以廣家學賁閩文而成同聲之志也工倪載俶兩守以余責與敷文告公自郡余亦以右文愽古擧之非蠹也遂與孟諸戚

將軍委饟薄襄蓋費省而用不詘侍御旣巳善晝其端而又池王君以代按至寔與典覈其程故能事集而衆若罔聞云工訖竣矣僉謂業當有言以弁余惟乾坤眇緼本諸易簡而堯廷心受董精一兩

語足焉道固毋樂乎其多言也然華象步緯萬古輪馳廣川大嶽動者植者潛且飛者畣情效靈郁乎覆載蕃矣六經茵陳百子苞具虞唐而下登壇振響倚皐聽諭者含斯則蒐冥涉化之枯譚焉於道

乎無所著巳兹則文何病於
道而多文亦奚病於文哉刋
落詞華溯窮根柢彼厭夫決
性命鶩口耳者一赤其幟則
角雌霓於雕蟲擅雞塲於兎
宴連珠帖富碎金緗剽羨爛
爲戀叢冷駢儷緣是書滛傳

癖之途殪而喜寂遺世之習
勝矣病道豈獨多文之辠耶
是編析類紀文次名掇韻傳
極群書批函裂采則如登太
清之樓而驪珍自獻瓊瑛玖
琚蒼水玄山犁然貫列注目
凝睇則如在紅羅梅屋中而

干將僕姑三雅一經與丹葩
紫莖綺幛金粟互相掩發光
芒照梁信之乎其爲獵英綴
華之書也善學者吸其精毋
眩其英啜其實毋贖其華斯
庶幾詳說反約君子之所繇
以適於道而筌罤俱忘則六

畫兩言不謂之嗇目充鄴史
胸滿世南不謂之瘠否則藉
稻題糕寧能逷通儒之愧而
崑山之玉至可抵鵲亦烏得
緘寡要之咎是故君子之學
務歸極於道也若乃是書纂
脩之繇以迨覈訂眞贋則宋

臣益國周公及今侍御胡君
記序已詳茲不具論
隆慶元年季夏穀日
賜進士中議大夫贊治尹奉
勑巡撫福建地方兼督軍務
都察院右僉都御史蜀漢塗
澤民撰

刻文苑英華序

文苑英華者爲宋學士李昉宋白輩奉勑輯次書出於雍熙初暨孝朝更命刪校反滋訛舛至嘉泰之再讎乃稱全本中所紀述肇梁陳迄唐季數百年名家網羅略盡麗宸奎而資睿覽宋葉之所隆也余家大夫嘗掄纂手錄授余於童年而誦之竊幸窺班之見焉然句有遺姸篇殘故籍是猶足寸珠而忘玄圃其所未槩者多也故余嘗欲購其全編梓而傳之且有未逮者

丙寅歲余祇
命按閩遘侍御顔君冲宇論
文於武林道中因語之曰苑
之傳也宋有刻也然藏之御
府昔非掌中秘之書者不獲
見而今弇逸之矣儒林家傳
有善本又以卷帙繁灝繕錄

非經年不可故寒畯之士慕
而觀之且弗能也又何暇錄
而傳也余是行其將梓之又
恒慮觀風者玆非務之先而
委材命工之須更不免於擾
者或有所未敢也冲宇君曰
是何傷哉蓋御史按治非止

貞邪肅條是任弘文闡教與
有責焉則傳玆集而導之士
曷非務之先也且屬帑所貯
惟聽御史檄移給焉故輸公
蓄而塞交儀比爲例矣裒交
儀之冗而改爲工作之費又
何擾也余聞玆言而意決至

六月入閩境遂以白於督撫
任齋塗公嘉之贊決之乃肇
謀始役焉故主令率先捐廩
奠費則督撫公之首文也刻
謬證疑銓次補逸則藩臬諸
君之協襄也鳩工屬程繕書
校刻大將軍孟諸戚公及福

州太守胡君帛泉州太守萬君慶之奏勞也不數閱月苑文刻成孟諸公命副軍金科告余竣事弁請序之余曰墳經義邈詞華鬱蔓延劉漢而接蕭梁昭明之選備矣苑之集始於梁而部系類分悉宗

選例非嗣文以承統乎故其槖函六代籠罩三唐雕華夐王者以潤色乎徽章逸思椎裁者以恢張乎治軌是人以家名文以代顯也文湮則統絶故苑之刻不可已也或訾苑集漁採氾博豔靡傷於華

雕鏤乖於雅騈偶牽於拘纖媚淪於弱使湮之不足慮者是論也以品文也指疵而掇粹也茲刻也以論世也備載而識遺也若言咨翼聖文主明精較瑕等瑜存純剟駁則苑之綺華不若選之雅勁存

乎選苑可無刻也選之雅勁不若經之精奧存乎經選可無刻也審是文可盡廢哉余方慮揆藻之英幽而弗章綜述之勤遠而遂隱茲用謀乎苑之傳也苑傳斯文遠文遠斯賢徵若房杜王魏姚宋裴

陸之相業而展猷於疏議制冊之陳若燕許王楊沈宋崔李之名流而結綺於賦頌記述之麗若徐庾陰何江劉沈栁含奇韞釆鏤璧裁綃嗣漢魏支裔於前若高岑王孟韋白元劉鑄景鎔情造懷指事

變隋梁新體於后若韓栁巨家李杜宗派所以敷闡其性靈之秘斧藻其著釋之章咸於刻而該之矣譬諸春葩聚錦卞玉聮琳一展帙而目可殫也四方含毫吮墨之彥蓋不俟於遐摟之力患乎全覽之艱而苑所被廣矣是刻也因其人無去留也懼甄裁之僭也因其文無刋落也懼任意之偏也循其卷目照其部類無增置也懼掠勦之玷也徒以宋人蒐述之勞不欲使湮乃鋟而傳之耳若夫訓發

理道之淵義合精微之矩非玆集所該也尚俟后之君子云

隆慶元年正月穀旦

賜進士第奉
命巡按福建承事郎江西道
監察御史姚江胡維新謹敘

巡撫福建地方兼督軍務都察院右僉都御史塗澤民
巡按福建監察御史　胡維新
巡按福建監察御史　王宗載
鎮守福浙地方總兵官中軍都督府署都督同知戚繼光
福建承宣布政使司左布政使陳大賓
左布政使劉光濟
右布政使劉佃
左參政楊準
右參政周賢宜
左參議陳一松
右參議黃希憲

福建提刑按察司副使　羅一道
蔡國珍
張鳳來
易道談
宋儀望
僉事　史嗣元
袁大成
福建都指揮使司署都指揮僉事陳濠
楊文
耿宗元
行都司署都指揮僉事胡守仁

錢鳳翔
傅應嘉
坐營都司署都指揮僉事金科
福建都轉運鹽使司運使何思贊
福州府知府胡帛
泉州府知府萬慶
福州府同知洪符
通判周召
閩縣知縣向程
侯官縣知縣曹慎
懷安縣知縣戎來賓

福州府儒學教授梁大中
泉州府儒學教授殷伯固
閩縣儒學訓導陳桐
侯官縣儒學訓導莊敬
晉江縣儒學教諭余采
分校生員黃伯光等
督工都司斷事司司獄丁汝止
賛畫生員曹南滇

纂脩文苑英華事始

三朝國史藝文志注

太宗太平興國七年九月詔翰林學士承旨李昉翰林學士扈蒙給事中直學士院徐鉉中書舍人宋白知制誥賈黃中呂蒙正李至司封員外郎李穆庫部員外郎楊徽之監察御史李範祕書丞楊礪著作佐郎吳淑呂文仲胡汀著作佐郎直史館戰貽慶國子監丞杜鎬將作監丞舒雅等閱前代文集撮其精要以類分之爲文苑英華其後李昉扈蒙呂蒙正李至李穆李範楊礪吳淑呂文仲胡汀戰貽慶杜鎬舒雅等並改他任續命翰林學士蘇易簡中書舍人王祐知制誥范杲宋湜與宋白等共成之雍熙三年

上凡一千卷（近印程俱麟臺故事全録此段誤以興國七年爲淳化七年）

國朝會要

太平興國七年九月命翰林學士承旨李昉學士扈蒙直學士院徐鉉中書舍人宋白知制誥賈黃中呂蒙正李至司封員外郎李穆庫部員外郎楊徽之監察御史李範祕書丞楊礪著作佐郎吳淑呂文仲胡汀戰貽慶國子監丞杜鎬將作監丞舒雅閱前代文集撮其精要以類分之爲千卷雍熙三年十二月書成號曰文苑英華昉蒙蒙正至穆範礪淑文仲汀貽慶鎬雅繼領他任續命翰林學士蘇易簡中書舍人王祐知制誥范杲宋湜與宋白等共成之帝覽之稱善降詔褒諭以書付史館賜器幣各有差

崇文總目

文苑英華一千卷宋白等奉詔撰采前世諸儒雜著之文

李燾續通鑑長編

太宗以諸家文集其數實繁雖各擅所長亦蓁蕪相間乃命翰林學士宋白等精加銓擇以類編次爲文苑英華一千卷雍熙三年十二月壬寅上之詔書褒答（熊克九朝通畧并川本小類書所載並取諸此）

陳騤等中興館閣書目

太平興國七年命翰林學士承旨李昉及扈蒙徐鉉宋白賈黃中呂蒙正李至李穆楊徽之李範楊礪吳淑呂文仲胡汀戰貽慶杜鎬舒雅等閱前代文集撮其精要以類分

爲千卷號曰文苑英華昉蒙蒙正至穆範礪淑文仲汀貽慶鎬雅繼領他任續命蘇易簡王祐范杲宋湜與白等共成之雍熙三年上帝覽之稱善詔付史館（案鄧名世姓氏辨證元有戰姓後漢初戰兢爲諫大夫今脩書官戰貽慶殆其後歟國史并會要並作戰惟淳熙館閣官以稱姓爲疑偶失稽考既脩中興館閣書目乃改爲戴貽慶誤矣今有忠訓郎戰迪兩任汀州差遣見居于汀）

臣伏覩

太宗皇帝丁時太平以文化成天下既得諸國圖籍聚名士于朝詔脩三大書曰太平御覽曰冊府元龜曰文苑英華各一千卷今二書閩蜀已刊惟文苑英華士大夫家絶無而僅有蓋所集止唐文章如南北朝間存一二是時印本絶少雖韓柳元白之文尚未甚傳其他如陳

予昂張説九齡李翺等諸名士文集世尤罕見脩書官
於宗元居易權德輿李商隱顧雲羅隱輩或全卷收入
當
真宗朝姚鉉銓擇十一號唐文粹由簡故精所以盛行近
歲唐文纂印浸多不假英華而傳况卷袠浩繁人力難
及其不行於世則宜 臣事
孝宗皇帝間閲
聖諭欲刻江鈿文海 臣奏其去取差謬不足觀帝乃詔館
職裒集
皇朝文鑑 臣因及英華雖秘閣有本然舛誤不可讀俄聞
傳旨取入遂經

乙覽時
御前置校正書籍一二十員皆書生稍習文墨者月給
餐錢滿數歲補進武校尉既得此爲課程往往妄加塗
註繕寫裝飾付之秘閣後世將遂爲定本 臣過計有三
不可
國初文集集作籍 雖寫本然讐校頗精後來淺學改易浸
失本指今乃盡以印本易舊書是非相亂一也凡廟諱
未祧止當闕筆而校正者於賦中以商易殷以洪易弘
或值押韻全韻隨之至於唐諱及
本朝諱存改不定二也元闕一句或數句或頗用古語
乃以不知爲知擅自增損使前代遺文幸存者轉增疵

類三也頃嘗屬荆帥范仲藝均倅丁介稍加校正晚幸
退休徧求別本與士友詳議疑則闕之凡經史子集傳
注通典通鑑及藝文類聚初學記下至樂府釋老小說
之類無不參用惟是元脩書時歷年頗多非出一手叢
脞重複首尾衡決一詩或析爲二三詩或合爲一姓氏
差互先後顛倒不可勝計其間賦多用員來非讀秦誓
正義安知今之云字乃員之省文以尭非對舜榮非本
草註安知其爲菖蒲又如切磋之磋馳驅之驅掛帆之
帆仙裝之裝廣韻各有側音而流俗改切磋爲効課以
駐易驅以席易帆以仗易裝今皆正之詳註逐篇之下
不復徧舉始雕於嘉泰改元春至四年秋訖工蓋欲流

傳斯世廣
熙陵右文之盛彰
阜陵好善之優成老臣發端之志深懼來者莫知其由
故列興國至雍熙成書歲月而述証誤本末如此闕疑
尚多謹俟來哲七月七日少傅觀文殿大學士致仕益
國公食邑一萬五千六百戶食實封五千八百戶 臣周
必大謹識

文苑英華卷第一　　　　賦一

天象一

天賦　　劉允濟

臣聞混成發粹大道含元與於物祖首自胚渾分泰階而立極光耀魄以司尊懸兩明而必照列五緯而無言驅馭陰陽裁成風雨叶乾位而凝化建坤儀而作輔錯落九垓岧嶤八柱爍黃道而開域闢紫宫而爲宇横斗樞以旋運

廓星漢之昭回總三統之遷易乘五運之遞來察文明而降祥瑞觀草昧而動雲雷託璇樞之妙術應王管之浮灰柔克斯高聽卑逾廣覆燾千容苞含一作包羅萬象載光道德聿符刑賞既霆震而霜威亦春生而夏長其功不測其變惟神大哉其施曠乎其仁周八紘而化育籠四海而陶鈞雖感通而下濟終輔翼而無親登大寶於上皇發神圖於下帝憑理亂而倚伏候昏明而闢閉遘堯舜以降禎休遇辛癸而呈祲沴歷成敗而無爽在興亡而必契深機不測神化靈長雖罩恩於列聖必歸功於有唐發星辰而效祉雜煙雲以降祥大猷載洽景貺斯彰浹庶品以光被舉生於會昌軼大庭而包太昊孕玄頊而掩朱襄見乾心之祚聖即靈運之無方造化唯遠生成不極沾廣惠於禽魚預湛恩於動植非測管以能喻豈戴盆之可識欣大賚於天成激長歌於帝力

第二

彼蒼者天成形物先初鴻濛以質判漸輕清而體圓生五材以亭毒運六氣以陶甄故使晦明相繼寒暑遞遷遠眺其原兮亦極之無極近詳其理兮固玄之又玄諒神功之罕測定靈造之自然徒覩其潛化不言惟德是輔列九野而爲號峙八山而爲柱其爲道也或比之以張弓其入象也或方之於漱乳憫鄒衍則嚴霜夏降應陳寔則繁星夜聚衆孔皆遠而難登樂霧披而已覩雖覆幬之可媲豈鍊石

之能補美夫有功不伐無遠不蓋德冠三才名參四大日朝上而疑璧河夜横而如帶破鏡飛乎其所長劍倚乎其外違之則風雨差錯順之則陰陽交泰況乎觀文察變害盈尚默則大著美於唐君慮崩見譏於杞國徒瞻蕩蕩之體孰辯蒼蒼之色在玉衡以齊政任銅史以司刻名既入於四知光鎮臨於八極傾惟仰嘆載之無力思幹運之莫原惟遠近之難識儻聞鳴臯之響願奮垂雲之翼窒大道之大哉非管窺之可測

碧落賦　　翟楚賢

散幽情於曩昔凝浩思於典墳大初與其太始高下混其未分將視之而不見欲聽之而不聞爰及寥廓其猶橐籥

輕清爲天而氤氳重濁爲地而盤礴爾其動也風雨如晦
雷電共作爾其靜也體象皎鏡是開碧落其色清瑩其狀
冥寞雖離婁明月兮未能窮其形其體浩瀚其勢漫漫縱
夸父逐日兮不能窮其畔浮蒼海兮氣渾映青山兮色亂
爲萬物之羣首作衆材之壯觀至妙至極至神至虛莫能
測其末莫能定其初五石難補九野環舒星辰麗之而照
耀日月憑之而居諸非吾人之所仰實列仙之攸居爾乃
遺塵俗務遐躅養空栖無懲忿窒欲陵清高而自遠振羽
衣以相羈七日王君求別緱山之上千年丁令暫下遼水
之曲別有懷眞俗外流念仙家撫龜鶴而增感顧蜉蝣而
自嗟乃鍊心清志洗煩蕩邪凝寃於秘術馳妙於飡霞雲

梯非遠天路還賒情恒寄於綿邈願有托於靈槎

天行健賦 以天德以陽故能行健爲韻

大哉乾元神不可測其內也剛其外也直直所以保合太
和剛所以運行不息故王者奉之而垂化君子體之而進
德者也原夫天者乾之形乾者天之名用九以則得一而
清名也者純陽之經形也者太無之精語其動兮孰知其
動語其行兮孰知其行得不詳其所由稽其所以歷土圭
以窮妙因渾儀而探理左出右没不行則何以變三辰之
度上騰下降不動則何以爲萬物之始發柔兮居常配坤
兮秉陽笠也誰覆兮也誰張四德雖具未足以擬議十翼
雖廣未足以披攘微乎哉得於幽者道盛乎哉得于道者

王縣縣若存戶樞不蠹較之則火井勿滅當之則金柅難
固持剛靡失既兼柔克之資用壯罔吝亦取易知之故是
以爲君爲首爲金爲冰杳冥兮不虧乎盈縮寂寥兮何有
於騫崩喻彼成形是顯飛龍之象精其致遠因推良馬之
能且夫天也者陽乾也者健窺之於裏則其象歷歷瞻之
於表則其容恩恩不言非涉於可名不拔方知乎善運大
道非物豈容媧后之功小說惑人何傷泰密之論皇家恩
流品物禮達上玄垂文明書一之令秉神武不殺之權推
之蕩蕩守之虔虔儒不知其異信所爲云疑親上而法天
者歟

乾坤爲天地賦 以取類著言神乎玄理爲韻　陸肱

昔者聖人之作易也以乾爲天以坤爲地於乾則資始羣
品在坤乃資生萬類乾爲奇矣以三而契彼天經坤蓋偶
焉以六而昭乎地位吾嘗仰以觀其氣俯以察其區豈非
乾者陽也坤者陰乎於陽乃天之德於陰乃地之符亦猶
陽與剛偶陰與柔俱於剛乃天之儀於柔乃地之樞況乃
取諸物以非眞取諸身而非據是則取之上而彖象咸立
取之下而吉凶斯著元亨之道配柔克以同歸光大之名
與沉潛而俱去於乾則易知可察至健斯全其運也直其
息也專爲君而長爲首而先爲馬以居要爲男而體玄大
矣哉確然示易若天之父萬物焉於坤則簡能可立至順
爲理其闢也震其翕也止爲臣於主爲腹於已爲牛以當

用爲女而資始至矣哉隤然示簡若地之爲萬物矣故能
酌此生植通諸鬼神究其情於大壯播其義於家人否以
知否泰以知伸授以復而其心見考之咸而其感陳亦何
異分彼混茫清爲天而濁爲地定其律呂宮曰君而商曰
臣旣生而太極爲初並用而三才斯取彼策也三百六十
此數也五十有五所以準此知道釆之立言列之而其象
顯演之而其卦繫蓋動靜之二體總牢籠之衆門斯可謂
明覆載之德識化育之功故曰堯舜垂衣裳而天下治蓋
取諸乾坤

披霧見青天賦以瑩然可仰無不清心爲韻　王起

辯彼宿霧蔽乎遠天霧晻靄以氣徹天清冷而色鮮仰之

彌高五里始分其杳爾積而能散三光忽映其繁然昔人
以別古者喻先賢奇姿允叶美質相宜豈徒卷宜宜之淨
綠覩昭昭於上玄始其雜氛昏掩高朗霏微有色散漫無
象文豹去之而退藏螣蛇游之而來往將欲縱遙睇滌煩
想則蒼蒼大圓之色顥豁其清明英英上德之容亦如其
瞻仰及夫收地表歇天衢啓晨光之有耀闢麗景而多娛
於是碧落如邇青宜若無旣仰之而不及將覩止而豈殊
且欲蓋而彰人與天而合契不言而信天與貌而相符則
知賢爲衆務人不知兮蔽之孰可天實悠久霧不披兮覩
之則不故將通顯於幽情配美於高明空濛旣同於席卷
寥廓乃諭於氷清惟人也王立斯映惟天也管窺莫競旣

遐邇之無氛自心神而可瑩狀烟消於幕幕始露澄潭凝
塵洗之濛濛自開朗鏡所以彰風釆之異見光儀之盛异
哉一言之美萬祀攸欽陋决雲而觀劍小披沙而見金有
美人兮青陽是仰藻鏡斯臨自然比天於霄漢卷霧於沉
陰亦何必觀樂廣之容然欽重器信衛瓘之說方獲明心
者哉

鍊石補天賦以煉彼堅貞將補其闕爲韻

天何言哉有闕則補持五石而是用俾四時而能取成乎
圓象故資可轉之功定彼乾儀盆俟至堅之主所以禪覆
燾仰周普磨礱入鍛成功豈濫於宋人緝綴爲勞至德何
慙於山甫乾道甚明配彼清真類鼓鑄而可致異穹玄而

是營石不能言而助無爲之化天將假手潛因妙用而成
則知媧氏之爲功也體物情立取法志生眄悠遠而求則
象規圓而作程小大寧遺俾隨形以溥博嵯峩不墜皆投
質於輕清君乃玄造呈材神功効技他山以綴象帝自邇
卿雲初觸當碧落以麗乎銀漢同流激清霄而節彼天象
又玄石質旣堅究勤勞而日月逝矣成廣大而星辰繫焉
暖積素之煙尚疑苔點降如絲之雨終若溜穿觀夫圓則
九重功惟百煉眷無親而克敬當有道而可見言柔與剛
崇高是將運有徒於晝夜比爲炭於陰陽織女停梭受支
機於河漢荊人抱璞嗟韞玉於穹蒼補之伊何以當其闕
照悠悠於峻極驅鑿鑿於趐忽想夫取鍛之日排剛之時

齟齬不安或表艱難之步淸明於外猶生錯落之姿正圓虛之廣矣下長風而婁其是知補上天於鍊石葢虛實之相資焉

管中窺天賦

張仲素

管爲物兮虛受天爲體兮擄安能因徑寸之內將窮轉轂之端用當其無蒼蒼之色何盡微而不大恢恢之狀則難故雖無私以居上信可因物而仰觀於是正瞻視品淸澄察九垠之際極一目之能髣髴其形難識翼摩之鵠依稀其狀猶如背負之鵬或因夫窺牖是見且異夫置階而升風息八方烟消四極黙淳淳之靈嚮湛悠悠之神域乃執輕管納麗則遂聊罔傲審窺不忒虛其內雖高明之可分

小其形胡廣大之能測故使蓋影多掩笠形半匿月既滿而猶虧日將中而如昃掌握之內安得容其九重咫尺之中豈能盡其五色且管之爲質也秉直天之爲體也含虛天執虛而秉陽垂象管抱直而利有用無信大小之有異亦遐邇以斯殊窺臨既加徒云其至矣貞觀必得信安可測夫若然則因知事不可以近圖遠物不可以小謀大小謀大則立而致尤近圖遠則坐而貽害故方朔言也明俟時之難莊周著之表遊方之外客有勤學孜孜憂心悄悄服仁義而罔捨守翰墨而自矯將摒管而是窺顧天上之不遺微眇

又

惟大也不可以小測惟高也難可以近知況窮天之至象徒執管而潛窺驟景風激馳光電移迷蒼蒼之正色杳的的而成規桂魄未圓餘輝來而尚濫陽烏當晝遠色照而全虧當其懸象在天明眸在管環視而遠維不極仰觀而若河若斷雲明滅而浮影時聚星曖昧而流光倏滿紫微黃道斯蔽其縱橫北陸南躔曷究其長短觀其悠然遼象浩矣玄穹老氏守眞不窺而自見裨公億度屢中而無功況乎溥天四極之大依微徑寸之中詎能分其經緯固且昧其變通若乃迢夜澄月高飈掃霧衆形必流羣象斯布邈上下之遼邇夐東西之晷度儔能筭其盈縮孰可研於推步玄機莫覩徒騁離朱之明大象都迷安徵平子之賦

且夫莫細匪管莫高匪天仰瞻而範圍斯昧垂覆而周流自遷則知德之微難以片言語道之廣難以一理筌苟持此而不捨吾未見極深而造玄者矣

三無私賦 平上去入爲韻

范榮

天得一以清地得一以寧日月得一以明聖人法之以化成無私之謂莫之與京三者不忒天下和平天之道也存乎至輕潛運而三光是麗不言而四時是行夏以長春以生亭毒之德以無私覆爲名地之義也爲利至廣大流百川細包草莽因金風而物成熟遇木德乃氣騰上且無私載坤德存乎易象月之來日之往無幽不燭有形斯仰其照無私實至明而稱朗若天地不能存之以信則生成之

理息日月不能存之以明則終古之道爽苟不失曆羲和得其所掌我天子今之有是御因無私以成心每宵衣以迕曙奉此三道守而勿去大象是執選賢爲急昭昭爲大與天地而相參明明鑒下齊日月而出入天光發乎幽滯仁聲振於潛蟄僑陽之德因時行而有階起予者商想茲道而無級苟志斯道立之斯立當軸者斯焉取斯何憂乎地芥之難拾

文苑英華卷第一

文苑英華卷第二　賦二

天象二

日賦三首　日中有王字賦二首

黄人守日賦一首　二黄人守日賦二首

太陽合朔不虧賦一首

日賦　李邕

惟元氣之播儀式景曜之騰烈倚崇盖而西轉駭流光之東晰豈盈縮兮彌歲亦畏愛兮異節瞰淑色而布餘赫炎氛而生熱所謂純精至高至明燭龍照灼以首事踆烏奮迅而演成開天地之司日爲帝王之我兄文思以之寅餞神武以之揭行是以節朝有政逮昊未淪揚暉而四方動

色霽景而萬物奮觀豁雲霧之凝晴解雪霜之沍寒顧揮戈兮弭晝俟傾藿兮長安至若瑞氣浮烟休徵抱戴作出海而融朗忽飛天而光大千里發乎主明五色見於時泰將閉闔兮未言豈覆盆兮貽悔則有懷人惆悵酌醴獻酬冥一醉兮千日渇一日兮三秋昔定冉兮卜洛彼昇天兮上遊處立觀於溟渤遂測景於嵩丘借如夸父棄策奔走何益夫子重陰道業所欽嘆遲遲之春日阻悠悠之宿心惜落照於崇木重遥思於竹林粤若飛箭易及長繩難駐知息影之未寧喜傾盖之相遇始曝書兮多暇後炙背兮成趣見蘭蕙之有暉想桃李之可樹别有晢以期徼至以憂長既中時而必昃亦後甲而見陽與聖人兮齊明宜君

子兮借光上在地而占吉說通夢而　壽昌匪直燭之臧私
行之惟則若御車之有輪豈摶空之無翼固幹運兮誰使
諒周行而不息重光起於一人合璧旋於八極觀乎翠萍
生實赤羽從軍倘一編之欲授曷三餘之敢聞夕沒銜於
黛巘朝躋夾於火雲何白駒之激急致華髮之繽紛若乃
江湖積氣霧雨經時莓苔連於枕石泥濘汩於川坻仰蒼
蒼而不見俟杲杲而常欺將遣慰兮安適每沉冥兮自悲
借如謫居海上喟息天問有哀猿兮斷續無飛鳥兮往還
事填膺於瘴癘情蒲目於雲山未回光於東闕循屈指於
南蠻乃舉手而歌曰披雲覩日兮目則明就日瞻雲兮心
若驚日爾一日兮何道時哉幾時兮此生

第二　李爲

仲春上日率公卿大夫朝日於東郊祇祀畢太史進曰夫
日統七紀周旋天地國家災祥之至也惟唐文明日德不
愆今陛下又親設第禮天下煥爛上曰朕不足以配日然
國經在乎上爾即司之於日有見可使朕聞之乎太史曰
臣聞天高無程日爲大明天爲至陽日爲陽精則日於天
爲子象也在人爲主在天爲日其高明一也日之初將出
兮東方霍爌烘煌地外洩光陰雲含明閃閃熒熒火炬縱
橫漸高如懸或若輓上於天而傍倚諸山海水血色龍魚
騰翻上浮燋烟創業之象也日之中聚焰成珠攢創成輪
青天而白白雲而赤艴艴奕奕曾不得定目太虛爲之晃

惑萬物依乎地無不自識太平　之象也去吞之日葱蘢通曨
霍爍晴空赫爲大笑蒲天地吉口江風晴起錦文出水釆錯
爛斑花樹之間新蘂粉融萬焰無烟一拂雕梁嬌霞溢乎
殿堂繢壁連光溫焰生旁仁恩之象也夏之日烘彤坌勃
六合焚炙風不能爲氣天地變色不勝其猛乍提紫影所
照之穴化爲火井草木如燒而未乾燋泉池如炊若將涌
沸炎威逼人疑欲附地或透入室壁潛蒸簟席威怒之象
也其於小則草芥遊虫户網隙塵各示其容其爲大則東
而引千萬里不見其近出西而引千萬里不見其遠及將
暮也爍乎而低淡乎而頹忽乎變容赤盖下空埃塵濛籠
渾渾黃黃漸無精光黯湛（疑作黯）殷頹不留山巔即墜乎窮

杲丹霞染雲焰焰半天暝陰夕靄蒼蔚霮䨴余光無釆蹔
明乎千里之外烏鵲尚鳴新月已生長夜自清今昔頻成
良可悲乎夫日之不永也甚矣人之言卯比及看巳可食
人之言午比及看巳欲昃是故聖人寸陰而惜願陛下朝
視之思創業之難暮視之感淪華之易春夏視之調喜怒
之節中視之將偃乎太平之地又何求焉臣又聞知聖人
爲君日祥屢臻五色曄曄天地同文昏弱之代吞蝕不暇
列宿不沒晝而爲夜可不務乎故天有日不能自靈日有
光不能自明待聖人而明之也

第三　王捧珪

杲杲太陽昇自扶桑旣移晷而高下亦候時而短長其沒

也天地爲之黷色其出也遠近爲之生光及夫春景初動寒威始歇煦百川以氷開煖千林而花發行乎赤道應其朱明萸綠潭而水沸爛青雲而火生于斯之時誠可畏也既而暑退凉進烟歸霧返懸凈影以悠揚度斜暉而晼晚送秋景之已末屬冬陰之方盛融晴雪而曭朗曝晨霜而温映于斯之時誠可愛也故能明以成象高以臨空有形必鑒無幽不通在七政雖極其長照萬物不競其功抱三足之靈烏挂五彩之輕虹魯陽揮戈而三舍漢皇握鏡而再中曜凝霜而輕白帶飛霞而淡紅皎兮潔每守團圓不虧鈌曈兮曨暮落西山朝海東誰復知其動靜安能察其始終徒羨其委質上浮流光下濟不擇好惡不遺巨細葵

藿向之傾心旂常畫以增耀匪枎策之能及豈長繩之可繫至若熒火聚燐魚燭並爇明月高映繁星遠列爭散彩以炫晃兢騰暉以照晰見白日之一臨捻光沉而影滅則知赫然作色無物不憚温然爲容有情皆翫悠而後始既明且煥自非造化之至精焉能作群生之壯觀

日中有王字賦以題爲韻次用　鄭錫

至陽之精内含文明成命宥密神化陰騭偉元聖而締天爍靈符之在日人文變見玄象貞吉煥爾殊容昭然異質三陽並列契乾體以成三一氣貫中表聖人之得一當是時也河清海晏時和歲豐車書混合華夷會同皇帝乃率百吏禋六宗登臺視朔候律占風祀夕月於禮神之館拜

朝日於祈年之宫纁氛霧掃烟虹地涯靜天宇空陰魄既沒大明在東吐象成字昭文有融法科斗以爲體並暎烏以處中焉相未覩疇人發蒙此乃聖人合契至化玄通不然者何得曜靈啓瑞明彼於有截垂光燭地運行而無窮聖人以不宰成能日月以無私可久偶聖則呈祥逢昏則顯咎貞觀契無爲之功休祥應無疆之壽沒於地我則取誠於明夷登乎天我則呈形於大有其初見也昭昭彰彰流晶曜芒若神龍負圖兮呈八卦於羲皇其少登也發色騰光乍見乍藏狀靈龜銜書兮錫九疇於夏王蔽虧若木隱映扶桑曈曨五雲之表輝煥重輪之旁臨紫宸兮千門洞照出黄道兮八極增光惟德化成惟王正位見其日兮

姊其月父事天兮母事地聲六合以爲王統三才而制字道不藏寶神開奥秘王在日兮垂文日在天兮重懿豈徒色映合璧光連抱珥三舍廻魯陽之戈再中美漢文之志皇上以爲命不于常惟德是擬災逐祥啓福隨禍著知微知彰一喜一懼因嘉瑞以增德合元符而降祚容有上國觀光金門獻賦覩日中有字之感成天下至公之務傾心太陽企踵雲路願回光以暫燭庶千載之一遇

第二同前韻　裔琮登科記作喬琮

至尊者王至明者日處其位兮無二配其德兮惟一制服以象必圖之而並臨視朔以時方候之而供出懿夫日實也厥生于東王往也厥居于中其呈祥以下燭必布德而

上通然則日中之有王字者豈不以昭宸聰彰國風煥乎黄道赫矣蒼穹表皇綱之不紊延聖祚於無窮者哉且天垂三光日當其首人執六藝書列于後此神功之所成彼人力而何有況乎烏爲焉矣無懈蒼頡之能日匪翁焉寧假右軍之手稽畠締與載籍信可大而可久豈比夫龜麟龍鳳徒在乎宮沼矧藪適足以勞於使臣未可以濟乎不朽夫運行不已者天地之常臨照無私者日月之光美之則配於太昊惡之則比夫夏王是以逆其時則休亦成咎順其道則否亦爲臧故昔王者莫不覩天文兮順陰陽授人時兮正紀綱而人用康而邦其昌如此者厥鑒不遠實歸美乎我皇信所謂承天之序兮襲於休祥者也是知君能

則天天必呈瑞明海内之四日瞻日中之一字士有仰止雲路苦心詞賦戢欲酬兮日將暮儻魯陽之修戈可借冀和仲之餘暉可駐顧傾葵藿之心希成桃李之樹

中書試黄人守日賦以四聲用韻　嚴維

聖人之在運也上天爲之降祥將以示德遠告時康火精始凝初臨於嵎谷陽德用事首出於東方作大明兮其彩白有善守者其人黄惚兮恍兮見於爲物之體窈兮冥兮來於無何之鄉豈惟有德動天影再中於漢帝至誠感物運退疑作三舍於魯陽所謂人者臣之稱日者君之象三光可得居尊衆靈於焉稱長人所以守日叶伊皐之弼亮天所以垂休明億兆之所仰實王化之基格詠神功之昤蠁

則知唐虞之代羲和之最蕭索紛紛如烟如霧又況夫兆慶於合璧告祥於抱戴嘉其氣象地表雲收天外出暘谷而輪開當亭午而光大映真人之麗質爛霓裳與羽旆離婁曼以表明周文咄咄而延昧屬宇宙以廓清表陰陽以交泰我君如日之昇惟天是則君臣合體符瑞允塞以太古而望今齊哲聖以同德

二黄人守日賦以君德同明遠人来附爲韻　滕邁

一氣絪緼宛成形而拏跽相向儼守日而昭彰可分其色惟黄雖配位乎下土其形有二如輔明於大君原夫左之右之以引以翼雖髣髴而異體乃焜煌以同色理殊執熱寧濯增泉之隅事近負暄杳在離宮之側兩分夾臨下之

照偕出契不孤之德爾其從炎漢以賦象能環衛以成功白駒乍留守之而無荒無怠踆烏不駐隨之而自西自東屆赤霄而烟雲靡雜循黄道而光彩混同容裔斯呈交相可名幸因時以融結得託質於昭明契同心之言是以契合潤通理之餙吾非染成其或杲杲初晨悠悠云晚魯不斯須而離何虞運行將遠鄙魏臣捧而在夢笑夸父追而莫返嘉夫儀形似是想像歸真爾立環乎兩珥聯影遠於重輪遂使慕有道之風歸我一德奉無私之照惟予二人受其釆豈無異色呈乎瑞不待他辰所以稟中央正氣當四夷咸賓誠宜陽景廓開翼戴徘徊昇扶桑孰云孑立厠羲和乍若朋來覩其煇煥瑞牒昭晰雲路委蛇徐而不更

其守循躔次而罔僣于度信可以端拱道泰遐荒悅附今所以賦守日之祥表稱君之德

第二韻 同前

日觀天文彼黃人之離立是守躔紫霄而規模乍分揖杲杲之光豈勞披霧舉騤騤之足詎假憑雲孕靈自稟於真宰肖貌方瑞於明君觀其異體同心雙形合力如左右之司局似扶持而受職樂天成象豈殊連璧之文就日無私特比鑄金之色所以煥人寰彰土德高尋罔差其晷度迴鶩靡僣于頃刻類聚炎上朋來熱中遥集丹極迴翔碧空援四彗而克資煩手斷重輪而叶贊玄功發祥光之照爛將德輝而統同不然者何以挺茲妙有倬彼輕清夾輔躔

次周旋運行通理之形容可辨和光之顏色混成當烏采甫臨之初則温温而引耀遇鷄人未唱之際亦專專以在明髣髴如蘭之契逍遥若木之程及夫曈曨既昇昭晰將晩厥瑞皆見斯人甚遠宵依憀夢伴程昱以少留晝遇揮戈感魯陽而倒返恭已無怠旁行有隣化天偶之一氣爲日邉之二人久照不疲匪迷陽於上帝四夷云格方取契於援神所以靈既克開容裔徘徊非其時則抱影長往偶乎聖則差肩並來隨冬曦之煦嫗與夏日之恢照然後竦輕軀恣遐步分明天表雙羙雲路顧將守黒之心望離宮而景附

太陽合朔不虧賦 以聖德玄通陽精遍照爲韻

懸象告祥晉太表聖陰慝將作而潛滅陽光當虧而更盛羲和率職徙降物以背興堯舜臨軒方並明而曉映上方以憂勤御極睿哲承天聲教既昭乎下土災蝕固消於上玄景麗高雲已臨照於物外位移正寢空警戒於事先曉次箕中時惟冬仲天子夕惕而懸慮太史先期而誓衆於是霧霽閑原雲歸幽洞圓規杲耀發瑞彩於踆烏愛景冲融動和鳴於彩鳳是月惟朔昇輪自東煥大社之晨氣照清朝之曉風幣奚假於詞祝鼓寧煩於奏工遂使皆仰之人既無虞於薄蝕惜陰之士咸有望於再中諒天聽之自邇信宸心之遂通仰稽聖謨遐考天則運行雖由於黃道應感自符於玄德輝華增煥觀光必達於幽陰氣祲皆消

揆影無差於晷刻道敷陽教德叶炎精麟効祉而不聞葵向影而皆傾觀臺登望之時漸欣光被史冊退書之際益訝文明至乃揚彩宮闈增華廊廟人動佳色物含清照若合璧之無瑕比重輪而有耀黃琬之巧言莫啓由此緘詞叔輒之望歎無聞徒茲載笑道契玄化禎同太陽躔次罔虧於順晷貞明以合於重光固齊天而比德垂末末於皇

唐

文苑英華卷第二

文苑英華卷第三　賦三

天象三

慶雲抱日賦二首　日月如合璧賦三首

寅賓出日賦四首

慶雲抱日賦（以雲日煇映精彩相耀爲韻）

太陽之昇兮爍景氣而澄氤氳聖人之德兮上蔚結而生慶雲外浮相煥中映成文郁郁昱昱繽繽紛紛粲兮若組繡之縈寶鏡翊兮若申甫之相明君無心而生應德而出不耀青以干呂能叶慶以扶日縹緲蜿蜒遊龍相逐而不如斐亹葳蕤彩晛舒狀而難匹始流形於孤嶽終垂象於九圜麗碧霄以增媚捧金烏而徐飛感覆幬之仁效雲表

瑞憑玄黃之氣耀影含輝夫天道無言以物應聖聖功不宰物自効命故有非烟非雲爲祥爲慶付我元吉彰我元盛豈徒衆彩錯出重輪交映者哉且日者實也象君而貞明雲者運也應時而發生就日而浮若就君之朝聘五色成象告五方之和平騰乎天假其陰隲見于晝資厥炎精懿乎煌煌燭空曄曄呈彩域中之目無不仰觀天下之心若有所待何必蒼梧稱美橫汾是載者乎夫變化翕忽希夷混茫理至則無幽不感德盛則化妖爲祥煥厥霄極亘于天光彼丹鵲王燭蓂莢芝房孰若此感化而見五彩其相者焉是知聖與冥通理由感召故我后之盛德不求彰而自耀

第二前韻

太陽淳精兮表德於君德感珍瑞兮應天彰文龐望東方昇耀耀之麗景晴兮上漢靚郁郁之祥雲若乃運叶堯年靈符舜日爍王葉以繁布抱金輪而半出灼爍兮乍佀漢祖隱君橫紫氣曈曨兮又若楚王乘舟捧萍實豈錦江之所能擬諒秦鏡之所非匹既而五彩不散三足增輝英英而浮光並射杲杲而合璧相依信乾坤之道不昧知君臣之德同歸我唐由是越五馳聲超三表聖臣如雲而仰均雨露君並日而用敷德政故表乃禎祥之主遂其雲日之性始漠漠以飛空後昭昭而遠映跡前聖之能事曷比夫今日之嘉慶也徒觀啓重霄而迴出得中道而遐征不傍

樓臺詎隨於聚散不依城闕但耀其真精氤氳兮匪氛霧而能雜泱漭兮知沴氣而不生懿夫日麗天兮出巨海瑞應臻兮見其彩雲浮空兮藹休祥靈輝集兮寶其相故可以卜年永祚奕聖蕃昌大矣哉茲瑞之爲慶禋福善而無疆若鯫生者飲化闕廷削跡海嶠覩慶雲而動咏仰聖日以觀妙是知物無不感幽罔不照蠢茲動植之類莫不息陰而發耀

日月如合璧賦（以應候不差如璧之合爲韻）　常袞

國家纂弘天統紹啓王跡獵英華於百代漱芳潤於六籍於是闡厤曆於疇人鏡玄象之冰釋察運行之盈縮見分度之損益五星同舍狀自叶於連珠兩曜集辰候不僭於

合璧是知陰陽卷舒日月居諸時會而乍離乍合順行而
匪疾匪徐徵於顓頊之法考以軒轅之書百靈以之肅若
四海由其晏如惟上元之歲時和氣茂惟南至之辰日月
來就望烏兎之交集瞻斗牛而既覩璧惟圓制象其圓正
之形王以貞稱表此貞明之候可以襲承天意可以敬授
人時觀臺之瑞斯驗馮相之言不欺方見仲尼無得而踰
矣乃知潘夏何足以當之臨楚山豈和氏而能識入秦野
非相如之見持且夫日者尊而有常月者謙而不雜每有
德而昭感必効靈而允荅分則列照於三無聚則和光於
六合徒觀夫炳煥可嘉毫釐靡差珥作如虹之氣波為旁
達之華映彼仙娥有佀夫佩而比德吐茲王宇更疑乎瑜

不掩瑕然則天垂象兮至明曆為功兮可久重之斯實理
本輕之則為亂首是以堯之分命典誥高其能然嘗也失
官春秋貶其誠不吾君之所懲勸將永代而遵守顧惟愚
情竊覩嘉應鈎深索隱雖無瞽史之才須德歌功敢借詩
人之興

第二 以兩曜相合候時不差為韻　盧士開

聖人在上與天地廣玄德彰於日月洪休備乎瞻仰合璧
之為狀也顯曜相向圓明比象麗重光於一軌開混茫而
精爽其真不還其合以兩和陰陽而二儀交泰辯分至而
九服融朗既無異於弦望故王道所以坦蕩也至矣哉考
日以正時本於玄妙會日以合月宜乎篇懽歷躔次而雙

蒲合晶耀而並照一陰一陽曰柔曰剛既恒其用亦耀其
相其合也契天地之明其璧也本日月之光國有道則循
其度邦無道則失其常上元昇而軒曆著太初徙而漢運
昌寧止纖纖西樓昭國憙而形偃杲杲東户表臣忠而據
黃者哉懿乎一德昇聞天休下荅示軌範於萬代發文明
於六合且乾道微而難究惟君是候帝德廣而無私惟天
是祐明者莫昭於日月故表之以會同同者將慶於和平
乃整之於宇宙同輪共規叶慶應期既周天而同道乍皎
皎以遅遅璧之生也本乎律律之用也在乎時厥祥云久
逢昏則否其興也明后惟道之遐其應不差是昭乎皇家
諒我后之明德發大道於光華何必堯年之與漢代而茲

歷之可嘉

第三 以天地交太日月貞明為韻

格天之功兮不宰而成麗天之象兮乃合其明躔次無差
乃可立圭以辯禎符既叶必俟重璧而呈於是曜陰魄騰
陽精將周旋而一體異遠近之相傾時也萬類昭融四方
清太激朝暉之杲杲發夜色之藹藹懸異象於人間吐榮
光於天外挺連城之價誰敢指瑕居匹夫之懷非同買害
金烏共色玉兎增鮮麗萬室兮瑶臺共美泛千林兮瓊樹
爭妍變方流於斜漢疊圓影於遥天落照西沉若欲抵於
昧谷溢暉東上又如逐於虞泉熒煌異質燭耀非一抱珥
之彩潛銷如圭之容闇失于以表玄象明陰騭瑞至德於

堯年契昌期於漢日懿其經紀不忒明霄有程聯彩徘徊
似有求於滯子雙形宛轉若可賜於虞卿既同道以略合
亦相推而運行見乎天則一人有慶比於王則百度惟貞
矧令馮相觀祲而罔愆羲和敬授而無闕將冥照於幽昧
在宣精於日月是以靈符必集休祐可包不縮不盈自契
於三年之閏無偏無黨何爽乎十月之交豈是合彩呈姿
和光効異陵珠星而掩縟逗洛水而增媚東西並耀欻夾
鏡於長空昇降相沿異藏珎於厚地然後操觚進牘賦邦
家之盛事

寅賓出日賦 以大明在天恒以時授為韻　大曆十四年王儲作

惟天為大兮堯實則之命羲和而馭日俾出納而從時肇

歲首以平分既中星鳥及霄衣而敬導始見嵎夷所以示
農功之有序叶君德於無私我國家克定三元光臨四海
纂唐虞之舊說崇德禮而私在將舉正以履端奉天時而
不改繇是春官藏事太史作程天子居青陽之左个覽萬
物之初生始昭宣於東作終協賛於西成杲杲臨空無幽
而不燭遲遲監下有蟄而皆驚伊兆人分地之利我聖上
則天之明淑氣載揚暢禽魚而共躍融風乍扇追葵藿而
咸傾庶績其凝三農式就高臺紀於雲物大野陳其蒐狩
畢嚮化以觀光亦順時而敬授歲如何其歲既登節盈縮
今日有恒歲如何其歲將起兆緣生今日之始茍奉順而
無遠得禎祥而所以原夫君比德於日日麗光乎天撫有

萬方每朝君於歲始照臨庶物故出日於春前煦百泉而
氷泮薰九陌而蒼然合璧表無為之化重雲示有慶之年
信惟貞而惟一示無黨而無偏客有藏器俟時畢躬思泰
遇乾坤之訢合覩日月之光大莫不向春景以自娛沐堯
風而求賴

第二 同前韻　獨孤授 登科記作獨孤綬第十八人

古先哲王允釐內外雖庶政之咸叙在司天而為大所以
叶乎上下所以察乎交會其職廢而時令則乖其職修而
黎人求賴歲既暘止東風作矣惟時羲仲奉若天紀候暘
谷之初昇撲農功之當起寅賓克展守而勿失耒耜乃修
視其所以觀乎旭日之漸也麗蒼穹而曜晶按黄道而徐

行萬物發春仁氣良由茲始四方仰照陽德協於離明盈
縮必循天曆度職司寧闕其將迎木位值於扶桑初杲杲
以出土膏潤於南畝且澤澤其耕故王者重焉官不虛授
考之曆象則象是用貞準之田農則農靡愆候惟帝典之
明徵示人有常惟日官之無改求代斯在平秩乎下以播
百谷欽若乎上以刑四海慎徽有司惟其敬之是將邁景
德於太皞侯神功於女夷王燭開耀金烏效遲致人和而
歲美無亂日而廢時況吾君承乾玄化昭宣叙三光以著
象乘六龍而御天經紀不忒職官惟賢分命之事舉曲成
之道全觀寅賓之出日端穡稼兮大田頌聆舜絃歌唐年
因末光之可就與羲馭而迴旋

第三 同前韻　袁同直 登科記第五人

日為天經春為歲始貞三農而允協于度調四時而不僭于理敬其所出導其所以升黄道而萬化融出青方而百工起所以放勳欽明羲仲是司協和天意敬授人時闕其職則厚生斯廢行其典乃庶績咸熙且曉色曈曨清光杳藹垂大明於有截察幽深於無外守晦明之度類順躔次之交會合一德而無私位三光而稱大煦育無偏陰陽氣宣應律管而初變暖林花而未鮮興農功於燠室發耒耜於原田既陶陶以受歲亦欣欣而樂天則知日以陽為德君以政為恒陽虧則物無仰照政失則年用不登睹寅賓之有則知平秩之方弘瞻彼溟海日之所在出扶桑而吐

輝泛陽谷而裕彩貞明宇宙協順時候將虔敬而專其所職豈出納而輕其所授我國家獻歲發生舒勾達萌驚大田於東作紀斯箱於西成君德與日德俱遠道光與日光齊明將授官而守職俾萬化而為程

第四 同前韻　周謂 登科記第二人

陶唐氏欽若日出賓授人時乃命羲仲往哉汝司紀寅賓而建始旌照燭兮無私暘谷初昇退群冥於仄陋扶桑適上分萬象於毫釐日之為德也均日之為功也大作朝夕之程準見乾坤之交泰無遠無近幽而必通惟植惟生罔不咸賴出於東兮示發生之所在傾於西兮覩光靈之不改必將表歲以務穡豈獨陵虛而賦彩爾其孟陬叶月大簇和聲農祥正而土膏咸動庶績凝而百度惟貞于以秩東作于以望西成塗足沾體勉穡夫與田畯布和施令樂國泰而君明豈不以五行班序七曜宣精者哉則有三足呈祥重暉降祉瑞聖斯應為光有以遠色杲杲非童子之辯焉浮彩昭昭惟仲尼之揭矣爰考休徵圖牒與能既煦育之無外同寅賓而有恒賓者導也惟人之導陽寅者敬也惟人之敬授諒難踰而可仰參地載而天覆觀其燁熠動川澄明麗天消瀌瀌之殘雪歛藹藹之輕煙誰東君於楚客祀岱嶽於漢年顒捧圖稱瑞以相宜

文苑英華卷第三

文苑英華卷第四　賦四

天象四

日浴咸池賦一首 以浴海增輝金烏發色為韻　柳喜

海日赫赫出陽谷以騰輝過咸池而浴色宛轉波動迴還影側昭晰兮泉源漸沸掩映兮津涯乍黑紅光下射疑萍實之欲沉赤氣上浮訝林雲之不息當其王涵未盡金波正凝背崦嵫而六龍騁騖望穹蒼而三足飛騰經厚地而

休光暫匿連巨浸而暖氣潛蒸當晷度之未至信輝赫之徒增洎夫良夜欲闌繁星漸沒轉紅輪於沙礫濯朱輝於溟渤映龍川之華動照天壇而秀發遠岸燭耀而乍明長波燧縮而未歇觀其蕩水府滌踆烏重輪輝煥而增潤雙翼翩翻而盡濡勢動雲端運規規而未止影搖波底潛赫赫而不渝逝矣莫及皦然可望照蜃樓於圻岸寫蛟室於溟漲由是發五色煥九圍歷渤澥而羲和整馭映島嶼而光輝傍飛碧浪沸騰麗洗貞明之質洪漣瀰漫難留畏愛之輝時也天地漸分雲霞屢改違細柳而已遠沸扶桑而猶在聊將出地辭潤澤於波瀾從此麗天布輝華於寰海既而迥出峯岑高懸萬尋杲杲而光無停晷炎炎而色欲流金

始素波而將滌倏黃道而是臨信終古而不昧長矅景於天心

日中烏賦 以輝光映出棲跡中在為韻　康僚

相彼烏矣超然莫同不振羽於域上自呈形於日中儀鳳肯慙信五色而都混高天已及豈三年之始冲懿此生成貫乎今昔東西必隨於運動昇降寧離於赫奕俯黃人而更助金光映王宇而偏疑鳥跡既乃騰凌霄漢披拂雲霓那楚幕而堪處匪霜臺之足棲分明而不似籠中固非仙鶴髣髴而還如鏡裏豈是山鷄曷九雛之莫對乃三足而長在黑羽雖同於不黔白頭詎得而終待始來何地誰見入於重輪爰止何年孰可聞於真宰徒訝其煒煒煌煌形

標異張縱橫弄色宛轉和光風起而遥疑飛動烟含而杳若潛藏足令人子闚窺因寄情於反哺日官頻測空懷望於殊祥嘉其鸖爾無咫裒然斯出鳴琴安得寫其啼流火焉能變其質彼不知見也何期隱也奚歸有咸池兮飲不飲有蟠桃兮依不依誰使梯航景象沐浴光輝炫晃乎清晝優遊乎翠微靡顧稻糧志士留之而莫得無猜彈射夸父驚之而不飛客有指寥廓之儀形訪前時之歌詠且彼素姿神異赤羽輝映不為陰隲之符蓋本陽精之命今仁風已扇孝理方盛烏之靈兮得不降休而瑞聖

野人獻日賦 以和悅日光情意君宇為韻　歐陽玭

昔宋有野人負日之暄兮獻君不知天下流光以所見為

未見不信人間委照以所聞為未聞當其愛景稍融農民乍恍謂國內有無謂山前自別恐弱水之光遽失扈扶桑之影將㓕於是耒耜潛棄耘鋤暫輟指天路而貢誠適君門兮効節紅輪在上無欺皎爾之心赤羽相隨可驗昭然之説乃曰臣生於隴之畔長於隴之傍朝播其穀暮植其桑絲不得上體粟不得充腸以藿為食以蓑為裳體凍乎雪骨寒乎霜因取適於中野遂潜舒於太陽煦不厭暄不忌而思率土之尊未識民間之樂一氓之賤敢私天外之光所以貢其所知陳其所覩願日之彩致於君之館願日之輝及於君之宇南畝而曾無寸澤猶稅於身東方而幸有餘明敢忘於主王乃閔其甚撲嘉其至誠一則警於驕

逸一則念及黎氓安知萬室豪家更有追歡之意六宮長夜仍多縱樂之情嗟夫人各有生生而有異爾豈不以種植為業逋租為事上或逼於狼政下或臨於虎吏汲汲為心營營為意遂使朝光不辨誰知勞者之情暖景為祥忍奪生民之利乃知貴之逸者有之何稼穡而能知賤之至者不一則陽和而豈失彼見其夕入而因忘其曉出三尺之童子猶嗟何於日而獻日

羿射九日賦（以當晝控弦九烏潛退為韻）　周鍼

伊祁氏之有天下也十日並出或明或晦不唯差乎曆象抑亦紊乎寰載留一陽求照俾九日潛退羿操弓而進挾矢而前曰彼赫赫綿綿如珠之連爍我下土暨我上玄今當盡臣術之微妙恊君德之昭宣於是和容體正審固心虔張六鈞之在手期九烏之應弦弓既無雙矢唯用九一發而弦上霆激再發而空中雷吼三發而輪震乾坤四發而輝流星斗五發六發而燁燁霞散七發八發而離離電走九矢皆中訝妖氛之忽無一曜高懸望邪明而何有蓋帝所惡天所嫌始騰凌而會絶倏摽攉而殄殲貴忘歸（矢名）而自消難彰變化落園陵而盡死求契沉潛瑞景將明彤弓尚彀百辟仰觀乎黃道孤光下燭乎清晝莫不由藝之就神之授混燭㓕而平權衡晷運正而分刻漏然後職羲和之任司掌御之啚位寅賓於東極宅昧谷於西隅故得萬國謳歌迎覩重輪之日九天寥亮長飛三足之烏則知

道潛會而發必中神自通而何再控鏡四海而弓罷張亘萬古而誰敢當設使堯德不聖羿技不臧則蒼蒼茫茫終亂紀綱又安得廓六合定三光故曰天無二日民無二王

琅琊臺觀日賦（并序）　熊曜

秦築東門于海岸曰琅邪臺高可望遠而東之人悉以宵分之後觀日于海底者壯其觀而賦云

秦門之東天地一空直見曉日生於海中赤光浮浪如沸如爍驚濤連山前拒後却圜觀上下隱見寥廓焜煌天垂若吞巨壑當扶桑洶湧於雲光陽德出爂于乾剛汗漫稍納將吞六合冲融青冥遥浸大明羲和守馭夸父上征眩轉心目蒼黃性情傾地輿而通水府汲天盖而駭長鯨彼

秦伊何崇此爲門委絶人力其誰敢論失萬邦者雖設門
而必圮表東海者諒無門而亦存步秦亭而在此傷魏闕
而何言千載之後石梁斯在時無兕功豈越滄海念無道
而肆志將不亡而何待我國家踰溟渤而布聲教窮地理
而立郊坰畧秦皇於帝典參漢武於天經顧荒臺而寂寞
取殷鑒於生靈爾其秋景超忽晴光煥發蜃氣千雲蚌胎
候月長波沃蕩超百谷以深沉唳鶴徘徊想三山而滅沒
齊魯郡邑霜天泬寥凌虛無而倒景臨沆瀣而乘朝日向
濛汜雲橫麗譙追魯連之逵節行將蹈海仰田横之行義
若在雲霄驪龍之珠群王之府想望綿邈依稀處所有海
客之無心托扶搖之輕舉

海日照三神山賦（以耀輝相燭珠庭燦然爲韻）　紇干俞

海日飛光神山之陽流一氣於天表自三峯而景彰龍車
迥馳麗于高而特異金闕互映混其彩以交相原夫出巨
浸以貞明次崇岡而久照當峻極之離立威塵氛而引耀
遂使授人之歷分乎命以正其方涉海之倫駭乎目以觀
其徼遲隱見於危辟藹晶熒於遠嶠披道接靈之府含華
蘊粹之仙秉至陽而不極體元氣於自然駭景克存訝魯
陽揮戈於在側騰精獨往疑羲和弭節於其顛于以繫時
於焉絶倡幽莫可辨明之所燭異景暫凝乎地首奇峯載
列於禺足影搖林樹漸昇桑野之躔色動鯨波尚想甘泉
之浴且霞標建其南服日觀揖其東隅雖照臨之等類亦

重深之道殊豈若冉極赫以威晨仙宮朗而増煥方運行
而不息乃曈曨而未旰森瓊樹之離離曳羽衣之爍爍此
日而御惟山有輝諒難徵於紀牒思載瞻乎海沂彼或栖
真方丈必期乎悠久如將處代崦嵫且懼於浸微是以養
志忌形馳暉以寧福地無阻玄門寢扃誓將越渤澥陵杳
冥仰無私之照窮不死之庭願參光而有待庶群仙兮是
聽

登天壇山望海日初出賦（以海日生殘夜爲韻）

配乎地者惟山麗乎天者爲日登岧嶤之峻極見曈曨之
初出廓靈海百川之宗孕金烏千里之質泛圓光於流瀁
煥鮮耀而灩溢雖騰輝於碧浪之中詎作色於紅萍之實

觀夫烈霳曀赫炎晴擘洪波歊太清馮夷駭躍罔象奔驚
照燭兮驪珠潛吐曤朗兮龍燭忽生愕群仙於金鏡驚天
鷄於王京巨浸半涵猶韜普天之美人宗尚瞋孰識未融
之明懿其千仞可躋四目斯在危岫陵乎碧落日域邈乎
蒼海既登陟以遐觀知蒙汜之浴彩晨光乍分夜色未改
昇黃道而將始臨下土而有待晝明夕晦徒觀其躔次之
常出有入無孰測夫陰陽之宰氣澄霧卷月落星殘流暉
電曜散彗虹攢將煥爛以下燭出浩淼而上干挂扶桑而
杲杲昇暘谷而團團敷九華而艶奕爍三山之峯峦且幾
升天無憂於見渫巳能烜物寧患乎祈寒順寅賓而不忒
爍溟漲之無端乘變化而後往得沐浴乎波瀾於是遊太

極辭殘夜羲和敬導運行有舍得天能久克彰乎真明委
照無私不間於夷夏霄傾藿而久俟冀餘光之一借

第二同前韻

山惟隱天海則孕日日將昇而轉麗山望遠而無失青崖直上
覺亭亭而漸高碧浪遥分覩杲杲之初出將以測晷度窮節
汨豈能獨媚東南之隅空呈畏愛之質而已哉當其陰兎
傾晨鷄鳴捫葛藟陟峥嵘挺身于重巘肆目於八紘天地
廓烟雲清赫彼巨浸吐玆炎精映朣朧而有竟燭浩淼而
方呈彩射空中謂陰火乍出色浮波上疑萍實初生暾爾
下土煥乎上征觸高濤而暫烕泛輕浪而還明曙色漸分
晨光未改濛汜拂浪扶桑浴彩將黄道以麗天必青方而

浮海豈韜映之爲美實照臨而有待是豈望莫遠乎日域
登莫峻乎天壇彼以離而取象此以艮而居安考之則陰
陽有度察之則溟漲無端况乎銀漢落金波殘將東方而
自出俾下土而式觀三足翱翔若刷乎渤澥重輪輝煥如
歷乎波瀾映嵎夷而未定拂若木而將升紅彩下沉照波
中之鱗甲朱光下溢射雲表之峯巒誠變化之相詭諒始
終之莫殫洎夫出溟渤照戎夏昇九天辭午夜羲和整轡
而直上葵藿傾心而皆仰亦何必登日觀之峯而後望神
明之舍

第三以題爲韻

客有曉躡稜層高山獨登覽烟嵐之忽斂見海日之初昇
赫彩旁照炎光上騰影乍搖而滿目霞破碎波不動而長空
血凝由是倚危巒立天壇夜色既啓炎精始團赤氣上煥
於雲路朱輪乍碾於波瀾照燿一海之中剖開萍實分明
百丈之外洗出金盤浩渺無涯曈曚在望高居峥嵘之頂
下視赫曦之狀焚爇巨浸浮沉奔浪陽烏浴羽而載飛羲
和按轡而直上不沉乎泉將麗乎天爍雲濤而有曜類庭
燎而無烟赫赫光滿規規質圓纔湧出於溟渤之底已見
盡乎巖嶺之巔所以躋高峰翫丹彩明暗既分昇沉斯在
望若木之初出疑杳上天河想陰火之潛照見熖燒滄海
出水未遠騰飛已啟托高跡於嶢崪之際指大明於頃眄
之間湧上扶桑謂蟠桃之有葉照出仙島疑燭龍之映山

歘赫滿空淵渟沃日當銀漢而炫晃泛金波以洋溢巨鯨
之冥目霍張洪爐之鑄鏡飛出及登乎軌度射破氛霧洗
光華而不濕衝塵埃而寧汚倚九天以照臨見百川之奔
赴故遊者徙倚遐望徘徊久駐因物屬詞愧升高而能賦

第四同前韻　蔣防

山有極天崇崒冠群嶽而首出下壓溟渤之奇岸平視扶
桑之初日天光海上曈曈而曉色已分人代參中促促而
寒更未畢客有愛此早景登玆崇山候東方之昏黑攄中
頂之孱顔俄而陽開陰閉翕赩廻還曳晨光於莽蒼之外
走狂電於溟濛之間高熖忽興瀾汗而洪濤血赤半規猶
隱洪形而青帝朱旄及其旋轉將昇睢盱萬狀散五彩而

錦章巳出照三山而冎足相向杲杲兹始規規湍望火輪
上硜燒碧落之氣埃金汁下融躍紅爐之波浪觀夫巨浸
無際踆烏上摶萬象昭著二儀霍霓驚魚龍之蟄銷恘谷
之寒散入圓畦想葵藿之俱靡稍分林嶺見木石之同壇
獨立差峩曠瞻晷度躔次一道暉華四布赫曦而六合貞
明吞納而百川奔赴不假濤冲之目盡觀玄虛之賦赫奕
昭宣層巖之巔赤玉之盤燭地黄金之鏡帖天海若奪魄
羲和振鞭濕光而長波初沃暖氣而孤峯最先美潤呈祥
重光賦彩帶褱抱之珥照不波之海陰火之微茫巳況土
圭之盈縮晷改則知大明之麗天兮可捧而昇高山之横
空兮作鎮不崩倘躋攀之有路願觀光而一登

文苑英華卷第四

文苑英華卷第五　賦五

天象五

黄雲捧日賦二首　日五色賦三首

日載中賦三首　冬日可愛賦二首

夏日可畏賦一首

黄雲捧日賦一首 以黄雲捧日佳氣充塞爲韻

吾君朝黄圖坐甲乙禮元吉觀慶雲之飛來暈長空以夾
日日明而麗雲潤而黄隨輪巳入乎青陸抱影長依於正
陽磅礴不散氛氳呈祥暖萬物則草木春色涵一氣則天
地黄光推而言之則君爲日臣爲雲君非臣則股肱斯癈
雲非日則光耀難分故上下同體表裏成文樓形遥景於

東户葉影潜扇於南薰由敎有所至朝無可昏是日王三
朝纏五綵杲杲然無幽不燭飄飄然何遠不曁白主袁氣
黑爲兵氣將閉陽和動令人畏又奚能勢均抱戴色不嚴
毅似龍虎之宛轉傍檐楹之髣髴是日也風不霾時正佳
雲日輪盛光陰克諧入房焉可以擬議千吕何足以爲懷
帶祥雲而共美與淑氣而同儕天有日兮晨光重日有珥
兮黄雲捧亦如東海大而百川朝北辰高而衆星拱雲初
繚繞日亦曈曨合三光而爲一混五色而居中於是彰國
祚表年豐應履端之時令識來事之般充察天象兮陽烏
奮翼稽瑞圖兮人望充塞使無階而可乘敢不懃於帝力

第二

正月初吉觀大明之東吐閶瑞氣而曉出初混色於青山
之上循謂護霜漸凝華於黃道之中分明捧日與抱珥而
偶方守人爲匹原夫皇帝御紫宸垂至仁恩覃八域澤被
雲津居其中得通理之體察其外想維城之親然後蔚亭
亭之彩環杲杲之輪左之右之擁榮光於碧漢或先或後
敷正色於青春懿乎日者君之德雲者臣之狀彼無私以
臨下此竭誠而奉上故得配陽精而爲煥符土德而標王
以此圖國國乃豐盈以此示人人知揖讓既而呈彼瑞暾
耀于天門似佐無爲之化如承煦嫗之恩自東徂西異衆
星之拱極陳力就列同萬品之尊元其瑞如之何以慶其
至其色如之何非聖人不覩象伊皐之羽翼同周邵之夾

輔麗焉成象非徒負舟之龍照也騰文盡若苴茅之土蕭
索籠光緋徊效祥抱一輪而匪烏莫黒散九野而何草不
黃是日也乾坤交泰霄漢熒煌風以動之謂奉中央之帝
人皆仰也如披元吉之裳識我者寡遇我者衆思飄飄而
有託目眇眇而遥送飛炯下接乍廻屛翳之姿喜氣上浮
疑繞羲和之控信乎聖德所加禎祥不遐天道悅人謀嘉
故得無心之雲出山川而變色有耀之瑞應圖牒而增華

日五色賦 以日麗九華聖符土德爲韻　李程

德動天鑒祥開日華守三光而效祉彰五色而可嘉驗瑞
典之所應知淳風之不遐稟以陽精體乾爻於君位昭夫
土德表王氣於皇家懿彼日昇考茲禮斗因時而出與聖

為偶仰瑞景兮燦中天和德輝兮光萬有旣分羲和之職
自契黃人之守舒明耀符君道之克明麗九華當帝業之
嗣九時也寰宇廓淸景氣澄霽浴咸池於天末拂若木於
海裔非炯捧於圓象蔚矣錦章餘霞散於重輪煥然綺麗
固知疇人有秩天紀無失必觀象以察變不廢時而亂日
合璧方而孰可抱珥比而奚匹泛草際而瑞露相鮮動川
上而榮光亂出信比象而可久故成文之不一足使陽烏
迷莫黒之容白駒驚受彩之質浩浩天樞洋洋聖謨德之
交感瑞必相符五彩彰施於黃道萬姓瞻仰於康衢足以
光昭前古照臨下土殊祥著明庶物咸覩名翬矯翼如威
鳳兮鳴朝陽時藿傾心狀靈芝兮耀中園斯乃天有命曰

躋聖太階平王道正同夫少昊諒感之以呈祥異彼夏王
徒指之而比盛今則引耀神州揚光日域設象以啓聖宣
精以昭德彰燭遠於皇明乃備彩於方色故曰惟天爲大
吾君是則

第二同前韻　湛賁

聖日呈貺至德所加布璀璨之五色被輝光於四遐纖塵
乍收爛彼雲間之彩淸漣既動煥乎川上之華且夫德惟
純一瑞符祚九彼合璧而未方顧抱珥而何有豈若靑赤
以之彩錯光芒屛其氛垢星同色而莫儔露成文而曷偶
至乃天衢將曙春雨新霽廓彼長空斂其纖翳煥羲車而
逾媚映彤庭而轉麗同象德于金天陋再中於漢帝于時

寖睠屢廻聖心方契恒旰食以爲慮豈浮雲之能蔽觀其
徃復黃道隱見非一彰有德而天下文明照無私而海内
清謐馴暈對而沮色儀鳳臨而委質光浮石壁謂媧皇之
補天影入詞林疑江淹之夢筆彼連珠之代王字之日雖
得以載其圖牒實難以爲其儔匹未若光分五色德合三
無明天道以下濟與人事而同符較茲嘉祉超於邃古杲
杲而五色成文郁郁而萬物咸覩祥光旁燭偏宜連昣之
爪瑞彩下臨更並建社之土于以光被四表昭彰元聖播
頌聲於管絃流喜氣於歌咏矧其堯舜爲理羲和奉職仰
以陽精象于我德不然何以照曜六合玄黃五色出乎震
位煥夫皇極仰北耀希煦嫗以資成傾其心比葵藿之生

植儻餘光之可惜庶分陰之有得

第三韻同前

陽精之瑞兮惟瑞之嘉首三光而委照備五色以連華繁
彩遥分叶二數於聖運祥光下燭賛元吉於皇家且夫天
之降禎昭示群有日之效慶丕應元后軼圖牒而稱靈著
策書而不朽徑惟千里表年曆而當千麗彼九華彰帝業
之在九懿其廓烟霄而朗霽斂天宇之氛曀出暘谷之方
融歷離宮而增麗羲和凝而愕立嚋宮駭以横睇循黃道
以遅遅爍青冥而晰晰觀其瑞景中煥浮晶外溢所以告
昌期符聖日結金天以標異掩群祥而首出仰其衆色比
河上之榮光徵彼謡言異江中之萍實景麗天衢明均八

區知神光之有宰信玄化之潛敷媚韶陽於紫陌混佳氣
於皇都於是見土行之善應識帝載之珎符君一德兮格
于上天日五色兮臨於下土寔有感而斯見固惟仁而是
輔乘虛散彩狀朝烟之燰空緣隙通輝若晴虹之入户燦
爛同耀玄黃交映彙藻繪於金輪聚雲霞於寶鏡當道泰
以垂貺契河清之表聖諒四彗之莫儔豈再中而攸競則
知天意非昧人情可測所以異其彩示輝光之日新所以
呈其祥慶文明之允塞偉夫彼日之瑞可以象君之德謬
膺薦於春闈幸觀光於上國

日載中賦以漢文帝時數如此爲韻　許堯佐

聖德上通陽精下賛經太虛之寥廓赫流光之耀煥皇矣

廣運德用邁於陶唐日數載中瑞克符於炎漢其始也昇
扶桑以昭晰拂若木兮氛氲灼麗景開祥雲羲仲命官敬
導之功式著夸父整策兢驅之勢斯分雖馳騁於靈馭終
感通於聖君故歌休明著徵於陽位察符瑞者觀乎天文
於是翠烟澄霽白日增麗流景弭節飛輪頓勢踆烏矯翼
而却翔驤龍擁駕而迴逝端乎晷漏乖測景之司表乎祥
必俟垂衣之帝蓋所以應仁聖叶昌期曾臬既逾異晨陽
之杲杲昆吾再舍嘉日馭之遅遅是則天垂象兮不昧日
輔德兮無私既載中呈瑞亦太和効時遠以變化同諸掌
握苟夙夜而致理在禎祥而歘歘伊靈氣之潛通豈天聽
之玄邈日之爲笑也無德而言斷日之爲瑞也有時而効

諸運行必隨乎圓蓋昏曉式，經乎方輿昃而復中在明君兮則爾中而斯昃雖壯士兮焉如我皇播德於彼表瑞於此不肅而康哉無爲而樂止躍坎可覿豈假垣平之片言昭明有融寧足魯陽之三徙然鑒於人事兮諒天道而伊邇

第二同前韻　闕撰

日以運行時維貞觀驗載中之照燭表一德之協贊至誠則感寔所應於皇家偶聖必呈豈獨符於炎漢既退舍以迴薄又增明而輝煥且夫天地絪緼日月垂文始將傾而復正頽何鑒而不分當下委之碧落又上排之青雲經紀回旋乃暐晶而射耀次舍中正則澄霽而銷氛何麗天以

昭晰諒觸物而繽紛然而日乃陽德光于四裔陽爲君德配以上帝既居中而有感亦臨下而罔替昔連珠而合璧或五色而四彗咸逐物而遷移並隨時而啓閉曷若此將肝而復昭昭無際則知陰陽冥通乃與仁聖符契徒觀其炫燿在茲氣肅風追合人君以乘時又觀其昭回綿邈霞張雪駁矣嘉祥之欲數時以我既再我則盈縮而自持時以我當中我則清明而不濁既照臨於率土信叶和則反朴夫日也變動不居周流六虛天垂象以咸若精可貫而皎如既匪虧焉比皇明以無極斯呈瑞也諒至化之有餘且神功而不測乃駐晷其徐實所謂懸鑑在彼觀光由是仰大明之載中知積清而率俾因微今以賦事諒舍彼而取此

第三同前韻

赫矣陽精瑞色融爛輪既側而復正景將曛而重煥考祥曆於休明議天心之叶贊信遐荒丕耀而品物貞觀夫其禎烟空耿霽漢始由度而方映忽移躔於巳肝長空斂雲纈明烟熅考殊祥於瑞牒軼衆象於天文燭乎幽同無私於聖代鑒乎下將比耀於明君宜穹蒼之朗霽屏黃道之氛曀踆烏翻翼以迴祥羲和弭節以容裔亭亭兮直午位而逾正杲杲乎爍離宮而增麗休徵屢發於漢皇德感更倬於唐帝雖百官奉職疇人展藝異迴戈之所麾非長繩之能繫是則玄貺告祉皇明受釐日之杲兮靡虧於常度

日復中兮叶慶於昌期土圭不能測其晷玉漏焉足定其時照委晴空曖祥光之郁郁時當春晝添麗景之遲遲惟我后之至化驗靈符而斯數懸金鏡於天衢提璿衡於掌握不然何以表昌期之會迴倒景之車澄清光而烱若扇炎盛而赫如徒倚遥漢徘徊太虛夸父之奔於焉少息垣平之對難以比諸信可以遵祀典委裘而拜命太史以望而書曰麗天兮運行而未巳日再中兮表慶於遐邇每同葵藿之誠冀流光而及此

冬日可愛賦　齊映

閉天地成四時者玄冬麗乎天明萬方者白日至若斗杓移指寒氣入律霜涵冰以凝冱風落木兮蕭飋始成乾以

連行乃宅巽而是出明在地上望杲杲於扶桑光搖水中
疑泛泛而萍實故日出暘谷燕人熙熙苦寒者自我而燠
君即幽者自我而明之將所鑒而並鑒故無私而不私懿
夫吾君之威可畏可愛象嚴凝以神武配耀靈於光大是
以愚智必仰賴者也又如殘夜猶昧破積陰以重光長霄
正繁濟典民於附火聖上納諫亦替否而獻可同彼天象
發陽明以自東觀乎道經體人庶而居左君沬日也申文
明於九重臣諫君也扇和氣於三冬故時以泰歲以豐方
夔龍而並騖與步驟而追蹤

第二（以陽德淳耀消暢寒氣爲韻）　席夔

冬實窮節日爲至陽節窮而栗冽凝慘陽至而焜耀舒光

方傷竹彫松之殺物無不懼覩麗天出地之旭愛何可忽
觀其昇晌明以自東蕩沉陰於有北不赫矣以難向誠温
然而可即依巢之鳥感微煦而和鳴帶雪之林假餘光而
改色所以就之稱堯舜之聖比之成晉臣之德彼谷隱巖
居之子無衣無褐之人照臨遵夫和氣傴𠐊得夫天真慘
怛潛收戚戚之容咸革温仁遠被熙熙之化斯淳故得廓
開曀霾洞達遐微融液氷渚依稀雪嶠散九陌以無氛委
千門以通照彼繩樞甕牖既臨砌而樂我無私雖態席狐
裘亦捨爐而欣夫有嚯且四月歌其烈烈雨雪苦其瀌瀌
既飄風而忽至何見晛而畫消豈若儲精在於宣明舒德
本乎洪暢異春晝暄妍之色無夏天赫曦之狀徵温椒寢
之中稍暖秦樓之上是知時當則慘恤以鮮其歡非愛景而
斯出處窮冬而固難躔次不晉志士徒爭于短晷輝光可
附小人寧怨於祁寒故曰太上化人德之爲貴咸歡歡而
可悅不炎炎以求畏當奎煦嫗之仁以釋幽陰之氣所以
賦冬日之事歌德政之謂

夏日可畏賦（以昔聞宣子之於政也爲韻）　賈嵩

赫爾陽精當朱仲兮厥狀難明杲杲而威稜四序炎炎而
火烈群生九野飛塵破氛昏而下燭六龍銜耀亘天地而
橫行其初也陰魄落彼大明生矣踆烏洶洶以飛來蒼龍
黮黮而光死輾烟霞而炎駕旁轉洞窦海而紅輪徐起烟
勃乎扶桑之津鬻沸乎咸池之水八紘疑火井之内六合

若炎丘之裹路歧難處傷哉行役之人稼穡堪憂嗟爾耕
耘之子始鷩出地漸見摩天曈曨逾盛翕赩彌宣赫曦而
光碎波濤血殷江海蓬勃而氣蒸林巒焰起山川然則居
上克明當中益熾想羲氏於執熱當亢龍之用事照丘陵
而恐是焦元蒸壠畝而皆成赤帝仰之者目眩精眊處之
者神昏體悸草木爲之生烟峯巒以之減翠千里無雲炎
風不聞木而棲者翕其翼泉而躍者伏其群不黨黎昕有
異恩覃之士無私巒陌終同炎德之君可流金而爍石可
焦頭而爛額浩浩兮全紅埃融融兮過虛碧遂使無生禪
子愛其孤鶴片雲休影逸人戀此幽松古栢斯則晉卿執
法於前代魯史立言於往昔於戲猛以濟威剛而馭下牧

於外而恣亂咸哉升於朝而諂謏斯寡如夏日之赫焉孰
云不足畏也

文苑英華卷第五

文苑英華卷第六　賦六

天象六

初月賦　王泠然

觀乎皎皎新月含虛驚闕伺海蛤而脊生候階蓂而俱發既與物而盈偃亦隨時而興歇故其清光未滿斜輪半空依稀破鏡髣髴懸弓離畢墜雨繞暈生風散微華於粉壁集輕照於蘭叢爾其於狀也皎皎的的鏡再宵而灼爍鮮鮮綿綿點清漢而連娟逢輕雲而暫蔽雜華星而共妍焉邊城之羈目監珠箔之嬌絃思閨女之披幌弄舟人於叩舷若乃斷山風入中天氣清雲徹暮景霞開晩晴望頹陽之西落見微月之孤生出烟郊而漫漫映江浦之亭亭凝碧臺以光淨度青樓以色明雖寸情之斯得停寒攬而不盈俄而涼夜未幾低輪半傾墜斜光於森木落餘照於嚴城臨玉墀而不見望亭閣而杳冥餘亦何爲者感在空庭

第二　鄭遂

初生微月若無若有出城中兮纔廣於眉入堂上兮不盈於手若乃金壺稍滴銀漢將流暗鸛驚夜寒兮螢送秋天清

暈𣝌露白光浮臨皓壁而添粉映珠簾而半鉤纖光潤海重明表塈的的飛上娟娟未落銜破鏡而飛斜抱弯弓而勢卻蓂稀葉火桂短花新無篋笥之團扇有虛空之半輪悵排徊以將失情鬱結而莫伸命後車之文雅恭進牘於詞人

明月照高樓賦 以題五字爲韻　前人

千里著明者唯月百尺崇高者曰樓月照耀而莫大樓弘敞而寡儔光含雪淨勢寫雲浮生滄海而皎皎度飛宇而悠悠皓天地而彌廣沉氛埃而已收於是隱映澄寂特起峻峭月上樓高樓明月耀黃鶴驚而欲翥素娥集而匪召垂輪簾外疑鉤勢之重懸透影窗中若鏡光之開照其望

也可以相思其登也可以遠眺及夫高秋寥落寒夜肅清四空迴而晃朗九層屹而崢嶸列歡宴會友生去洞房兮即重屋𣝌華燈而臨前楹玉檻連彩粉壁迷明動鮑昭之詩興銷王粲之憂情則有離居獨處愁思未歇持鳳管而坐樓矜娥眉而對月徘徊宵際悵快明發步蓂葉而盈盈顧桂華而忽忽

月臨鏡湖賦 以風靜湖滿輕波不動爲韻　陸贄

月配陽含虛而明湖止水體柔而平光無不臨故麗天並耀清可以鑒因取鏡表名月包陰以成象水禀月而爲精兩氣相合實不入而疑入二美交映伊本清而又清色皎潔而秋天愈靜波演漾而宵風乍輕類泗濱之磬見疑合浦之珠明至明洞幽至清無垢同玄澤無遠不遍等達人以虛而受滿不可恃望之足戒以虧盈形或未分鑒之則辨其妍醜輕靄不起纖塵莫過沉璧彩而爲鏡碎金輝以成波皓質未判空聞田鶴之唳香風乍度暗傳蓮女之歌萬象皆總湛清光而不動極望靡窮凝虛浩而如空照同心千里之外洞游鱗百丈之中棹影乍浮如上天邊之漢桂華不定多因蘋末之風白晝誠窮殘夜將短臨遠峯而欲落沉餘景而猶滿月之德也朗而迴水之性也柔而靜照有餘輝光無匿影滿而將缺願免自殊於太陽導之則流無禽豈同於舊井原夫德無不應理必相符湖以柔而藏月月因朗而彰湖不私其明明則有裕無逆於物物乃

不孤異投珠而按劍等藏冰而耀壺惟水月之叶美與君子而同途

破鏡飛上天賦 以青天流皂玉戶失顏爲韻　李程

何新月之嬋娟如破鏡之上天微茫而桂樹猶短髣髴而菱花不全皓色減去清光獨懸謂是云非開玉匣而長在自無而有指金波而未圓象則陵虛名何責實伊酷似其素影若同分於麗質莫測潛化空驚迥出憐此夕以孤飛念誰家而暗失況夫微明海澨遠掛關山感重輪而易缺思盤帶而莫攀姮娥掩色嫠女分顏意迢遞而難明半生象外豈別離之可贈餘在人間霽景澄寂泬寥凝碧匪迴輝而照膽徒向晦而淪魄洞房未掩過甚堂上而不歸斜漢

欲低入窓中而猶隔亦何辨夫鎔　於火化隲彼陰靈比孤光於珪白諭片影之銅青進空絢練遠色晶熒爽氣共浮豈彩霞之能掩芳塵不到非素手之所經觀夫漸倚上玄迫於下土瞻吳牛之罷喘對孤鸞之欲舞徵碎質以委地有方輝而竟户哉生之後從一氣以裁成埋照之時豈五金而能補正當殘夜偏稱高秋含烟不隱泛水如流苟孕明於真宰非禀質於人謀似逃秦殿聊上庾樓疑熠熠以從華類纖纖而若鈎異彼粧奩掩茲遊燭方應候以戲珠不鑒容以銷玉坐惜雲曙行愁漏促暈猶未合無陳方士之灰點不可磨空負先生之局

月照寒泉賦　以秋月清明夜泉澄澈爲韻

皎兮月出皎彼泉流月燭清夜泉澄素秋其象也合之雙美其氣也同之相求觀夫彼瀯者泉彼高者月臨四海而照無私利萬物而功不伐故能流而不竭明而不歇清見底而練色寒凝暉盈輪而桂華秋發則知水者秋之氣月者陰之精月下泉湧泉中月生其始愈出其少徐清度晦明兮共隱共見歷今古兮齊虧齊盈皎皎兮不易其色冷冷兮不改其聲足以洗潁川之耳濯滄浪之纓者歟至若寒露白秋天晴金風始扇銀河未傾卷纖雲而九霄可覩掃薄霧而萬里克明於是泉悠悠以東注月遲遲而西行彼月伊何明之大者彼泉伊何清之至也泉凝釋於春冬月行藏於晝夜既處卑以習坎亦居高而臨下攬不盈也則照之而有餘　流無窮焉如逝者之不舍故得莫明匪月莫清匪泉月經天而燭地泉帶地而澄天素波洞出清影孤懸氣涵浪於一色輪照底而雙圓圓如日麗净若霜凝寶鏡出匣玉壺開冰搖清吹而灩灩澹碧空而澄澄度淺沙則清影遲漫漱幽石則光波沸騰又不可樂而翫飲飲以曲肱者也客有續爲泉月之歌歌曰月照泉兮泉涵月泉潺湲兮月皎潔波無魚兮清澄月有蟾兮澄徹觀碎璧於連漪認明珠於圓折信上善之可方而智者之所悅

姮娥奔月賦　以一升天中永棄塵俗爲韻　蔣防

昔姮娥服仙藥於俄頃指陰靈以馳騁嗟人世之如流覺天衢之何永於是竦身騫翥齊月凝冷振環鏘珮雜珠露之珊珊雲帔花冠渡銀河之耿耿伊立志之有恒果躡景而可憑出乎寥廓愛此清澄企予望之想蟾蜍之下視進吾往也軼埃壒而上升且夫碧虛望而自致清質瞻而不隳天迥而音塵巳沒風落而芳馨微至往而不還誰謂與子偕行仰之彌高孰云不我遐棄窈窕輕舉圓明映空遺九族於脫屣冀孤輪之處躬獨往孤高若集瑤池之上潛來烟霧如分紈扇之中迷晶皎亂曈融神明合柔德通想泛金波詎假琴高之鯉將攀桂魄寧因御寇之風冥冥晬容規規皓質乘飛廉兮竦踴追望舒兮寥慄初疑粧以臨鏡形影猶分終類冰之在壺輝華相失故得享年代之悠久與乾坤而齊立明明配日高高在天對陽烏之升降伴

仙兔之昭宣蒲時而玉貌和光難分皓皓虧處而娥眉共麗不辨娟娟烱若通輝超然絶俗想明眸而下鑒並玉鈎而傍燭閨中結恨感子於三五之時笛裏傳情聽我於關山之曲豈伊異人學道全眞湘波之妃洛浦之神曾不足繼其芳塵

新月誤驚魚賦 以在水爲鈎有並垂綸爲韻　白行簡

纎纎之月兮濯影清流渾渾之鱗兮妄意懸鈎乍見之而深入復繞焉而誤遊若落餌遲來舟游沫不安頗似縱而方引唫喁自失疑已懸而未收當其照溪篁興舟子駭垂竿而亂動訝半規而特起諒不知夫月來徒有虞於夕死或跳躍無所每健羨於脱泉周旋不能乍蹉跎於失水且

復走萋荇觸洲沚斂鬐鬣以曲全高首目而圓視引躍方夫形儀更眞桂影西南盡迷玄兎與波上下難晦紫鱗雖類吳牛之喘月獨喻文鯷之觸綸轉蕩其心似迎其手恐牽復於未濟懼鈎深於善誘同畏景惡跡之士視於無形異貪餌暮羶之徒求之何有夕惕未已宵迷不舒每流浪而遷逝顧息陰以躊躇豈將畏首與畏尾亦將愼終而愼初靄靄孤光隔千里而共此鰷鰷下視雖擘波其焉如旣而魄盡中流光沉西海猶睽貽於故處尚怵惕其安在豈鵬化之質不能奮飛方魚服之時每嗟危殆悲夫似是之疑何莫由斯況文竿晝引緒餌宵垂苟人謀之不毅何天道之可窺安得遠循機深修迥笑八明月而弄淪漣與神鷗而相並

漣漪濯明月賦 以題爲韻　侯喜

水上風起天邊月圓何怡情於遥夜濯委照於輕漣兔怯盈縮蟾驚泝沿謂玄濤之弄珠將投進退訝方流之有玉欲獻遷延泛灔靡凝沖融不歇漸失沙鏡逾迷海月冊霞合而暫止青蘋開而匪輟足使浣紗之女愧嚬蛾於後來伐檀之人恨流光於明發咸池何爲遠在天涯言浴白日曾非綠漪彼浪以雪著月以光垂縱欲報其虛室亦無能而可施曷霄漢之下人褱不離望舒俯降陽侯悅隨班如貫如克將順乎其美于沼于沚必周旋而中規且濯乃疆名明而有素蓋取樂於風景豈同劾於塵路所以淺不浮

華深不掩嫣殊渙渙於鄭什引悠悠於謝賦懿其滄若含情耿若功成遍菰蒲而斂曜蒲洲渚以澄明漏永更遥空見浮沉之狀星移漢轉無聞出沒之聲嗟夫月霽乃明水煩則濁苟氛昏之掩蔽與魚鼈而溷濟水假當其演溢月縱思其滌濯運垂道阻天懸地邈則安得輕飈暫拂水鏡動於秦臺纎埃不飛玉璧吐於荆璞含輝發彩似忠臣之沃明君如後進之資先覺豈徒比其光麗而已

海上生明月賦　徐晦

巨浸不極太陰無私寒積水之遊氣覩圓魄之殊姿皜皓天步蒼茫地維泱漾崩騰助金波玉浪之勢晶熒激射當三五二八之期蓋進必以道豈出非其時繼傾曦以對越

揯浮光而在茲嗟乎空闊之容若彼清明之狀如此層樓旁起疑庾亮之可從珠蚌潛開異隋侯之所委邐次雖遊風濤詎弭出霞岸而不遲過鼇山而孔邇顧兎撻栰姮娥徙倚將運行以故然諒滌濯之難揣遠絶昏霾迥臨津涯竟無幽而不燭斯冥力而上徘希逸之賦可稱界于斜漢玄蟬之詩有作映彼清淮未若皎皎初吐蒼蒼可階叶朝夕以晦朔寧望斷而意乖翕淪涳洞雪飜烟弄水族將蟾影交馳浪花與桂枝相送疑目是遠賞心斯衆苟佳景之必存孰良辰之不共滔滔節宣冉冉徂遷循彼萬流差廣納而觀海推夫兩曜候夕照而得天客有吟想此夜淹翔有年感浮桴而偶聖庾乘槎而逢仙亦將覽孤景盥洪漣

聊學抽毫而進牘豈追羡魚以臨川

文苑英華卷第六

文苑英華卷第七　賦七

天象七

秋月賦以至明周照為韻　歐陽詹

粤惟日行于翼風發於庚白露下降鳴鴈來征野颾颾而未落天寥寥而氣清獨孤亭之不寐見涼月兮東生上迢迢之霄漢掩冽冽之恒星出江山之磅礴豁閭闔之崢嶸皎皎揺揺晶晶盈盈映階墀以歷歷對窓户以亭亭雖他時之並照何斯夕之為明異夫白鶴翩翩不分其色寒泉洒落空聞其聲乃進夜以虚燭實純風之至精於是照耀必周通冥洞幽其色也潤林巒之卉物其影也瑩江湖之亂流盈池亭之寂寂增氣候之颼颼起離家之遠恨生去國之繁憂何勵而不見何人而不愁豈謂征客懷歸徘徊於黄榆之塞佳人怨別蕭條於紅粉之樓已矣哉信知宇宙之中光明為至非淒涼之獨感亦清貞之可類臨照者足以倣有德之君潔白焉宜將匹無瑕之士傷哉不肖徬徨嶺徼時雨露兮未沾自形影兮相吊顧窮經兮取老恐用人兮尚少幸君子兮如月冀餘光兮一照

華月照方池賦以凝素光淨寒水為韻　李漨

天開圓月水凈方塘月則桂華初湳水不則蘋風不揚徘徊委照瀲灔交光素魄將臨合浦之珠乍吐清漣同映玉壺之氷始藏契禪心之寂寂發郢思之蒼蒼何茲景之逾麗信終夜之難忘况乃萬里塵埃三秋罷霧始曈曨之啓夕已奫淪之納素前臨不測姮娥下入於河宮未望長空明鏡上騰於天步碎蟾影於龍鱗之浪混瓊華於雪毛之路天象合而益空毫芒鑒而必具故夫秋以為節氣以霄凝紅葉落而渚凈白露降而波澄沫之滸之始方舟而取翫今夕何夕若乘槎而上升豈獨發清管臧華燈思凄切於阮户光漾蕩於玉繩而已哉觀乎麗天者月習坎者水水以柔而居月以輝而垂美一鏡合而內外澄鮮雙影分

而上下相似驚夜聲於凫鵠鋪皓彩於蘋莖規沉泉底豈魚目之能倫勢出波中乍洛妃之可擬異乎纖纖樓上的的雲端未若鱗不聞於天宇魚不驚於釣竿舟蕩漾而烟空轉飄風淅瀝而桂影生寒佇以取鑒適夫性情寂以喻道斯道也逾深色以喻空其空也逾凈故體上善之為德中含光而不競既彰玄殺之樞用播詩人之味

瑤臺月賦 以仙家帝室皎潔清光為韻　王淮 至元十八年試宏博

素月霄凝塞空迥徹照瓊樹以增麗煥瑤臺而共潔遠而望也浮皎晶之精光近而察焉帶㠑峩之積雪美其清熒互映絢練相鮮洞玉砌以周設對金波而正圓增搆參差迥出林巒之表光輝照燭還同崐閬之前襯重壁以發地瞻百常之造天乍勤乍揺難審詳於衆目若明若滅疑陟降於群仙顧兔淒涼崇臺窅窱慄尔意駭倏然逸悄騁階級以雲矗緊瓊瑛之霄皎徒引耀之可觀豈懷材之足表若見仙闕如遊玉京月映臺而九天共霽臺照月而萬里俱明含氷霰而逾潔軼氛埃而更清斯可以滌鄙夫之幽抱暢達士之高情皎皎寒光悠悠清質凝精以降委照而出玩浮光而神竦炫微輝而皆溢視乎外美清瑩乎瑤華鑒乎中致齋莊於虛室由斯可保亦既有光始激射以內照忽飛騰而外揚壁彩遥分奪氷壺以的的桂華中映同日觀之煌煌於是天地朗然纖埃不翳九成由其直上八表可以旁睨將以象清都朝玉帝豈徒惢遐想窮遠矚徘

徊於臺榭之間悵望於蟾蜍之際而已哉吟翫　餘久規圓已斜數將傾於桂兔思復寒於瓊華庶竭精於冊府寧遠慕於仙家

月映清淮流賦 以題為韻　楊諫

地有四瀆其一也惟淮天有兩曜其一也惟月月至明而不阻遐邇淮至清而可鑒毫髮故澄澈而相暉况埃壒而杪歇泛灔多象曈曨交映類藏氷之在玉壺如臨水之懸明鏡引清潤而介若自潔和素光而終然不競千里伴孤舟而浮百丈動纖鱗之沫此所謂物至凈而增其凈也如其孕靈納影委照淪精徐而匪濁攪之不盈蟾蜍下沉對蠙珠而增美濬源圖折混金波而再清皓鶴奪彩玉砂迷

明如分冊子之望終起漁歌之聲此所謂物無情而感有情者也古人有引類爲贈因物傷懷風雲欲別琴酒相乖念居者已賦乎露濕寒草悲行者則想乎月映清淮盖旨哉月以陰而合德水爲坎而處柔或麗天而成象或紀地而引流契仁者之理靜含道門之清幽有二美矣允乎于休將以求古之情多聞是務一則以紀其善一則以垂爲裕以灰厭暈不學淮王之方進牘抽毫空作謝莊之賦

月明星稀賦 以大明流光群耀自職爲韻　常琮

伊圓光之未呈觀列象之繁星忽昇輪以委照齊掩縟而韜精天宇無雲意姮娥之可覩金波出海覺婺女之迷明爾其兔影高輝榆光潛靄冲融者寡落或存隱映者蒼茫

自昧仰著明而下分融朗驚有爛而全迷光大美矣夫星沉四裔月麗中央以合璧之華彩掃連珠之衆光有北微分於辰極維南屢失於昊蒼奕奕三台既慙容於出沒熒熒玉繩亦具體而微茫時則隔燭地隅斜臨海嶠寫碧落以增麗拂金風而引耀使占蜀國當曖昧而何知賢聚潁川豈低昂而自照的的悠悠蟾孤桂秋離離兮弄影如晦皎皎兮澄明不流萬家盈手之時望牛女而纔見千里同心之際美烏鵲而追遊且樂彼無私失乎躔次焜煌河鼓纍歷天駟杓朣朧出地似懷德以增輝忽粲爛經天知畏威而有自既而夜久凝澈時無埃氛銀華炫晃以將落珠彩蕭疎而掩群且共歎於陰靈因悲鵲化如欲觀其分野

豈辨天文儼若咸賓稀然且集知至明之難競故不耀而相襲則水朝宗未足以爲喻火就燥孰云其可及吐皓魄以流空掩繁光而載戢

明月照積雪賦 以孤光上燭寒彩上凝爲韻

月麗天而配陽雪抱陰而體剛輪合太虛類呈祥於往漢尺盈平地亦表瑞於我唐清虛洞照皓質練張配金精而可久稟水德而爲常月吐危峯自掩瑶階之跡雪凝平野誰分玉兔之光高卑交映靜動有方一則候明而昭彰同聖人之絜白類君子之行藏俯而察之則謂覆玉山之王遠而望也謂覩燭龍之燭影能相扶德且不孤朣朧相映若有若無虧盈足爲物鑒朴素可與道俱

夜久彌明鵲遶林而就侶室虛生白人味道以自如當其雲卷天高氣銷鏡朗曠碧霄明媚之色失白鷴飛舞之狀臨北堂而可鑒曳穿履以遐望娟娟若畫高臨舊井之中淅淅驚風疑落孤松之上光臨皓壁氣引凝寒混金波而曜潘室交素彩而鄙齊紈入秦臺且不慙於清鏡彈楚曲寧有愧於幽蘭懿夫夜已深兮月猶在雪未消兮夜將敗照曜冰壺之質掩映瓊林之彩月之德也明而升雪之體也白以凝圓虛色澈柔祇氣澄故得二美相貫兩氣含弘謝莊翫而成詠袁安寢而莫興原夫象在於上形成於下德無不施物無不假比同塵之叶美異投珠而見捨倘委照以無私頤不遺於微者

月中桂樹賦 以中秋夕望光彩陳爲韻　趙蕃

圓月如霜有仙桂兮宛在中央映澄澈之素彩逗葳蕤之冷光杳杳低枝拂孤輪而挺秀依依客樹侵滿魄而含芳覩其皓爾方疑儵然不改隨昇沉而自若貫盈缺而長在曼慕慕而臨空杳萋萋而發彩同蟾蜍之片影似濯瑾池異珊瑚之幽蘂徒生滄海埃壒初歇闌山正秋空泬寥而逾淨色冉弱而彌幽謂扇花薄如珪玷浮望玉露之初垂逢疑滴瀝聽金風之乍起遠若飀飀皎皎孤懸亭亭相向綠分杳靄之質微辨輪囷之狀諒攀援而莫及寧欲掩晋歎音塵之未期空勞曠望嘉其竦本無地分輝有餘轉低影於穹碧擢幽姿於顥初訝姮娥之繪成文逾霍靡並秦

鏡之照出勢自蕭疎斯所以亘雲路委天衢弱質中植纖條外扶亂彩時挺起飛飛之鸞鶴澄波靡隔掩歷歷之高榆是故邈彼輕霄呈茲末夕紛敷遠堂偃蹇旁射夾餘霞而暫冉經斜漢而彌白臨紫極而天香不散指北斗而仙花可摘況其遠象朣朧桂子宜空惜迢遰而遐想況嬋娟而內融素色不彫自挺雪霜之外清陰迴泛頻移霄漢之中何必詠招隱卧幽藂廣高枝兮可折願逍遥於蟾宮

第二 同前韻　楊真弘

月滿於東桂芳其中因澄輝之皎潔見幽茂之玲瓏炫疑冷於清夜寫濃纖於碧空遠莫致之詎攀折以盈手光可鑒也覺清明之在躬夫擢本陰靈流形末夕稟玉燭之和氣潤金波之滋液枝徘徊而若垂葉靃靡以如積同作續於團扇想乎尹於尺璧悠悠歷歷宜乎凛秋滿虛輪而挺秀掌白暈以含幽天邊無風孕香氣而不散草上有露泛花光而若浮異夫高謝地靈妙融真宰籠玄兔以不動映素娥而如在太陽讓美收若木之餘暉列宿懷慙掩白榆而沉彩既寒暑無變亦古今不殊是知託其所終乃異顛而不扶二氣初分誰見栽生之質三光不息斯無朽蠹之虞與燃薪之殊患同瑞草之共舒事相傳於撫實勢終類於憑虛樓上含華映網軒而列耀園中委照蓋嘉木之蕭狀及素秋之節信謂逢時當明德之年何憂掩望恥片玉

以齊價笑三珠之可尚彼蘂生因地森挺陵霜驗植物之斯美杳神功之可量垂蔭何方乃傳天之下界結根何處宛在月之中央又安能較其小大齊其短長冀一枝兮可得故驤首以觀光

玉鉤賦 以常儀正經故無朓朒爲韻　張仲素

月以陰德玉聞夜光伊在天而成象杳如鉤而可望每映樓而皎皎類照廡之煌煌隱見以時兮不愆其候虧全有節兮此惟其常當其霽景方晚清飈既涼瑩迢遞之初魄出西南之一方豁皎皎之輝尚潛玄兔呈纖纖之狀詎假白狼刻乃就盈之姿曲成是惬從三讓而載吐表四序之克協俾雕瓔之異象契舒光之數葉臨洞房之內猶牖瑣

窓隱逶城之隅乍明粉堞觀夫媚霜烟掛遂曼悟如珪之有始知合璧之將聖既麗天而作則亦順辰而爲政彎環而素彩未流蕭散而丹霞始淨所以增思婦之獨愁發詩人之興咏豈止生波海筵煥乎天經況於玉以比德複如鈎而效靈落魚浦之間偏宜泛影垂朱簾之側宛似分形思其迥出隴陰漸登雲路每因躔而進晷就新而去故沉澄寥之空碧麗柔明之微素昌蛾眉之足儔豈玉璜之能喻然而合其道也則圓景不渝順其化也而盈缺或殊當未光之時所明若昧自哉生之外其有如無且色依微於林表晦見西方之謂朓光掩映於暘谷朔出東隅以爲朒今與此而守度諒君明而臣肅故其賦玉鈎之輝輝誠可

增金波之穆穆

第二　紇干俞

日云莫矣月出之光始如鈎而可辨亦方蛾而乍揚太陰表精知就盈之所漸司曆紀候見哉生之有常原乎内職既修陰事允叶故得啓臨照於品類彰運行於紀牒上迷山桂之藜梢應階蓂之莢沉碧水以輝動掛珠簾而影接孤懸亳野很銜虛貴於殷年迥燭汾陰昇見方懟於漢葉高凝雪映朗若氷淨懷遠戍於虛兮望征人於破鏡將以洞纖芒而並深鑑符陰德而昭聖政豈比夫空驚思婦之心載發詩人之味彼鏘珮鳴環之侶瑤階玉砌之庭徘徊瞻乎爽朗畹晩俟共清熒披霧纔昇綃幕誤傳於盈手流

天末潚璨窓徒訐共分形奚必效重輪之慶表三珥之靈然後可以光帝典而耀祥經者哉是知渝精蟾兔亦此之故比質瑾瑜其美何無所以澄清景於天杪蕩浮埃於物表倏周流於皓壁漸泛濫於靈沼千門始麗以消消午夜俄分而皎皎禮有讓遂成其魄政以齊勿謂之朓昔也示冲於朏謫見乎朒諒無徵於坎舍斯有數乎遲速今聖后垂統繼阿爲僕本其位于西方正其居於北陸明大昜致遠之義合升歌何中之目夫然則罔差於常度所以集帝臺之祉福

文苑英華卷第七

文苑英華卷第八　　賦八

天象八

老人星賦二首　　五雲同色賦四首

衆星拱北辰賦二首　衆星環北極賦一首

老人星賦　　郗昂

魯大夫登大庫觀上玄端北辰以正象望南極之穹天辨列宿之高映見丈人之獨懸色熒煌以奪目形皎潔而臨邊候德至而浮彩副時和而應躔爾其玄鳥司分蒼龍御歷節春秋而隱見當丙丁而的爍且遺光以表慶亦應祉而純錫故經曰其國泰其星明天垂象物與禎循晷度而靡替順璇衡而則呈其座也一符帝者之一位其義也壽

契烝哉之壽名玄武霄中偵西陸以凝質白藏氣杪直南郊以散精夫有開必先無福不應若政事中律則嘉祥叶證五緯分影而交朗九月騰華而吐孕此乃王澤弘天瑞作恒星轉耀而同煥布景揚輝以相薄初昇穹昊月午而孤燭猶燃未映疎林夜久而圓珠未落景既繁集靈機衆夥臣望氣以敷奏君向陽而拱坐維戢穀而自天寔休徵之在我驛芒下射減草莽之飛螢紫焰傍融掩榆關之流火老人彰矣成此乾文老人出矣賛此明君書王牒以垂範紀緗圖而播芬自古爲天官者莫不察時變紀殊尤唐昧擅譽於南楚史佚專美於西周宋則子韋遐鑒鄭乃裨竈深求殷馗縱眺識曹公之肇迹李郃凝目知漢使之將

遊余非曩昔之群彥媿[illegible]學於前修徒循廿石之遺旨頓獻祐而歸休

第二　　楊烱

赫赫宗周皇天降休麗哉神聖皇天降命開綱布網發號施令河出圖兮五雲集天垂象兮三光映南極之庭老人之星煜煜爚爚煌煌熒熒秋分之旦見乎丙春分之夕入乎丁配神山之呼萬歲符水德之兆千齡晃如金粟粲若銀燭比秋草之一螢狀荆山之片玉渾渾熊熊懸紫貝於河宮曄曄曉曉耀明珠於漢水其光也如丹其大也如李稽元命之攸述按星經之所紀見則化平主昌明則天下多士經始靈臺崇峩崔嵬星則唐都講藝氣則王朔呈材

晝觀雲物夜察昭回覩南郊之炳燿欣北極之康哉三公輔弼庶官文武獻仙壽兮祝堯奏昌言兮拜禹瞻太霄而踴躍伏前庭而俯僂萬人於是和歌百獸於焉率舞穆穆神皇受天之祥邈矣台州之北窅然汾水之陽貞明也者日月同光貞觀也者天地爲常有混成之獨立運元氣之茫茫若夫大虹流渚金天當宁大電繞樞軒轅受圖殷馗則黃星見楚雷煥則紫氣臨吳青方半月東井連珠辰極之齊七政泰階之平六符雖前星之盛德又何以加於此乎至若甘露溢醴泉出蓂莢生嘉禾實鳳凰丹彩騶虞白質南海無波東風入律比夫皇穹之錫壽何足以談其萬一聖上猶復招列仙擇群賢日[illegible]一日玄之又玄兵戈不

起至德承天臣燗作頌皇家萬年

五星同色賦以昊天有成命爲韻　張叔良大曆四年誠宏博

聖人守公器膺大寳下順乎黔黎上法乎玄造天且不言
而覩於德星有同色兮應以道日月旣運攙搶必掃近接
唐堯遠徵太昊惠化巳敷於萬國降精何慙於五老若乃
二儀覆載七曜廻旋運行有準次舍有躔或以璧合或以
珠連更水火之啓閉遞金木而推遷且鎭也者配萬象以
時應周四序以功全德位居中混儀之人事著矣色黄主
土國家之王氣在焉故歲以春而布令辰以冬而候宣熒
惑奉炎於夏日太白御煞於秋天皆青白各爾赤黑自然
忽與土而同色瑞我皇之應乾逖覽傳記遐徵休咎陰數

六陽數九上蒼降精玄象所守事須合於往契政必由乎
厥后二儀交泰兮自古同休五星輝彩兮當今信有天下
歡洽百姓殷阜况運昌兮屬乎羲軒矧歲稔兮逢乎申酉
且夫摭大號實鴻名旣資乎日角亦禀乎星精然後臻符
瑞叶休禎天雖高兮取則不遠象旣設兮其應甚明觀五
曜之同質畜四序之有成則知聖能法天天能瑞聖君臣
合作遠近相慶德邁乎古今道洽乎歌咏信五星之一色
乃昊天之眷命

第二　崔淙

大儀設象下土是保作燗戒於人主垂吉凶於穹昊咎厥
失政休厥有道盈縮之分足推進退之心可考或主德而

有功必祐或主法而有罪必討爲聖人之佐兮融融作乾之
緯兮杲杲若乃從横天宇經紀星躔光芒井口熤燿斗邊
乍聚乍散或離或連分道則熒熒来散周流乃點點珠圓
其動也直其静也專道溷則失位時清則色妍豈比夫二
使獨能承命七紀徒爲麗天者也今我后運乾之符握坤
之紐表正萬方肇康九有啓土繼聖乃人和而歲阜順時
立政故天長而地久所以有倫有次不淫不守光光兮作
邦之孚崇崇兮作聖不朽故我后修五禮偃五兵君臣一
德歌舞以行斯倉斯廪如坻如京玉衡正太階平遂使金
也水也不能知白而守黑木也火也不能全曜而自貞乃
並用而丕變與黄中而同明東爲四方之首胡不與歲而

同色水爲五行之長胡不勖神以同榮繄土也是我皇之
休運乃昊天而有成且王燭常明霜天若鏡瞵月魄而璀
燦落天津而隱映朝臨日道勖我后夙興之勤思暮入天
樞表聖皇夜寐之勤政有以見日月之貞觀有以見天地
之寳命暫逢急景之時更作重暉之味

第三以天下和平君臣合德爲韻　姚𣲖

至道無偏陰陽至理象縧不忒爰或五星同色四序調年
非天莫能輔聖非聖奚能動天列位有恒皆向北辰爲拱
偶運則聚宝惟東井見傳觀天文之元吉由人文而化宣
爾其歲星配眷維德斯專五常仁也五事貌焉彼若仁無
虧夫貌則終日乾乾熒惑紀於朱夏禮貴知於言雅受制

之月每獨入於太微休咎之時則先標於分野緣號不乖於火德庶績其凝於天下太白出䝉衆星異科西則陰星以夕見東則啓明以曉過係金爲主用義方多政洽則義當政失則言訛蓋秋令之不逆俾金氣而能和辰象韜精用晦而明智克存而聽審冬令順而水清或奎婁而春見或角亢而秋呈既度數而有準知乾化之升平中央稱鎮應土而分昔則各主方色今則同色垂文特感無爲而理實彰有道之君稽乎漢志抑有前聞堯舜爲主伊呂作臣時惟尚質倍似還淳六氣氤氳風不鳴于樹三光朗麗雨必降于旬豈惟七歩而見祉蓋亦四夷以來賓感而遂通休徵荐荅諒朝廷之嘉瑞表君臣之道合豈比夫河在天

而虛橫斗建月而空匝宿離不忒實禎于國使七政之以齊何五行之相尅既垂象以昭泰可仰觀而取則因明試而賦斯敬頌聖人之火德

第四（以天下偃兵無爲而理爲韻）　林滋

惟聖御極兮惟德動天神超綮表兮功軼帝先和氣轉以交暢休風裕乎上玄耀貞明於日月紛輕靄於雲烟九星不改而仰止五緯相次而燦然若乃歲位在木辰見於水熒惑表火正之中太白應金方之紀鎮實土德黄爲中美惟我皇之至聖信體元以合理萬國同風三光叶晷岩廊有謐垂衣之化炳焉蠻夷合自清戢戈之日久矣帝有孚而昭應天何言而効祉登覩其瑩以書於宣夜徵瑞典載叶於

聖期仰三辰之焜燿表六合之雍熙惟皇王之同德彰福應之允茲可以對越郊廟紛披歌詩贍彼景瑞候其禧而（作候其禧而張衡東京賦）昭回于天垂象于下廻列躔次遥通分野或表異於歲登乃呈休於王者觀五行之秀氣與一月而齊明同色已傳於堯曆聚井更弭於漢兵足使皇圖有耀史牒增榮天疑兮瑞彩聖禀兮休符映天津乍疑於流火駕漢浦更類於沉珠煌煌則耀衡碧落歷歷則光含白榆惟列宿之自拱倬前古之所無夜何時兮其未返天之廻兮光已遠隨斜漢而影移落堯城之更晚星兮懸倚蓋而垂休伯也知靈臺之已偃聖上事無事爲無爲精流綿象絲入熊羆猶下弓旌之詔俾收岩穴之奇夫或

不敏備謳歌於聖代與帝力之何如

衆星拱北賦（以人歸政德如彼衆星爲韻）　李程

爲章于天惟彼辰極環衆星於庶位標帝座於有北故昭回之設象俾聖哲而取則鈞陳就列等營衛於宸宮閶闔旁連類藩屏於王國煥乎布彩儼若受職念精氣之無親叶天地之輔德仰圓象之炯爾嘉清輝之皦如昭明有融不韜光於隱晦悠久斯在豈隨運以盈虛戒彼不恒其德故能奠厥攸居當其天宇廓清玄緯交映若萬物之調玉燭猶聖人之握金鏡守寶位而厚群生在璇璣而齊七政麗天之象拱北辰以是依率土之倍亦向化而無遠契一人之有慶同萬姓以知歸不然何躔次縈乎黄道周廬匝

乎紫微乍合彩以呈質竟同耀而分輝俾夫左之右之莫不具爾無小無大咸惟嘒彼考時變兮是察知天成兮在此仰觀或辨其𢊁明内附寧阻其遐邇是以纚連清漢點綴蒼旻流彩未停蜀郡猶占二使圓光旣聚潁川應會賢人則知居之者安輔之者衆輻共轂不足以喻其周環斗在天孰可以齊其北諷亦猶元聖立極群后來庭登三傑而漢道斯盛致多士而文王以寧倘臣聖之有日願在位於恒星

第二 同前韻　李程

邈矣辰極凝光於北以迢迢之遠狀出蒼蒼之正色蔭華蓋作上帝之居擁神休爲下土之式厥高可仰其儀不忒

觀衆星之附麗如小邦之懷德至於遐瞻五緯迴眺九圍湛河漢之秋景藏烟霞之夕霏此則信無大而無小諒知章而知微繫以低昂嗟在空而錯置煥而旋復訝共貫而知歸環紫極而未散流素月而方稀瞻夫攝提引翼鈎陳邐迤或重輝而玉集乍浮爍而波委儲精定位叶天步之廓然有耀遠方振旄頭而嘒彼且冲漠之外或盈或虛譬則觀夫成列晝焉測其所如是知惟辰得中同曆作聖合眞宰之至理稟昊天之成命陰滋玉燭徒見寘其六符洞契璇樞惟悟齊其七政當其重城未啓永夜向晨想清防於嚴寄披玄霄而得眞俱熠熠以晶朗乍煌煌而彩新類珠連之可媚儼天行而自陳拱之立言孔氏已傳乎舊史

犯而成象漢帝曾容其友人渭乎晷度琛合躔次律中輻輳轂繞可比其稠水會瀛未足方其衆益所以明上德之攸擬宣下情而通諷客有託身白社翹思青寘當天地交泰山川永寧敢屬詞而體物照庶士之從星

衆星環北極賦 以辰極鎭居衆星拱北爲韻　趙蕃

惟極天之樞惟星日之餘日散精而外布天樞要以高居的然守中昭上玄之道著爛兮繁會助下濟以光舒况乎有條不紊旣明且疎雖貫珠而奚擬縱編貝而豈如周流無窮隨五緯之軌道運行有度參兩曜之居諸疑徐而速若動而息不騫不崩匪差匪忒俱遞遷而序别各有位而分職瞻言粲粲何三五之在東嘒彼累累亦四七而朝北

是知統太一而爲衆處天心而稱極故能總懸象之綱作垂光之則不然何以採天之賾何以表天之闕必得一以含默乃聚黄以修繹明夫攢會者靜而處輔相者動而順靜乃常德不離動惟遵道無吝然後衆星熠熠外辨方而不迷一極煌煌中居所而作鎭是以仲尼譬爲政之德羲和時敬授之信則天道恒象人事或遵北極足以比聖衆星足以喻臣惟臣不矜德合星之夕惕惟聖不代道配極之日新故得肅清黄道利貞紫宸豈惟大邦是控臨朝御衆而已實將先天稽極後極立經仰觀其動靜旁暢其儀形然後爲政同乎北極來方類乎衆星斯乃先哲之臣是崇是奉皐陶所以邁德虞舜所以垂拱不然比衆星之環

北又奚足以爲重

文苑英華卷第八

文苑英華卷第九　　賦九

天象九

泰階六符賦三首　　北斗賦一首

二氣合景星賦二首　　天晴景星見賦三首

景星見賦一首

泰階六符賦以元亨利貞爲韻　　錢起

考星象之躔次探瑞氣之奧源得泰階於前史總六符以爲言旣出沒以候君德又熒煌以麗乾元玄德升聞慶一人而祥發白雲夜卷映九霄而色繁爾其祥德而發觀瑞而明德正則正俗平則平何君王之播理俾品物以咸亨股肱掩于稷契輔翌賢於阿衡人迹其卑慿至誠而上感天象守默因列宿而下呈配兩曜以齊美非衆宿之敢爭豈比夫聚彼德星頴上賢人所感托於箕尾岩間傅說之精而已哉故符之燦兮有明義符之爛兮有深意其形昭晰其理奧秘朝發於天而應於地向夜月而滅沒拂曙光而蒼翠上通其象分三台而爲六下應於人感一德之不二皆英主之所有匪常君之能致原其所出將表上帝之心考其所歸實惟天子之利爾其臨大國懸太清德之所感符乃無情旣依尚以託質亦以數而爲名與物無競避太陽之光色把時而作表明王之利貞火映玄天似燭龍之銜吐珠沉漢水無巨蚌之虧盈豈光輝之足異亦感應之可驚忝觀光於上國仰霄漢以昇營

第二（同前韻） 婁玄頴

倬彼垂象悠哉混元列泰階而有曜應洪化而無言歷歷映天連光於維斗昭昭初月接影於軒轅總而言之三台之號攸著詳而察也六符之驗斯存聖人有以仰觀於變其教彌敦今上握符正位出震居尊宫壼肅穆岩廊政分行其三台庶欽崇乎道德致其五至光被乎乾坤此上台所以曜而不昏也若乃山川降精卜夢斯弃野無遺彥朝滿群英稷契夔龍詢謨乎三署龔黄卓魯鎮撫於百城上下以之和睦品物以之咸亨此中台所以烱然而明矣夫其群吐是賴一藝必精農無事而御野仕有禄而代耕康衢之童乂閑於歌詠擊壤之老無謝於生成此下台所以

皎爾而晶矣故能通燭寰瀛交泰天地信景鑠兮物有序降休徵兮靈必至曷比夫兩曜合璧作祥瑞之一端五星連珠爲太平之一致况其照耀熠熠其精純粹分輝既象於六爻比影復侔於三事盛其德而高其色通乎微而洞其秘大易所以自天祐之吉無不利者也乃作歌曰君臣穆兮純化清玉衡正兮泰階平嘉歷數兮無極配乾坤兮永貞

第三（同前韻） 房寛

天垂象其徒實繁聖作則克叶元元故六符之効祉同五星之可言匪侵名於傳説不奪彩於軒轅有道則見頴然以明示萬物之咸若表三階之砥平歷歷珠貫煌煌弁横

高以視卑八表仰其不忒低而能燭四海悦其光榮昔昧者謂前王之淫縱今明者彰我后之元亨既歸仁於垂拱亦叶政於阿衡寧不以燮理諧極叶光莫京麴蘖以之作醴鹽梅於是調羮近取諸身長乎庶類率土雖廣至德遐備救旱則霖雨爲先濟川則舟楫是利不然者奚得與南極而齊出拱北辰而爲次跂彼無報既織女之多慙睆爾服箱知牽牛之增媿繼東井之應福何頴川之足懿事契其誠萬邦以貞亦既啓瑞終然永清且逢時而不隱循牧謙而作程每避日以照曜孰與月而争晶順秋冬以廻斡隨河漢以低傾寧直降龍駟之特禀應仙郎之美名信可乂而可大等無臭而無聲謬窺管以體物幸芻蕘之見弃

北斗賦（以成象在天維北有斗爲韻） 崔損

倬垂象以昭回惟帝居之曰斗壯魁台以立極建衡杓而爲首齊七政而均序五行臨四海而横制九有所以附乾樞壓坤紐携龍枕參左樞右棓總列宿而環衛中宫體群臣而輔弼元后範圍六合紀綱四維其道不昧其照無私若乃銅渾作式未央取則其變可考其動可測發端於始當獻歲以指南舉正於中在陰方而主北觀夫峥嶸纚聯若綴若懸氷散珠圓乍似拔長劍而倚天揭西柄以戒蒲拱北辰而處偏乘三台而斡運齊七曜而廻旋酌天地之心豈酒漿之可挹分寒暑之氣嵌鈞石而罔愆躔次靡失曆數斯在書其隱也不爭曜於太陽昏必見焉能藏暉於

真宰照萬國兮猶魚從綱宗百川兮比朝於海參差北斗闌干太清環帝座之焜耀薄河漢之縱横不應豐以中見每居次而自明總五緯于天統行四時而歲成非止雄橋棵於巴蜀壯都邑於成京而已於是萬人攸仰萬物取象寔星之長

二氣合景星賦（以其狀無常出有道之國爲韻）　裴度

星麗天中君居人上觀星文之高朗見君德之洪暢矧乎景以爲君氣之可望徒亘其二方之色靡知其千變之狀故隱不可思見無與期必潛拱而玄感乃粲然而著之諒精誠之盡達若影響而相追且夫浩浩陰騭昭昭元吉匪乘運而生將俟時而出方今統三才而不爽叶一德而無

失所以列其數而惟三等其色而如一既參差而比相亦錯落而爲質非煙非霧相纍歷以氤氳散彩耀芒遠精明而成實懿其燭彼天衢同日月之列於三無瑞我元首旌號令之敷于九有不然何以渾青赤之悠揚掩斗牛之熒煌或助月於晦朔或偶聖而昭彰昔在周公之攝贊幼主周武之肆伐大商皆立功而本政亦效祉而垂光未若明庭而治國無事而降康斯時也豈虛其應斯瑞也則惟其常是以瑩霏微之中形璀璨之色例嘉氣之来輝煥喻他方之歸道德陋虞舜之近加於房小唐堯之纔出於翼瞻之踴躍如北面之事一人照之清明若南向之觀萬國豈同乎彗彼躔次行諸歲時啓在昴中示春物之將蠢爾申

爲斗建兆秋風之欲凄其雖窮躔數於晷刻未甄邦國之清夷宵綿邈兮玄造在休徵兮載考何煒煌於重霄信恢弘於治道手抃目駭兮載賡歌於大寶

第二（同前韻）

國家握乾符定天保禮樂修而叶德星辰行而軌道是以南方之氣共列色於少陽北斗之靈乃垂衣於玄造是時王燭調律攝提司方巽爲發生我則青而呈瑞離爲正位我則赤而啓祥其數也合三才而列曜其色也表一德而中黃雖感而匪遠亦見不于常所以合天地之貞觀明敎化之昭彰應朱鳥之精生而垂翼躔踆烏之道出則加房觀其氤氳映空光明在上乍元氣之肇分若連珠之遠狀

是以覩天道因德而祐符我皇乘土而王乃知惟天爲大惟聖則之聖觀象以立極天應聖而無私故星合度於三統氣不奸於四時者也若乃鎭之所加歲之所守則合氣而出有精淪五老台圻六符則乘氣而入無背惟繫隱見於虛實定躔舍之徐疾瞻寶王而非獨衝斗俾滂渰而徒云离畢所以掩萬代而莫類超百祥而獨出不然者何以表至化之文明見玄象之陰騭於是天子占太史命有司諒修德而無怠在降福而不遲是必隱於凶孽是必耀於孝思嗚呼後代不敬曷其太史退乃書曰于時君臣同德蠻夷率職道合上帝信孚下國於是二氣正而叶和三星黃而合色承清問而載言俾洪裔而作則

天晴景星見賦（以有道之邦德星昭見爲韻）　夏方慶

煥彼景星麗于蒼昊其隱也陰魄晦而氛霧作其見也夜景明而欃槍掃敷大信以何言抑殊祥而是考祥所以叶天經符帝道既表應而無欺亦照臨而不私祚聖而德斯至矣懸象而人皆仰之向晦且殊於中見在天寧比乎明夷垂至精而契至理弘蕩蕩而播巍巍不然出房孰稱乎舜德居翼何貴乎堯時今我皇齊七政以作則奉三無以御極上天降祥景星昭德固云其道不遠孰謂其神不測晦明始見助皇化之惟明動息靡常類乾徤而不息應陽精乃三其數彰土德乃黄其色既不孤而有隣信元吉而彔克時也雲歛遥素天澄遠青纖塵不起微露斯零掩映

孤月乘陵衆星回燭北辰似將朝乎帝座傍窺南極疑欲覲乎天庭激高風以熠熠耿斜漢之熒熒青赤以辨其方合散以通其變連二氣而初吐混三光而乍見否泰之運式孚天地之心可見景星之瑞也曷與爲雙俾具瞻於萬邦景星之德也配乎悠久粲熒煌於九有于以賛高明于以示休咎察無聲之載非我何知彰有道之邦非我何守不私其用胡繼明於月晦之時克保其謙故騰輝於日入之後是時天鑒匪遥德聲孔昭煥赫綿古光揚聖朝豈徒並連珠而邁同色沉碧落而耀青霄

第二（同前韻）　陶拱

我皇以化洽四夷德應昌期能使嘉祥昭於國典景星耀於天維豈徒呈光芒而出矣遇精彩而見之于時玄穹正清白日初匿爛景星之効質絢佳氣以競色起青方者縈瑞彩以葱瓏發赤位者繞祥光而翕艷比懷珠而其狀匪異等抱珥而其儀不忒懿吐黄以争光矧聚三而表德莫不熒煌於碧漢焜燿於青霄照下土而乍朗掩繁星而自昭或半彤其形類蟾魄而當晦朔或中虛其狀疑金環之在泬寥故德爲帝王之美作祥符之首信歷代之罕見既令辰而方有稽往牒之隱見驗前經之休咎則天下和平域中殷阜佐朗月而其色惟盛臨安邦而其美不朽所以呈祥帝室効祉天庭表我皇之道泰彰我君之德馨豈比夫漢代稱奇空聞乎再中之日堯年紀異徒傳乎入昴之

星而已乎則知天贊巨唐神依至道必著明於玄象寔垂耀於蒼昊叶妙理於土德表鴻休於天造不然者何爲効靈莫足具美無雙騁遠目於千里播英聲於萬邦是以綏厥黎庶垂諸史傳德非星而不著星匪德而莫見蓋應運於英精亦叶時之靈變雖云瑞之衆稡之多未可比茲星之獨擅

第三（同前韻）　李子蘭

君德惟馨天文効靈於是廓氛霧掃青冥發彼嘉氣浮茲景星南有光而霞赤東有色而煙青合彼氣之郁郁渾此色之冥冥昭然在天明乎有德仰其狀而可嘉究其靈而莫測君有至道不間玄以韜光時無纖埃必在天而發色

或出或處念茲在茲占莫知其常度出必應乎盛時所以當今夕而彰矣向青霄而仰之乘乎方色遵彼天逵泰階正其位五星守其維然後見茲星之昭燭經彼天以逶迤晴空寥寥列星炫炫紛乎二氣始若煙而非烟絪彼群星初乍隱而乍見並我質之惟黃總彼氣而成絢霏微類乎呂之雲輝赫如繞樞之電星氣合會光華動搖二氣之色交至三星之狀孔昭曭朗惟明疑沐其雲露光芒振曜若擊夫天飈明麗太極遐映青昊呈貺遥對乎三台效祥何慙於五老克表王德信由玄造在異常瑞於堯年居房永叶乎舜道載美徃牒今祥我邦觀茲瑞之尤異知景福之攸降當其次天閔歷牛斗既應道而昭格豈越度於前後

出無常處向樂土以是臨仰之彌高登靈臺而可偶是知景星之爲德也必得瑞一時光九有乃傳芳而永久

景星見賦 以垂象含輝有道則見爲韻

皇天有知明命不疑既何言而守默亦懸象而高垂彼星之見者下符睿哲上麗圓規將旌德之治亂必審時而推移故行藏克叶乎道盈縮不失其宜於是稽其義觀其象色煥炳光烱晃挂青漢粲粲其輝連白榆歷歷其狀天以祚聖垂玄精而臨下聖以應天憑至誠而感上覩其貌美天文之昭昭原其本知王道之蕩蕩蓋以瑞本斯表祥光是含五緯知讓七紀懷慙與時俱明兮皇化齊美將聖共出兮玄德相參豈同夫入蜀而使臣應其二在戶而詩人詠其三徒觀其象高而遠質明而微如曙燈之欻㸌若秋螢之不飛夜則出焉麗乾元以發彩晝而隱也讓太陽而藏輝不然則安知國家無爲無事垂拱垂衣乎我唐至德可久立功不朽澤及四海化被九有繄彼景星契我元首俾千品萬類仰而知其太平四夷八蠻瞻而慕乎聖后若然則其驗可徵其事可考伊星之叶聖如風之偃草其靈也在乎或出或處其應也彰乎有道無道彼漢祖之聚五星唐堯之感五老未若帝命是錫生靈載造天祿無彊鴻業永保者也原夫莫大匪天莫明匪德天也惟德是輔德也惟天是則是以垂一星而呈萬國其明孔彰其儀不忒至若雲開天碧昭然可覿炳如金粟粲若銀礫煌煌其明

爛爛其色九霄靜而載揚光芒千里望而不遠咫尺客有觀天文察時變惟景星之所在信有道而則見美盛德之形容懷斯文而願薦

文苑英華卷第九

文苑英華卷第十　賦十

天象十

星回于天賦一首　査客至斗牛賦一首

德星聚賦一首　斗爲帝車賦一首

天上種白榆賦一首　明河賦一首

秋河賦一首　天河賦一首

曙觀秋河賦一首

星回于天賦 以數將已終歲且更始爲韻　馮宿

天其運乎歲聿云莫彼星回而斗建寘惟新而去故攝提克正無閏忝累之差懸象著明不忒陰陽之數仰觀蒼蒼悠久且長一十二分終而復始二十八宿巡而有常各安

其位各正其方每披雲而見質恒耿漢而流光凌霜晰晰燭夜煌煌瞻彼星之回復知改歲之方將豈不以式遵晷度無失綱紀縱橫其狀逐青陽而左旋璀璨其容候招搖而東指匝四氣而爲度臨萬户而可視聖人所以叅象於躬考正極中天蓋高而道遠星且回於歲終悠悠積氣奕奕長空潛應曆以相授若循環之不窮且運故無窮時亦有替三光垂其極四序成其歲必當觀大象以立規驗周星而取制方今時惟行夏令無苟且帝感於天而克保休祥星回於天而不乖次舍故得律應時貞昭回上清星歸其本歲亦將更遵舊紀而無謬反初元而作程則有傳古之士學於大史觀歲抄而星窮知有卒而有始於是徵月令以揮翰談天經而賦美

査客至斗牛賦　何類瑜

客有遠人褱家海涘聲銷迹卷兌塞巧絶浩然太素之和氣勁然喬松之全節嘗鬱鳥以閑安就靈濤以怡悅嘗仙査之千里每秋風之八月知必至之不欺乃乘流以長發爾乃制芰皷裝春蔬裹糧以晝以夜若行若藏沉浮于渤澥之中央蕩搖乎聲軋之大方豈靈恠之歷討實險阻之備嘗獨出於有間之世轉入於無何之鄉聽不聞其聲類馮異之依大樹久乃有所遇若伊尹之在空桑乘攸遠兮不知其行道渺瀰兮無遺其跡人與木兮俱浮天與海兮同碧次黃道之的的穿白榆之歷歷反不記其所從又焉

知其所適飲牛於津者誰子弄杼於室者何人軋軋有聲繽綺縞兮如雪盈盈不語粲明眸兮若神忽睇眙以相顧雖婉孌而不親既持石以贈子令致問於嚴遵當是時也星則知客犯爾位客不知星則吾身何碧空之無涯乃飃然而獨往非智力之所及寘風波而是仰昔未乘査也則在地而成形今之乘査也則在天而成象若不資巨浪之潛運安得排青冥而直上倬彼星漢自天而垂澹橫河之清淺皎列宿以參差客無査徒勞勤而事何可濟査非客雖往來而世莫之知信其致人於霄漢者不必輕舟迅檝之力忘情於夷險者亦無波臣川后之欺吾既異此事乃斯焉而賦斯

德星聚賦（以賢人下會德星上聚為韻）

惟德星兮聚于中天伊賢人兮集于潁川人以文而會也星不言而信焉彼星惟德彼人惟賢不然安得萃於中夜格于上玄猗歟陳氏德必有鄰展矣乾象應亦如神緊伊人之所感諒皇天之無親蓋以彰矣星辰旌乎逸人人也惟何賢之衆也星也惟何靈之大者人之有感故昭昭而應上星之不諂亦煌煌而臨下於是太史既奏潁川斯會賢之生兮五百年中賢之聚兮五千里內星見而粲粲爛爛人集而無小無大至若雲開天碧迥然可覿接青漢之皎皎含白榆之歷歷參差其貌炳煥其色九霄列而再揚光芒萬里視而不遠咫尺既含耀而應物亦昭賢而表德

觀夫天經彗彼德星稟陽高遠垂象青冥五緯不能亂其色七紀不能雜其形明麗乎天則高而可仰光粲于夜亦爛而有靈且其賢者人之所重星者人之所仰伊賢之契星猶影之與響者也是故星垂天際應彼潁上克明克信不忒不爽拂皓月而火微點晴空而珠朗借如三星[而]現在戶五緯聚而表祚氣冲斗而劍出客犯斗而槎度少微與處士之憂熒[惑惑]景公之懼曷若乎名實可久古今是慕也則邪抑賢人之聚

斗為帝車賦（以運乎中央臨制四海為韻） 白行簡

惟斗之列在天之中象其車之為用明乎運而不窮爛然有光隨月建而不忒循環靡定轉天道而潛通爾其自彼玄功彰乎真宰輻奏而衆星有次環回而周天可待將臨無極同樂御之在君隨轉無窮其月輪之生海故得四時式序九有皆臨順乎執而克陰陽之分比於轂而正天地之心宛轉潛移循環微至周行不失於紀綱順動罔差於躔次何有象而著天何無跡而行地是使星辰日月之度光不失三春夏秋冬之期時不愆四懿夫拱極昭彰垂精耀芒將俾功於引重在載德以知方莫測車行式瞻其上象逕觀帝座宛在彼中央是動不過位止無其常作解疑夫轞轞有耀想乎煌煌然則七星所臨下土之分度數必循於厚載經行用昭其廣運是以義將德比動與化俱廣覆之恩既博致遠之道斯殊輪不摧兮展雲鋒而罔懼駕

非馬也歷天險而無虞所以取轅轂喻璿樞見維北之運矣豈指南而已乎猶一人之在上而萬國之是制規圓而輪轉罔差鱗次而運行無替遵不已之道豈念窮途駕自然之車寧愁輿敗是則天衢可陟雲路有勢孰見殊於輪扁之徒不可使其功而効藝

天上種白榆賦（以垂陰天上歷代不凋為韻） 薛逢

象帝之先種白榆於自然布歷歷之真質遍高高之遠天攀折何因杳在寰區之外陰陽不測永無彫落之年徒觀夫夾帝座以分行直天街而互對婆娑乎黃道之側蔭映乎端門之內匪據險以稱關詎臨戎而設塞星槎去日曾莫問其短長鶴駕來時又不言乎年代易古移今烟濃霧

深當空耀本向日舒陰攢柯於昆閼之前圓光靄靄倒影
於瑤池之上寒彩沉沉輪囷旣出於中台偃蹇亦臨乎上
將分土明得地之勢編珠表連理之狀或全或缺陋蟾桂
於月中莫往莫來鄙蟠桃於海上美素莢之規規狀列錢
之離離萮蒻雲竦玲瓏露垂崇朝而顥氣常積未夜而玄
風自吹發端旣異於乾行成象固殊於隰有曲直之號徒
爾斤斧之虞則否始或叢丘墟依培塿與槎枿混枯朽歎
頹齡之日旣不殊桑充燧火之時焉能異栁夫如是又安
得越漢排霄含芳振條蘊靈根而萬古長爛披素葉而千
霜不彫所謂向晦而明終天而覿衰榮不繫乎寒暑運動
罔差乎經歷榆之壽兮誠大椿之莫敵

明河賦　謝偃

月初回於夕陽日夜沒於天綱步庭砌以遊衍覽雲霄之
杳茫氣象萬殊緬星河而盡列光輝一道羅銀漢之靈長
徒觀其粲兮如磋潔兮如磨明月照而不失其素飄風驚
而匪揚其波莫測其深含天際之四氣莫度其遠掩人間
之衆河及夫歲入三秋勢直千里度龍駕而容曳攡鵲橋
而迤邐霞粧星歷知婺女之不如雜珮明璫必姮娥之相
似七夕作之以良會群方於是而仰止固能流不可準涯
不可度旣莫見乎端倪亦焉知其厚薄夫其爲謙也太陽
曜而不爭其光夫其爲德也巨海枯而莫之能涸奪凝霜
之漫漫方白石之鑿鑿居崇高而不危體虛無而自若名

連地脉影雜天文當霽夕而迴曉凝微雨以暫曛明白可
稱則皓如曳練正平可繩亦直似長雲亘紫極以斜轉橫
碧空而中分吐霄光而澹灩含曙色而氤氳將欲問之於
槎客如何欲决於嚴君

秋河賦　張環

倬彼昭回鑿天而開含秋耿耿積曙皚皚水清淺而不落
光逶迤而屢廻非碧海之分上即黃河之轉來萬里直繩
九霄橫帶奕奕高影湯湯連瀨透垂簾於户前飛瀑布於
雲外黯如平江不動矗似長雲欲銷映東吳而寫練掛南
斗而成橋氣象晶明波瀾澒洞泛濫星點紆餘月弄界黃
道而宵迎落青山而曉送雖滔天而作限乃沃日而爲節

識示盈而必謙恒昏凝而晝滅亦猶靈烏之謝顧兔之缺
適足明其舒卷夫何繫乎昭晰於是張平子仰而嘆曰此
何靈輝若有若微杳杳廻薄茫茫是非鵲填銀而何去人
取石而何依乘槎之子兮上不上弄杼之女兮歸不歸坐
廻遑而晩失空白露兮霑衣

天河賦 以天空色際寧見浮槎爲韻　盧肇

惟天有河是生水德凌浩渺之於 一作 元氣掛峥嵘之遠色
所以正辰極奠南北其清莫挹濯星斗以滋上玄其惡可
流蕩雲霓以臨下國赫赫融融自西自東沿大象而其源
不竭橫終古而其運無窮磅礴九霄浸潤豈沾於土宇輕
清一氣波瀾寧動於八風匪蕩蕩而就下但耿耿而浮空

處晝則潛由（一作逢）昏則見候良夜之延矚故高明而自擅
光連月窟何慙媚以懷珠影照天津豈愧靜而如練至若
白榆風勁析木烟秋吹玉葉而將（一作盡）落泛金波而共流
皎晶無際闌干自浮渡蟾魄之孤輪不聞濡軌漲鵲橋之
遠岸詎見操舟莫識高深孰能（一作知）揭厲演漾必滋於（一作
乎）若水氛氳更襲於（一作乎）舟桂映蒼天（一作山）而漸出想積
石於（一作之）河源拂遠樹以將低誤一篙於天際遥思濯手
遠（一作靜）憶乘槎流合璧之輝幾疑沉玉映散金之氣或類
披沙辨牛豈見其津渙聞鷄遥隱於雲霞是宜以河之名
居天之大闕道蛇（一作虹）橫於曲渚驪珠蚌剖乎（一作於）淺瀨
源流自遠清無可羡之魚分野甚明皎若誓封之帶鑿自

太古疏于圍（一作圓）靈奔注肯（一作豈）隨於川瀆高明自貫於（一作
乎）日星夫其（一作莫不）濟黃道映青冥蔭地軸灑天經悠矣
久矣配吾君之永寧
盧肇有集印行大抵不若寫本之善今間取二三爲一
作

曙觀秋河賦（以寥天曉清景繩昭晰爲韻）　王損之

邈彼斜漢麗於中天遇良宵之已艾與清景而相鮮勢則
昭回既闌干而遠映時方蕭瑟亦汎濫而高懸的爾遥分
凄然仰眺澄奕奕之浮彩隱蒼蒼而引耀孤星迥泛狀清
淺之沉珠殘月斜臨似滄浪之垂釣輕蟬幕幕遠景蕭蕭
色分隱映光凝泬寥凝瀑布而下落似輕雲之欲銷夜景
將分清光向曉縈碧落以迴薄澹晴空而縹緲躋攀不及
限一水以心遥曠望空勞邈九霄而思杳發迹無際凌虛
不傾積曙色之牢落洒爽氣之凄清疑曳練而勢遠訝殘
虹而體輕遠想牽牛漸失迢迢之狀遥思弄杼無聞軋軋
之聲景氣潛昭氛埃遠屏寧在地以爲狀信滔天而掛影
可以覩清光狎餘景分暉爽亮向曉色而亭亭遠勢縱橫
帶秋光之耿耿偉茲垂象倬彼青霄映星躔之的的出雲
路以昭昭想穿鑿之初悠然莫測稽源流之始邈矣方遥
則知匪自人功實惟天設自虛無而想像界寥廓而昭晰
意天邊之橫注遠若波瀾想空裏之潛流遥疑嗚咽宜其
臨清泚挹澄澈儻天路之可昇與清漪而比絜

文苑英華卷第十　終

文苑英華卷第十一　賦十一

天象十一

秋雲似羅賦一首

望雲物賦（以察微表象書物備年爲韻）　陳正卿

天道昭著靈臺聳拔將治曆以明時必仰觀而俯察誰敢傲擾曾不範圍旣七政以欽若亦四序而發揮寒暑有次啓閉相依彼疇人以視祲類君子之表微維人有令維天有兆道在乎觀法用不撓彼分至之復應生雲物以縹緲俾占望以書書將豐災以是表夫其大觀在上南正是掌審仁和之景色候肅殺之氣象授時莫愆行令靡爽舉祀物以昭報順禨祈之肹蠁若乃履端於緒以正厥初分職辨雲旣明於周典申命出日載列於虞書舉春奉始積閏歸餘節候應乎寒燠政令隨乎慘舒是用敬授以崇祇祓將舉正以舉中寧不軌而不物豈唯中臺端立永望以肆將以見天地之心辨剛柔之位庶乎有典有則克明克類若夫春景載陽冬日已至望西成之平秩見南郊之敬致莫不參陰陽之則符璿玉之器審四時以成序察五雲而有備備用先天實惟有年儻虛（疑作靈）臺之可頌庶無忝乎周篇

勤政樓視朔觀雲物賦（以天地交泰萬國歡心爲韻）　彭朝議

聖上以睿德昭宣宸衷告謐靜以法地動而合天天何言哉每降鑒於明主君爲政也亦仰觀乎上玄是以魯史薦書雲之典禮經徵視朔之篇于時寓縣升平朝廷無事闢朱樓於曉日垂紫旒於空翠至誠必應果呈謚聖之祥至

感必通遂有效（一作助）明之瑞乍異色而抱日或神光而覆地是知昊穹成命必在於昌期玄象著明詎違於躔次萬國來朝十月之交時當盈（一作陽）數氣發陰爻晴色俯臨遠接黑龍之水清輝（一作光）四散仍縈彩鳳之巢臣竊觀前代之君也居九重之深據四海之大遇皇天之陰騭爲當時之交泰則必息（一作忘）政理而不脩唯昇平而是賴今陛下則不然體至道以得一播元精以吹萬發號施令必酌於故實垂範制法亦咨（一作質）乎前憲古人云朔者蘇也陛下視之所以蘇息兆（一作下）人雲者運也陛下觀之所以廣運明德人旣蘇而寧靖（一作靜）德乃（一作又八）運而充塞猶儲精而谷神尚克己而作則方將揚耿光於五聖（一作上帝）布深仁於

萬國三事大夫抃而同歡一無同歡二字歡字爲官韻却改後韻情深履端爲情深理歡上言曰陛下敦本棄末圖易於難夫此視朔情深履端況式瞻於萬象將布政於千官固可軼緹油而播美藏金匱而不刊然聖上方以無爲作慮不宰爲心鼓元氣之橐調薰風之琴以至德撫御以大明照臨盛矣夫聖德一有之字若此豈爲臣之所能謳吟

此賦全篇第四十九卷重出今已削去頗有異同注爲一作

郊天日五色祥雲賦以題爲韻　元稹

臣奉某日詔書曰惟元祀月正之三日將有事於南郊直端門而云未一作出天錫余以雲瑞是何祥而何吉臣稹稽

首敢言其實陛下乘五位而出震迎五帝以郊天五方騰其粹氣故雲五色以相宜排空一作控壇乍直捧日初圓獸蹲而龍鱗熠熠鳥跂而鳳翼翩翩羽蓋凝而軒皇蹔駐風馬駕而王母欲前影帶其彩一作旂常疑錯繡之遙颺一作動光照乎一作昭文章物比摛錦之相連觀之者無小無大觀之日一作曰非烟若烟一作若烟非烟昔者卿雲作歌於虞舜白雲著詞於漢武皆跂望而爲言非仰觀而遂覩今陛下德至天地恩覃草莽當翠華黃屋之一有方字行見金枝玉葉之一有可字數陋泰山之觸石方出句鄙高唐之舉袂如舞昭示於公一有陜字卿士莫不稱萬歲者三並美於麟鳳龜龍可以與四靈而一作爲五於是載筆氏書百辟之詞曰郁郁紛紛維慶霄之

雲古之一作有堯舜幸得以爲君象一有胥字氏譯四夷之歌曰煒煒煌煌天宇之祥唐有稱聖莫敢不來王帝用愀然句曰予何力澤未周於四海雲胡爲乎一作而五色來以一作爾群后舉爾衆職由一作因五行以脩五事遵五常而厚五德正五刑以去五虐繁五稼而除五賊苟順夫人理一有之字父子君臣則安知雲物一有之字赤黃蒼黑進我輦輅就我鈞陶一作陶匏雖有光華之萬狀不若豐穰於四郊凡百庶僚相趨而顧稍疑江上之奇一作綺果異封中之素補天者維一作離欲抑之而不出吞筆者安可寢之而無賦越明日臣稹詠霈澤於雞竿之前覩斯雲散之爲五彩之湛露

元稹有集印行今閒取二三爲一作

南至郊壇有司書雲物賦以題爲韻　崔立之

唯皇動天辨方正位稽大明於北陸郊上玄於南至五夜祗肅載惟列祖之誠三日罔懈用表致齋之意於是乘法駕鳴和鑾玉漏聲晚金波影殘環衛儼以星拱簪裾列而雲攢備肅肅之盛禮咸濟濟於靈壇大呂雲門既六變而斯闋嘉栗旨酒感百神而具懽刳器用陶匏藉以包茅光逾泰時馨邁周郊朱火煬煙遠浮於華蓋玄酒止水近映乎長旓懿夫宇宙氛氳晴郊景曛宗伯司禮保章辨雲榮光燭於九野佳氣覆於六軍飄飄颻颻郁郁紛紛足以昭上帝瑞吾君時謂唐時歌卿雲之五色德稱虞德詠南風之再薰是以惟聖惟壽可大可久旣豐稔之足徵復災癘

（一作告）之何有既而旋天步廻象與大孝是展皇情未攄將欲超羲軒於上古方淳樸於太初俾時和俗阜塗謐史書土階攸則而璦室靡居且慮乎賢哲尚屈所以敎於雲物緬乎德化未覃所以郊於國南祈動植之攸濟匪娛樂而是甘然後景福來格無疆在茲笑竹宮之求應鄙宣室之受釐是以降褒矜之詔宣惻隱之慈布政施德逮惸與嫠輿沉淪於是日廞開之於有司

南至郊祭司天奏雲物賦（以題為韻）　郭遵

惟肇祀於上玄必展禮於南至至者作候故用其吉辰南則嚮明故就於陽位蓋取諸吉土以父事天降皇車以盡敬奉蒼璧以告虔至誠遂通禎祥不能以自閟幽贊不昧

雲物於是乎昭宣及夫盛禮既畢大駕言旋兆人仰觀於空際太史伏奏於君前曰當此和煦靜無纖氛照躍兮天垂愛景霏微乎山出祥雲度青霄而匪徐匪疾向冊闕而乍合乍分應乎一陽之始煥乎五彩之文氤氳搖曳去來無際皇之雖曰崇朝慶之知其嗣歲誰謂其有葉本乎觸石而來誰謂其無心偏舒捧日之勢豈非夫表王者之殊祉荅泰壇之親祭者也天子乃命百辟詔有司載筆以茲記事祝史叶其正辭國慶可徵寧虞於水旱年豐有待先詠其京坻自躋仁壽之域肯繼春秋之時且南正上言休徵無咈肯比夫觀臺之望將為備於雲物子月之祀陰陽始交豈比夫魯史所紀僅以啓蟄而乃郊我禮踰舊我祥靡究望歲而知歲之穰祀天而受天之祐五雲八風之異寸晷遂占三百六旬之期一日可候不然者何以炳煥圖諜發揮草奏是知郊祀而漢武奚匹推曆而軒后懷慙照臨之明兮將日月並出覆載之廣兮與天地同參臣有覩盛儀而贍瑞物願齊聖壽於終南

南至雲物賦（以題為韻）　王諲

於赫至化時惟大君惟曆比夫軒后授人齊乎放勛北風戒節南至司分驗律飛灰遥應乎懸炭登臺視祲必在乎書雲麗乎時方別色天斂殘氛星連珠而候曉日合璧而呈文衆瑞咸集禎祥荐至雲散黄光天浮喜氣金柯郁郁而蔽野玉葉飄飄而委地廻紀天表永無兵意災沴靡作

罷札瘥之虞水旱不行詠京坻之事得此先甲還同漢日之覩報以豐年不假春秋之備于時帝在陽谷風后陪驂會玉帛而塗山有愧朝公卿而汾水懷慙佳氣從龍遥連渭北非煙拂日俯對終南懿聖壽之與萬羡皇道而超三保章告其符祉太史視其昏綏應子月兮生一陽奏黄鍾兮動萬物乃明南至者日極之數視雲物者歲占之故其在必書不僭常度慶瑞滿於圖諜獻納盈其府庫鳳凰下於玄都銅雀棲於溫樹調玉燭而陰陽燮和撫黔首而時令大布日之方夕歲聿云暮才非瞽史未知天道之祥文似相如願獻凌雲之賦

秋晴曲江望太一納歸雲賦（以題中字為韻）　喬潭

忝稱百二鎮爲太一合杳橫空嶔岑蔽日豈瓌寶之攸產蓋雷雲之自出冝其㟧爾王甸雄玆帝京敗葉風輕高秋氣清時雨多歇歸雲晲晴俯枕曲水前臨直城山半隱而半見雲乍低而乍傾其趣可賞而不極其容可狀而難名爾其沉陰始觧靄靄初歸迴日循重因風則飛其始也峨峨巍巍千巖萬嶺稠疊而相威其漸也紛紛霏霏齊童趙女並舞而垂衣忽天澄而地廓鬱氣氳於翠微別有容與之勢輕盈之狀日下空籠天邊引颺始悠悠於綠野漸冪冪於青嶂洛川神女何以踰巫峽佳人不能上雖更僕而非久仍移景而堪望落日將曛山銜斷雲綠氣黯陰嵐光氤氳橫截高巖驚數峯之頊失却臨幽石與殘雪而俱分乃

爲歌曰節彼南山兮人所矚施此雲雨兮濟君欲信軏物之無憊奚百姓之不足徘徊不去乃賦歸雲之曲曰歸雲之狀兮不一歸雲之趣兮難儔雲不以朝晡而異賞士不以前後而異求誠在位之如是知夫鳴漸之高秋

早秋望海上五色雲賦以餘霞散成綺爲韻　張何

夫幽棲多暇樂道閑居坐文章之苑囿放精思以畋漁詠太冲之招隱諷相如之子虛覩蘭凋而蕙歇傷夏卷而秋舒昇重軒以徙倚目平海而踟躕見五雲之間出繞三山而忽諸映烏晶之曭朗涵蜃氣之紓餘光泛泛而逾淨影離離而不踈懿夫騰碧海瑞皇家金柯玉葉兼雜花文璀璨光紛華況夫羅幃錦帳繞香車雙虹宛轉縈翠霞及夫倏而聚忽而散霓裳羽旆相陵亂倚長空浮迴岸宛若瓊樓金闕橫天半美人濯錦春江畔既而叢彩可望奇狀難名群象糾紛疑綺羅之繡出五色明媚若丹青之畫成影沉波而海晏氣冪岫而山晴噏礪嶺之光淺耻汾川之色輕壯瑞圖之舊錄應樂府之新聲似帝鄉之迢遞冀有司而見行悠悠帝國三千里不託先容誰衒美希君顧盻當及時無使霏微散成綺

日暮碧雲合賦　宋昱

夕望兮見碧雲之出岑過太液拂上林配黎四施掩映千尋混蒼蒼之正色垂漠漠之輕陰西陸月弦南山風落輕濃象似倏忽龍蘰集高議之臺連寓直之閣亭亭廣陌異

公子之飛蓋裔裔長空如美人之卷幕遂能不遠仙宅來遊帝鄉無心而生自浮洛以徵瑞感化而動乃千呂而呈祥同君子之出處均至人之行藏故吾儕從政之暇觀此而一詠一觴已乎已乎余未始兮可量者也

秋雲似羅賦以蘭亦堪采爲韻　侯喜

雲之可觀時惟佩蘭映婺女而扇薄透姮娥而幔寒漂瀲如畫霏微似殘乍逐乘槎之人訝鴛褵遠曳每映銜蘆之鴈謂鸞幕遥看且曉霧如縠于今何在餘霞成綺須臾則改詎若我終日是似有時而待擬六銖而披拂伴仙女降衣臨七夕以輕盈助牽牛納采纍纍風引籠籠露涵染絳日而成蒨映青空而似藍氷綃若無孰不比方而皆忝霓

裳儻有誰謂裁縫而不堪吁嗟乎一言有以千秋只亦天
網本踈春絲不敵今夕何夕是耶是人如可求斯服之無
斁

文苑英華卷第十一

文苑英華第十二　賦十二

天象十二

五色卿雲賦 以題為韻　李惲

惟皇建極兮憲章前古於穆文明兮保乂寰宇御時得一兮臨人以五法天無私兮承天之祜至矣哉衆兆融朗山川出雲叶千年之休裕垂五色之氤氳蕭索離披狀虹輝之貫日徘徊搖曳疑鼎氣之歊汾散作霞彩聚成錦文匪

騰華於觸石信呈瑞於明君其靜也專其動也直旣無散漫亦時消息遠而可視高未能逼乘輕吹之霏微映朝陽而翕赩禀造化之元氣挺自然之奇色英倏倏也祇可以理求紛溶溶兮固難乎智測若霧非霧有始有極轉空不待於扶搖動日豈資於羽翼有道斯見無德匪呈庶物皆覩應天之卿體鵠振而超越候龍吟而化成則需為大矣可謂乎元亨利貞

第二 以題為韻

於穆聖唐建其皇極通三徵而昊穹降祉禔萬福兮陰陽不測荅禧祥於一人見彩雲之五色其為狀也乃從龍以分氣其為勢也若搏鵬之垂翼奮蔚非觸石而興縹緲盈

其揄左傳揄美也　恭命述賦

白雲無心賦以山川出雲天實爲之爲韻　常執中

英英白雲合莫爲質義則難究覽之不一覩其發雖有類於知機稽其理乃無心而自出盖玄造之潛運而神功之陰隲時止時行或徐或疾結自元氣生乎羣山將離兮孰制而合旣往兮孰召而還非欲恢弘自覆乎大荒之際焉知酌損不踰於膚寸之閒徒見其紆餘上漢繚繞飛天形不常而屢易居靡定而頻遷謂變通之不倦將有志於必然斯乃生有於無假虛爲實勢乍分於逐火色暫渝於帶日油油裔裔雖在空而可覩杳杳冥冥考攸往而無必觸石者野揚兮白泉不恒厥所有開必先搖颺縈空摵煙

無著卷舒罔究類君子之不羈翹玉葉以繚繞耀金柯而陸離其兆無質其形罕一匪潤礎以上昇或從龍而迴出入房呈貺偶作瑞於殷王發封効祥諒無情於漢室影遥連於遠水光俯接於平川幾徘徊以暫散倏迤邐而相連分至必書驗其物而有則荆棘不別表玆性之無偏勢出塞以繽紛色瑩空以氤氳被漫漫之精氣成英英之白雲抱翠石以流彩入清池而寫文或假勢於重嶺或隔閡於孤山挺奇峯於天末亘横陣於巖閒順細雨以低舉隨輕風而往還哂魚鱗之覆地輕鵬翼以垂天誠莫察其所感亦安知其所然五色競彰我則匪黄匪黑五方皆遍我則何後何先至矣哉信素白之無心寔敗華之不實雲之容

畫工之飾葱翠烱晃蕭索氛氳廻合斐亹散聚分文轉光風則動而愈出衝霽日則燦然皆分古之函關紫氣帝鄉白雲豈比澄鮮流慶作瑞吾君夫德施者帝王之所崇雲行者天地之所溥惟帝德之動天諒卿雲之飛吐光浮碧落奪虹彩於太虛影下清潭照錦色於曲浦將以發揮明時騰邁前古雖建官惟賢列爵惟五降及品彙莫不是覩緬彼瑞諜詢夫物名則有甘露降黄河清狐九尾而來擾草三秀而敷榮若以匹敵莫之與京式昭聖理承應天鄉是乃感壽以呈休應君以來附苟非至道則未期遇故漢主之祠后土也寶鼎見兮其色同昭軒轅之誅蚩尤也華盖蒙兮一景形乃拊佳衆聖於往昔亦効祉而斯覩式贊

光於遠嶠輪囷委地雜波景於遥川氤氤氳氳或聚或分其散也氣其興也雲忽羨溢以洪舒若練之曳乍縈紆而交錯如絲之棼所謂化於無象著於無爲匪知吝於進退惟契道而推移夕隨重陰則黯以靈霿晝混陽景則煥然赫曦欻上騰而蓊蔚俄疊影以參差旣有遇而必變則無心兮可知然則陰陽不測天實爲之不然者當何憑而隱隱兩何施而礿礿雖思慮而不假何卷舒以應時儻帝鄉之可陟何自致兮在玆

第二同前韻

觸石起於膚寸散遠天以逶迤旣輪囷而合道澹搖曳以無爲綴廣莫以霜凈凝太虛以纓垂出處靡恒同至人之

兮或明或晦雲之體兮乍徐乍疾唐堯沉璧而愛翟軒后紀官而脩吉昇哉近遠相追紆餘蔵蕤出蒼梧以漠漠入帝卿以遲遲媿作凌雲之賦思歌出谷之詩儻賢良以見舉庶微才以應之

白雲照春海賦以鮮碧空鏡春海爲韻　姜公輔

白雲溶溶搖曳乎春海之中紛紛疊漢皎潔長空細影參差匝微明於日域輕文璘亂分炯晃於仙宮始而乾門闢陽光積乃縹緲以從龍遂輕盈而拂石出窮谿以高翥跨横海而遠搬故海映雲而自春雲照海而生白或杲杲以積素或沉沉以凝碧圓虛乍啓均瑞色而周流蜃氣初收與清光而激射雲信無心而舒卷海寧有志於潮汐彼則

澄源紀地此乃泛跡流天影觸浪以時動形隨風而屢遷入洪波而並耀對綠水而相鮮時惟孤嶼木朗長汀雲净辨宮闕於三山㧾妍華於一鏡臨瓊樹而昭晰覆瑶臺而縈映烏頡頏以追飛魚從容以涵泳莫不各得其適咸悅乎性登夫爽塏望茲雲海雲則連綿霞以離披海則蓄玟瑰之奉彩色莫尚乎潔白歲何芳於首春惟春色也嘉夫藻麗惟白雲也賞以清貞可臨流於是日縱觀美於斯辰彼美之子顧曰無倫揚桂檝棹青蘋心遥遥於極浦望遠遠乎通津雲兮片玉之人

白雲起封中賦以皇漢施德介丘告成爲韻　高郢

客有遭逢漢昌從武帝而登岱覩白雲之効祥曰此蓋非常不飄不搦初起封中方郁郁以呈象稍浮山上乍英英而有光原初出之義也告成我皇我皇德以静人威以平難廓清諸夏光啓大漢俗既和兮考時巡禮既備兮登日觀惟天輔聖無兩則其明徽惟岳通玄出雲所以幽贊不然者山有四岳胡獨興於此地有四極胡不普而施觀耀質以流彩若無心而有知無心者何隨車而動息有知者何表聖之功德帝穆清以脩祠雲故清其容帝貞白以爲心雲故白其色豈徒然也君爲萬國所仰岳乃衆雲所届其岳思儲精登封俯拜亦庶乎明神斯答景福攸介故夫是雲也秉元氣而出冠靈壇而浮不漠漠以四散直亭亭於上頭祥光内朗瑞色旁流既表慶於茲日復增華於介

丘此可以見其無疆之休者也且夫刻石者所以紀號泥金者所以昭告必玄德之已升乃茲山之可造若齊桓僭侈秦帝驕暴縱傾國以脩封豈嘉祥之云報美矣哉晝日斯清瑞雲孔明絪緼蕭索下應一人之感髣髴影響旁聞萬歲之聲彼入房彰於殷帝浮河表於周成豈可與茲而名哉

山川出雲賦以維岳降神生甫及申爲韻　李曾

天地爲大不能獨生山川通氣然後化成故雲者氣也感時而先出雨者施也憑雲而後行亦由將有邦家神必生其賢智獲其輔佐化乃洽於文明且觸石爰分陵空可覩雜峯巒而勢逸奇狀掩山川而氣騰雄怒變而可大隨風

散以飛揚用而有成從龍作爲霖雨因知雲之將出合君臣之道賢之將來爲帝王之輔所以神致命於開周岳降神而生甫者矣天不我欺雲出以時濟旱災而有望播膏澤而無私則臣旣在兹君當以維黃彩有豐年之驗青光表舉賢之期豈獨郁郁紛紛合嘉氣以成慶朝朝暮暮向陽臺而有思其爲體也且多其爲狀也難及舒則杳冥而無際卷則綃液而並入况至帝鄉而散城邑隨蓋狀以徐轉對陣影而遥集君無謂輕虛而不真君無謂悠揚而不親有以通天地而爲化有以合陰陽之至神與道興滅隨時屈伸爲君重陰覆萬人於炎暑爲君載雨滌四海之埃塵蔽虧窮巷遶山扉以升降迴旋峯峌拂仙家而綿邈應

賢爲瑞頗浮色於洛川改容非煙冀騰光於崑岳

雲從龍賦 以聖主得賢臣爲韻　張隨

山川之氣曰雲寂爾虛無倏爾韜映雖無心而旣出終有感而協慶鱗蟲之長曰龍道符於神德合於聖時變化而無極在陰陽而應令是知雲爲佐龍爲主龍無雲不可以陟煙霄雲無龍不可以降時雨始靄靄於山澤俄駿駿於天宇有若魚水相須君臣夾輔而已原夫或躍在泉道契玄默未始出岫時有通塞及夫順天地之功賛生成之德吟空山而奮揚其狀觸幽石而蓊勃其色然後蹈乎寥廓自彼南北何往而不濟何施而不得潤萬物豈待崇朝控千里纔踰瞬息故曰氣感則應有開必先臣良而聖主垂

拱雲起而飛龍在天以類相從罕聞不合惟后作乂孰曰非賢是以殷丁得其傅說吉甫佐於周宣品物咸泰寰海晏然則雲龍之義明矣君臣之道一焉于以辨物理于以通人倫運有智兮事有因如羽翼之相假同股肱之相親則當今得賢共理豈不冠前代之君臣

夏雲賦　劉元淑

崇山作鎮峩峩秀絶署氣潛蒸夏雲孤洩其稍進也閒古木以深沉其上升也鏤太陽而明滅其質散漫其光氛氳抱峯石而留影入明水以寫文粲粲爛爛摩太虛而歷漢郁郁紛紛從皓景而横汾美其任運高下與時消息似大道之無心同達人之有識時康則應伴雨足於一旬主聖

乃浮變歌聲於五色俄頃萬里不資天地之功膚寸九霄豈假陰陽之力爾乃含精飄揚逐吹低舉周遊散適不常其所出塞邐迤暮爲陰山之陣入夢嬋娟朝是陽臺之女別有孤陋沉淪文章日新旣作凌雲之賦未爲天子之臣

富貴如浮雲賦 以不義而得有如浮雲爲韻　鄭磻隱

義重所守雲輕不居苟崇高而非據等飄薄之無餘比赫赫之榮不因於道德似悠悠之質且寄於空虛推在天之所自諒於我其焉如昔宣父以飲水爲娱枕肱方息原憲在左頗生侍側感落落以抱影見英英之改色明徵暱室之誡窮彼吉凶遥憐出岫之容齊乎失得且曰得之不處生也若浮放於利而安仰止於大而不留將以輕列爵動

諸侯雖南國佳人渴 學如蟬之鬢西園危檻空齊似蜃之樓察彼載浮異玆長守高冠始加而已失雅歌式遵而非久像往來之車蓋圓影難追映躞蹀之馬蹄嘉名何有誠以善惡不昧卷舒有時由得之而濫矣果飄然兮已而暴則不居異郁郁紛紛之狀求而非道同朝朝暮暮之姿然則觸石而起者如苟得之易從風而滅者非能散之義顧炎炎之色昃食皆虛仰片片之多烟空如寄倏忽時變悠揚日曛垂一言於百代揖萬國之孤雲月榭風臺空復散其蕭索藻扃黼帳皆不駐於氤氳可以定聖哲之窮達審是非於得否山川之氣俄失高明之象速朽至乎哉如雲之諭傳於二三子之口

文苑英華卷第十二

文苑英華卷第十三　賦十三

天象十三

風賦

惟玆風之興寂獨玄妙而無形託萬物以成象隨八卦而立名大則宇宙普洽小則纖毫必經翕翕習習清清冷冷排春樹而如動蔕秋蓬而似輕所以炎清順夏勁厲隨冬入金縢而彰聖道通蘭臺而表雌雄飄王藥於濃草零圭葉於衰桐候吳範於帷內御列子於空中爾乃下振方輿上飛圓蓋懷壯士之適秦悅高皇之還沛乍霏靡於衆卉時颼飀於蘩籟若乃乘陵高迥出入幽微搖寶釵於雲髻動環珮於羅衣飄遊然以陰映舞輕雪以零飛銅烏迎而迴翼胡馬聽而思歸乍來復往有聲無象驚塵則白日晝昏卷霧則珠星夜朗蕭瑟長松之下嘹唳高樓之上送夕鼓而傳音掃晨鍾而成響出幽巷而搖拂擊華堂而清敞浸淫遷延散漫聯綿送清聲於琴上落細粉於窻前乍卷通天之霧時飄覆水之煙勃起則大木斯拔暫息則洪波肅然或動或靜時來欻失聆之兮有聞察之兮無質形乃虛無體無散逸雖含毫而搦管豈神仙之能述

風不鳴條賦　以扇微和於五日之候爲韻

柔條之杪兮低垂和風之起兮舒延極柔而動搖斯易至
和而音響則遺習習兮便人順以無共也嫋嫋兮不紊默而
識之風自南而薰條可結如線氣引以容裔色搖蔥蒨穆若
無聞蠢然可見中林靜拂寧喧許子之瓢圓葉孤翻似動
班姬之扇霽景相照芳塵共飛條冉冉以順動風徐徐而表
微蕩弱質以婀娜視之若有播清飈之溥暢聽之則希觀其
谷與隧出匪徐匪疾彼條暢而無聲信木訥而可匹此焉
表瑞既偶聖於萬年干以應期恒不違於五日荏苒虛徐
條風相於將墜而復舉若卷而還舒契彼無言靜入桃蹊
之上示諸有德潛來草偃之餘細影中糅浮光上透示諸
扇其微和豈將推其獨秀諧清凈之理助發生之候風如

以諷俾聖教以無私條若以調配樂和而不奏飄以長逝
倏然遂多煦大塊而爰發泛柔木而惟和髣髴兮還同轉
蕙寂寥兮無撓靜柯道合知微時方太古嫋其長而輕颺
合其和而不吐暗起軍營之栁取象於街枝潛飄清廟之
松同和於土鼓彼化鵬搏於九萬此至人御於十五與夫
不明之道兮曾何足數

第二 以天下和平則如此為韻　陳章

風之起兮不觸而行條之應兮有動無聲察微祥於生植
表靜理於承平輕搖而曉露初滴暗裊而春鳩轉鳴入楊
園而若舞拂花逕而如迎寂兮寞兮自南自北其去莫止
其來可測方縈仙樹萬年之影俯垂爰報聖時五日之期

不忒長養資於皇化沉潛契乎玄德似有心於松栢之
內上下依依類無言於桃李之間往來默默嫩葉隨轉
柔荑共舒颺絲光於空際惹絮影於春餘聽莫得聞訝
繁柯之蔑爾視之不見驚疊蕚之攢如倏自邇而通遐
俄起彼而集此順八方之候若有若無調四序之宜時
止則止由是輕繞偃草細不揚波異秋吟之摧木同春
扇於微和均習習之容寧比夫空穴而至絕蕭蕭之響
誰謂其高臺則多散漫千林翱翔九野修通匪亂於疾
徐溥暢必齊其高下含其元也亦類於人焉靜以化之
乃符於王者片塵靡驚於厚地群籟皆息於晴天對翩
翩之鶡烏任嘒嘒之鳴蟬感之深殊桂鳴於秦樹害乎

物鄙禾偃於周田我國家化將時茂德與風傳佇見傾
梧之後棲儀鳳於君前

瞽者告協風賦 以審音靜專脩職知候為韻　王起

瞽惟審聲風實應候候至而厥風肇扇聲和而有瞽斯奏
知夫天道則清泠必聞揚于王庭亦威儀可究所以贊欽
若明敬授先五日而可傳信三推而不謬于時凛列方謝
温仁始宣雜蔥蘢之佳氣和郁靄之祥煙樂師乃告平野
臨大田其視則惟昧其聽則惟專寧體於舞松之間得其
煦嫗傾耳於偃草之際宣彼暗妍曰此融風將聞於天既
而進退匪徐周旋可則透迤於紫殿之下俯僂於丹墀之
側豈無相於倀倀方鞠躬而翼翼適進而言曰陛下以美

利利四海以仁宥宥萬國調玉燭而設邦教法鋼渾而立人極所以八風不姦六律無忒臣以樂吏之賤謬知君子之德先王所寶惟穀所大惟食必俟恊風以俟力穡順時而教導蓋國之章有聲而薦聞廼臣之職今者起幽谷拂平林蕭條注耳寂寞拂襟有薰兮動地之氣無颯然鳴條之音達勾萌其和以布峙錢鎛其儀可尋且兢兢懍懍是微臣音之審胥胥飀飀彰陛下德之修固宜荅休徵乘罷景躬千畝率萬井諒神倉之委積則齊宮之清淨表聖時之咸若昭國典之思永皇上垂拱無爲居高聽卑察爾言恍矇瞍之告咨故實敦稼穡之宜謀盛禮度宏規豈號公之言是則是效而周王之代不識不知

風過簫賦以無爲斯化有感潛應爲韻　　范傳正

風爲氣兮溥暢簫在物而虛受何相會於自然合無情於妙有泠泠斯韻胥胥占久如聞松蓋之巔穿比土囊之口颯爾而至鏘然輒隨響繞度巳俄遠聲成文而不虧其虛其實是可披襟而納以條以暢何煩鼓腹之吹彼孔雀下降鳳凰來儀雖見美於格物豈不慚於有爲彼簫之韻惟風所借或激越於清曉或悽涼於永夜寂寞之内爰生不考之音希夷之間是合不言而化謂越客乍流其遺響謂秦女遥度其仙駕散彼寥夐復于沉潛被洽國之風以安以樂在敬心所感乃直乃廉動有輕重應無洪纖觧慍且和可並鼓琴之唱不姦而順亦其從律之占若乃察其所感蓋有符於玄漠豈惟契於罔濟簫籟之所之智之所知誠萬殊之舛錯終一貫而逶迤風從虎兮飄忽簫象鳳兮參差何體異之如彼而音同之若斯豈不以宮商所合唱和爲稱類霜鍾之暗叩同灰管之潛應時然後起風匪躁求激而乃揚簫爲静勝彼鈞天之音肸蠁洞庭之樂　虛無豈比風簫之感召亦由律吕之相須異搜奇於蔡笛鄙濫吹於齊竽微頗成南郭之言浩然難究擬宋玉王褒之賦庶或同途

第二同前韻　　夏方慶

風之過兮一氣之作簫之應也衆音以殊雖高下以異響終合散而同途體宮商而自得韻清濁以相須動必造適

用當其無宜然理順昭與道俱以疑由一人之化爲而不有萬物之心以虛爲受帝於何力各自遂其生成天且不言乃能恒於悠久覩夫指大塊之噫氣裁衆管而聲隨始飂飂兮清越終杳杳以逶迤遠而聆之初疑白虎方嘯近而察也旋驚册鳳來儀知化本之有朕見天籟之在斯道固無名物罔不感彼命宮而商應信陽舒而陰慘雲何事而從龍水何情而習坎故達人作用而虛清其心大道不疵乃滌其玄覽之風也扇其輕重之簫也應以洪纖彼若疾而飄我則以號以嗷彼若和而静我則若沈若潛昌異夫暴心感而麤以厲敬心感而直以廉爾其斷續清空簫寥永夜歷虛無而輕飏自遠拂松竹而幽韻相借微聞闋

下伴金奏之發天庭迴徹雲中疑笙簫之隨羽駕莊生託之以齊物子綦由是而觀化化之至矣玆焉可知風乃不私其用簫亦自得其宜玄元立言事無事我后垂拱爲無爲君子曰風簫也罔（疑）不爭其善勝契不言而自應是將觀彼以化成豈獨因之而比興

南風之薰賦（以悅人阜財物成遂為韻）　張正元

昔者南風和醇明德惟新創五法而配夏感萬物以如春不然者夔何以得爲典樂舜何以尊爲聖人者哉其風乃周流遐裔蕩滌废物廓宇宙以澄清屏𦾔餘之伊鬱故表太平之至理畢寰宇之無咈也且順而隨時曰巽氣之相感曰咸合之寧間于幽林曠野散之何啻乎萬壑千巖當

其南正司辰朱明應節我風在德何以驗乎枯藁我風在仁何必候於空穴物既斯悅薰不在乎器人奚以欽物莫能同藥不在乎蘭人何以結（此數句疑有顛倒）知執德不回嘉祥有開始斯人之解慍條儀鳳以員來有孚顒若至德休哉足以成天下之務畜天下之財令國家以義爲利知風之自實皇猷之穆穆因皇道之易易竹帛之功斯在絲桐之音不墜夫如是未有靈瑞之不臻生成之不遂者也寧與夫蓬振塵驚飆飂淒清或敗物者有墜或中人而喪精未若我皇內協正德外和厚生在乎野而草自偃入乎林而條不鳴是則良哉元首克洽九有仰南風兮何翕爾而純和幸得詠時康與俗阜

第二（同前韻）　吳仲舒

歌南風之薰兮舉自前烈美凱風以時兮流乎後哲澹澹蕩蕩生乎無間馥馥微微播於有截故功成作樂而上下昭著治定制禮而君臣有別吾亦乘日月之至明致中和之令節言而履之萬國稱慶動而法之千寮胥悅此所謂規模帝舜慰洽吾人操五絃之琴而八風從律徵三代之樂而六氣平均使天下霈然而有感窮海外颯爾而知春至於傳之永久垂之不朽可以動萌芽可以榮林藪薰風之有德也使國富以人安薰風之有惠也使時和而俗阜若乃煥佳氣兮允塞掃祥煙兮乍開早綻青門之柳先驚上苑之梅晦入陽春之曲潜吹王管之灰此亦韶年之麗

景况有順時而豐財或披襟而乍對或臨水而輕拂承長養則芳氣襲於一人闡煦嫗則膏露霑於萬物斯以發號施令前規後監三農以之協洽兆人以之無（疑）咸如此則典禮備鱗鳳至吾道不樂兮發身有時薰風自南兮萬物咸遂物本無情因時而生百姓日用而不覺五音歲兆於未萌儻高飇之借便順下風而長鳴

第三（同前韻）　李夷亮

時之和兮道之至彼南風兮飭以肆發于地鼓萬物以化成登于天叶三光而能粹豈不以律有度而感應樂無聲而大備郁郁也從四氣之攸分熙熙然見群芳之已遂若乃涉維夏背芳皋悉人巳又率土嘂淳雲物必書識煙霞

之攺㒞君臣有禮知動植之懷仁符玄化越洪鈞式觀風於我后緜解愠於吾人伊昔虞帝若臨憂勞是切將納隍爲己任垂大訓於前烈援琴寫操知庶政之惟和負扆居尊俾含生之是悅然後澤及幽巖九區克咸（無側韻或疑此下脫句）氣拂湮鬱四海無啸且攸叙於彝倫故無遺於一物國家敬授惟明稽古作程式宣其和以厚其生是以東作之勤不遺於帝力南風之詠屢起於皇情亹亹多士茫茫萬有猶偃草而咸若沐薰風之自久惟德斯碩惟財孔阜

第四韻（同前）　李叔

至矣哉如天之君聲明化淳穆南端而作樂播薰風以養人順聖時而和則氣無留慝解吾氓之愠故物無不親所以應乎品類遍乎天地感一德而當陽處八方之正位使夫微者必扇幽者必遂不以動而有光和而能至風之始也日月貞明星辰齊平然後蕩蕩而起凞凞而生觸類而煦然長育無朕而潛來備盈行而有乎倚五絃而調四氣廣而不費匝九垓而周八紘非比夫抵華葉陵高城轉遼蕙而溼彩合萬籟而成聲者也風之逵也本於元首播於群有使五福富昌萬物殷阜宜其叶無爲之大化匪獨革有苗之小醜亦有庶莫比動閶闔東來不如自其南而捲器一其薰而阜財則知端拱垂馘化人無拂則必合其君資其物豈惟三國不監二叔不咸徒偃其禾而表其譏故我君烈烈行道有載歌祖德而庶事用康諧舜樂而鳴琴不徹被南風之溥暢慰遠黎之胥悅士有欲搏風於九霄希假勢於一挈

文苑英華卷第十三

文苑英華卷第十四　賦十四

天象十四

喜雨賦一首　奉和聖製喜雨賦一首
賀雨賦一首　秋霖賦一首
雨不破塊賦一首　密雨如散絲賦一首

喜雨賦　唐玄宗（見張說集中）

仰重華之齊政步文命之彝倫何天道之云遠亦明徵之在人迄中夏而自春遘愆陽而爲亢雲重結而復解雨纔滴而還障山祠植珪而不答田畯倚耒而悃悵京兆來奏音官撰曲將土龍而矯首請神巫而頓足彼有憑而可舉予何抑而未許恐歲凶之及人寧天譴於我身（一有爾字）乃絜

齋壇墠五精是祠暴立炎赫三日爲期上帝臨我衷誠不欺重泉蒸潤觸石吐滋平雲黯而鋪幕密雨森其散絲無雷無電不震不眩匪疾匪徐乍合乍疎泛草泊樹垂珠點露過闕入樓含煙雜霧或噴薄而攢集或淋漓而灌注亂積水之圓文拂微風之斜度裛海浹而康樂畎畝欣而相顧絲管合兮夜將曉芙蓉開兮日未暮原夫雨之爲德也無小大之異情無高卑之不平無華朽之偏潤無臭薰之隔榮喜夫雨之今應也起（一作赴）一言而不舍（一作捨）經累辰（一作旬）而廣瀉納清陰之浮涼同顥氣之飄灑感作霖於殷命諷其滂於周雅家尚知乎禮節國有望於豐霸小陽臺之神人却大宛之走馬觀雲行而雨施吾何事乎天下

奉和聖製喜雨賦　張說

愚（一作史）臣啓先王之冊府校絶瑞於祥經樂雲雨之平施齊品物之流形帝王爭（一作並）重而爲寶麟鳳自輕而讓靈況愆時之（一作而）渴望欵（一作欲）意達而神聽是月也朱明漸半紫油未吐恐降災兮此下人（一作民）罄虔祈兮我仁主退象龍之禮禱斥持鷺之貌舞屏翳懲其廢職祝融悔其遷怒山泱漭而出雲天霶霈而下雨速一言而感應尅三日而周溥氣滃靄（一作翁）以黯黮聲颯灑以蕭條灌（一作璀）如雲（一作銀）漢之屑落散（一作燦）似珠泉之歕（一作噴）澆街壓漫其潢潦皐壤萋其綠苗舒四溟之清潤卷六合之喧（一作煩）覺咸渠骨於神液共歡心於聖朝借如五月有梅雨之名三春有

穀雨之氣越人以泥牛待沃胡土以賣（一作士賣土）龍求費出貧嶠而石香入成都而酒味彼偏方與小節非大人之所貴復有送地（一作山）祇於鬱島迎海后於葛川疾雷碎其山裂走電轢其海燃天子作愁霖之賦詞人綴苦雨之篇墻屋壞於倒井黍稷沈於下田乃凶祲之不令曷休徵之有焉請言瑞雨之可喜也協氣交泰嘉生是賴湛䨏而不溺衍溢而無害東漸出日之表西被無雷之外南窮火鼠之譯北盡燭龍之會天文則雲漢昭回天（一作王）澤則江河滂霈雖欲談天而窺管孰知堯德之爲大　凡（一作皆集本）

第二　韓休

聖人調玉燭握金鏡乘正陽而馭六氣之辨考中星而授四時之命所以平三階而齊七政惟十有六祀日躔于南紀火德方盛炎曛自始主上問飛候之或失徵驕陽之所起未明求衣當食旻昃恐六事之害政引萬方而罪己乃設燔燎奠椒醑豈史巫之紛若惟誠德之是與稽玄穹以誓期樂形影以增佇善言既發靈應無越天垂貫斗之雲神召離畢之月有滄凄凄南山朝隮林鳴陰鳥澗隱晴霓九光之霞冠于雲日五色之氣映於巖谿始攢團而未下終颯洒而俱齊合散縈直紛飛驟息肇自千畝周於八極及乎公田我二字疑私長我黍稷我箱既萬我庾惟億人咸謂之神功爾孰知夫帝力若乃拂珠箔舍綺疏微霧氣於金

掌稼香煙於王除下碧雲而陰合滴銅池而響餘君王乃倚雲閣憑雨殿臨清署奏繁蕩欣大德之在生知上靈之有睠于斯時也一人有慶萬國歡心群臣獻華封之壽天子御薰絃之琴昭宸文於合璧式王度其如金乾道兮下濟湛恩兮汪濊四三皇兮六五帝于胥樂兮萬千歲

第三　徐安貞

惟大君之執象襲先帝之重玄體至精而御物用明德而動天自乘春兮當暑洎三時而不雨何陰陽而併隔瞻雲漢以延佇而雍州之積高乃神明之舊府君告有司無作淫祠圖應龍兮何召望愚婦兮何期禦懲伏之六沴唯蕩蕩之上帝信天道之悠哉固人事之所制爾其圜壇方墠環以禁林拂瑶席兮列神座藉白茅兮推聖心却華蓋而特立當赫曦之正臨幽應如響明徵在今油然作雲鬱山川之氣凄兮爲雨變天地之陰乘空離合煙霏霧雜散影微微清神不稀無雷電之相迫但蕭條而自飛迴颯灑於天聽襲清涼於御衣如泰徵之朝下似陽臺之暮歸林禦增飾城池共色八水青田千門紫極洗原隰於龍鱗拂甍標於鳳翼伊萬物之同潤況油油之黍稷匝寰海而爲期指咸霖而一息吾君乃升玉堂闢金殿旣滌炎暑是開清宴聽金石之克諧知神人之合抃濟濟三事稽首而言効靈夔之鼓舞聯振鷺而飛翻欣復夏王之膳無邀漢后之恩微臣東紳國史秉筆階陀仰宸儀之法度聞天韻之宮

徵大舜之慶雲巳發武帝之秋風莫比欽豐歲之餘裕贖先天之至理陋星斗之占冠靈臺之紀猶誡奢靡之事信明明天子

第四　賈登

聖人在位體天法地示人以五行應天以五事修其貌也時雨若正其言也時暘至彼氣象之或乖將反身而可致皇哉我君玄德敷聞御極而三才交正乘時而四序平分十有六年以至今載旬有一雨不愆乎晦所謂玄化之功行於太平之代粤在春餘而乘夏初或土官以位或火正其居土勝於水午衝於子陽景且曜陰風莫起當天數之適然非歲行之常紀惟帝念茲聞諸有司或獻舞雩之請

或陳齋社之期省而不録云奪農時直以萬乘之貴躬親三日之祠王言既出聖心惟一天昭厥誠神降之吉霈然爲雨不俟終日明明聖后知微知彰迪彼炎著化爲清涼恐二氣之相迫於兆人而不臧以身作戒因物考祥當是時也收其威而雷不敢作隱其耀而電不能爍昭其令而風不償憒布其和而氣不交錯徒以玄默爲貞清明惟神簡服用與德仁如此者上獨感其雲行下獨成其雨施六合雖廣一朝畢被其始至也歷亂希微霧雜煙霏其少進也湛覃淒厲泉飛飈逝驚碎滴於瑤池噴懸流於錦砌傳聲竹樹之末濯色菱荷之際乘日用而此多仰年豐而可計帝乃罷薰風之絃奏其雨之篇歸功於大造致美於皇

天詞因喜降義以精傳是禮也且高於商武斯文也復掩於周宣非聖德之兼濟何以臻於此焉巍乎聖王謙以自輔慮其率土猶稱疾苦申命文武更求多祐又吹之以軒后大風又沐之以殷宗霖雨潤再洽兮恩重溥自朝廷兮至草莽鑠皇篇兮熙帝譜于胥德兮振萬古

第五　李宙

既五月兮生一陰猶不雨兮思作霖聖自咎兮天同德誠下答兮神孔歆臣聞澤不潤下意將乾封豈大明在御而荒歲或逢禮有早暵之舞詩有昭回之詠陛下退史巫之紛若追后土之虔敬以乾坤而合德何造化之不測當赫曦兮是時與霶霈兮爲期粤三日而將澍未崇朝而已布霏徵露立之壇霡霂風旋之步緬察獄以臨幸豈禱林而戒懼曷若不言而順於陰騭曰肅而變其陽數非破塊與鳴條惟滌場及灑路靈臺是升斯考休徵渾儀已綿更酌元亨爾乃紫微凉夏彤庭景深初泛灩於太液復蕭條於上林傾菡萏而花舞散青葱而葉吟宜刻漏於銀箭雜秋聲於玉琴龍虎飛騰兮多氣色鸛鶴鳴呼兮有清音况田畯之至喜奉聖人以爲心惟大君之德也如雨施於上玄如澤漏於重泉浸四溟而無遠洞萬物而無偏喜群生之遂也山不翦其毛髮河不汚其宮闕思就絣而生虹願從風而移月絶奔雷以無景靜行雲以不發願依稀兮其奚多雖三五而可越

賀雨賦　沈瑱

臣聞堯以欽明文思察洪水而其咨湯以布昭聖武綿鑠石而不雨彼穹蒼之災沴豈睿君與聖主我明德之馨香終時康而俗阜大唐以率俾蠻夏莫非王土主上以光宅君臨粤若稽古　以淑德崇化爲乾作輔其廣運也包二儀以覆載其亭育也想群生之父母聖謨洋洋嘉言孔彰惟精惟一無怠無荒百姓有過引之歸己一物失所納之於隍夫人之所重者食也政之所先者農也近歲以冬雪不盈春雲少澤緑疇合瘁朱夏將華無西畢之霶霈有南威之赫奕我藝闕秀甫田屢闕湘鷰垂翼而不飛應龍矯首而何益爾乃邦人大恐皇念勤眷思轉災以爲祥宜樹

羙而除譴移正寢徹豊膳釋幽宂索遺彥達聰明目廣視聽於四方恤獄緩刑開網羅於三面誡絶崇慝懲離黨援豙路清太階平君臣咸一邦家輯寧天方悔咎淪孽垂休降靈雲布族而霄霽電驚空而煌熒殷雷震而闐闐飛雨零而冥冥其夫其森沈散漫颯灑淩亂瀝液汪洋周流津漢疑濯上林之霏靡漲昆明之瀾汗驟繁響於閑庭浮清風於樓觀玄澤優而霽止晴光炳兮澄渙奔餘潦於迴塘掛晴虹於霄漢阡陌條暢而增綺黍稷芬榮而若換野老熙熙農人相持嘉廩儲之望歲喜芔霈之流滋鼓腹擊壤賡歌穡詩詩曰有渰淒淒興雨祁祁雨我公田遂及我私皇上睟容有穆神心載怡群卿大夫濟濟纓緌拜手稽首足

之蹈之賀農祥於介福答聖造於休期有諫議大夫沈瑱因進而稱曰臣聞昔者飛雉升鼎用墜殷宗之德熒惑守心旋移宋景之慝禾苗盡起孺子感動於周公桑穀並生太戊獲相於伊陟夫君人者修己以敬乾乾日昃奉堯舜以爲心崇禮讓而爲則放黜回倿數求讜直使人以時用丘明之昏定異物不貴誠老氏之難得哀賑惸嫠勉敦稼穡自然災伏至誠感於天地及當而行湛恩浹於寰瀛珍絡繹瑞縱橫海氣蒙晏河光吐榮芔露凝而醴泉涌麒麟遊而鳳凰鳴烟雲蕭索而紛郁日月光華而淑清我后慎終如始用晦爲明爲而不有冲而不盈向之能事動植庶由

秋霖賦　盧照鄰

覽萬物兮竊獨悲此秋霖風橫天而瑟瑟雲覆海而沉沉居人對之憂不觧行客見之思已深若乃千井埋烟百廛涵潦青苔被壁綠萍生道於時巷無馬跡林無鳥聲野陰霾而自晦山幽曖而不明長塗未半茫茫漫漫莫不埋輪據轂銜悽茹歎借如尼父去魯圍陳畏匡將飢不爨欲濟無梁問長沮與桀溺逢漢陰與楚狂長揖風而雨沐（三字一作以沐雨）永悽悽（一作栖栖）以遑遑及夫屈平既放登高一望湛湛江水悠悠千里泣故國之長秋見玄雲之四起嗟夫子卿北海伏波南川金河別鴈銅柱辭鳶關山夭骨霜露凋年眺窮陰兮斷地看積水兮連天別有東國儒生西都才客屋漏鉛槧家虛甑石茅棟淋淋蓬門寂寂蕪碧草於園徑聚綠塵於庖竈玉爲粒兮桂爲薪堂有琴兮室無人抗高情以出俗馳精義以入神論甚（一作有）能鳴之鴈書成已泣之麟覩皇天之淫溢孰不隅坐而含嚬已矣哉若夫繡轂銀鞍金盃玉盤坐卧珠璧左右羅紈流酒爲海積肉爲巒視褰陵而（一作與）昏墊曾不輟乎此懽豈知乎堯舜（一作禹）之臞瘠而孔墨之艱難　几一作皆初學記節文

雨不破塊賦（以微由流潤用表豐年爲韻）　王起

國有休徵天作零雨不爲霖以破塊自呈祥而潤土既霑既足克成五稼之豐不疾不徐詎作三農之苦惟雨也映於遥天惟塊也列于大田彼以泛洒爲利此以生稀爲先玄雲不開色霏微而方密黑壤相映形磊落以皆全詎爲

暴於終日自成功於有年觀其散漫矜來空濛如振不遺一撮之小不爽一旬之信滋螻蟻之穴何患沾濡帶蚯蚓之形亦懷膏潤其色如晦其飄甚微纚連異質優渥同歸如原野之霧合似隴畝之塵飛色潤方圓形沾大小東作之耕斯著西成之功必表青黎不散佇秀麥之芃芃白壤常存宜散絲之皎皎是知妖魃（元作魃）見也則枯旱爲憂商羊舞也則泥塗見修孰若霡霂微漬滂霈不流所以見太平之美所以彰至聖之休故宜美土疆資播種宣老圃之志作曾孫之頌和和美瑞九土之澤克施莓莓有形三日之霖勿用是知雨無破塊年必屢豐積而不載感之則通何沃土之不浹何疥壤之不同夫如是則受塊之人共欣

其天賜擊壤之老將明其帝功

密雨如散絲賦（以微密相續集布如絲爲韻）　李鐸

散萬物者莫潤乎雨鈞百貨者莫細乎絲雨將應時既盈空而沃若絲將比密妥妥（一作賦）質以棼之原夫清畢啓陰夕陽向暮散輕霞以成綺矗玄雲而似布於是霡霂郊野霏微草樹蔽重霄之靄靄猶委緒風暎遠岫之濛濛乍迷縠霧髣髴將乆輕盈匪疎濛茂浣紗之際浸淫濯錦之餘織婦停梭似曳乃輕之緒舟人罷釣疑牽或躍之魚由是揚素彩降碧虛忘機別天庭之晥彼拂鬢鬟韶髮之皤如徒觀其散影有經分行無匹始斜足以色麗俄交亙（疑）而勢密輕沾素服懷墨子之悲時遙隔布泉誤詩人之怨日皎皎容絜綿綿體微絕而復尋等蛛網而共掛垂之如墜連雪絮以輕飛仰之盈目紛如可矚彼時澤之長懸若天經之恒續秦臺蟻行豈惟珠曲乃穿湘浦鷰飛不獨烏方驚觸有以灑炎炎之苦有以慰虫虫之俗且晴晦之異圖謀之祥則有雲如續以遥列星曳練而可望布雷霈而莫能與比齊綿密而曷足其相彼龍見而方雩與块雲而齊給或流電而未止或破塊而併集曾未若汗漫於率土之濱表王言之澤及

文苑英華卷第十四

文苑英華卷第十五　賦十五

天象十五

秋露賦

天何言哉萬化斯該歲云秋矣傷心不已起凉風於四面飛斷雲於千里爾乃高天氣爽寒日光清下翠樓以迴矚見白露之晨生向珠網以添净依玉階而助明如霜未結似雨還輕點庭蕪而葉重滋園菊而花榮詞湛則周詩入興凝卄則漢載留名故色貴含秋光宜汎曉既騰文於地上復垂容於筆秋烟澹彩而的的月籠華而晶晶豈只華山之際童子受於囊中金莖之端仙掌承於雲表況乎香臺發色軒丘降祥紅蘭受而彌潔緑葵含而轉芳𥘉益巨海終晞太陽既隨時以隱見還任物以行藏爾其無林不沾無草不霑蕤上流彩林中湛液思蟬飲而曉潤旅鶴

而怵其宵滴詞人賦矣已凝冷以淒清君子履之又傷心而惕感斯露而揣稱媿才殫而莫析者也

露賦　張彦勝

夫露者陰陽之精氣也天地之靈液秋冬濁而春夏清晞於朝而生於夕隨時應變不凝不積遇物受彩因象而光滴滴瀝瀝熒熒煌煌爾其爲大也滃九天而静六合爾其爲廣也清四極而洒八荒故能消歊氛埃生成草木霑瀝千品霑濡萬族其澤厚矣其潤深矣願聞其始試言厥𥘉兆自元氣生於太虛巨人飲之而不死上古吮之而穴居天無雲兮珠的皪野有草兮玉扶疎馮蟲鳥兮爲篆懷蛟龍兮著書河洛建都兮氣均風雨卄泉築館兮名亞儲胥或泛灔池臺或葳蕤竹柏鵁鶄鳴兮色紫鴻鴈來兮光白露之爲德也天乙所以爲王侯露之爲文也詩人所以歌邵伯既因卄而作頌稱未晞而留客是時鷙鳥𥘉擊鳴蟬向晚悲九節之相催恨三危之路遠或乃幽閨織婦𥘉下鳴機徘徊空晥悵望秋𢝊洞房月入羅帳螢飛看鴻鴈之將度怨良人兮不歸洒交順之玉筯苦寒露之沾衣至如

閑（疑作闢）山氣寒瀚海風急胡侵壠塞兵屯馬邑征人此時思歸下泣不覺漣如沾我衣濕别有洛陽才子人間秀士遠自巖曲來遊學市有恨驚心無人知已聞隧葉而嘆息對浮雲而愁起悽悽兮怳若有亡（此句疑有闕文）覩蒹葭之蒼蒼惜白露而爲霜宋大夫聞而嘆曰歲乎不我與一寒一暑昔時春晩拂楊柳於南津今日秋深落芙蓉於北渚古人未達平生羈旅君何爲而絶絃敢知音而相許重曰白日黯黯兮秋風多緑川蕭蕭兮空水波聞郢中之有曲試調露而爲歌（歌曰）天降氣兮地凝精皇德茂兮芝蓋平金盤漬兮玉盃清葉有露兮落有聲遼東之鶴中夜驚日南之雞凌晨鳴華山柏兮多珠露松子服之得長生　人間（一作河間）

五色露賦 以率土康樂之應爲韻　白行簡

惟上天之陰隲至誠感通靈液肇吉能分五色之異以候一時之出祥風爍乎茂草瑞景晞乎朝日玄黃雜錯綴玉樹以相鮮丹紺交輝映金盤而乍失既能偶聖以呈貺寧有普天之不率飛液花鳩流光蕙圃青熒玉綴燦爛珠吐露藥訝仙童捧來潤石疑女媧欲補花禽拂著宛如陳寶之雞平野染成煥若徐方之土當其金烏戢耀玉兎騰光夜寂空知警鶴寒輕猶未爲霜徒想狀天酒類神漿豈辨彰施而披棘尤分雜錯以沾裳灊林嶺而霞駮遍莓苔而錦章自然爵爲天祚慶我皇唐何必徵勒畢之言以爲國泰驗吉雲之說乃辨時康嘉其風中熠爚空際浮爍綴瑶

草以紛敷泫庭柯而照灼彼瀼瀼剡其感歎此湛湛歡其宴樂徒用興其詠謌曾何覩其交錯未若含瑞表德耀彩逢時乍綺分於彼或星合於茲爲陰陽之淳粹作花木之葳甤喜氣度關徒覆語耳雲光出水曷足方之是知天降休祥聖爲明證淡　汪濊之仁澤得文質之善稱天何言哉國有感而善應

第二同前韻　賈餗

露彩呈祥厥狀非一表四方之具慶故五色而俱出間朱青以騰文雜玄黃而成質則沭聖澤者疇敢不祗被湛恩者罔有不率大化式孚瑞物斯覿究其源兮則一分其色兮惟五暖空之際若麗非煙之祥潤塊之時如啓建侯之土神化無方至精宣光且見凝夫渥彩孰云晞以朝陽雖有本於三危三危不得不比諒無當於五色五色不得不彰豈直超絳雪掩玄霜空挹瀼瀼之靈氣酌湑湑之神漿始也結以成形自東方而轉色今也出於協慶猶上天而降康則知時在中和何物不樂超飛走而爲瑞與風雨而咸若不資揭以金莖寧假承於瓊爵鍊石初染狀媧皇之補天駕瓦纔霑類彩鳳之巢閣在漢武時方朔陳詞波吉雲之異境得五露之靈滋曷若我后統寰海之有截應天地之無私包衆瑞之備矣選列辟而觀之自然陰陽降祉天人合應吸沆瀣延楚客之情詠厭浥動詩人之興若以彼而方此曾不得侔色而揣稱

第三同前韻　王起

露表嘉瑞國昭元吉發五色以斯呈掩百祥而非匹輝光駭目知泛灩之惟新變化殊姿覺淒清之有失若非澤無不被化無不率則何以感之於寥天榮之於聖日爾其寂歷地表希微天宇無聲而零有色斯覿始暖空而雜糅俄泫草而周普霑於衣也皆成黼黻之衣潤於土焉更謂苴茅之土且其白能受彩朱則孔陽青映苔而轉麗玄點漆而有光既炫燿於衆彩終錯雜於中黄儻在琉璃味無忝於甘醴如浮葭菼色詎變於凝霜何湑兮之膏潤有煥乎之文章固可以扶壽而愈疾俗泰而時康徒觀夫泥泥未晞瀼瀼既落珠彩點綴日華照灼無煩勒畢之求方成曼

倩之樂散東陵之上乍混其瓜洒西山之中更迷其藥其凝厭浥其布葳蕤鶴將警而未測蟬欲飲而猶疑何絣霧而喻矣何卿雲而比之則知墜露成文休祥有證實我后之冥感掩前王之嘉應

第四 同前韻　　裴兌

上帝宥密露滋旣吉青紫相宣玄黃間出湛鮮輝以交透涵潤彩以争溢搖泫泫於微風散離離於初日滴而成暈宜鶯鶴之偏聞感以無情勝舞獸之能率披萬物之咸覩表天心之以溥識瑞氣之非二辨方來之自五洗於石如披媯后之文遍于地似割封侯之土合德於唐成金之黃鳥晨散而翻墜煙晴籠而轉光旣桂成於重葉亦珠綴於

番芸契之斯來我則調玉燭而後致求之靡得彼則耀金莖而莫量是以其邦用昌其人用康誠可以爲飲不可以爲霜其離絢兮其濃沃若遐矚文象旁通綺錯狀郊祀之琮璧燦以芬敷擬霄漢之雲霓煥乎蕭索固自天而同灑諒不醉而可樂其甘如飴其凝如脂荷叶于道不常厥期在春而衆葩皆麗或秋而群蕪更滋彼露瀼矣我王則之接荷光兮渥貫荚連碧砌兮瀟堦墀旁霑兮對龍袞之彪炳芬映兮逼鸞鳳之葳蕤始繁於天臨之際終晞於日旰之時足使覩殿懷慙漢宮非勝多聞前後之仙術豈逮吾君之響應願濡翰於攻文之徒庶發揮於豪筆之典

清露點荷珠賦 以題爲韻

池有秀冠衆卉兮彼荷寂英天之氣結淳和兮惟露斯清圓覩覆水兮翻然盡傾素質積葉兮炯爾珠明露非荷無以呈潔巳之狀荷非露無以異先凋之榮皓影搖光俯莖暴凝布氣散蘭郁光兮霍聚隣藹草謂螢火將飛俯澄波若蠙珠巳露宜瀼浥於夜景惜芬芳於歲暮縹緲將闌瓊光未歛團素律以泥泥擢餘芳之苒苒映翠帶狀蓮的之剖開對青宵仰星文之亂點色慙兮菱藻氣肅兮金波雖有秋月我則承恩於彼露豈無朝日我則庇身於此荷尚不願洒園葵而澤豐草豈學老林葉而滋枯柯客有感秋而嘆曰滴瀝縈紆布濩芬敷浮地烟兮葳蕤此絳點天洒兮璀璨番珠巳矣夫露欲變荷欲蕪君不見嚴霜降萬物

皆盡兮復有此芙蕖　浮地一作浮池

湛露晞朝陽賦 以諸侯來朝錫宴具醉爲韻　　張勝之

陽輝早曙露泫清宵宵既寂而露彩結曙將動而陽氣消是以在蘭者照之則煥乎葉在棘者燭之則晞乎條故乃喻天子布澤于宴猶諸侯命朔於朝覩夫潤草瀼瀼晞陽冪冪氣色濃兮猶茂枝幹爍兮如滌初將比王以殱其琳璃稍欲如珠復消夫玓瓅故可比臣竭忠以祇敬君降恩而蕃錫及夫大明有赫五色初收陵晨光動平野氣浮遂使將飲之蟬驚陽烏而後退能警之鶴懼白駒而不留出扶桑兮始上彼豐草兮徒周何異夫錫宴則臨乎我后來朝則嘉彼爾侯原夫矖朗之光未舒沾濡之色猶遍忽其

陽氣匪晴風𢋽則滴而有響者其響罷聽布而成文者其文難見夫如是有類藩臣感化而來覲中朝希德而成宴彼以朝爲數此以夜爲初夜則因我而陰勝萌則因我而陽舒其凝也無不備矣其晞也曷可藏諸況有麗天之暉潤月之意崇其識禮著乎前志朝日出海若一人之當陽夕露低柯若群臣之既醉天晴夜朗林霽烟開稽其順陽之心既且周而復始懿乎漸晞之理又觀往而知來所以爲成歲之本覆霜之具華葉既濡清光若煦吾知湛露晞朝陽也爲君臣宴饗之喻

秋露如珠賦 以凉風變節凝露可觀爲韻　師貞

風入秋而方勁露如珠而正圓映蟾輝而迴列凝蚌剖而俱擯綴別葉之中時翻的的轉衷荷之上微振珊珊虛靜內瑩圓明外寒且驗目前之美何殊掌上而觀懿夫寓物成規効徵應節合緑葵而結緑方麗耀黃菊而中黃轉澈落蒹葭之浦誠媚川而可移泫庭宇之間雜照廡而何別所以未逢朝盪還著夜光當勒海而爲深功雖至薄蒙況泉之是稟德且非凉比蟬飲之爲狀與蚌銜而允臧𥚃澤之滋素昭結霜之儀漸露咸欣遐被之德寧迴暗投之怒逞瑩空際忽縹緲之金莖散照林中謂璀璨之瓊樹宛轉無窮精明有融乍見紅蘭之內如奪赤水之中稍迷逕蔓偏入園葵每淞彩於畫景何流形於夜風時也草始化螢星逾流火叶物候而增美信晶熒而必果想遊女於水上訝鮫人之淚墮降自天而任彼無私照於秉而孰云不可湛湛方積纍纍正凝彌增皓鶴之警不惲驪龍之興遠晞平蕪俛首而鮮苗益潤俯觀朝藿傾心而靈液是承嗟乎彼以少而爲貴此以多而豈賤遇沾衣而未化如被褐而㓞見其克好以員來孰若順陰而適變

文苑英華卷第十五

文苑英華卷第十六　賦十六

天象十六

金莖賦一首　初日照露盤賦二首
霜降賦一首　秋霜賦一首
聚雪爲小山賦一首　殘雪賦一首
雪影透書帷賦一首　小雪賦一首

金莖賦（以日華川上動爲韻）　呂令問

惟漢武皇聖謨洋溢英徽振於緜古洪德協於元吉騰休聲馳茂實掩八紘以稱大御六龍而首出雖端拱之無爲常鍊奇以永日於是乎詠殊方之士考靈仙之術張皇臺殿恢拓宮室飛甍之觀既成長年之宮已畢乃金莖之仙

掌承沆瀣之精華欻聳擢以橫漢屹岧亭而出霞珠盤上開疑天半之懸月指莖直用若峰蓮之秀花崛然雙立巍乎造天紛爣爣以照野赫奕奕而燭川晴朝有日兮金鏡相射清夜無雲兮銀露自圓屑瓊蘂以充餌嚼玉英以延年想王喬之再覲乘羽服以翩遷思王母之一至拖霓裳以嬋娟鍊液之法斯在化金之術攸傳覩其迥出囂塵孤高巃嵸錯金盤於龍鳳曳浮光於螮蝀長風激而自清震雷驚而不動亦可以納虛澹之閑曠遺代俗之煩揔然而仙在物表君居人上物表者不可以苟求居上者不可以自放虛信神君之語徒蓄長生之望求師入海終貽欒大之誅書帛飯牛卒受文成之誑竟迷情於虛誕亦何補於

崩喪則知履道者守國以正直失德者納人於邪妄向使武皇不謬於茲道亦可以冠百王以爲尚也　實掩（一作奄是）

初日照露盤賦（以雲表清露光發金景爲韻）　鄭絪

日初出兮露成文盤既潔兮光乍分凝素彩而泛灔鮮顥氣之絪縕忽炯爾以流景乍揭然而拂雲若乃勢倚金莖色映霞表倒初景以揚颸澹輕烟之縹緲承露華以逾明焜霽色而共曉煥然孤秀赫奕奕於長川爛爾生光照翻翻之高鳥盤以貞兮露以盈日既明兮天以清焜以相鮮若曙月之臨朝鏡粲然交映類瓊花之雜玉英金景發色玉壺肇明敷皓質以流耀含太陽之至精伊昔漢帝初營求仙是務我皇復立承天有裕乍髣髴於帝臺宛昭彰乎

天路首出庶物表一人之大明光發四施照萬方而戢布豈有屑瓊蘂汯珠露冀靈物之來遊望神人之自過懿夫合以成象麗然增光干浮雲以杲耀激旭日而悠揚仙掌斜分若蓮峰之曙景宸心迴想如崑岫之晴霜豈比周穆西遊覲王母於崑岳重華南狩怨帝子於瀟湘獨能覩雲闕而飲靈漿者乎徒觀夫素色上升清光下發分迴彩以照耀焜長空而超越白華映兮光復臨露彩揚兮色彌深既炫晃以如玉乍晶明而散金儿孤高者可擬之以抗志絜朗者亦仰之而爲心況地表煙息天維氣整日之麗矣與星明而共融盤實堅然齊聖祚之悠永昔之頌靈液歌浪井曾不如賦露盤之瑞景

第二 同前韻　　盧景亮

揭金盤而受露擢仙掌而凌雲當朝陽之出海屬寥郭之無氛霽色曈曨金輝晃晶光奕奕於九霄之際色昭昭於衆象之表大明既照夕露方盈金景相映銀華自清高不可攀駐王喬之羽駕仰不可視奪离朱之目睛彼方丈之金闕洎天台之赤城或煒煌而景耀或煥赫而霞明出人寰之杳眇隔海嶠之崢嶸孰與我之爲異標景光於上京觀其巃嵸雙立岧嶢上聳輕靄不飛纖雲不度九成爛爛搖翠影於樓臺四野熒熒落浮光於草樹斯亦域中之殊觀其惟作器而盛露且夫先王立晦獨覩太陽卷天宇之夜色引帝庭之曙光惟大君之攸俟仰群后之所望其彩

君電其形若月列鈌雖伏常煒煒而不收蟾蜍已歸實亭亭而未没日無私而見照盤既遇而斯發請言露盤之始也林巒掩映崖谷重深自蘊於石孰爲之金遭漢皇之雅尚會良冶之幽尋忽範鎔而有作爰奉承之是任不然者在塗泥而重棄與瓦礫而湮沉安敢望微耀之輝映初陽之照臨金之爲質也光盤之爲體也静從有感而出日諒無心而生景念志士之未偶因達人之而（宜作後）騁頑淺陋之凡才寧覬覦於大幸

霜降賦 以霜降之日豺乃祭獸爲韻　　崔損

天地之氣嚴凝爲霜候高秋於玉琯體正色於金方表肅殺而順時戒節協變化而開陰闔陽激清風而增厲凈皓月而浮光驚鴻鴈之嗷嗷落蒹葭之蒼蒼所以從地而升應律而降詠團扇而見託班姬豈恨於長門履堅冰以是階表安欲驚於陋巷逵重陰而首出啓沍寒以先期陰與律而相感寒與氣而相資百工由是休矣萬物於焉成之原夫日次于氐月窮于戌當青女以紀候從白露以受質洞庭之葉驚波豊山之鍾應律詩人可比庶欲徹於玉壺大國是資亦將慙於凌室凝於地也似和光以同塵凋於木也類去華而取實其進也則有俟於青霄其退也則見晞於旭日若乃林有摯隼野有祭豺翩繽紛之槁葉宿莽蒼之枯荄烈女覩之而壯志覊人對此而感懷皚皚其姿皎皎其彩既無惡於管蒯亦何情於蘭茝佐昊天之有成

叅神功而不宰笳聲乍拂怨楊柳之衰斂鍔可封發芙蓉之厲乃國家順乾坤之德法天地之制布澤如春肅物成歲中其令以敦乎風俗宣其威以殄厥災沴服用有度修典禮而罔差稻熟可羞先寢廟而攸祭名籍藉於憲府法稜稜於司寇却炎蒸而克叙四節淒金石而率舞百獸客有惜歲星之屢遷傷志業而未就獨沉吟於軒屏望泬寥於宇宙聞萬户之輕砧聽九重之永漏近瞻庭樹空聞槭槭而有聲緬想澗松誰惜青青而獨秀夫如是則可知霜降之候

秋霜賦

目長空以流意偉繁霜之獨異雖變露而成形不憑雲以

自致向朝陽晹一作而既滅逢夜晴而又墜候暖而止乘寒則飛當鷹隼之始擊值鴻鴈之初歸稜稜作氣凜凜生威比齊紈之顏色奪楚劍之光輝及其降池塘被原陸衰衆草落群木萎南澗之白蘋碎東籬之紫菊梧桐爲之失影蕖荷爲之銷馥豈直若斯而已徒美其威不妄作動隨物情因其死者而死保其生者而生彫芝蘭而無怨色拂松竹而不傷榮譬大聖行刑必順於時序通賢用法不害於堅貞至若蒲海之居桒河之汭侵戰士之馬蹄封將軍之狐毳沾翠幕而生冷凍朱旗而自脆助陰氣之肅殺壯堅冰之體勢三冬閨閤兮貯相思萬里關山兮苦留滯不私與巳觸物而止疑薄霧之初覆似輕塵之未起陵厲自然

嚴凝莫擬故能發揮司寇光揚御史明忠臣之無事承君子之所履

聚雪爲小山賦　李子卿

皓色旁射兮清虛上騰閑階之下兮聚雪崚嶒嘆此雪兮具知其有與有滅故爲山也庶期乎不騫不崩始也散而從風類元氣之無象今也結而爲阜若厤渾之初凝五嶺高標三峰遠瞰昔則心徃斯焉目擊千里之勢存乎衺丈萬仞之容見乎盈尺皜曜起乎岑嶂瞳曨生乎樹石峽裏則秋月長懸封中則曉雲猶白夫其以近則遠以遠則親玉林不夜瑶草先春照寒景而逾潔拂朝霞而更親嶺上棼槮作緱氏之仙鶴巖中綽約爲姑射之神人樵傍壑而

踈隱徑臨崖而絶隣至若霽日生暖融風變朔危容半頽儻遇稽康之醉片影初墜謂入郄詵之幃因降高而就卑遂散離而爲朴冱寒始勁猶可持而斲見晛則消不可繫一作擊而幃因知夫色不久鮮物無常堅始則有於無有今乃然於自然觀陵谷之推易信人世之徂遷亦何必恠桒田之變海都邑之成川

殘雪賦以明月照積雪爲韻　范榮

謝惠連遒文擅名藻思騰聲觀階墀之積雪因體物以興情曰是雪也感冱寒之德陶元化之精玄冬御時固凄其而以降青春換律奚浩然以居貞豈不以其氣勁其質清處慘無昧遇蒙而成若就陽呈妍巳遇乎東風所解且居

陰寓質望晞夫朝日之明乃春霄尚寒銀漢未沒質瑩庭蕪光搖林樾雜凝花於春露亂素影於夜月小山虛映瑤峰盈尺而潛生樛枝乍垂梅花照樹而將發詎比夫瓊蘂難求夜光可照且昧不貪之寶未得卷舒之妙或消或結吾將任其行藏是訛是瞻彼何爲乎銜耀當其朔風駛同雲劇既散亂以飛空或繽紛而下墜於是出野而萬頃連縞睎山而千峰合璧既見晛以俱消將飄零而委積隨時之義強守槩而在今潤物之功固呈豐而自昔既而陽氣長陰氣滅將散有以歸無尚葆光而固節巳矣哉人道不能無否泰天道豈可無寒熱固可洞消息以從之何必託興於殘雪

雪影透書帷賦以光彩輝映被闕古今爲韻　蔣防

顥爾凝素襜如夕張因潔朗以旁徹逐虛明而內彰繇是以洞篇翰鑒毫芒委六出之姿喜乘時而瑞聖就三冬之業期利用之觀光況復素軸增輝輕紗閟彩釋居中之涯昧致藏用之所在霏微兮太素初分晃朗兮窮陰既政映草玄之客類姑射之神仙隱談天之人疑脉滓之真宰凜凜寒色融融暮幃讌緗叢耀簡諜連輝瞳矓而微月將入冪歷而輕風乍霏故得百氏旁窺萬流仰鏡稽古昔資典詠動鉛管而有助含章對鶴書而無非浴淨蓋以啓其幽默不獨事其韜映契莊周之理虛白自生徵大禹之文光陰是競俾夫夕可以忘寐晡可以罷窺煥乎而不藏於密

昭然而盖取諸離清熒兮寒氣方壯髣髴兮晴雲欲披澄筆海之波瀾皆爲練色耀書林之杞梓盡作瓊枝是能燭前轍彰往哲時覩謝賦想𡒄𡻕之縈盈載覩曹詩歎蜉蝣之握閱詳夫理同委照處異在陰比燃膏之功益簡助縈目之務途深必將脩詞以進德實勤考古以覩今所謂用晦而彰韜光有曙祛絳紗之閟遂發素王之牖尸期潔白以無虧庶研精乎千古

小雪賦以寒律變時因風有漸爲韻　林滋

偉茲雪之霏霏應玄冥而不失其期賦象於虹藏之日成形於氷凍之時委地則微庭表三冬之候㶁空雖小那無六出之姿當其寒氣初升陰風始變既淅瀝於遐野却飄颻於層甸邊城一望龍山之凈色猶晞上苑再瞻鳳闕之清光未遍聊若毫端輕飛可觀細細而千巖送冷飄飄而萬戶迎寒霏微𡒄𡻕之間瑤臺月曉髣髴草茅之上玉樹花攢迴拂陰軒高㶁曉律縈枝分盈尺之象帶月誤如圭之質微交月影天邊之孤鴈應迷稍助山明松際之浮煙已失細糝長空纖緣綺櫳乍若蘆花之覆水輕同柳絮之因風是則謝氏林亭盡在迴眸之內梁王池館無非跬步之中于以明潔白之姿于以表陰凝之漸雖見晛而無滯詎因汚而成染初疑畫閣粧奩之香粉微微又若瓊筵玉箸之凝酥點點既而纖悉繽紛呈祥是因掩日而難分薄霧開簾而不辨輕塵影入空帷預想映書之子光侵遠水

潛思訪戴之人可謂不遠而來自無而有始縈盈於階砌終散漫於林藪安得不燎薰爐命芳酒作小雪之賦繼大夫之後

文苑英華卷第十六

文苑英華卷第十七　賦十七

天象十七

雷賦　張仲甫

粵若稽古太始之初陰陽和而爲炭天地張而爲爐鎔鑄品類陶汰清虛名之四海謂之八區陰陽相薄感成雷乎號曰天地之鼓事載河圖之書藏冰以時則響出而不震

仲秋之月必聲隱而無餘或震怒百里雨潤同沾法威形於牧宰察醜惡於毫纖或般轔而鼓作或臧沒而韜潛吼若天開闢如地裂動靜必以其時喜怒於焉有節是以樊重入室王裒遠荼終不苟於瑕疵冀中平於朗晤縉夷於是膽懾賢豪於是心懼惡不戒而潛至善乃全而焉措無貴無賤敬天之怒五星不逆六氣合度發陽和啓蟄戶農事興作秋成斯覩以日繫時有倫有序歘焉而來倏焉而去鼓踴莫測其蹤安息莫知其所搜獲山川洗滌寰宇爾其爲狀也則乃聯鼓晶晶力士雄雄雲飛電耀起自震宮其爲聲也磊磊落落砰砰訇訇龍潛魚躍海湧山傾星宿爲之霾翳日月爲之昏瞑夫其施赫震爗紛紜熻作臨峻崖投深壑終不聘於雄豪將勸善而懲惡布雲雨於潛龍銜冊書於白雀若乃王網如繩籠羅有情是謂小人無禮君子無刑守容貌而無恒豈耳目之不明終冀貞廉於衆口法令未若於雷庭

春雷賦以待球紀元天地作解爲韻　樊珣

惟聖作乂先天授人惟天輔德啓聖無親故我皇齊七政協三辰化乎大麓道暢經綸是以變集天寶祥開地珍法威刑於震燿效生杭於陽春鴻名既增曆歷伊始當渙汗之初發聽春雷之肇起將克宣陽罔忒時紀導達萬萌震驚百里南山望遠乘雨氣而方來長門聽深象車聲而未已若降在下如飛在天鬱重電而虺虺殷高棟以闐闐作

解群物揚靈上玄啓春和於蟄戶兆農慶於豐年若乃勢猛陵空聲雄出地形未遷而必肅政不戒而潛至渾渾其象含四氣於一朝虩虩其威警千官於庶位及夫蒼蔚云卷煙埃稍廓餘雲既稀厲響不作攄殘怒於平野轉輕音於峻閣來雖莫制必先戒而後然去則何言知勸善而懲惡是故知聖人御氣立極居貞體元災攘不令祉降攸繁豈與夫震爲凶方知展氏之慝雹災莫禦乃訊申豊之言則有抱影窮居在陰向隅縱倚溢而有得終棄室以思濡進道則望深知已觀光而業謝宜符感雲雷之布澤思自達於通衢一脫辭字一韻

雷在地中賦以復其見天地之心爲韻　滕邁

靁動而息地卑而深畏嚴凝之戒節向博厚以潛音順靜
於時乃退藏而默處兮以本乎土乍響絕而聲沉豈獨斂震
驚於坤德抑亦彰休徵於天心原其辭滿盈止奮肆混然
無联寂兮深閟觧威靈屏於蟄户銷聲處夫陰位足可以善
列軼之歸功見玄冥之內事以足細觀其所廣徵其類初
疑罷轉石遠積南山之陽又若駐奔車深掩長門之地象
則存矣理難求焉坤軸將凝沍聕息隱轔與涇洛潛連道
尚處幽奚爽下安於土功存作觧終期上奮於天足使至
人將齊其默默楚客絕想夫填填苟有託其厚載亦無辭
於小畜駭氣結乎土囊迅音止夫坤軸斯可以驗啓閉分
寒燠不失動靜乃順之於時將體行藏故受之以復未萌

嚮像詎可求思勿以潛思伏矣是當薄言振之一陽之氣
始生孰能輕動百里之音未發吾非後時自然居善閉之
中因積風所扇且冥以斯在豈迅烈而遽變覩秋毫之末
者無慙聽而不聞寫鼓鍾之音者空歎視而不見若夫玄
律云暮衆彙淒其苟未離乎坎窞且自理於希夷不然先
王何以取象大易於焉立辭至矣哉法靁而行教也弛張
之義在茲

初靁啓蟄賦　謝觀

蟄處於冬靁生自震啓一聲於春候知萬類之奮迅虺虺
初動祁祁始振首出庶物爲陰陽號令之端有開必先作
天地發生之信原夫飛走各志群分處陰旣不慭以不竦
尚聲銷而影沉及夫勾芒御辰夾鍾應律整雲師布露之
澤迫和氏春分之日温風載扇重陰四密動豐隆之大聲
發昆蟲之蟄室跂行喙息開填填而鼓舞爭馳脰振翼鳴
隨虩虩而靁同競出隱蔽雖久騰揚有期變軒轟而作矣
俱引領以從之見群生嚮風之義知六鈞播物之時是則
感之於彼而乃乘之在茲且遂隱隱以起予各侁侁而挺
爾穴處者聆之而厲志泥蟠者聞斯而舉趾均發萬品非
唯百里各騰聲實鴬出谷而載飛競逐明時范蟬冠而思
起搖車効之而可也聚蛟因之而有以然後捨彼即此違
陰就陽角觡奮迅羽翼弛張殷南山之粗厲啓出地之潛
藏似桴鼓之纔終戈鋋熠熠如擊石之止後鳥獸蹌蹌有

若衆彙居蒙一呼而告群生未覺一言以導曾無震寢之
處誰有擊臺之㬥於是桃吐其秀鷹化爲鳩助發生之德
省囹圄之囚潛匿假之而振拔毛介因斯而處休大哉震
元利拯群生而出幽

霹靂賦　張鼎

殷其靁在南山之隈黑蜧翔雲暗天起黃雀驚風動地來
飄忽兮霏煙驛霧拂欃兮慘烈兮飛砂走礫揚壓埃波濤
翻而海水激樹拔根而山石摧於是陰陽交戰晦明相賊
或擊或馳乍通乍塞望騰蛇之上下見飛龍之南北電光
開而山澤紅雨氣合而原野黑威聲奮擊於霄漢逸響振
動於都國而乃隱軫徘徊謂高天壓而泰山頹鼓怒發洩

謂厚地震而梁木折聲之所射者何無不碎氣之所奔者中無不絕値石則片片冰開當樹則重重瓦裂其爲始也則赫赫奕奕若烈風猛火之焚崑崙其爲終也砰砰轟轟若决水轉石之潰龍門擬戰鼓則三軍亂擊方戎車則百兩齊奔川岳爲之搖蕩天地爲之晝昏豈直聞之者掩耳而奪氣見之者瞑目而埋魂若斯而已哉觀其哮鬱氤氳騰波磊落輝光之所倏閃聲氣之所噴薄豈在微而應必有感而作擊齊堂也識孝婦之懷冤震魯廟也哂佞臣之隱惡故導風伯從雨師以豊隆爲號令以列缺爲鞭笞洪涯飛霆以瀝液奔源走沫以流豨迫鯨鯢使蹭蹬怛蛟螭使躨跜鼉䵷喪明於黿穴鱣鮪失路於庭墀當此時也別

有跡履玄愿事兼狂狷想人尊之無逃慮天災之有譴各憂心而股慄咸戢驚而肉戰雖重華順之而不悉宣尼驚之而不變若乃依仁遊藝之伍含道養性之流心且靜而神逸名既揚而行脩通人倚柱而坦蕩孝子遶墓而思柔苟有言而寡悔夫何懼而何憂辭(疑作亂)曰我何憂兮憂天怒豈不欲往兮爲多露我有懼兮懼天威豈不欲往兮露未晞素履直載時道善肥我而可作吾與同歸

禦雹賦(以日在北陸藏冰爲韻)

聖人常夕惕而不寐懼時令之有失欲禦雹於明年必藏冰於是日深山窮谷於是收桃弧棘矢而後出蓋所以息天時之暴沴成國家之元吉不然者當純陽之用事有伏陰之相烝炎雲際天而凍雨驟落芳草覓野而凄風暴興夫傷穀者莫大於雹禦雹者其在乎冰俾四時之事不悖信七月之詩有微日臨下土時在北陸乃命凌人出斯冰谷威刺刺而正切聲冲冲而轉速雖暫勞而可倦終末寧以多福今國家酌於故實考于先王雖雹可以禦亦冰其是藏等不仁於天地曾何咎於陰陽斯道可久百王不改苟或失之四方何罪周官之禮是具魯史之言斯在抑爲人者仰於食動於天者唯其德苟能用於天道自可忘其帝力夫如是用天與地自南自北寧有夭折之苦曾無凍餒之色若待反時以爲災其何禦之能得

餘霞散成綺賦(以題爲韻)　苗充

試一望兮雲晚而山晴白日欲没兮紅霞始生含江天之霽潤籠煙景之虛明發光華而不定若組織之相成陽文陰漫乍合乍散離披晃朗錯雜陵亂麗雲日之幾重鋪綺繡之千段飜光倒景擢菡萏於湖中舒豔騰輝攢螮蝀於天畔照萬象於晴初散寥天於日餘吐丹氣於青嶂爲金光於碧虛越女浣沙恥鮮明之莫及巴姬濯錦慙光彩之不如攢紅散紫參差邐迤狀群飛之鸞鳳類叢生之花蘤始一變而舒霞終一變而成綺當是時也則有才子去國遊人別家汎灩秋景徘徊霽華惜賞心之日暮悵遊目於天涯積九秋之懷抱對茲夕之煙霞仰丹霄之愁斷想赤水之路賒能不沉吟徙倚卧坐(疑)與嗟況復雲景迴午蒼

涼秋暮思攄懷以振藻返疑憂而失趣空吟謝客之詩遐想公孫之賦

秋霧賦（以輕散長空寒飛迥野為韻）　謝良輔

有物混成陰陽之精騰而為質晦而為名遊塵未足方其細纖縠不能揣其輕度水陵亂從風半散表銀山之素色增鮮沐玄豹之姿奇文獨煥若乃暑退朱方時惟白藏空濛大澤鬱郁崇岡始經大火旻之野終遍于無何之鄉含草木而功大混山川而氣長浮我極浦羃我層穹如雨如霞自西自東倏而來比君子之道廣忽而逝俾至人之性空奚水土之同致俾陰陽之異觀秋何霧而不起霧何秋而不寒至德發祥雖非煙於北極皇居瑞聖伴佳氣於南端及夫丙火方馳騰蛇欲飛三辰被汨（缺）五星霏微道不虛行來集黃公之呪神其有感去射（疑作解）白登之圍則知因時舒卷與物動靜資於坱圠變態俄頃興非塞望雄鳴之路不迷昌丘有閶彥輔之天自迥露遊兮月之下霞歛兮風之假候一揚於飛塵同秋空於迥野

晴虹賦　閻朝隱

一陰一陽備藻績以成文章載清載濁挂天涯而臨地角生於氣立於空宛宛轉轉曈曈曨曨上下明媚表裏冲融洗奇光於暴雨留豔彩於飄風隱顯之情奚爾造化之理何窮若乃碧嶂無雲清江息浪曲折異體低昂殊狀半出高岸疑蟾魄之孤生全入澄瀾若蛾眉之相向又乃綺窻遠闢錦帳斜褰髣髴天上依稀目前螮兮蝀兮既類川山碧樹之重疊斷兮連兮〻八似美人絲女之婥娟察之無涯究之無實光天地之大造保雲霄之元吉爰有下士或趨徵秩其志謇謇其心慄慄體物無功著書有疾既蘊慙於明鏡載有闇於鳴筆

虹藏不見賦（以陰陽所陵故結狀之為韻）　李處仁

虹在東方小雪而藏貫日之形莫覩彌天之象難詳居曖昧之中光而不耀入混茫之裡暗然而彰表天時而無失其候順寒暑而不愆於陽眇望遼夐窮覽州渚邈不察其形容何以知其處所見飛梁之跨水髣髴猶疑望慶雲之在天依俙延佇豈不以晦明有日隱見有期寒節方來雖則潛思伏矣清明如到終當出而見之閟乎渥彩蓄以雄姿類成文隱霧之日同衣錦褧裳之時眇眇天末悠悠雲路御座之祥不逢美人之號難遇其象何晦徒欲想其爛然杳藹藏輝孰能知其去故究得啓閉之道以明天地之心憐彎環之挂空猶隔層碧思紆餘而飲井當（疑）阻重陰不測之狀難狀無形之形罔尋若夫風雲尚慘我則隱蔽而知藏陽氣未騰我則炫燿而不結亦有霞散成綺雲吐如繒曷若拖軒之名（上林賦宛虹拖於楯軒）將順時而出沒迴館之勢每應候而升陵至哉終取貴於彩章亦何慙於小畜孚明於煙霧之際誰辨輝光混迹於沉埋之間難呈紛郁事同嘉遁道叶悠伏虹兮虹兮何當洒其霢霂

文苑英華卷第十七

文苑英華卷第十八　賦十八

天象十八

齊七政賦一首　渾天賦一首

新渾儀賦二首　大演虛其一賦一首

齊七政賦以明主法天用齊七政爲韻　周渭

天之垂象兮無臭無聲君之立德兮赫赫明明將同符而合矩在璿璣於玉衡故運彼四時寒燠隨其建指齊其七政有道感於無情故使黎民於變萬物由庚神不祕其福地不愛其禎原其天斯覆兮地斯載播群芳而作主日暘德兮月陰靈俾五星而爲輔諒無私於照燭或任晦於煙雨國風可仰守官方賛於羲和人力不侔杖策已疲於夸

父夫能文者政乃不乏示寰瀛之大法運天者道在於乾占日月之初躔既推歷以生律亦鈎深而索玄徒觀其如璧之合如珠之聯甲子不迷符太初之朔旦精意以享同肆類於昊天七政匪差萬邦攸共採石氏之經聽疇人之頌遠而望也粲粲映非雲之雲默而識之昭昭爲非用之用歲在木而循度鎮居中而不携熒惑無犯於奮若太白莫陵於攝提將不盈而不縮豈乍高而乍低故我后所以引唐堯而作式指虞舜而思齊動於天兮德有一麗於天兮曜有七四海以之升平千箱以之克實豈比見暈珥適背之狀語怪變雲氣之質前漢天文志暈適背穴抱珥虹蜺迅雷風妖搖雲變氣非訓俗以齊人徒廢時而亂日官各有從筆硯而未達懷忠信

而待命望蓂莢於朝階知如春之聖政竊昧談天之辯庶俾觀象之詠

渾天賦（并序）　楊炯

顯慶五年炯時年十一待制弘文館上元二年始以應制舉補校書郎朝夕靈臺之下備見銅渾之儀（一作象）尋反初服卧疾丘園二十年而一徙官斯亦拙之効也代之言天體者未知渾蓋孰是代之言天命者以爲禍福由人故作渾天賦以辯（一有文字）其辭云

客有爲宣夜之學喟然而言曰旁望萬里之横（一作黄）山而皆青（一有翠字）俯察千仞之深谷而（一有者字）黝黑蒼蒼在上非其正色遠而望之無所至極日月載於元氣所以或中（一有而字）

或見星辰浮於大空所以有行（一有而字）有息故知天常安而不動地極深而不測可以作（一作爲）觀象之準繩可以作譚天之楷式有稱周髀之術者囅（一作辴）然而笑曰陽動而陰静天迴而地游天如倚蓋地若浮舟出於卯入於酉而生晝夜交於奎合於角而有春秋天則西北既傾而三光北轉地則東南不足而萬穴通（一作東）流比於圓首前臨胷者後不能覆背方於執炬南稱明者北可以言幽此天與而不取焉（一作惡）遑遑而更求太史公有睟其容乃盱衡而告曰楚既失之齊亦未爲得也言宣夜者星辰不可以闊狹有常（句）言蓋天者刻漏（一作漏刻）不可以春秋各半（句）周三徑一遠近乖於辰極東井南箕曲直殊於河漢明入於地葛

稚川所以有詞（一作日傑非）應於天桓君山由其發難假蘇秦之不死莫能爲（二字一作既莫知）其説儻隸首之重出（一作生）亦不能成其筭（一有也字）二客嘗亦知（二字一作聞）渾天之事歟請爲左右揚攉而陳之原夫杳杳冥冥天地之精混混沌沌陰陽之本何太虚之無礙俾（一作儒）造化之多端南溟王室之宫爰皇是宅西極金臺之鎮上帝攸安地則方如棊局天則圓似（一作如）彈丸天之運也一北而物生一南而物死地之平也影短而多暑景長而多寒太陰當日之衝也成其薄蝕衆星傳月之光也因其波瀾乾坤闔闢天地成矣動静有常陰陽行矣方以類聚物以群分吉凶生矣在天成象在地成文（一作形）變化形（一作見）矣部之以三門張之以八紀

其周天也三百六十五度其去地也九萬一千餘里日居而月諸天行而地止載之以氣浮（一作乘）之以水生之育之長之畜之亭之毒之蓋之覆之天聰明也聖人得之天垂象也聖人則之其道也不言而信其神也不怒而威驗之以衡軸考之以樞機三十五官（一作宫）有群生之繫命一十二次當下土之封畿中衢外衢毋不召而自至黄道赤道亦殊途而同歸表裏見伏聖人於是乎發揮分至啓閉聖人於是乎範圍可以窮理而盡性可以極深而研幾天有北斗杓携龍角魁枕參首天有北辰衆星環拱天帝威神尊之以耀魄配之以勾陳有四輔之上相有三公之近臣華蓋巖巖俯臨於帝坐離宫奕奕旁絶於天津列長垣之

百堵啓閶闔之重闈文昌拜於大將天理囚於貴人（見晉天之志）泰階平而君以穆招搖指而天下春東宮則析木之津壽星之野箕爲傲客房爲駟馬天王對於攝提呈極臨於宦者左角右角兩曜之所巡行陰間陽間五星之所取（一作次）舍後宮掌於蕃（一作燕）息太子承於冢社宗人宗正內外敦叙於家邦市樓市垣貨殖畢陳於天下北宮則靈龜潛匿螣蛇伏藏瓠瓜宛然而獨處織女終朝而七襄登漸臺而顧步御輦道而徜徉聞雷霆（一作電）之隱隱聽抱鼓之硠硠南斗主爵祿東壁主文章須女主布帛牽牛主關梁羽林之軍所以除暴亂壘壁之陣所以備非常四宮則天潢（一作漢）咸池五車三柱奎爲封豕參爲白虎胃爲天倉婁爲

衆聚旄頭之北宰制其胡虜天畢之陰蓄洩其雲雨大陵積尸之肅殺參旗九斿之部伍樵蘇之地出入於園苑萬億之資填積於倉庾南宮則黃龍賦象朱鳥成形五帝之坐三光之庭傷成於鉞誅成於質（一作鑕）福成於井德成於衡執法者廷尉之曹（一作列）大夫之象少微者儲君之位處士之星天弧直而狼顧軍市曉而雞鳴三川之郊鶉火通其耀七澤之國翼軫寓其精南河（一有北河二字）象闕於是乎增峻左轄（一有右轄二字）邊荒於是乎自寧乃有金之散氣水之精液法清渭（二字之作渭水）之橫橋像昆明（一作池）之刻石歲時占其水旱滄溟應其朝夕織女之室漢家之史（一作文）可尋飲牛之津海畔（一作七）之人易覩日也若衆陽之長人君之尊天

雞曉唱靈鳥晝踆扶桑臨於大海若木照於崑崙太平太蒙所以司（一有其字）出入南至北至所以節（一有其字）寒溫龍山銜燭不能議其光景夸父奔策無以方其駿奔月也者群陰之紀上天之使異姓之王后妃之事方諸對而明水洽（一作浹）重暈匝而邊風駃裁（一作纔）盈蚌蛤則虜騎先侵適闘麒麟則暗虎潛值五星者木爲重華火爲熒惑鎮居戊巳斯爲土德太白主西辰星主北俯察人事仰觀天則比參右有之黃如奎大星之黑五才（一作材）以之（一作所以）致用七政於焉不忒同舍而有四方分天而利中國赤角犯我城黃角天之爭五星同色天下偃兵趨前舍爲贏（一作盈）退後舍爲縮贏（一作盈）則侯王不寧縮則軍旅不復或向而或背或遲

而或速金火犯之而甚憂歲鎮居之而有福觀衆星之部署歷七曜之（一作而）驅馳定天下之文所以通其變見天下之賾所以象其宜然後播之以風雨成（一作威）之以霜霰或吐霧而蒸雲或擊雷而奔（一作鞭）電一旬而太平感膚寸而天下遍白日爲之晝昏恒星爲之不見爾乃重明合璧五緯連珠青氣夜朗黃雲晝（一作旦）扶握天鏡授河圖若曰賜之以福此明王聖帝之休符至如枉雲祓氣（一作袄氛）冬雷夏雪日暈長虹星芒伏鼈陰有餘而地動陽不足而天裂若曰懼之以災此昏主亂君之妖孽昔者顓頊之命重黎司天而司地陶唐之分叔仲宅西而宅東（一有其字）後宋有子韋鄭有裨竈魏有石氏齊有甘公唐都之推星王朔之候氣

周文之視日吳範之占風有以見天地之情狀識陰陽之變通詩云謂天蓋高語曰惟天爲大至高而無上至大而無外四時行焉萬物生焉群神莫尊於上帝法象莫大於皇天靈心不測神理難詮（一作筌）曰何爲兮右轉天何爲兮左旋盤古何神兮立天地巨靈何神（一作聖）兮造山川螟何細兮師曠清耳而不聞離婁（一作朱）拭目而不（一作無）見鵬何壯兮摶扶搖而翔九萬運海水而擊三千龜與蛇而（一作兮）異其短長之質椿與菌兮殊其小大之年鍾何鳴而（一作兮）應霜氣劍何伏兮上（一作動）星躔列子何方（一有兮字）御風而有待師門何術（一有兮字）驗火而登仙魯陽麾戈兮轉於西日陶侃折翼兮登於（一作乎）上玄女何怨（一作冤）兮爲（一作化）精衛帝

何耻兮爲杜鵑爭彊理者有陵零之石聞弦（一作絃）歌者有蓋山之泉若怪神之不語夫何述於此篇以天乙之武也焦土而爛石以唐堯之德也襄陵而懷山以顏回之仁（一作賢）也居在（二字一作貧居）於陋巷以孔丘之聖也情希於（一作乎）執鞭馮唐入於郎署也兩君而未識楊雄在於天祿也三代而不遷桓譚恩周於圖諜（一作圖讖也）忽然（一作焉）不樂張衡術遠（一作窮）於天地（一有也字）退而歸田我無爲而人自化吾不知其所以然而然　凡一作皆文粹

新渾儀賦（并序）　李光朝

天垂象見吉凶聖人指象之法莫先於渾儀是以王者將下理於萬人先上齊於七政軒昊之後分重黎二官唐虞之日命羲和四子代掌其器以爲人極聖作有程必應其變故有謂之周髀蓋天謂之渾天宣夜用則假於器妙則存乎人曰若開元天寶聖神文武皇帝以爲天有時時有變不可從舊更法而取新更之立華（疑）銅渾無毫釐之差得精一之義引而上則邁於古推而下則合於今非古之聰明神㬝者孰能爲之乎於是五緯連珠兩曜合璧神輪祥瑞天降嘉生默而不談且慮樵夫之笑言而未遠且陳君子之心遺於鄙辭乃爲賦曰

國之神器名之渾儀法天之象知天之爲雖考古以作則亦惟新而成規琢璿爲衡範金爲蓋其狀則小其用則大南極北極正其端隅上規下矩正其外內繚繞黃道環迴

紫宮斗居其北日起其東別度數於分寸之內點星象於毫釐之中處動而能靜妙同乎造化之意寂無以爲有用擬於陰陽之功有象必見惟幽是通乃知近能則遠合下正則上同因之以言寶曆遂乃授乎人時以通天下之志以斷天下之疑違之則失信之無欺聖也智也念兹在兹四時以之咸序萬物以之攸理弦望之候不愆寒暑之期可紀測天地之否泰知陰陽之終始述作固稱於帝王司存乃歸於太史猗此成器爲國之寶通幽洞微賛我皇道

第二

夫象之大者曰天地理之廣者曰陰陽分八極懸三光不言而化有形而彰雖羲氏代掌初聞（疑）乎欽若而疇人離

散覆亂其紀綱魏滅晉紹易齊爲梁莫革其弊有失其方將以事極則反否泰何長故渾儀之制而新之我皇則天工協謀鼂氏畢至扇洪鑪以效役鎔珍金以爲器列管之應一十二律罔極爲期天之列二十八宿各分爾位然仰觀俯察以參以稽森羅乎象緯窮極乎端倪視朔於初時必書於雲物履端於始歲如得乎攝提候月既殊於蓂草測景方異乎土圭倖漢曆之黍累不失同舜年之風雨不迷且如人之常性也重更改貴因循罔知失善是與謀新更苟有利何憚變革循苟有失何必相因故天垂象聖人以審度曆乖次聖人以創陳亦將利物安下適時補政齊上方之斗極爲來代之龜鏡其意既美於斯爲盛恐貽誚

於不談故形之乎賦詠

大演虛其一賦（以首先處虛用隨數爲韻）　謝觀

大演之數五十其用四十有九未諭一之本末徒訝數之奇偶於是稽所據推所受以不用爲用端以非數爲數首方知一不可見上不在天一不可尋下不在田是太極含三之本居混元不二之筌成出天入地之契乘屈伸合散之權作數之本爲唱之先伏質於無體之體反形於自然而然則無者有之宗有者無之據一從虛而體立數憑一而神功舒而用萬象自虛無而來攝而終萬象復虛無而去安得不存我而立因我而着咻者以此一爲無用之徒先聖以此一爲庶幾之處是以捨此則數不足兼之則義有餘終萬物之末始萬物之初在窮理以考實勿存形而課虛亦猶一人無爲兆人欣從一氣無體群生所共本立而道存主適而臣從若十二月之輪轉不宰者歲之宗三十輻之運行無有者車之用今則以未分而象大極中分而象二儀未分而百事隱中分而百事隨然後四四而布七七而具可以明淺深可以明好惡總而舉也叶仲尼知命之籌考其成焉契伯王識非之數儻明得一之義庶達傳心之路

文苑英華卷第十八

文苑英華卷第十九

天象十九　賦十九

律中黃鍾賦（以聖人有以見天地之賾爲韻）　裴度

古者推曆生律懸法示人在寒暑之未兆已斟酌於至神故能推一陽之生爲三正之始察黃鍾之氣煦然以升辯青帝之功微而可紀外去涸冱之節內見發生之理具無形而有聲徒明目而聰耳得於心而不昧藏諸身而有以人事尚昧於先春天統已彰於建子若夫衆象高懸可伺察於穹天群形多類可區別於厚地雖紛綸而靡極終視聽之攸記未若竹管之用前知歲時葭灰之動罔失毫釐物之先見應必在玆取竅厚而均者當微眇而候之是則陰陽之運變化之期易以形隱難以氣欺懿其十一月之節十二辰之首因積小以成大得出無而入有遂能以吹灰於中動轂於口亦猶道之生一宛在陽之初九觀乎窮天地之性與邦國之政洎純陰之始凝導太陽之將盛何制器之精微可驗物於邃奧故曰述之者明作之者聖所以觀一管之動靜效五音之邪正斯乃造物於又玄考時於至賾就兩儀之茫昧先萬物而探索六律六呂由是以相生八風八音由玆而卒獲矧夫國家仰合天法俯廻天眷既用晦而必明亦屢蒙而可見敦氣數之元本去聲色於寓縣彼唐堯敬授羲和欽若未曰窮微而知變

律呂相生賦（以予欲聞六律五聲爲韻）　王起

律呂以迭而相成陰陽以獨而不生惣二氣而取則俾萬物而立程可以揣亭毒之理可以隤天地之情其繫時也必誠必信其吹萬也無臭無聲原夫制自伶倫迹於嶰谷始叶音於靈鳳終制器於截竹其名可紀則一暑而一寒其數可陳則陰六而陽六所以均我節物而周乎倚伏借如黃鍾建子以爲本林鍾建未以爲君動爽則而蕤賓應姑洗而草薰霜雪因之以罔忒魚鳥候之而必聞雖覆載之莫窮而飛灰可揣謂陰陽之不測而寸管斯分故王者歷象爲務職司是最奉之以布令法之以成俗肅殺初佐於金風絪縕竟（一作終）調於玉燭動植無擾含靈斯足莫不因律呂之相生濟仁壽之大欲既而同其法度節其疾徐既環周之無極亦鱗次而用諸故能欽月令之不爽布歲和之有餘八風既從兮惠化爰被十旬不散兮休徵可書伊上瑞之臨汝實疇人之起予則律不作無以叶五音之術呂不助無以成萬物之實洞於精微生於陰隲在孕育以咸暢處金石而無失則吹於寒谷不惟鄒子之方叶於樂府奚獨延年之律我皇欽若時令克諧宮羽來遠人而

風雲表祥張大樂而鳥獸率舞是知順相生之義而德冠乎三五

律呂相召賦（以聲氣相叶如響之應爲韻）

昔者聖人稽天地之本達造化之方將以律而召呂明自陰而應陽清濁所資叶贊之功共有煦吹無滯輔成之理更相所謂以氣而導聲以聲而宣氣用諧和而感通上下假訢合而生成品彙窮神於短長之象動必相須會數於九六之爻用而不既當其二儀方闢萬化攸初以嶰谷厚均之美審葭灰聚散之餘氣類潛通若琴瑟之心相感雄雌既辯比鳳凰之德皆如亦由顧影而形分命宮而商應合君臣際會之理得夫婦剛柔之稱精誠所致雲龍之感

召必同終始相明日月之循環可謐若八風順序六氣和平等四時之代運符五位之相生定寒暑之功必能成歲審疾徐之度亦足和聲故得天理不奸物情和愜草木以之而暢遂乾坤於焉而交接兵家之否臧未兆懸以先知樂府之聲音所諧動能允叶今也初陽應候萬物思時念惠風之將入顧寒谷而奚疑必使法軒轅之明方今可也如或繼伶倫之妙何代無之於是放志希夷凝心惚恍酌動靜之理於開闔達感應之情於影響今所以賦律呂之事莫不欲使百王而共仰

葭灰應律賦（以四時運行應候不差爲韻）

葭灰陽物銅管陰類陽物以健動爲宜陰類以虛受爲器一則本乎天一則通乎地因時出矣本乎天者親上秉氣洩焉通乎地者啓閟感兩儀以成道應六管而爲事明夫律通則氣來灰動則時至知晝夜之迭代表子午之更位辯方辯卦乃立節以爲八定至定分故均氣以爲四於是聖人設矣君子用之于以則地氣于以奉天時仲夏將臨則蕤賓啓候孟秋既屆乃夷則應期大呂且實而冬窮於丑太簇巳散而春蠢於寅可謂自微形著有條不紊明天道之大備則帝道之廣運且夫範金以爲律當其空有律之名燔葭以爲灰當其動用灰之輕律之空則或吐或納灰之輕則有虛有盈由是識坤德之順靜探乾德之遊行其入也柔順其出也剛勝或處陽而陰主或在陰而陽孚

見律中而灰動知地感而天應如此神可以窮數可以究事可得而待時可得而候是以聖人執玆一柄形被九有時寒暑之往來辯昏明之姸不失物之妙用則感於無爲物或不爽則應用無差彼葭灰之造微與天地而冥契我皇敬授不忒故能燮理無虧

鄒子吹律賦（以吹律洞微寒谷生黍爲韻）　王起

鄒子處寒谷之陲審至音之宜能噓吸而律應使嚴凝而氣移驗乎卜居殊緹幕之攸設稽乎假器匪葭灰之所吹當其地映嶔崟山連鬱律夏皚皚而多凍晝蒼蒼而少日草木絶其滋榮飛走悲其慘慄雖彈弦於帝舜孰致其和雖扣角於師文必慙其術由是鼓其用濟乎衆將鈎深以

致遠在識密而鑒洞響發於寒威氣感於春輝何斷續而臻極乃洪纖而入微飂飂其和土囊之風乍出淒淒稍變夾鍾之律方歸逸韻未殫發越林巒始驚贊於煦嫗俄解凍於淒寒誰謂暖氣早來節奏於絳脣之末誰謂温風潛扇抑揚於玉指之端于以闡温燠于以發亭育鄙玄鶴之舞庭類雕虎之嘯谷清泠散徙罔聯嶺屬疇人慙其術窮田父欣其野沃則千旬不散之瑞其事未榮南薰一作軍不競之占其理未精孰若探至賾究幽情化烈烈之瘠土成嶷嶷之嘉生豈比夫廟列零陵徒聞白琯之麗竹收嶰谷空爲丹穴之鳴別有鸞飛之侶暄妍是處固將嚶嚶以出谷豈獨離離而生黍

律移寒谷賦 以至人感音能變生直爲韻　　張友正

惟北有谷純陰之位無温煦以生成失膏腴之美利是吹孤竹之管將變不毛之地聲能叶候期四序以平分氣乃應時見三陽之揔至伊彼鄒衍仰師伶倫窮雅韻於條暢得和聲於厚均爾乃循窈窱傍嶙峋有薰風以舒物敷順氣以和人一奏而層冰以解再揚而槁木驚春是知道契至精事符玄覽谷居陰靜宜陰慘之莫舒律屬陽方因陽和而相感且陳夾鍾之管召清角之音聲之所漸者慱志之所達者深律氣旁通於陽氣人心上導於天心夫乾德無陽土宜有恒南無嚴凝北無鬱蒸若變寒爲燠是穹所未必能以荒爲稔后稷所不足徵將祁寒之恒若諒大化之何稱爾乃天下盛陽此谷飛霰日中方晝此谷見晛豈無三光曾照臨之不徧雖有四氣曾沍寒而莫變寧知至人爰來陽律斯扇清音未發猶萬壑之荒凉和風方流忽千林之葱蒨故谷得陽以盈陽因律以生田疇以之沃衍節氣以之和平我墟既耕我黍既成耦十千而南東其畝壓三百而庾廩如京實無窮之嘉績與造化而爭衡別有處幽谷而思遷待暄風而撫翼空勞苦寒之詠獨厲後凋之色儻一借於吹噓願均榮於動植

黃鍾管賦 以一陽既生三元克序爲韻

黃帝稽六氣正三光頒命於伶倫之職伐竹於嶰谷之鄉創管籥於分寸審制度於毫芒爲十二之首律道初九之

潛陽伺青陸之功微而可紀察黃鍾之氣暗然而彰所以位定於初道生於一將啓四分之曆潛運三重之室取厚薄而均者當分至而藏密統緹幔以依辰布葭灰以候律經天順地察晷度而有常陰伏陽廻知萌芽而溥出超土圭之至理得銅渾之妙術在沍涸之窮冬引發生之遲日既而推萬物之道統三正之元清濁既分於上下躔次不愆於晝昏是日也百辟稱賀萬邦以則垂元化於本始體高明於黍克一氣潛應定立均於數源七曜旋行酌至神於物極變化之道周流可測人事尚暗於先春天統已彰於陽德繇是平之以六紀之惟三仰經綸之秘奧終視聽之所覃單穆不獨稱其美周景抑亦懷其懃故以鳳爲名

也於盡善而稱未以律爲候也寔用之而不既振潛伏以蒙泉賛玄微以通氣靜室無聲微風不驚吹灰於中八音由是乎孚獲動觳於口五聲以是乎相生國家上法黃軒推衡律呂覘一律之動靜俾四時而式序彼唐堯敬授羲和欽若未曰窮於寒暑者哉

黃鍾宮爲律本賦 以究極中和是爲天統爲韻

玉律奚始黃鍾寔先潛應仲冬之候仍居太呂之前聲既還宮初協乎八音七始數從推曆終由其兩地參天當其黃帝命官太師授職參六宮以迭用本一陽而立則八風自此以條暢萬物於焉而動植權衡有準知累黍之無差寒暑相生諒循環而不極是知召呂者律爲君者宮既從

無而入有可原始而要終聲雖發外氣本從中或煦或吹根初九爻而立紀日來月往守十二管以成功懿夫肇啓乾坤潛分節候見歷數以無紊顧萌芽而欲秀華彼應鍾先乎太簇克諧韶濩唯子野以能知自得厚均匪伶倫而莫究故洪纖溥暢上下無頗騰葭灰而漸散映緹幕以方多初感于人復京房之姓氏終均於地成燕谷之陽和俾玉燭以調均與璇璣而錯綜于以宣於四序于以貞乎三統自然功歸不宰理叶無爲蓋陰陽之變化信氣序之推移雄鳳鳴而雌鳳應蓋皆類此商爲臣而徵爲事未足方斯爲律之本兮既如彼爲天之統兮又如此明廷樂協寧俟於李延年皇上聲擒豈慙於夏后氏旣而榮發枯槁春流遐邇頒一變於寒枝獲生成兮若是

懸土炭賦 以寒暑相參輕重可驗爲韻

王起

國家順天之情作人之程乃懸乎土炭有象夫權衡惟土也叶陰氣之動惟炭也應陽氣而生故將法之而令出瞻之而教成乃左乃右一重一輕苟二物之不爽知四序之攸平有司修厥官承厥緒繩木有準鈞銖獲所香炭於是而善繫累土由之而具舉分乎多少則無黨無偏候以高卑知一寒一暑若乃芳歲闌嚴更殘黃鍾中律黑帝司官昴中見而昭晰日北至而沍寒於是炭斜措亭上干土則從輕知衆陰之將謝炭惟持重知一陽之已潰曁夫春令變木夏德司火鹿觧角而氣新君登臺而物夥二氣交而

猶昧六律推而未可然後懸法示人表微在我觀夫炭則高而漸危窺夫土則垂之如墮彼銅渾兮自慙空鑄以相參彼金壺兮可厭從晝夜而爲驗孰若土炭之有常爲邦國之舊章恒不飭而不美無王振與金相影每分於高下色且對乎玄黃不假飛灰自符於律呂何必測影而知夫短長向若鴻鑪長鞴厚地斯藏安足以調夫四氣而傳之百王於赫大君穆然端拱懸之而無冬無夏法之而是遵是奉信不謬於陰陽詎可欺其輕重

文苑英華卷第十九

文苑英華卷第二十　　賦二十

天象二十

氣賦　張文

若夫氣之爲物也寥廓無象中虛自然激混混而爲地蔚一作升蒼蒼而稱天其下降也日月星辰著矣其上騰也山河樹木生焉虹樓隱於雲際蜃閣浮於海邊聖人遇之而爲主道士飡之而得仙紛蓋松而吐霧擁鑪栢而生煙若乃變化千體包含萬類結慶呈祥敷榮表瑞翳春榮而綺

靡籠秋壑而枯頳噴朝霞而共丹騰曉靄而孤翠觸途無限遇物相因扶心體而爲命運手足而爲身九關用而殯魄六腑通而谷神朦朧虎岫晻曖龍津重輝賛於太子五色彰於異人出春陵而表貺度函關而浮真旣霏微以蒼蔚復蕭索而輪囷象圓光於淺暉搖碎影於微塵爾其虆篇無窮埴篪異態乍舒乍卷如顯如晦罕養疑懸匏虛鶩衆籟或散漫而成羅綺或昭彰而爲黼黻昏曉樹而沉沉冪遥峯而靄靄至若噓精吸液含風吐雲拂匏肆而均臭凝麝幬而共芬和糚臺之黛粉雜舞閣之輕裾氿蘇阜而鬱郁襲桃徑之氛氳有色可見無聲可聞助鸎杯之桂馥添鳳俎之蘭薰肸蠁難名雅盱不測隨致動靜與時消息聚散無定盈虧獨全其纖也入於有象其大也出於無邊憑太虛而作宅終造化而爲年隨之不見其後迎之不見其前惟恍惟惚玄之又玄吾不知其誰氏之子象帝之先

第二 并序

余嘗志於玄言每尋莊老莫不虛心竦神銳精厲志究夫道源孰不因氣而生者其功也大其應也細述之無已遂成賦曰

二儀混合兮成天地四氣汗漫兮育萬類離雲騰陵而千峯崔嵬震風飈颶而百卉葱翠宵中星虛則大火西流律應黃鍾而凝陰東萃惟茲氣之浩然胡應物之無匱若乃假名爲聲託體而成憑乎動息美惡必呈控銳解紛庶同

歸乎老氏虛心弱志或契合於莊生逆之爲怒順之爲貞縱之則逸捨之則盈若也勇冠三軍神雄思銳善戰善勝徒激憤於項王嘉謀嘉猷望旗麾於曹劌爾其瞻白虹之貫日眺紫氣之衝牛應精誠之所感顯神異之潛周隨時變易物莫能儔則知氣之爲用其道飛浮或聚或散處剛處柔能從達人之性偏攻思婦之愁其興也勃其志也休伊萬古之造化胡六合之因由陰陽以之準則天地以之通流匪斯文之可測終銘簡於千秋

象賦　林琨

載詳圖籍爰尋古往功闢二儀物標萬象旣拆之於混沌亦聞之於惚恍雖處中而可求信居外而能想陰陽式布

造化斯分江河草木日月煙雲或毓靈而稟氣或照曜而氛氳不因象而可覩豈無聲而得聞仰察天文傍觀地理璨爛星布巍峩嶽峙或守位而不易或鎮方而恒止不因象之所尊豈爲君而勝紀至若刻鳳之琴盤龍之鏡開玉軫以交錯寫菱花而輝映聲信美而具出質含虛而轉靜不因象而可識豈充愛而爲盛則有大樂鼓吹聖人輿蹕備禮而制乘時而出宛轉國門透迤天術不因象之爲用豈二儀而不失物皆有象象必可觀聽之則易審之則難借如王京上天具一作金闕中海其名可識其象安在象以影隨影圖疑象遍居暗莫察因明則見衆象之德唯人是則任以去留委其通塞則有心沉迹淪栖遲一作遑問津無

才補國用道藏身潁水尋隱商山訪真欣逢道遠疑應時來賓既無容而可託空以象而爲親

空賦 以平上去入終而復始爲韻

觀夫物則有名而有竭空則無竭而有名以空自命何縮何盈摶之不得書之不明二儀肇分運寒暑則與時而應百功勤務鑿戶牖則用之以貞泰山岌而不以爲阻鴻毛至而不以爲輕恬澹者體之而爲性洸浮者象之而爲情情性之別其稟殊呈是知均乎空者既若茲倍乎空者竟如彼卷之潛方寸之內舒之盈宇宙之裏上皇得之而化淳季葉失之而亂起妙一以爲稱總萬以歸理詎華說之所精非掞藻之能擬及夫天朗氣高地平風暢飈飛鴻六

翩之遠彰彩雲五色之狀若士九垓以冥期蘭子七劍以寥亮背之而聘捷遂之而攸向同橐籥之罔窮越視聽之餘量況使皓鶴聞天白駒出谷囹圄鞠草洞簫生曲歟是時端拱聖皇坐嘯英牧驥勞求士來介戩禄事無事爲無爲衢常罇滿路不拾遺蓋有由而致之

向攸一作彼句

第二

無德而稱者則其稱不朽無形而用者則其用不窮若乃質混沌氣鴻濛生天地之始匝天地之中不可知詰其名曰空夫空也者迎之不見其首隨之不見其後聽之不聞摶之不有舒之則遠彌六合攬之則不盈一手體無涯以爲大物有來而必受徒意其湛爾無營飄然至輕向遥山

而似盡對澄澈而同清大而觀之則瀰漫兮類元胎之貌審而察則眇寞兮凝至道之精故老氏曰有物混成先天地生寂兮寥兮孰能爲其損益不皦不昧安可議其幽明利萬物有含容之德包二儀有覆載之名草木資空以長茂日月乘空以運行霜鴈雲鵬非空無以矯其翼喬鶯幽鳥非空無以習其聲夫天之無言不能去蒼蒼之象風之無色不能閟蕭蕭之響陰陽者氣猶不免於推遷躔次雖高亦未離於測想豈若窅兮冥兮吾則不知其靈浩兮蕩兮吾則不知其廣含太化以虛無起神功而惚怳善計者無所用其籌策善觀者無以勞其俯仰故能象帝之先玄之又玄以無有入無間引微明於纖隙混餘碧於長天隨

府小大應物周旋處覆盆而俱暗引測管而同闚入枝閒而帶影通野外以含煙或高深放曠或委曲連緜雖可名而可道終默然而澹然則有閑居至人宴坐開士黜聰明以反聽閉户庭而隱几既而諦想群物深觀至理窮未來寂滅之端探過去混元之始見衆生生而不失大化化而無已知有爲盡於無形化萬物歸於一指然後色空皆泯驗先覺於輪王物我俱齊得真筌於莊子已矣哉杳杳茫茫地久天長非色非想不存不亡故知大象無形去文質而成體至恒不變混今古以爲常然則無施不適應用無方作器以虛中爲貴接賢以虛左爲良亦有譚國大夫嗟巳空於杼軸倡樓孤妾怨難守於空牀當今四海會同群

方清晏邦國有不空之歌太史絶三空之諫獨有文章遊子書劍沈淪出門以虛舟遇物入空以虛白全真生也數奇每有書空之歎長而樂道猶在屢空之貧惜揚名之未達恨干禄之無津敢作課虛之頌用投虛受之人

第三　郭遹

造化之工稽夫有名之域察以無象之中彼去有而含體乃因無而立空極乾坤之包汗漫何窅眇與冲融且希夷難變而橐籥罔窮神禹莫知其至離婁安覩其終墜露有聲杳然聞皓鶴之唳太虛無礙豈獨發醯雞之蒙則七曜垂文八紘作紀應類示跡變態無已顥氣浹而流英飛霞散而成綺順晝夜以明晦涵混元而古始及夫長風清駭

雨霽或瞑晚初滿或朝陽不翳千里若鏡合止水而澄鮮四野無塵分遠山之斷蔽理通一貫施極多族忘取捨而惟靜任細大而皆足溟漲會百川之宗簫管達五音之目墨客臨而責有賦見平原老氏酌以當無道幾牝谷户牖實之於不欲欽若聖君赫赫良牧英英嚴亢靜（一作空）而賢致有空之用人神終害盈之黷故至人得之於無心公綽舉囹圄空而法平湛虛明而玄鑒在虛受而澄清無談天之逸藻慙叩寂以求聲

第四　張鳴鶴

造化不測長空浩然生於未有物莫能先故其走目遐甸幽不可見流聽高冥漸不可聽既從天而共色又鑒水而

同形若乃變化隨時憑乎動止韶容春遍火雲夏起流電奪目殷雷激耳立繞樹之千巖廣長風之萬里驚飆既臨彩虹破陰雨盡天遠雲空澗深百尺樓頭見朝陽之赫奕九重宮裏聞衆鳥之喧林何高秋之遼迥至窮冬而不極感在物之捐華益窮人之歎息惟長空之愛此終生靈兮動植歌和光以同塵每因空以悟色至人恬澹既將玄之又玄小智多非豈斯文之果測

光賦　井子布

原夫陽之化陰之融功斯玄理斯妙故沈凝者顯象清貞者流曜惟兹光之煟爚闢重昏以臨照夫其明滅靡定虛無罕測道叶神氣功作夜力寄方圓以分影逐玄黃以變

色鑑無隱而不彰狀雖空而可識類至人之虛已同日月於玄德若夫丹鳥啓旭彤曜麗空藻晨霞而飛綺曛晚靄而生紅發菱花於玄鏡轉蕙葉於清風故其稱物咸燭呈形彼景逗幽隙而露纖埃漏疎林而分細影從盈空而不積雖駿奔其如靜至如銀河披暗金飈送清孤圓上魄飛鏡流明沉露文而委潭浮水浪以搖輕雖視之若溢而攬之不盈亦有蟲燈焰吐蘭釭彩發煙奪銀燭輝凌練月破錦幬之宵晦假瓊璧之餘晰況復玉關秋燧紫塞涼烽開暗空於千里徹夜宮之九重代羽書而謁警疑星飛驛而齊踰且夫遇蒙則撤因過則揚乘物無朕適變無方大則彌於橐籥小則細於毫芒寧雨露之不潤匪寒暑之能傷

歷象妙而校德固莫善於斯光想貴和於蚰曳咸稱葆於蒙莊悟燭無之見獲誠暗投之不滅鏡玆道之用捨乃君子之行藏

明賦 從入至平為韻　田沉

夫何明之為用將燭幽以鑒黙故日有朝靈月有宵德衆星垂耀於穹昊爝火與螢而不息皆能懷獨見之明破重昏之匪使晨臨者可分於丹素夜視者不謬於南北蓋所謂明明在上以為人極者也至如桂花未魄扈泉歛暝幽室何觀空堂靜聽飛落木於軒砌吟暮蟲於行徑則有銀燭初然蘭膏未盤昭昭耀耀亦何其盛況乎秦宮曉鑒淄川秋水君子思正其莊容檠兮用修其賦理或沸金光之

清景變瑤華之特起或指波瀾之碧池玩澄泉而未已然非大道之道至白之光且日月聞浮雲之蔽爝火有撲滅之常水猶人挽錦以塵障豈夫穆穆天子德昭晰以蕙馥皇皇侯伯心赫烈而椒芳寸心所燭萬物無藏既臨表以識裏仍察陰而辯陽然後禮樂設文武張明珠不混於江浦美玉無韞於山岡幽數盡按蒙潛載陽由是觀之則燭龍之遐昭離婁之遠望魏乘之所炫蘇績之攸傷安得儔其小大與短長而已哉

驕陽賦

維皇穹之造物何靈鑒之不昭寂然陰閉倏爾陽驕風行天而啓象水于一作土而成妖山虵則四翼呈歲日烏則

三足昇朝亭皐背春兮失色草木先秋而欲凋螢飛火井蛙動陽飈嗟乎春之云滌山之方焦旱如何其農為疑是恤雲祁祁而始布日杲杲而行出立嗇夫於丙丁命小童於甲乙春雷無聞奮豫夜月罕當離畢阡陌之多稌不滋堯湯之下人斯疢是則墳封孝婦東海之守非才圖圖疑作繫寃囿河南之尹未黜而明明我后罪已形闈日中而御非食昧爽而籠纁衣慨祥正兮無潤嗟土膏兮遠睎冠華秉翟郡縣襲舞雩之祭務農嗇用山川申祝鼎之祈出德號兮休力役鋪皇恩兮鑾帝蹕於是驗靈圖稽秘錄封朽胔宥寃獄損有餘補不足躬籍田以率下遣皇華以問俗借如晉平老矣所好者音古樂侯文侯之睡希聲惰師曠

之心德不足而自撫災一無何而是侵赤地三年兮罕闢皇天一怒兮何深野無盈一尺之潤山無膚寸之陰至如周宣中興視人如子旱魃爲虐於藩服群元輟耕於耒耜饑饉荐臻炎焚未已畢崇奠𤔲之設不絕郊宮之祀寧莫我聽憂心如炮及夫下邳內史任在責誠鍾亢陽之有悔毒殲殪之無生乾坤不交兮兹焉中否雷霆不動兮何時滯情求下哀於人瘼希通鑒於神明爾其廣漢從事捫裹自省藻洒不特奚能泣整地則水　疑淪金冗天則全枯玉井走群望而何階誓中偶而有請是以孫武止矢請梁君之射鳥（藝文類聚引莊子太平御覽引說苑並載梁君欲射白鳫行者駭之君怒欲射行者公孫龍止矢曰昔先君時太旱不以人祠公日求雨以爲民也言未卒大雨今君以鳫殺人乎當作孫龍止矢諸梁君之射鳫今莊子無此文而劉向新序以讓爲襄以先公爲齊景公非說苑也）臧文抗議非魯國之焚巫齊阻飢而問孔鄭有事而咨晉彼炎亢之爲患信古來而有乎昔者商罪貫盈邢爲不道周邦祀歲於　龔罰衞　雲輿致疑於請討矧德後兮叛渙伊將驕兮師老方按甲而天誅未廻戈而慧掃行看郅支之亂且見呼韓之保將覆油陰岉蓋行潦是時也上方受釐宣室訪議雲臺所以仰乾封之兆稱特運之災濁河清兮龍馬出滄海晏兮鯨魚來山聲萬歲壇勢三陔式行和鑾之節常希法駕之迴皇乎備矣俟不邁哉

文苑英華卷第二十　終

文苑英華卷第二十一　賦二十一

歲時一

春思賦一首　春賦一首

惜餘春賦一首

元日覲上公獻壽賦二首

春思賦并序　王勃

咸亨二年餘春秋二十有二旅寓巴蜀浮遊歲序殷憂明時坎壈聖代九隴縣令河東柳太易英達君子也僕從遊焉高談胷懷頗洩憤懣于時春也風光依然古人云風景未殊舉目有山河之異不其悲乎僕不才耿介之士也竊禀宇宙獨用之心受天地不平之氣雖弱植一介窮途千里未嘗下情於公侯屈色於流俗凛然以金石自匹猶不能忘情於春則知春之所及遠矣春之所感深矣此僕所以撫窮賤而惜光陰懷功名而悲歲月也豈徒幽宮狹路陌上桑間而已哉屈平有言目極千里傷春心因作春思賦庶幾乎以極春之所至析心之去就云爾（析心集作以析心）若夫年臨九域韶光四極解宇宙之嚴氣起亭皐之春色況風景兮同序復江山之異國感大運之盈虛見長河之紆直蜀川風候隔秦川今年節物異常年霜前柳葉銜霜翠雪裏梅花犯雪妍霜前雪裏知春早看柳看梅覺春好思萬里之佳期憶三秦之遠道澹蕩春色悠楊懷抱野何樹而無花水何堤而無草於是僕本浪人平生自淪懷書

去洛抱劔辭秦惜良會之道邁厭他鄉之苦辛忽逢邊候改遥憶帝鄉春帝鄉迢遞關河裏神皐欲暮風煙起黄山半入上林園玄灞斜分曲江水玉臺金闕紛相望千門萬戸遥相似昭陽殿裏報春歸未央臺上看春暉水精却挂鴛鴦幔雲母斜開翡翠幬競道西園梅色淺爭知北闕柳陰稀歛態調歌扇廻（集作端）身正舞衣銀蠶吐絲猶未暖金燕啣泥試學飛妾本幽閨學歌舞寧知漢代多巡撫前年齋祭謁甘泉今歲笙簫祠后土桃花萬騎喧長薄蘭葉千旗照平浦見原野之秀芳（集作方春）憶山河之遂古長安路狹遊長安公子春來不厭看杏葉裝金轡蒲萄縷玉鞍聳蓋臨平樂廻笳出上蘭上蘭經鄠杜揮鞭日將暮白馬

新臨御溝道青牛近出章臺路章臺棲建章垂柳復垂楊草開馳馬埒花滿鬭雞場南隣少婦多妖婉（集作婉娩）北里王孫駐行幰乍怌前春節候遲預道今年寒食晚傷紫陌之春度惜青樓之望遠紫陌青樓照月華珠帷黼帳七香車蛾眉晝來應幾樣蟬鬢梳時髩欲斜恨彫轂之西晚痛銀箭之更賒行行避葉步步看花自征夫之蕩子（集作因征夫之征蕩）成賤妾之倡家征夫去去（集作一去）無窮巳賤妾春眠春未起自有蘭閨數十重安知榆塞三千里榆塞連延玉關側雲間沉沉不可識葱山隱隱（集作隱嶙）金河北霧裏蒼蒼幾重色（集作黒程）忽有驛騎出幽并傳道春衣萬里程龍沙春草遍瀚海春雪（集作雲）生疎勤井泉寒尚竭燕山烽火夜應明語道

（集作聞道）河源路遠遠誰知（集作教是）夫壻苦行行君子塞外多霜露爲想春園（集作春臺）起烟霧遊絲生（集作空）骨合歡枝落花自遶相思樹春望年年絶幽閨離緒切春色朝朝嚴（集作異）邊庭羽書至都護新封萬里侯將軍稍定三邊地長旆猶銜掃雲色寶刀尚擁干星氣昨夜祁連驛使還征夫猶住鴈門關（集作尚駐玉門關）君度山川成白首應知歲序歇紅（紅顔）顔一別同（集作成）胡越夫壻連征恨城闕羌笛唯横（集作横吹）隴路風戎衣直照關山月春色徒盈望春悲殊未歇復聞天子幸關東馳道烟塵萬里紅析羽揺初日繁笳（集作弱非）思曉風後騎猶分長樂館前旌巳映洛陽宮洛陽宮城紛合沓離房別殿花初（集作初周）匝河陽別舍抵長河丹輪絆幰相經過歲

里繁珠翠中闈盛綺羅鳳移金谷舞鶯引石城歌向夕天津洛橋暮爭驅紫燕黄牛度閑居伊水國（集作園）舊宅邙山路武子新布金錢埒季倫欲償珊瑚樹復有西墉春露寒更值南津春望寫入金市而乘羊出（一作行）銅街而試馬葉抱露（集作草犯春）而爭答花牽風而亂下錦幛縈山羅幃照野司空令尹之博物二陸三張之文雅新年柏葉之樽（集有美字）上巳蘭英之斝（集作酒醇）春來併是春何曾兩遣泰（一作京春）忽逢江外客復憶江南春羅衣乘北渚錦袖出東隣江邊（集作）南小婦無形迹特怨征夫事行役鳳凰山上花無數鸚鵡洲中草如積（集作樹非）春江澹容與春期無處所春水春魚樂春汀春鴈舉君道玉門關何如金陵渚爲問逐春人年光

幾處新何年春不至何地不宜春亦有當春逢遠（集作新）客
亦有當春別故人風物雖同候悲歡各異倫歸去來春山
迯閑放蕙畹蘭皐行可望何爲悠悠坐惆悵比來作客住
臨邛春風春日自相逢石鏡巖前花屢客玉輪江上葉頻
濃高平灞岸三千里火道梁山一萬重自有春花煎別思
無勞春鏡（集作日）照愁容盛年眇眇辭鄉國長路遙遙不可
極形隨朗月驟東西思逐浮雲幾南北春蝶參差命儔侶
春鶯綿蠻思羽翼余復何爲此方春長歎息會當一舉絕
風塵翠蓋朱軒臨上春朝昇玉署調天紀夕憇金閨奉帝
綸長卿未達終希達曲逆長貧豈剩貧年年送春應未盡
一旦（一作歲歲）逢（集作宜）春自有人

春賦　李邕

肇木德以周仁啓春生而賦質二儀泰而廣運三正合而
元吉和氣藹兮充寓光風瀏兮被物豈因時而則舒亦樂
道而奚恤我聖君大撫萬國肆覲群后受天之禧嘉歲之
首文物粲於南宮兵戈森於北斗攬百辟以同心貢千春
之遐壽於是明詔有司攄求時令邁惟一之德究吹萬之
性勸土木之庶（一作共）功阜稼穡之勤政畋漁止殺徭牢復
命至若固陰往閉蟄戶未開虵盤地蓄燕伏巖猜穴蟻欽
翼水魚皷鰓蠢蠢宛委戢戢低徊遲擊蒙兮久矣耿猷歲
兮悠哉謂將死而沒代俄（一作忽）作解而驚雷廓視聽於玄
壞脫飛鶩於焚萊瞰青陽以書物事白日而登臺觀乎句

時甫田宿昔曾溝鶩洪鑄之神用儲元化之工作卷山河
之變衰置天地之和樂律何谷而不暄光何容而不灼植
也知歸動焉咸若爾乃楊迴曲沼李雜芳園條煙濃而曳
地花錦縟而當軒王顏景照羅袂風飄恍良人之譽信省
賤妾而銜恩蝶栩栩兮憂感鳥嚶嚶兮思存戛瑤柱以組
瑟引金竿而浮樽俯侯軒而下泣貽韶物而何言惜如老
軍追虜遠使窮河宵驅鳥逝野次星羅冰皚皚而雪下風
颯颯而霜過遲日一煦挾纊嘗多遺疇歲之寒栗襲初節
之妍和千巖為之動色萬壑為之流波將迴鑾而奏望請
舉手而函歌則有第高公族鼎貴侯家冊樓纚於御道畫
閣（閟疑作）聳於朝霞明珠買妾黃金擲畫列行遊行直視驕

奢蹐浮雲之寶騎頓流水之香車漫平郊而藉草總上苑
而觀花飛鞭蹴鞠旋舞琵琶麾戚里之途遠駐長安之日
斜豈知夫東門在野北渭需沙散歸閑之召父隱養正之
姜牙趣下里之老倒諠樂士之繁華苟炙背而垂釣但開
田而種瓜

惜餘春賦　李白

天之何爲令北斗而知春兮迴指於東方水蕩漾兮碧色
蘭葳蕤兮紅芳試登高兮遠望（一作望遠）極雲海之微茫魂一
去兮目（一作欲）斷淚流顏（一作頰）兮成行吟清風兮（一作颯而）（一作青）詠
滄浪懷洞庭兮悲瀟湘何余心之縹緲兮與春風而飄揚
思飄揚兮無限（一作飄揚兮思無限）念佳期兮莫展平原萋兮綺色

愛芳草兮如剪惜餘春而（一作之）將闌每爲恨而（一作兮）不淺漢之曲兮江之潭把瑤草兮思何堪想遊女於峴北愁帝子於湘南悵無晤（一作恨無極）兮心氤氳目眇眇兮憂紛紛披衞情於淇水結楚夢於陽雲春每歸兮花開花已闌兮春改歎長河之流春（一作速）逝馳波於東海春不留兮時已失老衰颯兮情逾疾（一作老衰颯而徙疾在又作老衰颯兮情逾在）恨不得挂長繩於青天繫此西飛之白日若有人兮情相覯去南越（一作國）兮往西秦見遊絲之横路網春輝以留人沉吟兮哀歌躑躅兮傷別送行子之將遠看征鴻之稍滅醉愁心於垂楊隨柔條以糾結望夫君兮咨嗟横危涕（一作涕淚）兮怨春華遥寄影於明月昔送（一作送夫）君於天涯　　凡一作皆文粹

元日觀上公獻壽賦（以題爲韻）　王起

歲移木德春變銅渾觀上公之獻壽表南面之居尊賛以至誠俾天長而地久陳乎盛禮亦星列而雷奔所以上增景物所以下答湛恩豈徒閱夫濟濟而炫彼元元時也百辟無譁九賓有秩玉帛林會簪裾櫛比聲明叶于載陽天文冝於初吉於是紫殿晝皇輿出仰之如天就之如日獻大君之壽善頌善禱覿元老之儀匪徐匪疾皤皤元老首出朝端仰紫宸而展敬回黄閤而即安振冠劒之翼翼曳環珮之珊珊既進退而有度亦容止而可觀將奉一人之慶而爲萬國之歡遠映珠旒旁臨霜仗赫赫在下明明在上奉觴而進持盈有俯僂之容祝壽而旋慶賜被鴻恩之暢應千年而莫厚宅百揆而誰讓祥光郁靄佳氣葱蘢將剡剡以趨蹌每兢兢而鞠躬拱北辰之尊不異乎台居列宿獻南山之壽更聞其嶽視三公既而天顔廻眷堯酒畢獻乾坤永固上下無怨禮循牆而已退福如茨而咸歡則山呼萬歲徒稱漢日之祥天錫九齡詎比周年之願諒羲軒之道洽實伊容之德建冝乎景禄克受賡歌不朽如岡如陵可大可久亦何待華封之祝然后增堯之壽

第二（同前韻）

惟皇御曆也播一德之景光統三正之令日端大裘於正位酌中靈於休吉元老伏稱於冊墀大夫建祚於聖術致君壽日比華封而祝堯獻酒福廷與鈞天而合律于時銅

龍啓曙文物斯崇六英鏗鏗而迭奏萬國鏘鏘而會同上方端玉珽儼袞衷布發生之明命暢大化於玄功欲以宣景福於遐邇同介祉於君公壽獻南山率土願歌於周雅位登北極惟仁亦播乎薰風既而舞蹈於冊禁之前再拜奉陶唐之酒趍雲陛以陳詞向爐烟而稽首升降濟濟將宣納祐之晨俯仰愔愔大啓如天之壽進退有則威儀可觀頌百靈於更始賛萬祀於履端傳喜氣而六平以正布春令而五教在寛故知我道化無疆德風吹萬皇猷大啓青陽始建千秋御曆既同傳氏之詞五采綴觴有異邯鄲之獻慶流華夏德配乾坤傳呼而珍符畢集應時而嘉瑞寔繁所以麟鳳來祥於聖澤日月揭光於化元士有觀國

之光膺歌大既當元正之令節仰禮容於仙仗佩聲的皪
大矣三公之儀端氣絪縕邈乎九天之上

文苑英華卷第二十一

文苑英華卷第二十二　　賦二十二

歲時二

讀春令賦　　常縝

首四時曰春貞百度曰聖復其度必聖之元定其時惟春之孟太史先誦以明在木之文上公奉儀乃讀行春之令故漢王脩之以展禮晉后奉之以施敬伊歷載之或虧洎我唐之斯盛若夫太昊統節句芒御辰曆以元而天地更始氣直震而物候惟咸一作新皇上乃順時令序彝倫載青

旗之容輿服蒼玉之璘玢辨色而金輅列位迎春而王輅迴輪爰奉令以進讀遂授時而發春俯僂前止精誠上陳曉色分於冊陛韶華發於紫宸遂煥爵以頒秩乃布德而昭仁則知臣職不忒國典靡闕脩陽事而考陰令祀朝日而享夕月陳而未讀千門之寒氣猶飛捧而既宣九有之春輝已發覽讀斯竟慶賜乃行緩政刑於肅殺遂性命於生榮習習和風扇萬物而條暢遲遲麗景照八極之文明陳盛禮於元辰酌宏謀於往舊祀爲國本燔柴斯用乎上辛食惟政先祈穀必當於太簇莫不汨之則斯禍叙之則斯祐所以勅上公之恒典俾疇人之敬授穆穆祕殿明明我皇體乾道以從事閱春令而頒方可謂君奉時而罔失

臣出言而有章時曆克正憲度克揚既同文於戎貊亦暨教於要荒諒皇家之弘務將永世而觀光

中和節百辟獻農書賦（以嘉節初吉修是農政為韻）　侯喜

我后令節中和孔嘉凍已全解桃仍欲華慶賞之多燕樂既均於九有播植之始教化爰貞於四遐於是心膂周召股肱稷卨洎彼庶尹當茲新節陽和溥暢言拜賜於生成稼穡艱難乃載陳於睿哲觀其克合天意咸造皇居僉曰國以人為本人以食為儲政令不差則夷華知勸水旱無備則倉廩其虛且自古在昔靡不有初敬授人時而堯典垂記大無禾麥則魯史頻書今陛下夔夔慄慄日慎一日惟人是憂惟農是恤是以域中無事海內殷實人獻其誠

神降之吉臣等叨遇昌運思裨大猷惟茲南畝可致崇丘慶考令辰實當四仲之首（疑作月）敬舉彝典庶為六府孔脩豈止合彼九疇冠夫百氏高懸象魏必日就而月將永播蒸黎自風行而草靡帝曰善哉予之言是於變時雍恭慎是宗應天地中和之氣備朝廷中和之容君告成中和之功乂而作樂臣獻守中和之術先告川（疑）農此所謂超義越軒臣賢主聖樹光宅之深本為經邦之善政美哉啓沃之義於斯為盛

第二（同前韻）　賈餗

聖上覩萬國之無事備三農之可嘉因月令之初爰詢播植俾年豐之慶無隔幽遐於是文武畢陳威儀斯列爰修

耒耜之務用廣異同之說將斯（疑作期）國實京坻人懷禮節捧書而進知地利之可分足食是圖見天心之載悅既而啓文字儼簪裾煥夔龍之獻納掩河洛之圖書得富國以如此契生人於厥初稽重穀之言徒稱董仲驗深耕之法何媿朱虛所以候驚蟄之辰應夾鍾之律昭八政之所用著九年之罔失是薦是蓘將致乎千斯倉爰始爰謀必因乎四之日故當載陽之候以進為邦之術俾農識不耕之凶歲獲終畝之吉且中也者表天地之交泰和也者象德化之優柔致中和之令節展稼穡之允脩將明肥磽異等豐歉殊收人靡在阿之歎野傳擊壤之謳已矣哉富庶之規既如此弼諧之道必於是佐玄化之風行動黎元而草

靡故得祥生地表慶發天宗百穀允修臣罔懟於后稷兆人乃粒帝有邁於神農伊斯事之明盛掩前代之輝映因獻壽之嘉辰遂啓心於善政何必考李悝之地力覽崔寔之月令懿此群公之書耒作九州之慶

第三（同前韻）　胡直鈞

農為務本春則歲華和者取至和之靡忒中者象居中之莫邪吾君將以發教源於仲序配節令於孔嘉知稼穡之道則無逸之書何遠覩播植之論審后稷之訓不遐至若四海無事萬方胥悅野思疆理之勤朝有田疇之說鑄兵器為農器更舊節為新節天子方坐承明之廬端穆清之居百執事孜孜而奉職群有司濟濟以進書曰陛下德被

淳古時登太初念耘耔之勤每思親勞佇豐年之應曾不自虛一作據臣所以極聞見而獻可庶將獲小大之所如伏以羲御平秩時在元吉既錢鎛之徒營周準直而何失遲西成於遺秉之歲戒東作於寅賓之日庶居勤之輩咸執其常惰遊之人罔敢不率皇上諧衆議允嘉猷載耒耜而親耕天下皆勸率公卿而終事庶績咸修然後創典章頒遠邇斯弄耕之自此佇多稔之于彼稽汜氏之法未足方之考周官之規諒當改是豈不以群下執躬在上務農故將降玄功於后土介景福於天宗况令節適時良圖合盛近可法於三務遠從規於八政豈將獨播美於兹辰冀終古而輝映

第四 同前韻　鄭式方

聖人清謐六合車書一家皇心協於天統節令徵爲國華思播植以富人故農書是進建中和而照物俾淳風不遐是以四夷即叙九穀用嘉當其天廟低臨韶光發洩二月初吉式協於農祥三務成功不虧乎歲節授其時用天之道進其書知人則哲一人垂拱以憂勤百辟獻章而誠竭於是元老進而言曰陛下道洽無外化康有截猶慮九扈未弘三時尚缺命陳書而王化可闡俾知方而農政斯列既戒既種茱盛之望有期弗震弗渝地利之宜奚設豈不以寒氣揔入春陽始初陳乎五種之用本乎三農之書王者則千畝是籍庶人則中田有廬故年穀之順不差物力之功克實首嘉節而來作方起符中星而西成乃畢其殖也習無不利其耕也勤罔不吉然後邦國知息節之宜象魏識勸農之術于以見君臣克協于以見土穀惟脩足食表豐年之慶多稌與大田之猷且夫節者育物於生成農者豐功於遐邇善宣兮時罔不若化洽兮物無非是乃疆乃理歌積庾於京坻有翼有憑致殊方之率俾非我后聖應太昊德包神農則不能盡地力祈天宗故得貞萬姓行八政幸沐化於和平庶採葑而謠詠

春儺賦　孫顗

是月也見斗於辰日交長至有司方成大禮展時事達九門以磔禳協四靈而滌噐匪歲之卒乃春之季令陰氣以

下降使陽和而上利順三時而不忒協萬福而必萃命方相氏出儺百神丹首纁裳辮髮文身擬金鼓以騰躍執戈矛以逡巡驅赤疫於四裔保皇家於萬人斯乃卒歲之儺也豈比夫抑而畢春於是休徵允備有典有則洗滌氛癘祚我邦國其弓乃桃其矢乃棘野仲無以施其計遊光曷足逞其特然而禮法肅設干旌騈羅祠青帝以邀福抑金方以與儺將以窒陰氣發陽和巳矣哉斯欲陳儺之儀述儺之餘盛可以仰功可以抑騰金耀一作輝於四目被熊皮於五色乍熇熇以煌煌或呴呴而赩赩既秉戈而揚盾率百隸而是職及乎出未央經上林芳菲發越瑕穢漂沉特令儺畢嘉貺是尋黃龍白鳳大輅南金聚高冠之岌岌會

長劍之森森我皇堯舜比德夔龍是扶春儺高門載馳載驅王以制容金以飾途流聲教以布濩乃洋溢於天衢既而陰陽交和庶物時育氛氳將埽祥光可掬綏我眉壽介余景福客有書劍三朝苦心簡牘荏苒青衿蹉跎白屋儻不棄於芻蕘將剛羽於喬木

麥秋賦應制　許敬宗

臣聞五土異宜四氣分序考宿麥於生類起嚴秋於溽暑扇漸秀於梅風潤岐苗於穀雨于時揚翹揔暢陰呂潛生當隆曦之首節韞秋令之初萌雜芸黃於綠野紛肅殺於朱明始自天而下降終因地而斯成疇中氣爽壟際風清引神飈於綺殿指明月於紈扇砌積玉兮凝氷庭飛花兮

似霰矯微陽於脩景溽寒露於方甸楝刻桂兮含英井雕蓮兮發絢雲標峯而勢詭氣登商而節變若乃葉幄垂秀條帷汎光鶯傳枝而裊娜蜂散蘂而芬芬對銀絡而偶穟並金縷而分芒如集作改炎炎之鑠石若懍懍之懷霜資高明以納豫順中和以自芳非井泉而滌景異寒氣而浮凉郄氷紈於寶笥屏珍簟於披香命載筆於蓬渚賛天文於栢梁幸千齡兮此遇奉萬壽兮稱觴

七夕賦　王勃

若夫乾靈鶴一作鵲識之端地輔龍驂之始憑紫都而授曆按玄丘而命紀鳳毛鍾桂闕之祥麟角爍椒庭之祉綠朱集作馳綠軒于九域振黃麾於萬里抗芝館而星羅擢蘭宮而霧起則有皇慈霧洽聖渥天浮庭分王禁邸敞金樓翦邑洲於細柳披鶴籞於長楸啓魚鑰而分帝術授虹璧而控神州擁黃山於石磴洩玄灞於銅溝列瑤牕而送煥闢銀牓而迎秋君王乃排青幌搖朱扃戒鵷輿靜鸞披繞衆廊集作霞吐而轉步傃雲阡而縱跡肅陳客於金牀命淮仙於桂席翔翠罕於雲甸迎簫吹於鳳驛佇靈匠於星期眷神姿於月夕于時玉繩湛色金漢斜光煙凄碧樹露濕銀塘視蓮潭之變彩見集作睨松院之生凉引集作分鶩蟬於寶瑟宿蘭燕於瑤筐綠臺兮千仞赩樓兮百常拂花筵集作房而慘惻披彩序而徜徉結遙情於漢陌飛永睇於霞莊想佳人兮如在怨靈歡兮不集作未揚促遲疑悲於四運咏遺歌於

七襄於是蚪簷晚靜魚扃夜飾忘帝子之光華下君王之顏色握犀管展集作撰魚牋顧執事招仲宣仲宣跪而稱曰

臣聞九變無津三靈有作布元氣於浩蕩運太虛於寥廓辨河鼓於西壖下集作降天孫於東埒循五緯而清黃道正三衢集作衢而澄紫落海人支石之機江女穿針之閣鄙塵情於春念擬仙契於秋諾於是光清地邑氣斂天標霜凝碧宙水瑩丹霄躍麟軒於霧術褰旆羽一作翠羽集作羽飾於星橋徵赤螭而架渚漾青翰而乘潮停翠梭兮卷霜縠引鸞杼兮割集作剸氷綃舉黃花而乘月豔籠黛葉而卷雲嬌撫今情之集作而恨促指來渚而傷遙旣而丹軒萬一作黃拱紫芳千一作朱簫仙御逶遲靈徒擾弱風驚雨驟煙迴電爍嫣皇

召巨（集作遷莫）野之龍莊叟命雕陵之鵲駐麟駕披鸞幕奏雲懸（集作和）汎霞酌碧虬玉室之饌（集作館）白兎銀臺之藥荷（集作莎）葉頩鮫芙蓉青雀上元錦書傳寳字王母瓊箱薦金約綵襻魚頭比目縫香緘燕尾同心縛羅帳五花懸珉砌百枝然下芸幬而䑛枕弛蘭服而交筵託新歡而密勿懷徃眷而潺湲於是羃鸞切鏡旅鶴驚絃悲侵玉砙念起金鈿儼歸裝而容曳整還蓋而遷延洞庭波兮秋水急關山晦兮夕霧連謂河漢之無浪似參商之永年君王乃背彤砌陟玄室冲想自閑神情如逸痛靈妃之稀偶喜（集作嘉）沉思之可畢荆艷齊升燕佳並（集作姬牙）出金聲玉貌蕙心蘭質珠櫳綺檻北風臺繡戶雕窻南向開響曳紅雲歌面近香隨白雪舞嚮來掩清琴而獨進凌絳樹而輕迴盧女黃金之椀張宗（集作家）碧玉之盃奉君王（集作且本君）於終夕夫何怨於良媒俄而月還西漢霞臨東沼凫氏鳴秋雞人唱曉王闗空鶴瓊林飛鳥君王廼馭風殿而長懐俯雲臺而自矯衿雅範而霜厲穆沖衿而煙渺迎十客召三英香滌族酎吹肅蘭旌娃館疎兮綠草積歡房寂兮紫苔生御詞鋒於月徑（集作殿）披翰藪於雲局方絶元凱而高視豈與梁楚而騈聲

文苑英華卷第二十二

文苑英華卷第二十三　賦二十三

歲時三

七夕賦

若夫銅儀改候金氣迎辰驚飛灰於素管送流水於清旻聽凉風之唳響覩秋露之凝津月蒼蒼而上桂風蕭蕭而吹籥步廣庭而延佇仰層漢而馳神惟暮序之靈匹仰良宵而展會息龍杼於仙機駕羽橋於淺瀨耀九微之華彩澄八極之氛靄儼翠鳳以翔鑣舉丹蜺而振旆籠霧縠於雕輦疊雲花於綺蓋丹容裔於水濱駕透迤於烟外若乃仙娥侍轂玉女承騑羸簫後唱洛鼓前揮褰九霄之雲幄曳五色之霞衣珮搖星而玉振扇掩月而紈飛陵紫宮而泝景轥黃道而騰暉始徘徊而好密契方阻而情違悵此夕之行盡恨前秋之未歸惜宵光之不駐泫晨露之將晞於是蚪水移箭魚關驚鑰槎客河低針樓月落分一筵於俄頃解雙袂於今昨河漢忽其無湲秋期杳其無度銜別緒而惆悵對離居之寂寞思纏綿於曉雞情顧盻於歸鵲浩長歌於耿介另孤影其焉託歌曰悲莫悲兮離別長怨莫怨兮私自傷歛橫波而向秋野垂玉筯兮沾羅裳歌響既畢恍然如失獨盈盈兮一水間空望望兮三秋日

悲清秋賦　李白

登九疑（一作嶷）兮望清川見三湘之潺湲水流寒以歸海雲橫愁（一作秋）而蔽天余以鳥道計於故鄉兮不知去荆吳之幾千于時西陽半規映島欲没澄湖練明遥海上月念佳期之浩蕩（一作渺）懷燕而望越荷花落兮紅（一作江）色秋風娟娟兮夜悠悠臨窮溟以有羨思釣鼇於滄洲無脩竿以一舉撫洪波而增憂歸去來兮人間不可以託些（一作此）吾將採藥於蓬丘

秋霄讀書賦　王延齡

獨夜寥寥兮清我素襟踐藝域兮遊遨書林覩先王之行道見古人之同心羲農之精微兮含陰吐陽周孔之奧祕

兮神入鬼出有禮樂經邦之化有德刑御人之術雖興風而致理或因文以喪質借如耻築於淵垂釣在川夢來而所象方得繇啓而其貺必甄何風雲之寘感而君臣之道全謨明弼諧開物成務儀在楚而何辱魄得燕而何遇起之來兮而長平不守季之入兮而武關非固將吉凶之由人伊存亡之有數若乃大夫西都之佳賞公子南皮之勝矚將軍之畫閣（疑作閤）天半衛尉之京臺水曲馳香車與寶馬眩纖羅及美玉玉饌金觴暮不歸妙舞清歌斷方續何貴幸之斯甚為歡娛以自足上（疑作士）有寵江濱兮不用首河梁兮永辭長門幽絶恨欲死掖庭一去還無期黃鳥嚶嚶兮野花落白露瀼瀼兮邊草衰此時但能登高而遠望

孰云不腸斷兮淚如絲夫以聰明正直維神之假有才無位奚其為者行莫過於顏曾文莫先於班賈空兢兢於人世竟蹉跎於物下能育其寶則宜無屯不與其命何生此人仗雄劒以激憤一欲問夫蒼旻夜如何其夜以闌閑琴牢落坐南端流月曈曈兮素華蒲銀釭煜煜兮清光寒於是開中軒矖晴盻天敞朗兮北斗何高雲依微兮南山可見銀河既已傾玉窻又以（疑作已）明哀鴻嗷嗷兮空際遠墜葉紛紛兮林外輕已而群感互興衆念相積憐稚顏兮何暮對流年以自惜徒見其生也楊柳繁華為我春不知其死也松檟幽泉為我夕何恃俊於禰衡何慟窮於阮籍郭璞蒙垢兮豈不絜幽蘭無人兮終自芳黃綬從來兮非所

願白雲逶迤兮蒲山自得長歌太平事胡為擾擾風塵間

仲冬時令賦（以題為韻）　叔孫玄觀

乾知太始變化惟衆白日貞輝以著乎運行素月虧盈以紀乎孟仲陰既往而陽受暑既驟而寒送影長而土圭可測氣肅而玉律潛中若乃搖落既謝慼慼無悰霜霎凝凌以戒節天地閉塞而成冬羲和在茲敬授人時周之正則建子為首冬之夜則問如何其北斗闌干乘招搖而直子玄堂在座則（疑）群后以聽詞冬之日可愛聞乎魯史一之日觱發著乎豳詩其神玄冥玉（疑）厥在氷其器閎掩事官有司植玄珪以桂（疑）犢乘玄輅以載旗順物以終乃安其性因宜制節用必克正使夫有為而天下御正無事而天

下分定先王以之狩田孝子以之温清萬人以之休息群辟以之殷聘一以明國家之盛再以昭誦事之令夫唯敗度起功逆時興務重其徭役急彼征賦動衆不隨其物宜馭人不以其寬裕災興必降申一作甲巳之氣乘一作乖癘疢必行哭泣之哀聚則知邦國興否噫時令之可懼

第二以題為韻　蕭昕

歲杪星窮時臨月仲玄冥氣肅黃鍾律中北陸陰凝西城物衆觀四郊而息老朝萬國而來貢於是我皇乃親帥百辟觀隊三農整六軍以耀武肆大閱於仲冬然後乃即太廟建玄旗事神率禮撫俗觀詩斥聲色以不御守和平而自持山澤從宜候飛霜而校獵川源有秩因涸凍而沉祠

謹門閭而守法慎蓋藏以應期斬木陽崖釆周官於是月藏冰陰室詠豳詩於此時然後受計郡國大頒錫命祭必先賢室惟行慶駕鐵驪以執物居玄堂而布政因宜制變必酌於古文授時鄉方不行乎夏令爾其謀猷克臧備物必具飭王政之禮戒土功之務天地既貞陰陽乃裕苟慾伏之必節豈雪霜之是遇故當北辰正而衆星拱東海深而百川赴既一人而作哲惟四方之所注撫空懷以自憐媿楊雄之作賦

第三以題為韻　張欽敬

粤若大君光宅海內文思開帝王之洪緒振皇紀之綱維敷化布和設明堂以聽政發祥儲祉坐宣室而受釐有典有則念茲在茲負扆恭己凝旒肅祇享會必依乎是月寒暑不易乎斯時君乃睦以神人施乎政令鋪惠澤以流渥鼓薰風而入詠日月唯朗星辰克正調曆數之璿衡叶乾坤之寶命況乎陽氣告始豳歌御冬惟時是恤維政之雍穆玄堂以敷化感黃冠以勞農命魯史之登臺式書雲物審周官之有祀時命秩宗於是佰憲聿脩舊章遐布飾蓋藏之是密儆門閭而必固一以求寧各知攸措滌器物之疏掩鑿冰池之凝沍休力役省征賦養國中之鰥寡罷官守之尸素是使風雨丕疑順曾不爽於豐年霜露以時諒匪僭於歲暮撫三五之遐軌索道德之平裕方見與羲農而比崇豈直等成周之景祚而已顧慚恥質叨承選衆神

仙作尉非漢氏之稱梅孝友承家媿詩人之歌仲謬昌言於聖德豈緣情而有中

大儺賦以命有司送寒氣肅京室為韻　喬琳

歲惟大儺國著成命有以焉爾請言其政夫四氣平分三光交映登臺祇祲必書於雲物象魏懸章式陳於時令是以一人垂拱萬方同慶者也且儺之為義其來自久實厥屬以名之於謟神而何有若乃率舊典於有司上士下士左之右之或囂聲以作氣或詭貌以呈姿示以直道揚乎儺詞何四象之能行豈神明之見斯則有侲童冊首操縵雜弄舞服驚春歌聲下鳳夜耿耿而將盡一作畫鼓喧喧而竟送行看北斗已落於嚴城坐待東風方期於解東皇帝

御寢殿正玄冠侍臣濟濟宮妓珊珊忻大禮之斯展覺輕
陰之尚寒肅肅穆穆南面而看則知天不薦瘥同殄妖氣
勿休之瑞吾既聞於方冊強死之魄彼其宣於驕意面禳
有相一作四向之禮堂贍有無方之事雖殊途而異觀可同
歸而一致徒觀其執戈揚盾黃金四目其視耽耽其威肅
肅將前驅以戒道必啓行而分逐國人稱之曰當今日月
既明乾元以享福穰穰兮共蒼生恩湛湛兮莫與京恩既
湛兮儺人出春王正兮粤翌日願吾君兮千萬壽保巍巍
兮唐之室　見斯一作期

天道運行成歲賦以題為韻　張賈

稽元氣之成歲察時運於上玄其始也黃鐘之律中其終

也招搖之星旋不見而彰斯強名以稱道無為而化故易
知以成乾陰陽推以在位日月貞其所躔運之而五行不
息成之而四序罔愆萬物被仁咸遂性以生植聖人取則
將設教以昭宣于以體和而配德于以奉時而後天厥惟
至化寔資玄造天以默運其時后以財成其道形於變化
知否極而受通著以始終見物壯而終老故天道之不忝
必惟疑命之有分俾陰陽以周環同聖神而廣運原夫為
功不宰為道永貞成之以肅殺煦之以發生節乃歲經在
一寒而一暑氣為物毋自無名而有名且居高而濟下諒
無迹而能行天地以和於焉運泰德刑既備然後功成豈
止配五緯而定數叶三辰而為正是知天有常規道有彝

制諧一德以佐主通四時而輔歲至仁所感恩歌造化之
功測管以窺寧究天人之際

第二同前韻　潘孟陽

本清陽而左旋浩浩其天播二氣而仁均亭育分四序而
德博一作溥陶甄不見為玄乃悠也久也不言而化遂行焉
生焉萬物得以資始五材稟以功全美利有常則寒暑之
候節著明莫大則日月之象懸仰居諸之罔息知變化之
不愆昏明不差於晝夜次舍互循於軌躔大無不包可定
於璣規投矩遠無不至可則於持衡執權於是律中夾鍾
辰次太皞羽毛振於萬族勾萌達於百草布交泰於發生
降氤氳於玄造俾其動植之庶彙罔不和同於至道若乃

景丁統日祝融撫運翕風氣而何物不溫在朽木而何榮
不奮盛既極明時即遷行當蓐收之整轡乃夷則之司聲
消埃鬱於九野降肅殺於八紘候可藏冰隸人歡瞻於北
陸時將納稼農人乃畢於西成蓋藏冰之節斯近嚴凝之
氣方盈命之暢月是曰玄英夫寒暑順序則陰陽不爭稽
諸天道雖謂之逾正感於帝德寔彰乎太平至矣哉聖人
體元於是乎立制大儀斡運於是乎成歲惟王者之則哲
諒公士疑之贊曆在陽和之陶蒸庶不遺於淹滯

文苑英華卷第一百二十三

文苑英華卷第二十四　　賦二十四

歲時四 刻漏附

寒賦　趙自厲

儒有討混元搜綿祀旣覩寒暑之終亦測與伏之始覘風鷙於一葉委時換乎千里寒之厥狀自茲而起若夫大火宿藏青霜晨烈則蜀井煙閉漲海氛滅長河天淶綴珠崖而生冰幽朔地窮濛飛沙而雨雪乃知蘇武增感李陵愁

絕聽胡笳以攬思驪漢庭之仳別及幽林風掃時物霜殘柔條危勁奧室凄寒有美人而心恍惚情林悼而靡安陰凝柳塞怨龍庭之路隔月透羅幌憐鴛衾之夜皆屜銀皆之悄悄雪珠淚之珊珊縫筐笥之紈素寄戎幕之艱難別有陸沉之子屏跡荒藪器宏偉而可覩命屯剝而不偶當其時也趙炎俯僂佩瞅嘘吸舞詩人卒歲之衣兩泉客將離之泣豈祁寒而致慽亦遭時而不息絡垂挾纊之暄更悲綈袍之及曾冰泅溜宋生則綴帳而相望皓雪盈門袁子則茹悲而於悒雖居榮而可貴亦憂道而不入于時倚歎窮律佇目遐坰伊鮮物之皆悴獨霜松之常青繼寒苦之飄激淬堅明而自寧汨吾情之浩蕩顧宜志於紫靈

時賦

從龍者雲召風者虎物之相應時哉則伯傳巖箠渭浦收綸命或時偶時惟道親時旣行焉西漢之臣俯鳳時之否也東魯之父傷麟時可以謀身時可以達命季子談說宣尼歷聘平津列侯長卿國命時廢時通知之則慶玄穹埏埴時運收成日月貞輝時合晦明大火流兮歲律云暮春花歇兮寒露將生感天時之興替刎人事之窮亨時乏良工龍泉掩彩時逢伯樂驥坂長鳴借如紅樹呈色玉顏含粲貴當時而則榮恥後時而貽歎古之君子謀於終始厲之惟賢士或知己剌途者棘垂陰者李其道可存將來之士遷喬者鶯待時而鳴芬庭者蘭候時而榮易曰時止

則止時行則行自古而觀惟時之大豈獨夫今日之青衿也

聖人以四時爲柄賦 以題爲韻

粵若受天明命配天啓聖其作則也必敬敷五教齊七政節春夏秋冬之候順金木水火土之性變通無失表正度以惟平雩祀有常示帝圖之斯盛始或星分于木斗建于寅配其宮於甲乙面其地於庚辛莫不合乎序應乎人念群生而悉遂彰盛德以維新則是柄也非父非子而天下親暨夫候應乎離音諧于徵列其位於丙午制其方於壬子莫不循厥功究厥旨導貞悔一作海之其由體長嬴之所以則是柄也非堯非舜而天下理至乃金精儲其氣白帝涖其事有湛露兮斯降涼風兮斯至是則仰察于天俯觀

于地司肅殺而不忒憫淍落而無遺抑是柄也五帝惟六
三皇復四乂若玄律騰輝伊水德兮膺是期有積雪兮自
爾有堅冰兮自茲是則上竊于象下順于時念衣褐之未
濟表歲寒之不欺抑是柄也兩漢非遠二周可追況復正
巳無替虛心罔差隨土圭而暗測同灰管以潛知孰陰陽
代謝之功咸歸不宰用日月推遷之候盡合無爲由是暉
映化權衡洋德柄契皇明於玉燭流睿覽於金鏡士有蹈
計上京觀光末路欣有準於時政賀無疆於聖祚故尋經
於禮經因抽毫而是賦

先王正時令賦以四時漸差置閏以正爲韻　陳昌言

天序運氣王統時紀欽若是授人之初履端爲步曆之始

欲正時而罔忒非置閏其何以伊昔陶唐五帝之世申一作
日明推策之術表錫落蓂之異羲和之職既分曆象之文
始備於其寅亮帝圖式昭天事其則伊邇其猷孔嘉日月
運行故有遲速之異晦朔循軌因爲大小之差立分至則
寒暑不忒積餘日而盈朒匪賒且正者王之丕訓時者天
之大信正得其序則西離而御乾時失其經則夏雹而冬
震人殃於疫年不爲順故時不得不正歲不得不閏也昔
周禮在魯曆法可推官或尸位閏則迷時良史爲之追正
議士爲之與詞俾夫司曆法者罔或二事建皇極者於焉
慎思則序不僭而事不悖沴可伏而祥可期我唐百王居
盛九葉伊聖昧爽無忘乎順序動息少疑作必繇乎時令茲
歲也當仲秋而歸餘居位也闔左扉以舒政化災爲祥紓
憂作慶南山之壽閏月而潛弘北尸之旰重譯而歸正于
時金風乍肅雕雲作歛野樹卅舒遥峰翠點燕溟海以馳
歸鴻朔漠而方漸正時之文存乎往志捨之則玉燭不調
得之則銅儀安次可以使四夷禀朔之君萬代守文之士
知我正往曆奉天時而置也

閏賦　張季友

閏之所起自曆而推得餘日於終歲爰稽候於正時其始
也日之行而疾月之行而遲躔次周流運將窮矣毫釐奸一作
姧度失是遠而不歸餘何以定一歲之曆不小正何以
序四時之紀於是太史授事羲和敬理以日繫月積三年

而成原始要終豈周月而已天時由之而式叙國令於焉
而合軌春生夏長不失其常東作西成孰知所以雩應冬
而絜落雲識夏而峰起秋之夕湛露爲霜春之朝堅冰爲
水豈不以律之克中閏之匪虛以風以雨兮各得其序曰
寒曰燠兮無悖於初國家握乾符正律書契落下之言笄
定乎一日之設考容成之律閏生乎卒歲之餘故得氣正
於今律移於昔履端於始節乃差而匪差歸餘於終日雖
積而不積昊疑作昃天之曆象咸若重黎之職司有辟候月
盈缺豈資蓂莢而知推日短長不假土圭而測且夫夏有
伏冬有臘匪閏則其氣不順月有縮日有盈匪閏則其气
不成故有慢時廢朔則曰不常無藝闔扉聽政則曰假時

來歲歷前古之所重綿後王之取制翊可昭翼翼翁巍巍
百王之理是倚庶績之廣焉依丕赫哉我后之正時定歷
堯典而同歸

漏賦　　竇鞏

易曰天垂象聖人則之故備以人事法乎天時定損益之
道察盈虛之期嗟歲運兮倏忽眷年容之逶遲景䔞䔞而
難駐晷銖銖而在茲蓋以重金壺之器建銅史之司致用
久而不易循環因而可推爾其漏之所作漏之所託至精
至微惟寂惟寞水滴瀝而潛響箭差池而靡錯俯通軒禁
上應寥廓亘千門兮連萬户在彤階兮右冊閣亂微唱於
晨雞雜幽聲於夜鶴清清冷冷日般烏星送春漏於重扃

赫赫曈曈時方祝融傳夏漏於深宮的的綿綿明河爛然
耿秋漏於凉天陰陰晻晻濃氛鬱沉轉冬漏於寒林觀夫
修短之意見乎造化之心信晷刻之道廣知挈壺之用深
故能度量萬物均分四序既不忒於盈縮亦無差於寒暑
順之則千載可通逆之則寸陰是阻應乎日月合乎律呂
蓋漏亡則時昧漏存則政舉寔邦國之是務諒樞衡之所
與悲夫天轉氣流人生悠悠景有虧而有滿時或沉而或
浮恥功名之未立懼容華之先秋所以懷寶獻王彈冠振
裘歌聖明而不已亦作暇於林丘

第二　　符子璋

昔南正重司天北正黎司地迎日推策舉分定至將以綱
紀曆象察明躔次筭氣候爲晝夜之刻立渾儀驗晦明之
異故歲時環廻而有準國家憲章以成事唐虞承用以大
興夏商恭行而無墜其後疇人失業挈壺不舉詩刺東方
之未明史書南風之乖序測辰屢舛於杓建揆景頗謬於
寒暑千官鮮視以權衡萬姓孰寧其安處何不謂漏之既
定而人自正漏之既衰而人自疑故有國者不可以不明
其事今上都咸陽理天下道歸簡易政被風雅人皆得真
事則無僭至於掌漏尤足稱也其本則披甲子而求範得
黃鍾而下生如因三以窮數隔八以循行課六曆之躔察
齊七曜之經營俾攝提之有紀寔孟陬之用成其器則方
圓列階高卑中度制陰蟲以吐輸設靈蚪以水疑作成注銅

史應其方金箭刻其數則於道如符契之合精於微無黍
累之誤每至鷄人起唱鼉鼓相催九重肦曉千門以開國
史奏事於平樂群官謁帝於金臺不失其度及時而廻自
邇及遠識往知來漏之爲義實大矣哉

第三

仰察天文俯觀地理參律呂而權度審衡平而潛擬則閏
餘之數乖歷攝提之運無紀空跡馬遷之能竟絕祁平之
美時運紛其拚革禮術於焉中圮樵夫恥王道之不談天
子愍挈壺之闕史乃分建斯官疇咨此職將啓閉合叙以
繩平俾夙夜在公而端直於是金徒抱箭銅史司刻尊疑作
遵靈叫吐納之規揆抽繭高卑之力信是模範可爲法則

體象陰陽代爲作式故鷄人合唱洪殺無差鶴盖成陰員
流不息夫其開闔之勢財成之規準度毫釐之末錙銖圭
撮之儀則離婁失其精思班匠亡其所爲將運功於不測
當稱物以平施乃若鑑持日夜書備明晦爰受授而是司
考事事而必載雲物順其端序寒暑成而不昧雖末代於
天工亦無預於權槩能收視返聽周流六虛策勤補拙貪
亮三餘校擊刀之有則均藥木之不踈察銅衡兮氣混混
純積水兮來徐徐臨臬非誠危之懼巢幕寧誠安之居是
使名勳合道彰國器於周書則知漏之爲器其大矣哉聖
人資之以端拱日月順之以行藏賢者不能臧其分度智
者不能損其纖芥存之則雙美廢之則兩傷是用齊天長

兮地久均國祚兮無疆

刻漏賦（以叶心理馳箭爲韻）　顏舒

原夫陰陽遞運日月分馳星紀之輪還（疑）或爽律呂之踈
密難知迨皇王之有作命壺氏以緝規爰置水於漏載以
火而守之則晦明之期可準興寢之候無差爾其高卑列
級洪殺順理靈蚪蛇（疑）以俯開陰蟲矯而仰止上流注而
不竭下吞提而無已旣泓澄而泉瀉亦驚激而波起則良
工之妙著焉睿哲之心見矣是用斟乾晷測時變覘盈闕
於金壺觀騰波於銀箭惟箭馳而壺減固流續而波荐尚
列之數與運而無乖輝景之移閉户而可見懿其節正斯
代事沿往牒信古往而今來必用之而道叶罷衣裳之鎮

倒配皇極而調燮不假軒闍之鳳凰何用堯堦之蓂莢別
有希榮片玉庇影瓌林驅疾風之早厲知寒漏之已侵恐
年華之不與更悄悄而傷心

文苑英華卷第二十四

文苑英華卷二十五　賦二十五

地類一

地賦　劉允濟

元氣攸分太極斯判建三才以可久開二儀以貞觀偉坤德之無疆恢地道之幽賛叶高明而資始孕沈潛而剛斷空徵王母之圖竟勞竪亥之筭用能載九嶽振百川蕩雲霧洩風煙羣物畢發衆象森然飛沈咸遂動植斯甄五億十選二萬八千含靈應節蓄聖懷仙元命之所包矣務倫之所繄焉周易以爲理契於牝墨翟以爲仁深於天由是開階（一作陸）立隧（一作墜）提衡建極置羲和之官列司徒之職辯其遠近辯其紆直廣輪之數不僭夷險之精不匱用能峻市朝明甸候既布井而陳邑亦列郡而分州窪盈沃瘠之品原野墳衍之流欽跨萬俗兼該六幽隔巒壤限夷陬珍卉奇木之他族鱗介羽毛之異倚詭恠畢備璀璨咸周銀臺瑶檻玄闕丹丘鄒衍之所不議方朔之所難紬禎符應於河象災異紀於春秋爾乃禮備玉衣葉隆金屋彌北渚而應慶邁東陵而誕福辭珠瑙屏綃縠配飛龍以凝順詠關雎以薦淑契明理於東南想賢才於邁軸化漸蘋藻教敷穜稑詠麟趾而合符比螽斯而繁育功（疑作力）宜右轉

道叶上升遵四時以生殺順六氣以陶蒸珍符顯見寶曆相仍我疆我理如坻如陵徽猷潜暢禮節鬱興大鑪交泰庶績其凝用能祀列黃琮禮配蒼璧楊義聲於農步飛仁風於禹跡服耒耜於田疇偃戈矛於邊埸諒嬪則之廣被信輿圖之遠闢

土賦　呂太一

一闔一闢分陽分陰坎爲水兮離爲火東方木兮西方金惟土德之爲大處中位而君臨寒暑不能易其節鬼神無以測其深吐納清濁區分寓縣帝軒感氣於星斗虞舜降精於雷電爾其荆河墳壤淮海塗泥草木漸苞於赤熾（疑作埴）璆鐵作貢於青黎火以炎上爲母水以潤下爲妻黃白分於雍冀官位列於東西蒸之以爲城闕北連朔野累之以爲臺觀上構虹霓爲海爲河爲牛爲馬起圓規於陳法美教化於王者負之爲模胡人失其膽氣得之爲祥晉卿載於原野且久且大非名可名定剛柔於坤德合絲竹於宮聲夫其爲重也封割五色分茅錫社夫其爲厚也包括萬象含姿育靈處瘠則勞處沃則逸白獸忽見羱羊間出體均物而爲象抱温柔以成質舟航纔盡則青縷飛神六五既臨則黃裳元吉萬國收其利三公主其秩因覆簣而成山爲幽居而鑿室不借譽於龍鳳直養德於麒麟失之則昆蟲作孽得之則宗族以親雖鼇足初分重濁者爲之地而羊角教起輕清者爲之塵授之可薦於宗廟捧之未

塞於孟津起刑馬而爲首祀句龍以爲神漢廟王環方之
則君王納諫豈城寶劍拭之則光彩射人含物吐象包藏
王石均王四時畀陛三尺運乎虛舟之中不以爲損捧乎
泰山之上不以爲益土之爲德也重土之爲性也平爰稼
穡而爲務被朱紫而爲榮余以旣藉形體承恩天壤公和
之山窟非漏子猷之冬林自賞先君列國猶未斷於封疆
軒佐吹塵直庶幾於夢相

第二以中方正色繁育生類爲韻　常岫

質亻坤元形分地類有持帶山川之力有長養稼穡之利
結爲大塊中含萬物之根充被方輿外定九州之位於是
黃帝后土怒而交爭曰天有兩曜日爲最明地有五行土

爲至精人無我而不立子無我而不成故禮得之而以壇
以墠君得之而以社以城子言各執其一端子智不出乎
四域欽生字官韻　向者夸競交肩紛紜未息殊不知皆在五土
何自德色木之始蓺榮本茂葉秀枝繁不依於土何因託
根火之重赫奕華夏照曜乾坤無吾爲土雖猛不存金生
於山山吾所育水出於地地吾之族若藏礦朴於峯巒化
江湖於原陸子何有哉吾爲五方之主爲萬聖之雄造邦
本立大中布而爲金木水火分而爲南北西東使百王之
傳授若四氣之始終皆德非博厚故號不統同國家保大
定功體元立正法土德受天命陵無一坯之盜貢有五色
之盛合爲應鼓擊六氣以還淳累作春臺熙萬人之遂性
子蓋盡疑作鳩合異類率賓殊方歸有極贊無疆帝乃約東
遠近神乃糾合要荒咸鞠躬離位厥角來王自是盡四夷
之君長皆朝我唐

五色土賦以皇子畢封依色建社爲韻

崔損按唐登科大曆十年上都試賦第四崔恒第六崔種無名損者

至哉土德光含五色其色也辨五方以建侯其德也發萬
物以生植自夏禹而作貢在徐方而是職王者立社以封
疆諸侯苴茅而有國於赫巨唐德之皇皇實秉土而化康
采大漢強幹之宜裂地以爵法有周維城之制分土而王
各班其位各正其方用甲日而靡忒建陰氣而允藏定五
方而式序分五色而有章平野煙銷發卿雲之端彩高天

雨霽浮麗日之重光衆色環封所以示外共其方職正色
居上所以表內附於中黃觀其儀則知大君之有弼稽其
吉則知邦伯之有秩列三才則惟數在五叅十端則惟德
居一旣明旣麗可以比乎天文不騫不崩所以保乎陰騭
配皇王之永久齊天地而終畢矧夫經建一作邦理禮一作社
必土是封光昭聖德叶贊時雍將尊天以親地在侯土與
國社旣蕃翰乎四海實底寧乎天下若然者君立社以布
政臣受土而宣威象君臣之同理知社土之相依是以成
百王之則作萬邦之憲珪璋玉帛莫不因我而執公侯伯
子莫不因我而建土之德也斯美社之義也爰擬其色也
匪同五星而作連作散其質也各表一方而嶽立山峙有

以崇國祚於我皇有以同盤石於宗子夫如是則其義廣
矣豈斯文之所能盡紀　惟德居一（一作德居于一）

第二韻（同前）　盧士開（登科記作士閣）

尊彼國常乃立人極依大社以封土命諸侯以方色木官
復位東方（一作極）於焉必書火正是司南方由之可識西同
白帝之象北察玄武之職配中黃而立名覆西方而作式
於是端扆穆穆授策皇皇賢戚封建君臣樂康既載人之
爾厚亦植物而惟良可以載八紘包大荒豈離遏于爾邑
盡東南于我疆昔神隤無厭聞華故於有魏天祚明德遂
惟新於聖唐總祝融與蓐收臣玄冥與句芒知合之以濟
代故貢之以來王守于爾位亦有寵子思翦桐而是立故

分茅以共理所以維城所以撫封爰作冢稽錫之附庸列
五色以相備和八音以相從色能惟正音乃叶雅將察之
以報功故封之以立社惟人是恤選賢以建仰夏王之攸
敷法周官之大憲胙之而氏可命相之而宅可依五德聿
修萬方知歸即之也真彩煌煌望之也靈壇巍巍足以表
正方夏發揚德輝等乎珪瑞叶以元吉建樹侯家藩屏王
室分之惟五行之惟一寔邦家之永固與天壤而齊畢

蓋地圖賦（以聖德感通靈仙降獻為韻）　錢起

有虞氏提地壟享天命光然九有緝熙八政能使坤德以
寧祥符錫慶神矣王母通靈感聖獻爾寶圖昌爾金鏡嗣
堯之美於斯為盛固知冥貺有則休明無極非天私我有
虞惟神歸于至德必將永其歷數寧惟錫彼封域俾皇鑒
之昭昭豈神明之默默諒可耀寰宇盛邦國蓋地如何匪
兹不克懿此圖籙實昭應感廣豎亥之遐步資重華之睿
覽規方遠近微妙玄通致蠻貊於度內出山川於卷中可
以明四目達四聰易曰不出户知天下何莫假此神功徒
稽其囊括也吞八極盡四溟霜露所墜日月所經莫不總
天目入帝庭嗤秦政得燕圖以拓境小穆公夢鶉首以稱
靈亦有周王御天漢君求仙窮人力於宇宙遍轍跡於山
川孰與夫高居深視探微洞玄得地理於冥契擁神休以
永年則知明德在兹景福是降播頌聲以洋溢洎寰海與
里巷美矣哉歷選列辟符瑞鉅萬雖玄珪告成白環入獻

曷若斯圖之用也九上弦而庶績建

立春出土牛賦（以平秩東作徵授人時為韻）　常惟堅

月周於紀水次於行其候凜冽其氣清英倏歲陰之將盡
復陽春之載明知北陸之寒光向欽喜東郊之暖氣先迎
是以候鴈思朔潛鱗或驚裂金火以取諸助氣策土牛以
示乃發生在弦望而宜早當晦朔而得平我皇於焉以設
教賢相由是以持衡請循其本也太史告時有司選吉冬
官藏事牛人乃出將協地紀克符天秩約歲時之倫泰示
農耕之遲疾惟穀是登惟人是恤察前後之準祈倉廩之
實故知丑以牛為用牛以土為質合陰陽之妙旨齊冬夏
之秘術豈比夫作享昊天為牲蠒栗而已哉於是時既斯

得令無不通候農祥而取正引丁壯而就功我疆我理自西自東以兹政行而化洽宜其人和而年豐徒觀乎彼蟄將啓斯牛是作正我耒耜務我耕鑿首巍巍以山聳角戢戢而林錯制以紅縻餙以丹雘出北陸以送寒佇西成而取穫野人知五畝可樹遊子懷二頃負郭國之有令罔敢不敬一人布和萬邦咸慶恩深草木澤浸翔泳考來令之規矩立振古之龜鏡自得上行下效紛紛輝映然後鼎取新華去舊惟利是持惟時是授自可日給而人足無乃兵強而國富曾孫之稼克稔唐叔之禾乃秀不忤於物育利於人稽乎天文上列於乾象究諸地志下協於坤珍不獨山川其捨𢰸云九十其犉夫如是物各遂其性農不奪其

時仰崇丘之翼翼登春臺而熈熈相陳力而久矣願負重而來斯求懷種德兾念兹而在兹

土牛賦 以示農耕之早晚爲韻

陳仲師

服牛是比合土成美將十鈞之重斯得而一撮之多有以鮭欲勿用泥蟠之質初分誰謂爾無塊立之形酷似是月也採呂氏時令徵埒人巧指始辨塗附寧分脉起誠安媿乎角立復何勞於肉視然後遵土訓啓人時戒曉而出迎春是資于以審先後之節有以占疾徐之期仰白榆之文懸其睆彼叶葱聰之色則而象之能首出於泥滓豈群分於毫氂披芻狗之利餙文繡以求媚泥龍之興因舞雩而取類曷若標國典配田器比物以作則順時以相示同乎

非馬契莊叟之至言偶彼真龍殊葉公之繪事質美埏埴巧逾覆賁那虞食角之患寧假焚蹄之異俾遊刃者訏全之於目運斤者喜塿之在鼻且耒耜斯呈我則正春㡭於農耕干戈既偃我則歸郊馬於歲晚將物候自然諒人情何遠必也孽洪摩覲緋幰觀似是之足尚謂來思使畜疑之人猶將擾飯由是出五種命三農乃脩故事于彼窮冬闢我疆則厥壤爰度考爾牧則其犉有宗今也物被殊私形分大造載之以厚地之德奉之以先天之道時將敬授在三推播植之前物或肇牽察庶物生成之早其用則大則儀可考故曰如土委地者豈必以載牛爲寶

第二 以四聲爲韻

維土作稼維牛配坤將底法於田賦故作刑於國門其聽也非喘其視也非奔協東風之表慶俾南畝之司存戒期於彼發令於此知出者之在衢見觀者之如市三之日可以于耜四之日可以舉趾稽小大之聿脩標遠近而稱美爲德不殊建功能大思負軛之無虧豈蹊田之有害魯是獨立農人咸集非芻茭之是仰豈鞭策之云及騂而且角異魯國之山川花以爲蹄同漢朝之井邑若乃擇元辰司上春塗泥萃丹雘陳牛從繩兮則正人從物兮惟新既牽之而不復亦繫之而克馴其儀可采其跡難改奚中立而不倚若將行而有待假使越俗多方武侯專思或封泥作雨或刻木成器五穀以之惟豐三軍以之不匱徒見機而

有作匪應節而攸利豈如我以土牛爲名以土爲質示菑畬之早晚驗播植之舒疾在天成象望北陸而分區在地成形近東郊而候律百王傳而靡替九扈司而弗失等農祥於程度祈帝籍之允實

第三

土牛所置惟民是利將立表以勸農勝陶冶而爲器相牽之狀或垂象而在天觀出之期諒成形而在地所以無芻豢之損殊死生之類實大塊之所資豈一撮之所致故乃用爲恒典藏其成事執農政之後先固策人以相示觀夫出康莊之際當立春之期既合土而成象矣還服箱而似之誠鞭策而無用信耒耜之是持異彼土龍每因旱而方

致同夫芻狗表至仁而無私若非農爲國本曷能敬授人時原其事始誠則有以圖白巫以侔形每葱瞻而在視寧同日夕與群羊而下來諒在月窮惟御人之所指是以先春斯舉農正是供祭之者覺順時而行令觀之者知有事於上農既惟人而是瞻豈與騶而同皁足以符務農之政足以叶勸人之道立之於後詎春事之尚遲御之於前俾農功之在早令出惟行百姓昭明既有象而垂則表得時而親耕立以示農豈憂燧尾之禍莫由而飲奚聞扣角之聲事有開而必先義任重而致遠既遵之而爲早方驗之而知晚非同金鎖入寒渚而無蹤有異絆轅行籍田而方墾夫然則土牛之出也可以爲農政之本

文苑英華卷第二十五

文苑英華卷第二十六　賦二十六

地類二

土風賦一首　塵賦一首

隟塵賦三首　泥賦一首

土風賦

班固曰人含五常貴于萬彙剛柔緩急音聲不同繫水土之風氣則謂之風其好惡取捨動靜不恒隨君上之情欲聖唐四三皇而六五帝一六合而光宅覽職方圖三川盡見歲七月木鐸徇于路命州里舉賢良於我睢陽古之大郡也唯君子能通天下之志也其詞曰

吳季札挺生江國自南徂北聽群樂之存亡觀諸夏之臧

慝乃言夫大雅小雅周南召南陳俗夸而奢其國無主韓地薄而險其人不堪燕都渤碣秦負汧隴俠客憑陵世家逞勇顓頊之居衛也桑間濮上務耽聲色太公之存齊也冠帶衣履唯勤組織洙泗之間既當疑作富財力嘗畢之下彌重儺弋冀州則紂之餘烈易為讐冦合浦則蠻之獷俗相尚戰闘吳南有豫章之基燒銅山而煮鹽海楚東有雲夢之區鞭火耕而驅水耨豈若睢陽城臨氐房其地平促其人温良昔者舜漁雷澤堯作成一作平陽天乙都亳沛公潜梁故地多君子而風有先王富禮樂盛文章魚鹽委積士馬精彊亦有顏邑野人居宋而生孔子漆園傲吏隱周而號蒙莊帝氏以占星著族楚宫以揆日居方宓子賤聽

訟築臺坐空囹圄巫馬期勸農作宰克正封疆亦有高辛故郡下邑單場蔡走定陶之國晉入涉疑作沙隨之鄉與央出盟於瓦屋郤缺來會於承筐聊采綴而為賦叙菁華而未央言其國之始祖微子封於斯土先膺宗周之錫命招納殷之餘戶宅陶唐火正之墟就彭城鐵官之估於是孟諸為澤芒山為囿日尋干戈雲列郡疑作群伍起臺十仞作室百堵按弓甲飛樓櫓横釣臺伐金鼓討曹威衛侵鄫掠魯會盟於鴻口之亭繳射於龍遊之浦及其楚國圍急澤門役苦外則盱目而歌内則析骸而哺妖星去國所移者三推石隕空視之則五其後漢分元弟出食於梁景當作文帝則錫茅而建社文景當作帝則蕭柱而稱觴由是絲艇

畫樓鋪鴈池以千里蘭軒竹閣澄褫巖而四起徵廐馬於邊徼選宮人於街市千乘出車百金練士煌煌煒煒而軍容備矣南面稱霸而朝天子若乃秦名碭郡禹作豫州城池競於春色車騎溢於川流惠運則詠南山以作賦長卿則背西蜀而來遊入瓜亭而避暑臨穀塾而迎秋吊仙人於蒙邑祠閼伯於商丘想華門之爽徇歎梁野之妖牛並忘歸於此地充近侍而淹留别有忠臣壯士貞夫孝子五侯競立三王俱死英靈還見商推未已雖埋骨於黃塵俱列名於青史當今奄有萬國承平百年化被則如春露之沾草文同則若夜星之拱天惟兹都之宏壯北列土而居先屬城有師何代無賢伊昔全盛莫之與競食客騈闐諸

侯聘命旃旆互出臺殿交映忽爪剖而豆分若煙收而雨竟已矣哉中則傾兮湍則鈌陰靈起兮陽精滅始看春樹歇芳菲已見秋源漲沙雪自昔雄材與壯氣莫不埋恨而吞咽七十里之城郭仍在一千年之綺羅都絶京兆杜公乂遊關東臨少昊之秋月過梁王之舊宮食水土問人風執官曹而正直抱身鏡而清通識寶者不遺於草澤懷材者喜遇於良工但能任土而作貢則我梁國之不空

塵賦并序　謝偃

余執性介直動多違忤玆讀老子至和光同塵竊有慕焉因而賦之

伊大噫之煽物氣無擊而不揚惟玆陳疑之宜昧何動息

之順常若乃寄形大颷託質厚地倏爾而往忽焉而至乍徘徊以上騰或飄颻而下墜起彼集此不失厥位一作居類無不安涉無不利似達人之權理任逍遥以自肆若夫陰風發陣雲屯鼉鼓震紅旗翻千乘動萬騎奔中原以之黫色白日爲之晝昏其興也勃其息也漸或聚或散乍舒乍歛細不可拾輕不可掩蒙蘢簇罽冪歷茵籠隨時不競應物不違仳細雨而暫息逢輕風而復飛䨏䨏靡靡雰雰霏霏將晨軒而並出與暮蓋而同歸任動靜而兼累似識變而知機若夫拂珠箔生羅幃積秦鏡而鸞沉下彫梁而歌發散瑤臺而類粉布玉堦而似雪蒙鳳輦於銅衢翳龍媒於金埒有動必發無空不遍出入青瑣遊揚紫殿流鈿影

於廻裾亂浮香於舉扇隱洞房而難覩因隙光而可見旣洋溢若浮煙又散漫如流霞至如化衣京洛鍊石儒家色侔雨壤影雜飄沙逐奔蹄而起亂隨驚輪而飛斜近則仵阡蔽陌遠則晦景韜霞疑竊食於顏子先甘餌於玄虵惟紛吾之孤介騣萍流而蓬徙旣守遇疑作愚以周直每受訕而招毀屢空范冉之甑時卧李恂之被未齊物於莊生庶同塵於老氏

隙塵賦以不依光末難見微質爲韻　蔣防

惟隙有輝惟塵是依微明散亂若動如飛殊向晦以宴息類趨明而識機不逐大車寧發詩人之歎無昏廣陌詎緇遊子之衣觀乎杲杲初陽沉沉闇室纖光乍進爰委其質

忽煙涵而霧貫每延風而寫日透綺帳而偏明鏤冊楹而乍失不重乎金屋不貴乎華堂隨明則著在映而彰代皆擇其居我則不辭於處隙代皆異其志我則不厭乎和光似有情而聚散若任理以行藏漠漠如流翳白駒之逸影濛濛不息起清唱於彫梁惟深惟微于閨于闥來不可止去不可遏語其志也流形似競於分陰語其微也弱質已侔於毫末豈不以循其隙襲其輝洞幽房之曭朗籠疎牖之霏微道或未行歎浮沉之異路時而後動任韜晦以同歸散漫廻環空濛蒨練謂醯雞之乍覩疑野馬之潛見不爭鄭女之光不雜寒嵩之霰故知委苑甑者志有所未安感孔顏者時有所未愜處沉冥而匪異辨疑似而愈難曷

若因孤光而有託附影流、而爲觀者哉所謂暗而能彰虛而能受望彈冠而自必騰清路而何不幸承命於光塵賦斯文而藉手

第二 同前韻　楊弘真

隙有塵兮則惟其常日緣隙兮亦孔之彰何在陰而臧彩能委質以和光藹若成規任隙中之小大紛然無緒隨日際以悠揚觀夫熠熠孤光霏霏素質盡方圓之所至蕭虛明而不溢不洒不掃宜靜以探微或煦或吹則動而逾密何恭歷以可久混空濛而爲一一點凝輝異出同歸豈開簾而霰入疑向牖之蟲飛其虛其徐有若無兮漠漠不皦不昧散而聚兮微微既不足以凝榭又何虞於化衣想夫

向晦長存匪陽不見的爾東去忽焉西轉嗟柳絮之從風訝雪花之見晛翔而不息安即爲難桂高棟而將晚留空隅而助寒疑琢玉成環環中胥墜若窺壺入洞洞裏雲殘美纖姿而無隱雖小道而可觀原夫自託於空而隙能善誘無求於日而隙以虛受察之昭精攬之盈手同白駒之臧没非野馬之紛蹂遠窺濁水斯自異於浮沉仰觀歌梁必坐分於妍不美其含華有耀委照無違想剝廬之斯衆知舊館之猶稀安寢之堂就餘光而若在偷光之壁尋微燭以相依何異暗室無欺明誠未達伊昔質之隱見在無私之與奪儻高鑒以吹噓願飛翔一作楊於天末

第三 同前韻　趙蕃

日入空隙塵生夜光嘉的的以初引見寘寘而自彰乍拂圓輝積纖形而散亂時搖輕吹飄弱質以悠揚洎夫託彼耀靈起玆虛室恒紛空而色碎每燭幽而景密仰孤光之未及猶在暗而效質由是亭亭旁照纍纍斜飛必烱爾以賦象終飄然而相依故所以臨素壁隱清輝若下歌梁方凝姿而漠漠如驚陳榻幾引耀以霏霏是故當皎晶以自飛引虛光而將扇振遺芳而交集流細影而倏遍散乎幽處非厚地而不揚透彼無間度高天而可見爾其晶明下射杳靄中攢景熠熠以將盡榥規規而尚殘及晶輝之餘斜分稍易當冥濛之際仰望誠難至若窈窕孤懸熒煌相蹂靜對幽閨閑臨虛牖窮隱見而不讓隨方圓而可久若

然者則混而同貫自得審於浮沉浩以相鮮孰可辨於妍不是以杳如有待紛若無機穿棟宇以光小拂簾櫳而色微片影方呈似繫幽人之室輕文靡定如緇遊子之衣故其餘照乍沉纖埃旁達既在陰而不昧將耀質而難奪亦何必越茫洋散空濶頹依大廈之內末寄流光之末

泥賦并序　鄭惟忠

語曰等級懸隔有似雲泥然雲高則高矣如其不義猶爲夫子所輕故曰於我如浮雲泥卑則卑矣苟不可棄且見莊生所重故曰曳尾於塗中吾少也嘗覽左太冲詩曰賤者雖自賤重之若千鈞感斯言之有微故爲泥賦

嘉鴻鑪之造化物無象而不甄惟玆泥之爲質諒稟之於

自然雖體潤性柔而名卑質賤不同塵以苟出必感澤而斯見信厚地之所生匪膏雨而不變同賢良之韞櫝候聖明而方薦若乃花水行落萊雨將餘交衢蓄潦曲浦含吁（一作淤）於望之疑實即之也虛動而爲有靜而爲無苟具形之所蹤必觸類而圖諸託龜文而成印寫鳥跡以爲書蹤發遺風之馬轍閑流水之車於是陶鈞賦象刻削成器固應用之無方任良工之所肆順規矩而畫一循制度而無二裁無不成擬無不類以土爲質以水爲位位去質沉復歸乎地彼木偶之漂泊萍流之自恣推移兮莫識其始終泛濫兮莫知其所至若乃蘊凋草於閑館含芳樹於禁闈不緇白玉之彩徒混明珠之輝帶晴牛而暫落逐春鶯而還

飛何茲物之無識亦應命以知機本乎形而入用乃委質以合所塗城則踈勒解圍封關則崤函致阻及其見棄形骸跡淪無勞切玉之劒自落成風之斤體伊泥之應變時可同乎人志類明鏡之受物若洪鍾之虛已既懸絕於白雲徒隱淪於綠水伊吾人菲賤竊亦有感於斯矣

文苑英華卷第二十六

文苑英華卷第二十七　賦二十七

地類三

小山賦　唐太宗（見初學記）

何四序之交運轉三陽之暮時風辭暄而入暑樹替錦而成帷想蓬瀛兮靡覿望崑閬兮難期抗微山於綺砌橫促嶺於册墀啓一圍而建址崇數尺以成岯既無秀峙之勢本乏雲霞之資承墜宇之殘露桂低空之斷絲爾乃參差絕巘葳紆短逕風暫下而將飄烟纔高而不瞑寸中孤嶂連還斷尺裏重巒歌復正岫帶椒而合雙眉石澄流兮分

兩鏡爾其移芳植秀擢幹抽莖（一作）荎松新翠薄桂小册輕細影雜兮俱亂弱勢交兮共縈纔有力以勝蝶本無心而引鸎半葉宿而巖暗一花散而峯明何纖微之同景亦畢細以相成於是旟浮歡於沉思賞輕仁於勝地俯蟻垤而有餘仰終南而多愧非爲固於九折庶無虧於一簣聊夕翫而朝臨足攄懷而蕩志

奉和御製小山賦　充容徐氏

惟聖皇之馭寓鑒敗德於前規裁廣知以從狹抑高心而就卑懼逸情之有泰欣靜慮於無爲于時季春移序初光入暑露潯池臺烟霏林巒曆情悒以無歡懷仁智而延佇思寓賞以登臨非駿麗於茅宇殊華嶽之削成異羅浮之

移所爾其表氋宸衷故作離宮含仁自下帶嶮非崇分上林之卉木點重巒之翠紅葉新抽而不樹花散植而無藂雜當窻之帶梛交約砌之珪桐纖塵集兮朝嶺峻宵露晞兮夕澗空影促圓峯三寸日聲低疊嶂一尋風風輕兮拂蘭蕙日斜兮蔭階砌蝶留粉於巖端蜂尋香於嶺際草臨波而側影石瑩流而倒勢雖蓬瀛之蘊奇故未留於神睇彼崐閬之稱美詎有述於天製豈若數簣之形託於掖（一作彤）庭俯依冊檻仰眛（疑作昳）朱楹耻巖崖之鄙薄荷眺矚之恩榮期保終於一國奉天眷於千齡

掖庭山賦　應詔　　許敬宗

覽先哲之英華遊舊典之塲圃善逾遠而斯應德既昭而必溥見漢屛於睢陽驗周藩於有魯表崗丘而作鎮規楚室而興宇亦何代其無人諒吾王之邁古於是命世作弼含章挺英允文允武惟誠惟明聽芊棠之暇隙想叢桂之幽情睇浮雲而志遠瑩寒井而神清乃命僕夫整駕山隅勝鳴笳於通谷擁飛蓋於高衢逍遥仁智之境放曠道德之區造中天而式宴陵倒景而爲娛星懸珠網日對金鋪雲承綺棟霓縈繡櫨旣而近矚玲瓏遠眺溟濛陽峯微而半顯歷冊穴而纔通等王京之仙化侔銀闕之神功于時百卉數榮六合清朗霞澹水而川媚風飄林而澗響聳絶壁之千尋挂懸流之萬丈蔽日月而孤峙吐雲霓而秀上循折坂而邅廻躡危嶠而來往鑿離憚於石鏡法瑞露於雲掌爾其花藥芬披蹊徑參差舒英冐渚擢幹臨崖乍蒸蒼而横植忽蓊茸而倒垂扇晨飈而裊裊含宿霧而猗猗蔭町疃之毛羣窮閒闗之羽族或相賀於芫楝或競馳於原陸駒食藿而馴場鶯含桃而出谷德澤加於飛走榮光周於草木日云暮時稍闌惕神襟而體物紀盛跡以濡翰發詞林之華藻濶筆海之波瀾命小臣而並作賦大雅而承歡辭曰芳園兮鬱鬱高岫兮峩峩君王兮遊豫軒蓋兮輕過花同林兮異彩鳥各轉兮相和野獸鳴兮應鍾石山英開兮間綺羅侍荆臺之入夢舞洛汭之陵波懸清蹕於日月同眉壽於山河

西嶽望幸賦　　閻隨侯

壯哉太華兮爲金方之鎮削成四面壁立千仞勢阨河關兮横地以傑出氣雄宇宙兮極天而增峻疏鑿則禹封崇則舜歷遷列辟咸五載而一廵於昭有唐曷不登以肆覲我聖君之開元一十八載威靈限乎無外至德與日月齊明寶位與乾坤比大鴻澤洋溢湛恩滂沛萬國同於文軌百蠻襲於冠帶河海清夷風雲昭泰鬼神奔走而奉職玉帛梯航而入會蕩蕩乎巍巍乎誠聖人之神用也羌不可得而稱載至若祖武宗文之業觀風問俗之勤舉由禮兮動爲仁禔百福兮延群神無文之典咸秩中和之政惟醇邦國之鴻徽克播帝王之盛事畢陳若乃詩書禮義之府禮樂德之則設金馬石渠之署脩成均崇文之職坐公卿以

論道養叟老而崇德詢善而當宁委裘禮賢而日旰忘食
振木鐸而施令正銅儀而御極歌舞盡盛德之容聲明彰
具物之飾此聖人之文教也先王剡木爲矢弦木爲弧所
以脩戎器戒不虞於是簡車徒誓將帥百官象物而動軍
政不戒而備軍之以三令五申示之以戎昭果毅正卒伍
駢部位摐鸛魚麗兮鴈行鱗次鳴笳疊皷兮隱天動地自
朝夂野兮千乘萬騎谷轉山移兮天旋雲被赫赫震震耀
武中原兮將除害以興利因農隙而講武事荒夷覩之以
奪魄蠻狄聞之以挫氣雖商湯有景亳之命方此以知慙
周成有岐陽之蒐比茲而多愧然後班師旅行慶賜穆穆
煌煌焉舍爵策勳而飲至此聖人之武功也太原啓聖誕

受駿命傳萬代兮本枝盛上黨興王休有烈光應大横兮
天業昌漢高不忘於豐沛光武不起於南陽故踰孟門越
太行鏟危磴夷高岡馬無泛駕兮鑾珮鏘鏘車靡摧輪兮
和鈴鈌鈌紛貿霍以雷邁震隱轔以軍裝全入乎舊宮之
皇皇思宗祖之艱難詠潛龍於沂康出德教兮脩國章問
老病兮勸農桑豈徒率子弟以佐酒歌大風而還鄉此聖
人之廵狩（一作省）也古者爲高必因丘陵爲下必因川澤去
春陵之天邸望臺駘之星陌黄軒訪道乃逍遥於廣成冊
陵出遊還悵望於姑射踐唐人之舊壤遵漢家之餘迹祠
后土於汾陰盛禮容於瑶席既而泰折啓方壇闢有絜在
盛有牲在滌奏咸池兮羅金石歆瘞繒兮埋玉璧幽髣髴

兮地祇格電輝輝兮神光赫時展豫兮群瑞臻紛景福兮
隨吾君黄龍降兮應景運寶鼎見兮寓龍文整樓舡兮濟
横汾縱歡樂兮歌白雲此聖人之報地也禮行於郊百神
受職焉禮行於社百貨可極焉既即陰以報地遂就陽而
禮天因吉土歷廣壓跨周服掩秦田萬乘星陳出直城之
郊外八方雲會就京兆之天邊騎雜沓車騈闐赫赫奕奕
而燭川以届乎圓丘之前於是牲用特酒尚玄樂以雲門
是重禮以蒼玉爲先推高祖以作配五精率而來旋達上
下合腥膻設柴燎致高煙上帝降監兮享明德子子孫孫
兮萬億年此聖人之禮天也王者受命必升中以因名山
告成功而紀厥美四時以春方首事五嶽以岱宗爲始無

懐以降七十有餘管仲所詳十二而已我皇承先王正統
繼列聖遐軌幽明恊同靈物蕃祉故天不愛其寶地不愛
其珎卿雲爛漫而動色醴泉湧溢而流津莫赤匪狐九尾
而自擾莫黑匪烏三趾而來馴况復西鶼比翼東鰈呈鱗
秬黍生於鄗沚苞茅出於江濱一莖九穗之禾備粢盛而
競發雙骼（一作胳）共觝（一作抵）之獸供犧牲而自臻可不謂然
乎我皇雖以地平天清時和歳貞欲行封禪之事猶執謙
撝之情則有冠冕列辟搢紳諸生互陳嘉頌爭獻懇誠候
屬車之塵者率土皆是請闕庭之下者靡日不盈於是備
法駕順卜征襲時服肅天行河洛之人尚觀於後乘鄒魯
之地已識其前旌氷湛千年之色山呼萬歳之聲常龍之

峯帝鄉之白雲遥接金雞之岫長安之晚日再明所以登封降禪所以騰鴻飛英既刻石以頌美亦泥金而告成信四三皇而六五帝曾何周漢之足名然後審度量正權衡咨嶽牧問黎甿人荷復除之惠家索牛酒之榮此聖人之東封也宗廟所以本仁祭祀所以尊祖馨香寧止於黍稷備物必該於水土故醴醆在堂粢醍在戶歌釆茨肆夏之節奏文始五行之舞有來斯雍助我明主祝嘏祠說豈云虛取宜其時和人豐而神降之佑也故所以靈芝秀秆飈與月毳下膏露凝奉先帝而追孝遂加敬於園陵此聖人之致孝也倬彼靈嶽傑出秦畿䂿為巨防壯我皇威雖國家盛德之無垠固先王設險而可依雄天府以岌岌符聖

壽而巍巍萬物生華稟少陰之精粹五星分繘融太白之光輝俯壓黃壤上干翠微矧靈異之所蓄乃神仙之所歸實五鎮之為首諒群山之所稀且夫西嶽之為鎮也大爲西方之為義也多矣其色也白白為五色之質其音也商商為五音之紀其味也辛辛為五味之和其行也金金為五行之始帝則少皞居神位則蓐收在祀歲時有秋斂之功環寶多金石之美然所以能協我大君之明命永作固而配天高崎也徒觀其交錯糺紛之勢盤礴峻秀之形岊（一作磊）嶀巘嶬停停熒熒紛刻峭其若削洞崰岈以杳冥樹色凝黛天光結青㟞谷嶒嵺而藏胚渾之氣幽岊暌暘兮化神仙之靈中融寒暑下聞雷霆南澗截陽而北澗停雪

西峯見日而東峯見星偉哉靈造上峩窮昊憑之者永安涉之者難老疊嶂重巒互稠木百千巖萬壑相縈抱其虛谷也數行繚地緣茂松其峻壁也百仞懸崖不生草夫崑閬崎於方外蓬瀛傑於海島皆玄聖之所遊非化人之可保豈若茲嶽俯臨京鎬上有皇明王女峯下有長安洛陽道作鎮并崇於雍豫靈祠化傳於洒掃雖則祀典遠更於百王都未若祚我唐之壽考矣然則神其聰明正直而一既德則斯輶知信不可失徃歲垂天文運宸筆勤琬琰崇望秩云符子安民治國然後徐思其事懿夫俗阜時康今也正惟其日故可揚鴻徽而騰茂實奚不指河潼而嚴警蹕也又欲大康兆人兮嶽翼化淳四海兮嶽布冲和無疵癘

兮嶽奬定禮樂諧神人兮嶽聽今萬邦胥悅四海肅清禮交樂舉人和政（二世化諱）平豈循茲嶽之所致實惟我后之明明又曰斯嶽降神生此多士則庶績咸若百工允釐河東地近領袖既得乎裴公圯上神人帷幄復歸於張氏况業固盤石城維宗子以為肺腑之親更任股肱之理惟邦是翰諒在乎此生甫及申豈惟於彼况乎聖德幽運通天玄（一作至）精山靈附化而開石蹊路非人而自成舊日隘途將帝道而俱泰從來絕險與太階而共平非我后至聖之所感豈能使造化之力再呈至乃紫闕東臨黃河北注嘉氣通於郊野休光被於草木桃林之野佇天馬而來遊蓮花之峯翼華蓋而高度昔禹禪其會稽舜崑丘既江山勞止

徒轍跡空留豈如是歟不遠皇州何云歲時展衎信亦朝夕可遊今左馮郡縣萬方黎獻僉曰吾王不遊吾何以休吾王不豫吾何以助咸傾想於班瑞之辰屬望幸於肆朝之㞑國家頻成大禮天下大和豊穰歲積符瑞日多聖人雖欲行謙光遜讓之禮其如天意人欲何其如鬼神符命何誠可備西封之盛儀採東巡之舊制順三秋之仲月升二華而展祭巨靈贔負頓高掌以扶輪仙廟虛佇欲睟容而醉衛尋可封十狀之美盡遲陛七梯之勢命茲毛女執左纛而先驅策彼茅龍隨六馬而高逝坐金機於雲表題玉冊於巖際象楊與珽壇共華石皷將天聲俱厲如是則鴻猷振於萬古盛烈光於千帝然後臨大河而沉璧更秩

於百靈肆東洛以迴鑾永延於億歲已而歸格藝祖道洽華胥更崇太室之事復率東岱之初遂就恒山而展禮望衡嶠而移車聖主功成永穆羲皇之化小臣多幸敢獻登封之書

文苑英華卷第二十七

文苑英華卷第二十八　　賦二十八

地類四

華山賦并序　楊敬之

臣有意諷賦久不得發偶出東門三百里抵華嶽宿于趾下明日試望其形容則縮然懼紛然樂蹙然憂歆然嬉怏然欲追雲將浴乎天河浩然毀衣裳睎髮而悲歌怯欲深藏果欲必行熱若宅爐寒若室冰薰然以和怫然不平三

復晦明以搖其精萬態既窮乃還其真形骸以安百鈞去背然後知身之洽而見其難焉於是旣留無成辭以長歎脩然一人下于崖金玉其聲霜雪其顏傳則有之代無其隣姑射之神蒙莊云始不敢視然得與言粲然笑曰用苦之求周大物用君之智窮無端三四日得無顛倒反側於胷中乎是非操其心而自別者耶辭然喜若之專而教若之聽無多傳

嶽之初成二儀氣糊一作凝其間小積焉爲丘大積焉爲山山之大者曰一作爲嶽嶽其數五寻尸其一焉嶽之尊燭日月居乾坤諸山並馳附麗其根渾渾可流從禹以來一作從南而來自北而奔姑射九峻荊巫梁岷道一有之字之云遠兮徒逞

而寘嶽之刑物類無儀（二字一作不可階）其上無齊其傍無依舉之千仞不爲崇抑之千仞不爲卑天雨初霽三峰相差虹蜺出其中來飲河濱（一作湄）特立無朋似乎賢人守位北面似乎（二字一作而）爲臣望之如雲就之如天仰不見其巔肅阿芊芊蟠五百里當諸侯田嶽之作鬼神反覆蛟龍不敢伏若歲大旱鞭之朴之走之馳之井雨灡（一作爛）漫百川東逝千里而散噫氣蹶不（一作然）怒乎幽巖漸於聞（一作漸于人間）其聲瀏瀏嶽之殊巧說不（一有可字）窮見于（一作乎）中天涬涬而掌嶻嶭而蓮起者似人伏者似獸坳者似池洼者似臼歆者似弁呀者似口突者似柜（一作鉅）翼者似抱文乎文質乎質動乎動息乎息鳴乎鳴默乎默上上下下千品萬類似是而

非似非而是其無（一作乃）繕人事吾焉（一作安）得畢議識子（二字作令）作帝耳目相其聰明下矚九州在宥群生初太昜時其人俞俞其主人者始乎容成卒乎神農中間數十君姓氏可稱其徒以飲食爲事未有仁義時哉時哉又何（一作曷）足溢是後敬乎天成乎人者必闢其心假其神與之齡降其人故黃（一作軒轅）有盛德蚩尤爲賊生物不遂帝乃（一作軒轅）用力大事不可獨治降以后牧三人有心列火就撲其子之子其孫之孫咸明且仁雖德之衰物其所（一作處）宜繇夏以降湯發仁以王癸受暴以亡太（一作甲）戊誶劍不敢有加唯遵（一作道）其常享國遂長天事著矣莫見乎高而謂其茫茫予受帝命億有萬歲而不敢怠遑（臣）賛之曰若此古矣祖矣

大矣異（一作廣）矣富矣庶矣駭矣怖矣上古之事粗知之矣而神之言又聞之矣然神起居於上宮室於下（一作上）如此而（一作之）又矣其所見何如也曰見若咫尺田千畝矣見若還堵城千雉矣見若杯水池百里矣見若蟻蛭臺九層矣醯雞往來周東西矣蠛蠓紛紜（一作紛）秦速亡矣蜂巢（一作窠）聮聮起阿房矣俄而復然立建章矣小星奕奕焚咸陽矣纍纍繭栗祖龍藏矣其下千載更改興壞悲愁辛苦循其上矣（臣）又聞云（一作曰）古有封禪今讀書者云得其傳云（一作傳）（有失其三字）語言券（一作紛）綸於神何如也曰若（一有知之乎三字）聞聖人撫天下（一有哀天下三字）既信於天下則因山嶽而質于天不敢多物若秦政漢徹則率海内以奉祭祀圖福其身（一作已）

故廟祠相望壇墠迤邐盛氣臭夸金玉聚薪以燔積灰以（一作如）封天下怠矣然猶歉歉（一作慊慊）不足秦由是替（一作雄）漢由是弱明天子得賢者在位能者在職廟堂之上垂衣裳而已（一有於字）封禪存可也亡可也

第二（并序）　達奚珣

太華之山前成四面方直者五十餘仞盖嶽之雄也往因行邁望之不及今來何幸作尉于茲因而賦之以歌厥美

華山惟嶽群嶽之雄天開厥狀神致其功昔與襄山連岡不絶河水長注橫流曲折神元再造拓崖而兩分仙掌常存倚天而廻列其後多歷年所至于夏王窮地絡正乾綱緑甲之功既就元圭之業有光定我祀典因爲舊章同夫

三事偉哉煌煌徒觀其倚伏而起削成而峻作秦塞之高標爲豫州之巨鎮其南接楚其北瞻晉欽乎數都之間豈惟直上者五千餘仞遠疑將適近若將騰氤氳綠潤霮霽青疑發地壁立連天石稜披重霄而自致與元氣而相陵旁望群山兮盡爲幽側猶夫南面兮用資峻極巍巍乎掩夏雲之奇峰蒼蒼然合秋天之正色近壓關輔載樞京國此其所以爲嶽者也若乃人寰不遠勝氣常清石含古色泉落秋聲懸一作層巖蔽巇謂乾坤之闔闢洞壑幽邃泛霤雨之濡盈怳怳乎又似龍虎潛伏鬼神含精伊彼崇林望之盡目參灝氣而森秀倚斷山之揰矗仙草殊品靈花異族不以無人而不芳香風麗乎函谷皆負靈造是潤是贖

其物靈繁故難詳鞫蕭條世俗髣髴神仙玉女明祠星壇尚在羊公舊室石榻常穿霧雨迷處雲臺巍然則知大象所存何有於古列真攸萃牟獨於先國家南正司天北正司地人神不擾方嶽定位森森象設之若生憯憯威稜而可畏宗伯制禮巫咸視事殺氣每發騂剛必備蓋所謂敬而無黷厲夫精意此則邦之禮物也受命如響依人而榮攸歆盛德載答嘉生不愆旬時作爲雲雨白漿既挹黃玉斯覩隤止如山永康中土此則神之叶贊也物披山嶽非無壯麗或隱峯於群嶺或結根於荒裔空聞象外之談何貴人間之世而我直兩都之大道當三條之正中偏近日月高謝紛濛通天之氣成天之功鑾輅常幸聲明有融能事無爽揚言莫窮舉天下而爭長故難可比而崇

掌上蓮峯賦以題爲韻　呂令問

衆山邐迤曾何足仰未若大華崒爲之長削成三峯壁立千丈伊昔太虛結而爲山伊昔巨靈拓而爲掌擘開元象崛起原疑作厚壤當少陰而德合秋成據丁酉而氣涵金爽深沉其色藹蓄其狀雲霞不映而其勢彌雄塵露將裨而其高靡讓掌形仙蹤石容天壯雖造次於自然若鑴磨於意匠晦夕霧而群峯乍隱煦朝陽而衆壑相向繇是考圖藉高爲四嶽之先聘靈奇勢出九天之上若乃雲揰羽蓋鶴掛飛泉危峯並吐巨掌高懸異蓬萊之鼇泛海若崑崙之柱承天清露降零小爲盤而仰漢陽烏假道疑覆日之

孤蓮不但子先之霓裳時見羊公之石榻仍全況乎運啓皇家應河源而降望豈比詩歌周德美嵩甫之生賢者哉既而嵐氣霽媚煙光晚濃林巒一色邑嶂千重想清虛而可覩歎攀陟兮無從歌曰苕至滑兮石無蹤道不可得仙不可逢儻賜一丸生羽翼願輕舉於三峯

華山仙掌賦以化作有端遥存麗壯爲韻　尹樞

覽削成之峯見靈掌之狀拓跡崇岫據奇疊嶂迢亭上竦赫奕東向高蹤可覿猶存二華之間纖指遥臨遠躡重霄之上爾其依峭壁據叢巒排物外撫雲端羽客遐指都人竦觀據開闢之殊致若騰陵而上干惟昔巨靈啓斯太華拓崇崇而喬嶽西靡泆浩浩而洪流東下故能遵八川安

萬化幹厚土存中夏姜嫄歆於帝武跡可相倫伯禹導於龍門功亦齊覇厥道可遵厥狀斯存仰摧天漢遥臨國門運蓦高生如將搴擷桂枝傍倚狀欲攀援試其搜於玄造諒遺跡於坤元若乃傍拳宜蒙上指寥落右倚岑嶺左臨絶壑紛詭狀之無朕諒神功之有作星塤未没必俟於捧持否皷常鳴庸非其拊搏掛之永久斯爲不朽嗟列嶽之所無小終南之何有喻天地唯資於一物拯沉溺豈藉於煩手常抗跡於介丘乃遺芳於崇阜依乎泬寥揭彼嶕嶢聳屼屼於千仞擢纖纖於九霄折若華於碁景捧麗日於猜朝既瞻眺之無斁望提携之匪遥共仰瓌姿徒懐壯麗如排霧雰似拂昏曀遐窺巨跡猶存體物之辭廻瞰崇朝暫寫凌雲之勢

仙掌賦以指掌極瞻峩然秋碧爲韻　喻鳧

行盡煙蘿仙峯隱嶙兮高掌巍峩無得而踰扼金方之險固不言而信指秦地之山河覩其鼎巔削成金岑遠蹠幹開元氣剖破凝碧五千餘仞兮似假扶持百二之都兮如能指畫每旁瞻望徂秦適洛之人誰可攀援駕鶴驂鸞之客勢比捫天形標一拳旁臨而靄靄無際直上而巉巉克全稍謂動提帶長光而耀若如同拊擊閧石皷以轟然可以引羣生麾八極孤標承露之狀想蓄披山之力霽雨飛盡見毛女同掌上之人嵐岫叢分封蓮峯爲握中之色勢孤聳於巖巖形不類於纖纖圻煙霧以斯出控關防而可瞻夕清而冊桂輪兮疑將棍佩晝短而六龍駕逸似欲攀髯攀攫難窮規模酷似莓苔剥緑以盈握葛藟駢青而繞指因鑪裂以文成偶歎空而脉起齊大道之悠久挈坤維之綱紀有客西遊時當凜秋始憑軾以遐眺惟攀雲而寫憂吾聞太華中立黄河西流有巨靈兮受天之命擘奇峯兮裂帛斯柔故得一帶東引致洪濤而直注千尋西峙標異跡以長留况乃豫鎮稱雄秦城是仰沉潛之右臂斯見示化之前蹤可賞豈非大壯皇都制遐荒而示諸掌

第二以白帝西下黄河北來爲韻　房元洛

造化巍巍表迹西夏蓄巨靈之鼎贔擇雄峯以照寫廻抗群嶽旁臨九野誰謂河廣我則視之於掌中誰謂山高我

則數之於指下駭乎哉當其清濁未判兆朕未彰孰謂其宰廓此殊常奠峻嶒之葱翠分靈掌之玄黄直指無虧受金莖之勁質如山不動合仁義於聖王爾其雲散天澄煙消雨霽旭日暉映陰崖虧蔽狀若拍紅霞之霏微捧青霄之摇曳察其迹也雖見於東峯混其嶽焉是配於秋帝及乎蓐收謝玄冥格日彩寒霜氣白上捫星漢左控虞虢南聳群嶺北臨廣陌將招泛槎之仙如指迷途之客至其嵐翠朝鬱輕雲夕過桂影依稀而流照松風髣髴而翕和時也靄靄溶溶疑掩氷紈之被蒼蒼冪冪如揮舞袖之羅功洽於人則擘太華拔長河俾安流而不極適徂東而自北千古獲其永賴兆庶階於壽城同彼補天之功陋其拔山

之力然而山匪我開功匪我裁班𠛬今古任質徘徊人之睹也因似而生意靈之契也得究其從來風物已淒我來自西騄高掌之隱嶙思元化之端倪頹秘駕以攀覽庶登路而見攜

晨光麗仙掌賦以有如攀青天捧白日為韻　潘存實

晴天既曙峻嶽疑青仰熙熙之旭將吐見高高之掌呈形假彼晶光庶有分於清濁挺茲秀異示無雙於杳冥煥矣而昇岩然相射浮艷華之爛爛靡大虛之奕奕寫乾坤之麗色先覺曈曨廓煙霧之餘姿轉見明白疑參若木似圻芙蕖杲杲之容漸積慘慘之狀不如下映而千巖共曉上照而丹霞共舒影曜人間每當瞻瞻之早跡居物外長承

煦煦之初照照以臨峩峩莫匹向空凝彩若月下之對金莖遠指流輝異樓上之呈素質既炫晃之旁達亦孤標而獨出幸當清淨之晨免敵沉陰之日佳氣或爍朝雲不還發明媚於紫霄之際擎彩翠於碧落之間自彰和朗寧俟躋攀遙揮六龍迴臨萬有初分焜燿訝髣髴以成文俯掬清光信爛漫而入手則知事不自奸理資相鮮因流光德獲照金天想清風旁來宛其穆若視晴景中駐何愧峯然故得無私功溥潤色道全當八極洞開之次明二儀交泰之先豈獨擘洪濛而干造化設形象以配神仙而已哉於是靈蹤長聳日華長捧不然何群山邐迤而相奉

巨靈擘太華賦以神力所作開山導河為韻　闕圖

太華崔嵬伊巨靈兮其壯哉挺高掌以遐舉擘孤峯而洞開功侔造化勢越風雷劃千仞之巖巒屹從地裂決九河之波浪杳自天來昔者混茫是生磅礴惟神無朕配天有作念彼流之未通顧茲山之可却將以闢迢遞正嶄鑿愾怒贔屓注情嶙峋謂鈞鼇不足以駭人鞭石不足以騁神心而再定川原應手而別開林壑靈意將神雄稜益振蓄指揮而疊嶂知改聆睞而三峰可新然後擺臂效能端身任力捫蒼靄以天半折翠微於月側若百神將萃而潛助二儀欲判而未息嵐光兩向循連松栢之聲黛影中開已斷雲霞之色豈不以闕形幽默拓跡巍峩致用而扶持天地程功而變化山河分積翠於空中千年軌漢啓通津於

指下萬里騰波豁丹崖於天阻呀峭壁而相距勢且異於而傷力自弘於一舉截仙子幽棲之洞壯王者建都之所蓋以神開壽域靈固人寰廓峻極於倏忽標削成而險難起大禹之理水小愚公之移山竹箭波中路竟深於導達蓮花峯外跡終寄於躋攀是知事冠杳冥理歸玄奧否有時而分裂水有時而疏導信乎宰物者之使然非人情之所到

謁華山嶽廟賦　姚幹

沐蘭湯兮同之子采白蘋於南澗羞府君之明祀祠肅肅兮山之下神萃萃兮凜千古辛夷楣兮葯殿房載雲旗兮駕虬虎澹闕宮之瀏㳂紛進拜於軒宇靈連蜷兮既留矛

蹁一作徧躚而屢舞頓馨香而嘉薦豈神祇之或吐精享既
周歷勝飛骍東拓巨靈之掌北控長河之流殷其雷也寍
示口於㬎贔成其物也配祀典於清秋豈徒三峯峻秀四
面若削翕萬壑以雲騰飛長天而雨落將有開之必先實
明神之攸作則神也無私正直自持禍淫福善幽鑒無遺
余總角之年每專精於書圖洎乎既冠之日亦切磋於文
詞謂一飛之摩昊胡十五之遊悲聞至誠之必應何功名
之太遲豈媚竈而先獲寧守道之後時神乎神乎莫使心
疑我后之文思望賢如調饑礪乃鋒刃以俟鹿鳴之時收
片玉於宗伯冀神兮無我欺

文苑英華卷第二十八

文苑英華卷第二十九　　賦二十九

地類五

日觀賦以千載之統平上去入爲韻　丁春澤大歷十年東都試登科録作丁澤

日之升也浴海而麗天嶽之峻也切漢而蔫邊登高者以
致九霄之上愛景者欲在萬人之先其所惟一其仍惟千
伊風靈之有載彼日觀之存焉夫其夜刻未終曙色猶昧
彼窮高之極遠此有進而無退未辨昏明斯分覆載屢聞

鳴鴈猶陰沉而不覩忽聽晨雞即曈曨而可愛於是漸出
暘谷將離地維巖巒既秀草樹生姿氣則赫𧡮疑作赩人皆
仰之其望也如燭其照也無私昔者帝王御宇立極垂統
封禪及此成功巡狩應其春仲莫不登茲絕頂遐矚大明
思煦嫗之義窮造化之精以爲日象一人之德嶽是三公
之名信王侯之設險俾夷狄之來平方今一德無爲三光
有象動植昭泰神祇肸蠁千品瑞色思效祉以愛疑升萬
壑春雲欲入封而空上客有才泛羽儀心思騫翥每積聚
螢之志難登望日之處引領終夕含情達曙如疑作知照燭
之有期故躊躇而不去重曰日有觀兮絕代獨立登之望
兮無遠不及何太陽之至精莫不專於出入

第二（以科對杳冥中宵見日爲韻）
泰嶽東南峰開一室傍接天路低臨曉日陰埋玉兔動霄漢之微明曉報天鷄越氛埃之逈出初其暝色葱蘢懸崖倚空獨出清虛之外遥分莽蒼之中隱霧猶白經天漸紅披草樹以燈亂耀波濤而血融及夫林嶺寒消煙雲色變星河寥落以初沒峰巒邐迤而徐見火動山頂輪移水面穿暗隟以飛鏡歷幽窻而走電至若門宇蕭條霜空沉寥晴開曙景暖入殘宵楊晶彩以艷艷散芒角而飄飄露洒交薄風牽影搖觀夫望極天涯生從地表扶弱木之歷歷出窮陰之杳杳萬壑收暝千巖送曉消古砌之晴雲動寒庭之宿鳥遥空吟滑傷寸晷之難留碧嶂岩嶤望孤光而

漸小教（疑）地生疾騰空影斜氣亂山燒光分水花絕壁孤危覺靈海之津狹炎輝咫尺信長安之路賒既而背陽谷以徐來泛圓靈之不凝蒙水氣以珠暗露松陰而碎碎霞色收錦天風歛黛披雲闕之斜視谿天門而俯對依簷乍吐威生齊魯之間過嶺逾明煦及草茅之內由是遠挂寥落高辭絕溟萬象焜煌而畢照六龍夭矯以無寧安得足踏聳峭手扶青冥陳白晝之苦短請陽烏之暫停

群玉山賦（以廓功峻登適招外遊爲韻）　喬潭

穆王與偓佺之倫爲玉山之會乃御雲輦張華蓋飛龍驂驂和鑾鐵鐵鏘呂清蹕傳虛籟忽兮超遥漫若天外於是乎徙倚西望透迤北遊汎弱水躋瀛洲析若木以爲珮采琅玕以爲羞俾幽荒窮僻有車轍馬跡經銀臺而右轉肆王軟以東適停羽儀乎此中觀偓聖之圖籍既而浮莽蕩躋崚嶒神靈儼其高會客衛紛其上騰若光若滅賁然來登觀其亭亭太虛不可彌度石室靈造玉堂天鑿寶牒有融仙經惟錯蕩青簡兮緑字煥瑶緘兮金絡護以虬龍拂之鸞鶴爲列真之策府亦太乙之延閣覽之而群聖會同接之而萬古昭廓且藏書爲寶鎮物爲雄小石林之峭峇陋玉樹之青葱赫矑矑高崇崇秘精義乎其中何必登隱坌（按莊子篇登隱弅之丘當作弅）拜崆峒挹方壺而訪道歷泰望而爲功者哉至如窮地之險極天之峻疊素九成攢花萬仞非神轡之六駮孰能倏而驟進或歌之曰彼天子兮塵外鑣登靈

臺兮意飄飄吾君得道兮輿於是不日求兮自逍遥以石渠爲群玉之處幸校文之見招

海門山賦（以峭立如門古無易爲韻）　周鉞（一作鍼）

大壑天接雙山闢如作鎮而巍我對峙象門而中外皆虛圻萬仞於長霄共持神秀納八紘之積水開闔靈君合杳龍蟠連延壁立懸崖嶄崪而不動駭水喧豗而自急每使盈虧之月向裏升沉能令早暮之潮由兹出入故得周天柱作海門峻軋空碧高城混元奔疊浪而若容車馬抜跳巒而似列藩垣當晴晝而纖露谿開（一作明）太吞江漢值陰霾而濃雲交翳暗鑠乾坤外布雄稜內施巖嶠波聲相切以澎湃山狀並分而竦峭呀吳呻越摠舟檝之隄防發電

興雷轄魚龍之衝要岌岌崇崇横西截東風濤莫氾乎永
固天地將齊乎不終況乎據是水德鑿非禹功海若抱關
於其側陽侯擊柝乎其中彼岱輿因顛項漂流太行爲愚
公遷易一則屹要道而徒在一則滔洪波而何適未若是
山也專百靈捍禦表群聖光宅吐晴虹以爲楣森古木以
成戟故能咽喉水府掩映仙都長鯨透而謂呈魚鑰曉日
照而凝落金鋪以嶽而言巡八州而何有以門而一作爲視
指三海而則無異乎勢壓坤維氣連淮浦作巨浸含弘之
闔爲百谷委輸之戶所以知開闢之玄功豈止亘億齡而
窮萬古

土積成山賦 以貴其不已成此崇高爲韻

彼山之峻兮禀氣而成此山之峻兮積壤所營何人功之
彙聚致丘壑之峥嵘始假一杯已見進吾於往終成九仞
還宜景行而行當其率性作勞因高立趾將覆簣而可久
念極天而有俟道既長而彌專力雖勤而未已於是資地
勢建土功區區而日不暇給矻矻而樂在其中以不拒物
爲心因成高大以不讓塵爲德遂致窮崇所謂從微而至
著有感而必通致峰巒而因人立跡侔造化而與古争雄
故得日就月將天長地久小既資於坎窞大豈遺於培塿
匪辭形倦將欲必致於雲霄所冀道成亦以兼容之妍一作
奸非不有始有卒乃勞乃勤依依漸長日日增高以力爲謀
比大不唯於熊耳將勤喻學成功豈謝於牛毛是謂積小
以稱奇裒多而爲貴既稠疊於委輸亦縱横於經緯則聚
米者故不足云累蕢者於斯殊未所以塊然凝質崒爾成
姿千峰可數五色無遺以此驗巨靈之神誠爲怪也以此
想愚公之事亦可悽其別有十載施勞三冬卒是常負荷
以相勉每勤求而自揣所冀必成無虞中毀儻若因我而
出雲庶亦降神而在此

聚米爲山賦 以習知山川之險易爲韻　蔣防

至精者米至大者山伊巧心之可化諒措手之非艱始聚
之時雖未離乎掌握象成之後若可極於躋攀昔馬援以
炎徼未賓雄圖是急爰請兵以薄伐將越險而深入懼君
意之未明陳地形之久習既而辨襟帶分郡邑雖蠻貊千

里亦可圖於寸眸岡巒萬重誠不過於數粒方高高而仰
止異層層而俯拾遠近忽其亘分東西俄而至立寫載既
宜規模罔僭雪峯競聳雲嶺交連初疑插畝之糧尚班于
地漸似如坻之庾欲峻于天笑覆簣之難進訝高陵之遷
遷起自纖微有類積塵爲嶽終非奇幻那同畫地成川且
堅而不動者山之常遠而可識者人之智既分銖於忖度
得道路之險詖所謂喻大於微圖難於易事非同於積累
跡豈涉夫詐僞故得戶牖不窺要荒可知積廩於增麗因
陳而究奇縮地勢於撮土之間孰云見小備山形於握粟
之內何慮功虧近可得而立驗遠無勞於坐馳經營若神
不媿巨靈之跡融結隨意將符真宰之觀至矣哉曲盡人

謀詐觀地險非群王而王彩争光異落星而星芒亂點然
後師干可試隘害可期不假斗筲之筭因成指畫之資念
彼愚公誰肯與其進也徵夫良將吾當學以聚之

第二以明知險易兆敵成擒爲韻　獨孤鉉

有山負固兮遠不可窺規模之於米兮了然可知象在其
中則遠而視近積而能散故高以就卑所以舉一隅而必
狀挍一溢而增危峙乃糗糧始覩必盈之積塵其糠粃俄
分不讓之爲爰將取法非曰作僞初識聚米之夫及爲樂
山之智同遠近無拔虬之患殊輕重去壓卵之易善於陣
者謂我幄內師謀昧於事者謂我軍前兒戲於是高卑殊
狀巖埊幷闢爰分杵臼之資寫彼丘陵之積持一撮之多

謂能作固迷方寸之地已疑見敵撩量皷者早訝於拔山
充糜粥者旋驚其茹石若其似朽疑駭如呀欲平防之於
十手所指負之於五斗而盈無還三十之車侔於造化酷
似五千之仞勢亦崇成且夫或以筲藏年疑箕歛搜其存
稟之實屹作𢍰邦之險削培塿而散帚呈功吐嶔岑兮括
囊未掩於是太白忽峙玉山宛呈撒持兮陰靈乍泄轉捧
兮雲掌俄生偕病馬之岡莫知其遠指亡羊之路不見而
明然以小方大布新除舊有懷徇盜之虞無辭蟻壞之漏
爰謀爰度方同數米之人爲岡爲陵不是傾倉之冦是知
進退由已高下在心克盡崇卑之勢難均筲斗之斟勿謂
君前嘗巧事外求音功早登於九仞虜何逃於七擒

禹鑿龍門賦以利濟生人功存聖德爲韻　陳山甫

控引河源鑿山爲門闢兩崖而龍蟠虎踞飛一帶而電激
雷奔所以極疑作拯流離於品物佐含育於乾坤邈矣而高
蹤斯在巍然而詭狀斯存昔夏王披簡授圖盡力溝洫萬
方附會以恭命百工子來而奉職畚鍤具而勢壓風雲嶽
岫分而狀成闔闢波濤有路無非汲引之功鱗介攸居咸
被生成之德異夫屹爾崖巘張爲閈閎懸流赴勢以中注
巨石乘危而下傾拉蓁林而山靈叶贊廻大壑而水怪奔
驚故凝滯者得以流其惡昏墊者得以厚其生當其相地
所宜兆人攸利山峥嵘而洞啓水噴薄而俄至湯湯浩浩
俱成畎澮之流原隰陂池皆爲生植之地道邁前古芳流

後塵豈不以開濟之功莫大通流之用如神龍躍新渚魚
迷舊津四載之勞終成於舜日九年之患空娩於堯人始
也設以規模不資鈐一作鈴閈雲橫結駟之狀浪走高車之
勢廣濫觴之運水無不通裨造化之遺人無不濟茂績崇
崇與流無窮豁岩峣而分遠碧來浩渺而寫晴虹不愧錫
珪之命寧慚拓土之功是以羲軒等美唐虞齊盛故當煇
爍於帝圖不然何以應千年之聖

五丁力士開蜀門賦以蠻國聊開遂通人俗爲韻

伊山爲蜀是曰蠻俗惟天俾秦厥生神人拔長虵而顛
闢廣岫之嶙峋在昔襄斜未通荒獎異域彼爲夷國物產
難究封疆罕測秦將欲齊其南冠其比張儀於是度其勢

量其力假牛之計斯設饋女之功是克蜀王乃命力士闢
高山貪功饕餮志（疑作忘）情險難（疑作雖）捫峯巒於日側扶阤
蜮於雲間將以砥嶄崒等躋攀振衣而力抗千嶂攘臂而
威陵八蠻俄而白日蕩摇玄天忽霍鬼哭神怨風號霧廓
怒髮森植雄心震躍灑珠汗以雹散噏星眸而電落將欲
斷煙霧排嵒崿謂巨靈之所拓躡重林廻絶壑疑夏后之
所鑿吁可畏哉砰𨍏若雷虎視五嶽鯨吞九垓徒見其谿
若谷嵯若堆横隱嶙直崔嵬大應心踏高隨手摧江標峻
棧之形呀然地裂闕闢高峯之色豁若天開已而後患方
啓前心莫遂喧闐兮乍進綷䌨兮邐迤而全收蜀地道路無
阻閼孔有備聞五丁死而蠻黨移一逕通而秦人至雖共

工之勇將觸也非雄雖項籍之力將拔也寧同曾未若擘
秀嶺駭蒼穹今古攸賴華夷是通羽毛髻死以填谷草樹
驚摧而墮空遂使鞭石之帝移山之公壯志雖奪莫不慕
其英風

愚公移山賦　　丘鴻漸

止萬物者艮含萬彙者人艮爲山以設險人體道以通神
是知山之大人之心亦大故可以議其利害也昔太行聳
峙王屋作固千巖糺紛萬仞廻互蓄氷霜而各夏凝結源
流聯而飛泉積素爰有諄諄愚叟面茲林麓儈彼居之湫
隘懲初寒之慘毒激老氏之志且欲移山當笄亥之年寧
憂祝木乃言日月無私照也山則蔽之春夏無伏陰也山
則藏之傾阻我比屋擁閼我通逵我將拔本塞源使無子
遺得則爲功之美否則爲身之恥終當貽厥孫謀施於異
子於是恊室而一乃心力荷擔而三夫傑起畚斲斯備其
功聿脩于澗于沼爰始爰謀一之日土墾石鑿二之日崩
崖隕嶺三之日夷峯彌壑雲林摧以盖偃火石迸而星落
爾其洞穴埋塞陰陽以衍交錯飛禽走獸魄慌氣懾而不
復巢居穴託王喬偓佺低佪頻蹙而無所驂鸞駕鶴山神
操蛇聞之乃壯其功深其計將懼不已先謁于帝命夸蛾
二子發神威振猛厲始將怒目决背終欲飈舉電逝遂乃
斡磃峷挾崔嵬下拔乎三泉上衝乎九垓突兀雲動磅礴
天廻遐投雍朔而不負來世人始知愚公之遠大未可測

已夸蛾之神力何其壯哉儻若不收遺男之勑荷（疑）從智
叟之辨則居當困蒙往必遇蹇終爲丈夫之淺今者移山
之功既已成河冀之地又以平則愚公之道行客有感而
歎曰事雖殊致理或相假多岐在於亡羊齊物同於指馬
我修詞而忘倦彼移山之不捨吾亦安知夫無成與有成
諒歸功於大冶

文苑英華卷第二十九

文苑英華卷第三十　賦三十

地類六

林表吳岫微賦一首　大孤山賦一首
窓中列遠岫賦一首　山呼萬歲賦二首
沃焦山賦二首

林表吳岫微賦　冷朝陽

楚江之陰巖壑重深參差遠岫掩映遥林帶殘霞之隱隱含暮景之沉沉聳孤峰之萬仞擢喬木於千尋仰之彌高倚青冥而直上瞻之彌遠疑黛色而傍臨窓微明而可見雲出没而無心微雨新晴陽烏乍曉芊芊芳樹歷歷飛鳥森羅廣澤之間半出重林之表天高地遠混煙靄而難微虎踞龍盤等衡巫而不小形標逈漢勢壓全吳衆鳥所託群仙所趨林隔岫而相映岫依林以相扶幽蘭所生知其芳矣仁者所樂不亦悅乎春思感於春林遠情馳於遠岫心悠悠以遐想色遥遥而層構度材任土挺翹楚而敷榮藴玉藏珍分巘崿而增秀信乾坤之覆載承雨露之繁茂當峻極於長空豈蔽虧於側陋蘭青青兮雨霏霏望鄉路兮吳山微折芳懷遠兮送將歸桂枝片玉兮生光輝

大孤山賦（并序）　李德裕

余剖符淮甸道出蠡澤屬江天清霽千里無波點大孤於中流昇旭景（一作日）於匡阜不因佐宦豈遂斯游謝康樂尤好山水嘗居此地竟闕詞賦其故何哉彼孤嶼亂流非可儔匹因爲小賦以寄友朋

川瀆蠛道人心所惡必有穹石禦其横騖勢莫狀於灔澦（蘇軾灔澦賦其本此乎仰偶合也）氣莫雄於砥柱惟大孤之角立掩二山而礫竪高標九派之衝以捍百川之注眈若虎視蝤（一作蚴）如龍攫靡挫巨浪神明之所扶不倚群山上玄之所固彼邐迤而何多信嶷然而有數念前世之獨立知君子之難遇如介石者表楊制横流者李杜觀其側秀靈草旁挺奇樹寧憂梓匠之斤豈有樵人之路想江妃之乍遊疑水僊之所（一作或）駐嗟瀛洲與方丈蓋髣髴如烟霧攫神鼇而䖮䖬逐風濤而沿泝未若根連坤軸終古而長存迹寄夜川負之而不去雖愚叟之復生焉能移其咫步

窓中列遠岫賦（以山遠而見如在諸掌爲韻）　張仲素

仁者静而自閑高其居而閉其關爰開窓以列岫若施障而圖山邈彼黛巘當於其間至若虛牖洞開連峰向晩雲無心而逈出鳥厲翼而孤返初疑鏡裏覺萬象之俱深又似壺中見三山之尚遠洎如雨歇原野風開薄帷天道不窺而自見山光遥麗而增思謝守臨齋以觀詠之不足陶公開卷則知室是遠而若薜蘿之在眼（見靈運詩）方坐嘯而揖顧杳杳雲峰既自中而翫矣蒼蒼海嶠亦孔昭而見之况復彩翠之容朝（氏曰）是變將避俗以無悶殊近知而（一作之）守見簾光乍入增松雪之微明砌竹旁垂助林巒之葱蒨夫其窓也或飾之以青瑣交之以綺疎想取榮於爾室非助

境於吾廬鑿垣而疊嶂遥列寓目而幽襟必舒偶琴酒之樂只泯色空之谿如且彼植木翫芳者有時而改累土為山者有時而始曷若曲肱隱几幽功倍垂碧紗而嵐氣共凝卷宿霧而翠屏常在是知事有親而逾失遠而匪疏徇利争先之徒固難知也逃名小隱之士或近沽諸亦何必尋赤城之標究蓮峰之掌彼垂堂而是胃此自牖而可賞山中人兮誠不在於獨往

山呼萬歲賦 以大君升中維嶽表祥為韻　前人

天作大室巍乎蒼蒼立極正位含精降祥惟漢武之肇祀聞嘉言之孔彰告盈數以不忒鬱希聲之載揚于時五輅既臻千官畢會望嶄巖之絕壁升縹緲之華蓋排羽衛於

山前刻金石於天外諒精誠之至感致天地之交泰於是騰洪音流翠靄始則類乎雷殷終不因於地籟惟天祚聖谷得一而盈惟嶽降神聲至三而大夫其登封則千古是追峻極而四方是維瑞載光於漢史德且詠於周詩動合休徵有異坻頹之震響合靈祀且殊大塊之噫是時也百神受職萬靈獻功霽山霧收山風福穰穰於宇內聲隱隱於封中且洛迪之微延洪是表因勒成而響答殊卜祝之占兆憑乎物陋石言之不臧錫自天數夢齡之尚少懿乎曶合散乎絪緼邈崇丘之杳靄伊仰止而數聞掩龜格與鳳降軼神光與慶雲獨得乎數千百祀何慙於七十二君稽彼衆山咨夫四嶽或泥金於杳靄或瘞玉於綿邈封並聞夫再三響未効於清濁方今文物芬郁寰瀛廓潞我后充讓謙勤夙興已故如山之壽式當如日之升所以下臣獻頌望翠華之是登

第二 以聖德潛融陰靈效祉為韻　韓鎡

嶽則降神君惟作聖爰膺萬壽之福以奉一人之慶至誠斯感瑞既發於希聲盈數足徵道方期於永命伊昔漢德方至神人以寧展升中之盛禮備昭報之天經休徵是格明德斯馨帝道昌而言作天心格而昭靈諒惟恍而惟惚覺非雷而非霆若自觀心數已超於卜祝匪因騰口事全過於夢齡肖異石言方承帝祉人君肅穆以傾聽群后左右而驚視訝寂寂以無人每洋洋而在耳數惟萬式彰悠

久之期呼至用表丁寧之旨瞻彼維嵩極天比崇明神是處應感潛通降喜聲於碧嶂遵容命於玄穹慶彼盛時巖嶺且聞於隱隱暢茲和氣人心盡樂於融融天既輔於無親神方降於有德在聆響而昭異裨聲明而莫測孰謂乎不識不知曷昭夫或語或默懿其發茲大號騰彼弘音徵谷神之虛宅振山水之高林周流崖巘散越嶔崟和清風之遠韻疑翠靄之層陰若非報地承天恪慎克孝洋溢乎德澤布濩乎聲教則何以跡追三五之蹤歲表千千之效囂然震盪忽爾沉潛儼翠華而將下仰太室而迴瞻至矣哉斯前代之盛事惟我后之能兼

沃焦山賦　吳融

域中公子問於方外先生曰蓋聞水之大也下環乎地上浮於空無象無邊夷猶洪濛百泒千流皆歸於東何巨溟之深也萬古能容何九州之高也不淪其中先生曰渾沌死乾坤始東西傾川澤委帝乃慮海旁溢俾山中峙復孕以火用銷其水化沃焦之為義真宰之元吉者也請言其狀也嶤乎峷乎赫曦乎翕赩乎陰陽熾炭天地開鑪景風鼓吹赤帝規模成於妙有接彼虛無處冷能熱雖燔且濡於律則黃鐘取法在易則既濟相符岐崦（一作陂陁）兮壓海萬里鴻洞兮烘天一隅液馮夷軋天吳鱗介既難以潛伏草木安得其芬敷巨靈不能擘畏其爛手愚公不能移憚其焚軀靈漲疑竭大室若枯爾其水之來也浩浩爭奔滔滔

不住蹴嶽推阜跳天沃霧暘谷無地扶桑失樹雷奔潮走雪飛沫聚吞吐造化浮沉朝暮一歸塘（列子渤海東有大壑實無底之谷名曰歸墟初學記作歸塘）之積積既久而還盈一尾閭之洩洩不供而旋住苟彼不為煎熬何物當其委輸公子曰夫萬物之是非也當務所見無矜所傳不見五嶽各司一邊蟠地極天吐雲含煙王石產其下豫章森其巔高高下下綿綿聯聯方面是傳祀典是先故無事則備王者之巡遊焉有事則為國家之關防焉彼沃焦者存耶亡耶不知夫去中國幾千其說何邇其功豈然先生曰古不可以今論遠不可以近識至於先賢先聖有功有德或始火化或始粒食或衣裳兆民或棟宇萬國其人豈見其道何極但日用而不知固

神化之難測抑又人之為意見類則不惟聞數則不驚只如峻烏玄兎迭代虧盈迅雷烈風無形有聲北冰不泮南雨無晴方諸向月而水出陽燧映日而火生鵠知半夜雞辨五更螟蛉化而蜾蠃負洛鐘鳴而蜀山傾譚如詭妄驗乃彰明儻非目擊皆必力爭如沃焦者茫茫靄靄存於物外屹溟漲以獨立無丘陵之相帶何地能勝惟天粗蓋棄災是彌禹功是賴但以遠而不見貴以近而不見大何異乎曾參冠百行之首出四科而不載姬旦有再造之功為三監之相害有以見深藏若虛明道若昧只如高稱日觀靈號天孫曾瞻所重充鎮攸尊能攻善惡業召精魂何益跖壽而幸何顏回夭而冤何富慶何貧原靈猷出何遭覊

縻之困海鳥來何獲鍾鼓之喧觀其倒置孰為司存又如太華隱嶙上五千仞碧蓮若插高掌如奮然而設關太東為城太峻苟一夫可守四塞可鎮終使險易恃而固易憑而令驕易生而荒易徇懼則能安逸則成釁又如嵐浮紫蓋秀擢朱陵北渚下壓南箕上承然而聚鬱蒸限嚴凝鴈不可度人何以登其禍聖賢也則帝舜之遊不返昭王之死無憑其殃忠讜也靈均有葬魚之痛賈誼有占鵩之徵是非不辨正直何稱徒聞金簡玉書以為眖九向九背而自矜又如幽并之墟畢昴之位岧嶤直上磊落相次然而藏趙符於上成無恤之不義產燕璧於中假慕容之神器大蛇蜿蜿兩頭何異嘉穀（管子恒山有穀四種五穫）藂藂五穫何利旁

扶跤扈之黨坐索彤弓之賜胡不懲革而令馴致又如據天地之中央潤河洛之流光名亭壁立壓疊屛張而能降神表瑞呼嵗呈祥控臨諸夏標準四方若乃陳蕃竇武一時忠良爲國除害其謀乃臧不獲天助翻爲賊戕劉聰劉曜恣意焚傷衣冠草莽宮闕犬羊俯折地軸仰絶乾綱漢陽九以遷畢晉南度而尋亡曾何固護自倚青蒼月裏開宮但容童子雲中捻會唯引鳳凰吁其咄哉彼五嶽者長耒一分短以盈尺論名則大責實何益封公封王用珪用璧遂宇崇舘朱殷粉白然識者視之何異沐猴而冠牽牛負軛者耶其次則有非方非嶽亦恠亦神崑崙則樹珠田芝蓬萊則闕金臺銀周王迷之於轍迹漢帝惑之以禮禋

荆山美玉獻不遇君隴山鸚鵡語或陷人嶰谷有竹憏舒不均嶧陽有桐清濁強分姑射何靈如氷如雪巫陽何感爲雨爲雲恠山何恠飛來至越慶山何慶湧出於秦若然則遠者近者大者小者如沃焦之功實冠於天下何以名耶至於南面巍巍安尊定卑建邦設都來蠻走夷其爲武也有干戚鈇鉞其爲文也有俎豆鐏彝齊紈越絮煖必如斯周禾溫麥飽必以時胎化卵育手挺足馳其奉生也有歌鍾管籥其事死也有棺槨幌帷詒予詒孫固本崇基苟懷襄之不止皆墊溺以何之若然者不惟九土潰而全墮抑亦三光蕩而崩離則堯舜禹湯之道沒不傳矣周孔楊孟之文又安存斯況乃上無灌木誘良工之斤鑿下無靈鼈招巨人之釣索不棲翠羽飾綺被之彩錯不孕明珠供魏車之照灼不滋金鐵起兵交惡不穴鱷鯢吞舟恣雇吉凶莫知威福寧作誰衒肹蠁誰藏冥寞所以貞珉翠琰却絶罔錄桂湯蘭肴何嘗約畧固不復邀物以白犬白鷄媚人以靈草靈藥但超世以崔嵬爲普天之銷鑠於是公子愕然如失起而謝曰儵忽之神能鑿人耳目俞盧之術善治人膏肓向者聞衆人之論浩然若涉津之無涯今也聞吾子之論爟然若披雲霧而覩太陽恨不能凌風雲乘混茫央意極觀勒銘其旁噫有名之祀所在感彰至於山魅射影水弩爲劊鴟夷皷怒耕父激揚皆需沃酹不乏馨香何兹山也横絶於萬代不遇於百王將無時如孔子豈獨

行於務光近者泰階未平四郊多壘貳負尚活三苗未殛水仙則多陷齊人米賤疑作賊則半驅妖鬼坐散機杼田拋耒耜卹官困採櫓於野將卒負鬻薪於市霧足妖興雲多陣起既走群望猶懸帝祉豈褒崇之漏彼致災害之如此方今封有功而爵有德小不遺而大寧弛蓋九重深執事者未聞於天子

第二以蕩熱翻空此焉銷鑠爲韻　吳融

海之大也吞乎百川百川不停也海將溢焉伊元化之相制屹祟山之暗然不知乎何化疑作代凝結沉潛積熱廣陂陁高截嵲焰止不死煙生莫絶壚壠兮想二氣之爐中烈熾一作沸渭兮疑九州之鼎下爨當長鯨之皷跳此歘爾以

潛銷雖巨鼇之噴躍，亦倏然而盡鑠，澇若一空，呀如四涸，得非火井通其腹，且𠢐問其穿鑿，當是燭龍蟠其根，又誰睹其照灼，但耗溟渤，自横寥廓，莫不屹屹崇崇，𡟖虛燥空，向曙而晴霞助赫，連宵而陰火相烘，如欲以煆鮫室災龍宮，雨霧既難以澤，草木安得而豐，遂使乘槎之人莫敢沿泗其側，銜石之鳥無因棲息於中，是知陰陽之變也，本自相形，動靜之用也，歸於相養，苟喬岫之無作，則柔祇而必蕩，若然者，堯之水不止乎九年之多，禹之功難均乎四海之廣，彼偁神稱仙者有十洲之繁，封公封王者有五嶽之尊，縹緲而雲霓自鑠，峥嶸而日月爭翻，徒充覆載，莫補乾坤，曾未如千仞獨高，衆流皆委，非煎爇之不息，則墊溺而何弭，所在雖遠，厥功難弛，有能光祀典於吾唐，宜褒崇於此。

文苑英華卷第三十　終

文苑英華卷第三十一　賦三十一

地類七

古石賦　鄭惟忠

博望侯周遊天下，歷覽山川，尋長河於異域，得美石而獻焉，漢武帝未之奇也，東方朔見而喟然曰：此石英輝潤密，秀色明爛，舊枕昆吾之谿，曾臨歸美之岸，玉雉飛而激矢，金雞鳴而繼彈，至如天台始裂，地乳初分，丹青孕彩，隱起成文，盈尺則内含明月，膚寸則外吐浮雲，別有兩楹分竦，雙闕相向，依依識啓母之形，亭亭表望夫之狀，鼓迎桴而若動，帆映舟而似颺，此並流膏曲澗，滴髓危峰，據谷成虎，臨池作龍，鋪英九節，連葉千重，若乃泗水之上，岐山之側，撫之則磬動奇音，被之則錦開新色，匠石見而驚駭，師涓聞而歎息，於是琢磨成狀，雕瑩生輝，似龜則負圖盤峙，如鵲則緘印騫飛，在地者佳人擣練，發天者織女支機，及其火烈崑墟，星流宋國，祓隕形碎，遺焚影黑，碑沉郢路之東，柱折陽關之北，昔之開壇竹聳，抱劍松抽，礎應山雲之潤，橋通海水之流，柳谷岸崩之馬，鬱林泥落之牛，莫不歲月凋訛丘陵蕪沒頹墜坑穽枕倚巖窟據洞口而嵯峩出泉心而硉矹徒見新排理坼舊蹙文迴圓分者雹散方裂者氷開既藏瑕而被蘚又抱穴以侵苔豈如寫鏡能明磨鋒可利擊拊充帝庭之樂闢和覩王府之器總五色而補天含九光而鎮地者矣詞未畢帝乃顧而言曰楚王見璞棄之山阿不有卞氏其如玉何抽琴命操爲古石之歌歌曰江東藏瑞簡濟北蘊兵書若非平固湖中鴈定是昆明池裏魚歌響既終神儀有懌左右驚視符彩傍射使玉人而攻之果得連城之璧

石賦　李邕

代有遠遊子植杖大野周目層巖覩巨石而歎曰兹盤礴

也可用武而轉乎玆峭峙也可騰趠而登乎觀其陵雲揷峰隱霄橫嶂峻削標表汗漫儀狀劃鎮地以周博崛戴天而雄壯黙玄雲之暮起艶丹霞之朝上若使矗布長城嶷聯高壁過西戎而分塞截東胡而度磧張九州之地險蹙四夷之天隔固可以恥絶驕孑遏阻勍敵歸華夏之甲士却邊荒之羽檄別有列在王庭地當文砌疑貞琬之粉澤艶重錦之光麗承聽政之梁柱納進賢之階陛匪徒夾植桃李因芳蓓蕙降神女之倘徉拂仙衣之容曳若乃苔蘚剥落雨露淋漓氷碧藻曜繪畫紛披不邀代之所貴不欲人之見知罔懐金而則異曷剖玉而方奇至若危堞孤援懸門禦衝出陣摧鶴乘城起龍砲輿矢而飛雨磁當途而列墉金鼓爲之沮氣戈矛爲之輟鋒借如奕秋沉思蜀相興圖秉節制以全勝縱劫殺以論都鄙宋緘之謬識嘉禹鑿之神模落五星而多憒坐千人而不孤惟磨礱之所取任圓方之自殊支空留於織室編尚想於兵符鳥何恨而塡海山何言而望夫徒以貞者不黷堅者可久臥如羊於山野蹲似武於林藪知作鼓之希聲信爲人之無偶梁架海以東住注一作鎮臨江而南守族投水而克成將補天而何有豈獨砥礪利器盤踞眞玉鏃來肅愼門通越裳屹特立以輿主架能言以發祥邇聞疑作開遲兮表華遠倚劒兮疏梁保玆城而求固結彼交而不忘何止藏書入室勒篆離經翁湘川之飛燕伏昆池之駭鯨膏久服而顏駐碑一

覩而涕零豈知抑角匡坐且悲歌於白水尋山小往止危途於羣屛而已哉

落星石賦　崔沔

元氣初變有形既闢稟清明之表者騰爲星辰受重濁之質一作委者降爲土石肇經綸於邃古蓋常久而不易詭哉靈物爰始混成叅夫玄象麗於太清彼在天也何譴奄淪落於邊城其在地也何辜復推遷於上京爾其蘭臺廣廡芸閣脩除飛軒廓落邃宇崇巃芳草猗狔珍木扶疎邇九重之宮闕藏萬古之圖書地禁務簡政和禮舒貞而不黷其清有餘意棲閑之得所形一作雖變化其焉如徒覩其隱淪晶昭疑啇縮光芒體硉矹以難動氣埋冥而不揚擬於

規矩既不合於圓方徵其彩飾又無復於玄黄匪璺匪出不識於行藏匪榮匪悴不達於炎凉夫其静也何必徐生百祥夫其重也何必能鎮百殃庶永終而知弊蓋抱璞而襲常彼無用也亦至人之所謂允臧

昆明池石鯨賦　李子卿

漢武帝將恢厥功闕（一作闕）厥上使近必伏遠必取乃象滇河以爲池法昆明而教武於是水物備石鯨吐鬣鱗鏤甲欲動於漣漪棹尾建鬐必隨於風雨殘文沙白古色苔蒼若噴沫而生浪狀銜珠而有光質惟其堅豈有時而泐感則斯應蓋動惟其常方將協靈德薦禎祥豈泥沉而沙臥與地久而天長者哉至若漢苑風霽秦渚流春輕搖澹泞

稍動淵淪載沉載浮百尺且窺於頒首若明若滅兩崖猶認於文鱗對牛女而光動映樓船而色新誇大豈慙於海客遇屯空笑於波臣及乎雷隱南山雲生北斗鼓怒波擊崩騰水走勢則洶洶（疑作洶洶）有類陽侯之振聲乃虩虩宛是蒲牢之吼若此則非不知靈之所憑神之所有者也且石之爲質也磨而不磷魚之爲物也動而必順豈比夫爲犀蜀郡浦際空沉作燕湘川雨中方振色映乎崖渚性合乎風雷非任子之鈎得儻琴高之御來幸見處於河漢亦何辭於刧灰客有感而言曰今失流無虞鏗鍧何託請爲不轉之志以就觀濠之樂儻南溟之可圖吾固知夫後時之可以潛躍也

禎石賦（以素質玄字篆隸相參爲韻）　薛存誠

上帝乃眷下顧豐我皇祚產禎石以報德約遠人以遐赴外輝煥以發章内清明而含素方圓冰潔篆隸星布五千符聖曆之長一九合太陽之數瑩然非追琢所及忽爾若神靈來附考乎文也知諸受命之期徵乎石焉示此維城之固且夫文旌乎實石堅乎質垂本根以繁茂作元后之貞吉驗符而天命有歸貽慶而孫謀（疑）莫失方洛書以自來狀河圖之負出懿夫爍彩發鮮隱起成妍質非工斵字乃神鐫移篆文於玉璽之上取隸則於銅棺之前紛鳥迹以届漢若飛騰而在泉帝拜昌言慶實延於卜代名傳聖運功何異於補天苟不思而來暨恭承眷於上玄信乎瑞

以勤致彰乎天賜其爲后也貴乎無得而稱其爲石也下乃不求而致豈比夫渭濱之璜兮空言佐命峴首之碑兮未沉文字孰若我垂吉祚於當時演昌期於後嗣且乎文可嘉而不可卷石可固而不可轉題八角而爾乃增輝刻九言而吾斯盡善宜子孫之蟄蟄得先銜於隸篆太宗勞謙垂制虔告上帝伊連被而莫紀自高祖而流裔其石也爲遐玉之祥惟孤也實先君之系誠降慶之所致敢欺紿於輿隸於是公卿列辟翽佩鏘鏘聯趨詣石再拜稱觴斯萬人之有慶表二聖之重光不然何炫發於石玉俾其相瑩（疑）煌無點璀璨有章帝曰祖考之德惟翬股肱之能以參故天錫之罔替諒不穀而何堪

仙石靈臺賦

惟神化之所感何禎祥而必臻位將天而同德天與日而共新百靈扶於三晉萬象資乎一人美以疑英聲遠被嘉貺必陳於是祕其迹則如畫如隱圖其文則匪鐫匪刻屈若絲縈舒同髮直彩非因染辭無假飾雖真籙之可觀固神功之靡測若乃烟消字發苔落文生映月波起含日金明彰八千之綿祚著三代之珍名或鸞迴而鳳轉乍雲點而霜橫法兼篆籀體被形聲信天筆之攸假實神翰之所成至如桂影宵臨星光夜燭分若珠解連同瓊續映斯疑作朝霞以散錦流夕露以垂玉紀三皇之故事包五代之遺躅足使濁河龍泳清洛龜沉既超前而冠後亦挾古而光

今所以管絃流韻鐘石凝音豈獨妙符至理固亦道叶乾心總群瑞以考徵寔表盛乎貞紀騰茂實於千載激清流乎萬祀玄象煥以呈祥靈山鬱以効祉明皇期一作基之永固與天地乎終始嗟微臣之非薄屬欽明於暮齒望天闕以長謠情顧戀其何以疑也

石鏡賦以清光內朗臯之媚然為韻　李程

惟石之貞惟鏡之清鏡因石以為異石假鏡而為名其在石焉肇自一拳之質其為鏡也非因百鍊之精不資磨瑩而水淨詎假雕鐫而砥平徒美夫孕清瑩含彩綴粲玉質以皎晶蓄霜華而明媚匪因人力其成也何時倬彼神功其來也奚自凝輝烱烱散彩洋洋既不勞乎鎔範亦無失

於圓方輝映空巖恒舞山雞之影色澄清夜寧慙玉兔之光伊鑒物之必審信自然之所稟彼虛受而不遺同至道之無私既不限於遐邇豈有差於毫釐深山之中誰辨藏冰之處幽谷之際寧分抵璧之時況剛直其體清貞自持恒發輝山之色常含韞玉之姿懷寧一之心不可轉也處閑寂之地誰其尸之當六合之精爽澄素輝之潔朗可以坐致於雲霄可以立分於魍魎知遠之邇視山岳之在目以小觀大覽江湖如指掌且鏡之為物也淨石之為義也堅既守質以固矣亦騰光而皓然朗鑒之前皆願呈其肝膽委照之下慾願辨乎媸妍故能無幽不燭無物不載彼三光與萬類莫不形乎其內也哉

望夫化為石賦以望遠思深質隨神變為韻　白行簡

至堅者石最靈者人何精誠之所感忽變化而如神離思無窮已極傷春之目貞心彌固俄成可轉之身原夫念遠增懷憑高流盼心搖搖而有待目眇眇而不見絲蘿無託難立節以自持金石比堅故推誠而遂變徒觀夫其形未泐其怨則深介然而凝類夫啓母之狀確乎不拔堅於王霸之心口也不言腹兮則實形落落以孤立勢亭亭而迥出化輕裾於五色獨認羅衣變纖手於一拳已迷紈質矧乎石以表其貞變以彰其異結千里之怨望含萬里之幽思綠雲朝觸拂峩峩之鬢髮微雨暮霑洒漣漣之珠淚雖霜華於臉粉說苔點於眉翠昔居人代雖云賦命在天今

化山椒可謂成形於地於是感其事察其宜採靡蕪之芳生不相見化芙蓉之質死不相隨葺同穴於冥漠成終天之別離則知行高者其感深跡異者其致遠委碧峰之窈窕辭紅樓之婉娩下山有路初期攜手同歸窺戶無人終歎往而不返嗟乎貞志可嘉高節惟亮同胚渾之凝結異追琢而成狀孤烟不散若襲香於爐峯之前圓月斜臨似對鏡於廬山之上形委化而已久目凝睇而猶望悲夫思婦與行人莫不覩之而惆悵

溜穿石賦 以能以甚柔而攻至堅爲韻　趙蕃

山溜泠然潄幽石而濺濺恒纍歷以迸集忽嵌空而下穿介若自持謂稟靈而利物呀而中斷見積小以摧堅且其

輕重異源剛柔殊類嘉洞出而無朕知累功而有自貫白雲之幽抱滴滴方來破蒼苔之古痕泠泠斯至崎嶇莫狀激射無窮迢跳沫以居內洩涓流而在中日就月將必漸然而爭一作自赴因微方著殊異疑作易者之先攻原乎厥性旣柔其平如砥因滴瀝以成象若洞潄而虛巳注而匪竭歎追琢之莫加協乃有時顧堅貞而何以下潄而玉中開似冰謂雕以爲樽窪而無當疑鑿而成砥谿爾非憑然則引深遂洞觚稜諒在物而靡及非自微而不能由是異類相推於斯何甚蒙兮莫奪堅然是稟清光亂灑初焰焰以穿菱素彩頻垂每熒熒而透錦偉夫炯若方絜於焉注玆或零落以將盡竟連環而不遺依依未逼遵神泉之靡息一一將徹聽鳴玉之遠而故可以託質悠悠于山之幽載吐潛液靜如冥搜滴盤礴之間通玆餘潤挺剛克之際分乎至柔諒成功之不遠庶積習之可求

第二 同前韻　楊弘貞

溜可穿石柔能陷堅因依而上下相遇悠久而貞剛失全始則泠泠觸泓澄而或躍旣而決決窅洞達而旁穿一道中透孤光下懸何載馳之不息終漸靡之使然觀夫習坎能通柔虛洊至虹挂空而飲井星曳練而投地徵老聃之說柔弱勝於剛強驗夫子之文積善由乎馴致當其涓涓無巳皓皓未通若嶄巖之見拒能激射以相攻旣潄盪以探奧遂深沉而鑿空下潄花浮似出桃源之外乘流魚躍如

辯丙穴之中言念其美因詳所以石雖堅而有崖溜雖柔而不止進寸退尺常一以貫之日往月來則就其深矣克諧潤下之道實契靈長之理想夫經始之時人莫知之笑我者謂量力而徒爾見機者料成功之遠而旣知難而不退長引彼而注玆是能卒獲其求何傷守柔細滴瀝以成響大逶迤而若抽在彼一拳同玉卮之無當經乎五色狀銀漢之分流其空可翫其義可稟庶求福之不回思進身而去甚彼以水投石于嗟莫承摧鋒歛羽誰謂難能曷若挫銳而功著積微而道弘妙哉斯賦之旨惟執柔而有恒

文苑英華卷第三十一

文苑英華卷第三十二　賦三十二

水一

水德賦一首　水彰五色賦一首
鑒止水賦三首　止水賦二首
如石投水賦三首

水德賦　梁洽

大哉乎茲水獨靈長以利貞分位象於八卦得柔謙於五行混之不濁流之不盈蓄恬澹以凝潤含虛無而洞清其近窺也若氷鮮與玉潔映曙空而内澈其遐視也如雨麗而日晶澄遠氣於初晴德之深與上善而均美讓之大居下流而不爭處地爲泉源則江漢朝宗之義立在天爲霧

露則陰陽燮理之功成辨涇渭於九流雖衆不雜察蚩妍於萬象在隱皆明亦何異翹翹邦彥濟濟朝英作我吏部爲周亞卿昔掌地官其守土也能審今來會府其應物也以精廻廣照之能比其妙識以無偏之志諭此持衡故得自陜以東更仰知人之鑒普天之下皆稱如準之平則有登舟未涉歷轍未停遊子隴頭嗚咽斷腸之奏知音席上停聞盈耳之聲儻爲廣由中之德流潤下之情則所謂清通之一過可以濯吾纓

水彰五色賦以渥彩彰明必資乎水爲韻

善利無方莫先乎水識疑當潤色之際必取務滋之旨黑黃蒼赤皆類其激物黼黻文章咸本而資始德既洽於濟物色且叶於通理自得玄之又玄何謝美之爲美于以增曄曄于以散煌煌浴飛翬於陳寶浸社土於徐方染氏緊而衆彩繁縟繢人因而品彙咸彰俾我以文不獨專於潤下用而不竭將以効其靈長原夫被物如濡霑頹載渥狀暮山而翠疊法朝景而霞駮遠同墨氏類素絲之屢遷尚想蜀江嘉貝錦之斯濯飾衮衣而煥爛成黼服之葳蕤何采章之不昧一作勝由浸潤之所資漸以化成能令素以爲絢期於敷演孰謂涅而不緇既得色斯舉矣亦可御而覩之不假濯於滄浪寧同資於碧海凝瑞霞之炫燿發慶雲之光彩寫補天之績鍊石之資必該圖應聖之祥威鳳之儀咸在佐益冊而惟其深矣當後素而不曰白乎流溫之

光允若受采之時是須且比成人之美實同因物有乎助其言而載隨炳其用而無必作成藻火之文幾變素紈之匹榮光可愛初謂出河之符備色咸宣更入夢江之筆先王所以因而立旨諭以相成含章而其輝未著發澤而其道彌精儻不苟於體用庶可致於文明

鑒止水賦以澄虛納照遇象分形爲韻　呂溫

水止矣靜之其徐物鑒矣久而益虛既一作且無情於美惡又奚議夫親疎委質由來所期乎上善同利忘筌已悟寧患乎至清無魚若乃廻塘月皎一作抱高岸環合泥滓湛而一作然自沉金沙炯其不雜同道德以居而受異川澤唯汙是納有斐君子此焉明徵氣隨浪一作波息心與源澄端形

赴影如木從繩其表微也挂金鏡而當晝其索隱也隔玉
壺而見氷爾其色必洞澈（一作激）光無滉瀁不蒸翁鬱之氣
不激潺湲之響百丈在目千仞指掌惡每自乎中見美實
非乎外奬鑒形之始方似以身觀身得意之間乃同求象
忘象觀其下倒星漢上披煙雲守其常而性將偶（一作合道）
居其止（一作所）而物以群分君鑒之以平心臨下必簡臣鑒
之以（一作而）勵節在邦必聞妍蚩無形兮惟人所召物我兼
進（一作遺）兮水無不（一作私）照燕士以之洗心（二字一作立誠）至人以
之觀妙豈比夫逝者如水敵若建瓴（一作流若激矢波如建瓴）不捨晝
夜爭輸滄溟徙乖躁靜之理莫辨真僞之形者哉邦家以
道（一作邦國以賢）爲止水鑒有餘裕群形鱗集萬景雲附（一作衆象景附）

濫巾竊吹者十手所（一作共）指妍精撫實若千載一遇夫如
是姑自攝其威儀亦何憂而何懼　凡一作皆集本

第二（同前韻）　張仲素

水可取鑒人能就諸將審己以徵實必含形而內虛其止
也靜其清也徐方湛兮而皎鏡異洿彼而淪胥符上善之
心自多弘納見無私之狀臨或躊躇資坎德之深矣諧至
人之淡如當其曉日增鮮光風未度既清冷以爰止持炯
戒以爲諭等濫觴之猶蓄何一杯之是措諒善惡之咸覩
必形影之自遇豈獨無當五色空涵衆文伊吉凶之肇起
如動靜之潛分俯而窺似神交之淡泊默而察若靈化之
絪緼且義叶養蒙道深觀竅洞虛無以責有在清明而惟
肖心不同也常稱厚貌之疑鑑之精兮未若重泉之照辨
妍蚩而無失固潔著而爲妙斯所以田巴覽之而獨悲陸
雲觀之而自笑若乃芳塘始啓白水初澄有美人兮方靚
坐曲岸而情凝毫髮已分想沉姿而映藻清華不動見浮
彩之生靈是知聲有往而必復者謂其響答水以止而能
鑒者謂之冥合方取則於川渟孰混歸於海納此亦紀人
事垂正經庶在觀身而責影豈徒品物而流形今則萬頃
方臨群容在掌隨方圓以見意在清通而賦象苟明鑒之
不遺願飾躬而是徃

第三（同前韻）　王季友

鑒於水者不在於廣大而（疑）在於澄渟奔流則崇山莫辨

靜息則纖芥必形故能任人倫之巨細隨物色之丹青皆
一鑒而洞達若三光之出冥因見底之清成照膽之朗以
無心而應物皆潔己而呈象如白日之輝輝無孤蓬之振
盪憑扆之狀信有妍而有蚩閟實之明固無偏而無黨若
乃仙井舊渫華池既瀦中無浴鳥下絶游魚疑金鏡之湛
寂若瑠璃之至虛當其來見威儀之酷似及其去無朕迹
於淪胥向使潺湲不息噴薄長往將沃日而騰虹或因山
而瀑布遭駭飈之欻起值潛虬之交鶩雖有清明之本質
豈能使形影之相遇是知專而靜可以居要明而動亦不
能照斯大道之指歸豈常情之感召得懲躁之爲誡知飾
容之惟肖人觀於水既定而後詳水鑒於人當止而爲妙

照其美也非所愛照其惡也非所憎不分明於有位不掩
映於無朋諒可移性俾居於正直豈懷鑒貌獨貴於清澄
想夫煙雨初霽泥沙不雜明看皎練止若氷合忽形来而
影見類聲往而響答在良賢而暫窺宜觝軀之愧納令者
貞清特異顯耀前聞雖萬形之森列終一鑒而區分

止水賦 以清審洞澈涵容為韻

劉清 開元五年登科記第十三劉廷玉至第十七劉巖無劉清名

觀乎太古之初乾坤定列有坎方一德之大成江河四瀆
之別注仙海以環流度星橋而靡竭立體清靜舒光朗澈
觀五行以獨舉潤萬物而齊悦豈惟以善下之故長應流
行抑亦能遇坎則止以竭為平居荒野而不動合寒歷而

自清晝則煙雲亂出夜則星象羅生若乃湖稱青草澤若
雲夢淺深㴋一作潛渟表裏寒洞當朱陽之夏晚遇白露之
秋仲紫閔之鴻鴈飛来緑浦之蓮舟風迭既能止而利物
所以歸之者衆亦有凰鳳之沼明月之潭每澄流於庭院
常不注於東南豢寮寀之玩洽渾琴酌而相參以遊以賞
如液如涵若英賢之取則類貞咸之是湛屆夫玉一作宙宇
初晴風飇戴寢籠碧天而似鏡展紅霞而若錦納衆影而
不遺比群情而特甚用使至人觀之而心察智者樂之而
情審達士愛而款臨高鄭闚而碩飲後乃養龜鶴藏魚龍
恠石積明珠重虚以受物謙而克從有一人兮充賦每咨
歎於淵於飾清顏而自肅希止水而今逢則知無美惡以
畢鑒豈徒取乎嬌容

第二韻 同前　王泠然

嘗聞神心保正天道害盈漏卮添而復出欹器備而還傾
豈若茲水居然可名既混之而不濁又澄之而不清時止
則止時行則行峻隄防則其源見塞開汲引則其道能亨
安波不動與物無爭如方圓之得性何寵辱之能驚故為
國者取象於止水使其政公平為身者亦同於止水使其
心至明至察可尚柔謙何稟思遠道則一葦能航守貧居
則一瓢可飲接下流則卑以自牧鑒群物則寬而能審誠
用之而捨之在去泰而去甚水之為德也長水之為功也
衆散成雲雨畜作潭洞浮芥則傲吏措杯種瓜則幽人抱

甕無朝夕之出納有飛沉之狎弄徒觀其深虚見底咫尺
宜探千流並入萬象皆涵搖樹影於青岸落山光於碧潭
其仁可以濟物其義可以激貪既而壅之不流蒙則未决
照春物而晝屏相似映晴空而明鏡無別兩來而圓點亂
生風靜而長波自滅任天時以開閉隨王澤而盈絶受涓
滴而逾深盧氷壺而更澈書云視水貴影能見形容視人
行事能知吉凶政煩則人擾水濁則魚喁夫子欲精神而
不惑俾榮利無繫於心胸比浮雲之於我觀止水而爲咨
兀兮若枯木坐忘澹兮若虚舟見逢正道未遠斯言可從
儻不遠疑作遺於射鮒希有便於登龍

如石投水賦 以信義忠信公乎能謙為韻　劉闢

聖之求賢也詳明水之受物也柔順石遇柔而不阻臣俟明而必進漢祖興兮昌言納留侯輔兮皇威振喻石水以興詞配塩梅而稱雋堅脆性異應廣納而來投尊卑禮殊致精誠而取信伊水爲體既清而平猶君爲德既貞而明石豈自投假海納之弘量臣非苟進由天聽而察誠用率於有類將感於無情虛而受者其理遠含而容者其道行何幽邃之能間奚渺瀰之足驚夫國之勃興必多賢智繼九臣之跡膺三傑之義煥發英藻呈龍章與鳳姿敬宣嘉猷謂嶽生而天賜豈不由山有巨石水有通津忽擊流以澎湃俄答響於滄淪雖源深流長乃入無不至而體柔處潤則託有所因移他山之貞質依上善之全仁夫水石之

與旨與君臣之等倫今天子端居穆清時和海晏念投石之契爰求秉鈞思箴闕之規戴徵驟諫由是如石之義啓投水之情通彼以誠應我亦符同懸天爵之榮獲斯人瑞尊五嶽之禮視乎上公恒啓沃以爲志方清明而在躬比石固業欽賢纘功儻或水不周容石乃無由寓質君不虛巳臣則曷能推忠可以垂誡訓可以流德風則知聖既作兮政惟恒石既投兮賢必進敢獻良哉之詠頌揚美於康能

第二 以聖奬忠直從諫如流爲韻　盧肇

石比臣心水猶君德誠見投而不阻如從諫而無極蓋所以作仁聖思正直清澄邁萬傾能容落落之姿操或一拳以造沉沉之色惟我聖后啓乎宸聰每以淡然之德能取確爾之功言乎水也逾漢祖之虛受稱乎石也過留侯之盡忠是以王事竭誠群臣報政共懐鑿鑿之美允納洋洋之聖君心潤下已單滂沛之恩臣志稱天願表堅貞之性故得朝廷肅穆上下交慶小伊傅以輸忠配唐虞而比盛者也當其欲進嘉謀心懐隱憂思衮職而有補隨諫鼓以來投於是咸趨册陛若蹈洪流且推誠而上達亦虛心而下求既乃契皇情承天奬介然允臻乎浹洽渙若盡納其忠讜一言初進開龍顔而似激圓波萬國皆聞入宸心而若流清響乃知窺日月之光有虧必諫震雷霆之怒有諫必從雖磊落以難進乃廣大而見容既無悔以無尤子產徒

言於狎水那將恐而將懼韓非奚患於攖龍且夫瓔珵爲報而匪珍夜光暗而多患未若我喻水於盛德比投於納諫允當上善之求勿謂下流之訕遂用握金鏡臨王除忠言得進以無隱聖慮每徵於往初如是則祥符出惠澤舒將無事而無諫見寰瀛之晏如

第三 同前韻　白敏中

石明臣節水諭聖聰順投既因於納諫虛受必俟乎輸忠從以讜言出清規而有中類夫貞節入碧浪以無窮爰自人謀式彰天奬言必在乎能發道奚疑於虛往自懐從善聞蹇蹇於股肱何異臨川運磷磷於指掌理既符於水石事且契於雲龍佇啓心而是禁在虛巳而能容石投水而

誠資手敏臣佐君而詎得面從當手敏則水不傷清匪面從則君能立政嘉猷替而無爽幸遭逢而有慶致至堅於玄輿象以得賢受可轉於清流因之啓聖所以垂衣廣納側席深居言之者何常率爾聞之者足以起予攻王之形隨帝心之沃若補天之質應王澤之濡如既而流謗靡行沉幾自得當持重而無撓冀臨深而不惑逆於耳而順於心黜其邪而褒其直用礪金於膚鑒渙汗潛通舉韞王於恩波津涯莫測於是宣教化罷吹遊開直道務旁求發輝諤諤之明鄭會合洋洋之聖謨石以貞堅本無疑於虛擲水惟柔順安有阻於暗投夫然則臣心磊落而上達君德汪洋而下流况乎舟楫之道大行不侮不慢藥石之言盡

入何憂何患當道泰而人悦固河清而海晏彼漢高之用留侯未若吾皇之納諫

文苑英華卷第三十二

文苑英華卷第三十三　賦三十三

水二

觀秋水賦　尹程

采（疑作乘）秋日之遊豫縱奇觀於長川惟秋水之清泚宗大壑而滂淺波浩蕩而不極影澄澈而彌天波沉馬色類真人之雲度岸迷牛影疑織女之河邊柳浸影而如卧萍隨流而似牽鳧滯藻而聲溢魚亂流而水圓晴霞晚鋪如漢

江之濯錦夜月初上若纖鈎之映泉乃興斷金之好連璧之友矜壯歲之紅顏怯衰年之白首効淡水之密契就河濱而置酒惜素節之凋荷歎嚴風之入柳况夫澄淡透迤潛空寫淨符老君之上善同至人之不競處下不辭其垢濁攻堅豈難乎流盛星光夜照如臨剖蚌之珠菱影朝開似照盤龍之鏡爾乃長波澒洞洪濤汎溢晴天淨而空鮮夏雲臨而峰出照鄒忌之蓑貌鑒陸雲之笑疾遂有感於斯篇託微言於拙筆

空水共澄鮮賦　張嘉貞

空之爲象也本乎天水之爲德也本乎泉上善之人方其性真化之客愛其玄清虛而隱性含受而無偏因高下而

臨照故能共於澄鮮誠大明而盡善實和光如可憐爾其皎潔清泚空色懸於水底分明昭曠水光積於空上玲玲瓏瓏晶晶液液託九霄如染翠澈千里而含碧微風共息含情影而湛然兩日俱生弔長輝而相射表裏如一容象難尋含泳游鱗若廻陵而上出聯翩度鳥疑戲沙之下沉爲當物將類於廻覆爲是人自惑於闕臨竟未能縷列於疑似分別於空水玄之又玄美之逾美

水鏡賦

利濟者水涵虛者鏡懷朗鑑遇物無心處下流通而不競對清流則汎濫長游開寶匣則蟠螭孤映汾澮所及派衆惡而無私銓衡不遺鑒群才而必正清汋其味堅貞其質

六氣咸用彼得於終亨五材不僣乃取其初吉深則不竭貞能象物浮錦纜而花生映瑶臺而月出若然者體不自有故受之於金功不自居乃推之於坎昭昭神遇必盡其姸蚩泛泛隨流豈懷於舒慘清必見底明恒照膽壅之則止寧有謝於屯蒙用之則行竟無情於窺鑒臨萬象而皆見揔百川而俱會隱瑞鵲於光中泛靈査於天外混之不濁含靜質而終潔覆之則昏用明道而若昧功雖一致理或殊調乘桴浮海從我者豈測其深賦象求微無欲者以觀其妙納晴天而兩日交麗因紅粉而雙容俱笑既不憚於惠風亦何疲於屢照加以冑日冰靜澄流玉潔聲名未著覽鶴髮而魂驚功業後時仰龍門而心絶幸君子之

惠鑒疑庶流同而派別

第二　　鄭錳

夫有名之域有象之中惟水能淨惟鏡能空水則無心而皎澈鏡則照膽而幽通遇物斯應匪我求蒙爾其决之則流盈而不闕泛金碧而色潤開玉匣而光發其清也不煒和風其鑒也不同朗月爾乃雲妝白日粉拭紅塵拂芰葉而交映抱菱花而獨春直注千里旁通四隣成美惡之玄鑒

惜容輝之易晩歎功名之難續况復影圓鳳沼聲激龍門可驚飛於神鵲可揺動於靈鯤同大道之自然合重玄之衆妙氷潭洞達石崖含耀亦由裴楷清通王戎簡要知之疑類之疑意忘疲於屢照

第三　　賈曾

原夫水能利物鏡以含虛泛鷁攸往盤龍是居藴靈長而遠蓄懸洞鑒而藏諸其止水也體靜而舒惠風拂而逾益明月來而不如清則徹底蒙紛濯洗朗亦難雜逢昏可合則有分流學海桂影仙臺映水壺而洞徹連錦帳以徘徊是用並澄流品取鑒群材涸鮒思躍飛鷁自猜挹餘波而得潤雖屢照而常開惟茲道也可允乎惟茲務也可長守所以息僥倖之心疑杜讒慝之口將座銘之不若雖樸𫇭而何有士或湮淪時多苦辛願濯纓而未暇思照膽而無因空匪材而濫挹顧將此以書紳

水木有本源賦　　高郢

木造天水窮玄森森櫂千丈之秀汪汪澄萬頃之鮮散而
成衆木疏而爲百川杞梓之材備矣江湖之量存焉竊聞
源長而下流不竭未見本盛而枝葉先顛志士託以悟陰
無假惡木渴者飮而滿腹何求盜泉故樹善於人人懷則
其棠不朽況愛於衆衆湊則德水長懸方將成不言之蹊
廣利涉之路俾出幽之鳥仰喬榦而能遷未濟之人因餘
波而可渡鳥豈木之所擇非擇木而不棲人奚水之足鑒
亦鑒人而取諭徒聞其移橙渡北不能苞貢於王國導漾
之東是以昭回於昊穹木誠戀於南枝常得地而專美水
豈忘於西土乃陵雲而獨崇用不用也非結根之有異高
莫高兮將聞源而寔同蔦藟猶能庇其本江漢所以朝其

宗固宜大樹蔭庥而千牛可蔽洪河浸潤而九里旁通寧
劾有喬而不可休息於其下至廣而不可游泳於其中者
哉則有青青蒻榦獨秀未立涓涓細流徐清可挹植翰苑
以蕭散赴龍門而驚急企樛木之逮下望恩波之流濕

水輪賦 以汲引之道成於運輪爲韻　陳章

水能利物輪乃曲成升降蒲農夫之用低迴隨匠氏之程
始崩騰以電散俄宛轉以風生雖破浪於川湄善行無跡
既幹流於浪面終夜有聲觀夫斷木而爲憑河而引箭馳
可得而滴歷輻輳必循乎規準何先何後互興而自契心
期不疾不徐迭用而寧因手敏信勞機於出沒惟與日而
推移殊轆轤以致功就其深矣鄙桔槔之煩力使自趨之
轉轂諒由乎順動盈科每悅於柔隨遠望躋涔詎有朱殷
之色挹茲鱗起終無塗附之期作霖或自於斯下流濕更
彰乎就燥回環潤乎嘉穀游至踰於行潦鈎深致遠沿洄
而可使在山積少之多灌輪而各由其道爾其揚清激濁
吐故納新轢桃花之活活搖杏葉之鱗鱗一勺每勞於濡
軌三材必賴於工人浴海上之朝光升如日御泛江中之
夜影重似月輪常虛受以載沉表能圓於獨運低迴而涯
岸非阻委曲而農桑是訓惠可周於地利空霑負郭之田
材足任於天津多寄臨川之郡池陂無灘映會既瀦用能
務實勢欲陵虛磬折而下隨迻彼持盈而上善依於當浸
稻之時寧非沃壤映生蒲之處相類安市异矣哉俯此潴

滕潤於源隰成形必仰乎膏雨砥巳且安乎卑濕苟董遠
大之功庶無慙於甕汲

曲水杯賦 以曲水同醉樂如之何爲韻　陸環

麗景云暮歡情忝何水散循環之勢杯浮一勺之多樽俎
必呈反本源於杯飲歌鍾合奏起觴飲於流波而其洋溢
折旋從容娛樂觀滴瀝以繚繞將灌注而酬酢袒裘解帶
笑沉醉以山頹求日歡風期竭歡於水涸俾訖未已迴環
不窮方醴泉之自異念酒池而莫同蒲座醼顏盡染桃花
之水緑隄芳草尚遺蒲杓之風是以布令如流娛情忽起
巳控清流而引蒲遂用銷憂而餙暮且異載沉而載浮寧
同以水而濟水情符泄愛誤比校醪之將曲辨靈長足見

濫觴之始爾乃負舟無力載酒何如波卷每觀其泛蟻鈎深自致乎無魚成禮交歡寧酒流而生禍効奇行悱豈杯度以憑虚所以上下隨波方圓在器念縮茅而自別比浮芥而亦異獻壽終歎於流川如澠倍符於此地已傾壺而揚觶默爾無諠方桃麴而藉糟塊然復醉想夫飲流畢會倒載爲期乘波而灡灡迴疾入曲而悠悠轉遅投轄留賓自有清澄之色汗樽就飲灑凝朴畧之時分巡而小大殊矣遶座而左右流之時也酒且已闌景云暮促榧蘭亭之嘉會散陽春之麗曲終已時移但山高而水緑

滄浪濯纓賦 以君子濯身及時爲韻

滄浪之水兮伊楚之濆汗漫蕩漾兮清冷淪淪控三湘之

淺浪從大別而派分澄澹清景離披曉雲彼美人兮何其獨商歌以思君覩斯水之洞徹惡吾纓之垢氛將濯其纓亦絜其已逐臣遁客漁翁樵子吟刈楚以激昂詠伐檀而筮仕哀靈均之濯足笑許由之洗耳載泛載浮烏云其已泊夫白日始晞青天收潦千尋湛而見底萬里净而猶掃漾磷磷之淺沙蕩靡靡之纖草縈紆浦漵邐迤洲島與旣遠兮情亦閑纓再濯兮身亦澡于彼濯矣伊水之濆于彼澡矣君子之身滌我滓穢去我埃塵且絜净以精微又肆志而王神孰與夫澤畔憔悴空見悲於楚客心之憂矣匪興刺於詩人已焉哉士生世兮患於不立朝聞夕死道之所急偶滄浪之且清豈坎埳之能胃易載出處詩稱維縶歲冉冉而不留雖追悔而何及一有辭字曰滄浪之水兮微楚詞臨清漪兮應昌期濯吾纓兮有所思幸我生兮及明時進德脩業兮已矣拔茅彙征兮良在玆

水始氷賦 以律報司寒氷因水結爲韻

潤下之性有時可凝暑歸寒集陽閉陰升吹寒風之遠派霰凍雨而成氷俾巨海以息浪胡涓波之足徵北陸陰涸寒泉井冽天昊外搏靈胥自絜含貞抱虚旣瑩且澈斷流而稜稜劍威照日而片片霜切駁枸曲陵秋宂蒼山甕石大冶流鐵圓光而蚌珠可掬朝涉而馬蹄可折旣否隔於風雲亦秘藏於魚鱉爾乃命海若戒馮夷連谿絶於火井俾梁成於水湄乘陰無替旬日不衰若擁輕絮如積素絲

秋令雖終尚占庚辛之色嚴風更肅將奉玄冥之司其爲水也則滔其爲氷也則履畜成比玉之壺散作流謙之水柔性是著仙顏是比方稽化而轉疑蓋不知其所以夫其瀑布流湍迸射交攅簷溜承綆垂空凍軋微波煙冪大壑雲漫滴貫珠而呈脆徘昏巖而召寒至於六尺表奇百丈涵粤鼠北方而可覩蚕東夏而稟操堅貞應運度光武而堪奇孝德幽通獻䫉鯉以爲報此下不見因字官韻始氷之初立冬之日將鑿井望納秩刷室應候司管調律温泉殊沼夏蟲異術閭闔門靜瑯琊井八溢當腹堅而將藏候朝陽而廼出

文苑英華卷第三十三

文苑英華卷第三十四　賦三十四

水三

海重潤賦　梁洽

道之應物兮小大咸信物之感道兮禎祥必順況我儲君元膺在震乾乾夕惕兢兢日慎德澤潤於生靈滄海得無重潤惟海之量百川朝宗猶君之美萬國向風朝宗者歸

其廣向風者欽其政既同類以相求故重潤而必應是使日光分色山輝度映風雨不淫魚龍遂性葦吒仰止是燔瘞以告成外國聞焉頗梯航而來聘然則我君之明兩也景緬前星休徵夢月主鬯之功昭著牽衣之智逸發四皓既親三朝不闕故曰惟其有之是以似之海則靈潮晨夜而無替君惟順動温清而有時詳夫海之為器也吞吸八裔流不逆細在必思蓄珍無不麗冲融瀇汩膠轕澎濞飛濤疊躍於秋陰白浪翻光於春霽雖則沙石混濁不蕩其清波瀾迅委終復於平惟此之故彰我君明至矣哉靈海之潤孰知其極願乘桴以攸往非引蠡而能測道未行兮竊喜取材敢獻賦兮揚君之德

海水不揚波賦（以平上去入利川為韻）　石岑

太極立天地蹠嶽瀆所以鎮四維横九服伊海之為德有王之法象故量納群川而道道百谷功配乾絡運迴坤軸氣蒸泯於灝元潮動襄乎山陸示懲惡則皷怒見夫群惟將瑞聖則不波介以景福唐興百三十有四載湛恩溢乎荒外倬五聖之在天奄六合而成大赫吾君之光賁敷至道而允泰政符純德昭千古而惟新澤體上仁同萬類而咸賴八紘窮陬而盡歡九夷無遠而不會則成周之德未足雙越裳之來今至再是以四海盡鏡九瀛涵影焉合璧之祥光湛連珠之瑞景德侔上善洗物而容潔道本玄元澄心而體靜湛兮恒情晏兮砥平汩乎無情蕩乎難名如

君之道酌焉而不竭象吾之德注焉而不盈所謂皇得一則政能貞海得一則波不驚恍兮惚兮其中有物杳兮冥兮其中有精精罔奇而不育物無大而不成鯤將化鵬欲征蚌且剖珠其明誰能一借扶搖便為君御之貢王城

江漢朝宗賦（以百川會流必歸於海為韻）　樊陽源

江海之流始滔滔乎楚澤雖導源而則異必朝宗而來格故能吞別派而且千匯細流而累百初謂發岷山之濺濺出嶓冢而涓涓忽濟至以盈坎遂同歸於巨川洋洋不窮驅迅波以來注浩浩何足走驚浪而方前沸渭迸瀨崩奔爭會過東陵而更長歷南國而彌大引汲清濁弁包畎澮始逶迤於域中終委輸於區外雙流淼淼並騖悠悠漓汗

乎萬里經營乎數州靜委極深且無驚於若海（疑作海若）潛盈巨壑亦何怒於陽侯彼弘納之無際信爲長於有流爾其揭厲莫從深淺無必絶地脉於飈駛透天池而箭疾善下以絜乎龍堂流謙更清乎鮫室就其深矣誰識濫觴之源不可方思空想觸舟之實終始齊赴周流不違似有待而俱進何經始之相依演漾紆餘必遠分而邇合洄復激射雖異出而同歸則知海之爲量也虛而有餘水之趨本也逍亦相於二泒旣朝於滄海衆星如拱於辰居漢之廣兮明委積之有所江之永矣表靈長之在諸是俾涵虛之狀益深浮天之容斯在苟歸塘之不息諒納汙而惟倍大矣哉誰究其廣深空有望於靈海

衆水歸海賦（以納衆流而成深廣爲韻）

大矣哉海浩漾尋之無際望之無象利萬物以成德揔群川而爲長柔能善下禀巨壑以包涵握而朝宗覩衆流之歸往是以臨不測者未足言其濟深思利涉者孰可求其河廣究其所由得之在柔濫觴之初因一勺而畎澮循環無際想三歲之周流伊昔洪水方割夏禹是理旣濬崑崙之輸爰標南國之紀故導之逾遠非壅之可止將虛受之爲德諒成大而有以且明乎避高之義自得乎潤下之旨始將就濕想浩浩而其來終類沃焦見滔滔之未已原夫水反於壑海不厭深其有也靡患乎汎濫其細也不逆於浸淫是知衆流同歸異源將合注而不竭但見乎川流藹而不盈更因乎海納廣哉巨瀛奠之與京萬里波委四時砥平灌以涇不能混其濁注以渭不能益其清不涌浪而跳沫獨持盈而守成故得萬宂爭赴九河自同類夫雲之從龍烏之附鳳又似一人立國萬方入貢顧以含垢之體爲納汙之諷因知夫海爲川谷之王以寬而得衆（不見而字官韻）

襄華貫洪河賦（以崇嶺橫斷靈瀆長注爲韻）

大極經始純坤傾東勢以嶽鎭氣以川融於是靈闢襄華象開鴻濛橫大野以中豁夾洪河而北崇而（一作爾）其杳嶂無際連波方永噴激萬里迴合千嶺揔崤函之氣象壓秦晉之封境山以河潤上騰雲雨之祥水與時清下倒巖巒之影若乃騁遠望馮層城秋爽元氣朝昇大明偉連天之

浩汗壯發地之峥嵘羣岫屛擁澄瀾砥平疑白虹飲壑而半隱似寒雲抱塞而初橫及夫俯臨迫察詭麗雄恒（疑作悍）峻勢危而不騫靈源注而常藹（一作半）積陰騰氣與嵐色而相鮮爍日生霞連熒光而不斷觀其畜含精秀孕育風霆應會昌運發揚炳靈茂賢傑於間出翊邦家而永寧皃乎山積鴻休川流景福明徵祥瑞幽賛化育此其所以配乾坤此其所以稱嶽瀆豈徒歌夫縈帶委注蓮開翼張巍巍峩峩滔滔湯湯于天之峻極赴海之靈長而已士有圭竇強學金門獻賦困陶侃之無津耻孫弘之不遇覽襟帶而增氣追聖賢而遐慕想劉公之歎微禹其魚感吳子之言在德爲固義由景行仰高山而自慙志切朝宗與大海而

同注儻餘潤之波及期變化於雲路

三門賦 并序

趙冬曦

砥柱山之六峯者皆生河之中流蓋夏后之所開鑿其最北有兩柱相對距崖而立即所謂三門也次于其南有孤峯揭起峰頂平闊夏禹之廟在焉西有孤石數丈圓如削成復次其南有三峯東曰金門中曰三堆西曰天柱湍水從黃老神前東流湍激蹙于蝦石折流而南漱于三門包于廟山乃分爲四流淙于三峯之下觝于曲限會流東注加以兩崖夾水壁立千仞盤紆激射天下罕比時以內兄牛氏壯而遊爲相顧賦之以紀奇跡大河瀰漫上應天漢濬靈波於積石之西瀑懸流於崑崙之半茫茫禹功玆焉

會同鑿連巖而瀉激羅崛島以攢空澗兮若橫兩闕於江上岌兮若稜三山於海中崇山嶔崟呀水淙射左右飛濤起伏相擊截奔湍兮躋石臺目霍濩兮心徘徊三峰砥其却立架崇門以洞開連嶂紆河以壁峭疊巘喬空而半頹洪流蹙折以盆涌激湍崟窟而相磓苞巒秘䃗砯其鼓作徊衆澎瀑灘以山摧奔濤迅溲紛其蕩駭蓬渤滑漷霍以雲廻盤渦寥寥以谷施奔石砰磕以成雷拗怒未洩橫流逆折合如地轉散若天裂捲騰砦嶼欹疑當作剞吳都賦云剞溼滴瀾蕩珊疑當作姍他藍切水衝岸壞也究碑岩磐而沫沸淙隘口而湍汹然後瀑雲霧鎬拔濤卷瀨汩沄沄以無聲漫浩浩以東介懋四流而泿合注三冗而滂沛泛洪漣於大磧之東薄餘怒於天地池疑作之外當其時也山獸驚躍水禽亂飛魚鰴沉潭以不動衡徐拱樹以相依窜鮫人於澗壑帖舟子於連漪莫不愁白鷺之初下歎黃牛之瞋歸岩乃降望金門徙徉石𡿧窮岩萬仞一曲千里松歷歷而生涯草鬖鬖而覆水雲蓬茸兮歷地生風颼颸兮百籟驚猿惜暮而悲吽鳥辭春而不鳴呫嵲岏兮杪峥嵘飛客心兮動客情憐石菌之冬茂賞瑶芝之夜明惟夏君兮永蟄拜靈廟兮何及棟梁古兮山鳥棲階壁蕪兮野䴥入感微禹之歎深亢幽詞以佇立歌曰申負石兮空自奇客乘查兮何遠爲若不見虛舟之泛泛浩乘流而不羈

渭水象天河賦 以題爲韻

劉珣

昔我先王肇脩人紀乃建邦國以立都鄙或處沃而稱奧或宅中而爲美周分景臺之測用會陰陽之擬漢據鶉首之分定爲山河之理故右扶風而左馮翊距涇川而浮渭水潼瀦襟帶酆鄠巀嶭下則崇岡於地險上乃取範於天河城雉周環而斗設宮觀騈牙而星羅轉曲江於前岸俯冀闕於中波車馬諠流渾泒聲之交錯風塵日夕輿疑津霧而相和蓋聖人埀則必天之象王者都會大洽斯享運璇衡以齊玉燭法露盤以崇金掌四方輻湊萬國攸仰風雲以之吸合日月於焉澄朗苟禎祥而應會則乾元之攸往何必河出圖洛出書然後爲卜食之華壤者也懿哉作者元后中興後嗣同天之道順人之意橫橋乃牽牛之設

素湮則欽𩿡龍之謂晩光瀁灩接鳳苑之祥煙曉色清明
連斗城之佳氣樓臺傍而津涯隱伏鍾鼓作而波濤汨沸
不覩斯焉以取斯寧浚知王者之貴不察所由於所以又
安明坎德之靈而生乎渭徒觀其遠界汧隴橫截秦川沃
長安之霞日浮京兆之雲天都邑傍於左右舟檝來而泝
沿上林之煙開霧卷建章之戶萬門千朝而望兮蓬瀛若
晉乎岸側夕而臨也河漢宛在乎目前是以婁敬云被山
帶河四塞爲固豈不謂天道無親惟德是輔祥符不及瑞
圖斯遇以登仁壽之理用表坤靈之喻請謂東周安處先
生之徒與滇知西朝翰林主人之作賦

清濟貫濁河賦 以與濁同流清源自別爲韻　　李君房

濟有瀾兮清泠不竄以清激濁兮洪河之中逝靈長而委
注忽薦至而爭雄懼溷乎泥我則貫而愈崢將合于道我
則和而不同徒覩其虛明皎潔秀色澄澈漾清泚以遐分
界飛濤而劃絶始騁迅以中瀉載流譓而東洩德惟靜自
澄之於本源體雖柔豈混之於派別懿夫貞不受汙清非
可混噴中流而激射劈巨浪之崩奔狀浮雲央開晴天之
灑空碧若輕埃乍歛明鏡之洗蒙昏遠而望之孤煙橫於
曲渚迫而察也霜練引於靈源是知夫道惡比周物莫相
與彼流濕之爲類尚沿源而異處匪泥沙之可雜豈湍洑
之能阻越洪濤之浮浮映清浪之悠悠不學緇澠之難辨
且殊涇渭之同流于以用之其見知之體就其深矣欣可

泛乎舟狀盤渦之漩澓不染乎濁瀾跳沫之飛驚不傷失
清均上善以清羡含至虛而體平腹龍堂而愈灑洗貝闕
而增明何必溱洧之陽然後濯其髮寧俟滄浪之畔然後
濯其纓截河而流所以爲異導汚而注明乎所自醲濁波
而廻逗沛驚湍以自致庶彌久而不渝鑒妍蚩兮無媿

第二 同前韻　　許堯佐

河之並濟兮惟秩其平濟之貫河兮勢若相傾非剛克無
以見其柔立非甚濁無以彰其至清是以靈源濬發柔德
無虧徒觀其流波委注秀色澄澈中融而濁水遐開鼓怒
而洪流直截遂使還淳之士疑二氣之初分策功之臣驚
一帶兮中裂既處濁而不染每含貞而自潔苟與和光者
殊致寧與淈泥者無別是以霍濩波激崩騰勢觻濟水與
河水相輝光容易識清流與濁流不雜質性難論苟微之
於變化可察之於本源于以表德于以辨類方九折而橫
流谿重泉而直至故以盤渦渾曉日之輝疊鏡寫晴峯之
翠絶河而去孰與我爭先導沇斯來孰謂我奚自若乃中
虛是敧迅激難儔廣可涉兮思航葦於寒渚清可挹也欲
濯纓於夕流貫長川之浸浸委輕浪之悠悠然下流綿邈
願表清而不濁上善昭融故守和而不同故可扶正直之
純志助潤澤之成功動漣漪於迴浦暴光景於微風且淮
之清兮濱於夷江之遠兮界於楚豈若貫大川以揚波臨
大都而分渚含清濁而獨秀乃求匹敵而誰與苟河清之可

期頤朝宗而爲侣

渭水貫都賦 以帝王建都取諸上象爲韻　衛次公

清渭天鑿名都王制貫金城千里之域寫銀河九霄之勢同宄發源衆川潛泄分黒水以溉漫遶黄山而迤逦水能濟物用導於中州君德配天故決於上帝都之會也皇皇渭之流也湯湯異東西之灃澗非汲引之沮漳夏后瀹川分流非擘於伯禹秦德王水貫都必因於始皇照雙鳳之卅闕架長虹之飛梁褰裳者不勞於揭厲濯纓者何必於滄浪泛彼樓舡掩横汾於武帝濱之釣叟感入兆於文王且夫前王酌憲惟皇都之所建度地有乎因貫渭之上腴曲抱乎周原秦野旁臨乎八達九衢既流衍以紅粟誠輝

煥乎黄圖則知八水皆流豈清於渭水五都並制莫大於西都原夫渭者雍之巨浸都者人之所聚天垂法君必取曳雲間之清渭河殊雲漢移天上之紫宫洞開天府及乎萦流一帶中派紆餘蕩元氣澄太虚稽前典而備矣於名川而含諸豈惟積潤於庶物固亦近壯於皇居至乃春景澄廓晴霞朗暢涵萬象於影中度牽牛於波上客有觀光者於兹而寓望美夫取法可仰因天垂象疏紫陌而逶迤流卅霞而蕩漾周公卜洛雖云風雨所交秦后貫都實謂膏腴之壤惟洪業之永固與渭流而彌廣

涇渭合流賦 以題爲韻　獨孤綬

游者感異源而合趣指涇渭於秦樹涇如經也自北而南流渭若緯焉從西而東注性相近以不息勢使然而自遇湜湜其沚昔既聞之於詩湯湯其流今則狀之爲賦夫至清者渭至濁者涇惟清也鑒物之道著惟濁也含垢之義形共導金氣咸通井星混殊流之昭晰成一帶之泬漻枌以縱亂横似爭長而難雜終以絜受汚何極睽而乃合禹功之所兩存漢苑斯焉傳納乍異其色覺游鱗之隱見必同乎聲帶長風之蕭颸象昭回之可求歌鄭白之有由飲馬投錢足以發明廉士决渠降雨足以殷富神州既相弘以利物寧自異乎並流知之者齊我以不皦不昧感之者比我於一薰一蕕斯乃柔以長存和之足貴近則順洪河之紆直遠則成滄海之濩渭同功一體叶靈通氣信殊毅洛之流寧爽淄澠之味夫然波獨清而無偶非達識之所謂

文苑英華卷第三十四

文苑英華卷第三十五　賦三十五

水四

新潭賦　王泠然

國之天府名曰河南水有清洛漲乎新潭夫其貫都成川胃坎爲德石門呀豁而洞瀉緑樹逶迤而夾植源自山來漕因人力或清淺而見底或深沉而莫測奔狹口以雷聲積中心而黛色若乃方將暮春大集都人錦筵横石羅幕

藉塵騎影攢臨變作桃花之浪衣香亂入翻爲蓮葉之津由其地勢多美所以潭名未新觀其城闕映帶閭閻縈繞平向石崇之園斜經潘岳之沼星月沉浮乎其内烟雲洗拂乎其表不生芰荷但聚魚鳥通舳艫之利於國既多開浸灌之功與人非少自記從調恒來此遊朝林坐而疑夕夏潭行而覺秋清可照人實欣逢於朗鏡虚宜受物佇相引於仙舟帶洛常恥臨淄更羞况獲忝乎餘派終敢希乎下流

新潭賦　張環

惟國之左當河之南分逶迤之舊洛漲浩漾之新潭觀其沙石中映魚龍内涵泛危槎而獨隱紛衆水以相參原夫引泒潜廻跡源洞出淙石門以雷注透金塘而箭疾瞋浮天漢之雲晝洗嵎夷之日雖胃坎之爲常乃流謙而不溢若夫正月發晦韶風報春花明上巳柳暗長津出金埒之遊騎下瓊樓之美人愛清流之亹亹走香駕以轔轔樂此幽勝褉乎陽濱竭主第之羅幕盡侯家之錦茵窺浴鳥之呼伴見飛魚之觸綸既盛長於上國恒見美於斯辰若夫黛色冲融清光皛了緑苔一點疑濯髪於江波青楊四周若連帷於漢沼湛珠彩於星夜流鏡華於月曉荷形影之可觀乃妍蚩而必表歲滄茫兮寒氣冽潭皎潔兮生堅氷比玉卮而逾净對瓊華而更凝猶不若鏡室之爲朗銓臺之可稱庶狂愚之可鑒知簡要而相承

秋潭賦以秋氣清爽賞彼澄澈爲韻　王起

汚彼積水凜乎高秋秋應律兮則勁水爲潭兮至幽當草木之不芳獨開翠色因天地之始肅更變寒流匪騷人之詠歎實知者之娱遊爾其畜漪淪之色得蕭瑟之氣就其淺則亹亹共清臨其深則兢兢足畏居下流之可保信上善之爲貴寂爾不動湛然恒平正衣冠而逾審燭毫髪而必呈性則納汙能積小以成大時方收潦故沿濁而更清鷗浪不振鶩濤不驚同至人之虚受比君子之持盈懿其歛昏霾羅物象峯巒之所攢列雲烟之所來往媚潛虬之幽姿疏遊人之煩想不汪汪於千頃自泠泠於百丈寫星火兮初流涵珪月兮始上湛清華於古木于以交輝澄鮮

彩於層空於焉旐爽虛明莫映皎鏡無私處不爭而成德體自然以爲資金風乍搖似易水蕭蕭之日木葉方落如洞庭嫋嫋之時映沉寥之遠天動悠揚之短晷與碧落而相合將清光兮乍起淨如練兮可名清濯纓兮增美儻朝于海知引往而納來如絜其甁可注茲而挹彼安波皎潔利物含弘濫金隄之皛皛窺銀礫而澄澄飛螢乍臨疑列宿之在漢纖鱗或躍若迎春而上冰豈清淮之可訢何靈溪之足矜則知沸潭無湧聞之於栗烈寒潭見底稱之於洞澈孰若積玄流當素節金鏡同朗冰壺共絜旣姸蚩而照臨幸清通之區別

小池賦 許敬宗家有小池作賦賜之 唐太宗

若夫素秋開律碧沼凝光引涇渭之餘潤縈咫尺之方塘竹分叢而合響草異色而同芳徘徊躑躅淹留自足疊風紋一作文兮連復連折迴流兮曲復曲映蓀蘭而轉翠飄輕苔而動綠牽狹鏡兮數尋泛芥舟而已沉湧菱花於岸腹螃蓮影於波心減微涓而頓淺足一滴而還深于時景落池濱霧黯踈鈎卷舒澄霞彩高低碎月輪露宿鳥之全翮隱遊魚之半鱗岸隨年而或故流與日而終新雖有慚於溟渤亦足瑩乎心神

小池賦應詔 許敬宗

臣忝班下列胥宇上京欣託巢之有庇體壠戶之全生爰鑿小池依於勝地引八川之餘滴通三涇之洋泌纂鑒止而端形乃遊智而清志爾其潺湲繞砌潋沒縈階擬高陽而不足比蹄涔而有餘游瑩銣之微鳥躍露腓之纖魚乃若椅井傍通桃蹊俯映仰天津兮共澹潔秋景兮俱淨倒列宿以疑珠含望舒而似鏡覩江使之潛處訢波臣之沉詠於是飜光翼牖漾影蓬門溜激石兮長嘯黿鼓浪兮相喧竹凝露而全弱荷因風而半飜足以澡瑩心神澄清耳目對昆明而取況喻春蘭與秋菊不羨寶於河宗豈希大於暘谷彼瑤池之高醼固幽遠而空傳此坳堂之信遂騰謇而聞天降臨渭之睿藻連橫汾之纂篇何微生之一日荷大賚於千年

清冷池賦 王冷然

梁王旣受封於漢命駕東游入睢陽之下國弔微子之高丘榮華莫比侈擬無休復欲象昆明之校戰同右武之習流決河間而飲馬治宮樹以維舟當時舊跡此地爰脩土木間成起臺宮而似畫絲金並泰和冰石而疑秋是時宮人出看上客淹留旣成此地勝形無比喬樹青冥而外合層甍岌嶪而斜指曉坐御鷗春祠薦鮪連小山而夾廻磴截長河而分半水徒觀其清冷無點洞澈如凝鏡開珠淨月混星澄黿嚼紅藻龜飜碧菱地將昏而霧合天欲雨而雲蒸明則可鑒虛而不竭風靜浪碎日落圓折波含閣而相動潭映空而俱澈此土之池君王所爲年深則峴山陵變水淺則滄海塵吹不見射魚之浦空餘養鴈之陂皇家

化溢成周包含（合一作）梁宋分星辰以主萬國會江漢而歸一統惟玆之地清而且平居下流而不濁含上善而逾明常以柔而處順豈遺道而從榮府人競渡搖海艦於三春暮客來投落江帆於四岸何今日之登陟皆昔年之池館物是人非所存者半濟巨川必待舟楫得風流還升汗漫儻餘波而可霑幸不遺於所觀

張昆明池賦（以池滿春流思象河漢爲韻）　張仲素

空闊靈沼蒼茫舊規昔穿焉迎秋而大閱戎艦今漲也乘春而無竭陂池則時陽候既序陰氷已泮天子乃詔京尹以允役命水工而叶贊陳衆力而雲鍤勃興決萬派而箭流共灌澮汪汪之積水似耿耿之斜漢況復轂雨初霽天

桃正春惣上善以利物涵聖澤之深仁軼彼宮沼瀰如海濵鼓金堤之曲岸揚石鯨之彩鱗浪湧煙矧更失辨牛之涘日華翠漱繞分織女之津伊昔殊荒未化勤遠是思非障澤之瀦矣將水戰而隷（疑作肄）之構館浮鷁以遨以嬉頻頻呈形有類於文身之俗鳧鷖亂響如習乎下瀨之師春水平兮波湲春日煦兮沙暖雖守柔以易狎竟安卑而就滿重泉之沫騷騷而若廻淺沚之毛離離而漸短至若鏡朗風收澄明不流沃餘潤於荒野引孤光於釣舟豈獨鑿是猷實亦龜龍載游厥跡既往前聞可想故人遥集曾分劫火之灰蕃帥來朝暗識滇河之象其漲則那弍詠且歌開鄭白之墳衍流畎澮以天波瑞氣長凝表宸居之在

鏑晴虹乍飲若縈光之出河大哉水之爲量皆從夫一勺之多

漲昆明池賦　宋悛

於廓靈沼其流湯湯控清源於近甸瀦積溜於方塘頃者天子時欲出池苑瞻農桑納獻可之規諫設成務之紀綱乃斬杞柳破隄防將欲抑耳目之遊觀資稼穡於人康一物失所若已納隍竭其澤則龜魚無咸若之地害於物則邦家無好生之方豈以成功者不可以適變識道者克在乎順常乃天意恰豫人謀允臧不遠而復載濬其隍（前已押納隍）亦既具畚鍤亦既瀦沼沚將挹彼而注玆乃引流而激水揔括趣絶見鯨波之大來委輸成深覺鳧舟之漸起且

池之盈矣亦云自瀨倏軌躅雖閒於仍舊開汲引終期乎取新鱗介將枯而復躍草木咸滋而更春皇矣我后有如其仁懿乎哉仰對一水旁連九陌流惡有類於汾澮納汙頗同於川澤煙收霧斂混天色而波清秋霽霜晴浮月華而影白載育菱芡（一作芡）群浮羽翮將飛有翼時棲太一之雲欲濟無梁幾滯壁池之客且流謙者聞於善下惡盈者誡於忌滿儻從事於水鑒庶可形乎長短

墨池賦（以臨池學書水變成墨爲韻）　王起

墨之爲用也以觀其妙池之爲翫也不傷其清苟變池而爲墨知功積而藝成伊昔伯英務玆小學棲遲每親乎上善勤苦方資乎先覺俾夜作晝日居月諸挹彼一水精其

六書或流離於崩雲之際乍滴瀝於垂露之餘由是變黛色涵碧虛浴王羽之翩翩忽殊白鳥濯錦鱗之瀲瀲稍見玄魚則知自強不息允臻其極何健筆之成文變方塘而設色映揚鬐之鯉自謂奪朱沾曳尾之龜還同食墨沮洳斯久杳冥不測受涅者必染其緇知白者咸守其黑蘋風已歇桂月初臨玄渚彌淨玄流更深所以恢弘學海輝映儒林將援毫而閱目豈泛舟而賞心其外可察其中可見同君子之用晦比至人之不炫氷開而淳滐重重石映而玄圭片片儻比流而浸稻自成黑黍之形如東門之漚麻更學素絲之變究其義也如蟲篆之所爲悅其風也想鳥跡之多奇將與能而可傳可繼豈謀樂而沭之滸之耻魏國之沉沉徙開墨井笑崑山之浩浩空設瑤池專其業者全其名久其道者盡其美譬彼儒一作濡翰成之色水則知遊藝之人盡以墨池而爲比

盆池賦 以積水盈器如望深池爲韻

浩虛舟

達士無羈居閑寂奇陷彼陶器疏爲曲池小有可觀本自挈瓶之注滿而不溢寧逾鑿池之規原夫深淺隨心方圓任器分玉甃之餘潤寫蓮塘之遠思空庭欲曙通宵之瑞露盈盤幽逕無風一片之春氷在地觀夫影照高壁光涵遠虛潛窺而舊井無別就飲而汙鐏不如雲鳥低臨悞鏡鸞之縹緲庭槐俯映迷月桂之扶踈是則涯涘非遥漪瀾酷似沾濡纔及於寸土盈縮不過乎瓢水蘭燈委照以珠動紈扇搖風而浪起沉綵絲爲羡魚之網深抵百尋浮芥葉爲鮮纜之舟遠同千里想乎泥滓無染泉源本清盛之而細流不泄鼓之而圓折長生蛙穿而別派潛通想漏巵之難滿雨落而古痕全沒知小器之易盈及夫岸灔灔以初平水汪汪而羅漲翻雲分白壁之色映竹寫圓荷之狀光飜曉日誰謂覆而不臨底露青天孰假戴之而望至若煙霧沉沉蘋苔四侵方行潦而不濁比坳塘而則深遂使好勇之徒暗起憑河之想無厭之士潛懷測海之心故得汲引無勞泓澄斯積環纖草以彌漱泛流萍而更碧沙洲連一畝之地山壑接如拳之石悠哉智者之爲心聊覩之而自適

文苑英華卷第三十五

文苑英華卷之第三十六　賦三十六

水五

雙灤泉賦 以泉澄水澈皎鏡春冬爲韻　王澤

呀厚地而濫涌者有河東之灤泉拆陰開竇沃日浮天初汩沒圓衝拂高湍於柔祇之下復逶迤遠注散餘波於馮夷之川爲神龍窟宅之上而致美爲陰陽蓄泄之所而通

玄將海日泓淤而昭此豈坤儀挺拔以隳焉來何所以去何所止始開雙灤濙發輝於汾魏之郊竟助洪流歸潮於渤澥之水借如夜色初升空光下凝繁星映而珠蒲新月入而釣澄洎乎風駭霧勃煙涌雲蒸則有鬼神倏閃以恍惚蛟螭鼓怒以噴騰異物之與詭怖就可得而備徵意以爲潛虛洞央脉流派別雖一河有隔終陰騭以相連故數眼分開涵碧虛而共潔未見澈字官韻是以百尺澄兮四空晶珠胎明兮沙岸皎洗拂煙埃蕩漾魚鳥亦能凉生朱夏氣煖玄冬守謙下以含道順畎澮以利農道則以物爲賓水則假利於春人有情於利求水無意以求人人之自僞我豈非眞故至人以水爲德以心爲鏡鏡雖明不利於人故灤之爲澤也廣泉之爲鑒也淨若壅而閉則澤不能及物混而濁則鑒不能自正故選士者象清灤以含虛懷才者佀明心而未映苟能酌慁於茲泉則可以相顯梅而冀聖

蒙泉賦 汨沒一作滑　珠胎明兮一作珠胎兮　李程

蒙彼東山山下有泉運未逢於畎澮色空積於澄鮮虛明可鑒澹泞自然宜習坎以爲德胡止艮而莫前士有酌而歎曰惟水之義萬物之利顧導達之或闕將灌注而奚遂朝宗路阻未歸朝夕之池潤下功微空浸尋常之地且夫壅則止理則通能致遠遁任決西東荷四氣之平均潛生麗藻處重陰而蒙蔽尚隔清風亦有舒女化而稱異耿恭

感而成功彼皆因人而有託此獨居然而在蒙懿其蒲而不盈卑以自處岷山未測且覩濫觴之時滄浪是期終異濯纓之所性則全柔德無與儔能載清而載濯諒可泳而可游將注江湖終有希於上善未分涇渭誠無惡於下流嗟止水之奚匹念發源兮在斯當其一勺而可挹豈待成川而後知儻理水之有便諒餘波而可期他日敢以勝載之力冀裨舟檝之時

娥女泉賦 并序　李蒙

泉在寧陽城南二里古老傳稱娥女美容色善歌舞度曲此地化爲泉生於巖石間垂灑如淚故云耳

水之嵛巖之偏變彼娥女劃爲沉泉伊昔巧笑淑靈濃華

艷色頽唇發而寥亮素袖盤而掩抑故能傾北方掩南國超倍絶世神窮化極於是淒兮雨濕黯兮雲沉銷玉貌與紈質冶瓊姿及蕙心舞成水態歌入流音臉耿耿以波盡眉娟娟而月深觀其岸草翠積崖苔綺映列山光以洗艷懸樹色而涵靜引耀氷王貞明石鏡能含上善之心不改至柔之性若乃蠲祀典戒良辰蘋藻前奠笙竽下陳莫不淋漓玉集滴瀝珠新聲嗚咽而成韻淚闌干而向人及夫嚴風歲晩熾景炎節水壯河沉流枯海絶則必濕溜冬汎寒光夏冽異黄泉之下冥殊遊水之東閟噫化將云盡奚假物而獨靈道或既存雖得仁而何懟靡度可特此句疑安知榮悴望神光兮水潛鑒化跡兮山閟搴杜若以誰與弄

潺湲而增思

舒姑泉賦 以記云舒氏女化爲泉爲韻 浩虚舟

漂水之上蓋山之前昔有處女化爲澄泉贍風而艷色如在靑貫而寒流宛然原夫曠別幽室暗悲韶年顧容華之莫守望世人而都捐儼弱質以徐來頽猶灼灼委貞姿而色動聲已涓涓眷戀無心淒涼故地念嬋娟之可惜驚變化而殊異俯視清流託誠幽意陳翫習而斯在瘞精魂之能記素鱗頽尾渾非舊日之容急管繁絃徒盡平生之志既而水府潛處幽冥既分凝情而淑飲寒色冶態而波生細文泛浮影於中流遥疑嫋嫋逗鳴湍於別派遠若云云由是鱗甲與遊綺羅長阻迷綠沼之廻復忘紅樓之處所源通湘渚寫幽恨於靈妃流達漢皐導春心於遊女淨色含虚清輝皎如烟凝泪以香起苔斕班而錦碧浦水光揺似動横波之末岸莎風靡如存鬓髪之餘想夫紈質已銷陰靈未謝濯衣彩於花晝洗鏡光於月夜冷冷不濁殊晝地而俄成潏潏無窮類拜井而潛化且静而清者水之宜柔而順者女之爲憶朱顔之婉娩柔碧溜之逶迤浮沫粉聚懸流淚垂泛萍藻而翠翹碧落動菰蒲而緑帶參差及夫亂草丰茸古墟荒毁雜泥沙之汨没蔽音容之妖靡至令閭里之人空傳其名氏

廬山雲液泉賦 并序 吴筠

筠所居之東嶺其側有泉洪纎如指冬夏若一山少凡石

至多雲母其水色白味甘且滑此則雲母滋液所致因名雲液之泉乃結宇其旁引於軒廡之下既飲既漱永翫無斁今兹夏季不雨至于十月江湖耗竭澗涸此泉冷冷不減乎昔懿其若是爰以作賦

坤元孕氣潛暢成泉冠五行之首爲萬物之先爰有清泚出此山側處蒙險以難知猶井渫之不食我搜靈泌載披載登見其地僻至潔源深有恒凝寒不爲之損暑雨不爲之增乃考室以飲而樂在枕肱甘侔玄王之膏滴乃雲華之液液可蠲生可益引充佃翫惟意所適懸之則素皎璀之則滔碧晝浮光以悠揚夜含響以淅瀝陰陽爲災水旱失節不雨炎夏暨乎玄月汪汪洪波久已竭耿耿瀑布今

已絶挫江湖之浩蕩沉澗谷之微劣斯泉秉毫纖無虧雖遠不霑惠而近有所滋彼淵霈於疇昔豈不慙涓涓於此時夫醴泉無源而易涸舟溜乍見而難挹曷若止以爲鑒酌焉取給何異神仙之瀵帝臺之漿涌異域之表湛無人之鄉兹亦標奇於絶境眞可謂靈而長者也

望瀑泉賦　李華

曙無雲兮川無波泛余舟于空碧彼廬山浮重湖之上兮巀極天之峻壁凝黛色之深明噫林嶺之岑寂何神造之杳冥躍騰泉於山春孤流皎皎于蒼翠翠淙千仞兮懸帛玉繩縋於寥天銀河垂於廣澤春風雷兮徒霜雪穿重雲而下射白龍倒飲於平湖若天地之初闢委滔滔兮東逝

詎知夫維今之在昔何倚高帆而一望豁余心兮灑滌近古有鴈門上德兮昭洗塵昏柴桑間士兮捨印推尊靈境殊象詮微究源人已古今山在泉無心兮道存將默貫于精極欲置之而不言

飲貪泉賦 以言飲此泉心終不易爲韻　胡權

吳隱之擁節南海停驂石門遇貪泉之廣陌若旨酒于汙隩由是徵圖籍所載考耆舊之言云注兹而難窮地理或飲者而能移性原公乃斯言已察其事惟審十目所視表執心而不回一勺之多遂舉盃而就飲重言曰所執在我寧由此泉瀉冷冷而反同潔已持惴惴而過甚防川恬淡相資漸滂沱於德澤清廉是守何汨浸於情田將正浮偕而去彼覩濫觴而在此臨川而不覺起予命酌而共從率爾盈科即挹聊杼思以盤桓建筆忽飛寫緣情之綺靡既而威臨借鎮塵静邊空闔境而皆知嚮化四方而靡不趣風量比滄溟能控清而引濁心如白水可原始而要終當其境接遐荒郡惟幽僻山川而多含瘴霧草木而少蒙膏澤道之云遠人不顧適公藏器以俟時方遇君之側席泉云飲而名乃益彰心秉直而誓當不易則知貞清特立瑕穢莫侵人飲酒而蕩志我飲泉而洗心胡不誇於一石而不愧於千金于以明好惡定能否不貪爲寶而可憐 疑不飲盗泉而非偶懿哉君子之鴻名竹帛永垂於不朽

性猶湍水賦 以性之爲善猶水趨下爲韻　侯冽

人立性兮誠明爲本水激湍兮動直惟柔將以遊心於澹故其從善如流天理斯在坎德可求謂寔懷而必將流惡同赴勢而咸得處休至人之情唯當浩浩君子之道所以循循原夫性本皆善誘成遷化湍有常行決而上下得其道則致和平汨其流遂成姦詐故聖人行當順動義不詭隨欲滔滔而處下逾絜將淼淼而致遠不疲順意周流誠隨波而遷染由裹激發庶合道以云爲託以洗心從之絜已尊派别脉分之要道守滌瑕蕩穢之至理符老君之立教心乃善泉同太史之奏言德方在水勢雖相近意當一揆法潤下流謙之迹莫非有爲爲之變漂沙宕石之功是皆景行行止心源洞適德澤潛數在審思其決泄豈求潤

於霑濡遠近相洽宛見爲仁由巳始終共濟足見循道而適不然則喪其貞失其正動必旁午志皆紛競安能使通達爲無滯之姿稟受成善利之性德如毛而轉潤行有葉而逾滋心鏡之前若光明而上下察也情田之內同澹泊而左右流之懿其義戒中人事標前典是明各有原本不可遷移豈徒虛閱波瀾以方清淺若然者信乎孟子之言所謂懲惡而勸善

割鴻溝賦 以割土開城去存深跡爲韻　　侯圭

龍爭虎鬬兮萬象交奔鏃盡兵窮兮白日循昏潛豹略而久困割鴻溝而兩存臨屹屹之重關平分海嶽指遙遙之一水畫斷乾坤秦之末世也鹿走中原人殄下土天垂不定

之氣代作分爭之主皆欲呵叱羣類鞭笞萬宇或功侔擘嶽掃氛祲以將清或力並觸山缺穹昊一作是而未補爭馳羽檄欲定雷雲共假長山之隅濶請如橫漢以昭回磅六合以中裂割八紘而半開於是對戟雄稜俱停執馭盟高岸以斜指約中流而內據霜戈雪刃擁雲陣以東歸火幟虹旗扶日輪而西去險隘爪剖深沉帶横兩曜而寧休暈蝕重宵而未落攙搶晉魏周韓出地表而共宗函谷燕齊楚越徹天涯而盡屬彭城池塹彌堅人煙漸隔瘠痍詎息於餘略兵甲俄循於舊跡祇軍外鎖截南北於千城萬馬重來併華夷於一擲由是霾陰再合霆霹交侵疆者功淺弱者機深空欲限溝洫之迢遞閉關河之阻尋分地理而

不分天理割波心而不割人心及夫垓下之劒不還江上之師莫遏始知鳳闕之難虞徒想鴻溝之獨割至今京索之原古津空濶

文苑英華卷第三十六

文苑英華卷之第三十七　賦三十七

水六

浮漚賦　崔根（總目作損）

仰參造化之理俯察宇宙之功既希微而不測亦要妙而無窮至如殷雷發谷激電流空石鷰飛而迎雨銅烏振而驚風巳而懸溜不止空庭積水對霶霈而歷覽見浮漚之邐迤瑩映澄澈内明外美倏往忽來乍滅乍起含卷舒之度得行藏之軌其柔也則隨波以為心其剛也乃觸物而忘巳諒潛運之恍惚孰能察其終始浮漚之義大矣哉俯

而觀之錯落煌爐若明珠之出合浦遠而望之的皪和（一作旁）羅若衆星之列長河爾其因水發色以空成相懐情潤之秀氣負圓通之雅量信天澤以成姿豈人圖而為狀且乎勢有萬端形無定質或繁小而爭湧或希大而間出從下流而守謙託上善而排（疑）滥冀輝彩於當年故韜光于晴日

第二　楊烱

在霖霪之可翫唯浮漚而巳矣况曲澗兮增波復坳塘兮漲水霤滴瀝兮行注階潺湲而浪起寸步百川咫尺千里於是乍明乍滅時行時止排雨足而而分規擘波心而對峙輕盈徘徊容與庭隈狀若杒蓮出浦映晴波而未開又似繁星落曙耿斜漢而將廻合散消息安有常則倏來忽往不可為象雨容稠生風牽亂上若乃空濛采寨浩汗浮天流平舊沼派溢新泉分客對出吐映均鮮觸流萍而欲散礙浮芥而還連光陵虛而半動影倒水而分圓始參差而別趣終宛轉以同沿歷亂踟蹰漂沸縈紆細而察之若美人臨鏡開寶匳大而望也若馮夷剖蚌列明珠逐風波而澹泊乃變化而須臾迹均顯晦妙合虛無同至人之體道亦隨時而不拘夫其得坻則止乘風則逝處上下而無窮任推移而不繫似君子之從容常卷舒而不滯故其在陽則隱在陰則出泄泄悠悠匪徐匪疾固自然以見體託行潦以凝質類達人之修身故不欺於暗室蕩薄眣滄鼓

舞洲渚其生兮若浮其居兮若旅雲銷雨霽寂無處所唯斯物之靡依獨含情而應機暫假有而示絜終淪空而匿暉苟無心以自累夫何適而有違

第三　鄭太昊

奥若雲橫於斗月離於畢石鷰初化泥牛未失重陰潤礎看澍雨而交飛行潦浸階見浮漚之亂出爾其合散無常漂蕩自然形色虛絜表裏澄鮮似珠胎之出漢若星象之浮川拂還風而獨轉偶到（集作倒）景而雙圓夫其仁也不輕畦黽之穴夫其勇也不怯蛟龍之泉觸奔槎而邅碎近浮藻而還連覩夫遶砌潢汙迴塘綠水長詹連霤通溝表裏排亂滴而攢生逼瀠流而細起乘川則逝遇坎則止雖有

近於泥沙信無累於囂滓既生既滅如幻如夢體象明媚上下沖融徘徊未息展轉何窮識盈虛之不定知造化之皆空則知生也若浮榮兮如寄秉陰守不競之德就下保撝謙之義清虛自若有高尚之風隱顯無恒有行藏之智別有縉紳公子思浮思沉乘時趨勢佩玉鏘金見淨漚之形象息徂詐之機心況乎失路書生懷憤胸臆規術恬淨節行孤直覺萬化之俄頃知千齡之瞬息能不操紙殫毫叙浮漚之德

潢汙賦并序　錢起

潢汙水之微也汲引之際人皆捨諸唯有德者知之薦鬼神以昭忠信則百川雖廣莫逮其用焉喻士先沈後伸放

（疑作於）知巳也辭云

潢汙之水天實降之雲散雨絕淵然在茲胡稟彖而成性能處下以任時善乎濁而徐清貯之將綠棄捐池沼之外隱翳林臯之曲接九派而何労方一勺之自足至若雲霽地表霞開水陰乾天可鑒物象是臨山曉映而色近雲高淨而影深險阻不行芥舟寧覆盈滿知節鴻毛匪沉產蘋繁同南澗之有藻聚飛動異舊井之無禽斯其善利也乃至人之用心且夫出山者泉歸海者川汲引無絕隄防在焉彼包蕭屢浸東楚不傳唯潢汙也獨此晏然其明若昧其壅若退竭而自中盈不侵外天資其潔德維貫神明人棄爾微道不行畎澮夫事有小而可廣運有塞而必通當休明之聖代徵泂酌之古風彼湛然以虛淨盍薦之於王公俾爾忠信昭明有融俾爾嘗祀景福延洪斯則椒漿與桂酒可以比美而同功

尺波賦以水澹幽色風初起波為韻

潋灩駭水瀰淪始波引分寸之餘風從一勺激尋常之內無爽盈科勢將盆湧迹異盤渦蹙跬步以無數蕩分陰而自多觀其日色遥臨風生未已圓規可驗疑沉璧之舊痕前後相仵若浮書而競起跡疊相近萍縈有餘促漣漪之散漫擁跳沫以虛徐流脉中移類蠖影求伸之際浮光上透若雪華呈瑞之初湧以回回馳乎澹澹始羣分而下瀨將積少以習坎生而有準動必若浮如投石以花散等覆

杯而迹幽影不過於布指光遽溢乎寸仵洶洶安翔似欲將乎斗注洄洄增繞如潛運以環周無驚川后未發陽侯當澹以成之寧同瀑怒謂小為貴也爰進涓流淺浩風光輕蟠水力寸長所及知文在其中方折是為見動不過則散或往之浮彩轉初盈之淨色將潛甯戚之鯉半未能容若流張協之薪重而繞得汾濕若冲溶滴相通未合流於油岸方騞沸於汾風砦石愈蹙淪池不融是將寬其泓量誠有重於泉蒙蒙也如委淪然可視茲延袤以上騰匪徒旋於中沚翠潋交映璿源共紀將不退於大成固在乎有便於風水

溺賦　楊夔

玄微先生澹慮澄情樓倚岳陽湖觀洞庭渺漫兮若與乎
天平遠指君山一螺黛清遥覘湘浦一片雲明輕檝巨舸
載縱載横或楚歌以應棹或漁唱以齊征雖云吴楚之濶
於焉瞬息之程俄而濃雲與猛吹作訇訇兮雷霆零零兮
雨雹波勢兮奔騰波聲兮淬濯或若積雪或若裂墜樓岌
嶪兮地如落欹檣側帆倏出欻入煙馳霧驟神號鬼泣忽
翼舉忽蟲蟄波而觧浪而傾者亦一瞬而俱及兩既霽風
亦止呀呷餘波振蕩未已俄有呈其板而流者碎其蓬而
飄者彼緘縢之篋筍鎖之櫃委翳波間罔知所秘或一竹
以脱命或舉族而咸墜沿汀遶濵零落在地玄微子指而
泣曰其皆利則孟子所以惡交爭也其欲速則仲尼所以

悲不達也孰有輕命若糞重賄如山用一縷無繼之力涉
萬仞不測之川踐險冒危既蔑覆水之誡殞身覆族空銜
沒齒之冤弘農子聞其言同其歎此則以江以湖沒不可
援今復有非波非濤溺不可筭窺之則茫然無岸由古及
今陷者如貫玄微子矍然其詞泫然其悲何陸之爲溺而
不維不持紛吾緒而亂余曲爾其辨而折之乃曰麴糵是
惑沉湎無時混淆先後顛倒矩規唯誕是習莫禮是持散
髮躶體以遨以嬉汩親踈尤尊卑情所至則至意所爲則
爲可慶者忽其慶可悲者忘其悲龍章莫保鳳德何衰光
逸則獨實求入伯有則壑谷忘歸子反不謀於軍前敗非
天作正平不拘於席上禍乃自貽但驕其氣益亂其機隋

兵濟江玉樹方舞越人入戶金犨猶飛所以爲酒之溺也
至若貝含其齒雲聳其鬟荷藏其炭矜持其妍紅巧若拙
移曲成端爲媚斯極荷寵益堅陳靈以袒服戲朝俾君臣
受禍驪姫以歸胙獻毒使父子成冤齊莊以盜室取斃郄
犨以奪儷不全此所以爲色之溺也至若伊義莫顧唯賄
是務以譎以囬不軌不度湝墜難滿錐刀必聚莫興知足
之慙篾有惡盈之懼其帑溢其帛蠹其貫朽其粟腐营营
尚恐其力窮汲汲不思其日暮復有白板爲侯黄金作輔
南宮變署賈之行西圓（疑作闉）成闤闠之路求金求斂曾無
疏木之心鬻爵鬻官但欲齊天之富壬夫死而方覺雍子
戮而未悟此所以爲貪之溺也至若專國之柄操天之軸

任其情性隨其嗜欲其喜也沉者浮其怒也巍者縮易否
爲臧化直爲曲雖山重而可廻雖海深而可覆其門若市
其帑如谷背者斥向者録言張其機笑孕其毒譽之則銖
而爲鈞訾之則歌而爲哭屏内外之氣側天下之目稽其
莽卓考其産禄謂兵鈐之在已將神器之有屬國蠹行竊
弄之手宮闈開盜視之目自謂其弢盖之力可圖殊不知
燎原之火難撲既衆叛而親離竟噬臍而豁腹此所以爲
權之溺也是四者匪横其流匪駕其舟有溺者孰究其由
其毒也必漬於骨髓其痛也亦甚於戈矛雖扛鼎之力觸
山之酋亦不能杼之以出而况於纖離之儔哉玄微子乃
曰始吾觀涉水而溺則慌然而内惕今復聞不波而沉則

瞿然如大敵且酒不可耳耳之則沉吾命酒曰耳波色不
可愛愛之則溺吾命色曰愛河衣所以被體食所以充腸
苟朝晡而不匱寒暑而有裝豈假積粟於廩儲貨於囊且
藥所以攻百疾百疾蠲而藥不止者鮮不及其殃吾命財
曰藥江士患不達之名不立之身苟達苟立在守其眞何
必競弃沉之路爭輕重之鈞很子野心雕之害人吾命權
曰狼津噫生於世不溺於四水者吾謂夫顏閔之倫

文苑英華卷第三十七

文苑英華卷第三十八　賦三十八

冰賦

大哉洪鈞賦象觸類而生或分氣四序配位五行惟彼冰
之堅質包履霜之漸成夫其體含上善色侔晴雪妍蚩自
明表裏虛澈原其物也則昏危應位覘其時也則玄冥御
節陰氣盛陽晶滅殺氣鴻洞嚴飈栗烈當此時也何水不
凝何潭不結瞻山則萬壑俱閉歸海則百川潛泄諒造化
之自然羗難得而備說佳其空冷愈堅風凄益壯汗漫稜
層委積亭嶂交河則戰士加守合浦乃漁人迷望况乎天
道無私所應多姿雲禽下覆彰后稷之聖德泉魚出躍表
王祥之孝思然而題周官順時令皎皎雪聚皚皚山淨盤
重潤而疑璧瀉圓池而若鏡與海鏡而混輝將玉壺而相
映何增冰峩峩形埋奔浪勢壓衝波坎位臨時則慎於馬
窟離光再誕示合於滹沱豈直若斯而已哉固見美於將
來其藏之也黒牡秬黍以享候其出之也桃弧棘矢以除
災取順則人不夭札用逆則時多震電故以北陸而收西
陸將啓冬鑿秋削識寒暑之情大盤夷盤表君臣之禮徒

觀其讓也每避燥而就濕其讓也亦背陽而向陰儻何黜
之入踰著幽詩而見欽皎爾自安同達人之守節渙乎將
解若天道之無心故先賢取危於履薄作戒於臨深或曰
衆雖類而多名曷方茲而至妙明陰陽之本爲適時之要
可以羞之於王公可以薦之於宗廟儻水鏡之一察猶希
暫於迴照重曰深山窮谷陵人鑿頒賜從來天下聞別有
川池捐棄者終思采斲獻明君

第二　　劉長卿

水無心而清冰虛己而明始則同體終然異明水之動我
變以靜水之柔我變以貞任方圓而能處其順在高下而
不失其平北陸初凝結而爲冰東方始起融而爲水與時

消息(一作令散)隨物行止冰也不(一作莫)知其所然冰也不知(一作莫分)
其所以何推運而有恒乃忘情而合理觀乎外示貞堅
內含虛澈(一作澄澈)無受滓以(一作無滓塵能)保其素無(一作不)納汙以
(一作能)全其潔比王而白不爲蠅玷(一作點)比月而明不爲蟾
缺瓊樹色奪瑤池光發變寒日(三字一作寒日爲)之清瑩帶陰天
(一作陰天爲)之肅殺爰自止水遍於山(一作大)川山(一作萬)宂俱閉
長波寂然皎皎彌靜峩峩遠連如雪覆地若雲彼(一作披)天
雲之凝兮佇長風而可掃(一作拂)雪之積兮向太陽而莫全
豈同夫氣之所感物莫能遷勁飈夕寒我力增壯晴(一作愛)
景朝暖我心(一作力)猶堅其堅伊何履霜斯至其薄伊何臨
泉是畏君子用之以馴致其道覩之而不驕於貴(一有者也二字)

二之日始鑿命虞官三之日始納享司寒(一有四之日三字)天子
陳禮容賦幽風大啓冰室獻於王宮氣肅雲陛寒生袞龍
闕九門於月下列千官於鏡中頒聚(一作衆)位取飲以受命
御至尊得象於朝宗若君莫之求臣莫之見則深山窮谷
詎可得而加薦苟藏之不周用而不循則災霜害雹如有
待而爲變人或愛我(二字一作好下同)清人或愛我淨既潔其跡
亦堅(一作虛)其性水之冰生於寒人之冰生(一作出)於正無(一作)
不棄其道吾將何病　九一作皆集本

冰泉賦(以應陽氣而發蒙爲韻)　陳廷章

衆潤將行一陽初勝剛柔合德遠近潛應動能依節自契
周書之言流未入淇豈若衞詩之興時也豈冰塡井甃日

冷池塘蹔無聲於短景終有鶩於盡長於是微消涸沍稍
變潛藏既聞乎下能順上豈闇乎陰不承陽深且異於潢
汙孰云咸竭用堪和於酒醴誰見必香居壅鬱而將聽聲
潺湲而未尚雖幽深之可則終遠大而爲貴未知所適願
添滄海之流必得其宜無俟黃鍾之氣激灩如彼清泠注
玆其道也誠於遠矣其深也可以述而望朱夏而龍文生
定四時而不惑當玄冬而麋角解後五日以爲期暗漾懷
珠之媚潛抽漱玉之姿鄙借勢而爲瀾每遇秋風之冽冽
待流聲而解凍必由春日之遲遲全其性以守柔相其時
而忽越思王溜之纔吐若坻江之初發出陽岸之下潛潤
澗毛涌陰溪(一作谿)之中輕搖石髮决諸可見其澹淡冽彼

訶同夫汨沒異雷驚之蟄猶若陸沉當治疑理之時不虞
乾沒當今化源畢啓時令皆同覩陽光之下達昭帝澤之
潛通浮帶地之功暫留坎窞運知天之德終異童蒙儻或
導於外發其中冀有裨於江漢得流善於無窮

初日照冰池賦 以鮮彩明澈寒光入座爲韻　馮宿

日生東方冰滿池塘以涸沍之寒質承亭曈之曉光其象
斯潔其容可閱炳爾昭渙朗然澄澈可愛之德已聞左氏
之經如復之心更憶詩人之說即合體而光輝且負暄而
昭晰全嗤嶺北之梅詎比墻陰之雪美其林煙早晴寒宇
凄清池有水兮冰合天無雲兮日明凝陰尚積暖氣潛盈
淋漓兮向陽和而未泮皎潔兮覩津潤之將生所謂當此

嚴景昭茲陽彩上下相融貞明共在斯乃元化所結玄功
不宰日有曜而必臨冰無心而有待不然何大明兮方懸
凝質惟堅斜景自高而來照素耀相向而俱妍曲岸增媚
平沙更鮮豈西陸之中候朝覲而方出東海之上泮陰火
之潛然是知清輿攸集氛埃不入隨陽而孤鴈初飛向暖
而群鷗乍立且日者分乎兩曜冰者生乎沍寒既清貞而
可賞信溫煦之咸懽足使勵志求鑒探幽就觀何必挹瓊
漿於丹竈思夕露於金盤曷若色映朝户光陵曉座冰生
池上豈羨玉壺之明日下池中全遇隙駒之過聊賦之以
體物庶同白雪之難和

冰池照寒月賦 以寒淨光潔瑩心月爲韻　林滐

瑩池洞澈兮堅冰始搆玄天皎晶兮皓月初圓冰含虛以
凄冷月委照而光寒既合體以凝質故清輝而可觀爾其
氣肅而勁色虛而凈俯視則湛若玉壺仰觀則爛如金鏡
覆之者可以慎其矩步翫之者可以滌其情性嘉乎清熒
旁達曈曨交映間樓臺則素色彌分出河漢則清光寥夐
良吏覩我以思飲墨客覽我以興詠懿夫鑒照無隱盈積
有方纖埃翳而必見衆象照而難藏晃兮奕奕耀兮彰彰
奪銀河之曉色掩水鏡之秋光于時群動已息寒夜未央
微雲度月以澹蕩細影拂池而悠揚晶耀兮環林之際朗
練兮孤亭之旁月周天兮有虧池擁冰兮難央月在則光
瑩月沉則光滅彼冰也非無自然之色我取映月而增潔

此月也非無自然之光我取籠冰而加澈斯乃以淨臨淨
不瑩自瑩精氣交而上浮光彩融而入暝夫如是至人遇
之而暢襟貪夫對之以勵心豈徒皎皎然罔象烱烱爾照
臨而已哉何若月隱西峯冰藏深谷焉得觧吾人之昏滯
悅志士之心目

第二 同前韻　王履貞

至矣哉玄冬之季茲池可觀臨方塘而霜容既肅照圓月
而素色兼寒凝爲冰碧淨若琅玕迫而窺乍驚飛於繞鵲
俯而察寧失顧於迴鸞若乃日暮雲晴蒼然色正水彩旁
射蟾輝下映的皪兮地布明鐺曈曨兮天垂朗鏡則雖隋
侯之珠皎而潔和氏之璧光且淨偽比夫動資文士之與

載悅吾人之性觀夫寒空若晝清瀰凡長透珠簾而庭户增媚浮玉樹而園林借芳攬之則無誠偶形於顉兎視之若有徒積素於飛霜故能絜通宵之寒氣凝徹底之清光既而空色相鮮餘華昭晰嚴風吹而不散沍陰生而轉潔徧使閨婦增思征人愴别望隴上之嬋娟怨池中之皪冽又能使空門禪客除昏滌瞑對之而虛白生襟觀之而神形自瑩嗟乎時之華物物感人心俾閑放者取而適性勤苦者對以愁吟則知氷月之宜靡極沿變之趣彌深原夫幽院添池晴峯繞竹幾處堪賞千般寓目加之以清氷素魄復何媿深山窮谷佇月令之必賦冀同出乎西陸

氷將釋賦 以和風既至遲日初臨爲韻　侯喜

春入寒水氷驚淺淂照遲遲之早陽色將無定度習習之回吹勢欲難任渙若分彩濡如在陰如應勾芒之節將成老氏之心非其漸焉何以知仁氣之徐至不日釋也何以表陽光之有臨稍露沙痕似分苔翠在形開而可觀因歸發而媚增動其中矣將有日而然開必先焉若知風之自澹引晴色洞含春意曩之能久魯殊見晛而流今則不堅轉失覆霜之至當歲華之既好變水綠之云初晴轉而光搖已薄輕流而影動惟虛觀夫宵以澌澌晝必徐徐凈以當融稍驚北徂之鴈輕而未散猶覩上越之魚如此則消積凍發微波西陸當出東風已和湛兮而平豁開幽匣黙然而運雲歛晴河方催皚皚之白漸熾昭昭之多則知道

貴無質我之釋兮以日不徐不疾與真源匹政尚得中我之釋兮以風洩洩融融與皇澤同事有可貴用非可既懼乎裂尚保質於地寧就其流始收光於神氣潰然當解熙哉此時幸照臨之必及豈開泮之云遲日已不寒正難於爲覆敷當有盡轉使於虫疑吾亦慕斯氷之不擇不知所以裁之

氷泮曲池賦 以春日風暖之候爲韻　王起

玄英變律青陽報春伊曲沼之方燠始氷泮於斯辰北陸初凝昔峩峩而色閉東風忽解鶩片片之光新所以將延軒騎稍媚咸秦散亂瓊岸離披玉津開碧潭之漾漾如白石之磷磷豈必積窮谷而與兢塞長河而見倫則知煦嫗有待沍寒無必將辭烈烈之風漸耿遲遲之日或竹破而尾裂或鏡華而玉質帶宿草而猶霑添新泉而更溢小大惟錯方圓不一臨深之戒稍寬履薄之危漸失蠶之績也必見其淪胥鯉或感焉匪劳於剖出璀錯騰外淋漓積中隨波嚮激遵渚光融下魚竿而不隔泛仙舟而已通渙渙初流自同夫溱水冲冲罔鑿奚取於豳風是知氷在池而合散池與氷而虛滿腹堅難俟於星迴礫烈必因乎風暖皎潔不私清明在玆殊玉壺而覩正異凌臺而藏之鼠無德而潛伏狐由是而决疑和而不同始堅然而固節積而能散終渙爾以隨特客有覽名都之秀眄迴塘之溜知迷津而可通在解凍之斯候

履春冰賦以戒慎之心如履冰上爲韻　陳岵

履道有本戒之在冰每翹翹於進守如凛凛之不勝累足有懼旁行可矜識安危之在德豈顛越之或承不敬其心敢徵所以本之於有既漸乎履霜戒在不虞罔輕於御水方保心於慎獨焉敢測乎涯涘人之所畏豈造次而可忘道之將行非中人而勿履敗或聞於旋踵義無輕於舉趾不處其薄君子之行固然若砮下流詩人之戒深矣其始也陽律掩耀陰飈戒時因潤下而生德由寒沍以成姿皎若澄虛而體合上善寘然沉響而跡不能欺苟戒之而不履是以履之而不疑事異涉溱匪裳之褰也德猶如羽知行可蹈之則知視險無必素誠可諒罔違日慎之心無易春冰之上投足而衆流不測委順而中懷是虔惄焉如擣知大患之在躬生也若浮敢憑虛而用壯孰曰堅乎匪同介如結寒波而暫聚湛清質以含虛悅若有亡似乘空於月宇退然如失循奉身於王除且異夫莫來莫往何遵於匪疾匪徐必若懷以勵貪飲以明信如臨之戒如履之慎則知水德可保氷力可任匪冰不薄匪水不深彼之蹈者委乎足我之蹈者本於心又焉能料其薄厚而計於升沉則執德罔愆持危不戒意乎濟之可翫在清夷之可懷豈知蹈之有道行之在德而忽乎倫溺之敗

文苑英華卷第三十八

文苑英華卷第三十九　賦三十九

冰八

玉壺冰賦以堅白貞虛作人之則爲韻

壺至絜玉至鮮有若君子清標儼然色澄澄而外澈質規規而內圓月出皎兮入夜而其儀難見水以風壯處寒而其實逾堅諒負奇而可玩超衆器而爲先當其韜光幽山韞耀窮石隱榛蕪而懷寶淪泥滓而藏白如虹之氣雖無謝於雲煙抵鵲之鄉常見儔於瓦礫於是下生見而神動匠氏聞而心惜乃奮剖刻耀精明以玉之美作壺之形信無瑕之可用若不琢兮何成以虛而受達人作其弘量以明而鑒志士効其清貞若其稟性溫如作器含虛正色則惟珍是務立操則匪貞不居爾乃嚴氣凝玄陰作寒飈一振具物寥索川皛皛以凌澌林稍稍而木落日既暮兮金閨寂夜一寒兮玉壺陳素冰澌腹清光照人臨象筵而色媚入金鏡而影新對之者暢懷觀之者清神能勵貪夫何假盤盂之戒有同儒士長爲席上之珍是以隋珠奪魄趙璧慙姿瑚璉之器斯實爲之美人曾不足方其皎絜錦衾

亦安敢誇其陸離偉夫掩物之美比人之德素其表兮其儀不忒實其中兮秉心淵塞伊烈士之指南固賢人之軌則

冰壺賦以清如玉壺冰何慙宿昔意爲韻　陶翰

惟冰也有堅凝之貞惟壺也有虛受之明謝周流之弱質託鎔鑄以成名直方任器規圓愜情對光輝而比色固擊扣而馳聲冰假壺以爲用壺含冰而轉清及夫懽呈朝晏之餘瑞表經綸之初尤荀吳之失對陷王鑾之後車既遇賞以爲樂乃獲成於所如但覩夫推移在道澄澈如玉時見瑩而則明或將摧而不曲故曰冰貴於水器尊者壺國因時而必用軍每擊而何虞若乃周將酬客魯欲藏冰揖

籍父其何忌顧申豐而可憑是以用之者廣須之者多遇薛鼓而擊誦豳詩而何至時水銷滴潤壺鑿成酣乃挾纊以荷德豈知滿而興慚昔者趙衰從徑魏主其逐雖有餕而仍携顧無猒而未宿每覽餘軌當思踐迹志未吐於平生容已衰於疇昔儻開冰之可薦庶投壺而無斁況霜容且寒晚景仍墜雖杼軸而不輟循髣髴而無記將投皎絜之姿願假含容之意

第二同前韻　崔損

烱乎太陽之精玉有真質冰則貞清我君子象諸溫如皎如正其色兮匪真不克峻其節兮匪貞不居爾其製盤盂訪結綠瞻白虹之氣詠生芻之束乃賦于他山攻此良玉刻之成器錯以成壺信以旁達忠不掩瑜以虛而受用當其無及乎嚴律閉陰氣升氛霧結河海凝沙鶩鴈寒雪消崤陵於是天景初夕玉壺始冰臨象筵而孤映對金鏡而相澄爾其淋漓未泮溫潤而瑳纖光不隱毫末不過豈爾瑕之可匿玷之可磨不然珉之衆矣貴玉者何心之絜矣飲冰則那莊氏寓論宣父式談夜光奪魄明月懷慚豈比夫立槩生操激清勵貪伊至人之比德同貞士之司南夫以物象所鑒精明所蓄霜華晨清月影寒宿故覽之者魂竦憑之者慮愓迫北風之已壯幸西陸之未覩客有撫而歎曰猗歟猗歟吾無足易且漏巵無當兮數諸古大圭不琢兮聞諸昔賢若茲器之可佳諒君子之弘益然後宜其

烈蓍其意抽毫命簡賦冰壺之盛事

漢光武渡滹沱水合賦以上天無親惟德是輔爲韻　獨孤及

昔漢光武收河北之年馳馬將進滹沱在前爲敵所迫當水不堅及軍裝隱轔以登岸殺氣崢嶸而塞川意者欲定神器於兹日彰聖人之動天若非使不道者喪有德者王則水不能以造次而結冰不能以斯須而壯變浩浩之流爲峩峩之狀擁高旌以進雷長轂以上及企路以全軍又迎風而破浪于時進隔關于長津顧邀遮其後塵患勢莫之敵沒不可振求一徑而莫遂惟群臣之不親賴王霸至誠之力協光武至聖之德人從悅已之許天贊勤王之直故得舟楫不設衣裳不濡避地以徃乘冰以趨一水之上

兩軍相殊使後人視水則有求水不則無望飛塵而惆悵對寒流而踟躕由是知天人之合發與神祇而相符不然則何以延十二之祚揔四七之輔燃新室毒流之日作漢氏中興之主受命之瑞也亦何異玄女降於軒轅白魚躍於周武此下未見惟字官韻燕趙之間清流瀰瀰高風以遠遺躅於是

履薄冰賦以戒慎之心如履冰上爲韻　皇甫湜

冰之積也不厚人之履也難任此焉投足可爲寒心彼墊溺之攸慮在恐懼而誠深慎同數馬之人然非萬石誠若倚衡之子不以千金冰始凝水未壯乏六尺之爲厚非七月之所尚淼斯之股兮猶且不同齊人之紈兮曾無以況維鞠射而欲涉何跬步之能抗有同居累卵之危無殊坐

積薪之上股慄兮在茲魂驚於所之怵惕求前豈人心之難測趑趄有畏類狐性之多疑每縮縮而若墜常兢兢而自持與巢幕兮焉比將臨泉兮是擬丈夫不履斯畏其沒身夫子所懲不惟於臧趾徐予忘其故步尚書越其素履行自失於佻佻焉無施於几几視之豈無履而若虛非北陸積堅之始是東風所解之餘水蟲偶而纖鱗必露秋蟬北而輕翼不如當履道未成其難汔濟縱舍行無跡不可躊躇兢慎圖其不敗震懾謂其將壞步搖搖爾式彰君子之行身飄飄然誰謂邑人不戒如何克己若此履冰與習坎而相類符執玉而可懲故疊足是虞側身以進言忘足履之適自近亷隅庶藏心腑之中無貽悔吝得過愼易危之吉靡濡首失容之累行之止於三思戒實先於六慎

第二同前韻

冰之薄兮消釋可期人之履兮憂患是持將秉心於處險諒投足而增疑故君子假輕重之喻爲安危之資跬步未移顧見吉凶生矣躊躇欲泮行觀左右流之是以義比垂裳戒同狎水乍兢兢而股戰時剡剡而屢起步難免於褰裳憂有甚於濡履則知吉凶繫乎物動靜由乎己不敢不蹐雖厚地而莫安時止時行固輕冰之可以故知我者見我戰戰兢兢不知我者謂我視川若陵既無咎於素履尚可期於積冰或比陸初結或東風始興覩之也知其脆易破涉之也恐其任不勝由是屛氣而行虛心而進在陽敢

思乎不治海賦陽水不治通陰庶懷乎克愼身若重於千鈞水疑銷於一瞬憂心展轉危步趑徐空色不分每疑於臧趾水容無響或遠於曳裾將釋兮畏明君之渙若其行也懼大易之屯如然則覩薄冰之爲象知立身之所尚類將墜於焦原之前如待燃於積薪之上始玲瓏而若畫復皎晶而可望就其淺玉石無以隱其輝臨其深魚龍不能掩其狀大矣哉其薄斯在其虞則深將以戒乾乾於終日持惕惕之小心當見覩而或躍懼霜霰之未任故曰古之機言今之攸戒儻所行而不惑俾處薄而勿壞

履霜堅冰至賦以君子之道闇然而日章爲韻　王起

霜之履兮白商應水之堅兮玄律分其履也結之寒露其

堅也矗若長雲當萬物始挫之時降於青女及六又凝寒之日可薦明君信發微而至著宜布象於前聞乃若歲如何其夜亦秋止稜稜稍結競競未發漸皚皚於蓄積之下將皎皎於玉壺之裏雖嚴凝作氣必納於輿人而愴悽動容先感於君子此謂履霜之始曁夫變化無朕堅剛有期律移緹幕之候夜當黑帝之司由是璀璨無積清明自持則豐山古鍾不舂容而明矣鄴臺舊井可皎絜而藏之此所謂堅冰之時也霜之飛兮至微冰之絜兮自保所以通變其德所以馴致其道畜我歲之色且塞於長河改[illegible][illegible]丁頰反旱霜也之光寧畱於勁草凝冷兮漸滋積素兮斯暾始落金波之上有助其明終藏陰室之中不欺於闇水因乎厚

地霜本乎高天何質變而增勵何節窮而更妍亦由洪因纖起高以下先投一跡而千里路極覆一簣而九仞功宣則求已者知霜冰之言理有漸周身者知霜冰之防於未然固宜妍精晳晳覃思乾乾豈翫蒹葭蒼蒼之色鑿山谷冲冲之堅哉士有錯綜文房琢磨儒術以脩詞爲履霜也不同於對祭之辰以干祿爲堅冰也不同於祇聽之日顯察言而覿行儻循名而責實況乃良牧煌煌近天子光引凝陰之義爲勸學之方則因卑致崇匪一朝一夕爲大於細在日就月將然後知作者之微旨嘉言孔彰

藏冰賦 以堅明絜鏡爲韻

張皓

國之造物時惟用天覆在歲之窮紀知增冰之腹堅可以備用凌人主焉羞秬黍以爲薦率司寒而是先於是入坎窞踰崢嶸乍逼側以經險復趦趄而不征爽氣旁達凝陰上清始歲我而不見遽冲冲而有聲是伐是取登乎上京候朝風而益壯對夜月而俱明崇凌既啓陰井方渫含聲色而轉深拂霜威而逾絜不劘不劂如磋如切掩下方以涸沍匪上騰之發泄方見於象爲寒且多驚於內熱顧惟不倦括結成性彼蓄物以俟用亦何異乎藏冰將有昌於嚴凝豈見遺於水鏡

開冰賦

王起

國家順仲春之律開藏冰之室將以均寒暑分老疾北風始壯且納於必周西陸有期因用而斯出是時水德司辰

條風報春物惟求舊令乃謀新有頒冰之職有伐冰之臣安得深藏於重壤自當登御于一人有司奉明詔一作誡薦清廟啓其空觀其微連鍾既下不作冲冲之聲厚土忽開已發我歲之照獻羔之禮既宣祭韭之義克全將使陰不伏陽不愆詎有東風之解莫移北陸之堅皎絜兮玉壺乍奪清瑩兮金鏡爭鮮監乎其中雖臨深而履薄積于其外終岳峙而峯連此輿人之所納縣人之所傳乃柀以桃弧升於蘭殿凌陰去而寒盡御座來而春變其爲利也溥其爲用也徧群寮是錫足以表鴻恩百祀方脩足以成嘉薦向若藏之不以宜啓之不以時自然光而不耀貞以自持同土石而棄矣何富祭而用之德既自此宣政亦自此審

禦霜雹以清沴調風雨而成稔開五色之瑞福應方來叶
七月之章頌聲肖籛豈惟求履霜之堅思積水之凜冰之
開也在于人水之用也進于君昔時司寒雖掌于幽閉今
將清暑終見于區分儻不遺於玆日期不掩於前聞

東風解凍賦 以立春之日氷凍鮮釋爲韻

常充

三陽布萬物新攝提建月句芒御辰惟東風之解凍明下
土而知春於是嗣木德遊水濱拆涸沍開瀹淪始自震而
發跡終胥坎而成仁原夫其始也出大塊乘新律度暗川
經幾日積胥胥之淑氣散峩峩之素質順流而委想銀河
之漸傾逐吹以分謌瑤池之漸失飄然既至颯爾攸興潛
融積溜暗斷輕冰自太簇氣生功因入律悅中流而尾解

聲若裂繒不疾不徐如考如擊動輕澌於皎潔上遊鱗於
磧礫未分蘋末疑馮夷之剖蚌胎稍辨波心若荊山之流
玉液意同攻陷勢若剞劂何虎嘯之威方徵信狐疑之心
已釋牟角既止蟬翼潛銷表一歲發生之候當三春啓蟄
之朝詖怒斯至徘徊遽飄圓折之時物疑破鏡亂流之處
晝若迴潮斯以見寒暑不僭推遷屢急何一氣之自噫信
百川而皆及導仁爲煦決滯之義則深以德而和陷堅之
功斯立當其晴流漸泮麗景初馳飄忽既及凝滯無遺狀
曉河雲卷之初忽其明矣若太素氣分之際難可辨之是
知天地既春忻榮者衆將以遂於群性不獨釋於積凍然
後驅飛燕命羲仲俾風日之可遊冀臨川而必中

陽冰賦 以海上沙前光耀清景爲韻

林滋

考庶物於朱琅得陽冰於碧海託巨浸以潛結泛鷩波而
長在堅乎自得峩峩之素色寧虧渙若無虞皎皎之清光
詎改始其孕太陰之精因積水而成勁颸颸之遠吹澄滉
瀁之餘清別浦宵凝狐聽之聲乍絕迴汀曉合蟲疑之質
俄生豯是外肅重溟中分萬景滄淵掩巨蚌之魄碧落奪
寒蟾之影幽疑玉樹露皓氣之皚皚凈若銀河亘秋光之
耿耿既叶數九寧將屢遷乍瑩洪濤之末時明綠岸之前
不解東風諒難資於履薄非藏北陸復何患於攻堅炎炎
之畏景雖臨冽冽之寒威益壯昌輝想冰始之日洞徹得
夏頒之狀解飈乍觸無慙於雲母屏中纖翳不生曷愧於

琉璃地上淨拂霜影輕籠月華稟質苟因於涸沍分形詎
委於泥沙既異在陰彩射鮫人之室非同向晦光寒漁父
之家至若浪息遥川煙收遠嶠灸晶鑠野以增熾皓色澄
空而引耀清含上箬曾無泮渙之期素激中流豈憚赫曦
之照所謂出自靈長居然異常苟惟貞而是守雖盛暑其
何傷亦由抱素者絕陷巳之患履道者爲終身之防幸消
釋之無日庶永託於朝光

文苑英華卷之第三十九

文苑英華卷第四十　賦四十

水九

氷井賦（以寒井陰固氷以時入爲韻）　李冑

氷井皚兮星歲闌氷候井於春泮井含氷而晝寒其質也惟至貞而可鑒其量也惟極深而可覿夫其碧甃熒熒清光烱烱呀爾莫測堅爾而靜閉土膏之潛脉奪霜空之麗景凝瀆時方候其獻羔利物不資於短綆前王何以貴氷

而鑿臺尚開乎舊井下視千人傍窺百尋足使貪夫勵志君子戒心或以慮危則取象於履薄或以思險則取類於臨深豈從遠自窮谷而納于凌陰其道有恒其迹無因當未用也雖處幽而無悶當其用也雖向炎而不懼縱居井之未深亦在氷而守素若乃天地閉海河凝風落木霜含氷或呈六尺以表符瑞或因五行而見咎徵寧比夫在坎窞而不耀遇陽和而自升故知井之爲德莫之可比奚若汲引於焉賓祭是以須之也遍出之也時雖應用而無倦終待命於有時東風可解西陸可期不以深而見棄不以輕而見遺側王盤而有望仰金門而可入質惟務施固不恋於深山道貴能行亦何慙於改邑懿夫吾王之政無不

脩化無不及猶慮霜雹之爲災故氷井所以立

第二（同前韻）　史宏

鑿之氷井厥用可觀井因厚地而深始將乎人力氷以積陰而壯必本乎司寒所以候立春而氣至當嚴寒之律殘順乎時不愆於夏曆守其典必驗於周官若乃冽井者泉藏氷者井至陰相合表裏受之無瑕聚氣而堅叶坤柔之至靜況乎玄律固沍寒光凝兮積風塵於四郊封雪霜於萬嶺者哉觀其啓閉陽洞幽深矗如雪聚皎若月臨抱堅精之素質體玄妙之精心期三凌以示乎遍用言一日方屬乎窮陰且渫其井不慭於度爰納其氷轉增其固妍蚩必表將金鏡而分形皎明相鮮與瓊漿而競素影淋漓而

未泮質晶耀而凝沍若玉壺之洞開似金波之始露其初也小人是承剪乎荆棘陟彼丘陵當玄冥之用事供北陸而藏氷出窮谷而方結下重泉而轉凝託影超象因物爲比或瓊碎而星流或峯聯而岳峙爲王者之恒典俾群生而是以穿重壤之十仞以表藏周侯朝覲而夏頒用不私已稽夫井以不變爲德氷以至堅自持井非氷而不能全其淨氷非井而不能應其時體剛居中且異乎渫而不食力柔其重方同乎順以致辭其功克廣其用斯給慎以授除節其出入異彼蘆陵之瑞空存三色（異物志廬陵城中一井二色水半青半黄今作三色）之名同夫甲子之梓用彰七月之什當其舊典不廢新令是緝喜災害之爲虞頌皇王之御立

浪井賦以王者清净則出爲韻　王起

冽彼寒井，契于聖王。不因鑿以成質，每自浪而呈祥。涌呀呷鼓靈長，比醴泉之自出；異海水之不揚。吾君是時清八區，肅諸夏，寶出於地，符呈於野，伊井有浪焉，乃瑞之大者。爾其呀豁百尋之表，洶涌重泉之下，狀靈濤之潛洩，匪冽風之是假。淪漣不盈，觸搏恬驚，窺坎埳之底，有江湖之情。積而有潤於下，混而不傷其清。窺則澄澄，乍玉甃而同色；汲之浩浩，激銀瓶而有聲。射飛鱗而不定，羊在缶而皆傾。泊夫冽宿參差，曉月韜映，搖珠彩而增潔，湧金波而轉净。湯湯下激，不施屏翳之功；洶洶潛驚，詎假陽春之詠。然後駭四海之目，垂兆人之慶。伊厚地之發祥，實大君之作聖。

彼青桐素綆之飾，玉檻銀床之盛，皆人力之所成，固神造之不兢。宜乎光瑞典，苞坎德，不藏於水，不蓄於畢，惟波獨湧，惟渫可食。奉我皇之飲，俾上善以爲心；戒我皇之窺，必臨深以取則。知井非浪不貴乎成質，浪非井不彰乎聖日。比井而王化其清，比浪而王心不溢。稽休明而合應，將汲引而無失。彼堯人鑿而飲，漢將拜而出，未足以彰其帝功，而較其靈術者也。

義井賦并序　呂令則

鑿地生泉之爲井，施人不倦之爲義。蕪濟往來，存乎惠也；置當衢路，仰無私也；皎鏡清虛，尚其絜也。三德既備，萬物是仰。井乃無心，義惟我謀。當衢鑿井，稱物並施，酌而不竭，奉衡椅之化焉。見義不爲，恥也；遇害莫救，過也。義既行矣，文在茲乎。賦曰：

夫地脉伏泉，天文垂井，式覩象而遂鑿，雖暫勞而功永。深不過於數仞，用有要乎萬頃。風動無波，物對生影，勁陰殺節，挹之而彌溫；炎旱蒸天，探之而逾冷。况地接一都之會，邑居俠俗之境，川流雨驟，車馬於焉往來；風舉雲搖，帝王由茲行幸。魏主罷指梅之策，隰朋息尋蟻之請，豈非人有其願，地不藏靈。色湛湛以天碧，影陰陰而晝寘。高風始秋，泛落桐之一葉；太陽既沒，映長天之數星。因注水而暫益，縱改邑而常寧。素綆下懸，映垂冰之晶晶；銅瓶上汲，滴淺溜之冷冷。清泉既汲，白日可見，豈獨兼濟行李，抑亦取給茲縣，隨所求而皆足，豈有殊於貴賤。

若乃連巖之曲，闤闠之前，雨苔環合生其上，露桃蓊鬱植其邊。殊季氏之有缶，異蹄勒之無泉。入夜雲開，涵長河之短直；向晨霧歇，映大天之小圓。玉甃護崩，誰識下無禽矢；銀床防墜，不聞中有人焉。乃有王國征人，奔星驛騎，或注情於故櫪，或銜悲於遠寄。飲之則長鳴而忘其苦辛，酌之則充量而欣其普施。雖一勺之蓋鮮，亦懷恩而感義。瓶之罄矣，旣虛來而實歸；爾牛來思，亦滿腹而（疑）受賜。故知理邑者賢，濟人者井。揚聖人之道，用而不竭；守君子之德，澄而彌靜。鑿飲忘帝王之力，汲用嘉仁明之境。儻見惻於莫食，庶微功之得省。

井賦　呂令則

體群物以舉要多井功之大成灑元氣之洪液翕泉源之至精巽下坎上創庖羲之畫象鍤壤畚土資伯益之初營淡其味澄其清同不變以育德履剛中而益平汪濊津潤兮物得其利沃盪盥漱兮人賴其生是以養而不窮則取之而逾出止而有分即舍之而不盈故啓幽人之三徑首先王之五行若乃寒漿是汲美人至止玉甃駢固銀床沓起轆轤宛轉以旋目素綆逶迤而度趾羅袖互引扇皓腕而生香金瓶數泉疑曲纖腰而貯水雖騰突於溜源不混淆於泥滓汔至而繘瀉已就循尚潛聲而駭耳濯之既絜漱之則美何自下而汲上與溪壑而殊旨故其旁搜詭迹遐評殊見土精攸出惕羵羊之怪奇趺角已沉欝神龍之

氣變金色化粥山形溜殿源洞德陽之丘勢匿江陵之縣秦分星聚邛都火熾漢皇欻應於雲飛葛公一窺而電㷖斯故潛怪之所蓄洩吾不可得而言遍徒美其括坤之靈包坎之德往來井邑用之不忒秉虛澹而能施守卑靜以自得絡勿幕之有孚保元吉而無惑苟在時而不泥庶當渫而見食

第二　高無際

若夫群萌異質品物殊狀俱擾擾以祈生各營營而自養莫不濟時為要利物為先法星文而鑿井規卦象而開泉大舜垂功於茲日罷君著績於此年資坎德而成潤播靈液而澄鮮潛流洞徹細影凝洌不以處幽而易清不以居

深而變絜於是雕以玉甃飾以銀床樓求康之瑞烏藝文類聚引異苑求康王𨫼井上有洗一石石婦甑二黃烏闘掩取變成黃金若也呈魯國之羵羊持素綆以汲引金瓶而未央爾其紅桃春映若新粧之臨寶鏡朱李下垂疑明星之列玉池喜丁公之得利懿嫫母之來窺至若鐵騎雷駭劍士雲列燕山之陣欲舒疎勒之泉已竭旅客愁聚征夫思咽應下拜而將飛表忠臣之高節此井泉之神用也至若冬凝溫色夏湛寒輝既不偏滋於隆重亦不減潤於卑微飲之咸濟汲之無違轄將投而鳳沒錢始出而鳧飛此井泉之普施也若乃冲融表裏類彼君子鑒一作堅之無窮挹之何已悟帝王之無力學仁者之往視徘徊銓庭思盡美矣

第三以清汲遇時美為韻　張耀

原夫井之為德以不變而居貞既成形於方載亦列象於圓清潤下之功爰脩之於六府習坎之義則配之於五行惟斯井之肇作寔伯益之所營營乃玉甃爰起銀床斯立窺豪夫以惟深覘清泉之始及青梧下映泛桂一作逹菓以挃揚素綆高懸弄銀瓶之出入光洞徹而綠止影飛灑而為汲且其盥之取新渫之去故體清通之惟審知應物而無忤居上善而且平挹清規而可遇庶乎鸞鏡熒煌而可比鳳池皎絜而為喻別有前臨紫殿俯映丹墀上棟下宇繡栭文楣意者豈非至尊尚恬淡而取諸動善時而已哉懿夫粉署清華飛禽載止對仙郎之章奏近尚書之劍履

竊自羞娭毋之陋姿鑒清瀾之眩美

枯井賦

粤若天生五材兮一不可棄水包六府兮萬人攸利汗一作洿樽杯飲兮變其淳朴鑿井汲泉兮興其繪事六十四卦兮表其名二十八宿兮列其位伯益創而功立重華浚而德備故有神丘玉檻仙苑銀床浪華浮潤醴泉味芳永康則金精化鳥一作馬字者非詳見井賦第二篇 曲阜則土怪成羊感至誠於漢將通瑞氣於吳王若乃懸綆下垂抽瓶上出窮百丈之幽秘極九重之邃密由中夏而浹外區自帝王而周庶匹接壤鄰甸駢閭比室咸賴此以資生必待斯而養贍隨大小而周用任多少而取實環終始兮歷古今積歲時而

綿月日湯七載而無減堯九年而不溢一家曠兮靡寧寸路匿而有卹運其功兮信靡收其利兮焉畀及夫欄傾甃毀土陷泉沉滋液中耗汙泥上侵古桃顛頓兮無色枯桐零落兮靡陰霜霰積兮空園冷荊棘攢兮荒徑深昔時之所趣挹疇日之所窺臨皆指新而就往孰存舊而來尋豈唯見嗟於射鮒諒亦興歎於無禽如使崩壞重脩塼泉更濼澄汰汙滓鑒觀清冽擬盡廢之蓮房除哭者之茅經近類蘇人之井遠一作匱 分夏后之穴若澗溪之始注猶泛濫之初決當給養之不窮寧酌茸而先竭辭疑作亂 曰有適有塞兮道之恒時用時捨兮業方弘疏而洩兮茸潤騰壅而竭兮汙泥增彼幽涸兮如重啓濟窮渴兮良所能

耿恭拜井賦以感通天地神啓井井爲韻　羅讓

昔耿恭躬受斧鉞志清煙塵奮長策以討虜由至誠而感神於是堅跡勒之壁依澗水之濱據以爲備期乎來賓既而匈奴斧敗而伺隙澗泉壅絕而不至雖礪乃戈矛而渴我將吏遂乃處孤城而穿井窺重泉而闢地深餘十丈曾無一勺之多職長千夫幾敗三軍之事因不見其成績憤將達於精意俄而外整衣服中懷果敢推赤心於神祇禱素液於坎窞拜未及起叫天以無辜言未及終觸地而有感闕其質若俟仁人發其蒙俄成澹淡灌濯執熱祛除積滌明矣大漢士卒所以歸心惕爾群胡君長於焉破膽乃知以精誠及物何物不覃以忠烈靖難何難不戡自我而

來且見不匱其請由中而出孰云先竭其茸是日也飲人如醴帝教勃焉而光啓盪寇之功將畧忽爾而玄通如悏如焚既冽清而可食一拜一起遂觱沸而無窮疑 斯乃道靡不弘匱無不有諒歸之於感激豈聞之於愽厚所以貳師至境決泉脉於喬嶺校疑 尉臨邊發水源於符井疲羸困之盡濟往尊由之遠屏則知在物無必至誠有孚如聲之響如形之影

井渫不食賦

有浚其井當時未知功已成於岸甃道尚失於瓶羸潤氣尋發潛源且畢此遇鑒明而足用彼將心惻以何爲蓄利惟多含清信乂幸可溉於嘗鑊惜無施於綆缶塗泥既去

方應用以虛心汲引攸難希有成於假手況渡桐色無點
桃陰不生思輒輸其涓滴望無發於澄泓同羨王於斯將
沽有待比嘉肴不食其味焉足蓋由混衆難分處幽多棄
盥漱無及空知冽彼下泉顧盼可期猶謂居之善地淵然
日久望是光臨懼以名徵想貪泉尚酌登諸薦品豈行潦
獨任屬時非於踈勒惜地異於漢陰頓先竭以當仁期分
井苦俟一窺而見愛焉測浅深噫夫穿鑿多勤鑒臨斯及
仲將成於匆幕恐致變於改邑因以纖綆可施一勺可挹
實有備於烹飪之日惟夫深知而用汲

文苑英華卷第四十終

文苑英華卷第四十一　　賦四十一

帝德一

述聖賦一首　　進高祖受命造唐賦表一首

高祖受命造唐賦一首

述聖賦　太宗御製序

朕以二九之年屬天下喪亂毒流區夏禍遍郊畿群雄則
蠭駭雲興猛將則風驅霧合年二十有四慷慨京邑電發
中元震蕩三川掃清八荒及至壯年獲臨寶位然乃遠夷
委質萬國歸心致使朝有進善之臣野無行歌之士節義
盈於私室獄訟息於公門一尉候於東西混車書於南北
由是偃組練而數禮樂放牛馬而逸黎元方欲紀石封山

握河沉璧見文選曲水詩序　功既成矣世既貞矣信可以優游暇
豫作樂崇德者歟故因茲餘隙乃脩苑囿其勝地則有積
翠凝碧其川阜則有濯龍平樂若乃南面雙闕北對芒山
引洛浦之通波連郟鄏之餘趾褒薄本麗加之以芳節池
沼素美瑩之以初陽舞蝶遊絲帶清飇而散影分花交柳
映碧浪而成文巨樹千尋結輕烟而聳翠危峰萬仞照落
景而開紅雲氣縈巖似遊仙於巫峽霓光染溜類濯錦於
成都戲羽間關互飛沉於叢密遊鱗淺瀨乍出没於荷芰
翔泳之美盡斯仁智之樂備矣可以遁形匿跡可以養志
恬神獨往襄城之中斯可觀也藐然姑射之上何以加茲
余每覽巢許之儔松喬之匹未嘗不慨然慕之思可以脫

徙長辭拂衣高謝欻復以時運見羈因留連於大任徒有
輕舉之志而不達者其天意也豈人事乎
臣聞立極著紀之初闢乾開歷之始上所以分垂象曜下
所以疆括地里惟大人之有作越百代而孤峙飛五位以
龍奮騰九萬而鵬起曩者炎運將終鼎命去絶四瀆波駭
八維幅裂羽檄交馳邊鋒並勢長星夜掃車雲朝結莫不
望壁壘以靡旗對轅門而亂轍故得百城氷潰千里煙滅
固靈命之有在乃慷慨而投袂驅八駿以雷擊馭六飛而
電逝騰星劒以外倚振雲鋒而高彗既後事而先謀亦先
勝而後制兵有臨而必尅功無往而不濟龜策叶以符兆
人神應而合契諒包項以駕軒寔孕皇而育帝足以光燭

千祀足以祚隆萬世於是戢兵偃武銘功紀勳採三代之
逸經刊八方之遺籍搜隱遁於林藪訪栖遲於巖石然後
調玉律以定時測金儀而考曆符洛下之前驗嗣容成之
絶迹若夫流惠澤於瀛表被仁風於區外窮八際以來庭
踰九譯而浹會莫不削衽而崇禮樂解辮而襲冠帶参兩
曜以齊明混二儀以稱大信一人之致感寔萬方之攸賴
聖皇以令叶先甲時惟仲春乃整法駕馭華輪六軍雷動
萬乘星陳臨濁河以北睠指清洛而東巡乃升雲闕俯天
津朝萬國禮百神琛賮咸集要荒畢臻夫其地也擬三川
以設險憑四關而作固總奔湊於八方測圭影於中度既
定鼎於周業亦克昌於漢祚望嵩巒之邐迤臨崤坂之迴
互所以仰叶辰象所以俯清天步若夫削靈巖以表闕疏
清泒而為池極皇居之壯麗窮大厦之宏規抗脩廊之窈
窕屬輦道而逶迤夕霞臨而錯落晨光照而陸離至如雲
觀晨開風亭夜敞迴長飈於輕翼凝濃露於仙掌沉落月
於璧臺挂奔星於珠網羅綺飄而散馥環珮動而流響垂
容葉於綺窻散飛花於翠幌復有天池濛沼以嬉以遊鼓
輕枻漾仙舟蔭喬木鏡清流魚鳥陵亂蘋藻沉浮控飛梁
以架迴列層閣以環洲漬檀欒之脩竹映迢遞之危樓風
未生而葉動景將昃而光收若夫瑞草奇色祥樹嘉名霏
紅曜紫垂緗拖青或玲瓏於玉砌或點綴於金楹交九衢
而結影分四照以開榮浥朝露而逾馥帶星風而更輕於

是登崇觀以周覽闢層軒而遐矚樹含嶺而共青草帶原
而同緑俯八紘而非遠願千里而為局飛霞歛而復舒輕
煙斷而還續既神王以情暢乃遺累而思足聆群籟之表
響想鳳簫之夜聲窺褭雲之朝散思鶴蓋之後清捐大位
而不寶脫萬乘而為輕訪真人於姑射問至理於廣成忘
耿耿以遐顧心遥遥而上征蹑太微之崇閣闢閶闔之天
扃拖紅旗於絳闕翼芝蓋於紫庭咀靈一作冲氣而還壽吸
玄液以駐齡若夫北瞰太行南臨少室積峰遠而愈翠重
巖隱而復出乍鬱律以干霄又岧嶤而槩日松翳空而難
辨鳥翔高而易失屬天下之無事聊逍遥以自逸方欲登
日觀以擬金覧雲亭而竚蹕於是凝聖情以遠慮思成敗

於終古美揖讓於有虞壯成功於大禹耻用兵於中冀鄙
窮戰於丹浦每有違於汝辭恒知失而思補乃命促苑囿
散積聚改制度易規矩削侈麗於樓臺崇質素於階宇仁
好生而必遂德無貫而不輔習嘉禮於玉帛和大樂於鍾
鼓上可以降集群瑞下可以安懷率土惟聖作之可觀寔
萬物而斯覩顧微臣之庸朽濫叨選於詞林恒戒盈以獻
賦每規過而進箴幸天地之壽載欣日月之照臨豈窺天
而識象寧測海而知深徒望雲以考澤空就日而傾心漸
九皐而戢翰望天路以揚音美皇運之方永嗟頹齡之遽
侵顧鴻恩之末答徒頌德以長吟

進高祖受命造唐賦表　顧況

臣況言臣聞上古藏跡以恢至道其次立名以扶大化臣
山谷之人頃爲韓滉參謀滉性嫉惡臣性孤直滉仙朝露
臣復故山陛下拔臣臣況口噤汗出不敢論天下事然自
開元天寶已來耳目所接精經茂德略有百人不露一命
非不欲出無益所以不出豈大國無人而黨與之徒未詳
蔽奏驟居清貫此由權臣上負明主下負蒼生中逆賢路
耳是非邪正勢不兩立唐有天下賦歛甚薄刑罰甚寬神
人保和鳥獸咸若然而時有反側逋逃之誅得無因乎惟
天啓聖無有一物不得其所書曰遠人不服來以文德德
猶土也廣厚載物文猶火也光明麗天蚘金之象生土之
義蓋聞朝出群龍多士如海出夜光明月所以別好惡而

翕華夷未有影不從表聲不從聽聖德惟新頌聲不作臣
下之闕也謹進高祖受命造唐賦一篇論皇家大慶歷祚
延久悅若先靈促臣上獻伏惟陛下赫赫巍巍與天同功
鳳凰巢于阿閣麒麟乳于郊藪臣之願也無任氷谷之悕
謹奉表以聞臣況誠惶頓首頓首謹言　欲出此下一有知出二字

高祖受命造唐賦并序　前人

隋文帝滅陳盪定海内煬昏多罪墜失先業身滅國替幼
恭以神人非聖莫可乃命太保蕭造奉皇帝璽綬歸我高
祖高祖固讓謳歌獄訟已歸唐矣而薛舉王充竇建德等
陳勝唱禍爲漢作階夫鹿臺之積非無財也閒左之戍非
無卒也湯以七十里文王以百里而臣諸侯非有土也隋
地徧天下二帝之業一朝掃盡可不謂大悲乎吳公子札
古之達天命者其歌唐思深哉其有陶唐氏之遺風乎氣
蒸芒碭龍躍太原天命也昔司馬相如賦子虛諸侯之事
非天子之事漢武聞之猶曰朕獨不得與此人同時班固
張衡左太沖所賦兩京三都各務誇大而王者受命則闕
而不書蓋賦者古詩之流古者採詩言之無罪今王澤不
竭斯文未喪翰墨閒作其誰曰不然先王建國始以文經
上行下效終以武定疆本幹枝四方翕然無凶人矣故明
德愼罰文王所以造周也應天順人武王所以克商也書
云帝堯聰明文思帝舜濬哲文明斷自唐虞洎乎周漢帝
王美稱以文爲首我唐文德宜在三代之上微臣賦頌耻

居數子之下物論晦川氏翹覆次論皇家開統末論啓厥成功簡于上帝鋪乎下土播乎無窮固非常才淺慮之所能及意者實以祖宗光靈引耀鼓動之所致也其辭曰在桓靈之道噎兮本小而末大下陵而上替君臣相失南北歷帝天飄隋而命唐纂周漢之鴻裔大哉文王王季其父武王其子父作子述叶天命以應期煬爲不道庶官携貳魚爛土崩荒沈所致雖曰匹夫之勇（一作雖匹夫之勇兮）有溢中原之意凶貫既盈果不保於神器江都之禍酷甚望夷之事古國之君雖綿古而必類王者父天母地非所以苟其身而貪厥位豈有男女疾痛而父母不爲之歔欷乎此真主所以乘時而建義也曾不一戰而得行其志湯武應天也其

實誓師高祖受禪也其實揖讓循感思以慟哭乃立代而尊煬伏順而升蓋前經之所曠承土德以播業兮與炎靈而更生維李其根降居真源洎武昭之龍胄揚太祖之周勳典則明融是將貽乎子孫高皇生而豁達大度徇齊鞠而能言神光佳氣兮爛以氛氳中（疑）白雀兮戴紫雲隱隱曈曈兮始乎太原君子得時有如追奔岷峨導江兮河出崑崙雷砰（一作砯）電掣浩浩渾渾厥波雖雄爲所海吞乾健而坤順兮利配乾而法坤有何姦豪恃險偷存乃建皇極鍾乎歷數革舊鼎新兮式閭封墓走百神以咸秩兮包五岳而作固過蒲津而川后增流兮次霍邑而山靈告路彼上慘黷兮我寬刑以薄賦陋茅屋乎土階遵朱干與大輅

乃有嚴更之署環衛鉤陳文昌武庫玉冊韜府兮內八景之真文金盤粲（一作槩）霞兮承九天之清露元聖有作恢法慶也厥祖草昧諸夏宗臣蠻夷酋長從德如歸若王國讓而天下可達乎有社稷焉不可闕祀有蒸人焉不可無主是以木曰威仰火曰熛怒辰戊丑未王我唐土天實若曰四海横波虔劉札瘥若王盤桓柰天下何義寧二年五月甲子高祖即位水宮曰甲水宮曰子支干相生成字爲李雖子卯不舉而以是爲戒此臣子所以服泰階也神祇叶從龜筮攸同乃更正歎以刀文爲開通告于上下予昧乃德纂乃丕績若將殞于厥躬草艾渠魁兮罔籌英雄長萬姓於湯火兮散三光於昊窮北皇王所以職教化也非天

下（衍）不應非聖不作造我鉅唐在夏之興荊成九服經啓九道荒厥迹之茫茫在周之興西至流沙東至樂浪重九譯乎越裳在漢之盛大夏身毒月支夜郎辰韓之國盡（疑）華傍行未若我唐歌其聲舞其容十有二部鏡（一作鐘）立乎中央唐既有土德樂亦有臣妾易曰殷薦上帝又曰行地無疆提封所經聲教所被窮天下之環怪截海外之梯航逾蟠桃而跨弱水兮蓋四十萬里鳥飛驥騄兮鱗萃乎艅艎不以三代爲境土七雄爲富疆乎何則漢高提劍學校興於文景周武載戈頌聲作於成康卜代三十延祚四百亦謂之享國久長與夫青牛絳幰白馬朱鬃報千祀於元君兮呼萬年於太行林邑貢能言之鳥大宛奉汗血之馬

孰與四白鹿四白狼乎擒建德於武庫兮格魏公於敖倉
耕有三十年之畜以備凶荒戰有百萬衆之師以讋戎羌
胡驕則馬銜塞草寇虐則龍決天潢又孰與周漢之廣建
康莊在歲九天之下九地之上兮合二九爲一方凝碧樹
於洞房送白雲於帝鄉舞破陣於清廟兮準文始與西廂
迎氣於東郊兮養老於上庠禘祫之禮秬鬯圭瓚兮辟雍
明堂龔鼓鑪之馥馥疊鼉鼓之鏜鏜羽林孤兒青衿胄子
森琳瑯以鏘鏘河山巨防百二盤岡渭水貫都兮來天漢
之湯湯泥龍宮而梢鬼國延苑囿而峻墉隍騙（一作騂）駞駒
騃犀象乘黃附翼之馬骨騰肉飛滅沒陸梁鶩出女床鸞
鷄白鷴孔翠翔（一作相）翔縮沙磧與江湘休徵四塞兮花萼

連芳大容揮絃兮子晉吹簫飛廉馳道兮河鼓服箱雍門
韓娥流徵叩商徹歌鍾於未央校羽徽於長楊升平既久
兵設不防虜自燕番陷乎洛陽雲雷遘難金火耀芒上帝
之哀下人兮生魂魄而起稟育（楚詞曰帝命巫陽有人在下魂魄離散）肅宗
龍飛日出鳳翔兮四誅犬羊代宗赫怒兮草被嚴霜復九
廟之郊禋三辰忽乎韡煌扶已撓之厚棟細既絕之頹綱
然一胡作亂四海犇亡父習乎勇母抱其子乘城看戰電
掃八荒天下大定朝廷無事帝端拱于穆清吁溟渤以爲
池兮拓宇宙以爲城務子來之經營乃有棟宇之盛碔砆
礵砐刻桷雕楹甲乙於方中兮勢夭矯而上征東西兩京
岳立雲崎宮室相望八百餘里雖千數萬名猶未盡也翼

翼峨峨重關四塞抵昆明而瞰太液象蓬壺之廣大踐太
華而節終南抱周秦之襟帶於是偃師偶人郢匠朽墁之
輩工發藻繪情生聘睞式瞻愧駭爰處體怵乃有輿服之
飾鏤轂錯衡霓旌羽蓋紋艅綉户窅玲瓏以相對明月夜
光煥合影乎其內青琴素女間木難（選詩珊瑚間木難注色珠也一木作闌恐碧誤）
之首飾響結綠之腰珮嗟神人之叶和感雨露之雱霈
職貢隘入舟車溢載馮夷（一作氷夷蓋馮夷別名）陽侯既降於英靈
木魅山鬼不勞乎祈賽于時太府太倉粟腐繒敗荔枝橘
柚魚鹽惟錯之蓊隘幽明黜陟輕重約法之殿最重二百
年天下九百餘萬戶六千三百萬口徭輕斂寡國富家肥
硐碨岌岌硠硠磕磕兮沸渭駁沓訇訇噦噦兮亘地蘧天

來朝會兮天子於是乎班瑞等威卑其君長降爲牧守宸
衿恢張以天地之無外一萬二千年爲一紀三萬六千年
爲一代古者登太山七十二君兩漢踵武亭亭雲雲八百
餘年寂寥無聞我唐傳祚已來革隋一封岱二克復三除
兇四五將發三門備南正司天北正司地勾測影於北至
建相風於南事太微太一金版玉箇逮夫淹中闕里之類
蓋三十萬卷傾古今之文字振古以來未之有也其事始
於武德成於貞觀興乎（一作於）開元天寶之間唐虞夏殷之
世不足多也然則天子四海爲家六合爲都方明參乘昌
寓爲御三載考績五載一巡狩觀萬國之有無禹會會稽
舜遊蒼梧曰徯予后后來其蘇天子於是命有司與農圃

廢土木放女謁斥讒夫臣拜手稽首載陳厥謨康哉良哉
耻其君不及唐虞

文苑英華卷第四十一

文苑英華卷第四十二　賦四十二

帝德二

偃伯靈臺賦并序 以泰時和伯義愍爲韻　褚寔

偃伯師節也國家武成止戈文致皇極小宗伯樂之廣有命賦　國家執道紀酌天和敷皇極以協德作武成而止戈由是天子君穆清之中念康濟之策乃訊元老禮鴻碩

恢至道以垂裕義靈臺以偃伯且以韜五兵屏三華服仁義以爲壁壘仗道德以爲矛戟俾其庶績咸熙百工惟時弓矢載櫜詎資乎司馬之法仁義無敵寧取乎丈人之師矧乎豐財保大之謂仁濟物安時之謂義義也者所以溥洪暢之德仁也者所以廣生成之施我是以却馬於糞車務仁於穡地然後頌大武歌由庚協神道以廣運致人文以化成以左右萬物以後利群生則夫乾元貞坤元亨彝倫敘而太階平豈不以其遠至邇安有截無外却兩階之干羽頌五戎以冠帶百神肸蠁以屬福二氣絪緼以交泰亦以播無疆之休昭有道之大固能協乎上下承以天休俎豆陳而五刑措干戈戢而七德修展威儀之秩秩卷旌

旆以悠悠始欲登三以咸五豈徒歸馬而休牛尚矣哉茂祉之彰玄德之厚真神明之所福宜配天地而長久偃師節於靈臺之上返淳風於混元之首諒遊聖而難知徒扣虛而責有

堯見姑射神人賦（以聖德之崇有然欲道爲韻）　王起

帝堯以化成於萬國歌宜於九德出汾水之陽經姑射之側峯巒交映若覩神人之形氷雪相鮮皆呈處子之色若非感而遂應靈而不測何以見不死之庭當至人之域始其厭宮室出茅茨駕鸞輅建羽旗若光若滅乍合乍離寓目於巉巖之頂駐蹕於沮洳之湄爰按節而至矣乃傾蓋而望之倏而五雲繚繞群仙縹緲出碧嶺之崇崇臨丹丘之窅窅瞻童顏之麗綽約則多觀羽服之鮮纖襹非少集其侶乍謂崑崙之巔狀其居不異蓬萊之表由是暇山岊（吳都賦山岊之岊）矚天潯既玄覽而旨遠亦高蹈而思深乃曰我以萬姓臣服八荒君臨蓋天下之至貴亦域中之所欽安知阻茲崖巘隔彼岑崟有吸風之人遐不可見仰乘雲之客高不可尋旣而儼珠旒端玉藻增肅穆之敬念希夷之道見仙人之岳岳徒仰高山望鸞鶴之翩翩且輕大寶旣而求之不得瞻之在前念四子而莫來莫往思一人而無黨無偏乘白雲而何及引黃屋而來旋故能戒於無怠防於未然向使忘鶉居之性徇龍駕之盛則光宅之德徒聞乎以遨以遊比屋之封詎見乎乃神乃聖我皇明四目達

四聰惟神也愛而無見惟聖也感其通（一作而）不窺仙於飲露不問道於順風則姑射之神未爲盡善陶唐之主未足比崇

闢四門賦（以來遠人致多士爲韻）　王起

王者居上國來遠人闢四門而不壅俾八方而是遵朝聘會同自達於遐邇華夷蠻貊不間於君臣所以表王道之蕩蕩彰皇化之淳淳我皇闢四門也廣天視廓天意總寰海而有截端冕旒而無事猶懼遺滯挨秀異或玄纁而旁採或弓旌而遠致覩乎天步有四達之清夷仰彼帝閽無九重之與祕所以遠方知歸羣才不匱彼前代之有四門也或化未洽志未愜水陸之琛是湊丘園之士莫來雖大道甚夷不異乎遐阻雖高門有閌而同夫不開今我后則不然下土順而風趍王化行而草偃闉闍所湊表聖心之禮賢嚴藪皆空知帝德之柔遠士嚮方而集才應時而多鴻鸞接翼而畢萃驥騄齊足而咸過莫不趍斯門之呀豁知我化之休和休和之始聖皇之祉致穆穆於四門獲濟濟之多士闢鍵不用無老氏善閉之功車書大同叶王者無外之美至矣哉舜德巍巍復存乎聖理

鑄劍戟爲農器賦（以天下無事務農息兵爲韻）　裴度

皇帝嗣位之十三載寰海鏡清方隅砥平驅域中盡歸力穡示天下不復用兵於是銷鋒鏑而俶載南畝庤錢鎛而平秩西成所以殄凶器降嘉生收禍亂之根本致兆庶之

豈盈者也既而清天步虛武庫劒鍔銷戟鋋露營（疑作當或作常）時出匣揮纊俗以來賓今日在鎔唯良工之所鑄長鏉條爾而從華覃耜忽焉而中度廢六月之遄征興三時之盛務觀乎聚而改煎欻飛餤而涌煙從而再造將分地而用天宜人之歌允符於假樂多稼之頌式合於大田若夫弓戈櫜戢於寧歲牛馬放歸於豐年徒虛語耳胡可比焉則知先利其器欲善其事俾汗萊之盡闢由兵革之不試洪鑪既鍛失似雪之鋒鋋綠野載耕佇如雲之苗穟昔用之而有所雖弭之而不棄矧國家以教令爲車徒故器械可得而無以道義爲封域故戰爭可得而息由是執帝堯之允恭復后稷之訓農理化資於地力福祥致於天宗此乃慶自一人風行九野建中於上迄本於下下臣系而稱曰泰金秋兮未仁周無射兮非雅豈若我后之重斁盡濟羣生於良治

漢宣帝冠帶單于賦（以威懷禮加北戎遂定爲韻）　裴度

昔漢宣帝休明允塞烜中葉之英聲示遠人以文德既而幸甘泉以居正朝呼韓於有北錫之綬冕俾之藩翊位居侯王之上侍在軒墀之側服之孔備垂懸綬之腰章髮則有餘映切雲之首飾且會朝之次昭明孔融雖加之以禮寔誘之以衷厥錫既殊荷榮華之寵命其儀未習慴衣服之在躬此實可以閎帝聰播皇風亦何必賧玉帛之資空成耗國錫金石之樂用表和戎夫爵以賞功服以旌禮懿爾容之中順故我命之光啓矧乃來茲鳳闕踰彼龍沙知漢德之全盛厭胡俗之幽遐齊縞帶於周行獨明向化異玄冕於醜類豈曰亂華錫之不聞於屢禠崇之豈傚夫三加想夫解辮懷恩動容思媚作重譯而獻欵或稽顙而奉贄使羣方之闔樂由一人之錫遂鏘之玉佩顧章韍而多慙頷以金貂與麗服而自異是使孔熾之類率服而莫違悍戾之屬束帶而共歸知予之來贈同雜珮彰君之化德乃垂衣殊沐猴而可作方戴鶡而有威今我后散皇明而馳聖聽致戎夏之克定勤厲理而明弼諧故蠻夷之允懷尚冠帶於萬里舞干羽於兩階彼長纓之與五餌何斯道之孔乖

漢文帝罷露臺賦（以百金休功萬國從化爲韻）　李程

偉漢文之君臨惟宮室有度以兆庶爲心安不忘危豈勞力於累土用過乎儉亦軫慮於百金懼乎謗怨將以激勸若臺之是修唯德之不建是故絕役心於制造弘儉德於億萬乃言曰臺者高峙路者四通不足避爍濕寒暑無以受朝聘會同奚必高居爲明四目遠聽爲達四聰不重斂何以就役不勞力何以成功由是却匠人之計全王者之德豈嗇於財實肥於國雖百工虜（疑作糜）至無所作則庶人子來曷由陳力言之既終人故適從版築之功既絕尋尺之材勿庸柱礎不施寧轉它山之石棟宇罷構匪斲徂徠之松若夫氣候爲備順時布化諒惟國之有恒成茲臺之

何暇南至以望太史每升其觀臺仲夏而居有司自設其
高榭亦何用土木特建丹雘勤修誠無用之作非不朽之
謀豈止全十家之中產貽百代之良籌彼晉靈登臨我則
絶彈人之戲宋平興作我則無築者之謳式昭莫大之見
用保無疆之休不然何以紹祉祖宗垂芳簡冊踰儉約於
三五延載祀於二百豈不以肇於露臺播無爲之嘉畫

耀德不觀兵賦（以明德尚道懷仁畏威爲韻）　張隨

惟先王享國建用皇極制五服而有序御四夷而在德近
不貢必先威讓之辭遠不庭則修文物之則所以止干戈
而重仁義遏寇虐而茂生植夫絜其流者在於源清成其
外者在於內平以德則天下順以力則天下爭故有武不

黷有兵不征穆王之功何補謀父之言可明將其修己以
推畔曷若殺人以盈城於戲至理之時惟德是貴柔其遠
而不襲阜其財而不費以道義爲干櫓以禮樂爲經緯是
以文足昭武可畏借如舜帝在上苗人不懷雖藏聿於伯
禹終舞干於兩階然後七旬來格庶績允諧周文既興崇
國不道用戡時難以奉天討矧勍敵而未悛爰因壘而自
保然後再駕云服四方大造蓋由德所賓信所親豈無五
兵且懼於暴物況有七德實在乎安人人勞所以損元氣
物傷所以惻至仁逌凶器攸興聖人匪尚車書既其混一
牛馬於焉休放兵不戢如火自焚德不修於君曷相所謂
圖之大慎之微觀兵何是耀德何非素翟南來而越裳重

譯白狼西入而荒服來歸夫欲朝萬國歸四海不可以遐
弧矢之威

漢高祖斬白蛇賦（以漢高皇帝親斬長蛇爲韻）　白居易

漢高帝將戡時難撥禍亂乃耀聖武奮英斷提神劒於手
中斬靈蛇於澤畔何精誠之潛發信天地之幽贊卒能殲
強楚降暴秦創王業於炎漢于時瓜剖區宇蠭起英豪以
堅甲利兵相視以壯圖銳氣相高皆欲定四海之洶洶救
萬姓之嗷嗷帝既心窺咸陽氣王芒碭率卒晨發（一作往）縱
徒夜亡有大蛇兮出山穴亘路旁疑白虹之精彩備素（一作
白）龍之文章鱗甲皚（一作晶）以雪色睛眸艶而（一作其）電光聳
其身形蜿蜿而莫犯舉其首勢矯矯而摩亢勇士聞之而

挫銳壯士觀（一作覩）之而摧剛於是行（一作從）者告於高阜高
皇乃奮布衣挺干將攘臂直進瞋目高驟一呼而猛氣咆
哮再叱而椎姿抑揚觀其將斬未斬之際蛇方（一有欲字）縱毒
螫肆猛噬我則審其計度其勢口噪雷霆手操鋒銳禀龍
顏而色作振虎威而聲厲（一有何字）天之啓神之契舉刃一揮
溘然而斃不知我者謂我斬白蛇知我者謂我斬白帝於
是灑兩血摧霜鱗塗野草濺路塵嗟乎神化將窮不能保
其命首尾雖在不能衛其身盛矣哉聖人之草昧經綸應
乎天而順乎人制勍敵必示以乃武乃神殄災沴不可以
弗躬弗親（一作不躬不親）原夫（一作若夫）龍泉黯黯秋水湛湛苟非斯
劒蛇不可斬天威煌煌神武洸洸苟非我王蛇不可當是

知人在威不在衆我王也萬夫之防器在利不在大斯劒也三尺之長干以懾萬物于以駭八方歷數既終聞素靈之夜哭嗜欲將至知赤帝之道昌繇是氣吞豪傑威振幽遐素車降而三秦歸德朱旗建而六合爲家彼（一有誅字）鯨鯢截犀兕未若提青蛇而斬白虵　九一作皆集本

文王葬枯骨賦（以德及枯骨天下歸心爲韻）　白行簡

骨雖無知瘞以表德展厚禮於九原示深仁於萬國惠加於鬼則遊岱之魂有依義感於人故歸周之心不惑原夫靈臺肇建璧池是穿宛彼枯骨委茲窮泉既靡覩其銘誌曾莫知夫歲年西伯乃色變盡爾涕流泫然爰命從者將收瘞焉俾夫惻隱之心因形骸而下至于地升聞之德隨

精鬼而上動于天徒觀其年代超忽英靈淪沒土變豐肌苔封朽骨於是惠霑生死澤及榮枯遣奠有加於蘋藻備物無闕於芻塗幽壤始開見佳城於白日靈丘是啓旋卜宅於青烏既而遷彼古埏瘞之中野推誠於重泉之内昭德於普天之下念此窮塵之骨尚或墐之欲使行路之人不得見也且夫聖人哀死君子表微用之於國而上下忻戴書之於史而載籍光輝諸侯感而思服百姓從而知歸以之理人而人自化以之奉天而天不違故能掩骼教行送終義立澤靡不浸仁無不及恩加師旅而同德數千慶延子孫而卜代三十且封比干之墓惟德是欽護信陵之塚其仁未深曷若我罔辨名氏莫知古今招亡散之寃復于棺槨收無主之骨斂以衣衾蓋所以感鬼神而動天地豈止夫三分天下而二者歸心

文苑英華卷第四十二

文苑英華卷第四十三　　賦四十三

帝德三

君臣同德賦

曰若稽古臣唐累聖重光盛烈貫於千古英聲超於百王爾乃羣瑞呈祥衆靈叶慶神降休祉天垂寶命鳳籙於是荐臻龜書以之疊映萬姓忻東戶之日一人奏南風之詠

至矣哉微無德而稱焉臣聞非常之主必有非常之臣是以元凱升而唐德茂稷卨用而虞化淳武丁夢徵兮求版築之士文王卜兆兮得垂釣之賓豈直星精之誕方朔維嶽之降甫申故能殷周數其多士皇漢歌其得人亦有九合稱齊三分號蜀循傳善政尚留芳躅方鴻翼以濟時比魚水而敦俗誠小國之邊鄙亦順時而自足豈若我聖明之有天下也惣六合以爲家籠八荒而建國旣垂拱而敷化諒偃兵而興德爲百代之規模立萬邦之軌則於是大君端冕而多暇羣臣奉職而有方巍巍蕩蕩濟濟鏘鏘咸有一德視人如傷夔龍在位鵷鷺成行君臣同德而均美聖毋臨人而永昌豈徒超五臣而逾十亂固將六五帝而四三皇小臣微淺才智疎越濫吹紫庭獻賦絳闕敢同輿頌竊爲歌曰元良明哉股肱良哉盛德至矣大業廣矣我一人兮化無窮臨萬國兮道旣融同心同德君聖臣忠子子孫孫永代克隆

垂衣治天下賦 以聖理無爲道光前古爲韻

天睠唐帝恭承永命守無事爲至德彰不言爲大令當宁而百蠻自賓垂衣而八極君正當書軌以混合系祖宗而作聖治契無外人羞有爲戴北極以定位比南山而之一作不移皇皇焉儼六服以御寓燭燭焉虛四聰而聽卑備其文火龍廻帶以如動藏乎用天地成功而不知與區夏弃造俾古今同道靜以虛襟固其大寶儲精而雲騖冠蓋恭

巳而耀生黼藻故能追軒皇躡陶唐文物周衞邦家有光颯祥雲乎五彩蟠瑞氣於六章豈徒具飾乎領袖亦以權量乎圓方是知垂拱者古之難委裘者聖之旨蓋與神合寧將智使不然何以酌天心安地紀一家之大無煩車馬以巡遊九重雖深盡見山川之疆理所尚者形神不拘清凈爲徒體安以一襲道洽於三無侯時不在於顛倒致美何傷乎曳婁于時天凈泰階城開外戶應星精以列將動岳神而生輔楚製者分閫而守封縫掖者坐帷而論古纊未周而如挾衮有闕而咸補德旣昌焉不亦宜然萓出豈勞於問歷山呼無待於卜年凝旒而惠澤潛布斂衽而皇風靡前與三五爭步驟微臣亦迷其後先

信及豚魚賦以聖朝道孚微隱為韻　封孟申

皇帝奉天心執人柄自毛羣之賤品及水族之微命咸安其生各遂其性小既化矣諒庶物以歸知大亦宜然由一人之有慶允所謂法中孚以立極體渙汗而施令其信也符天之不言其德也與道際其聖徒觀其行藏出處安逸道遥時乃上氷且不爽於春候時乃登俎幸見録於清朝何政令之不誠何姓命而不保清瀾自適則樂我深泉行葦不傷則樂我豐草趨時者保去留之性黙處者契雍熙之道懿夫堯之為理路行皆如此二字一作乎此易之取象叶義必同塗物苟在微則豈唯豚爾類苟在隱則何必魚乎可謂德侔造化道侶虛無無遠不均將由夫大而不約何幽

未及詎同彼小且未孚穆穆巍巍我后垂衣域已臻於仁壽信乃及於賤微恣彼喻喁在安流而長逸睹其膚革與至道而俱肥斯可以見聖皇執物誠理是非奚獨龜龍假而表瑞麟鳳降而增輝而已哉士有象既得而言欲忘信已誠而行庸謹安貞誓於期耄慎獨稟乎齠齓觀光上國感豚魚之以孚願仕清朝匪巖穴之可隱

王言如絲賦以有云如絲演若綸組為韻　謝觀

君言之重兮發彼加人如絲之細兮出已成綸將植偃機之本必滋秋忽之因初其體而微降一句之繩準俄觸類而長入百司而縷陳是知作彼紀綱從而推闡密旨欲布殊私以展透晃旒以尚細入鈞衡而漸演及爾如貫簪知詞理綿綿摶之則微益見言密蠒蠒且夫謂至密而已著將未聞而已聞遂意淫繹隨聲糾紛無類而洪纖起散有條而派脉別分離一庭之間聽皆歷歷出九門之外遠已云云是故遐邇羈縻上下聯絡毛舉之讚是衈蠶食之誠詎作詔多事而折藕難比寫綢繆而曳緒不若遇終軍之一請便吐長纓後龔遂之載言俄陳亂索不同抱布而取詎等茹柔而吐孜孜下問義同小往大來乾乾若抽事符以索繼組不可卷也引而伸之不滯異維舟之紼無黜殊墨子之絲與奪而起於分寸傾危而失在毫釐夫如是上言也不可不精下聞也不得不受知駟足之難及保三緘之可守語不墮而寰宇歸心思無邪而蠻夷稽首可以綱

羅八表可以倫貫九有然後緝熙不紊條章有餘自契不言化矣豈假聞斯行諸方知微細之喻也敢願戒慎之所如

舜有羶行賦以天下歸之如蟻慕肉為韻　謝觀

肉不愛蟻蟻自來依舜不求人人自來歸爾則以羶生嚮慕我則以思深惻疑作惻微祁祁子來竟歡懷於德飽侁侁類聚各霑濡以家肥是知取喻於彼欲明於此播薰風於酷烈比黎庶於螻蟻溫恭允塞諒不阻於幽肥玄德聲聞固無間於遐邇是故四海分會千門競追共仰來蘇之日誠非逐臭之時以孔莊為味以潤下為腈率從其嗜愛度廼秋應其欲而徇矣思所利而瞰疑作噉之各竭血誠汝則

如饑如渴無勞肉視吾乃龍章鳳姿載求而羶不在身三
嗅而羶不在服在乎安長幼資亭毒行葉揚芳言蘭芬馥
以膏腴及萬姓萬姓熙熙以霈澤滂四門四門穆穆咸遂
其性各安其族並歆其風順雨調豈止於觴酒豆肉若乃
望之如日戴之如天不銷不歇沛然靄然如此乃[redacted]聞羶
者焉如或失之於上迷之於下四罪之徒三苗之野如此
乃聞羶之者喻旣斯大義豈憑虛以心求芬芳者得以鼻
求芬芳者踈自發德馨之惠寧同乳臭之餘服媚媿之而
孰可芬香擬之而豈如由是烝黎子來蠻夷蟻附八方咸
戴其照育九土共臻其道路惠然若歸往也如慕煥重曈
而日月清朗齊七政而恩威布濩至矣哉巍巍堂堂可謂

承天有裕

舜歌南風賦 以能感和樂生殖羣物爲韻　楊迺

巍巍舜德于今人稱居北極而惟大歌南風以敷弘歌之
伊何制絲桐而合奏風之至矣信長育而有徵茲可謂無
爲而自理天縱而多能美夫誠發深衷物能應感憫沃瘠
之勞逸均陰陽之舒慘是用作則於世利之孔多風詠凱
兮美萬物之蕃衍樂操琴也佳五聲以同和復而不厭遠
而匪他方將煦嫗之爲意豈徒娛樂於斯歌觀其發宮應
徵揚清激濁自南習習同詩人喻彼棘心入夜冷冷異貧
士叩其牛角則知聖人審音以知政化俗而作樂者有矣
夫懿其出乎幽谷應以繁聲若雲龍之潛召同律呂之相
生萬籟動八音清匪鳴條而扇物方靡草而作程是以人
荷時康功歸帝力四氣以之而不撓百穀從茲而蕃殖節
有度守有則始從邇而及遠終自南而徂北爾乃匪徐匪
疾乍過乍聞颯颯輕音疑少女之初至泠泠餘韻謂別鶴
之求羣亦爲父母之網極何必聲變而成文是以德冠百
王致成萬物正南面而恭已懋功千載不咈

禹拜昌言賦 以聖人之心聞善必拜爲韻

大禹君臨勤求意深苟一言之入耳必載拜以明心蓋以
勵華夷形古今所以旨酒盈前莫縱彈絲之響美詞將貢
俄聞擬王之音豈不以詢彼芻蕘防乎驕逸旣可大而可
久亦無固而無必所以嘉謀乍聽當業業以折腰直語纔
聆復虔虔而屈膝蓋以廣乎所見求其所聞欲使善惡之
源自別賢愚之路斯分光乎傳舜之規受堯之命得不固
社稷根本察風俗利病是以臣不能諫君兮非曰忠君不
能納諫兮非曰聖執至理以垂教採昌言而化人苟有言
可佐王道正人倫陶也不得不進禹也不得不遵所以聞
妙畧以開容掩冕旒而拂地覽宏謨而致敬低珩珮以鏘
身懼溝洫之未通憂禮樂以將壞以正直爲龜鏡以忠讜
爲規戒是以蘊昌言兮不可不陳聞昌言兮不得不拜遂
使共守丕業上光帝基若魚水相逢之日同雲龍會合之
時符郊時以陳儀固難比美望竹宮而設禮曷可方之我
皇紹九聖之雄圖舉百王之令典急於求士樂於聞善所

以獻昌言之忠臣必待之台鉉

木從繩賦 以聖君順諫如木從繩爲韻　王起

惟山有木惟木從繩繩舒卷而克正木堅貞而有憑杞梓未分規矩假之以𡨋立斧斤斯運曲直欺之而不能古人以政有得失俗有廢興因納諫之善諭爲箴闕之明徵當其懿匠負來瑰材旅進既陳之以糾纆將加之以霜刃掌握初縈綢繆忽振尋尺曳而愈出分銖算而底慎則椓之橐橐既砥平而稜端伐之丁丁亦木開而委順則明正不得不受曲直不得不容如獻替於百度宜啓沃於九重繩墨之間既無遺於目巧君臣之際固宜警其面從然則上達四聰下延五諫比斯木之循惑待斯繩而作限廣狹有

準短長無間自然巨川舟檝何虞沉潛之憂大廈棟梁不貽壓覆之患有條不紊兮其功有餘舉直錯枉兮可以行諸既爰究而爰度亦匪疾而匪徐向若置而不用藏而不舒我有梓材坎坎之聲奚自我有剞劂恢恢之刃焉如裊裊緒抽綿綿纖屬比朱絲之在琴瑟若飛流之界山谷裁成廟廟之器剖判陰陽之木自同絃直不爲絲棼匪專美於成風之匠亦垂訓於背誕之君雖鱗皴異質擁腫多紋散作輪轅小大之宜不忒鑿爲户牖毫釐之度斯分所以喻謇諤於後學昭輔弼於前文方今補袞惟勤和羹克正契君臣以魚水以繩墨爲龜敬則考般宗披說命未若賡歌於元聖

第二 以木以繩直君由諫明爲韻　張聖之

古之善諫者喻其心如繩直展成規於良木既折中而經始必周流而牽復以其性有曲直固從乎彌綸以其材有短長必由之盈縮故可彰其言兮直如矢喻其諫兮從如水既應用而無方且適道而虛已爲掄桷之無繆成棟梁之有以舉直錯枉且明徑挺之心動而悦隨不失縱橫之理觀夫度彼山林直以絲繩既遵時而有作乃底績而其凝斷長補短物無失性損上益下道罔不興猶其善而惟變所適類夫諫而不命其承匪差毫釐存乎楷式在操張而爲務乃經紀以成德操端有準希匠石以財成枉撓必從表王道之正直況夫準以綸綍順乎節文不循枉以爲

利必適道而斯分假物而言故引從繩之木樂諫爲喻明乎則聖之君原其納誨之謀觀其所由既規矩而有制豈文理而是求糾纆既施足彰妙道之用衆材方正比夫從諫如流且夫獻直言者必有備無患木從繩者叶執藝而諫故得明乎官以相規人之無訕矯其不枉道以求用悟守道以爲名匡乎不正使其正規其不平使其平使一作王或作此所謂不可欺於繩墨乃得配乎權衡恭惟賦於說命知諫道之克明

王者父事天兄事日賦 以國家悌理虔誠墨失爲韻　浩虛舟

二儀覆載德之廣者唯天三光照臨明之大者唯日故王者於天也父事無怠於日也弟恭靡失布和施令將成不

宰之功明目達聰欲亟無私之質當其萬邦作貢四海爲
家仰元氣而晨昏靡爾指陽精而伯仲非賒草色難窮夔
軫南陔之戀棠陰易睍常思棣蕚之華所以化洽中原祥
臻上國法寒暑觀從政之道無薄蝕見相容之德登封泰
岳猶疑陟岵之時展禮東郊似望在原之力愛敬無斁恭
盡虔窺一氣異歷山之泣攀六龍爲荀氏之賢覆燾成功
且異靡瞻之義古今垂象難窮以長之年且夫致敬唯精
傾心仰止誰嬰同席之亂誰効攘羊之吉曾聞有闕遠懷
譏疑作幾諫之心每懼明宣有遠遊之理所以惟法前哲規
後嗣播洪猷恢至美教天下之爲人子者矣又若甲巳讓
恭端心愷悌同明無終鮮之歎可愛有旣和之體柔愉未

及魯衛之道咸興蔡霍皆與管蔡之讎不啓所謂扶枝葉
固根蔕播仁風匡大禮教天下之爲人弟者矣範人倫者
莫先於元首遵孝理者在致乎精誠必有尊也天其父必
有先也日其兄九服洽和若嗣高於廣大萬機洞照契承
照於貞明故得孝道日彰休聲風靡指圓蓋兮欽若仰紅
輪兮翼爾由是海内無賊子亡效臣吾君如此

文苑英華卷第四十三

文苑英華卷第四十四　賦四十四

京都一

西都賦一首

東都賦一首

西都賦并表　李庚

臣伏見漢諸儒若班固張衡者皆賦都邑盛稱漢隆當王
道升平火德丕赫數子歌詠發著後代今自隋室遷都而
我宅焉廣狹榮陋與漢殊狀言時則有六姓千齡之變言
地則非秦基周室之故宜乎稱漢於彼述我於此臣幸生
聖時天下休樂雖未及固衡之位敢效皋陶奚斯庶幾之
誠謹冒死再拜獻兩都賦凡若干言以詘夸漢者昭聞我

十四聖之制度請付史氏賦曰洛汭先生客于上京問里
人以秦漢咸陽故事里人曰先生不習乎哉秦址薪矣漢
址蕪矣西去一舍鞠爲墟矣代遠而移作新都矣先生曰
賓者不識藐然老沉惜歲亡而日遠願聞古而知今爲我
源說恭承王音里人曰昔者帝兆唐居命隋先基乃假隋
權是開中原旣權二年爲唐遷都周榛秦莽平無枿餘文
驅煬迺卒于侑傳若天使項氏死勞而授漢休也唐開禪
壇新都之門闢殿乾宮以朝諸侯時則有若房魏作弼英
鄂執律南陽故人河間帝室戎衣旣脫瑞氣洋溢謹聲傳
於億兆煬燎致乎太一乃會漢酺發周賚謚萬類渟四海
遂開國以報功差子男之五等然後構閣圖形榮號凌煙

指河帶以山礪書天子之縉紳其制度也擁乾休正坤儀
平兩耀據北辰斥咸陽而會龍首右社稷而左宗廟宣達
周衢址以十二基張府寺局以百吏環以文昌二十四署
六部提統按星分度儼憲臺而西列肅陰館一作宮於北户
建倍貟於前王忽維綱於御史端國
朝儀一作儀朝實周察乎左右其内則有太極承端通址含元
日出東榮月沉西軒倚九嵕之下麓浥太液之清瀾龍道
雙廻鳳門五開煙龍凝碧風静蓬萊東則左閣一作閤當辰
延英耽耽宣徽洞達温室隅南棲以重離繇乎少陽是爲
二宮複道邃廊西則月華重啓銀臺内向中書在焉客用
宰相官者别省延緣右藏建子亭於屏外設蘭錡於廡下

天子端朝明庭九賓發少府之冕旒陳奉常之書一作官勲
肅勾陳以辟護翼雉翕而對分鷄人乃下鶴唱先聞千官
就日萬品趨雲漏遲遲而東轉風習習而南薰外則國子
招徒疏館開軒左立太學前惇廣文膳豊中厨就教九年
稽以博士總之成均祕書典籍品命技郎横閣三重闌正
鉛黄若六藝之條貫百氏之縱横交錯發論禮形而樂聲
太傅在前少傅在後載言載筆出納謨誥鵷動鸞飛振玉
鏘金般廟羞瑚璉之器楚材漸杞梓之林已而爕和陰陽
經緯天地採摭軒昊牢籠虞夏闡孔子之學堂敷一代之
風雅此王者之文教也親兵百萬制以神策紫身豹首金
腰火類犤霞張旆剥犀綴革畬目而虎眦振髯而蝟磔柔

六鈞貫七札對天伏以司戈分玉墀而執戟别有陳旌賜
旂一作鉞閫外四七依榆關以作鎮拒榔營而開壁逐虜則
出塞飛塵伐叛則救陽作澤此王者之武威也唐禮既行
三代同風徵叔孫之春官命伯夷之秩宗則有封禪郊符
謁天拜祖明堂辟雍王者之事有司勿失次有朝廷之位
班爵之序器服車馬以節文武不僭不濫群臣之事有司
以告下有内族外姻以殺以隆五禮各殊陳吉儀凶一室
是形天下大同百姓之事有司以教故以内則敬以外則
嚴以家則肥以國則昌卿士翼翼公侯皇皇在野熙熙在
朝蹌蹌夫如是夸周而正魯胡可殫詳泊乎樂之設也以
德配樂陳器以作華木匏竹簨簴磬鎛命官二署諧以協

律以奏廟貌祖考來格以陳宫庭簫韶九成鳳皇來儀以
布天下手之舞之足之蹈之及乎御衣集舞童或獻凱
作名以宣帝功或布字綴行以達皇風此禮經之所未紀
夔㚇之所不同刑期無刑辟以止辟三章寘漢祖之德肆
赦緩穆王之法於是天子御端門詔天下渙汗發澤與民
更始建金鷄於仗内聳脩竿而揭起其下則稅三關鮮銀
鐺見說文追共工徒驩兜殛舜絃浹堯年臺收白簡史閣冊
筆摠秩官之計料不踰乎三十斤匡衡之失論罪温舒之
不足司刑無鬼哭之庭大理有烏巢之獄又若薦祖建宫
玄元之庭霞帔雲冠飄飄太清天子將有事也歲旦時邁
㚇籃殷銅傳金爐之御烟開甲帳之琳琅此王者之示孝

也對里連街帝宅王家青門列檻棠棣分華勤政外名花
萼中題屹雲中而佩鳳杳天外而舒蜺於是天子設千席
蓋百醴家人齒筵愉愉濟濟此王者之示悌也盛則長隄
砥平錯則纓弁繁（一作煩）夥佩印分魚九參六佐肅威儀於
行蓋指戒途於前馬待漏未開朝騎沓街雞鳴朱邸火度
青槐先導擘雲後車奮雷遞（一作亘）以嚴聲不生微埃人寒
物慄統以京尹臨人秉殺罔敢不謹豪家戚里金張許史
走騎如龍行車若（一作如）水拉枯請命曾不仰視配前秦與
後趙（大粹作前尹前有趙張後有王似謂京三王但疑倒用）固異代而殊擬其地勢
也負秦章臺倚漢井泉帶涇渭之富流挾終南之壽山指
重城於二華度外門於兩關玄素交川灞滻在焉斷虹偃

蹇而亘梁拖輪走驟而蹄奔度萬國以向朝趨魏闕之通
門（一作東）赤縣統劇停阡帝鄉長安萬年乾封明堂藍田左
掎鄠杜前張分圻連乎雋翊畫郊接乎岐陽排吳山而抵
亘蜀氐谷而通商天子穆清環衛陳兵將軍之號三番六
營至乃辨曉警昏主在金吾皷列六條外傳通衢備以嚴
兵羅以周廬禁動息人用戒不虞其中則御水分溝昆明
下流在野決瀲入宮環洲菰織蒲紉茨贊菱羞渚戲玄鵠
沙眠白驅其遠也深有蛟潭派作龍湫涘接河漢波通女
牛其近也方塘含春曲沼澄秋户閉烟浦家藏畫舟爾乃
農家東作厥土黃壤樹以桑柘翳薈乎南畝以秔以稌以
稷以黍以輸太倉天子之儲土厚地中溫寒以宜門多秩

老室有蕃兒承化發謠帝力不知則有程鄭之家白闔朱
軒（一作白馬朱駢）崇基峻砌待四高門（一作待駟開關）木秀茸葩紅舒綠
繁挺碩果於華林育豐蔬於中園珠泊畫晴金缸夜明羅
繡巾幨皷瑟吹笙譁族陳賓以樂乎太平貨隧分廛物次
駢連中署肆師夕咽朝昏越璞楚琛蜀賄巴賨裁綺張繡
紋軸蕉筒聲教之所被車書之所通交錯雜沓斯焉會同
黃宅鑪盧金篆玉扃以張帝居用壯天庭千形萬聲不可
多名天子奉堯舜之道勤后稷之功當仲夏而獻繭立中
和而視農然後黼黻時備粢盛告豐其接下情也則堯皷
不懸晉木不列鏤金作軌四門是揭人靡迷邦士無譎訐
示收才而問肯上諫行而宼達當其萬國貢珍四夷納賮

賦用冊通財因輦進地官計國度支主客百姓既足斯焉
克物後若天府萬品以備供職登饌則光祿獻廚命駕則
太僕承軾其樂人也大啓九門（一作重）分開三殿齒群臣（一作官）
於坎坐徵公族於內宴于以訓恭儉于以示慈惠戲族
咸在百弄迭改視仙童之霓裳覩壯夫之角觝御階晝陰
帝坐春深繽紛官闈窈窕嬪林既受賜於逮昏盡拜帛而
懷金與衆之樂一日於此先生獨不習乎其四郊也或有
秉時之舊址亡國之遺蹤天子迎四氣盡然改容曰是足
以懷傷於耳目作戒於心胷昔秦政肆刑秦民共傾楚澤
大呼分寰列城徒罷驪山役休上林秦址既遷鴻門至今
此東郊之事也隋苑廣袤置籠南山占地萬頃不爲人間

齊門失耕禽游獸閑代謝物移繚垣不完北南郊之事也豐水悠悠文王作周傳艱子孫褒平遂遷乃睠鎬都武王宅居國失赧遜一作死豐鎬皆蕪此西郊之事也漢設五畤以主淫祀欒訛徐誣將求永乂天子親拜太牢黍牲事亡地存爲天下笑此北郊之事也故因迎春則鑒秦敗知恃刑不如恃德也因迎夏則鑒隋怠知徽獸不如徽覽也因迎秋則鑒周勤知祖基作艱傳萬年也因迎冬則鑒漢誤知去淫即正獲天祚也四鑒以陳澤于生人四德以懋格于上下故我高祖一呼大定安都居正傳今皇帝一十四聖是知禪國也禪都也非得隋之命是得天之命

東都賦　前人

先生曰富哉言乎堯舜之事吾知之矣然天地旁魄輿區不一九衢六陌亦稱河洛始乎周卜今自隋華進八百里作唐東宅成者居者一作功成者居余得其故用悉聞見丕我王度子不識乎頡煬奮華中原毒痛順天應人文皇赫圖王克不來建得相依阻我東人不蘇義旗高祖西安文皇舞干一揮戎衣邦一作我人保完彭城獻級東功乃立則創業之事不獨于西也至天后三字一作高祖至于天后非朝匪伊是居於焉逍遙明帝大同出震開宮恩波爾鄉淺源于東則太平之事不獨于鎬也若乃用一作周洛爲池帶河一作漕爲沼洞八門之會要控二梁之夭矯在隋之始一有移字劃前規之隘脩舊制之陋指半舍而新布乃集工而成就重城不居萬盜齊構訖大業於義寧廓皇家而遜授既而天踵以正地產以寶禎符所記一作禎祥以記嘉名不一表賢則河水變清瑞聖則洛圖屢出帝功既成封禪禮行顯祖光宗勒岱而祈萬我甸我郊三聖之靈壇在焉赤縣神州與京比儔逕東山之貢賦扼關外之諸侯直齊梁而駕輅引淮汴而通舟太行枕甸發址崇垓覃懷鎮封上干昭回鑿門導伊兩阜屏開有仁順智堂奧一作隅庭隈爾其左掖通東右掖洞西蘢故地之銅駝抱舊里之王雞御溝接派苑樹通提抗鳳樓於內庭矗端門於天街上陽別宮冊粉多狀鴛甍鱗翠虹梁疊壯橫延百堵高量十丈出地標圖臨流寫障霄倚霞連屹屹言言翼太和而聳觀側賓曜而疏軒若蓬萊之真侶瀛洲之列仙鸞鶩鶴車往來于中天嚴城曉啓千門萬户建衞對營開扃接牖翠華在鎬分官以守監署惟三卿曹亦九臺閣高閌支馭一作友叙東方仍一作乃俾二官別持憲綱赫若夏日凜如秋霜威動乎甌閩之國風行乎燕薊之鄉郊圻作固兵屯一作屯兵孟津千里無烟萬夫信信實兼武牢以食濟温唯是咽喉屬于將軍禮樂所流厥惟舊周追魯俗而爲隣化殷頑而作柔異材挺擢多士優游原膴膴而耕溺水濊濊而洗由士得天爵孝稱行原身行大節里有旌門以繼前脩以垂後昆榮一時之史籍聳當代之人倫兄友弟恭伍皆崇榮石記標衢棣萼爲名螭首龜趺嶷峙雙形指兩馮而遠邁對二陸而遐征至若里巷之新

名閭闔之近華（二字一作舊識）或區區於傳說或瑣瑣於典冊非儆戒於將來何修言之敢作且二誥尚存始卜惟艱四姓所都季年乃遷或得于聞或得于傳幸子勿譁試為子發乎齒牙里人曰諾先生曰郟鄏之地中居帝域賢相聖營龜符墨食成王定鼎以休姬德三十承孫八百祚年祖功寖微衰平乃遷幽用婦烽諸侯疾怨夷元敬朔太史不頌百沠分波争涸其源氾水而鄭陽翟而韓晉盟河陽秦戍新安一旅之兵一同（一作雷）之土嬴氏乘之不享文武此周之失都也南陽真人復運漢基舊邦惟新上稱康時光武而醲明醴和醨中質不長桓靈自縱后戚立權內官分弄四星耀斗百桷摧棟陽弱陰彊劉輕曹重此後漢之失都

也魏丕徒許促齡四十彊臣執柄三嗣徒立政由甯氏王髦莫奮尨觧土崩炎君負遜此魏之失都也晉始三世亂興永嘉蕭牆構兵沉閼稱戈浩浩逆流天下墊波八王既分五馬南奔左衽之裘乃來中原此西晉之失都也故權在諸侯則姬氏平權在內官則漢室傾權在彊臣則魏徂權在親戚則晉走是四者各以其故權與勢移運隨鼎去從古如斯謂之何如世治則都世亂則墟時清則偃偓政幣則戚君勿謂徃代試言前載開元太平海波不驚乃駕神都東人誇榮時則轔轔其車殷殷其徒行者不賫衣食委衢冠冕之夫綺羅之婦百室連歌千蹊接舞高樓大觀陳賓宴侶金堂玉户絲哇（一作鳴）管語我道如堯我稅如貉

貧庾而稱賤筒如（一作而）楊比屋相視址衣空帛開場分肆不列夔麥同軌同文晝呼夜讙父懌子愉去經（一作徑）而盤旣兆旣億動動植植無聲之樂薰然不息稽成康之周隆考文景之漢休攉代繫時不為彼優我俗旣饒我人旣驕安不思危逸而妄勞故天寶之季漁陽兵起逆旗南指我無堅壘匝旬鼙動衝天羯膻門開麗景殿據武成殺人如刈焚廬若薙蜀駕先移亂師後誓傷四年之委燼奮二將以建勳天落妖彗風摧陣雲及夫掃臺榭之灰妝京野之骨徵郡國之版在驗地官之籍列太平之人已十無七八至德復興六紀于茲七聖儲休平癰補瘢故含識之士女植髮之童兒皆能痛其喪亂而期我康時今四方之事叟

不知也惟洛泱泱瀍盈萬室惟城職職市鄽駢集比年大有稍藏以實都人嬉駕有笑無慓咸曰將睹乎貞觀之風開元之日鄉里之人思萬乘之威儀幸物阜而時和指康衢而引領作望幸之賡歌歌曰曉雲行兮西風慶搓喬兮龍在中望雲光兮拜千百西澤霈兮均東澤里人曰誠哉是言前年日南至天子謁太清（一有宮字）太廟郊天祀地旣畢事執讌端班謂公卿大夫曰予在人上歷祀三四年穀比登未極于富人庶稍蕃未臻于壽動植小遂猶有枯夭日月所至猶照叛土戎狄雖貢西地猶虜令行大禮得不媿望于天而獻羞于祖是尚以聖政為憂未意於行幸也先生曰大哉為君用是言也理是事也則千里如郊萬里如

圻在西而東均處內而外肥吾歸息鄉里之謡安堯舜之
時將齊驅於壽域何近喜而遠悲則知鑒四姓之覆轍嗣
重葉之休烈用是言也理是事也即所都者在東在西可
也

几一作皆文粹

文苑英華卷第四十四

文苑英華卷第四十五　賦四十五

邑居一

登長城賦　徐彦伯

班孟堅輟編史閣掌記戎幕坐燕阜之陽覽秦城之作喟
然而嘆曰傳嬴下韝視人則嬐鯨吞我寶鼎蠶食我諸侯
鞭撻我上國動揺我中州所以二世而殞職此之由乎當
其席卷之初攻必勝戰必克因利乘便追亡逐北自以爲

功勤三王威懾萬國重鐵鎖干戈於仁義輕詩書禮樂於
殘賊然後馳海若以爲梁斷陽紆以爲藪羣象有形而採
擬珠玉無脛而奔走朝則貪堅壘比肩野則庶人鉗口負
關河千里之壯言帝王一家之有神告籙圖亡秦者胡實
憤蕭牆之變濫行高闕之誅鑿臨洮之西徼穿負海之東
隅猛將虎視焉存一作此焉綱紀謫戍勃興鈎繩亂起連連塢
壁𡒄𡒄亭壘飛芻而輓粟者十有二年塹山而堙谷者三
千餘里黔首之死亡無日白骨之悲哀不已猶欲張伯翳
之絕胤馳棠梨擬作撑犂之驕子曾不知失全者易傾逆用者
無成陳涉以閭左奔亡之師項梁以全吳趫悍之兵夢縣
徼其敗德斬蛇驗其鴻名板築未艾君臣顛沛六郡沙漠

五原旌旆運歷金火地分中外因雪主之淫慢成後王之要害則知作之者勞而居之者泰歲次單閼我行窮髮𦔮嘿雞田幽陰馬窟土色紫而關迴川氣黃而塞沒調噪鼓於海風咽愁笳於隴月試危坐以側聽孰不銷寃而斷骨哉况復日入青波堅氷峩峩危蓬殞帶森木靜柯群峰雪滿聰峴霜多龍北臥而銜燭鴈南飛以度河載馳載驟彼亭之候唯見玄洲無春陰壑罷晝鷙隼爭擊哀猿直透饑鹿夜咆乳虎晨鬬蟄熊舐掌寒龜縮殼悲壯圖之夭遏憫勞生之艱遘昔者韓信猜叛李陵拘執望極燕臺山横馬邑戰雲愁聚衝飆晦急莫不陵地脉以扣心望天街以殞泣亦有王昭直送蔡琰未還路盡南國亭臨北鑾貯漢月

於衣褎褎胡霜於髻鬢雖寵盈氈幄而寃斷蕭關至若趙王遷逐馬融幽放去家離土踰沙歷障蔓蟏蛸之户側坐蠮螉之塞上桃李夕兮有所思綺羅春兮遥相望登毀垣以擗摽坐頹隅以惆悵是以銜青開幕張遼闢土校尉嫖姚將軍捕虜雍垣鋪障鋤亭伐鼓斬元於鐵防之門流血於金河之浦張虎牙以泄憤虬蝟鬚以蓄怒及夫中郎殉節傅望踰邊取斂仆地尋河際天幽海上而萬里窴胡中而幾年銀車荐出玉節仍旋南向國以樂只北違沙以莞然嗚呼長城之設載逾九百古往今來歸然陳迹窮海戰士孤亭戍客登峻墉陟（一作躋）窮石嗟故里而不見感殊方以殞魄者亦何可勝道哉嗟我羈旅南庭苦辛心（一作長）懷

壯士未慕忠臣經百戰之戎俗對三邊之鬼隣徐樂則燕北書生開偉詞而諭漢賈誼則洛陽才子飛雄論以過秦歲崢嶸而將暮實慷慨於窮塞

雲中古城賦

呂令問

正北曰并有唐作京密近戎狄張皇甲兵尹也總居守之任將也當節制之名故卒乘輯睦而王都肅清於是斷武誼按亭燧電轉前旌風吹横笛楊葉箭的蓮花劒騎下代郡而出鴈門抵平城而入胡地挾纊稱暖投醪必醉則知撫之者誠難用之者不易是時陰閉群山寒凋衆水川平塞迥氷飲霜宿慷慨乎大荒徜徉乎遊目區脫潜遁屠耆懾逐訴古城之謂何傅魏家之所築伊昔晉京蕩海縣

沸騰不有所命將何以與王師赫怒爰整其旅霧集雲屯龍驤鳳舉棄萬里之沙漠傍五原之風土肇爲此都寔惟太祖夫其規典章辨封疆池桑乾之水苑秦城之牆百堵齊矗九衢相望歌臺舞榭月殿雲堂開儒士於璧沼貯美人於玉房翕習沸渭熒熒煌煌取威定覇於是乎在施令作法罔或不臧武破六州之内文宅三川之陽何其壯也既而年代倏忽市朝遷徙干戈鼙鼓之雄綺羅絲竹之美孰不煙散雨絶沙埋灰委樹名撤而詎存鳥稱樂而俱死危堞既覆高墉復夷寥落殘徑依俙舊塀榛棘蔓而未合苔蘚分（疑）乎相滋伏熊鬬贙騰麏聚麋常鳴悍鷙乍嘯愁鴟不可勝紀但令人悲胡風起兮馬嘶急漢月生兮鴈飛

入可憐久戍人懷歸空佇立有客志遠才雄秉義由衷負詩書禮樂之用蘊蕭曹魏邴之風虜庭高枕河源鑿空霜氾鬢而先白塵染顏而少紅三爲都護五掌元戎益封而廣國事利而業崇獨見凌雲而作賦誰言坐樹而論功者哉

第二　張嵩

開元十有四年冬孟月張子出王塞秉金鉞撫循邊心竊桉節髮走汗漫之廣漠陟崢嶸之高闕徒觀其風馬咽衣鳴霜鴻苦聲塵昏白日雲繞丹旌虜障萬里戍沙四平乘蒙恬之古築得拓跋之遺城伊昔晉人失政亡彼金鏡海水朝飛櫓檣夕映鵝呈而二京繼覆馬渡而五胡交盛慨逐

鹿而爭雄空瞻烏而莫定於是魏祖發大號鼓洪爐天授宏略神輸秘圖北清獯獫南振荆吳繇是一太陰以建極則廣莫而論都遂徵板榦庀徒卒鏟嶕嶢剞崛屼一作剞嵓屼因方山以列榭桉長城以爲窟既雲和而星繁亦丘連而岳突月觀霞閣左社右鄽玄沼泓汯湧其後白樓巘嶼興其前開士子之詞館列先王之籍田靈臺山立璧水池圓雙闕萬仞九衢四達羽旄林森堂殿膠葛當其士馬精疆都畿浩穰始摧燕而滅夏終服宋而平梁故能出入百祀聯延七主擊魯衛之諸侯郁秦齊之土宇禮興樂盛脩文輝武講六代之憲章布三陽之風雨亦云已矣哉俄而高祖受命崇儒重才南巡主䲡彝之邑北去軒轅之臺鵬搏海運鳳舉天廻嗤紇真之鳥死憶新野之花開自朝河洛地空沙漠代祀推移風雲蕭索溫室樹古瀛洲水涸城未哭而先崩梁無歌而自落魏家美人聞姓元新聲巧妙今古傳昔日流音遍華夏可憐埋骨委山樊城闕摧殘猶可惜荒郊處處生荆棘寒飈動地胡馬嘶若個征夫不沾臆人生榮耀當及時白髮須臾亂如絲君不見魏都行樂處只今空有野風吹乃載歌曰雲中古城鬱嵯峨塞上行吟麥秀歌感時傷古今如此報主懷恩奈老何

北斗城賦以池塘生春草爲韻　崔損開元七年登科記作崔鎮

昔炎漢之開國宅咸秦而設規闡都邑之壯麗紛制作而多儀像蓬島以疏岳擬天河而鑿池館倚南山掇雲霞而

上出城作北斗仰星漢而會披何爽鳩之代謝驗驪驪之運虧是以作之者不處居之者不爲祚我神唐丹青焜煌峻址雲矗會譙錦章纍禎壤以疊形凝皓粉以飛光門結黃金之石檐施白壁之璫堞盤紆於曲檻池徑復於圓塘城勢逶迤若台岑之隱映樓形宛轉似崑崙之相望接千門之宮闕通八達之康莊既而鑾駕西巡嚴扃晨啓羽衛咸集聲明克陳登畢晛以清夜聽畢逋而候春儼雄戟以耀武振鵷行而拱辰夕沉煙雲之色曉流車馬之塵引祥昭之爛漫吐佳氣而輪囷於是崴發青道池隍煦旱堞霧縈林岸風柔草暖懸霄以瓖鎬飾崇隅之增好映春水之澄澄納朝陽之杲杲惟壯勢之崢嶸達洪規而鎮京望浮

雲之黑水對翔鳳之冊楹一酌宗子之永固等皇家之不傾俯賓庭而贊義終自惡其輕生

新築峨和城賦 以遠夷歸化邊候肅清爲韻　陳諷

元侯以制敵之雄略期方隅之永清得奔衝之故地刱備守之新城四合分形見岡巒之表裏百堵定制變勝負之虛盈崒雲屯而霞起怒虎踞而龍行倚蒼壁以中絕玷第四十七卷長春官賦作粘頹壤而外明將伐謀伐力制敵投兵馭亭嶂於振策摧氐羌於矯衝是知地利攸歸兵家大福我有巨防師無遺鏃神謀洞啓而機張天險載興而板築于以巒披岡削嶺門崖谷此兩句一作披岡削嶺門崖塹谷雉堞霜皜麗譙雲矗連山上捧關士以之增威峭壁初嚴戎王於焉慟哭矧夫

勢雄形固師嚴令肅數萬落於屈指睇連營於寸目何塹費於經營求無虞於敗覆故能功圖轂內智出謀先高厚不愆乎一作于上命規模必合於中權俾夫登陴荷戟憑癖控弦虜魄暗褫漢烽不然仰峻隅而已憤望懸門而不前懼摧鋒於百勝敢踏伏於三邊者哉是知奇功不作俾殊俗而向化善守以威即死士而知歸不然者戎輕無常獸困猶鬭安能使犬羊掃跡烽柝寢候仰新壘以投戈覆故巢而罷寇是知威服德綏不獨遠夷彼或不讋我則成城以耀武彼能懷惠我則蹈道以貞師庶高鏑而惟求頓咽喉而在茲彼周城朔方漢得赤坂無制勝之明術徒疲人以勸遠豈比夫脩武備清文苑將鳳沼以酬勳佇靈臺之

伯偃

華山爲城賦 以因形設險坤德所爲韻

地控強秦路惟分陝有太華之作固若崇墉之生險絕壑中抱重巒外擁倚雲漢而匝野屏開跨金方而當空黛染千尋壁立萬雉雲屯龍盤日月虎視乾坤大河自北而東呀爲瀉洫窮谷從中而斷豁若重門誠百二之光宅見九五之天尊偉夫襟帶皇都咽喉上國磅礴乎崤函之外隱軫乎豐鎬之側所以羅群象吞八極展萬祀而成在衆心冠三秦而位居一德況乎天地初霽雲霞四披紅塵滅影碧落標奇宿霧市之氣尚疑煙關聳蓮峰之色不讓文閈顧萬夫之莫向信六國而奚爲岌岌神才言言天設連岸

抱九州之路壯氣折諸侯之節蕭蕭歸馬想飲窟之初還隱隱輕雷訝鳴皷之不歇天包地束鳥過雲輕萬仞垂峭千峰入冥髣髴虹蜺盡識旗旌之色依俙星月皆分孤矢之形疑其發跡混茫孕茲重阻假巨靈拔山之力衛王者登龍之所不然安得不費一錢不勤一旅削成而千里共峻作鎮而一人可禦是宜堯爲君而舜爲臣道爲主而德爲鄰與天地之人共守使海內之士咸賓夫如是則東夷之與北狄雖欲窺而何因

函谷關賦　閻伯璵

函谷天險弘農邦鎮南據二虢北荒三晉洞開一軌壁立千仞逕薦雙合梯苔孤峻世濁先封道康後順遠秦塞近

峭陵幽泉或作邃脉脉斷峰稜稜增陴霧沓聚拆煙凝高卑
異級坻崿相承靡匪靡究不騫不崩實隄防之樞轄為造
化之緘縢齊之以權衡危不可得約之以符璽信而有徵
昏主既廢聖人以興慎終於始欲罷不能觀夫憧憧往來
驂駐戍霧據于石東西十里臨其深前後咫步建瓴百二
之國扼喉三七之路幅員既長城小而固恃玄化之陰騭
望彝倫之攸序於是敕用傳禁棄繻商君本魏之公子杜
史乃周之臣符知結草之可守故習坎以無虞原夫阻河
稱深因山為衛背宇宙之衝連阡陌之勢萬方納欵百工
獻藝四旁磔攘諸侯之政典一九成功陪臣之邪說直指
天符變稱夷之末橫分地維弛旂旒之贄聿脩綱紀以過

醜戾或懸門而不發殊勇夫之重閑懷德維寧將鎮其細
既皇漢之辟國寔扃鐍於新安固之胡易捨之則難復襟
帶於故道徒頹壞而未乾善孟子之禁暴惡臧孫之謗官
存古訓以是式庶斯文之不刊

潼關賦　張堅

惟皇王之建國分中外於上京憑山河以作固闕夷狄而
騰聲誠曰咽喉吞入荒而則大是稱巖險控萬國以來平
周有掌貨之節禮無關門之征巨防宵扃倚洪波而作鎮
重扉擊拆連太華而為城洎中代之新號變函谷之舊名
柱史老聃擁仙雲而西邁終軍童子建使節而東行文仲
不仁廢六關而興誚王元有說封一丸而來清若用儆不

虞取諸繫象作邦畿之襟帶杜奸宄之來往長墉矗兮雲
屯曾樓赫以霞敞登臨者有知其地雄踰越者無漏於天
網亦有孟嘗奔走長宵未曙何白馬之不談學雞鳴而乃
去逢尉臣之一失或愚者之千慮至如楚漢爭雄沛公先
入旗鼓照耀兵戈翕習南面則三傑齊驅東井則五星俱
集寔靈命之所應亦人謀而是及王道廓而已清帝業巍
乎乃立窮四塞之艱阻成百王之都邑故知建功定霸期
乎此關武侯矜於固險婁敬說乎河山視前列之軌躅覽
陳跡而躋攀既登高而能賦希駟馬而言還

武關賦以海內無事重關不脩為韻　王棨

路入商山中橫武關呀重門於固護屹峭壁以孱顏昔在

危時屯千夫而莫守今當聖日置一卒以常關觀乎地勢
爭雄山形五對西連蜀漢之險北接崤函之塞鏁百二都
綿幾千載世亂則阨限區宇時清則通流外內當其六國
連謀關防日脩則斯地也雲屯貔武雪耀戈矛張儀出以
行詐懷王入而竟留縱下客之雞鳴將開莫可任公孫之
馬白欲度無由及乎塵起九州波搖四海秦鹿失而襟帶
難保漢龍興而山河遂改豈料禦衝之所此日全平未知
擊柝之徒當時安在所謂以兵而備者莫之能守以道而
居者莫得而踰千里之金城湯池終為漢有二世之土崩
魚爛自是秦無今則要害何虞平隆已久雖設險以猶在
顧戒嚴而則不蕭條古壘豈藏文之廢來寂寞空扉似楊

僕之移後蓋以文修武偃國泰時雍濬四溟而作塹廓八
極以爲墉遂使鼙鼓無喧一水之寒聲泱泱旌旗常卷一作
偃千載之暮色重重嗟呼昔爲洪樞今成隙地信無外以
斯見寔善閉之攸致儒有經其所感其事乃曰今朝西去
豈無隨老氏之人他日東還誰是識終童之吏

文苑英華卷第四十五

文苑英華卷第四十六　賦四十六

邑居二

灞橋賦以水雲騁暎車騎繁雜爲韻　杜頠

溶溶玄灞兮經秦川之有餘裏裏紅橋伐造兮舟之厥初
飛梁黕以霞起綵柱曄其星舒九陌咸湊三條所如連山
疊翠而西轉群樹分形而北踈電透孤棹雷奔衆車白日

南登望長安之如綺黃煙東睇見咸陽之爲墟杲杲初霽
蕭蕭晚吹登隱者之翹車度將軍之獵騎日既上巳禊于
洪源晚其遊宴咸出國門七葉衣冠憧憧而遥度五侯車
馬奕奕而騰軒鍾鼓既列絲竹亦繁秦聲嘔哇楚舞叢雜
帷帟紛其霧委羅紈靄以雷沓掉輕舸之悠悠順清流之
納納時憑倚以觀眺喜煙花之環合爾其居人出祖連騎
將分望曲淑之清路視遠天之無雲紫沙兮皓晃綠樹兮
氛氳莫不際此地而舉征袂遥相望兮愴離群明月生岑
凉風度水聽鳧鴈之悽悽對苔蘋之靃靡或披襟以延佇
獨淹溯而無已上臨煙磧霞石相輝過客對兮澹忘歸下
近巖逕林巒隱暎漁人去兮恣謳詠獨遊子而俟時佬塵

衣以嗟命

第二同前韻　王昌齡

聖人以美利利天下作舟車禹乃開鑿百川紆餘舟不可以無水水不可以通輿遂各麗於所得非其安而不居橫浮梁於極浦會有跡於通墟借如經綸淮海陶鼓仁義藏用於密動物以智每因宜以制模則永代而取寄伊津梁之不設信要荒之莫致思未濟於中流視安危之如戲故可取於古今豈徒閱千乘與萬騎惟梁于灞惟灞于源當秦地之衝口東東衢之走轅拖偃蹇以橫曳若長虹之未飜臨騰逐而水激忽須臾而聽繁雖曰其繁潰而不離懷璧拔一作枝劒披離屯合當遊役之嗷嗷自洪波之納納客

有居於東陵者接行埃之餘氛薄暮垂鈞平明去耘傍連古木遠帶清瀆昏曉一望還如陣雲乃臨川而嘆曰亡周覇秦舉目遺址前車覆軌不變流水嘆往事之誠非得茲橋之信美皇風不競佳氣常依既東幸而清道每西臨以駐旂連袂挾轂煙闐雨飛未見䩽字官韻嗟乎此橋且悅明盛徒結綱於川隅視雲霞之䩽䩺聊倚柱以嘆息敢書橋以承命

河橋賦以山河魏國寶為韻　閻伯璵

壯三輔之雄極非魏國其伊那忽魏國之繁隘非斯橋而豈匪一作他條三左臨高嶂東連於渤海晉關右抱浮梁西截於長河郄頓鐵牛駭浮川之魍魎旁飛畫鷁驚入浪之

蠢鼉竹筦其維不虞於奔濤擘赫金鏁斯纜何懼於層水體峨川有梁兮閃疑聞於揭涉王在鎬兮有格於來詛蓋取諸益其不謂何故馬卿之欻爾斯題請觀即事尾生之溘焉守死夫奚足多豈比夫虹能象之不可以來往鵲能填兮不可以經過若斯之利用吾富薦之士亦可歌頌諸侯之盛績樂王化之雍和爾其薄煙霏霏初日杲杲遠之而望執侔神造既似乎瀑布之界天台又似乎蓬萊之橫海島居其內則用當於無蹤其間則砥而且拖憑險作固夾咽喉之重開疑作關用否而通連秦晉之長道東西水濟義非待於秦求襟帶山河固可兼之於魏贊爾其憧憧往還曳曳空間華柱上征殊馬援之標界石臺中聳若鼇力

之負山偉哉武侯特賞茲國況天樞要作限通塞旁達無垠下臨不測舟形崎嶬似火龍之飲川梁勢綿綿疑海鵬之點翼其拯物也有來斯適其濟時也遐方不殛非夫蓄巨川之運迴幹地之力則何能掄梓材以當路臨要津而作式守此道也夫有何極然而物有成規國有歷費信彼才之可取奚此橋之獨貴使夫期不日以獻珠連城而出魏

河堤賦　呂令則

水以潤物飛梁載舟居信順動法謙處柔朝滄溟以委輸習坎德以安流善利為水涵育乎萬族極深不測灌注乎九州擁之則有備無患決之則致敗一作靡致二作為憂先設其

防以遏奔潦輿板築護衢道惟精惟一是經是造其奮鎚也齊叶以雷震其輝（疑作揮）鍤也連刃以霜鍇矗長堤其若雲岌修岸其如島何固護之亢壯息奔突以永保既夾植於菱蓮又寅緣於萍藻雖興役賦而一勞永固牛馬由其望辨棲舡可以逕度清深鏡澈時昇曳尾之龜左右人稀每帶銜魚之鷺行旅於是乎無虞耕耘於是乎知措夫水可以爲人之利堤可以防水之溢堤修則中國無憂水敗則下人多恤亦由人之爲政政成人之逸政或不成姦詐以出則河堤之義取類非一可以合人之安危可以喻政之得失凡百在位慎乃終吉別有況淪戒忤飇飈衢術幸登涉於河堤冀（一作亦）霑濡於瑣質

河橋竹索賦（以誰謂河廣一葦杭之爲韻）　張仲素

太川不測以設險浮橋架廻以通逵利乎濟也或溢解乎難也無私以虛舟而易蕩矗激箭以相推吾見其梁木斯壞安得稱大道甚夷肇彼謀者莫知其誰於是辨修笮曳長縻俾可久以爲慮將制動而咸資且乎原始要終授材度費徵十圍之巨牧千古之貴費非難得用之不既易危成安斯之所謂憑遠岸亘長河將好勁以橫截或守柔以旁羅每自直以應用恒守節而居多檻欄之勢舳艫之廣因大索以橫流俾群材之攸仰皆恃此以綰繫故不憂於版蕩徒謂其勁挺爲質連延不一或指遠岸以孤引或自中灘而對出苟易志而殊途亦齊勞而共逸縱奔澌激射浮湍迅疾駭聲騰雷驚波湊日雖前後之皷怒終上下而駢比拔山之倫扛鼎之疋雖則取之大壯抑亦執之或失豈不以順事安排故能守乎元吉斯乃道濟行路功深模軌人有觀於投足物寧憂於濡尾視綱索而久存亦何比於一葦況橋因索而襲固索以橋而用長力雖參於索鐵繫或固於苞桑恢益下之極致信爲物之紀綱彼黿鼉屋構於溟海烏鵲徒架於天橫惟衆人之攸利蓋有助於連航夫物有小而可以鬻詞材有小而足以濟時索因有條而不紊人亦直道而用之儻要津以見假願盡力以維持

沙堤賦（以隱以金椎樹之青槐爲韻）　帝肇

遵大路乎新謀倚善人之廣運沙之積也得禦濕之宜堤乃名焉審用功之分爰謀爰度是築是隱使夫晴靡磽确之煩雨無塗潦之窘若然者施之城闕豈但三條之通用之郊坰可以千里而近伊功足紀斯美奚擬臺或虧簀我終始兮無然山不讓塵我包含兮亦爾應物兮寧倦安卑兮詎恥俾時行各得其所由故日用不知其所以君勿謂泥滓之賤君其乘弘益之深高而不危仰諸侯之殊化直而能正定志士之夙心何止禦浸淫而爲岸或當披隤阤而棟金其處周帝城之內徒有羨於瑶池其堅也雖衆人之力固自得於金椎亦由道存而命舛天縱而非師是以遝（疑）奔衝應馳騖洞萬戶兮旁啓紛九門兮爭赴徃來相接見軒蓋之成陰蹊逕自開何桃李之足樹役無妨時利

莫尚玆豈衢於踰且以疑夫大爲防也能保其固匪同中聚而兩之仰對高闕兮熒熒夾植喬木兮青青無偏無頗庶託情於王道不騫不圯長委質於地靈頗得乘衛輦蔭官槐敢邀功於捷徑期展効於微埃徒人一作以爲臨曲沼登高臺城不如賦沙堤之盛觀足以騁作賦之才

鞭石成橋賦 以秦皇舊跡至今尚存爲韻　常兗

石雖至大兮水亦能受以水浮石兮其功難就何異術之得中忽成橋於海右是必窮帷力極宇宙將觀光於暘谷亦誇功於周舊在昔嬴氏八表初吞言廵日域遂瞰海門感召初牽以表廻山之力崚嶒斯至皆呈見血之痕誠陰陽之不與天地而長存當其大駕臨流群官列位皇威赫

其斯震巨石砐以前至豈惟韞玉皆符投水之姿不俟造舟自叶濟川之利所以驅汗漫走嶙峋架巨壑越通津始峩峩而聚轉忽蕩蕩而惟新岳立星馳異成名於隕宋神符鬼助若受命於長秦故得勢壓長源影分高浪似迫宮刑之急如一作急構淩波之壯萬靈却走謫朝景以先驅五色爭臨杳如虹之可望硉矹初定峥嶸不讓烏鵲未足以比倫黿鼉故難其想尚萬變千化杳杳茫茫將持峻極以配靈長投跡皆因於水府推功可謝於媧皇嗟乎代異人殊山空地寂邈矣前事依然故跡對江海之上終感逝川在陵谷之中徒爲帷石則知帝王之道貴乎居深日月之異難可窺臨馳騁固傷於至德亂神終歎於非今一作於終戒今

方

萬里橋賦 以殊鄉絶邑行役路偏爲韻　陸肱

萬里兮蜀郡隨都二橋兮地角天隅相去而如乖夷貊曾遊而只在寰區倚檻多懷結長悲而莫極憑川試望思遠道以何殊昔者滄海朝宗岷山發跡期觀理水之要若啓鑿穴之役逮夫東土爲楊西邦曰益架長虹於兩地客思迢迢浩積水於千秋江流脈脈宇宙綿綿今來邈然結構應似途程甚偏將輦遊於楚岸欲經疑作徑度於巴川目斷波中過巫峯之十二心馳路半到荆門而五千徒觀夫偃蹇東流峥嶸二邑揭華表以相効刻仙禽而對立俄驚廻復潮生而夕月初明孰敢爭先帆去而秋灘正急眇天末

之殊方有人間兮異鄉顧盼而層陰動色徘徊有浮柱生光錦舟艤以雖同彼臨淮海度軒車而既易此對銅梁古來幾許行人曾遊此路跨綠岸以長存俯清流而下注寧爲離疑作雖足之所莫間傷心之故復有逆旅傷情臨卭遠行壯宏製以靈矗壓洪流而砥平家本江都羨波濤而自返身留蜀地喁萍梗以堪驚沴迤歸遥飄流恨結之子去兮楊桂棹長卿還兮建龍節旣風月以相間固音塵之兩絶斯橋也可以濟巨川之徃來不可以携手而相別

題橋賦 以望在雲霄君然有異爲韻　李遠

昔蜀郡之司馬相如指長安兮將離所居意氣而登橋有感潛吟而命筆爰書儻並遷鶯將欲誇其名姓非乘駟馬

誓不還於里閭原夫別騎留連鄉心鎮望銅梁杳杳以橫翠錦水翩翩而逆浪徘徊浮柱之側睥睨長虹之上神催下筆俄聞風雨之聲影落中蛇已動龍蛇之壯觀者紛紛嗟其不群染翰而含情自負揮毫而縱意成文瀣澤向（疑作尚）逕滴瀝空瞻於垂露飄飛未及離披且覩其崩雲意以立誓無疑傳芳不朽人才既許其獨出富貴應知其自有潛生盻蠁之心暗契縱橫之手於是名垂要路價重仙橋離離逈出一一高標叅差鳥跡之文旁臨（一作隣）綵檻踴躍鵬搏之勢下視冊霄既而玉壘經過金門籠異方陪侍從之列忽奉西南之使乘軺電逝於遐方建節風生於舊地結構如故高低可記追尋往跡先知今日之榮拂拭輕塵

宛是昔時之字想夫危梁醉刹漬墨蟲穿長含氣象九滯風煙幾遺允目之見唾徒云率爾終俟瓌姿之後至覺始昭然所謂題記數行寂寥千載何搦管而無感如合符而中在警後進而慕前賢亦丁寧而有待

日中爲市賦（以日中而市易志所明爲韻）

矔靈正中交易必萃諒農皇之善制著噬嗑之明志蓋取諸酌中以晝一用取夫定準於列四遂得敗繒之子候當午以負來抱布之徒恐移晷而忽至於是旗亭臧影賈旅協時睹稠人之並湊測端景以交（一作是）期雜（一作交）錯相酬而豈畏日之將夕貿遷以退寧憂其室信遠而是前王之所則實後代之攸資當夫相高以夸美言爲市競鶩有以求進事掉舌而以（一作明）旨皆聚於末映之標州處於逾巳之紀咸寸陰而時惜望兼贏以畫覆衆寶膚至族（蟻同）風當大明之方盛求善價以不窮葵藿未傾而靡慭其候有無交斁而允執厥中物各以時貨遷乃日瞻陽烏之未旰索青鳧以競出質劑由是與行權儈（漢趙王彭祖傳爲賈人權會疑用此事）於焉積實則知日以中爲政市以利爲名不求端以取表奚立法而作程俾居物致富之流心之有待方不盈不縮之際時即可明景既唯恒人得其敘何遠邇之不至曷近利之爲阻賈用不售者當此之歸求之不得者於焉獲所此乃時不差利同射亘五都之所共歷百王而不易是以知日中爲市之義豈空書於往籍

文苑英華卷第四十六

文苑英華卷第四十七　賦四十七

宮室一

明堂賦　劉允濟

大哉乾象紫微疏上帝之宮邈矣坤輿丹闕披聖人之宇
華觀文而聽政宜配天而宗祖體神化以成規應靈圖而
立矩度七筵以垂憲分四室而通輔合宮之曲（疑作典）鬱乎
軒丘重屋之儀崇於夏禹因殷成於五帝繼周道（一作實）於

千古統正朔之相循起皇王之踵武大禮興而三靈洽至
道融而萬物覩其在國乎惟聖踐極配衣登樞挾生成於
大冶銷品彙於洪鑪貫星象而調七政列山川而宅五都
開洛陽之寶籍受河闕之禎圖惣夔龍於國序集鵷鷺於
天衢包壯藥（疑）於玄頊籠景化於黄虞功既成矣道既貞
矣答后土之家祥藹上雲之殊祉望仙閣之秀出瞻月觀
之宏峙鏤紅王以圖芳繭龜壇而薦祀道不言而有洽物
無爲而自致嚮明南面高居北辰屬天下之同軌率海内
以嚴禋想雲臺以應物考明堂以臨人叶和萬寓懷柔百
神降虔心啓靈術採舊典詢故實表至德於吹萬起宏規
於太一欣作之於有範佇成之於不日工於奔競人皆樂

康訪子輿於前跡揆公王之遺芳順春秋之左右法天地
之圓方成八風而統刑德觀四序而候炎凉跨東西而作
甸掩二七以疏疆下臨星雨傍控煙霜翔鶤墜於層極宛
虹拖於遊梁崑山之王樓偃蹇曾何髣髴蒼海之銀宮煥
爛安足翱翔於是覽時則徵月令觀百王綏萬姓肆類之
典攸集郊禋之禮爰盛衣冠肅於虔誠禮樂崇於景令三
陽再啓百辟來朝玄纁霧集旌旆雲摇湛恩畢被元氣斯
調羅九賓之玉帛舞六代之咸韶澤被翔泳慶溢煙霄穆
穆焉煌煌焉粤自開闢未有若斯之壯觀者矣煥乎王道
昭賁三才遠乎聖懷周流九垓鴻名齊於太昊茂實光乎
帝魁泱群山於雨露通庶品於風雷盛矣美矣皇哉唐哉

第二　任華

粤若稽古巨唐千靈累聖二葉重光思文烈以宗祀象天
地之圓方考遺訓建明堂俯南端之赫赫擬北極之鏘鏘
盤螭黝糾捧神珠而高翥遊鶡翕習仰層檻以迴翔星辰
出納於疏牖虹蜺縈帶於軒廊遠而望之若扶桑吐日生
高岡近而察之若叢雲轉蓋陵昊蒼屹崢嶸以岑立漫離
披而翼張其奥秘也懿滈退概靈仙髣髴肅枚枚以實實
窅眇清爽日月來往赫昈昈以煌煌堦陛嶙峋而分攄欒
櫨磊落以相望實造化之難測非翰墨之所詳吾君正冠
冕垂衣裳佩玉璽胥干將猛虡列崇牙張百揆時序萬國
來王敦行尚年既在南而近旻貴仁親族乃居東而曰陽

中圭尊於太室西導德於總章務競競之孝理匪晏晏之樂康然後知嚮明之位正隨時之教盛因方備色乘五運以順行選士養賢崇四學而敎令豈直若斯而已哉其宮十二以象辰行水四周而爲海堂莚楣徑可以見乾坤之籌策著往寒來可以知六九之變改室也州之數窻也卦之在高得黃鍾之實柱懸列星之彩畢千古之能事終一人之不宰至有虞之總章期夏侯之太室殷重屋以五周太廟以七伊數君之餘制各殊途而並逸雖信美於當年是無取於今日別有清河絆鳥長沙求贄（一作試）討論公王之圖錯綜伯喈之議儻編摛之有漸庶青雲之可致

第三　王諲

大唐混合寰宇開張時邕體黃中之一德居紫微之九重旣而成化載造天下有道得彩鳳之靈圖攄飛龍之太寶美其歷數會昌累葉重光眞宰無爲盛先天之景業聖人有作立配帝之明堂寫神規之大造嶷崇丘（一作基）之正陽燐燐爛爛榮榮煌煌徒觀其藻晝周設雕刻具美綺寮豁達以生風重簷周流以藏照欽崟崎嶬狀崑岳含霧而揷天衢隆崇崒屼若蓬萊駕鼇而涌海水屹乎氤氳孤標紫氛斑題皓飾金鋪洞文拱星辰以端居傍眺白日憑軒檻以直視俯見青雲爾乃環曲析構重屋蓮銜綺井艷窋吒（見靈光殿賦）以垂珠階接形庭影連廷而造王若夫靈姿衆出詭變（一作變）叢生晝栱攢施龍桷參崖以星布陰室晝郎粉啓皎曜以月明及夫四海波晏一人有慶寒風杪盡陽月既正蠻夷颯沓以來王文物葳蕤以交映信所謂不宰而合適居中而作聖

第四　于沼

天子朝諸侯於明堂惟古之制始以講信修睦終以布憲施惠合至德之休光旌中國之巨麗下之象地也以列五位之神上之法天也以配五方之帝禀太一之威靈順陰陽之開閉左个右个分以寒暑之宜以莚以九度以堂室之際觀乎萬國來朝威儀濟濟聖乃負斧扆而南向以布政百僚端冕弁而北面以陳禮是知人以君爲心君以人爲體晏會之節以明於尊卑慶賜之儀以旌於孝悌原夫

宅中而起繼天而作遥眡嵩少俯扰伊洛巍巍煌煌厥高不可乎彌度峯龍織以蚴蟉亘虹梁而各落綷以綺藻施以丹雘四闥以四氣而開八窓以八風斯廓祥風布影對實檻以交輝皎日懸光曜金牀而璀錯於是陳三獻之禮臻九成之樂申儀於辟雍崇業於太學甄古今之至理議沿襲之躋駁旣而順斗極運天關皇恩普矣貴賤以頒東門之外以朝乎九國南門之下將享於八蠻正德是弘惠風斯布禁淫慝節制度重三台之任乃申命於中階寵五伯之功遂授鉞於東户夫明堂者明帝之德體天爲狀必資闡化以準程豈獨弘規而取壯出庾物而咸仰包宇宙而爲量惟先聖之是則信百代之可尚

總章右个賦 以氣變銅渾灰移玉管爲韻　蕭昕

大君嚮明神道設位恢三皇之軌物張五帝之經綸居皇極以體尊配昇平而作謚上棟下宇圖出震之垂功崑崙辟雍模大壯之成器分五行以配德合四時而導氣審圓象以規天揆方儀而法地因節候之開闔得四時之奥祕不然何以審實位之尊彰后王之貴者也夫其體物辨方因宜制變壯雲構之直聳矗星躔而右轉玉露朝落金風夕翕收帝籍於西成誓武人於南面然後緝以衆政休兹百工草黄月季虚正昏中釋菜吹豳命樂人而萬舞斬牲示戮習軍威於五戎既依方以服玉遂候呂以吹鉦徒觀其在陽體尊規模所存取閟寒暑以法乾坤環迺彼之流

水設有閱之高門布政居方順時開闔乞言講德肆志討論宣八風而配律齊七政以同渾爾其大體盡設明堂洞開興亡之跡厥德不迴見周公之負扆看紂王之罹災設殷監於既往垂大軌於將來邃宇九房採唐堯之茅屋神階十二懲夏癸之瑶臺故當勤求庶政想望英才不爾何勞謙於昃日而旋斡於飛灰既而四方述職九品陳儀禮有攸叙政無不施發聲明於風動趨劍履而星移道敷鵷鷺兆合熊羆求恭巳而南面故垂拱而無爲非斯宇以攸贊亦何取於成規是月也天子禮神祇展牲玉感物增恩虔心以蠲既肇稱以薦火疑作犬亦趨刑而斷獄明大閱矣講威訓群騶而撫俗别有粉署承風金門獻款念無媒以贈策謬談天於窺管

上陽宫賦　賈登

天子卜惟洛食受於河圖開上陽之别館取大壯之規模爾其則以三象當乎四術杳雲構而承天擎露盤而洗日俯馳道而將半臨御溝而對出疑海上之仙家似河邊之織室昔者嚮明南面十月遊巡既其避暑亦以迎春鏤章霞布環衛星陳集諸侯則朝乎萬國張廣樂則和乎千人得横汾於即事將晏鎬而爲隣既而大駕斯去華宫不御閉玉户而藏春掩金臺而罷曙見芳草之空積看桂花之獨著人多望幸之誠地惜離宫之處别有洛陽下客東魯餘風辭官北部對問南宫賦井泉於此日希客薦於楊雄

阿房宫賦　杜牧

六王畢四海一蜀山兀阿房出覆壓三百餘里隔離天日驪山北構而西折直走咸陽二川溶溶流入宮墻五步一樓十步一閣廊腰縵迴簷牙高啄各抱地勢鈎心鬭角盤盤焉囷囷焉蜂房水渦矗不知乎幾千萬落長橋卧波未雲何龍複道行空不霽何虹高低冥迷不知東西歌臺暖響春光融融舞殿冷袖風雨淒淒一日之内一宮之間而氣候不齊妃嬪媵嬙王子皇孫辭樓下殿輦來于秦朝歌夜絃爲秦宮人明星熒熒開粧鏡也緑雲擾擾梳曉鬟也渭流漲膩弃脂水也煙斜霧横焚椒蘭也雷霆乍驚宮車過也轆轆遠聽杳不知其所之也一肌一容盡能極妍縵立遠視而望幸焉有不得見者三十六年燕趙之收藏韓

魏之經營齊楚之精英幾世幾年剽掠其人倚疊如山一旦有不能輸來其間鼎鐺玉石金塊珠礫弃擲邐迤秦人視之亦不甚惜嗟乎一人之心千萬人之心也秦愛紛奢人亦念其家奈何取之盡錙銖用之如泥沙使負棟之柱多於南畝之農夫架梁之椽多於機上之女工釘頭磷磷多於在庾之粟粒瓦縫參差多於周身之帛縷直欄橫檻多於九土之城郭管絃嘔啞多於市人之言語使天下之人不敢言而敢怒獨夫之心日益驕（樊川集文粹並同或添而字非）固戍卒呌函谷舉楚人一炬可憐焦土嗚呼滅六國者六國也非秦也族秦者秦也非天下也嗟乎使六國各愛其人則足以（樊川集文粹並同或添併力而三字）距（一作拒）秦使秦復愛六國之人則

遞三世可至萬世而爲君誰得而族滅也秦人不暇自哀而後人哀之後人哀之而不鑑之亦使後人而復哀後人也

望春宮賦（以春望郊野順時布和爲韻）

青門之左兮層宮嶙峋資層覽以臨下得嘉名於望春故在東以就乎陽位當出震必俟於良辰乃發惠和式遵夫月令無勞轍跡自表於時巡其初也度弘規法大壯標上苑而獨出儼複道而明望遠天聽以達於群生浹皇情用交乎四暢鮮飈微扇籠輕靄於高臺淑氣初臨鑠浮光於綵仗吾君於是縱自前檻馳神遠郊散晴煙於地表拂佳氣於林稍覩青陽之煦然載懷祈穀聽鶬鶊之鳴矣不使覆巢布政有孚宸遊是假察微明於遠嶠睇新緣於平野南山之翠色盈前渭水之素光在下蓋將賦籍田於晉代豈比撰吉月於周雅美矣哉矗雲楣以重疊煥藻井以輝潤居高而遠無不臨涵澤而動無不順諒可裨於泰默非取樂於崇峻況乎流鶯欲轉初柳生姿懿祥風之習習增麗日之遲遲偉鳳闕之樓臺萬邦仰止睨龍鱗之原隰五稼惟時聖上所以成化用彰克勤是務玄功所以遐及仁術紛其大布斯宮寧忝後之爲斯望匪盤遊之故既而天地叶神人和修文以昭士耀武以止戈然則賦望春之事宜乎播大雅而登歌

華清宮望幸賦（以題爲韻）　李程

上苑之左兮驪山之中矢作高岫帝爲離宮示宸遊之有所表聖鑒於無窮臨峻路而赫其盱盱標爽塏而屹以崇崇惜翠華之未至閟紫殿而猶空則有望幸其中流睇延慕希天顏而迴矚望雲闕而屢顧想恩波之東注俯瞰渭流愛佳氣之西浮空瞻秦樹目盡烟末心馳御路何聖慮之未還獨幽懷而能喻窮轍跡且俟玉山之遊想車音將聘長門之賦矧夫閣有朝元之美稱殿有長生之嘉名霞駮（二字見靈光殿賦）丹檻雲攢萬綉可（一作何）以召通仙之降止安皇祥之永貞是以仰碧落竭丹誠庶日月之迴照等葵藿而同傾灌觱沸之泉每想金輿之度踐萋青之草還思玉輦之行雖託質於別館常寄心於穆清戀戀西向悠悠矚

望步磴道以寂歷聘廣庭以寥曠竹花雖吐如含待鳳之誠雲氣繞升若睹從龍之狀彼王山既遠金闕仍賒未若浮遊近縣如在仙家俄天邑之孔邇自神都而不遐雖館稱五柞殿美九華諭之於此曾何以加惜乎神光未矚曠此佳境徒企想以忡忡復懷慕而耿耿閉玉樹於深谷鎖金鋪於秀嶺君乎君乎胡不出宸居而來幸

晴望長春宮賦 以登陴起遐望爲韻　梁洽

雲收野迥兮目極千里空淨川長兮纖埃不起視河外之離宮信寰中之特美非疑作飛重樓之杳秀繚長垣而層趾詳巨制與宏模固一君而萬祀振疑作范秦晉之襟帶摠山河之表裏諒神功之所營匪靈光之能擬邈矣轇轕岌乎

峻嶒對華山之巔巘挾重闕之股肱文物著明則可久可大制度豐敞則不騫不崩來蘇之詠已作觀風之道斯弘遠樹遥晴掛長虹而欲飲祥煙不散俟吾君之復登宮闕多奇欒櫨疊施倚萬楹以磊砢洞千門而陸離玲瓏玉樹則偏澄霽色連騫繡檻則却映斜曦設蜺題以曜殿粘第四十五卷峨峨賦作砧和頳壞以文陴度之以几筵則有典有則約之以軌物則不高不卑當今取實去華匪儉匪奢樽節三代光宅四遐豫順以遊御六龍而來止聲明自溢奄九有而爲家且夫書稱梓材易稱大壯自昔棟宇之作未有茲宮之壯夫長者仁壽之宗符吝者發生之所向伊嘉名之可儔乃動植之攸尚各有學古之流乃含毫而一望

上陽宮望幸賦　謝觀

宮闕崇崇帶洛河之上據臨天地之中儼百司以還疑作環拱流百川兮會同爲君王之未顧屹樓臺而鎮空或班白里人或前後近侍覩周公之舊制億開元之故事當域中之正寢寔王者之定位何乃內外如一東西有異思紫泥而日日將來佇王輅而年年未至徒使萬室向曙千門洞開藹臣心以西望希天睠之東迴見紅輪之漸晚又孳華之不來及夫玉漏報更蟾輝永夜皆傾耳以聞屬恐飛詔之潛下徒王兔之屢銜尚金龍之未駕是必左右獻書股肱啓謀以爲王者一德合居上游以爲金城千里能制諸侯殊不知四海無虞五兵載戢與殷周而抗節豈秦漢

之能及在仁義而聿脩奚險固之是急且乎中岳爲內四岳爲藩此則前控伊闕右闢轘轅文公乃立圭之地是成王定鼎之原寧勞百二之勢足居九五之尊所以乾乾屬望戀戀何言尚軫憂人之念未垂巡狩之恩雖年華不負於照灼而烟花暗老於宮垣況復伊洛王畿崤函近地徃復無勞人之役邐迤有行宮之備冀我皇之臨兮示天下爲家之意

文苑英華卷第四十七終

文苑英華卷第四十八　　賦四十八

宮室二

含元殿賦一首

明光殿粉壁賦一首

含元殿賦并序　李華

宮殿之賦論者以靈光爲宗然諸侯之遺事蓋務恢張飛動而已自茲已降代有詞傑播於聲頌而（一作則）無聞焉夫先王建都營室必相地形詢卜筮考以農隙工以子來虞人獻山林之榦太史貞（一作占）日月之吉雖班張左思角立於前（一作前）代未能備也而襃之文士賦長笛洞簫懷握之細則廣言山川之阻采伐之勤至於都邑宮室宏模廓度則

略而不云其體病矣至若陰陽慘舒之變宜於壯麗棟宇繩墨之間鄰於政教豈前脩不逮將俟聖德而啓臣心輒極思慮作含元殿賦陋百王之制度出群子之胷臆非敢厚自夸耀以希名譽欲使後之觀者知聖代有頌德之臣焉其詞曰

維皇高祖（一作宗）穆端命於（一作于）玄穹萬有千載（一作歲）鍾景祚於鴻（一作于洪）裔建北宮之尊嚴上取治於天帝乃圖正殿之道君規崇山而定制信神明幽贊而人謀龔契不然何前王曠此之雄麗也先是大司空帥其屬執度而相之曰美哉川原（一作后）鷩乎其大哉垣坤靈兮配乾剛坤順乾而爲龍舒廣衍兮走群山紛郄面而朝宗陵正陽之奕奕鬱佳氣之蔥蔥蓋昊天之作而皇祇授元聖獲以造新宮也乃審於（一作于）龜筮龜筮叶從太卜以告神人咸同皇曰欽哉是將宜於（一作爲）朕躬（一作宮）日（一作因）以鴻稱含元建名易乾坤之說曰含弘光大又曰元亨利貞括萬象以爲尊特巍巍乎上京則命徵盤石（一作碩）之匠下荆楊之材操斧執斤者萬人涉磧礫而登崔嵬擇一幹於千木規大壯於喬枚聲坎坎於青雲若神蹈而顛摧勢動連崖拉風碎（一作崒）雷倒勁梢於窮谷斬巨柢於昭回時也山祇効靈波神作氣爲桴爲楫羽疊鱗萃朝沉江漢夕出河渭雲奔山横井構（二字一作交積）於作宮之地於是農事既收靈臺勿亟子來而就役者周邦畿而薄四海咸忘勞而獻力乃張爲廣度考

正極星邦伯是經國工研精劉盤岡以爲址太階積而三重因博厚而順高明築陵天之四墉四墉既列大階如截下上相嶔崿視沉沉其始也星鏈電交於萬堵霜鋸冰解於千尋擁材爲山積杵如林乃占日月之吉以成帝室雄（一作虹）梁勁於中楹（一作極）欂櫨櫼以䆊窅析（一作折）姑縣以爲楹䆁喬山以爲磧飛重檐以切霞烱素壁以留日神標峻摘（一作摘非）鬼疊曽（一作層）楣高畢迭作尋尺相持木從繩而後正棟操宇而不危陛瑩冰級瓦敷鱗差蕩晶景而升降歘睒皆以交輝聳大廈之奇傑勢將頓而復飛爰詔有司練日推時徵考室於周詩（一作頌）會公卿以落（一作發）之丕赫哉如俯如跂若會（一作合）若離瘁（一作踈文）脩遂以宦徼悦業驥一二

字岌作業而巖巍謂衝飈激海兮漩濟淪以無底奔雷觸山兮掉巘崿而傾攲石鼓拖一作扡首於堂廡狀出雲而撑髻嵩高之制靈丘上盤隣斗極之光耀邇天漢之波瀾㴿一作察鑿枘之吞吐吸山藪而水欑建升龍之大旆邈不至于一作於階端崢嶸屭顀下視南山炤燭無間七耀迴環感虛咸笑也欲呼合反歙也赫以突兀隱閱弘以蕭𣝼捧帝座於三辰衝天街於九逵進而仰之騫龍首而張鳳翼退而瞻之岌樹巔而崪雲末巔兮峩峩巨鼇戴仙山而出滄波劃呼麥反兮煌煌燭龍拆穹究而臨北方排層城而廓帝居豁閶闔而面蒼蒼左翔鸞而右棲鳳翹兩闕而爲翼環阿閣以周墀象龍行之曲直夾雙壼之鴻洞平聲啓重闈之呀豁趨堂塗

而未半望宸居而累息惟上聖之欽明爰聽政而崇德去雕幾與金玉絀漢京之文飾熾丹雘於夌嶒抗重霄而競色若乃紫微晨暉彤墀夜明雲薄萬栱風交四榮冬止其陽則釋衮而燠夏休其奧一作陰則捐絺以清旂飄風而振響棄墜露而成聲懸櫨一作櫨駢湊䟽一作疎柱夲迾一作列樓檻曾綴高窓景𤎩黔日翳而罘一作罘連矖天開而中絕形持神而欲離足慄步而將跌貯昭訓之崇崇驎光範之揭揭其南則丹鳳啓途遐矚荊吳十扇開閉陰陽睢盱容㩻九扃儀禮鼎九設扃又考工記大扃七个一作七扃非方駕五車示王者之無外不樹屏於清都望仙闢於巽維建福敞於坤隅偃朱旗而纛玄甲屯佐佐之驍夫其後則深闈祕殿曼宇疎楹瑞木

交陰玄墀砥平䴵風歷廡凌霞飄英蔭藹武闈[illegible]一作增華穆清玉燭內融則嘉盛豊備太陽臨照而天下文明古有大寢御茲一人今也三朝繇古是因布大命於宣政濬玄心於紫宸羲和弭節於通乾望舒停景於觀象峹勿旒衮臣人是仰左黃閤而右紫微命伊皐以爲長其下則鶡冠魚服良家大族厲禁非宜金吾領之其前則置兩石以郵刑張三侯以興武告善之旌登聞之鼓節晷漏於鍾律架危樓之筍簴以辨內外之差以正東西之序天光流於紫庭倒景入於朱戶騰祥雲之郁靄映旭日之葱蘢清渠導於元氣玉樹生於景風夷坦數里徘徊無窮羅千乘與萬騎曾不得半乎其中厥初經營天下既乂文物未周孤其

壯麗盍重於施勞非不懷也乃眷孱孫孱孫開元萬物晏清而大和掩書契之所論既克廣於崇構聲明備而益尊蓋聖皇之孝也輝焯變化兮動搖乾坤其東於是弘文數而開館對日華之清閟盍左學之遺制協前王之講德其西於是延載筆之良史俯月華之峻扉集賢人於別殿朝命婦於中閨王風闡而成化陰教備而不虧加以詠周詩而展親睦魯衛而敦叙因合族而來宴置更衣之豊宇至於殿內諸曹則左右有局通軒並廡物有恒司供無廢舉又有銀璫珥貂寺人巷伯奉宣出納之令一作命更踐官中之役熊羆之旅董以龍武矛戟森森材官羽林聲破丘山氣聾飛沉瓜抉千鈞跟蹻百尋克壯皇威協比其心其外

則校人掌馬天駟在閑以備順遊放教（疑作牧）其間望我鑾
和陟彼高山循慮悳章或遺國容未備乃立掌麃之司館
通事之吏職在達下情于上天儆王言於有位娞通太極
陛指龍池重門内注複道潛移幽峻肅以相屬光彤融以
熺熺懸象著明帝座維三皇居設位俯察仰參翼室正中
游宫次南乃（一作北）起含元（一作光）其容耽耽愬而言之如山
之壽則曰蓬萊如日之昇則曰大明自兹而北燕遊所經
達於苑囿不可殫名周廬更呵匝以環衛南端百仞上極
霄際却視𣢾（希今反）崟經逵廣深繚以層城黕爲重陰至若
時雨稟田九農恞（音夷欣悅也）暢雲歸山冗𠔃以昭曠白日麗
於宫隅混晶光而盎壯於是風師歛威纖瑤不升顥絶摇

芒藥無灖稜自中徂外鏡洗川澄弦直閭閈井畫溝塍靡
迆秦山陂陀漢陵知稼穡之艱難見皇王之廢興及乎玄
冥戒寒海神飛雪瑶城粉野琪樹森列玉宇璇堦雲門露
闕天華爽霽朗日朝徹赤旌降庭朱柱艶月仰白帝而金
精開披河宫而銀燭發其或蠻夷不至帝用興戎降元帥
於天上發神謀於禁中皇靈震燿殄（一作殲）厥渠凶獝獝武
臣此焉獻功操俘（一作俘人又作效俘）虜以陳器械恢莫大之威容
爾乃時殷仲冬日正南至上公奉觴群后在位一人壽昌
萬國承賜式燕以樂欣欣具醉乃撞宫懸硍碣天地及乎
獻歲元辰東風發春懸法象魏與人惟新儼文物於王庭
兼九伐而宿陳威儀之嚴巘巘振振若太一披絪緼而俯

百神旣而咸造勿藝會朝清明璿柄指寅緩闢發扃皇帝
御衮龍之法服佩蒼璧之純精執鎭珪導朱絃降輦登階
徵聞玉聲於是典禮之官贊王就位南面穆然至若甸侯
采衛要荒閩貊輸其方賚罔不來格統以千官六卿二伯
司儀叙進象胥儐（一作重）譯肅肅委皮乹乹奠璧設以庭燎
天烘地赫雷鼓殷殷朱干玉戚神籥如生熊羆鸚敲危昂
欻向歊爛歕射金根玉輅太常火帛（一作伯）火列（一作烈）門旃
霜交陛戟乃進元元以覲禮埏（初六反）億兆之增增金吾南
首麾之以肱還攀援而聳仰齊矆企而冠騰太史來告鄉
雲勃興灑豐澤於生人答上玄之休徵申命司寇緩刑家
卿降德秩山川而問耆老周雨露而均邦國華戎竭歡喜

氣闐塞揭金鷄於太清炫晨光（一作暘）於正色慶忻之聲不
踰辰而霑四域當斯時也驅周驟漢於廓（二字出木玄虚海賦）煥爛
王臨于朝天地貞觀靈宫巖巖上下交脊蓋所以法乹道
而遵帝度豈惟安體而明威者哉夫瑶臺之美不可以刑
萬國土堦之陋不可以儀天下（一作地）奢不遜而儉固允執
中於大位洪範曰皇建其有極富哉上聖之宏議也詩歌
楚室頌美泮宫諸侯之事也雲夢甘泉宴談（一作恹）景福僻
王之志也論諸侯曷若以戴天子嘉僻王曷若以尊聖人
烈烈盛唐祖武宗文五帝赧德六王慙勛而政本乎慈用
過乎儉夫蒼生所奉者惟君所愛者惟覩寧有君親宅體
於卑室而臣子得安其身乎故有熊明庭帝姚總期從人

歎也天垂定星昜有大壯君人(一有者字)法焉聖朝循斥其華而憑(一作凭)其質今爲是殿也(四字一作是殿也者)惟鐵石丹素無加飾焉身居玄眇心與萬姓同畎畝之勞以是臨衆何衆不賓以是享神何神不若其天(二字一作茲其)德歟雖欲宮崑崙而館不周城八極而隍四海猶未足儲鴻醇而俯丕耀豈咸鎬一京之所在業(一作崇)四瀆之前歲(一作戊)敉懷鉛之小臣俾讎書於禁中正百代之遺文由是循環天造耳目日新敢頌成功告於神明(一作宗)無媿斯干之什式昭聖德之容頌曰

帝作含元含元言言峩若日觀呀爲天門太階三層遠法(一作逵字)崑崙鎮茲秦野揭以周原烈文祖宗來錫孝孫孝孫有慶于以施令奄甸萬姓受天休命歌之頌之管磬宜之穆穆皇君壽考無期既成斯文客有歡之上者對曰前王之宏祥詭瑞乃聖朝之細事今休徵已厭于聰明頌聲亦飫於天意夫私歌竊抃乃臣子之常(一作本)志又焉足以薦聞哉客曰不然今至尊明發不寐(一作寢)求(一作有)懷先皇周文之孝也允恭克讓光溢海內(一作外)堯帝之謙也自即位已來上下之休嘉臣人之詠歌歌於庳躬則固辭頌於宗廟則無斁今吾子之文(一作明字)昭乎累聖之耿光美于大君之孝德可進而退宜言而默使雅頌之音卷而不舒猶坦蕩其胷臆無乃過歟爲人之下者有可達乎(一作於)君親雖濱于死亦且行之況宗廟或啓其心乎(一作哉)臣華嘗聞還善之規願俯升歌之末(九一作皆文粹)

明光殿粉壁賦(以上春早朝伏奏清蕭爲韻)　樊鑄

粉潔白兮璧宏壯白者取潤色於明光壯者取雄居於君上成巧人之乎澤起漢皇之心匠凝雪彩耀氷狀袤旒居際謂分照於此日之君冠劍朝時歆和光於爲鹽之相茲殿攸起不無所因寧在於白亦以象真守静含虛上以隣貞明於千年之主保純不污下以範恬淡於萬國之臣煥北極而開瓊室激南風而生玉塵月桂低擔失蟾輝於午夜御椰垂砌惹絮色於三春則知粉璧之道齊乎玄造達上下而明明通晝夜之杲杲日仄之後慰天勤而暝遲夙興之時副聖恩而曙早信可大而可久實求堅而求好懿夫榮雖　晝(一作書)飾不至驕挺業芟以莫變洞開(疑)華而自昭可使楚客具瞻羞持練而稱獻荆人仰止耻懷寶而來朝豈止光動玉户氣射金屋秋露懷懸冬霜自伏蛾眉夜侍意瑶臺之已升玉顏曉臨若瑞雲之相逐而已哉觀夫匼匝皎晶迴環廣袤濃潤交翕浮華相透處高莫蔽通四目之敷求含明必竟(疑)受百官之草奏雖奢儉不失精研克構終未可小桂椒爲糠粃汰茅茨爲陋陋然爲用因有貴飾形居安撫極抱素常寧色不衰真久已生於虛白能受采冀一及於丹青噫漢皇立則未足爲模我聖作範實謂殊途象爲璧兮則搜材於務章之器代其粉也則聚賢於堅白之徒以飛皇二儀爲光明之殿以照耀四海

爲粉壁之隅故錯薪從楚安輪以潚是衎趨於金馬希便維於白駒

文苑英華卷第四十八終

文苑英華卷第四十九　賦四十九

宮室三

象魏賦二首　花蕚樓賦五首

勤政樓視朔觀雲物賦一首 已見第十一卷

廣達樓賦一首　吹笛樓賦一首

象魏賦 以象懸國章道崇故理為韻　顏眞卿

白有唐之建都兮蓋法天而立象濬重門於北極聳双闕以南敞夾黃道而嶷峙干青雲之直上豈一人之是憑抑萬國之攸仰洎乎青陽戒節玉紀迴天萬戶聞漏以傳嚮百寮執贄而獻年遒人之木鐸既徇天子之金章是懸覩乎渙發大號乎崇聖德澤如春流義若泉塞公卿翼翼而仰化黎庶欣欣而無㦾自皇明而播九重由京師而降萬國美哉眞盛代之聖明也爾其闕之爲用也叶古典布新章積非煙之疊疊羃佳氣之蒼蒼扣峻墉以龍峙屹中天而鳳翔伯王過而必肅子牟懷而不忘若乃盤礴國門巍峩穹昊覆瑤草於輦路接青槐於馳道亘玉斗而彌永半金城以處好既悅功於子來抑有符於靈造及夫霜天肅一作廓霽睹景涵風對巖廊而隱轔映玉樹以玲瓏既岌岌以業業亦窮窮而崇崇縱黃金與紫貝孰並美而傳功童子何知謬膺邦政徒欲竭其鄙思諒難酬於嘉命且賦頌之作本乎情性雖杼軸而屢空聊高歌以焉疑作爲詠辭曰巍巍雙闕兮岳立雲峙政令因斯以綿有兮黎元賴此以

獲理敢頌美於一時庶流芳於千祀

第二 以双闕似雲浮爲韻　黎逢

王者施令善人爲邦法制惟明伊典章而有六象魏攸設信高闕之以双故其政坦蕩其教敦龐亦既懸之四方取則及乎瞻也群心自降觀夫立如建標旁異懸獻俯明庭之若砥夾馳道其如髮將欲朝百蠻之酋帥集九命之簪紱豈徒競崑閬之瑶臺象河宮之貝闕高齊嵩華勢比恒碣聚北斗之瑞雲挂西山之落月令者政之端春者歲之始非遒人之徇路陋秦伯之懸市取象則金牓爲奢指字則銀鈎可似建中于下無或不美六官有成萬姓允理惟精惟一道深黃帝之書不削不刊義合素王之史客有鄒

魯之徒爲之頌曰巖巖双闕上干青雲明于著令煥乎成文萬人承式九有來君彼騶牧與露寢曾何足以稱云夫象者制法之流魏者大名之尤合二美以成德懸千古而爲儔四門穆焉少正之誅何有大道行矣仲尼之歎焉求豈唯與禮讓息澆浮而已哉

花萼樓賦 以花萼樓賦一首并序為韻　高蓋

開元中歲天子築宮於長安東郭有以眷夫代邸之義舊者中宮起樓臨瞰於外乃以花萼相輝為名蓋所以敦友悌之義也銀牓天題金扉御闕俯盡一國旁分萬里崇崇乎實帝城之壯觀也是時海内賓薦之士咸遊仙署馳神累日以待問於有司有司盛稱茲樓並命賦之小子庸蔽敢同頌美詞曰

惟唐六代盛德被于幽遐彌玄都暨丹穴掩扶海與流沙莫不推福祚之攸永極威靈之所加敦本既同夫羲軒之日睦親又比乎棠棣之花裂土苴茅以表慶錫珪分瑞以聯華信可以受無窮之祉而保乂我皇家者哉迺命有司濬池隍繕城郭將崇大壯之義載考方中之作繚垣墻周乎舊宮設井幹而為新閣既準既繩以揆以度望馳道而通禁林走建章而抵長樂攢畫拱以交映列綺窓以相薄金鋪摇吹以玲瓏珠綴含煙而錯落飾以粉繪塗之丹雘飛梁迴旋於虹光藻井倒垂乎蓮萼信神明之保護亦列仙之憑託於是乘輿乃登夫輦輦而建華旒鈎陳警道兮

環衛周命期門使按蹕將有事乎娛遊六龍驤首以啓路八駿騰光而夾輈且肅肅以穆穆幸夫花萼之樓然後層軒四敞聖情周顧邃窺函谷之雲近識昆池之樹綠野物初疑作霽分渭北之川原青門洞開覽山東之貢賦亦以崇友悌之德勸農桑之務豈止唯臨鄠杜之郊空指邯鄲之路而已哉且壯麗難匹光華匪一馮禁掖以孤明隱垂楊而半出赫昈昈以弘敞肅隱隱而静謐非匠氏之奇工梓人之妙術孰能至於是哉歲如何其歲之首花萼樓兮對仙酒願比華封兮祝我聖君千萬壽歲如何其歲始正花萼樓兮開御營願同吉甫兮頌我聖君億載聲蓋聖人去有欲反無名深宮皓素高名疑作卲穆清觀羣材之樂業朝

諸侯而嚮明即知華夷欣慶冠帶混并均五氣之善叶三光之精嗟乎時難再得歲不我與跡已混於沉滯心未齊於出處此小子之所以瞻梁棟以自非仰雲霄而失序

第二同前韻　王諲

我唐有國壍炎海而苑絶漠封日域而堤流沙生堯舜而開統誕文景而承家于茲百有二十載開元皇帝馭極居藩符五馬之兆在天豈一龍能加愛弟則淮南之仙術名王則臨淄之才華朝有土階之約宫靡瑤臺之奢飾舊館而納景建飛觀而臨霞長公子之自薄塞主人之相誇非徒擬花蕚之三字一作於不壯不麗蓋取諸棠棣之華請循其始乃舊而作珍林自生靈池不鑿下池塘之煙霧植夜疑作被垣

之花蕚梟鸞翕習而來止樓臺蹇產而相錯雨日而雲起澄潭霽夕而月懸高閣歸梁國於上苑通代邸於平樂洞複道而為臨幸矗曾城而作垠堮於是于城之陬建此飛樓橫邐迤而十丈上崚嶒而三休仰援天漢俯瞰皇州百郾之所廻合九逵之所夷循總萬象之多少極二曜之環周爲棟宇之殊觀實崇高之寡仇蓋術疑者之不陋亦帝王之所遊規模制度去奢維素方面曲折匠石所務浮欄鬱律而却偃飛甍參差而前注連磴道而内屬曳軒窗之橫鶩龍獸撫柱而相驚虹蜺亘薄而齊布塗椒蘭以為馥街明月而為炷牓題仲將之手頌登文考之賦六合清朗天地靜謐明主垂裳賢臣岳藤龍輿親覽珠旗曉出言羽衛以清帳勑太史之擇日點翠幕而夾道列雲影而竟術萬國爭馳而駢會千官畢邑而咸秩宫闕超遥其若浮郡國森羅以如一廣宴須太官之膳鴻霈寬司寇之律獻春之望嚴更羅守月上南山燈連北斗魚啓鑰於樓上龍銜燭於帳口帝城縱觀而駕肩王官望瞻而仰首鼓吹更落琴笙夜久清歌齊升而切漢妙舞連軒而垂手張廣樂以建和示至樂於群有天子偃伯天下高臨穆清理國以道與代作程不純儉以慾德不徇奢而害盈建宫而豐其屋則遵求舊作室而節其用則示閑情其孝友也署為花蕚之號其動疑人也則牓以政本之名何聖人之啓意物與道而相并秦作阿房而窮侈靡漢宫未央以自尊榮由是

展禮樂開塾序太學時薦列國奉舉擇仙郎為清選之官闢星臺為明試之所顧無智士之知難而勞能者之虛佇

第三同前韻　張甫

粤若帝業盛惟皇家宅秦都雍枕梁通巴開別館以對赫飾離宫而再華叙温恭之深愛沐棠棣之榮花當其代邸初構華池方鑿鴻鴈新來潛龍未躍盤石利建維城固作授車東華一作平之門飛蓋西園之樂升降五位周環四託維梓維匠爰謀爰度建彩樓規層閣欒櫨■翼以攢關枝掌杈牙見靈光殿賦而相搏崚兢雲垂葉岌星錯風恬氣隱雨霽煙廓中坐平望數香街之徃來馮檻下觀盡天京之郊郭厲冊鳳陵白鶴浮綱玲瓏流光灼爍陰移翠伏影一作搖

碧潭之清泠日上金題照錦林之花蕚帝曰惟休順豫而遊躋攀初極眺覽還周登萬樂或歌或舞列千品乃公乃侯莫不傾赤縣竭神州士女都集衣冠盡留悉一作同觀聖旨共仰皇猷掩宮扉則聞簫聲之下漢卷珠箔則覩天人之在樓至若此下一有恭惟字乃趣是求室一作立喻政有光於聽覽事無妨於農賦邀以廻出花容玉質綺樹紛映類仙臺之下空天光照臨若秦樓之上日列衆窓以啓扉踈重門而夾室紅塵晝歛則数之疑千綠雲暮屯則望之如一理孝一作孝禮光大敦敬則友撫安戎狄調六合以為家敦睦友于冠百王而為首化猷方行土無不并演湯禹之仁惠灑唐虞之頌聲士庶從而言曰覩其壯則知至尊之攸處察其功則知萬人之是與欽其號則知昆弟之相穆見其儀則知君臣之有序此聖情方在於玄邈豈小人之賦能舉

第四韻同前　陶舉

粤若稽古大哉皇家叶聰明於六聖敦孝友於四遐睦親親以相及樂韡韡以同華漢后龍宮建邸園之水樹梁王鴈沼通禁掖之煙花一有仍字峻隅以立制葺重樓之可嘉嘉其謂何感物而作取諸棠棣目以花蕚旣揆日而爰謀亦占星而是度奢必去泰儉而匪薄素壁照曜以霜縞丹桂翕艴而霞錯疊欒櫨之夭矯繞軒檻之周流雖麗蕚之不足實規模而寡仇秦皇祈年之觀漢武井幹之樓在縱驕而彼得豈興奇而我儔若乃百寮望幸一人流煦君御下而觀風臣登高而獻賦信布澤而昭德豈徒樂而是務術徑直千廛閈如一察近遠而皆盡指纖微而匪失前卷珠簾後却踈牖分渭北之川光別終南之峯首千門廻霽百陌微明翠幄凝煙暖青軒以靄映紅荷浸水嬌綠浦以縈盈咨謀景暇遊務晨并爰居爰處載笑載語萬人是察九族惟叙循側聽於輿言或敢揚於君舉

第五韻同前　敬括

大哉神武四三皇而作主赫矣飭華一六合而爲家莫不北荒于窮髮西極于流沙故得殊方效祥則黃銀紫玉禁苑呈瑞則芝草仙花彼成康與文景又安足以道耶美夫一人有作庶品咸若以爲不壯不麗無以彰至尊是用上

棟下宇將以信景祿於是建百堵之崇墉起九重之層閣上欝律兮中窈窕靈煌煌兮神漠漠形直舉而孤標勢將飛而不却俯蘭叢之長坂對旗亭之延郭鑾輿屢降豈寫望於桂巖金牓遥開遂興名於花蕚懿哉鴻紛以[redacted]寵夫何佳氣之蕭索消夫氷開御溝春蒲皇州青氣始霽旭日杓浮皇帝乃被法服登茲樓羅綵伏駐鳴騶開繡户之銀鏁卷朱簾之玉鉤冠蓋穆然而仰敬晬容端拱而倚旒將欲居北辰而觀萬國嚮南面而朝諸侯豈徒爰居爰處以遨以遊而已哉邈邈陵雲崇崇作固虹梁蚴蟉而霞艴皓壁晶晃而月素亘以遐路近對東郭之門周以繚垣遥接上林之樹流雲衝牖而中斷飛鳥排簷而斜度賁育之捷

循騁昭而不能躋楊馬之才斯侍從而爲之賦若乃雷雨
作解乾坤得一澤布三春歡逢五日陳簪笏之濟濟耀威
儀之秩秩皇帝乃臻夫此樓也若其旁倚鳳城却瞻龍首
帝幕夥以分布車徒紛以相緜奉常陳百戲之樂太官進
千鍾之酒巍巍天子南面山壽德洽蒼生樂乎大有別有
失路營營棲遲此情時哉未遇命也難幷忝歲賦兮徒延
佇懷明君兮變芳序思入仕以盡忠悵良時而誰與儻仙
郎之高鑒冀夫鵷鷺而為侶

廣達樓賦（以珠簾無隔露為韻）　李濯

聖人定天保據皇圖法乾坤之正位當河洛而建都閟宸
居於斗極立象魏於天衢明堂披雲可以恭祖考之配土

圭測景可以驗盈縮之符蓋將以同光日月比德唐虞以
爲損之又損不可取則觀象不壯不麗安可威戎耀胡乃
截（疑作藏）匠石命班輪審曲之官必萃明中之士載驅建崇
樓於闕下聳飛閣於城隅諒惟新以樸斲蓋仍舊之規模
因子來而悅使豈殫力以爲娛材露桐栢階駢碔砆應龍
蜿蟺以驤宇猛獸贔屭以乘桴明璫藻耀於懸井朱鳥騫
翐於薄櫨璇題景曜銀牓霞鋪亙（疑）麗譙而崛起疊井幹
以相扶月透櫳壁星懸網珠莫不功侔造化妙盡洪纖雉
堞相望而閶連宮闕門闈廣達而俯接閶闔德陽傍倚少
室前瞻散春光於玉戶擁佳氣於珠簾桂棟連雲巢儀彩
鳳萁枝擢秀影伴祊蟾若乃皇輿戾止羽衛龍趨召西園

之花蕚奏北里之笙竽湛堯罇而百辟和暢嗷舜樂而四
海歡愉窮歡浹日宴樂成需下金屋之仙伎出瓊樓之艷
姝飛曼唱則衆類斯洽激清聲則煩憂自無皇情穆然聖
慮夕惕數路必達四門廣闢撤懸損膳捐金抵璧懼侈心
之有萌恐澆俗之未革乃延直史引詞客正八音稽六籍
以爲深居内視不足以觀政化是用發號施令將欲以省
力役慮一物之乖所念九重而斯隔故生衢室以觀謗登
總章而是席乃命道人以勸農宣木鐸以徇路求大隗之
至道示赫胥之太素樂俗安居者皤皤而鼓腹啜菽飲水
者熙熙而含哺撫（一作播）薰風歌湛露開罘洛陽之徵望氣
大庭之庫象乎帝先廓我鼎祚巍巍乎應天地之變通蕩

蕩乎作皇王之軌度

吹笛樓賦（以時平故事有吹笛樓為韻）　鄭濆

路出東門當川原靜處以凝望見櫺檻蕭然而起愁問於
垂白荷鋤叟云是明皇吹笛樓龍吟洛水兮韻如在鳳去
喬山兮君不留當昔開元之時天下無事鴻恩不間於中
土鑾駕常遊於北地姚公宋公之智略動必諮謀寗王薛
王之忠貞出皆參侍西則秦京東則洛城八百里之歌鍾
斷續五十年之宸海升平于時駐清蹕御册楹執簫管而
宸衷時（一作暗）悅臨曲欄而睿思俄生莫不湘絃罷彈泗磬
休擊楚舞態止齊謳韻寂九天歛霧迤芳景於瓊軒萬籟
翻音讓嘉名於王笛旣運指而有規乃濡脣而是吹林巒

兮髣髴如變寒暑兮須臾可移折楊柳之數聲駕鸞前渚落梅花之一曲烏散芳枝自從兮銷有遺星霜頻度綺窓蕭索以將毁繡嶺連延而若故竟無六律繼當時紫府之清音空有一條是往日翠華之來路雕檐寂寞兮鏤檻堪依隳駟寧廻兮煙鸞莫追三山迢遞在何處萬姓凄凉無見時宮商之杳眇難尋雲消雨散榱桷之傾欹若此月慘風悲苟非德邁三皇化敷九有龍馭雖逝鴻名不朽則斯樓也寂寞空存安得往來霑襟而稽首

文苑英華卷第四十九終

文苑英華卷第五十　賦五十

宮室四

問津臺賦一首　測景臺賦二首

觀風臺賦一首　通天臺賦三首

集靈臺賦一首　烏臺賦一首

問津臺賦　鮑防

惟歲臨乎甲午余經蔡以遊陳見巋然之故臺没路隅之荒榛側聞夫子于此問津敢問夫子何負於人凄凄夫子魯不容身乃泫然而出涕聊託辭以自申玄黄之初萬物爲銅形象既著造化無功匪伊無功不宰其中禮樂之初崩壞未正詩書既出夫子無命匪伊無命不耀其聖何使魯同季氏孟一作齊等田常貪浮雲之不義忘夕露之瀼瀼豈無十室之邑亦有三家之堂奚自衛而反魯每困窮於路旁浩浩其天茫茫其野近不見於文武遠不逮於虞夏彼通津與直道故無得而知者已矣夫子時乎時乎進皆鳥獸之羣退異沮溺之徒霜雪昏其大澤荆棘穢其通衢撫川陸之嶮難憫人世之崎嶇方太公迷殷遇文王伊尹迷萃遇成湯何夫子之不遇處昏濁而遂亡永追想於遺跡遂投吊於寒荒

測景臺賦　范榮

大聖崇業萬象潛通據河洛之要創造化之功建以黄壤亘以紫宮右輔伊闕左連轘嵩銀臺比而可擬瀛壺方而

詎同掩扶桑於日域包蓬萊於海濛式均霜露之氣以分天地之中於是仰玄穹之文俯黃壤之理下壓坤德上羅乾緯垂刑象物既不假於銀衡司刻探玄何必邀於銅史其細也難究其妙也若此斯豈光陰而若昜從且夫聖不可測道實兼致天地與能幽靈必契囊括衆巧網羅群藝自然而來疇能比計今來古往時移道替滋歲月以成朽覺風塵之漸異人有代兮俗（疑）没地有形兮無制零落空階莓苔古砌頹墉邐迤但覺蕭條高阜荒凉寒城蕪翳攀聖迹而難企感吾徒而流涕猗歟成周系聖綦極君少臣政流言更逼自陝卜洛其儀不忒公數其化人盡其力惠而不費功成事息欽聖德之微奥豈賦者之能識

第二（以設在天中端景垂則為韻）

瞻彼古臺揆日爰設載徵經始之旨將測運行之節天地之心可見風雨之交既別玉律匪先土圭是揭以徵陰陽之短長以察浮驂之晷轍不然者焉可以酌其數於高空建天中而有截詳厥周典詢諸日官以寒暑為候以陰陽為端且俯接神州迥當嵩嶺憑累土之增構運孤標之直影矧因高以垂範與尋虛而捕景分至有度知王者之迎長盈縮不僣念志士之思永巉嶐霄聳昭有明融九層一驗萬寓攸同彰宣精而示下表無私而得中況復圭植于臺日生于海當呈象以委照必澄霞而賦彩兩童之辯猶惑太史之占斯在上千里而是馳下寸晷而未改嗟夫悠

也久也玄之又玄昇大明而赫矣顧崇址而巋然是以分北陸識南躔審以作程定此而會期率土中以舉正因茲而仰辯均天唯彼玄德我后是則普觀端景知立表於天中潛測末光思勞躬於日昃至若視朔興紀書雲立規浮箭司辰且於室內建木滅影（出淮南子）或在天垂豈比夫茲臺之特立平四氣而正兩儀

觀風臺賦（以曾構重屋以觀八風為韻）

我天子德廣虞夏業傳高曾展義之心攸克觀風之禮必登故臺之用也斯建臺之名也是弘然後度材比德奢而不盈興功俾役儉而不陋萬物是集百王是湊從繩罔僣運斤以闘欸以山立揭焉雲構豈不謂鴻休叶贊玄德時

邕錯總之典不革經始之道克從闢以九户聳以千重接祥光於溫液（見張平子東京賦）納瑞氣於驪峯觀乎大厦眈眈飛簷穆穆殊形詭制群品異族或霞駮而電開或龍蟠而獸伏浩觿彰盛洞文潛蓄既藻井以垂珠亦丹墀而布王晴天反照垂蝃蝀於雕梁霽色澄明挂蟾光於重屋混合玄麗巍峩特起入窈窱兮不知其所之視瓌譎兮不知其所以及夫西成罷務北陸將寒霜封原隰雲蔽峯巒金輿斯御綵仗初攢寧修心以攸往必風俗之所觀設教陳詩事必彰於禮備承天統物政本在於人安至如庭宴薰薰衣冠察察其樂將萬其儀用八奏金石兮匪疾匪徐命鼓琴兮載擊載戛既而若登僊景若奪神功度宏觀兮其外動

變態乎其中傍眺六合遠視八風吐元和而納純懿詠仁洽而歌道豐則魏之所造漢之所崇伊制作而靡及豈古今而遐同客有觀乎順動審彼始終因厥誠兮受慶宜永永兮無窮

通天臺賦 以洪臺獨存浮景在下為韻

行人徘徊澄秦原而遊目見漢右之荒臺清風穆其尚在翠華歸而不迴對古情至臨高思來披蔓草以遐想覩離宮而興哀試問薪者乃秦人也云漢之興茲臺之下馳道通乎中禁周牆繞於平野經逝川而不息撫環堵而殊寡昔漢皇帝幸甘泉宮肆目將遠築臺其中高居物外若與天通祈列僊之戾止致壽聖之延洪繹繹遙雲蹲蹲捧日

干元氣以直上倚長空而迥出危檻岧嶤迴途鬱律植承露之盤開肅神之室將以接上元朝太一乘大君之登降訪物真之撫實於戲郊祀之義志而可採鴻紛之狀望而已攺哀壯麗之都失想威靈其如在徒野鳥之飛來何真人之可待且白日可以精貫玄珠難乎力求雖𡾟臺嶁嵯磴道周流泰畤乎西面齊宮乎上頭仰通蒼昊俯瞰皇州寧不死之可致諒其生也若浮我國家立太平尚清靜𢹂宸君以自整絕僊臺之望幸雖丹檻栖於列宿飛梁歷於倒景有唐虞之允化一作恭無漢武之遊騁化由其秉居慎其獨有儀可象無思不服自然為域中之大獲天下之福等南山之不騫何高臺之是築

第二同前韻　　任公叔

武皇起雲陽之宮致崇臺於爽塏就山谷之交會得神明之所在近瞰八極周臨四海將端冕而不二必垂衣而有待是用迴載天路高標地游依俙玄圃想像丹丘嶝道邈以特立通天赫其無儔託神靈於秦甸結元氣於雍丘白日旁轉青雲上浮八垓可接於咫步萬象無逃於寸眸是歲春衆靈咸秩天子乃舉群祠撰吉日郊上玄禮太一風伯陪乘蚩尤息蹕向甘泉以整僚召通天而挺出既而越氛霧之途近星辰之境背麟衍之五畤面長安之萬井岐陽太華雙標象魏之形秦嶺終南遙樹軒墀之屏蹈煙霞而有慕絜齋戒而思青一作永奉寶位之虔恭佇神僊於

光景當其宵衣待曙暘谷未開鈎陳匝乎營衛天漢列以昭回爟火周起神光迴來暨三山之遍登當仰候於斯臺靄靄高躅神祇燁煜喜氣周旋慶雲迴復召安期於滄海降王母於黃屋樹翠王以青葱草靈芝以芬馥上結綵幟疑高居耳目斯覽物以懷柔非取樂於幽獨觀乎層構陵空形勢作雄風起而纖埃不致雨過而瀑溜潛通其載惟厚其覆惟洪所以大啓於皇祚豈徒峻極于蒼穹是以擁帶休徵感通純嘏會歌童之曲節彰從臣之風雅立極人望叶靈王者將大漢之可追願侍祠於臺下

第三同前韻　　楊系

伊昔炎漢功高化洽樂率土之暨阜築通天而且崇初一

費以發地終百尋以隱空構之以楩梓飾之以丹紅浮彩外爍流光内融赫兮烜兮獨出煙雲之表壯矣麗矣廻標天地之中栢梁不同井幹非疋勢岌嶷以山峙體曈曨而景軼中邃窅窕入之者當晝而居昏上跂崚嶒登之者先曙而觀日偓佺於是乎宴處安期於是乎暇逸月上壁而旁飛雲緣梯而下出粲粲彩彩靈僊兮所在若瑶臺之雲馭冠鼇山於溟海炳炳彪彪天子兮共遊芳瓊樓之雲蔚照龍燭於崑丘光王樹而葱翠影井泉以沉浮於是孝武皇帝紹祚邮衞登眺遠騁高揖八極俯窺萬井拂軒楯之宛虹步擔楹之倒影乃言曰可以臨萬國可以遊九垓凡厥層構莫先斯臺竆地底以谽㟤豜天門以崔嵬謂四夷

不遐將拓跡以開統見百神咸在則析梳而攘災既玉女之下視復金烏之上迴既而襄雲獻賦文質彬郁且曰陛下承天啓聖聿膺多福排王户於玉堂飈金鋪於金屋亦可以上憂宗社下恤惸獨何峻極於臺樹恣歡娱於耳目將乘奔而獨懼矧長途而中宿至矣哉斯言也我皇德循楷式帝錫純嘏儻茅茨而是陋堯何事乎光宅天下

集靈臺賦 以聖君弘道景福會昌爲韻　張良器

希夷乎人皇居明堂闢陰開陽冠通天兮蔭華蓋發大號兮流耿光將樂瑶池之宴集由喜玉京於壽昌降清問於宣室討真經於栢梁乃因高爲臺順時謀築披翳薈剪林麓鏟重岡移峻谷量其遠近以議夫土功命彼般倕再度乎山木使人以悦無告于勞均力取材不遠而復屹九重以初起馮一匱（一作簣）而始覆其爲勢也峨峨嵦嵦粉壁光兮朱門開若方丈與蓬萊其爲麗也崢嶸郁煜星柱浮兮雲楣肅狀靈光與景福有時鳴猿告曉貞松歛霧千峯轉日迎秀色於瓊樓萬歲傳聲和幽音於地籟磅礴壓乎人境飽岧嶤乎天外王喬飛舄見鳬影之翩翩神女窺窓聽鸞歌之巇巇俯衆山兮如束縈八川兮如帶上方向晦宴息齋心防戒秉金根四玉軼夸父隶鉞蚩尤楊旆鐵衣沸渭以焜煌寶馬騰驤（一作綝纚）而沛艾環鉤陳而列武士震砰訇兮軼埃壒登夫集靈之臺謂天帝而爲會奏無聲之樂寂寞而難分展無體之禮質素而無文睟容綽約元化氤

氳聖主湛恩散作八方之兩清都喜氣凝爲五色之雲披昇龍鑄鼎之后捧盤承露之君徒髣象於前載孰能成乎此勛然大造之德曰生大君之位曰寶未有離於兆庶而復謂之至道願獻華封之壽上祝唐堯之盛股肱爲良元首作聖用壯辟雍之美乃經靈臺之政豈必沐咸池陵倒景脱屣乎寓縣棲真乎絶嶺扃中天之峻極從化人兮習靜然後扃無何之鄉去有爲之境者也於是情宜具（一作其）懿德貴惟恒可大可久不騫不崩動植風靡雍熙日弘宜其四溟式晏而人和年登

烏臺賦

士有利於鴻漸者觀乎憲臺降太液邇蓬萊風威四聳霜

氣傍催地䟽曹而獨秀居對禁而介開提綱必理舉職惟
才門夌晨而豸出樹夕陽而烏來旌良表正癉惡繩回乍
以飛騫夌其嶷矣時爲搏擊吁可畏哉嚴城岑寂靈臺嶫
嵯直狀臨而逾明僞迹投而遽剗故座有彝法門無濫板
理從擾而庭幽事雖繁而人簡及夫貪吏無猒豪宗不戒
酷奮黠俗洪威挃械致中典之淪否令下人之痌瘝百城
相師而自若五兵又安而不恠是司也故以務遂聲哇長
喟若惟切奉絲綸以遐察騰錦車而遥函則跋扈顔沮強梁
志備望驄馬而跼蹐仰繡衣而下拜是知上能賛聖下足
安人顧眄而朝班已肅推彈而邦度增嚴庶究厥能請循
其始官則秦置臺從漢起或掌方書或稱柱史朱何以忠

雅摽懿栢陳以剛直著美上封則起於鄭均理輪則遠聞
張紀厯詡之人方側目畏勝之名蕪直指皆王秀珠明應
驎鶚視旣幹時而助化亦圖國而遠耻莫不才挾主以成
功主因才而共理唐纘王業藎臣惟哲法省藴劉臺兼員
薛昂凉階宇奮迅霜雪耿獨坐而情雄邈群司而位絶稠
人廣衆望影而魂褫暴黨姦雄覩形而膽折豈徒以聳動
寮寀遂廵朝列儻吾道之將行庶從茲而振節

文苑英華卷第五十終

文苑英華卷第五十一　　賦五十一

宮室

登春臺賦三首

燕昭王築黄金臺賦三首

傷望思臺賦一首　　望思臺賦二首

登春臺賦以晴眺春野氣和感深爲韻　　陸贄

春發生以煦物臺居高而歷明俯而望焉舒郁郁之和氣
登可樂也暢怡怡之遠情觸類斯感衆芳俱榮風出谷以
天霽雲歸山而景晴俛視平臯傍臨遠嶠窮漢苑以周覽
匝秦城而迥眺林巒彩翠浮佳氣於遥天宮觀參差麗飛
甍於夕照望莫若兮望遠感何深兮感春登其臺則歷階

而至極應乎律故陰慘而陽伸令行斯順澤布惟均視雖
微而必審思何遠而不親懿夫情之誘人人罔或捨時之
感物物莫能假臺有春而必望春何情而不寫條風始至
散灼灼之紅桃穀雨初收潤萋萋之緑草天何言哉生衆
彙人有靈兮感元氣旣望春而可樂亦升高而足貴賞同
沂水聊舞雩以詠歌登異觀臺寧覩蜡而增欷周望旣極
含情則多媚遲日之未下愛輕風之屢過目眇眇以心遠
野悠悠而氣和可以樂芳時之景物壯皇室之山河豈比
夫羈士登樓而作賦碩人在軸而爲歌者哉春無物而不
滋臺無遠而不覽豈老氏之或論伊濳生之所感稽其趣
時之規遠創意之義深春非臺而何樂臺非春而罔尋故

望春者惟臺是緩登臺者惟春是臨繫在物之可用必從
時之所任儻自下而可託庶升高而至今

同前題 同韻　苗秀

惟窮愁之伊鬱嗟大塊之勞生登春臺而寫望獨觀化以
娛情熙熙然不知吾之喪我悠悠爾方悟象之難名矧夫
見千門之景霽逢六合之風清夫何化者之自化使夫成
者之自成樂以忘歸歎盤遊之楚后極而起恨痛傷心於
丞平然則春之爲氣可以感人臺之爲高可以觀徼揔山
川以窮覽極宇宙而遐眺俯瞻魏闕散嘉氣之氤氳延望
天門登大明之晶耀于時也三農伊始百卉皆春天地相
近雷雲解屯欣大皞之在震嘉勾芒之御辰以斯觀乎天

倪乃無所不至以是觀乎王化亦何遠不均稽乎登臺之
意也寓興寔繁忘情蓋寡獨有役於耳目匪安排於原野
爭徇物以矜能建升高而自下庸詎知澹乎無爲道之所
貴起乎累土釆老氏之玄言歌彼載陽識詩人之所謂方
發生之道達屬陽和之布氣登臺謂何雅興逾多玩韶景
而則麗聆徽風而轉和雖黃鳥之可悅無同人而則那時
來何歎物至而感思千里之遐騁登九層以流覽褰裳未
濟徒有望於江湖藻鑒高懸且欵呈其肝膽故其取類也
遠寓興也深庶鑒登高之賦無遺入費之音

同前題 同韻　張濛

達萬類者莫尚於和氣蕣萬類者莫極於幽情故登臺而
豁望得寓目於春榮高臨乎雙闕迥出乎重城洞千門而
拂曙披九陌於初晴雲當軒而氣潤風滋檻而光清陰始
分而土膏起陽已動而泉脉生縹緲九層之端希微四達
之眺春馭興而挺裔興牽春而窈窕鶬鶊來於東野鴻雁
去於南津愛烟霞而改舊嘉草樹而含新思欣欣於麗景
情艷艷於韶春雖情陰陽之義且知天地之仁我國家道
洽一作合衆靈化涵諸夏吹律豈勞於鄒衍操音寧藉於子
野德被荒遐而有截澤周品物而無假因壽域以同歸奚
樂郊而獨寫是知氣之所感者情情之所和者氣氣苟達
而內愜情必洽而外慰等彼純綿之溫若享太牢之味固
在極於羨溢寧止臻於髣髴不然者太昊之令何榮老氏

之言安貴而已也春臺高兮勢峩峩鶯亂轉兮傳伐柯聊
登陟兮一過攬春心兮未和春臺曉兮光淡淡花競落兮
如荾荾遠憑臨兮一覽嫋春心兮多感感因外而重遣和
自中而再尋任三陽之榮悴齊萬化以浮沉風何知於虎
嘯雲何識於龍吟猶春臺之蹈泰與聖政之同深

燕昭王築黃金臺賦　張式

燕昭以齊魏黷武楚趙專征地僻援寡城孤勢輕體未遑
於安席心每寄於懸旌外矜嚴以示懼中慷慨而不平欲
羅天下之彥揔海內之英爰築臺於國以尊隗爲名知夫
喬林之木可選他山之石可轉將在物之非珍謂求覽之
不顯苟白駒之可縶信黃金之可賤且設而爲已則以奢

設以爲人則爲善岀及然既就赫矣斯存象徘徊於前殿色
晃朗於朝徹人所貴惟金我以爲土時以士爲賤我以爲
尊誠列辟之末制掩前經之所論昔銅雀創於鄴都陽臺
起於荆國聳高麗之殊觀備珍奇而盡飾徒竭用而殫人
自矜豪而逞力洎夫遺情繐帳徒愴淫心結夢巫山空資
穢德豈同夫慮成經始所寶惟賢初假物以求士終得魚
而忘筌不然者鳥將棲於茂樹魚自躍以深淵臣亦效誠
於大國人遠誰仕於弱燕所謂興亡必繫於賢哲勝負寧
由於衆寡庶斯焉而取斯誠大者而遠者及夫劇辛不召
而至樂毅無媒而萃咸委質而納忠願長途而騁驥然則
賢爲強國之器臺實招賢之餌空悲霸業之雄不覩濫觴

之自異乎哉歷萬古而共觀信諸侯之一致後之士寧無
郭隗之才後之君但守燕昭之位是以千乘雖貴一士雖
微必禮之而後爲用必求之而後能歸不可誘之以利不
可刼之以威因酌古以道意借臺平而事非

同前題 以殊禮釣士克昌其功爲韻　　獨孤綬

戰國之分裂寰區境削兵抑者不惟燕乎昭王乃卑身以
勤德懷霸業之遠圖伊取士之或異及成功而莫殊抗珎
臺而臨碣石廓賢路而走幽都表之以高居尊之以厚禮
曷云成土木之弊適以備股肱之體於是雲竦山峭穹崇
寥寮架块圠以上馳飭金寶以內照泛易水之浮景蔭尾
星之垂耀是爲層構臨而時傑臻亦猶耳餌懸而巨鱗釣

展禮於此感之在彼降其尊以奉其卑豈於物而薄於已
臨燕薊之衆目傾齊趙之奇士士之得可霸其將四海有
爲士之失且亡豈直千金而已然則作爲臺館實耗財力
始若勤人終能肥國宋歌澤門以歸怨燕尊郭隗而耀德
苟順動而若斯尚何求而匪克義積道光聲馳風揚群材
並用隆業乃昌屈於一人以釣士則開霸而圖王侈於一
臺以釣國則蕞大而稱強誠異虜其臣而必弊瓊其室而
是亡且惟臺則沒矣代如何其綿邈千載蒼茫一作芒一時
孰爲來者曾莫嗣之國是其興鑒黄金之豈恡賢如可得
下白屋而寧辭故九九之術不棄齊桓以成功善善之道
克廣燕昭以垂風用能首五霸冠七雄抑未有爲國而失

士可攄盛烈於無窮

同前題　　韓徹

伊君有燕國臨朔邊當昭王旁求致理遇郭隗自舉推賢
乃曰人思爾得禮由我先既築高臺所損者寧辭百鎰斯
爲下士效死者何啻三千苟柱石之來助冀土宇之獲全
原夫累土足階披砂何損勢迢迢而迥出價洋洋而彌遠
寧同戲馬興誘勸以立基有異思仙得富強而爲本爾乃
經營是設積思方成歌危既茬於九仞委棄自多於一簣
潛思潤屋之謀寶不足貴遠得利國之術賢豈能輕所以
士因臺而取重臺因金而播名振一時之德美傳萬古而
風清是則厥狀足徵斯義可考孤峻上符於臣節崔嵬下

職於王道將昭千乘繼文侯八忠良爲心未敢一言得李布誠信所謂南金置而非重比方倚而自強來側陋以罪至歷磴道而可常乍激天風還如擲地之響斜臨都邑更同懸縣一作市之光想夫典刑有準聲教可則若周室之稱靈似殷鼎而在德穹崇可仰權謀實自於一夫綱紀更張威刑遂加於四國豈比夫銅雀美於魏日章華侈於秦時顧凌雲之小者何積瑤而方之今與燕非匹惟唐接踵康衢絕扣角之詠亙席無築臺之寵顧斯賦之至微安敢爲重

傷望思臺賦　陸贄

桃野之右蒼茫古源草木春條風煙晝昏攬予轡以躊躇見立表而斯存廼漢武戾嗣勳命地也然後築臺以慰遺

魂吁自古有死胡可勝論苟失理以橫斃雖千祀而猶寃當武帝之季年德不勝而耄及浮誕之士疊至詭怪之巫繼集忠見疑而莫售讒因隙而競入忘嗜欲之生疾意巫詛而是因將搜蠱以滌災縱庸瑣之姦臣嫵何微而莫售寃雖毒而奚申搆儲后以掛殃引具寮與齊人旋激怒而誅充竟奔湖而滅身異哉漢后因奸邪之是誘俾冢嗣而罹咎彼傷魂之冥冥故築臺其何有嗟爾戾嗣盍入明以見志遽興戈而自弃諒君父之是叛雖竄身其焉冥嗚呼一失其理孝慈兩墜不其傷哉夫邪不自生釁亦有托信其讒與御疑則妖作〃恣鬼神之衍變寔人事之紛錯故子不語於怪亂道亦典與乎淡泊蓋爲此也水滔滔而不歸日杳杳而西馳時經往兮莫追人共盡兮臺巋榛焉莽焉俾來代而傷悲

望思臺賦　陳山甫

漢武帝以惑亂生聽衛太子以危疑出奔始誤讒諛之巧長遺覆育之恩高臺有揭悔過無門峩峩九層已斷興哀之目耿耿千里不歸幽憤之魂嗟乎望以窮高思以及遠爲父之慈靡及恨而莫失爲子之道既乖慙而勿反常其厥築初設土工聿脩旁窺日轉下視雲浮所以取其遠無不鑒近無不周導宸衷於曠望表玄思之殷憂豈比夫栢梁爲耳目之翫通天窮汗漫之遊流盼無涯增懷求之意來思之可待念追悔而終不事殊子伋空引央以自傷跡

異申生諒爲孝而何有悲夫見危致命有去無歸誠一朝之忿斯極豈三年之恩可違於是跨層高之杳杳屬遠思之依依俯洊雷之音常思出震仰列星之象猶戀重輝豈知登臺有悼往之心陟岵無懷歸之嘆曉光東上含萬恨而意深暮色西沉向四隅而望斷徒勞乎積財厚地累土長空想迢遞於玄圃悲寂寞於青宮鑒失聰明將後悔而何及臺高雲漢自貽咎於無窮原夫義絕君親禍由臣僕致兩傷於疑忌在一言之所黷是臺也可以申鑒於後王豈徒勵高而縱目

望思臺賦　蔣凝

路入湖邑臺名望思幾里而雲曙累土千春而草沒餘基

仙掌一峯遠指江充之事黄河九曲旁吞武帝之悲昔者
漢祚方隆皇綱失理因巫蠱之事作有纔邪之禍起宮中
既得其桐人臣下皆疑於太子龍樓獲謗方儲副以難明
鳳閣無恩遂出奔而至死保傅徒爾園陵在哉千秋感悟
萬乘傷摧齊誅子糾以無道晉殺申生而可哀於是懲大
野築高臺目極心存知繼體之何在天長地久庶招魂之
一來緬彼沉冤登兹極望英靈無髣髴精魂立隴有蕭條
情狀見舜井以咨嗟念㢙傳而惻愴烟昏日慘全非望月
之中鶴唳猿驚不在通天之上嵽嵲崢嶸何裨死生非唯
滅天性害人情抑亦傷國體敗家聲臨百尺以凝眸終天
曷觀向九重而含恨何世能平雖然事出妖訛奸生結搆

宜比閼之聽君命奚東宮之有私闘子臧在側斯人比鄭
叔何殊商洛非遥此事亦芝翁不救徃昔于今陵高谷深
遊鹿而征人舉首悲君而逋客傷心曰子曰臣可念兹而
誡勵爲君爲父宜到此以沉吟且王者爲域中之大太子
是天下之本何周公之不法而秦相之可損吾欲碑矣園
望苑使有家有國鑒此臺而不遠

文苑英華卷第五十一

文苑英華卷第五十二　賦五十二

宮室

登姑蘇臺賦　任公叔

司馬遷世掌天官才稱良史探禹穴之遺跡紀吳國之覆
軌乃撫然而嘻曰登此姑蘇之墟掩留兮躊躇感斯宇之
基爲沼而仲雍之祀忽諸我聞周道既衰諸侯狎主中無
霸王蠻戎振旅始闔閭以信威終夫差以極武左與勁越

同壤右與强楚爲隣内有高臺之築外有遠畧之勤積如
莽而暴骨亦如讐而視人是以疆埸日駭板築未弭方五
載而厥成造中天而時起因土累以臺高宛嶽立而山峙
或比象於巫廬之峯或倒影於滄浪之水悉人之力以爲
榮觀厚人之澤以爲侈靡斯實累卵於九層夫何見乎三
百里俚語有之曰川壅則潰月盈則匡善敗由已吉凶何
常矧諫主之賜劒若涉川兮無梁以爲棲越以求霸卒見
豢吳而受殃客自南鄙觀乎江濆徘徊舊德惆悵前聞試
遊目於寥廓曾巋然而參雲聽逆虐而驕諫竟麋鹿而爲
羣高天放曠平湖泱漭奕奕孤嶼茫茫極浦悲早鴈於海
風嘯寒鴟於江雨况復蘭梁坐隔羈旅增愁山木將落汀

葭亂秋思美人兮何慮獨懷邦兮遠遊彼名遂以身退顧
與范蠡而同舟東吳王孫有睟其容因少爲唱曰中心不
必兮子胥何爲懷直道而驟諫遭重昏之見危將漁父以
抗跡且垂釣於江湄高臺既傾夕露沾衣感莊國之不及
冀來人之與歸者也

古銅雀臺賦　張鼎

伊昔三方列峙惟魏宅中五都分設因鄴爲宫北走邯鄲
燕薊南馳鄘衛河漳於是聖武欽若啓戎締經國之初構
立濟世之元功受命而創洪業取威而定群雄土德王始
炎靈告終天械漢曆國封魏公黄星徵於分野素秋建於
茅社諏良日兮御靈壇坐千乘兮馳六馬錫彤兮兮張海

外授金印兮安天下不餝不美無以壯哉營宫營室是爲
王者乃傒梓匠掄瓌材伺農隙恱子來六府垂象制文昌
之廣殿百工獻藝造銅雀之高臺壯閶闔於昭回軼流瀣
於烟埃俯臨而漳滏水合仰觀而宇宙天開返道截梁兮
漫延紅蕤縞壁兮徘徊連雙闕於日表飛累榭於雲嵲崒
如五岳干霄而岌立對若三山出海而崔嵬金雀踶甍而
欲翥玉螭盤柱而將廻召詞人於華屋留舞客於瑶杯登
高必賦無遠不該洎乎鞠旅卬符反旆咸洛雖納漢以吞
江終穎山而擠壑遷神於建始之殿返葬於壽陵之郭慷
慨遺文淒凉舊閣鐏盈玉座燈映蘭幕婕妤妓人皷舞歌
唱當春月而朝臨帳呂暮而西望見松栢之成行愁歌舞

之相向异哉戰雖必尅愛亦有捐戰可以力勝愛難以威
全撫四子兮魂斷念六宫兮洟漣何壯圖之夭閼而閨思
之嬋娟紆曲念於弊履昏盛德於繁絃非達人之所繫豈
至尊之宜然歲月其除君王安在出入三國芟夷四海號
謚殊徽質文異彩及石氏之謀帝位高歡之竊神筭雖脩
舊而增崇竟移時而改代銅龍噴水似落九天金鳳銜珠
終淪五綵我君逡巡行指鄴旁弔古太息憑高獨傷東郊
道兮蕪漫西原樹兮微茫露寢吒兮泣蒼蘚風簫梢兮悲
白楊粧樓欹豔畫閣銷香陂陀巖屼巋嵬摧藏井幹減兮
有遺甃殿垣毁兮無華構但見蓁蓁蒿棘生復看鸐鸐饑
鼯鬪雨嘯幽鐖（渠希切又居希舉豈二切）月哀離狖宿莽撑骨危巢覆

觳平臯晩兮拱木生寒紫陌昏兮黄埃奪晝人壽幾何留
恨日多追士衡以投弔效明遠以作歌歌曰銅雀蒼蒼對
古墟清風切切有餘悲試憶望陵三五夜便是西園明月
時

朝元閣賦（以高抗山頂升覽清遠爲韻）　錢起

上將俀帝宇壯神臯斷景山之松用而有節感子來之衆
役不告勞成仙閣之弘敞配紫極之崇高先是徵規模宏
大壯經始聖迹責成梓匠當桂戶而八水悠遠植玉堦而
千巖相抗升陽烏於赤霄之表棲玉兎於翠微之上可以
吞具闕壓崑閬盛矣哉亦神明之化也不可得而稱狀觀
乎儉以示德高即因山虹梁天近冊陛雲還漢武求仙望

逢萊於海上吾君有道致方士於人間厥構既崇其寧惟永正色深沉於木末浮光嶙亂於山頂如翬斯飛獨出于類農務暇霜氣澄天門闢龍輅升俯人烟於萬井小雲榭於五靈天臨宇宙日照黎蒸是特也靈仙礬集品物交感因高載著於人風有象寧遺於睿覽聖人垂一作之化稽古上清彼會昌之構宇得朝元之美名不奪稽地知廢心胥悅高標雲阜表聖壽長亨襟懷動柢指掌寰瀛將九圍載廣與三光克明斯乃棟宇之大也雖前史莫之與京夫如是古之濬城隍餙宮苑孰比我君居高而致遠

朝元閣賦 同前韻　孫翊仁

神之本也以朝爲大乾之德也以元爲高合二美以制閣俾萬人兮不勞何哉彼朝元之爲狀厥高因於嵒嶂岌業兮初謂踊於山巔崔嵬兮又謂居于天上崇崇之勢傳敞宏壯斜窺渭北笑王樹而徒空俯對終南與金闕而相抗迥出象外信非人間陽烏乍轉以迴翼翔鵾不逮而空還七聖同遊罷還襄野萬國以會自是塗山既而玄冬啓景六合清迥法駕行幸於溫泉羽旆騈羅於高頂帝乃躋稜層考休徵天之動日之升馳繚垣以望窅窱開閶闔而越凌競視遠如邇臨高可憑于以旁眺于以迴覽窻前桃實在方朔之深知閣上鳳巢表帝軒之聖感昔秦皇學道漢主長生祈年既築望仙復營人既勞止事卒無成豈比夫向背山澤密邇王城池八水而下臨無地階重巖兮上摩太清至若早霜斂色積雪初晴壯太山之日觀北天台之赤城信我后之攸處與神仙之混并嗟乎登高作賦十上何晚題陸雲之閣吾道應行薦楊子之文其事不遠

朝元閣賦 同前韻

皇帝於驪山之上起仙閣於神阜得凌雲之體勢彰考室之劬勞冠千峯而迥出聳百尺之彌高蓋取惟清惟淨而籍乎以遊以遨千碧霄而宏壯依絶頂而高抗仰之者目眩心驚俯之者興逸神王納烟霞於袖裏看日月於掌上改山爲會昌之號肆福無疆題閣取朝元之名升天有望徒觀其出地表俯人寰飛重簷之日下疊千栱於雲間金鋪燭耀王碣苔斑蓮井雕梁之彩錯綺窻網戸之虛閑屹然下臨千仭亭亭然遠對黃山若乃初旭澄霽則勢能孤迥早霞初照如赤城在天台之峯積雪未消若銀臺處蓬萊之頂每歲農務隙寒事興聖人之玉輅是動金樂是凌限三休而爰至歷重檻而方憑寒鴈正來下秦山之八水暮烟初起繞漢家之五陵以人心爲心則遇物多感以眞趣爲趣則放情玄覽豈不由登此而存所誠處此而無所營方抗隱而述物覺山空而益清七聖不迷勝軒轅襄野之遊豫萬靈畢集若夏禹塗山之會成昔周日之中天擅美秦代之阿房著名既煩費於徭役復荒淫於性情豈與夫險不恃兮高不傾囂塵絶兮虛白生光一人之息偃歷千載而彌遠者同日而言哉

初日見朝元閣賦 以赫臨曉雲高出蒼翠爲韻 郭遵
新豐之路兮朝元有歸客見初陽于東嶺照層閣於南陌
惟閣也憑高不傾惟日也臨下有赫既壇幪而延燭冐埃
壒之能隔陽烏之翼兮若駐禁林羲和之轡兮若頓高岑
蒼蒼之質纔辨杲杲之光稍臨發璇題之麗色開王戶之
宿陰浮輝外融峻勢無不呈其壯引耀中朗邃宇無以闕
其深于原之表揭雲之杪映朱欄以充一作彩 融凝粉垣而
晶皎司晨而見異星樓之麗宵質明乃光殊日觀之生曉
陽彩舒文昭然可分晞拂簷之夜霰辨出棟之朝雲類列
仙降真祥光綿幕疑大君臨御瑞氣氤氳諒清旭之初起
非反照之循曛日惟至麗閣亦蓋高竦莫大之標洪纖奚

比委無私之照巨細何逃是以詭狀塵天殊姿詳悉纍虬
欲動謂起蟄於春光井蓮倒披若爭開於夏日的皪交映
岧嶤上軼不殊南榮之明奚獨東方之出閣之峙矣于彼
高崗閣之麗矣于彼朝陽據厚載於秦雍隣顥氣於穹蒼
豈比崑崙之山侯燭龍銜耀鳷鵲之觀候金波寫光孰若
列皇都之次鎮王畿之位近白日之貞明標離宮之蒼翠
祥雲不散意往仙如存耀景每臨誠望幸可冀因徘徊而
過日遂含毫而寫意

大廈賦 以君子用吉爲韻 彭殷賢
遐觀邃古逖聽前聞北辰居正南面爲君莫不茅茨土階
以恭儉而爲度上棟下宇避燥濕以爲文馨芳訏謨乎五
典德廣兆映於三墳迨乎纘戎天秩啓廸人羣以爲百堵
仄陋不足以光先正九筵迫脅不足以垂景勳於是資奧
區而寫城闕想大壯而列宮禁杞梓龙匠于季稱林衡僝
木於毫分既而工用其法人來以子鼛鼓逢逢版築儗儗
離婁督繩以爲度一作用 般輸削墨而爲砥侔造化以制作
越埃壒而資始珠網滴瀝而露垂冊刻暈飛而霞起危簷
矗以霽斷高閣立而雲倚遠而望之莫測其端倪迫而察
之但驚其峻峙仰鵾鵬之不逮豈燕雀之能擬於是發禮
以豐之勵樂以樂之可謂休以令聞垂之億秭者也既而
馮陳就閑是遊是縱笑語卒獲聲色攸重邀觀一作歡 則環
拜興舞命賞則夾道羅從以爲一生之歌斯笑斯千載之

善禱善頌豈知海縣則天下所有帝王則黔黎攸共固惟
不節之嗟蓋不知其所用也豈與夫明主君臨邊鄙靜謐
儉以足用貴在無佚尚菲陋卑宮室爲無爲以自保事無
事以終日故得國家載寧帑藏充實福祚乃於萬斯永子
孫則百而逢吉屢降哀矜之詔頻優耆老之秩斯可謂皇
哉唐哉唐哉皇哉而天地長久何三五之能匹也

大廈賦 同前韻 郝名遠
昔者天地氤氳洪氣始分穴居野處獸聚鳥羣逮乎聖人
演卦垂文上棟下宇信宮室之取則紫微黃屋表巖廊之
在君爰制廣廈克崇景勳掘起黃道孤橫翠氛巋巍穹崇
若巨鼇負山出大壑巍峩岌嶪似神龍飛漢矗長雲原其

本也藏事作圖成慮始命班倕召王爾鏟崩巖平邐迤斬豫章之楩柟伐雲夢之杞梓關山百轉水陸萬里江妃折藏捧明月而時來泉客辭波薦夜光而至止於是規模其工徒尤經之營之載考載擬版築既畢剖劂將已邈矣層構仡然獨起觀其萬拱交穿千櫨叢倚連甍軒昂以鳳翥飛龍夭矯而虹指麟吹翟張岑立岳崎綺疏齊列洞戶相似翕赩殿烻一作雷電煥爛倚㩼山梁藻棁播蛟螭於上楹方井圓泉侂芙蓉於倒水壯而且麗豐不踰軌輪焉奐焉美矣盛矣懿其梁棟之任固非斗筲之子夫成大海者百川所歸構明堂者多材是共亦猶一人出兮百寮從爰建股肱而作輔當其無而有室之用張公獻禱奚子作頌蓋

亦美上古之淳朴防後代之驕縱皇矣上帝臨下有秩六合清晏八荒夷謐方將抑末敦本斲雕歸質異茅茨而立宇惡其餝以取卑宫之名削土階而度堂起其厚而崇破觚之實猶且明敭沉隱寤寐英逸燕雀聞而相賀鸞鳳來而應律思與羣公卿士衆官庶尹議經濟之法度籌安危之得失優哉游哉日愼一日斯乃國家之盛事嗟難得如賦述獨有間迹林野洗心蓬蓽想芳桂以淹留撫寒松而未出希薦之於大厦保杙石之終吉

柱礎賦　王諲

稽古大初穴處巢居則大壯之爲象上棟下宇成其室廬迨于中葉僭奢違道木衣綈繡土被文藻列蟠螭於欄檻拖長虹於櫋𣝕謂桂柱之不堅施柱礎以侔其壽考相萬祀而一人借天地而柘保其始也徵士尚方聚徒嵩畔經廻溪之紆欝梯差峩於天半披林離之脩蘿刮莓苔之爛熳曜雲霞之彩駮蕃錦章之輝煥圖嵌空設妙算或攻或鑿叫嘯相賛磓山成雷擊石火散初髣髴而縷析忽研礲以氷泮五丁力殫九牛流汗自彼幽藪登庸華觀乃命王爾操繩公輸削墨規上成範方下爲則錯坎缺之參差開青熒之古色入紅壁對朱扉廊廻月皎殿廣星稀隨風起潤逐日呈輝扣逶迤之環珮拂廻旋之舞衣及夫荏苒時移崢嶸歲久堂惟荆棘壁埋戶墉嗟建章之火流何金石之可守礎則不易人將誰壽礎兮礎兮全堅固曾見深宫

幾人故夫礎之爲德既堅且貞華而尚素晦而尚清象君子之待問扣之則鳴誠在位之有式居必底平平則可久久則不傾無𢾺固而守樸非昭章而眩明庶夫人之鈒意覽茲物而篤誠

階賦　樊晦

昔在軒后棟宇惟新摹諸大壯頼及萬人脩宫室以齊列起窻戶而相因然後横高階於左右次危級之相巡上嵳峩而山起下崱屶而龍鱗生蓂莢於堯日舞干戚於舜辰亦可以望聖帝升降覲享顒賓若乃憶趙妃之嬌妬窮漢武之寵愍昭陽特起麗飾繁縟梁纒藻繡窓綴冊緑砌鉛黃金階閬白玉使宫女而攢望聊優游以自足下朱稪而

影亂參差度羅衣而香飛斷續亦有珍物旁秀環奇四燭
珊瑚碧樹弄晴風明月隨珠耀初旭及夫陳后長信獨遺
弃捐塵駮紫蘚庭鋪綠錢望金屋而魂絕對玉階而愁連
至其戰國云亂七雄相蹍秦兵大起圍邯鄲而已合趙楚
同會運籌策而未宣嗟兩君之不决歎毛公之獨賢歷高
階而直上挺長劒而無前豈不以斯階之見陟光厥事而
能全既而衆狀叢開奇勢難纂或千天而上峻或盤空而
不斷望之則意恍升之則步緩對謝庭而玉樹中榮臨兎
園而芳薇上蒲睹臺殿之要者實莫過於玆階美峥嶸之
壯麗故作賦以攄懷

中堂遠千里賦以心曲聲光此特勿阻爲韻　謝觀

峻宇沉沉朱門阻深豈爲逕遠有蔽徽音跬步之中易在
一言之地踰時之達難於千里之心莫不佇立盤桓瞻風
躑躅或恃穹崇以懈傲或麗欺誑之阨束遂使阼階之上
迢遞於天子之田蕭墻之間綿邈於黃河之曲且夫百里
之遠一日致之中堂之近經旬礙之而所以借淹留之喻
等邂逅之期豈君子同風之地在小人革面之時瞻廊廡
之不逞便成燕宋念庭除之匪邈差若毫釐是絕音塵有
睽言語非入室之士過作脫巾之阻布武之中疲赤驥於
崇朝及肩之墻困鴻鵠之一舉喑井之路寥㚒及門之子
廻翔希日日以見德尚朝朝以觀光每望恩波如桂水之
流淼淼時瞻德宇若金城之路茫茫似蔽黃雲繞同明月

高深起於顧盻山岳生於倏忽於是以南軒北宇之嶔岑
作河東河西之間越如此禮讓無成薰蕕不明東閣苔滿
西園草平倒屣之餘風頓削握髮之清規不行自杜其匡
諫之路詎聞乎哀樂之聲是使咫尺蕭條人遐室邇空施
棖闑之横壯但見樓臺之邐迤則可以自勵於己寧求於
彼君子勿嗟行路難古來如此

文苑英華卷第五十二

文苑英華卷第五十三　　賦五十三

苑囿　　朝會

靈囿賦一首　九城宮東臺山池賦一首
太平公主山池賦一首　集賢院山池賦一首
叔孫通定朝儀賦一首　南蠻北狄同日朝見二首
朝呼韓邪賦一首　周公朝諸侯於明堂一首

靈囿賦（以仁及禽獸惠均樵牧爲韻）　徐元弼

代問秦餘地仍周舊俯皇都之近域有文王之古囿遥縈林麓之表遠抱川原之秀沼莫辨於窮流臺靡遺於層構徃徃歸鳥依依顧獸逢時之慶雖鍾思古之懷亦疚當昔周德資始靈臺是新繚以斯囿洽其至仁使芻牧畢入而

犧牲皆馴目以靈知感通於異類大其囿見惠洽於蒸人囿以垂耿光本亭育無私公共而有俟（一作候）勿亟子來而以築不麛不卵仁叶於羽毛以薪以蒸惠昭於芻牧覆露功博誠明感深遂天性於物性即人心於己心白鳥不驚匪覩於狎物非態已兆奚事於從禽嗟乎遺址全平餘風可挹想千古之蹤未昧歎三代之英不及猶欲恣窺臨淹佇立微茫似隔乎烟水邐迤半臨於井邑見魚躍想坎窞於泉流聞鹿鳴訪陂阤於原隰竟以陰鑿蕭條荒榛寂寥無人試問有路通樵悵望風烟之景沉吟黍稷之苗今國家以榮古爲心宗周是繼且欲儲休祉降嘉惠園苑資靈囿之規宮室擬靈臺之制是以愛物之誠溥好生之德均仁政潛施於上苑之內靈德已播於率土之濱然簡弋遊於暇日縱芻詞於賤臣稽制度於盛王百里猶小嗣風流於前古千載爲隣

九城宮東臺山池賦（幷序）　王勃

九城宮東臺地接閑曠面山臨水爾其松峯桂壑紅泉碧磴金石千聲雲霞萬色侍郎張公雅思沉鬱夙懷梓匠式摹仙造聿構靈墟仙流成止水之源拳石儼干霄之狀雖流波覆簣俯藉人機而布葉攢花妙同天會僕因暇日濫奉清埃敢抽南畝之才聊叙東山之事云爾若夫金臺妙境玉署仙居酌丹墀之曉暇候青禁之宵餘驛沖情於月道飛峻賞於烟墟指山楹而思逸懷水鏡而神虛旣而仰

瞻頹嶠傍窺黛壑嶁嶂烟迴攢溪霧錯儵沉用之兼濟想神功之可作規疊巘於盤龍憲飛泉於掛鶴覆簣而榮巖磴浮芥而環州嶼拳石於瑶濱搴纖珠於綺薄萍徙楚江之帶花轉崑墟之蕚岫蘊玉而鴻驚浦涵珠而星落矣仁智之同歸信高深之縱托爾其危岑湧景曲渚西寒傾松偃鶴清篠吟鸞被蘭丘而結佩照蓮服而披冠激坳堂於別溆引膚寸於危巒若乃嶺分雞秀波連鳳液花鳥縈紅蘋魚漾碧綠衣玄袛頳鱗翠額在林藪而同驩望江湖而齊遭每至景沉西甯月下東濱峯深夜久潭靜秋新荷抽水蓋薜引山崗雪芝獻液露菊傾津嗣南商之逸典有東海之遐賓保林泉而肆賞混簪紱而同塵何濯纓之有

地如攀桂之無因

太平公主山池賦　　宋之問

粤若公主祇生（集作誕生）皇家太平徵郡國以選號叶時邑之美名孕靈娥之秀彩輝婺女之淳精虹羨電熠蘭香王清稟金后之玄訓係列聖之聰明厭綺羅與絲竹愛瑤池及赤城搆僊山兮既畢侔造化之神術其爲狀也攢怪石而岑崟其爲異也含清氣而蕭瑟列海岸而爭聳分水亭而對出其東則峯崖刻劃動宂縈廻乍若風飄雨灑兮移巒島又似波沉浪息兮見蓬萊圖萬重於積石匿千嶺於天台荆門揭起兮壁峻少室藂生兮劒開削成秀絕蓮華之覆高掌獨立窈窕神女之戲陽臺爾其樵溪釣浦茅堂菌

閣秘僊洞之瑤膏隱山家之場藿煙岑水涯繚繞透迤翠蓮瑤草的皪分被映江潯而爛爛浮海上而纍纍廻之枲與衡霍豈吾人之所爲向背重複參差反覆翳薈蒙龍含青吐紅陽崖奪景陰壑生風奇樹抱石新花灌藂向若天長地久兮巷䔩合古往今來兮林澗空始燕秦而開徑訪靈藥乎其中其西則翠屏嶄巖山路詰曲高閣翔雲丹巖吐綠忽兮恍涉弱水兮至崑崙沓兮冥乘龍梁兮向巴蜀壯岷嶓兮連鬱氛氳兮斷續巖虛兮谷峻藏清兮蓄韻含珠兮蘊玉衆彩兮明潤芳園暮兮白日沉爽氣浮兮黛壑深風泉活活兮鳴石葛藟青青兮蔓岑羅八方之奇獸聚六合之珍禽別有複道三襲平臺四注跨渚兮交林蒸

雲兮起霧鴛鴦水鳳凰樓文虹橋兮彩鷁舟山池成兮帝子遊試一望兮銷人憂召七贇集五侯棹浦曲席巖幽鳴玉佩兮登降列金觴兮獻酬未窮觀而極覽忽雲散而風流於是乎上客既旋重扃叢閉榜童儼而高登綵女分而爲衛牽水葉兮張水嬉摘山花兮詠山圻燕姬荆艷兮代所稀鳳舞鸞歌兮儼欲飛披烟弄月兮宵未歸桂枝清露兮濕羅衣奕奕濟濟夜旋玉邸隱隱崇崇朝趨帝宮銀鑪翕習烟生霧集絳節繽紛楊花吐文行軒節水去馬騰雲鏘鏘翼翼兮馳冊闕超超遥遥兮向紫芬寵極兮慈掌情勤兮幽賞戀宸扆兮出入憶幽山兮來往採朱萼兮山之側步蘭庭兮候顔色掇綠蘋兮千澗滌宜室家兮叶仇好

既而貞心內潔淑則遠傳誶談者聞之而必勸鈌薄者聞之而凜然况復淮王招隱秦主隨僊弄子房之琴瑟驅碧落之風烟賓旮宋於珠履引鄒枚於玳筵秋葉飛兮散紅樹春苔生兮覆綠泉春秋寒暑兮崴榮落林濱沼沚兮日芳鮮吾君永保南山壽車馬往來千萬年

太平公主山池賦稟金后（集作千后）聰明（集作聰英）岑崟（集作嶔崟）樵溪（集作樵頭）分被（集作分披）映江（集作景江）生風（集作藏風）向若（集作杳若）始燕秦而（集作兮）翔雲（集作翔風）乘龍梁兮（集作龍飛）芳園（集作芳園）忽雲散而（集作）兮高登（集作齊登）綵女分（集作分）燕姬（集作妹）清霧（集作清露）朝趨（集作朝還）馬騰雲（集作鷺雲）子房（集作紫房）璹璡（集作象延）

集賢院山池賦　　杜顗

鬱乎群贒之林有山其秀有池而湵幽流淡泞蒼翠欽崟
千門下隔三殿旁臨引彤庭之佳氣涵碧樹之清陰連綿
芳草遊詠仙禽對石渠之鉛粉會金馬之衣簪宛雲霞而
在目恥江海而爲心何扁舟之獨往何倒影之遠尋懷我
魏闕浩爾長吟山池之陰可以清吾襟山池之所可以御
吾倡涼風忽起白雲将舉步苔岸之周流籍松溪之積阻
邈矣幽興颯然清署乃登王巒撫金渚圖書載暇纓弁以
序此焉遊處於兹宴語發菱花而不能歸攀桂枝而久延
佇日落池上雲無處所爾其秋風既起秋興爰至見藤蓧
之幽娟弄石泉之明媚禁林餘雨增曲霤之華清御苑清
烟借逕巖之積翠是以洗雪煩想優游雅思嗟乎山中人

兮猶未識池上蛟兮焉可得顧蘭芳與菊滋從此賞兮無
極

朝會

叔孫通定朝儀賦 以制定朝儀上尊下肅爲韻　白居易 集無

稷嗣君上稽天命下察人聽以爲作樂者存乎功成制禮
者本乎理定故易尚隨時禮貴從宜于以致理何莫由斯
允矣君子休哉令規採三代之帝典起兩漢之朝儀于斯
時也秦吞六雄之後漢承百王之弊禮壞樂崩上陵下替
將欲掫洪業尊皇帝馴致王道丕革季世莫先乎正位以
經邦體元而立制者也夫其將用於國先習於野辨度數
於蕝明文物等威於君臣上下儒生肅以濟濟物有其
容國典煥其煌煌禮無遺者然後闢雙闕會百僚動必嚴
恪進無諠嚚長幼之序不忒貴賤之儀孔昭鏘鏘兮若萬
國赴塗山而會秩秩兮如百官仰太一而朝歲拾月天地
澄爽宮殿清曠風傳警蹕日麗天仗於是右陳列辟左立
丞相東西分而則別文武儼以相向簪裾弈弈頌鵷鷺之
其寮劍戟森森列熊羆之名將帝容式展皇威克壯莫不
上恭已以臨下下竭誠而奉上觀其威儀允淑容止具膺
天子負鳳扆以皇皇正龍顔而穆穆百辟欣戴九賓悦服
揆劍者懲懼而慄慄飲酒者敬慎而肅肅故知君有威故
能守其邦臣有儀所以保其禄帝謂叔孫舊章斯存可以
發揮我洪德啓迪我後昆方將守而經國豈止煥而盈門

不然何以表一人之貴知萬乘之尊

南蠻北狄同日朝見賦 以渡瀘欵塞咸造闕庭爲韻　穆寂

我皇道叶神化功高軒羿萬國之廣斯臨八聖之業是纂
遐哉辮髮之俗旣竭赤誠邊爾椎髻之人亦輸丹欵豈不
以陰陽煥乎金鏡律吕諧乎玉琯德該動植而以信以寬
仁及飛走而不羈不卵故得殊方述職異俗來庭歸我玄
造沐我皇靈曉逾赤坂以向日夕過白登以占星磧路誠
逕委毳幕氊裘之質山梯雖險致穿胸儋耳之形然則自
南自北或馳或渡俱爲九譯之鄉各涉萬里之路同臻禁
地率且叶於不期弁列盛時禮若符於有素是以坦王道
恢帝圖蕩然與龍山非隔廓爾將鳳穴靡殊集六蠻而輝

赫九域率五狄而光耀八區邇無不賓鄙周宣勤乎薄伐遠無不服笑諸葛矜於渡瀘遂能華至性於方外柔獷俗于面内大行人明其近遠懷方氏導其進退靡僭曑刻既從荔浦之源罔復斯須爰自榆林之塞有以見化溢含弘恩覃覆燾牖豐館給禮洽郊勞孰云胡越之異來若同心且殊虞芮之爭會如兩造以其踰絕漠逗懸巖蓋由君邁軒轅顓頊臣掩伊陟巫咸不然則焉能柢秦川來魏闕皆展遐方之貢獻共備同日之朝謁者哉

第二 同前韻　　王起

我皇制百蠻以德糧刑八狄以威靈俾曠代之絕域同一日而來庭則不叛不侵知遐邇之無外自南自北昭聲教

之末寧惟蠻也荒陬有倔强之號惟狄也絕漠有桀黠之暴辭炎徼應感而偕來謝穹廬不期而兩造上乃御正殿臨中區文物有耀聲明以殊小周王之賓肅慎卑漢后之享單于於是冉服雲集旃裘風趨駿奔而遠無不屆麈至而寔繁有徒垂衣而朝三表自懸於制虜止戈爲武五月執矜其渡瀘百辟式瞻九儀以配寧有截而斯暢儼無譁而相對獻琛盡禮雜彩服以和光蹶角展容望珠旒而欣戴若非越荒徼踰紫塞則南同魚鱉安得仰龍章於舜年比諭豺狼未可親獸舞於堯代是知歷寒鄉之膚簽欽百度兮無闕忘沓嶂之嶄巖彰九區兮克咸聖上惟北辰之位是纘毗南面之尊自滿窮髮斯服雕題無算仰天威以懷柔化夷德爲惆欵盛禮必具幽遐既慕同寅協恭兮斯覩在遂如邇兮斯赴始差宥于著定之位終收跡於爰絕之路史臣書曰矣異俗而同臻象斯華而合趣則昔有楔山驟至航海徑渡無蠻狄入覲之遇

朝呼韓邪賦 以煥乎威儀遐掩前古爲韻

倬哉惟漢至德鴻融元功絢煥敷仁義於異域俾華夷而同貫故能臣匈奴來單于超沙漠越余吾奔窮廬而雲起望高闕而風趨屈膝而來有以見其蠢爾垂拱以待是用表于魏乎况當行幸祠杞之禮崇甘泉泰畤之儀盛肅肅乎萬物是備昭昭乎威容既正象胥以鐸豈言語以不通司儀式班示進退之必敬然後差行列辨尊卑序璧箕皮

帛之等第示要荒守衛之威儀冠帶之容閒彼荷氊被毳韶濩是作雜夫僸佅兜離雍容之禮有則倔强之心不施玄塞未安寧蜎起兮於彼青蒲方奏猶蟻伏而在斯信絕化之雲布俾遠戎之星馳不然何以其國則睽其人不遐脩臣之節爲國之華朝一人於寓縣涉萬里之窮沙則周公明堂之儀寧九采之足美而夏禹塗山之會雖萬國而何嘉且夫懷我有方所由者漸德之爲被我不可掩非慕義而有求奚尊君之自貶是知撫御之道莫善於漢宜威儀之設莫盛乎甘泉美舞徒觽乎干羽鏤勳何媿於燕然布令陳辭之義行豈事成而後樹引領稽顙之容作乃瞻之而在前自可光九功服九土曠萬代而一時宜耀今而

緐古

周公朝諸侯於明堂賦以九垓向序外方同心爲韻　謝觀

赫赫明堂居國之陽巍巍我特立鎮壓殊方所以施一人所以朝萬國諸侯王面室有三總數惟九間大廟於正位處大室於中霧啓閉乎三十六户一作扉羅列乎七十二牖左个右个爲季孟之交分上圓下方法天地之奇偶時也六年之矜孟春之首有截而至無脛而走將欲交正於成王之命所以立辟于周公之手洞八闥以臨八極闢四門而來萬有所司備班品於庭除執事肅文物於前後及夫諸位散設三公嵌崇當中階而列位與群臣而不同諸侯東階之東西面而北上諸伯西階之西東面而相向諸子應

門之東而鶚立諸男應門之西而鶴望戎夷金木之户外蠻狄水火而位配九釆外屏之右以成列四塞外屏之左而遥對朱干玉戚森聳以相參龍楊豹韜抑揚而相借肅肅沉沉鬱崇聱深烟收而卿士齊列日出而天顔始臨戴冕旒以當軒見八紘稽顙負斧扆而南面知萬國歸心於是鏘金石楊律吕動塤篪柷敔儀若思而山立悄不言而鳫序一拜一起嶽抃而齊傾鏵之蹈之雷也而復舉俄而翠華轉仙仗廻恩覃率土化滿九垓合蠻貊以畢至盡梯航以奚來彼禹有大室武作靈臺曷與此而同哉

文苑英華卷第五十三

文苑英華卷第五十四　賦五十四

禋祀一

南郊賦一首　進三大禮賦表

朝獻太清宫賦　朝享太廟賦

有事於南郊賦

南郊賦　徐彦伯

維帝唐八十有五載鴻徽鑠於縣寓騰陽精揆機矩還㩗提以産氣配神明而作主倬四后之在天伊萬物之胥覯左日壑右星圖吹烈火於炎丘觀堅氷於委羽莫不匍匐我馨教駿奔我珪組納大荒之管鑰伏堪輿之扃户兹可以孩黙鼀扶盤古苞混茫而首出亦奚云於三五哉於穆

我皇纂戎而昌青氣禋祀白雲入房與天地合契與日月齊光杖太一毆群剛共工戮兮河嶽正旬始滅一作三兮苗格星辰張輯稽古之禮物懸象外之舊章雖配天復禹纘一作那嗣興湯者不其丕歟肇允神聖浸發葆命芬德馨香崇庸祇敬吟蓼蕭以游禋合帛一作台桑而蘊正闢石餘釣飛沉翔沫擇明居之全法撰蒼渠之闕令則太階平而王衡正也庶績洪凝賡歌浩作陰隲于下有孚顯若掀負勝之圖賁昭功之籥是以玄龜遊乎湍瀨冊鳥吟于觀閣芝房菌蠢而玉英景雲璀璨而金蓂夔舲共觝一作抵之獸躑躅死山一稃二米之穎紛拏畎壟邦誦中餘吪歌小歲合作鼉日交長至遘朔旦之明期擇純陽之正地欲陳大旅

展時事告紫宙之成功定皇天之寶位蛋鷩司典鳲鳩藏
職崇泰壇考星翼劃八卦以通道錯五行而辨域對越精
祇森羅正直木巽火而殷薦豫乘霄以罔極載師清野上
訓掃壓繚垣虹合參途電聡籠組帷以艾景覆皇邸以慶
煙宮伯糾其禁內饔烹其魚罔廬攢構以戢脊列爇抗莖
而翩綿繩繩都人濟濟多士九牧之守百蠻之子莫不絜（一作挈）
鳲提羔攢驂（一作酸）啼軌紛鴻溶以騰逗叛適皇而佁
儗或駢肩而側足候吾君之戾止若葵藿之傾離光同江
河之赴溟水也然後啓端門敞仙蹕雙鳳矯首六龍齊騰
青旃胥雲紅旌彗日鏘玉鸞之鳴轙桉金鷄之廣術傳畫
角以啾嘈曳朱旗（一作羊）以騈坒（蒲必切見吳都賦）呵風伯令戒道

制玄宾使司律此靈祇所以保綏皇天所以宥密於是闢
龍次幸蜺幬鶉鳥司裘熊羆奉牧皇帝乃彰晝黻襲大裘
端王珽肅珠旒翼翼穆穆遂臻于圜丘躬孝享擁神休設
天宗之六席揆長發之二球盥以明水薦以香羞陳蒼璧
而咸事藉白茅而闢幽絜騂犧之芔淡酌玄璜之觩觩盛
哉神（疑作坤言后亞獻）極順天而見郎乳祥開曾沙業薦赫禮數
於彤壺布徽音於紫縣率先於金簿之蠶謹覆以瑶筐之
鷩皇后介禮恭茲亞奠凝億兆之歡心注穹蒼之景盼紫
薇開兮天香滿神之來兮軒星纂候黃鍾兮雲飛調大呂
兮風煖戔雲和之寶瑟吟孤竹之清管石麟夭矯團翠煙
而上征紲鳳習霍逰鴻鶱之無算瑞氣蜿蜒於藪甸祥光

熠爚於旄罕三觶終獻萬祇呈醺昇羽節導靈群凝肆夏
以青畧颱登歌而咽雲徽䴉鷲之颯沓致戩穀之絪緼禮
畢功成天旋日轉宸儀允穆后肅脊展引大火之流旂迴
袞庚之翠輦倪三蠻（見甘泉賦）之崇構御六氣之逕辨覺太元
之神策張集靈之瑞典草木享兮雷雨霶霈湛恩灑兮雲
霄霍對壽觴霞舉兮絲竹龢笙篚岳立兮騶虞戚天子方
合符於大庭之國錯事以燎父之阿岱崩嶷兮清嶂汶泓
澄兮紫波屯千轂以霆轉縶萬轡而星羅則述易象者獻
風行之繇談比興者奏時邁之歌蕩蕩乎巍巍乎無得而
名言矣遂作頌曰煌煌靈臺告成功兮我君孝享亞坤宮
兮純嘏布濩延皇穹兮惟策代表霱升中兮享壽千億傳

無窮兮

進三大禮賦表（天寶十三載）　杜甫

臣甫言臣生長陛下淳樸之俗行四十載矣與麋鹿同群
而處浪跡於陛下豐草長林實自弱冠之年矣豈九州牧
伯不歲貢豪傑於外豈陛下明詔不側席思賢於中哉臣
之愚頑靜無所處以此知分沈埋盛時不敢依違不敢激
訐（一有默字）以漁樵之樂自遣而已頃者賣藥都市寄食友朋
竊慕堯翁擊壤之謳適遇國家郊廟之禮不覺手足蹈舞
形於篇章漱吮芔液游泳和氣聲韻寖廣卷軸斯存抑亦
古詩之流絆乎述者之意然詞理野質終不足以拂天聽
之崇高酏史籍之求又恐倏先狗馬遺恨九泉謹稽首投

延恩匭獻上納(三字一作獻納上表)進明主朝獻太清宮朝享太廟有事于南郊等三賦以聞臣甫誠惶誠恐稽首頓首謹言

朝獻太清宮賦　前人

冬十有一月天子既納處士之議承漢繼周革弊用古勤崇揚休明年孟陬將攄太禮以相藉越彝倫而莫儔歷良辰而戒吉分祀事而孔脩營室主夫宗廟乘輿備乎冕裘甲子王以昧爽春寒薄而清浮虛閶闔逗蚩尤張猛馬出騰虯捎熒惑墮(火汀反)旄頭風伯扶道雷公挾舟(一作輈)通天台之雙闕警溟漲之十洲浩刼礨砢萬山(一作仙)颼飀欻臻於(一作乎)長樂之舍嵬入乎崑崙之丘太一奉引苑犧在(一作左)右堯步舜趨禹馳湯驟爵會(一作闕)宮之律峚拆元氣以

經構斷紫雲而扞(一作竦)牆撫流沙而承雷紛驪珠而隮(一作隱)碧燿波錦而浪繡森青冥而欲雨絕色(一作光)燗而初晝於是羣娥俄的藻籍舒就祝融擲火以焚香溪女捧壺(一作盤)而盥漱群有司之望幸辨名物之難究瓊漿自間於粢盛羽客先來於介胄爍皇祖之儲祉敬雲孫而及此詔軒轅使合符勑王喬以視履積昭感於嗣續匪正辭於祝史君(一作若)聆鑾之有憑肅風飈而作起楊流蘇於浮柱金英霏而披靡擬雜佩於曾顛孔(一作芝)盒敔以颯纚中縱縱以迥復外蕭蕭而未已上穆然注道爲身覺天傾耳陳僊號於五代復戰國於千祀日嗚呼昔蒼生纏孟德之禍爲仲達所愚驚齒其俗竇窳其孤赤烏高飛不肯止其巠黄龍

哮吼不肯負其圖伊神器之梟兀而小人呴喻歷紀大破瘡痍未蘇尚攫拏於吳蜀又顛躓於羯胡縱群雄之發憤誰一統於身衢在拓跋與宇文豈風塵之不雜(一作殊)比聰瘣及堅特渾貔豹而齊驅愁陰鬼嘯落日梟呼各擁兵甲俱稱國都且耕且戰何有何無維累聖之徽典恭淑慎以允緝茲火土之相生非符讖之備及煬帝終暴叔寶紉襲編簡尚新義旗爰入既清國難方覩家給竊以爲數予自誣敢貞乎五行攸執而觀者潛悟或喜至於泣麟介(一作有以字)之鳴麐(一作麌)昆蚑以(一有之字)振蟄感而遂通罔不具集佗神光而斜開(一作閉)羅詭異以戢香地軸傾而融曳洞宮儼以嶷岌九天之雲下垂四海之水皆立鳳鳥威遲而不去

鯨魚屈矯以相吸掃太始之含靈卷殊形而可把則有虹蜺爲鉤帶者入自於東揭莽蒼履崆峒素髮濵溟至精濃濃條施張於巨細覩披寫於心膂蓋脩竿無際而亥席已容裂手中之黑簿睨堂下之金鍾得非擬斯人於壽域明返樸於玄蹤忽翳日而翻萬象却浮雲(一作空)而留六龍感聾跖而壯茲應絡蒼黄而昧所從上猶色若不足處之彌恭天師張道陵(一有等字)泊左玄君者(一作前字)千二百官吏謁而進曰今王巨唐帝之苗裔坤之紀綱土配君服宮尊臣商起數(一作數起)得統特立中央且大樂在懸黄鍾冠八音之首太昊斯起青陸獻千春之祥曠哉勤力耳目宜乎大帶斧裳故風后孔甲允其佐山稽岐伯與其傍至於揚制取法

足以朝登五帝夕宿三皇信周武之多幸存一作好漢祖之
自強且近朝之濫吹仍攺卜乎祠堂初降素車終勤恤其
後有客白馬固漂淪不忘伊庶人得議實邦家之光臣道
陵等試本之於青簡探之於縹囊列聖有差夫子聞斯於
老氏好問自久宰我同科於季康敢一作取撥亂返正乃止
一作此其所長萬神開八駿迴旗掩月車畜雷騫七曜燭九
垓能事顯脫清光大來或曰今太平之人莫不優游以自
得況是蹴魏踏晉批周抉隋之後興乎更始者也一作哉

九一作皆集本

朝享太廟賦

初高祖太宗之櫛風沐雨勞身焦思用黃鉞白旄者五年

而天下始一歷三朝而戮力今庶績之大備上方釆龍俗
之謎稽正統之類盇王者盛事臣聞之於里曰昔武德巳
前黔黎蕭條無復生意遺鰤鯢之蕩汨荒歲月而沸渭衮
服紛紛朝廷多闘者仍亘乎晉魏臣竊以自赤精之衰歇
曠千載而無真人及黃圖之經綸息五刑而歸厚地則知
至數不可以久缺凡材不可以長寄故高下相形而尊卑
心一作各又作必興惟神斷繫之於是本先帝取之以義壬辰既
格於道祖乘輿即以是日致齋於九室所以昭達孝之誠
所以明繼天之質具禮有素六官咸秩大輅每出或黎元
不知豐年即一作則多而筐筥甚實既而太尉恭乘司僕扈
蹕望重闉以肅恭順法駕之徐疾公卿淳古士卒精一黙

一作黙宗廟之逾深抵職司之所客宿羣華於外戶曙黃屋
於通衢氣凄凄於前旒光靡靡而嘉粟階有賓作帳有甲
乙升降之際見玉柱生芝擊拊之初覺鈞天合律笱簴佗
以碉礌干戚宛而婆娑鞉鼓塤箎爲之主鍾磬竽瑟以之
和雲門咸池取之至空桑孤竹貴之多八音循一作脩通既
比乎旭日昇而氛埃滅萬舞陵亂又似乎春風壯而江海
波鳥不敢飛而玄甲崢嶸以岳峙象不敢去而鳴佩劋劍
一作㷄以星羅巳而上乾豆以登歌奏休成之既饗璧玉儲
精以稠疊門欄洞豁一作洞豎又作洞谿而森爽黑帝歸寒而激昂
蒼靈戒曉而來往熙事莽而充塞羣心虔以振蕩桐花未
吐孫枝之鸞鳳相鮮雲氣何多宮井之蛟龍亂上若夫生

弘佐命之道死配貴神之列則殷劉房魏之勲是可以中
摩伊呂上冠夔禼代天之工爲人之傑冊青蒲地松竹高
節自唐興以來若此時哲皆朝有數四名垂卓絶向不遇
撥亂返正之主君臣父子之別音別之別分奕葉文武之雄注
意生靈之切雖前輩之溫良寬大豪俊果決曾何以措其
筋力與韜鈐載其刀筆與喉舌使祭則與食則血若斯之
盛而已爾迺直于主索于祊警幽全之物散純道之情一作
精蓋我后常用惟時克貞贊以蕭合酌以茅明嘏以慈告
祝以孝成故天意張皇不能殘一作殄其瑞神歆妥帖不敢
秘其精而無一作撫絶軌䡊于鴻名者一有矣字于以奏永安于以
奏王夏福穰穰於絳闕芳菲菲於王斝一作嗣以斝宗廟沛枯骨

而破聾盲施殀胎而逮鰥寡園陵動色躍在藻之泉魚兮翙皆鳴汗鑄金之風馬霜露堪吸禎祥可把魚宮歔欷陰事儼雅薄清輝於鼎湖之山靜餘響於蒼梧之野上窅然漠漠惕然兢兢紛盆所慕若不自勝瞰牙旗而獨立吟翠駮而未乘五老侍祠而情(一作精)駭千官逖聽而思疑於是二丞相進曰陛下應道而作惟天與能澆訛散淳朴登尚猶日愼業業孝思烝烝恐一物之失所懼先王之咎徵如此之勤恤匪懈是百姓何以報夫元首在臣等何以充其股肱且如周宣之教親不暇漢武之淫祀相仍諸侯敢於迫脅方士奮其威陵一則以微弱內侮(三字一作言勸內)一則以輕舉虛(一作飛)馮又非陛下之(一無此字)恢廓緒業其瑣細亦曷

足稱丞相退上跼天蹐地授綏登車伊頊(一作鴻)洞槍纍皆(一作先)出爲儲胥本枝根株乎萬代曆想經綸乎六虛甲午(一有方字)有事於釆(一作祿)壇絣席宿夫行所如初

凡一作皆集本

有事于南郊賦　前人

藴主上兆於南郊聿懷多福者舊矣今玆練時日就陽位之美又所以厚祖考通神明而已職在宗伯首崇禋祀先是春官脩(一作滌)頌祇之書獻祭天之紀令泰龜而不昧俟萬事之將履掌次銳(一作閱)氈邸之則封人考壝宮之旨司門轉致乎牲牢之繫小宰尊達乎懸位之使二之日朝廟之禮既畢天子蒼然視於無形濬然若有所聽又齋心於宿設將旰食而匪寧旌門坡陁以前鶩敦騎反覆以相經頡(一作頏)曾城之軋軋軼萬方(一作戶)之熒熒馳道端而如砥浴日上而如萍制(一作製)翠旄於華蓋之用彗黃屋於鉤陳之星神仙戍削以落羽魑魅(一作魍魎)幽憂於固鬲戰岐慄華擺渭掉涇地囬囬而風淅淅天泱泱而氣清清(一作青青)甲胄乘陵轉迅雷於荊門巫峽玉帛清迥霽久雨於蕭湘洞庭於是乘輿濡然乃作(一有翳字)夫鸞鳳將至以冲融嵺廓不可乎彌度聲明通於純粹溟涬爲之垠堮駟蒼螭而宛蜒若無骨以柔順奔鳥獲之黝黟徙有勢於殺縛朱輪竟野而杳冥金鍐(萬范切見西京賦)成陰以結絡吹堪輿以軒輕搶寒暑以前却中營寀擁乎太陽宸眷眇臨乎長薄熊羆彌(周禮小祝

彌岳用此彌字)耳以相舐虎豹高跳以虛攫上方將降帷宮之絣續弁王軟以蠖畧(二字見井泉賦)人門行馬以拱乎合沓之壇(一作埸)皮弁大裘始進於穹崇之幕衝牙鏗鏘以將萃(一作集)周衛轇轕而咸若月窟黑而扶桑寒田燭稠而曉河(一作星)落肅定位以告絜蠲嚴上而情超雲蓊藹以張蓋春葳蕤以建杓簪裾斐斐罇俎蕭蕭方面曲折周旋寂寥必本於天王宮與夜明(祭法王宮祭日夜明祭月)相射動而之地山林與川谷俱標於是乎官有御事有職所以敬鬼神所以勸稼穡所以報本返始所以度長立極玄酒明水之上越席疏布之則必取先於稻秫麴蘗之勤必取著於紛純紋(一作文)黼之飾惟三牲八簋豊備以相沿而蒼璧黃琮實歸乎正色先

王之丕業繼紀一作起信可以永其昭融群望之徧祭在斯
示有以明其翼戴由是播其聲音一有以字陳一有列從二字乎節奏
以進退韶夏護武采之於訓謩鍾石陶匏具之於梗概變
萬形於動植聽宮徵於砰磕英華發外非因乎筍簴之高
和順積中不在乎雷鼓之大旣而鸞骨胜習柴燎窟堁驍
璧砉一作砉肇赫葩一作葩斜晦潰雷一作霆纏風升雪颯星碎
拂勿漇漛一作漇漛渺滇苹萍一作蓱滓聖慮岑寂玄黃增霈蒼生
顒昂毛髮清籟雷公河伯或騷騃以倏聳霜女江妃乍紛
綸而晻曖執綏秉翟朱干玉戚鼓瑟吹笙金支翠旌神光
條歘祀事虛明於是潛滬乎渙汗紆餘乎經營浸朱崖而
灑朔漠溯一作泝暘谷而濡若英耆艾溯而童子僻叢棘折

一作拆而徙牢傾是率土之濱單酺醵以涵沐豈一作非奉郊
之縣獨宴慰以縱橫玄澤淡泞乎無極殷薦綢繆乎至精
稽古之時屢應符而合契聖人有作不逆寡以權二字一作而推
成爾乃孤卿侯伯群儒三老儼而絶皮軒趍帳殿稽首曰
臣聞燧人氏已往法度難知文質未變太昊氏繼天而王
根荅閉於厥初以木傳子攄一作攄終始而可見洎虞夏殷
周茲渙炳而葱倩秦失之於狼貪蠶食漢綴之以蛇斷龍
戰中奔茫一叠茫字夫何以一無此字從聖蓄縮曾不下眷伏惟道
祖視生靈之磔一作磔裂醜害馬之蹄齧呵五精之息肩考
正氣之無轍協夫詒孫以降使之遭命更挈一作潔累聖昭
洗中作觸蹶氣慘黷乎脂夜之妖孽迴薄乎龍蛇之孽伏

惟陛下勃然憤激之際天關一作關不敢旅拒兕神以一作爲
之鳴咽高衡騰塵長劍戮血尊卑配宇縣刷抻紫極之將
頹拾清芬於巳鈇鑪之以仁義鍛之以賢哲繼祖宗之耿
光卷戎狄之影撤蓋九五之後人人自以遭唐虞四十年
來家家自以爲稷禹王綱近古而不軌天聽貞觀以高揭
蠢爾差僭粲然優劣宜其課客於空積忽微刊定於典廢
繼絶而後覩數統從首八音六律而惟新日祀篳外一字
千金而不減上曰吁昊天有成命惟五聖以受我其夙夜
匪遑定一無此字定用素樸以守于嗟乎麟鳳胡爲乎郊藪乃
上帝之降鑒及茲玄元之垂裕乎后夫聖以百年爲鶉鷇
口豆切道以萬物爲芻狗今何以一有此字茫茫臨乎八極渺渺

託乎群后端策拂龜於周漢之餘緩步瀾視於魏晉之首
斯上古成法蓋其人已朽不足道也於是天子默然而徐
思終將固之又固之意不在抑殊方之貢亦不必廣無用
之祠金馬碧雞非理人之術珊瑚翡翠此一物何疑奉郊
廟以爲實增怵惕而一作以孜孜兕大庭氏之時六龍飛御
而一作之歸　九一作皆集本

文苑英華卷第五十四

文苑英華卷第五十五　賦五十五

禋祀二

至日圓丘祀昊天上帝賦（以題爲韻）　蕭穎士

政教之始莫重乎郊祀郊祀之先莫尊乎昊天是以前王垂之於典訓後帝奉之以周旋以事大矣其儀盛焉日之至也所以明氣之至丘之圓也亦以象天之圓於是致齋於宮合樂於律群有司肅肅以儆戒百執事乾乾而莊慓

牲用騂犢以貴誠酌用玄酒以明質豈但愛人而尊祖蓋欲報天而主日天子廼乘玉輅駕蒼虬搢方珽服大裘率九儀之卿士從五等之諸侯旌旗露卷冠蓋雲浮展國容於御路行大禮乎郊丘百役既備司儀辨位斂佩紛綜以陸離鍾鼓鏗訇而沸渭君明其義臣敬其事執鸞刀以啓毛薦蒼璧以爲贄爵一獻而上下胥悅樂六成而神祇譽至後乃取血膋陳玉幣寘于薪𮎼（一作積薪）之上燔于壇之際飛燎煙於太清合蕭光於上帝是以神降我福人懷我惠時罔凶荒物無疵癘致洪化於仁壽豈不由肅敬於大祭客有旅遊函關欽茲至道觀祀事於國典仰明靈於有昊敢陳興頌式播玄造頌曰日南至兮既望祀太一兮圓丘上萬斯年兮承天眖

第二（同前韻）　賈餗

惟天爲大惟聖奉天所以就陽位郊上玄禮高明之覆育答生植之陶甄告太一以祗敬擁神休而吉蠲於是採遺範於周故封土以成丘取法於乾故象形以應圓顧嶶粢之莫達憑柴燎以斯傳是時星昏東壁日躔南至爰命有司肅將祀事羅幄帟以雲黙騈罍俎以鱗次藉白茅兮取諸潔薦蒼璧兮象其類皇威允穆司儀辨等而以班明德惟馨祝史陳辭而不愧於是啓禁扃警仙蹕千官拱立六龍齊膝濟濟鏘鏘匪徐匪疾奉常告備乘輿乃出覆玉葉之卿雲昭扶桑之初日齋心滌慮所以感無不通樂徧禮

成故能神降之吉觀夫廣場還合泰壇五峙告萬物之生成當一陽之初晷揖群望以咸秩列衆靈以備祀紫微闢兮天意通元氣調兮薰風起祀之大者莫盛茲道展敬乎皇心報功乎玄造奏搏拊之清樂徹純犧之蒼昊定祀典之所崇諒邦家之攸保若乃陳以牲幣酌以秬鬯歌大呂以爲節舞雲門以爲狀達誠於氤氳之際降靈於閶闔之上騰瑞氣而蜿延燭神光兮薄暢我國家報本克禋順時脩祭配大祖於座于以敬宗祀皇天於郊為能饗帝此所以神祇降鑒天人合契保昌運兮永貞崇明祀兮不替

東郊迎氣賦（以青陸朝陽和氣爲韻）

聖人克崇祀典大啓皇綱布發生之新令遵迎氣之舊章

于以式綏景福于以弘開化光南至生春迭固沍之玄律東郊展禮迎煦嫗於青陽于時太史陳詞歲發其木天子乃警仙蹕驫黄屋蒼龍矯首以虚徐玉輅啓行而肅穆千官萬騎拱神位於中霄太皞勾芒扇和風於東陸明德惟馨蒼精降靈塞色尚留於壇墠淑氣已生乎杳冥少陽始來隨初日而其輝未赤新春乍應拂大旌而其色彌青天統則彰禮容斯覲樂聲動蕩於木氣黄道麗彩於蒼璧一本云樂聲動蕩於黄道麗彩初斷於蒼璧氣光四序克配於木德震宮光被八紘不遊於金壺玉曆迎之伊何神人以和明命既須於執事遐邇必聞於賡歌時也韶景熙熙仁風習習日月克符於躔次草木遂生於原隰施惠而穀雨垂恩發號而春雷起蟄其道孔昭其律已調禮展於斯且殊夫禮月之夕拜之於曉有類乎拜日之朝我后崇五帝之經教酌三代之典禮振六樂之鏘鏘列千官之濟濟八音已陳夫濩武萬祇既歆於壇陛夫如是者惟聖所符惟天所啓故迎氣之祀事正皇王之大體者矣

東郊迎春賦 以立春之日備禮東郊為韻　王起

我皇則銅渾而有倫應木德之惟新展東郊之盛禮出左个而迎春所以先庚有秩舊典攸遵將欽承上帝而敬授於下人者也於是法駕鏗鏘嚴城肴習見太史之先謁知勾芒之以及都人士女俠彩仗以駿奔文物聲明擁翠華而鱗集莫不聽玉漏而雷動起靈壇而嶽立於是闢重門尊九逵服蒼玉載青旗草木之萌必因茲而動矣原野之蟄亦自此而啓之展聖容之穆穆引天步之遲遲有翼有嚴不徐不疾百辟陪乘千官扈蹕遵皇衢而却轉度青門而廻出八鑾振響隨解凍之和風玉輅騰輝映麗天之遲日東郊之中肅穆會同俎豆莘莘而駿目衣冠楚楚而鞠躬祥雲為之郁藹佳氣為之葱蘢青帝克禋必來顧而來饗玄穹廣覆何自西而自東當是時也四遐縱觀五服來備瞻聖皇之廻輪知太昊之整轡登臺者漸樂擊壤者咸遂莫不荷煦嫗於陰陽感溫仁於天地夫然則跂行可以不夭根着可以漸苞貫疑作異逆暑之吹幽空聞乎德肅於火殊逆塞於旁磔何足以禮行於郊則知和氣熙熙盛容濟濟必蒼龍之整駕當青鳥之司啓握金鏡而明王道調玉燭而昭國體莫不在迎春之盛禮

第二 以天子率公侯共行事為韻　謝觀

玄冥之政已息青帝之令將行太史先三日以奏天子率千官以迎是知齊沐夙興虔恭慎慄命奉常按東郊以嚴備詔金吾肅中禁以警蹕内外相比上下是率俄而斗轉招摇日當甲乙褫玄冕於殘漏掛青衣於曉律翠華忽舉見閶闔之初開蒼龍啓行與朝陽而對出觀夫飛蓋輅儀珠旒萬騎而前分儀仗千乘而後列公侯出青門之郊至祈神之地箕簴羅植珍羞有次陳靈威於中宫之壇設大昊於配享之位東嚮西嚮勾芒歲星而對列左之右之三

辰七宿以相厠既竭百辟之心用展一人之事帝乃玉色以進磬折而前求發生之候不忒祈温和之氣罔愆盡敬於地萓祐于天一拜而北陸之寒去矣再拜而東方之風煦然歆酬既已尊卑備矣拂祥光於龍顏之上納和氣於御衣之裏鳳詔還闕金輿反軌遂舉惜而凝令載行隨指顧而發生四起我風有截郊祀無假於文王我化無爲律吕不勞於鄒子故乃布德施政遠達幽通高卑咸沐貴賤攸同始振蟄蟲在好生惡殺遂行慶賜可戚私徇公乃得化洽方隅恩光岐雍遵古典以立則授人時而用頤迎乎千春萬春與夷夏之所共

西郊迎秋賦　張秀明

彼玄天平分以成乎歲也惟日有令將法於王若服蒼玉而應春居明堂而順夏既隨時而有義皆率禮而無捨若乃律巾夷則神司蓐收涼風以厲大火西流草木不芳誰忍聞於鶗鴂囹圄再繕亦申命於鷞（作爽作州）鳩先三日而太史以謁率百官而天子乃遊然後天仗齊列野慶清秋乘白輅而啓行載白旗而扈從天顏遐（一作斯）穆帝典攸重彼詞客與史臣咸作歌而陳頌既啓鑾輅爰居總章備水潦修隄防鴻鴈將賓待横舟於汾曲鷹隼已擊且較獵於長楊實惟道映三五何啻聲超百王而已哉別有原憲長貧仲尼少賤朝遊白社驚一葉之辭秋夜宿靈臺聚群螢而燭卷既覩西郊之禮將述東山之禪欣庇影於禹陰頤陳力於周諺

第二（以題爲韻）　馬逢

稽失王者御極上法璿衡分五方以辨位察四時以作程節既云徂躬履端而御曆氣之將始必出郊以親迎然後人心不惑君德用明是時火官威寢金精氣浮有司來奏詰旦迎秋皇帝乃齋心以待曉御袞龍以垂旒俄而金闕戒辰司魚鑰以撤鍊玉漏將曉直鷄人以獻籌乘輿乃駕赫奕皇州天仗倐以雲合風旗閃而星流馳六飛以啓道騰八駿以夾輔祝（疑作祀）三辰與七宿儼公卿與諸侯在位則其帝少皞配坐則其神蓐收我皇乃順時候育黔黎佩白（一作皇）綬執白圭盛德在金就金方以藏事西成有望出國門以面西豈比夫蕭鼓徒樂於汾水玉帛空朝於會稽誠辰既畢酒縮靈茅笙鏞謁廟梁稻充庖月轉天旋既將歸於北極雲行雨霈匪空自於西郊是月也天地始肅秋冬（疑）將布勞我農民張我王度疑獄在斷命司寇而按囚徒遠方來賓發天兵而開武庫然後人畏威而自正俗知禁而刑措休祥畢至則河湧靈圖慶賜遂行乃山呼聖祚於赫哉國容既備時令將徂樂萬姓以雍熙惣（疑）百川而奔注余亦願於賓王效武貢而作賦

北郊迎冬賦（以題爲韻）　王起

我皇審緹幕候玄英法天之序作人之程律變於冬必順時而冬命水盛於北亦隨方而北迎所以修舊典闡鴻名

受大史之先謁率群辟而躬嘗兕肅殺以北陸將昭宣乎上京于時時和歲豐勞農息力結水於坎改火於國天欣王燭之太和人受銅渾之罔忒由是文物成舜明飾皇皇濟濟鏘鏘翼翼向仙蹕之駐方引旆於司南望曉星之殘尚建杓於禮北及夫禁城啓寒漏極分天仗而雲布遵皇衢而繩直嚴飈絶玄輅之響愛日動鐵驪之色一人由之而展容萬姓於焉而仰德既而臻靈壇薦嘉饌奠之以玉縮之以茅雖布政於玄堂以居乎左个而司晨者黑帝必祭於北郊蓋示敬於端冕非取樂於懸匏及夫整宸儀廻天步考時訓而咸若稽月令而畢賦導嚴凝之氣無奪其倫應廣莫之風不愆于度則知北郊之爲禮所以佐天而

成功亦以感神而叶中故宜百神肸蠁萬寓朝宗豈止運行而成歲閉蟄而爲冬

東郊朝日賦 以國家行仲春之令爲韻

陸贄

日爲炎精君實陽德明至乃照臨下土德盛則光被四國天垂象聖作則俟春分之節時則罔愆順周官之儀事乃不忒於是載青旂儼翠華蓋留殘月旗拂朝霞咸濟濟以皇皇備禮容於邦家天子躬整服以待曙心既誠而望睟倏而罷嚴更闢禁城五輅齊駕八鑾啓行風出郊而草偃澤先路而塵清卷餘靄於林薄動神光於旆旌初破鏡而半掩忽成輪而上征杲耀榮光分輝於千品萬類烟熅瑞色均燭於四夷八紘一人端冕以仰拜百辟奉璋而竭誠故曰天爲父日爲兄和氣旁洞迴帝德與日德祺遠清光相對帝心與日心齊明時也春事既用夾鍾律中登觀臺而瑞集覩芳甸而農衆東爲陽位故出拜於國東仲居時中乃展禮於春仲既而盛禮畢陳錫鑾回輪家有罄室巷無居人備禮服之爍爍啟游車之轔轔人望如草我澤如春惟天德與聖壽配朝日而長新伊茲禮之可持歷前代而脩之漢拜庭中成煩褻之細事魏朝歲首失禮經於舊時國家欽若天命率由時令矯前王之失德修古典而施敬俾伯夷之掌禮佇軒后以作聖恭承命於春卿遂觀光而與詠

南郊享壽星賦

周鈴

王露初降金風正秋有壽星之發彩出離方而若浮大史於是奏時令贊天休謂三光之丕顯蓋萬乘之勤脩天子乃命有司灌鬱鬯登靈壇以藏事敬南極而延望當其氛霞斂煙霞曠循大象之昭回見孤光之寥亮月來歲往常居赤帝之前目擊心祈空仰碧霄之上所歆精誠斯感肸蠁潛交矚神靈兮心馳箕斗奠椒漿兮酌蒲陶匏事異乞言殊養老於東序祭惟合禮同祀月於西郊時也陰陽正位晝夜平分思薦祉於人壽遂大享乎天文則知秩天宗用郊祀斯祭也象在角亢躔當戊巳月皎皎而清漢波流夜蕭蕭而白榆風起齋心常潔蘋蘩之薦巳申壽域光開龜鶴之年可俟祀事既道之南恍惚兮光臨俎豆休俙兮

氣動煙嵐由是見星曌之不爽知后德之相參彼牛女迨
逅以增思參商隱見而差失處圓靈兮徒分炳煥於敬授
兮未爲真吉曷若我冠衆星而稱老當三秋而迴出既有
補於乾坤詎廢書於時日是宜執犧象展鷄彝召馮相而
司曆命祝史以陳辭如此則所謂一人有慶兆民賴之

文苑英華卷第五十五

文苑英華卷第五十六　賦五十六

禋祀三

迎長日賦 以三王郊禮日用夏正爲韻　柳宗元

惟饗帝於事天必推策而迎日寅方肇建候啓蟄以展儀卯位將初爰用牲而協告送烈烈之疑氣導遲遲之陽律循分可愛之輝式停寅賓之質稽之虞典期匪疾而匪徐行以夏時契惟精而惟一職在馮相事傳小正符上春以備儀必修其始先仲春而有事故謂之迎時也淑景初一作方延幽陽潛啓當四時之首位用三代之達禮探賾索隱得郊祀一作禋之元辰極牲一作數知來正邦家之大體事冠前古儀標後王皮弁乍臨土圭之影猶積泰壇既罷玉漏之聲潛一作漸長變熙熙之純曜流杲杲之晴光璧彩一作影始融麗景欲一作才凝於城闕輪形尚疾斜暉未駐乎一作於康莊是知迎長一無此字日之儀實王心之四字一作聖王二字所共兆南郊之正位秉陽事之所用故可以知上下之分際見天人之交動浮晨光於俎豆散微照於苞茅周流金石聯照陶匏異乎天紀不修泰伯尚衿於泰時日官失職晉侯徒繼乎夏郊于以迎之則無遠一作爲非者委照將久豈一作寧一作三

舍之足憑延光可期胡再中之云假自然應以繁祉錫之
純嘏禮儀允洽於（一作于）神人正朔克周於戎（一作夷）夏今我
后再新古禮（一作典）與天地相參應戩穀之宜受之千億奉
郊祀之報至於再三然則迎長日恭祀事並虞夏而何慙

暉照（一作暉映）

第二（同前韻）　李程

氣之至兮景之長郊之初兮國之陽將有事於新日以無
忘乎舊章大史先期而以告天子齋心而有常且曰經紀
不忒乃貞明而成象疾徐中度胡躔次而可量佚一人天
臨而斯出俾群后景從而有光可以冠千古之嘉禮軼三
代之盛王然後五輅乃駕六龍是驂迎炎精表著明於君

象就陽位乃展禮於國南斯可以人詠明哉且知配虞帝
之二工升歌也奚獨美文王之三且天有兩曜兮日無其
匹域有四大兮王居其一將報本而郊天因宣明而主日
大司徒執圭以表位群有司奏璋而有秩義和御之而有
倫疇人則之而無失運行之次望遲遲以就陽寅賓之時
見杲杲而已出始也戒職司明國體卜郊之典無闕迎日
之義爰啓受命於祖作龜於禰是皆匪愆于儀未有不謹
於禮禮容必呈祀事孔明迎扶桑之初乃實柴而薦敬因
吉土之兆同掃地而貴誠信列辟之盛節俾歷代而作程
魏則朝於獻歲夏則置乎小正令則聽封人之善祝採從
臣之嘉頌時令空美於風行帝力孰知其日用人悅於下

禮行於郊不獨服尚玄素器遵陶匏是知禮之設也教之
大者彼孔稱從周殷因於夏曾未若我后敬授人時而天
錫純嘏

禋六宗賦（以享神精潔四氣叶和爲韻）　王起

王者稽祀典竭至誠禋六宗而欽若致四海之和平宗者
以尊爲稱禋者以敬爲名爰是崇而是長必惟一而惟精
則四序三光運有恒度水旱寒燠災無所萌上乃擇元辰
晉膺想萬樂備百禮牲圭璧陳俎豆敞靈壇嶽立擁千官
而式瞻天仗星陳覿一人之可象玉食皓皓而方積珠旒
穆穆而斯仰覩乎薦在有翼而有嚴貴其誠故來格而來
享原夫禋于三辰天（一作六）宗必降嘉薦是列歆之以虔恭

奠之以豐絜使兩曜合璧不爲薄蝕之虧五星連珠詎有
攙搶之孽其禋于四時也將以恤蒸人感明神使還周克
序鱗次相循攻（疑作致）之于葭灰不愆于候調之以玉燭無
奪其倫其祭寒暑也將以周萬類均二氣時當玄律無墮
指以成災節變朱明𦥑流金之足畏其祭水旱也則天無
作孽人獲大和祅魃不生乎災熾商羊自舞於滂沱相彼
六宗皇聖是接戩穀降而昕蠻文物紛其暐曄聆夫管磬
知律呂之克諧列彼苾芬信幽明之允叶然後一德不二
三皇可四地發嘉生天呈上瑞授百神之職興兆人之利
君子謂大舜之克禋唯我皇之能備

祠靈星賦（以工夫癸雲漢晰彼嘉穀爲韻）

祀有典兮惟敬天垂象兮在崇奉靈星之德祈戩穀是豐乃命宗伯詔樂工徵舊典於祝史咨嘉貺於玄穹以夫靈者降休祐星者燭宇宙况出應天田見彰農侯足使野夫致享祠官敬授禮而有典豈雩禜之同登樂則必倫乃綵簧之並奏於是驗星紀稽帝文覯（一作觀）農祥之晨正彰土膏之脉分奠玉盃於青帝用潔牲於白雲乃啓雲壇爰登玉瓚拜天貺之昭彰見星光之照爛列黍稷而馨感明靈奏和樂而聲聞霄漢瞻彼太極載乎紫薇神之至兮雲映暧靈之降兮日揚飛列綴兆於峻舞徵歌頌於絲衣禮成文兮樂終變神胥樂兮儼將歸雕豆玉觴自殊器於宗祀青圭緋席乃叶禮於欀祈懿夫高祖建始福禄奚委禮用

太牢名存漢氏皇家復位樂器是備（一作𦫵）與晉皇之配饗因南郊而道弛禮容盛兮在今時祀豐兮邁彼且夫與衆祈禱曷不稱嗟溥天之惠罔不休嘉豈比夫賈生弔屈空祀三閭之水漢皇幸蜀（疑）虚禱萬里之沙者哉是知我禮有肅必祀不黷告農可以勸躬耕祀聖可以厲浮俗固宜不害三時方成九穀然後覩觀澤之禮承昊天之福庶憑之而多祐覩秋成於西陸

祀后土賦　張餘慶

奥若盛唐勃戍天光禮樂克備典謨允臧固以轥轢軒昊跨躡堯湯豚魚信行於寓縣鵷鷺篤才擢於巖廊至于我后招賢林藪郎金鏡於南面運璿璣於北斗揔四靈爲禎祥以萬物爲芻狗將以天之靈命纘乎巳躬國之盛烈在祀與戎乃詢訪太史揔攬英雄金門曉闢御路横通隔歲梅花氣氳於帳殿迎春楊柳樫曳於離宮戈横鐵騎旗掣長虹叠靈鼓於流水引繁笳於朔風威单于而過代比祠后土而幸河東故致虔誠揀吉日甸師清野宗伯奉秩端旒垂綖左輔右弼修五禮之大道酌千靈之故實綵幣藻糧層壇嶒崒黄琮展前以備陳白茅有藉而間出玄酒式降以尚本瑞珪不瑑（音篆）而貴質縏（一作盤）纓藻帶爍爛於祭容抓竹雲和鏗鏘於聲律爵人獻爵司干授器擁青野之雕阜肅黄祇之神位昪氣藹雲神光燭地魏珠映天子之輦汾濦入大夫之贄薰風偃草以浹洽遲景瞳空而明媚

河圖所以無隱天實由其不秘於是湛露洌濡羣后徜徉接武委質述職勤王神具醉止降福穰穰包六合而布化横萬乘以騰芳吾君終以守謙靜重賢良其儀不忒其言有章豈比夫魯蜡有垂仲尼闢而發嘆漢祀多僻匡衡陳其用祥顧惟不才宅生帝道願候雲亭之事素懷封禪之草憔中人之見敢賦上林之振藻

大蜡賦（以暮冬律變新陽載動爲韻）　楊諫

大蜡之祭兮所以饗田神賞農務陰律窮玄冬暮星廻於舊列日極於餘度必也介僎謀牲牷具衹裘以黄皮弁以素蓋欲息田夫而褒歲賦夫搜索之謂蜡閉藏之謂冬其索也可以舉羣祀其藏也可以勞三農欲碩苗而不害則

迎貓暨於田鼠俾昆蟲之無作則祭坊與夫水庸以夫月建丑日在戌𥗍犧牲之體所以尚其臘登氷草之俎所以貴其質詠豳詩以合雅擊土鼓以應律瑞穰穰芬苾苾百日之勤一日之薦或酎或酢既騰觚於無斧爲宮爲徵方播樂於六變命清祀兮在殷復嘉平兮虞秦緊率仁而終義實華故而迎新樂舉斯陶虽子貜疑作蕢之來觀禮成而出美仲尼之爲賓故聖人之舉事也務於崇勸戒敦否臧樹之瓜華告多藏者必覆致乎女鹿示不德者斯亡豈唯乎其儀抑抑其樂洋洋末易暘字官韻是以伊耆之禮不易大蠟之職有常嗣歲將興或祈穀于上帝人才不匱或觀政於四方則知德厚者必祀功高者必載司嗇之術維末瑞於

我唐先㰱之神豈獨見於前代故曰蜡也移萬人登百種可以志陰陽之變動

焚柴賦以報天享日精意蠲潔爲韻　何迥

於穆聖君功高德與利澤能廣靈祇必禱溢周夏之珍符繼三五之徽號順旿心而展禮擇良日而大報所以后土祈穀圜丘祭天雍雍濟濟翼翼乾乾建朱干而日曜張翠帳而雲懸皇帝嚴法駕而戾止詔羣官而萃旃藉白茅以顯若望青壇而仡然我君精潔我后孝享容衛翽翽威儀森爽就陽之位斯在薦帝之儀罔失陶匏必成牲玉惟栗風伯戒道玄冥司律惟天命子之辰惟帝告天之日靈神以之保乂昊穹以之宥密殽核洋溢鼓鍾鏗鎗三靈同感庶物皆精故祭者修禮之義柴者告成之意燎焜煌而上熏煙墻窣而傍馺朝野美乎聖澤華夷贊乎能事惠浹洽於烰胞恩汪濊於氏吏則知柴而致福祭示吉蠲效周室之爲理埒虞家之有年福福應兮飛熖神神來兮駕煙珪組既陳酒醴皆絜繼功前王垂裕來哲化成而萬歲無疆禮畢而四方有截諒旻郊之義聚媿庠能之筆拙

雍畤舉爟火賦以享神之期候此爲節爲韻　王起

雄雄雍畤兮神州之壤赫赫爟火兮橋衡之象所以郊祀克明所以照臨是仰成形中度知有要而有倫燭幽以時表來顩而來享肇秦帝而有制洎漢皇而不爽伊昔克修羣祀大合百神聲明雲集文物星陳仰珠旒則嚴其待曙

聽玉漏則闇然未晨晦威儀之秩秩迷俎豆之莘莘張華燈而其光不遠秉神燭而其明不均則雍畤之舉爟火也莫之與倫既而亭亭有揭燄燄方爇于以覩百里之備于以照五夜之節拂瑞雲之表乍疑乎燭龍方來入靈壇之中又似乎神光不絕由是皚皚炳映炎𤏲鐏爇咸若光而若滅罔頓之而倒之熠爚無替熒煌自持在質明而有讓當委照而無私殊太叔之于田盤遊是舉異齊侯之設燎朝會爲期嘉薦者于焉仰止執熱者難乎嚮邇電延而自西自東星繁而一彼一此比王屋之火空際不流似陳寶之光祠中乍委則雍畤之義斯焉取斯爟火之作爲於有爲熙熙苾苾與芬芬自明無燋燭蹌蹌與濟濟方表有儀故

將崇其明祀立我洪規豈徒散孤光於地表爚卅焰於天
乖而已哉國家祀典式崇舊章必授思宅中而圖大雍時
方弘法居上而克明爟火斯俟足以掩前王之純懿諒介
福而何究

郊特牲賦以蠲栗之微貴乎誠慤爲韻　韋充

天實至尊物難致味所以郊祀之展禮惟重牲犢之用犢
有爲故能昭德馨導生氣叶上帝精明之感必因誠以告
虔示下土恭謹之心有以小而爲貴由是選才斯始稟命
有歸固資於至敬之薦不在乎充身之肥盡黑黃騂赤之
形舉書其數用齒角皮毛之狀具體而微苟山川之不捨
曷天地以相違當其大禮既陳泰壇斯踐形殊駢獸角若

獨繭蠒糜忽至初無悚於摯牽觳觫方來終有悲於餘喘
肅然之內蠢爾如生委質未分於天理亡軀終徇於物情
足以上祇明命下達精誠乾乾之意不虧因必之於心敬
戢戢之儀斯異亦何假於福衡可以薦明時可以撰吉日
天子以之合禮而具備有司用此陳儀而罔失殺身之際
雖有補於馨香登俎之時固無慙於榛栗斯可以見至德
在斯入用惟時實禮之大者在信以成之介葛雖聞於早
辨莊周誠得而興悲是故聖人制禮作樂必資後學分隆
殺於輕重之心辨等儀於長短之角彼賓客者猶亦宗廟
者盈握曾何足以表於齋莊固未可以彰其忠慤方今四
海既定小信咸孚郊天祀地之禮將展博碩肥腯之用奚

無所以下臣稽首而歌曰惟吾君之德也與天地之巍乎

文苑英華卷第五十六

文苑英華卷第五十七　　賦五十七

禋祀四

明水賦六首　大羹賦一首

象樽賦一首　黄目樽賦二首

明水賦（以吟然感化絜我蒸嘗爲韻）　崔損

大饗之禮明水攸先其水也所以本太古之樸朴其明也所以享至敬之昭宣從朗月之潛化應陰燧而通玄晴度晴空泛銀河而色靜曉臨清廟浮玉露而光鮮既潤下以功博亦就濕而義全寔兆朕於至理契幽微於自然加五齊而致獻首三酒而告虔觀其象在乎天德包乎坎類影響之相召協陰陽之應感其禮斯節其色斯絜不假縮於

苞茅復何施於麴櫱將汙樽而並用與越席而齊列或異乎勿幕有孚豈比夫不食而渫（一作食而貴渫）晶晶熒熒清清冷冷明德爲馨神人是聽從無味而有味自無形而有形深源莫測實資造化濯桂影於遙天洗蟾光於永夜懿夫昭絜著賛漑嘗常蒸宜王掌之見貯匪金盤之見承若乃鼎俎備設嘉羞衆夥苾苾芬芬名之莫可尚其本也知享獻而靡他貴其新也諒斟酌而在我於維巨唐穆穆皇皇崇初祀興（一作與）蒸嘗玄酒乃薦至誠允臧天降其福地出則祥醴泉洋洋明水是將徹慶雲之色映瑞日之光群臣作頌歌孝治（唐諱）之無疆

第二（以玄化無宰至精感通爲韻）　夏稜

祭祀上絜精誠克宣伊明水之爲用諒至誠以爲先積陰以成符嘉應於寔數以鑑而取咸（疑作感）無私於上玄將假以表敬式彰乎告虔皎皎泛月瀼瀼降天既稟氣在陰亦成形於夜有無維縶於恍惚融結寧隨於冬夏明者誠也我則暗然而彰水惟信焉吾非倏爾而化徒觀其清霄霧斂朗月輪孤鑒清熒而類鏡水滴瀝而疑珠混金波而共絜迷玉露而全無感而遂通配陽燧之爲火融而不凋異寒冰之在壺彼既無情此何有待始同方而合體寧望遠而功倍故能佐因心於霜露均潤下於江海有形有實徙加以強名無臭無聲孰知其真宰是以昭其儉絜其意含水月之淳粹脩粢盛於豐備作玄酒而禮崇登清廟之誠

貴（疑）嗤潢汙之野薦陋其醴之莫致（未見至字官韻）祀事孔明其儀既精無朕而有不爲而成二氣相臨本自蟾蜍之魄三危莫比殊非沆瀣之英至道自玄而兆醴泉因地而生原夫月麗于天水習乎坎物有時而出故方諸而夜呈事有朕而因故陰靈而不（疑作下）感大滿若冲其來不窮風塵莫染其真符天地不隔其幽通况國家崇儀初祀薦敬昊穹方欲行古道稽淳風客有賦明水之事敢聞之於閟宮

第三（前韻）　歐陽詹

智之不測有明水焉方諸在手圓月居天象齊遐分則迢遞而迴遠精華潛合遂滴瀝以留連（一作流連）可謂妙自斯妙玄之又玄茲（一作此）道也自何而來彼至（一作靈）也從何而借

越杳杳之蒼昊滋遥遥一作冥冥俎之求夜望蟾魄而光彩殊
流端蛤形而清冷忽下等陽燧之通感實柔祇之闕化豈
非二字一作豈不以月包陰德蛤乃陰餘一作我唯陽德伊乃陰徒英精一作精靈
合契氣類相符共禀坤而配坎諒交律一作津以有濡是一作
此理焉自取川本作精之乎必有斯水也遂生之於本無精絜
可嘉清明期在湛玉壺以無垢入犧鐏而有待虞壘實爵
今則由於卬人置下升堂以不聞一作不闕已乎真宰觀其一作
稽夫所自原夫所致臨庭目擊雖從陰鑒而來向月心祈允
一作又似上天而至來莫我繫一作挈至莫我精棄一作葉本不
仁故存名而曰水從儀川本作宜酌號遂表性以一作而稱明信
可薦宗祐祈一作祁上清是故一作故得祭先展敬類帝昭誠一作

師先享歲告帝功成首三酒而上獻一作冠三酒而首進捲五齊以先行招百
神之景福致萬姓之惟真一作元禎無益下一作於人鄙王藥於
夜漏自求其溢晒珠露於金莖遊原習坎固有孚感一作固有
宜冥感處陸騰一作浮空不無玄通龍吟雲而致雨虎嘯谷以一作
而來風動無千里之熯一作效潤繞百里之功豈一作詎若以
握中之瑣細映一作向天上之瞳矇精液下融神人以崇而
福祿攸同者乎

第四韻同前　韓愈

古一有者字聖人之制祭祀一有也字必一無此字主忠敬崇吉蠲不責
一作貴其豐乃或薦之以水不可以瀆斯用致之於天其事
信美其義惟玄月實水精故水一作求其本也明爲君德因

取以名焉於是命烜氏候清夜或將祭一作祀圓丘於玄冬
或將祭方澤於朱夏持鑒而精氣旁射照月而陰靈潛下
視之不見謂合道於希夷挹之則盈方同功於造化應於
有生於無形象未分徙湜離婁之目光華暗至如還合浦
之珠既齊高一作芳於醴酒一作酒醴詎比賤於潢汙明德惟馨
神一作玄功不宰于以表誠絜于以誠荒怠苟失其道殺牛
之祭何爲如得其情一作宜明水之薦斯在不引而自致不
行而善至雖辭麴糵之名實處鐏壘之器降於圓魄殊匪
金莖之露出自方諸已一作作似鮫人之泣將以贊于陰德
配夫二字一作非獨配于陽燧夜寂天清煙消氣明桂華吐耀兎影
流精一作玉兎騰精聊設教一作鑒以取水伊不注而能盈霏然有

一作垂象的爾而呈始茫茫以一作漠漠而霜積漸微微而浪生
豈不以德叶于坎有一作同類則感形昭一作藏在空氣應則
通鶴鳴在陰之論一作理不謬武嘯于谷之道一作義可崇庶
令知聖真一作驗聖賢足以之無黨驗天地之至公竊比大羨之
貴味幸希薦於廟中　九一作皆集本

第五韻同前　陳羽

彼美明水含精自天孤影流輝乃凝空作潤萬靈來享故
爲酒稱玄所以貴新滌慮敬薦告虔水本涵清表至深之
心著明以比德惟馨香之義全想夫含氣遙空成形永夜
出陰鑒則凝清自然對明燭則搖光相借至誠所感同就
濕而流大饗是資若待神而化斯可謂至精無朕明誠有

孚泛清月而乍融乍結洗輕煙而若有若無潤而鮮見湛露之濡金鏡晶兮絜類清水之在玉壺至若高天委秋皎月分彩氤氳既合精粹斯在方昭德以降神異趨下而歸海是知嚴而敬者其德大絜而祀者其福倍繄景命之不渝豈成功之不宰原夫明水之於化也天子齋心司烜藏事望靈月露炎燧皎晶浮光清冷在器自無而有知靈化之不測應感而來知神物之斯至其或崇國祀設方明備禮樂絜粢盛用陶匏之器薦蠒栗之牲秩神祇而配坐望天地之含精匪明水而神不降無明水則祀不誠是以明處作離水居爲坎諒明水之潛化本陰陽之所感其名也合五行之德其用也冠三酒之功泊爾味淡凝然色融至

馨無臭至絜含光則是水也與靈物幽通

第六韻同前

明水之設其義斯玄水以絜著明由色宣神靈是享祀典攸傳籩豆靜嘉取其濯溉麴蘗不用存乎吉蠲審靈變之無方實太陰之相借月當盤而冥召水承月而潛化冲融其色連桂影於晴空泛灔其光映銀河於永夜理包幽奧質本虛無在洞徹而彌朗介清明而不汙冠澄酒之奠禮其式序方行潦之酌亦實有殊懿夫凈透霄光遠浮星彩取之不竭從而不改彰至敬而用協神心兆無形而道符真宰信體微而義傳知事簡而功倍當其配饗宗祧告成天地壇壝一作墠廣設粢盛大備爰命司烜聿持陰燧月晃朗而遐臨水凖濟而潛至既清既絜表勤昭事之心克誠克明載展奉先之意原夫物以類聚應因感生水惟坎德月實陰精所謂聲同即應氣合乃并行之斯行且比夫流而不滯止之斯止亦似二字一作何異乎滿而不盈徒觀夫皓魄淒清湛然澄澹出於朕兆一作無朕形乎有感國家烝嘗是奉享獻惟崇明水載挹至誠遂通始分素魄之下俄傳清廟之中應召而生寧假挈缾之至順時而委豈煩汲井之功固將降聆饗於純嘏表虔恭於聖衷者哉

大羹賦以宗本誠敬遺味由禮爲韻

施肩吾

至敬尚絜在禮惟恭饗異四時大饗以先王爲稽羹重五味大羹以無味爲宗薦既殊於禘礿禮乃變乎秋冬則知

此祭不數此羹不混法明水以成功惡鹹鹺而是撙一作損義由反古類藁秸之無文道尚全真諭恬淡而爲本故宜輕八簋黜三牲其味唯德其色唯清若謂我在物則物不在於塩菜若謂我在水則水不在於汙行小周人之尚臭哂殷家之貴聲雖無形而可挾務展禮而由誠觀乎一鼎彌重乎精誠不絮不調莫先乎聖敬聿脩前典不可廢思因七獻以成禮納一作約三歲而爲期饗讌既終於勿勿禮客方盛乎遲遲且在有名而可重孰云無味而見遺是以不饗茸若不由饗儀湆雖假於一烹用不因乎多味澄渟在絜悪蕢桂以爲滋肸蠁降靈歆明德以爲氣是以禮因

羨而克舉羨因禮而允脩乍同西伯之禴寧比東隣之牛
一以表專一而不二一以表通微而闡幽豈徒不和而爲
貴亦以明反本之所由懿夫其名顡餗其正在禮下以叙
人倫上以親祖禰苟傾覆之無虞諒威儀之由體者也

象樽賦 以觀器禮肅爲韻

稽太古之至薦也以汙樽杯飲除地而爲坫迄後聖之禮
經也其籩豆犧象咸飾其碧卅是以五禮秩經於宗伯六
樽詔典於春官實有嚴而有翼豈無取於異端故殷王有
彤日之祭魯聖有禘月之觀且皇周之享也肇繪象於兹
器既普淳於式絜乃登堂而奐次耀如金石以率舞泒若
洪瀛而蟲鳥騰圭瓚以吷暢達群神於玄秘敬宗宜社以

交其幽明返本歸仁以尊其天地可以等上下之列可以
叅陰陽之位豈齊夫斗筲之外役寧儆乎挈缾之允智憒
季氏之將旅耻王孫之寧媚況今文飾以一作異義具物昭
洗介兹壽考以洽百禮柔嘉滌濯以脩其虔苾芬登降揮解
以流其愷悌夫禮以器成器以禮肅擬氷壺之絜徹鑒膳
鼎之覆餗望尭衢而感惠賴嘉時而有淑既無列野之郊
顧致誠於工祝

黃目樽賦 以禮尚治情酌中形外爲韻　李程

彝器之美黃目是尚黃者取黃理而中乎目者象清明而
外暢微戴禮而有謂懿周人之是創將表敬於宗祧必薦
馨於鬱鬯爰該嘉名是用飾情彼因外而有制猶自中而
立誠的於心終有假於圭瓚象乎目難取比於兕觥必因
樽彝爰佐齊醍以明大享之品物以助諸侯之孝悌故以
目而爲名因酒而成禮爾其克脩祀典遐本淳風將杯飲
而體異等犧罇而義同殷薦有恒守籩豆之列備用何所
在宗廟之中追述作之深旨諒昭明而有融用當其無物
不爲薄齊納金而飲酎等用茅以明酌挹而未竭故不慚
於金罍執而不揮寧有愧於王爵立制有經創意圖形絜
以新樽莫精誠之可達歆於明德知黍稷之非馨其象也
則小取喻也斯大雖酌斟在中必儀形於外嘉其不泛不
濫可繼可傳罔施卅䑈徒假雕鐫詎同乎卮信乎美而無
當豈比乎斗則有象而在天徒虛無以爲說非絜芳以告

虔甚矣哉前王之創物俾後代之相沿

第二 以清廟之器所以禮神爲韻　裴度

聖人之制祭也因物達情比象配類盡內心之享禮定黃
目之彝器居樽之上察神之至黃其色保純固於中央目
以名洞清明於幽邃將以贊禘祫報天地成形而百代循
傳徧祭而萬靈具醉懿夫周禮盡在殷薦孔明鬱鬯馨而
外達湛醪華而內清濩落爲用昭彰表誠自可配於龍杓
焉取儔於兕觥當其霜露盛時金石奏廟告虔之始在物
居要動明酌而曼醁騰光澄舊污而圓規納照且禮經所
紀象設有以首瑚璉之序助宗廟之美體含弘足擊跽從
祝之獻而如鼎之峙精氣皎於外飾黃潤艷於通理嚴敬

而挹且見夫爵盈明德之歆詎聞乎壘阯若乃籩豆並置陶匏共陳亦可以備觀光之祭法擄素懷於蜡賓酌其中諒明明之取義華其睆將屬屬以交神至如夜燎之時宿設之所含霜若麗夫金質導氣更宜夫桂醑自合禮於宗彝匪齊名於杜舉是知純嘏將降明禋在茲達臭陰於勿勿駐靈駕之偲偲尚禮然也明王用之方今樂和同禮無體粢盛式務鬱器光啓客有習於聲詩頤奉樽而觀禮

文苑英華卷第五十七

文苑英華卷第五十八　賦五十八

行幸一

三月三日華林園馬射賦并序　庾信

臣聞堯以仲春之月刻玉而遊河舜以甲子之朝披圖而巡洛夏后瑶臺之上或御二龍周王玄圃之前猶驂八駿我大周之創業也南正司天北正司地平九黎之亂定三危之罪雲紀御官鳥司從職皇王有秉歷之符玄珪有成功之瑞豈直天地合德日月光華而已哉皇帝以上聖之姿膺下武之運通乾象之靈啓神明之德夷典秩宗見之三禮夔爲樂正聞之九成克已備於禮容威風揔於戎政加以卑躬菲食皁帳綈衣百姓爲心四海爲念西郊不雨即動皇情東作未登彌迴天眷兵革無會非有待於丹烏宮觀不移故無勞於白鷲銀瓮金舡山車澤馬豈止竹葦一作華兩草共垂甘露青赤三氣同爲景星雕題鑿齒識海木而來王烏弋黃皮驗東風而受吏于時玄鳥司曆蒼龍御行羔獻氷開桐葉一作華萍生一作合皇帝幸於華林之園玉衡正而太階平閶闔開而勾陳轉千乘雷動萬騎雲屯落花與芝蓋同飛楊柳共春旗一色乃命群臣陳大射之

禮雖行祓禊之飲即用春蒐之儀止立行宮裁舒帳殿階無玉璧（一作甓）既異河間之碑户不金鋪殊非許昌之賦洞庭既張承雲乃奏騶虞九節貍首七章正餙五彩之雲壺寧百福之酒唐兮九合冬幹春膠夏箭三成青莖赤羽於是選朱汗之馬挍黄金之埒紅陽飛鵲紫蓋晨風唐成公之驌驦海西侯之千里莫不飲羽御竿吟猨落鴈鍾鼓震地埃塵漲天酒以壘行觴由鼎進彩則錦市俱移錢則銅山合徙太史聽鼓而論功司馬張旃而賞獲上則雲布雨施下則山藏海納實天下之至樂景福之歡欣者也既弱木將低金波欲上天顏惟穆賓歌惟醉雖復暫離北闕聊宴西城即同酆木之朝更是岐山之會小臣不舉奉詔爲

文以管窺天以蠡酌海盛德形容豈陳梗槩

歲次昭陽月在大梁其日上巳其時少陽春史司職青祇效祥徵萬騎於平樂開千門於建章屬車醲酒複道焚香皇帝翊四圍於帝（一作面於）閑（翊四校於偃圍）廻六龍於天苑對宣曲之平林望甘泉之長坂華蓋平飛風烏細轉路亘城遙林長騎遠帷宫宿設帳殿開遊傍臨細栁斜盖亙年開鶴列之陣靡魚鬚之旃行漏抱刻前旌載鵞河湄（一作涓）雚草渭口澆泉堋雲五色的暈重圍陽管既調春絃實撫揔音協律成均樹羽翔鳳爲林靈芝爲圃草銜長帶桐垂細乳烏囀歌來花濃雪聚玉律調鍾金鎛節鼓於是咀銜拉鐵逐日追風并試長楸之埒俱下蘭池之宫鳴鞭則汗赭入埒則塵紅既觀賢於大射乃頒政於司弓變三驅而畫鹿登百尺而懸熊緐弱振地鐵驪蹋空禮正六耦詩歌九節七札俱穿五犯同宂兮如明月對堋馬似浮雲向埒鴈失群而行斷猨求林之路絶控王勒而揺星跨金鞍而動月乃有六郡良家（二字一作雄才）五陵豪（一作高）選新廻馬邑之兵始罷龍城之戰將軍戎服來參武讌尚帶（一作帶尚）流星猶乘（一作乘猶）奔電始聽鼓而唱籌即移竿而標箭馬噴沾衣塵驚灑面石堰水而澆園花乗風而繞殿熊耳刻杯飛雲畫壘木衛之錢山積織室之錦霞開司遊賞至酒正杯來至樂則賢乎秋水歡笑則勝上春臺既而日下澤宫遊闌相圃悵徙蹕之留歡眷廻鑾之餘舞（一作武）欲使石梁銜箭銅山飲羽

横弧於楚水之蛟飛鏃於吴亭之兕况復恭巳無爲南風在斯非有心於蟠翼豈留情於戟伎唯觀揖讓之禮蓋取威雄之儀　九一作皆初學記

臨層臺賦　唐太宗

惟萬機之暇景屏千慮於巖廊玄英移其暮節白日黯其斜光欝金階兮起霧碧玉宇兮流霜延複道於阿閣啓重門於建章爾乃崇基廻（一作回）構危簷間出暑終冬埜寒濃夏室塱彫軒之拱漢觀鏤檻之擎日柱引桂而圓虛芬舒蓮而倒實霞觀近兮紅遍煙樓逕兮翠宻念作者兮爲勞愧居之而有逸於是慨然自思情懷不怡雖移新之建址實從故而裁基鑒前王之御世亦因機而化之換甲宫於

穴處改巢樹於茅茨何藻濕之殊致乃澆淳之換時有前前之累改無後後之相師只若阿房初制窮八荒之巧藝甘泉始成極三秦之壯麗工靡日而不勞役無時而暫憩加以長城亘地絶脉遐荒疊鄣崎漢層簷映廊叐是中華之弊翻資北狄之強烽總煙而已備河欲凍而先防王帛殫於帑藏黎庶殞於風霜噴胡塵於渭水騰朔馬於漁陽鏊有限之賦斂給無厭之豺狼既陵轢於千古乃虔思於百王屬虛躬之纂武登皇圖而御宇弘三策於廟堂變千機於衽席頓王綱於沙漠製雲羅於海浦移種落殄凶渠卷欃帳掃穹廬門無關於地軸户不納於天樞肆黎元於耕鑿一文軌於車書循今蹤兮覽前跡俯層城兮臨太液鑑高深之外固蕩心神而内益有土木之二勞非干戈之兩役雖復重基數仞異細柳之初營疊岸盈丈開上林而翫兵彼露臺之一儉乃延德於蒼生此崇基之漸泰方起謗於黎甿利懷小而忘大害弃重而思輕是猶蜀侯之貪金喪其國於岷峨智伯之縱辯迷自灌於洪波鑒損益而爲寡殊禍福而成多故庸愚之尚志豈賢達之殊智至若膏雨雲飛八紘廣被信觸類而流澤非有求於報施故爲施（二字一作故知施）而不自務（疑作矜）者亦成功之大義愛（疑作受）而不知感者乃悖德之深累澄遣心意坐怡情抱一德是珍萬物非實不避辱於真惡豈求榮於僞好既同德而同心共流芳於王（一作至）道

駕幸溫泉宮賦（以天下安樂明主宴遊爲韻）　林琨

蹇郊巳暮兮景氣澄鮮逕林巃色兮古岫蒼然我皇將出豫滌思觀風徹蹕於是旭月霽野慶雲籠天指鳳城之香陌得驪阜之甘泉乃垂（疑作乘）琱王之輿駕飛黄之馬羅霜伏於灞亭之上駐清蹕於泰山之下賦汾水於秋風詠在鎬於周雅若其巖氣盛陰雲寒氷生巨壑雪滿層巒出河海方閑溫泉正湍豈獨鑒天心於曲渚漢聖慮於清瀾洞上善之爲信秉至柔之自安伊昔竹殿始秋梧宫未落空望幸之杳聆悠嬉遊之寂寞芸從馥於玉階月盈容於金閣接遠樹於新豐韻曉鐘於長樂皇歡是并品物咸亨逶迤清泚皎潔澄明奏鈞天而寒谷變律陳羽衛而陰飈換晴故能觸憂除患利用永貞千時澤洽群臣恩遍區宇野豈（一作農）擊壤則有頌於康哉帝之何力空賡歌於聖主因返旆迴鑾道邇近甸度祥光之蕭索鬱佳氣之葱蒨鈞陳不改下輦成宴誠乎道而興嗟想磻溪而流盼然後省娛遊之樂念淳朴之儔開靈液之廣潤與萬姓而同休施兔罝於中谷賁束帛於巖幽獨有執戟三道栖遲一丘空想臣朔之列常陪漢武之遊

駕幸華清宫賦（以溫泉忠湧溫和難老爲韻）　韓休

惟我皇御宇兮法象乾坤天步順動兮行幸斯存雨師灑路兮九門洞啓千旗火生兮萬乘雷奔紫雲霏微隨六龍而欲散還聚白日照耀候一人兮當寒却溫蓋上豫遊以

叶運豈伊沐浴而足論若乃北騎殿後鈞陳啓前辭紫殿
而魚不在藻出青門而龍乃見田獵戰森森以星布王輅
迢迢而天旋聲明動對文物藻川月落鳳城已涉於玄灞
日生暘谷俄留於茸泉是於登三休兮憩神嚮朝百辟兮
禮容備王堂憑艮面鶉野以高明石溜象象違龍宮之清
煐屬無為兮既端拱時或濯兮湯泉湧聖躬清兮聖德廣
四目明兮四聰朗與元氣之氛氳如晴空之滌盪觀夫巍
峩宮闕隱映煙霞上（一作鑑）溥鳥道經迴日車路（一作橫）臨八
水（一作末）砌比萬家樓觀排空時既知於降聖忠良在位諒
勿疑於去邪儒有鵰無翼風有搏每俟命以居易尚媿身
於才難觀國光以舉踵歷華清而展歡不賡歌以忭舞夫
何足以自安乃為歌曰素秋歸兮玄冬早王是時兮出西
鎬幸華清兮順天道瓊樓架虛兮靈仙保長生殿前兮樹
難老茸液流兮聖躬可澡俾吾皇兮億千壽考

駕幸九成宮賦（以順時出豫觀風展義為韻）　李子卿

皇帝握靈符之三（一作千）載也天地穆清星日耀潤野訪遺
逸朝登傑雋化則垂拱而成令則不言而信時巡之儀展
秋獮之禮順思訪俗而觀人若乘乾而出震右輔伊邇離
宮在茲前瞻鳴鳳之岫傍指神鷄之祠渭水煙波接苑中
之洲渚岐山雲物落禁裏之軒墀誡（疑作俄）而迴鑾輅載羽
旗為宴鎬之樂動橫汾之詞況不勞於百姓而有務於三
時者哉由是叶清秋揀吉日乘石洗皇輿出七騶按隆千
乘輿蹕戈矛林森士馬擁北始地業而天旋終電馳而飈
疾翻然而八駿騫騰霍濩而六龍奔逸雷公轉轂風伯按
馭朱旗列而秋野生春金甲照而暮川增曙陋漢帝之遊
衍哂秦皇之逸豫祥煙不散近飛搶壘之間瑞草常開併
拂車宮之處廣陌鳴鑾異彼遊盤訪百年之疾苦知五稼
之艱難成王之蒐由是問古公之政有以觀翠華來兮野
老喜屬車至兮國人歡詎比夫隴塞迴中妄開行幸之路
泰郊時上虛立禮神之壇穆然深宮駐蹕其中樓枕嶺而
倒影殿當川而抱（一作施）虹閟邃而寒暑隔岩嶢而雲霧通
前視八水傍臨九嵕所以明四目達四聰凝睿想播玄風
比遊心於汗漫侔得道於崆峒亦既下輦於是（一作馬）端晃

補闕政脩墜典大風之歌作湛路之恩展於是振旅建旄
迴鑾返轡百蠻懼威武萬姓知教義若臣者巖穴久服丘
園來貢未有燭於皇明竊以覩於人瑞敢獻揚雄之賦庶
獲有司之議

駕幸天安宮賦　呂令問

卓哉有唐之開元也拉五帝而軼三皇洒雲雨之霶澤烱
日月之重光惠及豚魚則鳥獸咸若化被草木則行葦不
傷爾其尚節儉反貞淳照之如日育之如春猶以為震出
而亨則隨方而東衎豫順以動則因時而西巡非以肆志
放欲蓋乃觀風勞人於是乎天子乃命群寮考吉日升玉
輦馳清蹕霍濩沸渭鑾旬洋溢龍輿馳（一作駭）地杳空山而

自鳴紅旗照天轉洛橋而半出若乃宸襟遠覽睿賞遐宣則野泛佳氣樹生彩烟過澠池而懷古入傳巖而想賢覽唐墟之遺跡嘉舜風之慨然白雲初飛瀑秋思於汾水黃河一變濯聖旨於秦川是以問年德一作高年恤惸獨望秩山浸肆覲群牧屬車所止罔不清肅乃有邑老田父進而歌曰歲既稔而時清我后來兮應天行東都士庶扶輪送西土諸侯掃地迎君之德兮德無有路旁勞賚皆牛酒乘輿一至長安城千秋萬歲南山壽

駕幸芙蓉園賦

紫禁彤庭兮二月春戲蝶流鶯兮百處新借問此來遊幸所是日芳菲寂惹人乘桂苑之春晚值芳林之雨霽徵鑿

都尉之門召舞平陽之第的皪絲仗逶迤羅袂兩兩相看步揵簪一一共鬪承雲髻鳴鑾漸出轉佩相從仙宮萬户層城九重綵扇似月從騎如龍奏清笳於揚桺下天蓋於芙蓉灞川宛轉秦郊綺錯北極儀鳳之樓南隣隱豹之嶂入紅園而移步輦俯緑池而卷行幕鳴管則矯鳥不飛拂簟則輕花自落晉連帳殿彌望帷宮水揵揵而岸花紫煙微微而野樹紅鳴文鷁於波面奏嬌鶯於掌中千鍾獻兕之酒五絃歌舜之風日落前溪雲垂後殿陌上氣合花間露泫徐飛睿藻再融神聆群公既奏栢梁文萬乘方廻瑤池醼

文苑英華卷第五十八

文苑英華卷第五十九　　賦五十九

行幸二

温湯御毬賦

闆寬

天寶六載孟冬十月霜清東野斗指北關巳畢三農亦休百工皇帝思温湯而順動幸會昌之離宮越三日下明詔

伊蹴鞠之戲者蓋用兵之技也武由是存義不可捨頃徒習於禁中今將示於天下廣場惟新掃除克凈平望若砥下看猶鏡微露滴而必聞纖塵飛而不映欲觀乎天子之入先受乎將軍之令宛駒驥駿體佶心閑銀鞍月上華勒星還細尾促結高鬐難攀儼齊足以獠首待馳鶩乎其間羽林孤兒力壯身勇蓋稷門而未捷疑作健攀秦鼎而非重積習為常成規親奉咸技癢而碩劾望鳴鑾而跂踵雲開紫殿日臨册墀無譁衆士其局各司聖神之主於是乎帥師君前决死且不敢辭珠毬忽擲月仗爭擊并驅分鑣交臂叠跡或目留而形往或出群而受敵禀王命以周旋去天威兮咫尺有驍趫材專工接來未拂地而還起乍從空

而倒廻容陰林而自却堅石壁而迎開百發百中如電如
雷更生奇絶能出慮表善學都盧仍騎驟裊輕𧄍騰彸迅
拚(一作件)鷙鳥梢虛而訝人手長攢角而疑馬身小分都驟
蒲別部行收哮噉則破山盪谷踴躍則跳巒簸丘爭靡違
於君子中寧謝於諸侯况賞罰之必信旌君國之大猷其
中志氣超神眉目勝畫地祇衛蹕山靈捧靶衆沸渭以紛
紜獨雍容而閑暇俄(詩則弁之俄)冠而雲散五色揮策而日廻
三舍狀威鳳之飛翔等神龍之變化此神人兮有作豈臣
予之齊駕是時也天宇闢睿情歡命京尹將屬官羨斯埸
之寵麗成今日之遊盤詳其指揮雅標幹事之首察其任
使孰爲知人之難遂賞功而褒德何縑縞之戔戔尹乃拜

首稽首逡巡不受曰子來之功臣何力之有夫稱物以平
施則可大而可久故職司與役徒亦恩加其賜厚且稱茲
藝精鍊古來罕見寓今斯成伐謀足擅可以震疊戎狄康
寧寓縣漢祖未惧果有白登之圍唐堯闕脩載勞卅浦之
戰然明者覩於未兆戒者圖於不見城誠狹頗積徃來之
勤馬雖調恐生銜橛之變憑覽則至樂躬親則非便帝曰
俞忠哉真知言之選

廻鑾賦　　　　歐陽詹

夫何降一人兮將凝帖乎萬方神其精而傑其質兮赫赫
巍巍(一作赫赫嵬嵬)以昂昂膺千年之寶曆承八聖之重光道爲
紀德爲綱仁爲宅義爲防化悠悠而蕩蕩風習習以洋洋

沐雨露以蕃昌燭(日月)以皆康癸亥(一作丑非)之歲太嗥司(一作之)
政乃作幸子西順上帝之令將行曰相彼元元以哲后
爲父母視淫君猶芻徇予其在德則夷狄皆予之子也伊
重闢擊拆於予誰(三字一作虞誰為)守乎予其不淑則骨肉實予
讎敵也雖金城湯池於予何有乎四門大開七寢停警欻
凜凜以風清霄寂澄(三字一作寂澄凝)而月靜于時厥有頑民從
愚至逆假鳴恩以出入弄神器於間隙於是天忿地怒人
憏神惻積憒(一作沴)氣以交衝疊宄心以潛逼災變流演妖
氛充塞山河列以長晦日月存而無色明則士庶幽則靈
(一作神)祇豚魚有識草木無知企喁喁以嗷嗷望我后之來
儀如孺子之憶慈親焉如涸鱗之念長津焉如枯苗之待

膏雨焉如籠鳥之仰林莽焉既而文物無荒聲明有素木
葉循飛金風未暮聖澤西浹天顏東顧廻旌旗整鑾輅雨
師啓途風伯前驅豐隆布令列𣪠行誅神功莫仇天力誰
虞櫛縝紛於宜宰騈駱驛乎虛無洗地軸拂天衢殲有罪
福無辜雰霾掃蕩於寰區塵埃滌濯乎皇都元宄不戮而
淪痡品物未覩而迸蘇爾其靈物旣先乘輿乃從雲車煙
馭春心日容欝霏霏以葳蕤輝熠熠以嚴顒祥風飀飀以
淫淫瑞色靄靄(一作雨)以溶溶蒙籠焉虹蜺之縈儀鳳髣髴
焉烟靄(二字一作江霧)之送遊龍若夷若夏乃愚乃贒振振騈騈
殷殷闐闐巷如流以湯湯野若草以芊芊雲浮巨嶽水集
洪川至喜翻悲含淚而前曰自沐玄化寘寘綿綿如載于

天如飲于泉卒歲永年皆謂自然異日般憂方昭厥由歸歟歸歟人其待(一作侍)居是日也皇帝乃闢金門升(一作出)紫宮宣睿旨將天衷熙乎若徵雷淑氣暢昆蟲芬乎若昭光麗景發青葱下蟠厚地上洽玄穹扶桑而西虞泉而東百福交通萬彙大同白日三舍以逡巡蹬不征以融融南山萬歲以争(一無此字)呼頌聲若動而崇崇至矣哉之德也深乎大乎滂乎沛乎爾其汪濊乎可謂上合天經下叶坤靈旁繞(一作紋)神明中獲人情故能不守有與之守不争有與之争此一舉也足見天地之心足辨人神之意諒無黨以無偏唯夫道德之比者也

凡一作皆集本一

駕幸太學賦(以人安國太大猶儒風爲韻)　朱休

皇帝念儒林之繁會當天地之交泰降萬乘以爰來使八方而咸賴視其鼓篋之地文在其中禮於釋菜之庭化行乎外眷想難喻精搜典謨屬車連延輾御陌而後入翠華容裔向文囿以前驅(未見儒字官韻)臺觀惟新墻垣盡飾宗伯禮賢以蒇事司成執經(一作心)而奉職端冕縱而緌仗初立始駐六龍發聲教而翠華未旋以行萬國整衣裳之楚楚習威儀之翼翼入門而冠劍陸離布位而貂蟬逼側若乃展先師之禮示後進之人張國容以貴道闡文教以尊神升夫子之堂所謂以德行行周公之禮豈可不躬親不然者何以自謙於至聖而親饗於階臣哉是以講學斯陳德音遠播念日將而月就各呈材而切磋(唐韻有磋字千箇切與磋義同改作劝課)(恐非)龍顏不遠顧揆索之惟勤(一作頗平日之克勤)天步下臨曷斯須之敢惰雲布星攢周回可觀彼儒風之習習資睿思以安安順指於學海儒林自因澤及目擊乎雄詞麗藻誰謂才難恩下育而冬暖命遐宣而晝寒濟時以勸學爲先居上以易俗稱大俾惰遊者咸思於經籍好勇者亦高其冠帶既而宣化畢盛禮終繳素志播皇風轉龍旂於梓烟之表返鑾輅於瑞氣之中盛矣哉載筆之史不紀乎教化之宮

駕幸宣輝門觀試舉人賦并序(以君聖臣肅精擇多士爲韻)

籍于天田之歲也洎正月下明詔及仲秋萃賢良凡今才人莫不磨至他他籍籍不可勝言于以躬親示納人之獻

可也爲之加膳示恤之以飲賜也既自渴賢不足實爲觀國之光君舉必書敢賦其事

惟天爲大則之者我君有嚴有翼乃武乃文據天地之大寶建社稷之元勲道不虚行於從政乎何有試可乃已俾濫吹者區(一作尧)分於是移千官以就日闢高闕以連雲濟濟鏊山林之士峩峩列鵷鷺之羣且木以從繩則正君以從諫則聖廣開替否之規遂下昌言之命釆彝倫翹錯薪能官於是乎癉惡則哲自可以知人得孫弘爲舉首趨倚相爲史臣儼端居於咫尺恭大問以絲綸睿旨臨天威肅咸怵惕之若厲俱進退之維谷將畢力於謨猷乃竭誠於啓沃帝載惟貞玺範作程有典有則惟一惟精重席表其

彰善持衡所以貴平便便有司能奉法而宣令高高在位更責實以循名觀賢謂何務於慎擇或告之誡訓或旌之束帛日旰豈疲於端想躬親不德於胡獲夫如是王者無外誰爲方外之臣野無遺賢誰爲在野之客獨有扣角勞歌憂心孔多仰天門以難叫咏碩人之在阿（一作邁）則知代實須才生此多士惟賢非后不食惟后非賢不理一技稱最徒仰惠堂之榮三道登科敢望太常之美償連茹之終及乃頤一申於知已也

第二（同前韻）　張彥震

望之如雲聖人爲君克敷厥德以嶷鴻勲大庇黎元始躬耕而載籍旁求俊彥終訪道而崇文於穆我皇乃神乃聖

開四目以達聰掩八紘而布政羣龍順啓沃之旨多士奉疇咨之命大哉邈乎於斯爲盛爾其庶士冢宰百寮近臣大夫師長之旅版築巖穴之人舉爾所知乃寸長無捨哀然而至雖片善必申於是朝無遺逸野絶沈淪顒昂於鳳闕之下該舞於鴻漸之辰且聖澤昭宣惟聞（一作恭）有典有則天威咫尺孰謂不躬不親伊何　百寮增肅仰清問而矯首拜昌言而俯伏烝哉髦士綠（一作錄）驥方呈於長衢賁於丘園白駒自來於空谷亦既賛休命亦既陳厥成將獻可而替否必覃思而研精意彼逸足佇乎先鳴錯翹薪以割楚聊濯（疑作擢）桂而敷榮鬱乎文物明明威儀赫赫搢紳伏於寘路闕禁圍於廣陌雖知人不易實在乎區分而天鑒孔明自彰乎慎擇夫然才爲世出才應時多以才從政今國有恒典以才爲輔令人知匪他于以代天工則百寮矜式于以掌邦憲則庶事協和亦自此立功亦自此致理邁前王之躅垂可大之紀維翼翼之聖朝務濟濟之多士豈止夫堯吁舜咨可疇德而已哉

駕幸春明樓試武藝絶倫賦（以弧矢之利威天下爲韻）　常肇

有武備者國之嘉謨習武事者人之令圖其在易也微之擊柝其在禮也取彼懸弧盖居安慮危而兵不可去策兵委策而藝不可無我皇富有四海光宅八區然猶軫懷未達惕慮不虞欲以廣盛業於二柄選雄才於百夫将乃駕幸於層樓闢場乎九軌森其羽衛揭以弧矢列簪佩而儼

立端冕旒而高視詔曰惟爾力人惟爾爪士食我場藿今則至矣歌乎釆蘩試可乃已於是拜手稽首足之蹈之騁伎於非常之日爭鋒於拔類之時則有六鈞用壯百中無疑和容就列省括于茲射用藏弓不獨主皮之善發殊罕忌而無失鵠之嗤可謂措杯至習捨跋（疑作拔詩捨拔則獲）必至盡其妙而不棄前脩擅其功而若有餘地天顏既矚且賞麗龜之功人意所傾敢爭射隼之利又若蒙輪之俊超乘如飛騁廣場之求将覽繁弱而忘歸左旋右抽擢兩肩於敏手奮髯增氣示衆目以餘威立表取準臨危應機盤過身之矛所投皆中執如組之轡所向無遠宸心用多其勇捷觀者咸服其精微至有術非五善取匪十全不能定是非

於已分而又爭利害於君前莫不心戰股慄落羽驚弦豈
搜揚之不至諒工拙之相懸夫試也者爲求於衆捷也者
爲同於天明疑作非俛倖之可窺周旌一作精勸之無偏是以
諸闕者數百計而升明者纔一二焉其或進而不濫動必
合雅靡蹲甲以自娛思觀禮之見假始僶俛於法度忽蒼
黃於取捨信其命而有之亦不得而無也宜乎召墨客授
行者書絶藝於詞臣傳不朽於天下

漢文帝幸細柳營賦以將軍出令漢帝紛行爲韻　馮韜

屢犯榆塞軍屯柳營觀文帝勞師之禮得亞夫爲將之名
其始也威獨立氣橫行由棘門而及灞上列千騎而陳五
兵羽衞爰來威儀既盛馬壯而塵起旗整而風勁全忘以

律自矜萬乘之尊是用加囂未發三軍之令及其迴鳳蓋
駐金輿師徒方倂於倏往介胄俄驚其勁如人心爲之激
發天步爲之躊躇方警蹕之初傳自南自北洎鑾鈴之有
飾匪疾匪徐倘夫推轂而行受脤而出苟心腹之無二視
尊卑之如一足使他將頹厚餘兒股慄戈鋋有耀壓灞水
之波瀾士馬無聲悄棘門之風日焜耀今古光昭典墳振
天聲於絶漠笑兒戲於諸軍山河保誓竹帛垂勲守官而
敢違上命不戰而自息袄氛時也恭去彊秦功成大漢炎
火興而劉氏將熾旄頭爝而胡群尚救思堂堂之陣用拓
封疆得赳赳之夫以平禍亂宜其威加異類才出非常猶
貫金石貞含氷霜近鎮秦城之上進臨渭水之將詩在渭之將注

將側也況是官讖不知者誤改作傍覩衛類之可殲師安得奪諒我戰之則
克敵何以當國家威武有制鋭銷鋒蠆之毒臣展爪牙之
衞斯幸也誠則可嘉未足稱於其帝

穆天子宴瑤池賦以衆仙讌儀靈感斯集爲韻　張仲素

昔穆王之御天下蕩志思玄凝然眇然將以肆車馬之遠
迹訪崑閬之羣仙既而獲八駿以爲乘輿疑六龍而並鶩
謂升天可冀寧爲海右之巡行地無疆漸出人間之路弱
水已踰層城是赴洎夫展王母之容貌見列仙之軒輅絳
宮玄圃異故鄉之樓臺鳳舞鸞歌勝至樂之韶濩瀯光渺
瀰極望瑤池湛水容之漫瀁蕩日彩以參差遠近洲沚駢
羅羽儀蕩蕩五雲冐芝田而不散翩翩三鳥拂珠樹以相

隨金液是常玉杯是把桃杏之花競秀蓬瀛之侶遥集遊
仙可戀覺天路之日長惟帝念歸懼人間之景急嗟乎道
不可測理難具形且復淫神之與驕志啄腐之與吞腥固
不可以長遊仙境久會衆靈於是迴輕軒反飛輅却瞻遼
廓而無見尚聞簫鼓之餘弄雖周文之歌鎬宴且異尋仙
泰穆之享鈞天常稱在夢此則請之者身從之者衆稽彼
異録陳兹所窺後之王者樂以聞斯方士彩章幾涉風波
之阻金莖玉露寧延隙駟之馳故我后端拱穆清無爲玄
感却走馬而萬方以泰不出户而八紘盡覽彼乃輕萬里
而崇一朝孰若濟羣生於屯坎

沛父老留漢高祖賦以顧止前驅得中深意爲韻　王啓

漢祖還鄉兮鑾駕將還沛中父老兮留戀潸然憶故舊於干戈之後叙綢繆於旌旆之前白髮多傷鳳輦頓停於此日翠華一去皇恩再返於何年昔以群盜并興我皇斯起英明天授其昌運神武日聞於舊里今則秦楚勢傾鼓鼙聲止聖代而陽和煦物元首明哉暮年而蒲栁傷秋老夫耄矣然而黃屋才降冊誠來申豈可風馳天仗雷動車輪一則以情深閭里一則以義重君臣隆準龍顏昔是故鄉之子捧觴獻壽今爲率土之人乃曰陛下創業定傾順天立極臣等犬馬難効星霜屢逼窺泗水則凄若舊風指芒碭則依然故色眷戀難盡沉瀾易得昔日望雲之瑞豈有明言當時貰酒之家堪驚默識帝乃駐天步遂人心戈矛

山立貔虎煙深草澤初興雲路而蛟龍奮翼鄉園重到烟空而鸞鶴歸林時也親友咸臻少年并至縱兆民如子恩更洽於故人雖四海爲家情頗深於舊意官韻一本作地非往事如覩流光若驅望幸誠異攀輈則殊交遊既阻於泰特堪悲今昔黎庶正忻于堯日自恨桑榆已而雙淚盡垂一言斯獻請沛爲湯沐之邑實臣愜生死之願是使萬歲千秋杳冥無恨

文苑英華卷第五十九

文苑英華卷第六十　賦六十

諷諭

惟皇誠德賦并序　謝偃

臣聞理忘亂安忘危逸忘勞得忘失此四者莫不皆然是以夏桀以瑤臺瓊室爲麗而不悟鳴條南巢之禍殷辛以象著玉杯爲華而不知牧野白旗之敗一有故字當其盛也謂四海爲已力及其衰焉乃匹夫之不制故一無此字當其信也謂天下爲一心及其疑焉則顧眄皆爲讎敵是知必有其德則誠結戎夷化行荒裔苟失其度則變生骨肉釁起腹

心矣是以爲人主者不可忘初處殿堂者一無此事則思前主之所以失朝萬國者一無此字則思今已之所以貴巡府庫則思今日之所以得視功臣則思其爲已之始見名將則思其用力之初苟弗忘舊則人無易心則何患乎天下之亂此字一作不化故朝行之則爲堯舜暮失之則爲桀紂豈異人哉其詞曰

周墳籍以遐觀總宇宙而一窺結繩往而莫紀書契來而可知惟皇王之迭代信步驟之恒規莫不慮失者常得懷安者必危是以戰戰慄慄日慎一日守約守儉去奢去逸外無荒禽內無荒色唯賢是授惟人斯恤則四皇不足五六帝不足七若夫恃聖驕力狠一作狼戾剛彊忠良是棄諂

佞斯獎構崇臺以造天穿深池以絕壤厚賦重斂積寶藏
鏹無罪加刑有功不賞則夏桀可二殷辛易兩在危所恃
居勿忘想（一作居安勿忘）功臣無逐故人無放放故者亡逐功者
喪四海岌岌九土漫漫覆之甚易存之實難是以一人有
悅萬國同歡一人失所兆庶俱殘喜則嚴寒爲熱怒則盛
夏成寒一動而八方（一作表）亂一言而天下安舉君過者爲
（一作日）忠述主美者爲佞苟承顏以順旨必蔽視而掩聽動
雖非而謂神言縱失而稱聖故曲者亂直邪者醜（一作疑）正
改（或作披）華服以就胡（或作朝）變雅（或作邪）音而入鄭雖往古之
軌躅亦當今之龜鏡雀嵬鸞殿赫奕鳳門包四海而稱主
冠天下而獨尊既兄日而姊月亦父乾而母坤視則金翠

溢目聽則絲竹盈耳信賞罰之在躬寔榮辱之由己謂羲
皇而易匹言堯舜之可擬驕志自此而生侈心因茲而起
常懼顛而懼覆必思足而思止勿戒（一作志）潛龍之初當懷
布衣之始在位稱寶居器曰神鐘庭設玉帛階陳得必有
兆失必（一作亦）有因一替一立或周或秦既承前代當思後
人唯德可久道無常親（一作惟德可以久天道無常親）九一作皆川本

賛道賦（誠儲貳）　　李百藥

下臣側聽先聖之格言常覽載籍之遺則伊上天之玄造
洎皇王之建國曰人紀與人綱資立言與立德履之則率
性成道違之則罔念作則望興廢如從鈞配吉凶於繩墨
至乃受圖應籙握鏡君臨因萬物之施化以百姓而爲心

傷太儀之潛運閱往古以來今盡爲善於乙夜惜勞形於
寸陰故能釋增冰於瀚海變寒谷於躍林總人靈以胥悅
極穹壤而懷音赫矣盛唐大哉靈慶時惟太始運鍾上聖
天縱皇儲固本居正機晤宏遠神容凝暎顧三善而畢弘
祗四德而爲行每趨庭而聞禮常問寢而脩敬奉聖訓以
周旋諟天文之明命邁觀橋而望梓卽元龜與明鏡自大
道云亡禮教斯起以正君臣以篤父子君臣之體父子之
親眷情義以兼極諒弘之而在人豈夏啓與周誦亦丹朱
與商均既珮且琢溫故知新惟其忠敬曰孝與仁則可以
下光四海上燭三辰昔三王之教子兼四時以齒學將交
發於中外故先之以禮樂樂以移風易俗禮以安上化人

非有悅於鐘鼓將宣志以和神非有懷於玉帛將克己而
庇身生深宮之中處群后之上未聚思於王業不自彌（周禮
用此字以集在五十四卷南郊賦內）於凶妄謂富貴之自然恃崇高以矜尚
必恣（疑作啓）驕很動（疑作而）愆禮儀狎姦諂而縱淫放則德星
之耀遽隱少陽之道斯失雖天下之爲家將夷險之非一
或以才而見升或遇讒而受黜足可以省厥休咎覩其得
失請粗爲賦陳之覬披文而相質在降周之積德乃執契
而膺期賴昌發之作貳啓七百之鴻基逮扶蘇之副秦非
有虧於問望以長嫡之隆重監偏師於亭障始禍則金寒
以離厥妖則火不炎上既樹置之違道見宗祧之遄喪伊
漢氏之長世固明兩之備作高慙戚而寵趙以天下而爲

譴惠結皓而因良致羽翼於寥廓景有懟於鄧子成縱理之淫虐終生患於彊吳由發怒於爭博徹居儲兩時猶幼冲知防年之絶義淺亞夫之矜功故能恢弘祖業紹三代之遺風據開博塑其明未融哀時命之奇舛遇讒賊於江充雖借兵以誅亂竟背義而終凶宣嗣好儒大猷行闡嗟彼尤於德教美發言於忠謇始聞道於韋匡終獲戾於恭顯太孫雜藝雖異定陶馳道不絶抑惟小警猶見重於道人尚傳芳於中典中興上嗣明章濟濟俱達政術咸通經禮極至情於敬愛敦友于於兄弟是以固東洛之遺基同西周之繼體五官在魏無聞德音或受譏於妲巳且自悅於從禽雖才高而學富竟取累於荒淫覽貽厥於明皇構

崇基於三世得秦帝之浮（一作奢）侈亞漢武之才藝遂驅役於群臣亦無救於彫弊衰（疑）惟寬愛相表多奇重桃符而致感納鉅鹿之弘規竟能掃江表之氛祲舉要荒而見羈惠褒東朝察其遺跡在聖德以如初寔御床之可惜悼愍懷之見廢遇烈風之吹沙盡性靈之神藝亦自敗於凶邪安能奉其粢盛保此邦家惟韓子之所賜重經術而爲寶洛政理之美惡亦文身之黼藻欣有釋於愚夫慭乞言於遺老致庶績於咸寧先得人而爲盛堯舜以前哲垂裕文武以多士興詠量其器能審其檢行必宜庶幾而莅職不可違方以從政若其惑於聽受暗於知人則有道者咸屈無用者必申諂諛競進以求媚玩好不召而自臻直言正

諫以忠信而獲罪賣官鬻爵以貨賄而見親於是虧我王度斁我彝倫九鼎遇姦回而遠逝萬姓望撫我而歸仁蓋造化之至育唯人靈之爲貴獄訟之理有生死之異塗寃結不申感陰陽之和氣士之通塞屬之以深文命之脩短懸之於酷吏是故帝堯畫象陳恤隱上言夏禹泣辜盡哀矜之至因取象於大壯乃峻宇而雕牆將瑤臺與瓊室豈畫棟與虹梁或陵雲以遐觀或通天而納涼極醉飽而形傳（見左）人力命疲殫而受身殃是故信（一作言）惜十家之產漢帝以昭儉而垂裕雖成百里之囿周文以子來而克昌彼嘉會而通禮重旨酒之爲德至醉歸而受祉在齊聖而溫克若共酗營以致昏沉湎而成惑痛殷受與灌夫亦亡家

而喪國是故伊尹以酣室而作戒周公以亂邦而貽則谷幽閑之令淑實好逑於君子辭玉輦而割愛固班姬之所恥服蘅珥而思愆亦宣姜之爲美乃有禍晉之驪姬亡周之褒姒盡妖邪於圖書極凶悖於人理傾城傾國思昭示於後王麗質冶容宜永監於前史復有蒐狩之禮馳射之場不節之以正義必自致於禽荒匪外形之疲極亦中心而發狂夫高深不懼脊靡之徒黼絲爲娛小竪之事以宗祐之崇重持先王之名器與鷹犬而並驅陵艱險而逸轡猶覬而於獲多猶懷情以內醜以小人之愚鄙忝不貲之恩榮擢無庸於草澤齒醞質於簪纓遇天道行而兩儀泰晉元良盛而萬國貞以監撫之多暇每論講於肅成仰惟

神之敏速歎將聖之聰明自禮賢於秋實足歸道於春卿芳年淑景時和氣清華殿邃兮簾帷靜灌水森兮風雲輕花飄香兮動笑鳥嬌囀兮相鳴以物華之繁靡尚絶思於將迎循蹈道之不倦極耽翫以研精命庸才以載筆謝摛澡於天庭異洞簫之娛侍殊飛蓋之緣情闕雅言以誦德思報德以輕生敢下拜而稽首願永樹於風聲奉皇齡之遐壽冠振古於鴻名

靈臺賦

韋承慶

歲已殫夜向闌風威勁霜氣寒月斜臨於棟首河半落於簷端心耿耿而不寐蒐㷭㷭而未安乃振衣危坐隱几太息繹思於今古之津佇懷於天地之域粤若天分地開古

往今來物之播焉成萬品人之生也配三才伊生人之爲貴咸賦識於靈臺彼靈臺者若合梓（一作合粹）而起惟神所止想四大之樞機執五成之端揆統精靈之往復括（一作恬）性命之終始坎憑惠而宣聽離假明而暢視六儀疎而承尊百骸運而爲使若衆星之拱璿極猶列國之宗玉扆夫其鼓動陶甄範圍涵育質微用廣如土圭之隼盈縮精靈器要譬灰琯之調凉燠撫二儀之幹運必用此而休復閱庶類之區分亦俟兹而大畜奥室資明於洞戶飛軒寄轉於輕軸靈笥挺防露之篁孤穎秀梢雲之木其高也巍乎峻峙傑爾孤標上干日月迥冠雲霄其深也如海之渟如淵之邃窅萬仞兮沉以精潛九重兮隱而闕其平也周道如砥君子之夷局其險也蜀門若劒小人之跂蹯彌性場而極覺溥情囿而環矚鮮開曠而閒凝多鬱堙而窘促萌一緒而千變兆片機而萬觸無半刻而恬想乃終年而汩欲大木百圍而窽窾長河九攴而屈曲怒則烈火扇於衝飈喜則春露融於朝旭懼驚懔其若墜憂結念其如束或漫漫而川浮或迢迢而山屬繁襟霧合而烟聚单思針懸而縷續其騖時也似飛蛾儴亂而投明燭其趨利也若飢鳥聯翩而緣場栗力方躓而獨騁量已傾而未足吹劒首而聆虞韶握碱砆而衒荆玉纖埃不讓於山阜巨海見排於井谷沉浮兮靡定去就兮多途乍排下而進上忽出有而入無轉息而延緣萬古迴瞬而周流八區形寥寥於衽席慮

淼淼於燕娛乃榮乃華如馳如驅甚飛猱之驕（一作驕）喬木邁奔兕之逸脩衢雖杼軸而無已吾未知其所圖爾其清濁兩資臧否兼司有緩者而容者幾附之而益之勇怯於焉兢爽明晦所以相欺或外靜而中躁或情愠而顔怡或趣睽而迹偶或言信而誠疑眉睫兩連（一作視）而相對山河萬重而在兹莫覩其深沉之實抱徒見其俯僂之虛姿類陰陽之不測疋神鬼之難期不可審之以權量不可卜之以蓍龜爭度長而自我各守勝而爲師設皇綱而懸帝制張地絡而舉天維雖衆條之所檢轄在斯輔而不能持徵剳惡於逸祀訪賢愚於群冊軒昊用之而司契堯舜守之而光澤湯武任之以爲王桓文仗之而作伯弘聖道者謂之

周孔肆凶德者聶爲桀跖體仁成曾史之行毓智舉良平之策六國起爭交之端三方構鼎峙之迹政焚書而騁暴巨誦典而崇僻韜讒胥而獲誅斬譖原而受斥軻發匪而揮匕如睨楹而抗璧蕭朱始諧而末釁餘耳初好而終隙寵包詐而昵躬牢蘊邪而附石究迴穴於今古鬱繽紛於載籍匪外物之所嬰諒乃心之攸敵若乃無損無益不盈不冲湛虛明其若鏡坦宏量其如空靜凝神而合道動應物而修功得至無於象外乘妙有於寰中旣胳合而懸解且兼忘而大同象罔之珠易索橐籥之用無窮入窅冥而超宇宙翔寥廓而矯樊籠斯上聖之神理邈先幾而感通諒凡情之靡得徒仰止於余衷至於宅義依仁捷貞履順

崇禮讓之扃闥聳溫恭之墻仞赴艇(一作鱣)鑿而全忠處龍鄉而執信情居損而能酌時處遯而無慍(一作道在恒而不振)遊書圃而擷芳挹文河而澡潤循雅度而成則服嘉言而遣吝乃懿士之清規寔吾人之所徇持弱操而知勉飾微躬而底慎思不忮而不求絶相靡而相刃慨投筆而長想聊綴音於末韻

動靜交相養賦并序

白居易

居易常見今之立身從事者有失於動有失於靜斯由動靜俱不得其時與理也因述其所以然用自儆遵命曰動靜交相養賦云

天地有常道萬物有常性道不可以終靜濟之以動性不可以終動濟之以靜養之則兩全而交利不養之則兩傷而交病故聖人取諸震以發身受以諮(一作復)而知命所以莊生(一作子)曰智養恬易曰蒙養正者也吾觀天文其中有程日明則月晦日晦則月明明晦交養晝夜乃成吾觀歲功其中有信陽進則陰退陽退則陰進進退交養寒暑乃順且躁者本於靜也斯則躁爲民靜爲君以民養君教化之根則動養靜之道斯存且有者生於無也斯則無爲母有爲子以母養子生成之理則靜養動之義明矣所以動之爲用在氣爲春在鳥爲飛在舟爲檝在弩爲機不有動也靜將疇依所以靜之爲用在蟲爲蟄在水爲止在門爲鍵在輪爲柅不有靜也動奚資始則知動兮靜所伏靜兮

動所倚吾何以知交養之然哉以此有以見人之生於世出處相濟必有時而行非匏瓜不可以長伸人之舍其身枉直相循必有時而屈故尺蠖不可以長伸嗟夫今之人知動之可以成功不知非其時動必(一作亦)爲凶知靜之可以立德不知非其理靜亦爲賊大矣哉動靜之際聖人其難之先之則過時後之則不及時交養之間不容毫釐故老氏觀妙顏氏知幾噫非二君子吾誰與歸

文苑英華卷第六十

文編英華卷第六十一　賦六十一

儒學一

辟雍賦（以王者風教之本爲韻）　王履貞

辟雍之裁（一作才）教化之方辟者象旋圓而不極雍者以流轉而有常行於歷代創自前王崇此乃理廢之斯亡華數刻澆何莫由之而克著化人成俗靡不因茲而允臧公宮

之南靈臺之下赫巍峩以晉構規制度於衆寡區別遠釆於虞庠經始不差於周雅闡揚學校旁求儒者溫良恭敬之士資於父以事師俊造茂異之倫必自朝而逮野尊卑有秩禮教是崇取乎年均式序不以地高爲雄隨其局貴賤之義自別尚乎齒少長之儀有融然可以闡皇化彰國風允叶扣鍾之教克成琢玉之功寧止夫聞天者比於鳴鶴居陸者喻夫漸鴻而已爾其學習以時詩書興教惟司成是典惟古則是效詔夏弦春誦俾民不僭養三老五更俾民知孝惟胄也太子齒矣惟學也元后視之合語於此釋菜有時以崇其道以尊其師俾百工允理庶績咸熙抑前古之是賴伊茲禮之是持德貞行芳達其名以取譬泉流波注立其義而在茲由是金華可偃淳朴斯返所謂深其流者濬其源茂其末者固其本至矣哉辟雍之旨也大辟雍之教也遠可同乎不騫不崩豈俾夫損之又損

太學觀春宮齒胄賦（以德成教尊在乎齒學爲韻）

我聖人之有國酌古訓建皇極太學備崇儒之禮春宮熟齒胄之則宗伯貳事司成奉職叶三王之教可知順四時之儀不忒域中於是乎宣化天下於是乎觀德旣而儲駕戾止虞庠肅清傾章甫之列駐和鸞之聲讓其齒也長幼之節著明其親也父子之道成達其尊也君臣之義行疑三善兮皆得寔萬邦兮以貞故曰先知後爲上行下效弘當代之楷式奉前王之德教于以識尊卑之倫于以觀莊

敬之貌大矣政本至哉化源膺秬鬯之丕列訪典謨之格言揖讓於詩書之府雍容於禮義之門敬其學而德至親其師而道尊青青子衿其容不改亹亹諸（疑作儲）嗣其福斯在則孰能不恭而志佚孰能不學而思殆所謂遵萬民形四海也祁（一作鄒）彙儒士文在茲乎依稀兮翔集闕里髣髴兮詠歌舞雩七十子兮三千徒實將執經以問豈獨摳衣而趨哉則知大學之義國風之始在明德在貴齒福（疑作禮）師臣延胄子尊賢所以抗法講藝所以惇史有觀者曰玉琢成器人可不學亦因此習禮樂夫如是實國家之大柄而德行之有覺

太學壁經賦（以六經典法刊正文字爲韻）

國家誕敷文命建學崇政置六經于屋壁作群儒之龜鏡
剪遺文以辯謬俾雅誥以詳正是以儒業益敷皇風載盛
數學既闢廓宇斯分餙素壁而照月攢冊梁而結雲於是
集青衿之侶延鴻鶴之羣貞八索起三墳採典謨之淪翳
次編簡之繽紛稽古至今從百家之正義歸眞背僞俾四
海之同文於是博考群臣宣明舊典既科斗之互缺亦魚
魯之相舛依鳥迹而難從訪蛇形而莫辯定兹金簡規程
邈之隸書遵彼古文參史籀之太篆然後命鍾張之藝詔
文學之官界四壁以繩直揮五色之毫端粲爾其彩昭然
可觀雖一勞之克定乃千載之不刊錯綜既備班列有次
欲昭明於六書先褒貶於一字俾去顛訛之惑用全述作

之意苟不絕韋編將求齊於石記至於止戈爲武反正爲
文將爲後生之式必憲先王之法爰及垂露懸鍼鶴頭蛟
足酌前後之模楷爲後來之軌躅瞻彼垣墻代兹簡牘篇
章煥炳文雅照燭正以先王之脩則曲禮三千君以孔門
之徒則冠者五六所謂一人作則京國儀刑光我廊廟異
彼冊青示人範於古訓正國常於典經既文明乎天下宜
遠域而來庭

太學刱置石經賦

我國家學校崇崇刱石經于其中用啓千年之聖將遺萬
古之風玄化式敷厥德既彰於有截聲詩再闡斯文庶表
於無窮既而昭學苑之徒令他山之役陳蒲筍之文雅結

峻天之遠碧且曰道自人弘敎由時易若不考深旨勤貞
石布落落於廣庭陳巖巖於千尺則何以表吾道之不騫
見伊唐之有赫者哉由是雕鏤之功備矣文質之義昭然
鑿寒光而嶄嶄迭映駢古色而字字相宣儼彼貞規韞玉
之姿益壯窮諸墨妙崩雲之勢彌堅事既叶於造微理乃
符於據實削成豈勞於執簡壁立更逾於散帙旁分鳥跡
且非精衛之銜來遠映天光有若媧皇之補出可謂洙泗
之風不墜而敎化之道益敦鑽仰苟同於深粤咫尺可見
於微言五色參差天子之文章盡在冊楹俯瞰聖人之閫
閾斯存豈非吾君秉兹一德脩文臨極堅貞爲庶士之規
考禮作百王之式既而辨舛錯而定魯魚然後二三子是

効是則

御註孝經臺賦 以百行之本明王所尊爲韻

張昔

孝惟行先敎實理本故玄宗探宣尼之旨爲聖理之闡爰
索隱以鉤深或詞約而意遠然後勒膚旨於他山之石樹
崇臺爲儒林之苑天文煥發知孝道之克宣微旨尚懸示
仁風之已返上崇君德下達人情王猷玉潤帝典金清誼
雖刑于子道理實暢乎家聲施之於人風俗可移於孝理
懸之於敎日月方比於貞明不然何以倬爾孤標介然守
正金字累累以條貫銀鉤歷歷而交映故嚮之者脩睦就
之者起敬斯乃示生民之大端仰高山之景行至哉聖化
本本元元酌其旨而薄俗可厚毗於政而理道可敦故政

以肅教爲尊非無詩書始務陳其行本非無貴賤心顥宗其化源且高而不危者尚乎臺磨而不磷者莫如石揭貞質於庠序殊秘府之竹帛諒乃侔天地而始終豈特垂載祀於千百靜而繹思文固在兹一人有作比屋允釐覽君君臣臣之間則心乎愛矣於尊尊卑卑之道則學而知之矧乎雕琢成章區分式序方隅而不失其正篇次而各得其所三千子之皷篋邈矣具瞻十八章之箴規揭之備舉乃知孝理馨香有時而彰不壞不朽化被無疆所以播鴻休於玉葉表嗣子於明王故曰孝者天之經也宜乎配地久而天長

五經閣賦 以禮傳詩書易成教爲韻　許堯佐

王者爲邦寔先學校不有載籍何以垂教必由乎文字使知乎忠孝東序西序取乎游焉息焉八索九丘俾其是則是效粤我后矣聖哲者歟命儒官兮至公以居所崇唯學所寶惟書搜羣言而斯在立重閣而藏諸觀其結構孤高軒扉對啓飾不及侈儉而中禮刮楹之上標銀牓之煌煌峻宇之前閟子衿之濟濟於是六籍咸萃百代無遺恭儉之教比事之辭虞夏商周之五典國風雅頌之四詩既精微之與廣傳莫不森羅而在兹文移科斗之質字別魚魯之疑軸星攢而花散帶蜺舒而草滋檽櫨風來動芸香之苾苾綺疎日映見鉛槧之纍纍覽彼縑緗請披記傳或崇其臺以邀非望之福或邃其榭以逞荒怠之謀未若事惟師古政以化成樸斲之勤每馳息於儒學黼藻之飾不加賁於檐楹由是事美德風人歌懿績校則同於天祿藏乃異於魯壁左平右墄雖有陋於明堂上棟下宇乃不踰於大易別有名繫庠序身衣縫掖覩兹閣之岧嶤諒吾道之弘益

觀太學射堂賦 以事變儀存猶以識禮爲韻　周存

觀射堂之攸設知射侯之有以非取善於生皮蓋繹心而正己故王用制之而諸侯是務擇以習焉而射宮觀美莫不比乎禮樂和其容止將申明於德行必審固夫弓矢皇家之闡化也稽古議酌前脩兹宇既啓兹道惟休職備乎司射事集乎司裘采蘋采蘩乃施有度以熊以豹寔命不

猶是用外直諸體內正乎志循聲而發彼有的得祭而益乎爾地苟斯義罔取或承之羞既於德可觀則無不利豈徒稱善者五舉正者四誠有國之恒規而擇賢之盛事曩者天下無虞羯胡生變動搖我區域辛螫我方面救弊者權必反常以合道靖難者武故訓人以知戰於是大閱禮行大射義息司馬無祭侯之事梓人罷棲鵠之職蓋弛張之道因時而沿革之宜可議方今寰海謐如以無事射堂巋然而獨存絲侯不張而遠國來屬貢士不習而盛德必敦故夫五帝殊儀三王異禮咸登太和與至理莫不雍雍而濟濟是知崇樂非鍾鼓之器立德爲正鵠之體也鄙生乎堯日選乎璧池達弓矢之妙旨偉棟宇之宏規儻斯道

而可復廢當見擇之刑儀

八卦賦　　敬括

太古之氣是生兩儀浩然無測淵乎勿為雖混沌之已判尚冥蒙而未知既不辯其兩偶孰能察其三奇爰有皇聖其惟伏羲索四營之妙理究三才之大規乃畫八卦以窮萬象神可以測來知可以藏往辯庶品於奇功握羣形於指掌使六位之恒存乃百王之是仰故乾以至健坤以利貞含千變之象類萬物之情起潛龍以設位立牝馬而開名為大易之門戶極天下之至精離以象日巽以為風既明照於天下復扇動於虛空凡有象而皆見無幽而不通誠自然之妙理亦變化之神功爾其震位生木坎方生水

擢修木於千尋泊長波於萬里和衆籟而成響寫羣峯而倒峙則有兌取於金艮乃為止既兼山而立卦亦麗澤而成執表三索於末終瞻萬物於茲始莫究其探順之妙虛測其幽微之理物欲象而斯來窮則變而無已信可以決疑辯惧訓人執物必定志以先占乃端蓍而後揲以通其變使人不倦賢哲好之以洗心愚夫覩之以革面則知卦之為道其亦至微妙不可測理不可違既設爻以盡數亦觀象而知幾天地由其開闢陰陽由其發揮總百慮而一致混殊途而同歸

六藝賦（以移風易俗安上理人為韻）　　封希顏

散琴書以吟想多六藝之為儀禮緣情而損益樂與道而推移數方窮於大衍射不貴於主皮書斷決以象夬御周行而取隨則廢一而不可循五材之並施且夫禮者含七曜均兩儀順之則安違之則危故君當廣敬臣亦盡規不害物以利己每謙尊而守卑況復冕旒十二駱馬千羈會同侯伯享獻神祇者焉人無定樂有曲扣羽增智聞商寡欲必除怗懘之音使優柔以自足然美教化成風俗魯不納於齊人戎辭遺於秦穆太史之職推步萬端或分或至一暑一寒趣乾坤之取捨知運命之艱難亦有弘羊心計小道可觀便人利國下給上安若乃墨妙之場湼書之客轉注別態圓方自適萬仞崩雲千巖落石垂露霑於緗綺飛花散於竹帛觀夫始用契以代繩未有紙而作策何札

畧之難同為智巧之所易也大射之禮先王是崇侯以示其所服正無言而審同飲少算於多算或在澤而在宮天子用騶虞之節諸侯歌貍首之風將以合雅投頌褒德進功敢不慎其所舉取制於中恐前功之相棄故少息而未窮良馬四之分鑣用狀（疑作壯）平心正體自下奉上周諏則瑶水遐通廣巡則蒼梧可望不遠千里惟君所向寧止過遂前驅逐禽左廣顧終功於造父不見遺於師曠緊彼庶藝孰與之倫圍碁好殺夾食無親祈年設漢左道亡秦今我守則以禮動轍隨人為百工之恒式同六律之相循於戲聞先達之格言才難得而具美伊小人其何執於夫子有餘力以學文恐代匠而傷理屬天地之交泰忝侯藩之

貢士儻片善而必收敢長鳴於知巳

金鏡賦 以聖人握之以臨天下為韻　韋模當

大哉唐之為盛授寶曆兮握金鏡御乾符兮秉坤政順四時以立法侔上帝而作聖其德惟新其照惟均金也者取剛克以成質鏡也者取清明之在身染之無汙磨而不磷守清淨以自立形大小而各陳是故傳咸擬之於良史莊氏比之於至人懿夫不皷不鑄匪雕匪斲堅貞為義同匪石以居心溥博其功異明珠之在握見而後信動必先覺細察毫芒遠包海嶽慮明難蔽居昏不濁含清輝於寂默體玄化以希夷有以取象無得可持雖每分於動息終不渾於妍媸斯實百王之道也可以三光而揭之原夫司契

之君端拱而理北辰定位南面恭巳微其道之有乎必心鏡之為始何疆名於此意帝試言其所以豈非體合冲漠功優照臨苟遇物而必覽信緣情之所任皎皎圓明旣昏曉而常絜沉沉精彩豈塵垢之能侵作此鏡焉生於化權無形象以留賞有光華而克全清明象水廣大配天討之不窮隨五行而徃復韜之無際假六氣以周旋則知守實者持之罔捨于以宣化源統天下如是三皇之與五帝較我德之殊寡

文苑英華卷第六十一

文苑英華卷第六十二　賦六十二

儒學二

漢章帝白武殿觀諸儒講五經賦 以高會群儒討論正義為韻

李程

漢章帝以文教式孚象德崇儒倣石渠微校文之所配白

武集青衿之徒於是發明詔下皇都宏辯者憤憤悱悱愽議者雲萃風趨所以讃揚政理豈惟探討典謨爾其高觀洞開鴻儒四會擅古今之美為皇王之最八索九丘之籍理析異同三墳五典之書義分小大舉兩端而擬議與百代而沙汰旣理貫於中亦聲聞于外寔鈎深而索隱况致遠而情高信積學而無倦豈待問而有勞談柄乍揮振冠蓋之岌岌詞源忽注瀉江海之滔滔將以演制度之善論威儀之盛撮五經之閫閾為九流之龜鏡連山魯史自此而刊禮義詩書自茲乃正夫如是始可以化人倫施國柄有典有則惟明惟聖上知恭勤下審教令然後代有等威理歸清淨懿哉釋鈴鍵之樞與賾精微而討論疑之者風

散氷釋學之者理順義存可　以明乎褒貶從其簡易貢別九州輿窮六義豈惟緘之說蓋亦識之智今我后化叶人文莫羣陋漢日越堯君觀其環林森森璧池浩浩鴻儒碩生旦夕探討曲盡庶彙旁流聖造則知儒者可爲帝王之師保

貢士謁文宣王賦 以題爲韻　黎逢

聖人沒而教在明王興而道宣命上公以陳信展大禮以登賢觴酒豆肉金鏞莞懸致克禋以如在當質明而不愆祁祁諸生必恭敬止廓廣庭以容衆峩高冠以脩巳臨奠獻之筵肅造秀之士階間儼以成列槐陰布以如市將備禮於先師遂儲精於祝史于以致君恢復王化弘闡人文

磬音繼於夜杵燭影迎於朝雲見曲暢於和易知具歆於苾芬肅肅階祀陰陰門闕喬木棲於暮煙前軒蒲於行月羣士沓而歲至庶工齊而曉謁上玄酒以清滌間朱紘而踈越齊百王於建號歷千古而未歆蓋以教侔天地而不朽功格宇宙而不伐不朽故可貴不伐故彌彰仰而不及融然有光實横被於歷代獨崇輝於帝唐德教不斁王猷有昌日尊師於朝歲求士於鄉教之於右塾登之於上庠知本末之可務亦師師而不忘將歷試於宗伯必先謁於素王古先哲君任土以作貢洪惟我后嘉善而容衆猶冀獲師於卜獲相於夢時哉康哉宜阿閣之巢鳳

貢舉人見於含元殿賦 以題目中任使爲韻

國家開文學之科旁求英彥爰將貢於禮闈命先恭於秘殿欲使懷才抱器自此鷹揚當令較伎呈能從茲豹變是以儒風益振虞澤惟新設薦舉爲教化之本致朝見爲榮貴之因爰使八紘碧嶂絕卧雲之士遂令萬歲彤庭觀獻賦之人莫不張文柄以旁羅詔諸侯而上貢俾離邦去里若攀龍附鳳或稟閒生之瑞出則驚人或懷希代之珍來皆動衆期美祿必取期殊科必中莫不遠湊天闕爭趨帝闕曹劉磨至竇馬雲屯當仲冬月候丹禁門于時銅壺尚滴粉壁猶昏驪駒波躍蠟炬星繁俄而鍾斷長樂殿啓含元中使森而鵷立諸生凜以駿奔進揖退揚儼襃衣而設禮左旋右折俯丹陛以陳言曰臣等才非可升德非可舉

幸以辭乎海上達彼君所今則凝神注目無非繡戶金鋪接踵比肩盡是鴻儔鶴侶歡聲數四周覽再三散漫而龍池霧起參差而宮樹烟含既而中貴遙宣勞卿遠見咸精筆陣勉赴文戰時康俗泰終有待於英髦擇善搜賢本無遺於寒賤諸生乃退行列整簪裾瞻鳳扆獻王除侯青春而變化有望　聖意而光輝有餘集鴻鄰而固難比矣會虎觀而未可加歟則唐之盛也堯舜不如

人不學不知道賦 以學然後知不足爲韻

君子之爲道也敦詩書閱禮樂俾其潤身而浴德克巳而志學亦由嘉肴在器良玉抱璞肴之知味既因於嘗玉之成功必由於琢物既有旃十亦宜然知此道者必勤學焉

若夫即其講肄，齒以胄筵，儒風是習，素業斯傳，以三墳五典爲本，以八索九丘爲先，存乎博𦦙，究其精妍，漁獵乎六籍之内，牢籠乎百氏之前，得用而行，將陳力於休明之代，自強不息，必苦節於少壯之年，於是慎擇其師，審取其友，師之嚴則尊敬而匪懈，友之直則切磋而可久，志有所立，言無所苟，講道德必探其本源，進禮樂必盡其先後，故業就而青紫可拾，器成而瑚璉自負

重寸陰於尺璧賦　王起

至若若心無斁，勵志罔移，千里而笈，是負三年，而園不窺，孫敬之户長閉，仲舒之幃晝垂，冬映雪而無倦，夜聚螢而罔疲，爾乃傾心葵藿，寓目桑榆，郊影不留於北陸，林光或改於東隅，則尺璧可輕，自可抵於烏鵲，寸晷所重，恨難縶於白駒，固在夫學如不及，寧務夫執而不趨，是知務彼乾乾，瞻其杲杲，將以求雲霄之路，亦以得青紫之道，自然披褐懷王，蒲堂獲寶，何若貴溫潤之姿，賤荏苒之時，光收皎皎，景失遲遲，則如琢如磨，未能保其珉玦，一寒一暑，空見迫於崦嵫，則知潤身之德，將貽後學，尚鄙蒲籯之金，爰取沉河之璞，況乎日就月將，今是昨非，六藝遠學，所以知微，則捐谷之中，乃用抵壁於谷事自可棄其虹彩，測圭之下，實有愛

於烏輝，別有功名未錄，行古之蹈，時難再得，嗟曨晚於扶桑，寶在不貪，賤璵璠之如土，此大禹之所以成績，得不述之而自勗

惜分陰賦　以光景難駐賢哲無息爲韻　蔣防

君子自彊，惜分陰於短刻，期碩學於纖細，念冉冉之將移，非徒愛景惜依依之爲戀，足冀廻光，每正中而圭表常懼減於毫芒，事且異於秉燭，理寧同於息影，崇樹在乎功名，淹速繫於時景，苟不競夫分寸，亦何期乎悠永，三冬未就，實有念於錙銖，九仞將成，顧無斁於俄頃，當其南軒向晝，北户初寒，微照悠揚而漸短，斜輝晼晚而將殘，分以惜焉，豈少私而寡慾，時之至也，諒於易而得難，及其躔次當留

光華未暮宜草草以不息希曈曨而常駐出處無瑕故垂法於前賢往來不遑見遺履之莫顧既目擊而眷眷亦心想而專專況志業之難就當清陰之屢遷莫不以日繫月以時繫年是宜向微妙而重矣何得在斯須而捨旃不然夏后何以為聖陶公曷足稱賢於焉激功（疑作切）仰茲先哲彼分晷而莫駐此寸陰而靡輟不食不寢載勉於勞者之心以邀以遊誠乘乎志士之節皎皎白駒若有若無雖長繩莫得繫於桑野長戈不能却彼泉隅今則曖昧斯在瞬息不改宜乎陋蘊石之騰輝輕天（疑作尺）壁之殊彩庶立功而立事故不懈而不怠

學植（左傳作殖）賦（以深根固抵無使將落為韻）　張泰

學者人之本也必資乎窮要道勵專心故假農以為諭將克己而攸箴筆力載耕既研精而不倦情田以耨將覃思而惟深懿茲善論豐滋是務當勤勞而有獲豈滅裂而不固種德潛潤比土膏之勃興脩業大成方雲稼之森布切磋討論將究其根孜孜而其功且倍矻矻而其斂彌篤茍惰以自安則耒耜之用廢習而不輟則藨蓘之道存蘊經笥而煥乎既庶成行業而油然寔繁且夫以茲訓語譬彼樹藝學者在清其本末農者在立其根柢庶存心而有補期竭力而無替顧三冬之足用且俟經時異四體之不勤而能望歲其道既敷其志不渝自微至著生有於無厥修乃來類京坻之可積不思則罔同水旱之是虞原夫匪獨化人事兼為己寧徒取於披閱固可移於任使功成久習宋人之揠足傷事不兩全樊遲之學誠鄙稽其存於日省就此月將覩專專以閑帙嬉汲汲而築場勞而無怠焉奚必乎四之日祿在其中矣可期乎萬斯箱容有服膺糟粕惟善是樂慮恆失而不逮詎懷安而自若取（疑作敢）竊比於農夫懼見逢於搖落

學然後知不足賦（以君子強志然後成立為韻）　雍陶

士有倦乎耕耘求其典墳每下學以為己期干祿而事君雖歷三冬詞軋軋而未能足用雖觀百氏意歉歉而常如闕聞復得散秩（一作帙）如初功（疑作攻）堅茲始謂尺壁兮易得歎分陰之難止隱居就道欲名垂於千萬年嗜學從師將

繼志於二三子當其敦詩閱禮存誠自強恃少壯而能勉勵懼老大而有悲傷儆覆簣之遺事慕絕編以同勞親賓兮莫往莫來晝夜兮無怠無荒始勵己而功（疑）誠為矻矻乃收心而貴復學茫茫豈九流之深豈六義之秘抑由惰學者請益而尚少雖勤而未至又安得食而求飽困而欲寐忘匡民（疑作氏）之心無蘇君之志由是其意彌堅其業彌專開卷且爾服膺拳然不出戶期知萬里不下帷寧止三年欲罷不能所求廣矣大矣以思無益故得藏焉脩焉始也儻易足於謏聞無求備乎講究顧羣籍而是棄雖勤師而莫誘若然者足見微功併棄於前洪名疾沒於後所以大器不愧晚成時習以資其學殖日就而冀其經明靜而

專敵（疑）而立既勤勤而曾不息又孜孜兮如不及大矣哉
學者之心信地芥而必拾

文戰賦（以士之角文當如戰敵爲韻）　林滋

爲學之人會友以文念斯文之樞要無極將一戰而是非
可分索隱窮微既不僭於夫子解紛挫銳爰取譬於將軍
由是推匪石之心召如林之士六籍之粤斯究萬夫之雄
莫擬且曰戰也者所以分勝敗之端文也者所以明盛衰
之理必將抑浮僞考深旨措詞苟得於朝聞遊刃寧甘於
夕死是用徵師於代（疑作伐）善之所命將於角勝之場鷙視
而飈鸛斯列豹變而貔貅莫當利口從横已有摧堅之意
雄姿踴躍那無露頴之囊得失未分切磋斯見弛張既出

於心術向背寧虞於色戰忠爲甲而信爲胄豈憚重圍筆
有陣而詞有鋒誠能萬變既區以別矣乃則而象之拂緗
袠作鼓鼙之響卷縹紗爲旌旆之姿陂駭九流苟再揚而
盡委心攢百箭縱一貫而無遺乃考擊蒙諒無前敵决勝
既返於三隅請命俄分於四壁是以及門之子互騁其成
功無勇之徒空悲於敗績已而探討無餘詞林宴如九合
之剛腸斯弭千里之秘思潛舒深淺既分盡洗兵於學海
姦回云華皆棄甲於德車蓋以振此芳塵仰于先覺苟能
立分於閫閾昜愧坐籌於帷幄今則伏（疑作伏）其信志其學
幸從戰之有開願無慙於挫角

觧議閭賦（以詞理精通釋然自潰爲韻）　浩虛舟

王子猷之延賓暇時偶切磋於經史遂交戰於言詞出奇
而彼力方壯向皷而吾矛莫持俎辯口而不通去來都絶
閉赤城之深固中外生疑既而謝婦側聆翠帷潛至察攻
討之餘勢知勝敗之有自情甲遂闢縱堂上之奇兵靈府
忽開出身中之利器是用自伐期乎不争因漁獵之近習
得籌謀之至精縱吟嘯爲鼓鼙之雄倍增其勇察顔色爲
風雲之候暗識其情然後以德而攻當無向背迎心石以
奔北望詞鋒而辭（疑）潰一來一往環回於文苑之間或否
或藏蹤躅於儒林之内已而容勢相懸抵摧莫前擊蹋而
剛腸已折交侵而鋭氣難全去不可逃顧咽喉之絶矣敗
無相救覺唇齒之茫然觀夫忠甲不免（疑）德藩何益望風

而堅勁不保挫氣而秉持盡釋俄執訊於折角將犒師於
重席驗運輸而經笥不窮察苞褁而智囊猶積是以扞格
斯闢書文必同逆無不服滯無不通義櫓謡持倒戟於德
車之上仁寶悉獲横行於王道之中故得學海長清言䜩
不起百家咸湊其軌轍六籍各分其疆理是使孤陋寡聞
之徒未願伏膺而已

文苑英華卷第六十二

文苑英華卷第六十三　賦六十三

儒學三

書同文賦以王化大同書文混一爲韻　王起

巍巍乎我皇之宅也寰海無氛書契同文宣于小學成彼大勲六藝殊途考爲篆之古史萬邦同德知結繩之聖君于時四方有謐九區如一二疑教翼宣儒風洋溢或簡牒而異制或草隸而殊質莫不採摭其文錯綜其術由是日

月所燭舟車所通布八體而咸若合六書而大同垂露成規既由近而及遠崩雲殊象亦自西而徂東流離翰墨之場輝映詩書之圃或蟲形而惟錯或鳥跡以相混三墳八索何患乎闕疑二首六身或因而知遠況其名臣染翰行子寓書昌言非同而不達遥思非同而不攄敷奏或乖自無驚於門馬遐邇不壅固有樂於亨魚爲學則乎執藝無詐文加點而何有書盡言而是藉或筆或削決百事之紛拏如絲如綸宣一人之教化則知同文之義大道惟昌合我人則單于鬼方匪來規於率土將作範於後王巧者莫能革其故暴者無能易其常則帝羲龍圖寧務其八卦史籀鸞疑蟲作篆徒列於三蒼故宜飛聲後代布德無外銘鍾非而勒休施竹帛而圖大逸少之能攸著伯英之妙咸賴信乎觀彼人文而樂我平泰

壞宅得書賦以壁中得之傳諸後學爲韻　蔣凝

孔氏之居中藏古書當覇魯壞褒之日見亡秦焚滅之餘卜數仍爲繚垣時之潛矣定四科於竹簡世以傳諸當其漢偃兵戈魯脩宮掖將窮下國之侈遂去前賢之籍并吞一畝方取地以崇居摧折兩楹遂得書於暗壁悲夫其宅也人亡道窮削跡于中厖褻而昨階鈇裂塵飛而環堵空濛鯉也必趨之庭將爲輦路仲由未入之室欲創離宮其書也藏書疑麽乂坑儒之後蟲侵而鳥跡微斷土蝕而常編欲朽虞夏不刊之典出彼圬墁殷周將喪之文存於培

壞於是升彼堂矣棄諸簡焉信遺址兮必取寧古文兮何傳將卜樓臺刻榛蕪而砭若俄聞金石扣寂寞以鏗然王乃凝思潛聽追蹤　一宅兮不壞知其書兮可學悔隨疑古而棼今應立禮而成樂門庭猶在存聖者之規模蟲篆難詳是古人之質朴倚伏相推於焉有之不廣其居則斯文未墜不聞其樂則徃跡全褒信乎君子所居亦廢興而有數聖人大道當用捨而隨時今皇家脩典墳崇闕闕開儒館以待士設文教以濟國千秋萬歳知此道之無窮四海九州信將來之有得

鑿壁偷光賦以將欲貪於觀用之減爲韻　獨孤鉉

儒有聰明卓犖奐然出光覺勿懷六蔽之嗤是切三冬之學

無光穿壁如墉豈獨雀之有角且以
蘭膏既絕日月其將欲假明於他人之室方鑿竅於夫子
之墻乍引潛輝怯珠投之暗忽分圓影凝疑作疑月出之光
觀夫納耀之初流輝乍舒獨見之明何得和光之義則如
然後傳之辦鳥遷以分魚諒匪偷人之所以固同闇者而
求於逗影未周將閡小分之什分輝竟劣難尋光大之書
於是捨之則止用之則行彼君子討來風之穴矧吾儔觀
繼日之成誰謂我偷偷則不臧誰謂爾失失亦不驚徒愛
夫覽則無欺燭之有私文從曲照字逐圓窺守其黑非吾
徒也用其光若巳有之始慙服闇之議不能墻面終契襲
明之旨或異管窺況夫貧則宜耳學也宜躭韶爾光不遺

於誨益開吾壁非涉於攘貪志也則勞自知不足豈奪鑒
徹之見實假照隣之燭等虛室之白寧丧爾明喜衝孔之
光巳從吾欲然則能資於昧者可望非覩欲求於明者有
志無因達闇之心難固偷光之意何新是可投膚功疑學
捨彼求身故能才巳徹於夢鳥道非室於獲麟

螢光照字賦以能勵躬必大成爲韻　楊弘貞

儒有貧居在陰志學無必思照字之物類得聚螢於心術
處點熠熠文彩之旁流閑卷熒熒古今之洞出曨曨隱映
積小而成臨竹簡而增美歷銀鈎而轉明讀周室之書每
見日中之字覽麗消之傳猶疑火照其明既有求於時習
奚勿用而宵行想夫交錯積中英華發外魚鳥飛動鉛黃
晻靄無心於處暗彌見精專取足於臨文豈勞光大炫晃
無窮心勤飭躬泛凝暉於垂露龖碎影於雕蟲筆精之體
無隱藻思之文有融既的皪於六身之上復浸淫於三豕
之中則知雅善從宜功能自勵時當炎燠嗟映雪而未期
歲涉穿窬忌偷光之失計是用聿求昭質承乎之華燈每揚
之自此知照況燭之因以輝弘斯作者所以警清生而體
物俾無忘其所能

第二同前韻　趙蕃

册鳥火熒臨書育明假蠢爾之微照俟終焉而有成由是
引素囊開縹帙文的皪而可見影循環而無必孤懸虛牖
依依而鳥跡物分廻隱溥帷幕幕而龜文乍出嘉其燭若

流燿煥乎發蒙瑩分寸而靡隔助舒卷而不窮所以藉微
索積輕躬隱映有餘寧虧武子之志熒煌如貫爰明蒼頡
之功臨墨池而珠還合浦映草翰而燦點寒藜至若暗室
方扃清宵未艾炫微質於幽邃閱群言於宵靄餘光不臧
能溫故而知新疏彩乍臨爲積小而成大爾其杳杳皆徹
歷歷可憑分白黑而爲度隨編簡而不恒物討無煙潛凝
化草之狀纔瞻吐耀暗分垂露之能及夫皓若雲舒明如
珠綴牙離離而發色紛漠漠而流睇是以象鈎深類冥契
儻觀光之不昧庶微躬之足勵

第三同前韻　蔣防

士有閱簡策尚專精恒俾夜以而作晝每聚螢以襲明期照

燭於無隱侯沉研而有成縹袠時開玉篆共丹輝並耀銀鈎下映繁星與片月俱生帷幌之際微明舒蔽或熠熠以光吐復離離而珠綴俯而察燦燦乎呈科斗之文靜而觀烱爾見雕蟲之藝諒依人以明道匪韜光以自衛居暗室者懷我而載寢載興遇明時者假我而自彊自勵用或因物勤斯餝躬不晦乎風雨不翳乎昏蒙臨墨池則珠還合浦映草聖則燎點寒藜誰謂向乎晦照篇籍兮無小無大誰謂藏乎密隨晝夜兮無固無必金輝始徹疑清露之騰文鳥跡旋分謂靈鳥之就日可以窮永夕可以祐殘燈捨之則其功不足用之則其道彌弘顧螢光之在照蓋欲罷而不能

賦賦（以賦有古詩之風爲韻）　白居易

賦者古詩之流也始草創於荀宋漸恢張於賈馬冰生乎水初變本於典墳青出於藍復增華於風雅而後諧四聲祛八病信斯文之美者我國家恐文道寖衰頌聲陵遲乃舉多士命有司酌遺風於三代詳（一作明）變雅於一時全取其名則號之爲賦雜用其體亦不違（一作出）乎詩四始盡在六藝無遺是謂藝文之儆策述作之元龜觀夫義類錯綜詞彩分（一作舒）布文諧宮律言中章句華而不豔美而有度雅音瀏亮必先體物以成章逸思飄飄不獨登高而能賦其工者究精微窮旨趣何慙兩京於班固其妙者抽秘思騁妍詞豈謝三都於左思掩黃絹之麗藻吐白鳳之奇姿振金聲於寰海增紙價於京師則長揚羽獵之徒胡可（一作爲）比也景福靈光之作未足多之所謂立意爲先能文爲主炳如績素鏗若鍾鼓郁郁哉溢目之黼黻洋洋乎盈耳之韶武信可以淩轢風騷超逸今古者也今吾君網羅六藝澄（一作淘）汰九流微才無忽片善是求況賦者雅之列頌之儔可以潤色鴻業可以發揮皇猷客有自謂握靈蛇之珠者豈斯文而不收（一作豈可棄斯文而不收）　九一作皆川本

詩有六藝賦（以風雅比興自家成國爲韻）　李益

夫聖人之理原於始而執其中觀天文以審於王事觀人文而知其國風故每歲孟春採詩於道路而獻之泮宮有以知下之化達人之窮發於關雎之首及乎王道之終故

曰天明自人而視天聽自人而聰所謂政於內繫一人之本動於外形四方之風始於風成於雅失其道或天方薦瘥得其宜或錫之純嘏是人情之大寶未有不由於斯者爾其德以頌宣事以類比陳之於學校將可以反正轂淫播之於絲桐何有於剪商變徵厲辭庶因於勸戒緣情孰多夫綺靡嘉魚作而賢者追（疑作進）焉騶虞廢而王道缺矣至於詩之爲稱言以全興詩之爲志賦以明類亦有感於鬼神豈止明乎禮義王澤竭而詩不作周道微而興以刺俾乃審音之人于以知風之旨消夫代見更改也運歷於詩祖亡（一作）自天未喪斯文也以至于皇家於是抑文尚質崇險去奢振六藝以補化秉一言之無邪不然何以天地

奉若而不興雲漢之嗟用能德聲馨疑作而蘋蘩可薦誠達
而夔龔降生雖九重歲招其諫諍而九有日聞其頌聲且
君匪五諫兮何弼詩匪六藝兮何成我皇乃以詩而條之
國政本乎人情故得行於蠻貊豈獨用之邦國修之身則
壽考不忘垂乎後則子孫千億乃知詩之爲教蓋亦王猷
之至極

擲地金聲賦以辭賦高亮可振金聲爲韻　王起

文含逸韻金有英聲苟操觚而盡妙同擲地而若驚五色
相宣諒卷懷而得其環麗三品作貢叶攘腕而發其鏗鏘
信一言之炫燿爲百代之光榮當其孫氏能文天台作賦
耿耿神邁悠悠精騖發翠屛之藻思掞赤城之麗句既窮

嵩嶽之標復得華池之趣清韻秀出芳名獨步飄飄淩雲
之氣捧而必觀鈴鈴振策之聲擲之可喻亦既成止居然
衆欽乃顧良友人誇詞林以爲其文蔚其旨深傳乎人間
已見斐然之麗擲諸地表必聞鏗爾之音郁郁眩目鏘鏘
動心豈比夫荆山抱玉披沙之金則知雜懷寶於衆夥惟
金聲兮則可炫黼黻於英髦琴疑文律以相高苟取譬於
擊地必先托於含毫匪誇詡以自侈實麗則而不焦觀瓌
瑋之變態想熒煌之獻狀聆之於耳疑委地而鏗鏘度之
以心在體物而瀏亮金之爲寶也可以受礪文之喻金也
存乎屬辭披彼册心始扣音於寂寞臨乎素手同擲光而
陸離其價莫並其言可推經喻滿籯是則然矣字比懸市

無以尚之別有書圖斯洎之文房是循慕綺靡之一擲思金
聲之載振所以興詠於上才而思齊於後進

端午獻尚書爲壽賦以誠以古書資乎聖壽爲韻　王棨

節乃端午經惟尚書當煬帝窮奢之際見蘇公爲壽之初
五日嘉辰欲有俾於聖德百篇奧義敢將獻於皇居始夫
鞶寘既調星火初正雖云祭屈之日合有祝堯之敬咸求
玩好莫盡竭其忠勤競薦珍奇願延長於睿聖惟公以邦
紀將紊洪圖漸傾欲諷江東之幸思停遼水之征懸是訪
注於安國求篇於伏生既逢採艾之時合祈洪算遂托獻
芹之禮庶達微誠蓋以文盡雅言事傳上古前王之善惡
皆載歷代之安危可覩自然於禮無爽於君有補豈效辟

兵之法專用靈符寧依續命之儀祇陳絲縷既而面對册
墀虔而進之其爲贄也非鳫非羔非玉非帛其爲書也非
易非傳非禮非詩且曰臣則有志臣主無心順時竊以百
王之典可爲萬歲之資願陛下察所以是究所以非不知
桄惟琥珀之珎褒有雉頭之美誠未知典謨訓誥閱斯而
北闕長存虞夏商周鑒此而南山相似所以鼓篋斯至稱
觴自殊藉手而則爲臣矣服膺而在其君乎願因犬馬之
誠取爲龜鏡欲取絲綸之筆用作規模且浴蘭獻物兮古
豈無捧酒祝君兮今亦有誰能持十三卷之雅誥上千萬
年之洪壽向使一夜能觀豈一死賊臣之手

文苑英華卷第六十三

文苑英華卷第六十四　賦六十四

軍旅一

出師賦三首　大閱賦二首
欽至賦二首　旗賦一首
靈旗賦一首　太史奉靈旗指蔡賦一首
擊柝賦一首

出師賦并序

趙子卿

古之王者出師有征無戰然則兵革之事聖人是與盖所
以威不軌而昭文德也帝乃一作庸欽若堯禹承天運行鮮
甲在圖夜郎無外而髦頭賊醜忘道弄邊河浸海寒障路
幽朔皇赫斯怒親師用征搖星纛神召募雄合白羽森月

朱旗爛空伻夫翁東海之焱波掃北荒之沙雪國用長策
人忘暫勞聊勝詠歌取思而賦賦曰
莫高匪天兮生我聖人聰明運用兮不測惟神恩澤洪融
覆幬彌淳噴窮陸霈無垠珍怪煙委而波屬蠻夷鳥押而
蟲馴粤若鬼方兮儉狁孔彸固陰沍寒兮陵我河津於是
按王劍而憑怒擢金戈而雷震禡蚩尤誓勾陳會白帝騎
蒼鱗天動地應羅羽衛而煌煌風咆雲闞作笳鼓之殷殷
別有哮悍之旅毅勇之賓爰自幽并而投石走巴楚而來
臻鐵馬金甲虹旌電輪鳴弦者飛鴈由其殞越揮戈者白
日所以逡巡國體兵勢殊容共身既出師於鄴杜亦獵虜
於新秦野氣蒼茫而助殺軍聲慷慨以合仁奮威則鯨鯢
切疑鼎沉誅則梟獍懷親大荒搖落知單于之魄死層冰
泮渙感天子之情春昆彙雜種于何不臣寧直誇胡而北
省亦當撫揉於叢榛海岱攸類匪兵是遵固將歷三五而
高視豈與夫費百萬於同勤

第二并序

趙伯勵

先天年即是元年儉狁孔熾動搖邊陲是以我國家有事於沙
漠也徵甲選徒星馳雲集楚劍霜利吳鈎月懸將以驅口
逐之首斬天驕之族盍使烽埤無火亭障息肩大矣哉自
古出師未有若斯之盛者藉雖不敏敢述賦云
赫哉帝唐葉啟累聖光明乾道洗清邦政德所以和懷四
夷教所以平章百姓用能盡奄有於天下得樂推於群黎

鳳符以謳歌而適龍曆以揖讓而躋既神化之無外何鬼
方之獨迷若乃皇赫斯怒元戎是出其制敵也以威其用
師也以律琱戈電舉鐵騎風疾霜明鋒刃夕曜曜以銜星
火色旌旗晝炎炎以彗日橫行有同於十里止步不過于
六七桓桓大將黃石老之兵符赳赳武夫白猿公之劍術
謀無再陳其來若神攻則必取諒資於武既作氣以鼓行
受脤者實在乎國英雖假靈於廟算決勝者亦關於天斷
固將以拒十角之倡狂豈止掃一隅之陵亂然後作寰宇
之清謐成皇王之壯觀別有其儀不忒詩書是則鱗翮紛
就將騰躍於風波冠劍未從尚棲遑一作遅於翰墨頓高闕
之氣殄佇燕然之銘勤優哉悠哉小臣高於帝德

第三　梁獻

聖人乘時兮里社鳴聖人御宇兮天下平百姓日用而不盡四方風動而化行外鎮武將內羅群英旣居尊以體道思順文而偃兵何朔塞之醜類尚居邊而屢驚皇赫斯怒授鉞四七告曆登壇選時習吉流紫泥之明詔開黃石之秘術旌旗翩繙而拏雲刀劍燦爛而含日望玄塞而徐邁度青門而迴出天子乃整師旅振威德班列品類巾拂鞹勒雜沓參差騈闐逼側隱隱軫軫鏘鏘翼翼銳兵含氣武士作色後殿未出於朝庭前驅已羅乎郊國大哉聖主秉時而撫內修恩德于以廣文外整兵戈于以克武設設魚麗布鵝鸛良將勁卒威武剛斷欲使兇渠斬首犲狼懾竄

一勞而逸永清疆畔爾其有征無戰纕紬所陳兵不可恃惟道是親昔周君有截雖戎衣一解而夏禹將戰及修德七旬前君尚以行化而感迷後況我皇上聖德通神別有窮途下客流落羈栖書劍不用山川幾迷失路空歎亨衢未躋幸逢明聖觸類歸正旣懷投筆之用希遇封候之聘

大閱賦　以國崇武備明習順時爲韻

惟聖有作含靈大庇萬邦以平羣動咸遂輸瑜景集削衽蠻至猶且脩干羽除戎器懿文德恢武備大閱之禮所謂簡車徒謀元帥以虞以度習無不利故冬令有典夏官是司尚黑服建黑旗各率屬以于往昭用衆之在茲擇元辰於仲月得剛日於斯時然後萊田立表斬牲徇陣旆游旌揠高剸百其勇倍其信騂馳翼驅旅退旅進鉦鐸鐲鐃之數物有攸施坐作疾徐之節教無不順咸以律而自勉諒匪高而匪吝才實天生用循日慎遵蘭防而合禮罷芄野而作鎮邊陲削平天下文明遂以敗而以符知足食而足兵戎士趫夫呈才逞武將攖戾以雄入顧振旅而盡取公之私之有倫有矩崇七德之豊禁邁三驅而誇詡豈惟兆於熊羆固乃除於貙貐暨乎整衆而入軍容翕習嚨聒騰驤天動地岌亦取聯而致用誡猶火之不戢惟皇建中昭明有融止戈爲則垂衣是崇混車書於無外尚何施於一戎別有明試疇庸舉惟懋德徵於二柄或不爽於爲邦形於一言庶無忝於觀國

第二　同前韻　胡瑱

乾坤設象帝出乎震文經邦而遐邇安武禦寇而上下順厥二道之可乂同五材而皆進故軒轅出涿鹿之戰顓頊列共工之陣足以克定禍亂天祿永終雖八荒有截而七德是崇若乃玄冥用事律變冬中胡地馬肥穹控弦而習戰漢家農隙且講事而威戎於是簡車徒命將帥崇文物設武備旌旗裔裔而風飛士馬闐闐而雲萃竟澤彌谷殷天動地嘶枚無聲擊鼓作氣堀兮月滿寶刀霜利申前驅誅後至爲三表而有節歷千古而不墜者也爾其兵勢崩騰軍容翕習玄甲鱗布長戈岳立虞人萊野群吏作旗事者六職禮分四時可以順少長匡邦國匪盤匪遊有典有

則是時也長楊草落鄠杜霜明既不虞而作式亦因狩而治兵大田獲之以三品和門樹之以兩旌抱木之俵見矯矢而逶迆傷弦之鳫聞虛弓而巳驚且夫設席張幕蒙盾負羽獸之大小旣公私而殊獲野之險易亦人車而各主豈即鹿而無虞誠獻禽而後取此非以田獵縱天下之極觀亦因之簡衆而習武

飲至賦（以破敵有功爲韻）

李子卿

皇矣聖主贊哉良佐廟謨克諧武烈斯播鑿門而上將初出屈指而西戎巳破旣執訊而獲俘遂策勲而類課覩沙漠之旗偃見邊庭之皷卧盍所以示王師之有征識天兵之不挫者矣振旅而還軍容畢覿其出也諸六月之功其

文苑英華　一百六十四卷　五

入也叶三年之績庭實旣備皇歡是式醉百壺而軍聲愷康獻萬壽而喜氣縣冪茂勲彰於寓縣盛禮陳於宗祏知我功之不宰知我武之無敵六師於是乎張皇百蠻於是乎怵惕然後勇爵高設元功克受搴旗斬將者其錫蕃攻城拓土者其賞厚築京觀而無謂（疑）銘鳥彝而可久蒲海長清匈奴巳聞於斷臂稾街初列戎王正見於懸首舞干且在於舜階挾纊更聞於堯酒此乃征而不戰爲而不有者也由是遐荒必逼飲化向風息去病之深入罷張騫之鑿空從此止戈不勞乎四伐五代因兹解辮無限乎自西自東非我皇明四目達四聰上讓下競君明臣忠則何以建無大之元功

第二（同前韻）

崔損

聖人推有功擇賢佐武義舉湛恩播所謂君良臣忠上唱下和鬼方難制敢稱亂以蕩析遐夷恃險不恭命而朝賀然後興以戈矛伐其怠惰自彼曲而我直必義勇而逆破有若覇由一戰晉文伐國以定功師興七旬有苗奔角而自剉然後陳大禮廣庶績乃公乃侯左賢右戚一人有慶必偃武脩文四海無虞乃銷鋒鑄鏑宰夫供其牢醴樂人陳其戛擊英英之士爵勞先以伐謀屹屹勇夫寵命嘉其僄（疑作勦）敵惟我后貫三古之曆哲繼百王之絶紐用伊呂則舉無遺策扶衛霍則功稱不朽每懷遠以賞功因勞軍而獻壽坐朝飲至同謵史之策勲在泮獻馘恥漢家之斬

文苑英華　一百六十四卷　六

首遠方安而循慎多壘靜而不有及夫殊勲旣荅王懌（疑作繹）斯崇勞還師以杕杜賜侯伯以彤弓勇爵勸能懦夫增氣於無敵被卒爲將武臣誓心於有功然後襄海遠闢天下大同教化無外昭明有融覩班師之盛禮莫不勵志而効躬

旗賦（以風日雲野軍國清肅爲韻）

李昂

遐國華之容衛諒兹旗之多工文成日月影滅霜空乍逶迤而掛霧忽挃曳以張風排迴鷲鳥飛天斷鴻至若混羽旗以横野則覩之者目駭雜金皷而特設則見之者氣雄爾其誓將臨邊興師授律擁豹騎而長徃指龍山而衝出月陣聯雲星旄闢日迴五翎以備幟（疑作幟）函挫三庭而屈膝

匪旗之佐彼軍容則何以沙場清謐明明我君四海無塵
立徽號建洪勳爲旗削蚩尤之跡晝蛟龍之文信倏疑功
於巢燧諒比德於姜雲奄有天下體國經野覽玆旗之財
成故可得而言者儼孤峙以標衆列廣形而肕寡隨時卷
舒任用行捨不務功以伐謀良有足而稱也徒觀其進退
繽紛旖旎三軍可仰可則光輝一國輒示迷於指南何登
車而逐北塞斷連營幸偶時淸對岌岌之臺殿間悠悠之
旆旌陵紫霄而風掃逗碧落以雲縈攏帝樓之晴樹弄天
門之曉旌高則可仰卮乃不傾每低昂以自守常居滿而
望盈時亨大畜于何不育求端容於太階沐皇風之淸肅

靈旗賦以隨所指方敵必摧爲韻　　獨孤授

術有以猷勝則靈旗之制可知寧不師古或取諸隨命曰
靈表神靈之託考其象亦象之在斯前史載焉可得而舉
用於兵禱之際在乎郊見之所詳厥制之由始信法天而
爲紀翠華匪倫黃鳥可擬因通帛以作繪樹脩竿而直指
三星前列成太一之鋒顔師古曰旗九斿高懸拂堪輿之
鋒與鋒同
壁壘垂彩揚光煥其有章牡荆郅揭而乍動登龍蜩蟉而
欲翔物之精也必異神之用也無方靡微風知其整整含
霽景覩夫央央惟時越人害及疆埸彼則神怒我將霆擊
乃祈幽贊乃導彼役所以酌意于天所以信威于敵撰辰
其吉用致精一玄穹是饗太史秖袚及瑄玉旣陳而靈旗
獨出順徂征之所向庶獲醜之可必異先登之蝥弧同指

佞之屈軼常帝疑作車爛爛靡豈蔀而見斗君象昭昭狀寅
賓之出日終能吞若裔土克全師律豈得之於伐謀將有
類於斯術嘗聞王者兮厥德不回兩階之舞兮三苗寔來
則吾君紹重華之廣運超帝徹之雄才布澤而暘和乃發
抗威而枯朽易摧且將舉天畢以掩兗懸傾雲漢而滌氛
埃古靈旗者奚足道於今哉

太史奉靈旗指蔡賦以國家兵禱建玆神物爲韻

旗昭戎容武備天討上蔡于紀惟聖后之克誅南越徂征
穆漢皇於肇造仰垂象以徼福洎有司而請禱封疆乃俟
於指明蔻雹方期於蕩掃詳其効虞典之舞羽體周官之
禡牙九似屹以特立三星粲其增華分野高標象指麾於
帝力光耀旁發形耳目於兵家矧夫天飛龍而載圖北有
斗而上獻當我師之欲勇乘彼衆之胥怨上宣其意將同
乎十手所臨人授其蹤必在夫六斿之建至乃直指遐舉
申嚴叶時且殷祭以誠若視凶徒而蠢玆小蝥弧之先登
令斯行也奉郅揭以東向神乎尊之匪曳珠而極侈諒懸
首而爲期懿夫從人謀而罔咈則異於九旗之物攄皇怒
以不賓取貴於八方之神故能殺敵啓靈申威定國蟠喜
氣以將遠揚勝風而自北儀在端表始令于師貞以出人
知嚮方用符于我戰則克奚必彰翠鳳以崇麗法玄蛇而
辨色適足以討其功庸求可以靖乎氛慝靡畧無敵宸心
有征伴制勝於左杖聿稱材於牡荆方旗指以神輔俾蔡

濆而功成蹈道不昧謀謨孔明徵太史於往制備唐年之
主兵者哉

擊柝賦 以封守勤固樂恭爲韻　崔琪 總目作損

嚴城暮兮絶人蹤君門深兮開九重清矣擊柝出彼高墉
候銅壺而發箭雞鳧氏之鳴鍾響以應聲按更籌而宣九
陌内以達外禁姦慝而清四封何斯遠斯是擊是扣聲參
投壞之擊知甚挈絣之守風雨如晦不假雞鳴夙夜在公
但見牛斗至若衛尉奉職金吾克勤盍欲懲寇恭亦以戒
昏昕夜如何其歲聿云暮階凝冬霜月滿蟾兔是時也哀
響稍動寒聲轉布窈窕鳳凰之樓蕭瑟銅駝之路於焉巡
警自成險固復有空閨怨别幽容飄寓心馳遼陽之戍衣

化陸生之素聞一聲莫不闌干聽萬籟悉以橫注當今六
合肅清四夷即敘時無恭客邑空囹圄彼干楯之事擊柝
之所尚行於方隅循用於軍旅者蓋取諸豫備固吾守禦
則知自我垂法寧云待恭至矣哉居安思危亦從吾君之
所好也

文苑英華卷第六十四

文苑英華卷第六十五　賦六十五

軍旅二

立走馬賦　喬彝

元戎帳外兮何者雄驪絶電路追風於是千旗巳合萬馬
既匝檜疊環迴轅門洞開紛熒熒以照雪殷嘍嘍以隨雷
嚴鼓齊蒼山破一夫唱萬人和寒笳既鳴攢騎無聲左右

交入奔騰迸集鴻洞戢香陰森凝及揮鐵騎以突空上金
鞍而屹立倫寶刀以直視抜長劔而端揖奔鯨絶海旋巨
浪以尚遲餓鶻飜身寫長風而未急於是神仙慠悅鬼恠
呼吸擺金甲而作寒噴玉花而半濕膂力既剛雄鋒莫當
鄉紅旌以顛倒按白刃以熒煌霍矱㵎沒離披頡盻引山
河之奔走隨簸蕩以低昂訝夫𩘋颮累跡從容自適互搆
易沸霹靂谿千里以萬重迴左射而右射餘 疑 掉青絲繫
練影叶天閣揮落景雲旗一簸飜古塞而半飛盡戟雙盤
寫長風而自冷况復騰勇氣耀紅塵倚精誠而張膽仗忠
信以扶身妙能傑出其大絶倫感平生之顧遇略性命之
逡巡既見知於挺將 疑作時 寧有力於依因得逢堯舜之代

以備爪牙之臣恨武揚之尚狹踴高步而難伸皆曰若更度交河絕大漠藏鐵羽銜金錯橫穿馬邑雷鼓出於地中直上龍城將軍忽如天落引皇風之披靡蕩殺氣以澄廓不離旗旆長隨衛霍鞭八方之戎羯豁萬里而開拓騁輕趫之俊藝突沙塞以取樂壯觀呈肅然清揚大旆入舊營

觀兵部馬射賦（以藝成而動舉必有功爲韻）　元稹

大司馬以馳射而選才衆君子皆注目而觀藝至張侯之所乃執弓而誓誓曰今皇帝製羽舞以敷文德擇材官而奮武衛莫不（二字一作無）以超乘者爲雄（一有不惟二字）中鵠者得祭用先才捷志亦和平以多馬爲能故以馬爲試以得祿爲美故以鹿爲正豈獨武人之利實惟君子之爭射者皆曰

諾雖五善之未習庶一舉而有成爲是馬逸駿駿士勇伾伾蓋（一作蓄）銳氣候歌詩初聽采蘋之章共調白羽次逞穿揚之妙忽縱青絲旁瞻突過咸懼發遲曾驥足之展矣鏃後臂而射之揮弓電掣激矢風追方當耦象決裂罷龜書爾摧班示偏工於小者安然飛控（一作控）固無憂於殆而信候蹄而不爽則舍拔之（一作而）無遺故司射舉旌以効勝曰爾能克備我爵可期賈餘勇者宜乘破竹之勢善量力者當引負薪之辭由是靡不爭先莫爲我後（一作莫肯爲後）皆曰措杯於肘十得其九祭（一作忝）明試者亦何嘗而不有破的之術萬不失一九獻藝者豈自疑於無必銜冠髮怒揚鞭氣逸引滿雷砰騰陵飈疾皆窮百中之妙盡由一孔而出乃知來者之藝蓋由（一作亦）前人之匹若此則蹲甲壯潘（一作養左傳潘尩之黨與養由基蹲甲而射之）揚觶觀孔信一場之獨擅終六轡之未摠豈比夫浮雲迥度開月影而穿環如雨橫飛挾星精而提動雖當至理不忘肅功天子垂衣儼鵷行於北闕夏官司馬閱騎從於南宮貢士之程職司具（一作其）舉會欵塞五方之俗觀校將（一作埒）百夫之主得儁爲雄惟能是與星郎草奏上獻拱辰之方天驕鮮顛喜見射鵰之侶客獨顧（一作訂）之而笑曰此蓋有司之拔萃固非吾君之右汝我有筆陣與詞鋒可以偃干戈而息戎旅司文者聞之而驚曰爾其自勵于爾躬吾將獻爾于王所

師貞丈人賦（以武有七德師貞丈人爲韻）　獨孤授

先王以武不可獨任故受之以師得其人則百蠻風靡失其職則九廟陵夷君於是慎擇其難申命分掌動衆以正臨下以長合人謀兮順天獎慎戰也在知機而萬全慎身也如臨深於百丈夫然出號令拔忠讜樹藩屏疇土壤載方隅以無事威戎狄以稽顙俾其政成者列爵功高者受賞是知師貞丈人之稱也至若藎臣嘉謀以利國不可動忠不可賊威遠方以慕化訓萬民以勤德使強弱不相陵乃勝殘而可克力牧佐之而不疑軒后居之而不惑此帝者之師也簫簫馬鳴悠悠旆旌伐叛則刑立柔遠而德成上乃奉君之職下乃守臣之貞湯武用之而定業伊周法之而作程此王者之師也衆官以統衆求賢以自輔必觀

審而後動豈窮兵以極武不害閭閻不敗工賈政得其經
事合其矩管仲因之以相齊晉文由是而稱盟主此霸者
之師也暴而不戢安忍無親徒侈其欲輕用其人疲勞則
先加於衆居後則樂止其身猶回邪而自保迷大路而不
遵州吁爲之以國棫子叉效之以禍臻此黷武之師也嘗
試言曰王心無逸師出以律惟得一作德兵欽惟刑是恤自
然道貫三五勳崇四七不假築京觀兮定武功遑淫刑兮
数軍實言乎師貞在人其來自久動無悔敗位不虛受追
惟古昔厥有臧否是則顛牧之勇敢可以執其手平勃之
臨事可以難其後伊呂之行可以欽其順其守不失其攻
不有行稱文武之畧居成社稷之守神祇以百福休祐子

孫以百代不朽蓋由尊嚴之重以禮立訓師律順正動而
何咎

善師不陣賦以聖朝威服遠人爲韻

明明天子五帝可六政不嚴而諸夏以清師不陳而遠人
咸服於是旋大旆罷長轂劍無頓鋒矢無血鏃萬方悅四
境肅同夏后之舞羽舞干肖周王之白狼白鹿邊鄙以之
不聳神祇於焉介福至矣哉善師不陣之功烈烈而郁郁
者也伊昔漢武黷兵于隣殫天下之賦悉域中之人南浮
漲海北歷胡塵然後戎虜稽服甌閩入臣孰與乎兵不交
而抱不鼓遂奔走而來賓我師孔閑我后齊聖順魯史之
武有七德法周書之農用八政不討遠而遠者自懷不耀

兵而兵威克盛信百王之楷範爲百代之龜鏡者也自太
朴之既散俗易獘而難威蜂蠆或恣其毒鷙鴟梟乃縱其
翻飛是以有征無戰有守無圍家以文事華武事七以儒
衣易鐵衣王者之兵也有征而無戰北方之疆也不召而
來歸旋師以出振旋而返示牛馬之弗服在于戈而載偃
鄙楚子之臧弦小文王之侵阮百僚兮率職濟濟群士兮
直言謇謇聲教所被則莫我敢遺疑日月所臨於是乎無
遠蕩蕩昭昭不諱之朝忝陶唐之比屋敢公頌疑作羙於帝
堯

有征無戰賦以安人以德不戰而旋爲韻　陳山甫

皇威克宣彊敵無全始建牙而耀武終不殺而摧堅授師

律以徂征鑿門而出指戎夷而向化掉鞅而旋靜難以仁
勝殘以德綏懷未及方資吊伐之謀氛祲潛銷詎假貔貅
之力命將必先於制勝數謀寧勞於逐北三令著而狼
野自清七德彰而梟心已息是知訓戎有律料敵無遺乘
地形而動衆順天討以行師播武烈爲先登之旅尊英風
爲遏亂之資利百勝者不其殆矣尚九變者於斯遠而於
是指途而邊鄙華心按甲而兇渠授首向威懷而將順將
血刃而何有行當盡敵制在於成規武以止戈匪勞於善
誘念安人之可待懷闕疑作闕志而終不當其蘊龍韜以
路馳豹騎以清塵鄙身膏於草野笑血染於車輪所以示
專命柔遠人揚分閫之威無遂六月來有苗之類不俟七

旬一舉干戈載櫜弓矢惟義是徇惟仁是以有以見解紛之謀有以見知難之旨且夫治兵在於克敵定亂在於圖安苟率人以知化寧黷武以自殘所以不矜其庸功不事乎權變文教被於含育武德彰於寓縣由是而言善用師者不在乎善戰

王師如時雨賦 以慰悅人心如雨枯旱爲韻　陳去疾

惟唐十二葉盛德如春雖幽無不被而邇有未臣帝曰苟非我武焉能庇人於是考龜策諸諮詢投干戈於苗扈之地拯黎庶於塗炭之辰是師也以勝殘爲心以除暴爲主得周宣之薄伐非漢皇之黷武爾乃誓六師命吉甫鼓而出兮俯而取始天聲乍發闞若雷霆終聖澤旁流霈如甘

雨既殲元惡不問其餘誠與之更始而待之如初簞食壺漿將爭先以邀路緇黃耆艾知弛負以寧居是以足蹈手舞怨釋憤攄洗心靈而沃若類草木之賁如始其聞金鼓之聲疑殺戮之謂及其蒙霑霈之賜衆乃歎歔以相慰曰豈圖汗俗猶軫聖心般雲雷以作解與枯槁而爲陰濟濟蒸徒一以貫乎脣吉顒顒喁類咸得滌其煩襟渥恩既溥幽夏疑作憂爰泄愛離畢之時見覩燎原之焰滅始憑鼓怒信天步之不回終乃發生諒人情之大悅既而新厥政革其謨遂開儒風與文教載櫜越棘與燕弧正皇綱於寒暑變下國之榮枯夫如是莫不沐仁澤以愉愉詠恩波之佩佩方且觀濠梁之魚樂豈復比農夫於歲旱

第二 同前韻　章孝標

念黎庶兮罹于毒痡我興師以剪屠如旱歲之稼穡得膏雨之霑濡豈不以垂渥澤潤涸枯草木之心寧慮暵其乾矣天人之意將同衛討刑乎至乃銳戈矛齊卒伍誠告虔於上帝祈發生於下土龍旗電掣疑驅蔚矣之雲鼉鼓雷奔似送霈然之雨匪六師之是侵寔百姓以爲心所謂謀臣如雨猛將如林馳之驅之似得時而將降六伐七伐謂决渠而就深既踴躍而成列象沈陰之欲泄青萍制而破塊將分白羽麾而散絲不絕奚潤草之芳茂信洗兵之是閱異苞茅之貢矣爾職不恭同陰雨以膏之我心則悅不疾不徐箕張翼舒向兵革而自弭喻霶霈之有餘多鼓均

聲知上善之不若密雲不雨想西郊之未如且宣王六月兮非旱之備高宗三年兮適足爲費惟鬼方之是懼何人倫之足慰豈比指綠林於一戎養蒼生於百卉知我者信謂令如春不知我者疑其澤隨輪一鼓而風雲作氣再麾而寰宇清塵以此出征爲活國不能無戰乃愛人故得戎羯未王淮夷納欵嗟螻蟻之猶聚將刑戮而尚緩今挾泰山壓危卵不得已而用師如救歲之大旱

轅門射戟枝賦 以一箭解圍人中之俊爲韻　王起

矯矯呂公稟千載之英風立轅門而耀威百夫之特射戟枝而騁伎一矢稱雄所以解紛爲智和難成功豈徒用壯於六鈞之妙務能於百步之中當其劉氏與戎袁公結陣

既猧弩而莫解亦兵纏而屢振闕疑作貔豹而不寧苦蚌鷸而相徇是用假我手兮救其血刃則萬夫駭目不在於和容二憾華心必資乎中後關力未疲微會于茲排其患難成彼宴私離坐離立左之右之森森兩軍比晉楚裏甲之日桓桓二帥同劉項舞劍之時是用出雄戟射小枝既從容而諭旨亦慷慨而興辭乃曰射者所以明其志忠疑其質今欲轉禍爲福反凶致吉若嗤同失鵠我藝自忝其疊雙儻妙等飛龜爾心固宜乎如一乃展容耀示英威央拾既佽分銖不違洸洸赳赳如翰如飛莫不竚其容彀釋此重圍彼戟在門揭焉獨見立亭亭之亢影引耽耽之英眄刃孤標而霜白末斜指而月眩彎弧弨兮之際勢若月

圓鳴鏑於矢之端光如電炫觀之者心惕聞之者膽戰固當靖難於五兵豈獨解頹於一箭彼容色沮我師氣振咸曰將軍勇絶衆藝如神蹲甲非敵措杯不倫今在座偶徒欲賈勇而喬禍儻居戰陣誰當左馬而右人請懲忿於昔日願釋憾於茲辰盛矣哉斯會也當軍門而人無不協中戟技而戰無不捨既威加於域中亦藝絶於天下則毀其壁二人之訟息弄其丸兩家之難解此將軍之功實爲小者

佩刀出飛泉賦 以至誠所感靈泉爲生爲韻

貳師之伐大宛也耀武經闡王靈入絶域討不庭近取諸身援寶刀之錯落上善若水出山溜而清泠則誠之所至危無不寧挹既思於跋石利遂因於新硎當其大漠之北窮山所次萬流皆涸其泉斯秘堯人不能以鑿井考叔徒稱其闕地思群飲而駿奔懷載渴而麾至大兵懸命夸父之杖策是憂上將失容曹公之指梅莫致惟石巖巖將破以至誠憂心惙惙將慰以玄感乃拯疑經營陵嶸峥緣流之急貫日之精念鑪中鍛鍊之利成山下央蒙之情孤環出銛鍔明賴黑壤而豐啓迸玄泉而可驚活活兮有井井忽開之兆泠泠兮奪醴泉自出之名飛流乍疑乎淬刃濯血又同於洗兵三軍激心始觀切玉之利萬夫駭耳俄聞漱玉之聲咸曰將軍發冊懇勞赤誠俾竭涸流温枯稿增榮豐疊之流既控清而引濁濟濟之衆咸出死而入生豈

一勺爲多實一瓢爲貴既挹注之有待知福禄之來爲刀惟百鍊不挫其鋒芒泉則九重未存其觱沸此畫地之成川如開流之納泉酌焉不竭瞻之在前何盡心之顯若致蒲腹之怡然向使以誠爲後以力爲先動而有悔鑽之彌堅則佩彼孟勞諒無施於磽确拜同疏勒亦何望於潺湲於戲人之有志物莫能禦刀爲短兵兮肖用泉居厚地兮不沮中石之箭屬危疑而則那駐日之戈於精誠而誰與故能飛名域外獻功王所豈不以至誠如神達之於六府

垓下楚歌賦 以漢師清歌遂統天下爲韻

昔漢兵未罷師屯垓下物格時變威輕勢寡兩雄較武焉知劉氏昌乎四面聞歌是何楚人多也且其秦以三世漢

之五年當重圍而外合聆逸韻以初傳令肅轅門如貫珠而有序聲環戎壘聞弾鋏以相宜將清氛祲於茲夕寧遏行雲於遠天由是互變新聲徬轉餘弄効巴人而四起明漢祚之一統宣於里巷千門而群犬吠聲静入房櫳一夜而蒲城驚夢爾其本秦人也盡當秦聲爰作郢曲以移楚情將以表升平之道引謳誦之清威楚疑外虞風急而鼓鉦動地曲終廻顧月上而旌旗繞城楚王乃起自帳中撫然悲惋腰間之劍斯在麾下之師已散在昔割河渠分理亂東也爲楚西也爲漢乘特負約情激憤以空深言志增悲意浮游而不斷但聞迭唱以繼和寧肯側聆而屢歎廻首無記疑虞兮柰何汝起楚舞吾將楚歌弱冠舉兵覇世

之名則振窮途敗績拔山之力空多固知天命有歸雄圖不遂念繞渠之未閟疑信創業之難致戰征七十空傳海內之名子弟八千誰返江南之地已而楚幕旗偃漢君角悲雖潰圍之遠遁終漏網以難期便繼遺聲可成功而作樂果符先兆乃獻凱以旋師嗚咽奏之一曲怏雌雄於此時

孫武試敎婦人戰賦以題爲韻　李銑

昔孫武子兵術干吳王曰臣聞國之大君之尊法星象月則乾效坤蓋利德之並用故文武而兼存所以安社稷保子孫恢覇圖慮併吞臣實不敏請嘗試論王曰弧矢之利以討其貳雖邦國之無虞必干戈之有備今者華車千乘介馬萬繒外多勍敵敢曠戎事誠願陳五兵之道用一鼓之氣雖寡人之不德知將軍之自試聞女子之難令豈習之而能致不然者則無以表將軍之異武曰唯唯大王之所示乃召內宰出麗嬪下高臺授武臣皇皇兮其令已申肅肅兮其氣益振今日寵不可恃法有所尊疑作遵當秉心以受敎勿怙色而驕人於是建主首統諸婦示其左右約其先後唯王貌之自矜念將軍之何有顧三令而却立哂再麾而掩口當兵法之必誅雖君令之不受旣而易將更令整行定伍開天門閉地戶審向背分客主角以持兵金以節鼓張奇正以尊疑其進退制方圓而必中規矩武曰彼如桃如李皆如貔如虎可以服楚越攝齊魯惟大王之

悉覩豈獨播於虛聲以婦人之講武王曰始也壯卿之術今也信卿之效將遇敵而可敵故難教而可教乃朝群臣御正殿授以斧鉞使其攻戰王不失王道武不辱武戰疑戮二姬而顔色匪怍制敵國而軍聲大變於是孫子用兵有獨斷之名尤不若吳王有割愛之善

文苑英華卷第六十五

文苑英華卷第六十六　賦六十六

軍旅三

蕩子從軍賦一首　曹劌請從魯公一戰賦一首
上將辭第賦一首　縱火牛攻圍賦一首
昆明池習水戰賦一首　漢武帝勒兵登单于臺賦一首
請長纓賦二首　漢以木女解平城圍賦一首
復河湟賦一首

蕩子從軍賦　駱賓王（効庾體）

胡兵十萬起妖氣漢騎三千掃代（一作陣）雲隱隱地中鳴戰
鼓迢迢天上下（一作出）將軍邊沙遠雜風塵氣塞草長垂霜
露文蕩子苦辛十年行迴首關山萬里情遠天橫劒氣邊

地聚笳聲鐵騎朝恒響（一作警）銅焦夜不鳴抗左賢而列陣
屯右校以疏營滄波積凍連蒲海白雪凝寒遍（一作遍）柳城
若乃地分玄徼路指青波邊城暖氣由來少關塞寒雲本
自多嚴風凜凜將軍樹苦霧蒼蒼太史河既拔距而從軍
亦揚麾而挑戰征旆陵沙漠戎衣犯霜霰樓船一舉爭沸
騰烽火四連相隱見戈文耿耿懸落星馬足駸駸擁飛電
終取俊而先鳴豈論功而後殿征夫行樂踐榆溪倡婦銜
怨守（一作坐）空閨蘼蕪舊曲終難贈芍藥新詩豈易題池前
怯對鴛鴦伴庭際羞看桃李蹊花有情而獨笑鳥無事而
恒啼見空陌之草積知闌牖之塵棲蕩子別來年月久賤
妾空閨更難守鳳凰樓上罷吹簫鸚鵡杯中寧勸酒聞道
書來一鴈飛此時緘怨下鳴機裁鴛帖夜被薰麝染春衣
屏風宛轉蓮花帳窻月玲瓏翡翠帷箇日新粧始復罷祇
應含笑待君歸　九一作皆川本文粹

曹劌請從魯公一戰賦（以小大微情必能察理爲韻）　高郢

曹劌者何魯國英士將有征而無伐必慮終而謀始是以
揣人情究物理決勝則若火燎原發言則如石投水智非
爾及鄉人胡乃以措詞謀必我臧莊公固無其逆耳今小
大是恤忠信是履故劌謂公曰此可一戰而已於是陳車
乘備甲兵頷謂斯戰請從而行敵已料却計當宿成魯有
奇才將吞之於度內齊無良等（疑作筭）詎得知其禍萌俟彼
三鼓而退諒此一掃而平若臨穽扼獸竭海斬鯨則何以

逞其情哉觀其揚紅旗耀白日兩軍山峙千騎櫛比揮戈
電飛激箭飈疾我鼓振兮其威劾厲彼氣衰兮其律已失
果當轍亂而旗靡孰謂無固而無必既而齊師敗績奔喪
假攘殺氣疑於空間驚塵接於雲表鴻門之會比其功而
莫高涿鹿之師齊其陣而猶小餘勇未終地盡川窮師旋
而雲烟晝廓兵殄而山河夕空已矣哉千古崇崇仰夫英
風被褐之時賈勇當一夫之特登軾之日指縱爲三軍之
雄益使魯君去其奢抑其欲兢兢於刑獄擇其善從其
能得翼翼之股肱故君子曰倚歟曹劌經國之大俾夫肉
食者終有慙於曖昧

上將辭第賦（以醜虜未滅將軍不家爲韻）　張隨

匈奴猖狂犯漢封疆天子赫斯怒而沮南牧詔上將而臨
比方惟干戈是揚惟賞罰是將能推誠則功臣必錫之甲
第不私已故嫖姚見辭於武皇所謂萬夫之雄特百代之
忠良也且將軍英威果決如火烈烈志以形言義以激節
乃進而陳曰烽燧之虞未絕豺狼之黨未滅矧師旅而尚
勞何棟宇之云設於是崇義立勳飄然不羣精貫白日氣
干青雲智中吞乎萬里掌內指乎三軍誓將驅我貔武殲
彼醜虜豈惟獻俘而執馘抑亦開疆而拓土苟不能上安
社稷外寧寰宇雖欲樂鍾鼎而徙爲高閈閎而何補若夫
飛甍迮（疑作連）爲畫戟旁周地直戚里爵居通侯苟尸素而
爲累當輪奐而爲尤可不知池臺之娛綺繡之貴諒無勳

業之重徒冐寵章之貴在人事之攸宜於王臣而則未斯
言也摭實去華斯志也寧儉匪奢志身而可謂事主許國
而何暇恤家王翦請貽乎子孫與茲難並晏嬰敢煩乎里
旅相去不遐夫策在必行功宜可久修言無驗亦孔之醜
彼樊噲之述橫行賈生之論繫首豈如將軍慨壯節辭華
第俾功先而身後者也（不見不字官韻）

縱火牛攻圍賦（以火發牛驚龍文炳煥爲韻）

昔田單以將亡之國坐必勝之籌伺燕軍於無虞之夜縱
燧尾於有力之牛將用突騎勁卒謬以龍文武彪冀重圍
之霄潰復三敗之深讐乃北詐以乞降然後謀而竊發內
欲激於怒士外且驕其敵牛遂決策於斯須固無疑於飛
突於是建阜蓋選名軍因七尺之殊狀畫五綵之奇文先
事以謀鑿垣之門暗啓及期而進束葦之火遂焚已而夜
景將迷霄輝潛煥龍章交映虎旆雜半以彊服猛犖牽之
質前驅從黑忽明無備之師大辭攢萬蹄以躍出噪衆鼓
以相從喧聲震乎厚地列炬迸乎崇墉風鼓後焰血灑前
鋒一戰而疆甚周武之驅歸獸衆神皆走劇葉公之懼真
龍始其制勝惟神開機必果合如電雷迫如星火飛馳之
際先資戰野之威叱咤之間已轉覆巢之禍故得聘照耀
恣橫行士卒咸以奔潰山谷爲之震驚陷陣摧堅不勞於
五千之士而追亡逐北何啻乎七十餘城由是齊人復振
燕國大傾襄王曰牛者以疆力稱徭兵者以計謀自幸必

將盡一時之觝觸爲萬代之彪炳豈使飽豐草與清泉望
桃林而休影

昆明池習水戰賦（以將伐遠戎先修武事爲韻）　王起

伊昔漢武將吞遠戎鑿昆池之瀇瀁習水戰之雄雄池則
無涯瀉滇河之象戰思拓土合水國之風將以規遠略惬
聖功遐方不擁蹟俗來同豈徒列萬艘之邐迤翫一沼之
沖融乃命搜舳艫徵卒伍刻檝棹備金鼓得似飛於荊江
獲文身於越土榜人來萃水客斯覩介夫佗佗將牽牛以
交映畫鷁呀呀與石鯨而對吐奚去陸以習坎方整衆而
耀武武之耀兮昭彰衆之整兮張皇攬繁弱援干將可以
摧南方之銳可以挫北方之彊列萬夫之貔豹雜五兩之

雪霜躍彼連漪見魚麗之出沒乎洲渚知鳫翼之張觀乎
作軍政臨武事進退有節沿洄趨利或連兵而鳥逝或應
鼓而讋至令肅而必平戎虜埶成而不可奪帥四遐縱觀
士德增修森森兮烈於武庫赫赫兮敞以層樓文物驚乎
海若聲名震乎陽侯河漢爲之震蕩劫灰爲之沈浮則知
水陸之謀無闕則遐荒可伐舟車之利克全則琛寶爭先
故能立功於窮裔書盛於當年國家以四海波清九夷草
偃感彼洪沼循連漢苑餘波尚在空發藻以潜魚水戰不
修耻勞師以襲遠實我皇之清淨宜福祿之來反

漢武帝勒兵登单于臺賦 以旌旗千里深入黠虜爲韻　韋充

漢興五葉帝曰孝武氣蓋羣方威加醜虜謂八表可以臣

服謂四夷可以力取所以發王者之師於中原登单于之
臺于北土乃徵騎卒爰整虎貔將馳大駕用建靈旗電耀
星奔忽東西而沸渭虬騰龍騁紛左右以威蕤出乎關山
之外乘乎肅殺之時始也歷涿郡之墟涉西河之水踐匈
奴之絕域蹂長城之故壘洪塵坌乎三邊白刃森乎萬里
追風躡影之騎蔚以先登執弓挾矢之徒紛然四起帝於
是奮師旅縱窺臨雲浮層構霜激雄心鼙鼓之聲自陰山
而雷動旌旗之色從大漠以煙深故得遠瞰龍城旁分馬
邑俯雲路以周覽窮地形之可襲悠悠四塞辨古戍之微
茫一一遼天見征鴻之出入既而虜不敢犯兵亦言旋將
雪耻於平城之下冀歸功於高廟之前殊不知天下一家

不必耀威靈於億兆域中無事何煩誇彼練之三千况彼
讋葷胡恣專殺且非示一人之恩信亦何以制九夷之桀
驁徒使五原之下感戎馬之蕭蕭四海之中識兵車之軋
軋未若我國家無私爲用不戰爲名外設受降之壘內懸
進善之旌俾四方之通泰致九有之文明豈徒與西戎北
狄較戰而論兵

請長纓賦 以謀果氣雄繫東獷虜爲韻　張友正

昔漢武志闢中原謀綏遠裔選使者之招撫得中軍之雄
厲握瑞節將彼倍斯懷請長纓必其王是繫惟越之王南
方之强擁百城而竊位扼五嶺而爲防隔上國之正朔弄
先王之憲章子雲乃奉辭象魏銜命要荒因壯志以中憤

遂雄謀而外揚蕞爾小國又非內屬締交火鼠之鄉連結
雕題之俗地遠人曠山重暑溽不可以師旅加不可以威
刑束請令流聖澤以旁浸引皇明而遐燭雖百越難羈而
長纓可足何者欲以請長纓之容欲以華斷髮之風使有
執珪以展敬庶無鳴鏑以稱雄既而化被越裳威行南土
解椎髻而襲冠冕捨卉服而垂纓組其 疑 合浦之明珠與
炎州之翠羽咸奔走於外域共充盈於內府緩頰來九譯
之朝一言敵兩階之舞是知纓以長爲美士以才爲主當
其時也爰陳敢請之辭于以繫焉果致未羈之虜觀其與
言無愧適足無畏有以見四方之氣功諧所籌事愜所求
有以見千金之謀士之慮代貴乎排難解紛扞災攘禍重

立信於金石急成　仁於水火儻見授於長纓願輕生而致果

第二以願得長纓終期繫頸爲韻

昔終軍志蘊勇謀辯能遊說願陳炎漢之威武遠挫勁越之鋒銳以謂嘉言足發不假短兵之交遠畧無儔思得長纓以繫乃言曰蠢爾越裳僻在遐方阻華夏之正朔闕貢賦之典章遂得持漢節適蠻荒得執纓以奉使期繫虜而來王既存乎功莫我大奚辭於道阻且長推倔彊於舌端腄申北面之禮曳威棱之首飾將服南方之疆既而屆彼絶域於焉辯惑以利害爲紀綱以禮義爲組織明其攻取之計比以衆寡之力越王於是俯而敬聽仰而失色徒慮梟首之有期惟懼束身而莫得乃解其椎髻願與華同獻

明珠翠羽之珍曾無虛月化斷髮文身之俗莫不嚮風諒約束以在始故覊縻而有終原夫三寸之舌自騁七擒之術作警俾其氣懾於胸常恐兵在於頸聽綵綸之命已有懼心受縈紲之時敢不引領是知纓之是持功罔愆期錫王者之服章禮以牽率加越人以文冕義在縶維斯則繼陸賈之前功乃立可俟也來尉佗於丹徼非遠莫致之則知善於激勸乃適我之願詞可縱横故縻之以纓則雕題墨齒之類孰不從風而行

漢以木女解平城圍賦　以閼氏行止蕃姿罔忌爲韻　謝觀

漢七年兮海内已清恃兵彊兮深入平城將耀武於窮邊絶域欲用壯於四夷八紘舉國興師婁敬之言莫聽七日不食陳平之計方行于時命雕木之工狀佳人之美假剞劂於績事寫嬋娟之容止逐手刃兮巧笑俄生從索綯而機心暗起動則流眄静而直指似欲排君之難匪憚陋容如將報主之讐無辭克己既拂桃臉旋粧柳眉目成可望肉視無遺摛粉藻而標格有度傅簪裾而朴略生姿節操堅貞狀刻劚之刑無懼穠華窈窕見削成之肩不疑然後逈出孤域逍遥獨步向鋒刃之形槁高秉松栢之心堅固既而踟躕素質婉娩靈娥日照顔色風牽綺羅襯從繩之容楚楚混如椎之髻峨峨有貌而自爲飾詐無情而不轉横波時也匈奴合圍嬖人與事故持娉婷之淑態用撓閼氏之所忌果驚如劔之眸不識運斤之鼻觀其玉立漢壘

花生女垣香飛大漠名動雄蕃各揣最陋之姿胡顔恃寵競念腥膻之質苟自孤一作固恩乃儲讎以極諫並懷禮而獻言以爲漢之與蕃本爲殊國冀兩地之無患昌二主之相殛落日而鳴鼙自怨一作死中夜之重圍暗失

復河湟賦　公乘億

左袵之心庚無虞於魏闕足以淡玄想播洪休使恩波之不絕令瑞色以長浮帳下美人醉舞胡筵之夜天邊戍客

行歌隴月之秋況在秦則秦之無策在漢則漢之莫克恨旄頭而夜夜長懸怨羽檄而年年不息爰及我后混成區域自然與三代同風百王作式若臣者則何以論功而賛德

文苑英華卷第六十六

文苑英華卷第六十七　賦六十七

治道一

懸法象魏賦以正月之吉懸法象爲韻　蘇珦

建皇極者存乎正名體元命者存乎作程彼宗周之創業遂體制而緣情職命六官必先庚而著令曆分三統因建子而爲正當是時也玄律司候黃鍾紀月伊歲序之允杇歗陽和之始發於是懸邦國之六典致象魏之兩闕俾萬人觀而取象罔敢逾越者也大矣哉示人有則布政惟時

旣當途而明矣亦浹日而歛之是則是效念玆在玆乃人君之大象諒王國之元龜是知象魏之章煥爲故實分章授事典司非一或以理象爲理人之規或以教象爲教人之術觀之者仰而可見從之者貞而且吉俯黃道而高懸與蒼龍而迥出法之不朽雖草創於前王體有可傳亦恢張於是日國家以務人爲本以施命爲先拱北極之六星庚官咸備張南端之雙闕舊典常懸是知大聖君臨名臣不乏欽承帝道足以爲法以之安人其國斯廣敢引此以爲喻亦因玆而取象懸法魏闕其教可以普施懸法禮闈其人可以外獎夫然則青雲可期於影響

八使出巡賦以彰善癉惡黜陟幽明爲韻　張友正

明明漢皇文物昭彰順帝以化俾人從康將欲敷聖政舉
皇綱乃分國之八使而宣命於四方八使伊何朝中之善
將假其權尤難其選稱直指而獨立歌皇華而分遣繡衣
既盛於新儀四牡載光於古典當官而行受命無忝善微
毫而必舉惡纖芥而必貶舉善兮必尋其清流之源貶惡
兮必去其阿諛之諂或負宮闕之厚援不顧城社之微托
無懼薰燒不驚燴繳肆豺狼之毒懷梟鏡之惡徑持斧而
前進劍下韝而直搏誓將去大族而拔盤根安問狐狸之
與鳥雀其有銳心公器戮力王室知賢才而能進察奸佞
而能黜必將上聞於天子寧俟於終日道之不憖人亦焉
廋操利劒而剸其固懸明鏡而燭其幽使乎使乎萬方覿

德天下之治也賢者當其權天下之亂也不肖居其職求
詭偽之訟採妖艷之色方直者于以退藏阿諛者由是發
陟若謂之治也歟適足以亂其國我國家統紀有經迨古
作程采虞典之考績法漢家之分行舉八元而普天輯睦
按十道而攬轡澄清太階既平君聖臣明豈待久於其道
而後天下化成

振木鐸賦以孟春之月道人徇路為韻　王起

國家敷文教布時令爰振鐸於九衢將採詩於萬姓上立
其典將興詠之必聞下聽其音知從諫而則聖事且彰於
歲首禮無虧於春孟所以下訓是崇周官克敬亦既戒止
居然可珍赫赫奕奕爛爛燐燐以金為鈴且嘗巧於懿匠
剡木為舌將托音於下人及夫拂拭光生提携彩發順一
人之施令採四海之箴闕鐵鐵於遐邇之路杳若和鑾煌
煌於前後之車爛如明月于以闡幽于以搜冥知政教之
茲始表申嚴之所由動素手而知音愈出注清耳而其義
可求色耀皇衢映遲遲而日麗聲搖紫陌隨徹徹而風遒
昭彰有儀掌握成韻因木德之將盛懷金聲而載振或聆
之而脅悅或仰之而旅進豈比夫鼓有節而斯通雷發聲
而先徇可以展六義可以成四詩在道途而無壅致朝廷
之允釐驚百衆以泠泠昭其聲也沃九重於翼翼失則華
之鐸之為義也深鐸之為用也固虛其中而不屈圓其外
而合度可以揚天之聲可以遵王之路令出不返知遒人

之是司道之將行幸夫子之可喻故其鍩鑄式珍錯磨永
新舊典斯考英聲克振既有符於玄化斯永保夫青春

第以振文教而納規諫為韻　白行簡

國家古典脩時令順命遒人之職執木鐸以徇本其教在
每歲之發生聽其音知群物之始振於是官師傾聽道路
咸聞採謳謠於多士延諷刺於大君外振金聲將發號而
施令中含木德貴偃武而脩文所以應之如響從之如雲
道達天和契宮商而成韻揄揚帝命獻詩頌而為群懿夫
一器維則萬人是效儆于有位佇從善而如流慎乃攸司
固匪怒而伊教百官奉職而奔走萬族尋聲而騰趠觀乎
四會五達舉而播之溥天率土孰云遠而期赫赫於永代

每鏘鏘於此時響不聞空能同誹謗之木聽猶在耳將陳誦諫之詩莫不獻其詞而諤諤師其屬而師師靡其荒怠曷不肅祇士傳言而戾止工執藝而囀咨足以播祥風於地末闡皇明於天垂故夫聖之訢合詢蒭蕘而聽納動而悅隨謀卿士之箴規乃知我武不施司馬之執奚爲斯文未喪封人之喻攸宜徒云擊石拊石曷若恩斯勤斯與德音而共暢載仁聲而遠馳則六變通神九成感物不足擅義而標奇也故我后振鐸以聳善喜人之敢諫俾夫下不瀆上不慢由和鈴之昭其聲致朝野之清宴

第三 以發號施令王獻所先爲韻　羅立言

上方繼統大寶發號初年俾木鐸是徇彰皇恩而宣清韻

乍分庚道乎無遠不浹長聲始振將表乎有開必先蓋欲由舊章布新令使有聞而必戒如審樂以知政德音爰降義符招諫之君大典允敷道契多能之聖洪纖手運斷續風移始條貫以遐遠終激揚而廣施發千門以瀏亮徹三條而逶迤將警乎群心斯乃有倫有要言提乎衆耳孰可不識不知且夫洞然諧音鏘爾立號豈比官師之職無勞有司之告則知君立教非鐸而不宣金有聲非木而奚道所以酌彝古典稽法前王範乎金蓋取乎剛德示利振以木期在乎直言有章罔匪舌而是出信有聲而必揚鄙伐鼓之坎坎小和鈴之鉠鉠節奏中規周旋有序合控揭諧律呂侈弇之制自異陶匏之音不舉動而逾出擊且殊於鐘竽虛以和鳴懸匪勞於簨簴帶未央晨漏時與俱來混南山殷雷乍迷其所于以明盛禮于以揚王猷日聞四方聽思聰而廣被教覃萬國澤咸霈而周流或乃妙響清越綿綿將歇敢煩手於再振冀駭耳於一發客有觀光以成文願列象魏之闕

卿老獻賢能書賦 以行藝昭洽可升王庭爲韻　封殷

至哉求士之方稽彼側陋書乎善良備採擇於卿老爰升薦於天皇乃曰行之實藝之長可謂舉不踰等信乎幽而有芳用之則行豈遐方之繫滯時不可失逢昭代之明揚於是申衆寡稱旗章播唐風而靡闕同周制而有常操簡兢兢願獻巖廊之器率徒濟濟咸從禮義之鄉佐理之源

匡時之盛可以榮鄉黨可以輔國政豈徒稱藝能褒德行而已亦以示尊寵尚賢能再拜之儀設五物之禮興俾地官而是載命天府而爰登膺選以行豈黃冠而是畀策名之後見青雲而可升所謂納蒭蕘拔淹滯或端莊而果行或踴躍而負藝聞善必舉誠哉不過其亂惟賢是求豈曰後難爲繼是以臻彼道德致乎雲霄多士如流可閱一編之上群才是選寧辭萬里之遙列物類之咸若在皇明之孔昭考鄉閭之中既已爲善顧周行之內無媿嘉招原夫進以守法明乎化洽庶所以觀士無取乎徼甲方今搜賢卿黨致理國經具名氏於尺牘先貢獻於彤庭隨籍而來先容必假於華白進善以致克己自期乎拾青士有其心

徒堅其誠未果道寧忘於光大藝必慙乎微瑣沈潛下國隨卿書而計偕希望榮名在王庭之試可

第二　同前韻　　張嗣初

皇上尊教本旌藝能徵鄉舉里選之人則哲俾含光抱素之用必稱故講信脩睦之徒坦然弘大謙光素履之士赫爾昭升時乃正月朔吉卿老旁求奉簡牘之詞詣闕傾葵藿之心獻歲且曰君不可以獨理必敷求以兼濟賢不可以失時故脩己而獻藝惟古訓之是式叶周官之舊制自家刑國率是道而克明選賢與能誠致遠之不泥逖覽虞舜稽古唐堯明揚側陋惠訪庶僚由是金鏡朗玉燭調禮崇儉約樂奏咸韶致王道之易易啓賢路之昭昭豈不以

道不遠人弘之在我察言行之枝葉執禮義爲轄鎖惟仁是與諒俾善以交脩在邦必聞非據德而孰可斯實義光前古道冠百王德政者介爾以昭進學植者闇然而日彰賤不遐遺邦教以順乎九有下無沈抑聖謨猶洎於萬方矧乎職有司存令申先甲既自上而下下誠德優而化洽是以敦育德理（一作禮）竆經激浮惰以食力耨甫田於拾青片善罔遺君子何辭於在野芻言式衆多士必見其盈庭吾君於是納遠謀守至正欽若前典申錫時命曰酌爾之素德竭爾之文行俾敷奏沃余一人而聲教（一作政）加乎萬姓是亦尊賢以崇德致君而齊聖丕休哉揭桿（一作激桿）之道成君人之大柄

第二　同前韻　　滕邁

審其賢必鄉之耆德納其獻惟國之哲王爰進牘以舉善希命官之必良脩身既浹於閭里累行宜庶乎搜揚垂鶴頭之書來自衡門之下俯鮐背而獻發乎冊闕之旁書曰能蘊於藝文賢彰其德行文可以贊謀猷光敎命德可以鎮邦慝備匡諍今則潛獲其人可施於政咸能藏器以自持秉心而無兢處乎野興在軸之歌遇其時仰于旌之詠矧臣察之而甚熟交之而益敬通桑榆暮景敢罔於天聰當杞梓良材將裨於國慶若夫博通之藝可稱虧汚之德雖升臣不敢書其德而妄舉賢能若乃閨門之風雖浹鄉黨之言未洽臣不敢請于王而遠離荷鍤凡所稱無黨所

覆有經錄其功能策勳於盟府采其義能揆藻於天庭豈以臣之職所言莫可昔明王問政於耆耋聖后取人於農瑣帝乃啓書而相視賢不佻聽讜言而其容穆穆納嘉猷而厥德昭昭由是道冠百王風馳四裔使居鄉者契（一作絜）其已在家者脩其義以黃髮薦士之書爲式欲庶官推賢之路無蔽彼周詢鄉老漢延羣儒未足量功而並利（叶韻力計切）

政不忍欺賦（以愛養人爲本爲韻）　　蔣防

政之至也物全其真德之至也信洽于人不矜不能彼則先之於戒令無偏無黨我則獨寄於真淳諒保政以自睦乃去邪而得仁不然曷以姦歸曲直從伸風俗優游而鬱

化草木條暢而和春者哉觀夫穆穆時和温温廣德漸之以忠信紀之以刑賞奉聖日之貞明助南風之長養于以任人而任德豈唯舉直而措枉戴星從事我且六務其劬勞鳴琴在堂我又不違其假仰是知循名法者非鴻醇之盛代施憯烈者蓋疑冬日之可愛苟和順以積中故信誠而發内人知我所奚憂險易之爭政致平康誰假韋弦之佩事無事爲無爲清凈而時惟昭泰簡易而人不驅馳物無欺兮彝倫式序政有經兮百度咸宜布和爲風而偃草降德爲澤而濡枝匪寬猛以取濟匪恩威而自施一德旁流齊是非於衆庶三無合則混情性於高卑豈不以酌元和叶誠悃遷善者斯焉而取斯懐慝者損之而又損君子謂是政也爲邦家之大本

文苑英華卷第六十七

文苑英華卷第六十八　賦六十八

治道二

山公啓事賦以平上去入爲韻　李子卿

天官所以管轄多士藻鑒時英奉帝俞者實在於德爲右司者必資於明於是懸鏡之照主衡之平照之無私也自分妍之與醜平之有準也不失重之與輕賢以此達政以此成伊晉室之妙智得山公之令名淵矣深量直哉惟清當爲政之時九流式序及没世之後千古流聲原夫啓事之端得賢之上振淹滯於管庫拜仄陋於草莽人則荐歸士無長往朝必舉賢羅幽人之貞吉官必有能見君子之道長退李徇而聖主僉諧薦羊祜而國人所仰碔砆懸識自有卞和之鑒騏驎不遺無慙伯樂之賞由是大張明試廣示勸勵惟才者不悔其來無德者亦得其去王戎簡要何所能名裴楷清通於兹寡譽九原可作思文子之與歸千載儻文望叔夜之何處當今有司明遺政緝隱逸吉人時薦多士歲入高衢以騁若積水之奮鱗幽谷必登比初雷之啓蟄實薰猶之有間固青紫而可拾客有希山公之客啓庶揚苗之維縶

都堂試才賦以四聲爲韻　閻伯璵

原夫六官分職理化之紀綱八座設位國成之周行屬天下有道群才向方令茲觀德足用舊章天子開司會之府求俊選之良昭其能則平施其祿思其濫則大爲之防既作鏡於前典乃懸衡於高堂信入仕之覆簣爲登科之履霜名實斯別謀猷以昌分鴈行於廣廈引魚貫於長廊明試以言率由厥道彼輿邦之所急庶用賢而爲寶上之化下也猶風下之應上也如草惟德助理惟才輔政啓甲乙之科脩文學之令卦列在陰之象詩著食場之詠固藏器以俟時亦進思而體命徒觀其來須來歌以引以翼因考覆而升降隨臧否以黜陟叩兩端而不疑守大中以立極將採梢雲之幹必表凌霜之色人未易知道亦難測儻棄

瑕而錄用希萬國以不息

射宮試貢士賦以試之射宮考藝觀德爲韻

古者先擇藝之科盡得賢之意以諸侯益祿之選用男子懸弧之事禮容斯作皆專正鵠之能藝實不同故有射宮之試於是英髦必集弓矢皆持望其審固定以妍媸驗體正心平之方取其類者設周旋進退之度用以觀之苟三侯之不失在五箬而奚疑當其立德有容凝神多暇弦開而滿月初生箭發而飛星共借推高於衆人之上所謂簡能定準於百中之先斯爲善射始則千時上國貢藝澤宮念登科之有望冀捨矢而成功蘊破的之心每期於度內致穿楊之用終在於彀中是故節以采蘩之詩尊于在公之道謂得失之可驗故否臧而盡考爲仁在我助祭之事固宜有慶於君益地之期可保今也時所推公人皆獻藝思呈妍於揖讓之表願騁志於操張之際動而有節君子之爭不爲發必循聲長者之容是繼必以蘊才思妙用古爲難則當追軒后弦木之功於斯取驗法仲由執弓之道庶或可觀然後以射爲規以仁爲則與大道必公於取希有司不忽其職夫如是則天下蘊藝之徒莫不望君門而効德

進善旌賦以設之通衢俾人進善爲韻　李逢吉

皇唐之興伊唐也濬哲文思異代同時咸進善以欽若又建旌以求之不進善焉何以延仄陋之士不彰別也何以

嘉謀正之詞昇宜式創宏模聿陳令典綴拆羽以藻耀植脩竿之偃蹇相其地以崇樹所宜因其人以康莊是踐即之者有以翊聖聰之者於焉選善忠謇之徒鳳馳雲趨畢効臣節同虞帝命猶金礪而君臣合契類土圭而形影相符迥立岩亭而克同國柄直行勁挺而自陟天衢由是悉索草茅罔資介儻高懸垂逮下之德仰視知不言之信咸策足以員來思抗軀而自徇同于舞羽至誠之感必臻異彼弨弓非禮之招不進大哉求仁其必有因歎此標表本乎諮詢制其事者上惟允恭之帝集其下者衆皆可封之人是必隨謗木以用捨與諫鼓爲等倫若夫容衛繁多制度奇詭玄蚰始務其厭勝翠鳳式崇乎侈靡熊武之示勇

則那日月之比崇徒爾寧有裨於啓沃且無取於率俾儻
夫有臺有宫胡爲乎途中所以闢于聖聰使無不通爰樹
爰揭豈惟乎人悅所以遵彼雋傑使皆就列然後朝廷邁
德嗣於羲軒得賢方於稷卨躬好問之裕有知人之哲固
以日奏於嘉言矧斯旌之攸設

第二 同前韻　陳諷

惟哲王儲精庶務示人降衷冀一善之咸覩俾群情而大
同抗以高旌式觀於五達萃茲多士以闢乎四聰是用去
疵厲而達幽仄和上下而宣德風邦有道而無隱善如流
而必適原夫創自堯心變昭漢列參夫折羽之制有類千旄
之設名既匪於司常用有殊於掌節多通達之要會集寰

海之賢哲每聞致主之言時得興邦之說足以見王臣之
謇謇聖德之孜孜示人有作虚己無私旌非善而罔進國
非賢而不登遵道貫來懋德音而親問擇陰斯止備獻體
以陳詞敷一德而見答俾兆人而賴之徒美夫因事立名
教人示信畧孤表以遥集掩群才而得雋無勞負笈而來
豈必槃輈而進于以光啓帝道輝映天衢陋燕昭之尊隗
小齊景之招虞正以居中表弘道之在我直而端本知立
德之不孤於是野絶遺賢朝無闕典仰崇標而勸義臨廣
術而來善豈比夫周盼木鐸之諠漢尚石渠之選方今酌
憲前古肇康有人將對非而並采俾弓旌而是陳故野無
遯名之士朝有侔象之臣舉善陟幽振遺芳於虞帝率心
敗德嬌覆轍於嬴秦然則庶績交脩遐邇率俾儻片善之
可録庶無疑於室邇

第三 同前韻　栁道倫

帝堯有君人之大德恢理國之令圖將啓納善之懷於四
方之士乃立進善之旌於五達之衢所以訪政化之本招賢
俊之徒告善負來故進而無妄聞善必納信言而有孚類
諫鼓所陳同謗木之設彼思聞過而遷善此俾明善而就
列善既陳而一人有慶旌既立而萬姓咸悅寧同旟旐之
翩翩奚貴千旄之孑孑九逵之上大逵之中直影而晴分
瑞日孤懸而晝引祥風置之則上德下布就之則下情上
通既至者固當授之以禄將來者不假招之以弓初孰爲

此自陶唐氏制乃有常張而不弛嶷然而孤標獨立迥爾
而中立無倚示華夏則綏之斯來化要荒而罔不率俾厥
旌既陳盛德日新使樂善之儔得因旌以進知建旌之意
固惟善是親可以光被區宇統和天人比垂衣於百代異
舞干於七旬繇是廣達四聰必徵片善咸望雲而就日若
風行而草偃求其善理知百僚之師師采其善言得王臣
之謇謇今大君聰明文思庶政無遺善以求人固以達於
政矣旌可進善亦在推而廣之士有敦詩書懷忠信學頗
師於鄒魯君幸逢於堯舜比潛鱗而待躍同弱羽之思振
欣逢進善之時庶以善言而進

第四 同前韻　陳左流 總日作九流

彼旌孑孑兮五逵之中進善爲名兮求善爲功狀岧亭以戴日勢聳擢以凌空王者所以開讜諫之路作耳目之聰故帝堯設之道由此逵洎我唐建也化乃斯通觀其逈立長衢孤標數仞麗晴天以獨出抗高閣而爭峻體惟能正俾止惡而來觀影則不斁使言善而思進莫非明主求臣願聞所陳期乎啓沃之佐想夫股肱之人由是標格寰中萬姓瞻之以爲準高居物外九重隔之以爲臬（疑作臬）至乃不傾不危持堅孤絶非虹蜺之光欲拖豈日月之明能揭故邦無道則我斯廢邦有道則我斯設彼書謗之木安可與齊承露之盤何能並列吾君庶政允釐獻納是思多聞得賢之須每詠補衮之詩猶恐化理未洽俊乂尚遺而彼士則可招矣在斯旌故宜立之且夫爲干者其利淺爲旌者其功尠曷若當天下之用進海内之善搜揚不倦道已盛於方今正直長存事足招於古典况登於曆鑑旌之道衢人則是仰物豈能踰謂善建者手不可拔豈有力者負之能趨是知昔之設旌也其美如彼今之設旌也其美如此君若好善士皆可俾士有願歌乎聖德庶無慙於末技

第五　同前韻　竇從直

邈矣帝德至哉聖謨廢置殊時古今合符孑孑之狀可觀將從五逵孜孜之道斯表克協三無是以聳彼群彦致之康衢願揚美以歸厚思獻忠而效乎故得繼以此信言由是進明揚既達且自殊於表閭謇諤必陳豈可同夫先後

觀其悠揚廣衢旖旎從風諒賢愚以咸覿固朝野而必同式委垂而下俯埃壒乍直指而上映情空過之而凜然生敬仰止而卓爾在中苟厥志之有立當其誠以遂通俾其不進不止豈徒自西自東已哉俟爾貞烈自（疑）非虛設既旦詩人之干旄匪同叔孫之綿蕞匪善奚取惟賢是謁彼謗木焉得而比矣諫鼓胡可而儔之苟匡救之惟徵我無爾詐而旌別之有制爾無我欺則賢既樂只人將率俾不獨翻晄日以搖搖徽輕風而靡靡至仁斯被至化爲淳何必改舊然後爲新矯前王之令德酌古典之攸遵雖謇訓以克備尚芻蕘之是詢萬國欽風岩廊盡英髦之士百蠻向化版築無屠釣之人故知至德在于求賢救世資乎擇善則設旌之道也爲皇王之盛典

第六　同前韻　范傳正

爲君者莫大乎求賢審賢者莫先於進善不立表以取則何勗人於自勉故我后纂唐德酌堯典爰揭旌以建標若懸鑑而攸選其制惟新難乎所陳寘於朝懽來而有阻樹於野慮獻之無因於是施之五達之陌以招四遠之人乃折羽上插綴旄傍委映旭日之曈曈隨長風而靡靡孤標逈出中立無倚將舉事以舉言在率土而率俾儀神都聳康衢或欽袵以下過或峨冠以來趨善或可聞豈持之而有作德苟未進敢欺之而自誣旌因名而助順士脩業以求進小人斯遠寔曰不怒而威君子必臻可謂不言而信

瞻之者其行勵仰之者其心慎非表善之為崇亦懲惡而能峻故得有善者不擁無媒者自通所以導人之志達帝之聰豈比夫舞干兩階徒有格苗之用樊纓七就何旌進善之功亭亭不撓奕奕斯設招一善而百善知歸納一人而萬人胥悅諒厥裁之為美與恒用而有別施之行焉豈得耀於朱門授乃元戎何貴偶夫全節藏器以待時與斯而若斯惟事匪細惟賢是司儻片善可錄至公不疑顧佇立于旌下幸因茲而進之

烏巢大理寺獄户賦（以昔開元中刑措至此為韻）　韓鎡

皇帝恩霑庶類道格玄功化覃於萬國之間苛慝不作烏巢於圜扉之內囹圄知空載飛載止以雌以雄寂寂無猜

於牖下翩翩不去於林中足驗時清可知刑措庶恥必格寬仁有裕垣深不阻於歸飛翕動何驚於返哺蒼鷹莫摯寧懷獄吏之憂疎網無加豈有虞人之懼夫刀鋸勿用狴牢洞開顧叢棘而未下拂青槐而乍回拾知無聞於貪吏焚巢自絕於燃灰表異而居飲和而至翻然用刑之廢聞是無人之地中臺栢老顧栖息而難安念室扃閑每飛鳴而自遂寔由吾君信孚禽鳥澤及黎元共履安平之路咸知仁育之恩向日寧憂於闔户知風不憚於襲門定國徒羨於祥明何施善政治長不羅於縲絏豈見銜冤自然罔遇殘傷免於彈射曾無滅趾之士不有抱関之客飲生既育八九子以均安不識不知四三皇於往昔是知政惟惠

憂不尚威刑止夏臺而自逸陋楚墓之不寧求夜風凄或徘徊於月樹逾冬候暖欣寂寞於訟庭彼三足徒稱夫盛事素容虛羨於詩經懿夫昭德塞違柔遠能邇大無用於兵革細陋行於鞭箠每夕宿而來斯朝寧夜啼而去彼昔周稱訟息漢號刑清曾何足而致此

文苑英華卷第六十八

文苑英華卷第六十九　　賦六十九

治道三

梓材賦四首　公孫弘東閣賦四首

公儀休焚機賦一首　京兆府試入國知教賦一首

梓材賦（以理材為器如政之術為韻）　郤昂

匠人度有山之梓相文木之理既因性而是度又從繩而可擬故輪桷適任棟梁資始陰陽之體叶時隱括之形中軌飾其象乃圖之以鳥獸諧其音必均之以宮徵苟可擇於棫樸亦何殫夫杞梓徒觀其破擁腫斲瑰材攢節迸集斜文洞開獨柿落而兩足交洒郢斤運而風聲颼來伐之丁丁奐斃徂之班首斲之槀槀碎空穴之青苔巧無匪制

循無所施因心則達觸物能為彻會方以成矩乍投圓而得規削斲同功準墨成類方資剞劂之力乃作馨香之器厥若選德以序辨官以位誠當正直而無頗亦何患乎綱紀之紊墜小既以此大無不如文公立號以化俗康叔省功以慎儲仁義有常剛柔貴識其虛實寬猛相濟勤苦務知其疾徐教在洽人蕊於出令亦猶代大匠斲罕或不傷其性俾夫來者式遵前聖且脩短得衰亦奚其為政森彼灌木工則度之有倫有要念茲在茲展矣君子如何勿思思不越乃心逸於人也明其釆章於木也須其丹漆瞻濟濟之榛楛懿彬彬之文質雖非班爾之奇妙敢獻斲輪之良術

第二（同前韻）　魏績

昔成王纂位周公輔理命爾康叔尹茲殷士既因命以申勸欲善終而令始述文武之所脩陳藝術之攸起播英聲於典訓揚芬烈於國史則知上之化下如梓之材遵繩墨以運思受鈐模於簡能其度木也佇林衡之畢選其取制也仰倕和之所開於是既勤樸斲惟所云為奚茲服用靡尚精奇信其有益取於無私工必止其淫巧物欲稱其事宜去雕鏤所以昭代俗之反素塗丹雘所以知禮義之攸施擬古呈功勸象制器或因事以立法亦憑質而託類臨時通軌開物以利乃作誥於聖人俾流戒於在位凡教在始而法在初莫不念乎梓匠慎爾攸居苟方圓之失理是

風化之蔑如故王者削殷跡述周令汲汲賢良孜孜善政招延俊造以輔明盛俾夫立德垂訓名言在茲凡百斧藻各共乃司勿謂幽昧神其聽之自然片善無遺群材靡失輪桷蕪棌棟梁並出實有補於大廈方見用於王室擅高會之規矩騰雅頌之洋溢闡無疆之淑懿成不朽之政術

第三（同前韻）　梁洽

立政施教能簡則理為器擇材唯良是視政有孚而可大器自斲而稱美學古入官斯可已矣故周公設誠取鑒梓材百工飾化以物作萬勢曲成而象開栢之可伐而取諸新甫松之可斷而美於徂徠何備用之微要信崇功而大哉觀夫良匠掄木如無不為盡力以獻藝因材而合規勸

撲斲而去夫濫竊尚儉素而昭于軌儀智者相物後人述
器得成風之妙窮運斤之利或經綸乎陰陽亦法象乎天
地上棟下宇資舟䑿之餘餙從有之無通舟車乎遠致嘉
茲義之可分而發昭乎在位是尋是尺其樫其栝每從繩
而則正與投刃而皆虛觀梓匠之斲矣吾是知為政之所
如材之既度可施於政若意匠以合則必由庚而在詠俟
其儔而（張衡東京賦俟其儔而）念茲在茲政有善人則不欺山有木
工則度之材有常質政則匪一每呈器而受用亦相時而
陳術夫如是諧利貞保元吉信前賢之濟代豈小人之能
悉

第四 同前韻　王澄

徛嗟掄材者杍（音子木工也）必將有以掄者動不妄施材者用
之為美塗其丹䑿之色契乃斲雕之理成乎器用孰不勸
止則知能者軌物其利博哉達於道必獲乎象酌於事實
在乎材材罔不奇戒乎不知應時可重匪餙胡為須度長
而契（當作絜）大諒方矩而圓規役是司者勉矣厥宜亦循德
必輔人材不假器人失德而奚取器非材而奚利材濫則
過於杍人德乖則失乎爾位其有取非輪桷性實散樗以
不材而見棄思入用其焉如豈比山有之亦脩短惟準工
度也而削理有餘既罕節而抱直成大厦之厥居若哉夫
如是則工以理材為難國以教人為聖聖體材而存道材
象道而成政弘之在人慎乃出令藏器俟時人罔物思達
乎至極欽哉有司惟試可矣以材校之守而勿失其德秩
秩以人觀材以材觀實非獨陳伊周之弘義將以翊我唐
之政術儻小材之不遺頭雕煥於茲日

公孫弘開東閣賦（以風勢舉理暢休實久為韻）　王昌齡

易窮則變變則通乃二氣相感萬物初蒙拆於陽甲化於陰
風彼君臣有際會屠釣無終窮其未遇也如獸之檻如禽
之籠其合德也起阿衡於莘媵獲尚師於渭翁覩公孫之
發迹知漢帝之尊崇陻厄則異元亨則同火有炎光木有
根柢寒者斯附暑者蒙蔽苟得其所亦為大惠動必有獲
自然之勢抑折節以下人亦開國而來詣衣布被以薄己
散金帛以賙濟近乎仁者之心與裘馬而俱弊以光招賢

之策不失終身之計故能多士爰處僉謀是行拓南蠻之
徼增朔方之城大啓侯國載揚天聲與夫嗤嗤以致誚孰
若兢兢而立名僭上則差偪下則鄙亙玷誰咎豚肩陋矣
或儉奢而得中即達人之至理嗟服勤以抗節在庶幾乎
君子璞玉在山白虹在上精靈不隱物理相暢君任下以
不疑臣薦賢以吞貺失之者喪得之者王況乎左右股肱
舉爾無妄道有興廢人亦焉廋屈之則否伸之則休不正
其名亦去其實賔閣既闢擁門自佚使賢醜錯雜而不分
登駑駘於招士之室喟然宣父悲之已久儻相府之可依
銘盛德於不朽

第二 同前韻　李琚

客有海上浴德淄川養蒙業因才進位以經通當漢皇之
有道登服肱於此公順天將物德盛聲崇接士於衡門之
下起閣於相府之東陽榮納日陰戶生風爾其建高規起
崇制簷宇深靜垣墻閑衛取木非南澗之才延賓乃北山
之漂訪善不日馴道以歲其選器也則收用而棄瑕其進
德也則取材而遠勢故能克遐厥聲休績莫京宴私則布
衣帬帶自公惟脫粟菜羹服之而德以廉耻食之而心以
和平豈梁肉夏屋而賓實之名哉則知厚內者德先薄外
者事理身正則遠怨心邪則近耻固惡盈而守沖誠見足
而知止太常居甲第之日丞相作封侯之始是以作漢名
相惠音流暢誠前哲之用心豈後賢之觖望及夫人歿政

絕閣廢道休俾馬廄之是宅奚人德之不脩言念于此我
心其瘳故知道劣者事徹徇名者失實奚量才之遠近寧
比跡於勞逸（宋見久字官韻）

第三（同前韻）　楊諫

君立相以道崇相輔仁而協同庶緝多士允釐百工始于
其家且有招賢之義刑于四海大啓尚賢之風倚乎哉漢
武照臨之秋孫弘輔弼之歲能好善以逮下不恃貴而怙
勢予與視夜扃賓閣而猶聞鸎鳴在眷知賢路之不蔽道
有行止時有興廢雖盛明則多士乃知人則下第遇風雨
而不易將安樂以無替善乎立身誰爲之繼夫拔茅者利
其彙征開閣者求其友生茅思同茹友貴同榮故秩秩執

初筵之禮丁丁諸伐木之聲在貴則勿遺乎賤於舊而孰
能無情況閣可以備特之燥濕相可以爲君之聽視賢是
斯來賓是攸止作降出入溫柔之始脫粟布被雖逢汲黯
之嗤下薦上聞竟遇漢皇之美況親仁而又崇此亦存乎
下理動不爲妄德風遐暢善固有由仁聲允休豈比夫漢
臣崇奢後堂空羅夫妓樂齊相爲隘累年不易其狐裘者
哉惟其人心酌乎故實德不遐棄敬之終吉然後知掃門
者亦孔之醜望塵者未離乎咎當効平津而延賓知可大
而可久

第四（同前韻）　韓液

千載之下凜然清風才生於代道積厥躬洎（一作暨）十五而

達爲百夫之雄特然後遇否極斯通賤不憂貧牧豕之心
在貴而好我招賢之道崇招賢伊何東閣不閉常虛懷以
應物每趍風以接袂屈巳於士德必不孤應以同聲負而
合契奚待禮以爲食不倨賢而恃勢故門多長者之轍奄
有輝光座必非常之人亘以年歲豈徒開閣於假日之中
抑亦留心於接應之際道不虛行有聞無聲方積善以志
其大匪飾非以外其情故人得盛大之譽館得招賢之名
欣其託身之先美其投足之始名以才著高因下起槐市
居尊栢臺是復多士拭目群英傾耳猶尚德以尊賢將與
化以致治豈比夫鄭驛迎而爲贊陳榻解而稱美然以匪
階而遷任道而暢自家刑國封侯作相不出十年之中獨

立群賢之上欽若前哲惟德之休其儀棣棣其政優優知足則止辭榮而歸順好賢不倦垂範而空留且資以時須賢爲代出得之者則政舉失之者則政佚安得不開閤以崇敬袪繁華而摭實誰其嗣之代何不有惟秉鈞與當軸宜欽風而善誘庶斯道之不虧信昭彰而可乂

公儀休焚機賦（以政者爲理敦俗爲韻）　張仲素

物有資於利用則機之功也可録初離立以待時竟開張而濟俗言念魯相溫其如玉覽下妾而獻藝將自家而室欲克勤克儉誠君子之息機焚如棄如示小人之止足酌其妙也得而言者斯以明貴賤正儒雅龍梭勿用猶懸素壁之隅星石曾支尚在緑窗之下懿其以彼火烈彰茲行

危諒舍之而是警非弊之而改爲皷鍾于宮覺前言之嘉喻勞薪用燮嗟彼世以方知惟此政經必茲輔理傷抱布之趨來異斷機之所擬燎枯木以煙散暢清音而風美迢迢之象遠在於天札札（一作軋軋）之聲不雜于耳且懷柔之理文歸不兢何兆庶之淺深在仁知之濟泳道自絕於瑕玷慶旁作乎龜鏡絲麻不緝而家式致於肥爆燼未除而邦已聞其政是知重爲輕根旨遠道敦息邪亂於高位潛細流於上源雖屢空於衣褐實垂裕於子孫

京兆府試入國知教賦（以觀光上國化洽文明爲韻）　徐寅

天闕區宇人尊帝王國將入於封部教先知於典章不宰咸功乃合乾坤之德無私鑒物能齊日月之光多士之操脩六經之楷式將欲明其教必在遊於國溫柔敦厚出風雅之詠歌比事屬詞本春秋之黜陟協彼典教諧斯禮文廣博而樂章具有精微而易象爰分先王所以揔斯御物體彼爲君遂使足歷四門親愛之儀已覩身由萬户民從之義皆聞莫不周覽金湯潛量王覇審樂知政以攸類陳詩觀風而相亞是以逢耕讓畔得先人後己之規察鳥安巢驗惡殺好生之化今吾君興帝業赫皇明以謙柔而教蠻貊以朴素而教公卿以節儉而教百姓以農耕而教五兵自然八方走響六合飛聲豈俟入乎闉闕方能知彼規程其或跂息未臧陸梁未向可使拜天闕而俯聽趍帝閽而引望俾其退而補過警于羽之舞階進以盡忠報聖明

之在上士有負書斂出林巒謁九門而教化斯仰瞻百辟而威儀可觀則知不上太山豈覺寰區之大不浮東海寧知溟渤之寬敢不廣義路懷忠甲開閶闔以聽聲詩賀仁霑而恩洽

文苑英華卷第六十九

文苑英華卷第七十　賦七十

耕籍田農附

籍田賦

帝王之德無以加於孝乎惟孝之理惟農是先我上皇傳璽之二載聖主飛龍之四年日在陬訾祗事於九宮之位時惟戊巳躬耕於千畒之田祥風發於耒耜瑞雪掩於郊鄙萬姓顒顒若百川之朝海九宮濟濟如衆星之麗天帝乃儼然蔭華蓋被衮服戴冕旒佩璆玉朱紘綗以照燭藻

繂紛其繁縟敬齊之色旣肅肅以雍雍禮樂之容亦皇皇而穆穆於是出甲乙之帳命先農之官設庭燎而晰晰陳量幣而戔戔旌旄夾於翠幕籩簋列於青壇然後華鍾撞焚燎舉馨香發乎聖躬烟熅感乎寰宇常伯撰播殖之器宗人掌牲帛之數旣金石而間陳亦籩豆而靜旅晨光漸朗湛露初晞告九天之事畢將三辰之禮依帝猶懷神農之務稽想伯禹之疆理一之日於是躬耕二之日於是舉趾秉金耦而顒若駕鐵驪而禮矣將致美於粢盛遂盡力於耘耔望農祥之晨正知土膏之脉起所寶惟穀故大飲以勞農所貴惟人故躬耕以悅使俾夫三時不奪六府咸脩遂放牛於藪澤還却馬於田疇道方齊於雨粟化實遠於焚裘務穡勸分顧勤於稷禹授時度地彌甚於殷周職乃分於九扈政不逮於諸侯豈非人和而時阜亦將力穡而有秋是日命丞相巡行山林道達溝瀆因物土以分宜隨川原而刊木畫爲九野教種百穀實萬代之儲址況九年之所蓄猶以爲不躬不親庶人不信降翹車以徵求發紅粟以恤賑綈弋不加於嬪御茅茨未慕於堯舜祭惟司嗇蜡必田畯即異畒同穎豈獨瑞於往年象耕鳥耘是錫羡於今運適有田父起而歌曰畇畇千畒兮理有疆濟濟千耦兮稷旣良躬三推兮供神蒼分九扈兮應農祥粢盛普淖兮潔敬斯皇神之聽之兮將登穰穰

第二　李蒙

揉爲耒剡爲耜取其象也遠矣農爲本食爲天惟其利也大焉聖人利器致豊躬親莫重于稼穡執物勵俗敦勸克厚乎率先于以奉神祇昭報之誠達於以祈社稷孝享之德宜則躬耕之義也從古以然皇帝勤惟國本欽若人天所務惟農順動而取諸豫所寶惟穀時行而應乎乾洎正月之吉日將有事乎昊天列千官於近甸屯萬騎於遐阡當是時也其祭不戒而宿設其工職兢以先後大禮備兮和樂陳嗇夫馳兮庶人走帝乃服葱犗乘御耦我疆我理禮正於三推必躬必親義存乎千畒四輔冢宰六卿近臣大夫師長之族都鄙華裔之人聖有作兮萬物咸覩人胥效兮天下歸淳且嗇匱甚日於其豊防險者於其逸有備所

以無患克勤是用終吉三推之禮廢則倉廩以之虛肆告
之恩廢則簡書以之佚欽哉欽哉能事斯畢夫然則農功
可大農邑允臧以農為本兮國有常令以農率下兮人知
向方亦既奉宗廟亦既備烝嘗一人垂訓兮萬國昌固有
迷於日用于胥頌美兮聲洋洋

第三（以復彼隆典以期農祥為韻）　石貫

太皞御辰勾芒定位天子率躬耕之禮有司謹親載之事
以為帝籍斯闕皇猷久墜不脩耒耜之功是墮粢盛之義
於是擇元日戒農期本千畝而敬矣齊三日以告之然後
內外情謐上下肅祗文物之儀備列戈鋋之衛在茲猶窺
紫禁共仰丹墀儼南面凝旒之所當東方欲曉之時漏水

聲盡爐香上遲俄而閶闔開羽儀展揚青旗以肅車備朱
紘而戒典上乃望靈壇御玉輦蒼龍整駕以前導葱犗遵
途而右轉六轡齊舉八鸞啓行向綠野公田之所至青郊
展禮之方耕轅塞路青輅廻塲叶農經而授事指農正而
告祥由是別土宜分疆理入滌塲而肆目撫御耦而舉趾
遂乃執紅綃親黛耜四顧而溝塍砥平三推而土膏脉起
發生有在播殖茲始諸公諸侯而次進或五或九而皆止
見京坻之流行可期覩稼穡之艱難有以禮樂既備人神
告休事雖兆於東作稔以見其秋收豈獨親耕於甸內實
亦種德於道周群臣乃伏輦而進曰臣聞歷代務農百王
重穀陛下興古典之已墜紹前脩之不復故得人勤稼穡

天降景福帝曰予上事天地次奉祖宗惟舊章是率惟古
典是恭今將返鑾輅而宣於太寢又欲展禮而勞農

千畝望幸賦（以將興墜典允屬聖期為韻）

國重農事帝遵時令惟千畝之可親望三推而闡盛田畯
方勤於稟法甸師已切於承命陽和初布庶平東作以勸
人遐術既端終俟南郊而見聖當其融風式恊韶景方遲
金根為順動之馭蒼業表親耕之期度以地狹難容足列
公卑之數顧其土膏潛動可陳農器於茲脩壠惟直遐阡
甚夷是宜率諸侯大夫以行乎周禮不可使四年正月獨
稱於晉時言瞻耒耜志惜墳衍謂畇畇而足得天臨想澤
澤而正宜春淺空為散地尚鬱新典載芟未及勾萌之出

何因一蹊為期蠖蠖之誠頓展翠幕循閎朱紘未至當人
力可借而成功使農祥失正而寔利桑塲之履（見潘岳籍田賦）期
剡剡以輕移撫籍之衣想襜襜而如墜且夫事遵禮動法
貴聖興顧井田之君是可出而借作懿初耕之帝宜其德
以相成不然則無以知土宜慰人欲使其種稑克備粢盛
乃足庶見其耘之耦一一具陳必報乃求之倉廩纍纍交屬
況以近甸堪樂元辰以良借百步之疇冀停雲早脩三班
之令期在月將如此則樹德咸滋訓農惟允畢力克符於
地事致誠不昧於畦畛儻禮備而必行實以表乎仁之至
義之盡

觀農賦

歲起于東丁壯就功則知富民、必資於廪實疆國亦在於年豐是時也杏花毓樹蒲葉抽叢繞出鳳城疲道路之攸往廻瞻鷄野知耕鑿之斯崇美夫原隰底績溝塍刻鏤耒耜交横煙雲輻輳人沮溺而爲伴水鄭白以分溜一稃二米禾同北里之禾苗盛草稀豆異南山之豆觀夫田畯至喜室家相歡揮鎡去莠築堰澆蘭野餉暁持於斜逕畚鍤暮荷於層巒隣近山之樹容悦臨流之地寛葵腰鐮而作耒黍策杖而時看且人生在勤勤則不匱欲抑末以敦本在用天而分地思文后稷齊時較播植之功惟彼陶唐申命掌嵎夷之事八政之中食居一四人之裏農爲二俾彼甫田習無不利故土爰稼穡含靈是資歲稔則家知禮讓

食足則國贊雍熙無辭艱難服先疇之畝畝皆當儲峙救黎人之阻饑九年殷憂於堯日萬箱發詠於周詩迹忝門人得承規於孔父心將請學恐貽責於樊遲

稼如雲賦 以農夫望歲歡以辭場爲韻　張仲素

天何言哉歲云秋矣臨甫田而一望見多稼之具美亘平野而雲鬱覆高原而黛起九土用康兆人賴止豈非協風中律農祥順軌土牛作候而不僁銅雀載鳴而有以徒觀其千畝既良萬頃式臧興有渰而混色霑霢霂以齊芳雜非煙與非霧乍漠漠以蒼蒼孰克辯乎帝力咸自嘉於我疆御田祖之神時聞擊鼓樂農夫之慶且見築場察彼近郊知夫四裔何山苗之能植伊隰桑之尚蔽豐滋漫若用

表於播時悦茂油然寧憂於晩歲矧乃華實云就堅好不渝豈茨梁之足喻若薈蔚之將敷知艱難垂戒於往哲務穮蓘在勸於鄙夫爰協古公之政式弘管氏之夤至夫實穎蓁蓁厥田上上膏陰潤以蕃庶矗朝隮之異狀丘陵共秀且開東晳之詩黍稷盈疇更鬱仲宣之望懿夫白露凝冷清風戒寒是刈是穫式宴且歡諒遺滯之足利思京坻而可觀蓋由我君勤儉所彰純嘏屢錫運璿衡之曩數煥玉燭於昌曆分地而嘉谷用登報天而犧牛在滌下臣覩而作頌敢嘆美於成績重曰望如雲兮我稼既同除其穢兮田其是功既庭又碩兮將表歲終喜有秋兮可以勞農

揠苗賦 以無助苗長時至斯茂爲韻　楊濤

苗生有漸兮時不可踰揠而求長兮是謂甚愚謂坐致其滋茂翻立見其萎枯欲速之成雖切受益之理固無計牽挽之功雖則劳止在播植之道不亦疎乎原夫勢惟採掇心則陵遽曾本固之靡思徒末大以生慮附麗無所同伐木而蹷根援引靡辭似拔茅之連茹苟離根而去本必有損而無助然則抽軋奚補枯槁是招雖盡區區之意彌損芃芃之苗助長且乖於載績速成空望於一朝殊不知潤以膏澤託茲沃壤待天時以煦煦資地力以養諒物生之有恒何力拔而能長豈不以立心有感措手無疑俄見宛其死矣猶云有以助之不發悟於盡瘁空深迷於務滋謂短長皆由於已謂遲速不繫於時劳而無功殄乃自致方握

蘭而勢並比捽草而功異增高之望莫從盡揠之助爰至徇躁求之性始望如雲乖馴致之方終貽委地逆其理而如是傷其物而由斯欲益爲謀蕢有秋之彌疾過求生害嗟不日而已萎是以君子明於休咎每因緣於根本不苟且於華茂推於命俟於時無若宋人之大謬

第二 以時貴順成非由速致爲韻　李程

瞻彼陂田新苗在地徒施助長之術且異發生之類望斯箱之冀翼爰用心期貪彼黍之芃芃方將力致揠然乃亂典每如抽自貽伊戚職汝之由忽分蘖於步武俄裂土於田疇勞焉無功焉用拔乎其莘動而愈出縱其生也若浮既不得於和熟宜取傷於躁求相彼老農求之欲速傴僂

煩手扶疎自目信相遠於淺種不用其良既自露於深根曷云能穀志枯槁之如彼尚低徊而念茲繞拈尚疑於取苧勞身豈並於乘時攬一握之纖莖始如陵草聳千科之細葉終異園葵孰云農事以妨但取高而爲貴無思去草之務有若拔茅之彙不從其道雖矻矻以徒勞莫悟其由訝離離而增欷原夫秀而不實愛欲其生覆東臯而歷亂交南畝以縱橫或長或短稍因人而盡起靡瞻靡顧俄麗地以同傾與其違性而早落豈若從宜而晚成時不爽於榮枯事可期於逆順惟躬是痒寧同於百卉且腓以若所爲且異乎孤蓬自振亦由行道之者仁義可依嘉上聖之知命戒中庸之妄祈武賦孟子之言聊將此喻竊宋人之理求鑒其非

蝛裂禾賦 以爲功不至其報則然爲韻　陶洪

昔子罕之秉權有封人之問焉以爲事不可以不敬物不可以不慶於是陳曩曰耕大田予之於禾也其情易爾禾之於予也其狀悴然莫不報其素莫不荅其先予知其意深變予志倍功於他特盡力於茲地然後萌而露葉以翠契本心而罔違冀所養而不匱故知生寡者其功未既實稀者其心不至苟矻矻以自強何芃芃之莫致是以人之從政士之飭躬僉黽俛而無極並陵兢陵凌或通用揚雄井泉賦馳闔閭入陵兢而靡窮未有不課而名立未有不勤而道融所謂君子重其實昔其功以行之慎者比其盛以動之慢者譬其不

惟盛也著美而可觀惟不也售能而誰取信乎鹵莽於庶績何異蝛裂於南畝草既在茲衆亦棄之雖有百廛莫得兟而獲一作穫雖有萬頃焉可俯而持哂之者宜夫莞爾歎之者何莫悽其則知惡必由人善隨厥操徃無不宜施無不報雖斯言之細微實所諷之玄奧足以將懲躁競用旌澆醨勗萬代之攸習勵蒸人之所爲若然者功以之成利憑而得實輔政之義理亦勸學之典則在家尚其如斯人乎曷不鑒之以隱惻

文苑英華卷第七十

文苑英華卷第七十一　　賦七十一

樂一

箏賦一首　　金錞賦一首

琵琶賦一首　笙賦一首

洞簫賦一首　塤賦一首

箏賦　梁簡文帝

江南之竹弄王有鳴鳳之籥焉洞陰之石范女有遊仙之磬焉若夫排雲入漢之美含商觸徵之奇罷雍祠之麗響絕漢殿之容儀別有泗濱之梓聳幹孤峙負陰拂日停雲棲霜歆崟岑崿玄嶺相望寄冊崖而茂采依青壁而懷芳奔電碭突而彌固嚴風猗抜而無傷途甚峯澁人罕至

乃命夔班剪而成器隆殺得宜修短合思矩制端平雕鏤綺媚既而春桑已舒暄風暆暖冊萬成葉翠陰如黛佳人采掇一作捋動容生態值使君而有辭逢秋胡而不對里閭既返伏食蠶饑五色之縿雖亂八熟之緒方治異東番之野繭非山經之漚絲於是制絃擬月設柱方時若夫鏗鏘奏曲溫潤初鳴或徘徊而蘊藉或慷慨而逢迎若將連而類絕乍欲緩而頻驚陸離抑按磊落縱橫奇調間發美態孤生若將往而自返似欲息而復征聲習習而流韻時怦怦而不竑如浮波之遠鶩若麗樹之爭榮譬雲龍之無帶如笙鳳之有情學離鵾之弄響擬翔鸞之妙聲朱絃在手擊重還輕爾其曲也雅俗兼施諧雲門與四變雜六列與咸池王讚既工阮賦亦奇曹后聽之而懽讌謝相聞之而涕垂至若登山望別之心臨流送歸之目隴葉夜黃關雲曉伏覩獨鵰之寒飛望交河之水縮聽鳴箏之弄響聞茲絃之一彈足使遊客戀國壯士衝冠若夫楚王怡蕩楊生娛志小國寡民督郵無事乃有燕餘麗妾方桃譬李本住南城經移一作居東里納千金之重聘擅專房之宴私方美珥而不減擬耳一作投橘而無喧聞削成於斜領照玉緻於鉛脂度玲瓏之曲閤一作閣出翡翠之香帷腕凝紗薄珮重行遲爾乃促筵命妓一作友銜觴置酒耳熱眼花之娛千金萬年之壽白日蹉跎時淹樂久玩飛花之度窻看春風之入柳命初學記作合麗人於玉席陳寶器於紈羅撫鳴箏而動

曲譬輕薄之經過黛眉如掃曼睇成波情長響怨意滿聲多奏相思而不見吟夜月而怨歌笑素彈之未工疑秦宮之詎和若夫釣竿復發蛺蝶初揮動玉匣一作連之餘怨鳴陽鳥之始飛逐東趨於鄭女和西舞一作儛於荊妃足使長廊之屧虛墜梁上之塵染衣鱏魚遊而不沒白鶴至而忘歸於是乎餘音未盡新弄縈纏參差容與顧慕流連落橫釵於袖下斂垂衫於膝前乍含猜而移柱或斜倚而續絃照瓊環而俯捻度玉爪而徐牽見微嚬之有趣看巧笑之多妍抗長吟之靡曼雜新歌之可憐歌曰年年花色好足侍愛君傍影入著衣鏡裙含辟惡香鴛鴦七十二亂舞未成行故乃宋偉綠珠之好聲文君慎文之清角上掩函而

不前言韜輝而耻學實獨立之麗人乃入神之佳樂

九一作皆藝文類聚

金錞賦并序　同前

舍弟西中郎致金錞一枚周禮云鼓人掌六鼓四金以節聲樂以和軍旅以金錞和鼓金鐲節鼓注曰錞錞于也圜如椎頭大上小下樂作鳴之與鼓相和淮南云兩軍相當鼓錞相望若古之禮器飾軍和樂者矣吾奇而賦之其詞曰

有錞于之麗器實軍樂之兼珍伊前古以爲美成名都之匠人採赤銎於蜀壘求銅精於灌濱若夫鼓以陽鑪營之陰炭是鑄是刻載輝載煥笑烏獲之奮椎踰嵇生之善鍛

實規形之可悅以妙聲之遠聞譬洪鍾之虎釰疑學章疑鼏之龍文至於簨簴先列金石俱諧八能效枝六變程才觀雲龍之欝郁望威鳳之徘徊沛縣置三日之飲平樂有十千之秠揮泰箏之慷慨代晉鼓之嘽啍皆能協宮和徵節往通來宣奏有序度曲可觀鄙金鏞之非德嗤商鼗之易殫應南斗之鳴瑟雜西漢之金丸若夫伏波出討二師遠征蒲昌對戰孤竹臨兵映似月之遥羽飛如鳧之去旌軍魚麗而齊上陣龍騰而俱行望鳥雲之臨敵聞條風之入營壯士被犀良馬絡鐵野曠塵昏星流電掣日侵山而欲隱霧陵空而不滅望水色其如花覩奔沙之似雪咸聽響而先登普一作並聞鳴而爲節當此時也畫角耻吟胡笳不思刀斗暫捐金鉦虛置何[illegible]和之不營而吐聲之雄異制六師之進旅驚三軍之武士嗟吾弟之博物實愛奇之已深識且鑒於鳴石旣有踰於兼金如陳器於柏寢似出鼎於汾陰豈寶帙之爲貴非瑚璉之可欽昔武都之一扇乃銘功以述心矧元常之五執又刻篆以書音况茲贈之爲美而古跡之可尋聊染翰而操筆終有愧於璆琳

琵琶賦　虞世南

若夫巢木爲金門之始轉蓬乃玉輅之先斯蓋前古之撲畧而後代之精研是以鼉鼓質而罕鬼篪籥輕而莫傳笛不爲於商律瑟見毀於繁絃此皆白珪玷肓一作以成疾嗟近者之莫言嘆知音之不逑惟皇御極書軌大同鑠矣文

教康哉武功旣象舞之載設亦夷歌之遠通乃定八音論六樂成均弦誦之藝制氏鏗鏘之學辨新聲於變徵研奇操於清角鏞管咸奏絲桐畢陳有琵琶之妙曲乃越衆而超倫器便時而適用節每改而逾新謐四座以傾耳歎和聲之入神爰詔百辟備序厥因於是大司樂進而稱曰臣以末學聞諸前志尋斯樂之所始乃絃鼗之遺事強秦創其濫觴成漢盡其深致爰有達人演茲奇器集一作參古今而定質擬神明而攄思慰遠嫁之覊情覓絕域之歸志旣而班爾運能鈞繩將設求嘉木於五嶺取殊材於九折剖剖一作折文梓而縱分割一作剞香檀而横裂木瓜貞栢盤根錯節或錦散而花開或絲縈而緒結徙觀其爲狀也則象形

斗極殊姿巧製隨身(一作良)樸之脩短逐(一作任)規模之巨細
既異才而合體亦列(一作冽)方而為銳惟適道以從宜故無
取乎凝滯若乃琢玉範金之巧彤文鏤釆之奇上覆手以
懸映下承絃而仰施帖則西域神獸南山瑞枝屈盤犀鎭
廻旋鳳池開寶振(一作撥)以更運帶文綬而旁垂體備商角
(一作聲備角商)韻包宮羽橫却月於天漢鏘廻風於洛浦始聞絃
之既調乃長弄之(一作而)徐撫應緩韻(一作步)之疎節隨輕身
之妙舞悲紫塞之昭君泣烏孫之公主季倫歡金谷之宴
仲容暢竹林之聚至如七德昭備六軍凱旋諧戎麾而威
遠合金奏而功宣詠燕山之已勒美瀚海之方鐫亦有飛
梁邸遊楚館聞促柱之再調聽鳴絃之踈彈叶高文而自

達飛羽觴之無算又如長河草綠高樓月下入小苑而看
花遊上蘭而藉野泛澄波而轉鷁息長松而繫馬臨清吹
之(一作流而二字)揮絃與殊方而俱寫其奇趣則柳楊嘈囋聯綿
斷續紆餘雙鵠(一作鶴)之吟清壯三秦之曲望南山之遙翠
見西江之始綠少年有長命之詞娼女有可憐之調願百
齡兮眉壽重千金之巧笑逮乎嘉客既醉高宴將闌浮觴
劇飲披襟極歡乃催絃而急調交酬獻之無端若以河而
注海亦枉來而始彈蓋感物動神和心悅耳豈振木之為
輩奚驍梁之足擬夫道以簡易為尊物以精微為貴嗟四
絃之已約乃包含於元氣叶笙鏞之律呂參鐘石之經緯
於是鳳簫輟吹龍笛韜吟玄雲掩影白雪藏音故以暢皇

風之威武悅大雅之神心者也　九一皆初學記

笙賦(武馮寶南郡作)　李百藥

馬南郡天才豔發含章挺生既研精於舊史(笙人姓史氏)亦流
悅於新聲佩銀章於東洛分竹使於南荆芬盛德於蘭苣
徽香風於杜衡縱調文於雅笛留神思於和笙客有寓於
郢都者聞結風之妙曲預高堂之歡宴拂長袖而善留絕
飛纓以增盼重鳳翼之坎羽愛鸞音之清轉請體物而味
言寄風流於藻絢君曰懸匏出自西河奇幹生於南國山
川載挺之異班倕擄思之德固常人之所知無假言於翰
墨至於曲引繁會之美才人妖麗之則實有動於余衷庶
陳詞而袪惑覬傳芳於風雅將求代於刊勒客曰唯唯惟

八音之遺作總六律而相旋徐疾短長之攸濟寒暑風雷
之所宣清廟象功則韶舞播於金石良辰歡宴則鄭衛流
於管絃豈無求於變俗將區分而在焉於是玄英在呂青
陽戒律雲捲蕙樓風生蘭室椰佩翠而辭寒梅含香而受
日始覺華樹鶯啼早不悟雕梁燕來疾縱勝氣之逍遙眷
春光而怡逸命郊驛以迎賓蘭華茵而促膝玉饌厲而不
奕金罍湛而將溢佳麗新壯而(疑欽)徐步長廊風搖裙佩日
照釵梁慣同瑚琏乍出閑房時顧步而疑進或輕臨而欲
翔耀千金之重價婉二八而成行發繁絃於流徵動浮聲
於清商舒披蓮於舞席散垂藻於歌牀獨仙吹之容裔將
陵雲而抑揚見秦趙之音劣識巴渝之調下掩衆技而奪

氣諒聲高而和寡歌狂會於楚謳詠承筐於周雅既駁聽
於吴札亦留神於晉野娩婉鴻驚喈喈鳳鳴或萬殊而兢
響乍孤轉而飛聲清則混之而不濁濁則澄之而不清實
當無而應有固虛受而徐盈爲奕多緒紛綸難狀抑之則
徘徊綿密申之則散朗寒亮始掩劍以夷靡終優游以怊
悵隨流睇而煦愉應徵頻而悽愴挫玉簫之清管息瓊
簹之虛唱落遺轉於梁間墜纖腰於掌上既而重門半掩
高宴將終飄余音於霄漢遏嬌韻於房櫳遠而聽之若遊
鶯翔鶴嘹唳飛空近而察之譬瓊枝玉樹響亮從風信絕
俗之神解何變態之無窮爾乃綺帳畫妓行散巫雲歛楚
妃歎獨婉孌於娃笙尚纏綿於皓腕蘇合薰兮龍燭華連

理解兮允神綮既藉寵而橫陳恣深心之秘翫擢管聲之
易歇恐君愛之難終起長歌於清夜寄微意於春風歌曰
新聲雖自知舊寵會應移無令東下吹變作一枯枝重歌
曰爲相雍門數當思執燭遊不惜妾身難再得方期君壽
度千秋

洞簫賦以四聲爲韻

南國之紀兮江水深中載簳兮天姥岑試一望兮見簫筦
之參差碧雲飄一作影其正色白日出其重陰每含和以自
守雖歲寒其莫侵於是乃使夫匠人陵巀嶭森眛明幽窅攀
重蘿閟豐條截成枝之龍質擬銜花之鳳鳥作爲洞簫其
聲窈窕朦瞽之士純精所至尤澹澹兮無營浩紛紛兮

縱肆纖指敏手隨抑揚之虛滿曲折等分任吹噓而懿淳
爾其爲樂也則穌羅穡諳而逸其爲苦也則瀏漂洌清而
悴或嶒峻以相從復淋漓而遠被有若層山抱古而晴獨
巨海涵虛而夕泣是以君子聽之載其平粹及乎弄玉既
好簫史亦出登翠檻之巍峩結紅羅之婉蔚楊葉鮮吹荷
花浴日對吟空闊之情復感神仙之術若乃漢皇未躍周
勃護喪哀笳左引畫翣前張靈透迤而就挽思徘徊而未
傷懷其吻吭誰非斷腸故若翔若止心中定矣若及若墜
不遺其類趣從容以向空乍猗那以內闕信大雅之紆直
繹茲聲之開塞匪天地兮同和孰能與夫偕極

塤賦　鄭希稷

至哉塤之自然以雅不借居中不偏故質厚之德聖人貴
焉於是挫頑滌戒浮薄徵甄人之事業暴公之作在鈞成
性其由壺籥隨時自得於規矩任素靡勞於丹雘乃知瓦
合成亦天縱既敷有以通無遂因無以有用廣纔連寸長
匪盈把虛中而厚外圓上而銳下器是自周聲無傍假爲
形也則小取類也則大感和平之氣積蒲於中見理化之
音激揚於外邇而不逼遠而不背觀其正五聲調六律剛
柔必中清濁靡失將金石以同功豈笙竽而取匹及夫和
樂既翕燕婉相親命朦瞍以鳩樂人應仲氏之箎自諧琴瑟
雖伊耆之鼓無相奪倫嗟乎漢上更奏桑間迭起大希之
音見遺俚耳則知行於時入於俗曾不如折楊之曲物不

貴人不知豈大雅守道之無爲夫其高則不偶絕則不和
是以桓子忘朝而文侯恐卧豈虛然也爲政者建宗立樂
者存（一作和）旨化人齊俗何莫由此知音必有乎以盈之是
以不徒忘味而已

文苑英華卷第七十一

文苑英華卷第七十二　賦七十二

樂二

箜篌賦（以奇弄已闕爲韻）

山有梧兮猗猗乍雲欝而風披豈雅琴之獨得諒箜篌之
可爲操斧者取則不遠度木者形之又奇候以性而得箜
以坎爲知考宮商於制氏窮巧妙於般倕虛受其心北牖
之清風合韻曲全其勢南樓之華月半虧彫鏤雜錯絲組
懸垂倚銀屏而燭爛拂綺袖而彰施叶陽陰之應節蓋風
俗之能移况乎度曲無方安位必中呼韓美其寵錫師曠
加其撫弄調而合雅聲則殊衆鄙羌笛之吟龍輕秦樓之
吹鳳既而越艷秦娥有隣北里玉戶卷兮真珠箔清楊嬿
兮瓠犀齒青樓何處倚城向日九鳥雛綺帳初開絲綬銜
花雙鳳子斥瑤㚍而不御彈箜篌以爲美絙朱絃揮玉指
邀鄭舞以徐進雜吳娃而競起靡靡乎蕩心洋洋乎盈耳
窮斯樂只我有酒兮嘯也歌嘆彼往且公莫度兮宛其死
苟哀樂之能變可謂感人情之不已且禮則常履樂焉可
闕禮處身而不至樂因心而乃發[redacted]弘雅焉鏘鏗守之不

變豈桑間與濮上而能亂越恨牙琴之不知奚由瑟之自
代

笛賦

南隣退食兮北里朝迴門列長戟兮庭張吹臺珠簾半掩
兮錦筵四開娥眉奕止兮寶笛爰來狎主人與愛客侑珍
羞及王柸方見稱於嘉賓因得搜其所徵厥草創自羌首
更尚本乎所營伐竹之貞寫龍之吟宰匠於是董制伶倫
於是審聽狀以材力質求正直是揮刀斧乃約繩墨斷絶
肌膚刳穿胷臆周繞運同短長合得器雖蹈乎蚌庸性故
傷於剸刻故知懷寶者見毁抱明者自煎向無適於所任
始孰多於疑此焉何止將就其美苟成乎名奚惜違理幸

承薦揚得奉恩光濡君口手之澤冐君懷袖之芳不濫吹
嘘端含雅正堅外守節虛中俟命有若違親事主適道鼇
政㮰以風聲達乎天聽美其窮不易規管能有截柔指斜
攄冊脣上列引氣內壎流音外泄更徵迭盛將聯復絶及
乎和暢平施百志熙熙拂怨爰作萬夫矍矍協宮商以節
宣隨應變以牢絡俾簫不獨舞鳳瑟不獨躍鱗嘯無以振
木歌無以驚塵諒飛動之咸運豈金石之足倫頗罄能兮
宅君之掌握頗度曲兮布君之禮樂儻不遺於賞筵顧何
辭於樸斵

王磬賦　張仲素

客有觀光於樂府見王磬之騰英嗟至寶之朋契如載昉
之曲成挺十德以爲美諧八音而作程韞櫝未施尚秘璘
玢之色在懸以和乍聞清越之聲當其磬師來求玉人爰
格將古樂之是備自他人而去獲追琢既成磨礱載白掩
凄清之瓊珮洞閑華之水碧然後張之清廟奏彼朱宮懸
簨簴而其容轉麗偶笙簧而其韻暫同明半規而似月發
異彩而如虹懿此昭質暢矣音律練響而鳴球可諧還和
而浮石非疋爛鮮華之溫潤含正聲之縝密惠而好我爲
齊路以足珍藏或俟時殊泗濱之自出至於擊拊孔皆備
虞韶而克諧清明可貴表尼父之忘味于以宣古風于以
蕩邪氣越羽籥之繁會聆鬼神於髣髴豈獨質類氷凝響
與風興混金石之華清光不昧較隍池之寶美價斯騰是

知叔之離而三代尚紀子之擊而千古攸稱則知夫樂之
所屬本於化俗方將審音以知政豈在雕金而鏤玉麗矣
哉荆山之珍兮可奏洞庭之曲

泗濱浮磬賦 以美石見質琢之成器爲韻

水效珍兮將應時而出珍浮水兮見可寶而逸當入用之
晨豈可藏於密所以次其崖岸露彼貞質清明內融符彩
外溢霄舒夜度逞分蟾兎之輝旭日朝臨下映鮫人之室
皆見其處幽邃誰見其內明媚皆知其隨波誰知其抱器
邦家藉之不我遐棄觀其璞將有營工其獻情 失二字 規模
可定剸割方成色光芒而白氣溫潤而清是營是琢且見
其能照載考載擊乃知其有聲夫如是守靜而素豈不以

有文而明因得之乎名目覩之乎器嘻同流不知誰念茲而在茲識者未覩寧寶之而存之發跡徐方雖則泗濱而見呈祥聖代不同三獻之疑况貞以自持涅而不緇堅以自秘毀而不變旣成何用之顧宜任當人之薦同百寶而敷陳雜衆類而朝見向若不合宮徵之韻不叶雅音之績聞之者謂爲空言見之者謂爲帷石則以日繫月徒滌盪於風波自秋徂冬難覬覦於採擷焉可見哲匠顧盼良工追琢奏曲者想乎簨簴審音者訓其清濁故知秉文者必有時藏器者不終否理代之音旣作移風之義斯起若不聞大韶大濩肅詎知大石之爲美

第二（以水中見石可以爲磬爲韻）

禹別九州磬浮泗水爲下不昧雖深可視或浮於涘其滑如砥含餘音而未振漱廻流而增美日月其逝水石相攻形潛水府律與天通值君子之深識調聖人之大中備六音以繁會與四氣而玄同于以布聖理于以宣王風配以閶闔之位應乎夷則之宮伊美石之潛處隔清波而迭見倘混衆流不逄顧盼詎辭泗水之濱寧受徐方之薦安可配黃鍾而備清縣乎洎大君之御寓乃乘時而光宅作樂以應天象邦之成績設業設簴擊石撫（疑與拊同）石德音横于覆載至理彰乎損益鳥獸以之率舞祖考於焉來格固宗廟之登用豈泥沙之棄擲夫人之度物物無不可制禮作樂實忘巳以愛人濟川濟深亦披沙而求我不以爲碌碌不以爲璵璵將使致中和非以娛窋坐述堯心之克讓豈鄭聲之興禍當其人之未知確乎安卑無小無大極幽而不隱不擊不考含和而莫移動符於有德靜合於無爲不然者何以別清濁於是考存亡於斯降天神登地祇哉夫和之至者樂音之清者磬天地之位辨君臣之分定苟失是邪以害直忠若於佞故君子之所以理躬奸聲不留於聽（末見以字韻）

笙磬同音賦（以樂之和者異器同音爲韻）　班肅

清明廣大之謂樂度曲節奏由乎器旣克諧於五聲諒同歸乎一致汶陽之孤篠斯有泗濱之浮磬云備吹噓爰發摶拊遄至等輴車之相依契歌詩之必類同夫影響宣常動靜而俱隨象彼塤箎每應感而不匱聯綿並奏聲音相異（當作和）用不殊途方予唱而汝和（去聲）動而相躅固無偏而無陂列其容畢薰猶之共器會其理若涇渭之通波載清載濁貫三才之合樂若浮若沉叶六律而揚音將九成而備曲比二人之同心如言行之相顧成乎慥慥冠鍾鼓之迭奏樂彼欽欽雅韻復興時則若舞鸞鳳和聲互應斯乃如鼓瑟琴音之作也曲無誤者倏爾合度鏘爾中雅寧有顧於周郎自不感（疑作惑）於子野訢合皇王之化跡混同車書於天下遠而聞也謂群鶴和鳴於碧空近而聽之如廣樂調韻於春風鏗鏘間發要妙無窮類金蘭之堅芳美而取婋配文質之彬郁和而且同何異夫相應在於同聲相資

在於同志譬權衡之並用謂相待而成等韋絃之自節則以同而異原夫律呂咸在吹擊惟時異周旋而樂只可終始而從之兩器玄通鳴簧與幽石相感二者冥合竹聲與石聲相追審至樂之盡美伊斯器之可持

子擊磬賦 以敬明爾志人將辨之為韻　呂牧

大哉將聖樂天知命憲章文武昭宣孝敬遊道藝之門觀魯衛之政知禮文之述作繫王道之衰盛將有託於知音故先擊其浮磬翕如始奏泠然激揚旁達草木獨調宮商律中乃節而信清引而越以長何一氣之立則若五色而成章羽可以振振獸可以蹌蹌神人以和捨此奚取樂懸之位斯焉是將諧協於國風本一於心始將此易俗非為

悅已作於朝而君臣同和聽於家而少長咸喜不違情者莫究其理不賞音者莫知其旨非有為而作焉豈苟樂而為爾噫斯道之行如磬之聲合於制度發以清英應小大以隨擊柎原始終不可將迎伊物情之滯隔莫不由此而發明謂為藝以吾不試語之道而知吾志固非繫而不食豈止垂之如墜會見訪於萇弘亙受嗤於荷蕢彼往而不返欲絜其身如樂之無節則可奪倫義有昧於亙舌耳無間於日新何沒沒於隱者亦硜硜於小人必也審音居然大辨動應而溥暢虛中而獨善使石聲無定則我心可轉初未明乎施張肅詎議乎深淺一雅一變正聲久遣子擊此者亦屢歎之唯聖有作闡教命夔乃知樂正雅頌復在於明時

匏賦 以五音克諧火用為韻　李程

自然之器匏也可覩宜標名於曲沃竟入用於樂府將以驗遺聲追淳古聽自分乎雅鄭事有動於三五俾夫繼咸池而嗣六英越大章而跨大武觀其發徵含宮設商分羽泊清角而雜奏合五色而相輔笙磬愔愔而在聽鳥獸蹌蹌而率舞其為器也尚質其感人也則深類韶樂之和自當忘味恥齊竽之濫詎可同音伊昔哲匠未顧伶官未臨分瓜瓞以為伍將葛藟而是尋空思諧於音律寧望齊於琵琴願以劉心去苦葉而展用寧無滋蔓懼芇瓠之見侵今則規模有制清濁不惑受天和而乃圓其象生土德而

再黃其色不患大而拙用奚能繫而不食道無自蒲我則虛受而持盈物有混成我則不宰而為德是知察清音而匪匏孰可含雅韻而匪匏不克剏國家大樂既備萬邦乂懷惟異域欽和而內嚮君子勤禮而外諧至哉聽斯匏之音也可以知太平之階

太常觀樂器賦　孤篠一作孤桐　達奚珣

昔者聖人之作樂也將以動天地感鬼神節風雅導人倫樂假器而成用器以樂而見珍或採孤篠於鄒嶧或收浮磬於泗濱或斷彼金石或制自陶鈞被諸大道輝光日新逮乎上皇云謝戰國相賊雄發氣於五兵崩禮容於八列大樂之器斯焉是缺剝極則貢天臨我皇化東戶而咸若

歌南風而有光觀奮豫而崇上帝舞干戚而柔大荒樂器成列盈乎太常客有覩而駭者曰國之盛事殫所未識雅象絶殺蕤光翕絶樹羽紛灑崇牙崩（疑作嶄）屴玉管清通瑤琴古色朱絲疏越之制雷鼓靈鼉之飾清笳閱列於軍容畫角融恰於武力故能頓應輮張柷敔猛獸赫怒而擎鍾金人嵌巖以負虡鸑筳在目疑髣髴於周王鳳簫可吹紛肸蠁於瀛女況復天球曜逸金鉦（疑）蒙鴻大籥清警虛籟生風怒齊竽之濫吹壯秦缶之爭雄稽衛既（一作古有）倬猗歟載豐匪天子之明德孰以成其衆美總四夷而徵妙越六代而高視思其鏗鍠嘈囋清暢透迤五色成文而不亂八風從律而不虧窮高遠而測深厚故乃盡美而在斯

第二　　呂指南

客有遊於大常者叔夜才貌長卿文雅歷階㠯之間目營楹之下彼美聲奏諒先得而聞焉繽紛器物復可令而觀也絲竹畢備匏土俱陳混季氏之八佾擬（一作佳非）息人之六鈞琴既稱趙箏還號秦伐脩竹於嶰谷來（一作徵）浮磬於泗濱羽蟲畫之也可以成鳳翮鱗蟲刻之也可以作龍脊物以古兮不可識代雖殊兮亦可珍豈直有斯而已哉徒觀其廣厦駢闐脩廊逼側藴今古之殊號被冊青之異色賁路鼗鼓干戚羽旄班彬翕絶巨萬盈億文墨者莫之而記言談者罕之而識嘉夫貴賤攸重華夷是欽舜湯一舉而進韶濩荒隅一奏而成休任君徒見雕瓊鏤玉之餘彩殊不聞宮商徵角之奇音及夫金阜氣變珠樓春始煌煌帝庭濟濟卿士五樂具奏八音俱起惟斯器之有作備無爲之燕樂紛綺靡之容裔混魚龍之交錯金木羅張厥用匪常施之於國則政其攸敍饗之於廟乃神其降祥舞青田之唳鶴儀冊穴之鳳凰諒鄙人之磬思固難得而備詳

觀樂器賦　　敬括

明明國章禮樂其康掌在京伯司乎太常所以納九土之器物崇百王之經教命伶倫使調準徵夔龍使典效於以遊止非禮不履于以觀焉惟樂之先去瀾漫之逸視（一作觀）詠清貞之雅篇是瞻是賞必誠必信遊方有日同季札之來觀入廟以時類孔宣之每問觀其有典有則爲紀爲綱

土木具象金石殊光宮商節其聲韻絲竹分其短長錯龜龍以爲飾會雲霞而作章垂鍾炫以清布濃瑟穆以高張堂庭別懸置之坎左右分文武之行節柷敔以鼓動流戛擊以抑楊辨以殊器（一無此四字）遠而瞻則金石絲竹雜之而殊狀俯而察則東西南北懸之而異方乃旣挺埴爲之塤箎貌有古象制無新規其氣混其音吹此土之器也及夫汶陽之篠入用曲沃之匏見娱爰裁爰截爲笙爲竽其氣散其音吁此匏之器也收犬羊之皮取虎豹之鞹爲鼗爲路是模是度其氣勃其音傳此革之器也嶧陽之桐孤生荊山之玉秀出是鍊是斲爲琴爲瑟其氣清其音㕂此木之器也皆能協六律暢八聲合天地交神明調風雨以順

序布陰陽以元亨旣粲然以盈目蓋難得而縷名且夫頌
功乃作樂因樂乃造器樂盛而德崇器存而樂備樂爲和
物之所器乃積聲之地所以觀器者思述其由聽聲者願
歌其事伊小人之不敏終援翰而翹思

文苑英華卷第七十二

文苑英華卷第七十三　賦七十三

樂三

太常觀四夷樂賦 以澤被遠夷入附聲頌爲韻　劉公輿

聖皇窮天覆以張宇極地載以光宅端拱協有虞陶唐獻
樂奏戎夷蠻貊豈不以浹洽玄化沐浴聖澤於是鞮鞻掌
其方位太常總其樂器列在天庭陳其皷吹傑休兜離風
旋鳥翔其舞也無進旅退旅之容其音也非皦如繹如之
義狄鞮騁能扶婁效智旣夷樂之具陳彰帝德之光被觀
其隨樂官入禁苑荷恩覃化及之德無踰山涉海之遠我
聖君文明立極化本雍熙太和克同於天地貢樂不假於
蠻夷所以司於太常奏於丹墀俾華夷之風不隔羈靡之
義在兹夫其始也伊四部之爰來闢九門而並入水火之
位雕題衣毛以相向金木之方皮服左衽以對立于以彰
四夷之咸賓于以表五兵之戢戢雖摶考之有聲靡塡篪

疑作鷹之可附樂章既異無勞季札之觀曲度自殊奚假周郎之顧爾其非今非古乍濁乍清不雜中華之樂自作異方之聲聞奏既移於白日窮規以悅於皇情於是詔狢藏以頒賜命象胥以廻衆九夷八蠻喜氣溢於咸鎬六戎五狄觀聲動於岐雍豈獨納魯廟而見稱獻漢庭而足重微臣賀華夷之混一敢承舞而獻頌

太學釋奠觀古樂賦 以聲濫及商武亂偕坐爲韻

李程

天子崇儒兮闢此黌庠仲秋上丁兮奠我素王既斯禮之畢具伊古樂而遂張於是調律呂備宮商笙鏞嘈而並奏干羽儼其成行進旅退旅爰擊爰拊鳴宮懸起萬舞設崇牙森樹羽斯道渢渢斯人俁俁和聲合氣綴規接武聽其韻可以窒欲覧其儀可以道古濟濟祁祁莫不貴然而來覩有歎者曰太和之音其樂愔愔作以崇德和而不濫所謂建藻薦之禮革焰燿之心雲英之聲何質韶頀之樂則深見師襄之擊磬聞瓠巴之鼓琴借如發揚蹈厲右秉左執其縱純其始翕發歌初彌下管相及朱絃條泛覺虞舜之風薰王戚載持想周武之山立懿其五節清九奏成播殷周之頌無鄭衛之聲廉正以作姦邪不生蓋由德音洋溢樂教衆務誠無象而不傳非有功而不可魏文侯昔著於發問賓牟賈嘗稱於侍坐乃知雅音爲邦家之本正樂非耳目之翫可以洽人神可以彰理亂而況八佾成列八音克諧尊儒訓兮國風之始闡樂正兮王政不乖夫如是所謂光揚盛禮和樂孔偕

冬至日陪位聽太和樂賦 以文德光宅天敬萬壽爲韻

陸贄

樂自上古兮和洽是聞日至南極兮陰陽肇分名太和而順氣取初陽而配君則知天授聖而正曆聖應天而効勳惟至也去陰就陽惟樂也偃武脩文八佾初陳雜鸞鳳而容裔九奏斯畢降佳氣之氤氳爾其順元辰體乾德赫容衛之森肅儼宸位之恭默班禮樂於千品陳贄幣於萬國濟濟皇皇威容孔彰望北辰以列位指南山而獻觴慶雲叶符榮觀臺之加一作崇麗太陽臨照煜魏闕而增光於是太常導干羽而前白八音自設千古靡隔所以賞諸侯之功暢聖君之澤失其度則惉滯浸興適其儀則上下咸格清淨順氣而不擾和樂自心而來宅可以導情慾可以滌煩慮既而筍虡齊列笙竽互傳偕肅肅而合雅亦啾啾而同玄備以四夷識四海之無我一作外成於九土知九德之咸宣崇易簡豈同於濮水務德化寧比於鈞天既損之而又損蓋斯焉而取焉故所以移風易俗發號施令周天地而不流匝寰宇而無競斥鄭衛而不御暢柔一作虛和而全正群黎足蹈而手舞百僚儀肅而心敬則知一人作則萬邦爲憲來遠人以干舞播聲頌而吹萬則鄭之細晉之思不可以勸湯之放武之伐而有猶怨豈比我照二儀形九有舒太和之至德居盛陽之元首咸有典而有則固可大而可乂明明我后於斯萬壽

太常新復樂懸冬日薦之圜丘賦（以題中字爲韻）　周存

聖人之作樂也將以同和於天地崇祭也將以合奠於鬼神祭有倫而六宗不忒樂具象而萬國以親皇家握乾符以御寓廣樂教以同人雖功成而有作亦襲古而彌新繳如繹如風偕咸和而自化擊石拊石鳥獸率舞以來馴頊以賊臣不順悖於典常震驚我師旅竊犯我紀綱禮樂之儀雖可久而可大文武之道亦一弛而一張是以七德興而有輯六樂缺而未彰今五典不用百度載光海外懷仁以有截天下好樂而無荒帝乃誕敷文教式奏薰絃命太常以脩樂將享帝而配天於是繩五元以氣應考八能而術全侈弇不興鳧氏之規惟妙上下合度磬師之法可傳

爰設業以設簴備宮懸與宿懸爾其金石具陳鞉鼓間出和其憂擊節以徐疾五色不亂以成文八風不奸而從律大章彰之已合陶唐之代韶盡美矣不惟有虞之日既而樂復音和仲冬日至戒殷薦之祭典將孔明於祀事用享乎上帝乃奏夫圜丘擁黃鍾而角動扣太簇而徵流大不踰宮而清濁迭和細不過羽而終始相酬是以六變而天神可禮九成而帝德惟休大禮畢雅音收居清穆以合理思有容而爲循雖化洽時和惟善政所致而風移俗易將復樂之由

吳公子聽樂賦（以四聲爲韻）　高郢

延陵季子節高神融博辨精微通其識達其聽聰方辭吳而聘魯因請樂以觀風主人於是設嘉饗進樂工陳金石絲竹於堂上舞干戚羽旄於庭中客乃凝情滌慮幽聽暇想翕如也見雅調之始作美矣哉歎至德之彌廣自周而下自鄶以上備聞變態之音默見興亡之象時則崇牙對望猛簴相向搥鍾擊鼓乍陵厲而清壯鳴磬戛絃又發越而寥亮八音宣六律暢馬彌髦而仰秣魚踈鱗而躍浪（弭髦踈鱗字見吳賦）信可以察邦國政教之盛衰見造化陰陽之情狀及夫曲已終奏斯闋言之者莫隱觀之者咸悅足使夔曠心沮牙期思絕是知大樂以天地同和大禮以天地同節乃爲理之樞柄化人之軌轍者也夫聽者納於目而察於心伊事也傳於古而繼於今陽春白雪之歌其和寡流水高

山之曲其意深姑使清濁不亂鄭衛莫侵雖千載之後亦何謝乎前賢之知音

吳公子聽樂觀風賦（以自鄶下已無聞焉爲韻）

有東吳子博識洽聞欲觀風於上國期屬意於南薰審樂聲以殊志將理化之可分明籍籍以播物意飄飄以凌雲聿來洙泗當周之季禮樂之化已虧文武之音（一作道）亦墜嗟朦瞽之多逸嘆君臣之不自閑鄙魯之儒書獨可稱其樂爾乃金石迭奏匏革互起主毋齊於砥伸客克諧於欣旨弘慈愛於寬裕展肅敬於廉恥和風陶陶以感心繁音洋洋以盈耳剛不怒兮稽其度柔不懾兮得其理雖曲度而屢絕尚鏗鏘而未已政教則興衰貶無僭賾深思於唐

偕稱大風於齊篇察卽詩之不困知鄭祀之不延釋獨一作猶憾之南籥愍黍離之東遷是皆清明華鑒脩短昭然雖謂千祀曾何聞焉幸遇休命沐玆至化大和覃於夷狄神功格於上下五英六莖之義咸池大章之徒與歷代而共樂匪古有而今無且夫樂著太始配天爲大實欲庶物之暢茂非獨五音之繁會故省樂之理明乎否泰方且樂於無聲又何假聞乎自鄶

鈞天樂賦 以上天無聲昭錫有道爲韻　裴度

嘉大樂之同和惟上帝之申錫豈功成之可致必神遇而來覿吉夢足徵奇音無斁爰昇天表備聽乎繳如繹如方悟人間徒聞乎擊石拊石想夫秦穆趙簡遊魂太清下連

霄而無覺上和奏而有深感之聲殊九變之曲神而化異三代之名則知昭假于下潛通在上俾晝作夜既尚寐而冥濛好樂無荒乃克諧而瀏亮翕然並作隱爾盡暢所以娛其精誠所以滌夫昏妄既而受天錫降天衢空惚恍於冲漠循髣髴於虛無餘響愔愔而在聽撫躬眇眇而異途原夫育萬靈騰九有縱未央之娛樂表不息之悠久未爲二主觀樂鈞天假夢中之高會豈邦內之驩然常一作未若我皇冲一氣而獨運協六律而相宜發善令爲鍾鼓播仁聲於管絃將興慶於乾坤之內非取樂於耳目之前不識不知順天之道傍流喜氣寧候於鏗鏘盡得歡心詎資於擊考斯乃常聞於率土不閟於重霄致中和而廣被誠教化之孔昭是曰鈞天之樂也又何萬舞之與九韶

第二 同前韻

何上天之默默有鈞天之可名蓋德至而則至從無聲而有聲和樂發音與夢寐而潛契精誠自感何耳目之能營懿乎玄德升聞天降靈貺匪同乎搏拊之和豈在乎霄雲之上感夫心志達乎肌膚都萬物而有喜聞九奏而可娛其靜也寂寂其動也于于與霜天之鍾應同漢月之山呼聆響兮乍有杳冥兮若無表穆公之休烈爲簡子之祥符以邀以遊實我之獨得不考不擊豈他人之是愉惟玆至樂信夫玄造非天私於二君惟天響於有道不然何融融洩洩發於自然萬籟不雜八音相宜且降惟以入夢知惟

德之動天實深乎骨髓之內豈專於視聽之前惟竊語之有說何言詞之能全至哉無金石之迭代無宮商之先後忽變化於合漠韻鏗鏘於妙有既登不死之福庭自諧保生之仁壽則知夫天可通兮道可守自一作明感應之無差知影響之不苟降鑒匪遙德音孔昭鄙未善之周武甚盡美之虞韶豈獨聆之兮四肢酣暢感之兮心神洗滌將使道德之不昧必受如斯之殊錫者也

第三 同前韻　李觀

異哉天地之樂其可聞乎美矣盛矣神夫至夫謂其有不見其有謂其無不見其無是惟德盛者能感匪詞工者足愉故昔秦穆之寐也去乎人間卽乎天上豁如有遇杳若

無妄大音嘈兮交作上帝儼以延望百神紛紜而齊赴萬變合沓而殊狀日月正其東西星辰分其背向乃有地祇上謁天仙下朝奕奕翩翩霓裳羽蓋之莽集砰砰磕磕撞鍾擊鼓之相叢舞之者傞傞而中節歌之者浟浟而匪驕其疾武足畏其徐文足昭遇之以神殊季札之觀魯樂而忘味類宣尼之聽韶是知窮深極厚于何不有罕究其真莫尋其首德聲及於無外協氣積於虛受駭矣乎樂以和未詳其義和之至而天用作天之神而樂克宣其動也與元氣迭運其靜也與太虛相全噫乎哉不可階升者天道但見夫乘宣疑作虛躡浩乍如周文之夢賓異季路之禱獲觀天樂之和羅神工之擊考是天之所合道不虛行九奏未終

初疑八佾三歎既退方異六英徒觀一作悅夫鏜鎝之內響優柔之正聲六幽爲之震魄七曜爲之垂晶而莫識其曲達其情既覺既悟如喜如感天樂之遺音在耳天神之彷像猶覿顧何德而承之受祉於天錫

雲韶樂賦　邵軫

帝唐之於宣昭立極本乎神堯彌六葉以開泰接三正而會朝樂一人之淳德成萬國之謳謠故太宗載橐而象舞聞於破陣我后垂拱而作樂嗣曰雲韶夫道者率性作者謂聖統同積和倫理知政斯古之所以歌九德誦六詩咸池備矣大章繼之玉戚朱干降及禮文之代簨捊筦一作敔龠行乎朴略之時若乃周道衰王澤竭正始之音奔散哀思之風鬱結逾千載而未返以俟我開元之睿哲噫我樂之方作也天保定武功成紹堯光澤嗣武重明感物以風下理心而和聲稽六律之宮變諧八音而磬清越二十四祀建寅望之夕啓千門以達陽氣御重城而臨百辟張彩燈之煌煌敞新樓之奕奕甸師庭燎武賁陛戟命典庸使設簨簴飾羽旄而展金石納四夷之襟侏兜離奏六代之翕純皦繹乃昱日出雲韶而舞之徙觀其降輦路臨廣場曳羅裙之娟娟鳴玉佩之鏘鏘始逶迤而並進終婉一作宛轉而成行於是合以絃匏從之磬管昭敬意於廉直本善心之嘽緩克和四夷應春候而角調取象八風如舞行之綴短霓裳綵闘雲髻花垂清歌互舉玉步徐移俯仰有節

周旋中規將導志以變轉幾成文於合離爾其美目流眄輕姿聳峙或少進而赴商俄善來而應徵貫魚初度鶱鴻乍起容裔自得蹁躚未已褧衣屢更新態不窮忽舉袖而縈紫復廻身而拖紅及夫繁音九變曲度將終神人以和天地攸同立五常之行移四海之風然後樂師告罷退之惟宮時也皇歡浹睿澤深一人有慶萬國懽心群臣獻華封之壽天子御薰絃之琴照襃光於合璧式王度其如金乾道兮下濟湛恩兮汪穢四三皇兮六五帝于胥樂兮千萬歲

文苑英華卷第七十三

文苑英華卷第七十四　　賦七十四

樂四

君臣相遇樂賦一首　　獻凱樂賦一首

霓裳羽衣曲賦三首　　功成作樂賦一首

作樂崇德賦一首　　律和聲賦一首

奉制試樂爲御賦一首　　大合樂賦一首

君臣相遇樂賦并序（以聖作物覩聞韶彔味爲韻）　潘炎

繼天者君也戴天者臣也下之事上作股肱耳目上之任下敷心腹腎腸甚矣哉君之難臣之不易也今聖上高九皇之道賢臣合一德之義風雲玄感魚水冥符作樂崇德於是乎在詩有六義請賦歌之曰

於赫我皇受天明命平六府和八政天合德日躋聖神生甫而山出雲在玉衡而照金鏡考金石以和樂羹鹽梅之克正超百王之至理冠六代之尤盛至矣哉鴻鈞之代何物不樂仰乾坤之德知樂之所由興觀君臣之和知樂之所由作在宇宙而皆備鼓陰陽而合莫且宮爲君商爲臣其德斯溥（濞旋作）羽爲物徵爲事其宜咸君諧宰相之燮理象天子之經略可以頌猗那可以美於鑠正南面陳黼黻于以紀聲明于以展文物進旅退旅撞鍾考鼓四方皆聞萬物咸覩事無事明主之衣已垂爲無爲大臣之衮何補雲于呂而風入律進成規兮退成矩無不幬也像乎三天無不載也均乎九土小仲尼之在齊狹季札之觀魯惟太平之和樂按前史之未聞不殊東戶之代何謝南風之薰遠無攜而邇不偪夔爲臣而堯爲君肅雍和鳴越詩人之作發揚蹈厲溥武王之勳節有序聲成文豈徒以諧鼓舞蓋所以調氤氳允所謂奏大音兮當聖朝合六英兮和九韶陳威儀之穆穆表至德之昭昭奏之以人奚異洞庭之響莫匪爾極何必康衢之謠一俯一仰下貌上讓或右文而左武或先吁而後唱端拱者上帝之君賡歌者濟時之相天化優洽淳風溥暢元元本本形難爲狀崢州之北邈矣可遊汾水之陽杳然自喪所以表大道之理豈徒知皇帝之貴徐則文足昭疾則武足畏俯仰之際見旒扆之情綴兆之間知鼎鼐之味不聞於栢皇栗陸何有於殷周漢

魏敢獻幽蘭之曲希從拔茅之彙

獻凱樂賦（以獻茲大功陳樂于祖爲韻）　高郢

愷樂象功曲（一作功）成斯獻既宣威而是奏亦飾喜而攸建播師律於六律裹海用寧揚軍聲於五聲華夷知勸原夫飲至云畢告捷在茲陳簨簴之列歌杕杜之詩天地同和盡樂止戈之武生靈咸若俱歡反斾之師觀其鍾鼓克諧羽旄繁會伊德音所發寔神功是賴粗而厲彰乎樂在其中感而通俾夫聲聞於外迴（一作行）八風以柔服叶七德而保大鏗鏘既薦乎成文條暢有符於交泰若乃昭聲教定武功肅軍容於清廟和樂節於皇風奏在偃旗之時寧惟三捷獻於歸馬之日何愧一戎於是洪稜奮盛禮陳感怒

聲而色作駭壯觀而氣振且流歡於遠邇乃昭慶於神人
輝德是資克戒熊羆之士審音斯取不忘將帥之臣則知
伐叛既在乎師獻功必資于樂綴兆若習於部伍進退如
分其犄角矧乎侁侁之功斯立鏘鏘之韻相符始理心而
啓聖終盈耳以爲娛彼周伐玁狁漢征單于皆窮欲而黷
武故人殘而力無未若我配盛德求惟啇將使自東自西
聆至音而斯爲盛矣盡善盡美欣玄德而不亦樂乎既而
一人有作萬物皆覩掩軒后之咸池陋周王之大武播丕
績於宮徵歌盛樂于宗祖客有擊拊而歌聖功頌比身於
率舞

霓裳羽衣曲賦（任用韻）　沈朗

儒有悅聲教以自勗覩至樂於實錄如玄宗之聖代制霓
裳之麗曲豈惟象德以餙喜將以變風而易俗原夫鼎湖
道洽薰絃思深惡繁聲以惑志思雅樂以理心調乎琴瑟
之間無非故曲奏自雲韶之下盡是凡音乃制神仙之妙
響是知鄭衛之難侵與鈞天之潛契冀瑶池之可尋時也
廷臣並觀樂器斯設絃匏由是而居吹簫管因之而在列
假宮商之具舉成曲度之妙絶變盡徐之歌態始訝遏雲
振飄颻之舞容忽驚廻雪既應絃而合雅亦投袂而赴節
已而樂自宸慮備于太常首瓊殿之法曲改黎園之樂章
配八佾以稱美旌九功而無荒盡文物之全盛致衆庶之
歡康是知和平有因雅正無比既容與而在目復周旋而

盈耳融融然節奏合度傞傞然周旋有旨逸調奏兮既徹
嘉名播兮未已今皇帝奕葉繼代明德是資開元之聖運
復啓羽衣之餘享寧遺觀兩階之舞干既柔殊俗覩二清
之仙樂復播明時下臣就列以貢賦喜聞韶而在兹

第二

霓裳綽約兮羽衣蹁躚高舞妙曲兮似於群仙長袖若綫
而若急雅音或斷而或連想奏禁城之裏如聞玉皇之前
迎拍動容縹緲而羅衣曳霧含霜吐曲響亮而德音徹天
止有餘態動無遺妍昔開元皇帝以海内清平天下豊足
思紫府瑶池之樂制霓裳羽衣之曲夭夭而花（一作仙）貌呈
妍冉冉而雲環垂緑金石鏘鏘而不雜絲竹要妙而相續

觀夫降輦路臨廣場被羽衣披霓裳始逶迤而並進終婉
轉以成行舞隨節以袖急歌和氣而韻長退若遊龍之乍
婉進如驚鴻之欲翔趨合規矩步中圓方想其奏也示安
寧尚敦朴明樂之雅正辨樂之清濁雅聲發乎宮商清音
發乎角徵似到蓬萊之殿見舞仙童如昇太一之宮忽聞
帝樂爾乃若止若行或疎或傾進退合度俯仰隨（一作應）聲
聽之而雅正斯在聞之而奸邪不生天地爲之交泰日月
爲之貞明今我皇紹唐堯之業繼聖祖之德制禮作樂而
和兆人端拱垂衣而朝萬國於是陳廣樂宴群臣鄭衛之
聲是遠神仙之曲是親雅音奏而合律妙樂作而入神變
態而波廻風轉顧步而雲飛霞新已矣哉想曲罷而舞歇

當皇州而正春

第三　陳嘏

我玄宗心崇至道化叶無爲制神仙之妙曲作歌舞之新規被以衣裳盡法上清之物序其行綴乃從中禁而施原夫采金石之清音象蓬壺之勝槩俾樂工以文太儼彩童而相對濔灑合節初聞六律之和搖曳動容宛似群仙之態爾其絳節廻牙霞袂飄颻或聘聆以不動或輕盈而欲翔八風韻肅清音思長引洞雲於丹墀之下颯天風於紫殿之旁懿乎樂洽人和曲含仙意雜絃管之繁節澹君臣之玄思清凄滿聽無非冲漠之音颯沓盈庭盡是雲霄之事吾君所以凝清慮慕玄風無更舊曲用慕成功既心將

道合乃樂與仙同悅康平於有截延聖壽於無窮美矣哉調則冲虛音惟雅正于以臻逍遙之境于以暢恬和之性遂使倍以應平人無分競見天地之訴合致朝廷之清淨小臣抃而歌曰聖功成兮至樂脩大道叶兮皇風流願揣俾於竹帛贊玄化於鴻休

功成作樂賦　李子卿

夫九功不成八音不會所以功成作樂乃知樂之爲大上帝以亭育道周故鈞天愍藪軒轅以創業功成故雲門砰磕不才狂智之士敢議聖唐之樂我高祖神堯皇帝歷數在躬鈞樞初握撥亂返正戮諸夏之鯨鯢枯楊生荑掃中原之霜雹太宗以電擊肅慎洗白刃於遼水高宗以風行營丘颺青烟於太岳二宗一祖功高道邈我開元神武皇帝夷內難纂前緒皇綱弛而更張帝典墜而還舉從萬人之後疑欲安一物之失所頃年祀后土夜吐神光中歲燎皇天晝聞山語曠絹古而未覿非軒項而誰與宜樂功成當崇雞箴貞觀草創已模五莖六英開元增脩更叶黃鍾大吕命夔典事大制宮懸鳴絲則文動奏金則武宣羽毛含其春露干戚耀其秋天慶雲既同於舜日大風無異於漢年於是八音具舉六樂斯備工無奪倫守不假器伏羲之瑟琴有序女媧之笙簧畢萃爽逸韻於伯牙得遺音於師摯窮搏拊之深術盡戛擊之幽致動角則寒谷花明叩商則春林葉墜聲無誤曲周郎之顧何施調有雅音季子

之聽應異初舞而魚躍龍騰終曲而鶴翔鳳至誠可以克諧神人文暢天地者矣且述者彰於有聖作者表於有功徵乎正始繫彼國風聲和則道洽偕韶調雅則人和年豐當今八風通六律同其音正其氣雄文昭德而邪對武盡美而未工聆響皆清比無聲而無臭聞風自悅何自西而自東誠宜播在金石永永無窮有龐眉垂白之老擊壤而歌曰功成作樂兮帝力則邪樂正崇德兮雅頌則多雲門之典兮大吕之歌金石節奏兮絲竹駢羅天地已正兮神人以和兩階舞羽兮三邊止戈擊壤鼓腹兮不識其他客有獻成功之頌九重深兮其若何

作樂崇德賦　以王者順動殷薦趣時爲韻

我皇以合天為德神化為勲鄙銘功　於彝器思播德於樂
文由是播大章大夏表克長克君美二韶者舜㪽護惟殷未
足方其至美而且讓其樂云於是偕泰時康近服遠信聲
諧六律事從百順樂府爰闢宮懸始震樹干羽而駢羅列
鏞鼓而充牣八佾之疾徐無失九成之鴻殺克慎沾滯不
生子諒咸進洋洋玄化流於莞磬之中泱泱大風發於絲
竹之韻觀夫崇德之祭也郊上帝祀方祇配祖列位崇壇
奉犧六代明備千官肅祇殷薦咸若嘉肴孔時聲音上聞
同韶之盡美戩穀下降知神之格思于時曙色初分祥風
徵扇肅肅嚴配陰陰嘉薦聲明動于皇天文物驚於赤縣
至矣哉德不崇無以表金石之娛樂不作無以表天地之

符樂作而萬方草偃德表而八裔風趨昔先代之薦也或
中和罔紀鏗鏘罔假徒載考而載擊非大者而遠者孰若
奮至聖之光薦明德之香陋咸池於堯帝笑舞象於周王
秦穆之鈞天遠設軒皇之廣樂空張（一作章）聖上循兢自持
非禮勿動鄭衛斯斥溺音是恐客有聞至德之音知我皇
之所以垂拱

律和聲賦（以見象聲律以和萬方為韻）　歐陽詹

詠聲周兮律聲遍人心厚兮國風變伊在堯之既聞我得
變而又見哀思慮始安和道性宗伯官也擇人乎有才正
始化焉選音於無象綴咸池之雅韻去桑間之未賞啚風
普以兩周筭天長而地廣律則以宮商擊徵詠則從濁揚清

且懲流而反正常誠險以歸平若近若遠非幽非明類無
臭等無聲侯信矣惟時與四時之德合（一作洽）純如並奏（二字
一作合莫）彌六合以文成善詠者身應聲者律會高低以齊舉
偕疾徐而並出跡不得尋功如何述為災為青曾莫奉於
淫君調陽戽陰屢見資乎聖日故得之者體員御方失之
者亡檉絶祀比屋可戮桀紂罔測其所由率土可封堯舜
固知其所以不然者移風之言曷謂易俗之訓則那我所
以清六管順賡歌載唱載吹匪塤篪之獨叶一張一弛豈
琴瑟之空和八紘有截四海無波物阜人蕃雖已歸乎（一作
之）至德鳳來獸舞蓋於斯而靡他其理微其用遠論有助
也伻大君之得一考無情焉同八風之吹萬可謂我詠斯

暢我律斯臧發揚六義（一作氣）孕育群方虡植者以之而茂
實含識者於焉而壽昌彼離連與栗陸復何道而稱皇
凡一作皆集本

奉制試樂為御賦（以和行道之本為韻）　元稹

臣伏奉庚寅之詔曰天子以樂為御其義則那臣以為引
重任者無御不可播盛德者非樂而何蟠乎地而極乎天
周流既超于馬力發乎邇而應乎遠馳聲亦倍於鑾和喻
之為至此實居多大道既夷則舞行象成於倒載小戎或
駕則琴音央勝於驟歌故聖王取彼騑然方諸沃若制其
節奏戒乎行作聽祈昭之什與絶跡於覆車賦盤遊之嗣
俾慮危於朽索是以南薰馳而虞德盛北里聘而殷道惡

控海内當並驚於勛華執人柄豈爭功於良樂斯御也動無險阻發自和平周旋罔害歡愛則行止之而優游靈府推之而浹洽寰瀛非勞轄輗但布藍英陋乎足跡運以精誠爾或馳驅難期於無災無害我之步驟乃在於大鳴小鳴故曰得銜而詭遇不如率歡以仁聲且跋涉者疲於山川滌蕩者格乎穹昊慕六律而百蠻群至錫有功而諸侯軌道豈出戶庭非專擊考秉六氣之變洒六轡之徒施鼓八風而行知八駿之非寶於是屏造父命后夔或無聲而至矣或先進以導之豈獨周域中而利其銜策亦將肥天下而浹乎骨肌若此則宇宙蓋猶乎一馬索制盡在於四維雖質文更變而公共操持莫不得之者昌失之者損偕

化清而鞭朴廢和順積而車書混故臣楨前跪而言曰引重任者御爲之先播盛德者樂爲之本伏惟皇帝陛下推是心而居其莫臣徒欲貢所聞而安敢窺其閫

大合樂賦 以王者之政備于樂聲爲韻

樂者制也所以道天和全人性故作之以崇德審之以知政王者敬其事而闡其道順其時而行其令逮夫季春戒期乃命有司且曰群萌達矣播樂安之重以國經不可闕躬理必以時訂一作將齊度於節奏被選樂於聲詩撰乃吉日總於樂師是用資於誨爾亦無忝於命夔由是司儀辨等庶工守位備絃管之聲陳匏竹之器柷敔灑遰而就列簨簴嶙峋而居次克展禮容而告[illegible]備天子於是率九卿暨三事必虔心而有待俾倍息而斯致既親覩於宮懸又何假以庭試若乃曲度是幷不可殫名雜以韶濩間以英莖追宣尼之前聞是能忘味念師乙之舊說各辨遺聲考彼廢興存乎清濁安以樂且知治世之音哀以思不雜異方之樂類飛聲於垂仁等潤物於流渥足使魏文侯之盰聽已悟前非吳季子之備觀難施先覺既盡美矣又何加乎諒從律而罔惑將克諧而不渝必在聽和知其樂也洩洩是惟反朴變其風也于于且舉不患乎聲希統同寧責於和寡奚必響鈞天之靈既而有殊焉想洞庭之異音更思古者誠夫天祚我皇恩歷遐昌掩遂古之嘉樂軼三代之盛王竊賀聲明之巨麗敢聯雅頌之遺章

文苑英華卷第七十四

文苑英華卷第七十五　賦七十五

樂五

簫韶九成賦（以曲終九成百獸皆舞爲韻）

聖人順天道防人欲布和以調其性宣樂以察其俗氣將道志五聲發以成文化盡歡心百獸率而叶曲茫茫大空樂生其中聲隨化感律與天通交四氣之溥暢貫三光乎昭融將君子以審樂故先王以省風致同和於天地諒難

究其始終惟樂之廣于何不有包陰陽兮不集不散降神靈兮或六或九故季札聆音而感深宣尼忘味於耳盈昭覆幬兮煦嫗召游泳以飛走演自窅冥發於性情將不動而爲動自無聲而有聲五者通三我則貫三才而作陽數有九我則至九變而成不然者何以調大中何以繼光宅作終樂於數四歷君子之凡百其聲轉融其道彌赫大哉至樂丁以洪覆収之而合乎希夷張之而散乎宇宙感八神與地祇格靈禽與仁獸扇風化而以攢則雍熙之可就大韶命曲大章同濟既和且樂亦孔之皆且簫爲器之所細鳳爲王之所懷若浩灝之音感清凈之化乖則歌已而於往客孰來儀於克諧恭惟我君配天作主命工典樂考

法師古浹聲教之汪濊合堯禹之規矩士有聞韶嘉於蘊道擊壤希乎可取同鳥獸之歸仁承德音而率舞

聞韶賦（以宣父在齊三月忘味爲韻）

韶則盡矣聽何可忘況至德之斯過聆奇音之孔揚天縱多能信以嘉乎擊拊神資博學知其美於典章用而不匱樂亦無荒若充乎四門之術不離乎數仞之墻驗則足徵用之可貴聖者妙而合道志者仰而自慰悅五音而四直孰謂其龍致六府之和乎自忘於味省風而八風叶暢覩德而九德昭宣季子慙遊於魯地穆公徒響於鈞天曷若觀率（一作千）舞聆薰絃變態罔已周流自然可以深骨髓而期富壽豈徒資視聽而娛聖體至若清磬虛除朱絃疎越

鼗鼓以之迭奏笙鏞於焉間發以感陰陽於宇宙耀光明於日月自表虞德之不衰豈效文王之既沒是知武也未善護也有慙鈞化歸於二八讓德明乎再三所以其道不窮厥監斯在驗率舞於百獸想同和於四海如其樂正非關自衛而來黨俠風移有異從周而改悁悁不極杳杳乍迷俄將復矣抑又揚兮夔周公而不見想聖德而思齊聞斯行諸厥不踰矩感心駭目是何其覩悠然而往三歎如在夫寥天滌爾而施萬籟已吟於九土詎忘味於三月諒永懷於千古幸賦韶樂之遺音美哉尼父

樂九成賦　李華

亊在六葉將脩封禪想與靈接乃冠顥色佩朝陽瑱瑶碧

之明潤胥桂椒之芳香曰予意夫放勛光明重華風聲髣髴兮陽靈之宇嬋娟兮介丘之平先大樂緝正聲更恊五變親和九成均鳴絲於金竹參雲門與咸英使子野奪意伶倫喪精帝於是摇翠竿於東國翳華芝而遂行然猶左却宓妃右屏西子寵罷金屋歡辭瑶水豈脩蛾之敢廻匪清矑之能視飛鸞心折毛嬙色沮朝雲之姣兮不能呈其妍絶代之冶兮無所施其美兒肯選無限情未央將與昭陽比盛傾宫相望仍復斥鄭衛捐倡優靡曼無取摇哇不留淮南兮激楚荆歌兮趙舞長袖更進新聲自許嬌彩雲之徘徊拂錦茵而容與能使秦帝熒惑漢皇延佇度曲東城横態北渚莫不卷襞而索無處所庚疑射兕之騁鶩後

誇胡之豫遊去睾被輿豹舃戢鳥虓疑及驊騮復想像雲夢彷徨青丘麇麚熊羆之藪蘿莽陵罔之幽於中爲樂驕矜未休荒淫震蕩其誠不脩將穆然儲思粹清高想意援招摇兮徃若而至乃建玉旛之光耀動金根之逶迤冊虬翊輦白武衛鞋後舞玄鵠前鳴長離清壇下蔚高烟上馳故能坱地闔開天維降青玄兮來斯登黄靈兮遅遅江畔之茅抽三脊北里之禾蒲芳席雎上之黄龍兮瑞以多頣持朱鴈兮薦天歌明德既享靈心每和冝其日烓中降雲烟上帝光五色聲萬歲氣非烟風若蕙動倂成山碣石澤比漲海洪波一作河茲所以庚高宗之美豈七十二君之足多孰與雄奢驕貴逞慾矜意貪靈好奇恃力誇貲惑方士之說邀羨門之期果爲風雨所中神仙見期歴聊聊兮徒遠望蓬萊兮幾時者哉

洞庭張樂賦以八音克諧天地充蕭爲韻

洋洋乎軒轅之作也陶玄化以發生運神武之不殺張至樂之淳備播皇風之坱圠舉端於素得太始之自然克成於和蕩生靈之夭札何必管聲爲五羽數惟八然後合夫大夏請言斯樂也不振而其聽愽不眩而其意深大而不擲樂而不淫將使儉者得中和之紀奢者已醉飽之心君子曰是樂也不朽之德音於是一償一起于彼南國直聲暢和氣基其静也洞庭安波其清也楚山霽色百蠻以之神化六狄由斯仰德是樂也乃不朽之德音於是柔克可

以上享天心可以蕃屏人則知武也矣而未盡夔矣猶有慙德覩其妙矣則天地盛而氣不乖陰陽感而六律諧惟精惟一唾萬舞之弈弈無荒無怠見鍾皷之喈喈觀其徼矣則合於自然施之無邊輝綽發越行流散遷車高太古功儷鈞天其曲直其音至餙諸喜以平諸心極乎天而蟠乎地率其樂也何享而不利原夫樂之契道也在心而心正在聽而聽聰故至人定和而守一合愛而流通必以濟刑政之理行山川之風豈從耳目是翫情性克充而已哉當是時也太虚遏雲寒谷生煖三光昭晰八極充蒲何淳風之坱坱諒千古之纂纂吹伶倫之律惜彼時移繼炎氏莊子焱氏或作炎之頌媿茲才短

第二 同前韻　將至

聆皇帝之遺音濬乎至察天非私覆稱其德以無三國有玄風應其方以宣八所以合德樞之幽鍵率至人之大戛當其存乎象用酌被鈞深將合之於萬籟故稽之於八音非剽之以耳寧聽之以心風師拊石雲將撥金弃圂客之絲彈爲鵾舞箳羌人之竹攊以龍吟雖不擊而不考或習習而愔愔坐忘斯得旋歸靜默其始也惧其終也惑迴日月之運行會鬼神之柔克淒清廣莫之野蔓衍華胥之國奔夷貊於蟠水之東聳鈴輸於幽陵之北和容遠被休氣充塞邦用榮懷人之克諧何以皷靈鼗之坎坎撞猛簴之喈喈至乃起於無朕調之自然張洞庭兮聽咸池同嶰谷

兮合鈞天昭炎氏之作頌寓莊生之外篇是則成象者樂之余希聲者樂之器舞妙有爲八佾懸至和爲二肆觀其妙叩以玄關動無方覃於厚地貫陰陽而不測庸詎識其純粹吾君攢戎始酌遺風集端虛於黄屋攘靡曼於玄宫理代之音兮蹈而不厲不言而化兮美以能充今以視昔寔曰玄同受靈今之誕敷窅希夷之自蒲考微音於天樂謝能賦於窺管

第三 同前韻

昔軒帝出震用率大戛三才以貞萬人以察戰蚩尤於涿鹿之墟登飛龍九五張咸池於洞庭之野舞玄鶴二八遂使素女緘琴昭文綴琴嗔箎協韻笙磬同聲始鏗鏘以拊石終訇隱而撥金雷出地中以成奮豫之象風行水上油生子諒之心包混茫之廣大含元氣之高聲不知不識順帝之則無視無聽至道之極三月忘味思在齊而攸聞七旬格苗非得雋而爲克所以事與時並名與功偕群方既睦庶尹允諧且如碩人褻然萬舞在前秉翟奕奕象九奏於鈞天夔后爰至三步既次佽振搖搖率百獸於厚地諒人神之在和何匏竹之足備况乎皇上降柔以符德充理七音於周雅歌五絃於舜風仁親是務車軌攸同信敷草木澤被昆蟲在坑谷而何有與幬載而齊功故得萬㝢宅心四夷脩款音無滯滯義取觀盥聞政始之頌聲足誠傾以持蒲空歌特以獻賦若窺天之以管

樂理心賦 以易直子諒油然而生爲韻　獨孤申叔

心爲靈府樂有正一作和聲感通而調暢之理自得訢合而邪僻之慝不生翕如寘契混若化成孕和平於德宇保純粹於元精故先王立極受命制民作則脩匏土革木之器備干戚羽毛之飾將以悦萬人康四國動蕩其心志推移於道德薰然而煦日以和悠爾而躋之壽域成文不亂知至樂之有融從律弗姦見王道之甚直聲之所感性罔不悛致和易於無象禁奸邪於未然希夷自適爵結攸宜苟斯須之不去何嗜慾之能遷况乎大樂同和至音交暢聽寂寞而何求視窅冥而無狀將欲革驕志以純仁化貪心爲貞諒在乎思不惑兮心不流安至樂兮優而柔順至性

之蕩蕩符大道之油油純如皦如足養浩然之氣融融洩洩寧抱悄爾之憂是知以德音爲音則合於仁義以淫樂爲樂則比於慢易咸護作而理亦隨之鄭衛興而時乃殆而信至化之所繫實和樂之攸資是以重華明今簫韶若此獨夫靡今顛沛若彼忘味興歎於宣尼觀風見稱於季子則知樂之爲用也不獨逞煩手讙俚耳正心術而導淳源非聽其鏗鏘而已

第二 同前韻　　　吕温

道無象天無聲聖人不有作曷以觀化成由一作於是鼓吹大塊鏗鏘元精因乎心而式是理本形乎器而强爲樂名以齊五方之俗以厚萬物之生始積中一有而字發外率充性

與情一作足充性而養情樂與心冥則所謂固天之縱心由樂理亦得夫自明而誠至若樂在朝廷君臣叶義一發而陽唱陰和九變而雲行雨施上以見爲君之難下以知爲臣之不易有國者理心以此必覩一作獲儀鳳之一有嘉字瑞若乃樂在閨閫父子靜專盖取諸無荒而樂有節而宣和以嚴濟愛由敬全有家者理心以此必返天性於自然且夫樂之作也一動一息心之理也惟清惟直然後一有能字在聽而必聰無入而弗克一作不得節有序觀貫珠而匪珠聲成文見五色而一作於無色其或惟邪是念惟慝是度一作蒐則雖琴瑟在御管磬聿脩立樂之方既失理心之術何求亦焉望變淳一作澆風之浩浩致和氣之油油徒觀其心尚玄通樂貫交

暢明則贊天地之化育幽則索鬼神之精狀會節有極象之則發而時中應變無方擬之則貞而不諒大矣哉至樂希夷佚其禘而聽之以思固不貲一作專於子野作必在聽一作不在聽亦無佚於后夔方今敦和統同反本復始別一作辨六律以分聽一作職納八風而齊軌一作齊八風而同軌洪鍾虛受我則開其直言朱絲一作紋遺音我則戒夫專美此吾君之以樂理心也宜乎貴爲天子　凡一作皆集本

樂出虛賦 以聲從響際出自虛中爲韻　　　吕温

和而出者樂之情虛而應者物之聲或洞爾以形受乃冷然而韻生去默歸喧始兆成文之象從無入有方爲飾喜之名其始也因妙有而來向無間而至拔洪纖清濁之響

蒲絲竹陶匏之器根乎寂寂故難辨於將萌率爾熙熙亦不知其所自故聖人取象於物觀民以風闢嗜欲之由塞决形神之未通欲使和氣潛作玄關暗空與吹萬而皆唱起生三而盡同自我及人託物於未分之表蟠天極地開機於方寸之中於是澹以無倪留而不滯有非象之象生無際之際是故實其想而道升室其空而聲藏洞乎內而笙竽作刳其中而琴瑟製波騰悅豫風行於有道之年泒別商宮雷動於無爲之世杳杳徐徐周流六虛信闐爾於始寂乃譁然而戒初鏗鏘於百姓之心於斯已矣鼓舞於一人之德知彼何如是則垂其仁有其實樂因之祖述究其形實其質聲因之洞出理在無二情歸得一塞雲谷而

響絕蹶天籟而音逸未隨於物絪縕乎七政八風忽變其和剖判於五聲六律由是遷爲草木散作笙鏞群分自此而猋起九奏因之而崇從道薄風醨莫究簫韶之本聲銷韻息空傳干戚之容今則素扆垂休清懸繼響平心已立於皇極率舞猶虛於睿想如是則薰然洩洩將生於象罔

齊人歸女樂賦 以題爲韻

昔齊人饋魯傾城佳者八人瑰艷絕代綺羅嬌春洞橫波於慢臉回流風於婀身蓋以仲尼定魯禮樂制齊君臣斬倡優於夾谷之會復土田於汶水之濱故遏雲輿廻雪實內畜而外親將敗魯之政弱齊之隣魯君臣果不端操迷不先覺聞進淫哇之聲皆忘聖人之學成南於是考雷鼓黙

雲陛結齊魯之歡受鄭衛之樂感煩音之追懋成正聲之踏一作外騃夫于則不可救其失復其迷望龜山以命操覯鳳凰而銜悽痛王綱之蕩蕩順天命之栖栖魯侯若盛德是樹古道是嗜抑麗靡而不納見聖性以思齊知季孫之僭惟仲尼是與足以受無疆之休足以振將墜之緒何敵國之敢抗良覇功之可佇悲夫任權臣之傾國納文馬與美女薦神祇之所歆誘耳目而不拒荒笑語之啞啞一作呃呃溺衣裳之楚楚由是弊日以長魯日以微見隣國之侵地聞志士之沾衣雖代杞則遠而德音不遠往者不可諫來者猶可追若監魯道之有蕩放鄭衛而不歸則可以得域中之大致天下之肥着矣

塤箎相須賦 以樂和同聲然後致理爲韻　許堯佐

彼塤箎兮謂何同律呂兮相和苟論功於衆樂孰有德而同科遂使手之足之俟清音而屢舞伯氏仲氏諧雅韻於升歌疾徐共節長短同音感肅雍兮一貫伺戛擊兮雙起爲合雅而諧聲故殊形而共理然則大箎諸奏美矣德音之音鳴塤獨聞同乎以水濟水是故變通可象節奏斯呈爾韻方舒我則厲之以疾我音斯濁爾必懲之或清苟同方而助化故異氣而成聲信可以發揮韶夏協贊和平故得舞獸呈姿豈擊於拊石嘉賓展禮不讓於吹笙且塤資土以辨類箎假竹而成器土容質可以符素心竹聲清可以滌煩志是則相從以和律相因以成事苟洋洋而在聽

諒醇醇而自致且彼鍾鼓于宮未足論乎異同鳴琴自手且何議乎先後豈若宮商並奏律呂相宣調五聲不資於繁細應八佾無遠於折旋樂則既爾臣亦宜然塤之得箎載期於有輔臣之奉主必致乎無偏唱和之功備矣獻替之道存焉故能振三代之風合九成之樂彼衆器之雕飾此群聲之煩數又安足擬塤箎之純質論聲韻之清濁一作以清

文苑英華卷第七十五

文苑英華卷第七十六　賦七十六

樂六

無聲樂賦二首　審樂知政賦二首

樂德教冑子賦六首

無聲樂賦　高逞

樂而無聲和之至聲而有象樂之器特舫樂以彰物非克和之大義故保和而遺飾然後至樂之道備樂不可以見見之非樂也是樂之形樂不可以聞聞之非樂也是樂之聲天廣其覆地厚其生四時和萬物成絪縕煦嫗何樂能名豈非有之爲粗無爲之精魚泳重泉獸安茂草鳥頡頏於雲路人逍遥於至道咸自適於中情亦何擊而何考厥

初造化衆籟未吟寂兮寥兮有此至音無聽之以耳將聽之以心漠然内虛充以真素處此道者無日不聞於律度倏爾中動遷於内形涉此流者沒身而不得一聽得意貴於忘言得魚貴於忘筌堯人致歌於擊壤陶令取逸於無絃音留情以待物亦同禮於自然此樂也平而不偏正而不回貧且賤不以之去富與貴不以之來顏生得之陋巷而自然殷紂失之北鄙而人哀樂云樂云鍾鼓云乎哉

第二（以區宇輯寧時要爲韻）　張楷

神既和而人不可誣化將兆兮道與之俱故聖人張樂於無聲之境以造化夫寰區樂之作焉所以節百事物既忘矣於是奉三無其用秩秩其風于于發自靈府達於道樞

樂師盈前（一作庭）政行於靡擊靡考消衣在御化成而不曳不婁爰自周隋上達堯禹或理或亂時更萬主誰不欲肅清家邦統一區宇莫能知無聲之樂而政教斯聚慆堙既考於鳴絃節宣豈專乎促柱移風莫大於出令脩德不在乎觀舞故曰猶有五起政之所急徵之則道存徵明行之則人用寧輯所謂君子設法貴與物宜日聞之政四方以寧過此以往余亦知其不經肆皇家之首出庶物也高張政典而疏數適中深具揖讓而剛柔糾時且無沾濡之風豈蕩然而不亙何興闡諧之作故肯然以來思是以素王閑居而觀卜商體政以妙頣盡趨隅之禮以聞愷悌之要不可以耳察又難以目照方知夙夜之詩遂合無聲之兆

（一作銜）

審樂知政賦（以善聽其樂能識於政爲韻依次用）

昔先王省風作樂象物制典賓讌服禮神歆降戳六代各異五音相演盛衰感召而自生理亂區分而可辨列國殊化化形於聲淫正難分分之者善於是師曠陳樂而立伯牙注耳而聽鍾師擊鍾磬師擊磬考鼓振革撰土木以相宣懸匏（一作瓠）裁筐發絲竹而遞鑒審正聲之發防奸聲之徑俾夫鄭不干雅正不近佞混音者澄醉歌者醒集九成而儀羽自降立六變而致物斯定惟政在人惟聲無私興亡繫焉逆順應之天將是懲神告勿疑卜商之告文侯古則如此端賜之問師乙歌如何其堂上堂下既酢既獻百

拜終禮八音合樂天地潜會鬼神相索遂使浹洽充塞馨
臭上登和樂無親惟德是弘沾濡無準惟惡是朋聲雖無
常聽其有恒蓋致理者妙非習樂者能惡可鑒誠德可善
試惟周后棄播種黍稷惟文王昌不邇聲色雅頌發於後
昆幽厲蕩於正直觀邑人之備樂知天子之深識旣而硯
緩有餘其樂只且聲之感化浸潤栩於審音達性飛沉翔
泳自上化下敢告執政

第二（以同彼吳札觀樂於魯爲韻依次用）　孤申叔

樂之爲樂也布五氣和八風政之爲大者也包有截被無
窮雖尋源沂異而致用是同故政行而樂作而樂在其中
是以重華昭昭兮簫韶若此獨夫靡靡兮顛沛如彼鄭衛

作而濮上慓絃歌聞而武城樂只爲政之善否實由樂之
張弛惟審樂之大義其梗槩也如是若乃終始類四維廣
大象八區成質文於五色齊宥密於三無奏宮而君位斯
合動商而臣道克符角之鳴人斯度矣徵之應事而形乎
理方玄氣政亦陰數彼師曠傾耳而在晉季札發跡而在
吳惟樂之道也蓋精微於此乎不然何以深聽密察善惡
卤札寂慮居安靜志遐觀故將亡之音哀以思至理之感
柔而寬是故君子審音以知樂存亡必見乎未兆理亂亦
在乎先覺其道亂也憔（禮記作噍）殺作而繟（禮記作嘽）慢與其世理
也乘（一作來）騏驎而棲鸑鷟則是政之所以樂亦依於苟聽
五聲以悖矣諒八音而忽諸方今九功已成八佾斯舞鼓

虙羲之琴瑟植虞舜之干羽故能仁洽道廣澤融德溥聽
之忘味殊三月之在齊化之式臧寧一變而至魯客有作
樂之賦者將含容於上古

樂德教胄子賦（以育材訓人之本爲韻依次用）　李彥方

王子垂訓導於門子戒驕盈於代禄厲師嚴以成教誨敷
樂德而宣化育長能從而可久幼能正以不黷悅之以道
寧假乎干戚羽旄動之斯和詎資乎匏土革木是知深於
樂者豈徒然哉暢生成於壽域道純粹於靈臺明明而六
德是以蕩蕩而群心有開瞻之在前佇將成於國棟由乎
充選（一作由此而選）屛有嗣於鄉材登於雋造釋其奸回聆旨（疑作
音）乃接武而至樂善而差有載來且於中者表得中而可

尊和者達至和而不紊繫吾道之克廣諒乃心之是訓青
衿還其悅學絳帳資乎待問于以識琬琰之姿于以言始
終之訓然則祗者敬也居敬足以脩身彝者常也守常而
能化人萃群生之濟濟達誘善以循循肅穆以居而文明
有耀條暢斯及而樂教惟新然後以孝友俾其師資春秋
則教夙夜惟寅弘廣傅易良人胥効矣美父母兄弟誰能
間之內必成性外無越思匪鏗鏘而感物咸敬順以親師
異齊國之聞於宣父叶虞帝之命以后夔惟德音之是進
豈奸聲之能混入于國學習者由是知歸祭于瞽宗享者
於焉報本至哉聖人之設教諒終古而無損

第二（同前韻）　羅讓

至樂之極兮德教所畜德者體中和而定剛柔教者正情性而靖(一作端)耳目既垂法於國胄亦布政於方族四術允正(一作孚)三行祗肅所以明俊選之標表所以致才賢之蘊育比師嚴而道尊信仁行而禮復樂正初協司成理該被其風而道其志滌其濫而釋其回持觔骸以固束刷性靈而洞開德義可依異射宮之取士程準斯在同杍人(諸賦用杍人即梓字俗本多妄改)之理材樂且致之行之廣運內無聲以是託表中庸以垂訓在敬遜以務時資端慤而待問斯乃成性所臻斆學相因既廣傅而克己抑直易而以藩身不持考擊兮教備無假拊搏兮行醇以道應物以樂和人事且符於米廩義且暢於成均將俟乎綺紈之子率變何患乎高

粱之性難馴苟以我於木鐸爾宜必誠必信苟以我於藻鏡爾寧不智不仁廉居之也洩洩諒誨之乎諄諄在聲音之道兮以律度是維諧和是司在德教之術兮以友敬為儀忠孝為師固捨彼而取此念鑽之而仰之足使放心精正體道希夷罷鏗鏘於師氏識明命於后夔寧皷篋而徒至必樞衣以慎茲俾行乎鄉黨尊尊長長俾立乎黌塾庸庸祗祗夫然則寬愿者日益簡傲者日損習語舞而殊源敦詩書而異壼斯教也教之至誠天下之本

第三韻(同前)　徐至

至哉樂為德也保太和茂生育是以先王法之以成教樂正尊之以示睦將磨琢於仁義匪鏗鏘於匏竹洋洋乎節

以惠和煦煦然致其恭肅其儀不忒故容止可觀其道既弘乃進退可復信月將而日就庶不謟而不瀆且有教無類道之原來廉讓之風斯扇愷悌之德不回趨隅以繼其志待問以成其材于以見易和之容參於前也中庸之德夫何遠哉何必朱干玉戚一起一偾將以宮商克懋角徵潛運鼂趨碧沼皆藉藉於令名魚貫青衿各愔愔於淑問百行由是內融三德於焉成順俾夫遷善者樂以陳脩已者德以真樂者樂也可以樂其孝友德者得也可以得其忠臣昔后夔所以推其典樂虞舜所以稱其聖人豈不以人心感樂樂有其倫者哉今國家德教綏于九有禮樂達其乎四維樸素遠符於軒氏和樂方軼於周詩多士濟濟

百寮師師明誠之德可見中和之樂在茲自君臣達乎父子性成也何莫之由由之伊何行之非遠亦由端本去末化遐自閫然後外可以維城中可以補袞於輿樂乎實教人之大本

第四韻(同前)　鄭方

國有學家有塾播樂德之文釆率胄子以化育始先激其清濁而後攻其節目皷篋之士宣聲音以相和函杖(曲禮曰函丈注或作挾)之時俾心志而思服語于效(疑作旅)者執德不回道以樂者知陽必來盈耳之聲詎作理心之教有開實俎豆之聞矣寧鍾皷而云哉動於外而暢於中使和其性進以德而舉以事各盡其材惟其斆學必有謨訓咸養以致和

強學以待問觀德畢賢愚之貴序德同長幼之分豈不以樂之至也通乎神教之至也慎乎身惟彼樂之爲德是彰教之有倫不在匏竹設金石振乃貴於祗庸備孝友陳豈不念終始而典學美教化於成均遂乃與誦諷觀屈伸斯可以移風易俗不止於温故知新保和於心暢五聲而授之有道將遜其業崇四術而弘之在人厥類可知允懷在茲諒審樂以知政由切問而近思初感至音聽角聲而惻隱變矣終懷雅性聞羽奏而寬大似之且被之以簫管加之以訓辭升學而在於春候合射而戒於秋時然則不教以中和不能知樂不教以博依不能安詩是以學者爲王化之端樂者繫國風之本故曰觀大學之道然後知困而

蒲知損

第五（同前韻）　劉積中

惟天惠人惟王司牧必資立樂以化被聚賢而政肅樂垂六德允接於生靈人抱七情[redacted]是乎脩睦故命樂官宣樂德之旨教國子俾國人思服施行而萬邦作乂動蕩而羣生茂育原其詔司樂闢靈臺選國中之胄子集宇内之懷材示中和於前俾行而不怠尊祗庸於次將守而不回實克孝而克友必無間而無猜緬順謨猷明徵義訓樂同和而會極綱有條而不紊中爲忠俾邪者奉忠格之心和乃適正制剛者守調適之分非有象以外感乃無聲而潛運祗敬必逾（疑）庸言是尊率威儀而允淑致言行之惟醇睦烝烝之孝誠全乎天性睦怡怡之友義原乎天倫設教之規爰立列樂之事方陳是將崇德教播成均議道自已建中于人夫就學必將爲樂在茲春誦夏弦順陽而樂功猶懋無壅無傲率下而樂德增丕所以舜命伯伯讓夔立之以四教道之以六詩然後學制敦浹國經允釐通至性於倫理垂善教於師資慕其人則遐不謂矣仰其教則學以知之方今政舉道光文脩武偃播崇德爲宣風之始訓國子爲化人之本忝承教之在躬庶聲名之不遠

第六（同前韻）　杜周士

國家自誠而明講信脩睦既移風以設教每登賢而制禄由是命司樂之職率（一作掌）彼成均教舞勺之童取諸鄉族

常德咸事庸言可復納諸軌物則物有其容攝以威儀則儀無不淑日將月就不疾而速于以見中和之教克脩杞梓之材可育觀鼓篋請益撕齊員來嚴師尊道至矣休哉捧函丈之筵無思不厭聽撞鍾之間有說心（疑作必）該心不忘於翼翼視有主於梅（疑）梅番依仁即童蒙之求我語成器如杍人（注在前篇）之禮（疑作理）材且鼓舞鏗鏘徒聞於物格與道諷誦亦資於繹回豈如中以理心和而適分敬居簡而可久德有常而不紊孝寔天經友爲義訓本其至也可以贖天地之情引而伸之可以暢雍熙之運則知通（一作致）和章德在聖與仁革蒙惑於初志致輝光於日新于以代天工則庶績時序于以施邦教則百姓皆新斯可爲理以樂

成俗師以賢得人於戲至教在玆無從匪彛合游泮以來學任道德而爲資孝友祗庸則無不順者自上下下可感使由之夫然則樂之教也義微而婉以八音爲制以六德爲本旣發孝而資忠宜任重而道遠若然者安得不慎其終而思其友者也

文苑英華卷第七十六

文苑英華卷第七十七　賦七十七

樂七

焦桐入聽賦（以冷然雅音至聽方識爲韻）　王起

聽之微者不必五音伊焦桐之逸韻契伯喈之明心氣逐炎炎始將隨於槁木聲飛烈烈終見用於雅琴當其大匠未收樵人所利圭葉零落孫枝殘瘁以薪見迷以竈求媚

聲連而冊熘乍飛響送而紅星忽墜聞之者徒爲木之槁火之熾殊不知入音之珍佇五絃之至彼美中郎神妙無方樂無不審音無不詳聽執爨之間克諧律呂闕就操之處乍含商宮乃言曰惜乎斯桐韻實天假可以加雕斲可以暢韶雅何混彼樗林而棄于薪者於是收質猋猋求音冷冷撲滅其色鱗皴其形被之以絃佇水流而山立鼓之爲操必鶴舞而魚聽（平声）則知桐之成器待其人而克定桐之有聲非其人而靡聽向若清耳不傳懷材遂損希聲率爾聾俗猶然則半死之根誰一收其餘燼孤生之榦將久滅於青烟桐之埶兮人之德焚身之[illegible]兮躬忽見虽殊不知焦尾爲珍竟獲伸於多識至矣哉（一無此三字）感知音者願

是效而是則

無絃琴賦（以舜歌南風待絃後發爲韻）　張隨

陶先生解印彭澤杭跡廬阜不矯性於人代笑遺名於身後適性者以琴怡神者以酒酒兮無量琴也無絃綮星徽於日下陳鳳咮（一作軫）於風前振素手以揮拍循良質而周旋幽蘭無聲娟庭際之芬馥綠水不奏流舍後之潺湲以爲心和即樂暢性靜則音全和由中出靜非外傳若窮樂於求和即樂流而和喪扣音以徵靜則音溺而靜損是以撫空器而意得遺繁絃而道宣豈必誘玄鶴以率舞驚赤龍而躍泉者哉如是載指載撫以逸以和因向風以舒嘯聊據梧以安歌曰樂無聲兮情逾倍琴無絃兮意彌在天

地同和有真宰形聲何爲迭相待客有聞而駭之曰樂之優者惟琴君之聖者惟舜稽八音而見重彈五絃以流韻故長養之風薰而敦和之德順無爲而天下自理垂拱而海外流（一作求）覩伊德音之所感與神化而相參固以極天而蟠地豈惟自北而徂南然則琴備五音不可以闕絃爲音而方用音待絃而後發苟在意而遺聲則器空而樂歇先生特（一作待）執由心之理而昧感人之功俾清濁不聞於小大宮商莫辨夫始終攫之深舍之愉促空軫而奚則角爲事徵爲人扣無聲而曷通抵反舌以自異寔詭代而違同孰若同靜華以發外合恬和而積中傳雅操於心手播德音乎絲桐俾其審音者悟專一之節奏知變者美更張之道崇先生曰吾野人也所貴在晦而黜聰若夫廣樂以成教安敢與夔而同風

五色琴絃賦（以宮商角徵羽文武爲韻）　反舌（疑作反古）　仲子陵

絃有五色而播蓋出乎舜宮方理之而登於壽域故制此而歌夫薰風黑與青間青與赤通或以白而受采或以黃而居中本乎朱襄以至陶唐因加而自七至八以少乎惟宮與商事匪因於蠶餌或不由於鮮（疑作蠏）筐園客以登夫鉤軫墨子徒歎於蒼黃及其瓠巴所彈師文所學流連昭（一作放）曠縹緲綿邈莫不因其靜好生此和樂張伯牙之號鍾含師曠之清角八音克諧兮自比五色相宣兮有以雜因聲以至用終假色而爲美清音從內而發和氣由中而

起奏激楚則引以紘風歌陽春則雜以流徵或向虛墊或臨積水影歷歷而分形聲冷冷而過耳直其軀而能屈鮮其色而受汙惡以紫而奪朱常恐新而代故大白若辱有以見至道之源小扣必鳴有以昭儒者之度召姑洗則草木潛發歌黃鍾而川池異沍泉魚毚濟以躍鱗雲鶴婆娑而拂羽至如心有所感聲成於文既爲事而爲物亦有臣而有君哀而不慘樂而不分著萬物之情性和二氣之絪縕別有鳴琴在筵實篚無覩木繩則直色然後取儻同聲之不遙願聞乎亂之以武

孔子彈文王操賦（以審音知人前後一揆爲韻）　薛勝之

文王有聲惟聖能審初彈雅操知德音而有懷稍奏遺音

覺儀形之可稟黙然之狀巳究鏘然之響可尋述而不作載好其音德必不孤諒前聖合於後聖道乃無二誠此心達於彼心其神也邂逅相遇其慮也罔或不欽則知掩四方而氣正加一絃而義深曲引烝哉調吟皇矣穆穆乎順帝之則洋洋乎令問不已同聲相應雖千古而會徽音異日而論猶萬邦而聆遺美所以聖賢不遠古今一揆且將合于心豈獨盈乎耳旣而溫故知新若聖與仁千里同風自宜契於風韻千年一聖當間出於聖人王指迴軫朱絃應律運八風而吹萬迭五音而不一旣而文德在茲以寧王道宥密斯操也必俟後賢吾無間然陟降因我而著昭穆因我而宣符盍徹之言無毫釐爭於是叶同音之理豈合度差於前是謂惟神所受繼聖之後自得於心匪傳於口稽帝謂之意勸止豈無非天縱之才生知何有無音不合無德不宜翼翼之心因心而會亹亹之善盡善而知師襄於是對而言曰予聖人也與文王而同規

鍾期聽伯牙鼓琴賦　林處山人

天贊厥德惟伯牙與鍾期一則能清師曠之耳一則能調園客之思愜易象斷金之義應詩人伐木之詞審爾律呂不爾瑕疵何千載之見遇使二妙以同時且琴者所以納正禁邪(白虎通琴者禁也禁止淫邪以正人心)弄者所以協情和(一作利)性必藉其手敏亦假其心靜使音無所容於姦聲安得惑於鄭若然者信可謂能彈而復思乎善聽能彈奚若播於往古善聽伊何奏難鹵莽所以協律之六應聲之五故將中感於天地豈惟外合於匏土不爾何貴鍾期之聽何尚伯牙之鼓緬想二子徽音不瑕宜合匪慙於郢匠絕藝方超於匏巴頼爾能聽知予有嘉苟辭揮宮以案徵豈勞樹羽與崇牙乃若披褐懷珠當年入賦合絲桐之響希爾促柱有金石之音思君惠顧以聲韻當於清弹以詩書同乎雅琴顧惟(一作顧以)小人之述得迴君子之心儻能順聽歆仰訴於知音

鍾期聽琴賦并序　王太真

昔曾待詔金門屬吾君魏道父之事寢歸歟寧省竊服古訓見郭林宗傳曰貞不絕俗隱不違親賢哉斯文生人端

格然恨耳旨不足每淪翻自咎及耿坐虛館疑神定靈夜分假寐如聞琴聲發越宛在左右寤而驚恍貴知音為難感鍾期善聽因賦是以廣意

寂兮琴之德寥兮琴之聲德徹陰陽之奧聲涵淳粹之精體空洞響真清偉上皇之遺功超萬祀之垂名祇聞成連伯牙以傳曲忽覩師文子春而移情俟良知轉化靡忒鍾子期故有空山之谷清澗之涓幽人髣髴絕粒茹芝憑高梧引長飈激楚窈窕泒波逶迤陽阿布護結綠參差高秋風冷遠浦霜滋素月蒲繁星稀雅調閑逸泒風遠吹鍾期當日傾耳志之怡性愜靈中矩應規躊躇四顧俟其偉而曰聽商則知秋愁霖春零聞角乃覩韶華秋榮羽發則寒生

朱夏徵來則暑移玄英陵厲翕忽消息竭盈君子悅懌導
心和平斯實庖丁投刃而節應郢人運斤而風生者也夫
其高張絶絃韻清調苦惝怳惻憾一龍一虎猛將之逐虜
氷雪操蘭蕙薰凝兮崇山勁若寒雪烈士之諫君跂燕趙
望江漢行路難杳無畔淋漓沸渭牢落泮渙遊子之悽斷
徵未撫潾横流悲宿昔心悠悠樵童牧豎登孤丘哀引南
音一何楚囚興歌百里叉喜子將應事態移體物聲愁或
飛而不速或擁而不留愔愔泠泠窮微達幽一偶鍾生之
聽妙極而不周於是夔襄愕眙昭曠咄咨音有至而乃發
發當及乎此時乃理雲和寫咸池感天地動神祇玄鶴鼓
舞鳳凰來儀風雷并雲雨隨黃帝之所聽瑩伊代人疇敢

以窺鍾子兀然收聽反視沉吟不已感樂之至精得音之
微旨信音之難盆曲有此誠在聽之以心安可察之以耳
嗟嗟琴韻盡美矣

朱絲繩賦

達者覩物而自識眷繩而象直白能受采知成用而可脩
樂匪在音遂執中而有得諒絲繩之為物類託質以自（一作
孤）植幸操張以一伸任縱横而取則故能貞而守正勁以
全真含至和以不屈抱孤直以誰隣若剛克以自致諒柔
立而有音齊達人之履道比君子之脩身乂而莫渝豈紅
紫之見奪勁而不撓非糾纒之為倫當其悅水初滋勢如
東理女工爰作視其所以如疑積微於抄忽遂立質於經
紀察其本同成經以自綸喻乎時表直道以如砥挂端標
以有準持正色而為美將配德於清壺願齊名於直矢故
能從繩作直因物寓詞苟一繩之可法將百行以為師義
足仰而象矣理自中而得之直可自伴奚感鮑君之與色
非我行徒與墨子之悲將勁挺而自守庶回邪而不欺俾
夫取象師心必由斯道放（一作昣）朱絲之外物得素尚于中
抱奚水鑑之足徵拒韋絃之是保觀夫正不與奸色儔勸
吾人之聿脩直不為虛聲枉俾吾人之取象故能名昭樂
曲義暢人謨鄙在棼而不理賤為直以就汙願處微而自
正終守直以不渝足以詭良材而轉雅操端循質而喻通
途苟中正之可進願從繩而已乎

第二　庾承宣

絲之為體兮柔以順德絲之為用兮施之則直從其性而
不改成其音而罔忒故君子體直以為象履中而立身豈
委曲而取媚將勁挺而惟新既端懿以難疋想高張而莫
倫初未為絃兮信任其舒卷既比夫矢也諒難乎屈伸寧
懼不合於衆而改操不同其類而易直雖立質以假物立
音而因人敦夫慌氏之功辨夫園客之養非繞指以可悅
將如絲而是仰志士以是而興歎詩人因此而取象清廟
之瑟非我而莫聞空桑之琴非我而奚響惟直是與惟端
是求惡靡然以從俗恥紛若以隨流天心保貞側媚見而
用悔（疑）神道助正謇諤鑒而無憂信乎去邪以受福孰不

履正而身脩間其色兮未嘉素其質兮孰美信挺挺而直
繩是若固奕奕而渥丹無比欲衆之好我染之而匪他知
代之惡邦直之而有以非矯其偕將遷其時寧三思而有
替諒一向而無疑道在斯而爲得文捨此而何之古所以
嗟是非而莫分恷邪正之難考多將任情而媚偕鮮能率
性而行道何不鑒朱繩而獨異與群類而且殊其美雖偶
其道則孤黨斯言而是當又可得而已乎

昭文不鼓琴賦　吳晃

息絃軫兮大朴玄同忘琴音兮至人守中道不緣情則去
聲而外寂德惟抱素故含和而內融於是見高士之心出
常人之境其養貴默其伎尚靜及卷懷而克順亙不鼓而

是逞韞藝如何玄德靡他知迷則違用悔實多虛張不彈
俾指節而交暢全聲入妙賂心曲而同和且人心靜爲常
琴心虛爲主將寧體於道樞亦守器於德宇壞之無故常
寂響而有餘用之則虧乃含音而莫吐故自適於胷聽亦
何用於角羽顔子所以如愚昭文由是不鼓近情好樂尚
德養空罷奏南音悟人間之客寄不操三峽體山下之泉
蒙斯懷柔之古者竟生白於仙宮夫動極則靜音繁不復
守樸外真含虛內肅施絃罔舉則見素而如絲沉聲莫發
乃繁根而猶木因雅韻而不奏識道情之所蓄此則恬然
誰與寂爾自躭希夷既造妙理難探人氏無絃淵明則矯
王門碎質安道更慚是以飾外者貴其體備厚內者尚其

色含於戲琴心縣解　響何答于以閑和于以虛納十指
依措咸制動而是宜五音知常各處寂而不雜故琴默而
美昭信仁靜而道合

文苑英華卷第七十七

文苑英華卷第七十八　賦七十八

樂八

吹竹學鳳鳴賦　梁洽

鳳惟應聖竹乃無情何截彼嶰谷之節而吹象朝陽之聲音韻既生訝嗜嗜而成響宮商間起若鏗鏘以和鳴昔黃帝揆日伶倫制律將分天地之氣以正陰陽之術選碧鮮西域而非妙得厚均（二字出前漢律曆志）崑山而無疋既翦既伐王

潤之姿是分以煦以吹金珠之聲斯出冠（疑作貫四時之貫）時之容未改作端之思孔將呼吸兮斷而復續疾徐兮抑而更揚散漫於叢篠之間疑郊藪巳集飄流於芳林之際謂庭梧來翔此音既舉彼德可序聞軫宮而引商若命儔而嘯侶遂使審音之士睨孤管而生疑考詳（疑作祥）之人向高岡而延佇既而合黃鍾制大呂作候不乖於晷刻分時先報於寒暑逸韻蕭寥德音孔昭聆五聲而既備知六氣而能調儻吹於紫閣之前何異巢阿閣之日如發聲於青山之上可繼鳴岐山之朝且鳳聲雖盧竹響有稟伊異質之可用惟聖人而能審五聲並發疑九雛之牙鳴衆響難侔覺七音之具品今國家倣不言而四時以遂法無違而萬物

如春竹兮任截鳳兮來馴至仁以調乎元氣大信用洽乎生人由是律候以正其惟大聖亦何必取鳳聲之竹然後測陰陽之令

笛聲似龍琴賦（以聲之相類有如此者為韻）

笛為樂兮人所吹噓龍為神兮天泉是居何音聲之酷似而性質之本疎想其形謂同婉若聆其響稍異翁如始其代斡厚地因材制器四孔有加五音且備無煩乎鈞簧促柱有用於娛心滌志乍從容而寥亮究律呂以精粹伊蒲堂之咸驚疑在田之忽至淒清韻起方將樂以忘憂想像雲生寔曰物從其類庶可以分於繁會諒難測於同異徒察其含嚼奔於激濁揚清如泉水之或躍疑御日以飛聲

象乎龜有蓬蓬（詩作逢逢）之鼓疑乎鳳有嘒嘒之聲雖學如不及莫之與京曷若高下自乎氣洪衰應乎手曲引如變於雲霄霧雨若集其前後劉累聽之而歆豢葉公聞之而反走非影響以因依實混合於妙有東南之美厥狀蒼莨不因乎度土合木寧謝於王質金相調逸管管之奏音含宮招之祥若降於天如聞於野穆公簡子徒得其遊魂白雪陽春奚稱其寡和攷終樂以自然信斯笛之美者當適易持龍吟似之季長每悲於洛客隣人能感於子期入耳之初喜攀鱗之有所廻眸之際覩然截竹而在茲是知夫揮絃戛擊以洋洋轉喉紆餘之靡靡大神物之相應者無能及此

宣尼宅聞金石絲竹之聲賦（以聖德千祀發於五音爲韻）　王起

魯恭王益宮於孔氏壞宅於闕里聞金石絲竹之聲有六律五音之美清冷始奏異洞庭之載張寂寞而來非鈞天之可視或管或磬以禋以祀徒在廟而見聽豈升堂而足擬當其攝齊而進拾級而前遠近猶惑鏗鏘始傳式感王心聘國無勞乎七十克諧聖域樞衣若化乎三千信不擊而不考實玄之而又玄惟金也振春容而無闕惟竹也像吹噓而未歇愔愔擊石如荷蕢之初聞杳杳揮絲疑孺悲之來謁所以表正聲之感所以同古樂之發遐想乎夂魯之年追思乎在齊之月迴環棟宇繚繞庭除惟恍惟惚繳如繹如心方啓乃樂可依於固將極天而蟠地豈徒舞獸

而躍魚疾徐有則清濁不忒非審以知政非作以崇德藏書之壁時繹繹而難分婪與之楹乍洋洋而未測響雜乎鴻鵠（一作鶂）韻調乎宮羽絲管不形箎篪無覩固可掩歌鍾於二四配莖英於三五及夫鏘爾樂闋油然深思覩奧且驚夫盈耳廣居由是而華心豈不以感上聖之旨聞至德之音哉皇家始崇儒禮莫先褒聖尊素王之號廣舊宅之敬儻逸韻之再聞播乎樂府之盛

第二韻（同前）　許康佐

喤喤樂聲瞻言闕里視之不見聽之盈耳宮墻如在可配於鏗鏘德音不忘曷間於年祀猗歟亦至樂之作異凡音之起靜而疑深絕而復尋繹如迭奏嘩若同音豈幽通於玄造異中出於人心聆其節奏相夫擊拊發和鳴於闇域應流韻於墀廡既嗟乎可得而聞又思乎其所不覩疑一唱之嘆且至於三比衆音之和不容於五莫不動心而駭耳感今而懷古鏘若在懸哀如在絃筍簴無形異和戎之二四聲詩合雅同鼓篋於三千事寧同於想像理實閟於言筌爾其融洩克諧肅雍清越逼明洞幽變化翕忽激數仍以徐來觸兩楹而靜發憑合莫以方奏流玄間而未闕故能動心導和嚮皆順正德有符於解慍教實倍（一作倍）於施令式彰乎不測之神以見乎多能之聖俾恭王之是驚聞斯行諸稽大師之所謂始作翕如且遺音於棟宇寧假手於玄虛於是辨清濁節疾徐知笙簧之迭和訝鍾鼓之

相於其變無方其來不極靜好交至激揚未息簡子夢中之遇其志則流靈公濮上之音其聲多慝曷若舒嘽緩遵肆直俾夫音聲之道感通咸聽此而知德

聽歌賦（應魏王教作）　謝偃

君王以政隙務閑披翫餘日闢華軒以遐想臨風庭而自逸於是屏青編收縹帙息柔翰韜雅琴（疑作瑟）情廓志遠慮靜神謐于時日下梧宮陰清竹殿鮮雲始發光風初扇餘霞未斂殘虹猶見玉竿既陳蘭肴乃薦登龍閣（一作閤）而騁目臨曲池而游眄於是徵趙女命齊倡動瓊珮出蘭房橫寶釵而耀首靚鉛華而餙粧低翠蛾而斂色睇橫波而流光聲欲申（一作伸）而含態氣未理而騰芳乍連延（二字一作綿連）以

爛漫時頻挫而抑揚始折宮以合徵（一作始折宮而合徵）終分角而和商掩餘韻於雕扇散輕塵於畫梁若夫振幽蘭飛激楚俯仰艷逸顧盼容與其繁會也類春禽振響而流變其微引也若秋蟬輕吟而曳緒似將絶而更連疑欲止而復舉短不可續長不可去延促合度舒縱有所聽之者慮蕩而憂忘聞之者意悅而情紆歌未終君王乃喟然嘆曰夫樂者所以通神明節情欲和天地調風俗觀往代（一作昔）之遺風覽前賢之軌躅莫不治亂斯在興亡攸屬是故聖人以爲深誡君子以之自勗於是放鄭衛引鄦攸臨廣苑陟崇臺肆東平之樂包天下之才盛矣美矣優哉游哉（一作皆初學記）

歌賦并序　闕伯璵

虞書詩言志律和聲察乎歌以形言聲以導律時其聞見聊因紙以賦曰（一作云）

驗謳歌於樂府戒伶人以迭唱隨轉意合難爲形狀始趨曲以熈熈終沿風以颺颺繚繞容與逶迤超暢函五聲之參差極六律之清壯原夫蹈性以純容寬乎率心於悠曠或曲或止如墜如抗盡或可續應而不匱來無悠往去有遺意荆王感而增悲楚妃歎而掩淚察乎靡靡似浮絲以爲緒聽乎纍纍若貫珠之爲隧括繁言以入節同大道而無器浮而不蕩聚而不盈比擊鼓以作器尋鳴笛以遺聲亘簫笳之易響亂楚漢之疑兵斷絶齊愛支離帶情或引商刻角或潰渭通涇思彈劍於逆旅念採菱於江汀發河

激之慷慨奏滄浪之濁清賦扣角以悽切歎食薇之廉貞於是載賡載揚賴思覆句引韻下散沿源上遡若寒雲凝於沙漠秋風起於燕路情慷慨而爲霜氣絪緼而掩露率意縱誕躭聲指顧眷五噫之匪陋遵九章之淪悟委頻颺厲抑揚繇妙啓子均洛北之曲果客理淮南之調或間以彈絃或雜以長嘯陟降配德登之於郊祀一唱三嘆用之於宗廟至哉但疑其形容淵乎莫見其光耀蹈跡載德流言居要九辨勤於水土二南分於周召寶冎見於汾陰天馬來於荒徼徒觀其蔓蔓嫋嫋颯颯泱泱堯帝繼於虞帝禹跡盡于殷王省周詩於魯策欽漢風於沛鄉嗟人命之何幸逢天道之昭彰諒股肱之匪懈載元首之輝光制頌

創雅漂齊流商瞽統樂教士符人康展來蘇於日域諧擊壤於皇唐附威儀之濟濟和金石之鏘鏘白雲牙進綠水激揚聊以永曰歌而無荒

歌響遏行雲賦

與元氣相合與太虛相雜此雲之所吐納巉岩奇峯蜿蟺真龍此雲之爲形容其有含商咀徵節其行止以乖剌於天理然而天無情道無營四時感而運行萬物感而發生苟吾人之感激遂凝思於至精彼天地猶見應況白雲之英英繇是溉與（疑作盥）心術混合和天倪權機不發正性不攜息直氣以足踵激清聲於匏塤四暢（一作氣）既交五聲大憂以咽喉爲管聲以脣吻爲控揭忽頻挫而高歌遂盤珊

於坱圠上如抗下如墜極高天蟠厚地魚脅鳥騰趐混莽眇而清冷入虛無而寄纖彼雲澶漫萬族連延一空出虛無以布濩淹寂寥而鴻濛旣如金而如馬亦自西而自東歌者於是嗌嗌其願吮吐壎篪氣調萬象口運四時奏羽商而寒光冽冽動角徵而春光熙熙聲欲斷而復續若貫珠之纍纍一成而芳氣初振風篁木韻彼雲尚徘徊希微出入無依若往未定將行不飛再成而逸思奔壯正聲寥亮彼雲漸應曲往來從風下上三成而充塞人寰洋溢無間在水偏水在山滿山彼雲忽應聲赴節雷奔霧集前者山立後者山岌力大不可以動搖噫氣不可以噓吸風北不北風東不東輪囷杳影坱漭長空矗如河漢屹若華

嵩天輪轉而不動地籟寂而不窮沉悠悠之寒水浮習習之微風浮沉異勢高下萬里類一致於青雲亦何階而望此及其調苦聲切歌長意深天乎有耳雲也無心果凝影而不散爲歌者之知音是知志同則千里而應不同則造膝而悖谷爲律而成暄日因戈而不沒苟精誠之激勵信感應於倏忽則有花裝袨服楚艷陳娥妖姿賦理慢臉橫波珊珊珮玉粲粲垂羅務淫哇之巧笑詫激楚之嬌歌曲未離於咫尺雲已邈於山河遐俯勢雖廻天力雖拔山影則可望雲不可攀思欲騁膚音之靡曼遏仙雲之往還一何難哉何使善亦遏雲否亦遏雲妍蚩一貫邪正不分則善歌者望風而結舌肯闒茸於衰哇之群哉

善歌如貫珠賦 以聲氣圓直有如貫珠爲韻　劉騭

妙爲曲者暢於情樂爲心者和於聲微至儀之難象因貫珠而強名豈不以符雅正契虛盈玲纂纂之音無遺曲折體纍纍之狀取象圓明方其吡宫商激志氣雖直已而成善亦道和而爲貴當發德詠功之際伴煦乘之聯輝在一唱三歎之時若呈祥而聚緯其聲旣全其質玆靄（一作玄發）皓齒而潛融熠熠隨雅調而相轉連連間亦水兮虛瑩異滄海兮孤圓動白雪之聲初凝剖蚌度玄雲之曲終類投泉是知善臻其極喜可以飾不煩不體乃端乃直赴於節意的鑠以交光盛於文想熒煌而化（一作比）色懿夫歌以心而虛受珠以玄而可久表於直而不表於邪貫於心而不

貫於手其奏也乃生於自然其闋也復歸於無有掩抑虛徐溫如曒如誠激揚而導志諒璀璨而澄瀘所以表和平所以類輝煥陽春爲罔象之得綠水乃驪龍之託知音者誠審其無象無形不知音徒謂其有條有貫且道以物而相符事有類而形殊擇其善者騰光於瞬息去不善者慝曜於斯須吾將結流徵習綿駒精於曲諭於珠庶賞善而不昧比至寶以無渝

第二 同前韻　趙蕃

歌有能者珠有至精旣審音於條暢因取象於圓明由是同其妙得於聲上下皆宜固纍纍之總（一作相）合長短中度方一一而混成徵彼深旨明乎所謂本潛究於精微終契

言於髣髴故求言者以有勇而可保効珍者取無類(疑未詳)
而為貴將察之於衆音信端如於一氣始乃辨直(疑作真)偽
審虛圓顧周流而復舉若的皪以成妍度曲未終或交通
而無朕成文不亂喜繁會於自然宵宵彌章規規可則倂
碧玉而增美寫朱繩而逾直方自理以心故必臻其極清
音乍絶寧罔象而斯求雅韻載揚信希夷而自得則知歌
之至計於不朽珠之狀符於妙有所以因彼洪纖形於善
不昧之不見識遺聲之疾徐象在其中分陰魄於先後是
故事之精者有以方諸導延促而麗矣引舒緩而直如聽
其真疑自一觚之始舉其可(一作正)方知三代之餘然則淡
以成規端然如貫時發響於杳默每韜光於璀璨求乎寂

寞豈殊無脛而臻散彼冝蒙匪同溢目之翫美其聯綿中
矩終始相符暢於心信精麄而自異端其本惟小大以無
逾足以徵詞於師乙擅美於綿駒儻傾心而一聽殊有類
於編珠

第三韻(同前)

歌者逹其志曲者導其情方假象以徵妙將類珠而取明
于以遂條暢于以考清貞揚穆穆之音端而陳德審纍纍
之節貫以成聲且夫發深誠表和氣惟中規之可法諒徑
寸而同貴儼然在上初宛轉以凝旒肅若飄空想熒煌而
動緒惟乙所傳冝商有焉温良則無類於曲含暢則有取
於圓雅調相依而瀝瀝清音迭奏而綿綿乍起黃鍾疑蚌

開而色爛將吟緑水如浦沉而影連美乎廻若循環辣非
掩抑聲既發而明朗珠既貫而絃直九功是闡同在握以
騰光三歎屢聞非闇投而改色其曲彌清其音彌久馳熠
熠以交映度連連而相受出乎口吻玄珠莫覩於可聞入
彼虛無象罔雖求而何有故能直巳中奮和心外舒咄長
言而皎矣務妙轉以繩如聆湛露之終光懸瑞景體横汾
之末目駐神居斯可以正煩濁别流翫陽春續響於孤絶
白雪連躍於璀璨雖聞唱以殊聲終合音於共貫是知大
雅含象清明式符曲拆而必遵於道周圓而可法於珠俾
將繼聲者識乎有曲審音者知我無渝

第四韻(同前)　元稹

珠以編次歌以(一作有)繼聲羨綿綿而不絶狀纍纍於巳(二字一作以相)
成偏佳朗暢屢比圓明度彫梁而暗繞誤綴網而(一作之)
頻驚響象而然非謂守(一作結)之以繩約氣至則爾故可
貫之以精誠原夫以節爲珠以聲爲縹漸杳杳而無極以
多多而益貴悠揚緑水訝合浦之同歸繚繞青霄環五星
以(川文粹作之)一氣望明月而宛轉感潛蛟之歔欷若非象照
乘之珍安能忘在齊之味其始也長言邐迤度曲纒綿吟
斷章而離離若間引妙轉而一一皆圓小大雖倫離朱視
之而不見唱和相續師乙美之而謂連當其拂樹彌長陵
風乍直意出彈者與高音而臻極及夫屬思潛(一作漸)繁因
聲屢有想無脛者隨節促而奔走以動激(二字一作洞徹)爲精英

比瑕玼於能否次第其韻且般勤於士衡之文上下其音
謂低昂於游女之手窈窕遠矣徘徊繹如髣髴成象玲瓏
構虛頻寄詞於章句之末願連光於謦咳(一作咳唾)之餘清而
且圓直而不散方同累凡之重壘(一作疊)豈比深泉之撩亂
俱無知者矜憫黙於暗投善則反之乃因循於舊貫羡清
冷而發越憶輝光之璀璨始終無異細大靡殊中規矩而
圓折成條貫以縈紆似是而非賦湛露則方驚綴網(一作冕)
有聲無實歌芳樹而空想垂珠美惡難掩前後莫(文粹作不)踰
亦比掄材之至者豈獨善歌之謂乎　凡一作皆集本

文苑英華卷第七十八

文苑英華卷第七十九　賦七十九

樂九

觀舞賦一首　舞賦一首
開元字舞賦一首　兩階舞干羽賦一首
舞中成八卦賦三首　國子舞賦一首
湖南觀雙柘枝舞一首　鶴鴒賦一首

觀舞賦(應魏王教)　謝偃

惟欽明之昌運應靈圖而嗣籙紐三代之離術正千齡之
差朔可以治定制(一作易)禮可以功成變樂實盤石之攸寄
固維城之斯屬欣微生之多幸濫高選於名藩列通籍之
渥惠承置醴之殊恩晨曳裾於東閣夕侍宴於西園于時

霜氣斂霧夜景澄廓雲撤層臺烟銷連閣流月華以照耀
閶星文而灼爍巖桂偃而未凋宮梧紛而就落於是羅薦
周設黼帳高舒露凝珠網風清玉除燭浮輝(一作浮暉)於綖
幕燈(一作燭)籠光於綺疏爾乃咀哇聲(一作沮清蛙文選舞賦咀哇咬)揚激
徵金石奏絲桐理奇調間發新聲牙起從宴洽而忘疲歡
情暢而未已於是燕餘齊列絳樹分行曳羅(一作綺)裾兮拖
瑤珮簪習(一作羽)斂兮珥明璫擢纖脣以孤立若卷旋之未
揚紆脩袖(一作袂)而將舉似驚鴻之欲翔退不失倫進不由
蹈(二字一作喻曲)晉而不滯急而不促絃無差袖聲必應足香散
飛巾光流轉玉若乃巴姬並進鄭媛俱前對席齊舉分庭
共施乍差池以鶖接又颯沓而鳧連止有餘態動無遺妍

似西豔之同發類豔花之偶鮮進止合度俯仰若一節緩則顧遲唱速則迴疾殊姿異制不可談悉若夫金翠的皪緗綺參差方趨應矩圓步中規飛錮一作秾雪落類鬢雲垂舒類丟霞曳清漢屈若垂柳縈華池既而曲變終雅奏闋清角止流商絕頓華履以自持整文桂而竚節始綽約而迴步乃遷延而就列於是君王悠然懷古怡然自適遷思迴慮弛懸改夕揖摛藻之賓引良談之客然後討數八使詆詞六籍語妙則衆絕希夷論遠則喻窮開闢議先哲之往軌考前王之餘迹方欲草登封之頌勒雲亭之石與日月而齊明同天地之不易　九一作皆初學記

舞賦　平列

陳思王棨分帝子寵列天孫集賢東閣追宴西園使趙女携琴文君送酒劉楨吮墨而作賦王粲稱觴而獻壽樂者所以節宣其意舞者所以激揚其氣不樂無以調風俗不舞無以攄情志王乃奏長歌登舞閣徵絕妓於行宮命夭姬而走索同曳緒一作壓之翩聯狀跳丸之揮霍即使燕姬撫琴秦女吹笙楚妃歌妨露之曲陳后唱結風之聲則有楚媛巴兒齊童鄭女躡凌波之襪步曳丟蟬之薄縷掩長袖以徐吟頓纖腰而起舞低鳳髮於綺席聽鸞歌於促柱燭若蓉葉折波而湧出婉若鴻鵠凌雲而欲舉其爲體也似流風迴雪而相應其爲勢也似野鶴山鷄而對鏡憑衆麗以爲資集群聠而動詠觀其躡影赴節體若摧折將欲來而不進既似去而復輟迴身若春林之動條舉袂若寒庭之流雪乃其指顧彷徨神氣激昂竦輕軀以鶴立若將丟而未翔作之者不知其所觀之者恍若有亡別有丘園羈旅簪纓無彥擢高枝於芳桂挺茂榦於長楚頓雌雄於丟伏卜行藏於虎鼠思擢太常之第求奉揚庭之舉

開元字舞賦　以全德崇文通節聲色爲韻

禮以訓俗樂以移風粵我皇兮是崇字以形言舞以象德肇開元兮是則是知聖人之合舞也既所以誕敷文教亦所以擬象周旋自我作古示不相沿豈比夫漢主習五行之典虞后陳兩階之前干戚之容雖備文字之旨未全何以式盡美待吾君其其爲望之如雲聖人爲君橫御樓一作座於北極一作樓張古樂於南薰八佾之羽儀繁會七盤之綺袖繽紛雷轉風旋應鼉鼓以赴節驚迴鶴舉循鳥跡以成文周瑜之顧不作蒼頡之字爰分竦萬方之壯觀邈千古之未聞其漸也左之右之以引以翼整神容而裔裔被威儀而抑抑烟霏桃李對玉顏而共春日照晴霓間羅衣而一色霧縠從風宛若驚鴻匿跡於往來之際更衣於倏忽之中始紆朱而曳紫旋布綠而攢紅傳仲之詞徒欲歌其俯仰離婁之目曾未識其變通懿夫乍續乍絕將超復發啓皓齒以吟風騰星眸而吐月搖動赴度或亂止以成行指顧應聲乃徐行而順節且歌者所以導志舞者所以飾情觀其容也或以移乎風俗察其字也或以表乎貞明

振古不覩斯兮獨榮揜雲門而奪大護濩一作鄙咸池而陋六英一人有作萬物咸亨臣固迷於日用願頌美兮載厥聲

兩階舞干羽賦以皇風廣被夷夏謐清爲韻

寰海之內長沙大野妖祆一作星既落兮天履其下皇帝將欲罷鑄兵歸驥馬舞比干羽文化區夏在昔則格虞氏之遠人於今則彰我朝之風雅日躔黃道帝臨丹墀鼓靈鼉兮旂翠鳳發舞童而詔樂師兩階儼然而八佾舞之顧步而動兮成文在茲拊金懸始求聲於律呂揚玉戚非取象於莫疑作華夷且干者兵器去其用而持其實羽者樂音美其聲而秉其質是用抑揚於倒載之後鼓舞於餘容之日

肅穆壯成舒遲靜謐周旋乎東向西向行列乎左膱右膱所以增廣殿之煒煌所以符太階之光明然後叶順氣繼和聲騖精而白日重貫造物而紅爐再成必使萬類千器一作品四維八紘革心而來約泄泄於靈府鼓腹而進仰巍巍於穆清吾君是以黜掌上之纖腰弛庭中之妙戲兕九劒揮霍巾盤慢易或洶湧於鼇杯或翩翻於烏企諒文德之無補於樂情之爲僞若其滌暢旁達聲明遠被俾其洞心駭耳屈膝交臂是知至誠可以幽通大樂茲焉統同彼儀鳳之瑞格神之功雖非至理是必同風不然曷能去肉刑除腊網福如山峙澤若河廣蓋揔千動其形容理國觀於指掌而已客有窺萬舞美梧皇然後賦兩階之事知五樂之方

舞中成八卦賦以中和所製盛德斯陳爲韻 張存則

樂之容舞爲則導於情崇於德製其衣而五方咸備頒其序而八卦不惑然後體利貞而疾徐有度法行健而循環不窮數盈而剛柔匪雜綴短而明德將融初配六以廻旋狀馬行於此及變三而成列知龍化其中信乾坤之簡易應金石之變通於是步日而前因風而舉乘飄颻而婆娑雜沓映照燭而長短合序既順之而不卻亦明之而有所則離巽之不差豈進退之無㫌則有應水之理象木之規疊若奔溜散如繁絲五色相宜謂神龜初負八音咸奏知靈鳳來儀震如疑作也坎也何斯違斯既以悅隨企其遵令

象山而作結乍凝依澤而若游若沫狀巍巍之德仰之彌高節蕩蕩之音於斯爲盛是知艮兌之爲美故必隨而不競是故聖人窮樂之變制舞惟新效知來而藏往故有要而有倫非干戚之前設若鈞天之所陳至若卿雲共臨瑞日同霽乍離乍合若翔若滯隨方辨色非前代之舊章應節成文實我唐之新製是知舞以適道無頗樂以審政同和觀象取則異乎側弁峨峨則斯舞也實百代之不訛

第二同前韻 白行簡

卦惟體德舞以象功分其節於乾坤之位列其畫於綴兆之中相彼六爻爰配數於六律俾茲八體俾叶義於八風原夫乍合乍離進旅退旅參於跡而九變盈無撓辨於位而

五方有序作既自於天心用必在夫君所剛柔斯別皆取象於具圖俯仰可觀各分行於曳緒爾爾其舞既備位亦陳贊陽和之啓蟄助雷雨之解屯卦始畫於庖犧當皇唐貞元之歲易咸列於宣父在聖祖中和之辰度曲未終變態無極震艮以節其動止离坎以分其南北聞之者正性命而深和覩之者守精微而不賊繼虞韶之盡美哂夏樂之慙德徵其本察其儀成於巽而德風備矣變爲兌而聖澤在斯近取諸身且表乎是則是効大合乎樂孰謂乎不識不知矧夫作者既取諸身演者必因於聖諒曠代而莫覩實於斯而爲盛其始也取於卦而施諸人其終也觀其妙而通乎政是以契兹穆穆異彼傞傞象在於中將致天地

交泰德形於外以明保合大和且夫周八佾而非美漢五行而徒製雖冠華秉翟於干戚之間起索隱鉤深於天人之際曷若容止合於彖象幽賾殊乎卜筮客有欣千載之一時歌聖功而獻藝

第三　同前韻　錢衆仲

舞者樂之容卦者象之則故因舞以成卦乃觀象以知德八音是節位必配乎八風五方具陳衣必表乎五色是以德從之理也功加有截化洽無爲作樂以習舞同文而共規俾萬姓覩而悅服百代勤而行斯懿其舞者員來樂人攸叙匏土革木兮風設六律五聲兮具與初就列以修容忽揚袂而進旅體殊舜樂九成徒辨其疾除跡類羲文八卦自分其履所行綴罔失俯仰攸同乾坤定而有倫有要震兌分而自西自東禀雷澤以浹洽象天地之昭融紛綸乎抑揚之際輝煥乎節奏之中進退相依變易交映艮巽布而若離若合离坎峙而不譁不競體山風之次序叶水火之情性周旋乎玄武之間繁會乎羽籥之盛既而諸管磬感神人卦成列而不已節有序而復頻赴度應聲倏鳳轉而龍翥攢青拖紫繫霞駭疑而錦新翹遥兮比大章而未匹縹緲兮異鈞天之下陳我后惟明舊章爰製以嗣以續不陵不替和樂且孺每立象以化人德音不忘故體乾而稱帝是知卦之設也八方正四序和彼象功以明德安可與兹舞而同科

國子舞賦　以持羽綴見形貌雍雅爲韻

天子欽賢才之地合禮樂之府命宗伯因四時之宜教冑子以六代之舞惟德是務以和爲主翕左手以執籥就前軒以樹羽方將發揮五禮張皇六詩忽投步而赴節乍整容而自持雖鏘鏘與濟濟必肅肅以祇祇及夫鍾鼓鏗訇絲竹宴衎音容間起干旄迭見屹然山立歘然風從觀者如堵曷不肅雍實經國之洪範蓋訓人於中庸且樂以平其心舞以發其貌故無小無大是則是効宜合國之子弟實教人於忠孝其儀不忒其德惟馨遠人由是以來之故時無違命明神可得而禮矣故物無遁形大哉聖人其道可久約我以禮樂弘我以孝友覩蹝蹝之屢舞實循循之

善誘文德温恭則羽籥在歸根之時武士（一作事）發揚則干戈居孽萌之後夫手之舞之有小有大成童舞象弱冠舞夏並允洽於生靈克諧於風雅莫善於樂執而勿捨聖人若斯湏而去身則孰垂拱於天下

湖南觀雙柘枝舞賦

盧肇

瀟湘二姬桃花玉姿獻柘枝之妙舞佐清宴於良時始其金壘欲陳象筵宿設考清音於絃管之部選利質於綺羅之列何彼妹之婉孌嫺戎服之豪俠司樂以魚符發詠侍兒以蘭膏薦紫華燈張翠被徹聽銅壺之刻漏瞻銀漢之明滅佇新詞以潛習隱含具而幾閱恐急節之將差撫柔荑而不絕及夫陽烏浴彩寒鷄早晨登粧臺而鸞鳳比翼

對寶鏡而菡萏爭春桂裳馥以彩翠玉指皓以璘珣牙鍮鉛華畏濃澹之殊態共聽金管恐高低之不均須史饔正奉羞司罇舉酌左脅兮右戴兜䍶兮玉爵朱題艳以垂虹素幕翩以騰鶴羅異果之芬芳映雕盤之錯落時也群工合奏絃悲管清升歌闋賓禮成於是乎撫鼉鼓啾鳳笙雲駢四坐花芬兩楹舞師巧誨於蹈厲（疑作厲）諧優鋳辨以縱横且曰不巾不擲匪鐸匪舌古也郅支之伎今也柘枝之名因清角之繁奏見韶華之並榮佳人乃整（一作秀古抽字也）金蟬收玉鸞襲舞衫突舞弁珠彩熒煌鈴光炫轉外寶帶以連玉中册裾而疊蓿則有鞶鑑透迤瓔瑰四垂韡瑞錦以雲匝袍襞金而鴈歌將翺將翔惟鸞惟鶩稍隨緩節步出

東廂始再拜以離立俄側身而相望思東南之美兮清風甚匠長凝情頊刻兮静對鏗鏘再撫華裾巧襞修袂將匀玉頬若抗瓔膠懷要（一作衆又作懷）妙以盈心望深思而滿背彼工也以初奏迎我舞也以次旋呈乍折旋以赴節復宛約而含情突如其來翼爾而進每當節而必改乍慘舒而復振鶩顧兮若嚴進退兮若慎或迎兮如流即避兮如怯傍睨兮如慵俛視兮如引風裏兮弱柳煙暮兮春松縹緲兮翔風婉轉兮游龍相邇兮如借相遠兮如謝忽抗足而相跐復和容而若謝勢雖窘於趨速態終守乎閑暇乍飈忽旋鸞鶴聯翩撼帝子之瑤珮觸仙池之玉蓮擁驚波與急雪捲祥雲及瑞烟詞方重陳鼓亦再歇我舉袂以容曳忽吐

音而清越一曲曲兮春恨深一聲聲兮邊思發傷心兮隴首青雲斷腸兮戍樓孤月歌扇兮綰斂鳴鞾兮更摧將騰躍之激電赴迅疾之驚雷忽如猒乎揮霍戢餘勢以徘徊屹而立若雙鸞之窺石鏡專而望似孤雲之駐蓬萊輕攢翠蛾稍拂香汗斐爾安逸復騁陵亂抽軋軋於蕙心耀纖纖之玉腕躊躇曠望若戀虞以南馳俯僂迴旋非為劉而左袒拾華衽以雙舉露輕裾之一半花灼灼鼓逢逢帽瑩隨蛇熠熠芝蘭之露裾翻莊蝶翩翩獵蕙之風來復來兮飛燕去復去兮驚鴻善睞睢盱偃師之招周妓輕軀動蕩蔡姬之龔齊公則有拂秣妖姿西河別部自與乎金石絲竹之聲成文乎雲韶咸夏之數然後能使燕趙慙妍威（南威）

[redacted]嫱古美婦人或改處為嬪非嬙掩嫮我之眡也匪未喜之牝鷄我之容
也匪木蘭之雄兎旣多妙以多能亦再羞而再顧鼓絶而
曲旣終倏雲朝而雨暮

鸜鵒舞賦以屈伸俯仰傍若無人為韻

謝向以小節不拘曲藝可俯或是可觀因無官韻改作俯顧狎鴛鶩一作
鸞之侶因為鸜鵒之舞於是褫貂裘岸章甫在容止可觀
之際方見翼如當絃管牙奏之時俄逞退旅伊昔王導延
為上賓倍謁者讓登之處遇群賢式燕之晨俎豆在列尊
卑且倫始服膺於末席三字一作之末座方酬償於主人償一作賞導
曰乂慕德音衆皆傾想顧覿傞傞之態用答嚶嚶之響非
敢玩人以喪德庶使棲遟而偃仰徒欲見長喙則距之能

豈比夫弋林釣渚之賞公乃正色洋洋若欲飛翔避席俯
傴樞衣頡頏宛修襟而乍疑雌伏赴繁節而忽若鷹揚由
是見多能之妙出萬舞之傍若乃三歎未終五音鏗作頷
若燕而蹙頞德如毛而矍鑠衆客振衣而跂望滿堂擊節
而稱樂且喤喤之奏未終而洩洩之容自若於是媿飲啄
盡歡娛聽式歌而調燕吐鳳觀蹙起而勢若將鶱以樂愲
憂旣醉者於焉見矣手舞足蹈驩然者豈得而無是知因
此名聞那辭跡屈同漁陽之慷慨鄙五原之嘖鬱將羨其
率爾不矯怡然任真自動容於知己非受侮以求伸况乃
意綽步蹲然後知鴻鵠之志不與俗態而同塵

文苑英華卷第七十九

文苑英華卷第八十　賦八十

鍾鼓

霜鍾賦并序　喬潭

南陽有豐山山有鍾霜降則鳴斯氣感而應也潭忝預少
宗伯達奚公特達之遇擢秀才甲科庶幾人間有是譽處
然南陽則公隱居之舊也故為霜鍾賦以廣知音

豐山之峯巉嵒積翠之石森爽凌一作冒寒之松上無鳥飛一作飛鳥下無人蹤深一作何杳杳以靜謐有天然之古鍾兩欒
神資九乳靈化寧失制於倕弁豈遺音於窕摦每簴器以
自閑常宿懸而不下一作每處氣以自得常宿懸以警下動於耳而藏於心
必高秋之良夜於是沉寥兮日暮而天晶蕭瑟兮霜落而
風清爽氣無朕前來滿盈跳然出復一作復出鏗爾有聲信不
擊而不考能大鳴而小鳴始則函一作含胡擁鬱旋復充詘
[redacted]若往若還徘徊其間爾其舒肆奔放長齊一作欒遠暢
乍浮空以紆餘更觸物而瀏澆入林蕭蕭在水蕩蕩泛濫
淺瀨聯綿踈篁夜鶴怨兮彌若寒猿悲兮更長餘韻春容
隨風悠揚遠於洞庭浮於瀟湘梧揪紛以離披蒹葭颯其

蒼蒼及夫夜巳艾兮彌靜山無人兮月冷時（一作初）蕭蕭而（一作以）自悽後硠硠而匿響其動愈出其來甚徐合於元化遊於大虛轉達（一作遠）而盡誰知所如聊獨立（一作坐）以傾聽恍若失其躊躇聽不及巳想存其餘方其寒氣曉集鏘然應急發越林巒周流井邑前聲未盡後韻相及羇臣之空館屢求思婦之高樓偏入莫不恍然驚夢歔欷掩泣夫鍾之應霜也應以無心士之知巳也貴其知音不鼓而鳴者其聲遠不言而信者其分深故自然之聲無假於煩手特達之分不資於騰口吾欲徵華鍾喻良友懷音退（一作濡）默藏器虛受可以適南陽待清霜之一扣繇曰風籟起兮喧長薄霜鍾鳴兮動哀壑合大塊兮聲無作雖有聞兮常寂

寘

九一作皆文粹

夜聞山寺鍾賦（時宿高山少林寺） 李子卿

寒月山空蕭蕭遠風有客靜聽雙林之中鷲嶺深兮夜分後龍宮隱兮洪鍾扣蒲牢鬬兮師子吼魍魎懾兮魑魅走搏泉頂兮噴谷口入有間兮出無有其發地也衆竅怒兮羣籟起既聾山兮從（疑）噎水石鼓震於四荒雲雷飛於百里其在空也漫兮浩浩殷兮雄雄若陽臺之散雨似溟海之生風其稍絕也小不窕兮細不繫斷還連兮遠而近著回風而欲散值輕吹而更引寂兮寥兮忽不知其所盡或有宴坐真境觀空禪林將冺萬法是資一音惟其來無所見其跡察其去不可得而尋繁焉則應應而無心業璽曾

是而問（一作聞或作問）縛驚後因絲而受[illegible]別有道冀隱淪學傳文囿鏗爾而作賈勇在於橫撞洞然而來含毫思於一扣嶺上曨矓星漢移[redacted]松颯颯颯風（未詳）吾欲不書山鍾之狀何歌於斯詠於斯

觀鑄鍾賦 翟楚賢

陰陽作炭兮天地爲爐陶甄庶類兮品物昭蘇上法下象兮智者紀畫終霄盡日兮工人製摸畫之如何情專思苦摸之如何聚沙凝土金堅以爲樣度窕摦而成規矩設機關立扉户憑虛無以變凝疑稟籥之有主尊梟氏之宏規鑄龍宮之信鼓青蓮妙果兮蒼生所怙檀施如山兮縱觀如堵回祿用事兮烈氣激揚飛燕呈巧兮熾聲赫怒沸沸

渭渭奪於日光霍㸌燐亂青熒蒼黃玄穹之星夜落焉可侔象赤城之霞朝起無以此方疑崑崙之丟爍吸晴天之太陽聚徒侶走匠石煎金膏煉鉛液青臼之氣畜精粗之氣適伶人奏樂以先譔法侶焚香而接迹顧（疑）觀者攢睟以奔騰畏爍者連袂以辟易開竇泉注歸模電射固倏空而成功乃踟躕而方鬭攢鍤開長繩曳衆力捘群扛制歸禪閟之清淨亂埃𡏖之堙窣禮含稟說之文旋起熊龍之勢懸於簴皷於宮氣㥄厲聲冲冲清塵濁警昏蒙惟良匠之鎔鑄尚其如此况鴻鈞之陶冶行乎至公

洪鍾賦 謝良輔

昔者皇帝度六律和五音率伶倫之士惣金石之鈞將合

樂以教令俾洪鍾以平心當其形器作坯工進太旁既列風橐伊震奉明謀以立象竅㧑不憖出良冶而成聲函園得儁空以受氣動以發生尚羽大擊逢霜小鳴䆐浮爲之踈鏞沉伏由其震驚如戢韻以待扣每登懸而惡盈苦乃長鯨似小猛簴爲䝟崇峦㘈糾練響潛越九乳形矣信書範於九州兩鼓存焉更分儀於日月虛而不屈應而無窮廣樂之器爲音之雄欲其能鳴幸春容以大扣冀乎聞外必鍧厲之有中不誇乎窮髮之墟實美乎亭臺之宮儻擊考之無厭敢昭宣於國風

鼓鍾于宮賦（以喻以鼓鍾自中形外爲韻）　李程

徵鼓鍾于前聞誠脩身之善喻始自中出終能外布此夫

聽理必彰善惡之由將以審音不失洪纖之度擊之于宮聲無不通乍超越以迴出竟周流而四克聞之者足可以自誠聽之者於焉而發聰苦然則屬暗室者可以慎獨在多言者局苦守中豈徒夾兩欒蒲九乳運四氣而應律合五音而中矩必將察理亂之變明是非之至播洪音於萬鈞在敏乎而一鼓由審音以聽焉（未見自字官韻）鍾之爲喻警夫行道之人聲也何從出乎有過之地苟由中而既發諒聞外之難秘夫鍾之所響響而見聽人之所慎慎於未形雖扣之而在寢必聞之而盈庭禮失所識想杜簣之揚解教之以義嘉大禹之勤銘和順積中辟（疑）訇發外可以捷笙鏞之逸響節干羽之繁會究彼所從爰自九重鏘然有聲

初疑乎叔之離磬鏗以立號如辨乎倕之和鍾其小也究而無墄其大也㧑而不容原乎其異察乎所以君禮之失惟鍾是比苟因聲而必聞信無良而可恥故能分清濁韻宮徵將有感於動心寧取樂於盈耳故君子之聽鍾非其鏗鏘而已

長樂鍾賦　鄭錫

漢宮昏曉兮樓殿相望雙闕雲聳兮千門日長銅壺夜漏金鏡朝光鏘華鍾兮肅天居之岑寂張猛簴兮壯神容之焜煌含虛守靜應用無方聞之者朝警而夕惕扣之者神和而意揚此乃樂府之𠍫器宮懸之高張豈比夫羽籥絲竹匏土革木徒攢雜以鏗鏘若乃九陌初昏重門聚㰀清

禁將開繁星乍落月宿翠樓風清金閣發清聲之響亮覺層樓之寥廓思遠客於鶉衣怨美人於羅幕足使懷愁者感之而增欷得志者聽之而愈樂豈在物之有心伊人情之所托及夫鷄人未唱鵠鑰猶封星翻南陸月掛西峯出入萬室周流九重走軒車於金馬震檽檻於銅龍千官警兮清珮響百鳥鳴兮春露濃豈謝泗濱之浮磬豐嶺之霜鍾而已哉夫其逐吹含空馳烟驛霧徘徊宮闕演漾官署虎嘯空中龍吟何處近從冊庭之室遠盡青門之樹劇之以劍思利器之一揮擊之以筳嘆酌斯之再遇（一作嘆清音之難遇）豈獨稱鳧氏於周典發鯨魚以嘆賦爾其春容詖怒之音千石萬鈞之實洪爐鎔冶之姿（一作貌）白蟲篆（三字一作蟲篆龍）文

之質揔衆美以混成亮吹萬而得一客有羇旅靈臺經過年首玄文未獻白賁徒久聲聞於外空羨鍾鼓于宮氣或在天誰知藏劍於斗懷洪音而未發敢虛心而待扣

敢諫鼓賦（以聖人求諫諍之道爲韻）　白居易

大矣哉唐堯之爲盛（一無此八字）鼓者樂之器（三字一作工所制）諫者君之（一作所）命鼓因諫設發爲治世之音諫以鼓來懸作經邦之柄納其臣於忠信（一作直）致其君於明聖將俾乎內外必聞（一作將使內外必聞）上下交正然後爲一人之慶順其旨知君上之無私酌其義知臣下之勿欺（二十五字一作於是乎唐堯得以爲盛者也至矣哉）獻納者於焉直節諷議者由是正辭（一作諷諫於焉盡節獻納由是正辭）故謇謇匪躬道之行也讜讜不已聲以發之雖言之無罪

而擊之有時（十字一作言之者無罪擊之者有時在由是正辭之下）始也土鼓增葦（一作華）蕢桴改造外揚音以應物中含虛而體道不窕不擲由工人（二字一作巧者）之作爲大鳴小鳴隨諫者（二字一作直臣）之擊考君乃宸居謐靜閶闔洞開隱隱聞於天關鼕鼕發於帝臺既類夫坎其缶宛丘之下亦象乎殷其雷南山之隈（昔乃至南山之隈一作有若坎其缶于宛丘之下又如殷其雷在南山之隈）音鏗鏘以鞺鞳響容與以徘徊徹手（一作于）帝心四聰之耳必達納諸人聽七諍之臣乃來故用之（一無此字）於朝朝無面從之患行之（一無此字）於國國無居下之訕洋洋盈耳幽贊逆耳之言坎坎動心明啓沃心之諫且夫鼓之爲用（一有此二字）或備於樂懸或施於戎政以諧八音節奏以明三軍號令（元本作八音之節三軍之命綴第一韻已押君之命故從集本）未若發揮謇諤啓迪諫諍（一作備察朝闕發揮庭諍）聲聞于外以彰我主聖臣良道在其中以表我上忠下敬稽前典叙彝倫諫鼓既陳諫聲乃臻對善旌而俱懸義之與比將謗木而並出德必有隣（稽前典至必有隣一作然則義之與比德必有隣將善旌而並建與謗木而俱陳）是以（一作必）聞其音則知有獻替之士聆其響豈（一作必）獨思將帥之臣嗟乎捨之則聲寢用之則氣振雖諫諍（二字一作聲聲）之在鼓終用捨而因（二字一作之由）人（凡一作皆集本）

諫鼓賦（以聖帝之心渴於聞過爲韻）　王起

先王惧五諫之或替恐四聰之有蔽爰立鼓於朝得爲邦之制臣之擊也將宣補袞之誠君之聽焉是叶從繩之契所以臨下國所以承上帝豈鼕鼕於金奏之間坎坎於宮

懸之際亦既戒止居然可分契無私之路彰不諱之君猛簴趪趪以特立直言謇謇而必聞聽其音知有譎而有諷察其狀亦非鼖而非鼛借如明明哲后輔以賢佐惧德化之失慮政刑之墮必佇斯音用補其過乃有閶闔之關謇諤如林或匪躬自致或造膝來箴叶帝閽而九重猶遠獻工藝而一人且深於是伐茲鼉鼓殷爾雷聲氣作援抱雖假下臣之手聲聞黈纊終沃大君之心豈表識於作礪將思度於如金誰謂再而衰響不可遏誰謂三而竭志由是達防口之政多懟逆耳之言載渴列彼天居大音所儲志惟厲乃仁則依於得夫贊掩善旌之所進箴於闕殊謗木之所書自得與一言而灰止何必諧八音而樂胥方

今堯舜在上伊皐爲政皇建極曆作聖而百官尚箴七臣循諍用設之爲舊典亦表之爲新令念茲在茲是訓是彝藥石必納芻蕘不遺鼓也髙懸寧不考而不擊君惟無過願歌之而舞之

數里鼓賦 以聖人立制智者研精爲韻　柳宗元

异哉鼓之設也恢制度於天邑佐大禮於時行即行賛盛容而立之斯立觀其象可以守威儀之三千節其音可以表吉行之五十配和鑾以一作而入用並司南而爲急若乃郊薦之儀旣陳封禪之禮攸執經千里而分寸可候度四方而禮容是集施丘擊於華山之野知霧氣巳籠用百發乎南山之陽識雷聲所及先聖有作後王式遵啓玄機以

求舊運巧智而攸川文粹作信新相彼良工自殊昧道之士眷茲木偶應異迷途之人齊步武而無佚差遠近而有倫導大路罔僭乎禮典聽希聲克正於時巡雖道有環迴地方險易固善應而莫實諒知幾而有爲載考載擊所辨于一作乎長亭短亭匪疾一作亟匪徐足分乎有智無智觀其妙矣孰測其微細觀其徼矣一作兮詎知其啓閉音不衰而得度響其鏜而有制于以翊龍御于以引天旋異銅渾之儀亦可叙紫微之星次殊玉漏之制而能步黄道之日躔周物之智斯設極深一作塗之機是研鄙繁音之坎坎陋促節之闐闐妙出人謀巧一作思由神假時然後擊賛賞一作虞典于今茲動惟其當勢同一作周文于一作於古者由是皇衢以正帝道斯盛恭出震以成威三字一作之威儀膺御乾而啓聖我后得以昭文物展聲明不僭於素可舉而行宜乎騁墨妙呈筆精固敢先三雅而獻賦庶將開萬國之頌聲

此今柳文校定其一作皆舊本

六街鼓賦 以動心駭耳防非之道爲韻　王碬眞

惟道路兮此有其紀綱在昏曉兮用警於行藏設彼鼓節以爲人防俾守度而知禁咸順時而嚮方觀其四門洞達九馗攸長不有司局則政或以荒不有式遏則人或以歎粤惟聖唐作法茲始岐路分職里閈對峙萬井如棊三條若砥樹麗鼓也罔不式遵命武賁焉各愼所履日入于酉俾于行者止斗回于天警夫居者起惟其度數自合銅龍

之漏節其晝夜不失金烏之晷豈比夫繁於手盈於耳而恍彼姝者子乎每司辰而不僭必候時而後動聲坎坎而旁殷遐邇氣雄雄而中遏煩憁通途廣陌萬户千扉晨應鷄鳴夕催人歸牛羊下時迎暮烟而斯發河漢云沒伴曉色而漸微此乃守常有則守矩不違一厥人兮人懷其信齊厥政兮政絶其非不然者則是或見訛下無所楷使六街時謬萬夫聽駭是知街之設也所以通達幽深鼓之懸也所以發揚聲音豈獨警其當路亦用華其非心職是司者爾罔不欽無先天兮以欲敗度無後天兮則人匪恍別有養蒙以居惜陰爲實遊藝鄒魯觀光咸鎬每聽喤喤之聲實樂平平之道敢課虛而進牘聊體物而摛藻未見之字官闕

文苑英華卷第八十

文苑英華卷第八十一　　賦八十一

雜伎

拔河賦一首　　漢武帝後庭鞦韆賦一首

內人馬伎賦一首　　長竿賦一首

季秋朝宴觀內人馬伎賦一首

千秋節勤政樓觀舞馬賦一首

勤政樓花竿賦一首　　內人蹋毬賦一首

氣毬賦一首

拔河賦　　薛勝

皇帝大誇胡人以八方平泰百戲繁會令壯士千人分為二隊名拔河於內實耀武於外伊有司兮晝爾于麻宵爾于紖或巨索兮高輪囷大合拱兮長千尺爾其東西之首也派別脈分以挂人胷腋各引而向以牽乎彊敵載立長旌居中作程苟過差於所誌知勝負之攸平於是勇士畢登囂聲振騰大魁離立麾之以肱初拗怒而彊項卒畏威而伏膂皆陳力而就列同拔茅之相仍瞋目顛壯心憑陵執金吾袒紫衣以親鼓伏柱史持白簡以監繩敗無隱惡彊無蔽能咸若吞敵於胷中慘與憯同莫董疑作蔕芥又似拔山於肘後匪勞淩兢然後一鼓作氣再鼓作力三鼓兮其繩則直小不東兮大不東允執厥中鼉鼓蓬蓬詩作逢逢士力未窮身挺拔而不動衣黨襜以從風鬭甚城危急逾國蹙履陷地而臧趾汗流珠而可掬陰血作而頹若渥丹脹

脉憤而體如瘿木可以揮落日而横天關觸不周而動地軸執云遇敵還延相持蓄縮而巳左兮莫往右兮莫來秦皇鞭石而東向屹不可推巨靈蹋山而西峙巍乎難摧繩摞仆而將斷猶匍匐而不迴大夫以上停眙而忘食將軍巳下虓闞而成雷千人抃萬人哈呀奔走坌塵埃超拔山兮力不竭信大國之壯觀哉嗟夫虛聲奚爲央勝在場實勇奚爲交争乃傷彼壯士之始至信其鋒之莫當洎標紛以校力突繩度而就強懦絶倒而臆仰壯乘勢而頭搶紛縱横以披靡脊拔刺而陸梁天子啓玉齒以璀璨散金錢而瑩煌勝者皆曰予王之瓜牙承王之寵光將曰拔百城以賈勇豈乃牽一隊而爲剛於是匈奴失筋再拜稱觴曰

君雄若此臣國其亡

漢武帝後庭鞦韆賦并序　高無際

臣無際才非馬融位叨麟閣屬秘書監博陵崔公畫鞦韆障而得一覩皓齒蛾眉徧於後庭鞦韆之觀樂焉考古之文苑惟鞦韆賦未有作况鞦韆者千秋也漢武祈千秋之壽故後宮多鞦韆之樂今因覩斯畫而善前名臣雖不敏謹述漢武後庭鞦韆賦以歌之詞曰

大哉漢武兮尊一人域中無事兮天下皆春豈比黍兮欲東巡風雨時若兮輝光日新百寮良哉六官疑作宮清謐外無金革之警内馭王帛之逸王母呈益地之圖素女授延齡之術河皷効職於永巷洛神負書而入室當是時也初度褀鸞之衣未窅覩鑑之日鬬春服競新裳臨鏡臺耀殿堂態越千金之態香殊百和之香下珠樓巡玉砌金伍徐出蕤三連袂照緑池而嬌多步晴天而影細妍兮雅佳兮麗争攀桃李之花競説閒以紅綈蘂嬌亂立以推進一態嬋娟而上躋乍龍伸而蠖屈將欲上而復低擢纖手以星曳騰弱質而雲舒一去一來鬬舞空之花蝶雙上雙下亂晴野之虹蜺徑如風捷如電倏忽顧眄萬人皆見香裾颯以牽空珠汗集而光面時進時退以遊以遨類七縱而七捨期必高而讓高取其至樂靡辭其體勞徒觀其天仙步虚飛鳥頡頏飛鳥不離於羽族天仙不舉而自上漢皇由是闢昭陽臨未央歌虞舜誠幽王知所以失知所以昌察

六宮之閑曠耗五絲之衣裳念一朝之罷織想十月之寒霜俾游者有禮乃輟而不荒豈玆賞之爲樂盖欲習夫采桑必令動也無害何必勞而有妨詔宮掖慕恭姜克勤筐篚之事繼美葛覃之章則知漢武之德與堯舜而齊芳於昭聖王兮穆穆兮皇皇

内人馬伎賦以文彩節奏發揚蹈厲爲韻　李濯

皇帝順時觀武乘暇會群百蠻在庭如蟻慕於羶附千官翊聖類星拱之垂文於是時也嚴霜剪木晴空娍雲都人士女雜沓繽紛或側肩以馳見或奔躍以樂聞衆觀迭改群心如待於是渥洼神驥齊逸足以翩翩官禁名姝耀雜粧之彩彩莫不游纓貫校玉珂金玦挾刃明霜衣金被鐵

搴旗命伍抽戈按節伴三邊之挑戰壯六軍之校閱翹趾
金鞍之上電去而都閑委身玉鐙之旁風驚而詭譎人矜
綽約之貌馬走流離之血始爭鋒於校場遍寫軽於金埒
若乃楊葉既指瑀兮斯發百步應的七札皆透天顔微怡
雷鼓訇奏由羿忸於手拙幽并慙於伎陋於是羌髯戎羯
（一作寳戎）氈裘辮髪心目愕眙形神隕越屈膝天庭稽首魏闕
荷臣子之忻戴咨譯人以啓發曰天臨有唐撫綏萬方文
德廣洽武義大揚且柔婦之克妙矧驍夫之可量於是王
公卿士手舞足蹈歌湛露之既浹詠天保之攸報乃言曰
斯伎也義同七德名冠六藝惟便習之至精在教理之發
厲是知物無不學學無不濟我皇豈不曰非婦人之職任

蓋欲以激君子之磨鋭

季秋朝宴觀内人馬伎賦（同前韻）　敬括

夫何至德之極兮越五帝而作君羌柔遠以服外廓寓縣
而同文若乃寅奉上天疇咨亮彩道備淳白朝無闕殆由
是脩樂以省風慮未善而將改高樓隱映廣場肅絜冠劒
惟序奉天子之風儀笙鏞以和得先王之制節謌觴既巳
雅樂斯闋然後罷朝宴百寮與耆耋於是旁分美人下徹
金奏王勒齊習瑀兮並發鴻騫龍翥却復（疑作㙮）畧以驍騰
左旋右抽突絢練而馳闘沛艾多狀蹁躚不歇香汗與桂
條爭薰麗花比桃花競發應繁鼓以頓挫歷層臺而超越
何登降之趫悍乍迴旋以抑揚寶釵耀目羅衣沐香乍倏
忽以變態亦綷然而允臧徒觀其匪疾匪徐以舞以蹈潛
中規而六轡沃若動合節而萬人鼓譟日既逮昏聖心攸
懋斯帝王所以因壯觀而戒逸遂居安而若厲豈淫樂以
惑人見終朝於鄭衛

千秋節勤政樓下觀舞馬賦（以態有餘妍貌無停趣爲韻）　錢起

惟大唐之握乾符聲諧六律化廣三無能使乘黄服皁龍
馬負圖必將登高率舞豈獨載馳載驅歲八月也一聖之
生千秋之首舉天慶卅陵之會率土獻南山之壽上乃御
層軒臨九有張葛天氏之樂醉陶唐氏之酒感百獸之來
儀即八駿之孔阜於是陳金石儼轡梠廣場天近彩仗晴
初有駿有驕有驛有魚雲聚日下花明露餘帝曰司僕舞

我騏馬可以數張皇樂可以啓迪歡趣須史金鼓奏玉管
傳忽兮龍踞愕爾鴻翻頓纓而電落朱鬣驤首而星流白
顛動容合雅度曲遺妍盡庶能於意外期一顧於君前噴
玉生風呈奇變態雖燕王市駿骨二師馳絶塞豈比夫舞
皇衢娱聖代表吾君之善貸向使垂耳長坂翹足遠坰天
驥之才莫用鹽車之役不停安得播天樂輝皇靈服御惟
允簫韶是聽則知絶群稱德殊藝逸貌足之舞之莫匪聖
人之教則陳力者願驅策而是效

長竿賦　梁涉

伊酺醵之可觀有格澤（大人賦建格澤之脩竿注格澤氣也胡各反澤大各反）之脩
竿勢百常以莖擢文五彩而花攢可負以致遠又行之匪

艱故得一人之慶而爲萬國之歡獨步華場偏臨廣術當大階以影正對重樓而首出岌岌兮高柱承天亭亭兮若木拂日有美人兮來從紫闕爲都盧兮衣錦褧衣凝靚粧以如王聳輕身兮若飛倏龍盤而婉轉遂花落而霏微朝雲乍與神女之初降曉月將落姮娥之未歸於是伐鼓雷響叫人星合從正殿以獨步巡廣場而未匝勢欲傾掉力將彈壓天地爲之振動樓臺爲之岌業臨人自正兮有莫從繩處險而安兮匪同履冰豈有象於鴻漸終無教於深升聞北風其凉我則懷將恐將懼見南山之壽我則喜不騫不崩則知蹲會稽者其言矯在浚郊者其利少曷若揚王庭越木杪爲域中之大見天下之小哂伏波之銅柱逕

君海裔陵漢武之金莖揭出雲表惟我皇而念茲遂角觝而存之非爲作奇伎庶堯之謗木可爲非爲作無益庶舜之舞干可持使還矯者仰止守直者方斯臨下則正而不諂在上則高而不危夫是跨越古今標格寰宇聞之者皃趨雀躍見之者足蹈手舞非測日之表可儔非凌雲之梯足數將揭焉以山立或樹之而林聚故知斯竿無親惟力是憐雖盛德之在木必先容而假人欲爲柱兮承彼大廈願爲檝兮當彼要津旣呈材以効質樂我王於萬春

勤政樓花竿賦　王邕

皇上朝萬國宴千官當獻歲之令節御高樓而賜歡應和風奏以天樂耀長妓出乎花竿偉夫如山之重如繩之直挺其質以百尋續其文以五色將烜赫以誇衆候鏗鏘而取則高居乃在乎帝庭發跡乃因乎人力於是玉顏直上金管相催顧影而忽升河漢低首而下指樓臺整花鈿以容與轉羅袖而徘徊晴空乍臨若虛仙之蹋出片雲時映若仙女之飛來矧夫曲終示危乘危中矩八方勞觀億計如堵載之者強項超群登之者纖腰迴舞循盡巧於繁節且獻能於聖主廣場合勢則雉舉成帷衆伎驚心則汗流漂雨或有趫材告捷角力爭先鳴鼉鼓以動地仰花竿而拂天初騰陵以電激倏縹緲而風旋或暫留以頭挂又却倚而肩連躡足皆安象高梧之鳳集隨形便躍奮喬木之鶯遷然後顛顛用壯迴還變狀度岌岌之雲梯繞森森之

仙伏通衢爲之翕習太簇爲之條暢人自能藝信咫尺於重霄竿則有材惟飭磨於大匠是日也悅豫重疑情喧闐鎬京角觝慙妙巴歈寢聲賞含嘉用潤澤寰瀛觀斯樂之爲最孰不稱於美名

內人蹋毬賦　以仁娛玉毬仰術爲韻

毬循求也毬轉馳逐兮將求人而得人一作仁毬上有嬪以行於道嬪以立於身出紅樓而色妙對白日而顏一作影新曠古未作于今始陳俾衆伎而皆掩擅奇能而絕倫於是揚袂疊足一作色徘徊躑躅雖進退而有據常兢兢而自勗毬體兮似珠人顏兮似玉下則雷風之宛轉上則神仙之結束無習斜流恒爲正遊毬不離足足不離毬弄金盤

而神仙欲下舞寶劒則戎狄來投方知吾君偃武之日脩神仙之術但欲揚其善教豈徒悅其淑質謂艷色兮可輕使宮女兮程功而出疑覆地兮不覆其地疑騰虛兮還踐其實當是時也華庭縱賞萬人瞻仰洛神遇而恥乘流飛鸞逢而慙在掌幾者制而動息幾度紛而來往倏而復歸於雲霄何微妙之恍惚

氣毬賦以圖實之形可貴爲韻　仲無頗

氣之爲毬合而成質俾騰躍而攸利在吹噓而取實盡心規矩朸因方以致圓假手彌縫終使滿而不溢苟投足之有便知入門而無必時也廣場春霽寒食景妍交爭競逐馳突喧闐或略地以丸走乍陵空以月圓可轉之功混成

之會雖無侶而是疋諒有皮之足貴傳毛非取奚資蔚矣之文實腹可嘉且養浩然之氣觀夫渾兮無覆塊若有形方勞擊觸曾匪遑寧其升木也許子之飄始挂其墜地也魏王之匏斯零懼欲擠于溝壑將不出於戶庭智不待乎嶠鑽妙乃存乎苞裹堅彊祈致雖吐納之在君蘊蓄爲功信盈虛而自我念脩完之是急如穿鑿之忘一作不可勿一作忘懷棄擲委質操持拾之則藏豈凝滯之興謫蘇而復上猶輕舉之可思彼跳丸之與蹴鞠又何足以加之

文苑英華卷第八十一

文苑英華卷第八十二　賦八十二

雜伎

裴將軍劒舞賦并序　喬潭

後元年秋九月羽林裴公獻戎捷于京師上御花蕚樓大置酒酒酣詔將軍舞劒爲天下壯觀遂賦之其詞曰

將軍以幽燕勁卒耀武窮髮俘海夷虜山羯左執律右秉鉞振旅闐闐獻功魏闕上享之則鍾以悍一作捍簴鼓以靈

鼉千伎一作妓度武萬人高歌秦雲動色渭水躍波有肉如山有酒如河君臣樂飲而一醉夷夏薰薰而載和帝謂將軍拔劒起舞以張皇師旅以烜一作桓赫戎虜節八音一有而字行八風奮兩階之干羽公於是乎具冑朱緩而作一作正色虎裘錦裼而攘臂抗稜威飄鋭氣陸離乎武備婆娑乎文事合桑林之容以盡其意照蓮花之彩以宣其利翕然鷹揚翼爾龍驤鋒隨指顧鍔應回翔取諸身而聳擢一作躍上其手以激昂縱横耀顉左右文光三字一作交相觀乎此劒之躍也乍雄飛俄虎响搖鹿盧射牛斗空中悍慓不下將乂欻風落而雨來累一作果愜心而應手爾其陵厲清浮一作洋絢練夐絶青天兮何倚白雲兮可決覩二龍之追飛見七星

之明臧雜朱干之逸勢應金奏之繁節至乃天輪宛轉貫索迴環光冲融乎其外氣混合乎其間若湧雪（一作雲）濤如飛雲（一作雪）山萬夫爲之雨汗八佾爲之慙顏及乎度曲將終發機由（一作尤）捷或連翩而七縱或瞬息而三接風生兮蒨旆襜襜電走兮形庭曄曄陰明（一作寘）變見靈怪離蹤將鬼神（一有之字）無所遁逃豈蠻夷之（一有不字）足震慴嗟夫蘭子之迭躍其枝未雄仲由之自衛其舞未工（一作其武未功）豈（一作昌）若將軍爲百夫之特實劒有千金之飾奮紫髯之白刃發帝庭之光色所以象大君之功亦以宣忠臣之力或歌曰洸洸武臣耀榷劒兮清邊塵威戎夷兮率土來賓（一作威遠夷兮率來賓）馬用輕裙之妓女長袖之才人天子穆然詔伶官斥鄭

衛選色者使覘乎軍容教舞者俾觀乎兵勢激楚結風發揚蹈厲（一作變激楚之結風爲發揚之蹈厲）僉謂將軍之劒舞古未之制（一作至）

凡一作皆文粹

繩伎賦　胡嘉隱

律南呂兮仲之秋帝張樂兮泰之樓鼓舞令節鏗鏘神州萬國會百工休俾樂司咸戢繩伎獨留此聖人之新意也與衆共之降賞成列服也德之稱容兮已之悅觀八佾則羅韈生塵髭兩髦則麻衣如雪結繩既舉彝倫攸序杳若天險之難升忽爾投足而復阻來有匹去無侶空中王步望雲髻之峨峨日下風趨見羅衣之楚楚足容捷貌容恭鳥斯企雲相從曄曄兮映朱樓之花萼煥爛兮開甲帳之芙蓉橫竿却步疊夘相重纘人不能窺其影謀士不能指其蹤既如阿閣之舞鳳又如天泉之躍龍徘徊反復交觀奪目擁金騎屯繡轂高詞論者族談多才藝者心服既得擅場其能未央應鼓或躍投繩或翔婉變兮弄玉之隨簫史仙妻之別劉綱陵波不足矜其術行雨未可比其方然後知海之深則孤楂可泛河之廣則一葦能航不奔明月不赴高唐食君之珍膳衣君之綵裳喜千秋之令節願獻壽兮天長於是衆變格行無力歡百姓之心傾四方之國掌上失妙宮中沮色所寵者寵其回邪所好者好其正直視履不懼柔嘉維則故知我者謂我從繩不知我者謂我憑陵繩有弛張藝有廢興周捨靡定倚伏相仍如臨如履

何競何喜猶君之從諫則聖伎之從繩則正惟伎可以爲制節繩可以爲龜鏡殷監不昧在此而已豈徒昭玩人喪德豈徒悅彼姝者子明后居高視卑創物成規此乃堯舜之用心使吾人之載喜慶賜必周將順其美來娉婷去輕盈奇伎兮忽還天上而不可見繩繩兮道之遠兮不可名

樓下觀繩伎賦　張楚金

惟千金之令節啓聖壽兮無疆詔百辟以高會挾宸歡而未央地勝樓闕天清氣涼禮容克備樂府斯張翕赫習霍熒熒煌煌伊曠古之未有豈名言之得詳迺有殊伎特異呈材累至動不勤物用非假器觀夫立象蓋取諸意本自宮中之傳名爲索上之戲掖庭美女和歡麗人身輕體弱

絕代殊倫被羅縠與珠翠鋪瓔珽與錦茵其綵練也橫亘
百尺高懸數丈下曲如鉤中平似掌初綽約而斜進竟盤
姍而直上或徐或疾乍俯乍仰近而察之若春林含耀吐
陽葩遠而望之若晴空迴照散流霞其格妙也窈窕相過
踰躚郄步寄兩木以更攝有雙童而並騖還迴不恒睒躍
無數驚駭疑落安然以佳雖保身於萬終疑恃君恩於一
顧節應鍾鼓心諧律呂履水谷兮徒云臨焦原兮虛語是
時齊謳輟響趙舞掩色絲桐發而沮勢丸劍西京賦跳丸劍調而
挫力方言疑寰海清天階平兵革不用兮國無征風雨既
洽兮年順成上曰可樂人胥以享大則有熹載之義小則
無角和疑之名固端拱而成理豈繁物而爲程者哉

透橦童兒賦

卓絕之伎不爲則已爲必陵群駭目駕俗驚耳覩透橦之
兒信其然矣雲竿百尺繩直規圓推有力者樹之君前傳
傳就日亭亭柱天鬼魅不敢傍其影鵷鸞不敢翔其顛此
兒於是跂雙足戢兩臂踴身而直上若有其翅盡竿而平
立若餘其地人以爲難我以爲易人以爲恐我以爲戲難
中有戲戲中有難倒輕軀墜高竿如更羸之鴈下空裏似
蒲且之鶴落雲間不識者謂之尚奇好絕自取其殘眼爲
之慘心爲之寒怖甚蓬粉之勢不敢仰看庸詎知所憑之
竿暗相扶所恃之術私有準掩都盧其若無顧鶩戲而足
晒屹然中駐餘勇不盡于時也觧雀散鳥逃龍走魚跳劍

臂拆呪刀口呿一場之內獨雄雄如既而天眷偏及天顏
賜喜曰其絕人有如此其服人有如此豈止透竿之兒抑
猶疑持竿之士持若不定或棹而或傾透雖自彊何怙而
何恃乃迴天札題其兩絕降天酒賞其雙美斯道也誠則
小哉可以感於知已

都盧尋橦賦以勢極高空冏思顛墜爲韻　金厚載

彼脩竿兮迥立天中有都盧兮身輕若風始發地以直上
漸陵烟而轉崇敏捷無儔姿飛翻於白月孤高可尚任迴
環於碧空杉其委質自來當場獻藝耀百戲於君所仰千
尋於天際千霄迥出將爲悅目之娛舉步俄升自有翻雲
之勢孤摽上聳兆庶同嬉信超騰而自若罔危懼以疑思

質勁挺以無倫人皆見也衣簾襜而不定風以動之挺影
難儔乘爲罔墜臨廣街以堪望騁蹻材而自異拂雲端之
縹緲以欲升天跨橦末之歌危若有餘地徒觀其遠望踰
踚輕如列仙形翻碧落足動晴烟杳杳難分宛在朝天之
外亭亭迥映全高衆木之顛其態可喜其功不測既穹崇
以獨立每緣循而至極將以騁輕趫忩登陟傍臨既分乎
遠近上達必資乎孤直仰而望也始似出於烟霄逼而察
焉又若生乎翅翼事契鴻漸情非教猱既翻身而自下漸
託質以彌高迴匝花場見千夫而共憙闕臨紫陌瞰萬井
以無逖故得衆目闕窺群心是仰若冊梯之已踐類遷喬
之可上每所以忩攀援助觀賞誠哉乎子之言先賢之勿

岡

競渡賦

范慥

楚之人兮有舟利於涉者節以檝師而競馳因汨羅拯溺之事爲江漢載浮之嬉以娛黎烝以穆風俗故歲習而無虧爾其月維仲夏節一作日次端午則大魁分曹決勝河滸飭畫舸以爭麗建綵標而競取聿來肇自於北津所屆聊期於南浦選孟賁烏獲以用壯酹川后天吳以潛輔重輕莫異於錙銖先後不差於步武外希得儁之稱內約囓鏃之伍降簳裾以列筵擁士庶兮如堵於是鷁首齊向飄然羽輕引長絙以觀整羅小艇以持平遠岸天闊乘流鏡清援抱者氣作於一鼓理棹者伎儀心所欲也於先鳴聆大呼之

始發若縱拖而迅征直衝諒駛於往兕忽徃來疑殊於駭鯨目正晝而懼眩浪無風兮欻生鳴鼙吹竽上聒天衢如伏波整旅合水歙於江湖建旗列卒俯映泉室若五利將軍訪仙師於溟渤攝弄奇以潛駭恒游泳而下逸群聲合譟群手齊力應勍敵之我先莫遑捨於瞬息乘輕若在於風馭飆疾牙飛於首飭舳艫惟正審流鏑之向齊檝棹翻然亂驚鳧之揮翼投勁竹以交擁各庶幾於獨魁向背適中勝負攸分一喻馬之旋濘一如龍之曳雲始差池以接影忽負絶而殊群曾不移晷倏然戾止去孤標於部黨爭距躍而赴水有麾竿以贊獲或振綵以揚美中程者雖多欲於上人後時者猶未甘於勝已懲既往之敗績佇將來

以雪耻由是厲能激憤赴漲而迴其逐進也速飛電之經目其引退也緩孤鶴之應媒彼忸淺以生息此方般而有猜仰興慕於三節爰息徒而復來論始作之功雖掉鞅而偏擅稽末事之效乃發梁兮備該然後弭舟檝宴沙場叶同黨之誠願錫上官之寵光徵固疑敵之財以須賞合如澠之酒以飛觴勉居後人以成績翻有物於不藏水府澹以澄靜人群欣而樂康夫吞刀倚巧而幻人之伎角觝稱妙而狡童之戲豈比夫仙舟以濟川之器競有救災之義非百夫之衆無以較其捷非九江之廣無以藏其事惣夷夏之具疑搜爲壯觀之能類

木人賦以周穆王時有進斯戲爲韻

林滋

何伊人兮異常爰委質以來王想具體之物既因於乃雕乃斵及抱材而至孰知其爲棟爲梁原夫始自攻堅終資假手雖克己於小巧之下乃成人於大朴之後來同辟地舉趾而根柢則無動必從繩結舌而語言何有心遊刃兮在茲鼻運斤兮罔遺兀若得木君之狀塊然非土偶之資曲直不差既無蠹於今日短長合度寧自伐於當時莫不脫枯槁以員來投膠漆而是進低回而氣岸方肅佇立而衣裾屢振穠華不改對桃李而自逞芳顏朽質莫侵指蒲柳而詎驚衰鬢既手舞而足蹈必左旋而右抽藏機關以中動假丹粉而外周生本林間苟有參乎之美立當君所何慙柴也之儔是則貫彼五行超諸百戲誤穿節以瞪目

疑聲幹於奮臂如令居杞梓之上則樹德非難若使赴湯火之前則焚軀孔易進退合宜依然在斯既無喪無得亦不識不知跡異草萊其言也無莠情同木訥其行也有枝可謂暗合生成潛因習熟雖則剉身於斤斧曷若守株於林麓宜乎削爾有刳爾腹既有亂於真宰寧取笑於周穆

吞刀吐火賦以方上有如此之術焉爲韻　王棨

奇幻誰傳伊人得焉吞刀之術斯妙吐火之能又玄爀却鋒鋩不患乎洞胷達腋噓成艶赫俄驚其飛焰浮烟原夫自天竺來時當西京暇日騁不測之神變有非常之妙術初呈握內豈吹毛之銳難覩含腹指脊雖鑠石之威可出於是叱咤神勵唅呀氣賁旁駕有而孰不觀也忽攘臂而

人皆異之俄而精鋼克腹熾烈交頤罔有剖心之患曾無爛額之疑寂影藏以光沉霜鋒畫處烟霞舒而血噴朱焰生時素刃兮倏去於乎紅光兮遽騰其口始蔑爾以虹藏竟爗然而電走隱于笑語迴看而轄鞞皆空出自烟喉旁取而榆檀何有莫不刻意斯劾焦心已舒想剛腸之礪乃驚爍吻以焚如胡爲引鏡之形銷於咀嚼安得燎原之色發自吹噓亦足以道冠幻人名傾術士食鍼既可以增愧噀酒亦宜乎讓美且夫神仙兮不常變化兮多方或漱水而霧含或吐飯而蜂翔曾未若彼用觧牛我則厭喉而挫銳彼皆鑽燧我則鼓舌以生光然眩惑如斯云爲徒爾雖諂外國之獻本匪王庭之伎吾謂吞詞鋒者可尚吐智燭者為是所以安處先生終去彼而取此

文苑英華卷第八十二

文苑英華卷第八十三　賦八十三

飲食一

鄉飲賦

鄉飲之制本於酒食形於罇俎和其長幼洽其宴語象以陰陽重以賓旅此六體者禮之大序至如高館初啓長筵初肆衆賓便僻而入門主人稽首而再至則三揖以成禮三讓以就位貴賤不共其班少長各以其次然後肴栗具設酒醴畢備鼙鼓遞奏工歌咸萃以德自持終無至醉夫觀其拜迎拜送則人知其絜敬察其尊賢尚齒則我欲其無競君若好之寔曰邦家之慶士能勤之必著鄉曲之行今國家徵孝秀辟賢良則必設鄉飲之禮歌鹿鳴之章故其事可得而詳立賓立主或陛或堂列豆舉爵鼓瑟吹簧動而敬居則莊百拜乃畢用賓於王禮主於敬樂主於同明士苟習於禮樂則可裕貢於㩁兮廢其緝熙聖迹宣暢皇風豈徒務燕譚而湛樂之是崇

形塩賦以人用塩鼎和羹爲韻　張顗

形塩似虎岐峙山立虎則百獸最威塩乃萬人取給合二美一作羡燕以成體何衆羞之能及厥貢惟錯將蛤蠙以俱來文君之庖與昌歜而齊入麗哉其義可嘉其美可頌魯崇宴賞周公宴來殷作和羹傳說登用向君美景初霽奇狀不遙映金盤以皎皦臨象筋而光昭遠則雪山出地近則白虎戲朝瞿瞿其內威而且猇眈眈其目視而不桃立一作結而成形也白黑相對融而可味也鹹酸必調厥味伊何物不可並水火相濟爲君子以成八珍上下協諧具公餗而登五鼎利我者則一作即衆成我者幾何備物象形即賤不干貴皆可適口豈同而不和至如大君式宴罇俎充盈形塩具矣以爲賓榮意者取則國君文足昭德武以彌出周禮不必改作弭前已註兵時之所貴物莫能京故天官叙其職春秋美其名必也見遺一作危則陸沉於懷土如或可用當濟代之和羹儻有裨於家國在吾道之應行

塩池賦以天造靈物資人食爲韻　閻伯輿

坤之美兮焉可以測塩之池蕩沆兮劃開於郇瑕之側廓平陸而無際浸長天之一色前對條山照峯巒之巀嵲若卓切郤隣安邑對城樓之嶷一作業岌其出形塩也狀雄虎之罇于長野攫拏兮布護其吐精光也如白日之昇暘谷照爛兮熻赩既似乎鏡湖之不遠又似乎渤澥之在即是以我艮牧宣風千里褰帷憑軾覩茲池兮荷上天之報覩茲塩兮恤下人之食意者以爲季布鎮乎股肱黃覇蘊其輔翊不爾何爲塩川澤之用饒土潤鹹鹾之利餝天人之緊

剌則有典有乎百姓之攸迷而不知不識綮矣郊甸丕哉
庾億且觀其皎晶池濆皚峨嶙峋髣髴珪璧依稀碝珉入
澤邈窺喜睛天之速曙隔林斜望訝瓊樹之驚春餌之者
若茹膏之客捧之者疑獻玉之人況生殊播植動必合時
爲諸侯之賞愛入嘉賓之賦詩瑩乎其皎皎兮于川之湄
（一有漁乎二字非）其郁郁兮于川之坻有美玉之價沉之而不汙
有君子之德涅之而不緇利入桓公之論名留謝氏之詩
（前押詩字）文郡國之珍產實亭育之攸資求言沉鬱必由光拂
可取於人況鑒於物懿夫天不秘寶地不藏靈可以和梅
羮之調鼎致君於堯舜可以偶腒鱐之入薦効祉於勳名
爾河汾之寶信同天造豈若分溝塍之綺錯則萬頃花明
而井田之周環則千里雪皓由斯言旃有美自天幸無委
於泥滓將以報於陶甄

水化爲鹽賦（以天之美利變化無窮爲韻）　黎逢

翕然乎造化能變而窮且其爲水也有上善之稱其化爲
鹽也有美玉之崇豈其清冷之水動變若神爲代之寶致
邦之豐伊昔煑海爲鹽以稟乎天君以和羮之用商以賈
賣而遷是知水化之利可貴哲（一作誓）匠之謀可研若也代
人所貴此貴爲美恒濟古今應乎遐邇求之者豈惓乎疲
勞功崇者可不由乎此致夫以水同君子有流通之利或
消消乎而處於藪泉或浩浩乎而遍乎淮泗或在河而則
淡或混海而則鹹國有鹽而且榮家有鹽而不匱條山一

寶萬邑之滋使印成者將貢於王闕俾肇祿者使我域求
之東西負重南北奔馳豈不用有（二字疑）潤下作鹹在乎一
變鼎俎既徹長筵美饌五味廢之而忘飡廣座得之爲珍
膳況水爲柔德能乎神化皎皎如霜依依照夜莫不因水
而生遇水而化根又處於水泉思工人之一假且天然此
物成化特殊匠之所變絕代稱無豈伊水因匠是乃能窮
乎變化況乎人得媒寧肯守乎一途或金門獻策或積代
英儒感物而賦在乎覩觀仰鹽梅之美用思窮達於高衢

春盤賦（以裁紅暈碧巧助春情爲韻）　歐陽詹

多事佳人假盤盂而作地疏綺繡以爲珍（集本作春）叢林且秀
百卉爭新一本一枝叶陶甄之妙致片花片蘂得造化之
窮神日惟上春（唐賦雖有第一句用宮韻格第二句復協韻今當考）時物將華柳依
門以半綠草連河而欲碧室有慈孝堂居斑白命閒可續
年知惜惜研秘思於金閨同獻壽乎瑤席昭焉新義（一作昭然斯義）
皙矣而明春是數榮之節盤當饋薦之名始曰春兮受
春有未衰之意終爲盤也進盤有奉養之誠儻觀表以視
中庭無言而見情懿夫繁而不撓類天地之無巧雜且莫
同何才智之多功（一作工）庭前梅白溪（一作蹊）畔桃紅指掌而
幽深幾（一作數）處分寸則芳菲幾叢最呼噏旁臨作一園之朝
露依稀拂拭（一依作中暫拂）成萬樹之春風原其心匠始規神謀
創運從衆象以遐覽總群形而內蘊彼有材實我則以短
長小大而模彼有文華我則以玄黃赤白而暈故得事隨

意製物逐情裁疑而珍奇競集下手乃芬馨亂開不然者欲畝扶疎期一作頃買青山以樹要窺菡萏待疏綠沼而栽將以緩悲兮之思將以逞吾人之才此一作也察其所由稽其所據匪徒爲以徒設諒有俾而有助者也

九一作皆集本

茶賦　　顧况

稽天地之不平兮蘭何爲兮早秀菊何爲兮遲榮皇天既孕此靈物兮厚地復糅之而萌偕下國之偏多嗟上林之不至如羅玳筵展瑤席凝藻思間靈液賜名臣留上客谷鶯囀宮女嚬泛濃華漱芳律出恒品先衆珍君門九重聖壽萬春此茶上達於天子也滋飯蔬之精素攻肉食之羶

膩發當暑之清吟滌通宵之昏寐杏樹桃花之深洞竹林草堂之古寺乘槎海上來飛錫雲中至此茶下被於幽人也雅曰不知我者謂我何求可憐翠澗陰中有泉流舒鐵如金之鼎越泥似玉之甌輕烟細珠靄然浮爽氣淡烟風雨秋夢裏還錢懷中贈橘雖神秘而焉求搜神記漢孝武時宣城有人武邑山採茗逢一毛人長丈餘引客入山採茗贈懷中橘而去異苑曰陳重毋孀居每以茶爲薦宅中古冢重兄弟以冢何靈將發掘毋固止之獲免夜夢人云居此三百年今者謬蒙恩澤及晨獲錢二十萬

蘇合山賦　　王冷然

飲食安樂兮不易明說君子行之兮斯道不闕英髦俊彥兮攢巒結轍華堂洞開兮綺饌齊列雖珍膳芳鮮而蘇山奇絕原其所榮妙實難名味兼金房之密勢盡美人之情素手淋瀝而象起玄冬固沍而體成足同夫露結霜凝不異乎水積冰生盤根趾於一器擬崖蔓於四明厥狀相類高深殊致或峻或危其勢參差隱映陸離凝雪岫之座窺乍輝乍煥其色璀璨灼爍皓旰與玉臺兮相亂縱天台揭起而陵霞太華削成而侵漢雖萬仞之奇特非四座之榮觀豈若兹山俎豆之間裴絲樹而形綺雜紅花而色斑吮其味則峯巒入口玩其象則瓊瑤在顏隨玉箸而必進非固非惔觸皓齒而便消是津是潤儻君子之留賞其捐軀而自徇

醉賦并序　　皇甫是

昔劉靈文選楊延之五君詠并語林文中子皆作靈晉書本作伶故他書或通用兹因古本戒後人之輕改

作酒德頌以折搢紳處士余嘗爲沉湎所困因作醉賦寄嗝任山君作寄任山尹君君嗜此物亦以警之爾沉湎于酒有晉之七賢心遊於夢境墮於烟六府漫漫一作漫水四支綿綿一作顛綿透隨津一作真淳陶和渾鮮遺天地之潤大失膏火之消一作燒煎寂寂寞寞根歸川文粹作歸根復朴居若死灰行猶飄轂車屢墮兮無傷首鎮濡兮不覺機發而動寃交而合瞑文字一作子之醇味一作朴亙騷人之獨醒曾不知其耳目尚何懼於雷霆偶四體以合莫一作寓四體之合真歸一元而億一作太寧麴蘖氣一作既散竹桂滋一作兹巳百慮森後七情紛始風飄火爇矜誇一作夸一作踦跂嗟害馬之驟還一作海鳥之一作嗟聚還顧息肩兮未幾蘇門子聞而笑之曰子之二字一作言於道

其（一有猶字）醯雞歟彼至人者天地根性情虛（十字一作彼至仁者分之於天地根性命於虛無）披拂衆萬（一作拂披聚散）脫遺寰區分猶象人（一作形猶大象）心冥太初故大患乃（二字一作道不）失而至道可居也乃今（一作今乃）假荒惑之具（一作物）沉耳目之機其解須臾憂患（一作恚）繁滋中心不可損（一作捐）外患生之（一作外患生于時）爲疵爲毒爲狂爲醜負責之（一作人）道陰陽戾違束乎巫醫歟乎有司孥身滅名瘦肺漨支狼徂猖（一作頹）蹶爲大人（一作人大）喑不得盡年玉色光衰曾不如覩（二字一作知都）無醉時使人困苦（一作兮字）如斯（一作茲）

九一作皆集本或是或否

中酒賦

陸龜蒙

書編百氏病載千名將有濵於九死諒無敵於餘酲窓間

落月枕上殘更意欲問而無問夢將成而不成心悄悄目瞠瞠愛靜中而人且語愁曙後而鷄已鳴才遭轆轢適別恩情忽大夫之獨醒應難共語阮校尉之連醉不可同行氣縷支綿神雜色沮前歡（一作難）已誓於拋擲枉事空經乎思慮有鹹卓擒靈（與伶同）之伍我願先登有殛㹨放杜之君臣能執御筆當拔酒樹平麴封培仲榼碎堯鍾先刊美祿次削眞龍編虎鬚者寧敎畔去持蟹螯者不要相逢欲倚還眠將詞又默深窮寂寞之境別有悽凉之域黃昏細雨迷途而不到長亭白晝繁花失意而初歸故國背枕求穩牽幃就黑愁應平子分與渴是相如傳得感物逾嗟壞仁有惻謝月鏡共王清去去不乏風流杜蘭香別張碩求求更無消息冠纓不遇枉茇空陳徒感鸑鷟之僻浸費（一作疏）徨徨之昏牛心表異熊掌稱珍剪雲夢萱（說文菜之美者有雲夢之萱音豈）採泮宮芹周子之菘向晚庾郎之薤初春加以歐川桂蠹頡谷榆人雖馳心於萬品且忘味於茲辰莫話三年誰云五斗從齊奴車騎如水任阿甯風姿似栁仙莫得而媟艷何能而有麟毫簾近遮雲母不足驚心琥珀釧將還玉兒未能迴首或乃強迎賓友力答牋書落魄不嘗壓伊有餘擔揄循嬾整解散固慵梳卞士蔚專諷蝦蟇誠堪竊笑莊周子化爲蝴蝶實是憑虛客曰雖鯖鮓能珍微風可折豈比夫榴花竹葉之味酃水之清中山之碧必能醺骨酡顏潛銷㖷釋兇前覆乃後車之驚（一作警）獨行爲衆人之僻

不然吾將受教於聖賢敢忘歡伯

文苑英華卷第八十三

文苑英華卷第八十四　賦八十四

符瑞一

四靈賦（以麟鳳四靈者嘉瑞爲韻）　王

於惟聖人之志氣如神百物自化四靈荐臻是以鳥獸浸其惠澤昆蟲懷其深仁福應尤盛休祥日新不然何以靈龜挺出飛龍來賓羽族降而集鳳鳥毛群格而畜麒麟莫不率彼飛走荷此陶鈞或群或友是擾是馴夫其時然後動動而斯中叶休明之德邁川岳之貢負圖騰大河之龍銜詔引丹穴之鳳介蟲稱長將開奥以應期肉角爲仁示有武而不用原夫契時也其感不一效靈也其數惟四爲禽獸不彸懷德而麐至非夫天子睿哲（二字一作貞明）黎元底寧皇極之休徵作太平之盛事然後魚鮪不淰知化而鱗萃惠化廣被品物流形則何能光有九土克擾四靈美玄功而不宰仰洪德而惟馨在郊藪則栖託以自適聞簫韶則率舞而來庭且如羲之道昌龍圖有章姒之功成龜書呈祥或馴麒麟或降鳳凰彼皆一者之或出未若四者之來王又若龍鬬鄭洧麟傷魯野鳳有味何德之衰龜有靈而夢是假興宣父之嘆運未遇焉叶夏后之祥道之行也出處則以待時乎隱見而允符王者可大靈物可嘉游宮沼兮騤騤無懼鳴苑囿兮鏘鏘不譁遼東獻豕又何足數越裳貢雉失其所誇惟明王之理天下也垂衣恭已脩禮達義儀形陰陽昭蘇品彙天不愛道則乾符應命地不愛寶則坤珍表瑞然後萬物可得而賓四靈可得而致

獬豸賦（以觸物知邪自然靈獸爲韻）

獬豸出乎唐堯之年神羊至于我后之前雖一物異見實兩時皆然旣曰珎祥亦稱絶異是考其迹莫問所至乃審厥生不知其自步玄墀以龍擾向彤庭而鶚視夫其洪纖之狀周正之儀摶風比毳素絲類皮人間之所常覩天下之所備知蓋神羊之末事羌難得而稱奇及至一人視朝百辟咸矚張羅杷梓列布瓊玉雖衣冠有貌槐棘祗肅爲公卿是匿匪神靈而不觸爾羊來思其儀孔嘉望表知裏揆瑜識瑕於是騰雙眸而舉柱聳特角而觸邪當之者則立成於犴獄見之者則節（一作即）同於邦家無正不彰靡姦不屈常在公而爲言匪從已而佗物百發百中或受命於神祗無黨無偏寧奉辭於綸綍則知惟聖得一以理人得一以靈豈比牂羊下潛空呈恠於季井商羊上舞徒表珍於齊庭日者神直犛筆風潛衣繡順素節以擊揚奉白簡而彈奏指之者豺狼不避觸之者回邪莫漏彼神羊之信靈請從古而歸歟

第二　宋暠

精瑞氤氳兮生獬豸之炳靈志耿介而不群世情僞而尤雜動微明而鏡分詩美乎思無邪道貴乎解其紛得道之實爲身之文豈徒神明其形將以幽贊人君涇也濁渭猗兮在薰辨之以履霜堅水無俾乎水深雪紛則致明如日月靈應如風雲所不至者固亦有聞夫道無爲神無方聖人之政有以相合靈物之質不必咸章名用而行跡捨而藏與麟趾同符騶虞齊光肇允丕應時唯我皇洛爾輔弼咸懷忠良感觸邪之義成無妄之綱五福儲峙四靈彷徨爾有足兮不行而至爾有角兮其用也剛人是知勸寔丁厥梓孰與鳳鳥去飛龍圖未暢惜暌闊於明代竟流連於

素王物亦生蠹邪行蒸德雖明足辨類凶族起於唐虞智足周身讒巧傾於孔墨木火不可以同器邪正不可以同國懿茲神獸間執讒慝分兩造之疑冠百祥之特勇毅而能斷智明而不惑守法者仰之以司南疾惡者投之於有北固操斧而思用因代柯而取則龍闕分官烏臺肅政扶直指之角象繩愆之性聯繡衣以生風借白簡而增勁物莫不肅時靡有競所謂君子道長邦家德政苟遠中人斯同妄行豈王臣匪躬之德叶哲后授贊之命睠彼法冠恐其規鏡則載鶡聚鷸足爲服之盛何必儀形神物示人以敬庶乎在位者竭能而輔政

黃龍負舟賦（以克己勤物大川效靈爲韻）　呂溫

夏后氏奠山疏滯（一作川）極溺開泰玄珪錫命既成天下之功黃龍發祥（一作翔）始躍域中之大當其駐軫江甸艤舟洪川天行健而時有未濟地設險而瞻之在前思利涉以撫俗遂精誠而告虔於是雲氣滃起神光爛然奮角於勿用之窟驤首於或躍之泉光（一作安）波澄瀾奉天意以顒若拖尾垂鬣夾王舟而負焉合靈符於百代表聖運於千年徒觀夫出無情馳不測如驅風雷若有翼羽觀竭誠以効用似就列而陳力鼉目流光金鱗耀色天吳奔走陽侯屏息巨險汔濟孰假刳木之能潛怪莫逢寧資畫鷁之息應變化以昭盛（一作感）出沉潛而剛克其慶惟大賴祉福者兆人其觀惟舜執玉帛者萬國若非平土壓木泣辜罪己菲飲

食以昭儉卑宮室而思理德掩乎生成之初功齊乎開闢之始（一有則字）安有非常之神物不召而萃止濟其不通而彰其具美者也至若漢橫汾水秦抵滄溟實逞心欲匪崇德馨蒼生之虐（一作生人之盡）瘁靡念方士之空言是聽始（川文粹作姑）幸免於覆溺夫何望乎炳靈於戲勤罔軌模（一作動罔軌道）言非善教則人雖愚弱或使之而不効其志惟純其德孔殷則龍雖神化將不役而自勤信矣哉國家俾人其蘇在理無鬱超乎大禹不務舟車之勞蜿（一作宛）彼黃龍但爲宮沼之物而已

西海雙白龍見賦（以天下安樂龍見于海爲賦）　錢起

唐六葉嘉祉降皇威宣師出以律將有事于金天赫矣神

武感通上玄雙龍呈瑞一色皎然惟白也昭素秋誕聖惟龍也主殺氣清邊不爾者寧出乎海不躍于泉穆乎泉龍之爲物也潛依水德利用天下精異寘通騰驤神假苟非君行其道物有其官則鬱湮不育潢汙而蟠隱見罔知其旨睿宜鍳見其端故我君宣八風之惠化澄四海之波瀾西復肅斯極生靈以安惟此上端灼然可觀其始見也精光髙耀溟溺清廓曳氷雪於半空晏雷電一作霆於萬壑若長雲帶水而不散雙劍倚天而中落忽虹立而電廻其儀不可彌變表其祥同乘黃之偶運處其度掩嘉魚之有樂儒天鱗介之族莫智於龍苟靈應無兆豈休明再逢昔軒以負圖爲景福舜以入壇爲神夔殊旨同歸千載一見是

以天祚明德幽贊禎祥彼二龍之華止合一聖之有乎皓爾其眞異葉公之藻繪超然將舉同正理之友于是時也西戎駭目莫不感化而風趨夫如是則在宥之理足徵無疆之休可待洋洋歌頌日聞于四海者也

神龜負圖出河賦 以作瑞前王始負文敎爲韻　裴度

茫茫積流祚聖有作動上天之密命假靈龜以潛躍蓋欲以慶遂源敷景鑠寫物象之精密化人物之朴畧豈不以河之德兮長龜之壽兮會昌載禎符先呈於古帝稱大寶後遺於寧王故將出也感天地動陰陽浮九折之澄碧散五色一作彩之榮光然後蹈箭流而沫花浪露玄甲而明繡裳彴若沉圓璧而未没稍似泛孤鳧而欲翔既而降芳蓮蹈清沚五老游而共睹列聖過而每喜出朝一作就麗日如耀其寶圖伏靈壇狀陳其鏤篆布爻象之糺紛蘊天地之終始負謀謨之畫將化洪荒當授受之時豈思綠水非膺對之可述諒鉤深而有致所以出河宗作天瑞馮夷倚浪以相送神魚鼓舞而旋避於戲寘數窅然自我而傳外骨明貴中心蓍泉將後天而思永豈爲贊而居前至如魚託素以達情鳳銜詔而展禮未若祥開八卦兆動四體闡文教寧木鐸之足儔贊貞明與日月而同啓洎乎形貌既著品物類分榮萬化之茫昧合一氣之絪緼識用光於夏葉繇每煥於羲文此乃天理用彰神道設教故躍波而委質殊以文而飾貌觸綸誠怪於文鱗一作鰩吳賦文鰩夜飛而觸綸隱霧徒嗟

乎玄豹此悠久也可是則而是效

資州獻白龜賦 以泰平將合神物効靈爲韻　獨孤申叔

皇帝在位十五載西人獻異龜於王庭匪青黑以飾體特潔白而成形融彩可嘉且不溷於五色呈祥有異詎止齊乎四靈蓋以我皇行化無外止戈偃武一作伯人綏道泰升至德于玄穹降殊祥於神蔡且夫龜者稟先知之異白者表司殺之方豈天意與威於有截俾臣下受命而無將西土是生寔西方而主義被甲以至猶帶甲以來王不然何以曖烏代切淨也純容皎素甲皓霜華而浹洽烱玉質輝金精凝雪彩之清貞泳靈沼而氷靜息太階之砥平足使孟津之麟恥捷乎素髯越裳一作常之雉羞奮於翹英矧乎稟殊

姿體異貌陋三足之為美匪六眸以是効其用也或協聖人之心其動也克符智者之樂然後知戲朝之虎不足徵銜鉤之狼不足云（一作神蓋官韻）彼駒來思徒穊皎皎爾歟至止虛擅諄諄未若茲瑞德無與隣應天之命昭王之仁非櫝中之毀棄不蓮上以因循將順乃玄穹以呈其覝曷思乎綠水而返其身則彼寧王有遺元緒又安得而比倫嚮非我皇從道不咈必將混於介族詎得分為理物宜乎冠異紀首靈篇且無使其湮鬱

瑞龜游宮沼賦（并序以題為韻） 周存

王者嘉瑞曰五靈龜其一也皇帝握圖御寓十有一年秋七月旬有一日龜雄雌各一游於內池甲耀金毛文滋綠

彩帝乃出示百官以議其瑞僉曰至德之應也少司成命文士賦以美焉敢力下才同天體物賦曰

介蟲之長定曰靈龜明陰陽以應化察利害以俟時於穆我皇德無不被春國洋溢神物來萃雖五靈其必臻懿雙龜以時瑞陋衆水而不處選天池以自寄金甲炫晃帶璧日以流光綠毛丰茸度薰風而含吹不唼喋於蘋藻茲東西於荷芰爾其有金者剛有毛者柔示剛柔之合體表刑德之具脩昭品類之德性備雄雌以共游信皇德之上達俾靈物之告休觀乎恐金塘樂翠沼晦跡無競凝神不擾引脩頸而鳥伸動圓目而珠皎映紅蕖而灼爍吸青露之縹緲天資獨智笑漁者（二字一作江使）而縈羅人謀既臧鄙太卜

之間兆若夫百莖著下九派江中順衆流而五色斯易邁千齡而片雲在空豈比夫承天眷感宸衷衎青鎖兮隣紫宮顧毛中之可寶瑞皇室兮無窮

鳳巢阿閣賦（以天下清泰神物來萃為韻）

國家化協軒后道超帝先敷至德以被物降殊祥而自天祥異宗周下岐山之鳴矣企觀宸極放阿閣而巢焉由是載止於甍次蓋將呈瑞於君前臨四榮而肅乎雲委播五彩而煥爾霞鮮且將巢者其義久也美德化乎宇內求棲遲於日下爰居爰處恒依應龍之梓（一作梁） 載飛載鳴寧侶化鴛之尾道既砥平時亦鏡清厭冊宂而不息鄙高岡而不鳴方為應至仁而來玄扈豈徒愛層搆而集冊楹彼鸑

有巢已聞在幕之厄爾鶴稱德更擅乘軒之名一則兆啓乎顛沛一則僭處乎車蓋曷若我愛育元和來儀昭泰奮美羽於軒楹散清音於埃壒然後知赤鳥不日珍白龍不曰神或生之於苑囿或厄之於海濱四目鳴而不覩萬戶獻而莫臻豈若茲鳳惟閣是因三重其階寔惟高矣顯矣一人斯覩誰謂不紑不親向非我后從政不咈惠生於物執德不回遺乎將來鳳亦遠矣誰能巢哉是知反道者高閣徒脩恃德者鳴鳳斯萃竊稽瑞諜載覽史記惟皇（疑作黃）帝與帝（疑作吾）皇能感之而自至

鳳凰儀賦（以聖感時平樂和瑞集為韻） 李鮮

至哉乎鳳凰之致也應運合符體中履正依道德以出處

表帝皇之衰盛宣尼興歎見周道之降也（一作衰）夷太史正辭知漢德之明聖寄高跡於圖諜流遺旨於歌詠我國家化洽生成歸淳反朴理定制禮功成作樂萬物懷仁四靈沾渥方棲息於上苑寧徘徊於南岳觀乎肅肅其羽鏘鏘其鳴吸天地之嘉氣赴簫韶之雅聲知至道之可樂識太階之已平身安撫馴或頷步以履舞心畏榮寵作（疑作）聰審而若驚寧同衆鳥之德竊比達人之情且如六翮已成五文畢備奇姿委（疑）餧逸志殊類抱廖廓以推靈嚮人寰而作瑞籠檻不能展其巧羅網無以施其智豈若翡翠以美色殺身鸚鵡以能言剪翅鴻鵠以稻粱自苦鷹鸇以擊搏取類孰與夫退則全其性出則得其時將稱年以表德豈反袂以等期夜宿椅桐之枝朝飡竹實之粒望雙闕以上下先百禽而翔集風飄而響清玵露沾而羽濕對離景以照耀披慶雲而出入來儀則那樂我時和因物見志爲鳳凰之歌歌曰處兮明兮繄舒慘一人慶兮萬物感羽族循得以効珍徵生何久於習坎

鳳鳴朝陽賦（以鳳鳴山陽振翼飛舞爲韻）　崔損

杲杲兮日景于彼朝陽萋萋兮桐葉于彼高岡來儀者鳳允叶禎祥瑞四靈之嘉號煥五彩之文章既和其音爰翥其翼淒唳響暢徘徊綢直旁應玄律調十二管於四時上陵紫煙繄九萬里而一息非卅穴勿處非蒼竹不食小鵬起於扶搖卑鸞棲乎枳棘若大雞冠鷟頷心遠貌閑雖衆禽之累百諒比德而難攀故其發聲也聽白日以俯仰其餘響也順清風而往還浮泛泛以出谷靜冷冷而蒲山既飄飄於有際遂遼夐於無間故曰鱗之有龍鳥之有鳳偶時而見如哲士之閑生取類而言同君子之異衆若乃拂杳冥而直上臨峻極而孤鳴虛籟相和陰深以符篠霏烟動色紛郁而隨迎六合爲之澄朗八風於是揚清川不波而昭其德地不騫而感其聲足使俗登仁壽化洽休平且夫朝陽者象明時之有潛鳳鳴者匹賢人之惟信鳳集朝陽以輕舉覽遇明時而易進整羽翮以廻翔望青雲以奮振有若秉節操而貞白乖簪纓而篤敬（一作慎）鳳兮鳳兮何德之威鏘鏘于飛應有道而歲貢奐無文而代希飲必玉池之津游必神仙之府矯翮則群族咸從和樂而百獸率舞巢阿閣以應昌期棲卅闕而壯天宇載圖諜以傳記必表靈於聖主包衆美以流芳固難得而覼縷

文苑英華卷第八十四

文苑英華卷第八十五　　賦八十五

符瑞二

日抱戴賦 并序　潘炎

景龍元年四月二十四日皇帝祕臨上黨日抱戴皇天告

符徵臣頌之蓋古詩之流也賦曰

日麗于天是曰太陽經千里臨八方符一人之元聖曜五色之重光祚我休徵莫先懸象表至聖之無二呈繼照於明兩陽光杲耀抱黃道而再中喜氣氤氳戴赤霄而直上聖有感天無私八紘占其瑞色六合仰其重離終古不虧得天長久豈止大章之步非齊夸父之走惟抱也同衆星之拱北辰惟戴也比萬邦之奉元后則知天爲父日爲兄同符叶慶以應文明我皇首出而御極光被無垠而太平

月重輪賦 并序　前人

抱戴之秋八月十有四日夜月重輪瑞之大者天意若曰將俾吾君姊事之賦曰

我皇初列唐侯潛[illegible]藩國英武方斷文明表德穆然思道順帝之則既而動三合弅百神廓太清而萬里耀朗月以重輪時屬高秋瑞彰元后光泛皎潔之斜漢色映闌干之北斗金波耀景非懸闕澤之名璧彩揚揮不入士衡之手理殊吳夢符炳漢謠淨桂花於日道環水鏡於冊霄臺樹冰潔郊原霜縞月之揚光天不愛道一盈一缺則惟其常彩溢重輪告于天表大人占之夏啓以兆亦所以類星殊表金鏡兩耀齊美一人之慶於萬斯年受天之命

赤龍據按賦 并序　前人

景龍二年夏四月十七日帝在廳事假寐白鶴觀道士宋大辯等三十人同見赤龍據按至矣哉神妙無方不可得

而稱也

玄天之龍兮見而在田我后之龍兮飛以御天據聖人之大寶與列祖而同玄高出而潛躍以自試來定天寶居然假寐合而成體散而成章若窺於牖若施於堂且據按而向明負扆以當陽日月在身有祇天之嘉夢風雨合氣瑞應圖龍必待風雨潛乎青氣之中將振翼而雄驤羣居愕主聖作物覩赫然龍光真我明王折券表異亦惟前聞曠然振古卓有吾君王人之瑞比之龍首高居而遠望以臨乎九有天子之威比之龍鱗皇之可畏以肅乎萬人徒稱其象未覩其真恭惟我后近取諸身於昭巨唐其命惟新求據九五斯焉萬春

路河逐鹿賦 并序　前人

景龍二年八月帝逐鹿於潞河惟河也深三丈闊倍之鹿迫而入水因鞭而逐之水不及韉應弦獲鹿後騎入者濟焉賦曰

大君于田兮巷無居人四鋋如樹兮六轡既均定命騎而百靈奔命騰雨師而四野清塵鳴獸駭殫川原飛伏事非定覇不求陳寶之雞位在至尊故取中原之鹿驚而決驟鳴不擇指一作音將投身以赴水非順命而前奔駭浪溢湧揮鞭電爍烏號滿月而方開騤足撇波而巨躍乘流既濟赫怒中止麑駭麕之一發振驚弦而未已洞胷絶系左角右掎雖復驅兩豜而獲五豵發小豝而殪大兕皆平陸之

常事曾以踰此誰謂河廣一馬馳之大人將興靈感若玆諒神明之所輔何後乘之可追從此繼天而作主元元日用而不知

嘉禾合穗賦 并序　前人

景龍二年秋八月屬縣長子有嘉禾合穗瑞不虛月佚其偉東京賦作偉而乃賦曰

天祚明德兮降之嘉生寀彼靈篇兮莫之與京脉猴土膏且分苗於南畝駟臨天漢爰合穗以西成當元后之歷試表休徵於太平不莠不稂實堅實皁引薰風於和氣承湛露於蒼昊生非百里驗管仲之虛詞出與崑山自我皇之所寶在瑞圖之右爲曠代之祥唐叔得之而合頴周成得之以克箱雙米一稃稱之表異孤莖六穗頌以非常今也尤盛居然允臧轉風而屢騰佳氣就日而交見祥光獨天不生託厚載於富媼非聖不感効元符於我皇我皇得之熾而昌風之起兮雲之楊嘉禾之瑞未可量天子億載臨萬方

黄龍見賦　前人

景龍二年秋九月五日黄龍見於上黨伏牛山之南岡晋乂之彰聖人之德也賦曰

龍之來兮乘其陽躍於泉兮臨高岡龍之至兮歸有德符於黄兮土之色精曜曜光雄雄上不在天兮接于物下不在田兮蟠于空列四靈智稱其首居五位色表其中將銜

甲以無比與負舟而不同明皇家之王氣符曆數於聖躬飛煙噴霧若動若顧犖確虩虩非同三尺之劍色乃煌煌下睽五花之樹誠帝王之嘉兆寧朝夕之可遇何蚍蟥之足言諒騰黄之匪喻同翠龜之薦緑圖彰大人兮告元符覽史墨之言未之聞也驗登般之祀不其然乎

童謠賦 并序　前人

景龍二年九月後常有童謠云羊頭山作朝堂郡南六十里有羊頭山今與唐宮即當之矣賦曰

熒惑之星兮列天文降爲童謠兮告聖君發自鳩車之歲稱爲竹馬之群其言伊何克明寳位惟山之北正應天邸之居曰興朝堂更彰天子之寘大人貞之而自負黎庶聞

之而屬意天人合慶歷運其昌同康衢聞於翼善比歸亳
順於成湯言且表徵諒人神之應事惟在昔殊飛走之祥
豈比卯金稱爲劉氏赤伏徵於漢光且游童之謳謠羌見
偉於疇昔千古所記百王不易豈徒求於茅茨空用書於
竹帛天贊我皇時高列璧惟一人之有應振六合之光宅

漳河赤鯉賦 并序　前人

景龍三年春二月帝巡衞縣至於襄垣漳水有赤鯉躍聖
帝之瑞也賦曰
魚在在藻兮躍於中流吾君戾止兮樂我王游惟赤鯉之
呈祥殊白鱗之入舟非竹箭之危湍無聞點額同君明之
望幸匪爲吞鉤豈其爲祥必河之鯉用表皇族克繁帝祉

雖云水物宜紫鼈緑鼇之同身是曰元符亦赤鴈卅鳥之
可比頳鱗耀彩碧水無波非應瓠巴之清角何言寗戚之
高歌周文之時躍於沼沚宣之代舞於河且合符於圖諜
宜入頌於倚那豈徒鏤印葺鱗四字出吳都賦下沿上泝皆爲儔
疋文鯉是喻叱尚父之在六鈐傳遠人之尺素事稱嘉瑞匪
琴高之所乘詩有樂胥似相如之獻賦

黃龍再見賦 并序　前人

景龍三年六月十五日黃龍再見於牛山天意汲汲於聖
人
龍之見也春分而登于天龍之潛也秋分而入于川假宗
山而再見應元聖而通幺蜿蜒孤蟠雲霧四發目中精耀
光飛列鈌之火頷下珠懸色奪蟾蜍之月方將游彼池圃
豈徒止于郊野非同上天之五虵有異渡江之一馬孫權
象之而置於軍中魏帝範之而在于殿下求言於此我異
是宜秦王之夢立乎鄭畤漢后之時見于成紀彼皆一至
此則重光來色炫耀文明熀煌錯甲鏤鱗旣以來乎字龍被
魚河圖曰黃龍從洛水出蒲虞舜鱗甲成字分土官紀號可以表其祥超紫鳳於
冊宂越青鸞於女牀龍德相成而無悔天家久久而蕃昌

九日紫氣賦 并序　前人

景龍三年九月九日帝與群官登口山升高時有紫氣光
彩照日賦曰
吾王不遊人何以休望壺口之千里値重陽之九秋山對

翠屏動暉光之赫赫雲成紫蓋扶曉日之油油蛇轉浮空
輪囷不散應一人之盛德爲萬歲之觀榮氤氳瑞色無孤
峯斷障之嵯峨掩映晴空雜玉葉金枝之燦爛亦可異出
蒼梧入大梁爲漢武之蓋升軒轅之堂忽兮改容形難爲
狀紛紛郁郁用表靈貺遷用芒碭之間非比崑崙之上豈
徒合而膚寸垂以飄扇河汾水兮天之眷紫氣凝兮人罕
見位當用九果符九日之祥運極通三承御三雲之殿

李樹連理賦 并序　前人

帝在上黨延唐寺有李樹連理上親視焉賦曰
惟彼嘉樹列星之精權本枝疎當元光之降誕盤根連理
應我后之文明天之發祥豈無他木必曰兹樹是光皇族

所以並修幹連高枝青房表異朱仲稱奇察以休徵不假終軍之識同於樹德寧爲簡主之知族茂宗榮盤根合理花之發也霰每亂於青春實之繁兮珠更深於寒水豈徒生於靈井植彼東園自感義以相待但成蹊而不言此乃興聖主之符表天家之姓一人親覩六合稱慶至若鍾山之實玉井之仙或正冠而垂訓或投贈以成篇比德於我彼何有焉臣炎作賦天子萬年

神蓍立賦并序　　前人

景龍三年九月十七日上使韓從禮蓍莁卦未成蓍自立從禮曰大人之瑞也賦曰

惟彼神蓍生而有知用知之（一作）不測明以稽疑擢九尺之

纖幹伏千年之寶龜德圓而神兮無幽不及其生三百兮其用五十惟聖人之觀象乃神動而鬼入列八卦以効變翹孤莖而孑立數彰得一命乃自天同大橫之有夏表或躍而在田其察也深其功也大稱美名於神物齊妙用於神蔡是曰元后玆爲莁從氣受陰陽夜分而彩露燕涵幽賛天地朝覆而輕雲數重蓍而有靈立定天保可謂神助用光天造功深莫善仲尼且許以鉤深屈於不知太公徒言乎腐草蓍之立兮發其祥吾君得之尊以光明乎太極演彼歸藏因卜祝之符瑞應天人之會昌

金橋賦并序　　前人

金橋在上黨南二里常有童謠云聖人執節渡金橋景龍三年十月二十五日帝經此橋之京師賦曰

溝彼流水兮清且漣漪度木爲梁兮斯焉在斯成金橋之巨麗得鐵鑠之宏規當其受以全模覩其曲面經始也則大火朝流成功焉乃天根夕見彰于聖德發彼謳歌千人唱萬人和丹艧蜿蜒倚晴空之螮蝀瑰材櫛比超渡海之黿鼉人且告符功惟用壯非塡鵲之可比法牽牛而爲狀鶴鳴處干鴈覆晴川異東明繫水而投步（三國志夫餘國傳注云東明走以弓擊水魚鱉浮爲橋）匪秦帝驅山而着鞭惟彼童謠兮言猶在耳大人應運兮奉天而起乘彼橋以徑度按周道以如砥於是提三尺乘六龍懷萬邦入九重

寢堂紫氣賦并序　　前人

景龍三年十月二十五日帝還京後州內所居寢堂上有紫氣七日不散賦曰

於穆聖王先天不違謳歌既洽朝覲攸歸往京邑而經千里自潞郊而乘六飛洪惟此邦㓜九之地翬飛鳥企謂尚諸侯之宮虎踞龍驤忽成天子之氣方凝紫色是謂非煙乍藹索乎空外更霏微乎日邊若動非虛似浮有實覆彩鴛之甍髣髴升堂繞文杏之梁氤氳入室是作興王之兆克符來復之日遠而望之乃散亂浮空近而觀之則希微無質欲見峯巖之上先形蕃邸之間異張華之寶氣衝斗殊尹喜之真人度關若乃廣野之宮闕化成漲海之樓臺廻映諒陰陽之盡美非福應之攸盛惟紫氣之來集實皇

家之大慶休哉聖君有天下之成命

文苑英華卷第八十五

文苑英華卷第八十六　賦八十六

符瑞三

温洛賦以天上何言四物表聖爲韻　鄭宗哲

惟上天降厥瑞瑞著于用疑惟君人臨厥聖聖通於天由盛德之應矣化清洛之温然當短至之時景爲凓烈及暄變之際應在淪漣散彼皇明受茲靈貺奚獨稟於和氣乃

潜感於深浪遂使清氷不戒於洲渚之曲白露罷凝於蒹葭之上狎而翫信温温以異流逥而觀亦滔滔以難量爾其發自山谷會於河濱其外也皎兮如鏡其中也煦然如春夏蟲不疑失輕氷於曲渚秋鴻欲去戀微暖於通津豈止玄覽不昧呈祥有因測彼浅深窮兹浩渺方將表瑞氣於澄潔豈獨激巨浪於昏曉揭厲之輩謂祈寒初失於波中游泳之徒疑薰風遠志疑於天表若夫德至則應天且不言就其深則酌之不竭變其性乃即之也温狀真宰爲爐於其底意鄒子吹律於其原疑彼火井之熒煌湯泉之滃鬱徒及時於四氣寧善利於萬物德之感其感良多水之瑞其瑞惟何方將吹籟之共凛忽猶皷槖之相和霽日

朸懸似陽燧之藏深瀨紅霞不散若陰火之在空波方今地不藏寶天惟瑞聖茲水也有時而温由一人之德盛

河出榮光賦　呂温

麗乎天者曰漢紀乎地者惟河居上善以利物順朝宗而致和時否則爲災而獨昏塾運至則呈瑞以叶謳歌豈徒列四瀆以居貴與百川而齎波者乎當其布德惟新儲慶茲始濁色既變榮光乃起乍若燭龍噴焰上騰鍾嶺之雲又似陽烏廻翔下落咸池之水增華一代振曜千祀信能陵晏海而比崇篌浴日而專美時則纖埃不驚和風充盈大野朸霽圓靈始清皎且潔兮孤明不雜煥其炳兮五色斯呈祥煙斂彩瑞日韜晶掩輕雲而旁矚拂薰風而上征

百辟具瞻孰云其相照一人乃眷自合於皇明庶品照蘇衆幽光被大哉有國之慶赫矣爲君之瑞瞳朧玄黃熠爚丹翠洞鑒龍宮之人朗見馬圖之字昔後在温致美化於陶唐復效靈於我皇先後叶德今古和光比坙觀其自化遐荒望以來王詎比流景集壇獨作郊天之應赤光照室空稱誕帝之祥而已哉客有目觀榮河心傾聖日儻餘光而見及庶幽谷之可出

梓潼神鼎賦（以靈瑞㳽寶出爲韻）　盧庾

於戲德包生植者不能動彼天之道瑞及飛走者未能感無一（最）之寶故知瑞之大者下及無心之金石德之深者上合不言之玄造我國家高選物理光天順人膺景命闡坤珍由是函谷關旁靈符出而啓聖梓潼郡内寶鼎光乎取新此鼎者聖人之大寶有國之神器量則弘深體乃殊異嶷如斷山之崗（一作崇）崒屹若巨鼇之鼎贔恃其足者可以象三德匿其心者將以含萬類不汲而滿不燃而沸内烹飪以養賢上歊雲而作瑞應火木之卦既調鹽梅鏤山川之容且禦魑魅是鼎也豈從靈感亦有欵識不假彫鐫宛然文字實彼天之所錫表吾君之至興五百代之昌符成六萬年之寶位與夫遷鼎郟鄏卜代三十卜年七百者不可同日而議宜書于冊于帝之庭以合明應以昭神靈士有聞而嘆曰昔黄帝作寶鼎三泰帝興神鼎一周之衰也沉泗水而隱藏漢之盛也在汾陰而見出未有能來（疑作）

表聖壽之無疆應人文以純（一作終）吉竊亦欲負鼎于明主啓心而獻術若能使我徵於有商豈見遺於今日

冊龜賦（以周有豐年爲韻）　薛邕

神物昭見聖人是則五位時序兮萬邦以寧百祥荐臻兮一人之德鼓茲靈器呈我王國有物有憑匪雕匪刻察其狀而玄妙相其儀而不忒諒幽贊而克（一作曲）成知徵猶之久塞是知奇制可久嘉名不朽類君子之心以虛而受同至人之德終善且有既應感而自滿不假於盤瓶亦詎炊而自熟何勞於薪櫝擬神鼎之有用掩欹器而無咎豈以壓見范冊之空賂爲紀國之醜者矣且夫清明在躬符瑞由衷誠之必感感而遂通獻白環於重華克明濬哲錫玄

珪於文命告厥成功此唐堯之表貺蓋王母之欽風昌若自然挺出爲瑞斯崇其應不昧其用無窮莫因埏埴寧埃磨礱以彰我君聖以報我年豐而已哉客有賦而歌曰玄德日用兮象帝之先冊龜時見兮神物光妍中含虛兮體道上應規兮法天染人無所掩其彩飾陶人無所效其貞堅以享以孝兮可以饋饋疑作饎多稌多黍兮尸茲豐年

第二同前韻　史翺

皇矣上帝臨下有則玄德升聞榮問攸塞三光明而品物昭報四氣序而黎人不忒雖休勿休惟靜惟默儵夫自然之冊龜方作瑞于明德應皇運而無疆報時豐於有國其業可大其功可久既申命以自天類有孚而盈缶循環外

映爰假象以爲名濩落內虛信當無而入有明夫既稱既穫表此不稂不莠將有開而必先固茲器之可守天應靈貺人期至豐不汲而滿將實禹而齊列不炊而沸與溫泉而比崇與鈞陶之有作符造化之爲功千箱以之而發詠萬姓無嗟乎屢空且夫人爲國本食乃人天朝有代耕之秩野多擊壤之賢豈不以休徵畢至瑞應無邊正色斯呈以明於聖感天資可尚是表其豐年影亭亭於瑞日光泛泛於祥煙九功咸序八政攸先超三皇而軼五帝尚何足夫比肩

仁壽鏡賦并序

天寶初有獻書闕下者言巴蜀之間有石鏡見於巖之半仁壽之字昭然可觀僕深奇之因而爲賦

主上恢大寶闡鴻休仁風揚而玄德布壽星暉而皇化流故得靈仙啓瑞石鏡涵秋無往不形鑒乃侔於止水有禹而應道可喻於虛舟懿夫化自天鈞質非鎔造亭午克疑射靈朝曙早來洞穴之九仙對商山之四皓炳崐岫之龍燭倒風壇之竹掃光能照乘不遺罔象之珠跡在幽巖爲啓崆峒之道動如秋水之澄皎如寒雪之凝駐清夜之圓月挂長河之片冰其形不由於拂拭其勢豈假於鉤繩君則無心惟德之斯感山非自爾寔神之有憑左猨吟右虎嘯萬籟相聒群容必召雖復晉有金飾之美魏有銀華之妙何如肅魅而野鹿羞窺雙舞而山鶴自照昔之寫刑一作形仁壽見瞻咸陽倚玳瑁而稱麗挂珊瑚而益光名傳歲

月事著縑緗咸播美於前古孰歸功於我皇鏡爲之鑒與明德之合符石類於金惟聖躬之祐應可以示後世之千葉可以軌前王之萬乘記事之簡以光良史之書頌美之詞更動詩人之興法天法地之謂仁不騫不崩之謂壽惟仁也故能昭泰惟壽也故能長久萬人咸識鄗石室之仙經六體自然輕漢園之卧柳我大君猶抑而不納謙而不有小人無益於補天庶斯文之不朽

西王母獻白玉琯賦以聖道昭格神物呈祥爲韻　高郢

君有德兮必體道以傳芳物有靈兮必順時以呈祥君感物而德著物應君以名彰於皇有虞道光先聖既受終而

納麓乃禋宗而齊政光被人神澤周遐荒故得靈祥効祉西母來朝霓裳璀嚓羽服飄颻駕鸞鶴兮御松喬陵碧落兮戾丹霄宴瑤池於旭日賓魏闕而崇朝其始至也天地氤氳彤庭赫其奕奕其既覿也揩瑆皓旰素琯爛其昭昭已而森列夔龍張皇金石仙侶齒於臣位靈物陳其賓席眞質貞明神光激射可使青瑣失翠丹墀罷赤舞獸見而廻眸儀鳳覩而委翮信希代之名寶旌有虞之光格若乃虛心守白圓質懷貞功高律呂用等權衡價奪崑山之價聲如嶰谷之聲則隨（一作趙）之璧楚之珩杯遇殷而入用玦因魏而來呈雖見稱於中古固難可而與京是知琯之爲物信其直而不屈琯之既神乃歷代而可珍始與時而沿革竟隨物而沉淪否不可終得之於道既逢奚景之賞寧從卞和之抱人亦如斯堅貞美好頎同和而見用以窺天而不寶

白玉琯賦 以神人來獻以和八音爲韻

王起

玉琯絕倫受之於神希夷感化皎潔含真既比德而爲美亦諧音而可珍肇自夔絕發茲璘玢匪剖石於和氏乃成器於羽人伊昔帝鄉所傳王室未獻虹彩潛射蜺旌並建鸞鶴映之以生光烟霞奏之以適頎同鈞天之樂靈境獨聞在層城之宮人寰共遠既而舜德有感王母來過獻之皎皎捧之峨峨重華遂得其符瑞百靈永謝其琢磨儻比以爲笙知鳳吹之不遠如秉之爲笛曷龍吟之足多豈徒嘒嘒於茲竹碌碌於嚐愬和若乃觀其戾止察其所以質非干（疑作竽）籟韻含宮徵圓其表而合規虛其中而通理光連素手雖提握之不忘色映丹唇在吹噓而成美其捨也無聲之樂其獲也無疆之祉虛而不屈老氏之籥乍同磨而不磷戎人之環孰比況乎知白自守無瑕可猜色迷瓊樹影雜瑤臺懷清越之音不扣（一作求）於和感馨香之德不召而來固仙侶之所執非玉人之取材則知素琯之祥玄理可察將使律合於六音諧於八傳真人之逸韻資聖王之大戛宜乎藏九重之深爲百代之欽騰輝爛爛和俗愔愔使伶倫之篇自慙叶律俾女史之管空媿毋箴無以窺天之心而忘至德之音

紫玉見南山賦 以由德通祥至如影響爲韻

李覯

南山之陽何珍不藏昭皇家之至德發紫玉之禎祥熒熒兮千嵒動色炯炯兮萬壑生光映于林謂群鳳之集上據于石辨衆珉之居旁固已聞於往牒遂薦臻于我皇稽夫所自無脛而至每隱曜而不欺曷招携之可致所以瑞於有道將委質而式乎出非其時則韜光而自棄南眺穹崇王見于中貞姿豈琢勁質非礱遠而望焉與彩雲而搖曳即而察也雜嘉氣之葱蘢對白璧而即異配玄珪而悠同故瑞無應而不至事有感而遂通通人莫測孰知其色由是王者憑之而致理君子覩之而比德明瓏玼之在茲豈瑕瑜之有匿原乎玉之象幽德是脩德表玉而應瑞玉

用德而降休蓋真宰之潛運知神功之所由不然安得揖
至寶於潛谷闡皇風於大猷而已哉若乃外徹中朗冷然
如響珮服之豢雖貴乎山玄抵鵲之時罔懷於土壤大矣
哉瑞無常居因化所如惟德是依彼自彰於符契不貪爲
寶我何待而沽諸故客有觀光而歌曰歸大素兮遠蠻屏
有瑞王兮見霄嶺浮紫氣於雲際混清輝於水影庶南山
之不騫期我皇之惟永

咸陽獲寶符賦

君生人者在乎寶位守寶位者在乎靈符鎮四海而攸重
臨萬方而作乎時或遘迍暫淪精於甸邑道將昭泰旋應
德於皇衢日者兇師犯順賊臣附進隨黃鉞以外遷輿翠

華而西幸苟遇運之云否將隨時而匿影忽影脫於金繩
遂沉埋於土梗既而寇盡天府駕旋京師衣冠再朝於紫
殿文物重布於冊墀聖上愍茲符之闕遺恒寤寐以求之
結精誠而仰望契幽昧以思惟皇心退脩已聞於其政神
器大集又叶於其期其形欲呈其氣先覩何五色之可愛
與三光而相射光凝渭濱之苑宜玉樹之青青媚貫玉都
之川狀銀河之奕奕載求載索甸人斯獲捧之而片月下
來懷處而長虹上格臨宸扆同舜德之文明照堦墀叶堯
心之光宅玉鈕惟舊芝涇尚新蝸文外發鳥篆中陳題爲
天子之寶實撫遠方之人彼之近縣俯接城闉我唐既斬
虜將於橋上漢氏亦拜單于於渭濱不然者曷不呈於異
境而見於他辰者也當其大君出令布蠻夷之政匪我無
以重其成命遠人底寧執玉帛於庭匪我無以闡其威靈
足知寶符之復光我昭代唐雖舊邦其命惟再頌聲作于
外喜氣溢于內藏之王府將神鼎以俱崇列彼帝庭與寶
圭而相對盛矣哉我唐之景祚信三皇之作配

昆田化爲金賦 以祭祀明潔神化之金爲韻

地有百瑞美者惟金其見寡其應深故因神而呈足表至
誠之道從物以化更彰肅祭之心其祭惟何首山之事其
祭則那我皇所致始馨香以享德終潔敬而展意向清漢
以式瞻庶嘉祥於一至於是乎神報以福帝受以釐昆田
之上金化于茲考出地之形時則亡也觀從革之狀維其

有之原其始也未辨厥名莫知其價紛維乎珍異昭彰乎
晝夜呈祥於氏雖得神而生入息於時亦待神而化及其
變也倏忽而成爛然而明初比粟而散點竟如螢以亂呈
昔混冊沙南面之處誠始吝今輝瑤草四方之正色遂生
山下熒煌田間昭晰向曙而野花齊媚入暝而天星共列
祥風拂而逾麗瑞露濡而更潔至若隨車表舜還雨來秦
或因初以出或從本而陳未有遷移以禮變化從神以彼
瑞爲茲瑞易前珍爲後珍則知寶非神而不見其祥神非
實而莫臨其祭訪古而昆田兜在閱史而清風不替別有
泥沙久沉光影常翳顧茲神之所開亦化形而表帝

文苑英華卷八十六

文苑英華卷第八十七　　賦八十七

符瑞四

竹宮望拜神光賦以親饗褒紫靈報光燭爲韻　張餘慶

洪惟漢后有事郊禋感流光之委照爰拜賜於上神初自竹宮覩殊祥之溢目俄低玉佩方致敬而俯身有以見感而必應孰謂其尊而不親徒想夫宸宇肅清齋庭夜敞辛日惟吉明神是饗德馨而祀事精慤福降而禎祥歸甡彼

靈輝之自天若有答於吉蠲下雲路而瞥爾照祠壇而炯然眞感而未狀如虹之炳耀齋莊前致配明火以昭宣武皇自以爲備物展禮儲精告虔祈降鑒之不昧宜受賜於上玄仰而望之初奪目以爛爛俯而見也且鞠躬以拳拳若然者豈不以蒼璧儼陳圜丘宿設帝心精一祀物豐絜夫瑞聖而爲光委靈壇而不滅不然則何以煌煌熒熒自杳冥于以表異於焉效靈臨爟火張晏注史記爟火音爟周禮有司爟許氏說文爟火曰爟此書第五十六卷有雍峙爟火賦不可泥司馬氏史記索隱改作爟火後同以助耀照俎豆而分形者乎跡彼光臨寔惟其報宜望拜以俯僂表至精而懇到是知君德允臧天道孔彰崇嚴祀而神降之吉絜齋心而物効其祥初電熛以散色忽星流以耀芒降自彼天豈懃於紫氣不資乎水且異於榮光國家德邁炎靈時稱玉燭擁神光而先敬脩祀禮而將續有客觀光歎美不足何待時而就列庶餘光之可矚

第二同前韻　張公乂

祀之嚴者饗帝德之盛者降神不勵精孰謂福之自己非表異曷知天實無親武皇卜郊以元吉祈靈於上辛密命始傳光則絪緼未感齋宮爰拜神其昒響有音蓋以穆爾精勤凝然存想屬屬乎蒼璧既奠煌煌乎太壇攸仰委佩盡飾虔無譁以端莊秉圭展儀

彼電破乎祥烟逮闇之時燭疑燭而明爛矣遥望之處拜起而容肅然豈不以配合崇高

昭陳宿設圜丘之上將候其耿光竹宮之中以備其齋絜既恍惚而有見竟超逞而未絕或左或右通幽洞冥焜灼兮凝兮分暉於晝燭焜煌兮乍聯影於低星所以彰有德赫炳靈實見祠祈疑周流福庭望神之休惟一人有慶主日之際必上帝是聽故天降德疑祥人窺其魚疑作奠至德而感豈玄邈之不臻至誠而祈豈昭彰之不報首茲祀事實在陽方望拜雖同乎手拜神光且異乎蕭光人皆見之孰不仰而祇慄夜則艾矣諒惟遠之馨香殷雉雊而稱異魯郊牛而用傷皆祈報之瑣細非昊穹之降康豈比夫神祠太一之靈樂歆一作進歌童之曲雖望之而如在懼敬之而不足漢后之虔恭也如此故景炁九而下燭

漢皇竹宮望拜神光賦以上辛之日有事於圜丘爲韻　令狐楚

大事在祀吉日惟辛儻漢皇之光宅禮太一之威神就陽位敘彝倫青旌既載蒼璧斯陳帝德惟馨虔精誠而上感天通疑作道一作心不昧發神光而下臻斯所以昭乎望拜之地肅爾侍祠之人懿茲珎神寔曰靈既奪月之魂韜雲之狀集于祠側照此壇上神實臨下以無私君亦當仁而不讓是時也神光未動遠靄初收天宇清兮群動和肅帝座正而萬靈懷彔倏爾電烻熠若星流謂珠蚌之初剖燭龍而暫游武皇於是委玉佩悅翠旒自竹宮望圜丘拜上帝之賜擁明神之休遐徵所聞以此爲異歌童不吳頌見詩以奏曲從臣勿褻而在位奉其道永肩一心答其祥敢有二事

光之降也帶爟火已注在前兮侵燎烟臨仙仗以增煥映靈丘而乍圓帝之望也爇香蕭兮奠玄酒布清意而不倦儼威儀而方乂善行無轍跡搏之乃無盛德有行容視之而有神既格思人皆見之助逮暗之祭彰燭幽之時詎比夫望于觀臺而爲備坐彼宣室而受釐故能飛扇英聲騰乎茂實笑魯郊雊鼎之告僭鄙秦祀野鷄而獲吉來或從東似合序於春令至常以夜若避明於朝日今國家成功巍乎　明德依於鋪鴻猷而前王所羨崇嚴祀而左史宜書備禮告天帝既踰於孝武觀光獻賦愚竊慕夫相如

漢武帝齋宮產靈芝之賦　史近

武皇帝慕軒后之風儲思幽通叶珍符于瑞諜產靈芝於齋宮太一清精元君降裹色奪兼金發靈姿以溫潤質逾美玉浮真氣以葱龍原夫帝在華帳儼于仙仗曆思邈以冲寂神心窅其相向髣髴受釐肅其冥貺非煦育之所致乃精神之潛暢挺茲三秀表信乎三元之符擢此九莖期爾九坻之上異屈軼之致用類朱英之爲狀足表天感與地生或揚臣和而君唱是知至精潛運神物昭彰靈液潛通頹生乎枯木貞石神心幽贊故出此閟殿神房冠庶草以爲貴故有時而發祥信稟質以津澤非本媚乎馨香豈比夫楚水之空嘉萍實仙宮之獨貴玄穋懿夫道心虛澹我則無味以玄感化感貴形我乃無根而効靈是用拔奇

瑆砌標異彤庭紫蓋與祥雲允合朱莖將火德相宜秀射猗蘭之室光連雲母之屏煥國典而永昭歌頌徵玄風而丕耀德馨彼冊甿呈豐器車表德潛美巖野挺芳幽側肙比夫耀甲乙之帳赫矣朱榮結天地之精混然剛克異朝菌之爲體同夜光之非飾含聖澤以成春體正陽而稟色是知人心告虔珍物効焉將會昌於羣帝必功格于上玄且神之符則受此靈草神之會則降彼真仙苟獲符而爲約與降質而相懸大寶在乎皇極真居本乎丹田苟溺異以趨怪頤汨聽而表年彼乘蹻而求靜此執迷而徵聖徒有托於齋祈信無裨於性命覩芝宮兮緬爾一作汚朽倏隙駟以奔競庶歸玄化之門小彼炎皇之慶

西掖瑞柳賦（以應時呈祥聖德昭感爲韻）　郭炯

乾坤至誠草木無情神靈秉化而致理枯朽効祥而發生當聖澤未沾故兀然枯瘁及天光廻照遂藹爾敷榮因萬物以咸遂與百祥而畢呈故得垂陰鎖闥之中固本鳳池之側始孤標而頴拔乍苒弱而條直長充西掖之佳翫廻奪東門之秀色芬敷自異永垂不朽之名變化無（一作殊）常用表好生之德懿其萋生漸蔚幹聳惟條拂瑞景而增麗裛祥風而獨挺可以彰聖主之玄感可以見昊天之孔昭舒卷以時陋梧桐之半死榮祐順理鄙松栢之後凋且春布發生之慶秋行肅殺之令於天地而不失其常在金木而各得其性衆皆畢出盡達我則向日而衰衆皆黄落萎

腓我則感時而盛不然何以知至德之動天運神功而瑞聖者矣翠色牂牂異酒泉嘉穄之祥輕陰澹澹同鄗郈枯梓之感烟銷雨霽霏素雪於宸居日宴（疑作晏）春深雜繁花於層甍青翠葳蕤垂軒拂墀在日月偏臨之處當鴛鴦（一作鷺）集苑之時至矣哉天降靈貺聖爲明證既得地而不雜衆流常託根而獨標美稱是知天聽自人而應者也

第二（同前韻）　陳翊

柳變西掖瑞彰聖時感巡遊之未至失榮落於先期雨露所均常比中國（一作圃）之欝欝宮闈暫閑若無春日之遲遲所以望車塵之行幸慰都人之怨思物或有憑神固難宰生植不易地而孤影忽同秋而異色豈上天之降鑒俾下民之是則于以激忠臣之心于以彰大君之德矧斯柳之失常人未知其爲祥秦原之煙景明媚漢苑之草樹芬芳獨孤彫而槁瘁似永隔於風光無絮花之似雪意膏露之凝霜及夫天廻舊步木得其性千官捧日以輸忠萬騎從龍而翊聖彼衆芳之已歇我得秋而始盛豈固異於常材實頥貞乎景命偉夫瑞發匪遲成天意之孔昭德惟可覽結人心之幽感不然抑且無情曷枯而生其枯也當煙塵之晦其生也表氛沴之情與時不偶叶聖斯呈政或可持疾風始知夫草勁節無所立歲寒徒稱乎栢貞宜其俯鳳池而灑潤接鷄樹以連榮儒有因物比興屬詞揣稱聞瑞柳於春宮遂揄楊於天應

國子丞聽連理樹賦　王履貞

靈基崇崇兮洞轇轕以綿延中有珍木兮欝森森以芊芊始殊形以分聳終共理而連拳始信聽（信聽二字一作聽德）以被物初應聖而効焉且學爲教原丞爲糾局生於學者表王化之大同植於廳者知官政而無曲亦所以據於德而遠於俗也樂我皇道彰我聖年謂爲交柯乃尋本而無末謂爲別榦能已離而復連依君仁義之圃對君翰墨之筵俾爲我師者如斯木之一德爲我曹者如斯木之相全故瑞不虛然從化而止化不在遠行之由已有善必應詎云草木之無知惟德是親奚問陰陽之至理可以載美青史可以表慶皇家人各有心我則合而爲一物曲有利我則不避

其斜夫如是則造化之理易尋天地之情可測順之則生瑞逆之則成慝故曰禍淫涵福正直諒物情之効祥由人君之布德故得托根講肆之宇垂陰夫子之牆維庭槐以為列偶仙杏而成行逢聖而生匪由乎日月以翼取端為寶孰尚夫金玉其相所謂光乎泰階允臻靈貺不然者則徒聞其說孰究其狀至矣哉觀一樹之攸同知四夷之內向

連理樹賦　陳諷

惟薰風之生物有穠李之表禎合連枝於異幹符一姓於嘉名交影齊客均和共榮諒全德之通感豈元和之曲成族堅附離訝生植之異氣殊質合體識天地之幽清考彼

祥經珍玆善價昭一人之有慶表四夷之嚮化體符通理黃中之象攸存義用成蹊不言之道斯備蓋夫靈根得地聳質齊芬分條表異合幹呈祥膚含玉潤文蔚龍章雲交翼比影附枝強庇本根於仙族挺孤秀於仁鄉始則分形謂陰陽之偶數終而貫一表遐邇之通方是知玄本靈種暗符神用諒剪伐之為重合拱連條允乎歌謠固耳目之所昭並卉棠而價掩比叢桂之香遜則知瑞以感生祥由仁致觀政（疑）分而脉會契人事與天意將德茂而精通故騈踈而合異于以昭化警俗示人不二豈比夫草生蓂砌空有紀於曆官芝産漢宮徒用彰於祀事洎夫玄律發春東風荐臻齊敷連蕚之影共沐陽和之津想雙枝於棠棣感合體於君臣四海為家豈必移根於上苑五色敬用固亦發瑞於仁人彼晉得華林漢生廣殿說崇功而間出豈讌（一作凉）德而來見願棲託之見容恐光陰之不荐

瑞橘賦并序　李德裕

清霜降聖（一無此字）上命中使賜宰臣等朱橘各三枚蓋靈囿之所植也臣伏以度（一作渡）淮為枳由地氣而不遷吹谷生黍信陽和之所感昔漢武致石榴於異國靈根遐布此西域采服之應也魏文（一作武）植朱橘於雀園（一作銅雀）華實不就乃呉人未格之兆也考於前史昭晰可知豈非天地和同羣（一作靈）物効祉去蠻夷之陋獲近太陽感王化之盛更承膏露草木尚爾況乎人心漢宣帝宮館山澤意有所感必使

（一作詔）近臣賦之臣幼學為文忝列樞近敢稽首獻賦曰

美南州之嘉樹受烈氣於炎德固一志於殊方遂不遷於上國貞葉凝碧蔚（一作藹）湘岸之夕陰華實變黃動江潭之秋色雜冊楓於溪畔映綠篠於巖側翡翠以之列巢鵷雛由是（一作焉）棲息雖同霑於雨露竊自得於彫飾終獲譽於皇明豈因人之（一作而）翼羽感大鈞之獨運斡造化之玄力思六合以（一作之）同風採孤根而移植播元氣以（一作之）茂育諒陰靈之不測逮乎霜飛文（一作天）囿風落秦川金莖炫晃於朝日王樹菁葱於霽天義方壺之翠島引（一作列）靈沼之清漣上蔚檉松下秀蓀荃艷朱草與庶軼燁紫芝與賓連靈卉畢植而嘉橘在焉翠葉獨潤金衣更鮮天漢之華星

焜燿閬風之珠樹粲然香茝圃於野露色凝炫於江煙既而太官獻新奇果列筵非一作飛厥苞之自遠何菲陋之莫傳樹隱方塘比冊芔之礿實盤映皎月與赤瑛而共妍東鄙孤臣謬塵三事既乏和羹之用猶霑可口之味并食不剖一作割竊愧晏嬰之知捧之以拜重感桓榮之賜庶不改於雪霜一作霜雪末酬恩於天地　凡一作皆集本

集文苑時古書尚多又校讎皆名士近刊文集頗經淺學改竄或當或否安可例以爲正柳宗元白居易李德裕等文偶爾流傳如此賦內文圃者文王之圃也集本作天囿大率類此

再生檜賦　温岐

檜有再生之瑞天符聖運之興挺松身而鱗皴迥出布栢葉而杳藹相承隋道既窮則沒身於亂土唐朝將建故發德於休徵原夫日將興而幽暗皆明君應期而纖微必表生於枯朽證受命於敗德之時長則繁華示寶祚於延慶之兆想夫拔陳根而已茂聳脩幹以方妍凌朝而還宜宿露向晚而尤稱新煙以狀而方生荑之枯楊若此以理而踰易葉之僵柳昭然効殊祥以示後願衆瑞而居先嘉其擢本傍榮抽條迥秀歷朱夏而彌盛冒霜雪而不朽應昌業於龍潛之際豈曰無心彰聖德於虎視之前孰云虛受徒觀夫載光紫府効祉皇家竦亭亭之柯葉擢欝欝之輝華可以播之於萬古可以流之於四遐是知曆數歸唐禎祥啓聖何厚地之朽木報上天之明命殘陽未落宮庭之林藪忽生明月初懸王砌之桂華復盛矧夫貞節獨異高標自持散芳氣而微風作動入重陰而宿鳥猶疑蓋天所贊也亦神以化之客有生遇明時身蒙至德窮勝負於朕兆慕休祥於邦國敢獻賦以揚榮遂布之於翰墨

文苑英華卷第八十七

文苑英華卷八十八　賦八十八

符瑞五

蓂莢賦以呈瑞聖朝爲韻　程諫

堯階蓂莢兮實稱休禎蓋歷代而難值至我后而斯呈植之以前羿左城映之而鏤檻冊楹激薰風而葉轉迎太陽而心傾日往月來深符大小之數時和曆應因見天地之情觀乎榮謝以月德爲常卷舒以日數成類隨朸吉以增

茂暄然自春度既望以漸零倏然如寄體盈虛而方同得道任消息而匪殊有智金波桂樹遠合象於彤榮炎漢芝房近方慙於祥瑞彼朱草與蓮蒲曷於茲而擬議則知聖作物覩物興由聖聖於赫而克著元亨物效祥而天莫之令然而蓂之爲應也傳蓂之爲瑞也昭贊曆主則太平在邇測陰靈則時變不遥朸也則日益一日終也則宵盡一宵弱質浹金莖之露輕姿散玉戶之飇或曰麟在郊而合圖諜鳳來儀以聽簫韶雖咸見而可貴於列迹而斯超豈如蒙貫著愡集於厚地焜燿於皇朝

第二同前韻　呂諲

聖人法天兮無物不成皇天輔聖兮有貺必呈蓂莢之嘉瑞爰乃應乎休禎禀神疑靈以擢質因堯階而得名抽莖尊尊布葉英英二八而落三五而盈陰德自然仰蟾蜍而知晦太陽常近與葵藿而同傾爾乃丕體其祥傳考其義所以厚上天之德所以表皇王之瑞其國亂也則植之僧難其國理也則生之孔昜惟我后之欽若亦合符而受賜承榮金殿旁沾三露之滋每奉玉階上蔭五雲之施豈無萱草以悅其性豈無靈芝以彰其盛芝擢其秀既以紛綸於策書萱樹於堂曷能彌縫於明聖未若蓂莢生於皇朝與夫髦士來應兮招受成於天諒多聞於國瑞託其得地且有異於山苗竊預談於皇道庶有望於遷喬

指佞草賦以靈草無心有佞必指爲韻　梁肅

聖澤濡煦兮動植斯形相彼瑞草兮逢時効靈體嘉生於浩氣秉植道於彤庭昔在堯帝至化惟馨伊屈軼之芳貞協王猷與國經有皇曆后德動杳冥二氣暢而群生遂百祥來而萬宇寧矧夫佞者小人之道直者爲國之寶雖糾正於邪慝實發明於瑞草象恭言僞於是焉去而勿疑葉布莖分何患乎辨之不早若乃一人當宁一作宇超黄越虞百辟來朝日臨雲趍風力論道伊咎陳謩瑞在前疇敢以諫故曰物生於有有生於無感此變化發爲禎符不然彼植物之何知乃同功於帝俞天道不言聖人無心寓形闡敎其用則深禾穎降於周王芝房發於漢后信呈豐兮告慶幷垂美於不朽彼集作此直指以去邪諒於功乎何有我

明主所以超三英之躅彼靈草所以爲百瑞之首有由然也史魚守直宣父惡佞佞直不分邦家靡定惟草所指惟皇所聽指歸乎一聽戒乎失苟君集作執道之不弘徒倚瑞以自必重曰皡彼草兮直而指佞聖之瑞兮時之禮頌皇休兮無極已

第二韻同前　沈封

伊嘉卉兮昔生軒庭蓋歷代而莫覩其狀至我后而方覩其形對右平與左墄間朱草與彤庭一作階蓂薰風晝灑湛露宵零所以彰吾君之睿聖所以表吾君之德馨匪然何以於昭其異有赫厥靈根莖竦擢枝葉靜好惡夫佞兮叶乎聖心作乎祥特異於靈草况今勤施五至克奉三無多忠良之士絕讒佞之夫非斯草之助化何以臻於此乎指佞之爲德也廣指佞之爲瑞也深逢聖斯生介一人之景福有佞必指俾百寮而革心故能殊衆芳之質標群瑞之首彼獬豸之觸邪抵罪在法則嚴伊平露之傾葉知方於人何有孰若我應明聖指邪佞昔之輔德告軒后之功成今也呈祥賛吾君之理定一名屈軼千載挺出有佞則指孰云無必豈比夫萐蒲空扇於堯厨芝房徒歌於漢室哉足以彰致理薦嘉祉君子在位我則恭默以傾心佞人入朝我則無私以直指信可以美芳聲於雅頌垂不朽於國史

第三韻同前　鄭錬

旒扆肅誠天地降靈藎臣咸造屈軼生庭翠影如植皇心以寧暑屏寒生感萐蒲之代謝日來月往異蓂莢之飄零爲奕玄造誕生厥草表忠蹇之不遷懼壬佞之何早宵承湛露密葉如傾晝偃薰風纖莖若掃倚那且都歌詠難模其生也則一其道也乃殊育於軒堦其指或有生於聖代其用則無是靈草之無心以聖人之爲心對危行而不侮覩巧言而則侵榮乎砌陰實爲龜爲鏡肅我皇度式如王如金冠卉之首綿代曠有茅三春之可封芝九莖而延壽曷若玆草之盛莫之與並類貂蟬之性潔均獬豸之質勁得詩人之無邪行疑孔門之遠佞於鑠屈軼邈乎逈出遇唐德生應時作實經百王而影戢歷一作越千祀而宥密如執法之不回奉直道而自必所以野退宵人朝多髦士同魚水之合契絕螮蝀之莫指封思齊於大夫名可比於君子謝有香之蘭蓀惡無言之桃李

朱草合朔賦　常模當

縣官執大法闡大猷道惟行遠化必通幽彼朱草以合朔示皇天之降休月始而生用資乎陰隲月虧而落事契夫冥搜其於作候靡或不由乃知天罔私親神惟輔德苟明智之有務必冥報而無忒或產水涯或生巖側布赤葉之蒨練挺朱柯之翕赩既周復而莫窮與乾坤而不極誰究其義吾知其爲美一人之化洽俾萬國而澤被由是節候不疑生榮以時依天聽以叶祉順月䰟以呈姿朔告合焉表皇化之無異草名朱也比丹心兮自持較瑞不慙於蓂

莢稱珍豈讓夫（一作乎）靈芝觀其光彩妍媚文理密緻資亭毒以榮落以神祇之奧祕三五之前逐蟾光以潛長二八之後與桂華之（一作而）暗墜匪權量之能侔將漏刻而齊致其氣芬芳其色焜煌聖帝攸感靈仙是常何纖芥之微物遇休明而効祥諒君恩之克播致天意之溥將可以同覩日月共貫陰陽豈止漬玄醴變金漿而已哉懿夫分莖灼鑠擢頴超遥候朔自呈詎比夫偶陽而動既望斯隕寧同乎見晛曰消幽玄不測神化孔昭自然澤浸有截化行無外三光並明兩儀交泰於靈草以配曆冠古今而爲大

瑞麥賦　任瑗

建極惟皇昭鑠于光出豫考卜乘時省方西自酆鎬東巡

洛陽順天遊而有度協日晷之云長徵賢宣室布政明堂風雨時序黎庶其康盡物稱瑞窮靈委祥明含（疑）日月則階蓂恒秀澤及草木（一作蓉）而隴麥登芳於是闢離宮通禁苑覩兹瑞之所應實皇恩之燭遠朝任得人時唯賢相九流分職三旗協亮稱堯舜之允敷同益贊而爲唱曰珍瑞麥生我皇國凌寒而秀彰聖之德願載東觀之書以歌南薫之則既而帝曰欽哉天符聿來俾予光于四表惟爾翼於中台念幽芳之遂性知棫樸之當材且夫麥之爲瑞其德至矣居寒自生當暑薦美含實珠埒耀芒鋒起既標詠於詩人亦稱奇於緗史當其芃芃于野漸漸其秀將嗣穀以登年豈凌霜而不茂在昔唐叔嘉禾伊育昭彼周王天人斯穆今惟聖帝此焉攸淑涵之如春也及晝而繁榮就之如日也來君而紛郁則有小儒怡然鼓腹照水鏡之光鑒叅歷選之題目未登高而賦成焕陳美於金竹者也

第二　高敫庭

聖人順動文思欽明天地貞觀品物咸亨去惡居而就安處面周洛而背咸京雲旗電發霜戟林行太陰用事其日在斗萬國來庭百神奔走泉潛動而沷落水益壯而冰厚冠異氣於遼垣吐嘉麰於寒藪不忌風雪全抽兩穗逼日月之光華得雲雨之攸利芒纖纖而擢隴葉青青而聳翠同黍谷之移暄類榆林之因地瑞紀增煥嘉禾異植出天苑之稱奇訪人之（一作）哀而未識凌玉霜而表勁挺金莖而

孤植顧耀頴於年和望生成於地力倬彼藩翰其代天工即漢庭之相國類晉室之清通拜殊祥而北首列圖史於南宮紆粹容於有穆冠鴻業而無窮實頴實栗是崇是奉可以爲瑚璉之姿可以爲穜稑之種偹長至之馭序同少陽之在候成粒貴於鳥銜覆苗期於雉雊夫瑞也百玉之珍事其生也二儀之大德道泰則稱物呈形政乖則羣方皆忒伊小草之何幸逢大人之允塞願均照於離明祈作禎（疑作楨）於王國

平露賦

惟唐累慶唯天眷命植平露之殊祥表吾君之曆聖不窺於牖可以辨百寮之賢不下於堂可以觀四方之政其儀

可尚其義可覈平也者所以表太平之時露也者所以彰雨露之澤以此知庶類光賛神功昭格也希代以出曠古而無空聿覩於青史獨有驗於祥圖借如嘉禾合穗且生於隴畝蓂蒲扇食未遠於庖廚孰與夫薦祉於彤庭之際含榮於紫殿之前亭亭莖擢的的規圓屬乾坤交泰風烈昭宣是以執正自守居中不偏偶香堦之蓂莢對玉戸之賓連以承君顧眄以奉君周旋非夫聖哲首出英賢在位君臣同心上下一致五帝可以六三王可以四亦曷能感於茲瑞如或政有所鈌道有未光則柢枝傾蓋應是知方寧茲物兮自爾信有神兮所將似能存於炯誡豈獨効於禎祥客有聞之而歎曰於戲哉蓂瑞匪靈匪聖莫丁儁茲

平露卓爾祥經物之咸若國之康寧覩珍符之有炳敢不頌乎德馨頌曰官爲賢兮政無失君與臣兮德惟一伊平露兮應時出彰聖代(一作出)兮光史筆

嘉禾合穎賦　張眞祥

南山之下兮無人之境力穡此中兮均夫暸靜勞則不憚旣寒耕而熱耘慶有所歸忽異畝而同穎莖騈借芃芃之色秀合垂蕁蕁之影此焉觀瑞亦秪以異比於木乃連理之祥在於人蓋同心之義稃巳聞於二米莖乃殊於九穗豈非德之能及實聖朝之所致爰考休徵豈年是憑麥兩岐而能匹茅三春而徒稱固神倉之可貯期郊廟之以升欲薦堯階且聞秬秠之獲(疑作穫)將登禹膳遂入烰烰(氣出盛也)之烝天道玄默瑞以表德豈無沃土而光于我家豈無異方而祚此王國不布嘉生孰謂賓榮友朋之心因取興於連茹兄弟之樂遂作戒於分荆佇聞唐叔之獻頌我后之升平

甸人獻嘉禾賦　趙蕃

聖上崇國本致時康動玄象之昭鑒産嘉禾而應祥甸人於是具畚鍤修封彊啓芳穎於修畛薦靈姿於我皇懿夫挺拔(疑作枝)自分連拳相接始穟穟而齊實終矯矯而異葉殊其本均二氣以發生同乎心表一德之和協不然者寧擢秀於墳衍載具美於圖諜徵其瑞質稽彼大同見芬敷而共貫信榮結以交通則知符乎帝道發自天功合穗之

珍方將効祉於今日異畝之美豈獨標奇於古風於是野老歡心田夫盡力究移根於沃壤之際俄發耀於冊垺之側祥煙近拂乍疑連理之形喜氣傍臨更辨合歡之色彌彰執契之道載助惟馨之德爾其天鑒非遠神珍是呈始茗亭而間出終夭矯而曲成豈比躬稼之時晝化晋君之草挺生之歲克符漢帝之名向不賢委離披孤生苯䔿安得臨玉砌邇龍衮設種稜(疑作稑)之萌芽爲理化之根本是知六府惟序萬邦式孚茅三脊而非偶獸共觝而自殊未若耀青芳於近甸垂嘉貺於靈圖況復聖慮彌深皇猷思永梯山航海未足契其休光菲食卑宫將欲示其豐省斯所謂騰茂實於厚地故薦穗於重穎

文苑英華卷八十八

文苑英華卷第八十九　　賦八十九

符瑞六

進白烏賦　張說

咨大鈞之播氣，在品物而流形。有莫黑之凡族，忽（一作亦）變白而効靈。感上人於孝道，合中瑞於祥經。若夫事出神妙，理以（一作包）舒卷，既集王屋，飛隨帝輦，捧日高翥，迎風細轉，識句句於招呼，每啞啞於吻（一作喙）吮。以其雪羽霜毛，氷清（一作精）玉狀，挨奇綠林之下，賞異紫臺之上，瞰鵷鸞之妙態，把（一作抱）鳳凰之衣桁，恐同類之見嫉，畏不才之速謗。期委（二字一作願悉）命於渥恩，豈顧思（二字一作顧恩）於閑放。維聖君之靈囿，物何遠而不臻。有能言而可重，或善舞而取珍。若隨驅（一作蓋囿驅）而入獻，與寶羽而爲隣採（一作拯），朝嘹之聲，樂眷夜啼之曲，新無芒距而躍武，不鈎觜以懐仁，謝先容而特達，却假飾以全真，鑒深心於反哺，終（一作移）報德於君親。

凡一作皆集本

白烏呈瑞賦　裴度

翩彼靈烏，貴然効質，披圖諜而罔二，叶邦家而得一，備體有光，至真無匹，宗廟薦敬，帝王之孝克孚，天地感仁，潔朗之容可述耻受彩以相混故莫黑而獨出上瓊樹而若無下瑶階而乍失懐罛反哺方去去以淩雲養素來儀且翻翻而就日觀夫載飛載止厥狀粲然不染而成因心之孝以立匪召而至感物之道遐宣向皇風而自舞與麗景而相鮮人且爾瞻既含章而効祉我無爾詐乃見素以守全乃知王澤竭而退飛帝道通而無遏彼明心兮不佞至知大節兮不可奪象潔白而攸歸知愛敬之傍達懿夫不汙其色罔遠斯道秀質安倚凝光凈好美仁慈之及物故易色於昭昭惡赤黑之眩人乃成形於皓皓且夫應圖咸若鄙皐澤之鳴鶴瑞聖不還陋江湖之白鷴諒歛啄於仁義豈逃潸於阻艱所以其出無常其來有素雲凝標於羽族

玉潤合於王度常從碧海隨杲日而悠揚今在華林偶盛時而瞻顧實由我后敬之昭假皇矣光宅晉拱而燭幽以明禽鳥乃化玄爲白逗祥光而聿至望休氣以來格時哉時哉奮翅英於紫陌

第二　孟簡

驗白烏之祥謀告皇家之寶祚蓋由天子張至仁本太素享宗廟而無爽薦孝敬而有度何常日浴翻皓體以來儀會輿火流奚冊羽之可慕淩翯翯之白烏類振振之翔鷺稟純德而自甄誠衆色之難汙觀其皎皎奇狀明明麗質霜氂潔朗玉姿閑逸不愛其瑞嘉載飛之可瞻思効其祥見莫黑之如失寧爰企於往代可俯窺於今日原乎孝理通玄格皇至虔惟烏感應其容昭宣抱正色而道洽徒一作從反哺而名全不然則有威鳳之可紀何白烏之是傳樂而有聲且不棲于楚幕潔而成質故自協於靈篇出林而日華亂動繞樹而月影相鮮嚮至化而遠集想皇風而戾焉衆而何爲悲子生之八九大而無慮笑水擊之三千爾其超邏高翥來不可遏見翩飛之若臻誠愷悌之四達諒深仁之所化固至性之難奪若乃載鳴嗷嗷浮彩皓皓受西方之精氣自洪爐而鎔造遐想其蒼赤呈祥豈與乎雪霜同縞且夫仰稻粱而自若彼徒籠之仙鶴待馴狎而不還何必招於白鷴且養素而委質非取容而強顏故下臣賀瑞而歌曰素德式昭兮何寫奕玄質從化兮爲潔白符

仁孝兮叶佳冊見祥端兮流聖澤

京兆府獻三足烏賦以平上去入周而復始爲韻　李雲卿

杲杲靈烏萃于神都耀彼殊彩呈茲異軀披拂四氣翺翔九衢耻祥鸞之止棘慕儀鳳之棲梧瑞表孝紀名標祕圖將有感而必集豈獨殷周與有虞觀其躋一作降自日域戾于天府音諧雅頌動中規矩頡頏其質差池其羽步芳草而三趾徐來遡祥風而六翮微舞珍奇莫測觀者如堵諒茲禽之禎祥告我皇之福祐於是羅者既獲虞人是薦貯以瑶筐登於玉殿凝睿想迓神聃孤飛砌上似於雲際而遊獨立君前疑乎日中而見聖情不極念茲莫黑彼應感而至我有道而得御以馴擾安其棲息夜啼玉壘聲雖入

于舜聰曙喚瑤堦心豈知夫帝力不然者曷足以昭我皇之玄化表吾君之恭默是知國將昌則降而爲祥政或缺則歸彼扶桑天道不昧神心孔彰豈有情在於斯烏固靈應昭乎彼蒼　之旨既集吾君之福祉與天地而終始儻不翦其毛羽願長飛乎帝里

第二　王顔

夫何赫赫之太陽忽降精於烏烏乃呈瑞於皇王足應乾之三數目曜日之九芒降天邑而于我李浴咸池而自扶桑葺空聞於前牒今實觀於殊祥天既無私祥何能隱一作信昭聖代之有應垂休徵之無盡瑞于帝室表大孝於天裹獻自尹京驗長安之日近始至也衆羽駭集伊人驚華

邁麟鳳之時見何鷹隼之能畏如深就日之誠不效搏風之志願委質而入貢終依仁以馴致入銅籠而戢翼向金殿而矯翅將告于休似對以意由是憐楚人之迷鳳陋越裳之獻翟小哉棲棘之鸞蔑矣應風之鶂未如我陪日馭之出入遊天居之岑寂曩有赤而呈美白以效靈俱非應乎殊貺亦或載於祥經一作嘉祥二字終未如符孝理之求錫昭寶運之康寧則如堯舜登極夔龍夾輔布政無偏惟賢是取故得感陽精於上帝贊陰陽於下土光昭萬葉輝映千古良史當載美而記時謏才顔賡歌而蹈舞

白雀賦

彼白雀兮降靈朱方羽皦皦而氷淨毛紛紛而雪光既無日浴不假雲翔馴階除兮玉彩相照向庭際而花影飄揚皓然自居貞以爲飾與物無競隨時游息知有文而賈運害則純素保光知惡紫之奪朱則大白呈色叶我皇之金旌我皇之道極又何貴乎黃以爲名赤以爲翼然後銜册書以告社執玉鏁以述職所以異其類不能同塵所以隨其俗將以順人不假蒼以耗國不穿屋以擇隣刺穆公之將死以人爲殉雪治長之無罪示人有親無以爲凡鳥也不據其實無以爲珍禽也不利於物康考言以察用時有得而無失若以酒成禮我則能近取諸身若以農命官我則能將委其質百揆有序萬物咸秩豈不知鴻鵠之志與尺鷃而爲疋悲夫未處大廈閑疑作閑于雕籠心眷戀兮猶

期拂日羽摧落兮半巳從風望銅臺而路遠忿瑤池而宴終儻吾君兮爲開一面呈瑞兮還飛紫宫

越裳獻白雉賦 以周德方與遠夷入貢爲韻　謝觀

懔彼越裳南之一方感皇化於蠻貊獻白雉於周王原夫獲皎潔之姿奉鴻私之德閉靈質於雕玉馳星使於絶域夕辭南土形迷夜月之光曉向北風影混朝霜之色差乎跋涉空闊江山阻脩途程萬里星歲幾周過吳門而練影光透惹曹風而麻衣色淨然後達成周之大庭陳本國之所執歷雉門而捧進隨鴻臚而坌入俯雕題而就位拱疏趾以前集利觜玉植修領一作頸縞戢風搖細尾當軒而練帶長垂日照輕毛在手而雪花孤立以其耿介無比貞明

可稱距列璀刺身摘鶴翎徘徊而隟駒其轉奮迅而振鷺將興其淨珉潔其神露凝皎皎敷粉亭亭卓冰自稟時清之化誠非日浴之能勿以臣之賤所獻無徵勿以禽之微所來自遠蒙恩覃而化及似風行而草偃是以徵此嘉瑞唯憂後時欲以明誠上荅敢以遐阻爲詞作獻靡遼東之豕不緇殊墨子之絲一以見澤兼鳥獸一以彰德被蠻夷王乃愀然色動沈然念茲發明南國之忠汝之遠矣舉奏殊方之瑞乎甚嘉之方知雉之潔兮可珍士之潔兮可珍士之潔兮殊衆可珍猶尚於夷俗殊衆可標於歲貢儻援引而不遺願舉白之一送

上林白鹿賦（以君德至天珍物充囿爲韻）　李蒙

仰彼玄化稽乎典墳驗休徵於列辟知至理於有君遠方圖物不寶旅獒之貢靈契潛感豈惟鳴鳳之聞降百祥之昭晰和四氣之氛氳粤有奇獸言彰聖德賁然來思載白其色才麌麌以呈睨不呦呦於野食謝僊家之騰倚歸御苑而棲息於是上囿幽閑禁林清祕炯如玉立皎若霜華場町疃於池沙影光芒於山翠皇心愉兮德所感衆目駭兮榮其至畫輻（疑作轓）爲飾能隨太守之車綠續稱珍可薦王侯之位且夫勁角昭勇縞色呈鮮應皇家之盛德當聖運之承天足使般帝之狼耻擅銜鈎之瑞吳門之馬慙當曳練之妍其來也則天祚明德神推有仁故以奇質表瑞非爲育珍其擾也則一人有道四海無拂故知以惠性含

和寧將敷物宜其禎祥遠暢聖範光亮保康功於勿代彌大命於無窮賦曰玄化凝兮神（一作聖）功就瑞獸格兮克君囿質皜耀以霜潔角淋漓（大人賦作林離）而王秀恥射兎於東遊笑獲麟于西狩惟皇靈之介福固永命而何究

第二（同前韻）　蕭昕

大哉聖德望之如雲苑囿期廣動植惟分匪徂獷之徧被將煦育於氤氳伊生靈之遂性實咸君於吾君爲白鹿之呈瑞時或友而或群夫其充牣禁苑喜樂王國庇豐草而擇蔭感食苹而懷德奮角觡以共觝粲珪璋而混色將攸處以寢興非挺走而畏逼既而濯濯不羣呦呦慕類徊威鳳以來格侶騶虞而必萃笑玄豹以深藏哂飛黃而遠致

貞姿麌麌君皓鶴之羣驚逸足騤騤脊素暈而麇至然後飲餇銅沼咆哮瓊田忽往顧以騰倚時決驟以周旋分形雪散曳影霜懸豈有虞之可即將不羈於永年嘉禎祥之聆蠁知君德之届天大矣哉固當不變其道不藏其珍我澤如浸我惠如春矧微睨之不腆豈足彰乎至仁者哉伊茲獸之匪陋亦大塊之品物感陶冶之相甄會禎祥之駿發將因質以受彩豈不緇而自伐與芻狗之陶甄光圖牒之前拂決決大風盛德惟允嗟不識之往簡願賡歌於帝功歌曰德由庚兮羣物湊協嘉祥兮擾靈獸感訢合於天符遂充塞於君囿

白鹿炎軿賦（以行春布和瑞獸來格爲韻）　許李同

政治于下物惟表神彼奔走之凶紀類忽馴擾而歸仁爾來於軔豈陳力以効感我行其野將狩勸農以務春蒐芳林之躍躍偶大車之轔轔覩其煩尾高步廻還左顧參能軾而左右分光望準旗而疾徐有度惟德是擇惟賢是輔覩皓影之來儀諒和風之克布禹鼎真明霜潔雪輕標玉質貫金精如吻吻而雙止終麋麖而階行載馳載驅軼輕塵於後乘乍騰乍倚鶩逸鶩於前旌映冊帷之暐煥暎一作晧露晃之光榮懷仁於衛君之轂亡忘疑作味於食野之苹則福履攸綏神休是格翟戴高駕倘徉廣陌不驚不懼彰爾性之閑和克皎克明契我躬之潔白躑躅徘徊飲化而來政言可矣人詠康哉表靈慶而有同神鳳狎馴養而不異龍

媒懿彼偎都誕茲靈獸跡角昭勇幹光挺秀行而擇地恒町疃於道途出或以明靡棲息於園囿老聃之御徒述王冉之乘何陋剪去煩苛敷陳惠和皇懷疑作出境而奚爾珠還浦而其何遏若茲鹿擾于明義裂其理而莫窮求其類而罕譬無心而應感不言而表瑞豈止其効於賤微樂驅馳於仁智而已

白兔賦以至仁垂化靈物表祥爲韻　蔣防

聖理遐遠元穹二字一作毛群効靈有兎爰止載白其形乘金氣而來居然正色因月輪而下大叶祥經豈不以應至道之神化彰吾君之德馨皎似霜輝溫如玉粹毫素絲而可擬足瓊枝而取類與三窟以殊歸將五靈而共至潔朗貞質聯綿雅致名殊東郭韓盧不敢而前迹近中林蒼鷹無由得鷙其容炳真其性懷仁飲玉池而水光不散食瑞草而雪影長新理符守黑事異文身儻使銜鈞殷帝之狼不若如今受彩江生之筆非神載寢載興或馴或擾仰天鑒以昭晰託御林而皎皛爲太白之林用作殊祥曰之標表原夫陰隲所爲不識不知賁然練被炯若星馳白則我方其理且同於服順兎爲明視其義取鑒於安危豈惟跧伏于庭側踊躍於堂垂者哉觀其閑暇沐浴鴻化笑魯殿之浮名耻梁園之舊價俾夫守株之士幾恨窮通過隙之駒空悲代謝是知隱霧而憂者其文蔚反袂而嗟者其道屈曷若保貞白以暉映承聖靈之剪拂同瑞謀而登高異周書

而玩物所謂右福應當禎祥事資朴素匪亞文章知獸用之不擾審天符之允臧伴祥鳥於苑囿隣瑞鴈於池塘懿夫以道德爲蹄者其可忘

文苑英華卷第八十九

文苑英華卷第九十　　賦九十

人事一

影賦　　謝偃

何物類之實繁各異形而辨色惟茲影之靈化獨玄妍而莫測若乃體無定質應變隨方因物成象不拘厥常苟圭表之有度信天地之可量同寒暑之延促故夏短而冬長在清明而必朗若晦濁而斯亡同至人之隱顯類君子之行藏若夫長短侔形曲直應質細故則一毫必具大　則

萬象無失並片魚而為比偶孤鳥而成疋帶秋林而楚踈含春樹而還密將度雲而俱遠與奔駟而同疾至如景霽氛收波清風止平湖數百澄江千里有象必圖無物不擬群木懸植叢山倒峙岸底天廻浪中霞起咸巨細其若一各委曲而相似窺之者莫測其淺深尋之者罔知其終始苟煙霞之可乘何神舟之足鍊流金液以命酌指玉京而高膜一作寞含虛無以成體故日中而不見同希夷以寂寞何罔兩之能眩若夫來往絕跡出入無間走不可避速不可捐非可以智察難可以理詮向夜月而處後背朝日而居前何變化之無定同瞻之而忽焉安仁覽以生悲士龍觀而興笑孫惠顧以致慷田巴臨而獨照想古人之遺烈一作形哀吾生之不劭守此忠直以固窮無明晷以求効歲月忽其代序班鬢倏而改貌誠既往而莫追徒鑒流以自弔若夫色動秋水光澄練一作鍊一作金翠羽朝映珠星夜臨近看若淺遠矚如深信不入而疑入實非沈而似沈既寄形於流豔又匿跡於凝陰類聖人之無已以萬物而為心福應善而斯臻禍緣慝而必至念全德以守一思改過而無二寧受屈以懷道不求伸以邀利處覆危以自易終餘年而不墜苟刑網之所加雖在親而無肆誠言行之可錄縱居嫌而勿棄必取捨而無私故捫心而不愧獨水鏡之鑒物窮妍媸而莫祕誠斯道之可寶請貽戒乎在位

罔兩賦以道德希夷仁美為韻　　李澥

夫物有形而必累影隨形以相保窮希微而歸真信罔兩之合道豈其取捨焉得醜好諒不由其運行實稟之於玄造原夫不皦不昧無失無得寧在陽而必遷曷處陰而自默罔言成象合莊叟之深衷一作哀責影辨疑異田一作樂巴之見惑豈徒飾詞比事所以尊道貴德增於物或有知其長短察於人孰可分其白黑搏之則微聽之則希將去彼而取此由虛往而實歸明引喻混是非用之於身豈疾走可息行之於國則至道之肥　故往無思吾有影而何患吾有色而可遺同焉皆得沒而不衰尋邊鄙契之於罔象鑄窩鎔合之於希夷夫焉一作然則豈止持莊子何其無特操與釋文特或作持李善五臣注幽通賦並引莊子作持操自保納虛為隣復歸無物

夫何有云匪勞逸之足眩咼行藏之是親任皇人之化迹
通天地之不仁况我國家道冐寥廓德及純粹撝僞歸真
絶聖棄智漢陰抱甕而匿影赤水遺珠而有愧罔兩難明
慌惚無累徒以知人藏化見德思義儻微陰之所及幸餘
光兮不我秘　撝僞（一作捨爲）

第二韻（同前）　石鎮

粤若窮理盡性在宗載考觀窮玄元討謨天造憫鵰鶚之
爲得處一枝而屬厭詞罔兩而格言詳萬籟於至道道之
爲體也無思無慮惟靜惟默黃帝之得而升于雲天維斗
得之而運于辰極下空洞之路理必諧於襄野登隱全之
丘（巳注二十九卷群玉山賦）義無虧於建德爾其問影責實稽謀惟微

審行止之常分固怨蓄而用希陰與夜兮吾所隱火與日
兮吾所依若有待而持操誠不協於天機且夫步日者足
憐蚿者夔雖鳧鵠（莊子注鵠又作鶴竝胡各切）而異禀將斷續而則悲
苟安時以處順惟我心之則夷如莫邪之或躍必歐冶之
見遺客有感之而歎曰大塊勞我聖人不仁天地無私於
覆載陰陽脗合於陶鈞動之則矯宜之則親汎然無跡體
然絶塵時既來而不再物亦煦而知春夫如是則何患無
位不作守道安貧而已哉於是罔兩卑陬攺容逡巡徐避
養澹泊懷簡易鄙白龍之遇制嗤文豹之有累寓百骸於
神理休四海之光被在埏埴於洪鑪得修身之明義

第三韻（同前）　蔣至

揖傲吏以逍遥洛真經於探討則知辨彫萬物富有三寶
假影外之微陰喻域中之大道惟彼罔兩同夫糾纆邈矣
難名混兮不測離婁目眩而方見桑弘心計而寧識其出
也與影俱遊其入也與陰相息乃謂影曰子於我兮何力
我於子兮何德將詰之於心請對之於臆殊途兮同歸孰
是兮孰非進豈得苟退殊所希繫我有待俾爾相依在波
瀾而比目升雲漢而聯飛胡乃折責其持操而欲論乎等
威者哉且夫出入隨日行藏任時儀刑長短取象毫氂雖
暴華而今槁豈變態而殊姿語默無滯類達人之舒卷視
聽無及符至道之希夷原夫以陰託影以影輔人行則無
跡居必同塵不樂蓀太寧悲賤貧茹藜被褐非所耻腰金

鳴玉非所珍誰泣楊朱之路誰迷宣父之津誠滑疑於至
理不夭閼於天真（朱見仁字官韻）則知於物有憑處身如寄和光
遠害是其道先人後巳是其義鑒之者雖臨水而罕窺畏
之者將奔走而奚避欲明有象之無象有媿知音之意

第四韻（同前）　包佶

罔兩謂形豈伊天造試一商搉此焉探討謂之小入乎無
間謂之大達於蒼昊雖則名參於異物抑亦理齊於至道
今將議其吉窮其色爲（一作無）涅而不緇爲繫而不食或託
之於鱗介或生之於羽翼謂予有囬日之役謂予有戴山
之力向若執盈似虛太白若黑黽黽有難名之稱乘乘有
可尚之德苟不然者人將奚則彼逐者影動每相依既不

可逼又不可遠淩青冥而對舉投汗漫而雙飛鑒秋葉而逾靜臨夕陽而雙徵彼何事而相託此何心而所希罔兩曰我形予影我應予追我憑予之狀予假我之威寧論立兮與坐夫何操而不持似都捐於視聽宛冥合於希夷未識形爲影之主影亦形之賓詎可貴之於動息又何怒之於因循使惡跡者止其足猒影者蔭其身予之意兮焉適唯此求而得仁更憶班固麗藻漆園清真述幽通於前烈繼逍遙於後塵沉吟染翰顧慕書紳於是稽乎古陳乎義常未得其一端固多慙於明試

第五 同前韻　　孫鎣

南華真人立玄古姿探討折罔兩之喻明希夷之道將欲

倅三光之懸爲百代之賓其始也若乃天清氣明長雲如掃呈纖微之虛質揚太陽之杲杲莫不以影爲典以形爲則動靜委任濃纖合德欣禦寇之輕盈耻壽陵之匍匐遇夫明也有似夫亨通遇夫陰也何異於否塞罔兩責於影曰予實傷躁吾之甚微謂爲無也雖微而必有謂其有也雖可名曰希吾將捨予而去予復何所歸影乃假詞而諭曰夫鴻鈞造物其道大夷至精者不思而玄得情者若役慮而不知則吾之與爾皆形之陰也焉得以自顯亦何以含天地之大德承日月之無私幸文明之宣照故纖毫而不遺罔兩於是欣然而應曰　此乃邇其身君其神靜躁匪肅吉凶由人雖讒構不能以　相間安繩墨之竟爾相因翳

疑作懿夫行高道潔煦然慈仁規行矩步和光同塵志存禮義上奉君親是以吾以與爾俱得其真無終食之見捨罔疑作同不孤之有隣豈比夫共體嚚頑本枝險詖隨誇競以馳騁靡道德之浸漬務呫囁之委曲疲趑趄之巧僞騰浮薄而爲名竟顛蹶以俱累豈與盛明之光燭希薦能而比義

響賦 以庭下雲說響輕爲韻　　張彥振

伊二儀之陶蒸一作甄覽萬物之生長爲隨方而可見獨不測乎茲響同夫道之無質每憑虛而起象既不覩其洪纖亦罕知其尺丈爾乃依聲以發有待而生觸萬竅而皆異會五音而共成隨人心之哀樂因感召而重輕至於驚激

萬變高卑千轉臨牝谷而悲多因歸風而去遠感華鍾於霜曙思孤鴈於秋晚觸物類以成態託空虛以運形爾其細也草蟲鳴於潛穴至其大也震雷作於天庭離朱拭目而不見師曠清耳而可聽爾其響發乎器必聲有假故器有盈虛而響爲高下隨之則或不一作可究及之如或可寫信造化之自然亦焉知其爲者乃有厭處雞群窮棲海濱番六翮而未舉鳴九皐而不聞願託響於星驥希可徹於高雲

聲賦　　張德昇

夫禮樂相成人之有生物歸乎理感在乎聲聲之所起其應多矣旣聞鄭以戒荒亦稱昭於盡美至若詩陳鍾鼓禮

奏笙篁（疑作簧）音懷律呂韻合宮商或嬋娟而如絶或窈窕而復揚將曲盡而逾妙遇風吹而更長潛鱗競躍儀鳳來翔嘉此聲之可貴樂吾君之奉常則有思婦傷離芳年屢換纖素寒早詞砧夜半蛭鳴鶴而初合坳吟蛩而正亂何此聲之可悲使空閨之浩歎況復金徽遠奏（一作金徽遠戍）王律窮秋陰風烈烈邊樹脩脩聽胡笳之互動看隴水之分流何此聲之可怨使征客之含愁亦有遁世無悶閑居栖託坐嘯竹林忘形茵苔（一作）閤憐宿鳥之喧數愛飛泉而噴壑何此聲之獨殊使幽人之爲樂夫意存則言發言發則聲來順之則喜逆之則哀是以文君聽琴而悅矣子期聞笛而悲哉何悲歎之易感使衆人之難裁客有吟者潛然下

淚吾將不言安知所謂退失路而流落進無媒而自致思巫峽之猿啼聞洞庭之葉墜易曰同聲相應同氣相求儻知音之見許期厚德而相酬

大音希聲賦（以希則能大物理之常爲韻）　楊發

聲本無形感物而會生彼寂寞歸乎靜泰含藏於金石之中緘默於肺腸之外喻春雷之不震時至則興比洪鐘之未撞扣之斯大靜勝乆合於人心玄同遠符於天籟大道沖漠至音希微叩於寂而音遠求於躁而道遠三年之鳥不鳴驚人可異五絃之琴輟絶知音蓋希人生而靜物本無機脩於誠而上下交應臻其極而禽獸咸歸遐想古風緬窮太始以彼聲音之道娓夫動靜之理方歌擊壤堯人

式貴於心和未夣鈞天趙閒尚勞於傾耳鼓能興雨鐘亦候霜沖用可齊於道性善應方契於天常興公之賦欲成巳含金韻夫子之宮未壞猶閟樂章無象無名不知不識守此虛淡終乎妙極豈逐物而感通諒與少（疑）而消息損之而益潛運將契於天功聽之不聞玄化極符於常則幽玄之旨足以明徵海內於而自正天下無得以爭能由是廣可喻於人細可齊於物聲希者其響必大聲煩者其理斯屈常呼萬歲維嶽有時而降神將異三人默爾無心於鼓瑟理歸若訥事契寡詞既不言以足教必於聲而可遺存而不論馳神於六合之外語不如默鉗口於三緘之時是各從其類也吾將一以貫之

文苑英華卷第九十　終

文苑英華卷第九十一　賦九十一

人事二

悔賦（并序）

梁簡文帝

夫機難預知知機者上智智以運巳迷巳者庸夫故易曰吉凶悔吝生乎動者也又曰悔吝者憂虞之象也傳云九德不諐（愆）作事無悔是以鄭國盜多太叔之恨表衛風義失宣公之刺彰無將詠興龍事書作季文再思而未可南容三復而不暇余以固陋之資慎履氷（一作霜）之誡竊服楚王之對每微后稷之詩觸類而長乃爲賦曰

默默不怡恍若有遺四壁無寓三階寡趣月露澄曉風柳悲暮庭鶴雙舞簷烏獨赴幃林宗之巾憑南郭之几玄德之秏聊榮子安之嘯時起靜思悔吝鏞究前史弔古傷今觴憂嘆圯成敗之蹤得失之理莫不關此令終由乎謀始棄夸言於（一作之）頓丘重前非於蘧子躓夫履（疑作覆）車之人（一作戚）豈止一途而巳至如秦兼四海之尊握天下之富混一車書鞭笞宇宙胡亥之寄巳危萬代之祀難構阿衡失責成之所趙高秉棟梁之授拒諫逞刑戮宰誅守矜上林之戲馬嘉長陽之射獸囁呫禁中之言欺侮山東之冠及其祠崇涇水作疊夷宮徙希與妻子伍下顧與黔首同信殪絕於凶醜何前謀之不工至如下相項籍才氣過人拔山靡類扛鼎絕倫聲駕盛漢勢壓二餘秦鉅鹿有動天之卒轅門有屈膝之賓既刓有功之印亦疑奇計之臣唱雞鳴於垓下泣悲歌於美人抱烏江之獨媿分漢騎之餘身郭君失位徒馭而亡尚悲殘糗獨飲餘漿枕畚空卧伏軾懷傷魂飄原野骨餌豺狼楚王刻鵠播徙南地鐃管徒鳴才人空置豈輜車之足榮匪射獵之娛意幽泉斯即白日何冀寗喜納君恃功肆寵衛侯厭黷忠臣憤勇昏迷靡悟敗不旋踵商君被執李斯赴收身居（一作拘）闕下命厄秦因追傷用法之弊還思不諫之尤亦何解於今酷終無追於昔謀伯卓跋扈豺目爲輔弑君鴞子誅李害杜鬻恩販寵怨庶霤人蔽朝政之聰察害上書之烈臣榮暱子於阿尹肆

貪濁之淫威樹姦黨於宮禁察人主之纖微辛其膏鈇潤鉞寘纏逢徼壯武英逸才爲時出陸離儒雅照爛文筆江東啓吞併之籌幽州著懷遠之術運鍾毀晃時屬傾頹鋪鳴水涸日黒山遷留卞（一作劉卞見張華傳）之謀不決忠良之戮巳纏台燿之災雖啓鵂鶹之賦徒然士衡文傑緯有餘稽氣含珠璧情蘊雲霧志闕沉隱心躭進趣偪（一作掘）茲衽衆臨此勁兵抗言孟玖（見陸機傳）肆此孤貞戕辭巳切墨幔徒榮（疑作縈）（用陸機黒幰繞車事）形殞河上心憶華亭若夫揚惲狂言灌夫失志卒其殞命埋軀傷形鵃吏周君飲後裴子酬狂靳固紀瞻之妾眠卧季倫之旁亦足以魂驚神爽悔結嫌彰巳矣哉波瀾動兮昧前期庸夫蔽兮多自欺不遠而復幸無咄

建功立德有常基留馳臆斷多失之前言往行可爲師

感舊賦并序　唐太宗

余將問罪東夷言過洛邑聊因暇景散慮郊畿流眄城闕之間覩弱齡遊觀之所風雲如故卉木惟新少壯不留忽焉白首追思曩曰緬成異世感時懐舊撫轡忘歸援管叙情賦之云爾

惟端辰一作宸之餘隙屬凝陰於暮年時觀兵於九伐聊息駕於三川登臨原隰悵望郊壥覽綺紈之遊踐觀疇昔而依然地不改其城闕時無異其風煙想飛蓋於河曲思鮮珮於芝田挾弾銅駞之右連鑣金谷之前薪揹條其代謝舟鑿俄而貿遷爲隋漢東大國通鑑初書楊忠爲隋公楊堅隋王文帝方省爲隋季之

分崩遇中原之喪亂濯龍變爲汙池平樂化爲京觀天地兮厭黷人神兮憤惋遂收袂而電舉乃奮衣而雲翔擬三秦兮鳳跱出九谷兮龍驤揮寶劒之虹彩一作影迴彫戈於日光掃欃搶兮定六合廓氛沴兮静八荒昔揔戎於藩屏兮拱巳於巖廊營餘故柳壘有殘牆懐壯齡之慷慨撫莁躬而自傷覩世借之飄忽鑒存亡於宇宙林何春而不花花非故年之秀水何日而不波波非昔年之溜豈獨人之易新故在物而難舊歲月迯兮寒復着日月流兮夜還晝信造化之常經執聖賢之可救於是停輿郊郭極眺山川信茲都之壯麗乃卜宅於姬年興亡兮代襲隆替兮相沿惟在德而爲故寔棄道而難全仰煙霞兮思子晉俯浩汗兮想張騫歎高蹤之美一作靡覩嘉令譽之空傳聊憑軾而静慮懐古人而悵焉光復氣結隆冬歲窮餘律對落景之蒼茫聽寒風之蕭瑟雲散葉而無蔕雪凝花而不實務嶺斷兮疑連煙林疎兮似密節物同於前載歡憂殊於曩日扣沉思而多端寄翰墨而何述

第二并序　岑參

參相門子五歲讀書九歲屬文十五隱於嵩陽二十獻書闕下嘗自謂曰雲霄坐致青紫俯拾金盡裘弊蹇而無成豈命之過歟國家六葉吾門三相矣江陵公爲中書令輔太宗鄧國公爲文昌右相輔高宗汝南公爲侍中輔睿宗相承寵光繼出輔弼易曰物不可以終泰故受之以否逮

乎武后臨朝鄧國公由是得罪先天中汝南公又得罪朱輪翠一作華轂如夢中矣今王道休明噫世業一作業淪替猶欽若前德將施於後人參年三十未及一命昔一何榮矣今一何悴矣直念昔者爲賦云其詞曰

吾門之先世克其昌赫矣烈祖輔于周王啓封受楚佐命克商二千餘載六十餘代繼厥美而有光其後闢土宇於荆門樹桑梓於棘陽吞楚山之神秀與漢水之靈長猗盛德之不隕諒蒸蒸而允臧慶延自遠祐洽無疆自天命我唐始滅暴隋挺生江陵傑出輔時一作忖爲國之翰斯文在茲一入麟閣三遷鳳池調元氣以無忒理蒼生而不虧典絲言而作則闡綿蕝以成規革亡國之前政贊聖代之新

軌捧堯日以雲從扇舜風而草靡霏洋洋乎令問不已繼生鄧公世實濵才盡忠致君極武岔台朱門復啓相府重開川換新幟羨傳舊梅何糾纏以相軋惡高門之禍來當其武后臨朝姦臣竊命百川沸騰四國無政昊天降其荐瘥靡風簽於時令籍小人之榮寵墮賢良於檻穽苟怵惕以相蒙胡醜厲以職競既破我室又壞我門上帝懵懵莫知我冤衆人憒憒（烏外切思也悶也）不爲我言泣賈誼於長沙痛屈平於湘沅夫物極則變感而遂通於是日光廻照於覆盆之下陽氣復暖於寒谷之中上天悔禍賛我伯父爲邦之傑爲國之輔又治陰陽更作霖雨伊廊廟之故事皆祖父之舊矩朱門不改畫戟重新暮出黃閣朝趨紫宸綉轂照

路王珂鸞塵列親戚以高會沸歌鍾於上春無小無大皆爲縉紳顒顒卬卬踰數十人嗟乎一心弼諧多樹綱紀羣小見醜獨醒積毀鑠於衆口病於十指由是我汝南公復得罪於天子當是時也偪側崩波蒼黃反覆去鄉離土隳宗破族雲雨流離江山放逐愁見蒼梧之雲泣盡湘潭之竹或投於黑齒之野或竄於文身之俗嗚呼天不可問莫知其由何先榮而後悴曷晨樂而今憂盡世業之陵替念平昔之淹留嗟予生之不造常恐墮其嘉猷志學集其荼蓼弱冠干于王侯荷仁兄之教導方勵己以增修無負郭之數畝有嵩陽之一丘幸逢特主之好文不學滄浪之垂鈎我從東山獻書西周出入二郡蹉跎十秋多遭脫輻累

遇焚舟雪凍穿屨塵緇弊裘嗟世路之其阻恐歲月之不留睠城闕以懷歸將欲返雲林之舊游遂撫劒而歌曰東海之水化爲田北溟之魚飛上天城有時而復陵有時而遷理固常矣人亦其然觀夫陌上豪貴當年高位歌鍾沸天鞍馬照地積黃金以自滿矜青雲之坐致高館招其賓朋重門疊其車騎及其高堂傾曲池平雀羅空悲其處所門客肯念其平生已矣夫世路崎嶇孰爲後圖豈無疇日之光榮何今人之棄予彼乘軒而不恤爾後曾不愛我之羈孤歎君門兮何深顧盛時而向隅攬蕙草以惆悵步衡門而踟躕強學以待知音不無思達人之惠顧庶有望於亨衢

江上愁心賦贈趙侍郎　張說

江上之峻山兮嶙崎峨而不極雲爲峯兮煙爲色欻變態兮心不識江上之深林兮杳冥濛而不已鷺（一作鳥）爲花兮篠爲子紛滥瀁兮情（一作言）莫擬夏雲峻（一作陰）兮若山秋水平兮若天冬水澌兮（一作冬沙飛兮）淅淅春草靡兮芊芊感四時（一作節非）之默運知萬化之潛遷伴衆鳥兮寒渚望孤帆兮日邊雖欲貫愁腸於巧筆紡離恨（一作夢）於哀絃是心也非模放之所逮將有言兮是然（一有將無言兮是然六字）

謝燕公江上愁心賦　趙冬曦

江上之仙鶴兮鳳翥而龍躍氣摩青天兮遥橫碧落集洞庭兮乍駐倏廻翔兮寥廓江上之鳴鴈兮遠陰以就陽中

霄翻翰兮上帶青霜雖主人兮感會蹇淹留兮瀟湘湘水兮深深荆山兮岑岑荆有玉兮玉爲音湘有芷兮芷爲心我所思兮愔愔不得見兮霑襟搦芳札兮援寶瑟申短章（疑作短章）兮吐長吟草萋萋兮自緑目征帆兮春水曲末一望兮空躑躅望眇眇兮思綿綿憶都門兮夏雲邈邈千里兮無由緣送凉風兮脫葉復窮陰兮冒天緬一日其如歲矧四運之相遷離別也騷愁焉惡乎然惡乎不然

愁賦　符載

愁之爲物也親賤貧傲富貴無賢知兮不肖事遠裹而必至非玄黄之色殊苷辛之味其去也若緣雲之難其來也類走丸之易愁兮愁志士蹇以徘徊欝風雲之氣挺棟梁

之材思宏廓以經濟刻洪勳於鼎鼐命路衟臨天衢未開滄波悠悠以東注白日忽忽共西頽玄德拊髀以泣下孔明抱膝而思來愁兮愁靜女悵其誰語聳端操而不爽抱明心以自勵當泮氷之良辰期鳴鴈之得侶桃李艷於淑景蕙蘭生於幽渚望蹇脩兮不來念良人兮何許愁兮愁邊塞兮行役始忘家而徇國忽時淹而歲積金河流而更遥銅柱去而太剽凝雲披嶺鶩沙滿磧馬向北以嘶風人上隴而吹笛功名慨其緬邈鬢髮颯以班白伏波攬鞍而骨驚定遠操戈而淚激愁兮愁禁掖兮恩光爭脩曼態競飾明璫動千金之巧笑希一顧於君王嬌妬盈於思慮移奪起於毫芒何長門之咫尺邈阻絶乎陵岡宮殿深兮月皎歌吹清兮夜長班姬無言以掩扇陳后迴袖而就床愁兮愁春與秋兮登臨放臣寓目遊子開襟楓江千里青壁萬尋微波蕩漾灌水蕭森香（一作杳）雜花而覆水見稿葉之亂林起宋玉之沉思傷屈平之遠心愁兮愁往事紛其斷續申生被譖周勃受辱樂毅無階以轉燕黄權何計而歸蜀投令君於虛嚚疑卞和之美玉李廣失路於匈奴徐市泛舟於海曲過山陽而目眙望西陵而掛緑包胥感激於秦庭鄒陽畏偪於梁獄愁兮愁羈志杳而無伴鴻漸于陸畱霄未半懷戴君與利物努行吟而坐歎安得百斛之醇醪使斯愁也霞開而霧散者哉

文苑英華卷第九十一

文苑英華卷第九十二　賦九十二

人事三

思慎賦一首　韋弦賦一首

京兆試慎所好賦一首　三復白圭賦一首

駟不及舌賦二首

思慎賦并序　劉知幾

國史云知幾著思慎賦以刺時且以見志鳳閣侍郎蘇味道李嶠見之相顧而歎曰陸機豪士所及也當今防身要道盡在此矣

序

賦形天地（一作且夫賦形天地）受氣陰陽生樂死哀進榮退辱此人

倫之大分也然歷觀自古以迄于今其有才位見稱功名取貴非命者衆克全者寡大則覆宗絕祀堙没無遺小則繫獄下室僅而獲免速者敗不旋踵寛者釁在子孫至若保令名以没齒傳貽厥於後胤求之歷代得十一於千百其嘗迹其行事略而論之至如望夷篡奪鴻溝戰爭包燕蓋之異志踐恭顯之邪迹或干紀亂常或窺窬僥倖此而獲罪固其宜也爭二城而相殺期五鼎以就烹獻魚炙以交鈹舞鷄鳴而伏鑕或幸災樂禍或苟死徇生求而得之又何怨也降茲以外有異於是莫不重七尺於太山恢一毛於尺壁徒惡其死而不知救死之有方但惜其生而未識衛生之有術何者地居流俗之境身當名利之路皆物

之相物我之自我當仁不讓思倍萬以孤標唯利是視願半千而秀出行高於人衆必非之官大於國主必惡之而名譽娛其耳光榮炫其目口甘腴豢喙鈎吻之腐腸身安棟宇誠垂堂之折足自謂長無六疾水固百齡翕然可與金石齊堅松喬比壽者矣殊不知闟張以傲誕爲將桑霍以蒲盈居職晁錯削國以獻忠伯宗匡朝而好直處父則純剛立性張溫則太明爲識見之者爲之寒心聞之者爲之變色亦猶卧於積薪之上而不知火之將燃巢於折葦之末而不悟風之已至既而惡稔釁盈道窮數極黃沙在繫懷上蔡而無追白刃臨頸揮廣陵而長歎猶以爲禍出不虞災非素漸以茲自卜奚其謬歟假有舉一返三粗分

菽麥知豐屋之不誡悟覆車之足尤而皆宴安鴆毒遲疑猶豫交戰未勝而禍機先發不杜之於欲萌方悔之於既兆用使茂先將戮顧諍子而多慙安仁已收負慈親而求訣嗚呼自古所以多殺身亡族者職由於此也因斯而言則知禍福無門唯人自召自貽伊戚匪降于天而謂之不幸未之聞也昔夫子有云仁遠乎哉我欲仁斯仁至矣竊以仁爲百行之首大聖其猶病諸然必以中才之人企勉而行猶或可及況其慎者蓋不過慎言語節飲食知止足避嫌疑若斯而已矣非有朝聞夕死去食存信之難也違之則爲凶人蹈之則成吉士其爲弘益多矣而世人罕能脩身（二字一作日所使）厲已自求多福方更越禮過度坐致覆亡

此宜尼所以譏鮑莊子之智（一作志）不如葵而孫叔敖譬以螳蜋伺蟬不知黃雀在後余早遊墳素晚仕流俗觀古今之人物極矣見吉凶之成敗衆矣夫貴不如賤動不如靜嘗聞其語而未信其事及身更之方覺斯言之徵矣加以守愚養拙怯進勇退每思才輕任重之誡智小謀大之憂覩止足於居常絶覬覦於不次是以度身而衣量腹而食進受代耕之禄退居負郭之田庶幾全父母之髪膚保先人之丘墓一生之願於斯足矣但才非上智習以性成循恐覩芳餌而貪生處鮑肆而神化苟或靜退之心日弛則馳競之慾日增顛沛以之嗟何及矣常思列銘几杖取配韋弦刻心骨而不忘傳諷誦而無斁蓋語曰明鏡可以覽

形往古可以知今是用尋往哲之事驗古人之得失寄彼形言存諸炯誡列之座右題其賦云

吾嘗終日不食三省吾身覺昨非而今是庶捨舊而謀新原夫天地之大德曰生聖人之大寶曰位生也者賢愚定其美惡位也者朝市總其名利七情由其不等百行以之咸異儻無心以自謀良局途其必躓何若得不思失雄獨忘雌躭人爵以徤羡窮代路之險巇是則平衡而登九折直轡而踐三危干戈生於肘腋胡越起於藩籬假使覆獸尾而不咥探龍頷以獲奇省僥倖以適願非仁者之所爲也借如幽室鑿坯窮居負郭二頃樵採一廛耕獲困沉名於抱關志乞詘於懸箬俄投跡於羊豕倏摶飛於燕雀金

紫照其陸離銀黃煥其沃若彼蒲盈之難守伊榮茂之易落朝結駟而乘軒暮齒劍而膏鑊方思上蔡之犬追念華亭之鶴奚一身而足怪迺九族其惟索爾其寂莫（疑作寞）無事殷憂不平恥當年而功不立疾沒世而名不成懷書訪道學古言兵擅雲間之美譽馳日下之休聲夫鐸究由於足響膏燦起於多明趙國從而蘇裂齊城下而酈烹吹律誅（一作殊）謂京房於西漢獻寶刖於南荊遂懷沙於楚塞因說難於秦庭李仕登朝而就戮嵇道超代而逢刑苟才智之爲患雖語嘿而同傾若乃猛將出師謀臣獻策鱗翼攀附風雲感激開黃閣與朱門樹高幡及長戟恃龍蛇之恩舊望烏兔之盡獲思擅寵於邦家誓傳名於竹帛蜀旣平而艾

檻吳已覇而胥溺鯨淮陰以斃韓遷杜郵而死白彼功成而不退俄寵謝而招隙何追憶於布衣翻思於下澤各入門而自媚徒昂閶其何益亦有爵非才舉榮因寵遷吃癰求愛舐痔逢憐朝承恩而袖斷夜託夢而衣穿嗟弦直之死道喜邪徑之敗田氣噓霜而吸露力轉日而廻天自謂方江湖而共永比嵩岱而齊堅一朝失據萬古淒然至於申侯逼迫而辭楚盧綰披猖以去燕彼丁傅之崇貴將梅茹之威權疇一姓其或在覆五宗而不全坎有跡鄙衡門情娛俠窟出入田竇往來平勃歌無魚以自謀獻文虵而請謁疑卧薪之可久謂巢葦之恒安烈火照其潛燎衝風欻其上摶曹門傾而夭鄧寶室壞而夷潘班坐刑於黨竇

般取裁於臣桓顧嗌臍而不及知觸藩（一作捬）之爲難夫化赤漸乎鄉冊爲黔資於邇墨生於麻者旣革其操染於藍者亦變其色交非鮑叔遊異田蘇忘臭肆之不惡持芉醴以爲娛餘推誠而押（一作狎）耳蕭結契而連朱始刎頸以交約終叉嗌而相屠王綢繆於魏諷石嫌疑（一作嫌疑）於州吁孫秀與趙倫齊貫石顯將牢梁並驅汙無禮以自及蹈不義而同誅別有直若史魚正如伯厚飾智鷙物露才不偶持瑾瑜而指瑕鑒水鏡而求垢彼獨潔之爲雅固羣醉之所醜兇乃誹謗朝廷擯斥朋友方縉紳以豚犢延冠蓋以鷄徇符結怨於晉台彭肆言於蜀后楄悲號於座上庾嘲謹於行後揆榮辱之在身御樞機之發口儻一言其靡愼奚

四大之能守然則禮無微而不驚（疑作警）怨無小而不讎察關張之同敗審韋弦之所由豈直君子不可罔而小人獨可仇偶儻英跱昂藏逺邁覩所隷其如萍觀輿臺其若芥本無情於螻蟻寧有忌於蜂蠆安知鷙灸輟授七尺由其喪全羊羡匪均三軍以之覆敗苟有怨其必復諒無所而不誠於是考茲出處稽彼行藏咸知進而不知退知存而不知亡惑多言之必敗迷暴貴之不祥彼有足而罕衛行立身而靡防猶乘車之去軌若涉海之無航既百慮而一致故異術而同丧唯夫明達高人賢良志士知蒲損而謙益驗弱生而強死無爲福先無爲禍始節其飲食謹其容止發而能散爲而不恃潔其心而織其跡濁其表而易其

裹範閑室而整冠循覆車而易軌以道德爲介胄忠貞爲劒履愛髮膚而不傷保家室以不耻若乃詢木鴈於園吏訪光塵於莊史萬石守愼以全榮二疏既蒲而辭仕表不及於憎愛袮忘情於慍喜漢先生之立誠莫尚中庸衛大夫之所羞獨爲君子余雖不佞嘗從事於斯矣重曰夫含靈稟質異品殊倫生何如而弗貴命何如而弗珍鴈含枚（一作枚）以避繳狐聽冰而涉津葵傾心以衛足櫟不材而謝斤彼草樹之無識唯禽獸之不仁猶稱能以遠害尚假智以全真矧百行之君子通三才之令人何自輕於養性何自忽於周身儻狂歌之可採伊輿誦之可詢敢刋銘以勸座遂援翰而書紳

韋弦賦（以君子佩之用規性情爲韻）

趙魏君子跡著明文有韋弦之淑愼在躁靜以區分于以誠德在我于以表正事君稟剛以宣其志守柔以播其勳（一作薰）動靜有恒得樞機於要道佩服無斁合規矩於典墳昔董安于與趙簡子虛心固節收目反視由一國之具瞻在四德之爲美誠孜孜於不怠諒勤勤於所履觀其弦之勁姿可以勵其攸止式標其道於焉克己所謂惕禍以垂休故以善終而令始且其天道何常順之無悔察是非之倚伏節行藏於進退守而取則在剛柔以爲箴動必可觀比王劒之爲佩鄴令乃曰躁用乖於正性故安卑以從時靜既恭於五德故不暴以爲師命韋帶之聞綏體君子之

舒遲惟器可象惟賢師尚之珮蘭則殊於楚客象環有慕於宣尼信建物之表意寶善人之所資故知欲不可縱儉以足用德或可移中以成規識君子之容止見淑人之表儀周旋之中寧假於宮徵內外相制亦合乎塤篪大哉景行剛柔異性緩之於帶用和急之於弦表正既守道而佩因履端而不競懿夫式彰茂德分章（一作意）表情禮節既備敬慎孔明參衣冠而振（一作掁）序列簪紱以齊榮符二子之垂誡與千古之揚名

京兆試慎所好賦（以重譯獻珍信非寶也爲韻）

君子嚴其墻仞戒以心胸知觸味之易入俾回邪而不容其慎德也白圭是聞其三復其好賢也緇衣必薦其九重

自然契已坦蕩清心肅雍敬袁志而何有欲敗度兮何從昔如王者三朝遠人重譯執贄山委獻琛雲積豈不知納寶庫爲子孫之藏映王墀嘉戎夷之績蓋以難得之貨有損不貪之寶無斁獲狼而荒服不臻却馬而漢王受益嗟虞公受（一作愛）玉之敗美晉帝焚裘之迹匪騁欲而適願將去奢而無怨蒲堂足戒黃金寧慎其四知連城不求白璧何勞於三獻所愛者禮所懷者仁君由之而又國士用之以防身衣服有常非敢敬於千襲飲食不瀆（一作瀆禮記其飲食不瀆）寧專美於八珍其受（一作愛）才也必擇能而得儁其慕友也亦資忠而覆信將辭直而不遠知言并而有吝是窒其欲無忽於微五色足就紊之則失紫不奪八音可樂慢之則

鄭雅同歸思禁邪而制放慮今是而昨非上則宣風下同（一作如）偃草將還淳而復朴在飭德而味道蒐田失度則念虞人之箴慈儉或虧必思老氏之寶至矣哉好之者儒以多聞爲潤屋立義爲分社孝既慕於參乎學願從於回也孜孜胥胥束脩問寡如此人所以銘座而弗忘書紳而不捨

三復白圭賦（以立身慎言思是用則爲韻）　張仲素

賢哉南容詠白圭於雅什奉明義以爲誡徵務辭於口給諒同符於素履將辨志而貞立玷生在玉伊良工之可磨言出於躬縱駟馬之不及是知詩之爲喻言以昭信想研精於奧旨知祗（疑作底）滯於貴韻詠難（疑作歎）彰其不足反覆

明乎克慎身之是省況開卷而念茲心苟無瑕異獻璞之徒各允矣君子宜其念之懲諸嘉王觀爾靈龜尚鮮華之彩慕特達之詞知在涅而不昧同居暗以無欺重明哲以作則故沉吟於四時（疑作詩）既切磋以求友將造次而鮮顛得之自中殊學者之四失復而無斁類夫子之繹思（一作類文子之三思）是謨是訓（一作尋之繹之）是效是則諒脩已以爲物可自家而刑國既引之以改過復重之以比德香芸自雜於卷舒青繩寧間乎白黑彼以圭爲瑞此以誠爲珍苟因文而假物非貴玉而賤珉然則懷璧者耻慢藏而成玷事君者畏不密而失身夫其列於雅頌備法語之爲用垂于後昆庶厥道之長存汗簡之文可考絕編之義再敦且非守句之

末學有異斷章而賦言豈不以賢智之心愼樞機之所啓瑾瑜之質懼毫髮以成瘢黜夫志士仁人明不自是執一善以無失故三復而樂只若或志於斯行秉善價而誰毀

駟不及舌賦 以是故先聖予欲無言爲韻　陳忠師

甚哉言之出口也電激風趨過乎馳驅掉三寸以發越應千里於須臾逝不可追空勞於駟馬行而無蹤豈繫於九衢故君子念彼尤悔本乎虛無苟出話之不復將起羞而是虞且舌之詖也有時而馳驚類扣虛之莫獲同捕影之難遇蕭蕭之響徒繫於下風逐逐之音已疲於中路信樞機之爰發隨小大而作故儻善守於輔車何遽煩乎騏騄遲速相懸奔走徒然言出於身所謂往而不反馬竭其力

猶歎噬之在前雖欲適遠遁課後先如流之巧以失若臧之態何宣嗟夫以駸駸之足追言之速豈能之而不欲蓋窒喋喋之喧喻駸駸之奔在誡之而不言肇自微眇條爾騰翻疾既甚於過隙患必防於屬垣斯事也罔念則狂克念則聖愼片言之既往知逸足之難競自然有躋之造勿謂載翕其居此不矜於駕矣彼何患於班如不然者其出彌遠其來愈一作適疎是以慕宿諾於季路悔聽言於宰予至哉詩惡翩翩書懲靡靡方憑響於無際豈絕塵之可弭易象又著夫寡詞禮經亦防其苟訾未若古人之深誡鐘於是兮粥於是

第二 以樞機一發榮辱之本爲韻　陳仲卿

言如流兮唯舌是出咎將至兮徒駟之疾既力竭而罔逮則厲階而非一孰云不進諒金鑾以難追尚謂莫捫苟星奔而愈失由是知所大者吾將誡之雖欲加於鞭策誠有謬於毫釐不且息焉想喋喋而自遠非敢後也因駸駸而罔追爾其逝矣將輿班如忽越彼懸蹄之莫馳伊利口之斯發猶在耳而旋失須臾若過隙而終煩臧沒澹澹如掉俄出有而入無薄薄陟遐想勞筋而苦節豈獨囂然未殄倏爾既徂徵其如駕之捷防其不密之樞如沸如騰訐以疑作已成於枝葉靡瞻靡顧信空騁於道途原夫貴以寡尤取之不辱慮一出而匪賤故再驅而是贔苟如簧之靡定是見疥躬若捕影之無由寧勞蹀足是知聽之則咎詖之

或非靡不忘於可復固必在於知機雖齊景之則多爰思臧迹儻張儀之尚在詎可塞違至哉立彼教言先乎根本弘影響之靡誡懼衆多之招損崩騰未蹀倂逐日而自勤反覆雖柔見如電之將遠是知孔丘者辱若訥者榮期自虞於速禍故必遣於遄征君子所以存勸誡立度程雖奔走而致遠吾知夫莫疾於聲

文苑英華卷第九十二

文苑英華卷第九十三　賦九十三

人事四

忌心賦　員峴

始吾有形與憂俱生形是幻嚣憂爲妄情愛業潛結貪心日萌如狂犬之逐塊似飛蛾之赴明舉世役役終身無成慨愚者之未達嗟此志之難遏多賤實而貴名咸棄本而逐末利之所在蹈水火而非懼勢之所存棄仁義而如脱方自以爲氣足自負殊不知患其可掇夫生也有涯而智之無已鵬鷃未足適其分儒墨焉能齊其理世謂之憂我適足以爲喜世之所譽我適足以爲毁自我心而視物四者未知其孰是借如青樓上路紅粉佳人編貝爲齒點朱爲脣朗如明月之初霽芳若緑條之在春流慢臉而光射動鳴環而態新此必天下之巨艶固當衆族而咸覩奚爲乎鳥見之望層雲而自逸魚見之入深泉而不出彼醜好之非我吾孰知其所失若乃樂府窮選伶人擅名跳丸劔之揮霍奏金石之鏗鏘後燕趙之稱最信音容之莫京清歌一轉而行雲遏長袖屢舞而流風并實天下之樂事當觸類而含情奚爲乎爰居卒夭於鍾鼓聾俗不知其韶武嗟愛憎之在物吾孰知其所主嘗以爲生者物之可欲死者人之可畏方其髑髏之自得也不異夫南面之至貴謂死之爲是生之爲非何存没之交戰而彼我之相遠嗟乎求馬於肆馬不可以得以徠爲心徠亦未之息夫制動者以静吾當反照於玄極

愛而不見賦（丙辰歲侍郎京邑貽舊知作）　蕭穎士

嗟乎或愛之而不見者有之（一作之字）矣何必周秦異代夷夏殊軌阻嚴城之九重限方舟之一水苟時事之多忽故人遐而室邇闕山起於足下堂上遠乎千里聳專專之目成邇將（一作時）逝而復止詩人所以思婉孌而搔首賦城隅之有俟吁不得其已也惟夙昔之良會憂佳期於北方叙渤澥（一作澥海）之三山吸流霞之景光含芳詞以况子云惠好之不忘顧報（一作願服）義於末日陪遊宴（一作讌）於帝鄉廣莫忽而號（二字一作其飄）怒鯨波洶而鷁張俄驚魂以斁寐問（一作聞）窮髪之茫茫將揭厲以復從駭（一作駴）風濤之匪量思（一作顧）投軀以靡吝撫遺體以兢惶晨切切以悽悽（一作悽愴）夕屏營以彷徨追前懽之俯邇歎此恨之攸（一作悠）長於是收神返慮澄澹靜默寘然就寢兀若無識冀良宵之復遇希舊遊之可即徒有賴（一作願）兮且未克憂深沉（一作沉深）兮萃胸臆風兮雨兮思君子兮何極

謫九年賦　劉禹錫

古稱思婦已歷九秋未必有是舉爲深愁莫高者天莫濬

者泉推以極數無喻九年伊我之謫至於數極長沙之悲三陪倍一作其時廷尉不調行當政而天有寒暑閏餘三變朝有考績明幽三見顧堯之民明一作兮亦晉埜而有歎歎息兮徜徉登高高兮望蒼蒼倉突弁之夫我來始黃合抱之木我來猶芒山增昔容水改故坊童者鬱鬱兮淵者洋洋天覆地生蓊兮無傷彼族而居鄉之投荒彼軒而遊昨日析楊信及澤濡俄然病一作復常稽天道與人紀咸一債而一起去無久而不還棼無久而不理何吾道之一窮兮貫九年而猶爾噫不可得而知庸詎得而悲苟變化之莫及乎兮一作又安用夫肖天地之形為

性習相近遠賦以君子之所慎焉為韻　白居易

噫下自人上達君咸德以慎立而性由習分習則生常將俾夫善惡區別慎之在始必辨乎是非糾紛原夫性相近者豈不以有教無類其歸於一揆習相遠者豈不以殊途異致乃差於千里昏明波注導為愚智之原邪正岐分開成理亂之軌安得不稽其本諜其始觀所由察所以考成敗而取捨審臧否而行止俾流遁者返迷途於騷人積習者遵要道於君子且夫德莫德於老氏乃曰道是從矣聖莫聖於宣尼亦曰非生知之則知德在脩身將見素而抱朴聖由志學必切問而近思在乎積藝業於黍累慎言行於毫釐故得其門志彌篤兮性彌近矣由其徑習愈精而兮一作道愈遠而其旨可顯其義可舉勿謂習之近徇迹而相背重阻勿謂性之遠反眞而相去幾許亦猶一源派別隨渾混一作澄而或濁或清一氣脉分任吹噓而為寒為暑是以君子稽古於時習之初以辨惑於成性之所然則性者中之和習者外之徇中和思於馴致外徇誡於妄進非所習而習則性傷得所習而習則性順故聖與狂由乎念與罔念禍與福在乎慎與不慎慎之義莫匪乎率道為本見善則而一作遷觀焖誡於既往審進退於未然故得之則至性大同若水濟水也失之則衆心不等猶面如面為誠哉習性之說吾將以為教先

第二同前韻　鄭俞

酌人心之善敗惟性習之所分習者物之遷以動為主性

者生之質以靜為君運情有同於鎔鑄通志亦比夫耕耘或定心以純一或逐境而糾紛故定心者若疏源而自得逐境者猶理絲而又棼且物之惑人無窮人之徇物無已近之則歸於正性遠之則滅於天理雖眞妄之多端諒御用而由己至若習於所是則孟冊之訓子其居也初闤闠之是隣遂買觴而無耻及夫又徙于學徒示以墳史卒能振文行以標名轟古今而播美豈不以性相近而習之至矣又若效之而非則壽陵之從師其故也等善行之無轍見大道之甚夷及夫邯鄲之學匍匐於茲既所能之未盡終故步而莫追豈不以習相遠而性亦失之固宜人定其情物安其所苟欲遷性習以交喪易賢愚之攸處則捨於

已而效於人學彌得而性彌阻述而莫息亦莫之禦是非乖理而亦徇未若襲愼而委順勿牽外以槃名在執中而克愼欽若奥旨聞諸古先習之則善道可進守之則至理自全茲義也智所不染愚亦難遷儻中庸之可甄願斯焉而取焉

知止賦（并序）　李德裕

古之稱山林之士往而不能返朝廷之士入而不能出先哲所以趣舍異懷隱顯殊迹蓋兼之者鮮矣今余自春秋至西漢取卿士（一作取其卿）大夫進能知止退不失正者綴爲此賦云

觀春秋與漢策求知止之大夫魯莫高於柳惠衛莫貴於甯俞吳乃得於延州楚乃尚於於菟雖至聖無執超然不拘循歎行藏而（一作以）與顏稱卷懷（一作舒）而善蘧則由聖門而進退者得（一作豈）不勇於知止乎佐（一作左）漢留侯與道爲徒厭華屋而不豦思赤松以遊娛清則兩龔美則二疏父子欣以相頥衰老至而歸歎祁祁青衿戴負經書藹藹玄冕祖我城隅歎冥鴻之不反（一作及）皆雪涕以漣如嗟余生之疲病念寄世之須臾曾陟（一作涉）險而知懼痛摧輪之不虞諒難復於玷缺（鬻玄城作詩自著復玷缺之艱難）且覃思於玄虛聊揮金於餘日乃廻駕於迷途況乎托北阜以爲宅（應璩書曰比據卭山託崇岫以爲宅因茂林以爲蔭）南臨洛水就東山而結廬（左思徙居活城城東著經史東山廬詩）仲樂（一作既）得於清曠（仲長統論曰欲卜居清曠以樂其志）陶豈歎於將蕪其

遠眺也則伊水陸渾北繞皇居度雙闕之蒼翠若天漢之逶迤少室東映於原隰鳴臯西對於林閣其近翫也則檻泉流於一壑嘉木盈於萬株逕被芳蓀沚映芙蕖聽求友之鳴禽見自樂之鯈魚徙奇樹於台嶺隱翠葉而垂珠得恠石於震澤聳青岑而韜瑜昔有龍侯種瓜逃相灌蔬竊比君子亦能荷鋤或引蔓於長坂或導流於清渠放（一作倣）情人世之外寄跡羲皇之初望夕景於平林眺寒煙於遠（一作故）墟麏麚遠而騰倚鳧鴈去而相呼酌盈樽以（一作而）自慰賴鳴琴而不孤懷綺皓而披素卷想瀛洲而觀畫圖何必尚（尚子平也）遍遊於名嶽蠡長往於五湖嗟夫世於知止之道若存若無李斯忘於稅駕惠子疲於據梧盡生涯以自苦何智力之有餘屢收光之未曉期終老以（一作於）桑榆

知四十九年非賦（以賢者易身知非昔歲爲韻）　陸肱

往事多違今來覺非嗟忽度於時景懼將萌於禍機新年當艾服之初方能知過往歲比靈蓍之數未省防微試問何人云蘧伯玉以道爲喻因言自易追向者以何及悟平生之不足豦身而每在燕謹立志而常齊寵辱故乃追往日想當年似有失禮疑乎不豐懼愧於三千之內仍思於五十之前雖云時不再來悔無及也所謂過而能改善莫大焉想其悒悒自傷兢兢若厲悲急景以隙過歎芳時而川逝將以防彼終身警夫後世馳心於見善之末託意於思賢之際星霜不駐俄符大衍之籌容貌初移忽及始衰

之歲況復日月逾邁春秋載新懼有乖於君子恐時同於小人前遠而欲改安得後患而將遷有因百行惟脩宛見日新其德三緘作啓可明言出於身自是一悔幽微全忘嬌假方同知過之士亡（一作何）異惡强之者朝來暮往故無得而踰焉亂世危邦則可卷而懷也窮其過兮嗟嗟莫追考其數（一作年）兮七七惟寄豈因利而有改雖委骨而無移與賈臣官達之期未然而覺契孔氏命窮之日旣至而知由是三省爲人勞謙自責駟馬將追而莫逐中心欲悔而何益末示千載非唯半百故余當弱冠之年已知非於曩昔

謙賦 以滿招損謙受益爲韻

鑒天道之惡盈將守之以持蒲窮易象之明義排溢美於虛誕鑒其體而如卑明其訓而非緩惟德之柄惟行之旨是以賢人君子雖百代而同光聖帝明王歷萬古而相纂然則謙之爲義與讓同標苟不由於斯理必災禍而自招是以道映三皇明揚側陋智周萬物詢於芻蕘且聖賢而自貶何凡庸而可驕豈不思行高則憂毀於衆木秀則懼摧於飆矧夫陽光正中映土圭而將轉陰靈繞滿隨蓂莢以旋銷是故君子覩之以爲立身之本名彌彰而彌懼功彌高而彌損不耀彼而自上不明我而自混徒觀其退藏好閑養智於恬幽而坦坦卑以謙謙一辭而行將恥於躁三揖而進何有於嫌況乎海以卑廣居深山以鎮靜可久楚莊懼功茂而終吉晉文恥戰克以無咎嗟凡今詩彼而競進何不覩斯而自守徒欲毀信廢忠謀訐自媒想進德之明義豈見克於虛受曷如君子稱物平施不生煩僻多者用謙爲裒少者用謙爲益不求翰音以待問必復厚德以珍席儻不伐之可嘉庶無媒以託跡

謙受益賦 以君子立身謙德之柄爲韻　吳連叔

執勞謙者可以爲天下君習撝謙者可以爲天下勳在易也有自牧之義於書也有受益之文行已立身而道自著御人率衆而德有云在上則騰茂實居下則播令聞亦足以化乎四表而行乎三軍若乃天地之義鬼神之理或禍其滿盈或福其熏恥故執羔鴈而行者得之而益貴秉耒

耜之列者得之而易使在臣下之尚然況繼天而爲子是以敷之而化行執之而教立被車書之所至霑雨露之所及故能邇無不洽遠無不賓豈不以言出乎口行發乎身求之於已加之於人者也夫心者難備物者難無故先王所以戒愼往哲所以崇謙不然者宣子何以稱贊太伯何以爲德書三讓之策文作千古之程式其執謙也必在乎合宜其在卑也亦存乎隨時過之者俯而就矣不至者跂而及之無貽誚於巽牀之義無見刺於相鼠之詩惟木兮從繩則正惟后兮從謙則聖雖不富於其鄰而有助於爲政理於身也合仁義之五常理於國也兮（一作則）文武之二柄宜播美於筆端傳謙德之雅詠

第二韻（同前）　孟翔

求百行之規矩考三才於典墳數攜讜之上德出雅詁之明文天得之而配地臣得之而輔君昭明茂緒啓迪洪勳匪招益而日益不求聞而自聞讜之伊何慎爾攸止益之伊何介爾蕃祉讜持益兮爲輔爲車益賴讜兮成綱成紀在寵思辱居終慮始昧之者所謂憸人行之者是稱君子其在炎漢英髦盛集京房辭榮疏廣攜袍挂衣冠以長往辭闕廷而不入棄人間而遠遊顧君恩而尚及斯讜德之尤著軼群賢而獨立降及南山綺季谷口子眞逃居避寵遠害全身既逍遥以齊物獨放曠以懷（一作爲）仁斯受益之爲用在有聞而足珍固知將欲求益莫如好讜覽孫弘之

爲箴滿而恐撲觀周廟之作誡其難更添若露才而揚己寧韜光而自潛勿爲入蓋高其道正直勿爲神無形恒處幽默既惡盈而惡滿斯好讜而好德同形影之相隨在毫釐而靡忒既警既戒念兹在兹慮日月之逝矣當寤寐而求之凡日儒行如何勿思于嗟讜兮惟道之性能執一以無捨（一作私）在神明而輔正惟觀銘素希易象之一讜仰望銓衡歌周官之八柄

文苑英華卷第九十三

文苑英華卷第九十四　賦九十四

人事五

人不易知賦（以題爲韻）　郭適（總目作鄭適）

墳素通旨古今彝倫惟冲虛以效迹貴特達而知人有藏器在我有從方立身歷九徵而觀則甄一德而求眞既而糺合性情交驅馳驟（一作騁）頁莊列談其險艱堯舜病其授受

玉石相蔽悲獻璞之匪工媒介未孚忌投珠而自乂考聲度之軌躅察言貌之休咎鑒之則理將斯契昧之則亂何不有彼經綸之區分在昭擇於能否復覽前志清通不易或失子羽之容或失宰我之議自非識周郎之顧曲辨齊竽之濫吹安能取士於飯牛之時拔才於卧龍之器其道或如蘭芷應以塤篪聞撤徂而與歎指負甑而晋規管仲覊齊終慟哭於鮑叔國僑相鄭始登舉於子皮此則秦鏡一覽而皆得何必豫章七年而見知別有事業後時徘徊中路厭東郭之雪隱南山之霧猶恐相士者失之於下流披文者棄之於異處（一作趣）苟名實之斯在顧曲直而成諭徒叩寂於不材實有慚於能賦

君子不器賦（以用之則行無施不可爲韻）　白居易

君子哉道本性（一作生）知德惟天縱抱乎不器之器成乎有用之用不器者通理而黄中有用者致遠而任重蓋（一有由字）識包權變理蘊通明業非學致器與琢成審其時有道舒而無道卷慎其德捨之藏而用之行語其小能立誠以脩詞論其大能救物以（一作而）濟時以之理心則一身獨善以之從政則庶績咸熙既居家而必達亦在邦而允釐彼子貢雖賢唯稱瑚璉之器彦輔信美空標水鏡之姿是故（一作謂）非求備者又何足以知（一作多）之豈如我順乎通塞合（一作含）乎語默何用不臧何嚮不克施之乃伊呂事業蓄之乃（一作則）莊老道德雖應物而不滯終飭躬而有則若止水之

在器因器圓方（一作任器方圓）如良工之用材隨材曲直原夫根淳精於妙有宅元和於虚受内弘道以（一作而）惟新外濟用而可久鄙斗筲之奚筭（一作算）諒（一作晒）挈瓶之固守何器量之差殊在性情之能否豈不以神爲玄樞智爲心符全其神則爲而勿有虚其心則用當其無故動與神（一作時）合靜與道俱時或用之必關臧武之智道不行也則守甯子之愚至乎哉寘心在（一作無）我無可而無不可應用不疲無爲而無不爲信大成而大受非小惠而小知頗庶類曲從則輪轅適用若一隅偏執則鑿枘難施是以易尚隨時禮貴從宜展矣（二字一作盛矣哉）君子斯焉取斯

人鏡賦（以主聖臣忠道光貞觀爲韻）

金爲鏡兮其鑒則明人爲鏡兮其象則精彼有取其昭燭我方致乎和平廣霽而磨礱既至酌獻而邦家以貞懸於心則四聽（一作聰）常朗寘於握而萬方不傾惟賢任賢自聖傳聖守之則通幽洞寘執之乃窮理盡性致和樂功逾止水之平徵古今道光仁壽之境比璿樞以潛運挂靈臺而韜映是委照以無疲每含光而不競無鑒於水自視於人肖容華之自飾惟道德之所親鎔範義陳協於君臣（一作功匪勤於鎔範義將協於君臣八字）斯乃至寶載光皇道辨物數之紛紛洞晦冥之杲杲放之可包乎海嶽卷之可盈乎懷抱煥乎發蒙皎若晴空光甚鑒兮塵不能翳德若容兮物莫能克以是爲臣則獻可替否以是爲鏡則進思盡忠斯爲理兮化洽

斯爲鏡兮照窮惟賢聖之光賛含英華而不散執一法而不回仰千齡而殊觀貞明而翹楚角逐皎絜而群邪冰泮茲鏡也克念則正罔念則荒播無疆以垂範披六幽而散光燭明明而洞洞歷久久而煌煌聖作物覩鏡清寰宇驗成敗之原知榮辱之主我鏡在德背無盤龍之雕我鏡在心自有山雞之舞若然則皇唐邁德於陶唐吾君齊聖於文祖

心鏡賦　揚慎虚

嘗覩夫乾位始造坤儀廣生運元和而産氣因自有而含精萬靈群分立圓形以標貴四體成物包寸心而致亨含妙有而存象貫虚無而自明故其端以居中動不違正藏

牝谷而爲主闢靈臺而作鏡將黷之而不昏因澄之而彌靜既刻邪而窒慾忽窮理而知命然後和精神明情性俾存存而不惑恒皎皎而孤映由觸類而感有爲必因象物知器乘時利人敷禮經以導俗馳精義以入神探禍福而知運任行藏而理身所以君子處順而情逸明王不言而化淳若乃潛英議蓄明斷欲鴻蒙而未折勿冐昧而相亂疑至精而一臨俾群疑而四散故使立身者絜之而清真自守入官者朗之而美化攸贊語衆妙之玄通分萬殊於大觀然則物以心鑒心由物遷掇輕花而意艷坐孤石而情堅所以去彼取此削觚爲圜將欲保至和而不撓存大朴而自然玆會有體彼管攸設選賢而官知人則哲端靈

心之朗暢拂清鏡之光絜取捨妙諧於物宜推擇靡遺於井渫遺許郭而齊鑒與山盧而比桀可謂張英風著徽烈嗟小子之庸蔽撫蓬心而望絕

至人用心若鏡賦 以方寸虛地有來斯應爲韻　紇干俞

聰理心之至者有明鏡而比諸皎然可鑒泊然其虛捨將迎之載勤無情是得存好惡之不辨何狀不儲彼誠之明惟道斯守居中自執于精一待物豈殊乎先後云誰鑒矣則用當其無匪我功焉乃爲而不有淵兮內照曠若虛受伊默慮其智愚儼分形於美醜稽至理也其性命哉瑩爾蒙蔽滌乎氛埃引曜弘納清明洞開自外爰依叶彼生而有象由衷必應體夫神以知來故得稱有別於宏規等無私於衆類苟觀過之能審爰見疵而不愧始求義於昭昭卒窮微於至至和平自保非險乎山川容貌既呈必肖乎天地美夫鑒乃不藏勝而無傷佰其德匪明而匪晦（一作而匪韜匪晦）狀於物或圓而或方仰周文之翼翼同叔度之汪汪是知弘量資乎日宣儲精本於明證鏡將心而共理影與形而合應思負局之克脩並懸心而有稱感物攸在立誠取斯彼範金之遺制信靈府以（一作之）相隨吾道方存庶一觀而無替其明固久亦屢照而忘疲想夫朗若爰啓靜而無悶比申監於盈尺頤脩容於進寸樂廣播披雲之詞莊生諧止水之論冀因照以玄鑒豈逢時而在困

至人心鏡賦 以人心融道清鑒應物爲韻　于可封

莊生有言曰至人用心若鏡（一作至人之用心若鏡蓋用全句）有旨哉是言也夫鏡也者以明爲體是故有來而必應心也者以淨爲照亦可不思而玄通拂拭生光掛新臺而月滿罔象求得怏赤水而珠融若鍊心而比鏡信清明而在躬爾乃以鏡爲心因心載考菱花發而群象生靈府開而萬物保斯鏡之精明謂人心得道至人所以畢其性而遺蔵弱其志以虛襟聽無聲之和樂天籟之音明白四達照幽燭深希洞視而玄鑒在無心而用心苟能忘已作虛舟之泛必保其光得秦鏡之鑒我邦君皇宗之子天人之英體以合道中融混成其用心也達至人之妙理其朗鑒也同水鏡之澄清開意而圓照吐心而自明姸媸莫能藏其象鬼神莫

以遁其情絶毋意與毋我固不將而不迎懸彼高鑒求乎有貞覩處子兮調脂粉爭捧心兮効蹙頻醜者自醜新者自新形美惡而區別吾何情於知人醜一作媿匪桃夭寧容比諡對香奩而呈貌慮柔姿而不稱有待良人非徒好勝因玆佇賞必冀象應紅粉娥一作娥肎趨而競謁宛其素質綄疑作髡彼玄髮類芙蓉之映水若姮娥之向月大明無私衆鑒不歆光之所燭照及微物度疑作庶有假於恩一作思輝華留心於前拂

以賢爲寶賦以昜名霸道邦家之託爲韻　謝觀

楚國之君賢人爲寶彼則貴於無脛此爲尊於有道琢磨仁義而不緇不磷淬礪鋒鍔而既堅既好皎皎神爽稜稜

親清志一潔而靡垢行百鍊而逾精非腊投以取誚不韞櫝以沽名薦謹一作讓在心命爵而蔑聞銅臭文章蒲腹擲地而自有金聲洞徹不欺光芒相燭砥名而可尚礪節而自昜吐清詞之粲粲心水含珠見正色之温温情田積玉言錯落而無玷性真明而不瑕袖懷荆璞握有靈虵以鑒姦察邪之煥爛比照乘映廡之光華足可克盈軍國輝耀邦家何必積滿堂以遞矜昜連城而勑詐一非克儉之教一損不貪之化虞君受垂棘而滅齊國得孫生疑二字而霸徒美其色映層闕光能耀夜殊不知寸陰踰尺璧之珍一經奪蒲簾之價所以愛玆被褐重彼迷邦以清德之惟一奚白璧之能雙況各藏器俟時見機而作直若弦矢穎如鋒鍔誠席珍之可任以柱石之有託以之一作此綏撫而上下康寧以之守禦而内外胥樂既三復之可驗奚衆口之能鑠則知金玉爲寶者德義之衰賢人爲寶者邦家之基國無日而無事賢無代而無之如此則何必楚也獨二三子之可師

行不由徑賦以處心行道有如此焉爲韻　浩虛舟

澹臺滅明幽棲武城感朴直之風散惡姦邪之徑生苟正其身寧偏僻而是覆不以其道故斯須而不行想乎塵滿荆扉草迷荒野追遊不慎其經歷咫尺固難於出處鍾山石上杖藜之意殊乖蔣氏庭中攜手之期頓阻牢落幽居交從日疎顧覆危之若是將苟且其焉如訪野徑以閑遊

恐穿松竹出衡門而獨步不迷園廬嘉夫礪志草茅規行畝畝避幽隱以不到視崎嶇而何有蕪城獨賞寧遊舊井之間山館時歸肯逐樵人之後至若草樹沉沉幽芳阻尋絡野之芽陰自合緑溪之苔色空深以遨以遊見徇公滅私之志一動一息有去邪崇正之心是以蕭索鄉閭壓閑襟袍優遊多轍之窮巷來往疎槐之古道花間絶跡念蹊樹之徒芳亰上無人惜皐蘭之暗老且遵道如砥持心若弦信無私以白首將抱直以窮年頹生附郭之田有時窺矣謝氏登山之屐無所用焉既而披蔓草之荒凉見遊人之邐迤方檢身於邪正寧繫懷於遠邇楊朱悲道喪事亦如斯阮籍哭途窮意殊若此當舉直以錯枉冀風行而草

靡苟非賢智之爲心孰能如是

同人于野賦以君子之道何往不通爲韻　周鍼

善本身脩名由道長惟君子之所履遇同人而遂往不脩正直誠邪枉於出門旣叶於心視野郊於指掌守柔以處亦何後而何先秉健而行諒無偏而無黨蓋以居謙不躁應上潛通欲垂文於天下須立志於胷中雲合霧開孰無機於豹變聲馳響答皆有意於雷同必使量統含弘義資探討包利貞而共濟顧言行而相保情田波注將符若水之時德宇馨香用法如蘭之道乃言六二是乘柔之主九五爲行健之資乘乎柔而何剛敢奪行乎健而何往不之况能辨方知類視險如夷念同氣以遵彼實忘言而在茲

于以審吉凶較能否始居中而體正終處上而爲首理方求友喻伐木以攸宜義在同心於斷金而誰有所期利比浮雲悠然莫分光於身者曰道聲于教者曰文故得退無失位進得其群將果行以育德候移忠而事君則知楅應無他元亨由己理契和順心惟知止不然何以風雲偶會咸爲得路之人悔吝不生盡似同舟之子別有勵志彌久勞謙已多旣考之於六位亦化之於四科且如今日之進也道如之何

得意忘言賦以去象棄詞根乎幽朕爲韻　謝觀

易意難見言以存之得意之後而言可遺本憑詮以指昧旣達誠而去詞昔者先王玄通默想以深指難可擬議嗟後世無不一作所瞻仰是以錯綜六爻森羅萬象立文以寓其吉凶賾隱以知其來往憑有狀之狀而定其範圍因可名之名以徵其影響悟影響則可名之名息達範圍則有狀之狀無執可名爲常名者謬定有狀爲常狀者愚方知禮以適變作事之符符以觀設遵意之樞但魚兎之得也於筌蹄而已乎然則言者意之苗得意一作苗而根源有據意者言之本得本而枝葉不御假以寄誠明爲定據如鑽燧求火獲火而燧之可忘似剖蚌求珠得珠而蚌之可去於戲置文字之館植玄牝之根自入存存之室廢乎察察之門不爽毫釐經濟無爲之內匪差黍累彌綸有截之垠旣而搜未形之形索無朕之朕變以喻而立幽籍明爲準

則可棄喻取變即明討幽不可以理縛難可以文因遇陽則明豈必離乃爲日遇陰則順何須坤乃爲牛夫如是稽其意窮其事旁通其閫域曲盡其精義英華可採桯楛斯棄儻究忘言之機庶叶表微之思

文苑英華卷第九十四

文苑英華卷第九十五　　賦九十五

人事六

夢遠遊賦并序　　獨孤及

老氏稱吾所以一有有字大患者爲吾有身大哉聖人之知微
乎一有夫字生者一氣之暫聚耳有天地之和自然之力以運
其行止節其夭壽非智力之所一有能字扶明矣而舉世矻矻

莫不保持形骸謂爲己有特執迷妄往而不返小者攘禮
樂竊忠信以賈譽大者盜天地之權至於忘身道德之衰
偕此物也乎生於浮而長於妄汨沒當世與群動俱不智
不能逃形於聲名之韁鏁脫屣於冠冕之籠檻及其世界
顛倒萬物反覆始反照收視以觀身世然後知一生之患
假合真合真字一作豈直芻徇土梗一作直熱燄聚沫而已則我之
身與百憂偕長况重險之中乎思欲冲三清出五濁乘陵
虛極與造物者爲伍莫有由矣嘗中夜夢飛昇大空若有
以名跡見詭者覺而自失乃爲賦以狀遠遊且旌吾聞二字
一作吾道之晚也其詞云
仰太素兮觀元精烟熅執官司乎物初一作物物兮得流形有一

而字爲人太皡遺我八卦藏天地於文字散而散之爲聖爲
智褒衣之徒相與擊建鼓一有而字揭日月兮奔孝慈而走仁
義而一作其弊也古是而今非身賤而名貴驂驔驅還兮道
路屯雲而奔波絢煥轇轕兮王帛鍾鼓之駢羅霍爍齎客
兮心懸天地而火馳蒼黃一有兮字得未終也而失一有已字繼之
百骸與日月並馳一走五藏與哀樂交戰羲和未一有及字弭轡
榮枯紛一有而字萬變何生涯一有之字侘傺兮蹇吾降此中州焉
世道以上下若涉水而無津兮與吹萬同其波流况世緒
坱圠兮如棼絲之相繆一作繆見辰極之低昂兮知杞人之
殷憂顧茺呀以蝕月兮天地閉而雲愁鳳凰焚其故巢兮
遘舊國以失儔坱壒滃以上薄兮虞一有羅字紛其四州吾始

未知一有夫字六合湫隘之若此孰與居一作吾兮遠遊豈無太
清之路兮夫何漫漫而迢遰望帝鄉而一作之低徊兮微白
雲與之偕一作借遊澄乎神於遙夜與顥氣期乎無垠真境
沕穆以傍感精誠薰然而來親欻乘夢以奮飛搏至虛一作
靈以上賓望見碧落天地如掌洞開八門別有萬象亭亭
物外乘化直上身世雙遺獨與道往其往也泛兮若遊魚
振鱗而沐清川冏兮若翔鴈得順風而緣秋天忽不知乎
誰之身夫何爲者深一作深入空界七耀在下問乎津於混
茫兮蹇徜徉以延佇若有人兮縹渺指人間以告乎曰鳳
兮鳳兮何德之睽天固桎若以禮義梏若以事機盍支離
其德而逖一作起乎物累使逸翮可得而籠樊兮孰云夫五

色（五色二字一作五毛）之自異天運地載剛柔生焉千變萬化如環無端彼與靡與徙復同大壑之波瀾將令歸根明徵其源則吾與若（一有皆字）幻也又奚睢盱於其間幻未始有封物未始有疆成則戲進則傷無泊而和無易而方山立其中央善汝行客汝藏道將自光吾在大羅之上玄都之所乾坤為家日月為宇噓吸元氣太虛之下（音戶）尚一乃心勿謂道阻遊乎無窮吾顧見汝奉真誥以自省兮五情愁其增熱哀攀龍之無階兮思遇（一作過）天之曷月未知去下方幾萬億兮退將返遵吾歸轍循玉虛以下降濟銀河以中歇焉東井以俯視識故國之城闕千門萬戶遥如蟻穴百川綺分五嶽羅列覓舊山與喬木繞依稀而明滅見伊川之（一無之字）

太道鞠為戎狄歷陽故人半作魚龜（一作鼈）暴之奔命於市朝者如紛紜飛馳讙讙蝹蝹蹩躠蹁躚肖翹陸離若蟣虱之聚壞絮蜘蛛之乘遊絲（一有吾字）乃命今日識群動之變態兮莞然倚長空而笑之亦既自得周覽未畢惕然形開萬象都（一作如）失群有儼以皆作百慮續其來歸乃夙昔之人寰如故時之喧卑向之俯仰欣戚無非妄者然後知吾之生也與妄皆生邪氣乘之萬緣合并為憂為患為虧為盈彼君子兮（一作方）碌碌自然以為覺猶餘妄以買名安知聖人不以世界為重從生死為大憂視變化以（一作與）品類亦由（一作猶）神交之飛動與貴（一作遺）物以顧身兮悟生浮而質陋以一氣之秒忽與萬化而紛糅自禍俄然寄形宇宙尚何能濡首於榮辱之境耳口（一作心）於哀樂之囿鶺鴒于飛載翩載翾（一作翻）君子至止棲息化元獨立載（一作乾又作道）樞怡神胚渾萬物轉薄吾真長存止水不波浮雲無根與時盈虛委質乾坤倚伏相軋吉凶同源惚各自爾予欲無言優哉游哉聊以窮年

夢遊仙庭賦　王延齡

葛稚川見素抱朴傲世忘榮循絜白之道吸元和之精泊乎意朕飄然體清于時秋風蕭蕭秋夕凜凜野猨垂幕山童鷹枕湏史之間乃安斯寢神倏忽而逾邁恥不知其所届紛溶溶而上馳將若遊乎天外駕白鹿驂斑麟飛翠蓋騰紅輪横絶南斗超凌北垠出崑虛以騁志過滄溟而問

津呵風伯叱雷父披天門謁天宇太一之居兮金碧堂洞欝容兮不見陽蘂珠履地雲屏匝廊色剡剡其楊彩爛燁燁以成章旖旎旌節襂纚羽裳蒼龍吹篪丹鳳為舞洞轇轕乎東廂此其大較也若乃群仙之所盤薄珠庭之所矆濩曼以玉堂映以朱閣靈怪潛秘光華相錯陰陽不能授其寒暑造化不能生其美惡及乎上真降命赤書爰作速陽侯而波静走姮娥而月落值江妃之倩練驚海童之閃鑠其翱翔曠遠者嬉九垓排三山紫煙生白雲間偃蹇夭嬌翩綿縹緲可見而不可攀至夫靈草自然珍木不死餐霞嗽液乘鴻躡鯉或隱山林或游城市斯實玄都之能事尤難測其云已洪涯先生方弊其容頷其顒曰中州之士

也爾来何遲出祕訣約真[illegible]挹花池之水唱天闕之詞既乃避席屏氣拜命之辱精[illegible]兮從空浮長覺悟兮還舊丘唯見塵書蒲屋皓月生樓以涉化窮極無跡難求豈莊周夢爲蝴蝶蝴蝶夢爲莊周歟意者天聰明神正直親其貞亮之槩照以玄魁之極雙童兮何日再逢上清兮何時再陟掩空館而愁卧撫長懷而歎息

夢賦　杜頠

夫人者何乾坤之至精夫夢者何精爽之所成及乎群動息閑宇一作宇清濬爾安寢儼乎無營亦或不意而得亦或因感而生明休咎之先兆通喜怒之深情其爲吉也懸三刀以作郡凌八門而上征或生松以表秩或贈蘭以爲名

監古音腦審其戰勝鑿心啓其才英其爲凶也晉侯彌留作疾於二豎孔公將殁觀奠於兩楹雖否臧之殊感諒希微之難明是以太古無夢以絶欲聖人肇夢以治想隨事而生觸類而長或含悲以憎暢一作惕或當歡而契賞曾有慕而忽来屬所思而必往雖遼萬里邃諧疇昔之遊縱冥九泉亦觀平生之像鬼出神入惟惚惟恍則有睽聞疑作間庭闈烟霜歲慕疑常馳戀於定省忽飛蒐於寐寤撩軒幌而無隔邈山河之徑度常倏忽而往来竟不由於道路獨有遭遇明時羇遊上國才譽不振命途仍塞仰軒后之通感慕殷宗而見刻當捧日而振衹一作披誠庶明君之夢得

夢五色筆賦

夫何言吉夢兮杳杳冥冥其若有一人兮遺我鴻筆居然五色兮其狀炳靈煥錯彩於無像紛班斕而有形匪沉淪於畫一作畫墨那渾濁於殺青獲乎希微來何處所彩非染而自備管在搦而神與意藻思之相授期文章而見許信蒐夢之有乎曾目成而不阻神之正直福非回邪何代無才曷江淹之允屬則吾豈敢疇郭璞之孔嘉緊有靈兮未悟儻知夢兮增華始其良夜幽閑齋心朗暢寢彌安於自得思不適於無妄故降綵筆冥微疑玄既與蠅集而殊端方兎毫而詭狀冊翠式序玄黄可分衆乎素色爛以成文若以我脩詞五彩必能吐鳳若以我揮翰一飛何謝慶雲是知物有幽通神爲真宰夢於掌握鶩茲夕以靈奇瞻彼筆

端勝常時之光彩誠有志而必達宜飭躬而不殆展轉虚室曈曨曉日目眩昧於花容想綢繆於錦質或乍進而乍退類若虚而若實既而駭人恍然觀身雖放言之在我豈假手而非神則知五色之靈筆善誘斯文之日新

夢捧日賦以神遇燁燭兆發嘉祥爲韻　蔣防

靈降嘉夢天垂至陽誠發身之兆朕符翊聖之禎祥所謂神而遇闇而彰息冲澹之居于于而自得見貞明之質睃睃而彌光倏爾疑升瞰兮下燭曈曨丹寢之所恍惚曾泉之曲撫金烏之翼匪隔雲霄駐羲和之車乍迴昏旭想夫卑高莫隣授受何因忽煌煌而委照值默默而疑神寂其神乃無間而通碧落上其[illegible]自有昊而得紅輪縹緲蒐交

光芒景附肘腋輝爍襟懷煦嫗類銜規於遠山同抱璧於
中路在忘形之際用示無私當向晦之時將祛未寤豈不
以精誠可託光陰可駐從九霄之降祉表千載之嘉遇者
也故曰道契幽微天且不違肸蠁陰騭指掌陽輝載營䰟
而虛無默住荷靈貺而照燭潛依至若冥蒙上越埃𡏖中
歇始悠悠以神契俄赫赫而明發驗扶桑之際其往阻脩
偶支枕之時其來倏忽是知天無親降靈而非遐神不昧
獨幽而不睒不然何虛徐袵席承奉光華高眠而不驚不
悚見瑞而可仰可嘉然則荀令之談足徵程昱之榮有兆
常眷眷於天路每拳拳於雲表周旋寤寐偃仰昏曉庶照
臨之理感通知葵藿之誠不小

高宗夢得說賦（以恭默思道帝賚良弼爲韻）　李觀

殷之哲王唯政是恤夜分而寢夢帝賚良弼雖神悸而若驚
冀形求而勿失爰徵營匠刻乎獨見之真乃俾庶僚訪其
唯似之質當厥夢也神馳無方未訖求久如躋彼蒼恍其
神兮以浮偃其體兮若亡形接乃意斯人甚良側身徘徊
于已之傍將舉趾以趍附又伸眉而抑揚言霏霏而無瑕
目矆矆而有光觀其儀可用爲列辟之式察其志不獨稱
百夫之防升降咸若周旋允臧寂乎昭昭既寢不忘斯后
克明承天之賚謂濟川之器而投足不濡履大覺之端（莊子有大覺而後知此其大夢也）
而遊夢無門其中蕩蕩其表曖曖雖劻用
理於一人寔候清平於千載於是武丁夢于宮而上與天
通傳說築于外而中合神契岢紹[illegible]同老諒殊渭水之涯買
畚將疲久困傅巖之際說匪丁而[illegible]仝山長往丁匪說而大
位斯替如魚水之相因保君臣之[illegible]叒麗惟說也策名歸主
惟丁也受命于帝帝何言哉邈以[illegible]幺造陰推吉士以佐有
道說之居兮山之幽雲峩峩兮水[illegible]浩浩彼人兮何斯欸中
心兮夢之如渴兮在茲如饑兮在[illegible]茲（一作如渴兮如飢在茲兮匪茲）想遺
眷以索隱撫空懷而嘆思思之未[illegible]得端扆沉默其夢也則
誠其籍也則惑其收之於野而寄之以國有唐時雍上明
下恭君與之同日臣與之比蹤事不惟舊今之斯從斐而
成章有娓雕龍

莊周夢爲蝴蝶賦（以昔者莊周夢爲蝴蝶爲韻）　賈餗

竊萬化之指歸得七篇於往昔何真人之形氣以異類而
遷易將以明道之樞喻心之適欻徐在鯀忽羽化於他方
栩栩既遊忘寃交於此夕是知溥天之下萬物一焉雖飛
走之或殊何生成之爲假形隨夢改豈必大人占之心與
物遷孰云夫子聖者澹然休息恍爾飛揚闖出蛸蠨之戶
潛辭蟋蟀之堂風景熙熙但娛情於蝴蝶是非草草已委
蛻於蒙莊既而忽忽悠悠東西泛浮動皆造適止必忘憂
章上翩翩與百花而共媚林間搖曳似一葉之先秋彼賢
愚波注禍福環周信乃人間之累非同域外之遊且夫浩
浩陰陽茫茫羣衆紛胷襟之憂患勞日夜而迎送是以至
入因茲託諷爲魚而江湖可入爲鳥而風雨可控飄然而

往安知棄我如遺倏爾復來又(疑)與爾俱夢故得吊詭之理(出莊子)明懸解之規方形神之寂寞有變化之云爲夢也者不期而會飛也者以息相吹豈衒髪之能診盖忘蹄之可知至乎往復須臾以化爲徙寤與覺而未辨蝶將周而已殊是以大同而言萬物爲肝爲膽小異而説一身爲越爲胡苟愚智而自得實聖靈之軌模容有志業未如居多不愜六夢紛其夜動七情忘於晝接乃陳古以况今賦莊周之夢蝶

莊周夢蝴蝶賦(以題爲韻)　張隨

伊漆園之傲吏談玄默以和光表人生之自得槩萬化之可量萬靈齊乎一指異術將乎通莊忘言息躬輙造逍遥

之境靜寐成夢旋臻罔象之鄉于以遷神于以化蝶樂彼形之蠢類忘我目之交睫於是飄粉羽揚翠躝始飛飛而稍進俄栩栩而自愜煙中蕩漾媚春景之殘花林際徘徊舞秋風之一葉於戲變化悠悠人生若浮希微兮其狀方異恍惚兮其神遂收蹤蘧蘧而復體尚悄悄以在眸我豈彼類彼寧我儔苟夢非而覺是誠虛往而實留且玄蹤莫覩真理難求莊周之夢蝴蝶而蝴蝶之夢周歟廼知元氣混然感通斯衆爲生死之異分量寤寐而適中形因靜息符大辨之不言神以化遷異至人之無夢若夫氣爲質本夢與道俱以我之有化彼之之無固假寐而倏忽越百靈(疑以齡)以須臾其在周也不知蝶之於彼矣其在蝶也不知周之於此乎若然者萬物各付其性一體或殊其途有徐徐而龜曳其尾有察察而狼跋其胡智者所以自智愚者所以自愚則孰能間其巨細孰能別其榮枯欲窮莊生夢蝶之理走將一問於洪鑪

夢舞鍾馗賦(以德至前王始覩神跡爲韻)　周繇

皇躬抱疾佳夢通神見眷綽兮上言冊陛引鍾馗兮來舞華茵寢酣方悅於宸衆不知爲異覺後全銷於美疢始訝非真開元中撫念齊民憂勤大國萬機親決於宸斷微痾遂沾於聖德金冊術士殊乖九轉之功桐籙醫師又寡十全之力爰感神物來康哲王于時漏滴長樂鍾敲建章扃禁闥兮閑羽衛虛寢殿兮間嬪嬙虎鬼枕欹象榻透熒熒

之影鰕鬚簾卷魚燈搖閃閃之光聖寬惝恍以方寐怪狀朦朧而遽至硞砨(疑作硉矹)標衆巉類特異奮長髯於闊臆斜領全開捲短髮於圓顱危冠欹墜顧視纔定趨蹌忽前不待乎調鳳管撥鸞絃曳藍衫而颯纚揮竹簡以蹁躚頓趾而虎跳幽谷昂頭而龍躍深淵或呀口而揚音或蹲身而節拍震雕栱以將落躍瑶階而欲折萬靈沮氣以憧惶一鬼傍隨而奮躑煙雲忽起難留舞罷之姿雨雹交馳旋失去來之跡睿想纔寤清宵已闌袪沉痾而頓愈痒(山錦切寒也)御體以猶寒對真妃言寤寐之祥六宮皆賀詔道子寫婆娑之狀百辟咸覩彼號伊祁亦名欝壘儺祆於疑冱之末驅厲於發生之始豈如呈妙舞兮薦夢明若康寧兮福履

文苑英華卷第九十五

文苑英華卷第九十六　賦九十六

人事七

麗色賦

富嘉謩

客有鴻盤京劇者財力雄倬志圖豐茂繡轂生塵金羈照路清江可涉緑淇始度拾藥歲滋摘芳奇樹錦度夜陳茗華嬌春珽臺吐鏡翠樓祄映俄而世姝即國容進疑自持兮動盻目爛爛兮昭振金爲釵兮十二行錦爲履兮五文

章聲珊珊兮佩明德（一作噹）意洋洋兮若有亡（一作聲珊珊兮意洋洋若有得兮若有忘）蹁蹮兮延佇招吾人兮曲房凝釭吐輝兮明燭流注顧言始勤兮四座相顧時峩峩而載笑唯見光氣之交鶩夜如何其夜遲遲美人至止兮皎素絲秉明心兮無他期夜如何其夜巳半美人至止兮青玉案之死矢兮無㒰換既而河漢欲傾琴瑟且鳴餘弄未盡歌含韻情（一作清歌含韻）歌曰涉緑水兮採紅蓮水漫漫兮花田田舟容與兮白日暮桂水浮兮不可度憐彩翠於幽渚悵妖妍於早露於是覽物遷跡徘徊不懌起哀情於碧湍指盛年於光隙擊節（一作綴撈）浩歎解珮嘉客是時也楊雄始壯相如未病復有鄒枚籍籍荀令咸娛座客嬉妙情灑豪翰動和聲使夫燕姬

趙女衛艷陳娥東門相送上宮經過碧雲合兮金閨暮紅埃起兮綵騎多價奪十城之美聲曼獨立之歌况復坐絃酌而對瑶草當盛明而謂何

美人賦上玄宗　呂向

帝初馳六飛之不測奄四海一作溟而作君曜明威崇勲固盡善與盡美又焉得而稱云時屯既康聖躬之豫樂以和操色以怡慮豈曰帝則實惟君舉庸克推腹心晉耳目燕趙鄭衛楚越巴漢之邦士農工商阜隷輿臺之族不鄙褊陋不隔賤卑工技者咨聞淑懿者遽知上心由是震蕩中使載以交馳周若雲布迅如飆發以日繫時以時繫月德儔相次為樂不歇闌紫微環帝座藻華灼爍柳容婀娜

輕羅隨風長縠舒蒙霧隔膺紅衣姿靡質妖艷妖逸絕衆挺出嬛然容冶靃若明媚曼睩騰光以橫波脩蛾濯色以揔翠齒編貝鬟含雲頰綽約以冰雪氣芬郁而蘭薰響珮激而成響首飾曜而騰文或纖麗婉以似羸或穠盛態而多肌有沉靜見節有語笑呈姿恩若老成體類嬰兒真天子所御者非庶人當有之洎懷春暮晞晴晷列筵千林方舟千水自任縱誕相與攀倚鳥間關而共嬌花散亂而增美吹碧葉嚼紅蘂左右相視遊嬉未已見頹景之迫濛汜攜客親召近臣陳金罍與瑶席朗月埀光而射人列星奪彩長河滅津然後絲竹發越金石鏗鋐守則異器動則和鳴姒舞謂何尚以輕善歌取何矜以清齊列捷徵按次屏營間一作問直往以曳緒欸轉入而旋縈低視候節紆體遺聲遏行雲結遺風衆工相錯迭美不同夕以闌樂亦闋酣以蕩情樂以忘節帝曰今日為娛前代固無當以共悦可得而説衆皆踊躍離席遷延感齊首互舉酒歌千春稱萬歲一作壽因進曰妾家賤族陋目褊心陛下衣綺縠與羅紈飾珠翠與碧金燕私陳乎笙鼓和樂象乎瑟琴何恩渥以增極而悦愉之備深顧薄軀之無穀空負惠以難任有美一人激憤含嚬凜若秋霜肅然寒筠一作雲乃徐進而前止遂抗詞而外陳曰衆妾面諛不可侍君之側指適背意委曲順色故毀妍而成鄙自崇謬而破直妾共處情歌五字一作妾興情爾敢對以臆若彼之來違所親離厥夫別昆弟棄舅姑

戚族媿羞隣里嗟呼一作吁氣哽咽以填塞涕流離以霑濡心絕瑶臺之表目斷層城之隅人知君命乃天不可讎尚懼盜有移國水或覆舟伊自古之亡主莫不耽此嫚遊借為元龜鑒在宗周衆以為喜妾以為憂于一作乃時天顏廻移聖心感通竟夜罷寢須明導衷俾華一作華進伎樂者為薦士之官徵艷色者為聘賢之使闕下駿奔王庭麏至野無遺材山無逸人貴然偕道與物恒春君此之淑美豈同夫王顏絳唇巧笑工嚬惑有國之君臣者哉

哀節婦賦并序　李華

武康尉薄自牧嘗謂余曰僕有貞女適江陰尉鄒待徵徵亦良士僕志之矣鄒子孤立時無古人誰復知之余常記

其言及江左之亂待徵解印竄匿[illegible]其妻爲盜所驅將辱之
妻密以待徵官告託付村媼尋[illegible]待徵付焉而后就死嗚呼
自喪亂以來士女以貞烈殆斃者有衆余不盡知之若薄氏
者與其父遊聞其聲義動於江南又焉得不賦之命曰哀
節婦賦云爾

昔歲羣盜並起橫行海浙江陰萬戶化爲凝血無蘭不焚
無玉不折戔戔薄媛淵然明節自牧之子待徵之妻玉德
蘭姿女之英兮鄒也避禍伏於榛莽婉如之嬪執爲囚虜
匍匐泥沙極望無覩出授官之告託垂白之姥姥感夫人
爰遊鄒君兵解求屍宛在江濆哀風起爲漣波病氣結爲
狐雲梟鴈爲之哀鳴日月爲之蒙昏端表移景而恒直勁
芳貫霜而獨存知子莫若父誠哉長者言

息夫人不言賦 以此人不言其義安在爲韻　白敏中

有一人兮甚美事二夫兮深耻不咄咄以怨人常默默而
傷已何窈窕兮若彼而寂寞兮如此舌雖在而口不言身
未忘而心已死殆其喪主失身去故從新礿爲息侯之婦
今爲楚國之嬪標二八之佳麗冠三千之等倫豈君恩之
不至顧我恨之有因觸類無言似峽口爲雲之女含情不
語如山頭化石之人守而不改邈矣而心有所在行之實
難確乎而性有所安指逝波於舊寵比浮雲於新歡得不
佇蕙思於心曲緘玉聲於古端於是語笑已而得意莫其
處喧嘩而不亂挺節操以自持翠羽常低多値斂眉之日
鵶犀難見少逢啓齒之時然則動宜三省情順九思似愼
樞機暗合吉人之象類含鋒刃潛符靜女之詩嗟夫秦家
之女兮在德何有曹氏之妻兮其言亦苟誰令喋喋駐五
馬而誚使君之愚焉用嘻嘻獲一雉而忘大夫之醜彼則
爾此則否外結舌而內結腸先鉗心而後鉗口既而再離
生育幾變寒暄想蘼蕪之不見厭茮莒之空繁勢異絲蘿
徒新婚而非偶華如桃李雖結子而無言及夫雲夢礿春（一作春遊）
輦華夜侍求忘一顧之念難奪三緘之志起居有節
惟聞珮玉之聲應對無詞不吐如蘭之氣君王於是崇其
意重其義命女史以書之爲楚宮之故事

陶母截髮賦 以賓至情極無惜傷毀爲韻　浩虛舟

陶家客至兮方此居貧毋氏心耻兮思無饌賓斷髮髮以
將貿庾珍羞而具陳欲明理內之心不求盡飾庶使趨庭
之子得以親仁原夫蘭客方來蕙心斯至顧巾槖而無取
俯柸盤而內愧啜菽飲水念雞黍而何求捨己從人雖髮
膚而可棄於是搔首心亂低眉恨生畏東閭之恩薄歸北
堂而計成拂撮凝睇抽簪注情解髮而鳳髻花折發匣而
金刀刃鳴喜乃有餘慙無所極窺在握而錯落撫垂領而
稠直鋒鋩不礙翩似雪之孤光倭墮徐分散如雲之翠色
巳而展轉增思依佪向隅玄鬟𩮲顱而散亂青絲委簟而
盤紆象櫛重理蘭膏舊濡傷翠鳳之全棄駭盤龍之半無
觀夫擢乃無遺斂之斯積疑光而粉黛難染盈握而腥膻

是易將成特達之意欲厚非常之客賓筵既備空思一飯以無慙匣鏡重窺豈念同心而可惜及乎宴罷空館閑成曉粧纚換新髻鈙迷舊行誠伐木之可親踈而是愧荀如珪之足慕斷亦何傷重義者情莫違厚慈者身可毁語其決同勉虞之一戰思其仁逾訓孟之三徙昔咸曰陶氏所以成大名毋賢如此

漢武帝重見李夫人賦以求諸異術再見真形爲韻　陳山甫

昔漢武帝喪李夫人歎姸婉兮不返悲繐帳兮空陳於是詔秘籙之方士致平生之幻身來其跡於虛無一作空虛彷驚有像察其儀之婉麗已訝如真時也齊心月殿屬目蘭室鬚髣煙光飄颻蕙質脩娥再覩不俟返魂之香逝水潛迴詎

假長生之術原夫恍惚之際從容覩諸想車塵於霧駛疑珮響於風餘峩峩兮稍辨雲鬟冉冉兮漸識綃裾洛水之靈非匹巫山之夢不如所謂神仙之事變化之異過隙之光已無傾國之容再媚悲膚旨於凝聽悼皇情於睇睇恍兮有望知感召之多方倏爾員來訝生死之殊致當其椒風向夕蕙露盈庭謂已從於雲雨終不間於幽宜寂寞瑤階求謝虛無之跡淒涼月幌循分似是之形若往還留心迷目眩誠君恩之再造異術足徵豈風燭之重燃真形可見固可以辨其妄輟其求去清懐之惑志釋玄思之殷憂擾擾紛紛意真靈之如在薰歇爐滅竟荒塵之不留其來也形之如寄其往也生之若浮於是望斷驚鴻悲深解珮

向窈窕而乍失顧容華而不昧由是而言可以知生之不再

第二以神仙異術變化通靈爲韻　康僚

漢武帝諸宮此夫人兮思意難同悲艷質以長逝恨深情之莫通夢想徒勞寧及九泉之下神仙有術能生一夕之中帝乃暫釋幽懷將觀異變儼宸儀於玉座張翠幄於蘭殿清風拂戶疑髣髴以徐來皎月臨軒尚朦朧而未見且其駐視潛聽虔思效靈燎金爐之馥馥爍銀燭以熒熒寂寞而求瞥爾而風生綺席從容以俟俄然而影在花屏于時漸出形儀暗聞珠翠初半面以呈姿忽全身而表異盈盈不笑如羞乂別之容眷眷無言莫問平生之事是則嬋

娟可翫隱映難親不有如有非真似真既揚翹而掩袂亦流眄以凝神翡翠簾前悵望三千之女芙蓉帳裏分明二八之人况乎麗服逾春美顏多暇楊襜如之羅綺飄藹若之蘭麝非因不死之藥豈便長生何用返魂之香自從神化及夫弄花態以遺姸望君王兮不前復認吹笙之侶終疑獻棗之仙目眄眄以徒極心搖搖而詎傳迷甚化宮周穆之遊固爾地非巫峽楚襄之夢應然已而頓解前思詳窺舊質爰將託方士展神術謂傾城之且驗豈同輩之無日殊不知事本憑虛功難責實夜如何其夜已闌悵飄然而復失

招李夫人魂賦以所思逝魂傷貽春榮落爲韻　謝觀

李夫人月墜香焚花沉九原繁華委地零落何言有少翁兮術通神鬼爲漢帝兮夜致精魂於是詔未央之宮備通靈之術五位之壇雜立九奏之音克序珠籠翠幰龍師虎旅銀燭之煌煌吹列金管之愔愔慢舉帝乃坐中寢御纖幃森羽衛儼天師佩符籙以威重拂香花而步遲左止簫韶之奏右啓甲乙之旗揩霜珪而斂色執紅旌而盡思立北斗星文之下當中壇月午之時萬籟寂寥發清音於漢殿九天空闊寫招魂於楚詞詞曰白玉潔兮紅蘭芳忽玉折兮蘭已傷魂兮勿復遊他方盍歸來兮慰我皇又曰彩雲裾兮流霞袂倏而來兮忽而逝魂兮勿復遊四裔歸來兮膺萬歲已而愴恨沾巾悽凉侍臣悆寥而房櫳變色熒

煌而戶牖生春如花如扇開覩恍惚之中韋非烟非霧卷見希夷之外人珠璫瓊珮鬢髮絳脣髣髴平生之貌依稀歌舞之身顧步嬋娟迴翔綽約似發言而尚默若將前而復却于時斜漢將傾繁奏爰作琳瑯璀璨綺羅迴薄風悽雨切忽消散於杳冥鳳去鸞歸空珠翠之寥落自是妖妄日恣虛無念作侮萬乘爲脫屣陋百載之浮榮幸河海之無事賴干戈之暫平不然少翁此夕豈宜一拜於文成

勾踐進西施賦以紅顏艷色返以昏哉爲韻　徐寅

惑人之心兮惟巧惟僭破人之國兮以妖以艷當勾踐之

寄謀進西施而果驗昔者二國相吞陵卑恃尊殊不知卑則自亡而固存尊則謂明而返昏烏喙年年誓啄夫差之肉稽山日日拜聽范蠡之言言曰伍員之賢東吳之德伯嚭之佞東吳之賊德之盛兮越可憂賊之興兮吳可殄臣以夙夜而計機謀偶得欲狂敵國之君須中傾城之色待其聲色內伐君臣外惑自然紂妲已以亡宗晉孋姬而亂國今苧蘿之山越水之湾恐是神仙之化忽生桃李之顏波淺冊臉鴉深緑鬟翬翠黛兮慘難效浣輕紗兮妖且閑楊柳羞弱芙蓉死殷可以變桺惠於貞莊之際悅荊王於魂夢之間臣請進焉王今何以王乃豁若而喜矍然而起曰此蓋神假鄉之奇畫天雪越之前耻乃命寶馬騰龍香車輾風迎織女於銀漢聘姮娥於月宮炫燿雲外喧闐洞中粧成而瑞玉凝彩服麗而朝霞剪紅昨日猶賤今晨不

同寧期大國之君流恩下及堪恨隣家之婦謂妾常窮曉別越溪暮歸吳苑越慮計失吳嫌進晚歌一聲兮君魄醉笑百媚兮君心卷坐令佞口因珠翠以興言立遣謀臣棄洪濤而不返勾踐乃走電驅雷星馳箭催投醪而士卒皆醉嘗膽而胷襟洞開虎噬骨碎山崩卵摧楚署衛鬟化爲鬼鳳閣龍樓燒作灰於是命胥蘇之酒上姑蘇之臺伊霸業以何去俄英風而聿來於戲殺忠賢而受佳麗欲不敗而難哉

文苑英華卷第九十六

文苑英華卷第九十七　賦九十七

志一

小園賦一首　傷心賦一首
述志賦一首　遊北山賦一首

小園賦　庾信

若夫一枝之上巢父得安巢之所一壺之中壺公有容身之地況乎管寧藜牀雖穿而可坐嵇康鍛竈既煖而堪眠豈必連闥洞房南陽樊重之第綠墀青瑣西漢王根之宅余有數畝弊廬寂寞人外聊以擬伏臘聊以避風霜雖復晏嬰近市不求朝夕之利潘岳面城且適閑居之樂況乃黃鶴戒露非有意於輪軒爰居避風本無情於鍾鼓陸機

則兄弟同居韓康則舅甥不別蝸角蚊睫又足相容者也爾乃窟室徘徊聊同鑿坏桐間露落柳下風來琴號珠柱書名玉杯有棠梨而無館足酸棗而非臺猶得敧側八九丈縱橫數十步榆柳三兩行梨桃百餘樹撥蒙密兮見窗行欹斜兮得路蟬有翳（一作翁）兮不驚雉無羅兮何懼草樹混淆枝格相交山為簣覆地（一作水）有堂坳藏貍並窟乳鵲重巢連珠細茵長柄寒匏可以療饑可以棲遲敧（丘奇切）嶇（說文敧嶇也藝文類聚作踦嶇）兮狹室穿漏兮茅茨簷直倚而妨帽戶平行而礙眉坐帳無鶴支牀有龜鳥多閑暇花隨四時心則歷陵枯木髮則睢陽亂絲非暇（疑作夏）日而可畏異秋天而可悲一寸二寸之魚三竿兩竿之竹雲氣蔭於叢著金精養於秋菊棗酸梨酢桃榹李薁（藝文類聚無雲氣至李薁四句卻添離披落格之藤爛熳無叢之菊）落葉半牀狂花滿屋名為野人之家是謂愚公之谷試（一作誠）偃息於茂林乃久羨於抽簪雖有門而長閉實無水而恒沉三春負鋤相識五月披裘見尋問葛洪之藥性訪京房之卜林草無忘憂之意花無長樂之心鳥何事而逐酒魚何情而聽琴加以寒暑異令乖違德性崔駰以不樂損年吳質以長愁養病鎮宅神以薶石厭山精而照鏡屢動莊舄之吟幾行魏顆之命薄晚閑闈老幼相攜蓬頭王霸之子椎髻梁鴻之妻燋麥兩甕寒菜一畦風騷騷而樹急（一作樹搔搔而風急）天慘慘而雲低聚空倉而雀噪驚懶婦而蟬嘶（一作啼）昔草濫於吹噓藉文言之慶餘門有通德家

承（一作藏）賜書或陪玄武之觀時參鳳凰之墟觀受釐於宣室賦垂楊於直廬遂乃山崩川竭冰碎瓦裂火盜潛移長離永滅摧直轡於三危碎平途於九折荊軻有寒水之悲蘇武有秋風之別關山則風月悽愴隴水則肝腸斷絕龜言此地之寒鶴訝今年之雪百靈（一作齡）兮倏忽精（一作青）華兮已晚不雪鴈門之蹄先念鴻陸之遠非淮海兮可變非金丹兮能轉不暴骨於（一作兮）龍門終低頭於（一作兮）馬坂諒天造兮昧昧嗟生民兮渾渾（凡一作皆藝文類聚）

傷心賦（并序）　江總

太清四年秋七月避地于會稽龍華寺此伽藍者余六世祖宋尚書右僕射州陵侯元嘉二十四年之所構也侯之

王父晉護軍將軍彪昔涖此邦卜居山陰都陽里貽厥子孫有終焉之志寺域則宅之舊基左江右湖面山背壑東西陵跨南北紆縈聊與苦節名僧同銷日月曉脩經戒夕覽圓書寢處風雲憑棲水月不意華戎莫辨朝市傾淪以此傷情固可知矣啜泣濡翰豈攄鬱結庶後生君子憫余此槩焉

嘉南斗之分次肇東越之靈秘表檜風於韓什著鎮山於周紀蘊大禹之金書鐫暴秦之石字太史來而探穴鍾離去而開笥信竹箭之爲珍何珷玞之罕直奉盛德之鴻祀寓安禪之古寺寔豫章之舊圃成黄金之勝地遂寂默之幽心若鏡心之遠諦面曾阜之超忽邇平湖之迴深山條

偃蹇水葉侵淫挂篠朝落饑鼯夜吟菓叢藥苑桃蹊橘林梢雲拂日結暗生陰保自然之雅趣鄙人間之荒雜望嶠嶼之邅迴面江源之重沓泛流月之夜迥曳光煙之曉匝風引蜩而嘶噪雨鳴林而脩颯鳥稍狎而知來雲無情而自合邇迺野開靈塔地築禪居喜園迢遰樂樹扶踈經行藉草宴坐臨渠持戒振錫庇影芔蔬堅固之林可喻寂滅之塲斁如異曲終而悲起非木落而愁如豈降志而辱身不露才而揚己鍾風雨之掩藹倦鷄鳴之聒耳幸避地而高棲憑調御之遺旨折四辯之微言悟三乘之妙理遣十纏之繫縛祛五惑之塵滓久遺榮於勢利庶忘累於妻子感意氣於疇日寄知音於來祀何遠客之可悲私自憐其何已

之遠尋(陳書作而遠尋)庇影(陳書作度影)掩藹(陳書作如晦)私自(陳書作知自)

述志賦(并序)

隋蕭皇后

帝每遊幸后常(二字一作未嘗)不隨從時後(一作后)見帝失德心知不敢措言(一作心知不可不敢措言)因爲述志賦以自寄其詞曰

承積善之餘慶備箕箒於皇庭恐脩名之不立時(一作將)負累於先靈迺夙夜而匪懈實寅懼於玄冥雖自然(一作強)而不息亮愚情(一作衆)之所(一作多)滯思盡(一作竭)節於天衢才追心而弗逮寔庸薄之多幸荷隆寵之嘉惠賴天高而地厚屬王道之昇平均二儀之覆載與日月而齊明迺春生以(一作而)夏長等品物而同榮願立志於恭儉私自兢於戒盈

孰有念於知足苟無希於濫名惟至德之弘深情不邇於聲色感懷舊之餘恩求故劒於宸極叨不世之殊眄謬非才而奉職何寵祿之踰分兮(一無兮字)撫胷襟兮(一作而)未識雖沐浴於恩光内慚惶而累息顧微躬之寡昧思令淑之良難實不遑於啓處將何情而自安若臨深而履薄心戰慄其如寒夫居高思危持滿防溢(一作夫君高而必危每處滿而防溢)如恐夸之非道乃攝生於中謐嗟寵辱之易驚上無爲而抱一履謙光而守貞(一作志)且顧(一作願)安乎容膝珠簾玉箔之奇金屋瑤臺之美雖時俗之崇麗蓋吾(一作昔)人之所鄙何(一作愧)絺綌之不工豈絲竹而喧耳知道德之可尊明善惡之由己屏(一作蕩)囂煩之俗慮乃伏膺於經史綜箴誡以訓心觀女

畐而作軌遵古賢之令範冀福祿之能綏時脩經(一作躬)而
三省覺今是而昨非蚩黃老之指(一作損)思信爲善之何依(一作可歸)
慕周妙之遺風羨虞妃之聖則仰先哲之高才貴(一作慕)
至人之休德質菲薄而難蹤心恬愉而去惑乃平生之
耿介實(一作寔)禮義之所遵雖生質之不敏庶積行以成仁
懼達人之蓋寡謂何求而自陳誠素志之難寫同絕筆於
獲麟

遊北山賦(并序)　九一作皆北史本傳　王勣

吾(一作余)周人也本家于祁永嘉之際扈從江右(一作扈遷江右)地
實儒素人多高烈穆公感(一作銜)建元之恥歸于洛陽同州
悲永安之事退居河曲始則晉陽(一有之字)開國終乃安康(一有之字)

受田墳瓏寓居倏焉五葉桑榆成蔭(一作列)俄將百年勣
南山故情老而彌篤東坡餘業悠哉自寧酒甕多於步兵
黍田廣於彭澤皇甫謐之心事瓏畝終焉仲長統之規模
園林幸足獨居南渚時遊北山聊度世(一作日)以爲娛忽經
年而望返西窮馬谷北達牛溪丘壑依然風烟滿目孫登
獨坐對嵇阮而無言王霸(後漢逸民)幽居與妻孥而有興(二字一作共去)
家臨水石砌遶松篁類(一作歌)田叟(一作圃)之去來亦已久
矣望山林之故道何其樂(一作悠)哉詩者志之所之賦者詩
之流也式抽短思即爲賦云(四字一作而賦焉)
天道悠悠人生若浮古來賢聖皆成去留八眉四乳龍顏
鳳頭殷憂一世(一作代)零落千秋暫時南面相將北遊王殿
金輿之大業郊天祀(一作祭)地之洪休榮深貴(二字一作情厚)重樂
不供愁何況數十年之將(一作宰)相五百里之公侯兢兢業
業長懼(一作思)長憂昔怪燕昭與漢武令識畐仙之有由人
誰不願直是難求聞畐湖之(一作而)欲信怪橋山之遞脩玉
臺金闕大海水之中流瑶林碧樹崑崙山之上頭不得輕
飛如石燕終是徒勞乘土牛巳矣哉世事自此而可見又
何爲乎惘惘棄卜筮而不占(一有餘字)將縱心而長往任物孤
遊遺情直上覺老釋之言繁(一作煩)恨文宣之枝癢彼事業
之遷斥豈明神(一作神明)之宰掌物無待而成章(一作物無性而感彰)生
有資而必養嗟大道之泯沒見人情之委枉禮費日於千
儀易勞心於萬象審機事之不息知澆源之浸長烏何事

而嬰羅魚何爲而在網生物詭儁精靈惚恍莊周三月而
不朝瞿曇六年而遐想有是夫況吾之不如先達乎請息
交而自逸聊習靜而爲娛遂披林樾(一作榛)進陟敧嶇(一作嵒區)
連峯雜起復嶂環紆歷冊危而尋捷(一作絕)徑攀翠險而覔
脩塗聳飛情於遐(一作霞)道振逸想於烟衢重林合沓以齊
列崩崖磊砢而相扶覩森沉於絕磵視晃朗於高嵎自謂
搏風飈而出埃壒邈若朝玄宮而謁紫都碧巒之下清溪
之曲空隱隱而繞通聽微微而不屬眷然引領茲焉頓足
步擁石(一作路)而邅廻視橫煙而斷續古藤曳紫寒苔布綠
洞裏窺書巖邊對局髣髴靈蹤(一作應)依俙仙躅竈(一作爐)何
代而銷金杯何年而淄玉石室幽藹沙場照燭松落落而

風迴(一作回)桂蒼蒼而露溽月未側而先陰霞方昇而後(一作已)旭喜方外之浩蕩嘆人問之窘束况乃幽谷藏眞傍無四隣紫房半掩玄壇尙新逢閬風之逸客直蓬萊之故人忽攜梧而策杖亦披裘而負薪荷衣薜帶藜杖葛巾出芝田而計畒入桃源而問逮昆丘(一作山)若礪渤澥揚塵栽碧柰而何日種瓊瓜而幾春自然詭異非徒隱淪乃有上元仙骨大清神手走電奔雷耘空蒔朽河潤之業不齊貫淮南之術無虛受(一作靈受後有伊林周而虛受)祝(一作呪)動南極符廻北斗偓佺贈藥麻姑送酒青龍就食(一作養)於甲辰玄牛自拘於乙丑永懷世事天長地久瞻顧(一作顧瞻)流俗紅顏白首儻千秋(一作歲)之可營亦何爲而自輕昔時君子曾聞上征忽逢

眞客誠(一作試)問仙經談九華之易就叙三英之可成扺冊鑪而調石髓裹翠釜而出金精珠流玉結雪耀霜明咸謂刀圭暫近足使雲車下迎紛吾人之徠見覺群疑而自拂使捉足而咸(一作相)安亦何爲乎此物彼赤城與玄圃豈憑虛而構空但水月之非眞譬聲色之無佛過矣劉向子曉葛洪指期繫影依方捕風誰能離世何處逃空假使遊八洞之金室坐三清之玉宮長懷企羨豈出樊籠徒勞海上何事雲中昔日蔣元翊之三徑陶淵明之五柳君平坐卜於市門子眞躬耕於谷口或託閭閈或歷(一作潛)山藪咸遂性而同樂豈遠方而別(一作列)守吾無所徙(一作余無所求)斯焉獨遊屬天下之無(一作多)事遇山東(一作中)之可留聊將度日忽

已經秋菊花兩岸松聲一丘不能役心而守道故將委運而乘流伊林間而(一作之)虛受固樵隱之俱託逢去老於中溪(一作逢故客於中流)遇還童於絶壑雲峯龜甲而重聚霞岫(一作壁)龍鱗而結絡水出浦而潺潺(一作淺淺)霧含川而漠漠是忻是賞爰遊爰豫結蘿幌而迎宵敞茅軒而待曙爾其雜樹相糾長條交茹葉動徠來花驚鳥去起公子之殊賞瞻(一作談)王孫之遠慮山水幽尋風雲路深蘭窻左闢(一作辟)茵閣斜(一作邪)臨石當堦而虎踞泉映(一作度)牖而龍吟月照南浦煙生北林閱丘壑之新趣縱江湖之舊心道集吾室風吹我襟松花栢葉之醇酎鳳翮龍唇之素琴白牛溪裏峯(一作岡)巒四峙信兹山之宜(一作奥)域昔吾兄之所止許由避地張

超成市察俗刪詩依經正史康成負笈而相繼根矩摳衣而未已組帶青衿鏘鏘儗儗增庭禮樂生徒杞梓山似尼丘泉疑洙泗(吾兄通字仲淹生於隋末守道不仕大業中隱居此溪續孔氏六經近百餘卷門人弟子相成故此溪今號王子溪焉自相成而下一作相趨成市故溪今號王孔子之溪也洙泗一作泗溪)忽焉四散十今二紀地猶如昨人今(一作多)已矣念昔日之良遊憶當時之君子佩蘭蔭竹誅茅席茝(一作芷)樹即環林(一作曲)門(一作林)成闕里姚仲由之正色薛莊周之言理(此溪集門人常以百數唯河南董恒南陽程元中山賈瓊河東薛收太山姚義大原溫彥博京兆杜淹等十餘人相爲後來題目六字亦作稱爲俊頴而姚義一有多字慷慨一有同濟二字方之仲由薛收理識方之一作以理達稱方莊周薛實妙玄理耳一作也)觸石橫肱逢流洗耳取樂經籍忘懷憂喜時挾策而驅羊或投竿而釣鯉何圖一旦遽成千紀木壞山頹舟移谷

徙北岡之上東巖之前講堂猶在碑書一作石宛然想問一作
閘道於中壺一作室憶橫經於下蹝壇場草樹院一作苑宇風
煙昔文中之辯處諒遭時之喪亂局逸步而須時蓄奇聲
而待旦旅人小吉明夷大難建功則鳴鳳不聞脩書則獲
麟爲斷惜矣吾兄遭時不平殁身之後天下文明坐門人
於廊廟瘞夫子於佳城死而可作何時復生式瞻虛館載
步前楹眷眷長想悠悠我情俎豆衣冠之舊地金石絲竹
之餘聲没而不朽我何所營吾兄仲淹以大業十三年卒於鄉余時年三十三門人謚
爲文中子及皇家受命門人多至公輔而文中之道未行於時吾一作余因遊此溪周覽故迹盡傷高賢之不遇耳
一作也我何所營一作知何所營臨故墟而掩抑指歸途而歎惜一作息徃
徃溪橫時時路塞忽登崇岫依然舊識地逈心遥山高視

直望煙火於桑梓辨淸滕於鄉國前臨一作斜連姑射之西正
是汾河一作河汾之北悵矣懷抱悠然川域憶昔過庭童顏稚
齡何賞不極何遊不經弄春風於磵户詠秋月於山扃北
牕照雪南軒聚螢綵衣扇枕緇布問一作聞經何斯樂之易
失倏銜哀而茹恤天未悔禍遭家不秩予敬先亡公明早
卒吾自此而浩蕩又逢時之不仁天地遂閉雲雷漸屯與
沮溺而同趣一作旺共夷齊而隱身幸收元吉坐一作生偶昌
辰容北海之嘉遁許南山之不臣養拙辭官全一作含和保
真豈君馮敬通一作生之誹一作訓世趙元淑之尤人殷憂恥
賤憔悴傷貧探井臼之一作而無樂歷山河而苦辛豈知一作
如我家身一作生事都盧一作廢棄置不念當歸寧圖遠志坐

青山而方一作非隱遊碧一作綠潭而已一作似喜舊之出處二字
一作山裏絕氛埃登高日暮心悠哉子平一去何時返仲叔長
遊遂不來幽蘭獨一作燭夜之琴曲桂樹陵辰之酒杯丘園
散誕窟室徘徊坐等梧一作枯木心同死灰亦有山羞野饌
蘭藂木一作水麴杞葉煎羨松根溜醲既採藥而爲食諒隨
情而不矯負鍤春前腰鎌歲杪草漸寄而饒蟬一作獸樹彌
高一作深而足鳥地寂寞而森深一作沉路縱橫而窈窕野亭
鶴唳山梁雉鷩遠遊之所幽棲之坎或抱犢而新來乍聞
鷄而始至藋畦一兩茅齋數四山爲險而無人嶺時平而
有地石菌抽葉金芝吐穗鏡執一作厭山精刀驅水魅泉繞
砌而魚躍樹橫窻而鳥萃天網何寬人生幾難一作人心豈難飲

河知足巢林必安亦何榮於拾紫亦何羨於還丹紅蘂促
節之伕綠蘀班文之冠野飡二簋園蔬一盤送阮籍而長
嘯得劉靈而甚懽曉入柴户暮歸藥欄老萊地僻鄒生谷
寒楊柳則條垂鍜沼杏樹則花飛坐壇賦或一作成鼓吹詩
如彈丸携始醉之鳴鶴對新婚之伯鸞我有懷抱蕭然自
保古人則與子二字一作難與同歸紛吾則此焉將老磵溪沼沚
一作者之蘋艾丘陵坂險之桑棗接果移桑一作棠栽苗散稻
不藏無用之器不愛非常之寶抵玉驚禽揮金薙草接朋
友於盃按弄兒童一作孫於襁褓樂山澤之浮遊笑江潭之
桔槔戒非依佛猗非媚道無譽無功形骸自空坐成老圃
耔成一作爲下農身與世而相棄嘗隨山而不窮披衣竈北

逐食墻東儻有白頭四皓龐眉八公小童乘日仙人馭風
鄉老則杖頭安鳥邦君則車邊畫熊心期闇合道術潛同
辭來相訪愚公谷中

文苑英華卷第九十七

文苑英華卷第九十八　賦九十八

志二

虛室賦　張說

明月窻前古樹檐邊無北堂之樽酒絕南鄰之管絃理涉虛趣心階靜緣室惟生白人則思玄猒百慮之勞止歸一途之兀然嗟乎巧智首亂禮樂增矯名起異端利成貪兆役二見之交戰驅五神而雜擾形何費而不衰性何煩而

不夭每竭源而追末必志（一作志）多而獲少玉帳瑤宮圖奢務豐朱門金穴恃滿矜隆榮與慾（一作辱）而俱盛事隨憂而不窮陷營爲之桎梏罥徤羨之池籠心元是幻法本皆空莫不因無證實假異生同魚何知而樂水蛇何意而憐風大哉默識守此玄通顧瞻天下還如夢中

宴居賦并序　魏歸仁（一作仁歸）

張校書作虛實賦以示予文旨清峻玄義深遠予味之有感聊爲宴居賦以和之其詞曰

氣序忽諸日月其除夏盡炎歇秋至凉初地僻而人物自少庭閑乃室宇成虛寂爾無悟蕭然宴居覽聖賢於上古窺得失於前書或智之不足或愚而有餘諒千變而萬化

尢難得而備跡若夫名因行立身一作官由才致官要則謗
議斯起譽高必毀自供一作至所以君子逃名達人避位
養性以安其體摘文以見其志且貴不如賤善亦同惡貴
則但益憂勞善乃未離貪着徒憐顛覆之禍纏愛欲之
縛前事既忘後車焉託儻來未足有慰或去可以無怍固
當絕於可否齊其適莫聞寵詎驚其心居陋寧改其樂蓋
老氏稱德所貴先慈孔門之道一以貫之於常則有允出
厥兹一作於帝則允出茲在茲屈伸委運行用隨時既無去無取亦何
慮何思

巖棲賦　九一作見張說集　吳筠

感玄聖之垂訓悟己親而名疎言可放而從默身應卷而

忽舒爰鶢鶋之巢林在一枝而有餘性所悅而難遺託兹
山以結廬果栖遲而我愜即逍遙之靈墟觀其緜崇巒橫
峻谷激泌泉羅森木後巍峩以縈糾前參差而聳伏追陰
壑之夏凉偃陽崖之冬燠美勁節於松筠翫幽芳於蘭菊
虛籟清耳閑雲瑩目因海鶴以驚夜任鶤鷄以知旭慮靜
於無擾神恬於寡慾於是歌考槃於詩人諷嘉遁於大易
遠浮俗之艱險消毀譽之損益蹈方外之坦途信可兌於
兢惕既即陰以息影由不行而滅跡雖區中之未計實世
途一作表之良一作長策人所棄而已收故處約而恬適覽無
見以收視聽無聲以黜聰和匪專於旨酒樂奚必於絲桐
焚清香以練氣啓玉檢而契肇家期遺滯於昭曠庶近真於

感通鑒太虛之有象覆妙用之非空朝天甚簡採藥多暇
形循資於吐納意已逝於將逕知道無廢與而物有存謝
故挹生本而常生體化宗而不化蕭蕭絕塵境誰與鄰一作與誰爲鄰
跡遠而朋遊一作友益曠機忘而鳥獸可馴韻靡叶於
當時心常依於古人仰由皓之逸軌詠羲農之化淳師黃
老之玄奧友松喬之道真慙無功之逮物良獨善於吾身
秪所幸其自得敢韜精於隱淪

述初賦并序　梁肅

予幼而漂流遂寓于江海之上與鳧鴈爲伍有年矣或祿
仕以代樵牧其暇則以群籍自娛又嘗染重腿疾每求長
桑氏之術以爲療其他未之思也方俟一作疾字間則追尚平

五嶽之遊無幾何會明詔以監察御史徵俄轉右補闕羈
守職次未遑自免江湖之思漫如也間一歲加翰林學士
領東宮侍讀之事既微且陋載荷天睠上不能宣今一作上
德通古今當論思之任次不足弘三善備教諭充端士之
列每省名位盻章綬中心慙然不欲寢食無一日而安一作
忘者三年于兹其媿畏乃如是時步自中禁休于里巷病
攻其外神倦於中嚣焉忘形思及道本然後知一動一靜
萬化殊塗寂然同歸未始有物且不知夫養歲之浮遊與
今之局束彼乎此乎是歟非歟杳不得其倪矣於是作述
初賦以紀懷且貽諸同志焉耳　慙然一作愁然
我洪系兮肇昭耿乎伊唐始贊禹以陳謨末開國而爲梁

遭暴嬴以滅周兮涉天漢而方彰社一作祖郃陽而守九江系祖漢廷尉郃陽侯諱放見漢書武威九江太守高山侯諱統見後漢書逮七葉而見光後漢侍中襄親愍侯諱竦作七葉有傳云耳維京牧之豊融後漢黃門侍郎京州刺史侍中關內侯諱寬見魏書咨散騎之徇節晉散騎常侍馮翊太守扶風鄉侯諱廙光愍帝之難贈吏部尚書益州刺史見晉書遭匡攘以遷逝遵河右以蟬蛻晉蜀郡太守寧州刺史扶風鄉侯諱迪生酒泉大守關內侯諱秋避亂居張掖綿侯服以守業傳龜組而罔替自酒泉以下六世郡守關內侯煒司空之藩魏弘茂德爲表綴魏大將軍洛州刺史贈侍中司空郃陽公諱越見後魏書翼翼尚書允明且哲司空之孫隋御史大夫刑部尚書加開府郃敬公諱曉隋書有傳納言執法乃遂乃達播五葉而逮予垂慎一作眘身之芳烈伊孤朦一作蒙之薄祐撫生植之多艱豈前脩之將墜藐才非一作下而體羸奉徙宅之善教得帶經之殘編諒不師而不訓烏一作焉識立德與立言洎章甫之在首始礪志以就贊思琢璞以觧蔽絡扞格而難前升九一作孔顥之宏軌探乾坤之大紀求專直與翕闢問性命之終始曰君子之不用寔未成之所擬苟體健以立誠何剛柔之不覆慨尋繹以內省觀萬動之悠歸若捫天而罔階知集木之匪危何大道之汗漫一作坦慢悼一作惟吾人之崎巇一作戲仰前哲二字一作哲賢之休風屢惆一作悄悵以忸怩且自擊以自考亦三復而九思庶初筮以發蒙敢捨龜而觀頤羨海嶽之靜深援幽人以爲二字一作而與期聿投迹於林中就拙者之所宜屬夫上有聖帝旁求俊乂戴馳車乘投及瑣細彼執持憲簡與匡補闕戴宜乎學該紀律識洞經制故一作胡小人之備官幸

不招損而速戾一有斯字時也天光鏡乎宇內洪棱燀乎荒外上躬祀於泰壇先假廟以告配百神受職以咸秩萬國駿奔而來祭肆覲創五月之吉朝宗盛三朝之會月窟日際風行雨霈謬忝侍從之臣獲睹人神之泰又感一作盛夫翰苑崇秘人文是經樂正司業元良以貞講藝承華視草承明莫不才侔相如道慱桓榮何皇鑒之偏矚降湛恩於鄙生若側足以登塗方欻躬以効誠僂書紳之猶怠慮數馬之非精晝兢兢以徊徨夕默默以屏營豈不以命重才輕惕一作隕字墜而不敢寧也我寓一作寓我居乎彼南里匪揚車騎實遠朝市羗歸沐以斯憇聊優游以休止旁枕大道其平如水南望南山橫空黛起君子所履小人所視乍掃室以自安殊塞門而不仕於是有竹有梧清風穆如放懷端居玄宇一作默自虛遺原憲一作思之貧病忘甯武之智愚喪我南國之机盡性西域一作方之書悟幻有之遷斡得環中之妙樞合乃一指流爲萬塗審物我之同域又遑遑其焉如何膺后之渥飾宜克恭以忘劬惟一作奚少海之洪瀾豈勺水之云輸伊志慮之久曠矧疲疴之集予徒端直以勿二又焉能以一無此字爲乎有無寘寘飛鳴其盧其徐英英白雲亦卷亦舒吾企夫物之未及故浩然而述初

幽懷賦并序

李翱

朋友有相嘆者賦幽懷以答之其詞曰

衆囂囂而雜處兮或嗟老而羞卑一作感老而嗟卑視予心之不

能（一無此字）然兮慝行道之衜非黨中懷之自得兮終老死其何悲昔孔門之多賢兮唯回也為庶幾越（一作超）群情以獨去兮指聖域而高追因（一作周）簞食與瓢飲兮寧服輕而駕肥望若人其何如兮慙吾德之纖微躬不田而飽食兮妻不織兮（一作而）豐衣援聖賢而比度兮何僥倖之能希念所懷之未展兮非悼已而陳私自祿山之始兵兮歲周甲而未夷何神堯之郡縣兮乃家傳而自持稅生人而育卒兮列高城以相維何茲勢（一作世）之可久兮宜汞念而遐思有（一有三字）苗之逆命兮舞干羽以來之惟政刑（二字一作刑德）之既脩兮無遠邇而咸歸當高祖之初起兮提一旅之羸師能順天而用衆兮竟掃寇而戡隨（已注在前）况天子之神明兮有烈

祖之前規剗弊政而還本兮如反掌之易為苟廟堂之治德兮何下邑之能違哀余生之賤遠兮包深懷而告誰嗟此誠之不達兮惜此道而（一作之）無遺獨中夜以潛嘆兮匪吾憂之所宜　九一作皆集本

釋懷賦（并序）　前人

讀黨錮傳哀直道之多尤不容作釋懷賦其詞曰

懷夫人之欝欝兮歷晦蚤而傷（一作不）離吾心直以無差兮惟上天其能知衷於（一作崇何）德而必好兮忠何尤而甚（一作彼）疑彼陳詞之多人兮胡不去衆而訊之進盡言之不信兮退遠去而不獲弗驗實而考省兮固余道之所戹昔師商之親（一作規）聖兮德既均而行華惟肝腸之有殊兮守不同其何責顏披褸而竭闇兮道既塞而已行路非險而不通兮人忘我而異情王章直而獄死兮李固忠而陷刑自古世之所悲兮矧末俗之衰誠哀貞心之絜白兮疾苗莠之紛生令農夫以手鋤兮反翦去乎嘉莖豈捐（一作豈不指）穢而語之兮詳（一作佯）瞶瞶而不肯聽欲釋去而不忍兮終留滯亦（一作以）何成當晨夕（一作旦）而步丘（一作立）兮仰白日而自明處一世之若流兮何久求（一作永）而傷情樂此言而自（一作內）抑兮壯大觀於兢生拔馨香之茝蘭兮樹蒿蔚以羅列斥通路（一作道）而使無兮戀棘逕之中絕置春秋而徇心兮羌與此其奚別昔誓辭而幼（一作約）文兮期共死以皆居嗟而（一作而所）守之既異兮乃漫汗而遺初心皓白而不容兮非市

直而望利忠不顧兮立志（一作忠不顧而立志兮）交不同而行棄悲夫不徇已而必仇兮諒非水火其可（一作何）畏很（一作獨）吾行之不然兮直愧心而懼義嘉山松之蒼蒼兮歲苦寒而亦瘁（一作悴）吾固樂其貞剛兮夫何尤乎小異欲靜默而絕聲兮豈不悼厥初之所志抑此懷而不可兮終末夜以歔欷（一作噓唏）　九一作皆集本

問大鈞賦（并序）　劉禹錫

始餘失臺郎為刺史又貶州司馬俟罪朗州三見閏月人咸曰數之極理當遷焉因作讁九年賦以自廣是歲臘月詔追明年自關下重領連山郡印綬人咸曰美惡周必復第行無恤歲杪其復乎居五年不得調歲二月有事于社

前一日致齋孤居㢧靜滯念數起伊人理之不可以曉也
將質諸神乎謹貢誠馳精敢問大鈞其夕有遇寤而次第
其辭以爲賦
圓方相函兮浩其無垠窅冥翕闢兮走三辰以騰振孰主
張是兮有工其神迎隨不見兮強名之曰大鈞歌以臨下
兮巍乎雄尊天爲獨陽高不可問工居其中與人差近身
執其權心平其運循名想像或（一作斯）可以訊曰嘻蒙之未
生其猶泥耳落乎埏埴唯鈞所指忽然爲人爲幸大矣工
賦其形七情與俱嗇智不受畀之以愚坦坦之衢萬人所
趨蒙一布武化爲畏途人或譽之百說徒虛人或排之半
言有餘物壯則老乃唯其常否終則傾亦不可長老先期

而驟至兮否踰數而叵量雖一夫不獲兮亦大化之攸病
謹薦誠上問兮俛伏以聽是夕寢熟夢遊乎無何有之鄉
抗陛級乎重霄兮與人間之景光中有威神巾金巾（見黃庭經）
（一作甲）而煒煌命之使前兮其音琅琅曰吾大化之一工也
居上臨下廉其不平汝今有辭吾一以聽播形肖貌生類
積億橐籥圈匡鎔鍊消息我之司智初不爾嗇不守以愚
覆爲汝賊既賦汝形輔之聰明盍求世師資適攸宜胡然
抗心（一作志）遐想前烈倚榜青冥舉足斯跌韜爾智斧無爲
自伐鑿竅太繁天和乃洩利逕前誘多逢覆轍名腸內煎
外火非熱今哀汝窮將厚汝愚剔去剛健納之柔濡塞前
竅之傷夷（一作疾）兮招太和而與居貫以待人兮急以自拘

道存壹輿無示四隅孰（一作執）物之勢不作兮見傷之機自
無汝不善用吾焉嗇乎且夫貞而騰氣者臕臕健而毳精
者昊昊我居其中循輪是蹈以不息爲體以日新爲道倮
鱗羽走濯搴苞皁乃牙乃甲乃䖝乃剖陽榮陰悴生濡死
槁（一作蒿）各乘氣化不以意造賦大運兮無有淑惡彼多方
兮自生醜好爾奚不德余以驟壯姑尤我以速老耶觀汝
百爲又或不然赤子哇哇忽其能言亦既名物幾時踊躍
春耕其丘投種之日釋耒而嘆何時實栗望所未至謂余
舒舒欲其父晋謂我暂如我一子二誰之曲與彼蕪葭之
蒼蒼兮霜霰苦而中堅松竹之皴皺索韡兮不若耩筍之
可憐納材箠而構明堂兮固容消而力完揚且之晳兮不

可以常然當錫爾以老成蒼眉皓鬚山立時行去敵氣與
矜色兮禁危言以端誠俾人望之侮黷不生爾之所得孰
與壯多不善處老問余而何受教而廻遽遽形開嚮之威
神孰爲來哉乃遷衣促盥端慮滌想委佩低簪持簿叩顙
而言曰楚臣天問不訓今（一作臣）過幸一獻三售始厚以愚終
期以壽忘上問之罪濯巳然之咎心增故術腹飽新授馳
神清玄拜手稽首

文苑英華卷第九十八

文苑英華卷第九十九　賦九十九

志三

大隱賦一首　幽居賦一首

大隱賦并序　皇甫松

欒子進不能強仕以圖榮退不能力耕以自給上不能放身雲壑下不能投跡塵埃似智似愚人莫之識也如狂如懦物不可知焉酒泛中山適逢千日萍漂上國迫逾十年遨遊不出於醉鄉居處自同於愚俗閔仲叔之殊見徒避豬肝屈大夫之褊懷浪投魚腹是以坐成滌器行將價春擁萬卷而笑百城舉簞瓢而歌一室必期口無二價居賣藥之流身抗三旌入屠羊之肆於是詩輕招隱賦陋歸田

和光同塵嘗聞語矣遁世無悶豈虛言哉榮啓期之鼓琴身終三樂嚴君平之賣卜日止百錢是可以融神保和含道詠德亦何必拂衣冊嶠散髮清流吸玉露之英櫝金芝之秀鍊神化骨以爲榮乎甚不然也何況華裾飛蓋鏗玉拖金赫赫煌煌光寵相耀有是夫哉昔尚長設論富不如貧曹劌立言食肉者鄙請事斯語以奉周旋以書于紳以銘于座河上公之章句紛其纘歟漢陰叟之畦町不亦勞也言而不足聊爲賦云蕪音適愧乎彫蟲浪跡遽同乎豹隱陋坳傖父誠堪覆瓿以增嗤價重兼金未足披沙而擇有招隱謂欒子曰爾其竄乎何怫怫之如是也欒子喑然招隱者曰夫天地陰陽專其神日月星辰專其耀山嶽峯巒專其高江海川瀆專其深所以滄忙曠朗巍巍瀰瀰者也殆非口適二字是所能彩繪於其間矣自此以降各專其能衆自煩也龍專其靈虎專其猛火專其烈水專其柔霹靂專其怒魑魅專其怪至堯專於治民治民等字唐秋文上闕筆舜專於治一作理水成湯專於救旱周公專於接賢仲尼專於化物老聃專於道德莊子專於逍遙迨於史魚伯宗專於直也季札郭伋專於信也侯嬴荊軻專於義也子胥晁錯專於忠也黿鼉魚豚螭鼇龜蜃專於水也麏麞麋鹿狐狸熊羆專於山也飛鼠專於暗矣飛蛾專於明矣至于蜘蛛蟋蟀螳螂蜉蝣皆有所專而未能暫悉其所專也覿爾之志退非專閑進非專仕愚不專愚智不專智

操心若老成謀身若兒戲顛倒上下罔識所謂亦有專之者乎欒子曰有之吾專於不專也招隱於是知其大人也斂衽易容退而復拜拜而且跪言曰昔仲尼所謂走獸可羅淵魚可綸飛鳥可矰至於龍駕風霆乘雲雷吾不知之今先生之謂矣請從而書之於是欒子廼推琴濡毫以訖其辭邈乎悠哉曠宇宙而氣埃古茫茫而日去今紛紛而月來闢天地之上聖分裂山河之雄材蛇身虎鼻螭質龍胎秉剛柔於水火含變化於風雷莫不隨草莽而共腐與珠玉而同灰悲夫自茲巳降又何營營而不迴所以八荒放志六合遊神皓然矯首兀若無身顧不懼於來者又何希於古人老聃煩於論德釋氏詭以推因苟吾心卓然

而不惑又寧見欺於此君何况駕鶴真人吹笙王子玉樹
玲瓏金臺邐迤青鸞翠鳳之飛鳴丹豹赤麟之遊止劉安
雞犬呂恭奴婢子英拜而魚飛初平叱而羊起或煮藥而
針龍或飛符而繫（一作繫）鬼負柴草而廣施賂萊瓜而傳戲
紛乎哉故吾不悉心而信矣又有青龍上漢白鹿陵虛變
砂神米質酒靈書吁稚川與子政何相欺之甚歟赤城玄
圃任公子之所居荒垣朽竹丁令威之故墟安用翩翩為
白鶴何必悠悠騎碧驢已焉哉吾將居常待終而已矣又
何神仙之學乎於是掩蓬扃閑茅屋几案詩書形骸土木
雖促（疑捉）襟而露肘終擊壤而鼓腹有酒劉伶無妻犢沐花
菲菲而晚紅草萋萋而暮綠春水兩派晴山數曲吟四首

以愁濃舉一觴而懽足波激越而瀛溶竹含烟而樸簌倚
仗則手放青犢脫冠則髮辭斑鹿養牛不乘生雞嬾祝苟
求仁而得仁又何榮而何欲世事紛紛生涯促促亦何為
乎鯤金亦何為乎泣玉悠哉已矣胡不順時而從俗耶亦
有居陋若而易志顧好爵而廻腸耻白屋之簫瑟期青雲
之頡頏寵崇朱紫譽藹馨香交親翕而相會門巷曄而生
光危冠岌岌環珮鏘鏘朝朱門而受爵暮赤族以懼殃信
刑漢朝胥流吳水一室薰而香焚三冗空而犬死能守節
以保身然後謂之君子萬古勳庸逐風砂歌鍾玉帛散朝
霞華亭晉陸悲朱頂上蔡李斯億素牙稽康臨刑而顧影
寶嬰就戮而興嗟高鹿馬以喪國曄虵豕而忘家諒覆車

之在眼吾將易轍而止耶於是振遐思蕩清慮擺簪裾遯
名譽聊疎放以安貧冀靜僻而為趣翫步重水常趍逕林
奇峯巃嵸古木森沉泉出山而漸淺雲入洞而愈深遇清
風而籍席對綠條以開襟薜蘿緣裊以樛結連巒菌蠢而
相尋望去鶴於沙尾見歸龍於水心青苔潤而饒露碧梧
歆而足陰松脂滴酒樹癭臺琴山席平鋪而紫蘚書卷橫
開而露侵廻首遙巒松蘿漠漠曲徑抱雲根斜陽逸山腳
瀑迸疑懸峯危欲落歷斷岫而峥嶸入疎林而綺錯委葉
交扶盤根相閡野鼠鬪於林稍山雞鳴於叢薄蔓訒時縈
壁危或柘出入煙蘿徊翔寥廓靈葩露葉芳綿綿山青雲
白心悠悠然徐些赴哭三千里萊子留書十四篇陸通避楚

而負饑張翰辭吳而鮮船豈求聞而矯俗諒襟懷之異焉
予亦何人思為逸民朝常擁耒暮或垂綸山泉鳴而入夜
洞花塞而變春閑遊諳野蔬食慣貧盤中之周生紫蓼嶺
上之陶公白雲野岸波登蓬門露曉徘徊綠水之際蕭洒
青林之表杞根成徇蘿葉垂蔦山鹿奔而草低野鶴飛而
桂裊溪外負薪田中荷蓧鶉披子夏之衣哇鳴稚圭之沼
攏畝連延桑麻繞繚入崦而朽竹芟疎出溪而茅茨稀少
依林壑以終焉經沼沚而留連花披離而綿絡瀑鳴山而
布懸潭中則嗔（一作顛）魚躍日洞重則沉鹿叫煙遇山客以
停杖逢沙禽而駐船槎崩水沒樹空籬穿雉雛霧且鼉鳴
雨天灌於陵之藥圃耕彭澤之黍田偷閑散於一日役筋

骸於百年開山决水澆蘭蒔芷移風桂於嶺頭種煙篁於澗裏浪蒲沉舟苔生濕地山廩空而鼠喧野浪高而鷗喜或曲岸而流觴或平崖而憑几煙霞繚繞松桂邐迤踉鶴二字一作蹁跹西來鶯鸞一作鸞南起始嵺嵺之不極終渢渢而未已慨然懷古中心如醉憶觥酒之步兵想能詩之都尉先生則五斗成文君王則七言見志陸機之價難偕鄭衆之心莫遂古人往矣吾將已而諒紛紛於來者欲停觴而遲誰求懷掩抑遐思歔欷鑒往行之得失悞前賢之是非至如龍章鳳姿之異鵾化鵬立之姿重踵胼脇龜背虎眉莫不截野格禽深江軒螭捽搏犀兕桀烈疑作裂作熊羆籍魚爛之勢興龍變之機日駭星隕海動山移澶漫瀾亂推斥支

離然後續百王之鳴烈應五運之昌期於是玉帛郡國鍾鼓神祇罍斝醪醴籩俎豝肺周旋登陟以嚴以私威儀文物繽紛陸離禮樂戎狄冠義蠻夷轟然一聲雷疑作電威風馳明遠歎蕪成之作子仙叙離别之詞雖寂寞而遠矣良咨嗟而愍之若夫舒巧矜談沾多肆欲翦通一說而亡三墨翟九拒而餘六智不如葵義輕於粟貧汎說而有餘在通議之不足置此獨幽沉昔人難復尋巃嵸繞南浦蘼蕪蒲西林嶺遮亭而青獸不起松横水而蒼龍欲沉鷗泛空而點雪月零渡波作而蕩金獨徘徊以無侶悄持觴而未舉歎巨卿之不來嗟子皮之乖阻胡不長逝兮而隱憂决比德於單音善卷逝追蹤於許由道叶五往思無三求與傴

僂而同去共支頤而云休孰得孰失何思何慮豈若介子推之怨晉戮子陽之泣周煙飈勃起涕泗横流徒血盡於雙目竟灰錯於一丘所以順世浮沉與時消息寘神觀化何往不極齧缺之問惡乎知哀駘之心莫之識今昔茫茫興衰運長超然委命于何不臧亦何悲於麟獲亦何嗟於豹藏薜葉離披之島槐根擁腫之場白鷗兩岸青莎一床遇四老而極逸逢七賢而甚荒露濕書芨塵生藥囊楊子袍穿倪生室方結痛飲之山簡就蔬食之袁唐我有遐說超然自悅鄙文馬與華軒況金臺之玉闕藥不可還童方難爲馭風莫希魚背客不作鹿門翁門何山而不對水何徑而不通雲歸則千峯卧綠桃飄則一川踏紅南湾漁者

東郊老農形骸坐類襟帶自同或刺舟而共去或駕犢而相從採藥於巖下行歌於里中兒童目以癡叔鄉人指作愚公怪蔣詡之徑俠笑孫登之室空昔者梁伯鸞之牧豬馬仲圭之墨兔毛公隱身於傳徒嚴生攻書於卜舖咸蓄奇聲共沉高步雜閭里而寄清汨塵泥而自汙我亦悠悠何遠疑去留方寸自足徒勞外求入煙霄而何樂處城市而何憂於是抵鄠郭出林丘九衢駢羅而自適三市終譁而自遊褱楹接栱輗軏連輈金碧族而霞爛羅綺開而浪浮曉入屠肆春遊酒樓卧白犬於甕下懸青凫於杖頭並肅父以補屐同庖丁之解牛遇茅狗之迎酒嫗逢木羊之隨葛由旗亭日將夕百戲忘休息漢女踏紅綃海人抛赤

灰飛塵宵合囂聲書一塞泥燭巧成皮錢妙飾滌器則或損殊材當壚則時逢麗色與商丘而同懷其文實而晦跡斥鷃逍遙藩籬可巢不憚負扃何羞賣膠或有貨藥藏名傭書養志或屠狗於横街或奔牛於列肆道合情同心諧跡似纖體濁形捐聰斥智雖殊之於萬途咸趣之於一揆天道云云亡知喪真孰能國士吾爲市人德與時而偕益道隨行而日新一牛衣以温體五羊皮以易身羅衣駭目麗質驚鄰詎謂正色寧吾所珍不望豹變非圖蠖伸誓洗耳纖那挑指文惡心長而髮短驗齒亡而舌存損又損以立操材不材而用神伊大道緬邈而不極聊糟粕於斯文乃援琴而歌曰茫茫大塊兮淪淪透迤生我至德兮其心孔

殷茫茫兮孰知其施道之虛維吾之廬闕之監維吾之實矣道之謐維吾之室闕之嚻維吾之黨矣杳乎徐乎邈乎冥乎維吾之娛矣剛龍之蟠長雲兮夭矯蜿蜒脩鱗之喜横海兮紛瀁漩沿游神於六合之外兮希夷自然又歌曰會瀾起兮風自飄雲溶溶兮連沉寥微風息兮波以平雲霏霏兮開窅冥重巖邈兮脩巳遠洄潭渺兮深復淺羽余觴兮空余壘玉頹酏兮山巳穨羲皇何以不復回捐形棄世兮如我何哉金踴躍兮求莫耶爲不祥兮將柰何招隱者歌曰大道由由（一作悠悠）而熙熙吾莫知施誰宗欒子吾其嗣之至化蕩蕩而一一吾莫知專誰師欒子吾其與焉歌闕杉竹蕭然而迭響鳥獸徘徊而更鳴怡然鼓琴抗然起舞於是標問答纂歌詩不知其強名爲賦之

幽居賦（并序）

陸龜蒙

陸子居全吳東踞長洲故苑一里闔闢不通人事且欲吟詠性情曰燕居則仲尼有之矣曰卜居則屈原有之矣曰閑居則潘岳有之矣曰郊居則沈約有之矣既抱幽憂之疾復爲底下之居乃作幽居賦其序云余小學窮玄早持堅白其生也懸疣附贅（一作懸贅附疣）其材也載（一作戴）瘦衛瘤居無養拙之資出有倦遊之嘆初張蓬矢嘗逞志於四方未佩桃殳敢遠仁於一日雖家風未泯而世德全衰門等嵩平材蕪魏邴激清芬而鎮俗追雅望於圖形苟最乃天下表儀裴秀爲朝端領袖朱輪十乘紫詔（一作誥）千篇炳若沉

星（二字一作星辰）粲（一作燦）乎竹帛俯觀圖諜謬辱孫謀五鼎蕭條賜書零落漆工秋酒（二字一作酒保）幾欲沉淪故粟空桑屢瞻摧折劉毅劉超俱無擔石之儲許邁許詢共（一作但）有山林之志思鑿坯以（一作而）遁聊倚樹而吟師道氣於龜腸扣兵鈴於魚腹窮年學曆（一作譜）不遇白猿隔日伏痁未擒（一作逢）黃鵠止則葭墻艾席行則葛屨（一作屩）柴車仲宣方翫於棊枰叔夜遂（一作邃）眠於鍛竈既而（一作知）草知晦朔木讓榮枯因推墨別爲三後（一作如）晤儒分至八何晏之言道德不及王生鄭玄之注春秋裁同服氏初陳梗槩漸入精微探桓範之智囊掘張憑之理窟（一作窋）遺其耳目然後謂之聰明差若毫釐烏足言夫（一作乎）大小加以病唯闘蟻力止戢蜩（列子作戢秋蜩）

之具箎帷非翡翠之榮鍾鼓豈爰居所樂遂求衡泌聊以栖
遲建一畝之宮忝稱儒者置千金之產雅叶中人晏子以
囂塵可容曹公以泥水自蔽羅含宋玉黨戾止於荆蠻蕭
相武侯亦潛安於僻巷楊德祖家唯弱柳殷仲文庭只枯
槐馮衍蓳辛繁欽苕一作蕙碧復有稻名半夏藥號恒春長
榆是一作亦降星精脩竹乃生雲母潘尼館裏嘗聞柰素瓜
卉庾信園中亦話棗酸梨酢且故切切觀流詠雅一作惟尚清
風古今攸同聖賢何遠武仲遊於沛澤伊尹耕於有莘余
欲無言回不願仕神交六位方爲賣卜之人歌動五噫竟
一作始作債春之客兒有布絢一作綃綸帽尚足朝昏羽扇貂
裘循堪寒暑得以書抽一作袖虎僕射用牛踰自理恭稀閑

一作閒披鉤褐經稱小品還下二百籤賦爲名都略點八十
處下問得犁塗之儀徐一作余聽聞愬怒之詩既已逢原遂
成携翰非因授簡切擬題一作遺鞭不能粉澤大猷且用玄
黄稗說貽於好事希逢一作從得意而傳責以壯夫卉受予
雲之笑賦云
太一作泰伯句吳通侯舊里地接虎丘門連鶴市比顏巷兮
非陋方賜牆兮峻一作循峙樂令有名教之樂必以人一作仁
行莊生乃道家者流咸從達起彼既得矣予何謝焉欲神
遊於浩氣法大一作天隱於遺編魯仲孫衣止七升之布樂
武子食無一卒之田賤不容憂貧唯可賀冥心而姑務藏
疾卷舌而誰能縶一作擊墮争牛敢脫乎牛車自給方營於

馬磨噫秦時亡命竟一作競作帝師吁漢末遺臣皆稱王佐
吾焉用此僕病未能藝合歡求辭恚之方餌陟釐明功吟
之微悲少歌於趙一喜長嘯於孫登萬古騷人遠追乎橘
浦百金斆疑作爐力胡切歛也事近書一作出於松陵亦慕偷桃還憐
嗜芰何慙一作悲尺蠖之屈未損丈夫之志投簪隱几聊思
夷甫談玄搦札濡毫耻効文通奏記夫静者躁之君名者
實之賓進不參乎一作於多士退宜追乎逸人恢厚二字一作煩原
士之五畝託高風於一作之四鄰繞袪燥濕稍遠囂塵以日
繫時且復窮乎魯史穿池種樹正欲類於齊民室乏崇墉
一作墉壖非縮坂因坎窞以爲洫藉蒙籠而表限孟戒無是
非之心阮通能青白之眼龜床鹿幘訝招隱兮何遲椽歛

菁羨笑誅生之太簡是知名安可釣筆不堪耕有白鳳之
才乃先爲贅客有雕龍之辨然後爲狂生雄自投而幾死
禰動妄而將行外孌方施孟子虛陳乎仁義中讒既勝韓
非徒恃其縱横况復支離壹鬱旭陋蹇吃材甚散而寡文
體素羸而多疾陰鑑芽銚披曉幌以皆來徐邈酒鐺擁寒
爐而必出然忘物我混窮通將大宗師理叶與握直輔一作
宰情同優游寒馬俛落冥鳴竊慕王晞眷戀於良辰美景
深符謝惠留連於明月清風得不分碕岸而餙荒臺輟金
錢而顧佳樹尊絲兮欲縈千里草帶兮初圍十步穎垣抱
碧無非海髮山衣暗坐飄紅盡是松脂桂蠹加以籬邊種
菊堂後生萱覆井之新桐尓引臨窻之舊竹猶存花妨過

帽椰礙移門夢去而雲遮絶洞樵歸而水遶孤村遇景逍
遥就魚鳥之情樂開襟散誕見羲皇之道尊早濯言泉屢
遊經苑憂中（一作度）廢而將落懼無文而不遠豹管開窺羊
岐忌返搜束晳之云鈌補陳農之巳遁梁太祖府名畫
咸得奇蹤王子敬家聚群書率多異本何掌髯鬚莫完分
毛徒美夫玉杯朱弦之號美象格犀簪之態高寧爲（一作容）
朴野不稱蓬蒿恨殘編之未睹奚雅具以爲勞況乎栖平
蕪古木之地壯被褐擁鎌之事宜其梓合巾箱籐交餅筥
炊秕稗以爲食剖瓠匏而作器荷蓧而行據梧而睡妖能
勝德休占賈誼承塵醉可全真但舞王戎如意其間豁爾
此外蕭然萎肱則唯卧一被江華則還留半氊望夫子之

門牆乃過數仞顧先生之履襪不翅雙穿敢驚時而獨行
聊收視而返聽豈可浪廢玄關虚揺譚柄夜將半而誰容
月每旦而誰平（去聲）清言不屈孫劉難（一作詎）㳒於中軍善講
無窮支許那輕於小令式抽易緒或扣老端演精微於簡
易消澹泊於艱難澄如井水界若長竿興（去聲）牛心者赴敵
持麈尾者升壇交衡而矛戟初利頓挫而風霜正寒與公
雅對（一作韻）仲祖旁觀始信何才當指地於丞相方知習健
杭彌天之道安彼瀍洛而無容且蕭條而高寄蕪耳（一作以）目
咸外咼丘園之足賁幸春物之向榮别（一作列）天姿而見遺
陰者負而陽者勝孰謂多機瘠者後而腴者先奚爲（一作云）
一氣真宰難問洪鈞豈留人間未適象外（一作表）何求縱使

挧（一作陶）煙霞而傲睨騎日月以嬉遊乘剛直上攝景宜搜
横絶乎四海飛楊兮十洲讀仙氏之琅書安能觧愠傾洛
公之金醴幾得消憂不假大招寧馳别國悲舊鄉之何在
望平原之無極歎鍾鼎以（一作之）沉光向漁樵而骋力庚桑
有道猶居㟪壘之山接輿佯狂亦取抱壚之食徐夸下舍
陶愛吾廬上法於陵之哇圃旁分建業之村墟時牵飜礫
自把渠疏友乏惠施莫觧連環之義翳無文摯誰知方寸
之虚存其道而或通失其居而後阻（一作旅）才將命兮分坎
壈性與時兮其齟齬間遊廣澤何學弋於蒲且終蹈滄溟
更移家於芋嶼夫動以勞吾身静以伏吾神苟能推於用
捨自足究乎天人思任誕於窮檐何辭井臼不求容於假

（一作側）徑何患荆榛沉冥者朴素之源毁譽者浮華之轍著
名聚雪仍招死草之譏琴號落霞尚被枯桐之説佐（一作值）
聖則幽贊成功逢闢則雅言攸發同於德者大亦宜然殷
宗命相於巖下周武迎師於渭邊有東山北郭之風纔能
養素有左公（一作車）右侯之計未足圖全羌浩歎而長吟畏
蘭凋而蕙歇清樽方灩於遥（一作瑶）水寶瑟坐凝於華月歸
田少接尤疑尺（一作斥）鷃追飛羽儀相逢可謂蕪菁唐突

文苑英華卷第九十九

文苑英華卷第一百　賦一百

射　傅奕

破的賦并序　喬潭

君子脩辭以干禄禄或不至居常以俟命感而遂通抑亦莊生不射故爲破的賦以喻其辭曰

飛衛學射於逢蒙希其術窮搜董蒲白羽之箭獲燕角緑沉之弓張望艫雲徘徊朔風以爲隼必獲於墉上雀無全於彀中或曰人將觀德子盍呈功乃見於諸侯諸侯閱之州序獻於天子臨乎澤宮自上而一作兩下陳其比偶歌騶虞奏貍首其或少筭從而進酒於是乎擇素士張畫侯豁朱膊捍帯韝既垂橐以弦弧亦啓箙而抽鏃内審其志外專其目釋思其平去務其速落殘月於象弭飛明星於金敢宜易易而獲禽鱗兢兢而失鵠師哂之曰殆矣王庭之賓胡爲先利其器而不反求其身乃杜門三年循乎家人聽之以氣視之以神秋毫如山虱心如輪高其小物申以歲貢從容君所無後命中不知矢之所加弦之所控不知

一無此二字引之而蒲縱之而送以無心爲心若夢不夢斯疑焉而發遽騞然而通洞洞之者爲的中中之者細若毫芒乃能匪左匪右不留不揚絶心乎後一作絶乎心後後疑作繫牢落判散亦何有四方是特也君子觀之貴其得一小人視之多其中質九賓之衆毛竪骨驚陰幽鬼神股戰顛慄固可使朝肅慎面先零變幽都柔南滇至遠無外罔不來庭夫以有形之器猶能破的况天機爲弧大直爲矢而不能破其夷狄故事無矜功理在冥跡不射乃師之盍吾將爲盍

射楊葉百中賦以藝通於神動不虛發爲韻　何據

於稽百氏爰得六藝射之制伎之銳既取象於逢蒙且規模於飛衛篋石遇而洞啓蹲甲徹而激藝疑作勢於是聘牂之葉引解解之弓撥長弰而累氣厭輕葉之挫風心與手兮宜合神與術兮玄同標的外準精和内融杯水凝而色粲粲金鏑擬而光雄雄亦既縱横鳴弦激羽馳虛走空柳雖大忘於所志之外葉雖小捨之必取其中力不屈道必通牢籠五善之奥摠括百中之工時稱絶技寔曰巧發貴乎揖讓賤乎矜伐豈直志歸貫星繁弱御月鴈迸落於雲霄後洞呌於岩巘而已哉客有覩之而歎曰弧矢之利器之惟新而彼審鵠爲美曷若中葉可珍衆謂之葉我視如輪叅於靈妙達於思神飛後鏃而挺出劃前括而相循養叔之後一矢頽高之持六鈞肅麗一作儷景而同塵此射禮所以宜爾射善所以温如其發也不虛慎於末善厥初

角弓猶有勁楊葉碎無餘不見於動不三字官韻

百步穿楊葉賦以藝精意專發必能中爲韻　賈餗

有美一人兮操其矢獻其藝發茲手敏與彼心契廣場爰設砥平乎百步之中一作外衆目所瞻星流乎片葉之際恒規規而月滿乍肅肅而風厲是時也固當審毫釐分巨細槁木斯立自應往昔之無貫珠而來孰謂後難爲繼豈非妙歸至習道合惟精積少之多而無失以小觀大而有程克中之時謋詬莊子作謋詬口解切多力也不能以施力造微之處離婁不得以爭明不然則一矢之短寧期乎必至一葉之微若有乎餘地諒有開而必先故無往而不利然後知射也捨耳而任目外形而專意出乎一札爲知來者之不如中乃

百全勿慮前功之併棄且夫稟絕倫之伎當明試之前爲衆所推發不可不中冀君所賞情不可不專由是捨矢而破固葉是穿翻光而白雪馳羽振響而清風激弦名加徹札術異攻堅非後來之居上信直道而無偏夫然則習藝者不得暫闋控弦者不可不發弦不發則吾何以述藝不脩則爾亦無必安得窮五善之妙出百夫之能積時之功且棄必獲之美徒稱嗟夫一作乎今之習射則多選才斯衆若穿楊葉者曠千載而一中

貫七札賦以心平體正彼堅剛爲韻御試　楊弘貞

善乎養由之爲弓也故以穿楊之技以推貫金之誠左烏號兮右青莖睨七屬之甲收百中之名神馳手敏體正心平始

則一以貫之將疊雙不息終則洪於徑也俾合七而成類脫洞達鱗差混并旁穿而雀角非勁深入而蜇飛有聲一有字觀夫蹲蛟函轂象弭量步遠邇迴眸徙倚指鏘鏘之鍊取中於茲狀纍纍之珠其端若彼葉六以進吾無間然吞八之名我異於是是知弦木之出貫葦爲先出一札而鋒鋩自利踰百步而犀兕無全慮其中螳螂之衛徒設稽其數混沌之竅齊穿豈徒激白羽開月弦俾晉侯之禽自失漢將之石彌堅且韃橐既啓美六材之定體決拾將臨矜壹發於巧心是誇妙捷豈憚重深疑疊翮之摧頹猶驚飲羽類逢疑作縫裳之襞積尚謂紉針夫弓以火而勁其徹得火之正故將笑函人之仁掩嬰相之盛俾帶甲之士知皮之

不存在引弓之人則心莫能競故稱矢無虛發藝得專場考窮深之宜我將用直探破堅之理爾則秉剛方今寰海鏡清皇明朗徹澤宮是選貍首爲節望正鵠以進一作振旅奉弧矢之成列然後徹札之人庶驗其工拙

射己之鵠賦以審諸己而後能中爲韻　張友正

習射之妙惟精惟審其審也在無偏無頗其精也在不食不寢是則動之不虛由己求諸三侯張而六鈞始彀一鵠中而百發如初月滿指掌星飛庭除己因鵠脩其德惟積鵠爲己任其射寧疎志氣中叙威儀外舒正其身而有則有準合其奏而匪疾匪徐原夫彼鵠父射爲父子射爲子並列其名各承其美假以成績脩之在己射不應而有善

誰觀藝不臻而有時奚侯專功繹志每歎於流年時中成人敢忘其寸晷以此懷之常憂殆而日月既往弧矢既持心超超兮有歲魂怳怳兮無時非不慎乎規矩逮恐失於毫釐周旋可託進退唯茲鏃破的兮流光散出弦應手兮飛羽相追寔此鵠之是念唯彼侯之敢思立則惟心成因在手且一控而一發亦何先而何後含意雖睨和容已久喜滿勢而暫疑維媿直弦之屢受若乃旌竿並舉侯狀皆升曉露中滴晴光上凝觀武于茲可明七德之要取才於彼亦彰一藝之能以其獨弄旁觀者衆豈比夫啼猿散繞飛鴈雙中儻射已鵠之可稱冀鳴弦而再控

射中正鵠賦以諸侯立戒衆士知訓為韻　白居易

聖人弦木為弧剡木為矢惟弧矢之用也中正鵠而已矣是謂武之經禮之紀故王者務以選諸侯諸侯用而貢多士將俾乎禮無秕稗位有降殺廣場闢而堵牆開射夫同而鍾鼓戒于一作有以致國用脩歲貢使技癢者出於群藝成者推於衆在乎矢不虛發弓不再控射繹志也信念茲而在茲鵠小鳥焉取難中而能中乃設五正張三侯叶吉日於清晝順殺氣於素秋禮事展樂容脩既五善而斯備將百中而是求於是誠心內蘊壯一作莊容外奮升降揖讓合君子之令儀進退周旋仰一作伸先王之彝訓故禮舉而義具一作立且無聲而有聞一作問及夫觀者坌入射者挺立矢既挾弓既執抗大侯次決拾指正則掌內必取料鵠乃

彀中所及雕弧年滿當晝而明月彎彎鋃鏑忽一作急飛不夜而流星熠熠其一發也驍若徹札其再中也擿如貫笠玉霜降而弓力凋金氣一作風勁而弦聲急愜群心而踴躍駭衆目而翕習若然者安知不能空彎而鴈落虛引而猿泣者也矧乃正其色溫如洒如遊於藝匪疾匪徐妙能曲盡勇而一作可賈餘豈不以志正形直心莊體舒不出正兮信得禮之大者無失鵠也豈反身而求諸斯蓋弓矢合規容止有儀必氣盈而神正寧心讋而力疲則知善射者在乎合禮合樂不必乎飲羽在乎和容和志不必乎主皮夫如是則射之禮射之義雖百代而可知

凡一作皆文集似不及古本謂如詩有聞無聲雖訓問而集本不應徑改為問大率類此

博奕

棊賦　吳大江

奇謀入妙巧思參玄雖一枰之可美起三隅而邈然似將軍之出塞若猛士之臨邊及其進也則烏集雲布陳合兵連或參差而易決或齟齬而難便開馬眼以防後張虎口而遮前磊磊似玉石之相餚粲粲若衆星之麗天爾其深思遠慮知白守黑以仁義為友道用譎詭為明德或意在東西而偽擊西北類行藏之通變同陰陽之不測於是且侵且戰不恃疑不平鴈行絡繹魚陣縱橫寧扶危以救死不貪敗以丧生或偏攻於略地或專命於用兵或轆轤以

成刼或宛轉而入征雖勞形而竭思固難得以言名及夫雌雄有央疑多勝寡心悠揚而不定心沉吟而未下名不可竊智不可假千慮萬計復何爲者行必量力動則相時其措意也屢巧其適變也多姿旣得之者榮失之者辱此餘而未已彼懷而詎足馳神不竭應運無窮勢出心外命懸手中圍初開而復閉路欲塞而不通伊仁智之可詭豈造化之爲功使夫離婁喪睹隸首迷術公子罷晏而驚視樵客入山而忘出

握槊賦并序　邢紹宗

握槊今人爲謂疑作之長行也斯博奕之徒與觀其進退遲速雖存於大體因時適變必務於輿疑作興權施之於人可

以義存賦曰

夫何一枰之內兮而取之多端六藝之外兮其爲功乎實難張四維則地理攸載背兩目則天文可觀不可飾於丹漆寧假貴於琅玕物以群分故玄黃而不雜鬭必遇敵惟蚌鷸其何權彼千變之奚隼任雙頭之所安遂使象牙在手駿骨登盤爲無竅之須鑿故非龜而見鑽且其廣凡幾分數不過六參差宛轉循環反覆不能者敗而成患故能者養之取福則掎角相持首尾俱蹙形同楚漢氣陵賁育收七縱之奇功在一擲於餘擲或撫髀而驚聘或聳身而助速似臨敵之旗鼓同在師之耳目率成是而敗非類吉凶之倚伏多迴君子之慮以實小人之腹爾乃啓行前指要然自能經彼策之無算謂我謀之足徵豈知夫否終則傾道非假易持不競之微力乘驟勝之遺累閑六關而不通因一子而爲質乃欲速而買害翻後世疑而獲利無以憑陵而顚頓無將往蹇而自棄實交掌而變生亦隨手而時與至若幽人欲寡智士謀深不蕩其乎一作志以平其心非獨巧於往遂移情於今是知行必有恒事思不久疉疉終一作經略循循善誘或欲退而徑前或謀疾而居後雖其敵而必應固無險而不走或用壯而可攻或示羸而難扣不幸災以矜伐每終吉而何咎雖小道而可觀彼多詐而爲有其故柔匪及懦勇必兼斷聚或一旅分爲數段始霧委而雲集忽風解以冰泮皆應物以卷舒亦從宜而合散

雖觸類而則長纔吾道之攸貫足明夫正而不譎取又非貪全同坐隱斯爲手談必由理勝豈非言井雖小失其奚奕亦大來而莫慙然則終多喪志吁嗟士兮不虧

彈棊局賦　闇伯璵

西南之美有華山之礦一作磺石焉底貢之珍有荊山之象齒焉於是工人創器軌物備敘豐腹上圓頹根下矩憑陵衡隧擲筭師旅犇跳一作號啓行兵棊迭舉赴縱奔電影亂飄風左掎右角爲梟爲雄易心而行候釁而動奮以武怒賈其餘勇作威以襲敵厭陣以承權建瓴桓桓謂戎馬之旋路長斜矯矯猶翰音之犇疑作天耻交綏而退旅尚彼廢而我全併射隼以藏器眷得魚以忘筌惴惴將頽識成

敗之亹亹纍纍不絶嘆瓜瓞之綿綿始收功而隔澗終制
敵以緣邊原夫粲若星離偃如雲岸映垂奩而斁合拂轉
巾於霧散示之以弱効羸師以設疑謀之其臧象觀兵以
静亂克乃因於通理敗不由乎强幹或應爲而不爲或當
斷而不斷鄙夫遘戰而未非智者見機而已嘆連連摶漠
必成其鴈行歷歷登壟何異乎魚貫愧逃疑政以周流慗
不競於奔竄諒棲遲以保險仍𡆻䟢而良歎良工飾法以
脩身小人耻射以作翫鑒烱誡於博弈吾是以箴之藻翰

彈棊賦　盧諭

惟古人之衆技必有託而觀智既垂誡以爲諭故求能而
不累見小人矜捷之迹識君子安全之義孰謂循賢在于

茲戲觀乎局之爲狀也下方廣以法地上圓高以象天起
而能伏危而不懸四隅咸舉四達無偏居中謂之豐腹在
末謂之緣邊棊之爲數也各一十二彙其始布也各以其
類乃分其位環合相承櫛比爲次其始作也則云其畜未
之爲難乃契謀衆指意或多端欲因先以獲勝恐致危以
思安每遇敵其增惕故用之而假歡則有飛迅一繫一作擊
紛紜俱散慮加少以爲多實思危而不亂謀而後動審而
方按或始否而終亨或先傾而後歡若乃臨邊却舞徑天
廻越必在知機之微騁異而發至如垂空勁徃應心得俊
雖具美於踰平終易蹶於巉峻是知冐險者忘於趨進規
利者失於戒慎豈與夫所適多方所求唯順因其利不失
於得追其遠若歸於信乍從容以周旋時倏忽於一瞬伊
衆趣之無極諒所戒以唯貪苟能知其義者無棄學而假
躭

第二　張廷珪

其爲局也不徵荊山之璞不用藍田之質兀若玄龜之起
爛若繁星之出約勝負仗明信但分類而抗行咸背深而
列陣唯智是役唯貪是慎敗不同奔鬭不齊進曉之者敵
衆多以寡少懵之者徑起寸循萬仞徒觀其彈射萬變精
妙入神口與心計行隨意新作氣者慱摶疑作乎九天之上
循檀欒而旁擊受敵者横墜乎九地之下丼棄置而歸仁
行必假道砮必擇隣衡危以陷其兩虎陪疑險更生乎一

黍至若生任俠少使氣爲主顧懐將慆動越規矩競緣局
而斜衝争隔矢而曲取既向角而散亂後當中而攢聚苟
萬一之偶中何輕狡之云數曷若恬和之士神清意遠豈
棊布而與來亦手運而情遣先和容而取則兼中敵而爲
善務專一於道求寧苟貪於席卷或聊假以踰大或有迷
而知返夫局勢將畢觀者逾樂兩敵相持三顧而作劃去
者箭飛分索者星落聘四隅之豁然若萬里之清廓

戲樗蒲頭賦酒酣舉白爲韻　薛恁

在衆藝兮所尚伊樗蒲兮自久招邯鄲少年命諸葛新友
分曹列席促罇舉酒循賢博奕將取適於觧頤乃貴先鳴
故坱争於遊手終日莫閑連宵戰酣不拔其旗且背城而

借一并兼是視豈分土之惟三瞋目賈勇危冠竟（疑作競）貪鑒座中之奔比爲席上之司南然用之斯行捨之斯去老氏以訓人立範莊生以亡羊是舉佐歡有則任物有叙既無我以推移每隨之以飄所別膏粱之子縉紳之客時爲此物以代支策初一擲而純盧忽連呼而成白相顧則笑泯然無隙請傾耳側目看後來之一擲

文苑英華卷第一百

文苑英華卷第一百一　　賦一百一

工藝

遊刃賦一首　　大巧若拙賦一首

工先利器賦一首　　運斤賦二首

攻堅木賦一首　　刻桐爲魚扣石鼓賦一首

棘猴賦一首　　執柯伐柯賦一首

遊刃賦（以目無全牛必有餘地爲韻）　張楚

善乎庖丁之養刃也鋒不鈍銳不缺横爽氣以凜凜頓霜威之肅肅内則道協於心外則手應於目三年之後不見全牛於是手以之發刃以之投其虚其徐刃以胳合所倚所觸血自潛流牛之間兮稱有刃之厚兮云無以無厚之刃入有間之軀與切泥而不别將委土而何殊忘其骨節之難易未甞肯綮其斯須以天合天騞然嚮然（莊子作驕然）目不視矣手有存焉竅之導兮自大隙之批（並結反有際之處因而批之）兮自穿始以一剖終以萬全匠石代之以運斤未可爭長孔殺之而用劒難乎同年則說屠羊以淺術望鼓刀以戰慄期百發而百中笑無固而無必乃知丁之道也可久丁之伎也難有利推百鍊不愧於太阿聲中八音自合於經首（咸池樂章名）日居月諸勇其賈餘君欲口傳等文惠之相好我方神遇覺良庖之不如若然者遊合逍遥之事刃合虚白之意倘遊必有方刃何不利冊冊兮雖不可知恢恢兮常有餘地方將解千牛然後躊躇以滿志

右賦題出莊子故多用其文

大巧若拙賦（以隨物成器巧在乎中爲韻）　白居易

巧之小者有爲可得而窺巧之大者無朕（一作迹）不可得而知蓋取之於巽受之以隨動而有度不工合規（一作舉必合規）故曰大巧若拙其義在斯若（一作爾）乃掄材於山（一有木字）審器於物（一有執字）將務乎心匠之忖度不在乎手澤之剪拂故爲棟者任（一作資）其自天而（一作之）端爲輪者取其因地而（一作之）屈其工（一作公）也於物無情其正也於（一作衣）法有程既游藝而功立亦居肆而事成大小存乎目擊材無所棄用捨在於顧旨（一作取捨資乎指顧）物莫能爭然後任道弘用隨形制器信無爲而爲因所利而利不凝滯於物必簡易於事豈朝疲而

夕倦庶日省而月試知大巧之有成見庶物之無棄然則比其義取其類（一作豈朝至其類無此三十二字）亦猶善爲政者物得其宜能官人者才適其位嘉其尺度有則繩墨無撓工非剞劂自得不矜之能器靡雕鏤誰識無心之巧衆謂之拙以其因物不改我謂之巧以其成功不宰不改故物全不宰故功倍遇以神也郢匠（一作人）之術攸同合乎道焉老氏之言斯在噫舟車器異杞梓材殊圓枉枘以鑿圓破圓爲觚必將考廣狹以分寸定（一作審）刓方以規模則物不能以長短隱材不能以曲直誣可謂藝之要道之樞（一無此八字）是謂心之術也豈慮手之傷乎且夫大明若蒙大盈若冲（一作大盈若冲大明若蒙）是以大巧棄其末工則知巧在乎不違天真非役神（二字一作勞形）於木人之內巧在乎無枉物性（一作情）非勞形於棘猴之中（一作非役神於刺之中）若然者豈徒與般爾之輩騁伎而効（一作校）功哉（一作皆集本似不及古書之善）

工先利器賦（以器苟未精將何爲巧爲韻）　魏式

工有習藝求名志在不朽乃言曰藝未達不可求以諸已器未精徒勞措以其手安得輕進自貽伊醜於是磨礪爲先動用爲後試（疑作誠）旨趣之可尚實果決之不苟所謂作事謀始本立道生繩墨盡索斤斧畢呈慮妍媸之稍違而或愆規矩審鋒鋩以求銳必取專精懃懃不怠矻矻有營欲盡心於鎪鏤用度木於林衡亦如舟楫良然可思其濟涉耒耜利始得議其耦耕於（一作原）其發硎可覩以精爲貴

不然何以能久用之不既驗樸斲之有辭懼剞劂之猶未爰究爰度無或不良揣八材之質淬百鍊之鋼然後切磋効奇成至寶之美刻劂中度用巨材之長呈機巧以盡善豈濫竊之是將且斟酌不撓矜名訾巧雕鐫非他施功幾何既適心而便手因投刃以攢柯向使因循爲心則器必殘缺若苟且從事則人亦詆訶安得不分班倕之玄妙就玉石之琢磨觀夫欲展而能先礪其器以工立喻則人不二可爲庶事之規寧比匹夫之志故曰用藝者儆戒不遂立身者得失由斯若幸而濫進則人必爾窺是以君子不容易於所爲

運斤賦（以上下相應其志同爲韻）　席夔

道貴乎樸物疵於妄爲謀者必定於前執技者可以事上
繫郢人與匠石能器令而神王亜復在鼻將欲表微揮拂
以斤何其用壯既分庭以離立亦持刃而相向於是算錙
銖愼取捨運之於手將匪疾而匪徐愜之於心寧我欺而
爾假忐而必中同引滿於彀中妙不可傳猶斲輪於堂下
况乎器也利工也良壯前趾耀雄鋩以身運臂兮臂可使
以彼契此兮此可忘迫其勢則成風含響激其石𢌞飛雹
分光欲臻夫妙在愼其相故受刃者不爲股慄執柯者無
聞手傷向使受刃者震慴執柯者劻勷則必滅爾鼻而剢
而（疑作爾）而豈唯破我斧而缺我斨（用詩語）亦猶朋儕見知工
用可稱藝成道得合調諧聲豈同夫衆人遇我狂夫阻之

瑑瓅度匠丁丁在兹得離婁督繩而尚失以公輸削墨而
猶疑安能霜刃投虛必去乎蠅翼圓柯在握不失乎毫氂
是吾質也實惟何其知音可托無乃後時客有多才博雅
好奇尚異糟粕既得頗讀古人之書鑿柄可規願行夫子
之志將求輪扁之術以廣運斤之事乃歌曰彼二子兮以
藝相崇得一理兮其心則同運斤在手誠可懼堅立不動
神之雄豈運斤者妙其術堅立者知其工幸見遇於郢匠
無轂（疑作轂）響於成風

第二（同前韻）　獨孤受

漆園傲吏志愜神王和而不唱或崆峒之間或濠濮之上
誠道樞之同體表人情之異狀爰感激於惠施乃興之於

郢匠嗟乎功（疑）有善價吾道之亞既出鬼而入神亦千變
而萬化可以迎夫遠近可以接夫上下用之朋友管鮑可
以全交行之君臣桓文可以致霸請言其始也鼻之堊兮
匠之良子有度兮我有長刑枯木兮自若斤成風兮允臧
土微微以霞（散刃）熒熒以電光信之者雙美疑之者兩傷其
爲心也以濟其為妙也更相吾固知青萍之術兮空設公
輸之巧兮徒嘗實由氣同者合聲同者應揮手餘地因悟
解牛之能忘情銛鋒宛識狎鷗之興豈兩賢之相抚乃二
人之俱別有不度其時不稽厥疑蕎目猶視蓬心自師代
匠石而忍垢騁鋒刃而勿思末昧心得圖爲面欺苟臨事
以率爾成後悔而悽其且傷於手之是懼亦何暇乎涅而

不緇曷若素緝乃事爰定乃志料輕重審同異曾無恐泥
之憂頗識斷金之利雕鏤合乎神理磨礱出乎人意苟自
得以忘形亦可慗乎有鼻至於道洽情融體異心同求之
不待感而遂通利器見投尚蒼惶於麾下良工斯在乃拂
拭於塗中若既有執柯之便豈比夫按劒之雄

攻堅木賦（以學者攻藝必求至精爲韻）　李程

工之制器兮雕乎朴人之興藝兮志乎學利用者擁腫無
前善扣者春容乃覺多聞匪闕於疑殆成器克資乎雕斲
故研精方啓於憤悱用當各施於輪桷且夫材有柔勁工
有趣捨于以鑽木後其堅乎于以揮斤先其易者鈎繩
定其規矩斧斤飄其上下剖劂罔輟疾徐既工鏟鱗皴於

理外擴精粹於文中攢節劃以洞解奥義渙乎遂通則知藝或有手雖至剛而斯剞（剖疑）學乃將習奚異端之可攻方同規於大匠期繼業於良工是以木碎其節學殫於藝殊宰我之難雕匪般倕之易制既飾以文亦麗其質講學所貴乎無方摧堅不可以無術每投虛以措刃故功倍而身逸盡乎精微之理誰謂不然得於心術之間孰云無必藝通玄兮堅剛則柔學通微兮指歸可求俾不才而成用化扞格以優游工之成功志之所至信念兹而在兹因比物而醜類之木也破其輪囷之學也究其奥秘礱斲斯成良工有程殫材人之學好剞者之精終朝匪勞於硫硫空谷誰聽乎丁丁既成風於郢匠期大扣於希聲

刳桐爲魚扣石鼓賦（以感通難測萬里相符爲韻）

物不可以智識念斯石之何爲匪兹梧而不克況乎鼓與魚兮非類吳與蜀兮異域何合應於自然杳嚮響而不測刃乃霜落鱗非錦攢擊蘊玉之形鏘鏘屢出裁嶧陽之幹唯唯可觀叩寂寞而大音斯發中鏗訇而餘韻不殫是知同聲者其和易殊器者其應難逢逢之韻且千唯唯之音相萬不擊不考奚呈響亮之功大鳴小鳴豈拖沉潛之怨運之靡終應而不窮覩之者謂聲存視聽之表疑之者謂音在鬐鬣之中練響而洪纖皆答化氣而遠近必通初客如於縣古倏坎然於蜎空非誠貫可覽將神交所感孤生之質徒効用於汕汕可轉之恣終奮響於坎坎嗟乎石之爲鼓也發於異鄉桐之爲魚也來彼殊方何終歲之寂寂忽盈耳以洋洋自得於愜心應手豈待乎玉質金相棲鳳之稱既罷在藻之用何〔〕長扣之不止音亦無已詎徵冥應之言適諧響答之美相須以成事有類塤篪相應以成聲寧限道里則知審音斯發者不可誣懷聲思擊者不可孤諧千古之善應爲二物之合符向不遇張司空也知其奮靈響而已夫

棘猴賦（以視之不見能盡巧心爲韻）　楊弘貞

昔燕王好奇術客嘗巧剡棘刺之微物成沐猴而不撓毫末之細雕籠（疑）既施雕肝之狀委曲無遺嘗（疑）晏陰之靜景辨騰捷之幽姿其始未覩如將受欺盧無之中既焦心

於觀者抄末之上宛成形以究之實兮若虛的爾纔見罪微而草上霑露纍歷而條端集霰閃孤光而乍分拂輕靄而將眩觀夫至精惟一至小無朋豈側陋之于用在良工之所能不食而安終有殊於狙怒窮高是處亦可異於猱升原夫作者經之其勤至矣積中妙於靈府假鋒鋩於纖指蓋以神遇寧將目視因乎有用之質造彼無間之理何剖劂之一變若還跳之義（疑）止伊竹間之猿父大小相殊相木杪之蟖蝴依憑酷似若乃微物類較能不貫虱心者未諭其精微巢蚊睫者自然之妙有庸知造物之意暫假斯人之手披左生之賦方此出心驗韓子之書誠其滕口事遠前古名聞至今雖幽通之不測終髣髴而難尋然因

棘爲猴固成其麼㒒乃觀猴在棘無異於喬林蓋同符於神化而中出於人心斯語可以徵妙能曲盡倘雕蟲之不棄希定價於平準

執柯伐柯賦 以觀則於手人道寧遠爲韻　謝觀

手運斧而方圓自縱斧有柯而規模可觀成（誠疑作）取則之非遠曷持心以常難是知選材於山操刃于手將散朴於大巧是侔形於妙有則可審分寸定研不脫故而圖新瞻前而顧後然後擬議是啓經營靡停方坎坎以無撓聿丁丁而未寧觀所措而舉措因其形而制形且勿謂効之難尚俟乎繩墨勿謂象之遠仍憂乎差忒左手將舉其樸斵右手足見其成式不離指掌之傍自有短長之域龜鏡頗

邇儀容在側見機而作成於目擊之間殷鑒不遠便契握中之則何必公輸是集梓匠具陳雖欲遠徵其類不如近取諸身於造次顛沛之時尚思行己在一顧一眄之所何必求人庶得揣稱攸宜諮謀可考冀折薪之入用知鈌斨之足保絡懍繼踵之誠未爽從繩之道嗟乎柯在手兮至近不能觀者有諸道於身而豈遠不能行者信歟故取則於人者失聞道於人者踈乃可端其末慎其初反視於周旋之内收心於躁動之餘因而利焉是可宗也譬以身者方或同於夫如是正其規從其本揆度而枉柄無阻睥睨而迷途自返儻忠恕之内存信率性之非遠

文苑英華卷第一百一

文苑英華卷第一百二　賦一百二

器用一

鼎賦　趙良器

夫君所以爲天下重者以其寶位鼎所以爲天下貴者以其神器則君得鼎以祚長鼎應君以時昌故黄帝徵大匠稽舊章異國貢物遠人來王鑵銅於雷首之下合冶於荆

山之傍聲杳杳以海沸氣曈曈而電光乾坤於是震動日月於是昭彰剡然烟收而爐滅卓爾成功而効祥煥以雕文錯虬龍之鱗介騰乎瑞色雜天地之玄黄蓋聖人所以享帝養賢烹飪薦祉重以安國利以出否納之不以其道則君失其人聽之不以其聽則雉鳴于耳是以囊括衆彙恢模崇深苞木大於六爻之象鏤山川於九牧之金於是總百靈之異見萬國之心然美其影射金晶光飛玉鉉論者徒議其小大觀者寧識其深淺故道歸天命無勞楚子之言德自休明實賴王孫之辨爾其法剛柔之節順行藏之志乃有道則見生於汾水之陰無道則隱没於彭城之地可以斥奸慝可以禦魑魅應時而動吉無不利故曰作

者之謂聖述者之謂明何明至之至神契陰陽之至精德表先知火不燃而自沸量含光大水不汲而自盈既去故以元吉終取新而利貞則知執虛以待物者正乎位體柔而進已者宜乎亨故能應皇家之至德垂不朽之鴻名

寶鼎賦　梁德裕

昔軒皇之有天下也鑠至範恢崇謨用建皇極永康帝圖徵鉄於晉國之野鑄鼎於荆山之湖以陰陽作炭以天地爲爐下碎礦而星入鼓長扇而風驅炎氣旁飛寒雪影消於玉馬紅光四照晴日色掩於丹烏於是以泄以寶以鎔以模故寶鼎之芳跡斯可得而聞乎爾其爲狀也下實上虛外圓內朗玉鉉金耳之飾巽木離火之象法三台之位

均九州之壤鏤厥奇狀文有鸞鳳蛟龍禦其不若惟無魑魅魍魎故夫長子主之而祭聖人饗之而養徒觀其闡微洞幽崇德辨義作域中之寶通天下之利不汲而盈不炊而沸輕重自隨於德元亨克保於位楚問伊川表周王之至德齊求穀水豈人功之可致當今鼎命翹車鼎刑措獄道德以爲矩敦龐以淳俗不敢（疑作取）法於六籍不徵金於九牧自獲汾水以定郟鄏邁軒后於往圖遺夏王於後籙況伊尹作相由果爲僕乃傴僂其身不覆餗於足朗日月於金鏡調風雨於玉燭賡績其凝百姓無欲愚難復望於其道欲負之而跼躅（二字出史記韓信傳）

豐城寶劒賦　達奚珣

劒之利者有豐城之寶鍔夫其始也赤山破耶溪涸洪爐洞融金景熵爍雖發揮於人事乃兆朕於天作爾爲狀也鍛霆電明秋水殺氣森㵱光輝四起歐冶失律風胡愕視豈徒決浮雲絶地紀若斯而已矣爾其大運迴薄陵谷推遷東南地（一作此）没不知夫數千百年騰精動地直上衝天斗牛之間夜雄雄然異金陵之浮王氣同寶鼎之在汾川本知浮精粹剛牛（疑）必備明而用晦者君子之時義窮而待達者丈夫之志事兼此數德難乎見棄知我者寡大賴張公每讀舊書多茲感通不覺毛髮盡樹起雷息於胷中迨乎發蒙泉開秘匣文積幽翳上藏鱗甲磨礪畢兮見文章搖白日兮星煌煌鋒稜可畏動人膽表裏分明照眾光

黃金裝兮綠龜飾荷提攜兮耿霜色豈辱命於洪造冀成能於武力君其試將倚天外不日爲君清絶塞苟軍國之用在豈能雌伏於一代

劒賦

代有劒兮物之至珍精鋼百鍊處匣千春含光匿耀守靜全眞蘊切玉之姿咸稱往歲呈斬龍之銳卒在今晨至如歐冶素蘊風胡久委許提拔而非搖期磨礱而在爾蓮鍔熒煌思綠水之是投霜鋒熠爚諒碧天之可以（疑作倚）孰云巨闕亦曰龍泉借衛身而用光眉壽將行佩而永保流年俯而察乃白光略地仰而觀則紫氣射天若乃取捨從人沉淪委質埋厚地之聲有年望司空之來何日擊兕之名

已彰決雲之勢不失大哉寶劒之神品等天地而齊畢

秦客相劒賦（以決浮雲清絕域通題爲韻）

有懷其寶而未別候（後一作）以其特而自絕始藏用而有疑終因人而一決蓋時有遇否非事有工拙願一二而擊轅之歌左右以相劒之說於越之君以五劒開方潛神以閉匣非有意乎決雲且切白玉其猶泥斷絕蛟龍忽若篲泛夫以中庸之近者惡識天下之良劒有客來越其至自秦心以通於物理鑒有邁於人倫昔也聞風而悅今爲觀國之賓以天機之見明利氣之因天氣得中而不易金精順理而無逆覬乎秋水之欲波渙乎春冰之將釋陽散陰漫霜鍔雪脊好勇者不能禦其折衝善說者不能離其堅白

滿谷之馬未可齊乎此價傾城之金安得賣乎此客况非景罕匹流星莫（原闕八字）歐冶之術爲優（未見字官）（浮韻）此名器因而有作明至寶不得無妄劒非人而何識人非劒而何相雖鍛鍊於良工皆等褢於哲匠劒之能寶（疑）以相著士之用可以劒明抱識者　乎牽復藏器者以其彙征願以小人之道而進期君子之鑒惟淸重曰折薪如之何匪斧不克求劒如之何非相不得純鈞之器秦客所識非常人之區域

此賦多疑誤姑闕之

太阿如秋水賦（以如彼秋水容色爲韻）　賈餗

黯然若秋水者楚王有太阿之鋒窮其原則三尺成狀窺其底如百尺無蹤可以照魑魅鑒形容涵空而表裏泓澄詎私毫髮騰氣而風雲慘澹如隱蛟龍原其極良冶之功出洪爐之裏薛燭增駭風胡娉視千里萬里之斜漢耿耿方倂八月九月之洞庭沉沉相似深淺難測精光不死磨越砥疑穿石之泉淬葛溪如貫河之水氣晶熒而不息質瑩徹而難比流影耀金精之上涯涘皆空凉飈鳴玉匣之中波濤不起韜暎無慝（疑作匿）埃塵不居澄曉峽黷淸渠俯視則孤光溢目橫窺而一帶澄虛勞（疑作旁）臨挾刃之徒疑開別派近暎腰金之士似躍游魚比練之流奚匹容舟之所寧如其文也流而無極其淸也掬之不得短長如任器之狀蕩漾有盈科之則似無雲之溪澗徑挺其形如落木

之江湖深沉其色龍泉非偶巨闕難儔蓮影如植龜文若遊星綴明珠孰辨懷珠之浦環分圓月終疑暎月之流洎乎霜露冷天地秋繇是勁勍敵決寃讎故得名溢古今聲流遠邇解晉鄭於紛若掃欃槍於呰彼予一智刃於胷中其精如此

斗間見劒氣賦（以神物下潛精光上射爲韻）　王起

彼玉斗兮列乎太淸此寶劒兮埋於豐城遙天式瞻諒闌干以成象厚地斯秘遂熠爚而騰精若非五山錯秀六合含英則何以下藏鋒於穎銳上作氣於貞明昔伊雷氏未占張公莫訪祕龍淵之奇彩射斗牛之異狀或雄雄於曲柄之末或冉冉於斗杓之上金陵之王氣莫齊函谷之紫

氣應讓可大可乆乃聖乃神嗟日月之逾邁怨土石之湮淪劒也氛氳連白榆與紫貝星爲（疑作焉）昭晰應龜甲與龍鱗下埋照以煌煌上和光於歷歷何寶鍔兮斯隱在璇璣而必覿鋒惟切玉處玉匣以逾深氣則決雲每雲路而相射匪捨之則藏實闇然而彰仰九霄而遊目知百鍊之雄鋩乍滅乍明有扶於佳氣若離若合更類乎神光靈氣則浮利用循鬱當繚繞而縈斗自表至珍倘睦離而佩身寧逢異物可以察三尺之滯淹可以見七星之沉潛石藴玉而騰輝未專其美舄居汾而見氣徒有其占固宜仰層穹求外野延眺於寰城之裹冥搜於古獄之下則可以論國都驅駿馬是知劒氣之在斗間所以求神於知者

斗牛間有紫氣賦（以平吳之後異色逾鄖爲韻）陳章

天空原清劒氣方呈始象奪朱之色未知埋獄之情氛昏乍歇淮海初平貫斗牛於九霄正當吳分藏轆轤於午夜遠在豐城歷彼歲時間於躔次雄芒既表乎潜感靈物且悲乎遐棄增華台室方期猶（疑作獨）見之明流彩天階乍惑衆人之意思上徹而既乆欲旁求而未遂謂繞樞之電郁郁彌彰想干呂之雲亭亭自異殊祥可驗直質不渝委照自歸乎有晉藏鋒若避於亡吳對西揭之皇（疑作星）望何勞於尹喜臨北走之塞相寧籍於風胡觀其出以標奇凝而成象既蜿蜒而乆鬱亦曈曨而厞朗陋日中之青暈每駐寥空掩天際之非煙潜通惚恍光而不耀昏以爲期漠漠

而淪精詎滅昭昭而默識猶而（[illegible]）東方未明始訝乎氣之聚也地不愛寶益見乎天將假之仰觀列位之中俯叶偃兵之後利刃猶鬱清時幸偶宣精溢目乍殷銀漢之流佯色衛身未配金章之綬其象也甚殊其明也則逾憤陸沉於江表結一彩於天衢淩夾月之霞徘徊碧落透霽空之露隱暎白榆永夕猶存其光未匿（一作奇光尚匿）齊効珍之金景鄙如虹之玉色不因槎客之犯如遇雷公之識儻觀此以見求韮龍泉兮可得

切玉劒賦（以天之利刃切玉如泥爲韻）王起

彼神劒兮出崑吾之溪既成形而若水遂切玉以（一作而）如泥玉則貞堅誠齟齬而難入劒惟銛利將脫穎而莫齊是

以從心剖判應手提攜入水蒼之文乍同天淬水破雞冠之赤且異乎割雞當其琬琰外（求球）琳畢萃磨而不磷用之不匱以藏乎容地出匣而宣利遊恢恢之刃瑕不掩瑜剖碌碌之形刃有餘地是知不貪其寶不愛其資苟作礪而斯驗將匿瑕而可遺異匱之毀焉斯爲過矣同斗之撞也干以碎之璨彼瓊華煥如縷切匪流血以爲害將疑肪而必截觸可磨之玷片片氷開縱不鈍之鋒重重瓦裂應機則斷投刃皆虛可以斷珪瓚可以判瓊琚雄雄兮化龍之後璨璨兮抵鵲之餘苟在鎔之金不慙於歐冶則指瑕之壁何愛於相如溫潤[illegible]分睦離交燭於以慰良冶之至（疑作）志于以窒貪夫之慾[illegible]耀芒而赫奕六金律刃而熒煌五玉

是知斯劍之用也按之無下直之無前以剸鐘之聲乍移
水碧以擊柱之勢時入山玄星文每臨夫蘊石虹氣若斷
於晴天然則千將所營風胡所徇或剸犀稱利或截鴻所
疑進未若周王切玉之刃

延陵季子挂劍賦 以冥會心許暗無我欺爲韻 王起

倏倏朧樹兮挂劍于茲所以表徐君之所欲明季子之不
欺兮取兮求昔藏心而可測一生一死終棄寶而如遺蓋
烈士孤標之節而神明幽感之時當其昔結歡娛從容不
阻孤鋒乍拔客坐之所彼眷眷以目擊此默默而心許諒
他日而來思非伊人而誰與及夫歷聘上國言旋東吳訪
舊友遵舊徒亦當開寶匣獻轆轤何閟水兮不待弔荒埏

兮已蕪由是執龍泉而慷慨望馬鬣而踟躕想間歲之披
雲忽然而在撫令辰之切玉視之若無且曰器可謀新室
寧欺暗解腰間之簪結仰樹杪而延矚乃脫白刃推赤心
耀宿草之煌煌懸拱木之森森錯落金鏤疑夜月而生瓏
晶熒霜鍔謂春冰之在林龍形蜿蜿而未化蛟枝亭亭而
欲尋解珮義廣脫驂感深英聲遂騰於萬國善價不顧其
千金嗚呼劍之擲也無前人之行也必果誠去彼而取此
非祈君之祐我無宿諾疋之以庸庸不食言方之以璅璅
向若蔑玄壤恡青萍重提携於掌握輕耿介於心靈則三
尺之中空騰雲而漫漫重泉之下將愧色於冥冥無言者
道之弘不約者信之大峻節卓以特立義風紛而繫會盛
矣哉挂劍之名將萬古而不昧

文苑英華卷第一百二

文苑英華卷第一百三　賦一百三

器用二

天子劒賦以天生神物聖君用之爲韻　李君元

物之利者稱乎劒人之尊者稱乎天固一人之所執諒四海之攸先必當曜武德靜氛烟舉之無上揮之莫前獨立而光連日月横行而氣壓山川請詳其功夫莫之盛偉夫

至寶克符元聖東溟之大不足淬其鋒比斗之高乍若迴其柄信玄功之不宰曷凶德之能兢足令六合靜三光正佩服而寰中小康指撝而天下大定夫然則鄙歐冶掩平津賤鏌鋣棄純鈎彼勇不過於匹士我威方御於兆人偶聖斯呈天地感通之謂道逢昏是去陰陽不測之謂神豈比高祖提之而起沛始皇按之而王秦爲斯劒之等倫伏原其始也吹氣毋鍊元精爲爐而九土開闢鼓槖而八風克生應以六律制以五行帶之以恒山渤海鋒之以燕谿石城故能所向無敵莫之與京既而徵三度亦以正三統劃宇宙以玄通宰乾坤而利用彼蓮花發色玉貝騰文揮大野之中疾如雷電倚長天之外上決浮雲爭能擊刺較勢繽紛所謂一夫之勇非爲四海之君如是則犀不足剸鐘不足刜繫以聖功熙茲神物我皇應昌期恢盛時不耀兵鋒設道德以爲固不先武力抗仁義以爲師人神協贊遐邇清夷直所謂天子之劒也敢繼莊生而賦之

金劒出匣賦　高肇

劒者主生殺之氣匣者同隱見之心鳴於其中或幽閟以爲恨出乎其外信利用以則深豈徒飾以調疑作琱王比之兼金剸雄鉎而不舉緘異氣而嘗沉者哉故劒利於人匣因於劒蓋所以爲重俾神物而不褻亦所以表能將瑞光而亦驗其始也若耶之溪涸赤堇之山開良金既選歐冶爰來合純精而鑄鍊召太一與風雷厥功既勤曠歲月而

方就厥狀斯見法陰陽之所裁於是工技之傳金鏤爲匣制其象也錯珉琄與瓊瑰韜而藏諸秘龍鱗與龜甲故楚王之未識我含其章風胡之將鑒我耀其光發匣而觀爛然非常環啓蜯以吐月刃披雲而降霜若金隄始開横秋水之漫漫如青天欲倚散陽彩之煌煌夫惟義也動而必言疑作吉夫惟神也行而無迹號龍泉而其音可珍指斗牛而其光可射用悔疑作晦之際思顧盼而無遺出幽之時思佩服之無斁伊昔三劒氣淩九霄臨敵高揮而血流千里復讐虛撃而疾不崇朝苟蒙敵而未發雖晏陰之莫昭且劒之在匣蓄銳而誰玩劒之出匣器利而能斷亦將試銛鍔於鯨鯢決浮雲於天漢或提携之未及尚埋淪而可歎

願進用於張華如見知於雷煥

斬蛟奪寶劒賦（以追殘水族濟彼驚濤爲韻）　獨孤受

昔佽飛兮言越川湄佩寶劒兮安流自持進孤棹以將半乃雙蛟而見追曳紐璪環欲奪晶熒之氣呼風没浪先呈天矯之姿初其勁楫將移輕帆未濟嗟履險以多變歎韜鋒而自衛俄而積水怒陰雲蔽彼拏空欆霧之狀當一明一晦之際其來也壘白刃旗短柍不足以當其勢朱鬐赤鬣夾巨艦以風馳火尾金鱗奪雄鋩而電逝乃言曰彼赤何逃徒爲汝勞衡黯黮（二字一作晦淡）以天暝蹙嵯峨而浪高徒觀夫昂爾騰沸雷然怒號雖欲彀其口牙其刀抗爾以千艘踣若質流若膏爾能傷乎之一　毛旣激氣於烟景忽碎

爾於靈濤是知計於生而不計於死利於劒而不利於水互出沒以神鬪洶崩騰而陣起舟傍奪鬼求形於似海之喉岸側廿心挂骨於如霜之齒及其沸渭碎（疑作砰）訇風號雷驚驤首如玄雲阻色騰睥而白日韜精須臾勇氣勵神機生拂首摧爪奮猴裂纓方湏洞於重嶮已支離於浚瀛於是海蕩山覆川停浪肅莫不駭其類奔其族玄黃之血隨重沫於淵淪礫裂之形蝕餘威而蹙縮卒使劒返人安鱗窮血殘極浦烟霽澄江景蘭透迤然鷁首光轉錯落爾龍泉影寒水彩猶鮮激金鐔之昭曜星文尚濕歸寶匣以闌干嗟呼冥心者其勝如此恃力者其形若彼徒欲徵恠異壯奇詭至今人語其風見其姿之卓爾

剸鐘無聲賦（以利刃無聲帶合神爲用爲韻）

劒挺銛鋒鐔列重器何百鍊之堅鋼向千鈞而効試剸於有質若無質以通玄中乎有聲若無聲而斷棄則知淬磨歲久雄淩霜利不然焉能逗揓獸之刑以中開使發鯨之聲而靜閟想提握以輕奮宜鏗鏘而應刃忽投剛以泯入狀體柔而理順遂使風胡延視喜見其雄鋒子野聳聽莫聞其爲（疑作遺）韻爾乃理將神契跡與道俱透玆堅重泯若虛無於是觀其用而駭矣取其類而比夫當破堅之時方切玉而則異治絕響之後狀決雲而匪殊是以知其徤揮剸之効微齟齬之虞勿以龔黛可憑猶懷抵礙勿以金石之固尚蘊含胡宜其暗彰發揮靜應淩厲氷結於直透之

始泉默於旁通之際莫知所觸故寂兮寥兮不輕其鋒信無凝無滯鳴戲亦由（由猶通用）道之肥者往無不通藝之至者物無不合苟蘊藏於求用必開張而盡納載原斯器夫莫與鄰當耿介以發銳若感通而應神所以願於重而宣利于於大以求伸果然剸音而不錚爲其銛鍔而無厚可珍則剸玄犀奚可以擬議輕白羽曷足以等倫故君子謂青萍干將之刃也可以比德於吾人

金躍求爲鏌鋣賦（以大冶無私金乃躍爲韻）　白行簡

金有利用躍而呈祥騰沸渭之炎彩耀赫奕之雄光始則沉潛將委形於鍛鑄終能踊躍求效用於鋒鋩於是挺奇姿奪良冶歎凡目之莫辨懼名工之或捨旣翕艴之在鎔

尚淵淪之未寫迸紫光而傍射期遊刃以剸犀烘赤氣而上衝頤成形於斬馬徒觀其翕巨橐鑠利金聲激射勢浮沉梟氏傾耳以駭意歐冶拭目以窺臨旣而赫矣不常爛然有待紅霞聚蓄於穹谷滄波跳出於溟海風雷於是借威日月爲之揚彩自殊美玉豈韞櫝以沽諸頗比琱戈庚因妶而礪乃若夫流晶表異變態無私象君子有剛柔之性同聖人不凝滯於時蓮鍔尚融若踊決雲之刃雲鋒未鑄如呈切玉之姿矧夫騰躍在中發揚於外君若形銷製器我則保其堅貞君若應用衛身我則期於遂大懿其鑠爲金而不離効其祥而自殊幸托跡於鎔範希効質於規模彼號巨闕出昆吾龍藻龜文旣以稱其昔有指晉摩鄭

孰可使其今無嗟乎光彩陸離揮（疑作輝）華彰灼疑狂電之乍發狀長星之不落異十日之俱流殊衆口之相鑠精靈有感不憚豐城之沉神光無方願繼延平之躍哂備物之鈎戟恥分形於鈹鑄客有仰詳（疑）金以五誠庚堅貞之有托

歐冶子鑄劒賦（以雷公發鼓蛟龍捧爐爲韻）

先王之御天下也與物爲公知文不足以獨理故資武以爲雄弧矢之利以征不服劒戟之用以威遂戎俾梯山而入貢故率土而向風懿夫歐冶寔曰良工鑄龍泉之劒鍊耶溪之銅於是制良模啓鴻爐炎炭赫以震熒大冶屹而山孤其始作也烟氣成陣熹聲若雷三光動色六氣飛灰蛟龍捧爐雷公擊節龍勢初成玉匣新發利可吹毛光能瑩雪此劒之德百夫稱傑此劒之用千里流血豈比乎解牛之刃自謂良庖倒載之千虎皮以苞蒙莊說之以喻道周處憑之以斬蛟荆軻一揆以擊秦柱漢祖三尺以定天下士庶得以安身王侯得以闢土是知劒也藉以防虞豈比樂云不在鐘鼓旣而切玉期用剸犀是逢嘗聞靜亂舊說爲龍佩服是宜則聖掐攸重棄捐不可故牛斗是衝馮諼再彈而見於下客季札一返空挂於長松逮夫邊塵欲飛邦人斯恐猛士揮戈謀臣賈勇是殲是滅再持再捧四夷懾之以寧居一人得之以垂拱是劒也古今之重是劒也猗君之寵

昆吾切玉劒賦（以利刃無儔堅鋼必截爲韻）　金厚載

劒者金之利器王者寶之至堅韜百鍊之形迴倚天而入用斷十德之質信如泥而莫全蓋以碎礪呈彩磨礱發鮮開匣寶之炯爾切連城而爛然原其周穆西征戎王獻至刃決雲以增價鍔開蓮以逾利明星耀色固已直於千金白玉雖堅纔可當於一試於是搜韞匱示精剛謀剸割輝鋒鋩舉連環而動月掌盈尺以凝霜投刃皆虛無賭然之異響應機立斷俄凜若以分光暎日惟明搖容轉潔乍毀方以旁達忽離堅而中絶仰鋒亂起初每謂如花飛應手金開終有疑於氷裂固可以鄙牛斗之氣衝陋蛟螭之精截應用無敵清貞莫儔銷白虹以影碎耀青蛇而色秋黷

黦文開衢擬作衜庭中而雷轉熒熒屑落類掌下以星流素
彩交光清文耀質既衛身之可保豈化龍而無必色離溫
潤光開縝密形錯落以層寒彩璘玢而皆溢是知器有異
而神符物至精而用殊向若鍛非良冶質匪昆吾則安能
充遠戎之獻斷抵鵲之徒倘遇英雄之提攜而可以時逢
琬琰固剪截之如無嘉乎賓礪乃之功剖溫其之潤剸犀
莫比其銛鍔斬馬難齊於利刃夫如是知鍛鍊之至精切
璠璵而可信

漁父辭劒賦以濟人之急取利誠非為韻　宋言

彼子胥兮亡命江湄賴漁父兮停橈在玆既橫流而濟矣
因解劒以酧之厚意慇懃何惜千金之器高精特達竟陳

三讓之辭稽其去國無途迷津獨立前臨積水之阻後有
追兵之急躊躇而鶴髮相哀顑頷而漁舟可入憂心盡展
憑刳木以何虞渡口雖遙挂輕帆而已及豯是拂拭青萍
披陳素誠念險難以知我顧提攜而賜卿拔三尺之熒熒
波間電落橫七星之凜凜掌上風生叟乃莞爾興言揞顧
話志本期浩淼以排難詎可愴惶而徇利酧仁報惠承多
公子之心害義傷廉異日一作且異老夫之意況乎此楚令方
急嚴刑具陳盡索奔亡之黨先誅隱匿之人若以爵祿為
念華榮是親則械爾躬而赴國持爾劒以防身整棹西歸
自受執珪之賞論功北面甯亡切玉之珍蓋由惻隱為心
艱危是濟方圖散髮之樂不豈假吹毛之銳情高而俗慮難

量語寵而鳴抑忽逝連環吐月空臨玉匣之間一葉乘風
漸入寒烟之際豈不以識達精微言窮是非棄霜刃以長
往弄雲濤而不歸寂寞豈[illegible]烟沉東流之渺渺淒涼浦樹含
落日以依依異乎義立一朝名超萬古決雲之異狀徒逞
皎日之深誠不取則知美范蠡而述魯連信斯人之可伍

斬蛇劒賦以仗劒斬蛇金鋌水鍔為韻　徐寅

磨霜礪雲擬作璽兮熒煌錯落伊逐鹿之英聖有斬蛇之鋒
鍔蓋以麾正乾坤劃兮擬作分善惡楚國之姦雄徒爾烹君
竊鱗常山之首尾胡為斷如朽索斯劒也上應君臨舒陽
慘陰有其道則威若身兮靈若心無其道則鉛其刃兮木
其鐔唯上德之在火協紅爐之躍金莫不龍活三尺霆飛

半尋是何靈既之異天啓之始而乃振戎衣授秋水匣辭
乎豐沛之邑腰入乎崤函之里日月方暝雲雷未起有大
蟒以橫路礙潛龍之舉趾於是上較天意下量地紀視銛
鋒而何斯違則擊怪物而宛其死矣然後挫七雄削多壘
豈唯仗之剪路虵而戮封豕蓋將提之令諸侯而禪天子
得非秦毒之奢變作長蛇漢德之儉化為神劒奢以儉陷
蛇以劒斬道在晦而須顯事有增而必滅果聞哭白帝之
亡符赤帝之昌雖行大義亦假雄鋌莫不龜文龍藻玉鏤
金裝世亂將用時清則藏十二年兮如我淬七十陣兮摧
而剛空山吞象之鱗豈鉳五代切削也蓮鍔大澤銜珠之血不
汙星光然後歷興亡繼得喪漢之滅兮魏之受魏之衰兮

晉之仗晉火起兮高飛豈混煙燦之狀

文苑英華卷第一百三

文苑英華卷第一百四　賦一百四

器用三

衡賦（以同律量衡爲韻）

先王之欲齊政立信平施執中天下之利害攸同則非衡無以達其志非衡無以成其功故後代聖人奉之而不墜懸之而無窮遠必照乎庶物近罔欺于厥躬少多之分著彼我之情通廉者不約貪者不豐昭昭有禮殊之義洋洋有和樂之風以乃見權衡之德器用之雄也觀夫製形象稱物以律萬萬靡差銖銖罔失雖遇寡而必舉亦裒多而不溢儻有實豎懷虛皆實雖手巧而用售終身平而貞吉節在不欺德咸有一用之則竭力於百戰捨之則甘心於三黜其昭明也有景緯之文其重墜也有沉潛之質是以春秋仲而均之以法日夜分而俾之無妄體正居中懷柔抱壯揣千鈞之重不羸其材稱萬物之多莫窮其量夫然則人亦有是豈惟斯平士爲之物官爲之衡材之云多雖默必重文之不腆雖語必輕非榮辱莫敢怨闕恐莫敢驚挺然誠懸不可欺以輕重確乎不拔孰敢議其屯亨吾當頤頤視聽直心舉措豈能朶頤騰口如羨也

第二（以儀止秦一無淺觀業爲韻）

搜聖人知（疑）垂象伊茲衡之可觀材徑挺以繩直星連綿而珠攢惟用也旽庾不能以多少□隱惟平也輕重不能以詐僞干故得萬人所以壓里物或紛競可以定黍累之圭撮利其分毫可以觀低昂之容止執中以告無或不喜則夫衡之爲物其用甚大四方正而域中平七政齊而天下泰動而無欲任之故絕私叅而無妨（疑作方）行之固不害然能思無不踐應倉舒刻舟之深淺問無不知表張重度骨之威儀若乃均其神道形其事業聖人因之以平施邊鄙賴之而不怙豈欲決其差謬明其有無小人取之以作則君子見之而交孚則有王臣謇謇宰我（疑）秩秩洞鑒人才神無隱質諒茲衡之攸娩故守之而勿失儻陳平之見知宰州縣之如一

平權衡賦（以晝夜平分銖鈞取則爲韻）　劉禹錫

惟天垂象惟聖作程播二氣而是分晷度立五則而在審權衡上稽天時應陰陽之克正下統人極俾準繩而惟平於是黍累無差毫釐必究等度量而化通遠邇體平均而勢行宇宙當其夾鍾中律南呂戒候銅渾應節於寒暑玉漏方濟乎宵晝繇是命有司而申令考前王而是遵權輕重以審則中規矩而和鈞事垂文兮風傳乎千古道如砥兮日用於兆人懿夫正以處中平而立矩命其同也有虞之制克彰稱其謹焉宣父之言可取故能用該仁里象合天文既左旋而右折量輕併而重分持平閏虧可謂範於秉鈞之佐位（疑作泣見禮記）信惟一將有助於執契之君不然則何以懸之而息彼奸詐正之而協於晨夜得平則正我之道兮允執厥中益寡裒多衆所用兮不言而化化之有乎功莫可踰立規程罔慙夫龜鏡揣鈞石寧失乎錙銖匪假垂鈞而其用不匱何勞剖斗而所爭自無方今百度惟貞萬邦承則順時設教兮靡不獲所同律和聲兮允臻其極王衡正而三階（四字一作直而懸衡）以平七政齊而庶政不忒矣美君臣之同體循權衡以合德宰準繩之在心庶輕重之不惑

第二（同前韻）　李宗和

王者統四時均五則彼權衡之爲準驗陰陽之不忒鈞深致遠黍累於焉靡差稱物平施晷度由之斯得惟權也分其重惟衡也取其平明乎國經固懸茲以垂範掌乎天秩如用茲而永貞衡任權以鈞物權資衡以作程故一人體之以清萬國萬國仰之而庶政以成當其玄鳥司分疇人敬授既量諸夕又測其晝盈虛氣等何藉於土圭日夜時分已傳於玉漏莫不同度量以應其茲（疑）平權衡以叶其候苟順氣以頒節實從時而不謬其功斯博其道式孚諒同君（疑）於遠近故不失於錙銖俾稱物者守之無易掄材者持之罔逾皇矣我君康哉神化萬方取則自得於均平二氣尚分無忒於晝夜不然者何以佐璿樞之斟酌調元氣以絪氳中乎舊章執以權衡之大匪無同異所季（疑）

春秋之分齊其重輕等其規矩豈鈞銖之是待在繩準而
有取固將平邦國亦以敘彝倫七政惟齊有符乎應天之
運百工咸賴實資乎秉國之鈞宜其平域中而齊律度貞
天下而利黎人惟正直可法惟中平可均夫如是則權衡
者蓋亦考兹義而是遵

第三 同前韻　陳佑

俾民不迷兹器維則行之而萬象正動之而天下直一人
不宰命任權者必公百辟以孚在持衡者守德此蓋國之
恒準教以順行雖因時以考正乃假人而後成權之垂知
俯下而斯重衡之正乃得一以至貞忠以自勝直哉惟清
物無偏以表德器守公而作程動必推移佐璿璣而克正

靜無偃仰若太階之既平懿夫衡之誠懸德乃是茂秉中
正以不惑在毫釐而何謬衆星分列若歷歷以拱辰一權
下臨正亭亭而當晝斯斟酌之所以俾名實以相副者也
爾其觀象取則其數可陳積而成重銖以和鈞稱物平施
則其道無極從時利用乃有命惟新既審度而攸準夫何
患乎不均安則無傾正以順化四時行令必因其陰陽一
德奉天諒貞夫日夜是知分寸相生成乎象盈虛有準觀
夫文因黃鍾以起數應玄鳥之司分爾乃七政允修五常
斯覩爲時德也誠金義而木仁爲器法焉乃左旋而右矩
既輕重之必審雖細微而待取平之爲美曲逆終作漢臣
中以見稱伊尹是爲殷輔兹乃衡之爲道也可大權之爲
義也斯乎繩從則正德不可誣動不欺於黍累用有識於
分鈞若夫求平之至者執中之謂乎

衡誠懸賦 以無敢欺以輕重爲韻　張賀

衡稱物以致用誠至精以作乎惟衡也表正直之有則惟
誠也俾輕重之亦疑踰是將默運乎規矩顯微乎錙銖齊
日月於七政協天地於三無且衡之德也權以相扶正之
道也禮之爲樞行疑得其誠而物無不應禮歸於正而奸
不可誣是知大德所感小人是絛舉輕爲重彼於信而自
虧犯正以邪將畏禮而罔敢衡之用也可大衡之設也無
欺既有別於高下固非差於毫釐懿夫設爾而倚坦然而
夷其大不讓其細不遺始執謙而益矣終忌滿而損之必

盈縮而得度乃中正而自持弘於道深可均於五則遵乎
信宜作配於四時原夫衡爲器之軌禮爲邦之紀宰物者
必察其所持爲政者必視其所以均則無怨是將施德於
人審乃不欺故曰爲仁由己彼天下之至精寔至人之用
情衡持平而固本權應變而定傾俾廉者之中節抑貪夫
而不爭虛而受鈞石不能以爲重進而就圭撮不足以爲
輕惟合德之爲美故進退而有程我有司以守職操持群
才所奉垂正直之權衡察善敗之輕重此所以振千古之
貞範副大君之垂拱者也

第二 同前韻

衡之誠也義在乎有平懸之審也法貴其不渝先賢所以

弘建作智者所以通損規模俾人事之在疑準在權衡之合
符端平可以揣金石輕重可以分錙銖遠取諸天既齊七
政不私於物亦象三無無質因材而斯宣文綴星而可覽臨
用詳備而有誠物情詐僞而何敢此良工之度木同藥鏡
之照膽故審其思者爲衡可持端其事者於物無欺以之
忖刻舟爰定其圭撮以之明度量不失其毫釐實同途於
執政將一體於有司誠可大而可久必念兹而在兹若乃
貿遷有無應用鄽里萬物稟原百貨資始苟執其均平孰
不我以稱物則合於聖人有常乃比於君子至哉權衡功
與利并成天下之務其利斯博爲天下之式其功不輕道
在乎至要理歸乎至貞提握之間而萬人取則尋尺之内

而九有致平豈不以作者之聖述者之明守而勿失用之
必行將度量而並設與規矩而齊名掄材至精多士無擁
疑以權衡擬升降以中正爲遵奉當平施而不差仰衡誠
之義重

嘉量賦以金錫無耗然後量之爲韻　敬括

作之嘉量其義惟深嘉者以善爲節量者用平其心窮微
於子穀之數酌憲於黃鍾之音蓋取諸象爰範于金亦既
成止其儀可覿堅外可程虛中受益功格于衡鏡實同乎
珪錫以分多少寧患乎不均以立信仁抑行之無斁然美
其方能立矩卑莫可踰出入罔愆包含式孚徇公滅私乃
爲而勿有納新吐故亦用當其無理將神而共契跡與道

而相符且器守乎謙人惟厥操人非器罔主器非人奚導
不謹則詐僞生端無方則羨溢爲耗職是司者胡顏相冒
由此言旃不其至然外乎則槩斛前漢律歷志作㮣乃旁穿既因
物以進退亦與時而貿遷施于政而四方仰則毗乎理而
百代猶傳誠可美而可尚願斯焉而取焉異乎大小區分
高卑奇偶始增撮而就合卒聚升而成斗隨求而獲進獲
退順動而何先何後洎乎職輿都尉計起弘羊洽平糴而
作興布均輸而有方常平由是以實大國因之用強豈比
天有斗而酒漿不挹山有谷而牛馬空量然而當春秋分
之期爲晝夜至之時于以較矣于以用之實萬人之所欲
敢望聞於有司

度賦　高適

昔在太始原于物初天地草昧建皇王以爲宰淳朴自理
非賢臣而勿居歷雲官與鳥職接洪範而周書無不校權
衡之輕重考度量之盈虛因物以極神託數以明象積分
而成寸引尺而爲丈列陰偶而陽奇法天三而地兩準之
億萬其如指掌時止則止時行則行隨物而應施不失平
其至妙也多少不能以藏數其至微也長短不能以隱情
易而無欺簡而無惑節之以禮其儀不忒聖人進退以觀
象君子方圓而取則戒百王之規矩爲萬代之繩墨欽若
伯禹聖哉爲王道濟天下爰髦疑大章杼足既廣行地無
疆彼點之難測用度之可量四時以日月爲明萬國以君王

作大同衡律而一軌量海内平而天下泰居日中而成市觀異方而畢會在商賈之所資惟天度而爲最夫道以神契物以言筌義無不盡理無不全度之爲物也資道以爲用度之爲道也託物而無偏述斯往矣吾不知所以然

金柅賦 以貞而能一斯可制動爲韻　孫汝玉

聖人患人情多遷物象不一爰指道樞之要因明金柅之質蓋以金則持堅而有常柅則制動而無匹當全模於大野冶疑作曾因鼓鑄之功及入用於生民克保安貞之吉原易道之所施得器度之攸宜任重而難勝者非剛莫能致其定利轉而不息者非一無以止其隨所以適其所適斯焉取斯在如輕如軒之時自能勁挺處無輗無軏之地物

莫稱推美其叶範選擬而見辟取鍛鍊而興制雖成形於橐籥不假飾於磨礪常無銷鑠懷可以明確稟安排之理端居退止之旌首於萬化之內而及百度惟貞然以上經之旨難分先儒之見無果一以節驅馳而爲事一以當徑路而待我苟在鎔而備物固察其所由如持重以知名則用無不可是則寓質之時惟工所資將永平於軌轍亦致理於麻絲不爲事遷可類仁之方也終然靜勝固知道豈遠而夫如是觀六爻之所總皆遵乎不動驗一德之可稱莫與彼爭能我皇由是立心堅固引義依憑躁競者息之於靜域回邪者制之於直繩然則金柅之爲器也於今而其道益弘

文苑英華卷第一百四

文苑英華卷第一百五　賦一百五

器用四

八月五日花蕚樓賜百官明鏡賦　趙自勵

天下之美風猷崇五日重千秋歡心達於四海聖澤均於九州是日也天子以載誕昔辰同漢武猗蘭之殿登高撫政則聖文花蕚之樓皇帝乃御龍衮拱洪休申景命於萬方寓縣賜明鏡於百辟公侯偉其爛矣生光炯爾明發色洞秋水精涵夜月均曲池之引照或淺或深比太陽之圓明不盈不闕咨爾千品勗爾萬官欽哉明主之錫訓爾爲臣之難手平者必正體静者必安水清則鑒澈表直則影端居燥濕而不變是之謂可久無小大而虚受是之謂内寬可以勵心者堅白可以接翼者鴛鶩擬玆鏡之在匣則何憂乎考槃於是群公卿士警黽仙蹕寵賚自天恩深此日執明鏡者無所私其照對明鏡者無所隱其質並陳力以効能各呈才而獻術莫不再拜稽首奉承天子之休備有德於咸一

金鏡賦并序　崔膺

鏡之鑒也雲不能蔽風不能搖涵虚符物物莫之挑有同君子執恒德不惑於變故志而賦焉

太陰之精流爲金英隱耀山谷待人啓明在鏡未辨因和緤作和得聲良工懷擇銷鍊專誠我非工不能成器工非我無以發名於是考斗建候天清波上飛燄日中鑄成磨洗既畢澄瑩秋日玉匣初開寒光飛出仰睇晴空天地洞通萬象在中虚涵不窮湛爲寒潭搖爲飛電任在公以無心有妍媸而自見鬼無遁靈恠無隱形潛應變蝕氣運清冥向陽烏而燧發照金波而水泠或青春曉霽挂於黃庭照耀承霤皓景延晝乍見紅顏之外透忽驚粉壁而中漏符物以虚無大不受烟蘿遥列於階前青翠倒寫於堂後或夜懸高閣或遠臨澄江色合天而爲一規分月而成雙玄蟾躍影於藻井姮娥飛豔於前窓有時深房倚在暗壁隔簾帷之重掩誘雲山而入隟方高臨以思玄見寥天之凝碧若乃窮陰歲暮風沙號怒雲掩七曜而光絶波揚百川而影滅宇宙晦蒙我獨皎潔群物蕩搖不撓澄澈時清則動日月而揚輝天昏則與氣霧而迥别人皆持此以飾容余將鑒之以明節

千秋鏡賦以鵲飛如向月龍盤以映池爲韻　張彙

伊惟仲秋日在端午我皇帝出震於闕殿誕膺紫微祥光夜合佳氣晨飛聖人作而萬物覩固先天而天不違是以禮容之盛六葉交暎或體天以設軌或因時而布令乃啓新節

獻金鏡刑于四海加於百姓虛以受物則萬象必涵金以平心而九流惟正當其時也天宮戚里公侯卿士各薦其明用申知巳雖大小而殊致必規圖而相似且夫考工垂典匠人有作或鑄或鎔是磨是削刻以爲龍鏤以成鵲初臨玉床透鸞景而將飛末樹金墀拂菱花而不着徒觀其用之則滿捨之則虛固無私於物類非取鑒以焉如爾其提握見重光芒未歇若清潭之無比類瑤池之有月如以題古字隱盤龍無藏菲薄無漏纖濃暎空而天地且霽照遠而山河更重豈獨淋漓玳瑁之床澄澈芙蓉之帳熒熒綺疏之下皎皎青樓之上有美人兮無良媒飾娥眉而相向者也所以吾君欽崇萬化錫賚百官其表不枉其形必

端詩所謂我心匪鑒豈不戒於遊盤別有照象無瘢含光未知方有期於昃膽竊自比於臨池儻先容之可致庶斯爲而取斯

太原進鐵鏡賦以清光含衆象爲韻　喬琳

晉人用鐵兮從華無方其或五金同鑄百鍊爲鋼雕鐫而雲龍動色磨瑩而冰雪生光爛成形於寶鏡期將達於明王故有徹侯君疑守方物底貢擇使而天騂共飛登車而海月相送妍媸之鑒已久肝膽願呈者衆鏡之既明星衢是亨列照而三光共霽凝輝而四海俱清應人無瘢知道不虛受處已不厚見心乎砥平若乃宇宙清朗提携偃仰旁窺而山澤入懷俯視而雲霄在掌雖因時而委照不倦

物以呈象圓規可轉處順之物攸先勁質無虧持盈之道彌張墨客因進而歌曰金之精兮衆寶所參鏡之明兮群象所合清至瑩兮氣埃不雜明至察兮醜類相慙幸忝泰臺之一鑒與飛鵲而圖南

鏡花賦　何據

金鏡精寶兮珠秀華臺揷珊瑚之樹鈎垂菡萏之花暎若無質循則有體洞碧空其何際湛清潭其絕底鸞舞翩於曈曨龍怒鱗於清泚淮南王懸而玩之東方朔見而稱曰此瑾瑜之榮碝磩之英負陰而內景冰澈面陽而外景花明惚兮恍其中有象杳兮冥其中有精爾乃遇妖閑之佚女淘疑清爽之芳時爭捧鸞匣臨乎鳳墀既翻輪而隱耀

又飛花以生姿如玉之明如雪之皎度翠壁以星落薄乘鹿而霜晶拂高凌深緣隙入奧乍滅沒而在空遂迷失其所造徒美夫不根不蔕扈扈煌煌若漢皐靈媛解仙佩洛川神女獻明璫似珠水梁簡文鏡銘水淨珠明之皎皎日月之相望芒角璀錯罔兩搖揚至用在無兮摶之不得極虛爲有兮應而不藏淮南王曰旨哉大夫之體物也

古鏡賦以明達古今鑒無善惡爲韻

此鏡何代良工鑄成四規是徹百鍊弭輕裁冰比麗止水侔清時開寶匣以厭山精時既荷於提挈敢有疲於將迎所以圖象必盡運疑態必呈天地不藏毫髮不形悅孤鸞之舞影怨垂泆之表情曉挂玉堂將助晴陽之照夜流金

鶚不讓太陰之明夫其日入曙開奩窓昏啓閫目短自見因君以達髮亂未理待我將用豁曩者久積氛霧半沾沙土蟾埋影澀痕深翳聚其性不耗其器不竄何造化之寄物歷春秋之萬古幸得懷鉛再治負局斯臨盤龍發彩玄兎生陰篋笥見賞錙塵不侵鑒窮高遠光燭湮沉舉棄物於未廢喜昔人之遺音未見今字官韻何異荆山辨玉豐城識劒莫英虧而轉麗乎疑冰鋪而不陷近日而陽燧無焰向人而玄髮奪鑒若乃秦樓對月魏乘臨珠共照而車中轉麗雙明而臺上不孤持衡在人銓署重其進退元龜不遠掌握通於有無夫其創物斯妙成規作典蓋視有同異而鑒無深淺秦得金以龍興夏亡玉而國蹶喻無不至作戒示於後

昆湛而不流比水通於上國善工是作端形是託將審巳於寸心察衆人之所惡

照寶鏡賦 以殊寶潛翳照之必呈爲韻　王起

先賢鍊金鏡之英照懷寶之精寶之産兮逾秘鏡之瑩兮至明藏諸土中雖沉埋而爲恨引於地表終錯落而皆呈將竭工巧灼爍堅貞以通幽爲用以利物爲情豈惟雕盤龍而耀彩鏤飛鵲而增榮若乃金玉方潛珠璣未出或山藪而埋照或土石而混質連城之價蔑聞照乘之光遂失雖下和之欲獻我色猶深雖隋侯之見求我藏猶密然後玉匣啓銀華溢用物而不將不迎隨人而無固無必乃夜入榛蕪傍求瑾瑜水彩前射月華上正孤將善價而無隱與佳氣而相符在樓臺之中我用無展藍田之下厥道斯殊遂使的皪珠色朗然合契皎潔瓊華洞然無翳時映山玄之氣乍透菱花之際璞由是而成琢金因之而作礪是知鏡能融朗寶莫沉潛彼照膽而必徹此藏器而無淹集琬琰之資鸞形乍合騰磨礱之色虹氣斯占固其涵清明之質體虛無之道滿堂由是而獲珍厚地詎聞乎藏寶豈比夫魏宮之所施秦臺之所持鑒鉛華之小者爲懷異而求之况有處幽沉戢光耀愧無不琢之質復仰無私之照

山雞舞鏡賦 以麗容可珍照之則舞爲韻　皇甫湜

有珍禽兮在南土金碧其容質蔽蔽二字疑其毛羽翫夫色以自鑒以呈形愛其儀故乃見而屢舞從裔壤貢丹墀未

識傲傲之狀徒觀采采之姿是詢孺子爰發此思知照水而自窺尚且心乎愛矣俾對鏡而言舞不勞歌以送之於是爛出雕籠驚成綺翼奇章若績翠彩如織瞥然影起乍蹀躞以多姿欻爾形分遂蹁躚而可則苞七步之節奏備八佾之程式俄俯仰乍逡巡透雪彩而姿逸洞銀華而色新錦臆雙呈因疑其若合花毛兩向未知其孰親一作視真月中兔形自隱窺臺上鵲影暫陳駭目自遺百戲忘飡奚顧八珍對百鍊而流睇翻五色而交麗異巴渝而折旋類夏采而行綴搖金距非知音闕所爲轉朱身賡與來儀相契方擊昂而匪懈將偃仰而增銳誰云不節之儀式表能動之繼映朱光而影耀射金景而私照兩邊而分寸不差

一體而纖毫必肖類鳳因簫感哂鵠爲琴召豈假爲冠於
漢然仰我威容不同似木於齊方稱乎觀妙宜其鸞回於
綺殿雪落於青瑣雖自好而則然必假鑒而後可變態盡
其妍不曲折擬諸形容幸無私於一照庶餘光而可從

第二 同前韻　趙發輅

雞開美錦鏡隱蟠龍雞則彪炳兮五雲之狀鏡則清澄兮
止水之容是得比形鼓舞偶影相從蹴躍初臨向月輪而
迴盼婉娩翩翾將顧暎菱花而疊足重重質貌既異威儀
可觀進退雅符於節奏曲折冥契於規矩投身宛轉若赴
簫韶之音矯翼連軒似合桑林之舞形其動矣影亦隨之
類塤篪之並得同律呂之相追故人之視焉知分形之有

別禽之悅也謂一體之無疑不馳心於緑水自結念於丹
墀豈比夫在仙都而思眺入頌雅而興詩者㦲徒觀夫雞
不倦臨鏡無疲照覩其形而屢舞謂其侶而相召寧知大
樂之同和自合舞聲之要妙且鑒物兮在我故欲照兮無
可無不可其稟氣也合德諒茲舞而有典兮有則儀日而
鳴遇陰而息雞之在鏡類鸞翔之入雲空鏡之納雞若朝
霞之暎潭色原其始也徘徊山谷綿歷星辰每念栖於丹
闕茲獲貢於虞人由是辭荒徼入函秦優游青禁顧眄紫
宸則昔之在山也雖藴姿而誰語今之舞鏡也方是賢以
効珍孰與夫翻飛青崖之側照一作照彰幽洞之濱五德備
兮其容不細衆彩煥兮厥狀逾麗華朗鑒之斯臨莫疑獻
奇於魏帝

屈刀爲鏡賦 以神仙異術變化無方爲韻　崔護

惟刀鏡之異名共堅剛以爲質懿靈仙之手澤得微妙之
心術銛鋒始拔乍盤屈以規圓朗鑒俄成駭拂拭而光溢
則知道藝之秘變化之神寔希夷而有德寧積習而可臻
瞥然而電影初散煥爾而菱花已新用不假物力非因人
可以矯而揉可以引而伸剡應手以從革爛含光而足珍
霜刃既摧氷光乃見自金環而耀彩入寶匣而增絢道高
欒氏鄙噴酒而雨飛術邁壺公輕投杖而龍變諒成形於
顧指豈勤力於鑄鍊在剸剖之則遺將妍媸而必辨仙術
斯遠人情叵量雖五金勁質百鍊純鋼或卷舒而在意信

玄妙之無方利用無虧同切玉於周后明輝既就齊照膽
於秦王軼前志而清奇著幽經以標異始摯而雄鋩若失
屢照而清光不匱覩神迹之昭彰識靈訣之奧秘是將手
以爲炭心以爲鑪既可引而可屈亦何有而何無考乎誠
與玄而契稽乎理爲道之俱异哉術亦無許將本之於神
化法不可傳徒仰之於列仙雖改其狀不渝其堅初徑挺
以繩直終青熒而月圓昔也爲刀則犀兕之可斷今也作
鏡如鑒照之無偏儻或收於一劄與鸞影而鶯遷

文苑英華卷第一百五

文苑英華卷第一百六　賦一百六

器用五

臥讀書架賦　楊炯

儒有傳經在乎致遠力學在乎請益士安號於書淫元凱稱於傳癖高眠孰可詎貽邊子之嘲甘寢則那寧恥宰予之責伊國工而嘗巧度山林疑以爲格既有奉於詩書固

無違於枕席朴斲初成因夫美名兩足山立雙鈎月生從繩運斤義且得於方正量柄製鑿術仍取於縱橫功因期於學植疑作殖業可究於經明不勞於手無費於目開卷則氣雜香芸掛編則色連翠竹風清夜淺每待蘧蘧之覺日永春深常偶便便之腹股因玆而罷剌膂由是而無伏庶思覃於下幃豈淹留而更讀其利何如其樂只且疑作巾中遂挂於簾幌屨誰曳於階除每偶草玄之子不親非聖之書比角枕而嗟若匹瑤琴而病諸爾其臨牕有風閉戶多雪自得陶潛之興仍兼袁安之節既幽獨而多閑遂憑玆而高閱讀易則期於素隱習禮則防於志悅儻叔夜之神交固周公之夢絕其始也一木所爲其用也萬卷可披墨

沼之前謂江帆之作至書林之下若雲翼之新垂動靜隨於語默出處任於軌推必欲事於所事實斯焉而取斯因謂之曰爾有卷兮爾有舒爲道可以集虛爾有方兮爾有直爲行可以立德濟筆海兮爾爲舟航騁文囿兮爾爲足翼故吾不知夫不可聊逍遙以宴息

雞距筆賦　以中山兔毫作之尤妙爲韻　白居易

足之健兮有雞足毛之勁兮有兔毛就足之中奮發者利距在毛之內秀出者長毫合爲乎筆正得其要象彼足距曲盡其妙圓而直始造意於蒙恬利而銛終騁能於逸少斯則創因智士製一作傳在良工拔毫爲鋒裁一作栽竹爲筒視其端若武安君之頭小一作銳窺其管如元玄氏之心空

豈不以中山之明視勁而迅汝陰之翰音勇而雄一毛不成採衆毫於三穴之內四者可棄取銳武於五德之中雙美是合兩㩦相一作而同故不得兔毫無以成起草之用不名雞距無以表入木之功及夫親手澤隨指顧秉以律動有度染松烟之墨灑鸑毛之素莫不畫爲屈鐵點成垂露若用之戰陣二字一作交戰則摧敵而先鳴若用之草聖則擅場而獨步察所以稽其故雖云任物以用長亦在假名而善喻向使但隨物棄不與人遇則距畜縮於晨雞毫摧殘於寒兔又安得取名於彼移用於一作在玆映赤箋狀絆趾乍舉對紅牋疑錦臆初披輟翰停毫既象乎翹足就棲之夕揮鋒拂銳又似乎奮拳引鬭之時苟名實之一有相字副者信

動靜而似之其用不困其美無儔因草爲號若質隨折蒲爲書者體柔彼皆瑣細此實殊尤是以擲之而變成金距書之而化出一作作銀鉤夫然則董狐操可以勁爲良史宣尼握可以削一作刪定春秋夫其不象雞之羽者鄙其輕薄不取雞之冠者惡其柔一作軟翦斯距也如劍如戟可繫可縛一作可以繫縛將爲一作壯我之毫芒必假爾之鋒鍔遂使見之者書狂發秉之者筆力作挫萬物而人文成草八行而鳥跡落縹囊或一作盛處類藏錐之沉潜圓扇忽書一作或團扇書同舞鏡之揮霍儒有學書臨水負笈辭山含毫既至握管未一作迴還過兔園而易感望雞樹而一作以難攀願爭雄於瓜距之下莫得儁於筆硯之間

五色筆賦以徵諸嘉夢藻思日新爲韻　竇紃

物有絜奇文抽藻思含五彩而可寶煥六書以增媚豈不以潤色形容昭宣夢寐漬毫端於一勺潛含水章施墨妙於八行宛成錦字言念伊人光輝發身拳然手受灼若迷亂戴帛鶩纈文漸出臨池訝蓮影長新效用辭林分宿鳥之丹羽呈功學海間游魚之彩鱗所以成畫飾之規得和光之道輕肆力於垂露觀流精於起草俾題橋之處轉稱舒虹當進牘之時尤宜奮藻掌握循重文章可矜穠松烟以霞駮操竹簡而淚凝黛使書紳黼黻之容斯美如今畫像丹青之妙足徵卓爾無雙班然不一摛握彩以冥契刷孤鋒而秀出紛色絲兮宜牒練囊書兼科斗兮似開緗帙動人文之際懷豹變於良霄昔鳥跡之前想鳥凝於瑞日當其色授之初念忘形而獲諸兔交之次驚目亂以相於將發揮於拳石原闕六字書秉翰苑之間媚花陰而蔚矣耕情田之上臨玉德以玭如是能潛暎丹誠暗彰吉夢嘉不亂之如削意相宣而載弄混青蠅之點取類華蟲述皓鶴之書思齊彩鳳故可以彰施薙葉點綴桃花舒彩成以增麗耀彤管以孔嘉彼雕翠羽而示功鏤文犀以窮奢會不如披藻翰而發光華

筆賦　韋充

筆之健者用有所長惟茲載事或表含章雖發跡於衆毫誠難穎脫苟容身於一管豈是鋒鋩進必顧言退惟處默隨所動以授彩寓孤貞而保直脩辭立句曾無點畫之虧游藝依仁空負詩書之力恐無成之見擲常自東以研精擇才而丹青不間應用而工拙偕行所以盡心於學者當巧於人情惟首出筒中長憂錐銳及文成紙上或冀知名以其提挈不難發揮有自縱八體之俱寫亦一毫而不墜何當入夢絡期暗以相親倘用臨池詎欲辭於歷試今也文章具舉翰墨皆陳秋毫似削實匣以新但使元禮之門不將點額則知子張之手永用書紳夫如是則止有所託有因然後錄名之際希數字於依仁

斑竹筆管賦并序　李德裕

予寓居於一無此字郊外精舍有湘中守贈以斑竹筆管奇彩

爛然愛玩不足因爲小賦以報之

山合杳兮瀟湘曲水潺湲兮出幽谷緣層嶺兮茂奇篠夾澄瀾兮聳脩竹鷓鴣起兮鈎輈白猿悲兮斷續實璀璨兮來鳳根聡延兮一作根連延而倚旎往者二妃不從獨處茲岑望蒼梧兮日遠撫瑤瑟兮怨深洒思淚兮珠巳盡染翠莖兮苔更侵何精誠之感物遂散漫於幽林爰有良牧採之嵒趾表貞節於苦寒見虛心於君子始操一作裁截以成管因天姿一作資而具美疑貝錦之濯波似餘霞之散綺自我放逐塊然巖中泰初憂而絕筆般浩默而書空忽有客以贈鯉遂啟一作起予以雕蟲念楚人之所賦實周詩之變風昔漢代之一無此字方侈增其炳煥綴明璣以爲

玩傅子曰漢末一筆之神雕以黃金飾以和璧綴隨珠發一作裝以翡翠此筆非文犀之楨必象齒之管也徒有貴於繁華竟何資於藻翰曾不知擇美於江潭訪奇於湘岸況乃彤管有煒列於詩人周得之以操牘張得之以書紳惟茲物之日用與造化而齊均方寶一作資此以終老永躬耕乎典墳　凡一作苦集本

石硯賦 以山水輝映雪妙筆精爲韻

張少博

硯之施也被乎用石之質也本乎山溫潤稱珍騰異彩而玉色追琢成器發奇文而綺斑盖求伸於知巳爰待用於君子故立言之徒載筆之史將吮墨以濡翰乃操觚而汲水始爛爛以光潋終霏霏而烟起或外圓兮若規或中平兮如砥原夫匠石流聘藻熒生輝象龜而負圖乍伏如鵲之緘印將飛設之戶庭王充之名巳著置之藩溷左思之用無違徒觀夫清光影耀眞層霜浮符彩華鮮精明隱映皎如之色比藏冰之玉壺煥然之文狀吐菱之石鏡當其山谷之側沉其未識韜玉吐雲懷珎隱德及乎入用以磨礪因人而拂拭故能撫之類磬發奇音對之若鏡開新色旣垂文以呈象亦澄瀾而漬墨硯之用也詎可興歎而焚石乃堅然孰謂有時而泐斯可以正典謨之紀垂篆籀之則者也遂更播美六書傳芳二妙用之漢帝常同彭祖之席存之魯國猶列宣尼之廟是以遺文可述茲器奚匹匪銷匪鑠良金安可比其鋼不磷不緇美玉未可方其質光鳥跡於青簡發龜文於洪筆則知創物作程事與利并茲

硯也所以究墨之妙窮筆之精者也

第二 同前韻

黎逢

有子墨客卿從事於筆硯之間學舊史之暇日得美石於他山琢而磨之其滑如砥欲精研而染墨在虛中而貯水水隨暈而環周墨浮光而黛起明而未融是以爲用久而不渝故以爲美器成上古徵闕里之素王匠法增華參會稽之內史且王言惟一道心惟微于以幽贊由之發揮從人之欲委質莫違代若遐棄文將疇依肅觀光而霧集賴設色而煙霏實將振文而爲邦豈惟蘊玉而山輝者哉君無謂一拳之石取其堅君無謂一勺之水取其淨君其遂取我有成性苟有輔於敷閱固無辭於蘊映惟聖人有大

寶昊天有成命莫不因我以載形以我而施令志前王之事業作後人之龜鏡夫物遷其常天運不息水有涸兮石有泐代貴其不磷我則受其白代貴其不染我則受其黑象山下之泉爲天下之式因碌碌於俗間類栖栖於孔墨嗚呼辭尚體要文當絕妙雖濡翰其不疲無煩文以取誚然實君子以其勁質或升之堂入之室對此大匠厠諸洪筆見珍於殺青之辰爲用於草玄之日夫氣結爲石物之至精攻之爲硯因用爲名事若可久代將作程斯器也不獨堅之爲貴諒於人之有成

孔子石硯賦　　王嵩尊

昔夫子有石硯焉邈觀器用宛無雕鐫古石猶在今人尚

傳從數鳳兮何世至獲麟兮幾年世歷近王近霸年止幾徂幾遷任往迴於几席垂翰墨於韋編時亦遠矣物仍在焉非聖之休祐安得兹而不捐洎乎俗遠聖賢教遺齊魯列廟以居先師攸主上熒熒以光澈旁暴暴以色固介爾貞堅確乎規矩昔諸侯立政周道無聞嗟禮樂之仍缺歎詩書而未分聖人乃啓以褒貶垂以典墳必藉兹器用成斯文蓋石固而人往亦事存乎硯云至乃方質圓形鋼模龜首雕飾爲用陶甄可久横彩烟而不絕添緑水而常有豈如石焉斯爲休昔偶宣父厥容伊何旁積垂露中含偃波時代遷移去潛爻而彌遠日月逾邁變炎涼之已多別有縫掖書生獻策東京抑垂先哲攻文後成叨秉筆以當

問愧含毫而頌聲

書軸賦　　呂牧

方輿之靜也軸居其重大輅之轉也軸當其用夫履端抱圓何所適而不中則有飾以金玉交以丹漆乍駢首於青桉或周身於縹帙雖偶提而偶携亦無固而無必故能退尺則不短進寸則不長得隨時之舒卷合君子之行藏劉向校書之時徧薰蘭氣楊雄草玄之所獨染芸香其質則微其用不淺若輪轂之負載同户樞之開轉能藏飛鶴之書更掩迴鸞之篆妙揮疑謙以處厚每求伸而先卷遭秦則玉質斯焚入漢則石渠可践別有韜黄公之秘略懷王烈之素書探禹穴而誰見啓金縢而有諸仲宣之藏萬卷

惠子之藏疑五車非我軸之何寶能懷文以自如豈侯脂膏後運柄鑿方虛彼所待而有恃假經籍爲蘧廬

獺皮書袋賦　　王起

懿彼玄獺生於水鄉始殺身於河涘卒成器於書囊仍彼殘文不假乎雕刻裁以新製自合乎圓方旣出納而於一作斯取亦扃鐍而有常想夫下泉委質上天致祭紫府咸萃丹誠若契宜介福以全生奚徽禍而致斃苟利人以獲助甘成器於此際則有攻皮之工嘗巧於中遺文勿剪輕縷潛通圓其蓋則合而能固柔其質則用之不窮謝水府之至樂入書林而見崇外也蒙茸毛有所傳中也駢坒比利切地相次坐也一作攢書有所聚韜蔚矣之文章秘煥乎之詞賦彌縫

則密豈亡三篋之書周旋必復且涉九衢之路若乃青簡疊至尺素交馳藏筐篋而不可寘懷袖以攸宜必資之以善閉克守之而不遺雖納以魚腹乍似噬魴之日臨乎墨沼寧同赴汨之時動必依人靜而挂壁滿貯攸戒緘縢受益其來也江海至深其潔也波瀾所滌掩青囊之貯卷異豹文之成烏既翰墨之居珍幸提携而無斁

文苑英華卷第一百六

文苑英華卷第一百七　　賦一百七

器用六

欹器賦五首　撲滿賦二首

小撲滿賦一首　白獸樽賦一首

金樽合霜賦一首

欹器賦應詔　許敬宗

臣聞人靈貴損天道忌盈朱炎絡（集作中）而炎景謝金波滿而哉魄生寮逝來於四序揆迭運於三精淺智昧於成象通識詳於未萌務循虛而守約虔崇高而慎傾爰製宥卮曷玆居位藏丹楹之峻宇偶清廟之彝器體虛舟之瀁空鑒撲滿之延祟彼游鱗之盤樂咸見亡於芳餌此貪夫之死權誠更駕於名利唯達人兮服道執溫恭兮靜志居泰山以思危騁高衢而不蹶在大明之玄覽猶垂旒以蔽聰履克讓之貞吉尚養正以希蒙矧群材之小器亡戒溢而虧冲悟負乘之必蹶敬循崖而飭躬由是鳴謙君子卑以自牧如彼景山猶藏疾於林麓譬諸巨海亦素王於百谷庶弊滿而常正固懷空而靡覆若乃求中執範流慶資源峯潤由於韜玉葉茂本於深根草卷施而不死木交讓以俱存梅飛英而歛笑桃絢彩而無言燕迎秋兮逝跡鸎移春兮息喧皆順序而行止得妙物之玄門道雅合於斯器故保精而養寃

第二（以君子用之誠盈為韻）　張昺

聞夫日中則昗禺折則傾月容守缺而忌滿神道福謙而害盈聖人察兩曜之度觀萬物之情知務進者危於不止合疑取者敗於幾成爰制座右與人作程開其可誡之迹加以必覆之名然而不增不減能正能平考低昂而必應亦有効於權衡爾其顛沛是處包藏自縱或益之而損故至其滿成覆餗之凶或損之而益故當其無爲有器之用且聖人云其脆乃破其安易持則何不避禍於將盈之日圖全於未兆之特力小任重鮮不克敗滿而旣溢傾必從之亦猶富不與侈會貴不與驕期若以馬而喻馬則念茲而在茲又曰積德不積財無爲故無敗貪祿者致禍增高者致壞是以古人則爲今人知朴(樸 二字)前車覆軌誡後車

之誡借如乃武乃文巖廊之君一生一死繁華之子故當觀其所由察其所安嗟乎福兮禍所伏禍兮福所倚旣禍福之無門信吉凶之由已且喪道則貪邪貪邪至於喪生知足則不辱不辱在於知止苟欲圖安以遠害又宜去彼而取此則知欹器之器大哉吾將以爲教始

第三 韋肇

若夫天地忌滿鬼神害盈方輿以之東缺圓蓋以之西傾百川因玆灌注七曜由是貞明故聖人以沖虛作式賢達以撝謙爲情於是盤盂設誡几杖必紀金人貽誨於周書撲滿流規於漢史順之者福逆之者恥乃垂訓於小人咸取象於君子豈若方圓有度規矩合儀不虛不滿能安能危考衆器之論最實莫先於侑(一作宥荀子侑宥同)危不隨日兮時昃不與月兮暫虧體執謙損性尚沖撝知盈槩而必覆故止足而何期惟上聖之設法處中庸而在茲使廉恕以効貪殘改質金張可望形而謝寵許史可覩容而辭秩疏廣感此而挂冠范蠡易茲而自逸覽斯器之爲美何餘物之能尼原夫出自聖者之心成乎匠人之手匪雕匪刻可大可久鄙巨鑿之難盈惡滿卮而虛受寧取類於瓦杯以供堯舜不願同於金爵惟資桀紂故一化於陶鈞歷千載而不朽由是魯君之廟置諸戶庭左鄰東序右界西扃惟仲尼之多聖賴弟子而爲銘僕又何德輕塵翰墨雖不假於先容實有愧(一作貴)於觀國

第四 張玄覽

夫陽烏中而則謝陰兔望而斯蝕諒天道之常理豈人情之能測何此器之知機體變通之消息其形也匪(疑作菲陋)任其淳素之姿其質也嶔欹無假丹青之飾平而則正滿而斯側不平不滿無窮無極夫盛衰共貫倚伏多途或始吉而終否或前榮而後枯幾聞樓越遽見亡吳不知誡其盈溢空有歎於姑蘇是知高而不危則治操而有求則競見握髮以存誠慮宵衣而致命老氏貴其善建大易崇其積慶殷湯鏤几以爲虞孔甲鑄盤而自鏡爾其冥(一作蒙)豫不止懷足無厭纍成山嶽禍起微纖愚者已然而不見智者未兆而斯瞻聖人損之而又損君子謙之而更謙大禹

惟聖每殷勤於菲食惟堯則哲綣眷戀於茅簷然而默默如存隆隆自絕天且不能固西北之壞地且不能補東南之缺天地尚不能久矧人道之不滅勒茲器以爲箴厥作鑒於來哲

第五 并序

李德裕

癸丑歲予時在中樞丞相路公見遺欹器贈以古人之物永懷君子之心嘗欲報以詞賦屬力少 一作小 任重朝夕盡瘁固未暇於禮物今者公以殁世予又放逐忽覩茲器悽然懷舊因追爲此賦置公靈筵詞曰昔周道砥平既安且寧赫赫公旦配德阿衡謂難守者成難持者盈始作茲器告於 一作于 神明至仲尼憲文武之道思周公之德入太廟

而觀器覩遺法而歎息且曰月滿而虧日中而昃彼天道之常然欲久盛而焉得乃沃水於器察微要終挹彼注茲受之若冲虛則軌跪似君子之困蒙中則端平如君子之中庸既滿傾 一作則 跌霆流電發器如隄 一作坻 潰水若河決非神禹之自盈與衢樽之不竭蓋欲表人道之隆替明百事之有節然茲器也不以中而自藏不可以跌而自傷其過也如彼薄蝕其更也浸發輝光得其道者居則念於豐蔀動乃思於謙受顛既復而不遠惠屢黜而何咎知任重之力 一作必 及悟物盈之難久雖神道之無形常慘然於 文辯作而 前後昔與君子同秉國鈞公得之爲賢相予失之爲放臣覩遺物之猶在懷舊好而悲辛思 一無此字 欲克己以復禮永報德於仁人 一作皆集本似不及古書之善

揆滿賦

姚元崇

夫惟哲人罔有敗德几杖彼誡盤盂見勒容過於鏡則照窮任重於才則道塞多藏必害常謹不忒茲揆滿之陶形假埏埴以爲靈其中混沌竅開兮沉以默其外空蒙忽合兮炯而青藏雖符於神論固疊 疑 同於道扃謙以自守虛而能受奚初積而終散竟出無而入有乍若乎巨蚌之全滿而則剖不思乎亢龍之悔盈莫能久故君子永鑒是式允執厥中道不可以常泰物不可以屢空雖燕 疑 實含真立制之端自我而斃豐忌覆致用之數在公何茲器之微賤蓋與時而變通苟利物而害己亦持盈而省躬豈獨夫

魯國宥坐誡欹盧巳周階銘玉 疑 端口窒慾損之有餘補之不足明遠鑒之退止訓勞謙之軌躅稽長倩以投贈庾平津而自勗

第二

常鑒

夫以天覆高兮地載卑道幽玄兮不可窺日始中而還昃月將盈而復虧滿而不已則溢高而不已則危誡古聖之深誡作來者之明規示予以倚伏教予以謙撝雖蒙昧而不敏請將心而事斯故遠求類物近方諸己鸚鵡何智兮隴坻先鳴靈龜何愚兮長途曳尾智者禍兮受雕籠之弊愚者福兮終廟堂之祉信通塞之暫昧乃榮枯之一指何茲器之雖朴以堪誡而成珍稟質陶甄之匠賦容埏埴之

人不雕飾以眩目寧儉素以全身始含虛而任受忽多藏而累眞入之有徑出之無因其滿也渾兮似蚌珠未開於重淵之下其折也杳兮若雞卵初分於太古之辰豈不以驟積而靡散貴得其豐孰知其難裂陶鎔之鏁鏁出金錢之粲粲見之者無不興嗟聞之者盡皆含歎若夫窅窅官子營營市人若恥貧賤之域同趨富貴之津得利足以潤已至盈足以敗身猗歟前跡安可再循予遂削營欲之心守謙光之道念土疑物之雖賤宜吾人之所保鑒周冎之覆餗看魯器之傾倒猥逢長倩之贈永爲子孫之好欲窮墨妙之意以養太玄之草也哉一無二字

小撲滿賦　張冎

天何言哉信陽去而陰來器之形矣必虛往而滿止埏埴爲質惟人爲執靡不有初方應物以虛已鮮克有卒困藏鏹而見挹其中也幽幽冥冥其外也青青熒熒疑擲生而養神靈積而不散持莫能久何始吉而終凶竟出無而入有豈獨夫魯廟欹器中則正而滿則覆周陛玉疑人和其容而端其口譬高流而岸坼等珠盈而蚌剖日中則昃月滿則虧故君子終吉以流誠天地勞謙而自卑別有孫弘舉賢不患於貧宴長倩投贈竊勵於風規苟欲全身而避害固可翹勤而鑒斯

白獸樽賦以言必有章酌而飲焉爲韻　李君房

酒以養德則盛於樽樽之用獸可得而言若乃王春會朝初正元吉穆穆嚴宸濟濟良弼玄化凝以垂衣讜詞進於造膝則從繩之義斯正投水之言自必是以白獸在司樽彝舉酒攫地空象夫髭髵西京賦作毅髭髵揚睛欲聞乎哮吼信履尾而不咥雖編鬚而何有俾夫嘉話允藏睟容有光樽則雲飛而山峙獸乃白質而黑章物盛其容若眈眈而視君能納諫遂諤諤而呂嘉言既樂用舉夫爵所以展其威儀匪空留乎斟酌獸之爲樽用捨有時獸之喻人猛毅在茲懼威則君之設謬矣忘諫則臣之節殆而酌之伊何惟器所稟禮殊百拜味珍千品皇恩旣錫且同夫湛湛露斯君德不回寧比夫厭厭夜飲彼美穌然太階之前與諫鼓而齊致比撲滿而能全斯期箴闕用以旌賢將同衛樽之

道幸注焉而酌焉

金樽含霜賦　孟康朝

夫何卜晝之不暇以清夜之方久垂玉漏之未窮賴金樽兮有酒霜入室兮夜何長樽含霜而醴澈霜覆醴而金光適足勁乎玉性亦何傷乎酒香本入如是樽旣可賞霜亦可觀味資蘭桂影奪綃紈疊華彩於銀燭散餘光於玉盤況東堂清敞北斗闌干在公載宴[illegible]寢相歡心飲氷兮循熱酒飛霜兮豈寒斯蓋爲上台之[illegible]百辟少宰之設九流明命充選俾士全謀五權立而群才入鏡三人行而一人同舟並錯薪於翹楚異攀桂之淹留每賞崇乎夜隙故樽列而霜浮千特星歲遒盡地有寒[illegible]引颸風鳥徘徊玉兔杯

上霧起鑪前香覆對樽影而霜今□兒霜姿而粉傅非兒觥其觩粲乎自舉會心絜矩凝然掬□素於是執簡爲名比王同貞結而能白冲而不盈光露□□之舊席刻神鐘之遠聲豈獨坐中藏器酒上含情者哉

文苑英華卷第一百七

文苑英華卷第一百八　賦一百八

器用七

白羽扇賦一首　扇賦一首
雉尾扇賦一首　翟扇賦一首
六角扇賦一首　畫桐華鳳扇賦一首
竹如意賦二首　麈尾賦一首
有即席探得麈尾賦一首　金剪刀賦一首
瓢賦二首

白羽扇賦(并序)　張九齡

開元二十四年夏盛暑(一有奉字)勑使大將軍高力士賜宰臣白羽扇九齡與焉竊有所感立獻(一作進)賦曰

當時而用任物所長彼鴻鵠之弱羽出江湖之下方安知煩暑可致清涼豈無紈素彩畫文章復有脩竹剖析毫芒提携密邇搖動馨香惟衆珍之在御何短翮之敢當頌(一作篇)(文粹作典)竊恩於聖后且見持於未央伊昔臯澤之時爾(一作亦)有雲霄之志苟効用之得所雖殺身而何忌肅肅鳥(一作白)羽秽如微風縱秋氣之移奪終感恩於篋中

批答

朕頃賜羽扇(一作朕頃賜扇)聊以滌暑卿立賦之且見情素詞高理妙朕詳之矣然嘉彼勁翮方資利用與夫棄捐篋笥義不同也　參用本集及文粹校定

扇賦　田鵠

若夫暑氣綿綿炎光赫然毒衝心而氣盡汗匝背而珠漣是日何貴茲扇爲先匠若呈巧所重惟素疑織飛禽而寫妙規曉月以成圓葉隨意出花逐情妍飾金翠而作彩緻膠漆以期堅爾乃題竹流譽贈葵稱美雖見重於人臣未承恩於天子曷若充歲貢隨篋笥比德進賢齊芳獻雉徒倚君側徘徊宮裏揮拂凉來動搖風起逢陽氣而不息遇重陰而暫止心素何所欲常愁歲月馳珠簾秋氣滿羅幌曉風吹中道恩既歇棄捐誰見知

雉尾扇賦并序　裴振

客有薦雉尾扇要予作賦予亦感於心遂命紙筆其詞曰于嗟名翬兮誰丧爾躬吁嗟名翬兮我愛其尾何不作於三

嗅乃見傷於一矢當遭悗妻於大夫不值仁心於孺子凋骨肉於俎豆剪羽毛於錦綺雖蒙玩於翠翹無復刷其冊觜今屬聖人布命王道克理觧羅者之目攏工捶之指我欲請造物復爾之生許虞人追爾之死且王者三驅爾供庖厨王后六衣爾爲光輝爾毛既美爾膚既肥爲薦廟之用昭媒翳之機誠不顧樊籠之習習又安得林麓之飛飛當昔五步一啄十步一飲選地而遊擇木而竄固將保群雌以比翼豈知遭鳴鷮之碎錦巳矣哉彼龜何辜其腹將刳乃願棹於泥塗彼鷄何知方論其肥乃自斷於郊犧至如千人操萬人歌不如休於桃林之阿復有青絲絡黄金裝不如放於華山之陽身死命絶寃銷魄亡永别儔侶長

辭故鄉雖復氛氳綺席窈窕紅粧間以彩翠盛以筐箱百常之臺刻月九華二扇名之扇凝霜獨不及疇年之澤畔昔日之山梁悲夫

翟扇賦以輝列崇殿明照初日爲韻　郭遵

前王之立制也取象於明翬森然如六翮之布煥乎分五彩之輝其位也夾輔於皇極其用也咫尺於天威故歷代奉之而不替我后行之而不遠若夫朝彥晨趍天伏宿設分鴛鷺而式斜儼鵷雛而成列視容具瞻誠意咸竭司儀克仰之以取則對敭必候之以爲節禮斯恭敬斯崇條傳詔而初合知大君之居中俄承命而復啓見天顏之在空謂儀鳳於煙閣若飛龍於霞宫列冊搖之左右分玉扆於

西東爛兮方照其朝景颯然如度其薰風光彩絢練羽儀廣殿接鈞天以成形泊億兆而咸見高其中也如捧聖日於雲霄散而行也似扇皇風於寓縣當合朝之滿盈闕疑旒於穆清無謂其求進也所以應時而至待命而行無謂其速退也示不敢蔽人之望掩君之明既進退而有則在行止而何情且蔚其文寧以自耀布其彩非其競照象舞羽於舜堦異愬干於周廟輝映皇居間列綺疏來若鱗萃去如翼舒指北辰之期可久待南面不替其初故先君而出待朝而畢合儀不爽其疾徐徐布亦獲其辣容前拂瑞氣傍臨旭日求効用於君前願竭盡其微質矣

六角扇賦以右軍書之可以求價爲韻

扇有異体六角其尤雖嘗巧而是鬻非好奇而不求故須借聲於墨工之類假手於礼家之流伊彼姥矣裨販是以鏤竹於蕺山之陽求錢於越人之市柄一條而有象形六折而難擬翳杲日規模莫成揺清風綺紈不巳逸少遇諸濡翰而書兩行而露垂花散五字而龍盤鳳厝絕筆以授高價是就觀之者雲集售之者輻湊騰驤乎六体之先彈壓乎九華之右既而厥價載殷厥聲載聞買之者但慙於老婦鬻之者寧忘於右軍且手非扇之所題扇實手之所藉一自以翳飛塵一自以防朱夏何揺提之見投而毫芒之忽借既盡攜之之妙亦長鬻之之價是知物不自貴惟人貴之向使松煙不染翠管不持則是扇也入晉鄙而陋

賤彼老姥也同班妾之見遺又安得用六角之善五銖之資哉咨乎小因大而事罔不行美加醜而用無不可故扇待書而色貴人假扇以財夥姥曰右軍惠而好我

畫桐華鳳扇賦（并序）　李德裕

成都夾岷江磯岸多植紫桐每至春暮（一作暮春）有靈禽五色小於玄鳥來集桐華以飲朝露及華落則煙飛雨散不知其所往有名工繢於素扇以償稚子余因作小賦於上者也（一作書於扇上）

桐始華兮緑江曙鮮葩兮泣（一作浥）清露樹曄曄兮霞舒鳥爛爛兮星布彼嘉桐兮貞且荷當春暮兮英蕤（二字一作發英）豈鵷鶵兮之（一作珍）族乂（一作又）棲託乎瓊枝彼零露兮茸且白涵曉月兮灑鮮澤豈青鳥之靈儔常飲吮兮（一作乎）玉液有嘉穀而不啄有喬松而不適獨美露而愛桐非人間之羽翮逮華落而春歸忽雨散而川寂悵冊穴之何遠想瑤池而巳隔爰有妙工圖其麗容宛宛兮若殞珠於芳藥飄飄兮凝振翠（一作羽）於光風感班姬之素扇空皎潔兮如霜亦有美人增華點絢雀伺蟬而輕鶩（南朝畫扇尤重蟬雀）女乘鸞而徵聘未若續茲鳥（二字一作斯禽）於珍簟動凉風於羅薦非欲發長袂之清香掩短（一作清）歌之孤囀庶王女之提攜列崑墟之玄（一作瑤）讌乃為歌曰東風（二字一作青春）晚兮芳節闌敷紫華兮蔭碧湍美斯鳥（一作茲禽）兮類鵷鸞具體微兮容色冊彼飛翔於霄漢此藻繪於氷紈雖清秋之巳至常愛翫而忘飡

凡一作皆集本

竹如意賦（以簡素輕易適手便人為韻）

懤哉匠人之心窮地之產覽如意之形製實用周而事簡惟竹也何暮實存乎貞素伊篠蕩之既敷持斧斤而方顧擇其罕節稽此有裕爍之以火首之曲也中鈎裁之以金本之長也合度蒨練冰削離縱瓜布靡加雕飾之勞卒獲提攜之遇被以嘉名允臻厥成匪求榮觀自愜幽情彼用玉之為寶我則不謝其貞彼用鐵以為固我則利在乎輕指事明義此焉攸寄執之者安創之者智巾几周用丘園其貴外青中素合三妙於陰陽尚質貴誠符兩儀之簡易爾乃林栖冲寂室奧虛白群羲窩之黨逮道流之客發奧

滌玄遐鉤獨索近必資振繫以聳聽常假指麾而就適則知好塵尾者將害物以嬰咎執象笏者徒銜祿而何用有惻於心亦勞於手既因時而能遷在理順而體便素質或輕於流俗貞姿或重於高賢故貞其形則示丕而表伸致其用則物疎而道親豈節歌於烈士可投贈夫幽人願如君意以靡極與靈壽而為隣

第二(同前韻)　蘇子華

差夫約物之製智不可限利用則深論工太簡彼如意之在御得幽賞之餘裕雕飾非駭目之珍雅麗乃稍雲之簃絲柄玉質瓜首冰素踏嘉論之要端導指蹤之弘度原其性也靈而貞度其體也堅而輕倚鮮膚而烟潤棹皓腕而

風生昇堂間乎琴瑟入座偶乎簪纓荷親仁之重顧承在握之深情群幽人之居既挺乎高節如君子之義因錫以嘉名工以盡智明乎所為樂貴聲和禮存體易唯此物之閑素通達人之深義不擊寶樹而爭毫(經云毫豪通用)豈埋金陵而自累衆媚彩而求益我全真以自適點珠翠之華遊宜幽捷(疑作棲)之煙策雖小曲而受用終大正而不易動息含舒散之情拂拭風塵之跡信而可久直而不朽每發四座之先不起一人之後亮無心以應物寧効事而我有擢本歸造化之工死節順操持之手嗟乎在野之年亭亭碧鮮泫空中之墜露掃石上之輕煙紆巧思以規規(疑)愜幽心而靜便求以暢君之肌骨求以奉君之周旋亦有居守之臣感時之倫分御服而恩甚擊唾壺而命迍胡一否而一泰因歌之於古人

塵尾賦(并序)　陳子昂

甲申歲天子在洛陽時子始解褐守秘書省(三字一作麟臺)正字太子司直宗泰客置酒於(一無此字)金谷亭大集賓客酒酣共賦席上之食物子子為塵尾賦焉

天之浩浩兮物亦云云(老子作芸芸)性命變化兮如絲之棼或以神好正直天監(一作鑑)默默或以道惡強梁天亦茫茫此傀鄒之微獸因(一作亦)何負而罹殃始居幽山之藪食夫(一作乎)豐草之鄉不害物以(一作而)利己每營道而同方何忘情以委代而任性之不忘卒罹網以見逼受庖割而罹傷豈不以

斯尾之有用而殺身於此堂為君雕俎之羞厠君金盤之實承主人之嘉慶對象筵與寶瑟雖信美於茲辰詎同歡於疇日客有感(一有之字)而歎曰命不可思神亦難測吉凶悔吝未始有極借如天道之用莫神於龍受戮為醢不知其凶王者之瑞莫聖於麟遇害於野不知其仁神既不能自智聖亦不能自知況林棲而谷走及山鹿與野麋古人有言天地之心其間無巧冥之則順動之則夭諒物情之不異我心又何兢於猜矯故曰天之神明與物推移不為事先動而輒隨是以至人無已聖人不知子欲全身而遠害曾是浩然而順斯(凡一作皆集本)

有即席探得塵尾賦　陸龜蒙

謝文靜桓宣武王東亭郗北府相與叩易論玄驅今駕古散入神明之腈中稽道德之祖理窟未窮詞源漸吐支上人者浮圖其形左攤竹杖（支遁有度世竹杖）右提山銘（支遁常著天台山銘）於焉就席（一作坐）兀（一作引）若潛聽俄而飈鈇風行逍遥義立不足稱異才能跂及公等盡矚當仁咸云俯拾（一無此上十字）人（一作道林）乃攝支衲而精爽捉犀柄以揮揖天機發而萬物一（一作目）張大壑開而百川入於戲（一作嗟乎）世路欹（一作崎）斜藏訛匿（一作掩）瑕陽矜莊而靜默暗奔競而喧譁貞襟枳（一作柴）棘奥旨泥沙雖然絶代清談客致（一作置）此聊同王謝家

凡一作皆集本

金剪刀賦　梁洽

金剪刀者奚其有情柔而能決堅而能貞表裏洞澈上下鮮晶鈇處磨盡鉎間淬成長鋒貯其煙色秀色奪其霜明值凝寒則勁質加勵露微潤則青衣半生雙刃迴合兩稜斂傾闔之而絲縷皆隱用之而畫尺常并及其春服既裁寒衣欲替隙光入座蟠蛟龍於影中瞋色浮堦下星辰於環際且夫小而輕生閨閤之幽情新而利爲房櫳之名器開玉匣則飛光射人落銀牀則喧聲碎地色綵蒲篋細錦盈箱推妙便製擇賢而當豈顧常規而在準不徒借美而多傷方取須拾合時短長有若欲去纖過不遺片善貪寸美而寬裁避一花而斜剪紕繆者退之而自慙褥繡者進之而自勉莫不賞兹器之能荷情人之妙選矣

瓢賦　崔曙

迸子清酤挹兹瓢杓杓爲器用勢本天作生也綿綿長非濩落工雖能而莫騁質有量而是度外象招摇中虚橐籥汎然無繫似爲客之漂流浮而不沉如從事之鳴躍許何桂而厭喧顔何飲而爲樂傳一杯之引滿更百壺之竭涸倘遇主人之深恩敢忘此堂之斟酌

第二（以豈徒用乃可珍爲韻）　常肇

器爲用兮則多體自然兮能幾惟兹瓢之雅素稟成象而壞傳安貧所飲顔生何媿於賢哉不食而懸孔父嘗嗟夫吾豈離方棄配金壺雖人斯造製而天與規模柄非假操而直腹非待剖而刳静然無以於物豁爾虚受之徒黄其

色以居貞圓其首以持重匪懀乎林下逸人何事而喧可惜乎鐏中夫子寧拙於用笙瓠同出詎爲樂音以見奇牢巹各行用謝婚姻之所共受質於不宰成形而有待與簞食而義同方杯飲而功倍省力而易就因性而莫改豈比夫爾戈爾矛而勞乎鍛乃礪乃於是薦芳席娱嘉座動而委命雖提挈之由君用或當仁信斟酌而在我挹酒漿則仰惟北而有別充玩好則校司南以爲可有以小爲貴有以約爲珍瓠之生莫先於晉壞杓之類奚取於梓人昔者滄流曾變蠡名而願測今兹廟禮請代龍號而惟新勿謂輕之掌握無使辱在埃塵爲君酌人心而不倦庶反朴以還淳

文苑英華卷第一百八

文苑英華卷第一百九　賦一百九

器用八

竹杖賦　庾信

桓宣武平荆州外白有藝文類聚有人字稱楚丘先生來詣門下桓公曰名父之子流離江漢孤之責矣及令引進乃曰噫子老矣鶴髮鷄皮蓬頭歷齒乘是江漢英靈衡荆杞梓雖有聞於十室華無求於千里寡人有銅環靈壽銀角桃枝

開木瓜而未落養蓮花而不萎迎仙客於錦市送遊龍於葛陂先生將以養老將以扶危先生笑而言曰中國明於禮義闇於知人心之憂矣惟我生民雖復疎條勁栢促節貞筠杖端刻鳥角首圖麟豈能相予此疾將予此身若乃世變市朝年移陵谷猿吟鷹厲風霜慘黷楚漢爭衡袁曹競逐獸食無草禽巢無木于時無懼而慄不寒而戰胡馬哀吟羌笳悽囀親友離絶妻孥流轉玉關寄書章臺留釧塞關悽愴羈旅悲涼疏毛抵於鴿繳脆骨被於風霜髮種種而愈一作逾短眉彪彪而競長是以憂幹扶疎悲條鬱結宿昔僛醜俄然耆耋變田鳳於承宮改陽文於醜茂潘岳秋興嵇含一作生倦遊桓譚不樂吴質長愁並皆年華未暮

容貌先秋寻此衰矣雖然有以非鬼非蜮乃心憂矣未見從心先求順耳伯玉何嗟丘明惟耻拉虎押熊余猶稚童觀形察貌子實悲翁別有九棘龐眉三槐暮齒孔光謝病袁逢致仕吳濞不期楊彪喪子明公此贈或非非理先生乃歌曰秋藜促節白藋同心終堪荷蓧自足驅禽一傳大夏空成鄧林

邛竹杖賦

沉寘子遊巴山之岑取竹於北陰娘姷高節寂歷無心霜風色若露染班深每與龍鍾之族幽翳沉沉文不自殊質而見賞蘊諸鳴鳳之律制以成龍之杖拔條勁直璘斌色滋和（疑）輪人之不重待羽容以相貽青春欲暮白雲來遲

謀於長者操以從之執末而獻無因自持諸燕雖苴不可以倚彼藜雖實不可以美未若處不材之間當有用之始魯以分爵漢錫以年昔尚爾齒今優我賢書橫機王麈莚則函之以後拂之以前爾其摘芳林沼行樂軒除間尊甲之垂悅隨上下之遊夫寄根江南淼淼幽潭傳節大夏悠悠廣野豈比夫接君堂上之履爲君座右之銘而得與綺紳瑶珮出芳房於蕙庭

簾賦　孫逖

智者創物有以而然簾之爲用博利存焉若乃必婦重闈王孫華館映錦屏以猗猗增繡户之煥煥瓊鉤上而齊女謳珠影垂而楚妃歎蓋私宴之樂飾異在公之逵觀至於

因依華省隱映長廊交輝朱綬接影金章隔至人之清鏡雜僊署之餘香禁鍾啓明納晴天之曙色嚴城驚（疑作警）夕引華月之宵光肦睞成寶終然允臧豈備物而致用亦道同於君子輕明無隔將引喻於虛心卷舒任時足烱誠於行巳組織成象含游夏之文繩約善結得老莊之理豈徒然哉斯盡美矣原夫青青梁苑猗猗淇澳冐雪停霜是稱脩竹紓匠人之巧思列冢鄉之華星苴剖節而離根奉榮光而再穆則有製長笛成洞簫器同握玩聲引風飈徒擅名於昔日詎齊美於今朝

席賦

彼美嘉席施於高堂廣狹有準卷舒匪常承以彩薦貯之

牙牀王几蟠蜿而上列寶屏邐迤而外張狎高瑟必（疑透）響染薰爐以流香瞰金牕以隔影瑩珠箔乃凝芳泊乎禮義多則卑高異行或主或賓浹歡於北院東嚮西嚮取上於南方南方何有是肴是酒或因食而即前或靏虛而盡後彼固若是不亦如斯必順時以華易乃任人以推移不正不坐道通於曩儀寒温暑清自有其先規所以簟固夏設席乃冬施傾莊敬以揖讓成（疑作誠）君子之攸宜管寧別居且申情於分割曾子避坐將有敏於謙撝若夫行之於俗蘭房之曲有美一人容顏如玉摳長裾（一作倨）而來就歛雙眉而下矚憐織綴而留心賞華新而不足凌朝啓鏡入夜燒燭每因眠而取暖加以羅衾怨孤坐而多寒增之錦

得則有務學之子安貧順理絜一作絜酒携琴貌籍翫史居環堵而養性遥太階而虚俟出陳子之幽窩慕戴公之重美既懷珍而待聘當彈冠而入仕詩言我心匪席不可卷也斯言豈謬矣

清簟賦　仲子陵

創物者必正其名以清命簟惟簟斯清雙入巧作連心織成始葱籠而席卷終絢練而砥平本其初則王爾運心班匠寓目吳谿赤剛楚澤寒竹皓簳水截素膚縞裂斷此枝間畧其溝節然後角軼手匠妙意文理横生波瀾荐至雕龍綺錯切玉鱗次澮冰泮而泉開分霜勁而雪地疑信通才之云欲非吾人之所爲於是時授形疑暑天旋大陽山

城爛石泉若探湯有美一人兮明時節求暑備兮珍簟長知薛荔之空靡意荃蘭之虚芳若乃買以兼金緣以純錦思因人之共弊庶君子之安寢出此入彼俱處芳蘭之室上據下承必兼芬若之枕况乃虚館方晝華堂且空高梧閟景密篠生風撤文茵與綺席虚翠幕及朱櫳惟珍簟之在御望美人之來同美人遲兮隔脩路對珍簟兮日已暮矚筵幌之虚深卧層陰之空度帶餘霞而斂綺映片月而舒素昭列宿之清光披青天之薄霧于時輕箑屏用微綃罷服霜簡自凄氷壺增肅凉風忽至獲五福之康寧炎氣四除忘庶徵之時燠且物有小而踰大事有淺而用深道之將行我則開而當暑道之將癈我則卷而在陰是謂清簟之理頗爲君子之心

第二　獨孤受

楚竹嬋娟荚柔碧鮮折其膚以爲簟俟方暑而登筵信服物之妙麗何巧心之纒緜故匠士意其用也清以目焉有若粉署僊郎翰林高價義鈞膠漆官則同舍獲五入之珍簟當三伏之炎夏以爲身之所安願與友而共藉嘉既允屬其人如玉發緘而氷氣驚客入座而波文蒲目在一物之足貴亦無金而匪欲親於體有寢興之同觀疑適於時念卷舒之齊躅矧夫畏日赫赫蒸雲爍石高館沉沉面池枕林芳華交映軒雨疑靜深乃爾娱坐開張聮心清引微飈凉迴夕陰可以愈幽毒可以蕩煩襟賦明水而詎屏委

輕扇而自任幸君之拂拭奉君之休息襲握蘭之晨芳糸履錦之夜飾貞可比操文用表德入美蓉之幕焕以相鮮照瓊樹之姿粲其增色亦有别號行唐是稱流黄紈花疑景象凝霜承以羅綺薦於玉牀肅葱籠之翠幄取寂歷之洞房君不至而碧鮮迴美人獨居兮清晝偏長雖或殊姿而異質亦云觸暑而致凉物則周用時然斯在遇陽之夕陳於寢以發華洎陰之興韜於筒而秘彩懼流爵疑而將晴同棄席之見待儻無忘於遺簪爲君含情而不改

鎮座石獅子賦以今日良宴會爲韻　闆隨侯

有西域之奇獸獸疑嘉名於古今因匠石之著象非虞羅之所擒若乃良牧是悦觀者同欽以可重而作鎮將制猛

以示心仁而能馴似悅君子之德猷用不擾無假虞人之箴爾其拂拭爲容剖斷成質臨王篳而雙甕向雕楹而對出形勢雄壯似生入戶之風浮彩輕明欲奪臨軒之日用之則進捨之則藏信賢智之堪擬豈飛走之可當率茲爲玩設彼華堂祝之者震來虩虩對之者容自鏘鏘俯以瑠璃之砌安以玳瑁之牀芳座豔綺羅之色錦衣染蘭麝之香光耀銅武彩映銀章威懾百城褰帷見之而增懼坐鎮千里伏猛無勞於武張有足不攫若知其豢擾有齒不噬更表於循（一作馴）良豈比夫昔者作貢從來於遠幸蒙處之羅薦承榮靡倦一爲席上之珍幾對高堂之宴棄置爲從於取捨光價幸生乎顧盼觀乎府庭之內莫之爲最其情

也無欲於中其質也見生於外旣狎人之不恐亦與物而何害碩承剪拂之恩長表衣冠之會

砥石賦（并序時在朗州）　劉禹錫

南方氣泄而雨淫地慝（一有而字）傷物媼神噫濕渝色壞味雖金之堅亦失恒性始予有珮刀甚良至是澁不可拔剖其室乃出遡陽耿眡傳及蒙脊鱗然如痏痂如墨（一作壘）子如青蠅之惡銳氣中錮猶人被病然客有聞焉裒密石以遺予沃之草映（一作披）雜以烏膏切劘下上真質焯見蹐踏四顧逡爾謝客徵子之貽幾喪吾寶客曰吾聞諸梅福曰爵祿者天下砥石也高皇帝所以礪世摩（梅福傳用即此摩字諸本作磨非）鈍有是邪予退感其言作砥石賦

我有利金兮以利爲佩遭土卑而慝作兮雄芒爲之潛晦如昬昏而蝕旣兮與肌漆而爲厲顧秋蓬之不可剸兮尚何（一作可）遊乎髖髀之外利物豢畝材人惆悵俾百沃之至精蟠（一作蟠）一檢而多恙豈害氣之獨然兮將久不試而然彼屠者之刀（一作刃）兮徹者之鋋不灌不淬兮糅錯（錯一作衒）鉛日皷月揮兮封腴擊鮮䁡熣熡以熣芒（一作醜熣以輝芒）蓊浥夷而騰邅豈不涉暑而蒙沴兮鼎用之而成妍有客自東遺予越砥圭形石質蒼色膩理刻其鱗皴滑以滫瀡如衣澣垢如鼎出否霧盡披天萍開見水拭寒焰以破昏擊清音而振耳故態復還寶心再起旣賦形而終用一蒙垢焉何恥感利鈍之有時（一作兮字）寄雄心於瞪視嗟乎石以砥焉

化鈍爲利法以砥焉化愚爲智武王得之商俗以厚高帝得之傑材奔走（一作傑材以奏）得旣有自失豈無因漢氏以還三光景分隨道闊狹用之得人五百餘年唐風始振懸此大（一作天）砥以費兆民播生在天成器在君天爲人君（二字一作物天）君爲人天安有執利（一作礪）世之具而患乎無賢歟

凡一作皆集本

擣練賦　魏璀

細腰杵兮木一枝女郎砧兮石五彩聞後響而已續聽前聲而猶在夜如何其秋未半於是拽魯縞攘皓腕始於搖揚終於陵亂四振五振驚飛鴈之兩行六舉七舉遏彩雲而一斷隱高閣而如動度遥城而如散夜有露兮秋有風

杵有聲兮衣有縫佳人聽兮乃意何窮步逍遥於京景暢容
與於晴空黃金釵兮碧雲鬟叉白素巾兮青女月佳人聽兮
良未歇擘長虹而乍開凌倒景而將越是時也餘響未畢
微影方流逶迤洞房半入宵夢窈窕閑館方增客愁李都
尉以胡笳動泣向子期以隣笛增憂古人獨感於聽今者
况兼乎秋屬南昌舊福東魯前丘昇黃綬之堂論文謝賈
入素王之廟捧瑟殊由願君無按龍泉色誰道明珠不可
投

文苑英華卷第一百九

文苑英華卷第一百十　賦一百十

器用九

律筒賦　高郢

碧鮮之竹採而爲筒定名以律一式（疑）厥功厥功伊何所
指必捷下彼高鳥紛如墜葉徒觀夫抱璞見素吉遠謀深
不煩筋角不飾碧金直道而行故外端其體當無有用故

內空其心於是步郊原窺林樾律凝其影運一氣以潛通
箭戢其芒出數尋而勁發鏃如擊電羽若奔月我命處而
精誠彼不虞而殞越亦如毛生曜穎初晦跡以躊躇周氏
銜枚竟收功於倏忽煙棲霞宿擇木排空莫不洞胷裂眥
奪鬼喪躬朝在林泉之上夕登梓俎之中足使掇蜩失妙
弾雀非工潘令慙黃間之努廐尹賤綠沉之弓有士遇之
喟然嘆曰律者氣之管法之名竹者材之勁性之貞兼此
而用之匪亨向也杼（已注在前）人不録虞氏不營混樗散而長
棄何器用之能成孔父云捨之則藏用之則行信不虛矣

河南府試筌蹄賦　邵說

至道玄黙真宗朴素莫究其源孰知其故將假物以明象

乃忘言而立喻若筌在魚若蹄在兔苟或藪澤之內以時
而肅設溪澗之間應節而周布乃崚岑壑忘蹄與筌與言
薄符命駕忘旋魚潑潑以隨波樂只兔爰爰而得性怡然
好之者徒餘歎於終日觀之者空起羨於臨川斯無厭於
即鹿寧有望於烹鮮於戲道有興廢時有通塞羨魚如之
何匪筌不得逐兔如之何匪蹄不克循蹄在兔兔既獲而
蹄可以亡循筌在魚魚既烹而筌可以息亦何異遊道藩
者揮郢匠之斤遇道樞者削公輸之墨彼損之而又損故
不得而有得是以聖人立教所實惟真勸求若喪之旨遠
索忘言之津還淳返朴求於道要絕聖棄智無爲實實故
卓立攻始輝光日新夫子將欲論筌蹄於宜觀盍若考前

途而後遵

得魚忘筌賦以適道知歸言象皆遺爲韻　陳仲節

魚也者重泉之微因筌而索與玄珠而同歸筌也者虛舟
是依因魚而棄將緣疑木而有遠始鉤深以假器於是終
釋手而喻指之非詎比弓藏方隨橋木靡因火化奚貴焚
機所以乍觀象於十日終遺形於九圍其得也且非貪餌
誰曰在藻既涉無而恬鱗斯獲將遺有而虛室是實其忘
也寧捨不材匪投有昊陶唐絕巧棄智故然雖變必捐若
遁圓離方孰謂不由其道故無用者木上之署則罔有情
者在梁之翼何爲彼用拙徒觀於進退此情晋寧識於推
移故曰因動而忘筌爲後覺投虛自得魚匪前知豈殊舟

既焚而空潤先濟疑將脫而止足由斯于以探幽落焉藏
往方之俯拾故何啻於盈筐爰取坐遷義非同於解網必
也窺清泚憑浩蕩是務得一不矜牽兩貪緣而來爲得魚
之象必也祛其意窒其源舟無五覆道遺三幡展轉而棄
爲忘筌之言使彈鋏嘉賓不樂烹鮮之味投竿公子何勞
餌犗之煩若然投者諒非赴澤在虛心而自適諒非卷懷
將適道以孔皆然後蟬蛻萬象鴻毛百骸有漁人聞而辨
之曰是言也始以神遇將終理遺謂鱗介非掩豆之實以
巨浸爲覆盆之淺然乎哉吾何必鳴榔而遊衍

錐處囊賦以素礪鋒居然自彰爲韻

惟國生賢囊錐喻焉囊之體也柔不能挫其銳錐之資也

利自何以一疑衍字攻其堅固脫穎而出矣豈潛芒而蔑然當
其組織而備鍛鍊而利既括之而無咎亦藏之而轉祕察
其所安觀其所自則錐也遇處囊之日囊也爲置錐之地
爾其捨之則藏輝然有光匪宣其利將掩其鋩質雖裳其
磨錯鋒已露其瑩霜既隱之而斯見亦抑之而後揚笑矢
之在橐潛而勿用殊玉之被褐闇然不彰無謂其利慱其
功細用每施於補縫色更因於作礪彌堅者觸之必通嘗
巧者用無不濟是以銛鋒不得而求潛輕纏不得以久蔽
其受也含虛其出也有餘柔以外表剛而內居囊若擲於
荆鄉我殊於藥囊若棼於郛璞我異於書亦當蓄其銳露
其穎罔退尺以韜光每進寸而懸影滿褚中之物比之不

同爭錐末之人窺之自驚若詎謂客其彌縫用之則行或可
執其柄動而逾出不可當其鋒宜掌握而爲美豈緘縢而
是從別有藏器未遇飾躬有素囊之旣處嗟毛遂之未知
錐之可方儻平原之一顧

處囊錐賦以賢者處代必聞其人爲韻　獨孤申叔

囊之爲物也虛受而無遺錐之爲器也利用而攸資彼弍
處焉必將勁而出矣此乃柔止安得固而藏之遂得耀潁
於紉縫之處呈銛於挫銳之時諒過之兮不可非剛克兮
何其炯炯乎從革之資纖纖乎徑寸之質露微鋩以外見
透虛囊而首出方同人之處晦靜以求伸比達士之奮奇
物莫能屈旣藏身於不固寧脫穎之無必觀其觸之必徹

指之必穿方將動而愈出孰曰鑽之彌堅所以趙氏克明
因之而興喻毛生不讓比之而自賢信立德而法矣誠有
待而言焉且賢之在代也或默或語猶錐之在囊也或出
或處囊雖固兮錐必自分代雖濁兮賢罔同群豈比夫不
銳者載繁疑載考而莫出不善者四十五十而無聞是以
匪無思乎指地將有望於決雲吐穎呈鋒磨礪而自我拔
奇擢異提携而在君嗟乎道之將行也必有用我者彼賢
未達雖執鞭而尚從我道有庸寧補履而爲下向使無銛
鍔之珍爲鉛刀之倫縮勁挺於囊橐受頑鈍於陶鈞復何
異恍惚之內物鴟夷之中人君子曰是事也可以爲鑒戒
可以明進退豈獨美於一時蓋垂規於百代

漉水羅賦以漉彼水蟲疎而無漏爲韻　白行簡

羅之名兮惟一羅之用兮不同彼以獲禽爲利此以救物
爲功象夫天而圓其外體乎道而虛其中執拯溺之心忘
乎雲鳥表好生之德及其水蟲觀其膚用之初裁成之始
利物提挈順時行止夕挂於壁若蒲月之在天曉用於人
狀圓荷之在水爾乃匪虛實如有無心寧勞於凝滯體非
憚於沾濡伊紗縠之護蟲則理齊而功倍彼綸巾之漉酒
乃跡同而用殊若夫氣爽秋曉景光春晝臨桐井之銀牀
近蓮塘之玉甃於是銅瓶傾瀉金盆俯就迸千點之珠光
垂一帶之水溜初疑散絲之雨灑綠雲而亂飛又似瀑布
之泉穿碧烟而下透且夫環之勁鐵取其堅而不朽冪以

輕紗取其疎而無漏彰妙用於不九表深仁而善救漉顏
生之瓢水欲飲而徐清漉范令之釜魚將烹而獲宥然則
開三面者其仁未如張一目者其害有餘曷若飾麼蟲而
必礙技兮水而皆虛縱醯雞爲觧羅之鳥捨井鮒爲漏網
之魚斯則用資於生不資於殺仁在乎密不在乎疎夫以
道存仁恕水何大而不漉物莫隱欺蟲何微而見遺雖焦
螟之生必全有以小爲貴者江漢之流雖大盡可一以貫
之功且知其至矣用寧憂於巳而客有撫而歌曰王庖無
當兮安可擬風瓢有聲兮不足比惟漉羅之用也大哉故
去此而取彼

鹿盧賦以利用汲引爲韻　仲子陵

智者創物以見意立成轆轤以爲天下利木德標象金行効事與桔橰之用則同比笥簴之形不異井之勿幕甁亦汔至當於要路之津存乎兼濟之地忠也陳力而就列孝也致養而不匱圓靜則智士之心通流乃仁者之志故轆轤之體一有君子之道四觀其得位攸處居中特立從繩以寸工假器以尺汲自上自下者念茲以有成虛往實來者釋此而何執物不言利急人之所急捨之則其道可卷而懷用之則其功可俯而拾及夫挈甁所施懸綆所統崇朝以聞乎三捷末日何啻乎七縱爲萬人仰與天下共其靜也則無機之機其動也則有用之用德必不孤賢亦有準泉蒙者道爲之廢井渫者心爲之軫無忘乎牽攣盖存

乎汲引斯亦惠而不費乎賢人之業於是乎盡也

桔橰賦　王契

智者濟時以設功強名之曰桔橰何朴斲之太簡俾役力兮不勞作固兮爲我之身臨深兮是我之理若虞機張如鳥斯企山有木因工見汲引之能巽乎水自我成潤物之美不羸甁而上出何抱甕之勤止執虛趍下雖自屈於勞形持滿因高絛見伸於知巳鄭圃之側潘園之旁凊塍綺錯畝畝相望帶嘉蔬兮映芳草背古岸兮面喬楊欲建標以取別能舉直而自強若翬翬兮匪釣象爟火兮無光不忘機以棄俗乃習坎而爲常隨用捨而俯仰應淺深而短長重泉之水兮不滯九畹之蘭兮益芳雖欲絶學以棄智其若得存而失亡歌曰大道隱兮世人薄無爲守拙空寂寞老圃之道可行何耻見機而怎作

甕賦　衛棐

古人得象兮創經營肇彼群彙兮疏厥名瞻茲甕之爲質乃陶人之所成非耳目之華侈留器用之深情若乃虛以爲量滿而戒溢内容乃體外堅其質在埏埴之厥初諒邀奇於斯日濟家人之攸務故陳子乎虛室藏用所資詎可談悉至如原憲貧病蓬戶攸居以甕爲牖含風自虛知道而樂其神晏如及夫漢陰抱甕高情悠邈絶乎澆風敦其至朴同夫人道於焉卓犖若夫吏部既醉秉興來眠瀉傳末夕酒泛如泉酣飲無度其人在旃考異宏圖徵疑奇遐

紀條支之鳥郊循類圃人之齒形可擬非心虛之可測徒耳聞而是矣厥品之爲用自禮經以疏跡固有順於時須乃全之而不易含虛而稱從宜所適粤若稽古兮聖唐銀甕常滿兮珍光靈液滋兮實物用呈絶瑞兮詠太康小子同螢爝之微火耿光疑於斯章

鐵火筋賦　以堅剛挺質用捨因時爲韻　楊洽

物亦有用人莫能捐惟茲鐵筯既直且堅挺剛姿以執熱揮勁質以凌煙安國罷悲於灰死莊生坐得於火傳交埜璀璨並影聯翩動而必隨殊叔出而季處持則偕至豈彼後而我先有協不孤之德無愧同心之賢至如玄冬方沍寒夜未央獸炭初爇朱火未光必資之以夾輔終俟我而

擊揚焚如焰燄赫爾威張解嚴凝於寒室播温暖於高堂奪功錦一作綿纊挫氣疐霜夫如是則筋之爲用也至矣於何不臧銳其末而去其利端其本而秉其剛信尺箠之莫儔何支策之足重專權有忝故我獨任而無成双美可嘉故我兩並而爲用抱素氷絜含光雪新同舟檝之共濟並輔車之相因差池其道勁挺其質止則疊雙用無廢一雖炎赫之難持終歲寒之可必嗟象筯之宜捨始階亂而傾社鄙囊錐之孤挺卒矜名於露頴伊瑣瑣之自持獨錚錚而在玆佐洪爐而罔忒煩素手而何辭因依獲所用捨隨時儻提攜之不棄甘銷鑠以爲期

文苑英華卷第一百十

文苑英華卷第一百十一　賦一百十一

服章一

受命寶賦并序

梁肅

受命寶在昔曰傳國璽自秦始皇有焉蓋取夫一世二世傳於無窮故有傳國之號歷兩漢至於陳隋隋煬一有帝字之遇禍也宇文化及盜之而一有西字竇建德臧化及取焉易稱物不可以終否武德中太宗一戎衣而天下大定是器也

與璽同歸國家用之以受命所承更名大寶唐車服志天寶十載改傳國寶爲承天大寶而多歷年所自前代觀之受天明命則不求而得僭賊刼還則得之而失蓋神物之所在非徒然也抑又聞之㬥之輕重與璽之去留莫不視德之上下位之安否一作宼若恃寶命在已而慆心堙耳漸乎一作至危殆以負扆之尊被竊鐵之言當此時也此片玉耳復何爲哉竊讀史氏感興亡之器忿微覬之類於是作受命寶賦若形制之小大厚薄則未始詳也故不備焉其詞曰

物之貴兮惟王之英翕二氣以成形極一作涵百寶之純精卞氏得之三獻而後明當秦趙之抗衡挺高價於連城伊玩好之所資微神器之鴻名及夫秦始稱皇削平六王爲

龍爲光追琢成章其文曰受命于天既壽永昌其始也謂世有哲王傳國寶之無疆何逆天以暴物不及期以降殃惟陰陽一作隲之運行終受授二字一作有受而不常隨素車與白馬歸赤精於路旁逮夫漢業中微后族專命祿去公室世移威柄實沙麓之遺孽成巨君之篡害雖擲地以慷慨終莫救夫顛沛俄漸臺之頽覆二字一作頽移歷更始與赤眉咸庸懦而不居卒亂長而禍滋洎四七之龍驤爲火主以得之遂代漢以配天延二百之炎輝苟非其人寶命不歸悼桓靈之不嗣置天下于阽危既而赤伏道喪黃星兆發雲雷遘屯朝杜播越去乘輿而漂蕩入胥井以蕪沒披一作拂草莽以拯之寔功存乎武烈何典午之傾潰劉石盜以自尊

既江表之卜年遂歸明以去昏五世推移或亡或存失得由道一作失由道喪隋一作值之并吞始負險以爭雄俄銜璧而來奔惟大業之離垣一作阻由君昏而黷武豺狼呀以當路郊廟棄一作毀而失主望夷之釁既發斯器淪於醜虜昊天有命眷我高祖騫飛汾晉震疊闢輔一作震疊開輔雲行雨施雷動飈舉聖人既作萬物斯睹于斯時也允德扇結東周虒鮑帝謂文皇陳師徂伐如火烈烈如風發發牛口先撥虎牢則達致四海於升平混車書以同轍惟神器之有在終告歸乎一作于魏闕考乎　先王之統世也以文經天以武緯地觀象備物從宜制器播而用之爲天下利故曰大德曰生大寶曰位位之升降唯道所至先王審其所以故

爲大於細爲難於易然後本不搖而末不墜安危之體鑒此而已若夫符命之所加歷數之所歸莫不天人合一作啓發區宇樂推休祥煥然靈命顯思是以有守有失動而悅隨苟貪叨與僭亂莫不速禍而召危此王也公路執持衆叛而親離趙高引佩殿壞而身糜一作縻惟前軌之昭昭孰可幸捷以取之君答曰吾皇有命如天有日傳寶在我昏庸自佚則陸渾無問鼎之事歷代無奉璽之術苟思慮於廢與故不既得而患失於戲天發禍機聖人定之天生神物聖人用之唐哉皇哉大人造之子孫百代永言保之

九一作皆集本

鎮圭賦以王者端拱四維鎮寧爲韻依次用

元稹

天子鎮圭十有二寸其長義在撫有十二州之域而爲億兆之王圭比德焉所以表特達之美鎮大名也有以示彈壓之強以之徵守則有土之臣至以之衈患則受災之地康當宁無爲於南面朝日有事於東方乃會百辟而執之班五瑞於來者作山龍之端表我則清光皎然雜蒲穀以成形爾乃鞠躬如也想夫形闕一作闥乍曉碧砌生寒當玉座之高居狀中峯之冠瑤岫透鑪煙而迥出意秋月之壓雲端是以聖后矜持庶寮瞻重安八荒於衙内故捧必當心握萬務於掌中故大不盈拱映冕旒則璿樞星綴開黼黻一作扆而瓊枝花擁豈獨使威儀可觀亦以明社稷有奉美哉聖人之制器也靡不有類銳上以象天方下而法地

備采章以盡飾琢（一作琭）崇高而定位夫衆色不可以雜施
依方面之正者惟五羣山不可以咸寫選域中之大者有
四盡舉凡而得一故相傳而莫貳義存敬慎道在底綏詳
觀組約足辨操持俾經制之不亂若繅藉之相維況國家
備物繼桐垂衣體舜自天有命非因梧葉而封唐提象握
機故配土行而執鎮豈唯傳歷代之瑞寶抑亦彰受命之
符信也重曰圭銳也睿作思而百志靈鎮安也安於道而
萬物寧亦嘗三復斯名矣所以表道德之維馨君此則君
爲道之宰（一作本）器乃道之形苟能據於道而依於德亦可
執無名之璞而逍遥乎大庭　凡一作皆集本

第二韻（同前）　蔣防

天鎮四野君尊萬方取威重以馭物在秉持而有章叶和
人神蓋先之於六瑞表正旒扆誠用之乎百王斯爲貴也
誠（一作寶）之大者琢磨有耀溫潤無瑕天臨靜謐以我鎮壓
乎寰中帝德休明以我熠耀乎諸夏皓爾凝絜溫如可覩
蘊五德之符采寫四鎮之峯巒其色正其容端乃直乃方
象名山而守固不瑕不纇（春秋繁露曰王有瑕纇）配王室以常安豈
不直姿有奉嘉名天寵遠以視其凝命近以彰其端拱大
而不琢禮經匪尚其文華執之不廻聖人無離其輕重想
夫始自良工成茲國器端乎掌握撫寧天地邦有六瑞而
圭列其初國有三山而象包其四穆穆之儀是佐溫溫之
德斯備所謂天子是毗邦國是維雲虹發色冰雪成姿王

九臨朝承德音而有裕金門曉闢布寬仁（一作政）而無私是
知岱華恒衡之高自此而增峻琳琅琬琰之美自此而發
奇形抱素以呈研聲含清而取振當照臨之際曾不掩瑜
在韜韞之時寧忘作鎮所以朝九有接萬靈奇姿粲粲衆
彩熒熒大禹成功垂芳於帝典吾君致理酌憲於國經故
曰觀一圭之質見四鎮之形觀一夫之政見萬國之寧儒
臣賦鎮圭之事敢大揚于王庭

信圭賦（以分形立象于以保身爲韻）　張仲素

瑟彼信圭諸侯是執當大君之辨等與五玉而咸集皎以
式乎堅如特立錫山川以爲瑞在享獻而增襲而特（一作犆）
比德以省躬豈獨退揚而進揖懿其絜白其質縝密其文

得儀形之是表叙羔鴈以成群玷絶可磨不愧南容之復
性惟特達每勞宣代之分則而效之惟其嘉矣觀正直可
以行化取毀方於焉克己至若左右佩行婁鏘宫徵寧同
乎信以守之豈嗟乎不我屑以韋弦可譬琮璧自殊乎尹
旁達陽采外敷因追琢以爲用諒小大之合符韞以保焉
匪沽諸善價省其人也宜賦以生弭以乃邦之令典孰可
已乎捧當心而捐（一作蕤）於掌足以見古人之象稟溫潤而洞
晶熒于以彰文物之形色配彼蒼示不言之信神如此鑒
同明德之馨所以掌節是司籍之乎繅與蒲穀而齊列異
邦家之永保比楚玉之無瑕哂夏璜之有考或以圭爲瑞
或以象爲珎傳命自同於符璽達情可接於君臣稽彼前

典光輝日新念君子之作誠宜近取乎諸身

珪璋特達賦　楊諫

稽上古之貴德考先賢之立言偉珪璋之挺異同君子之不諠是以先王之制斯器也不資於瑌珉而采之於璵璠欲使執之者比德佩之者克念自然威儀式序而有要有倫班秩以明而不濫不僭徒觀夫貂蟬峩峩以耀彩組綬韡映以生文使夫閱信義堅貞以守職感瑕瑜不掩以事君故能靖恭厥位克舉其勳豈不由珪璋與賢哲相成其業曠千古而流芬則聖哲之創物也誠有足而稱云原夫氏(一作代)人莫識荊山之裹藏精淪滓爲寶未用多歷年祀笑尫礫之相和喜蘭蓀之狎士嗟乎道不常屈終收卞子

蘄錯而真質自然拂拭而夜光特起悲楚君之瞽昧厲(一作局)碔砆之能似既而王人攻治珪璋自尊短長有制規矩攸存其聲清越其潤溫溫處掌握而升玉砌隨佩服而列金門韡映增美炯然自持涵瑞日之洞澈凜寒風之凄其然後知至寶之成器允夫天下之不疑亦由賢人君子遭遇惟特有強學懷書清規皎如以不貪爲寶思琢磨自居感珪璋之特達期哲人之吹噓

服蒼玉賦(以天子之服從此方色爲韻)　獨孤申叔

天配五色惟春也蒼然地孕萬物惟玉也堅焉玉可久持故君子比德於玉蒼實正色蓋聖人形象於天歲既陽止色其著矣東方木德之令蒼本靈威之紀順其色繄象服是宜飭其容信以蒼爲美晶熒兮其瑩如碧追琢兮其平如砥寔同法服不敢違於先王有異象環獨見用於孔子若乃太史告立春之期天子迎東郊于時映乎玄冕飾以采菼瑟若生芻之色肅乎出藍之姿縈垂組而溫潤澤矣繫衡牙而左右流之質且異珪終乃磨之無玷色雖匪白誰謂涅而不緇故能間五玉先四服混玄冕曜黃屋微白虹之皎潔對蒼龍以照燭豈非哲匠之所逢他山之所攻採此溫如之質擇其善者而從得佩之服之於此琢之磨之於彼齊蒼璧之薦異白玉之見毀色膚時用寧侔純漆之玄彩非染成詎此奪朱之紫矧乎四氣莫先乎春陽五位莫首乎東方九有具瞻其尊也帝皇萬物咸賴其大

也穹蒼我廼應春氣之德順陽和之則爲帝者之行節候(疑)穹蒼之正色叢四美而具宜冠羣玉之攸克所以標嘉名於時令宜乎哉垂楷模之無極

山玄玉賦(以奇質異文作佩公侯爲韻)　沈逵

佩玉之設所以導容止節威儀惟山玄之在御配組織之標奇山以表名蓋取山崇之德玄而載色且昭玄默之宜合殊姿於雅稱俾服翫以無虧懿其韞櫝稱珍連城表質爰制衡牙之用以戒趨馳之失匪取乎截肪自資乎純漆響既清越理惟縝密色溫合乎緇衣韻鏘鳴乎玉律動之在聽隨矩步而聲繁佩之在躬寧風趨而影疾羣寮奉贄庶官陪位貴賤畢陳高卑咸萃我　則發清響標奇器飭彼

雅容遵乎深意配元侯而禮盛奉上公而儀備豈比璦珉彰庶士之殊水蒼表大夫之異况乃黝衡比色緇組侔文體玄端（疑作瑞）而位辨表黼衮而功分或倚或垂昭君臣之異載揚載揖殊進退之閒宜發明乎盛德汞光錫乎洪勳其質貞清其光錯落官推王府之典制自玉人之作是用比德賢臣表功王爵始自鹢石未彰含暉尚晦隱玄山以參差冠玄雲而灑霧哲匠莫顧俊賢未佩徒棄置於層巒豈琢磨於明代及乎偶拭拂遇磨礱服之容美執之禮崇自可寶同乎金錫豈惟價重於王公則知其律聿修在禮斯忝非夫賜象服錫鳴璆何以膺山玄之瑞於諸侯者哉

珮賦　　胡運

玉有環珮所以節威儀珪璋所以應朝覲朝覲貴乎特達威儀在乎淑慎則珮之為用以德聞珮之為服以禮進既取堅以縝密亦體柔以温潤其彩㶿明涵黼黻之華其聲清越諧金石之韻豈止法先王之服戒乎大夫抑以觀古人之象原之帝舜由是表尊卑之餙彰朝覲之美佩山玄而抱水蒼搖搖兮耿光左宮羽右角徵鏘鏘兮垂委非徒抑其進退亦以制其容止則裂石破玉靡顏膩理清清泠泠作羽儀於君子思我王度服之衷巳珩瑀相煥品命不渝貫以桃花之綬錯以明月之珠時也朝北極歷天衢明玉殿耀金鋪徽音生於矩步繁響起於風趨濟翼為君臣之榮觀透迤乃賢哲之令圖亦何必哉（一作峯）脩蘭於長坂折瓊枝於遠區然後為美乎別有楚臺神媛越（一作溪）國名姝嬌羅艷縠秀色鮮膚振鳴玉以亮響践瑤階以踟躕聲珊珊兮若有無聯綿綿兮意愉愉翩躚躚兮望坐隅欲從君子禮之拘乃歌曰佩玉蘂兮德音發中規矩兮聲不歇馳畋獵兮思敬慎壽考不亡兮長歲月端法服兮臨魏闕群后覲兮萬方謁

第二　　麻不期

夫聖人彰德以建物表意以與名禮容孔備制度昭明衣冠振亭簪紱齊容亦兹佩之為用隨紛紜而揚聲觀其所與爰自古昔王華既重於周后蠙珠亦珍於漢碑蓋將以威儀節度知無不易豈徒衿珠玉之芳聲喧步頓之前蹤

懿其符彩照燭流曜暉光宮徵合韻左右鏗鏘此亦邦國之儀範為衣裳之典章於是垂為臣倚為主式標上下動合規矩亦非獨洛妃觧贈於陳思漢女見投於交甫爾其幽人所重君子攸資則蘭蘂馳馨於楚客象環騰譽於宣尼斯偶物昇榮助荷衣之葱翠因時適用陪藻服之葳蕤既而天子會朝臣御華闕冠蓋雲發公侯進退而為容卿士俛仰而趨謁兹珮也幸朝儀不棄流響未歇既連帶於虹蜺庶傳名於日月

文苑英華卷第一百十一

文苑英華卷第一百十二　賦一百十二

服章二

衝牙賦以君子佩玉由我成聲爲韻

佩必有節牙惟應聲既熠熠以光動始鏘鏘而韻清馳聲曲折之間突爾乃激方隨步武之際跳然若驚嘉其琢自良工飾於君子冀靜聞而中矩每徐轉而知止乍旁達以散還忽高飄而間起比於德寧無故以去身習乎容諒和鳴而入耳是知宮徵交應周旋必聞助清音而靡絕混真質以纔分將觀其禮朝於君假抑揚而有耀俟動靜以成文故乃藉此相攻彰夫必佩窅爾同聲服而非礙顧規模之可則宛在其中聽寥亮之無差不離於內則知俯仰寧阻進退皆由引異響而非往配禮容而必周虛徐互振寂寞相求洞晨照而彌徹驚微風而更幽原夫製彼奇形韻玆良玉雖杳杳以將盡竟遲遲而潛續濟以成章靜而應曲重輕莫雜恒宛轉而下垂左右皆調每玲瓏而中觸由是孤光屢進片影彌輕駐幽音而乍默佩逸勢而俄成方將應組綬廁瑤瓊應疾徐而洞徹順激射以鏘鳴故其悄以分音玲然自我當待扣而逾寂匪輕搖而孰可豈不以佩服紛綸威儀衆夥徵衝牙之微旨然後知古禮之不墮

古君子佩玉賦以思古君子行必鏘玉爲韻　裴度

伊君子兮何師邈淳古而繹思儼然有章相威儀於樂只溫其如玉故切磋而佩之縝密是比貞明所資追琢斯成既殊張氏之印清美可羨寧四止一作孔侯之龜是用濯自冊水取諸玄圃君求美質我則表溫潤於光容臣聽好音我則動淒清於步武結以紳帶綴以環組使感之者在約而思純服之者居今而行古豈比夫詩人無文贈雜佩兮夫君騷人著美紉幽蘭兮之子是以嘉其抱素質一作貴以合真想見白虹之氣思文疑清越之聲發凝輝兮既昭我述鏘雅韻兮必俟君行是以敬慎侯度獨高人情至若斷以爲壹徒玩其質執而爲璧徒旌其秩豈若用之有方垂之無必威儀棣棣居則粲然之光進退瑲瑲動則泠然之律是以古之君子物有其章溫恭可象環佩其鏘既覯容而生敬諒播往以傳芳然則貞玉之質非贊無以服用昔贊之珮非玉無以表彰故佩斯敬覯斯莊方今野無遺賢山不藏玉彼華佩兮同昔時以入用彼君子兮思古人以自勗故能振休風播淳俗則今日之佩玉昔賢之高躅者也

象環賦以謙德無事循轉爲韻　錢起

聖有制作一作聖人有其制其爾瞻是環也用之攜謙成乎其規

故有典有則全乎其素故匪雕匪刻動法天旋溫如玉色可以覲象見意可以取文昭德終日佩之其儀不忒懿夫員通旣固雅麗且殊皓質中澈騰光外敷守其明也處暗室而不昧借其道也映素服而如無鄙南容之珪貞而猶玷嗤卞氏之璧瑾而不瑜升諸組綬不亦宜乎或有黃雀酬恩鄭商所利其名則一其宜則異皆浮俗之所珍乃老氏之遐棄寧若斯爲美也將君子而比義文而不華垂之如墮循環無極參日月之在躬佩服有常於烏弦而戒事固知宣尼之旨有要有倫於（一作能）此表禮創物乃將畢服謙身是以成形而不受其彩散璞而不失其眞瑩爾情性絜白惟純導爾情性貞明日新捨之則禮容若缺用之則

法度是循物旣合權古稱其善常虛心以隨運雖匪石而可轉覩妙用之昭宣知前哲之舒卷

第二（同前韻）　沈仲

佩服之設惟德是瞻夫子之服素而博夫子之德稱而廉式制象以表諸儉豈無玉兮體乎謙謙而伊何服用有則捨寶佩瘢以彰其無位制象環實亦明其讓德匪玉兮匪金是雕兮是刻取其焚身之齒奮其截肪之色磨而不磷涅而不黑（一作緇）相彼缺（一作玦）矣謂其缺（一作玦）之有離制此環兮體其環之不極因良工以表器奉聖人以聘國苟炯戒之斯存昺威儀之有忒於是不師爾制（一作是）爰始我謀（疑作誤）錯落增色晶明丸殊寫金規於顧菟掩素彩之隋珠

崇其五寸之範輝彼十圍之軀貴其文兮我則文而能潔謂其曲也我則曲而不踰旣圓體以就滿亦虛中而應無服爲身表環爲佩器若禮義之相須豈周旋之暫墜將以體象其法理亦以循環乎志意雜章甫以爲飾騰組綬以徃（此下疑闕字以徃二字一作以生輝）蔚禮經以留規掩水蒼之故事明夫素王立範象豈因循必使動容有則箴規合倫得禮容之不選著盛德之日新環之質兮取其終始罔遺象之齒也取其堅白可珍體夫子之歷聘周旋似夫子之從時屈伸象環之制兮其義不淺謙撝之旨兮因斯而闡道崇受物用能寬而有容理貴適時體如丸而任轉忝明試以効拙敢獻賦而旌善　罔遺（一作罔極）

印賦（以王道正直執契理人爲韻）　趙良器

域中四大得一者王混同區宇端拱巖廊運元功而莫測故神用之無方穴處巢居時尚傳於朴略結繩刻木化始漸於昭彰暨夫澆薄事征計智慧出而下有大僞忠信興而上失其道聖人以智周萬物仰觀俯考追淳化於往初發鳥迹而爰造是鑄至堅之金聘至巧之性方圓設象以廻合雕錯得宜而瑩淨其道恒其體正其君著是効故有聞於至乎王者是可故不得（一作待）於嚴令詳觀其貌且橫且直文繚繞而外轉字連綿而內逼迹處泥而髣髴容因朱而翕赩迫而察之若彼彩畫之圖遠而望之若散晴霞之色爾其大小咸準委曲相襲隨時而行杖義而立群吏

則有慮其誕故合之而給天子則不責於人故司契而執借如九命作伯三朝謁帝服冠冕而去來佩印綬而有繼當司存之部領覽職事之巨細（未見契字官韻）罔不典常作師圖忱之子且契之不明訟之所起契之既用人得而理豈徒中山張氏化墜鵲而初成餘干亭侯感迴龜而相似光錫忠義若斯而已亂曰古之善爲道者非以明人執其左契欲使還淳故得末全太朴不斁彝倫斯亦爲政之機要何止更光於縉紳

笏賦　　王子先

昔者聖人之理天下也辨方位垂衣裳制玆手板整乎維綱莫不明有德著才良法天地體陰陽欲其表行見能則外文而內質取其前讓後敬則上圓而下方笏之時義遠矣大矣蕭何列其深規郭璞辨其微旨請原爲用之本特（一作將）申建造之始採文竹拔象齒爰謀爰相載考載擬華晥功（一作切）錯英明卓峙煥飛霞綴流碧殊相逸發奇文秀起五嶽備焉四瀆呈止上及君帝下及庶士或魚鬚而表其章或玉珽以申其美故能朱紫不奪尊卑咸理懿夫植性端平文理中正間瓊弁而雪白對華纓而氷瑩出入必書俛仰惟敬其在宗廟即搢而請享其在朝廷即端而受命豈不用捨隨時物莫之令雖冠冕之貴黼黻之飾徒有備於朝儀孰與玆而同德

冠賦　　趙良器

懿哉聖人之所爲觸類而長緣情以施大則察乾坤之用小則稽鳥獸之儀近取諸身既制冠以象德遠取諸物亦模範而開規裝王彩而晶耀鈿珠華而陸離禮容於是乎克尚首飾於是乎攸宜故柔以虛中剛而勁外惟德是輔惟仁是大綴香簪以半出垂寶纓而雙對珥白筆以孤懸揔紺髮而繁會若乃九門朝啓千官奉職劒履鏘鏘旌旗翼翼趨玉階以雲聳入金門而電赩於赫朝廷其儀不忒此乃禮容之有則也爾其尊卑異制古今殊情備鶡所以貴勇加蟬所以貴清進賢表文者之號章甫尊儒者之名獬豸觸邪惡佞臣而直指鵕鸃崇飾光近侍以增容此又威儀之孔明也是以舉之有節施之無妄或用晦而冕旒或蔽聰而黈纊居正而不失其職得位而不愆於上每守分以自安故雖高而不亢此乃進退之惟當也客有賦之而嘆曰夫檢身者禮表容者服服之不稱必近於妖祥禮之或差自階於傾覆故君子履道以遠害小人崇奢而取戮鄭臧聚鷸果貽出境之誅疏受挂門克保永終之禄則知遊理者天之所禍順常者神之所福况乎在位之庶寮可不鑒玆而敬肅

進賢冠賦

天道廓兮日月爲文聖人作兮衣冠爲首彼將照臨萬有此將肅穆群后是以明王代實君子學于揔朝廷之要惟進賢之冠寸之七且比夫十二德衆之三又取夫三端至美

乎威儀棣棣經營乎束帛戔戔知人不易行之爲難將欲昭隱逸責聲實脅讒佞爲忠貞華貪侈爲蘼質則以正御下雖居高匪危以虛制有縱持滿何溢動法道靜得一自代兮經爲此名無止兮檢被疑作驗彼天秩徒以賢能有意於賢八字一作有意於賢此亦有意於賢不言而信不用於權俾荷寵祿者賢一作賢賢而易色榮上林者安一作安安而能遷久要不忘雖弊必加於首嫌疑不涉李下豈正其偏則鶡之果也武重蟬之潔也政先亮當用而爲用信玄之而又玄若因物揆理易人推遷非德不依智也非禮勿動愼也唯賢必舉義也任用無爲順也包四善而世濟其美別九儀而尊固其信夫預明試者稽乎人言爲大夫者資乎能賦則流問以體物

敢不立言以存務將欲存義終則用之不窮將述功之懋則物無能指詩云服之無斁吾以斯文之爲度

第二以聖朝崇儒服以旌德爲韻　于伊躬

惟冠之制惟賢是崇冠俟賢而出賢因冠而通誠于人有傳古之儀形於國有尊儒之風吾君於是詔司服進良工考前法以無替覿斯義而有融然後得多士以立効實茲冠而允淑君臣克序用彰有道之時冕弁可儔載稽取象之服則知冠以招士亦由工以度木匪工也良材何以辨于山匪冠也群賢何以求其祿觀夫製作有則威儀孔昭建象於初爰從太古之代更名於後始惟炎漢之朝不繪畫以崇飾在進用以章德上下率而有差禮容行而無忒不可奢致不可儉偪蓋取事疑之六猷亦設官之盛飾上自元后降于公卿用則異數制乃同名五梁三梁表尊卑之序七寸八寸爲前後之程惟德是急惟儒是旌叶緇布之遺象與皮弁而齊衡且夫作之罔乖服之有以豈同帶鶡者空尚乎猛聚鷸者不稱於已曷若取鑒斯在爲工式乎御膳加太官之列使臣薦不疑之謇稽乎其形諒先生之制本乎其義爲君子之儒瞻之克以正創之而以聖列士崇德之規蒸人立身之鏡豈徒在首貫髮雍容肅敬而已

第三以明時急賢才爲韻　梁洽

製冠有象惟賢表名冠在首而爲用政匪實疑作賢而莫成

伊進賢之爲急乃斯冠之發明古人所尚末代作程豈比夫戴鶡聚鷸瓊弁玉纓彼旌武而貽咎寧比德而同聲念茲在茲侯其儒而已注在前山有木工則度之君爲政賢必進之木自工以生態政得人而允釐故君子進退以禮消息候時時既消一作清兮爲疑賢是急賢既進兮其政必立惣六官而謂何嘉此名而可把客有聞之而言曰或標之豸或珥之蟬所謂二者莫如進賢忝從班於聖日願効試於明臺敢預兮旌之召無遺菅蒯之才

貂蟬冠賦以製冠取清貞蟬之義爲韻　侯洌

冠表朝容飾崇工製示勁悍而貂文旣緝彰清高而蟬翼斯綴所以發宰一作官臣之盛政武弁之弊配紫綬而增華

入黃樞而轉麗突爾將戴翹然可觀縹輕毛而絲絡闘微殼而花攢引雜錯之光足見乎以文為貴分動揺之影誠誠夫居危如安麗則無挂新而莫彈彩列如星衛女疑何榮於會弁用當謁帝齊相堪嗤於濯冠所以類鼠咸收如蟠必取示威無假於鶡戴呈巧豈矜於鷸聚影麗華簪光聯垂組乍臨天陛澤鮮而日照如濡時受王言質薄而風揺自舞鄙舊規於郤敵笑遠適於章甫貂之貴誰憂換酒於晉臣蟬之清是用加金於漢主故能堅逾鐵柱妙奪玉纓非不足之時狗尾何續從有綏而用蜩甲如生柔而輔曲潔以從輕灼灼而自為首飾烱烱而能使心清至矣哉蟬者食潔居高貂者内温外悍盡飾斯在齊光不散發令

姿於綴者王何以尊籍舊葉而珥焉金張並興將進賢而並美與友讓以相資承柱後之名是表裏無遠者冠侍中之首欲使人皆見之道光漢冊事含疑秦賜冠乎斯用之以明義

彈冠賦以君子之交誠有所感為韻　王起

岌岌高冠是加于首將服之以入仕遂彈之而去垢纖埃不染知潔已之為先法服是從明干禄之非久豈比裂之而無用挂之而勿有也嘗其貢公不仕王陽未榮風起緇布塵飛玉纓積歲月而無色混風姿而莫呈豈知黜綴則價重拂拭則光生蓋以斷金之人未達於清世陸沉之士猶勞其赤誠是故置之而有待褚之而勿營洎夫大漢登庸伊人有所同松茂而栝悅將龍翔而鳳舉於是取章甫而言曰冠者首之飾人之規盛服將朝此為大者結髮從仕曷莫由之吾方策名於冊關委質於彤墀于疑將盡餙以為美豈薄汚而見嗤及解彼珠纓彈于玉指彰久要之必信表從政之有使拂舊彩以增鮮振浮埃而暫起由是發光耀正容止朝廷濟濟具瞻夫哲人巾櫛鏘鏘用表夫君子則知碩量之所包賢人之與交其賤也樂夫伐木其貴也同夫拔茅則爵位相先者以彈冠而是鑒金蘭合契者因彈冠而有感故能致美縉紳不嬰垢氛將總會于玄髪期入仕于青雲豈比夫晏子濯以入朝是稱賢相屈生彈于新沐方俟明君

文苑英華卷第一百十二

文苑英華卷第一百十三　賦一百十三

服章三

衣錦褧衣賦一首　西域獻吉光裘賦一首
孤白裘賦一首　千金裘賦一首
府試授衣賦一首　授衣賦二首
豵賦一首　豹舄賦三首

衣錦褧衣賦（以君子之道闇然日章爲韻）　李程

君子制服兮損益以時，秉衣錦之特麗，必尚褧以相資。欲曳婁以成飾，故威儀而可持。異彼佩環，有以文爲貴者；同夫絺綌，必特表而出之。察其所以，亦將有旨。願無伐善，俾其蘊美。衛詩既作，且賦於碩人之篇；匪服是加，則嗤乎彼

其（一作已）之子。異孤裘而羔袖，比綠衣而黃裏。蒙纖縞而不隅，籠瀅彩之可擬。彷彿兮若豹姿之藏霧，隱映兮似珠光之透水。徒有美於爛然，孰可詳其蔚矣。故服之無斁，終然允臧。當襃（一作裦）然而入用，懼學製以見傷。知我者謂我隱蔽文章，不知我者謂我顛倒衣裳。曾不念順之則理灼（疑作的）然而亡，自類韜光不耀。孰云欲蓋而彰，比乎繪事後素。勿矜爲實，不有外者何以混其色，不有內者何以蓄其藻。雅符含章之德，不愆盡飾之道。服翫（疑）美矣，人亦宜然。等誠明之道合，同出處之義全。亦由（由循通用）絜矩之士，窮而不濫；蘊貞明體，恬淡昔有。喻於讒口，何以自明；今不衣而夜行，寧惟逮晧。是知大象既分，先質後文。德爲道用，靜爲躁君。不衒昭質，退藏於密。匪同麗服之奇，自契黃中之吉。彼無褐空念於卒歲，此（一作比）成章不俟兮終日。未若賦衣錦之褧衣，爲終身之自律。

西域獻吉光裘賦（以水火驗之稱異爲韻）　獨孤授

遐矣外區，實生珍異。彼靈獸之則獲，製良裘之斯至。聖王之所未覩，獻令之所莫備。叶朝宗則來自金方，應中國而色當土位。意者以烈風之靡與，溟海之清澄。德動天而遐方內向，氣入冀而貢獻足徵。方啓襲以進，語如執輕之不勝。颭然舜風，翠雲之光可奪；龍夫堯日，青鳳之煥徒稱。故其背崑崙，踰弱水，重九譯，越萬里。豈殊俗之所貴，信希代之爲美。直千金者更輕，稱狐白者非擬。雖沉以天沼，無易

暵其之性；燎以京薪（二字見西京賦），獨異焚如之理。斯乃動聽驚視，孰知其然者矣。夫物有難測，必思之而不厭；事有詭常，亦推之而可驗。何異績鼠毛以爲布，引龍鬚以成絲。濟於火而自若，弦於弓而有之。況能禦寒凉以効用，衣（一作因）裼襲以呈姿。司服以登，備皇儀而飾朝禮；至尊爰御，光紫極而耀丹墀。遂使越人捧翟以求退，王母收環而請辭。群公乃拜首而稱曰：休哉！聖君之緝熙。且天地不愛其寶，豈戎夷敢愛其私乎？將念委裘之有實，防侈服之生禍。表微於君子小人，酌義於夏山殷火。俾萬物之咸格，其德風之在我。於是天子曰：俞！彼則獻其琛，曷若獻其可。

孤白裘賦（以珍裘非一腋爲韻）　陶翰

邈哉瑞獸生乎青丘資挾温以流潤得順素而成裘故鎮毫錯毳匪剛斯柔象群皙以濟美較（一作軼）千年而取優配華玩於車服曜珎奇於貴游般祀典以崇賁飾（一作昭）禮容而克修既夫秋沉金氣冬舉玄律進卿相之門登王侯之室寒祛温薦恩纏好客任藏用以卷舒委凉暄以昇黜將裕衣以遞御與紈扇而更出苟人事之宜然諒縻興之共一嘉其全真定色育精含徽千金振價衆服騰輝朝臨皓雪且狀乎寒披鶴氅曉安朱架又象乎高懸王衣雖質文之可別蓋貴賤而同歸故崇侈者取貴而尚戒奢者含貞以非矧乎從損而益工兼素賅德之攸親豈惟物新晏嬰相齊以推弊孟嘗獻秦而獲珍貞休利乎蕃（藩蕃通用）玦悔悋

生乎妄人儻兹道之無瞥遮遺芳於後塵

千金裘賦　　雍陶

良冶之子兮不墜舊規製珍裘兮巧意無遺非一狐之成此直千金而在兹蓋以表盛服之麗者舉高價而美之儻以負笈如當市骨之日如將貰酒偏宜買笑之時如（疑）其選擇亦求粹白資衆毛取群腋極狸製之狀殊豹飾之跡俾裼襲之有加欲曳婁而無斁紉針既就振領提裳（一作生光）乍掩孔雀金欺鷫鷞有斯而死不於市衣此而坐不垂堂何必獻武帝之時人來西域受平公之處鳥下東方宜乎在笥見珎滿籝非貴將示美以爰御豈救寒而乃衣特彰節用乃三十年而尚存俗竟（疑）奢妍乃十萬軍之所貴觀其皓練漸潔輕埃莫霑巾幣之酬猶少外飾之態俄添日影逕臨豈見犬羊之易雪華傍射自宜狐貉之兼爾乃取而諷論其衆亦猶多士補於衮職群材搆於時棟豈比夫告弊於墨貂誇煥於青鳳然則乖惡衣之義生侈服之心既傷三德之數徒稱千鎰之金所以披鶴氅於王公獨標耿絜焚雉頭於晉帝用戒奢淫況乎衣褐可以備卒歲挾纊足以禦寒夜何勞實劒佯貲豈要驪珠同價委此蒙茸之資被乎勤儉之化使狗盜之人盡息其偷詐

府試授衣賦（以霜降此時女工云就爲韻）　　李子卿

九月肅霜山靜風落天高氣凉蟋蟀入兮堂戶近鴻鴈飛兮天路長欲備歲之無衣無褐始禦冬而載玄載黃命婦

女事爲公子裳若乃田畯入室居人在巷警殺氣之秋殞切嚴霜其夜降物藏于時人感於是雖懷有稔而及節亦念無衣而在此績我絲麻具爾紈綺將備服之纁素豈徒事夫紅紫則知王者之德聖人之思禮法在矣古今以之事陳王業功當天時澤及周王之道歌得豳人之詩既而滌場穹室熏鼠乘其農閒以入室處爰邀載績之功始命縫裳之女摻摻柔腕札札鳴杼天寒夜靜既閱西隣之光月明更深薺度南軒之杵夫如是事合其制禮亦有序物響政方人知義所將前規不昧故斯事必舉資爾績而卒歲是裳授余衣而窮冬可禦方今四隩既宅九州攸同人悅物茂時和年豐男勤耕於稼穡女務績於蠶工雖悅當

今之化亦由行古之方於是彼其（一作己）之子各稱其服此生之物咸得其群念彼及此務穡勸分雖非後作抑有前云豈上帝之思（疑）我實下人之戴君客有聞而歌曰天之高兮無不覆君之大兮無不祐生人殖物既庶且富爾在（疑）于時爾茅于晝霜始降兮女工就歲時窮兮寒衣授

授衣賦（同前韻）　張何

惟改歲之弘典爰授衣於肅霜稽月令之前制得豳詩之首章夫其損益從時取其觀古人象玄黃既績可以爲公子裳促機上之寒杼發桑間之懿筐零露既溥申（一作肅）霜夕降聚於爟火無資於借人勸其功傭俾率於同巷爾其敦質素黜華靡翔（疑）葛覆之儉嗇笑麻衣之浮侈裂素之

潔既無取於流黃我朱孔陽複何爲乎惡紫裘狐貍（一作狢貍）製之可識諒羔羊之在此且德惟稱服道在隨時惜光陰之暮矣恐絺綌之淒其會斯蠶績取彼狐貍既申之以雜佩又組之以素絲信物之美者惟君子宜之借如輕裘被服之客織手縫裳之女晝剪綺紈夜調砧杵微芳發素袖舉絲兮衣兮爰笑爰語莫不遵向晦以宴息樂盛陰之室勵於戲聖實作則皇惟降衷禮章度數服制卑崇鑒羔袖之非類慎鷸冠之不衷（一作中）豈可凜（疑作裘）然充耳不念女工俾僭亂以陵上興怨言於大東而已是以帶裳表儉黻（疑）冕昭文襲緇衣之敗造追補袞之清芬故能宜象服集玄纁將菲薄以爲寶豈浮奢之足云有守道固窮至圖未就卒歲無褐憂心如疚四時迭運竊獨悲此凜秋萬物有託予何爲乎巖岫空負悲哉之感徒爲嗟矣之富儻有弹冠之期不念（一作忘）綈袍之舊

第二（以霜風轉厲遊子未歸爲韻）　周存

二儀幹化兮四運環周大火中而退暑白露泫而成秋玄鳥去巢望雲海以幽蟄旅雁遠漠指烟江而遨遊農事云就婦功聿修感蟲鳴之促織念客恨之衣裘慮之云誰彼妹者子弄機杼以成績秉刀尺以循理揣其脩短運纖手以俱營善乃規模敏惠心而獨擬爾其上下有序度量有常咸循故以取制豈崇異而違方隨貴賤以合則勵玄素而有章伊四人之所授必九月之降霜彼美衣工獻華服

之楚楚彼都人士被狐裘之黃黃清霜既降商飇亦厲衰草萎庭墜葉流砌氣蕭瑟以增冷天沉寥而澄霽雖人將入室知所以戒寒而時或無衣則何以卒歲是乃背豳風者無備遵月令者有繼也若乃白日向昏愁雲四展歸鳥時聚斷蓬孤轉風生居室之寒服念輕裘之善則晏平仲悔累年之未易桓（謂沖也或作趙非）將軍授新衣而不遺也爰有別江山之墨客遊他鄉而未歸驚歲序之云暮恨籌謀之尚違夠夫搖落秋聲淒切霜氣巡階除而不樂撫心曲而誰謂且士有知己而我獨無人皆授衣而我獨未因感時而增歎聊作歌以自慰歌曰愁（疑作秋）霜落兮歲已終秋雁吟兮悲遠空短褐不完兮憂思充庭蕭蕭兮冷暮風

履賦　趙良器

朝廷兮赫曦冠劍兮透迤惟斯履之所用得禮容之威儀綴珠綦以崇飾遵王趾而更移其始造也佳人運思女工妙選爰斯功之始畢出閑庭之試踐聯輕步以相矜指奇文而爭衒若乃相國承寵尚書見榮歷彤階而曳響上玉殿而規行出群標奇則簷前鸞落入朝表異則雲際鳧驚運著絲以示儉躡瓜田而見明時行則行時止則止絜其容色固其表裏偶簪裾末以爲榮踐泥沙而以爲耻其義冀翼其貌邕邕曳踵則輪軌不斷接武則塵迹相重其取進也每迎前以啓路其守謙也常處下而趨容其受用也既處中以待物其順人也亦應時而曲從是以加其絲飾

廣其文繡所以表威儀光領袖宗廟祭祀非履不行揖讓周旋捨履何就易履者禮也吾謂斯文之不謬

豹舄賦（以兩適用四聲爲韻）　錢起

麗哉豹舄文彩彬彬豹則雕虎齊價舄與君子同身故得飛聲入楚見賜晉秦曩者胡爲隱霧而不下今復何幸對雪而迎賓蓋因虞者之獲成於匠者之手苟當時以爲用雖殺身而何有于以理（疑）之美且無度既居下以禦溼亦迎前而啓路花映香塵光生玉步借使登朝廷列臺閣規矩不改會同自若按其迹必陟鴛鷺之行取其文不改犬羊之鞟詩人歌其事春秋美其名捨則止用則行逗迴（一作向）齊飛遷分鄴令之術入朝曳響近雜尚書之聲彼糾糾葛屨珊珊珠履一則固窮一則僭起制度首出憲章俱美以骨而鱉冗之豹也憑巖穴以逞欲以爪牙而自衛而有用於人竟以皮而灾一朝寢處成此新儒夫班文散煥毛氄蒙密映鶴氅以迎（一作疑）嘽臨翠被以曜質於斯時也不可談悉亦有刻意未參甲秩東郭之曳履長穿王生之結襪何日思蔚然而一變歌豹舄以自畢

第二（同前韻）　前人

豹可爲兮欝矣其文林賈害兮用之楚君用之則那爲舄几几雖工輿其飾亦天鍾厥美奢以則之衆目所視異哉惟雜爾巧有詭其制也青葱掩其真赤繶慙其麗動容而

彩射金屋舉趾而聲傳玉砌諒服翫之惟奇知修靡之無藝徵夫至理也匪威儀不忒匪古訓是則甚葛屨之失禮同鷸冠之敗德何役智以宣驕乃自躬而刑國噫先王立極念茲在茲服有常度行無越思何爾舄之豹飾雜珠綺與文狸若昭其泰（一作本）無乃簡彝是舄也君子歎之觀乎異狀班然後（疑）周變霞起煥爾文質當其踐履知我者謂我惡居下流不知我者謂我親承玉趾則知物有所歸天之宜數惟豹作舄殺身思遇惜其有美而來亦以禦寒之故雖雨雪而盈尺俾陽和而在步不然者寧踐於斯路客有感而言其文也何麗其用也何薄當畢步武之間徒異犬羊之鞟飾被已慙於翡翠爲裘更羨於孤貉別南山之

霧以奉進趣同鄴縣之鳧頎翔寥廓

第三（同前韻）　謝良輔

惟玆鳥兮稱珍受異質而彬彬其文也合變於君子其用也見美於詩人伊昔大匠未知含章可乂栖止隱霧或群或友且申威以肅寧畏險而挺走豈知獻狀於繚者之身入用於獲人之手敏手既至光華增媚兩美必合一朝成器信常功之嘉猷爲盡飾之美利苟賞善之在我廾殺身而不懟曲直裁成威儀可覩若向也獸而今也鳥諸侯所重楚子之翠被有光王者攸宜周官之赤纓無斁左之右之乍合乍離每唯命以進退將有翼於威儀擇地而行豈慮泥塗之辱有道則至尚㥿文彩之奇故尚書之曳履聲

則有音中郎之倒屣義亦爲美雖惜（疑）足以同方豈能文而可紀則知隨時應物順人合度克通夫莫往莫來寔惟於規行矩步滯阜鄉之自惜飛鄴縣之可慕頎賓上國之揩墀冀吾君之一顧夫材俟時而進用時俟（一作須）材以求素彼微獸之有章亦飾躬而制作慕公孫之几几耻滑稽以文錯幸參鵷鸞之行無雜犬羊之鞹若然者則荷夫天衢之亨對斯文而不怍

文苑英華卷第一百十三

文苑英華卷一百十四　賦一百十四

圖畫

徵君洪涯（一作崖）子圖賦（以雲際長松以表貞節爲韻）　歐陽詹

矯矯徵君居幽行聞朗詠堯年之日棲遲姑射之雲英英時傑好奇藝絶窺窮圖畫之能寫得隱淪之哲豈不以懷材習技我韞跨俗之工履道全真彼有至（一作過）人之節者

也觀夫杖藜載酒面石休松盡是山中之意全移物外之蹤入室終窺知裂繒而畫出升堂始晰疑在野而相逢實默如言如行實止蘿纖纖以垂帽草青青而藉履洋乎令聞昭晰得其所由儼矣（一作夫）儀形髣髴知其所以原夫賢達作範冊青立程將模前而示後必體物以（一作而）歸成服唯身表容實心推對氷雪之顏覩蘭蕙之纓暗識伯夷之絜遥憐黄仲之貞知身已謝看畫如生矜且傻莊若此辰（一作晨）之有識貪之與欲同在日之無情形如（一作似）植以亭亭衣如風而曳曳臨諸筵席之上想彼雲林之際萬物方秀千峯初霽神飄飄以自遠身悠悠而不繫我之心矣惟賢允臧披圖畫於是日得夫君於（一作乎）此堂乃知君之於

德也大畫之於工也長畫非君無以展其妙君非畫無以（一作莫）德揚其光物有相假不其昭彰揆人事之美惡論功庸之夥少伊畫也可以稱智者之先惟君也可以作真人之表者也（九一作皆集本）

圖畫功臣賦（以立定爾功惟克永代爲韻）　錢起

先帝之華隋也應歸運而大義舉獲仁人而鴻業集及乎討代（一作伐）錄功日不暇給寶玉不足以勸賞故茅土是封鍾鼎不足以昭宣故圖贊是緝傳厥象於繪事壯崇基於天邑貌武之臣忽披雲而鶚視股肱之佐乃捧日而山立何惟肖而斯在皆凜然而可挹矜庶賢遇聖神器未定天有彗兮曆象昏雲從龍兮川谷應帝曰隋失厥御國將頹

弛人心如惔王室如燬膺圖受籙明徵在予保大定功克成伊爾由是十亂輔主三傑制（一作總）戎敢敭休命克贊聖功掃乾坤之慘黷（陸機功成賛上慘下黷慘楚錦功）濟品物之屯蒙闢天關而七曜再朗廻地軸而萬寓求同暨王道清夷乃念茲而在茲既艱難是毗亦四方（一作康濟或作幾康）是維享其勳力嘉彼令德懿我武之雄成類爾謀之剛克宜其藏勳庸於盟府圖冠劍於紫極則是繪也其麗不億偉哉群彥丹青彪炳列盛服之𬮶華儼高居之秘靜斜月在壁疑假寐以將朝頹陽半軒同處陰而休影胡像設之既固將山河而惟永則知我唐大賚光掩前載功高賜履追呂望於周年烏盡藏兮異韓信於漢代盛矣哉容貌方崇光靈不昧

凌烟閣圖功臣賦　崔損

粤若聖唐之馭極也寰㝢克清鴻業再創纘功臣之烈紀重閣之上圖照日而增明閣凌烟而益壯勳庸是表威儀可望昭昭兮藻繪之容灼灼兮丹青之狀遠而視疑列仙之臺逼而察識公侯之相縹緲兮映空色而遥徹咫尺兮近天顏而內向稽其義知聖君之膺時覩其象知忠臣以應期叶雲龍之潛會合魚水之相資覽炎漢之前規寧或比矣徵（疑）大魏之往制何可尚之懿夫容彩彰施氣肅端嚴風存正直色形恭儉若進忠以欲諫如率禮而有撿屢其高也方取貴於功高居其險也固非同於履險則知君冊勳兮旌於賢臣在圖兮紊於前名位雍雍或丹楹而成

列衣冠楚楚煥藻井而相鮮美繪迥超於雲閣崇勳豈比夫燕然是以皇心斯遠聖慮惟遐謀猷是念貞忠是嘉不然者豈徒飾藻繪之功悅輝煥之像對重欒之宏麗覩峻宇之弘敞而已也所以作其炯誡激乎勸賞有以讚丕績之奕休有以念前勳而存想徒觀乎岧亭（二字見張衡西京賦岧或作迢）天半龍從雲中容止有作光芒有融廓宇宙而翼聖配丹青而紀功譪城闕之佳氣被君王之德風仰之彌高嬿星辰正拱於紫極望之不及謂申甫將降於惟嵩豈不遇聖明之主建公忠之節石有時而泐水有時而竭茲閣也不騫不崩表功臣之盛烈

繪事後素賦（以五色成文彰之在素爲韻）　張仲素

畫繪之事彰施于文表其能故散釆而設雜其暈故後素而分運玆絜白之光綜彼深淺之色始其布濩終若組織成山龍華蟲之美寔曰當仁後黑黃蒼赤之釆(二字一作而來)固無慙德間精微而不亂蔚明麗之相得昭昭以著郁郁斯呈發衆狀而逾出映繁文而益彰奪朱紫兮不能爭其要汙白黑兮無以損其光于以界道斯能辨方(一作于以成章)昔賓瞻之在前昭其本始今爲本者居上爛以主張素爲繪兮繪也合比象而爲五理衆者寡兮惟汝明無使糅華自混事惟從古禮於繪也義實斯取其素也同至淳之得一其庶使毫髮難幷處皦昧之間造形則辨居有無之際遇物皆呈雖欲勿用咼其有成乃知作繪者惟文是務言詩者

在理爲踰故得畫飾之道不愆于素撰周禮冬官之職諸衞風碩人之詞爰遂事而乃眷幸全功而勿疑質不勝文孰謂何先何後白能受彩有以顛之倒之胡未至而取諸豈卒獲而能期不有分布孰爲文彩恒起予於後進潤色斯存苟棄我於已前(一作然)人文焉在美矣夫繪事之義所以形萬邦而昭四海

第二(以瑟彼玉瓚黃流於中爲韻)

穆彼作繪聞諸色工增乎華諒以文爲質分乎像示(一作亦)非素不終惟繪也成文不亂惟素也允執厥中蓋以昭聖人微論諭君子飾躬豈分黑黃與蒼赤列山龍與華蟲巳哉古人(自古人以下二十九字一本止有以青冊之竜以騁倩之玉十字)以騁倩之姿彰敦朴之俗知女得其禮不專於舜華士有其容或同於冠玉雖言詞爲藻繪威儀爲朱綠自可果行不回持禮自勗亦猶布衣者以質相從爲業(疑)者以絢相屬借如葉公之繪飛虬也蟠蜿驤驤非素則其勢不揚漢氏之圖明妃也嬋娟窈窕非素則其容不彰是以閒其文彩布厥玄黃譬瀑布之界道如淸勝之畫疆然後五色成文班簡而不雜遐方圖物賦鼎而可詳且無文無質其比如櫛何貴專一之琴瑟不離不亂其間如織自同流中之圭(一作玉)瓚既黜綴而無遺(一作遣)亦聯綿而不斷原夫染人獻色工人始謀巧心方逞濡翰方流似刃地之無礙疑蠒緒之方抽入衆色之中自分文質發群像之表如別薰蕕且殊受釆之性

寧有奪朱之憂則知素之體也眞繪之色也修守厥貞白雜乎麗靡理衆惟寡既以一而爲多守樸不雕遂出此而入彼將黼黻而奪麗匪織(一有經字)之所擬別有彬彬向訖屑屑行諸志惟厲乃仁則依於期齊漢之振拔假詞賦爲蘧蘆讀孔聖之言雖云由巳承卜商之問終愧起予

青出於藍賦(以純粹精中英華發外爲韻)　李程

藍蘊嘉色青出其中諒究本而不異由入用而靡同渥彩必因乎外發至精不得以內融暨乎特日既臻染人云至備震方之正色遵周官之故事行採之際詎盈特人之襜俯拾之時然異炎洲之翠非取榮以翫悅將有未於精粹比夫朱研而益冊綴淬而逾利惟英華是撲惟混濁是棄昌

捨彼而取此信本同而末異當時所營盡彼精英被以純深之色惣乎遷染之名陰騭四時與異服因我而更御彰施五采玄黃待我而後成𥘿類含章而潛伏今若開輝而發明豈不以蒼然之迹始兮煥爾之英久積研精逾麗昭章可覩謂玄之又玄符葢之又葢則明珠之剖巨蚌美玉之出韞石彼皆異狀而竟殊此則一變而不易且夫色無以加孰曰取實而去(一作棄)華光不可昧必惟自中而形外故臻乎極而不失其色發乎深而其用惟新積而成形等氷寒於水演而大義同絲出於綸俾夫外則文爲藻繢內則體合(一作含)精純故烟生於火配乎物情根於性本於仁子貢賢於仲尼莫知功倘季孫富於魯國孰謂德均君子思端本而肇末恥後先以超越故取斯而喻斯謂不悱而不發

白受采賦(以苟非忠信道不虛啓爲韻)　獨孤授

白者物之正色采自人之發揮有善政之功何不合執必(疑)遷之性詎能非所以授質而冊青必應改作而玄黃莫違玉色可移酒變美人之貌素容可化塵緇遊子之衣始以絜白爲佳無文是寶流行於一揥之綠遷移於五彰之好假乎異物奚謂莫知其他變而從宜匪曰不恒其道是知白之美者采必加諸始謂不愆其素終成求媚之虛絜其身敢望於潤色汚爲染勿訝其文如露變盤中之文氤氳而乍結雲改封中之色燦爛而潛舒然知素以爲貴文而後進棄彼涅而不緇從我動而無競(一作動無不順)知其白不足以含章美其文必滋乎彩潤豈舊染於姦色因物有遷自委質以成文非我無佳而於是推其嗜好窮其研不虛白爲文藻之宗繪事爲朴素之後坦然明白佩此以飭身婉而成章是期乎假手若以考自然之性明發彩之功專其容知變以爲義形於色不雜而爲忠英英之雲抱日之文何染鑿鑿之石補天之力何工如以素質莫周奇文是啓耀之以不憖之文居之以勿執之體可黄可黑將興墨子之悲或素或青未易殷王之禮不然者何以麻衣雖白兮采服斯有如雪之絜兮如濡巳受黔生白鵠之羽赤點青蠅之首發顔色兮不辱其身離堅白兮莫失其守懿夫明斯理者然後知吾道之不苟

五色比象賦(以車服有制示不徒設爲韻)　陶拱

聖人以王命之施官秩之設貴有品類賤有等列望之可辨非旌表而焉知出而身(一作自)殊宜車服之有別於是招繪素之黨召彩筆之徒程亂目之衆色寫外物於百夫以侯伯子男之服爲飾以山龍華蟲之象爲殊莫不煌煌爍爍燁燁煜煜青爲山兮嶢(疑)嶷而爭峻赤爲火兮赩熾而含燠粉米以純白而璀璨宗彝以太玄而䨴郁(工字一作黝儵)翬(一作)(綷)而爲羽則振迅而對飛翬而爲龍則𩓎騰而相逐葢上古之禮制亦當今之法服必謂美妙無盡精微有餘侔桂月之規縱麗天而莫勝擬海藻之質雖摛文而不知實逞巧之無比信取象而靡虛豈徒用別於涖職蓋亦或施於

來車懿其創自于心成之在手或大之者不遺其美惡小之者不失其妍醜此寔權等於真宰功齊於妙有所以作國家之程式辨王臣之印綬歷萬代之恒規經百王而共守不然者法實紛糾制有名休何必假其彩色之炳煥於君子之衣裘合九章之物者則焉非五等之服者則不故往代垂模明君立制一則爵命之易辨一則制物一作容之昭麗宜乎嘉其義重其事佐盛禮而罔易垂後代以永示信哉表德之爲良亦美作者之深意

黄賦以平上去入爲韻　張階

湛輿之内群象茫茫均四時之辨物列五色以居方名可大者其惟中黄吹律成音考定宫商之韻麗天爲則遥分

日月之光石在穀成之下氣流華闕之傍雲瑞命官而共治星見知芒之莫當恒揆揮於韡韡寧見混於蒼蒼黄之爲用時義大矣揣稱之功請言其始土德載物首更一作與王之五行河水流譙恒曲成於千里鶴拂羽於太液龍弄鱗於成紀悲哉秋之爲氣歲將暮止菊花可折凝曉露而含光木葉既零拂凉風而亂起夫惟色有其變用無不遍染素絲之正色映飛塵而不見合氛昏而慙慝向晴暾而復見漢霧塞而呈災秦蛇夢而命莫乃有號國窮士非聖不述務本於三學道於一雖觀色而託賦循守中而靡失希執念而見昇頗啓心而就日

誤筆成蠅賦以象從誤致補之如真爲韻　謝觀

曹氏之蠅因誤而致既失八手以傷善乃象形而取類胡能有定將飾非於寡尤變而從宜善奪真而不異原夫裂素疑壁纖毫露鋒展霜花以雲薄墜松煙而添濃於不可爲之處見不可去之蹤處小瑕之間義寧有怒居太白之上污實難從由是潤色成功從權善補遂手見營營之狀隨筆長薨薨之羽乍若蟋蟀之居壁復類蠨蛸之在户然而廻立素絲不失毫釐伴止樊一作蕃之貌類附驥一作驀配扇之姿當似是似非之前吾與點也析一顧一盻之際默而識之將起枚生之説那虞翟子之悲然而就之不爽酷得其象雖違心以著可悦目而賞隱映纖緫之内囊螢處中附麗紃組之間齱蟲將上嗟乎巧以飾詐假能亂真始自不

材之黠俄成有用之身捷捷翻飜誘讒人之思發跂跂脉脉透輕綃而色新已而吴主是臨奇工斯布左右歷覽徘徊周顧覩詩人止棘之體絶王思立筆之怒迷避逅之所致載揮拂而方諭將特模於手成了莫知其筆誤懿夫污不足誚瑕豈難除知過善改巧思横舒辛能珍賞翫之不跌成奇文而有餘彼田夫之禾麥出博物志景山之鯉魚方之不如

文苑英華卷一百十四

文苑英華卷第一百十五　　賦一百十五

寶一

六瑞賦一首　玉賦一首
攻玉賦一首　石韞玉賦二首
韞玉求價賦一首　沽美玉賦一首
良玉出櫝賦一首　良玉不琢賦一首
良玉比君子賦一首

六瑞賦以儉故能廣被褐懷玉爲韻　李子卿

昔先王之朝列位也宴以示慈惠享以訓恭儉故六瑞之等差爲百僚之形檢將以守官有序而亦在瑕無掩其質不昧特明乎等威其義則深兼管乎襃貶然而珪璧列布

方圓爲度煥彼憲章請徵其故且五節之制以瑞爲恒美王者有逮下之德而鎮圭是增庶存乎可大可久仍契乎不騫不崩追琢斯成伊恒伊信會朝是執惟股惟肱伯寘躬以式禮子揖穀以㮚能况不闕一於蒲璧固知夫立疑作六瑞之道斯弘若乃伯禹塗山千載攸仰率土肆覲普天歸往獻替之道若木從繩朝宗之心猶風召響棣棣之威儀是浹愔愔之德音克廣徵往會之有倫信斯瑞之所獎洎夫道德浸微君臣失義或求車棄禮或舉烽成僞出而非正爲丘明所羞召之河陽則文宣興刺九服自失其序四海莫由光被徒以彼狄爲好仇豈用我珪爲嘉瑞不休哉否不可終道窮斯達我國家崇儀式禮敦本棄末三起衣荷再徵被褐執玉既翼其左右班瑞仍需於退闕美其四時展禮百神允懷奉珪以拜亦授鎮之力孰云祈年而階一作諧則知禮之所貴莫先於玉發六瑞於周典冠二牲書作二生於舜錄其難致也耻應連城之價不易知焉甘刖三獻之足儻未逢至鑒之所珍誰辨混沙以雌伏者哉

玉賦　仲之玄

耿坤珍之潛思察妙有之嘉生伊靈丘之產玉得天地之純一作淳精超衆寶而惟美比君子而居貞含溫潤之麗色抱清越之奇聲神光照廡高價連城瑜瑊有私而不掩珪美無心而自明爾乃太玄分儀洪纖是質瓊瑶琬琰之殊號結綠懸黎之衆述五色相宣千名競出振鶴羽以益鮮

聳雞冠而增煥匪蒸栗之足侔何純漆之能亂乃堅以守正妙以通微洪爐不能易其色厚地不能瘞其輝乍騰虹於白氣或見女以青衣山林孕之而含鬱川瀆育之而漣漪昭靈神之景命啓聖哲之昌期無終設漿而獲偶渭浦投釣而匡時復有逍遥人皆髣髴仙府泛醴流膏崇臺結宇飛華崑閬之岫結影蓬瀛之浦使人主齊戒班垂歎揚磨礱規矩華婉文章琢之爲珪下辨君臣之節合之爲璧上連日月之光既展禮於天地亦分榮於殿堂垂纓珮兮濟濟登鑾輅兮鏘鏘入管絃而流韻備罇俎而含芳然而運有屈伸時兼否泰當其潛影幽阻抱璞荒外碔砆紛糅砂礫無汰空泥涅而不緇何風雲之難會嗟夫雖天下至

寶必俟鑒而後知苟非人而妄進則按劍以興疑故卞和
爲之瀝泣鄒陽爲之銜悲夫物不可以銜賣將韞櫝而藏
之

攻玉賦以他山之石爲韻　趙昂

有美玉於斯有工人在茲玉待人而成器人捨玉而何之
於是施一作用其巧審其思事必堅央心無隆虧再視再度
以蒙夫精鑒匪瑕匪穢注在前寧有於吾欺向無質直之性
琬琰之姿特達人許清貞自持則大匠不顧天材或遺亦
何知入之於火也不變其色投之於泥也不染其緇良工
見此　多惜直以爲珽圓而作璧無枉纖毫皆知
所適遇今晨之發彩冀入珪璋察往日之屈蒙期分玉石

於是虹氣於白雞冠與赤執之以禮故有籍而見文受之
必齊非許城而不易若然者疑隱於玉玉無憚於可磨玄
黃緑色山水騰波但因時而獲賞敢輕議乎其他人未我
知其無言於見棄賢能相達將不索而謂何况乎玉之寡
珉之多夫子有比德之歎卞生爲追怨之歌曰
昔之玉在石石在山山有玉兮隱其間今則石爲錯玉爲
環環亦獻兮君解顏遂與生芻爲比與鄰桂同攀豈辛勤
於道路徒抱泣於荆蠻

石韞玉賦以溫潤積中英華發外爲韻　白行簡

高山穹崇山有石兮玉在其中物不能自珍緜千載而抵
飛雀寶所以爲異貫四時而見白虹積苔文而外翳涵水

形而內融煥乎有文既自抱其堅白敦兮在璞將有俟於
磨礱嗟夫委質含章藏暉晦跡閟奇文於特達韜善價於
今昔棄他山之下未得輝乎滿堂泛渭一作楊水之中誰復
知其盈尺混清潤以潛穎託層崖而委積愛而不見雖類
懷寶迷邦和而不同終辨我心匪石懿夫石惟縝密玉乃
堅貞孕明含粹養素挺英苞其蒙詎覩蘂兮之色藏於密
誰識詘然之聲徒觀夫明其內晦其外諒可久而可大見
其素隱其華若去泰而去奢形委順而可轉心抱忠而無
瑕闇然而彰同夫珠媚於水光而不耀異乎金在於沙爾
其玉方蘊藏石未磨礱氣中潛以育德色旁達而示信處
於鑿鑿則水疑作水見文選顏延之詩折而方流依彼巖巖亦山輝而

未潤昭𤋮之光尚戢截肪之色空存昧識者但見其落落
精鑒者方辨其溫溫石不能言莫遇琢磨之力玉未成器
難逢拂拭之恩則知至寶在乎藏眞至德惡夫自伐刳其
心而白不受釆實其腹而間不容髮客有愛此堅貞想其
清越歎時俗之莫顧惜輝華之潛發儻見彩於一拳庶無
虞於再刖

第二以淳粹積中英華發外爲韻　李瑾

客有感物而憤激何彼連城之珍尚韞他山之石豈宋人
之謬好嗟卞子之未覿抱昭質而陸沉緘異彩而塵積則
知時有興廢道有窮通以彼十德之美處斯一拳之中光
未施於照𤋮氣潛發於如虹知識其者稀故處幽自秘莫

覩縝密空含精粹良工未遇曷溢目之可觀高價儻來將無脛而自至其窮也類獨善以自守其出也比兼濟而爲利誠宜取貴於人資琢成器也今用晦而明抱素含英慮以俱焚每懼崑岡之火俟乎入用自憐一作爲物産之精豈直潤木有所輝山可名惜冲鑒之未臨倦凡目之見忽徒在山而斯久獨蒙垢而未發麗質可嘉采實損華居其中誰謂困乎石藏於密非曰匿其瑕是知物變則通否極將泰彼含章而混跡由因中而表外當今庶類歸眞萬物化醇地不藏寶山將貢珍豈使未韞光於散地獨埋照於窮塵願鑿石出於奇璞知乎希代之無鄰

韞玉求價賦以韞櫝藏諸沽求善價爲韻　獨孤授

物有可爲之感憤彼玉也則良寶而斯韞豈不以識貞或寡至眞難鬻白虹之氣莫通玄圃之英久伏精鑒頗期於卞氏無厭匪及於虞叔懐特達之性豈傷於山抱堅剛之姿寧毀於櫝雪澤膏光陰中之陽工成六器色備五方是飾容乘乎車服亦將頒瑞於侯王表其華同眞士之素履韞於密叶至人之退藏誠異乎石處而以居可比夫處實而若虛我則物之貴者彼宜力以求諸惟賢有孚豈名是沽佩諸身可以節君之步執於手可以息君之趨或稱之以琬琰或嘉之以瑾瑜韞櫝如將於慢藏匪瑕之匿連城儻用之善價何脛之無是知接神祇者必我之由奉朝聘者亦我之求雖含光之未發信入用而則周伊入用也理均乎兼濟其含光也義等乎獨善詎若韞鄭鼠之足嗤寧燕石而莫辨有客感而嘆曰玉也者固可取貴乎天下今不售於人猶獨高其價垂大賢之盛德非小禮之能捨故有偃蹇當時沉冥委化必使反荊王之深惑審田文之見詐則美玉器而髦士官豈徒埋身而照夜

沽美玉賦以懐寶迷時豈曰君子爲韻　白行簡

美矣哉有玉於玆不磷不緇韜而藏則傷乎秘寶懐而匿又慮乎失時是以露瑤華之炯爾就朝市而沽之且以辨玉璞之名且以見至珍之道耀盈尺之燦燦彰合拱之皓皓使思之者覩於貞清仰之者知乎堅好首六瑞以爲瑞排衆寶而稱寶然後厥聲載路厥價載聞蘊十德以光代

先駟馬以薦君亦何必隱映其華韜藏其美行於魯謂迷邦之士入於宋比越鄉之子豈獨用爲薦神亦自以爲厲巳一作一自以爲身危一自以爲厲巳且時見玉而旣重玉待時而以諧獻楚之忠誠必賞求秦之價直非乖自可覆之於匱鬻之於懐閒彼琅玕照追師之笥離于衣裼裨天子之諸寧令善價不再良晨無質且遠於簪裾求踈於筐篚夫然則玉工貽誚君子不韙韞藏之則爾能沽之則吾豈如垂棘之璧不琢之珪亦當出彼嚴石鬻此規携是以百爾之行一與之齊未有玉逢價而更惜士於時而自迷然則事有可而必行辭有爲而焉說道既危而思隱善求顧一作售求善而無伐故沽玉者遵於賜言待價者存乎子曰沽哉於斯文而

蓋闕

良玉出櫝賦（以藏輝久矣善價今來爲韻）　嚴楚封

美玉於斯兮韞櫝未揚閟其質韞（疑）其光寧處幽而遂久將發蒙之可望貞必俟時奚其隱伏寶實稀代安得而蓋藏勿謂愛之而不見頗使闇然而後彰比事詎同乎剖蚌契已可侔乎釣璜其始也不琢而成效珍可喜絢彩旁射寒烟溢起辭礦璞而山輝乍無受緘縢而虹氣未已同被褐之內朗類守墨之中美君方固扃鐍彼孰得而沽諸君儻力提攜必同茲而出矣於是至寶將啓良工肯來目力深昧心源獨栽念孤貞之特達聊徙倚以徘徊將發蒙之是思玉不得不發苟開物以爲務櫝不得不開既而真

質騰晶孤光盈手貞非受采（一作溫）明不容垢希成器而入用因比德而見厚荷拂拭於帷新忘沉淪之永久溫其朗潤動有清輝知照廡而識之者異將抵鵲而用之者非用如之何規模之下爲環而循理不盡製佩而流韻相借在昔退藏於客何敢稱珍幸今顧盼生光終希善價乃知良玉之比也重出櫝之義也深雖寓言於彼而察人在今欲使出處有節貞方其心無毀匵之嗟誠非肆志起生芻之詠寧懼陸沉則有報匪瓊玖器慙瑚璉儻雕琢之見嘉庶英華之獨善

良玉不琢賦（以資質溫潤無假雕刻爲韻）　崔咸

惟玉也稟堅白惟琢也散貞姿璞且無瑕可重其良者德斯有比不在於文之故以素爲貴也任其自然之質則追琢其章不得以曲肆其巧特達之節不得以無飾而疑懿夫蓄溫潤以生輝見精神於照室發虹氣彰皓質欲磨不可每清貞以自持其美孔嘉在切磋而何必體乎智而其理以密合乎仁而其色斯溫既有求於剖璞寧不憚於焚崑諒成器之罔念固全真之（一作而）可敦嗤獻斗（一作員）來終見碎於亞父鄙成環可佩俾獲罪於叔孫含其章積其潤恥從飾以變質豈匿瑕而爲吝將奪價於連城笑如泥於利刃所寶者道不在其沽幸可貴於君子非賈害於匹夫流水之文記其方兮斯有他山之錯施其用兮則無美可同於韞櫝嫌匪生於掩瑜秉不磷不緇之道陋爲珪爲

璧之徒則知玉之美者是吾寶也異宋人越鄉之患司城安得而使攻類晉侯外府之珍虞道固知而可假雖天子賜珪於朝亦琢亦雕諸侯受瑞于國亦磨亦刻所以尚其名（一作信）尊其德豈徒文被褐之懷飾截肪之色又有一拳可尚三獻未識俟覽（一作鑒）者而求揄揚善價而不忒

良玉比君子賦（以精光茲色矩絕寶圖爲韻）　暢璀

白虹爲氣太陽爲精堅其質孕其明卞子識之而曰至寶他山之石攻而挺英融雪華於潛潤（一作映）洞冰彩而凝清彼其（一作既）良玉焜焜煌煌瑩若既兼縝密粲乎其有文章積千金而比價掩十城以騰光將以配君子比皇王豈徒潤林薄蘊巒岡而已哉伊何配之溫潤含茲瑕穢（已法在前）不

匿貞心固持性自然也灼而不發質有餘也涅而不緇溫以作德成我邦式天子展四時之儀庶官修五等之職珪以為瑞佩以比德上下有軌尊卑有翼既山水節其文玄蒼差其色四者爰備勞逸是主民也事也右叶於角徵君也物也左諧於宮羽亙而規旋而矩其志不散其容斯取況居則設朝則結進退鏘鳴揖揚磬折禮樂之儀著非僻之心絕是則維身允固惟玉不撤且駭雞之珍驪龍之寶雖赩其艷煥其藻但侈於庶心何補於王道豈若玉之義也深乎傳乎詩人以生芻取諭（一作興）賢則高矣孔氏以佩環讓德謙莫比夫故藏之瑞府偶（一作隅）之河圖奉之者生敬執之者不趨幸無棄於照廡得一獻而諭都（尹文子王問玉價工曰無價五城之都僅可一觀）

文苑英華卷第一百十五

文苑英華卷第一百十六　賦一百十六

寶二

青玉案賦（以報之貞亮因物營心為韻）　張餘慶

當群物之具陳唯玉案而是珍青瑩自乎天產追琢資於匠人呈形而色有溫潤成器而道無緇磷由是功倍几杖質殊琳珉當施設之不倦幸發揮而有因顧瞻之時愛皙色之增麗拂拭之後覺花文之轉新振彼高價膺茲美名潔其內而冰徹虛其中而砥平嘉蘊積之資忽雕鐫而有立以出藍之色作（疑作作）治瑩而斯成美乎克玩好守堅真小大合度高卑有程諒當人而可託信在物之惟精厠彼華筵雲母之屏邊色麗置乎虛室瑠璃之窗下寒生玉貌宜臨丹心可瑩成其高而有足歷其遠而有脛將以表青骨傳素心既棒執以來此亦保持而在今毋寢之時虛色而空憐角枕閑居之處凝光而但對瑤琴是宜君子之好用資端操質美而微瑕莫容色淨而纖埃不到況能坦蕩而為物以俟依憑而寄傲伊錦繡之段誠可見投此瓊玖

之珍是宜相報平居之時忠心甚夷當卓爾而空承簡牘忽藏諸而遂映簾帷見賢之眼惟永日而觀矣比德之心可終朝而用之則知瑰麗之狀物無以尚欲隨時而共美因體物而先唱空附識真之人將一鑒其瀏亮（未見物字官韻）

玉斗賦（以他山之玉琢成寶器爲韻）　敬括

玉以至寶見珍斗以至平爲器聚圭合而成量瑩瑜瑕以表義蘊石而山谷增輝握樞而春秋定位秘以重璞攻以他山中虛有待旁達無間內倍殊壁外圓若環用之則稱物平施運之則含照自開（疑作關）燕石既分楚圭未剥平準獻度良工就琢刻則爲璋合而成斝口應吐納栖（疑作柄）隨把握有異擊刀漢營進綴趙幄（史記趙世家襄子使厨人操銅料食代王以料擊殺）

之議其遠邇曾是悠邈特達垂名切瑳有成炯光月皎洞徹冰清揣磨律度比較權衡法帝車之杓如軒如輊校嘉量之趾不縮不盈至若劉項爭帝龍蛇起陸楚塞瞻烏秦原逐鹿羽輕灞上之敵漢厄鴻門之酷亞父按劍張良獻玉雖碎斗以稜威終拔山而取辱比德者何邀功則多佩服惟允闕石用和既執契而不遠諒求仁而靡他爾以至公秉彝我以不貪爲寶扣之則清越流響秘之則含弘守道光照廡以如虹價連城而無考豈徒玉卮無當氷壺見泉而已是以在天成象在物可師立身而溫潤無疋應用而盈虛有時嘗爲國器藏諸有司若暴新之所執（用王莽威斗事）吾何以則而象之

庚氏子碎玉賦（以聖人捐寶以息爭端爲韻）　耑充

人無善惡利乃交爭故徵忿者無如於立義感物者必在於推誠所以庚氏子能捐片璧遂息兩情誠聖人之閫（一作間）域見智士之縱橫當其愛惡所逼長短相賊意各是非事難姑息乃曰碎我此寶成君之德苟可易心固無難色傍窺利害遂生一曳之心下視錐刀不顧千金之直於是置諸厚地投此攻堅隨形（疑作刑）豁若應手琤然萬點星分善價之心俱死二疑氷釋力爭之意都捐思乃大讓所加連城非寶棄此十德欲求諸道不然安得屬不貪之志在彼斯須堅必斷之謀於寸懷抱卓哉奇士克己喻人觧分（一作紛）以道出義於身故得割所愛成乃仁不以利爲用而

以德爲鄰况乎雪彩飛揚霜華迸折裂無幾堅貞失性如散天之氣忽若斷虹碎含璧之圓皆如破鏡此既棄寶彼焉息競則當路者誠可以稽疑立教者固宜於希聖彼機忘於絕絃難解於弄丸亞父碎斗而增恚海客鍛珠而成難徒生一理未息兩端曷若格物於恥勸人焉（一作爲）羨究其道不徒然想其心非率爾誠哉莊生之說吾固知其有以

被褐懷玉賦（以君子藏器待時爲韻）　王起

王者貴而絕倫褐者賤而無文何祕質之用晦空寘懷而不分蓋以潛錯蕤蓄氛氳善價斯待韞光莫聞詎見識於和氏而包羞乎楚人君當其組織初成彌縫已備馬褐同色

牛衣齊類徒觀代藍縷配顛頓爲卒歲之資有禦寒之利
殊不知雪影斯積冰光所萃温潤潛潁特達藏器自同蘊
（疑）櫝之深莫發速城之貴青蠅欲點礙羽翼而却還白虹
始騰闇領袖而猶秘是知玉人獲也用之而彰褐父得也
捨之則藏外不婁而不曳中如璧而如璋隨於人誰謂無
脛映于體乍若疑昉自有同夫蘊石亦何賈於越鄉我亦
思古人展矣君子既効此而比德亦念茲而行已固將匿
彩於圭瓚合音於宮徵懼秦趙之奪我則掩荊山之輝恥
虞虢之爭我則藏垂棘之美宜乎琢磨是賴清貞勿攺映
胷襟而發光雜山水而騰彩成器而服之無斁開袵而沽
諸有待信可以價奪衆珍名高四海然後被其惡衣懷以

待時有老氏之誠無司城之辭苟釋褐之茲姑當獻王而
無疑

以玉抵鵲賦　張環

夫何荊山之崔嵬而美玉之在哉匿精輝於朗璞浮煙潤
於崇（一作嶠）隈連壤石以熠熠雜氷霰之皚皚未發光於瑞
府畏委質於瑤臺嗟野人之屢獻而楚王之猶猜此昭昭
焉曾不識寶之爲寶彼默默者焉知乎才與不才於戲亂
王者珉奪朱者紫以斯爲賦（一作賤）亦孔之恥含白虹而靡
祭偶烏鵲而爰抵徒嬉戲以起予非特達而知已何使早
遇鄭客先逢罕氏則必待價而沽命工而理剖以爲寶有
珪璋之秉焉握而爲珍胡瓦礫之投矣然後式我王度比
於君子其故何哉用之而已類傅板築以臧跡呂垂綸而
退趾忽殷帝以賚予復周王之至禰由匹夫以登良弼自
孤叟而參多士豈非貴本於賤泰更於否觀彼玉之屈伸
寔伊人之行止則玉累形者璞人厄才者命投沙有去國
之賢懷寶爲問津之聖苟或秉屯受蹇雖異物而同病然
而人韜素德我獨文行用晦可以爲明以蒙可爲養正將
有待於潛隱夫何取於奔競姑用仰衣冠之駿德美銓藻
之鴻柄清鑒雲披虛懷冰映大捨遺寶高懸明鏡典我權
衡於斯爲盛別有被褐蘊真而立伊投人之或誤乃按劍
而遄及昔同六鷁過宋都而退飛今隨乘鴈赴陸海而遂
集振羽翰而有待摶扶搖而高戢慙乃媚以爲容恥空言

而取級之（疑）宜不迨敢當玄圃之中玷則可磨希復白圭
之什儻或傾五都以置（一作買）珍獻萬乘而爲執則王乎玉
乎無復向時之泣

白環賦　杜顏

群玉之山兮居帝臺之列仙采瓊華兮求久事雕琢兮窮
年青熒若水白氣如天剖以崑山之石洗以瑤池之泉弄
影長嘯薰風飈然知東夏有德而虞舜之賢受穆清以出
震服中和以御乾乃馳縞鹿與使者奉白環而獻焉玉華
温潤玉理精堅英光千（疑）以旁達内好一以虛圓晶晶霜
皎田田月懸兮清輝於綺殿失皓質於瑤筵賞三朝之盛
禮恒五王而來覲彼昭華之珍兮焉徃延壽之珪兮誰錫

亦所謂歸有虞之理功告大禹之成績美矣哉撫運兮天寶至大素皓兮聖人之瑞非天則莫之與非聖則莫之致琬無芒而未匹璧有美而奚類以和柔剛以配忠義亂曰白羽之白輕只白雪之白消矣未若茲環之有用縝如栗而未已至德竭而閟質帝道亨而薦趾疑祉豈我隨時幹運與物終始滋大政兮揚大德使吾君佩兮千萬祀

黃雀報白環賦 以靈禽感德報以白環爲韻　張仲素

徵晦明於異域聞庶類之酧德彼黃雀之罹害遇青衿而見惻有纖微之陋體無彩翠之奇色投林若鴟鳶之患墜地逢螻蟻之食情懷舊匹尚有啁噍之音自戀故枝難舉翩翾之翼感之奚爰一作止曰楊氏子取於步武之内寘彼

巾箱之裹全而育之焉知所以洎養羽之再就方銜恩而決起黃花受哺寧同食椹之懷白璧來酧用記封公之趾疑言徵其事載赫厥靈表齊諧之異志合漢史之祥經倏去之時既入群而多類重來之夕方詭狀以呈形稱仙使而倖喜之可稱質乍隱於恍惚環既受而晶熒且貴然之好瑞以神告其絜白而就封諒生成之是報想夫矜飛葉際忽墜花陰空城樂府包昭有空城雀詩路遠穿屋識深化來及於逢海聲似愁於北林焉知鴻鵠之秉志實賴兒童之有心未見禽字官韻是知好生自中神既玄格贈祥符之數四勝兼金之累百晶晶月圓規規霜白溫其之色且異隋侯之珍皎若之形自類有虞之獲嗟夫靈異之跡出於無間或鵲緘

玉印或樹蘊金環曾未若稚子懷仁祥禽致感彼君子之出處實濟物於迍坎環兮四代五公垂竹帛之可覽

握中有玄璧賦 以希代之珍耀乎掌握爲韻　李爲

璧爲至寶握以藏輝與似月之色異俾如虹之氣微斂外之容豈曰寘手于暗玄中之理尚乎知我者希故其性比內融跡同叉照拱形若將乎力素疑點影似因乎墨妙見心之後任欲蓋而彌彰窺指之間縱有光而不耀退雖於密德亦不孤方期發色於斯矣豈務掩瑕而已乎矜疑捧匣將投尚韞如漆或若橫肱未抵已惟得雋懿夫藏黜黜而獨青映纖纖而有象或微疑其手澤竟空勞於目想同錫玄之後不黶去身驗守黑而居則先指掌不然何以久

而不磷蔽而惟新雖未能如雪亦足以賤珉旣剖乎石幸依乎人似乎中而隱影若居外以藩身攬之爲盈手之玩出也爲連城之珍圓而琢之而能全璞溫而執之何以不濯雖黙黙而沉潛每熒熒乎把握始同乎懷而披褐恐久而袖化爲緇雖存已之雕鏤實賴君以保持言揚者或是色取者猶疑苟能執而無失豈得棄之如遺深潛越石之拳明則誠矣固望荊山之目黙而識之斯蓋見美一時同珍百代諒閟兮懐寶多斯兮若昧幽矣握中之璧實清泚而可愛

藺相如秦庭返璧賦 以題爲韻

有和氏兮曠代之珍有藺生兮非常之人全重寶以藩趙

在輕生以抗秦既獲我心信卓哉於千古不辱君命能使
乎於四隣相如於是詠東山之詩考四郊之役巾車脂轄
匪朝伊夕徘徊悵望沉吟感激誓殺身而報主欲張膽而
吞敵蹈虎尾而若閑過鯨口而無惕期一言以復命得連
城而致璧苟大信之或虧豈微躬之是惜授使遄征不遑
底寧望紫氣之函谷出黃砂之井陘既臻天府之地一作城
遂造雲龍之庭秦君方臨冊陛案青萍耀國華振朝經建
翠鳳之旗則天收光景伐靈鼉之鼓若地出雷霆然後命
謁者先告令使者後進將恃威以逞暴欲愛疑寶而損疑
信曷英勇而知機弗詭詞以恭順溫如之質既美嶷然之姿
乃振且勍敵之見欺將殺身而不慭西隣之言是責南山

之節斯峻何大國之無良爲匹夫之取俊不然者何以遭
賈傅之過秦爲相如之慕藺連城棄諸良玉歸歟且告秦
言已矣復爲趙寶焉如絜誠求之何脫而褐懷之已遠生
芻之質空存白虹之氣不迈末見相宇官韻

藺相如全璧賦以智勇雙高功名永著爲韻　獨孤授

昔日趙氏且衰爲暴秦所易徒稱割城以求璧然必背約
而棄義將受其禍敢圖其利安定存乎變通得失繫乎愚
智籌量未央君臣大恐賴繆子之薦賢得藺生之餘勇語
之不怍觀者咸悚廢將城入而璧留焉使趙輕而秦重夫
其壯節惟一至寶無雙奉草芥之使至虎狼之邦於是秦
王自以強可臨弱志揚氣直同謂我匹夫不難以制謂璧無
足尚安得逃方坐章臺之中列萬乘之椎群臣陪位使者
趨風因發檢以求璧陳結疑觀而表裹浮光爛兮鏡吐潤
色皎以氷空語未及於前約寶方傳於後宮果無有償城
之意欲坐收獲璧之功藺君乃探物揣情沉機內萌譎指
瑕以復取遂立言而未平攄壯心而激發抗英辨以縱橫
怒髮竿聳瞋目電驚且使辱命將焉用生請以臣之頭璧
俱碎君之軒檻我合詭以全變彼示詐而望誠九賓之禮
徒設間道之使已行義必付於知己色無懼於就烹卒能
成兩國之勝負駭千古之威名然則寶也且所擾神異取
之不可以僥倖幾星碎以棄秦庭終月圓而還趙境復得
曜蘩臺之瑰麗增昴宿之輝影於物也善價斯存於國也

懿圖惟永是知興衰之大累社稷之遠慮必假賢豪用能
輔助何全璧之事立亦全國之功著誠乎得士且吕惟其
善馭

澹臺滅明斬龍毀璧賦以璧惡苟求人難力制爲韻　白行簡

璧之爲寶也至珍龍之爲物也至神蘊彼堅直由是見希
於代神其變化胡可不畏於人苟以力奪我寶則必害及
爾身原夫被褐而來艤舟以濟懷白璧爲利涉佩青虵而
自衛光連曉日若明鏡之高懸影落深潭狀白虹之初霽
孤棹纔移於渡口二龍欻見於波際將至寶因此可求謂
匹夫於焉易制徒觀其迅雷鏗硠狂電翕赩轉晴疑輝而
陽景滅暉噴風雨而晴空變色拖尾乃無所遁逃矯首則

方將荐食朱萍（莊子朱萍浸學屠龍）焉能施其術伙飛莫得用其力
烕明乃挺利劒整扁舟驅天吳比（疑）陽侯壯志奮（一作而）
髮植冠背瞋目張而　裂血流白刃下耀於淵室紫氣上
衝（一作衝）於斗牛左絶其脰右舂其喉擢（疑）錦繢之鱗觸驚
波而乍聚乍散灑玄黃之血隨奔流而或沉或浮旣風恬
而雨絶俄霧廓而煙收龍實最靈孰可以威而奪璧惟重
寶豈得不義而求旣而弭波瀾濟江干璧非人願保全而
莫可人非劒思耀武而誠難然後韞神丘即長路持拱璧
而歎息眄中流而廻頋豈不以懷寶者爲物所求恃力者
爲人所惡且龍實恃力人惟懷璧爾實我欺我非爾惜雖
在時之攸重諒於人而何益聞老氏之誡莫守乎滿堂考

聖人之清不貴乎盈尺遂投之河而神罔敢受毀於岸而
人莫敢有紛然電散謂齊后之碎連環瞎爾星分同亞父
之撞玉斗則知動不可妄求不可苟始則將害於人終乃
自貽伊咎胡不伏水府而藏珠於頷照鍾山而銜耀於口故
貪而斃也誠懼有悔之凶毀以棄之安能無脛而走嗟乎
仁必有勇信千古而不朽

文苑英華卷第一百十六

文苑英華卷第一百十七　　賦一百十七

寶三

明珠賦　　王奉珪

歷衆珍以探美惟明珠之獨妍自然虛靜不假雕鐫光熠
熠以照物𡣕規規而抱圓西山之下隨珠星而隱見東海
之上逐明月而虧全胡能色奪瑠璃光射金玉鮫人泣吳
江之際遊女弄漢皐之曲在蜀郡而浮青居石家而自緑

無脛而至有感必通去映魏車之裏來還合浦之中垂輕
簾而璀璨綴蛛網之玲瓏然明鑒不渝（一作然則鑒微不渝）奇如（疑）
何（一作可）賞觀之則符彩溢目捧之則分明盈掌使野客取
於驪龍仙帝歸之象罔豈直水懷川媚夜光晨朗而已哉
偉夫宛轉周流通冥洞幽物有求於我我於物無求是則
文魚謝恩將我酧於漢室靈虵報德將我答於隋侯則知
珠之爲用久矣爲用（疑）深矣一九則鶴贈於噲參（見搜神記）九
曲乃蟻穿於夫子所貴藏於奩匣不可避於金市有被褐
之士懷而不厭敢向君以暗投請不驚於按劒者也

海客探驪珠賦（以上下其手擘波及龍爲韻）　　張隨

靈海洶洶爰有泉兮其深九重中有明珠上蟠驪龍難犯

之物兮不可觸希代之寶兮不可逢矧齎淪之莫究曷揭
厲之能從爰有海客䁥然來適利實誘衷舉無遺策乃顧
而言曰見機而作不索何獲我心茍專而至寶可取我力
茍定而洪波可擘既覧川媚之容遂探夜光之魄伊彼勇
者吁可駭也俯身於碧沙泉底揮手於驪龍頷下所謂明
淺深斷取捨而已觀其䟦跡潸徃澄神黙想俄徑寸以盈
握倏光輝而在掌初鮮磧礫訝潭下星懸稍出漣漪謂川
旁月上鄙鮫人之慷慨殊赤水之罔象然則冒險不疑懷
貪不思幸竊其寶幸遭其時向使龍目不寐（一作昧）龍心是
欺則必奪爾魄啖爾肌救蒼黄之不暇何採掇而得之想
夫人不亦危矣驗乎事良亦悽其則知計非爾久利非爾

有必以其道亮自至而無脛是忽其生奚獨虞於傷手亦
由貪夫徇財自貽伊咎君子遠害唯儉是守故車乘見驕
於宋客驪珠垂誡於莊叟於戲我躬不保雖寶謂何彼險
不陷雖珍則邪予產常譏於狎水仲尼昔歎於憑河因政
則來格感恩則匪他漢武帝受報於昆明之岸孟嘗反輝
於合浦之波豈與彼而同科哉驪龍之泉物不敢入綿蕭
之子一以何急其父乃鍜其珠曷其習能往也可及不能
往也不可及

珠還合浦賦（以不貪為寶神物自還為韻）　尹樞

驪龍之珠無脛而至駭浪浮彩長川再媚迴夜光之錯落
反明月之瑰異非經漢女之懷寧泣鮫人之淚狀徵既往
莫究奚自偶良吏兮斯來遏貪夫兮則闕想夫旋返之儀
圓明可期輝如電轉粲若星馳光浦溆竄蛟螭映沙礫晃
漣漪在暗而投誠則悲路人未鑒沉泉而隱亦常表帝者
無為欣出處兮擄德幸浮沉兮中窺是以特表殊姿潛懷
有道中含逸彩上繫玄造醜當時之饕餮應為政之美好
眞列郡之尤殊實重泉之至寶於是煥清瀨輝淺湾奔璀
璨走斕斑豈能與石前却隨流往還泛漣波之下盈一水
之間而已哉茲川兮始明老蚌兮勿剖䲧離兮罷笑瓊瑰
兮莫偶抱圓質而胥既揚衆彩而未久方載沉而載浮且
曷潛而曷不王非寶泉戒貪實為國之司南誠感神德繫
物在為政之不啚愚是以頌其實而悅其人美斯政而感

斯珍想沿洄於舊渚念涵泳於通津則知美政不遠嘉猷
入神故中潛皎晶下沉奫淪轉則無類磨而不磷誠用泉
之莫擬諒赤水之非珍茍或疑此為虛誕願徵之於水濱

第二（同前韻）　陸復禮

珠行藏兮與道為隣政善惡兮感物生神私以務貪必去
土而匿耀光之崇儉則還浦而歸淳我政無累匪求而至
宛若中流昭（一作照）然明媚對三光而分色契一德而潛致
盈虛無勝（一作朕）不隨月魄以哉生往返有乎殊異奔星之
出使徒見其表跡罔知其奚自覩映水之新規謂沉泉之
初棄為人利也且一貫以稱珍與衆共之雖十斛而不匱
然知此珠之感唯政是隨當政至而則至偶俗離而則離

人而無道兮不去何以人而有德兮不復何為止舊浦而
可採同暗投而在斯質若㬎㬎照疑作點綴於霄漢色仍
皎皎終炫燿乎漣漪且夫彼邦政悖我則為不居之物彼
邦政閑我則能應道而還豈專巨蚌是剖實惟無脛而走
將不貪以共存非甚愛之能守浦之不吝任變化以往還
珠之圓來此二字賦中屢用案書秦誓若弗云來正義曰圓即云也集韻云通作圓不可妄改辨政
理之奸不明可以久處泥沙而有光知進退而不苟利用
惇惇何必取之於龍頷報德弘多奚猶得之於蛇口其來
也所以輔正其去也所以戒貪警循良之夕惕俾傲很以
知懲勿以珠為蘊蓄勿以珠為珍好且還浦而難期且離
邦而難寶將守之而勿失在閑邪以存道

同前 共三韻　令狐楚

物之多兮珠為珍通其貨而濟乎人總披沙以晶耀儀疑作俄
錯彩以璘玢避無厭之心去在他境歸克儉之政還乎
舊津繇是觀德孰云無神相彼南州昔無廉吏富期潤屋
貪以敗類孤漢主折珪之恩奪蒼梧易米之利濫源既啓
真質斯閟從予舊而不嵈一作段諒天睞兮有自孟君來止
惠政潛施欲不欲之欲為無為之為不召其珠珠無脛而
至不移其俗俗如影之隨爾其狀也上掩星彩逕迷月規
粲粲離離與波逶迤乍入潭心時依浦口驚鳧客之初泣
疑馮夷之始剖依於仁里天亦何言富彼貪夫神之所不
沙下兮泥間韜光而自閑映石華之皎皎雜魚目之皪皪

豈比黃帝之使罔象玄珠乃得藺生之詭秦王荊玉斯還
繇是殺潤洲蘋增輝崖草水容益媚澤氣彌好川實効珍
地寧愛寶隱見諒符乎龍躍爵全非繫乎蚌老豈惟彰太
守之深仁可以表天子之至道觀夫呆耀外澈英華內含
餙君之屨兮豈不可照君之車兮豈不堪循未遭於采拾
尚見滯於江潭雖舊史之錄與前賢之談終思入掬以騰
價末得書紳而厲貪於惟明時不貴異物徒餙表者招累
而握珍者難屈是珍也居下流而委棄歷終歲而埋鬱望
高鑒兮闇投幸餘波之洗拂

商丘開沫得明珠賦　王季友

專心所感偽物皆成若商丘之始沫得明珠於至精以苟

畚之窘揖乘軒之榮曾俾侮之不暇孰招延而有情惟此
翁者古之愚也存巳性之任真謂人言之無假守其抱朴
之意不知詭人之事信河水之深曲是寶珠之所置洪流
沃日吁萬丈之層潭絕岸排雲抱千艘之險地無鳥獸之
敢近豈泥沙之可得何長舌之見欺遂投身於不測膺騰
於泉客之徼疑足跡於馮夷之域窬淪未遠覺圓質之當
捫滉瀁無涯見孤光之上逼於是握照乘之珍出重泉之
濱星輝耀掌雪彩環身當太陽之益照射衆象而驚新盧
白無瑕粲璵華而納景清規半溫炯水狀而流津足使居
常者駭異輕薄者居厚瞪睢盱之拙目鉗胡盧之甚口不
待驪龍之睡無勞巨蚌之剖超萬頃而一合由素無而忽

有彼非他能道在至信苟至(疑作志)氣之克專實人靈之與進脫用心之疑惑必在物而多吝故事無可否精求乃獲泉非合浦尚謂出其明珠地比荊山固可營其拱璧彼移山於海飲羽於石皆非自然之致力緊敢而後適

西域獻徑寸珠賦(以澤浸四荒非寶遠物爲韻)　呂頴

西域遐方獻純精之天產申重寶之帝鄉豈不以至誠感而靈必自順惟德動而坤珍莫藏不然何慕有於中土而走無脛於外荒彼珠之靈積陰之魄稟金氣而堅固韞河潤之耀澤布指而小大無差洞物而纖毫不隔逈夜常滿初月每讓其圓明奕曙欲凝高星自掩其孤白信殊方所祕亦希代難致奪夏璜以爲美齊楚璧而積異將配天光

以輔三助皇明而照四積石峯峻爍煌路遠馳輝於晦磧之中流晶於白日之晚將爲表龍旗而綴鸞輅必將涔(疑)池臺而耀宮苑殊不知以(一作可)萬邦爲慮(一作憲)者此獻則違以三德爲保者此寶則非價越千金我當俯念其十產(一作盧)光含徑寸吾將靜照於九圜乃遂沉泉而反朴俾其媚川而自輝且立德者惟儉之本作貢者亦土之任剖蚌而獻旣不編於夏書爲器成之尚有千於時禁苟奪山川之精魄是虧雨露之恩浸所以前代有訓不珍異物誇齊威者再論而皆慚求蘇則者一言而自屈豈若我全明德體大道照耀也不暇隋侯之珍貞靜也自同罔象之實由是化中國而及外夷如風之偃草

鍛破驪龍珠賦　李廸

彼津之叟兮愛子何多碎驪龍珠兮心赤(疑)匪他爲教誡之大者倚嗟乎其義則那夫此珠者實之至也產乎北海之重泉在乎驪龍之頷下海茫茫兮不測龍呀呀兮君闘當求利以輕生因沒波而直透潛行伏蹋旣驚且覩賚萬死以觸鱗幸一冒而匪冤父兮畜我子則告之曾是憑怒無然小慈斥其珠而不納乃命石以興詞且龍之得水變化無已奮迅而江海沸騰一噴而雲雷四起攫拏山石碎標栢林木靡不遇睡之時必爲虀粉奚於焉抗手勃然瞋目當鍛孰云於徑寸贖罪寧論於十斛因而鍛之星芒迸燭雖有虧於照乘亦無譏于毀櫝豈不知貴踰雙璧價重

連城蘊之可以求富獻之可以取榮將以謀孫翼子愼撿而行平窒苟偷之路安和性命之情不然者罔象得之而何重天吳得之而何輕如此則南華之道尊眞經之教貴以諭輕重之戒以拂夸矜之累俾龍全難得之珠人獲不貪之利揚風激俗淳源化被酌斯事之爲言緊可以用之而無旣

投人夜光賦　梁德裕

士有作吏君之曾臣王無能以籍乎貨不足於潘身曠歲月緇風塵爲大夫兮旣屈因君子兮求伸載剖厥蚌將投於人恐魚目以相衒乃龍頷以取眞得徑寸之寶是千金之珍表裏照爛晶光動激體有象而至圓色無瑕而自潔

灩若墜露明如積雪高秋之夜月孤上長河之曉星未滅懿此特達湛夫龍光掩趙璧十城之價合吳鈎千户之鄉不假琢磨自無白圭之玷匪同銷鑠乃越黃金之剛頹輝君之掌握而燭君之殿堂必將光輔上台儀形大道慙魏車之承照哂夏璜之有考考瑕類也出淮南子遇物則遷從人攸好歸春申之履曰非難得之貨遷太守之邦蓋是不貪之寶傳可歷代賞無溢尤復音鑒於明哲敢自陳於暗投勿以無媒按劍而相拒勿以無脛委地而不攸兒同作貢於楚國而便契於隨侯俾懷寶之君子盡銷聲而莫遊

蟻穿九曲珠賦以延一縷以寧之爲韻　楊濤

蟻爲質兮微眇珠有竅而虛圓苟一縷之是繫雖九曲而可穿當通幽以洞微絲莫能貫俾有條而不紊蟻可知先始蠢蠕以中出稍連綿而外延豈不以內彼鴻輝曳茲纖縷繞容小徑之徑乍見覘行之迂於武切曲迴貌見集韻入惟追典窮瑩質以誠難途匪履端觀巧曆而可數宛轉而進縈紆是尋似登折坂之峻如出重泉之深始九折以漸達絡一貫而克任去似洞中方遊剖蚌之質動殊牀下奚聞鬭牛之音是知聖者之使宛如窮理誠在小而罔遺俾入微而有以蟻周遊而在內進必束身絲抽縷以貫中出如繞指隅青紫而可見如遙進一作遙而未已苟非委貫而行之安得茹柔而展矣詎丞若茲周流出之當曲轉之中才可容髮旣旁通之後亦旣牽絲苟柔弱之是引則繚繞而奚辭維云曲徑而入絡珠在垤之時斯則貫纍纍而匪匹達覘覘而如一求蹊而投彼夜光出室而曾非時術茲蟲也小而近智故可以穿蝨類之質

文苑英華卷第一百十七

文苑英華卷第一百十八　賦一百十八

寶四

金賦

夫五氣降於五行五星均於五德助天地而爲政體陰陽之有則犧圖八卦之文所以化成禹錫九疇之道由其平直分宗别序正位辨方春青夏赤羽黑宮黄育龜鱗之體貌煥鸞鳳之文章物庶幾而盡善然後從革而能剛若夫寅亮陰得發輝秋令帝少昊而爲主神蓐收而在正生水

刻木非無父母之儀承土伏火亦有謙卑之性爾其於乾道則使候入青女光垂白陸寒陰作而霜露濃殺氣横而風雨肅此金之節也爾其於坤道則使麥苗含秀一（缺作二）粒同稃既收成於萬物復摇落於千株此又金之功也爾其於王事則使出軍行師抱旆仗鉞所以征叛逆而數明伐此又金之威也爾其於人事則使農夫業就商旅貿遷儲蓄邦家之重錢乃布泉之先此又金之利也彼觀其山川含育之秘採掇工取之程鎔鑄陶鈞之術雕鐫磨礪之形非一途而共貫萬象而殊名用之爲鼎天下之至寶用之爲劍天下之至精用之爲量天下之至信用之爲鏡天下之至明亦有金河金瀨金潭金穴金谷金陵金城金

埒紫山重夷吾之對光石許胡人之别渤澥水之仙宮西北荒之神闕魚龍雀鳥之玩鍾鼓樓臺之列皆具美於明圖豈能窮於縷説余復何爲貪若斯楊雄之産非廣季布之諾無移嬿衆口之銷鑠嘉同心之見知命舛時泰將通復否徒効拙於凌霄實勞工於畫水無體物之奇策失緣情之妙旨太冲三都分從陸雲之笑孟堅兩京并受張衡之鄙

第二（以至實堅剛無所爭也爲韻）　常岫

山有良金世名重寶當用事於素節寔稟靈於玄造由是司歲之士叙秋之道其神曰蓐收其帝曰少昊相與搜瑰異發鏗鏘取我於麗水淬我以輕霜用爾之寒可以革溽

暑之候用爾之勁可以摧烈火之剛遂重其珍遂宣其利披沙之狀咸出從革之形悉至含宇宙則範之以景名壓寰區則鑄之以神器其難得也黍累不棄分銖是爭約人以懸市遺子以蒲籯國用築臺之禮賦楊擲地之聲或三緘而求保或一諾而必行斷以同心斯爲盡善鑠於衆口喻彼相傾是以王者之時令脩彝倫序汜封是用職貢有所垂衣守蒲堂之誡（一作誠）命相興作礪之語則金爲世出用示天與乃懐貪以恣欔重諾而不捐鑽出碧石斷朴攻堅大有鎔範小有雕鐫玩物既奢其器用窮兵又縱於戈鋋則地將愛矣君胡得焉又尅木之意深悍火之功寡傷水之閼世疾士之處下以勁挺司一方以威裂視四者曰

吾常卓爾子不知也況有百鍊之秀三品之殊藏之則潤壓可恃鍛之則切玉如無孑豈能馳善價入巨冶隨我躍於洪鑪

金精百鍊賦（以良冶所求在於精鍊爲韻）　周渭

有攻金之工兮求百鍊之精鋼涉越水之表登楚山之陽目渺渺而有待心捏捏而不遑工曰礦斯得鍊斯刀夫何器之不良乃召風胡邀歐冶計日淹速商功衆寡我心天縱我力神假皷猋槖以喧飈轟雲鎚而上下金火惟序載離寒暑光融融而焰焰疑雷擊以星流聲有往而有還若唱予而和汝始於一而終於百鍊既存而鍛乃舉成利器兮爲國珍自私家兮獻公所於是礪以越砥淬于江流爍

龜文於曼絕射龍藻於清淬將四海而是震豈千金而可求當赤帝之所提當之（疑）逐鹿爲庖丁之所得未見全牛金從鍊兮白受釆知成形之所在中選兮史亦書念逢時之不居故鍊金者非鎚爐而勿用選士者非考覈而何於且金生土土劾禎鍊於代代作程豈上央則凛然霜鍔下鏖而烱若水精爲邦如之何莫大於通變爲金如之何必資於鍛鍊雖蹈刃以垂範諒申威而去戰俟袁宏之片言符薛燭之一見

披沙揀金賦（以求寶之道同乎選才爲韻）　李程（貞元十二年宏詞）

物有感者其沙之同流韜至精之未出俟明鑒以來求披攢淹（文選江賦碧沙遺施五臣作漬淹）歷汀州（說文水中可居曰州居高士故曰九州引詩在河之州加水陋矣）期往而有覯必專而是謀若不克見何遠不討大無間於洪流細寧忽於潢潦必因目擊信夫川則劾珍不假鏡臨所謂地不藏寶於戲未分美惡必在姸蚩當有期於慎簡幸無見於忽遺經營乎汞昌之日徘徊乎麗水之湄初若央浮雲捏星光之的的又似剖群蚌貫珠彩之纍纍充一鎰而有待貫三品而方期（一作來左傳子思于思棄甲復來來力知切）出輕漣而沉潛自照別麗景而光炅生姿洎乎沙之汰之（此韻未見之字官韻雖有沙之汰之而不苟韻不叶似與八十三卷歐陽詹奉盤賦日惟上春之句同當考）既堅既好斷之則同心斯得用之則從革是實必資作礪自同選衆以求仁曾是蒲籯未若觀學而知道伊昔識真者寡罕遇良工遺我於一撮之內混我於衆流之中純固（一作周）空知夫自守精英不得而外融與砂磧而雜居則如雲積處礦璞而自異詎可雷同寶既有矣況於人乎夫辨之掌握尚辱在泥塗則將排碧沙涉清淺雖有懷於揀金庶不遺於片善（未見選字官韻）今則藻鑒既朗膚將自媒與公雅符於通論士衡猶患於多才不然者則懷寶而退矣曷爲體物而來哉

第二（同前韻）　柳宗元

沙之爲物兮視汚若浮金之爲物（一作寶）兮恥居下流沉其質兮五材或闕耀其德而（一作兮）六府孔脩然則抱成器之珎必將有待當慎擇之日則又何求配珪璋而取貴豈泥滓而有爲（一作儔）披而擇之斯焉見寶盪浸淫而顧盼指炫

炅而探討動而愈出將去幽以即明涅而不緇實既堅而且好潛雖伏矣獲則取之搠渾渾(一作混混)之濁質見耀耀(一作熠熠)之殊姿久晦處固(一作未彰)亦冀將君是望先迷後得孰謂棄余如遺其隱也則雜昏昏淪浩浩晦英精(一作姿)兮自寶(一作保)和光同塵兮合於至道其遇也則散奕奕動融融煥美質乎其中明道若昧兮契彼玄同儻或俯(二字一作俯拾)而不棄諒致美於(一作于)無窮欲蓋而彰故(一作枓)烱爾而見素不索何獲逐昭然而發蒙觀其振彼(一作拔)汙塗積以錙銖研(一作碎)清暉(一作光)而競出暉(一作耀)真質而將(一作倚)殊錐處囊而纖光乍比劍拭士而異彩相符用之則行斯爲美矣求而必得不亦悅乎豈徒媚旭日以晶熒帶長川之清淺皎

如珠吐類(一作纇)剖蚌而乍分粲兮(一作若)星繁似流雲之初卷是以周詩作(二字一作德思)比而祈招即(三字一作岐昌即)詠陸文可侔而昭明是選若然者可以議披沙之所託明揀金之所栽良工何遠善價圓(已註在前)來拂以增光寧謝蒲籯之學汰之逾朗詎慙擲地之才客有希採掇於求寶之際庶斯文之在哉　凡一作皆集本

第三(同前韻)　席夔

寶之至者金實難儔何混質於微細每隨沙以沉浮不耀其光誠觀而莫辨退藏於密故披而可求玄鑒在人至誠斯(一作光)保察晶熒於磧礫視隱映於潭島澹以冥搜靜而窮討黜混濁酌澄浩得之爲利雖云貨以藩身揀必於(一作在)精終是不貪爲寶道以之至行無越思研精既辨取捨奚疑浩浩同流詎謂衆難分矣專專匪惑盡可汰而出之信多雜而不混何在小而見遺故得方以選才比諸振藻待至人和光之德明君子知微之道豈止匪固于窮思濫于中懷至寶竊玄功披憒淹而不厭積貨產以未豐則情惟溢比而業與商同也徒覩夫敷(一作瓻)彩汙塗涅而不渝外濁如汨中明自殊養正以蒙潛雖伏矣從人之欲道豈遠乎彼荊山採玉河上求珠則雙足而未偶冐萬死而乎(一作爭)趨匪曰能智是爲至愚昌若隱而自彰微而可辨常保質於堅重匪淪精而展轉以是爲德則和而不同以是求寶則舉不失選况今至珍必見朗鑒恒開細無不察大

無不該在沉潛而未耀求揀鍊而斯來亦何必披鄱陽之沙方見爲寶覽士衡之賦然後稱才

第四(同前韻)　張仲方

披流沙之至寶惟良金而可求諒禀質以相混信韜光而莫儔處其汙而含絜潛其剛以產柔將陶甄以入用在晶熒而必收爾乃發彼衆彩瑩然祕寶砂礫之下自守其堅剛茫昧之中我得其精好遠邇必取纖微罔遺泛憒淹以吐色洗蒙垢以成姿匪塵泥之足亂豈玉石以生疑既乍明而乍滅在沙之而汰之同至人受汚以不吝等君子藏光以俟時且流形厚地晦質玄造厥貢取戒於不貪旁求必歸於有道然後百寶惟斥三品惟崇美價初炫微明內

融蝕（一作晦）沉潛而不雜秉熠爚以潛通將耀質而有異豈藏山之與同鑒裁無疲期必分於醜好拂拭相借固不假於磨礱俾精鍊以作範庶從華以成功亦何異夫才爲物表道出常途標百行以卓爾摛繁文而煥乎每和光而不昧居衆流而有殊善惡循茲必分真僞於焉可辨雖知已而見録本良工而妙選將永隔於下流且不遺於片善故明因特達道靡邅迴乍披之而可玩亦求之而乃來同無脛而斯感豈衆口以爲猜今振藻以作賦而愧乎擲地之才

金受礪賦（以聖無全功必資佐輔爲韻） 李程

惟礪也有克剛之義惟金也有利用之功利久斯尅循或失其銛銳剛固不磷是用假於磨礱不然何以興喻殷鑒譬后之聖金將有鈌必假石以磨穎耀芒后若有遺必資匠而礪節砥行使貌（疑）鋒無白圭之玷令德有黃軒之盛取譬於攻金之工方期於政罔不正且夫利器久翳銛鋒不全參差求（疑作冰）鈌卷卅苔聯價減千金之直文減七星之灑非夫堅石之鍛乃礪乃巧匠之藏焉脩焉又安得而昭宣若乃君上初臨德聲未溥令不盡一名不減（疑作咸）五箴徵子孚之兆衮闕仲山之補非夫忠臣之扶危持顛英俊之左弼右輔又安得而稽古乃知君與臣兮相符金與礪兮相須離之而道斯遠全之而德不孤故爲金也光乎九牧爲君也配彼三無是以工必利其器君先擇其佐佐明則有融器銳則不挫光芒乎擬之必斷恬澹乎立於無過亦何必俾鈍質不可礪俟昏德以將衰如銛刀罔能欽其鍔如朽索無或紐其維然後乃知利重乎磨損之又損爲貴君宜乎諫善人不善之資況今聖上欽明英髦迭出恭默思道愓高宗之可作輔弼納忠豈傅巖之攸匹宜乎哉越義（疑作羲）而越夔卨而自必

河上姹女賦（以陰陽變化靈而最神爲韻） 獨孤授

坤載靈物母之者金稟清英乎元化耀方色乎少陰將善利以弘慱豈難得而迥深河之水配融衍以表性女之質齊婉孌而爲心無脛而將無翼而翔靜波空而鏡朗動星駭而珠光體之則剛柔可易形之則大小無方爛其春水莫能觧之以明庶風（東方風也）炯爾秋露孰能晞之以朝陽以登真者尚其變我色則爲黃爲丹彼神則九鍊九轉驗此金訣求諸大化理契斯伏可得而長存致乖而飛莫知其所舍乃有志翹鴻寶心繫紫庭闕響岑寂棲真窅冥赫珠光之炎上陶素質之陰靈苟還丹可以變其骨非有力所能制其形飄然將駕夫雲璃聊然或觴於瑤池望三山以增逝顧九野而興悲後天之術兮曾莫勤斯朝菌之秀兮不其殆而夫以見索隱以明推晦究精理其必然玩常情以多昧伊姹女之爲美諒山經之所最且其受制黃牙（牙芽通用）可効於物寧若靈聞絳雪莫耀於代是將涉天潢者我道其津首雲路者我清其塵方秉化以適道孰知夫所能以

神

黃冶賦（并序）　李德裕

蜀道有青城峨嵋山皆隱淪所託辛亥歲有以鑄金術千余者竊歎劉向累世懿德爲漢儒宗其所述作根於聖道猶愛信鴻寶幾嬰時戮況流俗之士能無惑於此乎因作賦以正之漢武帝遭世界承平百蠻以寧自謂德盛堯禹功高湯武聞昇龍於鼎湖乃甘心於盧佇有方士李少君譎詭丕誕乘邪進取盛稱化丹砂爲黃金可以登青霄而輕舉時董大夫侍側帝曰子嘗知其術乎仲舒進曰臣唯聞天地變化聖人鎔範方士之言以爲詒誕（一作臣以爲詒）至如圓方爲鑪造化爲冶鼓風爲橐熾陽爲火玄黃之氣絪緼和粹稟而生者爲仁爲智是以生寶寔蕃（一作蕃）終古不匱天地之鎔範（二字一作鼓鑄）也若（一作如）是及夫堯舜之化大道爲鑪中和爲冶聲教爲橐文明爲火以法天爲造以積（一作得）賢爲寶是以得其鴻名後天難老至於仲尼爲佐（二字一作無位）大莫能致猶鑄顏與冉抵於極摯（一作智）聖人之鎔範（一作鑄）也取類（二字一作如字）若乃不務遠德營信祕籙祈年求久以極嗜欲斯則不由於正道無益於景福帝曰善乃罷方士而去之故得漢道隆盛令名不虧　凡一作皆集本

文苑英華卷第一百十八

文苑英華卷第一百十九　賦一百十九

寶五　絲帛一

珊瑚樹賦　仲子陵

珊瑚生矣于彼滄溟稟精於天地之氣擢秀於魚龍之庭合九泉之滋液冠百寶之神靈在涅不緇既同象玉之絜有枝無葉亦如見樹之形當其萌芽欲成根抵初結同堅冰之有漸類陰火之潛爇瓊枝碩茂鐵鋼森列貫纖日而珍瓏映重泉而昭晰海人於是方舟以進拭目而觀牽夫密網出彼清瀾潤奪白虹之氣光連赤玉之盤厥價伊何有逾於琥珀其色則爾取類於雞冠及夫漢帝思仙神君降質堂帷大小帳有甲乙植以珊瑚之樹綴以明珠之實何幽茂以凌秋獨青葱而照日亦有王家貴戚石氏財雄爭豪世上使氣胷中視珊瑚之若芥運如意以成風彼植之爲貴此碎之又何謂諒無補於經綸徒見稱於祥瑞今也聖人御天所寶惟賢斂雲物之容不書於策斮珠玉之脛而沉於泉車有龍首鸞衡不以珊瑚爲柱馬有乘黃茲白（四字見文選曲水詩序）不以珊瑚爲鞭故雖古人之所貴獨吾君

能捨旃

碎琥珀枕賦 以良藥是資奇物非寶爲韻　獨孤授

琥珀爲枕兮可保而持欲加首兮金瘡是資况無用於寢戈之日固非全於枕轡之時在寶難求不籍金之堅也其脆易破無勞斧以斮一作斯之豈爲我寶用安爾止况將展轉之狀用救通中之痏分好惡於千歲之姿定剛柔於一人之揮莫投金柱相如之璧則非不隕霜鋒子雲之珍焉是夫其鏗然始觧發耀騰暉定錙銖詎論乎大小考多少未極乎精微異色旁分兮渙然氷釋虹光中裂兮溘爾星飛然後霞彩斷角勢遥豈同摘玉之流去彼取此殊異毀珠之日辨是與非美夫節彼用物視其豊約始如席上之

珍忽碎封中之藥念刮骨之痛爾將束手於無爲在抗首一作道之時我則曲肱而奚若故遠於患無或不良扣兩端兮乍疑分實摧一角兮尚可含章在目無全似假庖丁之術應手而碎不同石氏之強雖謂大道不實吾道則屈固非合散之流不是群分之物假以術將疑爲美絶代稱奇昔爲氷堅之好今傷善價之儀偕符氏之堅名果遭貞石同五鹿之神角或遇金鎚循能動彩熠熠馳精杲杲難分走海之靈尚認沙洹之寶徒美夫棄其異而斥其好曾不知失其枕而獲其道

通犀賦 以溫潤而澤厥文自然爲韻　王損

犀有異角其名通天外徑挺以孤聳内清明而自全匪刻匪雕既含章而無隱如追如琢一作琢亦通理於未然當其遠徵搜備琛賮得自烏弋之野断以龍泉之刃瑟兮素理如線之狀既呈酌爾清光似玉之开疑作形方潤豊下鋭上勢圓質峻倘成象以表奇必駭雞而取信明徵以驗分剸是資美勝截肪之日琢逾剖蚌之時素光的的而中貫玄彩規規而外滋良玉無瑕既呈奇而異矣白圭有玷將配美兮遠而故其分堅貞比金石光通上下色潤膏澤透掌而纖粟必分窺天而秋毫不隔况本精粹蓄絪緼依稀象物皎潔成文或以雙魚映緑水而鬐鬣皆見偶成孤鶴翔碧霄而羽翮斯分則知變態不恒衆美難越契人情之用矣豈天意之貽厥故能貞而不變明而不昏粲奇文之炯

炯暢美質之溫溫則貝有文兮不必爲異犧列卦兮何足而論究其所然徵其所自雖常情難得之貨蓋造物偶然之意何異夫筆誤點而狀蝇虫食菜疑作葉而成字若然者則文犀之美故不足爲瑰異

琥珀拾芥賦　何據

天地之根孰知其源倏而化化剡爾存存琥珀拾芥鳳形精蕞物之冥會出乎意外於是氣以冥合物循化造礎因雲以積潤燧取火而就燥伊琥珀之爲珠亦鳳形而吸草既璀錯以璚豔又熒煌而金藻爾乃探其至賾持其自然手與心愜視與目全美寶擢色以臨矣飛芒乘虛而附焉此見幾而作間不可省彼因感而應道不可傳故能異質

朒合殊途玄通播形的皪透影玲瓏似乎月含桂以貞明
泉泛籜而映凈雲發彩於虹玉竹乘陰於鵲鏡虞都尉見
而言曰昔者楓丹崖綺松翠山衣膏淪井壤珠孕清輝全
其真詎蜂巢之所贊守其朴寧鶴卵之能希進乎絜己一薰
一蕕而並採德以翳物拾蕭拾艾而同歸且珠之於寶也
至貴芥之於草也至微不以貴而黜管蒯不以寶疑作微而
替葑菲君無謂我腐爲螢有耀君之幽經是照君無謂我
穢爲舟有徵君之流可乘物循尚爾人亦諒只若太初之
偶蘼葭長公之俯青紫生芻對如玉之容芳荷被懷琰之
士則珠豈草以相期芥得珠以成美吾乃乎知然乎至矣

不寶金玉賦以君子立身無利財賄爲韻　蔣防

聖哲之人含道德以自貴遠瓌奇而不珍被褐所懷上恃
慈儉以爲主作礪於用下推忠信以爲臣俾得各歸於其
璞庶將靡失於其真興彼滿堂且由乎知足殊夫潤屋焉
籍以發身慮知損而賈害比行妨而賤賄寧因衆口以鑠
自絕匹夫之罪當令與土同價誰重一籯念其將石俱焚
奚誇陸海塞淫奢之路彰廉絜之徒諒縱横而抵鵲豈鎔
範以爲符抑好貨之心自家形國秉不貪之志雖有若無
顧毀櫝兮則那念稱究之可耻獻而辭也足愧彼宋人欲
乃攫之誡一作誠書乎列子還茲積礫之内宜彼巖巒之隈
類亞父之碎斗鄙昭王之築臺虛而盈將以禮義爲器藏
諸用何須府庫之財靡近取於藍田詎遠求於林邑却玲
瓏兮塵翳守清凈兮氷立或黄或白得之而必捐如錫如
珪踐之而不拾空韞石以自晦孰披沙而强分若受欺於
田父嗤冒賞於商君執固窮以去奢視同累塊踰至富於
來學輕如浮雲於是國尚親仁民從棄利戒多藏於百貨
思寡欲於萬類所攻惟善寧採之於荊山所揀惟賢任兩
之於秦地

絲帛一

蜀江春日文君濯錦賦　張何

粤惟姑洗應律勾芒御辰鴈橋風暖犀浦花新疊嶂縈郭
長楊映津軒車照地士女驚人風土堪樂山川可珍歲時
不殊於荊楚形勝有類夫咸秦晚景彌秀晴江轉春即有

卓氏名姝相如麗室織廻文之重錦豔傾國之妖質鳴梭
靜夜促杼春日布葉宜踈安花巧密寫庭葵而不欠擬山
鳥而能悉績縷嬿逴嚬蛾慕疾乍離披而成段或煥爛而
成匹言濯春流鳴環乃出於是近深沉傍清泚朱顔始映
珎篋方啓其始入也疑芳樹影落澗中少將安焉若晴霞
色照潭底奪五雲長風未散泫一作勝百花微雨新洗爾乃
睹林崖出泉洞遲日徐轉和風緩送稍變廻鸞全分舞鳳
戲蝶時遶嬌鶯欲弄乘春景而方收俟王正而入貢懿其
彩色足重鮮明可嘉青爲禁柳紅作宮花能使御疑作衛尉
縈障夫人飭車郎官居而列宿郡守衣而還家若夫齊紈
之與楚練豈非細縠之與輕紗

迴文錦賦（以文思精絕今古傳賞為韻）　張仲素

昔竇滔之于役從軍伊少婦兮玉潔蘭薰對鳴機以抽恨織美錦而成文攢萬緒之荏苒摞衆絲之絪緼腸迴而緑字初結髮亂而青絲共棼妻兮（斐兮當屬）思於黃綃不日不月長寄懷於碧雲其始也軫蕙心蓄藻思披黃流之溼彩筆後素之繪事循環而覽夫言豈一端宛轉而求則韻皆居次寫別既久怨心有盈錦霞駮而增麗詩綺霏而緣情自發於巧心素手何慙於墨妙筆精當其用寄遠方臨風載閱跡類雕蟲文如委纈既連珠而復貫又通理而不絕居人言念緘萬恨而在中君子寘懷字三歲而寧滅是繹是尋攻乎織絍宛而成章見色絲之麗永以為好表美人之

心儻或以新而代故豈殊陋古而榮今黼黻不同愁閱目而等耀彩章自異懼讒口之見侵況復委篋多年化塵千古方爛兮如在復粲兮可觀藻豔波旋環迴輻圓蘊四愁而難辯煥五采以相鮮循或踰繡段勝彩牋貴以文自奪鴛衾之價贈乎遠無勞鴈足之傳且物在人亡晉思長想謂其文之著也可卷而懷謂其製之貴焉乃攜而賞若知七襄之非匹豈玉案之虛往

第二（同前韻）　皇甫威

彼美人兮懸隴雲念塞上之征客迴機中之錦文千里馳心十年誓志相關山之延夢託冊素而垂意札札鳴杼紛紛繢翠梭曳緒而龍迴錦披雲而鳳至情生萬象功歸一致緑為芳草怨王孫之不歸紅作仙花發美人之幽思懿夫達其意者在乎誠為其藝者貴乎精顧異物之可賞諒同心之所成離披而芳樹搖影煥爛而明霞近榮振素手以鳴機蘭閨霜集斂翠蛾而績縷紗窗月生則知妙極十全才光一絕既以彰其意亦以表乎節類乎錦卓氏服以妍精言乎詩謝女慙乎清切稽六義而不忒方百花而迥別心唯念遠將績縷以同營字是迴紋與愁腸而共結成乎手發乎心銳精思而在今方之統北之素積玄功而冠古笑草露之輕薄勝林花之新吐宛矣麗矣錯金彩以成章寂兮寥兮零玉筯而如雨於是閱披風前光文爛然百花互進五色相宣文彬彬而愴矣彩重重而恨焉匪類雕

蟲工乎織豈徒悅目寄乎邊寫片心之贈遠代尺素之相傳一則託乎情一則存於想謂乎錦也可裁心乎足賞君乎君乎發緘封知精誠之不爽

臨風舒錦賦（以賦之明麗當如此為韻）　閻楚封

風網清韻錦明色絲閱攢花之麗綵當偃草之驚時拂袖而起翻光益滋始暉暉之展也俄習習以動之且爛兮則舒爰假不周之力及斐然而異誠同絕妙之詞爾其黼黻言開浸淫遠度蘊鳴（一作扱）梭之巧思比擲地之麗賦暉光亂起如蕩漾之波翻彩狀閑飄若透迤之霞布觀夫引曳交映彰施煥盈當大塊之初發遇迴文之已成奪雲彩曜日晶激飆飀而愈疾動獵獵而增明向水而搖似桂帆之

欲去當玄而列謂施障之將行況復入座輕冷橫空掣曳
當蜀郡之新濯擬潘文而更麗絪緼乍舉時牽素手之中
煦嫗潛來遠自青蘋之際晩映花户晴臨洞房歘煙暉之
照判疑騰藻豔而飄揚梟輕吹鑠流光扇涵和而迴觸檍
炳麗而前當五色相宜喻體物之詞彩八風迭起駭織文
之鳥章且蕭颯初來紅明正舒照瑣窻而粲矣煥雲幄以
暉如彩耀克宣諒本因於剪飾精花可翫終亦籍其吹噓
是知倐時者莫貴其精微製錦者莫尚其綺靡善染翰之
瑰麗狀臨風之旖旎懿哉文之義也諒發明之在此

海人獻文錦賦以珍物時來以應君德爲韻　李君房

彼潛織兮枲室之人曳文綃兮結氷縷灼錦彩兮照花新

背窮海以入貢望君門而効珍于以獻之爰彰至德非同
虢氏之練更異仙家之織臨風始啓全含琪樹之芳向闕
爰開遙寫蜃樓之色固奇工之所就崟豈疑作常情之可識
當其絲縷方織鳴梭靜聞絢霞光於陰火綴縟藻於鄉雲
舞鳳翔鸞乍徘徊而撫翼重葩疊葉紛宛轉以成文疑映
地之花折似飲渚之虹分弄杼斯成旣呈妍於泉客垂衣
可仰欣有奉於明君啓璀緘而駭視方霧縠而難擬離披
耀彩臨玉砌以蓮舒燦爛生姿映金門而霞起固將保疑作寳
其所異孰能識其所以投熾焰而靡燎爲灰濯清流而
不濡於水原夫獻琛方至捧篋圓來臨虛庭而障倚俯洞
户以屛開蝶翩翻而誤起烏聘眛以驚廻物無情而自感
化有孚而斯應以文爲貴寧同巷伯之詩表德方來且異
美人之贈非同禹貢不謝堯時對天庭而照燭向麗景而
蔵難皎絜凝光爰識氷蠶之緒霏微發色不唯園客之絲
既而煥彼文章作爲黼黻方可重於遠人寧有識於翫物

文苑英華卷第一百十九

文苑英華卷第一百二十　賦一百二十

絲帛二

冰蠶賦（以凝沍之境成彼奇彩爲韻）　王起

懿北極之寒勁有珍蠶之處冰匪柔桑之是食匪幽室之
是憑託彼峩峩且不資於春煦抽其曳曳自有樂於陰凝
既遠燥而就濕知同類而殊能爾其玄律窮芳歲暮百谷

風壯群川冰固遊片片之凝光映重重之積素十畝之間
兮洩洩何勞六尺之內兮涓涓正沍既苦寒而不倦將載
績而是務觀夫如臨如履經之營之隔皚皚之積冰吐漠
漠之輕絲朱綠曳而愈出黼黻成而是資煥乎有章豈寒
女之能得超然獨處信夏蟲之所疑淋漓未泮組織方遑
匪繰於盆匪懸於井奉事登矣必因（一作固）之而剖冰繭秘
求焉將取之而越境豈比夫風戾之所生歲單之所成蠶
月而方育蚕器而見營安能苦其節履其貞窺之有戰戰
之色取之有冲冲之聲匪樹而遊奚感仙而化不筐而績
奚假蝂爲名宜乎海人見彩堯帝斯呈伊蠢蠢之繁委寔
生生之殊詭（一作帆）鼠遊冰下我亦來思龜生火中吾乃異

彼况乎雪霜是履鱗角多奇若解以東風或梟魚而共躍
藏諸北陸幸輿人之見知宜乎含章勿改牽絲有待儻來
獻於九重必相宣於五彩

海人獻冰蠶賦（以四夷即叙海不藏珍爲韻）　張良器

圓嶠之山兮迴踢遐壤旁臨窮海嘉氷蚕之底貢彰遠人
之無怠原其稟氣斯異含靈有待鱗角是帶育七寸之殊
形雪霜載加發五彩之異色資纖縷以成績弄杼攸勤美
重錦之可持女工能即施勞且異於三盆爲用寧同於五
緘致美之厚罔差其妍不入獻之先必資於善良鷙揖（疑）
云邁懿（一作承）筐是將涉三山之重阻辭萬里之遐荒越滇
漲徂帝鄉昇玉殿薦君堂示彼有誠則申屈膝之贄樂我

無事顧克垂拱之棠蓋威靈之有及故珍物之不藏懿乎
生乃因地育乃非時四氣平分届嚴冬而成止五方異俗
在中國之莫爲自堯年而效美暨今日而來思足以彰德
風之普洽表王道之清夷不然則修路踦嶇洪漣澍（一作澎）
濞校道里而累億惟寒暑而數四匪化理而無虞曷圓來
之可致彼躬桑載育獻繭爲均浴濯龍之水漲川舘之春
而後羅紈是績筐莒（一作誰）攸陳固在常而可悅殊自遠而
爲珍是知化之所被物無不臻德之所加人無或阻託茲
賦以極思臻皇猷之焯叙

海人獻冰紈賦（同前韻）　常執中

慓彼員嶠兮阻夫窮海厥貢冰紈兮備諸渥彩産非中夏

故致用之所資來自殊方表懷人之斯在然則蠶雖土育統實人力稟鱗角以成質則或屈或伸因氷雪以奕容而䏿雕䏿餙作九服之上貢應五方之正色雖寒暑鱗次必籍至陰之時而風土所宜則異中和之域既生既育是準是則諒因時之所致實希代之莫識所美夫得之斯難所貴夫遠而能即亦由我后洪化浹洽淳風遐被方五帝而可六比三王之可四是使貢獻遠物德格異類爰發跡於僻界肆涉遐而執贄獻土地之所生攜篋篚之云洎亦既覩止侯其敢（一作孔）臧不灼不濡將火凫以比義或朱或緑豈撞花（吳都賦有撞華）之足方既同練雲繚繞而交映又似仙花瑞曄而含芳間衮龍以發色集黼黻以成章昔苞茅不貢

昭周室之壤法今氷統入獻覩邦家之耿光非夫混一車軌茂育華夷何則不遠其遠獻玆在玆既有勞於跋涉亦多歷於歲時標爲貢首雖一時之可不獻於君所知四方之咸叙是則其求匪易其用何珍儻見加於前拂度（疑作庶）曄光之日新

鮫人賣綃賦（以難得之資色如輕霧爲韻）　馮宿

彼巨海兮鮫人是居作輕綃兮厥狀紛如不日而成固可卷而懷也候時將見期善價而沽諸出波心而月彩相絢映泉室而雲陰乍虛其來不測其麗何極行市道而莫知訪人寰而未識非運思於文繡詎用功於紡織足使大賈（一作價）慙容衆珍掩色豈重錦之云比諒千金而求直夫鮫者水府之所生綃者鮫人之所成奇貨聿來寧假手於蠶績變形斯至非挂籍於王征方霧縠而猶薄擬氷紈而更輕苟未知而未售恒固執而潛行皓如凝露紛若遊霧爰潔爾容不懲于素質初階於蜃蛤名不登於貢賦知慢藏誨盜哂泉客之遺珠悟冶容誨淫耻風人之抱布儻夫遊洞宂媚清瀾趨市人遠凌波路難貴樸全真詎關乎日浴出潛離隱豈效於泥蟠且深不可測亦水之珠求得徃莫可追漢皋之佩且欺是綃也成於無朕動若隨時辭海底之潛處赴日中之會期（未見之字官韻）屬吾皇斥無用之寶賤難得之貨徒待價而稱珍庶轉身而遠播

獻蠒賦（以將以給宗廟之服爲韻）　李君房

冠六宮六職者公桑而已矣既卒蠶於世婦乃奠蠒於天子稽諸祭典實可重考諸女工斯爲美信率土而在玆亦奉先而是以當其令布明堂時更青陽蚕事既卒女工式臧然後衣禮服出棘墻奉玆珍蠒盈彼懿筐纍纍乎如將薦夘皎皎乎有類凝霜既依于（一作乎）后亦獻于王所以申課績之勞止展威儀之孔將遂繅三盆脩六服或黼或黻或采或緑期有事於王公庶無勞於杼軸侯其幬而（已注在前）寔足尚之享廟之容克備展敬之禮允釐斯蓋夫人之畏慎王者之肅祗不然者賦有織絍之篚貢有㕧岱之絲海人奉氷蠶至止園客將絲緒來玆冠冕之服可成祭祀之儀可輯可以重其珍美可以楊其裼襲何必桑壇而世婦

斯復繭館而夫人乃入俾來者旣单恒日不暇給蓋欲輸
於勤苦表我敬恭厚禮奉於先祖躬勤勸乃農功使三官
(疑作宫)之有序斯百代之攸宗是以獻繭之道治國之要將
取娩於三推明至誠於九廟

素絲賦(以真素持質賦功齊為韻)　張良器

羽雖白賁然而輕玉雖白堅然而貞未若素絲之爲用以
轉化而爲名匪剛克以居禮實柔立而有成其正也可以
如繩之直其順也可以繞指而縈故能紛以隨時浩然養
素揮流水則轉增其姸染繪色則不吝其汙動必隨人寸
無恒度其來也何所自圉客而出玆厥賦也何地由岱畎
而貢之俯乎列(疑作例)井將稽幌氏之練(疑作湅見考功記)實乎澤

器徒爲墨子之悲信千施之望美非庶士之可持不顧充
嫠婦之緯不顧托寒女之絲因弄杼以成韻庶補衮而爲
期代若好五采我則大白以受質代若厭群居我則衆縷
以爲匹非異俗而招累將矯世而撫實夫其公孫奉駕長
倩趨風贈以生芻之束爲以素絲之緫蓋取諸自微之著
積小成功君無謂我微君無謂我細若綦之可織則假手
以成勞如裳之可縫則因緣而善繫功無不給物無不濟
彼服卉佩蘭衣荷帶蕙念牽絲之無日傷考槃之失計今
將俾潔白以脩身詠羔羊而取娩儻黃絹之可比希管蒯
而無替

第二(以真素持質積功爲韻)　喬潭

色之真者尚乎白質之細者珍乎絲真則貞而潔矣細則
積而多之故君子輶德是務清以自持將經綸以濟物先
組織以脩詞惟絲之故不懋乎素組以餙馬言好善而不
忘紕之在羊時退公之有度始也重蚕事終婦功促季月
候炭風爰求柔桑寧止於十畝旣登分繭乃布於三宫至
若三盆旣繅八月成績方勤水練(疑作湅)爰去地尺晝曝於
日吸太陽之光華夜懸諸井濡後載之靈液於是典絲贍
臨幌氏引繹引之於手如皓鶴之飛承之以筐若凝霜之
積旣而嬪婦化理(周禮嬪婦)經緯縱橫當軒兮婀娜之織弄杼
兮軋軋之聲映羅袖而增麗度金梭而轉明毋知白以自
守亦含章而可貞夫以白能受采文匪勝質故公孫戒於

從微墨翟悲其患失青爲轡兮非擬朱爲繩兮未匹珍蚕
恥越鄉而來移繭嗟自國而出唯彼蚩蚩之喻無愧(一作如)
皎皎之實乃績曰絲之素兮貞且吉人之質兮清且一君
(一作懽)凡用於當時寧七衮於終日

直如朱絲繩賦(以題爲韻)　薄芬

物有正而可尚者其繩則直如砥之平如竿之植不舒卷
以隨用終徑挺而立極有旨哉爲天下式且取其直也故
能爲道之逆旅爲義之蘧廬爲人之端操爲政之權輿于
以方内君子所如木從之則正君受之(疑作受之)則聖猗歟猗
歟(未見朱字官韻)原夫被物之際作巧之時運功(疑)人之手績寒
女之絲是尋是尺經之綸之非爲用也不資於善結其爲

興也蓋取於無私以之爲準也則矯枉有度以之辨物也乃去邪勿疑大者遠者念茲在茲俾夫貪者慄慄智者兢兢其爲舉直錯枉當有事於從繩

斷織賦　仲子陵

儒有學而未殖敏而多識庶幾立言無念進德當年以倦中道而息余雖不知請喻斷織伊昔孟子受學輟然如疲日忘其所志月忘其所知母也賢只教之勤斯援銛刃以一割應鳴梭而中隳且自賢亦自滿泥鈞成器玉琢成瓚隣於墓爾則有踴躍築埋之非近於鄽爾則有嬉遊賈御之短是用居爾於學官之舍納爾於經籍之館期子衿之青青致覆道之坦坦胡爲乎不勤以學惟事于散苟爾學

之可停猶吾織之斯斷其貌既訝其言又徐投杼惘爾操刀介如絲之傷一綃飄其無緒帛之裂千經蕩其無餘前工後拙始客今疏牽挺爲之中止杼軸猶其一匱且以絲喻人以織喻學若金受礪如木斯斷夫絲可以衆而不可寡織可以勤而不可以捨一絲所累以倍乎尋常一織所工而衣乎天下因茲細故以及大者彼婦道之信然況君子之事也故形於織女思其功一作巧移於學士念其終業暢於外美歸於中則以顧絹之理弘素王之風我友我生無落無廢學若山積心無蓬穢當求斷織之義若之何以艾

五絲續寶命賦

半夏生木槿榮時五月鶪始鳴楝木見切葉結綵絲續齊諧記五月五日祭屈原竹筒貯米以楝塞其上彩絲縛之祭彼三閭蛟龍不竊祭之水曰汨羅祭之日曰端午情既本乎楚俗奉又告乎壽縷壽縷其娜色絲五紽色絲何始金閨之子畫嘉嚬於青蛾發宜笑之皓齒國風既哀其窈窕家事詎忘乎絲枲別有恩從天上飛入宮中二八春日十五玉童誰其尸之奉蘋藻於清廟何彼濃矣司衣裳於聖躬洎天子御締之日后妃獻蠒之時頗是渥丹對廻鸞之十字一作子手如振素盤續命之五絲其五絲也蕙綠輕重蘭紅淺深皎皎而有鶯其領釆釆而亦翠其衿既比方而一色又條暢乎數尋觀其髮脅萬計花柔四葩宛委虬盤張皇虹直植其鷺羽雜之而

奪其鮮對彼鳳毛乆之而寡其色別有金華別殿鉤弋靚粧褰開筐笥貢奉君王懿壽絲之禮大續寶命之天長袞冕綬班疑榮壽絲以成錦游纓錫美比壽絲以無疆錯以五采準日以符節也綜以萬緒盈數以尊壽也龍爛虵伸光氣騰騰以禦邪也瑞等乾坤拜啓獻也汪濊霑止其兵碎也不待萬歲蟾蜍其理疾也豈藉單衣龍子四海銷夭札之癘百姓登仁壽之祉微臣敢問天寶之建元則曰甘露黃龍之年紀

文苑英華卷第一百二十終

文苑英華卷第一百二十一　賦一百二十一

舟車一

指南車賦　張彥振

緬窺皇始傾聽巢風時儀朴畧化跡瞑蒙結繩云謝徽章漸通乃服牛而乘馬爰斲木而觀蓬故聖人因象以制器隨物而興功北斗在天察四時而行度司南在地表萬乘之光融爾其法制奇詭神妙無窮見其指而皆知其向覩其外而莫測其中輪須藉於奚子妙乃發於周公觀夫作也窩關脉湊衘樞星設烟縈電轉鬼衆神滅離朱目亂計然思絕公輸服其心工王爾慙其手拙離詞給而口敏終難得而屢說至（疑）而帝容順動王途允泰二月東巡萬國南會羽衞出而天動笳鼓鳴而雷磕司南於是備羣車引行旆候薰風而進指仰卿雲而乘蓋超擢光景之中縹緲煙霞之外同夫越鳥常有意於南枝異彼魯人竟無情於殿宸惟皇明之遠矚驅八駿以遐舉旣訪道於襄城亦尋仙於海渚豈須老馬之智寧藉小童之語賴我司南不迷其所伊司南之用薄逢國道之昌平就日月於天路開簫部於王京常使朝朝承北闕何辭歲歲指南行

大章車賦（以上方所造闢次羽儀爲韻）

舜爲君兮禹爲相七政齊兮八風暢備禮容兮和樂章同車書兮一度量龍樓恭巳則無爲以垂衣鑾蹕豫遊或有時而端望伊大章之攸作冠輪轉（一作輿）而爲上其始也委材質於資斧授規模於梓匠其終也授桴鼓於天街動輗（疑）軏於霜仗乃畫界疏疆正位辨方候之以節步先之以啓行象雷而鳴曾不聞其霆轟如蓬之轉終不見其飄揚遵彼坦途遺茲險阻勿忘情而習靜殊不知其處所類智者之行藏同至人之默語歷代傳寶鼓車逾好有異人謀宛同靈造行不由邐動能合道向使貴賤混并高卑不間慝無迷遠之疾詎有窮途之患則是大章爲器國容之利指方位於遥空數田里於厚地節六鼓以鼉駭首五輅而觲吹望塵不及初非千里之遥聽響爭先終欣一日而至夫然則可以式序秩宗發揮樂府扶侍輦轂隱翳干羽以家形國何一二之能談自邇陟遐雖萬億而可數墨客胡爲來攀桂枝懸鼓待鳴仰淳淳之風俗尅車就駕識穆穆之威儀伊可大而可久諒斯焉而取斯

乘石賦　李昂

覩彼乘石體自孤貞得岷山之片字掩瀫城之儁名青苔備色堅確符情列群峯而無語纖衆溜而有聲爾其崔嵬岑絕涵霜貯雪竹徑煙矓松門景臧愜野叟之幽意抱山

人之勁節橫碧岫以霞張噴紅泉而水咽借如巨形矗業勢若將飛隨匠人之採斲入天子之宮闈故得削跡青澗端容紫微幸至尊之踐履嘉菲陋之因依於是皇帝穆然乃登珍臺乘玉輅帷𤤽環其拂汩鱗雜沓以駢布甸師清畿野廬掃路流星旄以燭日儼雲旌而彗霧往來斯登升降必步取其磨而不朽貞而無蠹不然此荒薮之微石何遭逢之多遇請言其本也生必深山峯壯自閑電爍霞駮樹雜苔班奇形異質紛拏不一屹特立以樹空倚崩崖而構室嵎箭羽而橫卧聳漣漪而半出龍吟應物觸紫岩而吐雲虹梁中斷駕滄海而觀日故石之為物也不奢不僣無競無猜偶山水而長往因和璞而俱來考之雲籍則建

名古昔貫億祀而長存經百王而不易胡（一作何）施而不可何用而不適願上吾君千萬年地久天長履兹石

洗乘石賦（以王者順動有司先成為韻）　王起

毖彼乘石履於聖王每寒水而濯色俾堅容而有常（一作光）當宸駕之未嚴貞姿或翳及天步而將踐麗質斯彰於是五輅載轄六龍齊首森天仗而旣列儼翠華而已久隸僕乃故實是諮舊章克守取彼流惡滌兹含垢兢兢兮映金車而鞠躬翼翼兮汲銀瓶而運手發璀錯之色蘚苔染之而不能注清冷之聲埃𡏖集之而何有皎爾鏡徹爛然氷鮮承玉趾而增麗拂袞衣而更妍磷磷於清淺之波自憖奪彩鑿鑿於激惕之水莫敢爭先匪琢匪磨不涅不磷求

（一作欲）蘊玉之色彰候和鸞之聲振成吾皇獻替之義我則如水之投叶吾皇啓沃之心我則如流之順四海是奉百禮所（一作斯）總兹石旣潔一人由是而日輝兹石未睎萬騎不戒而雷動君惟度義官則庀司將滌瑕而蕩穢在挹彼而注兹于以昭卜征之候于以明望幸之期潺湲旣臨似石磴瀉泉之狀流離欲散有山雲潤礎之姿有翼有嚴旣敬旣戒去淟涊之色由是砥平吐新鮮之輝用光時邁乘石之洗也列周經乘石之履也合周雅內可以訪道海內外可以觀風天下故曰有扁斯石見於王者

炙輠賦（以才美潤身論故為韻）　喬琳

惟輠以積膏而潤惟人以積學而才潤則浸之所致學則

脩之乃來亦猶山輝蓋玉之處石川媚乃珠之在胎則炙輠之義斯焉在哉原乎其始方我髦士言物也火及則潤滋言士也用之則邦理喻研朱則其色不奪方扣鍾而其音不已故可以與理竄而爭深配智囊而共美炙之不竭夫豈同於瓶罄用之不窮固有殊於罍恥且國以賢興車以輠進車非輠而安往國非賢而莫鎮脂膏內實宜誠盈於樸蔌滋液旁霑信同功於河潤豈比薰以香而自燒玉遇火而不爐向非外取其物內滋其身則一炙可以執（一作就）燥再乃於焉中貧亦何潤色無斁輝光日新比至道動而愈出君子磨而不磷原夫伊輠也照身以取路伊賢也開物而成務亦何近取諸身願借秦而為諭諭如何其惟

良在兹希德澤而惠物在脂膏以無私若然者豈止滯轄軒以聽察因鈞軸以爲期增雨露之濡洽霑草芥而滋熙者哉

蒲輪賦（以安車禮賢者爲韻）　王起

王者崇招隱之禮作徵賢之車旣斲輪而合度亦安蒲而用諸將使丘園共賁巖穴皆虛則必旌其重旣建此大輿輪合大（一作天）規耴邁而行陸蒲蕪柔質取坐以安居罔覆其軌轍可歷於丘墟載以歸朝盡是漸鴻之翼駕而出野方隨繫鶴之書恒翹翹而隱隱諒求士之本歟若乃山騁疑異人林栖隱者鳥獸之群方雜薜蘿之衣未捨或屠釣而忘名或版築而在野耻戔戔之帛厥禮未崇笑孑孑之

旌好善猶寡然後時主反席哲匠精研載脂載轄旣攻旣堅蒲也採陂澤之叢有車之用輪也斲陰陽之木如日之圜轞轞兮出中朝之禮盛轔轔兮入外野而光宣（旗）於是經營草澤轥轢雲煙瞻其儀無忒乎翼翼聆其響且異乎閴闃可以出嘉遁之碩德可以載傲俗之遺賢空谷有車自爾而方縶鳴皐者鶴假我而聞天豈獨邀申公於是日徵鈞叟於昔年則知輪之設蒲巖扃是啓將毗王者之政先保賢人之體至萬里之安安成百僚之濟濟豈比夫纖而爲席表臧孫之不仁緝以成宮昭令尹之非禮方今雋巳在官輪猶未安傍搜叢桂遠掇幽蘭士不病於邁種賢盡出於峯巒是蒲輪之禮也乃王化之端而巳哉

墨子廻車朝歌賦　前人

墨子慮厥居愼所如轉華轂遊殷墟疾朝歌爲名知非良邑惟時邁有度用廻德車將以擇樂國垂盛則舉足爲龜鏡立身乎繩墨每自西而自東咸作範而作式始其命駕排徊發軫（一作軔）員來豈半途而有靡將由逕而無猜雜彼行人初儦儦而同造（一作遘）問於及境終轞轞而獨廻乃曰歌樂者人必有度朝夕者天之所賦苟名而不臧曷邑之足顧由是反征輪遵大路比危邦之不入同覆轍之是懼載脂載轄却新逕而不疑如輕如軒乃舊蹊而是遡諒無阻於寸進實自懲於跬步借如不戒乎謡不恒乎朝自然哀樂失節威儀莫昭何足以枉君子之車瞻夫翼翼來長

者之轍美以翹翹是用處身於克正示衆以不佻雖大道甚夷崪如九州之險大都孔邇邈成千里之遥足以戒居人警行子華詠歌之俗作道途之紀改轍不爽於歸歟反路自忘於勞止亦將趨樂土走仁里彼邑之士莫得式其軒彼邑之塵莫得及其軌宜乎非禮勿動惟貞是履與孔門而齊教將宋國而專美莫不始於廻輪而彰乎斸巳嗟乎車之攸避也尚戒乎歌身之攸指也矧至於頹則懼栢人之不宿耻勝母而不過比車之旨也未足居多

下車泣罪人賦（以萬方之過在予一人爲韻）

人惟有罪罪實在予將恤刑於苛校遂責巳而駐車碩法令之未平滋彰甚矣徽冕旒而輿念涕泣連如始也備羽

衛而行因巡徉而出遇兹拘繫將伏斧鑕王乃止翠華駐清蹕恐法吏之苛暴嗟刑網之峻密稽鳳輦而惻隱再三愍褫帶而幽囚非一於是降王輅下朱輪議獄緩死拖黻垂紳出轅箱而欷歔交睫顧桎梏而汍瀾蒲巾雖囹圄之中自罹有國之典恐網羅之內特陷無辜之人於戲法議難逃過亦有在致狴牢未空之事乃教化不明之罪初猶掩抑見天顏之慘悽漸覺滂沲濕衮衣之文彩承顏熠熠蒲眼浪浪情將同於肆眚義有軼於納隍是以顧眄悲泣徘徊感傷希聖旨於方輿之間必先一物推睿情於圓扉之下以及四方故得法制備焉修獄訟無怨由衆而感於黎庶自已而暴於億萬涕淚猶在宥物之義已彰縲紲未

收率土之人知勸行道而道斯遠矣愛人而人亦懷之何天網之自入使皇情以興悲蓋假其人爲邦家之本因其事爲慈惠之資不然何一降車而開二十世之業一灑淚而成四百年之基然後刑法永清威懷遠播是知夏后之得天下也能恤人而引過

以德爲車賦（以至德之人有同車載爲韻）　白行簡

人之蘊德兮唯車可同載諸身兮運轉無窮苟規模之不紊在夷險以皆通遊必有方靡假頫生之御成之在我寧煩奚仲之功原夫雕斲何勞周旋不礙得亨衢古道以方駕將璞玉渾金而共載廓情田而作路終自東自西調意馬以服箱任或進或退且見其制非假手用不由人馳懿範而深疑軋軋聽嘉聲而乍認轔轔如榮晝錦之衣便同華轂儻被玄鶉之服豈異惟輪是何輗軏無施脂膏莫有學海深而濡軌堪慮詞林秀而養材自久誨人不倦初訝其役車不休見賢思齊豈憚乎挾輈而走莫不乍行乍止載疾載徐究其理而大矣較其功而忽諸程君之夢捧陽精還同照乘黃覇之惠如時雨寃是隨車乃知德以飾身爲規車將載物是致荷執德之不惑故憑車而取類善行而所去無跡遵道而雖遠必至功能救旱喻流水以寧慙美播惟馨媲七香而何異大矣哉妙才難問良工在兹勝服而那殊炙輠書紳而乍認執綏此車也價雖擅於五雲應難比矣數徒多於百兩未足方之士有軌轍無踰威儀

靡忒逢時斯牽駕之用抱素乏丹青之飾儻題品之未遺願爲車而比德

第二（以國家道通遠邇爲韻）

皇帝守位以仁爲車以德將喻夫博載庶物取象夫經行萬國垂衣而退與人謀結旌而克陳帝力因樂推以發軔任不言而憑軾始効駕於情田之內不驅不馳終挂轄於王道之中自南自北夫攺奢即儉尚質去華量苞覆載迹達幽遐行乎道而四方是則同乎軌而六合爲家是知乘王輅者又何足比駕金根者失其所誇爾其伐輻於自然之材斲輪用無爲之道鑒馭朽以作訓念輶毛而是保前覆後誡諒成敗之足徵殊途同歸信始終之可考伊至化

之所備被一作如風令之偃草道德仁義配弨兮以致賢孝
敬溫恭代輭輪而養老萬邦攸同九有克遍樸斲在心詎
比質於流水周行任道豈覩象於轉蓬以得賢爲輪轅之
助以守信爲輗軏之功動天而善行無跡持重而利用不
窮且工爲車兮脆而易破德爲車兮勞而晚成哂摧輪於
太行憫困驥於吳坂域中咸賴功超乎大輅小戎天下皆
肥力竭乎引重致遠澤可鑒而招損美不稱而崇侈爾則
速禍以宣驕我則去彼而取此靡自家而刑國俾視遠而
若邇豈徒與奚仲造父之徒論功而効伎

車同軌賦以君德遐布夷夏同道爲韻　白行簡

倬彼皇道大哉聖君窮厚載於宇宙俾咸駕於海濆故得

遝遝之刑周八埏而匪間彭彭之響經萬國而俱聞所以
義在知方理資從式見軫轉而不阻諒輻輳而有則弘濟
之利既均美於三無順動之端方齊功於一德是故達於
疆場踐彼幽遐表合縱而道廣知轍跡而路賒亦由誠於
險去其邪推善御於有截被至治於無譁殊途同歸方見
域中之大引重致遠是睹天下爲家然則將利於時必徵
所措既同轍而異履爰發軔而循度周流勿越誠轉蓬之
足施轞轢非逾將挂轊而可希至若偈兮詩匪車偈兮偈起竭切無
外隱爾如斯念徵至而必繼嘉大同而在茲固將混區宇
會華夷始曳輪而寧蹻遠邇終推轂而不失毫釐觀其政
之大者道亦斯假苟憑軾而知風矧繫轅而合雅願踐履
之奚到豈獨不東信應用之無疆寧唯諸夏原夫建皇極
開帝功三才既美九有攸同可使循環如貫運動不窮四
會五達之莊悠然盡覃島夷卉服之俗逖矣皆通爾乃庶
政聿修遐方可討俾守位者將順其理利轉者必會其道
故車書而混同誠鴻業之斯保

文苑英華卷第一百二十一

文苑英華卷第一百二十二　　賦一百二十二

舟車二

舟賦一首　　大舟賦一首

汾水新船賦一首　　滯舟賦一首

濟河焚舟賦一首　　虛舟賦一首

胡越同舟賦一首　　刳木爲舟賦一首

舟賦　　常暉

昔者帝軒君臣道叶刳木爲舟剡木爲檝所以徑度大川於焉利涉疑夏日之初蓮似秋風之落葉動而必利其物居而必虛其心善蘭桂之得性惡泥滓之陸沉清流澈影岸狹波深直容與而孤運非軌轍之能尋動而何極居而

不測以謙虛而受盈尚朴素而思飾爲而不有質而能力不以克己辭於功不以利物矜其德夫潛行不離於水有似智焉虛己以濟於物有似仁焉不畏蛟龍之沭不耻魚鼈之梟任規模於匠者隨物理之推遷横不測之流無慙於勇決指送歸之路有類於神仙爾其渡遼按甲伏波受命絕島如雲長川似鏡值衝風之颷起引孤帆而高映榜人奇唱棹聲不一赴海凌川箭馳風疾臨地角而長逝望天涯而逈出飄颻畫鷁決孤影而排風迢遰檣烏轉危竿而就日且夫檝有常道濟無不通嘉守義於共伯慙棄人於衛公安而不傾得性江湖之上悠哉獨運託質浮沉之浪爲用也大爲德也廣操檝則津女輕歌畫土則廩君孤往襄城帶其寶劒神亭飛乎銀仗惟傅巖之版築臨巨川而長想

大舟賦

崇崇大舟內嶮巇而坑谷外突兀以山丘長者（一無此字）百尋受萬斛淺淮泗滯原陸兀若歎大海以出鯨魚邈如漂崑崙而横地軸及縱大壑鼓雄風疊高濤摩蒼穹連山業于天外疾雷吼於地中當此時也忽然湧出謏若乘空挺無何之鄉樹歷天之檣檜檝不舉雲帆高張平林倏閃以蕆没群島飛動而相望兩儀混沌萬象渺茫崇山成秋毫瀟月猶隟光一日二日經岷峨而歷扶桑外甚（一作乘）馳驚中唯虛閑所以望之者勢同累夘居之者安如泰山借如唐

堯洪水大浸桑田包山上陵刮地滔天無巨舟矣人其魚焉有若漢武習戰羽衛雲陳鑿昆明者四十里坐豫章者一萬人夫其爲大與世殊倫暨乎巨象初來輪菌其貌錙銖犀兕蟻蠓貔豹向非刻舟鑒其淺深代（疑）輕重而難較岑彭西伐杜預南征千里江漢三軍甲兵若非廣艘弘舸何以蜀滅吳平稽前代之爲用信殊途而同軌以古況今相去遠矣何者我后無唐堯洪水懲武漢昆池（一作明）笑魏家秤象偃晉國興師則大舟之用殊於昔時今乃守在海外化漸無垠浮三海（一作江）以實倉廩達四溟以周乾坤既而飛鳳詔宣鴻恩或西盡月窟東臨朝焞（一作職）南國狙遊北極馳奔窮水路以適遠爲大舟之用存於戲向者將逝

萬里之外滯一曲之內故知德有所長皆以拙於用大今以濟渡爲功適天下而皆通假其風水之力不離江漢之中向使移舟爲人以海爲主元首契合大舟夾輔則傳說之濟川同功軒皇之刳木何取客有扣舷而歌曰是舟也非大匠則無以成非大水則膠而傾非大風則道不行此皆大匠之則大海之德一日千里者風之力也

汾水新船賦 以靈舟濟物利涉大川爲韻　徐彥伯

賢者徽侯求人之瘼分帝之憂以爲冀方輪轉病於行軸乃乘素秋鏡清流假道於河伯息肩於吳牛因去彼以取此遂捨車而造舟華故冉新裁規創制通子房之妙畧運弘羊之潛計則淺深之量將載沉而載浮陳去就之宜則

既濟而未濟懿夫席帆錦纜蘭棹桂檝不日而成嘉謨一作謀允叶蒲且罔設寧勞漁子之家財用無虧不奪農人之業水之積也厚船之動也捷廻翔竝鶩識波上之雙鳧倏忽孤飛見天邊之一葉伊負重以致遠非卬否而人涉及夫安卑委順外靜中虛混泥沙而閉矣象智者之居諸逐便乘流排難觸物泛波濤之不屈狀勇者之拂鬱船之時義吉無不利向之爲材也摽挺特之材今之爲器也作殊常之器若往若來無顛無躓奢淫自戒厭殷帝之酒池遊戲無虞耻丹朱之陸地鷁首翩然魚鱗比川映汾陰之寶冉桼漢武之樓船當秋風之擢一作棹唱候明月以扣舷載廩儲而奉國達方物以朝天可以通河渭可以泝涇瀍斯漸一作曾勞而未逸將冠古而爭先且知君子攸作務於遠大美利亟行莫不繫賴厥聲載路賡歌濟巨川之功史不絕書考課獲疇庸之最別有荷爲衣兮蕙爲帶鼓輕枻兮張翠蓋杳聊煙波之末夷猶區域之外顧一涉於龍門接神仙之嘉會

滯舟賦　蕭穎士

攝提歲拂衣海嶽應調函洛詠佩服之皐蘭美繫維之場藿徽良圖以趍事塞中道以摧落昔謬價於當年今後來之不若衆飛下以抵巇余矩柄而規鑿悲介直之不可媒想雲林以自託眷眷離憂行行獨愁邅我車而北上揭吾道以東遊愛遲遲之暮春登泛泛之輕舟過巖邑以信次

纜縈波之下流于時丙丁守位恢台肇節朱雲四騰瑤草半歇景冲冲而熾旱風翳翳以敲熱赫中潬大壹功涉惟爲潬之平沙滌通川而殆竭則有危檣巨舸長艑廣艘龍翼錦軸雀顱方艚材木蘭兮竹箭紛蓋華與羽毛頓修笮於廻塘騈曲岸以戢篙於是迅拏輕檝河艒漢艇乘時泝洄赴利馳騁混漁商而沸雜期數日而俄頃事也特哉咸適其才于嗟大艦安得而來借如三江五湖之渺漫礐石飄沙之汩淴望赤岸以天低臨清波而景沒峻艫衝濤以直透高帆雲卷而上驀朝發乎荆衡夕止乎揚越晷刻千里之外一何去留之倏忽彼斗筲鍾鬲之餘捷逕趨時之末會壓溺以不暇亦何知於歲月材微則致遠而自覆量大則倈

時而可貴苟或喻於窮通又奚分於器類運之來也賈長淵高視於三台謀不用焉梅子真近辭於一尉吾將斂策以飲氣覩維舟而歔欷

濟河焚舟賦　高適

昔孟明之載戰載北也空山肉填平地血流匹馬隻輪蕩然不收社稷包羞朝廷隱憂用兵至此不死何求誠以棄瑕之恩未報拜賜之言虛設砥名厲節易地改轍冀桑榆之未晚得雌雄之一決乃復總元戎申薄伐駟馬雲滅（一作屯）長劍電掣哮闞（一作咆）兮前貔後虎威稜兮左霜右雪火千旗而四面風生（一作動）雷萬鼓而一道地裂小長平之死散（一作辭）凌不周之柱折朝出乎咸秦夕臨（一作濟）乎孟津其

氣益振其屈欲伸於是指河中之舟示軍中之人曰吾與君子誓雪前耻雪則出（一作負）（一作則入）黃泉之下勝則入青雲之裏吹噓（一作唏）而霜露變吒咤而風塵弭雖無此舟誰無此舟否則骸骨爲異鄉之土魂魄爲鄰國之鬼雖有此舟誰有此舟矣乃命焚之夫其火與木相守水與火相煎烘大川歘長湍龍吼乎沸潭魚喁乎湯泉舳艫化而爲炭檝棹颺而爲煙水聲與軍聲合旁括乎地火氣與兵氣鬬上衝于天是謂（一作以）天爲我赫怒焉地爲我震業焉林木爲我枯死焉山陵爲我崩騫（一有爲字）千里而高鳥不過四遐而猛獸莫前況於人乎況於國乎於是晉君臣聞之心攢百箭背負芒刺形神無主手足若墜曰秦師德之修誠之至天將啓吾將避閉城郭而不出潛鋒鏑以自備以五廟苟存爲幸以萬人苟免爲智敢佑（二字一作豈敢護）其山河而虞其土地于時晉實爲（一作之）主反爲客秦實爲（一作之）客反爲主不戰而勝不攻而取掠地於大河之北封尸於崤陵之下既而鬼得（一無此字）償前（一作雪）耻人得（一無此字）解厚顏四顧野清橫行而旋　譟聲破晉山嘉（一作喜）氣塞秦關曹沫復魯之勳自居其下范蠡平吳之力莫廁其間此役也見孟明之臨事暫否終叅圖之大也見子桑之舉人遺麤得精鑒之明也見秦伯之用賢責功捨過道之在也臣事君不必自致藉主司之公君使臣不必自得藉主司之忠由是觀秦伯之有子桑猶耳目之在躬以其視視一國之明以其聽聽

一國之聰自可以翊天子還淳風代（一作名）與三五比崇身與二八爭功威強晉（一作秦）霸西戎不亦宜乎明明我后渴賢固久懸無私之鏡以照六合持（一作倚）無私之衡以秤九有掇奇拾異葑菲盡取若有一人兮（一無此字）近文章含堅貞（一作近忠貞含文章）悔已往之無成謀大來於此行出蜀郡題橋以見志入函關棄繻以示誠寧作焚舟而死不爲棄甲而生投軍於子桑自比於孟明君謂之何如哉（一作君謂如之何）言之不可以已也（一無此字）頌之曰折薪如之何匪斧不克事君如之何匪媒不得是知焚舟之役非孟明之力乃子桑之力也

九一作皆文粹

虛舟賦（以浩然任觸君子之心爲韻）　樊陽源

玄理可得真宗可尋惟虛舟之不繫同大道之無心每悠悠而去住恒泛泛而浮沉寂𡨋爲徒必澄淡而方息在物無競信風濤而莫侵體合道樞來憑積水本流謙以處順寧遇坎而斯止類善行之無跡似至人之虛己或沿或泝非假功於檝師載沉載浮亦奚勞於舟子若乃景絶遊氛川息波文蕩漾無阻逍遥不群則鼓枻者未足與議擢櫂者不得而云故曰動以貞勝而靜爲喿君觀其浮廣川之洋洋混長潤(一作瀾)之浩浩不拘同放曠之懷無着體希夷之道殊青翰之見重等玄珠之爲寶惟斯道全誰曰不然任東西之漂蕩隨風水之推遷中含虛而自若外守正以無偏逢流則行靡驚黿鼉之穴安波自往空思李郭之仙

動息靡常去留不禁以麤而受殊乎小器易盈何濟不通非曰不勝其任處靜安卑乘流任特浩然獨逝邈矣誰追想好風於曲岸避巨浪於中坻且没跡於寂寥檝鼓(一作棹)何從喧矣是無爭於觸擊綿縭焉得維之是則虛其舟川得以寧虛其心人寡於欲既與道而合契亦無情於相觸苟思(疑)理之未忘諒無驚於寵辱

胡越同舟賦(以所思同濟寧患異心爲韻)　袁不約

胡越異方兮言語不通邂逅相遇兮扁舟之中詎形殊而類别偶泝浪而乘風邈矣兩鄉懷土之情則異飄然一葉濟川之計斯同始也各自天涯俱來波際指遥程於空濶紛遠思而容裔南冠龍服俄泛泛以相親孤棹片帆杳悠悠而未濟安危目擊休戚心期當波瀾之起處是肝膽之呈時水害若防不獨文身之俗風高儻便豈惟嘶馬之思去乃夷猶來何處所不遠南北宛爲儔侶投足而作隣遥集共軫風濤思鄉而何暇哀吟且廣悠阻迹也既狎心焉匪寧揺煙蕩水泛梗飄萍在浩渺之難測况沿洄之不停容與安流每欣欣而會意縱横駭浪咸惴惴以忘形蓋以風水多虞因依不間來非類聚雖懃泛洛之仙情匪貌親誠無敵國之患殊方何遠合志何深因託質於刳木遂忘言於斷金向若不同其利無得而尋長嗟綿邈莫嗣徽音則朔野慕射雕(與鵰同)之悍(一有然字)炎洲樂拾翠之心復安得同其憂患而計其浮沉哉於是察其事嘉其意諒極睽而

乃合非棄同而即異求懷共濟之誠信無往而不利

刳木爲舟賦(以濟川貲舟理國求賢爲韻)　羅劭權

昔王者以濟衆爲先念舟航之未具長川謂運斤之人必能造物選合抱之木遂使攻堅既而削彼鱗皴定兹繩墨短長大小任規模之巧心高下重輕稱波瀾之巨力原夫造其舟而利其用亦由求其理而安其國剖剛斯休舳艫已流小周穆黿鼉之駕契高宗舟檝之求德合國風暗動揚帆之勢人歌帝力爰成鼓栧之謳濟物不得無其舟行化不得無其相運智既由乎明主操舟亦因乎哲匠器無不具實均大造之功道無不通宛叶蒼生之望必也主意渺瀰用汝猶疑不顧斧斤之妙不求癰腫之資則思涉之

人恨無航而空嘆未濟之士欲行水而何期且刻之求劍者其意細微用之稱象若誠非大計曷若濟巨川而是念命良工而立制欲使蠻夷之類慕化而有路斯來商賈之徒通貨而乘流遠逝利涉之道彌彰拯溺之功潛契以此利物何物不利以此濟人何人不濟由是皇恩遠被鴻化旁流潛通四海之路皆因一葉之舟用之則行豈隨波而上下利有攸往當與道而浮沉今我后契道臨人端默求理思通大水濟川之具雖多樂得長材刳木之心未已則知從古之君為舟於水若爲航於河廣之内似芥葉於坳塘之裏方之於今未足喻其大而比其美

文苑英華卷第一百二十二

文苑英華卷第一百二十三　賦一百二十三

薪火

野燎賦并序　崔湜

先天二年十月僕客于郢山之胡氏胡氏之子體道之疑命與僕有忘年之厚焉常以暇日登高縱觀見火燎于野壯而偉之因謂僕曰吾讀文多矣未嘗見有賦於是者試

爲吾賦之僕時負譴綱物多興拔毫斐然豈近聲律其詞曰

郢國東走楚藩南極江關蒼茫千里一色在季月之窮會方短辰之驟匿霜皚皚而夜塗霰淅淅而朝逼百草同死萬木皆枯瞻彼灌莽鞠爲榛蕪葉煩拏而積蔓枝癰腫而盤株既攘鑿以擢阜亦槩膝而冐塗及乎農聚告畢澤虞縱燎遠靡不焚近無不燒灼地而山川卷色炎天而日月頽照固玉石以俱銷何芝蘭之不燋豈害物以利獲將順時而通教沃我公田之饒遂及我私之効盧城之曲客遊者聞之訊之其足觀也乃命我賓僕東吾征馬登于高崗一瞰平地是時牧童樵豎匍匐交馳提爝秉炬斯焉取斯

爾其雉棘崇蕴縮茅始吹殘（一作熾）芳未爇短炬猶爤或轟蠕蓊勃或宛延冶迤晶翳翳而莫振力緜緜而可羈不利進而求食（疑作退）每遠高而趨卑狀君子之攝勇同哲人之守雌及乎旭日照爛晴風蕭索憑熛鼓威倐忽而作光艷艷而傍爇氣曈曈而上薄鼝紫焰於半天迸紅星而四落驤爾奄烈雄然雷奔泉汨飈飈沙騰霧昏其始也杳然若六氣含象開混元其少進也赫焉若十日揚光登天門追而察之既似乎驚鑣失轂駭乎原遠而望也又似乎列羽攢旗馳塞垣於是走熾狂迸衝煙怒擊咆林吼叢欱谷歎壁或霍濩以燐亂（見靈光殿賦）作轟嗃而搞拍飆如萬壑之岸崩拉若千巖之石圻經雪窟而歊靄突水凌而沸液捿禽

失竄以驚嗥伏獸迷奔而墮蹶應接不既吁其可畏能使烈士賈勇懦夫增氣開耳目之涸濁蕩胷襟之滯欱登農山之嶺既瑣瑣焉觀廣陵之濤亦復何謂及乎炎盛亢極途窮勢摧赫赫掃地烕戍煙煨何倏興而忽歇何有往而不來無介推之生氣見韓安之死灰僕乃愀然歎息而謂胡公曰夫物忌太甚火亦如之得兹在兹失兹在兹徒觀其進德并命策名逢時三堦式踐六柄礽持方望會於朝論亦諜明乎帝思居則擊鍾陳鼎出則長戟幡旗咄嗟而嚴霜夏落顧盼而腐草冬滋道路多望塵而拜朝廷以轉目相期及乎過進受傷滿盈致欸或身辱名替或氣墮心折或朝失卿相之權或暮爲匹夫之列客稍引而多去友雖求而已絕高門翳羅雀之叢曲池淪涸魚之轍伊焰焰而不禁固炎炎而就烕聊假興於斯文庶投鑒於來哲

燈賦

馮真素

日杲而朝隮月朧而宵出稟純陽而合彩體沈陰而盈質照未被於覆盤光豈周於暗室顧兹燈之爗炫保讌光於自薦推九華於洞房攢百枝於複殿嗟微瑣之陋質侍君子之高讌光透迤於舞袖影朦朧於歌扇絲竹夜響綺羅春絢玉階星列金釭花徧至若上客將歡中樽未闌吐氤氳於玉宇流醓溢（一作瀣）於金盤雜行月而浮桂乘流風而泛蘭瑟韻諠兮逾炳更籌深兮轉寒覺離筵之闃寂知別恨之良難別有蕩子遼水賤妾空閨掩錦屏而綿歎下羅

幔而長啼既嬋娟於朿夕亦委鬱於孤棲花伴粧而共落煙逐思而俱迷况復古人處否通道居幽門庭闃寂景物清秋憤書劍之無託意年華之不留抱枯簡以銳想對寒燈而足愁及其遇曉韜暉乘昏吐耀明以利物光非自照希助美於太陽豈聯暉於庭燎雖寓詞於感物終有類（一作累）於體要

取榆火賦（以方春改火用榆鑽燧爲韻）

王起

國家布和令稽舊章候葭灰之所應取榆火之有常鑽之彌堅礽若切磋之響動而愈出俄生熇燁之光火則循利人惟獨方豈徒宣明於四海固將貽範於百王時也遲遲日昇習習風至太簇中律句芒整轡擇木之宜順天之利

歷歷初種常散爽而如錢煌煌是求必鑽木而成燧曲直有倫尋尺爲珍啓炎上之氣當發生之辰佐暄妍於獻歲助煦嫗於陽春比皇明之燭幽既自邇而及遠叶時令而委照爰捨舊而謀新始青林兮見採終洪鑪兮有待鬱攸之氣方騰枯槁之容不改其執熱也殊金燧之感其攻堅也非水石之鑽佩之或雜於刀礪用之以代其槐檀運手而綠煙乍起屬目而朱燄可觀餘燼收之而有耀死灰燃之而孰難束蘊是繁抱燋（一作燋）衆夥何鎔鑄而不賴何燔炙而不可紅星忽迸不異乎種天之星朱火既非（疑）詎同夫敲石之火則知調其玉燭取彼白榆誠國之美利亦君之遠圖始韜光而無朕卒既燥而有孚所以微成於著有生於無豈徒嚴凝之鄉樹於北塞晼晚之景失於東隅宜乎大化不爽餘光必共莫不愛一人之大化爲百姓之日用

鑽燧改火賦（以順兹四時取彼衆木爲韻）　王起

乾坤設兮其儀有二寒暑運兮其序有四聖人則天而順氣故改火而鑽燧大矣其功傅哉其利智以濟物時以作事萬人由是資生六府以之咸遂爾其始也命工徒索林麓選槐檀之樹榆栁之木斬而取也期克順於陰陽鑽而改之序不愆於寒燠既類夫求美玉而琢山石又似乎採明珠而剖蚌腹爾其鑽也執勢若旋風聲如驟雨星彩晨出螢光夜聚赫戲鬱攸艶熾振怒青煙生而陽氣作丹焰發而炎精吐影旁射而曜威氣上騰而作苦冠五行以斯用審四時而是取司方守赤以備乎南北東西利物濟人用配乎金木水土則知火之爲德候而爲期火之爲用無以尚兹輝赫赫而不滅性烈烈而自馳其猛也物則望而畏矣其炎也人則寒而附之豈不以陽氣所稟厚生所資用於燧人之氏職於火正之司及乎日月其逝春秋相推取捨有常必假於人力新舊迭用無乖於天時惟火之用其則有順其初也鑽一木而挺英其大也燒萬物而爲燼豈止夫田單克燕孟明伐晉或焚舟而濟河或爇牛而破陣而已哉今我國家七德聿修九牧入貢若以之爍金爲兵可以備物致用若以之鑄金爲器可以安人和衆然則鑽燧之始既而如彼利（一作和）用之美又亦如此濟乎今古達乎遐邇倚歟火之不可闕也如此

庭燎賦（以早設王庭輝映群辟爲韻）　王起

王者崇北辰之位正南面之威赫朱燎以具舉列彤庭而有輝助彼皇明可燭於夜色（一作艾）叶兹睿哲引曜於宵衣信乎令典有作舊章不遠當其冠劍鏗鏘環珮昭晰莪莪爭赴肅肅就列聽王漏而未央仰紫宸而袀（疑）爇珠旒將出方熠熠以星懸綵仗徐來以（疑作已）煌煌而電設九儀稍布六樂爰分代晨光之昭曜雜佳氣之絪緼騰輝於鴛鷺之行若離若合委照於熊羆之族或分（一作攴）或群昭昭彰彰紫氣紅光聲明煒燁百物熒煌覩炎上之有赫知臨下

之無荒遠而瞻之謂焚豕之煙昭偂於晉帝迫而察之似流屋之火呈瑞於周王金釭莫齊銀燭非競長風乍拂高焰彌盛華袞燦爛以相鮮葳蕤攫拏而交映其容烈烈其明杲杲附寒者覺其春深假寐者疑其曙早則知統四海朝百辟勵夙興勤夕惕佐盛儀而有待惜流光而無斁昭其明也叶天鑒之清穆望而畏之（左傳火烈人望而畏之一作望之儼然）契天威之咫尺彼爟火秦舉神光漢覿何足示來儀之容呈入覲之績則知我皇立人之程爲國之經旂渒渒而咸造鸞鏘鏘而可聆萬宇乂多士寧豈徒美君子之至在宣王之庭

第二（以天霰之廣文德以來爲韻）　楊濤

王者親政以夙遲明於未明之前佇來朝於昧爽爰設燎以光宣爛然見舉赫以相鮮燧人載馳俾流光而燭地群后咸造將辯物以朝天時也四照方（一作千）陽千官是候星尚泛於銀漢夜未窮於玉漏烘廣庭之際葩以朱陽曜紫微之傍皎如白晝伊有爛之通照契無私之光覆於是逮其時灼其姿影搖冊檻光動彤墀凌霜氣而炎威轉熾拂輕飈而委燼潛遺設必有因蓋欲司其明也幽無不察豈假望而畏之事光乎國典詠美乎周詩如是則稱蘭膏者自疵影於是夜言金釭者敢呈暉於此時豈設王庭其照能廣旣烈烈之傍達不勤勤於睿想尚早斯至激環佩以鏘洋居高匪邇（疑）燭宫闈而曠朗功殊甸燎事美蘭薰焚

五夜而幽明巳辯輝九重而鴛鷺斯分小投炬以流景嗤衛壁之呈文息其焰而恒讓朝日浮其煙而乍雜瑞雲有以啓天顏輝至德粦亂炳煥熒煌翕赩連珠户而散彩暎冊柱而混色懿夫勳烈有融用捨合理當其晦可燔爇以生讓其明可撲滅而止原燎縱而爰（疑作炎）尺爟火通而何以未若兹燎之舉天庭之隈可使九門洞啓諸侯畢來

獸炭賦（以朱火清耀异爲韻）　蔣防

彼好奇者巧與之俱搩煨燼兮是謀是度象猛獸兮爲虎爲貙將以輝爍殊觀焜燿洪爐腹翕赩以凝電口㘅呀而奪朱曳尾垂頭似無心而暴物噓煙吐焰若有蓄而焚軀寓形兮必果徒摶兮莫可鋸牙鈎爪乍騰倚於寒灰隅目高睢載光芒於烈火所以援盧室娛密坐稽其狀也成鷙獸之雄雄求其類焉笑形盜之瑣瑣其靜兮無營其動兮匪驚稍頓足以狼顧時迸列以豺聲煜爚交光孰辯犬羊之鞹頵頵欲步似懷林野之情因炎上以委質殊檻中而狗生輝兮赫兮美其容之有焯不貪不暴嘉其身之中清無野心以見誚非內熱以自煦恒虓虓而出勇復煌煌而引耀威而不猛謂馴擾於中堂攫而莫前疑跳踉於餘燎襲狐貉者對之而不驚被絺綌者向之而伏膺佐南薰之煦嫗却北陸之嚴凝金釭近之而斂彩玉壺隣之而散氷髣髴枕籍爌晃依憑類火鼠兮炎丘是託比燭龍兮崑閬斯昇此制也不唯資於翫好抑亦彰夫伎能

清明日恩賜百官新火賦以題爲韻除清字　謝觀

國有禁火應當清明萬室而寒灰寂滅三辰而纖靄不生木鐸罷循乃灼燎於榆柳桐花始發賜新火於公卿由是太史奉期司烜不失平明鑽燧獻入匍匐而當軒奏畢初焰猶短新煙未密我后乃降睿旨兹錫有秩中入俯僂以聳聽蠟炬分行而對出炎炎就列布皇明於此時赫赫遥臨遇恩光於是日觀夫電落天闕紅排内垣乍歷闒璨初辭渥恩振香爐以朱噴和曉日而燄灔出禁署而螢分九陌入人寰而星落千門于時宰執具瞻高卑畢賜降五侯以恩渥歷庶僚以簡易僾逐來命風隨逸騎入權門見執熱之象閱有司識燭幽之義咸就地以照臨示廣德之遐

被於是傳詔多士同歡令晨將以明而代暗乃去故而從新均於庭燎既彼元臣燿燿當門煙助松篁之茂熒熒藹目歔如桃李之春群臣乃屈膝辟易鞠躬踧踖捧煦育之恩惠受覆載之光澤各罄謝懇競輸忠赤拜手稽首感榮燿之無窮舞之蹈之荷鴻私之累百然後各爨禺鏤傳輝膳官爭焚爐灶競爇膏蘭銷冷酒之餘毒却羅衣之曉寒方知春秋故事未逾於我周禮救災徒稱變火曷若賜於百官萬方同荷

積薪賦以後來者居上爲韻　張敦實

積薪如之何伐自中野藏用如之何俟夫爨者當就燥而未及固不材而見捨我取彼竭在浸浸以增高顛之倒之信多多而益寡來因高岡之上徙殊曲突之下知附熱之足食貪疑兼微光而是假原乎瞻彼林薄爰發條枚綢繆既束負荷皆來始交積以發地俄重疊而如堆顧遇可期亦有含音之器操持倘用豈無束濕之材匪伐柯於林下疑設燎於庭隈入用雖慙於散木待燃未怯於死灰幸薰灼之可近唯掄擇之所裁必能揚大君之光資烹飪以調味豈徒發大守之化祈澍雨以攘灾觀其疊迹連牆攢形内向功成執熱化歸炎上催發生於庖人廢全模於梓匠曾不知縱横長短之術成結構高卑之狀犬牙交列未失本枝之形蠅翼巧成猶蓄運斤之望豈徒分疆幹弱枝之義留錯節盤根之餘輿掄材而晉用似曾巢而夏居幸爇火

未息與歡炭焚如無之實難鑽燧者於兹待乏雖欲勿用和羹者焉能捨諸古人徵一作懲用賢之乖喻積薪爲偶奚自我而爭先反忽焉而在後念採掇之所在顧高下而何有倘堅貞之可求庶有心而不朽

第二以帝取汲黯爲韻

僕少好讀書長而無替謝絶門客幽關長閉志尋經史見汲黯積薪之言即知君臣有道之契乃廢卷憤色竦袂臨砌豈吾道業謝於古人君德慙於往帝竟空鹽梅之用長虚舟檝之濟於是辭雲林裂荷辟赴以時貢擬先一作光秋計何歲華之不與幾山川之迢遞積薪暗入於心一作先期後來空望其他惠積薪何薪唯楚與桂其採之也翹車載

馳畢搜其林壑其得之也良材盡取靡遺其巨細風塵爾
勞阡陌相繼辭雲壤而百處指王城而四詣得大有之妙
象同萃亨之深智無怠其功有司是主雖不近於丹陛幸
得貯其華宇然蓄薪而雖多非有命而不取每至膳夫典
造金鼎初汲論食王而來窺將然桂而先挹勿貴先至在
其下兮必棄置於後時勿輕後來居其上兮必取用而先
及此自然之理胡物情之可習已矣哉蒼苔蕪兮白露湛
愁來曉夜紅顏減君若助化於聖明伏望留情於汲黯

第三（并序）　李德裕

此郡巖壑重複林麓繁盛（一作榛林鬱盛）樵採之子未嘗輟音往
往沿流而下詣余求售余因積薪于庭竊有所歎乃爲積

薪賦曰

邈巖居之幽遠有楚澤之放臣方絶學以自爨誠未暇於
披榛悲顏子之飯煤感萊蕪之生塵時束藴以請火訪遂
炭之善隣乃遇樵客維舟水濱余訊之曰採樵賤業常棲
隱淪詩既嘉於刈楚傳亦歎於析薪爾豈延瀨之客不取
金而且貧又豈叔敖之子似好廉而苦辛何乃負擔不已
其生實勤客顧余而歎曰貴則近禍富多不仁寄迹於此
以養吾真善大雅之知言信蒭蕘之（一作以）可詢既而交加
累積高下齊均矗若井幹疊似龍鱗避沉泉而無浸生曲
突而不陳（一作先曲突以斯陳）苟知防患之術終無焦爛之賓嗟長
孺之昧道常踰此而求伸雖後來之高處亦居上而先焚

使薪爲能言之物豈欲（一作容）入爨而揚芬未若生幽崖之
側糺芳桂之輪不近野田之燎免勞匠者之斤冐霰雪以
終歲齊天年於大椿

文苑英華卷第一百二十三

文苑英華卷第二百二十四　　賦一百二十四

畋漁

春蒐賦 以畋狩得時獻禽合禮爲韻　　常袞

上方究心政理惕慮遊畋順時而行仁育之恩克洽酌古取則春蒐之義攸先所以示軍容於有衆發號令於初年時惟仲春景則清晝列武卒於天仗選龍媒於御廄野有鳴鹿徹則食君之苹巷無居人我亦從王于狩其儀可覩其理可究春者蠢也象其動以宣威蒐者求焉薄於求而在宥固將明其校閱非取樂於馳騁想熊羆之士必在於求賢驅貔豹之師寧惟於逐獸夫其將陳於野先訓於國執鐃備卒伍戰陣之教執鐲盡進退疾徐之則六軍之節制可觀三畋之禮文斯得而原其初也敕司馬致高旗行火弊 出周禮 薙畬菑鑾良弓而發彼破修皆以此斃之擇可取而克成舊事捨將孕而用表深慈雖四海久清禮且崇於國典三冬尚隙役無奪於農時然後弊其獲否以行賞

勸皆賈藝以求功必極忠而上獻若然者豈徒倒逸材之獸落翰飛之禽大綏以彰其武力小殺以宜 疑 其道心事且載於周禮跡寧誡於虞箴夫如是子雲無以諷其羽獵相如未足言其上林於是天族 疑作旌 景從飇軑電雜皮冠且進虞人之守斯存絲仗前驅天子之圍不合有司乃中誓人之詞其表貉之禮獻禽以報其生植充豆以遵其孝悌君子謂是蒐焉足觀國家之大體

皇帝冬狩一箭射雙兎賦 以題上六字爲韻　　路季登

大矣哉我唐之盛兮七葉重光襲文明以爲德表武烈而稱皇於是行冬令稽舊章當清風之戒節建 疑作建 玄律 一作暉 之司方時因展狩禮備肅將信不差於王道豈取樂於禽荒者哉若乃整鈎陳嚴羽衛星旄燭野雲旗拂壇周長揚而爲阹屬甘泉以爲綴騁六龍而電發顧雙兎而飇逝性毚狡而不恭足輕迅而靡制爰從聖射乃觀神藝鑾鑣却轉引柘月而隨圓金鏃斜飛疊霜毫而俱斃既絕系而達臆 子虛賦洞胷達腋絕乎心繫注中心絕系也繫讀曰系 亦洞胷而裂背岐陽之美不獨稱於周王上林之雄未可論於漢帝觀夫歲聿暮時既冬揀吉日詠車攻或備鮮於乾豆或薦芬於祖宗唯合圍而縱獲諒閱武而觀農且箭協陽爻兎唯陰獸隶而不犯信爾類之可全疆以多猜信我網之不漏伊省括而一發紛應弦而雙仆所以章聖武於無窮表靈誅於薄狩至如馳騕褭跨深密追捷蹤騰勁質飄勇氣於蒼昊抗稜

威於白日激流電而指顧躡奔星而迅疾疊穿兮彼兎則雙捨接兮我矢惟一足使百蠻膽喪萬人股慄遐哉邈乎不可談悉彼更羸（出戰國策）之絕藝蒲且之妙術曾何足以擬議焉於是殺氣肅英風扇信合美於三驅寔挺奇於一箭然後迴彫輦御金殿或昇台階或歸冉膳乃知我皇之盛德聊萬古之罕所聞見者也

聖人苑中射落飛鴈賦（以題為韻次用）　陸贄

於穆我皇受天明命與乾坤而合德配唐虞而齊盛成功斯著射中九霄之禽文教已宣道應千年之聖想彼禽矣邕邕可珍配玉帛於前禮齊山木於至人棲必擇處翔無失倫候律南徂洞庭之芳草徊碧顧時北向上林之繁花已春苟應弦以啓聖同殺身以成仁爾乃雲收遠天水落上苑風蕭蕭而勁夕日杳杳而低晚於是聖人悅年豐修武功有直斯矢有弨其弓因肅殺之候遊苑囿之中彼鴈于飛斜當禁掖帶輕雲之微（一作徽）素暎遥天之晴碧雖逢蒙之絕藝莫敢措心固離婁之明眸其纔能覩我弓斯張我矢斯射筭分數之遠近則捨拔而應鏑質毛紛其已墜弦聲振猶未釋聞之者足蹈手舞覩之者目駭心愓彼貫心稱妙穿葉無作一則三年而後發一則百步以為約豈如料必中於飛動騁絕伎於寥廓鷹以遠而矢發矢既中而鴈落异哉莫高者天戾天者飛彼搏空之逸翰尚無所遠矧荒服之逆命曷不咸歸則知皇聖有作夷夏無間鄙楚莊之戲侯笑晉平之失鷃固將威九垓而清八荒豈直落翔雲之一鴈

三驅賦（以蒐畋以時去三面為韻）　裴度

古之畋獵自天子逹諸侯秋則獮春則蒐非有情於殺戮固無取於盤遊蓋以除時稼之所害示軍容之克修故王者有三驅之禮也職此之由夫生殺之柄主之於天生誠有之殺亦宜然是乃張我武出于畋植靈旗以凖的應晉鼓以周旋兵作於後獸馳於前背主而去者以其逆而必殺委質而來者以其順而必全是知從禽之中有古義焉何乎哉三驅之義我則有以且以驅為名至三而止驅者以無合圍之道三者以有知足之理蓋以明上帝之心見聖人之旨初其擇吉日戒師期既逐獸以禮亦使人以時不如追軍詎設左右之翼有異捕鹿寧分掎角之師夫堯舜而來殷周以往皆順時而行令非害物以示養無遺者不殺知有異於焚林犯德者取之固無間於漏網故知樹德務滋除惡務去所以欲萬國之畏威使四方之即敘柔者來服則必解其罻羅倢而背走則必烹於冎俎若然者必沮其疆泒而銷其族拒也逮乎大漢遊盤是恣馳騁（一作駛）是躭崇苑囿而大開里寧止百取庖廚之饜飫畋豈惟三不然者何以子雲有長楊之諷相如有亡是之談我國家修古典斥遊宴狩不奪於三時網唯留於一面大田多稼聊會獵以長苗四海無虞徒思蒐而教戰美夫哉三驅之

禮因茲而又見

畋獲非熊賦（以有開必先是膺明盛爲韻）　頻喻

畋者所以講武賢者所以輔弼能順時以弘閱逢命世之間出得賢於蒐狩之埸效獲乎霸王之術且以展時巡之明義昭至化之陰騭將入林之有期寧即鹿而無必哉是以賦車攻練吉日駕駟牡之既閑儼七騶以齊蹕於是列卒㴽路張罟竟天傾藪刮野搜林蕩川小殷湯之教祝同周文之獵賢治國之規必聞獻可從禽之樂寧假獻豜如斯則沃心之期乎說啓乃入夢之知夫兆先觀夫獵車未貫大綏將弭得賢之繇既符非熊之姿宛是馬足不極皮軒遄廻解雲羅之周布廣天伕以全開用割鮮之能我則

會事於屠釣誇染輪之味我則將和於鹽梅且夫傅採爲聖旁求斯盛寧知校獵之遊更展弓旌之命白駒皎皎無煩空谷之縶束帛戔戔不待中園之聘薄狩有隟畋遊有恒（一作懲）陳虞箴以炯戒得呂望以光膺馳騖乎道德之囿故逸飛之遺走將賢能之是擇在麋鹿而何有十旬失位悲夫洛汭之歌三品克庖詎比渭濱之叟此威容兮我武既成彼非熊兮惟時之英來儀則邁種靡怨佐理則日月宣明盛哉三驅之致用也永代垂聲

開三面網賦（以仁聖之道開三面爲韻）

湯既有殷聖德日新敬畋遊必因於無事取禽獸不爲乎實身於是設無私之網當去殺之辰加一日而雖期於用開三面而蓋取諸仁乃言曰遂爾之性啓予有聖悲羅者之所重傷詔虞人悉除其令恢恢雖設不爲四校之防蕩蕩無疑必遂三驅之命是用施諸大麓祝以嘉辭舉數隅而罔煩曲取當直道而豈假周維故得獸安往顧鳥釋危疑弗慮弗圖自樂已生者足矣若亡若存不用吾命者縶之當夫蒐狩有常稼苗是實將遂乎驅逐豈煩乎窮討所以釋從禽之利以絶一源解竟野之罟欲窮諸道遂得行無所阻物不懐猜念群生而東西必遂嘉衆路而遠近咸開弱羽飛空未見觸絲之患微（一作徵）行走地曾無縶足之哀故曰聖道克美深仁及此雖有畋獵而無荒雖有罝罟而必弛所以冠百王而不怍歷萬祀而無慙正其德而惟

守一用其網而必去三芳隨事（一作業）遠化與恩覃則里華斷罟之心庶修遺美西乙放麑之感足繼清談今天子意在蒐田志清郊甸庖羲之網屢設成湯之心未變已焉哉誰能述三代之所興庶可垂永於南面

弋不射宿賦（以君子仁及飛鳥爲韻）　王起

禽之生兮擇其翔集弋鳥（疑作爲）繁兮修其決拾飛則騁伎或雕俎是求宿必表仁亦良弓用戢無欺其處闇必濟其不及豈憚殺而爲心將好生而是急當其白日既曛皎月纔分斂翮爭萃來巢有群同在籠之無見雖驚弦而不聞豈不知剪其羽飾旌旗之靡靡裂其肉成炮炙之紛紛（詩補炙芬芬）蓋以忘機爲心方同海上之子俯窺見害奚恃太平

之君四鏃既藏六鈞遂弨（廣韻少切）等物則咸若德用不擾三驅之禮未弘五豝之仁爲小蒲且希伎自貫于青雲哲簇設官爰射乎妖鳥豈以窺城上之烏棲殞月中之鵲繞至道在茲懷仁有歸恩同於鮮網戒比於合圍且以順行而搜（一作蒐）寧恨於風毛雨血當夕而殞奚思於不鳴不飛諒身剪而知懼實羽族之有依我思古人聿求夫子蓄矍相之藝不發於非時當山梁之求必資乎順理從禽之禮斯得夜獵之夫多耻物既全諸真藝亦藏諸身則知率是道也在博施於仁

呂望釣玉璜賦（以道濟天下神符告休爲韻）

昔太公之未遇也隱於渭之濱釣於渭之津坐磻石而不易其操垂直鉤而不撓其神波萬重而我心惟一歲三周而吾道方申既而寒潭曉霽莫不遺乎巨細兀忘形而有待引經綸而不替期陰騭以旁行忽宜符而下濟於是掞深泉激紅（絖）漣振錦鱗而雲霞煥若獲玉璜而篆籀昭然皎皎霜淨亭亭月懸表蒼兕之期功隣造化騰白虹之氣理契先天所以耀川靈所以誇漁者徘徊自適憤惋俱寫臨清流而素彩熒煌昭白日而祥光上下公乃起川隅懷寶符顯昴志氣振奮泥塗捧抵鵲之容彌彰潔白入非能之兆寧掩瑕瑜衆皆釣其名我則釣其道衆皆釣其魚我則釣其實故知神全者不辭於貧賤志大者不歎於枯槁皤皤兮白髮湜湜兮清流其來也釣於周所謂運（一作抗）良謀擁神休豈芳餌而能獲匪言而魚而足求異和氏之功疵瑕受戮賤詹何之術溪澗空投然則道感其誠德亦有報天以我爲忠告客有悅其性者莫不望茲川而高蹈

任公子釣魚賦（并序）

昔任公子釣魚經年不獲及其獲也衆人饜之公孫弘十上不遇及其遇也帝王任之固知餌大則魚大功高則祿厚魚也人也何酷似乎感其義以作賦曰

千載崇崇我聞任公獨坐會稽之上垂釣東海之中海之廣兮混然飛流魚之大兮邈矣難儔所謂之魚三千餘里何以爲餌五十其牛其釣兮星霜已周日居月諸兮吞此大釣吞釣之時其勢迴牙覺巨（一作長）組之緊急驚白波以鼓怒攪大海歛高濤業三山僤群鰲及夫道盡途殫繩窮勢蹙突兀出水蹉跎望陸一岸山橫半天雲矗巨鱗既已傾海水亦以清吞舟之害平若乃飛鑾（疑）刀以撞突泉爲膏兮岳爲骨剥鱗上之重錦抉眼中之明月由河之北達於東溟萬民饜飫三年羶腥向時兮刻意臨川勞神有年舟人不顧漁子悠然坐石滑兮積苔蘚蒼葭變兮老雲煙今日兮投竿瞬息以肉爲食豫且氣懾詹何失色契我心者臧丈人適我願者龍伯國釣道既爾人亦如此孫弘未遇買臣家貧海上牧豕江邊負薪常以雲霄自致燕雀時人受侮不少守志彌直終逢挺拔俱爲漢臣典郡則還鄉衣錦作相而開閤迎賓則知餌大者魚大道肥者祿肥獲

大則喜雖晚何悲魚之與人殊途而同歸

獨繭綸賦 以心專慮寧方盡釣道爲韻　李君房

維絲伊繙體道之要繭之緒可以爲垂釣之綸綸之微可以精用釣之妙綿聯輕竿之上荏弱深泉之徹裊長風而若絕度晴空而引耀剖粒爲餌寧取乎五十之牛懸縷爲綸奚期夫三百之鈞觀夫其釣不釣玄之又玄在河之涘期道爲筌且夫綸細如忽魚潛在泉振而不絕則其動也直深心一作而能致是其靜也專隨驚波而乍緊逐滑流而曳引時髣髴而如見忽漂搖而將盡其細雖繭其用彌深三尋豈勞於人手百丈自發於泉心神之凝不覺魚之得綸之細亦隨釣而沉美茲綸之裏裏浮長川之浩浩疑空

外之遊絲冒波中之弱藻斯綸也與園客之功斯釣也得詹何之道釣術既臧唯道能方其竿不撓其餌非芳中之者功多於金鑠引之者道叶於王璜信可以投於濮水信可以泛彼滄浪必釣乎深先定乎慮得象以契於忘筌得魚斯謂之冥助魚既得兮心亦冥收纖縷兮旋廻汀將大釣於方國冀滄流之大寧

釣盈舟魚賦 以心無所望故能取之爲韻　周鍼

詹何以跡繫扁舟心遊水府樂垂釣以放志存大川而爲主是故傍遥汀依極浦下纖釣疑而任運念紅鱗而必取原夫綸抽獨繭鉤屈芒針緻香餌半粒裊荊條列子荊蓧爲竿數尋泛萬頃之淵投百丈之深不爭之以手而爭之以心蓋以釣於魚也無情魚於釣也奚懼期不中而有中信難遇而終遇自得釣深之旨誰明引重之故觀其躍濤戲瀨掉尾揚鰭視吾釣爲非釣觸吾絲爲非絲果審之以無物遂吞之而不疑所以入其口挂其頤據洪津而曾不暫驚靜宜尅也恐巨力而難乎連制動必隨之欲舉未舉相去幾所牽之默計於輕重縱之潛知其出處且以弱制強者道之弘以剛鬭柔者死之徵不然則焉得綸甚微而不斷魚至大而不勝勢窮則黿龍莫之衞護氣作乃波瀾爲之沸騰我體正而方逸爾力盡而何能此達守柔彼休用壯沉釣纔出於水面鱗質已充於舟上圖大且異於任公識時固同於呂望設使專情待物切有於無則手也從操於釣餌

魚也終樂於江湖吾常不躁不撓不馳不趨垂竿於仁義之域鼓檝於道德之衢然後憐一作歌王兎惜金烏當盡釣於人間之盛事豈獨盈舟而已乎

文苑英華卷第一百二十四

文苑英華卷第一百二十五　　賦一百二十五

道釋

王書賦以泥丸百節皆有神爲韻　　呂鍔

上清中元聖立教存書示人以王爲至精之寶諭道於靈名之直使其復歸於本近取諸身保長生於氣母通不死於谷神妙哉靈訣盡皇之說清紫府之内瑕瑜不藏洗丹

田之中瓊瑤比潔蓬萊有壽配金石姑射有顏如氷雪許其與天地相愍而莫知寒暑易節時所未諭茲焉在列我是以紀庭廬之位論藏府之官得之於此甚易求之於彼則難噓吸可以自審性命于焉内觀專氣致柔則順途而同轍適性任欲將背馳而走九五氣理於先後三關啓其户牖精粹自成於渣滓寵辱不驚於紛紜同美王之韞匱我其善守以隨珠而彈雀爾於何有以取諸其懷致於道孔皆目可通於兩耀神相應於百骸乃知化自仙册形爲真宅傳此希言服之無斁神明不見指象帝於虛無玄覽可尋捧斯文而探頤代所貴人受益不然何道德竝經於五千靈仙自古而累百雖羽化之獨躋於國理而無睽用以修真則致虛抱一務於砥行乃立節思齊故鍊質者慕凌厲飛騰於碧落致身者以詩書禮樂爲丹梯俾克躬以服道乃潔己而如珪懸解上智之性指南下愚之迷客有仰黄庭之秘録空自嘆於塵泥

列子御風賦以至人御風契心玄寞爲韻　　紇干俞

列子占風之自履道而至澹髣若以輕體每冷然而意遂感時之候臨大塊以栖真與化爲徒諒成形之分類美夫應彼飄舉隨乎屈伸如假羽翼迥離埃塵必俟乎轉緑蕙搖青蘋穆以絶俗清乎便人摩九霄以騁望遵一氣而遊神是知本於無營且曰何思何慮超然獨往疇爲我御憺徐疾之匪差杳徜徉之有助誠之所待因嘯武以孤騫爲

用不疲偶化鵬而竝翥歛若扃物資乎在躬此焉靜鶩于以玄同宜其經嘆埊遭鴻濛宅書多作蒙莊子作濛肅以潛暢高而不窮期則罔儻虛皇載美於解慍德之爲貴軒后必聞乎順風其或倒影蔚蔽振衣容裔莫遑乎遠孰睹其際方出谷於來冗縹形騰以神契善行無跡頫綴策以何施乗化而游信道途之不繫伊在御之有則曷躡虛而可尋明上士以離代啓至言以修一作條心斯氣也激濁常全接虛固然初習習以遐邁卒諄諄以思玄候不奸兮節之八音而咸應福能致矣旬有五日而方旋想乎上下無間乗凌有託旣冲天而輕舉亦觀徼而惟寞鄙蕭史蘭臺之鳳軼王子緱山之鶴道之云遠將自保於逍遥時不再來因以翱

於寥廓

太清宮觀紫極舞賦以大樂與天地同和爲韻　張復元

樂者所以諧萬國舞者所以節八風故玄宗致紫極之舞朝太清之宮俾觀舞以知德德以容備省風以作樂樂以文同吾君纘道紀修祖功將有事以朝獻必斯舞之是崇方其一人在庭群后列位奉常執禮以恭命太樂陳儀而藏事望聖主以龍升見舞童而麏至舞之作矣應其度而展其容樂乃徧焉動於天而蟠於地其始也頫步齊進蹌蹌有序旣乍抑而復揚遂將墜而還舉始躡跡以眝眱每動容於取與陳器用之煌煌曳衣裳之楚楚觀乎俯仰廻旋乍離乍聯輕風颯然杳兮俯虹霓而觀列仙飄飄遷延

或却或前清宮肅然儼兮若披雲霧而覩青天惟紫也取紫宮之清唯極也明太極之先用之則邦國之光備施之則中和之氣宣徐而匪濁比上帝鈞天之樂靜而不過小圜丘雲門之和亦何必持彼羽旄方聞乎得禮執其干戚然後爲止戈彼延陵空歎于象箾宋王徒美其陽阿詎能合天地之大德調陰陽之大訛者乎洪惟我后遵祖爲大道遵一作其樂使萬物無不宣飾其容使兆人無不賴客有觀而作頌願播之於九域之外

第二韻同前　李絳

開元中賜海內以正朔示天下以禮樂舞紫極於宮庭饗玄元於雲幄乃樹以旌旃設以宮懸由中出以表靜用上薦於告虔盛德之容昭之於行綴至和之節奏之以周旋激乎流音之下存乎大樂之先八佾以敷肅然舞於清廟九奏之作杳若享乎鈞天如是則文始不得盛於漢日大章未可比於堯年振萬古而獨出豈百王之相沿泊乎秉翟而欽候樂以舉協黃鍾歌大呂乍陽開於簫管忽陰閉於柷敔淹速以度正直是與若中正而離立復徐動而進旅和之感物應鳥獸以蹌蹌禮以成文垂衣裳之楚楚由是俾有司夙夜在躬候吉日鼓鍾于宮方將萬舞爰節八風于以易其俗于以告厥功因乎所自制在其中申敬也其恭翼翼宣滯也其樂融融齊無聲於合莫感有情而統同則其業之所肄習之則利作茲新樂著爲故事享當其

時舞于此地退而成列周廟之干戚以陳折而復施魯宮之羽籥斯備美乎冠之象以峩峩舞其容以傞傞合九變之節動四氣之和散玄風以條暢洽皇化之弘多是時也天地泰人神會舞有容歌無外故曰作樂以象德有功而可大

求玄珠賦以玄非智求珠以真得爲韻　白居易

至乎哉玄珠之爲物也淵淵綿綿不知其然存乎視聽之表生乎天地之先亘古不改一作其中有象與道相全求之者剗其心俾損之又損得之者反其性乃玄之又玄玄無音聽之則希珠無體摶之甚微一作搏之則微故以音而求者妄以體而得者非倏爾去焉將窅冥而齊往忽乎來矣與罔象而

同歸是以聖人之求玄珠也捐（一作損）明聖薄仁義索之唯艱失之孔易將在乎（三字一作莫不）以心忘心以智去智其難得也剸乎剖巨蚌之胎其難求也甚乎伺（一作待）驪龍之睡妙乎哉（一作夫）不皎不昧至明至幽將（一作欲）致之於馴致豈求之於躁求性滑（一作失）則遺若合浦之徙去心虛潛至同夜室（一作光）之暗（一作闇）投然則（一作斯乃）動爲道樞靜爲心符至明（一作光）不耀至真不渝察之無形謂（一有其字）有而非有應之有信謂（一有此六字）無而非無是以（二字一作故）立喻將爲（二字一作此夫）至寶軀名謂之玄珠名不徒爾喻必有以以不凝滯爲圓以不炫耀（二字一作無假斑）爲美蓋外明者不如內明之義（一作理）純白者不若虛白之旨藏於身不藏於川在乎心不在乎水夫

唯（一作然則）外其心順其神韜其光寶（一作保）其真雖無脛而求之必臻若乃勞其智役其神肆其忘徇其惑雖沒齒而求之弗得則知真宗奧秘妙本冥默珠者無形之形玄者無色之色亦何必遊赤水之上造崑丘之側苟悟漆園之言可臻玄珠之極

一作皆集本比本書反有脫句

第二（以道德非智求珠以真爲韻）　趙宇

玄者道之真宗珠者物之至寶南華醜去聖之昏惑因立言以探討將依物以見真故假名以喻道豈不以精理冥默妙體希微任玄覽而自契運無涯而返遠共趣於真所觀皆指徇齊驅於苟何適不非是以遺之者異跡得之者同歸若乃軒轅之理蓋以心中正天下肥猶復樂特室靜端闇思營之而英華不泯懸之而日月齊輝於是捐聰塞明離形去智兀然而心無所適溟（一作滇）然而體無所寄在宥而同乎太和守靜而成乎簡易不自矜伐而人受其賜斯則不遠黃屋之間而得玄珠之義豈同夫無脛而走有類（一作數）可收百金擬價徑寸無儔焉假物而則是在身心而自倏搏之不得何謑詬（二字以註第一百卷穿楊葉賦）之能致視之不見豈離婁而足求且夫珠以精真比道道以圓澈比珠豈瓦礫之能雜（一作離反聲）固聖賢而不殊是以似之者將千里之遠照懷之者如三光而莫逾況國家騰凌羲軒鬱映文史重光累聖抱一而理自玄元而得之傳我皇而未已傳

之謂何無爲是紀得之曷若徵賢選士契漆園之寓言悟玄珠而有以况人能弘道道豈遠人體之則是任之則淳獨遊於崑崙之側臨乎赤水之濱而在於彼獨（疑）其真夫珠之爲義豈只喻道亦以比德將求價而不妝同君子之否塞況其勞於輪墨握而爲則懷恩欲報照乘斯德料明哲之深知冀役之而不忒

惚恍中有象賦（以形象無實全在精至爲韻）　謝觀

惚不可視無臭無聲恍不可聽希夷杳冥於不可爲之內有不可狀之形則可徇其惚恍於無是無非之間見有若存若亡之象似菖蒲之秀聞之而不見其形同合浦之珍知有而難期入掌且夫視之不見將謂虛聽之不聞將謂

無則虛無之內有罔象之珠及夫視之可見以爲真聽之得聞以爲實則真實之外有彊名之質故執無而求者理則謬焉執有而求者理亦不然寄精於從無之地韜光於入有之權其象也虛其體也玄謂儌兮尚默謂窈兮復全其方不中於矩而規不中於圓自索隱於心契可忘形於意筌靜以神觀黃帝得之於三月反於目聽列子竊之於九年然後含兮如容浩兮如海一作體混沌而不殆成胚渾而不宰先天地之始巳塊然而生後天地之終尚澹然而在何者爲在何者爲生生萬物兮吾象不顯成萬物兮吾象不呈謂之有兮無朕謂之無兮有精故道我者非常道名我者非常名及夫清有形而爲天濁有形而爲地列而

爲九疇八卦播而爲五形六位此皆非其象此乃象之器自可外廢其境內存其至一諭老氏之言曷無爲之不致

鑿混沌賦 以清濁氣分物來傷巳爲韻　薛逢

有物混成先天地生言乎地兮不濁謂乎天兮不清物我俱亡莫究希夷之際玄黃未判因標混沌之名有南海之帝曰儵北海之帝曰忽胥遇於玆一言相發伊人以視聽食息滋養觀爾則耳目口鼻俱闕將欲擿爾聽以寘音聲扶爾明以分日月疏爾準而通氣翕爾咏而容齕厥議既臧厥臂用攘揕穎脊脰真隨手傷一之二之日視之茫茫三之四之日聽之鏘鏘六日而窮鼻齈一作納息七日而巨口寘張於祇僞玆始回邪作矣中明役神外物攻巳一彼一此無終無巳痛乎道德喪而仁義生亦由形兆分混沌死瞽欲悲哀聲牽響來邈然寐覺劃爾形開日月星辰疆配陰陽之數輪轅攘桷爭標曲直之材徒觀夫執仁斤橫義斲剖圭角析清濁投伊礪乃之器入彼敦弓之樸勢騰凌聲攙濟靜者地而動者天融爲河而結爲嶽則知樸能成器器成樸分木能生火火盛木焚蓋所爲聰明著而勝負交戰智勇昭而是非糾分夫如是又安得二氣凝而不流萬有來而不拂吾欲寂唱和於聲響縵文章於黼黻然後棄爾見而阻疑爾聞復歸於無物

盂蘭盆賦　楊炯

粵大周如意元年秋七月聖神皇帝御洛城南門會十方

賢衆蓋天子之孝也渾元告秋羲和奏曉太陰望兮圓魄皎閶闔開兮涼風嫋四海澄兮百川晶陰陽肅兮天地窅埽離宮清重閣設皇邸張翠幕鸞飛鳳翔聮賜倏爍雲舒霞布翕赩忽一作智霍陳法供飾盂蘭壯神功之妙物何造化之多端青蓮吐而非夜一作夏頳果搖而不寒銅鐵銀錫一作銅錄鉛錫璆琳琅玕映以甘泉之玉樹冠以承露之金盤憲章皇一作三極儀形萬類上寥廓兮法天下安貞兮像地殫怪力窮神異少君王子掣曳兮若來玉女瑤姬翩躚兮必至鳴鷫鷞與鵷鸞舞鶤鷄與翡翠毒龍拏一作怒兮赫然狂象奔兮沉醉怖魍魎潛魑魅離婁明目不足見其精微匠石洗心不足徵其奧秘繽繽紛紛氛氛氳氳五色成

文若榮光休氣發彩於重雲奮奮粲粲煥煥爛爛三光啓旦（二字一作壯觀）若合璧連珠耿耀於長漢夫其遠也天台傑（一作嶫）起繞之以赤霞夫其近也削成孤峙覆之以蓮花晃兮瑤臺之帝室赩兮金闕之仙家其高也出諸天於大梵其廣也遍諸法於恒沙上可以薦元符於七廟下可以納群動於三車者也於是乎騰聲明列部伍前朱雀後玄武左蒼龍右白虎環衛匝羽林周雷鼓八面龍旂九斿星戈耀日霜戟含秋三公以位百寮乃入鳴珮鏘鏘高冠岌岌規矩中威容翕（一作習）無族談無錯立若乃山中禪定樹下經行菩薩之權現如來之化生莫不汪洋在列歡喜克庭天人儼而同會龍象寂而無聲聖神皇帝乃冠通天佩玉璽

冕旒垂目紸纊塞耳前後正臣左右直史身爲法度聲爲宮徵穆穆然南面而觀矣八枝初會四影高懸上妙之座取於燈王之國大悲之飯出於香積之天隨藍寶味含衛金錢麪爲山兮酪爲沼（一作洛）花作雨兮香作煙明因不測大福無邊鏗九韶撞六律歌千人舞八佾孤竹之管雲和之瑟麒麟在郊鳳凰蔽日天神下降地祇咸出於是乎上公列卿大夫學士再拜稽首而言曰聖人之德無以加於孝乎散元氣運洪鑪斷鼇足受龍圖定天寶建皇都至如立宗廟平圭臬繡栭文楣山楶藻梲昭穆敘樽罍設以覲嚴祖之耿光以揚先皇之大烈（或作明孝之盛烈集作大宗之盛烈）孝之始也考辰耀制明堂廣四修一上圓下方布時令合蒸嘗配天而祝文考配帝（集作地）而祝高皇孝之中也宜大乘昭群聖光祖考發靈慶發深心展誠敬形於四海加於百姓孝之終也夫孝始於顯親中於禮神終於法輪武盡美矣周命維新聖神皇帝於是乎唯寂唯靜無營無欲壽命如天德音如玉任賢相惇風俗遠佞人措刑獄省遊讌披圖籙損珠璣寶菽粟罷官之無事恤人之不足鼓天地之化淳作皇王之軌躅太陽夕乘輿歸下端闈入紫微

九一作皆藝文類聚初學記

興唐寺聖容瑞元賦（以天地澄霽高相輝燭爲韻）　李子卿

中國之至聖兮西方之大仙疑旒爲出代之日立極是分身之年不然者何以垂其拱而鏡清四海建其像而燭耀三天故知有相無相而雙合前聖後聖而兩全不儀形乎何以表三身之義不鎔範乎何以塞萬人之意乃命梟氏立法冬官藏事寫真於會王之庭鼓鑄於布金之地炎帝司火飛廉扇吹九天下觀百神（陳一作）旁伺聲激射氣憑凌殷爾而風雷怒叢然而雲霧蒸波旬下回祿昇爍實剎炘金繩忽星透而泉噴遂煙消而氣澄圓相鏡開謂太陽新吐真質山立乃胚渾初凝怡然花臺耀此金髻睟容若動慈眼如睇清淨而青蓮始春圓明而白月新霽光然照夜瑞有應於周王像乃見時夢豈慙於漢帝既營珠額仍輝王毫見之者宜知極樂之近仰之者誰識須彌之高心遂得於真正身豈有於塵勞乘流者於焉捨筏滯縛者於此

操刀夫其發靈光凝瑞相異色傍射晴暉遠暢陽烏自耀
於陽疑谷之中燭龍緘焰於鍾山之上自有頂而咸覩歷
恒山而遠望赤光照室而多甦紫氣度關而應讓於是百
辟奔走萬姓知歸拂塵而香雲自遍着人而花雨如飛莫
不請施瓔珞願解寶衣期誓心於相好聿求福於光輝由
是我皇之作也與聖同軌與道合躅降其象使天下有所
覩播其光使天下有所燭不言而人化不欲而人足泛兮
墊溺之濟巨川煥乎重昏之照初旭至矣哉法王之教將
萬代而嗣續

文苑英華卷第一百二十五

文苑英華卷第一百二十六　賦一百二十六

紀行

玄覽賦一首　東征賦一首

玄覽

梁孝元帝

歲次旃蒙月建司空變凌陰之呂扇廣莫之風蕭子褰帷
九水作牧三宮乃盱衡而言曰惟天惟大惟堯則之惟地
惟厚惟王國之粵我皇之握鏡實乃神而乃聖陳六聯於
八則弘九職於三令運璇樞而御宇執玉衡而齊政大矣
廣矣無德而稱俯觀闘於軒羲諒斗筲於子姒包河圖與
洛書括龍官乎鳳紀超大德於百王高鴻名於萬祀惟天
縱於副后踰啓誦而惟首既倫儒於肅成復斷獄於長壽

豈止丕莊屈滕將令班鄭捧籌譬衢樽而待酌若懸鍾之
須扣前踰繫象之外聲高洙泗之右伊俯巳之顓愚謬聯
萼於天衢笠東門而畫野創南國而分壖詔伯宗以為僨
誥內史而策書用分茲於茅社從侯服而俾予類金獸以
封建非桐珪以錫處爾其湘水之東即我龜蒙魏其露而
分邑吳太平而定中鎮麟山之崔嵬傍龍跡其一作而穹窿
金城高而相屬石燕起而依風豈連鑣於分陝羨追蹤於
二公彼琅臺之作守有彭泗之嘉名殊竝海之分地異魚
石之所城經沈子之高墉蓋水運之堤封謝禮樂之千檐
閱武騎之棚衝軾錦車而前鶩驅魚軒而繼蹤無復鸞歌
鳳舞唯對綠柳青松留吳宮之宿鷲響平陵之夜鍾樂府詩遠

（驪平陵鍾）飛余鑾而西征戍太真之舊營鳴節鼓之金鐲屯戎
車於石城戮滔天之封豕斬橫海之長鯨每輟書而歎息
景樹德之風聲從王役於鏡中浮文鷁而載鴻經謝亭而
帳飲想彥伯之高（或作仁）風度五城而騁望見三冀之無窮
故以飛雲蒼準白鱧青桐金吾舍利鳴鶴紫宮眺方嶽乎
雲間望赤坂之珠殷想真長之送別懷思曠之還山此檜
檝而方遠彼松舟而未閑倦旅泊於新丘同渭水之不流
或千人而竝唱乍萬人而相鉤毀橋由於瑗度鑿空資於
仲謀睇三茅之靈秘懷九轉之仙記紫臺石室之文青首
銀函之字獨有披霧之心彌軫凌雲之志捫殷碑之愴望
挹延州之高讓井脣沸而蜇蟺勢崎嶇而低昂見傳巴之

度曲開（疑作闓）安歌之浩唱想觀樂乎朝陽憶紆衣乎夕張
廻途（疑作余）舲之美風聳余棹乎雲陽彼桑梓之必敬況松
（疑作余）榆之舊鄉將遊目於五湖乃浩覽（或作夕浩覽非）於姑蘇臨
閶門之跨水聳重闕而開都睇太伯之卜祀爰避國於勾
吳去西滸之樂政尊東夷之楷模時渡谷水之陽尚想嘉
禾之方壯慶亭於吳后雄檇李於越王觀泉亭之涌波崖
巍巍而峩峩張素蓋而縈州嶼馳白馬而越江淹鼓洪濤
於萬里魯木動於織羅及戾止乎東歐（疑作甌）登王笥與銅
牛山東武而逕集鴈南海而飛浮巖亭亭其似蓋氣茗茗
其若樓登舜橋而延首瞰禹井而淹留御史之狀猶在督
護之門不脩雖隘同於借寇愧人瘼之何求皇覽揆余之

忠誠詔入謁於承明既攝州於淮海且作尹乎中京慕張
生之謫伏挹邊延之勵精珥金貂而待問鳴玉佩而趨庭
兼三河及三輔惣九緯乎九經揚王庭之俊選聞褒然於
前則時濫假於中台掌邦教之觀國乍南宮而薦士且右
鄉而表德判辟雍之樂語辯金馬之儒墨驅安居以騁望
壯天居之麗極詳夫皇王爰處本無定所堯都平陽舜在
冀方玄王居毫成周卜洛故知黃旗紫蓋域中爲天地之
所合風雨之所會蔭美氣之葱葱浮鄉雲之靄靄聳梁山
而成闕縈長淮而似帶昔者井泉韡章平樂未央凌霄飛
雨麒麟鳳凰九華仁壽百福明光玉階紫闥雕柱錦墻木
蘭爲棟文杏爲梁溫臺冬燠秋窻夏凉甲乙之帳庚辛之

方未有祇園之右齊之仁壽用擬舟航長爲稱首日殿月
宮金池珠叢七重迢遞千柱玲瓏虹橋左（或作右）跨鴈苑南
通紫緋之堂臨水青蓮之臺帶風及夫徼光未旭更籌曙
促循然陽燧之火尚孰驪龍之燭或帶桃花之綬乍響玄
山之玉爰八命而建旟誠非親而勿居應鳴（一作膺）鞞於龍
角覆緹幕於熊車開轅門於淮渚泛艅皇之容與吟紫騮
之長歌奏玄雲之疊鼓開右座而納文設左廣而投武（或作
光而招武）既風起而雲飛復摧斑而拉虎泛樓船而鬱紆憶霸
楚之雄圖悲騅馬之不逝忘鹿逐之長驅豈烏江之天險
資赤帝之神符於是途經灌壘（或作礨）水分當利彼吾王之
連和延魏后之交質趙將軍之建節辛侍中之奉使亮禺

足其何言限修江而爲二泊九井而問津蓋六服之都會方函谷之設險譬魯陽之襟帶覩棄繻之裂帛見高車之輔軟頷濡須之故巘每當食而忘飯鬪二虎於江干爭兩龍於修坂旣凱捷而來旋遂鳴鐃而獨返彼銅山之可傷何驕容之無方已築長洲之苑復實海陵之倉遂稱兵而内侮宜朝起而夕亡原西陵以肇基始衝梯於士治載爲前茅之首實表勤王之師同薏苡之興謗成貝錦之深疑良弓藏而高鳥盡入不讒而出不辭遊雷中而徜徉遇日吉而辰良祀公瑾以桂酒薦忠肅以椒漿賓疑討曹之英策蓋謀桓之秘方衣披披而屢舞神欣欣而樂康吊劉安於下雉聊載懷於惇吏或策杖而龍飛或叱石而羊起將

雞鳴於天上逐疑埋寃於蒿里匪仙道之云僞蓋爲仁其由已經釣臺而高邁過鄂渚而西浮變青門之三龒爲黃塵之一丘城逶迤而中斷堦坡陁而半留分沙羡而啓鎮即開蕃與藩同於夏州星尚連於翼軫舍兼分於斗牛麗滄浪之水清良信美乎濯纓嗟疑其釣而非釣復何慮而何營羞有願而不護疑作獲拂蘭橈而上征冬已謝而春辭聊方舟而水嬉看白沙而似雪望却月而成眉臨石渚其如鏡玩弱柳其猶絲停赤壁而延佇聊愴望而方思吳水鄉之舟檝魏陸產之皐貔本吳長而魏短况地利與天時結憤風而炎上燎原火於鷩颸灰霧霏而擊馬箭參差而麗龜成斑車之逸氣碎當途於鹿麋分洞庭於吳上限東益

於巴丘如滔黽之相別似涇渭之分流雖滔滔而直瀉終耿耿而横浮想蘭香之薦枕懷娥媓之夜遊若夫子瑜設險之記闞澤游或作浪湧之地旣下車而踐境早詢求於方志曉泊鸚拳之津夕瞻荒谷之寺居柳下而布德坐棠陰而高視班六條於宰邑賢十部於從事每題輿於仲舉豈歷名乎叔治藉務隙於登臨乃紛吾之本志時復設羽蓋揚旌旆秉雕玉從貝帶浮雲起登高唐泛枉渚望涔陽荊棘生於龍門之下孤兎穴於馬牧之旁臨章華而流一作留眄見舊楚之凄凉試極目乎千里何春心之可傷其舊一無此字渚宮也夾江帶阡布護一作濩井田通達一作連交道高門接連人要一作腰水心之劍家有給一作家給火耕之田旣追隨

而得性寔燕鷰而超然若平臺之中觀閣相通雄梁渡水壯翼臨空金堤之路銅鞮之宮閣寫陵霄樓布麗譙横走馬而爲觀擬牽牛而作橋爾乃樹之榛栗椅桐梓漆三色一作巴黃卄千户朱橘桃蔭井而成蹊苹浮江而泛實蟬鳴枝而候稻范飛冠蜂也而吐蜜復有水底石髮山筋地骨書帶新抽屏風牙發反魂長生靈壽女貞金鹽王豉堯韭舜榮交讓之目代謝之名忘憂長樂桃杷疑鼓箏竹則篔簹綠篆交戰策皮浹沾虞后龍還葛陂便娟防露七諫娟之竹上藏柴而防露檀欒夾池聊右書而左琴且繼踵於華陰彼門人之問疑道各家求而有心先鈆擿於魚魯乃紛定於陶陰識三家之云謬知五門之可尋時伺稟於皇猷討巴濮於稗

倏乃稜威於華墨出車檻之云脩觀月窟之入附覲日勤
之來遊旣虎牙而成號又龍頟而爲侯仰皇德之洪深疑
朱離詩注西夷之樂曰朱離於侏文選東都賦襟離兜離侏李善注東夷之樂也任見白題
之踢鼓肴烏孫之學瑟獻挂條之良責奉桃枝之恠琛嗤
聚米於馬援哂畫地於臧旻彼蠡爾之爲鯁伊憑夌而未
靜異黃金於黑山非綠林於青嶺余喟然以指蹤實濟寬
而持猛負步光之文劒驚漢陽之夕景麾靈琚之左轉光
玳簪而右篸日雲一作霜生而陣合紅塵起而軍暗於是驅
驌驦命騕褭張迴翠蓋之金瓜臨絳宮之玉堂擬都護之戊
已模剃尸之甲裳作齊軍之㶚竈數燕師之卧墻觀田畯
於虞澤命車右而前驅循從戎於細柳若驅馬於長榆矜

猿鳴之抱木傷兔走之依株每愀然而作色方載馳而轉
軾閱放麑而與憫對亂鱗而動惻熌高宴於城隅駐五馬
而踟蹰乃此上疑作嶙有青琴碧玉絳樹綠珠西河王豹東野
綿駒蘭釭夕然合璧斜天照流風之迴雪映出水之初蓮
非吾心之所悅曾未始而流連濫叨榮於分陝踰一紀之
星躔子旣生而冠字嗟留滯以迴邅罷臨邊之瑞節觀楚
黎之卧轍向秋野之蒼茫對寒江之幽咽散歸雲之鬱蓊
吐長風之颼飀聞羌笛之哀怨聽胡笳之悽切慘疑作摻余
袂兮涙成行攀余轅兮不忍別奉信珪而入朝驅駟馬一作
驂馬而乘軺旣總司於戎旅亦兼餙於豊貂登贙踞而目極
忽平原之已超帶方逵之九軌接馳道之三條彼重門之

擊柝馮霞起以建標雜丹樓以藻井間青山於綺繚耆疑
落星之嵸龍覲爟火之迢遞鬱如蓬萊之臨滄海憬如崑
崙之出絳霄亟夏之所覿江漢之所朝若夫天不愛道地
不愛寶賓連瑞木見白虎通紫達文選曲水詩序作紫脫華平朱草見東觀記麒
麟五色飛兔雙翼集我君囿之旁遊我帝梧之側于斯時
也天子郊禘于員丘高玉簡於東漢薦金版於西周奏蒼
璧而服大裘樂有雲翹之舞牲非蠒栗之牛設黃琮而禮
地望方澤乎神州節會咸池之琯晃無繁露之旒觀三農
乎九穀薦黍稷之穜稑命甸師而清塵詔封人而出宿敬
青壇而致虞動犂耜而祈穀時季春之上巳臨祓禊乎沼
沚杏花發於露寒棘實浮於濛汜爰長久之御節揉日精

於山趾天策夜而動星鉤陳朝而按軌予是時也陪玉軑
餙金羈驅騄駬曜翠羆乘倜儻控權奇實劒昭晰綵輯陸
離乍俯馬足時仰月支見靈烏之占巽觀司南之候離習
執鞭而珥筆雖日夕而忘疲奧疑重明堂地景一有邑字巳丙巳
乃明堂之方梁末諱丙或唐人寫丙作景耳乎正陽乃八牕而四達開上員而
下方置陰鑒之明或作以朝水設珪瓚而盈觴許天官乎冢宰
服端委而辯方夌植物之蘊藻鄙將饗之牛羊藉鴻私而
置傳復推轂而懷方泝蛟川於匯澤泌鵲塞於潯陽何蠡
川之浩浩而匡岫之蒼蒼其匡岫也盤紆嶆崪嶾嶙鬱律
峻極于天千霄秀出岑崟崎巇烏兔蔽虧峆岈豁開疑作開
背原面野噴飛流於天末鼓雷霆於巖下聳高館於雲中

聯聚祠於星社雕甍綺閣吁可畏其欲落雲霧杳冥縈萬嶺而俱青照曜山莊岩嶢石梁鴈門餘帳隆安故床鏡臨江而分影鑪噏花而共香若乃羽族徘徊察風應雷鴛鴦感夢乾鵲知來露華挾鴆而肅侶御環帶龍堅而合(或作猜合)孔接影而颼颼鶡交頸而陪鰓爾其彭蠡際天用長百川沸渭淪溢瀲淡連延大則浩汗滉瀁細則澆灌潺湲遇祈(或作神)颸之沸爽彼所(或作祈)報之無懲且摶搓以九萬乍高颸而三千其中則有瀺灂嘉魚鷩羽龍鬚戴星含石蒲(鬓)身雉軀乍浮圓鏡特泛明珠報蕩子之長信送仙人之短書恥觀魚而爲樂觧舒鴈於高繳必冀孔愉之龜當如晉㭊之鶴瘣衝冠而發憤嗟吾人之施薄觀進退於我生每

篤靖而居貞羞爲金谷之富不矯石閭之清每鞠躬而遵節藉王道之既平貴靜者人所便予得之於自然非三百之不足惜五十於豐年笑汙斜之行潦喜芊雨於石田飛新梅於倡粉拂輕絮於房綿月芝抽而曉落燈花開而夜燃菊從風而金散荷帶水而珠員已寤歌於折栁復行吟而採蓮課七分與六日推兩地與參天夕章程而鉤股亦剌注而參連紉墳籍以自娛迄方今而不渝雲氣芝英之簡懸針倒薤之書緘乎蒸栗之帙餙乎酸棗之珠擬河獻之留真希淳儒(一作于)之席珍笑彭蒲之下士聊重義而自欣(一作臨秋水之至樂登春臺而自欣)鑿户牖而長望混木鴈而兼陳嗟今來而古往方(一作聊)絶筆於獲麟

九一作皆藝文類聚節文

東征賦　高適

歲在甲申秋窮季月高子遊梁復久方適楚以超忽望君門之悠哉微先容以効拙始(一作姑)不隱而不仕宜漂淪而播越出東苑而遂行沿濁河而兹始感隋皇之敗德劃平原而爲此西馳洛汭東竝淮涘地豁山開川流波委六宮景從千官邐迤龍舟錦帆照耀乎數千(一有百字)里大駕將去群盜日起尸位者卷舌而偷生直諫者解顔而後死寄腹心於梟獍任手足於蛇虺虫(一作旣)受殺於匹夫尚輿疑於愛子豈不爲窮力役於征戰務淫逸於奢侈六軍悲牧野之師萬姓哭遼陽之鬼嗟顛覆於曖(一作曩)日指年代於流

水唯見長亭之煙火悲(一無此字)曠野之荊杞至酇縣之舊邑懷蕭相之高風旣屈節於主吏每歸誠於沛公始俱起於天下乃從定於關中推金帛於他人挹圖籍於我躬按山川之險阻敕(一作救)天地於(一作之)迍蒙嘉盈倖以增邑方挹(一作揖)蹤而建功納邵平以防患舉曹參而告終經城而永望想譙郡而銷憂慨魏武之雄圖終大濟以横流用兵戈以威四海挾天子而令諸侯乃擅命以誅伏徒矯跡以安劉吾始未知夫逆順胡寧比(一作德字)於殷周下符離之西適臨彭城之高岸連山鬱而(一作其)滿蕩分大澤(三字一作大埤平)乎渺漫憶(一無此字)昔天未厭禍項氏叛換解齊歸楚自蕭擊漢天地無色風塵潰亂憫君王之坎軻混士卒以奔散苟

炎運之克昌豈人生之塗炭次靈壁之逆旅面垓下之遺墟嗟魯公之慷慨聞楚聲之（一作而）悒於歌拔山之（一作以）涕洟竊覇圖而莫居捐（一作擴）亞父之何甚悲虞姬之有餘出重圍而狼狽至陰陵以躊躇顧天亡以自負雖身死兮焉如登夏丘而寓（一作縱）目對蒲隧而愁予聞（一作問）取慮之斯在徵長直而舍諸宿徐縣之廻津惟偃王之舊域方以小而事大豈無位而有德彼皆昏暴以喪邦（一作民）伊何仁義而亡國高延陵而（一作之）挂劍慕班彪之述職湎（一作緬）沛水之悠悠俯妻林之行（一作紆）直即日河滸依然泗上山川土田耳目清曠眺睢（一作淮）源之呀豁倚楚關之雄壯挂輕席於中流（倚一作儛）順長風以破浪過盱眙之邑屋傷義帝之波

蕩雉（一作數）三户之亡秦知萬人以離項越龜山而訪泊入漁浦而待潮鴻鴈飛兮木葉下楚歌悲兮雨蕭蕭霜封野樹氷凍寒苗岸草無色蘆花自飄幸息肩於人事願投跡於漁樵思魏闕而天遠向秦川而路遥候鳴雞以進帆趨亂流以爭迅縱孤舟於浩大撫垂堂以誠慎遵往主（二字一作在渚）於淮陰徵昔賢於韓信哀王孫以（一作之）寄食嘉漂母之無慍鄙亭長之不仁乃晨炊而嗇悋忽從龍以獲騁遂擒豹以自奮破全趙有奇謀（三字一作冊用奇）稱假齊以益振幸辭通以感惠俄結豨而謀釁當處（一作在）約而心亨島持盈而不順陵赤岸之迢遞棹白波之紆餘歷山陽之村野投襄賁之邑居人多嗇（一作嗜）艾俗喜觀漁連葭葦於郊甸雜汀洲於里閭感百川之朝宗彌結念於歸歟日杲杲以麗天雲飄飄以卷舒魯放情而（一作於）蹈海丘未歎於乘桴遇坎則止吾今不知其所如哉

凡一作皆川本文粹乃集本

文苑英華卷第一百二十六

文苑英華卷第一百二十七　賦一百二十七

遊覽

閑遊賦并序　徐魁

余嘗讀易至謙豫二卦乃廢書而歎曰嗟乎天道其何遠哉故逍遥山阿內身外物自保幽静庶無悔吝遂援毫命牘賦閑遊之章云爾

夫居幽而思遠兮固先達之所言吾秉方以静拙兮亦自得於丘園羨馬蹄之踐雪兮憐澤雉之處樊揭歸來以遂志兮豈榮華之足敦傍山阿而葺宇兮即樹援而啓門爾

其山則盤紆深沉穹窿杳藹下枝廻溪上瀉懸瀨絶峯交竦深林榮帶魚鳥來往煙雨紛其雜會喧以騰倚之獸蔭以偃蹇之木百藥爭妍千芳競馥紫芝所業黄精所畜玄猨遊嘯於陰枝（疑作枝）惠風徘徊於陽谷潤（疑作澗）綿靡而成文泉瞰鏡而自肅若乃春華既落秋實就成翔雲疊疊流月亭亭高蟬嘶韻玄鳥辭楹氣凄清而開朗露溧洌而含清或傍偟乎松塋亦偃息乎林崗覽五聖之餘軌酌三古之遺經信居謙而履福如在豫而忘鳴遵養性於黄術鑒止足於老生欣松胥之可餌難（一作數）黄金之未成至乎身乖俗偶志罷世紛坐隣沙雪卧接煙雲耿長霜（一作霄）而未寐乍含味以成文傷孤鴈之失伴懐哀鵠之離群何物類之多感　逸而心廣頽飄然而高舉美人兮巖阿芳菲兮襲予奄冉其將暮山蕭條而無侶發清琴以輔志操長歌以延佇歌曰上幽岫兮得所欽山蔬塵兮桂酒斟嗟草木兮洛（疑）春心悼日月兮遊（疑）相尋貴龍鳳兮就高深悅張邴兮託蕭森歌響既畢月巳沉乃攤荷蓋命漢舟越蘭渚泛滄流意超遥其誰恨何俗累之爲憂傷路人之狹隘聊放心以閑遊

遊廟山賦并序　王勃

玄武山西有廟山東有道君廟蓋幽人之别府也長蘿巨樹稍翳雲日王子馭風而遊泠然而喜益懐霄漢之舉而忘城闕之戀矣思欲攀洪涯於煙道邀羨門於天路仙師

不在（集作存）壯志徒爾俄而泉石移景秋陰方積松栢群吟悲聲四起背鄉關者無復四時之策焉嗚呼有其志無其時則知林泉有窮路之嗟（集作哭）煙霞多後時之歎不其悲乎遂作賦曰

陟彼山阿積石峩峩亭皐千里傷如之何啓松崖之密蔭攀桂岊之崇柯隔浮埃於地絡披顥氣於天羅爾其緑巖分徑蒼岑對室菌軒丹紇芝場翠窗俯泉石之清泠臨風飈之瑟颶仰緋臺而携手望玄都而容（集作風）膝躡霞岡於王砌步雲岊於金壇懐妙童於真女想青螭及碧鸞情恍恍而將逸心迴迴而未安見丹房之晩晦知紫洞之宵寒既而霧昏千障煙浮四野悵流俗之情多病飛仙之術寡

驅逸思於方外蹈高情於天下使蓬瀛可得而宅焉何必懷於此都也亂曰已矣哉吾誰欺林壑逢地煙霞失時託宇宙兮無日俟鸞虬兮未期他鄉（集作邦）山水（集作谷）秪令人悲

楚望賦（并序）　李嶠

序曰登高能賦謂感物造端者也夫情以物感而心由目暢非力覽無以寄杼軸之懷非高遠無以開沉鬱之緒是以騷人發興於臨水柱史詮妙於登臺不其然歟蓋人稟情性是生哀樂思必深而深必怨望必遠而遠必傷千里開年且悲春目一葉早落足動秋襟坦蕩忘情臨大川而永息憂喜在色陟崇岡以累歎故惜逝愍時思深之怨也

搖情蕩慮望遠之傷也傷則感遥而悼近怨則戀始而悲終遠節弘人且遊軫念苦心志士其能遺懷是知青山之上每多惆悵之客白蘋之野斯見不平之人良有以也余少歷難（作艱）屢晚就推擇楊子并泉之歲潘生秋興之年曾無侍從之榮頗有池籠之嘆而行藏莫寄心跡罕并歲月推遷志事遼落栖遑卑辱之地窘束文墨之間以此爲心心可知矣縣北有山者即禹貢所謂岐東之荆也岧嶤高敞可以遠望余簿領之暇蓋嘗遊斯俯鏡八川周睇萬里悠悠失鄉縣處處尺（疑）雲煙不知悲之所集也歲聿云暮遊子多懷援筆慨然遂爲賦云爾

耿乎忽然高山之顛露團團而濕草風烈烈而鳴泉對蒼茫之寒日聽蕭索之悲蟬廟（疑）獨處而無晤吾凝睇乎八埏於是繁懷載紆積慮未豁生遠情於地表起遥恨於天末霜盡川長雲平野濶恨遊襟之造（疑作浩）蕩憤羈怨之協（疑作切）怛寂焉長想倏若有亡固將言而已歎信無哀而自傷撫余情之增軫悼人事之多戚曾浮促之幾何而思緒之纏邈思何憂而不入心何慮而不攢雖感目之一致終寄懷而百端若乃平原杳兮千里春山杳（疑）兮萬里親（疑作新）迷故鄉之處所戚愛舊之聲塵顧寄言而靡託思假翼而無因徒極睇而盡思終天性而傷神或復天高朔漠氣冷河關漢塞鴻度吳宮鷰還對落葉之驅壽怨浮雲之慘顔爾乃永眺無見端居不聊（音留）愴歸軒之寂寂傷遠客之

悠悠月臨城曉風送邊秋唳鶴（疑二字）聞兮炯不寐凝笳動兮此夜愁及夫寒野蕭條空山寂寥目鄢郢而途耿指邯鄲而路遥傷永離兮浦曲訣遠送兮河橋眺平蕪之漫漫瞻遠樹之迢迢佗然直視嗌矣魂銷形將槁木同植心與飛蓬共飄至如隴上從軍漢（疑）陽謫戍插羽朝急要鞭夜赴黯黯寒雲蒼蒼關樹并埋影於異城暫回首於歸路魂逝兮邑里目斷兮煙霧步將前而後（疑作復）留望欲罷而還顧覩驚塵之欻起見征羽之將度泉石愴而增咽行旅悲而失措亦有擣衣思婦織錦從人看粉黛兮無色視桃李兮非春君去兮還無期妾心兮私自悲高臺四望無極天（疑）天涯一去何君（疑）盡時天涯兮綿綿問道路兮將幾千

朝朝暮暮綺窗前長懷此恨終永年若夫羇旅失職之人放逐流離之客羗抱恨而誰許（疑作訴）塊緘愁而不擇（疑）於是窮澤際天滄流拂漢屬榮悴兮時改遇炎凉兮節換莫不瞻草木而孤絶何風煙而永歎故夫望之爲體也使人慘悽伊鬱惆悵不平興廢思慮震蕩心靈其始也罔兮若有求而不致也悵乎若有待而不至也悠悠揚揚似出天壤而涉雲莊逡逡巡巡若失其手而忘其真群感方興衆念始并既情招而思引亦目受而心傾浩兮漫兮終逾遠兮肆兮流兮宕不返兮然後精迴（疑）魄亂神璽至（二字疑）否憂憤總集莫能自止雖剛悍武力之夫法度禮容之至（作志）孰不解夫毅廢綱遺紀祝（疑）借使墾（疑）河負海牛山之美可

遊左江右湖京臺之樂難忘（一作千秋金石悲兮）綺羅傷（一作相）顧山川以永慨邀山川而詎央若乃羊公愴惻於峴山孔宣憫然於曲阜王生臨遠而沮氣顏子登高而白首惟夫作聖明哲寛和敦厚亦復怛色愀容喪精亏（疑）壽故望之感人深矣而人之激情至矣必也念終懷始感往悲來沿未形而至造思繫無而生哀此懽娱者所以易情而慨慷達識者所以凝慮而徘徊者也

第二（并序）　劉禹錫

予既謫于武陵其地故郢之裔邑與夜朗諸夷錯繫乎天者陰伏陽驕繫乎人者風巫氣窳是以嚚雺（一作霧）浮浮利于樓居城之麗譙實隣所舍四垂無蔽萬景坌入因道其遠邇所得爲楚望賦云

翼軫之野祝融司方陰迫而專專實生沴天濡而霁土洩而泥氣罕淑清兮淫氛曀曀（四字一作漫淫氛曀）中人之體兮爲瘥爲瘵（一作癈）以曠滌煩兮利居高于物外我卜我居於城之隅宛在藩落麗譙渠渠四阿垂空桐户發樞睥于不運坐陵虛無歲更周流時極憭舒萬象起瘱森來既于檽軒之外群山巃嵸崗陵靡陁勢若相拱出雲見帷窈蔚森聳露夕朝霞望如飛動詹廡之下大江傾動支流合輸泄入雲夢羲和望舒出没兩涯涵泳之族聱取歋呀秋水灌盈漩石飄沙流枿軒昂舞于盤渦逮及收潦澹如醁醽白石磷磷倒影羅生蘋末風起有文無聲悠遠煙綿與空蒼然湘

沅之春先令而行臈月寒盡温風發榮土高如濡言鳥嚶嚶三星畦其曉中植物颭以飄英雲歸高唐草蔽洞庭目與天盡神將化并圓方相亟遊氣杳冥熈熈藹藹藻飾群形枿樹同丘積空凝青環洲曲塘含景曜明恢台之氣發于春季涉夏如鑠逮秋愈熾土山焦熬止水漫沸翔禽跕墮呀喙（一作味）垂翅曦赫敲蒸陽極召（一作反）陰二儀交精下上相歆雲與天際欻若車盖疑矑未瞬彌漫霮䨴驚雷出火喬木靡碎殷地爇空萬夫皆廢懸雷絙縋日中見昧移晷而收野無完塊少陰之中景物澄鮮丹葉星旁燭燿（一作輝）川原夕月既望曜（一作躍）于丹泉上鏡下氷澌塵濯煙宿麗潛芒獨行高躔皓（一作皎）一氣之悠悠潔有形而溢清玄

杳徵（一作徵）明以斐文臺想遊目於化先夜無朕以徂征金
霞暈乎海壖明星方揚斜漢西懸璿柄如墮半沉層（一作曾）
瀾雜啁哳而晨鳴兮日荏苒以騰晶動植瞭兮已分山川
鬱乎不平復人寰之諠卑洶浩浩以營營追向時之景光
不可驟得以再更意華胥之夢還循（一作獨）彷像而馳精日
吹于房天未降霜百卉循（一作獨）澤水泉收脉故道胺（音宣）削
衍爲廣斥水禽嬉戲引吭伸翮紛驚鳴而央起捨絲䍐于
砂磧時北風振槁揚埃蕭條邊聲與鴈俱來寒氛委積萬
竅交激楚雲改容飛雨疑滴灑林遞響淅瀝梢槭飛電照
雪以騰光柔蘢傲霜而透圻曝炊殊氣川谷異宜民生其
間俗鬼言夷招三閭以成謠德伏波而構祠投粔粒以鼓

檝㯳鱣魴而如蟻蟠木靚深孽妖慝之祈年去厲於蠲敬
祇擊鼓肆筵河（一作阿）旁水湄薦誠致祝却落嘍呢渚居鼉
食大掩水物畢張餌啗不可遁伏顯舉潛縋晝撞夜觸設
機沉深如拾于陸彼遊鯈之瑣類咸跳脫於窘束雖三趾
與六眸時或加乎一目亦有輕舟軒輕泛浮拖綸往復馴
鷗相逐暮夜澄寂嘯歌群族傖音俚態幽怨委曲逗疎拆
於江城引哀猨於山木巢山之徒抨（一作拚）木開田灼龜伺
澤兆食而蟠鬱攸起于巖阿騰絳氣而蔽天熏歊雨濡（一作澤）
頹垂林顛盜天和而籍地勢諒無勞而有年罷士閑人
逸爲末作求金渚涘淘汰瀺㵐流注濆沱（一作隫沲）繁光熠爚
貪賈來貿發于懷握無翼而飛潤于豊屋晒耘耕之悒悒

徙胼胝以自鞠我處層軒日星迴還閱天數而視民風百
態變見乎其間非耳剽以聽說兮固幽求而縱觀觀物之
餘遂觀我生何廣覆與厚載豈有形而無情高莫高兮九
閽遠莫遠兮故園冊有檝兮車有轄江山（一江上）坐兮不可
越吾又安知其所如悅臨高以觀物

望賦　　前人

邈不語兮臨風境自外兮感從中明晦轉續兮八極鴻蒙
（集作濛）上下交氣兮群生異容發孤照於寸眸驚遐情乎太
空物秉化兮多象人遇時兮不同嗟乎有目者必騁望以
盡意當望者必緣情而感時有待者瞿瞿忘懷者熙熙㥯
深者瞪然若喪樂極者冲然無遠外徙倚其如一中紆紛

兮若斯望如何其望寂樂睎慶霄兮遡阿閣如雲兮天顏
咫尺如草兮臣心踴躍扇交翟兮葳蕤旗升龍兮蠖略日
轉黃道天開碧落凝瑞景於庭樹拂非煙於殿幕望如何
其望且懽登灞岸兮見長安紛擾擾兮紅塵合鬱葱葱兮
佳氣盤池象漢兮昭回城依斗兮闌干避御史之驄馬逐
倖臣之金丸望如何其望攸好宗萬靈兮越四隩漢帝仙
臺兮秦皇海嶠霓裳蹁（一作躚）于河上馬跡窮乎越徼紫氣
度關而斐亹神光燭天而照耀睆眷眷以馳精聳專專而
觀妙望如何其望有形視蠢蠢兮窮宜宜楚塞氛惡兮蕭
關燧明暈籠孤月兮角奮長虜沙長（一作多）似雪磧有疑城
煙雲非女子之氣草木盡王者之兵審畏柴之虛警破來

騎之先聲信有得於風烏亦(一作示)無言於旆旌望如何其望且慕恩意隔兮年光度雕輦已辭兮金屋何處長信草生兮長門日暮候翠華之儻來仰玄天以自訴況復湘水無還章(一作漳)河空注淚染枝葉香餘紈素風蕭蕭兮北渚波煙漠漠兮西陵樹夫不歸兮江上石子可(一作河)見兮秦原墓拊(一作拍)瑟龢胡塞之思(一作音)挾瑟指邯鄲之路望如何其望最傷俠環玦兮思帝鄉龍門不見兮雲霧蒼蒼喬木何許兮山高水長春之氣兮悅萬族獨含嚬兮千里目秋之景兮懸清光偏結憤兮九回腸羨環拱於白榆借馳暉於落棠諒衡斗兮誰見伊載盆兮何望(平聲)豈止蘇武在胡管寧浮海送飛鴻之臧沒附陰火之光彩鶴頸長引烏

頭未改恨己極兮平原空起何時兮東山在永望如何傷懷孔多降將有依風之感宮人成意(一作憶)月之歌歌曰張衡側身愁思久王粲登樓日迴首不作渭濱垂釣臣羞隨(一作為)洛陽拜塵友

九一作皆集本

文苑英華卷第一百二十七

文苑英華卷第一百二十八　賦一百二十八

遊覽二

登故宜城賦(丙申歲避地襄陽見召掌節度書記陪幕府源公赴江陵作)

蕭穎士

升彼墟兮遐眺荊江邇矚樊沔頹沲以隱嶙歆鉄而峨嵯野茫茫其靡極何人户之單尠悵青春(集作陽)兮始交又白日兮其(集作將)晚悲世事之艱阻慨征途之未返憑寒阜以

盡目究林莽之深淺煙迴起於殘燎鳥群飛於絶巘曾是感時而戀舊孰不酸辛而俛俛也矧乎寓縣乖剌關河阻遏去枌榆兮地表離(集作望)骨肉兮天末涕橫墮以(集作聽而)若注懷永痛其(集作兮)如割悠悠蒼天不日不月曷其有佸撫艱勤之此土偶四海(集作絶)而承平方神武之君臨尚未遑於戢兵警山戎之外虞重燕代之專征罄帑藏之實窮干甲之精陸隘幽冀水填滄溟(集作瀛)其為盛也入師長於庶僚出董率於連城冢婦降於(集作乎)王姬餘子超乎正卿睚眦則浹日誅夷攀附則畢歲尊榮玉帛車輿鍾鼓臺亭煥赫而鑑銅三十年中初不戒其滿盈終大都之隅國逸漏網之奔鯨潰亂(集作横潰)河洪屢劉汴滎覆東洛隳陝垌抗肇

堅陣守無完營呼吸三旬遂至（至字集作陵憑）乎上京爟燧燭於王宮潼關爲之晝扃蹙而將吏逋竄烝民駭散崩騰郡邑空閒閈荒涼我汝潁牢落我睢渙傳置載馳於商郩兵符薦集於淮漢彼邦畿之尹守藩牧之垣翰莫不光膺俊選踐履清貫榮利溢乎姻族繁華恣（集作極）其後諜或拘囚就戮或脅附從亂曾莫愧其愚懦又奚聞於殉難甚乎昔先王之經國伏文武之二事苟兹道之不墜實經天而緯地邦家可得而理禍亂無從而至今執事者反諸而儒書是戲蒐狩鮮（集作罕）備忠勇翳鬱澆風（集作浮）横肆蕩然一變而風雅殄瘁故時平無直躬之吏世難無死節之師其所由來者尚矣不其哀哉變之始也寻旅寓於淇園初提挈

而南奔崩波滑臺逼迸夷門亡車徒於䣢城（集作域）擯圖籍於轘轅背維嵩遵汝濆（集作墳）迴環乎郏葉飄泊乎穰宛嗟歲聿（集作律）之云暮結窮陰之涸沍布（集作野）蕭條以罕人盜充斥以盈路微奔走之僕御有啼呼之幼孺川層冰而每涉塗積雪而循步晝兮夜兮曾莫觧於（集作于）馳鶩惟寢與食曷嘗忘於（集作其）恐懼略南鄉之左鄙崚北津之勁（集作而徑）渡儵夫峴首之爲鎮也峻隅百雉危甍萬井森松篁之蓊蔚劃鄽街以周整前山縈依而秀拔（集作聳）斜漢杳映以清迴秔稌蕪橘維荆衡之蓄桑麻黍粟侔冀魏之境漢之盛也移（集作稱）南國之冠蓋晉之衰也爲北門之捍屏今方嶽之仁明惠久要於平生幸羈旅而獲宥旋載筆於戎旌陪

後車乎南紀儼四牡以專征歷隤墉而訊諸乃楚鄢之遺城昔（集作在）漢皇之標季間諸侯之釋位闢景升之是牧歎興廢於兹地其後綏懷勁楚抗拆（集作衝）強魏雄九域以高視爲一方之所（集作大）庇亦謀猷所賴而致也于時寇盜蜂聚生民失土賢雖避世才亦擇主有卧龍之奇英（集作英彥）視江漢而胥宇遭劉后之側席聿疇咨於草莽若游魚之在（集作有）水尚三顧而後語其始也亦將稜威漢沔用武荆楚俟時覩釁終然義舉然後包并（集作并包）河洛盪滌陳汝迎帝配天不失厥序既中流之顛覆故宏筭而乗（集作遂）阻信雲長之寡謀亦天命之弗與循復鄘卭峨之險奮賨濮之旅鋪敘隴阺震懾（集作疊）關輔致中原於旰食振衰（集作炎）漢之

遺緒洸洸乎俾千祀而景慕宜其易名於忠武不其偉歟方其躬耕漢渚獨詠梁甫輕夫管樂莫之云許伊唱高而和寡亦惆悵於前古道不同不相爲謀斯之謂矣荆雲兮蔽虧朔鴈兮差池雲有迴兮鴈有歸嗟予行兮愴遲遲諒窮愁兮莫譏雖九醖兮奚施

輕夫（集作此）

汝州薛家竹亭賦

王泠然

梁（疑作汝）潁多士聞來久矣出伊洛以南遊登嵩峴以碩視信乎精華實息恢恠森起惟萬户與千門咸帶山而傍水畿甸殷壯閭閻密邇當天象之西郊近皇居之百里其人和而賢俊其地厚而淳美則吾先文王行化之始烈祖成王定鼎於此宜其蕃我良能誕生君子世序雖遠英靈不

窮其氣渾渾其光雄雄橫古今而特秀者惟我薛公卜幽棲於汝北夷（疑）舊業於河東夫其禮樂成器清明在躬官非（一作百官）稱才吾不謂之仕官人非克己吾不謂之交通處未全隱和而莫同且欲塀峄峈苑蒙籠閑亭一所修竹一叢蕭然物外樂自其中其竹也初栽尚少未長仍小雜以喬木環爲曲沼導遠水以澆浸編長欄而護遶向日森森當風嫋嫋勁節迷其寒燠繁枝失其昏曉踈莖歷歷傍見人交葉重重上聞鳥其亭也溪左巖右川空地平材非難得功則易成一門四柱石礎松櫨泥含椒氣甍覆苔青纔容小榻更設短屏後陳酒器前開藥經薛公謂予曰自造此亭未有茲客䟫而應曰自從爲客未見此亭旣而物且

遍好多能所造亭間坐卧清户開而向林門下往來翠陰合而無草禁行路使勿伐命家僮使數掃遊子見而忘歸居人對而遺老余何爲者累載棲遑學應成癖走則非在宇宙至寬顧立錐而無地公卿未識久彈鋏而辭鄉一見竹亭之美竟嗟嘆而成章

出門賦　歐陽詹

出門辭家兮人有志而思（一作斯）逞予紛然以遠遊別天性之至慈去人情之好佽儆訓誡予以勿久指蒲栁以傷秋弱室咨予以遄歸目女蘿而起愁心眷眷以纏綿淚浪浪而共流惕懷安以敗名曾何可以少留於是驅忠信以爲車執藝業以爲贄越三江踰五嶺望堯旌以求試庶以程功取爵建德揚名獲芉旨以報勤光晝錦以迴衡如弧斯張如烏斯征射百步而期中非（一作飛）三年而不鳴（一作必鳴）飂天寒崢嶸歲晚鵲聯翩而以（一作不）定蓬悠揚而自轉逮前程之尚遥顧所離而日遠事紛拏以爭校（一作技）情交戾而不和退藩籬則弱羽戀於雲路激龍門則纖鱗限乎尺波身遠日日之晨昏懷戀戀而莫遣親益年年之羸老思搓搓而若何慭靈輒於困窮舉蕢鉄於壠畝一仁聲之永大一孝德之茲久伊錫類以極窮豈今無而昔有爾乃循否泰而俟命點（一作黜）風塵以食（一作恰）艱苟琥濵而納流願覆蕢以成山路實多岐絲無定色任玄黄之濡染信疆理之南北管因媒而觧縛越自遇而卉車廙先榮而後悴美

（一作萋）始卷而終舒傷哉數子之稅駕吳未知其所如

將歸賦　前人

憶求名于薄藝曾十稔以別離纔還鄉以（一作之）半齡又三年于路岐紅顏始（一作匪）長白日如馳苒苒皆盡悠悠爲誰親有父母情有閨闈（一作帷）居唯（一作雖）苦饑行加相思加相思兮寧苦饑辭家千里兮欲（一作心）與偕歸南陔（一作省）之蘭北（一作東）山之薇一芳一非何是何非歸去來兮秋露霑衣

九一作皆集本

泛渭賦（并序）　白居易

右丞相高公之掌貢舉也予以鄉貢進士舉及第左丞相鄭公之領選部也予以書判拔萃選登科十九年

天子竝命二公對掌鈞軸朝野無事人物甚安明年春予為校書郎始徙家於（一無此字）秦中卜居於渭上上樂時和歲稔萬物得其宜下樂名遂官閑一身得其所既美二公佐清淨（一作朝）之理又荷二公垂特達之遇（一作恩）發於嗟嘆流為詠歌予時泛舟于渭因作（一作為）泛渭賦以導其意詞曰

亭亭華山下有人跂兮望兮愛彼三峯之白雲泛泛渭水上有舟沿兮泝兮愛此（一作彼）百里之清流以我為太平之人兮得於斯而優遊又感傷春之氣熙熙兮樂天和而不憂曰予生之幸（一作年）兮時哉時哉當皇唐受命之九葉兮夷與華而無氛埃及皇帝纘位之二紀兮命高與鄭為鹽梅二賢兮爰立四門兮大開允讀儒書與履儒行者率克

賦而西（一作回）來雖片藝而必收兮故不棄予之小才感再遇於知己心慙怍以徘徊登予名於太常兮（一無此字）署予職於蘭臺臺有蘭兮閣有芸芸芳菲（一作芳菲菲）兮其可襲備一官而無事又不維而不縶家去省兮百里每三旬而兩（一作一）入川有渭兮山有華澹悠悠兮（一無此字）其可賞目白雲兮潎清流且（一作其）或偃而或仰門去渭兮百步長一日而三往夜分兮扣舷天無雲兮水無煙遲遲兮明月波灔澹（一作澹灔）兮棹寅緣日暮兮舟泊草萋萋兮沙漠漠習習兮春風岸柳動兮渚花落發浩嘆（一作歌）以長引舉濁醪而緩酌春冉冉其將盡予何為乎不樂鳥樂兮雲際鳴嚶嚶兮飛翥翥魚樂兮泉底鬐撥撥兮尾潎潎我樂兮聖代心融融兮

神泄泄伊萬物各得其樂者由賢聖之相契賢致聖於無為聖致賢於旣濟凝為和兮聚五福發為春兮銷六沴不我後兮不我先適當我兮生之世彼鱗蟲兮與羽族咸和樂而不知惠我為人兮最靈所以愧賢相而荷聖帝樂乎樂乎浴（一作沂）于渭兮詠而歸聊逍遙以卒歲

洛川晴望賦（以願拾青紫為韻）

金商應律玉斗西建加旬雨之時晴叶秋成而適願是用步閭里詢黎獻皇風演溢歌且聽於昇平聖澤汪洋誦不聞於胥怨爾乃命親懿會朋執賦邙山眺洛邑天泬寥而雲靜氣肅殺而風急三川浩浩以奔流雙闕峨峨而屹立飛梁徑度訝殘虹之未銷翠甍光凝驚宿雨之猶濕化嘉

三時之是務觀五穀之斯入覽滌場之在勤知滯穗之見拾及夫日色曛曛寒光熒熒遠水潋碧群山結青山水隱映花氣（一作氛）氳寘宵瞻上陽之宮闕兮勝仙家之福庭望中嶽之林嶺兮似天台之翠屏宜其廻鑾輿兮捨玉牒朝千官兮御百靈使西賓之誇少弭東人之思攸寧不亦盛哉客有感陽舒詠樂只揮毫翰獨徙倚願得採於蒭蕘終期拾乎青紫

登吳嶽賦（以崇巒險固求鎮西疆作韻）

周鍼

吾嘗文戰將北羈遊極西覩吳嶽之孤峭計群山之莫齊由是遡崖谷遂攀躋入雲霧出塵泥旣臻頂上用（一作明疑）視天倪鴈塞殊小峨眉甚低蓋以氣壯神扶雄標國祚揖白

帝兮不見抱皇城而自固嵐光擁翠拓開霄漢之心岫色
横空鎖斷戎夷之路嵽嵲旁誅岧嶤上干碧草春含清風
夏寒遥瞻魏闕迥立煙巒疑超洞府謂在天壇中隱深溪
日月之光不到外連層阜龍蛇之勢斯蟠當其區宇正寧
氛埃初見覽造化之宏制識乾坤之設險汧水縈盈而線
走隴山崱崺而螺旋西窺劒閣霜地表之千鐔東瞰蓬萊
黛波間之數點遐徵衆嶽式竝隆崇彼皆受封於百代此
獨不視於三公森笋立以削成寧慭太華黯雲凝而化出
豈讓維嵩況乎萬仞凌虛千里倒影虎踞華裔鯨吞嵎境
疊巘攢壁廻巖列屏捍絶域以增隘固中原之甚末直使
以禮賓九有仁服八荒臂(一作擘)賢以爲輔弼宅道以作封

疆亦須假我嚴衛憑我巨防靜藩垣於都邑遠隔閡於氐
羌吾唐重其功業(疑作崇)其鎮爰升成德之號用補極天之
峻小儒是以竟日興感抽毫賦韻登詠畢兮嶔岑指長安
而後進

過驪山賦(以陵權國殺求紀窮塵韻)　徐寅

六國血于秦秦皇還化塵塵謦而爲楚楚爲漢路在而今人
古人但見愁雲黯慘疊嶂嶙峋時遷而金石非固地改而
剕椽旋新愚闇周衰則避債登臺秦暴則焚書建國貴螻
蟻於人命法豺狼於帝德兩曜昏翳九圍傾側扶桑幾里
我鞭石以期通溟海幾重我驅山而要塞慘慘玄穹嗷嗷
七雄三農百穀以休務淬鐵磨金而獻功九州病萬室空
韓趙魏以文(疑)滅楚燕齊而坐窮家有子兮誰得孝國有
臣兮爭敢忠九野分將焉作兆民之主諸侯吞盡方行天
子之風星隕九霄城長萬里血染草木肉肥蛇豕將欲手
挂天刃足挑地紀拙虞舜而短唐堯汚殷辛而長夏癸禍
從(疑)殃催川搖嶽摧金陵之王氣類起蓬島之宮娥不來
黔首求主蒼旻降災王(疑)漢之龍鬚倏斷沙丘之鮑臭誰
徜魑魅諸夏腥羶九垓於是宅彼岡巒兆斯陵闕猶驅六
宮以殉羞豈言蔓草之縈骨嫌示儉於當時更窮奢於既
殁融銀液雪瓯下地之江河帖玉懸珠皎窮泉之日月嶫
嶫層層不騫不崩斯高之喉舌方滑劉項之雲雷忽(一作化)
興軹道一朝璽獻漢家之主驪山三月火燒秦帝之陵今

則草接平原煙蒙翠嶺想秦史以神竦弔秦陵而恨未華
清宮觀鏁雲霓作皇唐之勝景

文苑英華卷第一百二十八

文苑英華卷第一百二十九　賦一百二十九

哀傷一

愍時賦一首　哀江南賦一首

傷心賦一首

愍時賦并序　梁宣帝

于謹平梁之後，闔城長幼被虜入關，又失襄陽故地，乃曰恨不用尹德毅言以致於是，又見邑居殘毁，干戈日尋，耻威略不振，常懷憤懣，乃著愍時賦以見其意。詞曰：

嗟余命之殊薄，實賦運之逢屯。既殷憂而彌歲，亦坎壈而相隣。晝營營而至晚，夜耿耿而通晨。望否極而反泰，何杳杳而無津。悲晉璽之遷趙，痛漢鼎之移新。無田范之明略，

愧夷齊之得仁。遂胡顔而苟免，謂小屈而或伸。豈妖沴之無已，何國步之長淪。恨少生而怯弱，本無志於爪牙。謝兩章之雄勇，惡二策之英華。豈三石於鄄杜，異五馬於琅琊。直受性而好善，類蓬生之在麻。冀無咎而霑慶，庶保静而蠲邪。何昊穹之不惠，值上帝之紆奢。神州鞠爲茂草，赤縣遂於長蛇。徒仰天而太息，空撫襟而咨嗟。伊古人之有懷，尚或感於知己。況華夢聯於宵極，寵渥流於無已。或小善而必褒，時片言而見美。昔待罪於禹州，歷三考而見紀。一作無獲免戾於明時，遂超隆於宗子。始解印於稽山，即驅傳於襄水。彼南陽之舊國，實天漢之嘉祉。既川嶽之形勢，復龍躍之基址。此首賞之謬及，謂維城之足恃。值諸侯之携貳，

遂留滯於楚川。等勾踐之絶望，同重耳之終焉。望南枝而灑泣，或東顧而潺湲。歸歟之情何極，首丘之思邈然。忽值魏師入討，于彼南荆。既兵車之赫赫，俄一鼓而凌城。同蕃生之舍許，等小白之全邢。伊社稷之不泯，實有感於生靈。伊吾人之固陋，本漂泊於流萍。忽沉滯於兹土，復歲月而無成。昔千乘之畿甸，今七里而盤縈。寡田邑而可賦，闕丘井而求兵。無河内之資峙，同滎陽之未平。夜騷騷而擊柝，晝孑孑而揚旌。烽連雲而廻照，馬伏櫪而悲鳴。既有懷於斯日，亦焉得而云寧。彼雲夢之舊都，乃標奇於昔者。驗往記以瞻今，何名高而事寡。寂寥井邑，荒凉原野。徒揄揚於宋玉，空嗟咨於司馬。南方卑而歎屈，長沙濕而悲賈。余國

家之僕臣，庶與周而祀夏。忽縈憂於此屈，豈年華之天假。加以狗盗鼠竊，蜂蠆狐狸，群圉隸而爲寇，聚臧獲而成師。窺臨津渚，跋扈江湄。屢征肇於殷歲，頻戰起於軒時。有扈興於夏典，采芑善於周詩。方叔振於蠻貊，伯禽捷於淮夷。在逋穢其能幾，會斬馘而搴旗。彼積惡之必稔，豈天靈之可欺。交川路之云擁，疑理惆悵而未怡。

哀江南賦并序　庾信

粤以戊辰之年，建亥之月，大盗移國，金陵瓦解。余乃竄身荒谷，公私塗炭。華陽奔命，有去無歸。中興道銷，窮于甲戌。三日哭于都亭，三年囚於别館。天道周星，物極不反。傅燮之但悲身世，無處求生；袁安之每念王室，自然流涕。昔桓

君山之志士杜元凱之平生並有著書咸能自序潘岳之
文彩始述家風陸機之詞賦先陳世德信年始二毛即逢
喪亂狼狽流離至於暮齒燕歌類聚作河遠別悲不自勝楚老
相逢泣將何及畏南山之雨忽踐秦庭讓東海之濱遂飡
周粟下亭漂泊高橋羈旅楚歌非取樂之方魯酒無忘憂
之用追為此賦聊以記言不無危苦之詞唯以悲哀為主
日暮塗遠人間何世將軍一去大樹飄零壯士不還寒風
蕭瑟荆壁睨柱受連城而見欺載書横階捧珠盤而不定
鍾儀君子入就南冠之囚季孫行人留守西河之館申包
胥之頓地碎之以首蔡威公之淚盡加之以血釣臺移柳
非玉關之可望華亭鶴唳非河橋之可聞孫策以天下為

三分衆纔一旅項籍用江東之子弟人唯八千遂乃分裂
山河宰割天下豈有百萬義師一朝卷甲芟夷斬伐如草
木焉江淮無涯岸之阻亭壁無藩籬之固頭會箕斂者合
從締交鉏耰棘矜者因利乘便將非江表王氣終于三百
年乎是知并吞六合不免軹道之災混一車書無救平陽
之禍嗚呼山嶽崩頹既履危亡之運春秋迭代必有去故
之悲天意人事可以悽愴傷心者矣況復舟檝路窮星漢
非乘槎可上風飈道阻蓬萊無可到之期窮者欲達其言
勞者須歌其事陸士衡聞而撫掌是所甘心張平子見而
陋之固其宜矣
我之掌庾承周以世功而為族經邦佐漢用論道而當官

禀嵩華之玉石潤河洛之波瀾居負洛而重世邑臨河而
晏安逮永嘉之艱虞始中原之乏主民枕倚於墻壁路交
横於豺虎值五馬之南奔逢三星之東聚彼凌江而建國
始播遷於吾祖分南陽而賜田裂東嶽而胙土誅茅宋玉
之宅穿徑臨江之府水木交運山川崩竭家有直道人多
全節訓子見於純深事君彰於義烈新野有生祠之廟河
南有胡書之碣況乃少微真人天山逸民階庭空谷門巷
蒲輪移談講樹就簡書筠降生世德載誕貞臣文詞高于
甲觀模楷盛於漳濱嗟有道而無鳳歎非時而有麟既奸
回之奰音備匿終不悅於仁人王子洛濱之歲蘭成射策之
年始含香於建禮仍矯翼於崇賢遊洊雷之講肆齒明離

之冑筵既傾蠡而酌海遂測管而窺天方塘水白釣渚池
圓侍戎韜於武帳聽雅曲於文絃乃解懸而通籍遂崇文
而會武居笠轂左傳宣四年射貫笠轂而掌兵出蘭池而典午論兵
於江漢之君拭玉於西河之主于時朝野歡娛池臺鍾鼓
里為冠蓋門城鄒魯連茂苑於海陵跨横塘於江浦東門
則鞭石成橋南極則鑄銅為柱橘則園植萬株竹則家封
千户西賮浮玉南琛沒羽吳歈越吟荆艷楚舞草木之遇
陽春魚龍之逢風雨五十年中江表無事王歙為和親之
侯班超為定遠之使馬武無預於甲兵馮唐不論於將帥
豈知山嶽闇然江湖潛沸漁陽有閭左戍卒一作兵離石有
將兵都尉天子方删詩書定禮樂設重雲之講開士林之

學談刼燼之灰飛辯常星之夜落地平魚齒城危獸角卧
刁斗於滎陽絆龍媒於平樂宰衡以干戈爲兒戲縉紳以
清談爲廟略乘漬（一作海）水以膠船馭奔駒以朽索小人則
將及水火君子則方成猨鶴弊箄不能救鹽池之鹹阿膠
不能止黃河之濁既而魴魚頳尾四郊多壘殿狎江鷗宮
鳴野雉湛盧去國艅艎失水見被髮於伊川知百年而爲
戎矣彼姦逆之熾盛久遊魂而放命大則有鯨有鯢小則
爲梟爲獍負其牛羊之力凶其水草之性非王燭之能調
豈璿璣之可正值天下之無爲尚有欲於羈縻飲其琉璃
之酒賞其虎豹之皮見胡桐於大夏識鳥卵於條枝豺牙
密厲虺毒潛吹輕九鼎而欲問聞三川而遂窺始則王子

召戎姦臣介冑既官政而離逷遂師言而泄漏望廷尉之
逋因反淮南之窮寇出狄泉之蒼鳥起橫江之困獸地則
石鼓鳴山天則金精動宿北闕龍吟東陵麟鬭爾乃桀黠
構扇憑陵畿甸擁狼望於黃圖填盧山於赤縣青袍如草
白馬如練天子履端廢朝單于長圍高宴兩觀當戟千門
受箭白虹貫日蒼鷹擊殿竟遭夏臺之禍終視堯城之變
官守無奔問之人干戚非平戎之戰陶侃空爭米船顧榮
虛搖羽扇將軍死綏路絕長圍烽隨星落書逐鳶飛乃韓
分趙裂鼓卧旗折失群班馬迷輪亂轍猛士嬰城謀臣卷
舌昆陽之戰象走林常山之陣蛇奔穴五郡則兄弟相悲
三州則父子離別護軍慷慨忠能死節二世爲將終於此

臧濟陽忠壯身參末將兄弟三人義聲俱唱主辱臣死名
存身喪敵人歸元三軍悽愴尚書多算守備是長雲梯可
拒地道能防有齊將之閉壁無燕師之卧墻大事去矣人
之云亡甲子奮發勇氣咆勃實總元戎身先士卒冑落魚
門兵填馬窟屢犯通中頻遭刮骨功業夭枉身名埋沒或
以隼翼鷄披虎威狐假沾漬鋒鏑脂膏原野兵弱虜強城
孤氣寡聞鶴唳而虛驚聽胡笳而淚下據神亭而亡戟臨
橫江而棄馬崩於鉅鹿之沙碎於長平之瓦於是桂林顛
覆長洲麋鹿潰潰沸騰茫茫㻌驥（㻌楚錦切出功臣贊詳見二百十四卷）天地
離阻人神慘酷晉鄭靡依魯衞不睦競動天關爭迴地軸
探雀鷇而未飽待熊蹯而詎熟乃有車側郭門筋懸廟屋

鬼同曹社之謀人有秦庭之哭爾乃假刻璽於關塞稱使
者之酧對逢鄂坂之譏嫌值彤門之征稅乘白馬而不前
策青騾而轉礙吹落葉之扁舟飄長風於上游彼鋸牙而
鉤爪又巡江而習流排青龍之戰艦鬭飛鷰之船樓張遼
臨於赤壁王濬下於巴丘乍風驚而射火或箭重而沉舟
未辨聲於黃蓋以先沉於杜侯落帆黃鶴之浦藏船鸚鵡
之洲路已分於湘漢星猶看於斗牛若乃陰陵路絕（一作失）
釣臺斜趣望赤岸而沾衣艤烏江而不渡雷池柵浦鵲陵
焚戍旅舍無煙巢禽無樹謂荊衡之杞梓庶江漢之可恃
淮海維揚三千餘里過漂渚而寄食託蘆中而渡水（吳越春秋
伍子胥事）屆于七澤濱于十死嗟天保之未定見殷憂之方始

本不達於危行又無情於祿仕謬掌衞於中軍悞一作尸濫承於御史信生世等於龍門辭親同於河洛奉立身之遺訓受成書之顧託昔三世而無慙今七葉而方落泣風雨於梁山惟枯魚之銜索入一作有歆斜之小徑掩蓬藋之荒扉就汀洲之杜若待蘆葦之单衣于時西覇楚王劍及繁陽麾兵金匱挍戰玉堂蒼鷹赤雀鐵舳牙檣沉白馬而誓衆負黃龍而渡江海潮迎艦江萍送王戎車屯于石城戈船掩于淮泗諸侯則鄭伯前驅盟主則荀罃暮至剖巢燻穴奔魑走魅埋長狄於駒門斬蚩尤於中冀然腹爲燈飲頭爲器直虹貫壘長星屬地昔之虎據龍盤加以黃旗紫氣莫不隨狐兎而窟穴與風塵而殄悴西瞻傳望北臨玄

圃月榭風臺池平樹古倚弓於玉女窻扉繫馬於鳳皇樓柱仁壽之境徒懸茂陵之書空聚若夫立德立言謨明寅亮聲超於繫表道高於河上更不遇於浮丘遂無言於師曠以愛子而托人知西陵而誰望非無北闕之兵猶有靈臺之伏司徒之表裏經綸孤偃之惟王實勤橫琱戈而對霸主執金鞭一作鼓而問賊臣平吳之功壯於杜元凱王室是賴深於溫太真始則地名全節終則山稱枉人南陽一作南山校書去之已遠上蔡逐獵知之何晚鎮北之負譽矜前風飈凜然水神遭箭山靈見鞭是以執能傷馬浮蛟没鳶才子併命俱非百年中宗之夷凶靜亂大雪冤恥去代邸而承基遷唐郊而纂祀反舊章於司隸歸餘風於正始沉

猜則方逞其欲藏疾則自矜於巳天下之事没焉諸侯之心揺矣既而齊交北絕秦患西起況背闕類聚作關而懷一作壞非楚異端委而開吳驅綠林之散卒拒驪山之叛徒營軍梁溠蒐乘巴渝問諸淫昏之鬼求諸厭劾一作犄之巫荊門遺廩延之戮夏口濫逵泉之誅箴因親以致愛忍和樂於孿弧既無謀於肉食非所望於論都未深思於五難先自擅於三一作二端登陽城而避險卧砥柱而求安既言多於忌刻實志勇而刑殘但坐觀於時變本無情於急難地惟黑子城猶彈丸其怨則黷其盟則寒豈冤禽之能塞海非愚叟之可移山況以沴氣朝浮妖精夜殞赤烏則三朝夾日蒼雲則七重圍軫亡吳之歲既窮入郢之年斯盡周含鄭

怒楚結秦冤有南風之不競值西隣之責言俄而梯衝亂舞冀馬雲屯棧秦車於暢轂杏漢鼓於雷門下陳倉而連弩渡臨晉而橫船雖復楚有七澤人稱三戶箭不麗於六麋雷無驚於九虎辭洞庭兮落木去芩陽兮極浦熾火兮焚旗貞風兮害蠱乃使玉軸揚灰龍文析柱下江餘城長林故營徒思拱馬之秣公羊傳圖拱馬而秣之未見燒牛之兵章慢支二字類聚作叓友以轂走宮之奇以族行河無氷而馬渡關未曉而鷄鳴忠臣解骨君子吞聲章華望祭之所雲夢僞遊之地荒谷縊於莫敖冶父囚於群帥硎穽摺拉鷹鸇批攢冤霜夏零憤泉秋沸城崩杞婦之哭竹染湘妃之泪水毒秦涇山高趙陘十里五里長亭短亭饑隨蟄鷲暗逐流螢

泰中水黑關上泥青于時尾解氷泮風飛雹散渾然千里
淄澠一亂雪暗如沙氷橫似岸逄赴洛之陸機見離家之
王粲莫不聞隴水而掩泣向關山而長嘆況復君在交河
妾在清波石望夫而逾遠山望子而逾多才人之憶代郡
公子之去清河挧揚（一作相陽）亭有離別之賦臨江王有愁思
之歌別有飄颻武威羇旅金微班超生而望返温序死而
思歸李陵之雙鳧永去蘇武之一鴈空飛若江陵之中否
乃金陵之始禍雖借人之外力實蕭墻之內起撥亂之主
忽焉中興之宗不祀伯兮叔兮同見戮於猶子荊山鵲飛
而玉碎隨岸蛇生而珠死鬼火亂於平林殤魂遊於新市
梁故豐徒楚實秦亡不有所廢其何以昌有媯之後將育

於姜輸我神器居爲讓王天地之大德曰生聖人之大寶
曰位用無賴之子弟舉江東而全棄借天下之一家遭東
南之反氣以鶉首而賜秦天何爲而此醉且夫天道迴旋
生民預焉余烈祖於西晉始流播於東川洎余身而七葉
又遭時而北遷提挈老幼關河累年死生契闊不可問天
況復零落將盡靈光巋然日窮于紀歲將復始逼切危慮
端憂暮齒踐長樂之神皋望宣平之貴里渭水貫於天門
驪山迴於地（一作平非）市幕府大將軍之愛客丞相平津侯之
待士見鍾鼎於金張聞絃歌於許史豈知灞陵夜獵猶是
故時將軍咸陽布衣非獨思歸王子

傷心賦（并序）　前人

余五福無徵三靈有譴至于繼體多從夭折二男一女竝
得勝衣金陵喪亂相守亡歿羇旅關河倏然白首苗而不
秀頻有所悲一女成人一長（一作外）孫孩稚奄然玄壤何痛
如之既傷即事追悼前亡唯覺傷心遂以傷心爲賦若夫
入室生光非復企及夾河爲郡前途逾遠婕妤有自傷之
賦揚雄有哀祭之文王正長有北郭之悲謝安石有東山
之恨豈期然矣至若曹子建王仲宣傳長虞應德璉劉韜
之母任延之親書翰傷切文詞哀痛千悲萬恨何可勝言
龍門之桐其枝已折卷施之草其心實傷嗚呼哀哉
賦曰悲哉秋氣搖落變衰魂兮遠矣何去何依望思無望
歸來不歸未達東門之意空懼西河之譏在昔今陵天下

喪亂王室板（一作毀）蕩生民塗炭兄弟則五郡分張父子則
三州離散地鼎沸於袁曹人豺狼於楚漢或有擁樹羅災
藏衣遭難未設桑弧先空柘館人惟一丘亭遂千秋遂韶
永恨孫楚長愁張武壯之心疾羊南城之淚流痛斯傳體
尋茲世載（類聚作戴）天道斯慈人倫此愛膝下龍摧掌中珠碎
芝在室而先枯蘭生庭而蚤刈命之修短哀哉已蒲鶴聲
孤（疑）絕猿吟腸斷顧傳之間路似新安藤緘轉櫝桁掩扆
棺不封不樹惟棘惟欒天慘慘而無色雲蒼蒼而正寒況
乃流寓秦川飄颻播遷從官非官歸田不田對玉關而羈
旅坐長河而暮年已觸目於萬恨更傷心於九泉至如三
虎二龍三珠兩鳳竝有山澤之靈各入熊羆之夢望隴首

而不歸出都門而長送對寶𥁞而痛心撫玄經而流慟石華空服犀角麗篸風無少女草不宜男烏毛徒覆獸乳空含震爲長男之宮巽爲長女之位在我生年先凋此地人生幾何百憂俱至二王奉佛二郗奉道必至有期何能相保淒其零零（一作凄）颷焉秋草去矣黎民哀哉仲仁冀羊祜之前識期張衡之後身一朝風燭萬古埃塵丘陵兮何忍能留兮幾人

文苑英華卷第一百二十九　終

文苑英華卷第一百三十　賦一百三十

哀傷二

弔軹道賦（并序）　王昌齡

軹道秦故亭名也今在京師東北十五里署於路曰秦王子嬰降漢高祖之地豈不傷哉余披榛往而訪之則莽蒼如也夫如（集作以）戰國之弊天下創夷又困於秦使無所訴罪在于政而戮乎嬰嗚呼殺降不祥項氏之不仁也遂作賦以弔云

長林之墟荒草無垠疇𤩽訪古隱嶙如存耆老曰此秦之軹亭也莫不隕泣而傷魂我聞中原版蕩歷數更造來爲都邑去爲郊道化育人寰盛德攸保其（集作如）有隨覆車之遺跡躡咸陽以崩倒陳炯戒而罔懷終墄裂以蕩掃今者行旅有悲涼之色將未識聖人之大寶聽之哉不義而（一作不非）強其弊必速徒以金城千里介（集作鐵）馬萬軸九國既夷上慢下黷東遊莫返白帝先哭是以沙丘閟禍制出趙氏扶蘇賜死大事去矣海內洶焉雷駭飈起自非（集作昔）睟先王而蹟道德亦無能而及此五星夜聚漢瑞秦亡白馬素車降於道傍非子嬰之罪也而殺身於項王悲夫以暴易

亂莫知其極且聞追懷（集作師追）而覇楚無乃弛義而爭國東城引劍亦其宜哉至於（集作如）后稷貽周三聖九賢合於（集作化洽）成康千有餘年猶復慎終如始爰作顧命宣文武之重光訓艱難於執政乃尸天主遂誥諸侯高奭內軸齊魯外輔此周之所以盤石相維數革黿謀孰與夫離擯子弟并心賊臣身死國滅如火燎薪設使雍州爲輿伊傅爲輪當朽索之不馭豈龍虎之能馴不其然乎賈生聞之於是讓東陵故侯曰昔王子有殷墟之歌大夫有周廟之作子秦人也豈無情哉（集作夫豈無情）邵平乃太息久之且爲歌曰道不虛行兮史䲡没位吾寧范伯之徒歟感夷齊而多愧麟鳳遠去龍則死之河水洋洋兮先師莫歸往者不可諫來者吾誰欺始退身以進道曷颺言而受非彼蕭相國知予乎布衣

登臨河城賦（并序）

蕭穎士

亡舅孝廉元君才高位下一命屈臨河尉尋遭風㿊（集作疹）有加無瘳憂悒迄逾一紀故不復仕而風標俊傑文史清雋（一作藻）則君所著別傳詳矣舅於予有教授（集作道）之恩隻詞片字皆資訓誘旣而射策桂林校書芸閣首爲知己名稱（二句字集作道爲知己過名爲海內稱）舅氏之力也天寶元年秋八月奉使求遺書於人間越來月屆于臨河（集作河干）之舊邑覽物增懷泫然有賦羊曇是日獨吟零落之篇周顗終身寧亡吐哺之愛詞曰

登孤城兮見河水之漫漫城有隍兮水有瀾欻翻覆兮無端俯崇墉兮心（集作辛）酸心斷絕兮河水之干借如韓伯（見殷浩傳）懷恩羊曇念昔追北渚之曩餞歎西刻之忽覿曾一顧而不忘（集作曾一顧兮不可忘）況仁深與密戚也惟佩觿之弱歲荷哲舅之矜憐枉月旦之殊品超等夷而獨偏（一作賢）過雖小而必誡善無微而不悛（一作遷集作甄）備潤身之黼藻聞染（集作涵）翰之蹄筌豈期文嗣作者價忝時賢謬崑墟而比玉濫遂島而懷鉛匪舅德其焉爾諒師資乎在焉痛才高而位下悲道悠而運促甫一命於茲（集作河）城蹇無媒兮窘東僚屠颸而墜羽凌永路而傾軸悼晉豎之行深哀秦良之莫贖昔自公而暇豫陪作賦於茲樓悵一紀以如昨恰今晨而（集作之）獨遊俯蕭條之邑里對零落之徂秋舊館悽其在目長川逝而不留徒臨風而揮涕孰知夫四望可以銷憂者也（集作而可銷憂者哉）

驪山傷古賦

郗昂

天生烝民而樹之君夫爲國者當建宗社廣敷聲教尊其威靈儼其容貌其惠也遠浹其仁也普悼言靜而可以底綏言動而無所屈撓令四海惟精惟一俾萬人是則是効安有臨伐木而棄其斧將涉水而投其楫童子猶知其不可況天下之龍豹初虎視八荒鯨吞六國攻必取戰必尅所往而梟（一作鏖）其渠師所敵而斷其銜勒起翦之功是蘇張之詐塞招星紀之南伐天街之北賞尉繚以爲忠讜誅

文信以爲殘賊將大寶而康寧謂神仙之可得一何壯哉及其浮江沉璧登山紀石徵茅蒙爲却粒之符遣徐市爲求真之客殫人力爲馳道鑄兵刃爲金狄方欲肆其暴露方欲窮其轍迹鬱輿閭左之徭大起阿房之役亦所以坑其儒士亦所以燎其經籍聞祖龍而匿籍逢巨魚而必射不知望夷之兆未覩沙丘之厄又何謬歟天降圖録言勦其辜惡貫已盈禍胎必膴載鮑之氣俄徹夢神之應聿徂意靡察於妖子尚勞師以備胡人且惑於蒙將我獨憐此扶蘇廢至尊之丕烈任姦邪之逆謀(不必作謨)將欲稱始帝而歷萬代卒宗滅而身屠王禄盡矣誰定其危天之所壞人不能支既同信於望夷安肯從於悖(一作李)斯生且替其遺

命死徒華其葬爲嗚乎驪山之隧其庸幾年上周五里(劉向傳始皇墳周四五里)下錮三泉鑿珠璣之布護盡金石之雕鐫匠人勞而不償反生埋於鬼埏狐兎穴而塵積牧豎焚而火連嗟抜山之壯氣成棋木之寒煙享祀輟矣疇相恤焉百二之襟帶莫守數仞之丘墳巍然何德之衰絶伯翳之餘業何力之競爲劉炎之着鞭枝葉將落本必先顛苕折巢覆胡能卵全是知不有廢也後王安得而處旃

過舊園賦(并序)　梁蕭

余行年八十歲當上元辛丑盜入洛陽三河間大塗炭因竄身東下旅於吳越轉徙阨難之中者垂二十年上嗣位歲應詔詣京師其(一作明)年夏除東宮校書郎遂請告歸覲于江南八月過峭澠次于新安東南十數里舊居在焉時歲滋遠荊榛蕪翳喬木蒼然三徑莫辨訪隣老而已盡聘庭柯以霑衣情之所鍾可勝歎耶夫懷舊之志在昔所不免聖如尼父達若莊叟且有歸歟之歎悵然之思予蓬艾存乎胷中喜懼形於(一作干)膝下寓江海之遐阻念歸來而不得思潘園板輿之樂陶野巾車之遊願言莫展一食三歎至是當秋日蕭索征途浩渺棟宇摧落曾不得乎少留心之憂傷又加於他日一等遂作賦紀事以過舊園命篇其詞曰

白露既戒夫清秋爰駕言而東邁漫征路之悠悠且予發乎新安歷函關之舊丘灌蓁森以相屬披一徑而可求閒

里巷之罕人辨原田而莫由堂除既缺衡宇亦折樹蔽戶而稍稍水衝隄而活活駭獸群起頹墉四達識舊井於庭隅弔重蘿於木末既循省而顧慕愈辛酸而慘怛何纏迫而求所安激予衷而不可遏也昔予生之三歲值勍虜之衝奔徙穹廬於華縣蒙郊廟於氛昏皇遊蜀川帝出朔原尸逐纔血烏九又屯俄四逆之薦凶扇熛炭而爇黎元予既幼捨此居業慮性命之所存始竄跡於許都又逃刃於東門沿汴水之湯湯棹淮波之翻翻荷聞詩之前訓迫馳役而不敢言截澍河以徑度趣諸越而休止在長洲與蘭陵亦一閏而三徙嫋嫋兮秋風湛湛兮春江傷吾心其何已皇八葉之御極亦既安此寰中浮旆繽其來歸真獨鬱

猶未通泊大歷之二七六龍忽其上升赫元聖之統天敷太和於黎蒸建皇極以成化啓公車以選能予筮遇觀之六四(繇一作𦿆云觀國之光利用賓于王)聿投迹於雲羅謬試言於内殿俾典校乎承華聆聖賢之休風仰墳籍之長圃與世道而遊息實人倫之憲矩史正直以終始瓌卷舒於嘿語展井黜而不去莊順神以遐衆諒修己之異宜各弘道而得所矧微生之庸拙胡可嫚夫(一作乎)出處耿江湖之漂蕩廢田里於草莽苟將愜乎予思孰辨夫懐安之與懐土伊吾土之所安迺陋狹而在斯實舊德之師儉庶後昆以易持(高祖父鵜王府記室宜春公泊曾王父侍御史府君巳降三世居始陸渾有田不過百畝開元中爲大水所壞始徙於函關)也桑柘接連䟽巢芳滋彼茅軒與甕牖亦寒燠之攸宜荒

百歲而負(一作員)居魯未幾而亂離二十載而一來紛無穢而莫治駐周覽而未已又旋指于江湄魯是追感於平生孰不悲傷而涕洟抑聞夫仲長之園面流水而覽平原遭世緒之澒濁竟初懐之罕存又聞夫郭泰之德不遠親貞不絕俗當尉羅之周布竟淳白而不辱何天宇之交泰蹇予生之孱獨退無庇跡之所進靡代耕之祿慨捨此而不留徒仰高於前躅日婉娩而命駕恨盤桓以出谷慮將歸之或迷吾斯志夫喬木亂曰所居而安易之序兮歷聘懐歸孔之慮兮粤子庸昧道莫著兮曩離舊邦紛世故兮林井殘泥鉤亦去兮墜廢居業忸而懼兮遲歸有時藻(一作保)吾素乎(疑作兮)

九一作皆集本

傷往賦(并序)

劉禹錫

人之所以取貴於飛走者情也而誕者以遺情爲智豈至言耶予授室九年而鰥痛若人之夭閼弗遂也作賦以傷之冀夫覽者有以增伉儷之重云

歎獨處之悒悒(一作邑邑)兮憤伊人之我遺情可殺而猶壽境當歡而覆(一作復)悲人或朝歎而暮息夫何越月而踰時太極運乎三辰轉寒暑而下馳有歸於無兮盛復于衰猶昧爽之必暮又安得而怨咨我今怨夫若人兮曾旭旦而潛暉飄零日及(日及木槿也晉成公綏潘尼有賦)之萼倏忽蜉蝣之衣川走下而不還露迎陽而易晞思已甚兮難絕見無期兮來思

我行其野農民桑者舉按來饁亦在林下我觀于途裨販之夫同荷均挈荊釵布襦羽毛之蕃鱗介之微和鳴灌鬐雙沫漣漪蠢蠢者(一作伊)蠢蠢伊豸遊空穴深兩兩相比何動類之萬殊必雄雌而與俱物莫失儷以孤處我方踽踽而焉如我復虛室目淒涼兮心伊鬱心伊鬱兮將語誰坐匡床兮撫嬰兒何所丐沐兮何從仰飴襦袴在身兮昔圖差跌(一作蹉)鞶囊附臂兮餘馥葳蕤誠天性之潛感顧童心兮如疑曉然有難繼之慕漠然減好弄之姿指遺袿兮能諗嬲空帷兮欲歸我入寢宮痛人亡兮物改其容寶瑟僵(一作偃)兮絃柱絕瑤臺傾兮鏡奩空寒爐委灰虛幌多風隙(四一作駟)晨轉窗蟾夜通步揺昏兮網拈翡翠芳褥掩兮塵

化蛩蛩闐刀尺之餘澤見巾箱之故封翫服儼兮猶具繁華謝兮焉從想翩翩（一作僊）於是非求寒宰與冥蒙信奇術之可致嗟此生兮不逢徒注視以寂聽恍神疲而目窮還抱影以獨出紛百哀而攻中系曰龍門風霜苦別鶴哀鳴夜銜羽吳江波浪深雌鮒一去無遺音悲之來兮憒予心洶如行波洊浸泽悵（一作浩又作旣）緣情而莫極思執禮以自箴已焉哉卅卅生死悠悠古今秉彼一氣兮聚散相尋或鼓而興或罷而沉以無涯之情變悼不駐之光陰諒自迷其有分徒紛怨於匪忱彼蒙莊兮何人予（一作千）獨累歎而長吟

九一作皆集本

山陽城賦（并序）　前人

山陽故城遺趾數雉四百之運終於此墟裔孫作賦蓋閔漢也詞曰

我止行車霣涕于山陽之墟是何蒼莽與慘悴春陵之氣兮焉如晻昌運於四海辭至尊而伍匹夫有利器而倒持兮曾何芒刃之足舒懿王迹之聿基暨絕（一作坤）維之再敷邈汜陽與鄗上悦虵變而龍攄痛人亡而事替終此地焉忽諸嗟乎積是爲治積非成蠹文景之欲覈身以約播其德牙迄武乃獲恒靈之欲從心於昏蓺其袄焰逮獻而焚彼伊周不世兮姦雄秉釁而騰掠物象灌以易位披虛號而陽尊終勢殫而事去胡竊揖讓以爲文嗚呼維神器之至重兮如山之不騫使人得譬乎逐鹿因（一作固）健步者所先諒人事之云耳孰云當塗之兆也自天亂曰（一作日）久矣莫可追升彼墟兮噫嘻躅（一作獨）遺武兮貽後王之元龜

三良塚賦（并序）

魯文六年秦伯任好卒以子車氏之三子奄息仲行鍼虎爲殉皆秦之良也國人哀之爲之賦黃鳥君子曰秦穆之不爲盟主也宜哉先王違世猶貽之法而況奪之善人乎是以知秦之不復東征也秋季月吾西遊汧渭出於岐雍之間於古道傍得三良塚心甚哀之涕泗者久之而去詞曰

昨宿岐城曉涉渭東霜凌雪結飛沙亂蓬中野躊躇稛此古墟野人曰即車氏之塚方驅駕班如久而咤曰吾嘗讀

舊史矣古者秦氏大於穆公出師則寧東夏用賢則霸西戎大邦服其禮小邦畏其雄謀已集戰亦武不能勤王不爲盟主者何居以殲天之良喪人之特百夫仰系一朝而踣可哀也哉宛其三子遭時迍邅主已即世身皆靡全指冥芒而爲期撫昭世而坐捐方惴惴以臨穴且哀哀而號天從有言於寒原莽蕩千里廻眺無垠（一作根）上刺哀德下傷幽魂挂驂壠樹脫鞁山門掇野芳以爲薦汲行潦而充鐏矧今情之猶悲諒古恨之潛吞死而不作吾誰與言代事浩濊人壽脩夭言念君子中心悄悄哀生人之長慟（一作勤）赴末夕之莫曉歸去來兮不可留且悲吟於黃鳥

項王亭賦（并序）　李德裕

丙辰歲孟夏余税（一作息）駕烏江晨登荒亭曠然遠覽因觀太尉清河公刻石美項氏之材歎其屈於天命且曰漢祖困阨之時生計非蕭張所出余以爲不然矣自古聰明神武之主未嘗不應天順人以定大業項氏（一作羽字）縱火咸陽失秦中之固遷主炎裔傷義士之心遠天遠人覇圖隳矣漢皆反是故能成功據秦遺業東制區宇（一作夏）雖（一無此字）數敗於外常有關中爲舊主縞素以義動天下雖項氏猶存而王業基矣若乃蠖屈鴻門龍潛天漢始降志於一人終申威於四海則蕭張之計不亦遠乎余嘗論之漢祖猶龍項氏如虎龍雖困而其變不測虎雖雄而其力易摧一神一鷙宜乎夬絶然艤舟不渡留騅報德亦可謂之命矣自湯武以干戈創業後之英雄莫高項氏感其伏劒此地因作賦以弔之

登彼高原徘徊始曙尚識艤舟之岸焉知繫馬之樹望牛渚而（一作以）蒼然歎烏江之日渡（三字一作而不渡又作而日渡）想山川之未改嗟人世（一作斯人）之何遥思項氏之入關按秦圖而割據恃八千之剽疾棄百二之險固咸陽不留王業已去將衣錦於舊國遂揚旌而東顧雖未至於陰陵誰不知其失路恥沐猴之醜詆乃烹韓而泄怒謂天命之我欺何覇王之不寤嗟乎楚聲既合漢圍已布歌數闋而甚悲酒盈罇而不御當其盛也天下侯伯自我而宰制及其衰也帳中美人寄命而無處季數㳫而不亡羽一敗而終仆豈非獨任於威力不由於智慮追昔四隤之下風煙將暮大咤雷奮重瞳電注叱漢千騎如獵狐兎謝亭長而依然愧父兄兮不顧既伏劒而已矣彼群帥兮猶懼雖覇業之無成亦終古而獨步周視陳迹緬然如素聽喬木之悲風感高秋之玄（一作要）露因獻弔於兹亭庶神靈（一作期）之可遇

九一作皆集本并碑本

文苑英華卷第一百三十　終

鳥獸一

獅子賦　虞世南

惟聖皇（一作惟皇王）之御曆乃承天而則大洽至道於區中被仁風於海外通鳳穴以文軌襲龍庭以冠帶含夷言於藁街陳萬物於王會渺渺地角悠悠嶂表有絶域之神獸因重譯而來擾其所居也巖磴深阻盤紆絶峻翠嶺萬重瓊

崖千仞馬頓轡而莫升車摧輪而不進伊方服之君長召積風而奉進爾乃發鳥代過白狼踰絶巘跨飛梁越流沙而遥集超積石而高驤其爲狀也則筋骨糾纏殊文（一作資）異制闊臆脩尾勁毫柔毳鈎爪鋸牙藏峰蓄鋭弭耳宛足伺間借勢暨乎奮鬣舐脣倏來忽往瞋目電曜發聲雷響拉虎吞貔裂犀分象碎適兕於斷齶拙（一作屈）巴虵於指掌踐藉則林麓摧殘哮呼則江河振蕩是以名將假其容高人畵其質聱其威以凌厲美其風而賛述鑒倚伏以崇身乃有識之高軌彼白猿之騁妙終取斃於弧矢雖玄豹之幽栖亦損軀於巖趾並同亡而異術豈行藏之足紀何兹獸之明智獨出類以殊倫雖奮武以馴勢乃知機而屈伸去金方之僻遠仰玄風之至淳服精心與猛氣遂守（一作感）德以依仁同百獸之率舞共六擾而來馴斯則物無定性從化如神譬鱗羽變質於淮海金錫成器於陶鈞當是時也兆庶欣矚（一作瞻）百僚嘉歎悅聲教之遐宣屬光華之任旦臣載筆以叨幸得寓目於奇詭順文德以呈祥邇編之於東觀　凡一作皆初學記

第二（并序）　牛上士

上士曾讀實録貞觀九年西域進獅子秘書監虞世南獻賦前史美之竊謂（一有虞字）公博物洽聞誠則可重瑰琦倜儻或非所長欲精體物乃賦其事

窮汗漫之大荒當崑崙之南軸鑠精剛之猛氣産靈猊之

獸族指千里於崇朝逾鐵山而徃復非取後於熊豹豈方姿於甝虪（張景陽七命曰拉甝虪音叔）故其方頤蹙頞隅目高匡獲地蹲踞騰空抑揚簇拳毛以被勁縷柔毳以爲裳逢之者碎犀象聞而頓伏值之者破鵰鶚不敢飛翔哮呼奮迅睒瞲騰振掌攫攢鈹口銜霜刃怒雙精以電射一吼威（三字一作揭一吼）而雷震似烏獲之摧鋒疑項王之入陣及夫朝脯未食鼓鬐奮力後勁雙瞋前張闊臆蹉殊榛以傲睨跳絶梁而合艴條橫嗌而風馳乃掉尾而雷息口裂奔軀足梢狂兕猛虎摧於掌握豪豬碎於牙齒既飽飫而心和乃宛頸而鉆耳彷徨於金河之外生長乎葱山之裏嘉此獸之奇傑邈蹻勁而殊材隨馬牛而内向順謳歌而揭來逾烏城之

積阻獻龍闕之崔嵬資譯人之納貢彌雄心以効能何慮者之維縶鷙牙爪之可怖頓金鎖而長縻閟鐵牢而永固悲此生之窘束懷舊國而愁慕雖食肉於當年思盡力而無路羨文豹之掎麗羡韓盧之逐兔伊薄技之見收而備材之不顧聞夫天以煦育爲施草木皆春帝以惠訓爲施猛厲皆仁夏后氏擾孁龍而伏早軒轅氏役熊羆以佐人此奇獸之爲用豈無用而來馴何不校之於搏擊投之於絶倫而使之欝欝於窮檻區區於後塵者乎

天狗賦（并序）　杜甫

天寶中上冬幸華清宮甫因至獸坊怪天狗院列在諸獸院（一有字）之上胡人云此其（一有獸字）猛捷無與並（一作此）者因（一作甫）

壯而賦之尚恨其與凡獸相近其詞曰

驂華清之莘莘漠漠而出（一作山）殿戍削縹焉（一作與）天風蜒乎迴薄上揚雲旍兮下列猛獸夫何天狗嶙峋兮氣獨神秀色似後猊小如猿倪忽不樂雖萬夫不敢前兮非胡人焉能知其去就向若鐵柱欹而金鎖斷兮事未可救瞥流沙而歸月窟兮斯豈踰晝日食君之肥鮮（一作鮮肥）兮性剛簡而清瘦敏於一擲威解兩鬬終無自私必不虛透宮觀乎副君暇豫奉命于畋則蚩尤之倫已脚渭戟涇提挈丘陵與南山周旋而慢圍者夥實禽有所穿伊鷹隼之不制兮呵犬豹以相纏蹙乾坤之翕習兮望麋鹿而飄然由是天狗捷來發自於左頓六軍之蒼黃兮劈萬馬而（一作以）超過材官未及唱野虞未及和冏髇（許交切髇也）矢與流星兮圖要害而俱破洎千蹄之並（一作遊）集兮始㧗怒以相賀眞雄姿之自異兮已歷塊而高卧不愛力以許人兮能絶等以爲大（徒賀切）旣而群有嗷咋勢爭割齧垂小亡而大傷兮翻投跡以來預劃雷殷而有聲兮紛膽破而何遽似爪牙之便禿兮無魂魄以自助各弭耳低佪閉目而去每歲天子騎白日御東山百獸蹴蹌以皆從兮肆（一作四）猛佐銛銳乎其間夫靈物固不合多兮胡役役隨此輩而往還惟昔西域之遠致兮聖人爲之谿迎風虛露寒腿（一無此字）體蒼螭軋金盤初一顧而雄材稱是兮召群公與之俱觀宜其立閶闔而吼紫微兮却妖孽而不得上干時駐君之玉輦兮近奉

君之渥歡欲使輿臾而誰何兮備周垣而辛酸彼用事之意然兮匪至尊之賞闌仰千門之崚嶒兮覺行路之艱難懼精爽之衰落兮驚歲月之忽殫顧同儕之甚少兮混非類以摧殘偶快意於校獵兮尤見疑於蹻捷此乃獨步受之於天兮孰知群材之所不接且置身之暴露兮遭縱觀之稠疊借眼空多生涯未愜吾君儻憶耳尖之有長毛兮寧久被斯人終日馴狎者（一無此字）已

越人獻馴象賦（以辭林邑望國門爲韻）

倬彼馴象毛群所推特稟靈於荒徼思入貢於昌期豈不以獻我令辰自林邑而來者稽諸舊史在成康而紀之一則識王者之無外一則見遐方之不遺苟形瓌之足偉孰

路遠之云辭於是出豊草去長林殊彿彿之彼格異徨徨
之就擒屬其容也故獸伏我力和其性也故人知我心作
蠻方之貢爲上國之琛萬國標奇名已馳於魏闕千年表
慶價實越於南金况乗之便習或訛或立動高足以巍峩
引脩鼻而噓吸塵隨蹤而忽起水將飲而迴疑入牙櫛比
而槮槮眼星獵而熠熠中黄雖勇力不能加見張平子西京賦蒼
舒信奇知之莫及服我后之阜棧光我唐之域邑驅之則
百獸風馳諕之則萬夫雲集故其威容足尚筋力殊壯輪
囷而重若旌立鼎負而高如巨防執燧奔戰牽鈎委旣遇
之者或驚駭而反行覘之者或披靡而遥望何斯象之剛
克兼美義之不忒懼有齒而焚軀故全身而利國縱使牛

能任重馬有報德徒久困於輪轅又每傷於街勒豈如我
邈自遠藩來朝至尊辭桂林之小郡入閶闔之通門負名
聞之籍籍守馴擾以存誠幸投之於芻藁豈敢昧於君恩

第二同前韻　杜洩

惟彼馴象產乎南夷其形大也因地而受氣其性順也從
心之所資食豊草於幽巖之麓飲清流於長江之湄不忘
於人如得其時推誠於物任以縶維此吳王之化被也故
遠人得而獻之中心搖搖其道遲遲左顧右盼知出羣之
已遠廣思遐想與草澤而長辭脩途是尋疊嶂嶇嶔或行
于陸但隨山而上下或載於舟距涉江之淺深既濟水以
次水復出林而入林所過之邦徒觀其骹髀之貌所寓之

衆豈識其謙柔之心荒徼已遠王畿斯入聞之者遐邇必
至覩之者士女咸集與疑人不知其故皆愕然而立或告
之曰所馭之者越人所出處者林邑近之可仰遠之可望
銓衡不能舉其體丹青足以圖其狀揣輕重者我有蒼舒
之智高思柔服也我有周公之德王以之馳三軍比矛戟
而齊鋒以之和六氣與簫韶而俱唱稽其來也自南徂北
嘉彼所獻克我王國食以筐筥牽以徽纆將致貢於昆夷
亦率職於邛僰斯之爲義可得而論性之馴良表邊夷之
向化體之一作必固實揣中夏之所尊以君好生之故我身
必壽以君賤貨之故我齒斯存豈克耕於野輸衆人之力
曷如我入貢霑萬乘之恩雖自慙於陋質求顧在乎王門

放馴象賦以珍異禽獸無育家國爲韻　獨孤授

彼炎荒兮王國是賓此馴象兮越借所珍化之式孚則必
受其來獻物或遺性所用感於至仁吾君於是詔掌獸之
官諭如天之意惟越獻象不遠而致推已於物曾何以異
徒見爾雄姿而屈猛志安知不懐其土而感其類揆夫國
用芻豢之費則多許一作計以方來道途之勤亦至與其紲
之而厚養孰若縱之而自遂且彼集於禁林我則有五色
九苞之禽在于靈囿我則有雙觡共柢之獸何必致遠物
於外區崇偉觀於皇都是用返諸林邑之野歸爾梁山之
隅時在偃兵豈嬰乎燧尾上惟賤蹄寧恤乎焚軀非同委
棄罔或踟蹰知拜跪兮則有謝渥恩兮豈無復得顧侶求

群跨川登陸食豐草以垂鼻出平林而瞪目逍遥乎存存
之鄉保守乎生生之福懷仁初就於牽掣順理竟資於亭
育游乎水同亥身之龜𪊲乎山異放麑之鹿大道茲始淳
風不遐感以和樂亦參乎百獸率舞軀之仁壽寧阻乎四
海爲家奚必克帝庭之實駕鼓吹之車然後可以爲國華
者哉由是聖心孚于下國物靡不獲其所化乃允臻其極
放一獸而庶類知歸遂四方而萬代作則彼周驅犀象漢
放駿馬未可論功而校德

第二　同前韻　獨孤良器

皇上御寶曆之惟新闡乾符發坤珍德被華夷敷雲雨之
廣澤恩及飛走含天地之全仁乃却走馬以亥素斥馴象

而不異非耳目之可役同寶玉之遐棄放之於無人之境
歸之於不毛之地或群或友伊飲齕之無虞載寢載興信
生成之自遂鮮網之惠無聞放麑之仁克類然後以儒爲
林毓賢哲以爲禽以道爲囿利忠良以爲獸亮功格于人
神德齊於宇宙是由化與澤俱仁與道符賢爲其寶太康
之訓不作獸用不擾虞人之箴遂無徇物之情允著好生
之德式孚可以順天然可以遂亭育既絕燧尾之患不虞
焚身之戮去往顧於人寰徇野心於林麓伊昔漢氏惟其
晉家焚翟頭之裘於前殿却千里之馬於後車猶自（一作且）
飈休垂美有聞無譁況我一人温恭允塞本忽之而勿營
非欲之而復抑往籍之所未覩前王之所不克誠可以懷

四夷柔萬國者也

正月一日含元殿觀百獸率舞賦　鄭錫

皇上端拱穆清法春秋五始之要酌禮樂三代之英赫帝
典含元正衞紀允叶攝提爲真毓龍首以抗殿靡魚須而
建旌開彤庭執玉帛者萬國發金奏韻簫韶而九成祥風
應律卿雲夾日華夷會同車書混一羽衞宿設乘輿曉出
陳八佾象鈞天之儀舞百獸備充庭之實彼毛群與羽族
感盛德而呈質度曲既三薰風自南進旅退旅兮猛志外
戢擊石拊石兮和氣内含勿齊首以瞪目乍脉脉而耽耽
威而不猛樂而不譲搏鷙者揺尾而就養剛很者戢角於
䌌藩牝馬馴致於坤德群龍利見於乾元若乃大禮成壽

觴薦天聲起皇威遍金石鏗鏘以攢雜文物葳蕤以葱蒨
獸臣獻伎於廣庭樂正舉麾於層殿恒荒戎於飄（一作裹）廣
咸稽首而革面其初進也波委星攢如崗如巒發揚蹈厲
兮鼓舞爭集無小無大兮容止可觀其少退也軍旋陣拆
匪蠻匪貊蹄角且千兮羽儀累百詭色殊奇兮相輝赫赫
豈獨九尾靈狐一角神獸顧兎宵落麒麟夜鬬非熊非羆
爲狳爲狖威鳳巢閣騶虞在囿條支之犀黄支之鷔而已
（漢平帝紀黄支之國獻犀牛西域傳條支國烏卵如甕似與此文交互）其徒實繁厥狀非一五
靈嘉瑞百寶異質數不可盡之於詞名不可殫之於筆莫
不聞至樂而知感樂皇風以相率忽指顧於應規亦迴旋
而中律穆穆焉嶷嶷得而備述則知樂之感也深德之備

也普彼禽獸之遇聖隨萬里而咸覿至若吳歈越吟荊艷
楚舞徒慆堙於心耳安擬議於干羽曾不充虞舜之帝圖
疑列后夔之樂府辭曰鑠兀會兮正王度奏雲門兮歌大
濩百獸舞兮四夷懼于胥樂兮皇風布客有慕上古之膺
歌望承明而獻賦

舞馬賦 并序以奏之天庭為韻

書曰擊石拊石百獸率舞是知時貞而物應德博則化光
故九有宅心萬方惟允我開元聖文神武皇帝陛下懋建
皇極丕承寶命揚五聖之耿光安兆民於反側功成道備
作樂崇德上以殷薦祖宗下以導達情性則有天馬絕足
來從東道出天庭而屢舞仰皇心而載悅豈止綠錯開圖

分九疇於夏后汗溝走血服四夷於漢皇而已哉野人沐
浴聖造與觀盛德敢述蹈舞之事而賦之
皇帝叶天行乘春候張廣樂而化通鬼神徵舞馬而懷柔
奔走爾其聆音却立赴節騰湊顧遲影而傾心效長鳴而
引脰徘徊振迅類威鳳之來儀指顧倏忽若騰猨之驚透
㖞鍾鼓而載止暢簫韶之九奏洎宛跡遲遲汗血生姿順
指不動因心所之日照金羈而晴光交映風飄錦罽而淑
氣相資頓以退而未即將欲進而復疑絕節交衢而大人
相慶赴曲齊列而皇心則怡豈若檉溪水上章臺路前塵
埋玉勒汗濕金鞭竟空疲於力用固無取於當年孰若矯
足騰摧婉柔姿而近日驚身聳躍嬌逸態於鈞天別有假
象天星因時降靈雙瞳夾鏡而異質兩權夾月而殊形出
渥洼兮道已泰歷具坂兮心匪寧頹因百獸之相率舞聖
德於天庭

第二 同前韻

渥洼之駿兮逸群特秀簡傛文選赭白馬賦簡傛塞門之來兮稀代是
覿豈惲夫行地無彊是羨其承天之祐彌雄心以順執習
率舞而初就因大樂以逞狀隨伶官而入奏樂彼皇道上
委拆於一人狎節廣場下歡心於百獸飾金鍐頓紅綏類
却略以鳳態終宛轉而龍姿或進寸而退足時左之而右
之至如鼉鼓歷考龍笛昭宣知執轡之有節乃蹀足而争
先隨曲變而貌無停趣因矜固而態有遺妍既習之於規

矩或奉之以周旋迫而觀焉若桃花動而順吹遠而察之
類電影倏而橫天固絕倫之妙有豈衆伎之齊焉我皇端
拱無事垂意至寧愔愔正聲以久變而合樂逐逐良馬絡
萬舞而在庭豈比夫漢皇取樂而同轡魯侯空牧而在坰
以今古而匹敵何長短之相形

文苑英華卷第一百三十一

文苑英華卷第一百三十二　賦一百三十二

鳥獸二

渥洼馬賦　喬彝

域中之寶生乎天涯天子之馬產乎渥洼澤出騰黃獨降精於太乙神開滇壑固不涉於流沙月散電兮虎駮喙含冊而虎牙躡紅雲而噴王露赤汗以攢花望兮以乂來何

晩耶應圖合謀光我帝業星逼兩瞳月貼雙頰四蹄曳練飜瀚海之霜華一噴生風下胡山之木葉然後落以金羈拂于鱗鬐晴射紫焰梢垂綠絲凝嬌欲嘶嚼凄鏘之王勤疊影不顧紛偃蹇之朱旗皇矣帝徹漢網斯鈌憑百萬之精勁倚四夷之磔裂屠蒲梢而亘大漠指二師而求汗血謂滅沒之未來竟羈縻而不絕有生必感有感必通通也不極環之無窮彼泓汚之斗水乃幽贊於神功然後飈沙卷浪於馮夷之宮疊足側身於奫淪之中星精降兮河嶽動天駟入兮騖駘空嗟我皇之英特而牽其惑欲能敗度侈多凉德夏后九代（山海經夏啓舞九代馬）越天地之紀穆皇八駿荒帝王之則而况金通月支價及疏勒悉復馳去終無所得此余吾之降生解倒懸於中國祈招愔愔式昭德音感激萬古凄凉至今願以采求馬之人爲求賢之使待馬之意爲待賢之心

郄千里馬賦（以上之所班諸侯不貢爲韻）　獨孤申叔

惟漢德之雍熙俾遐荒兮肅祗布澤所治致遠人之樂只任土必貢奉良馬以來思殊乎皎皎陋乃騤騤冀八鑾以御矣齊四牡以維之由是朝發於窮邊夕獻于君所倏追風以掣電邈千里兮一舉仰騄驥之居周鄙驌驦之在楚故將進薦於象魏庶得超遙於苑囿帝曰斯馬爾其還與（平聲）旅獒之訓令則皎如歸獸之義寧當忽諸矧乃乖乎法駕而不合於乘輿且帝之御也厥儀惟舊帝之動也其道

惟守驅千乘以啓前羅萬騎以居後分青旌兮在左揚素旆兮在右儼五路以居中矯六龍以齊首飾鑾是饗將節乃疾徐次舍有期豈宜乎奔走蓋順之而則可信違之而則不雖千里兮足珍於一人兮何有矧乃場苗既食馬政攸班間以赤兎兼之白驌叶圖之駒伏皂稱德之驥在閑足以驅馳於九域之內足以巡狩於六合之間宜乎旋爾故鄉歸於舊壤超乎半漢適彼莽蒼（七蕩反）厥逐北風之思郄從東道之上俾得交頸（齊上）翹足荒陬克全真性有歸羣休同越地之放象似桃園之罷牛豈彼驊騮卒見羈於造父寧同屈產終服御於晋侯是知漢文之德彌尊歸馬之猷克中示後之立國者盡規矩之以郄遠方之貢

漢文帝郄千里馬賦（以清道乘輿前驅爲後殫爲韻）

皇天眷命兮炎漢斯興運鍾三葉兮文德可稱六龍（一作九䮾）整儀賤纖英而不服五馭餝駕郄良（一作騩）駿而不乘猶（猶由通用）是遐邇授首蠻夷屈膝梯山航海者望之如雲納貢貢珍者府無虛日別有吉良（山海經曰馬名吉良乘之壽千歲）之種渥洼之出娩飛黃於軒宮奄驊騮於冏室歷無草以入貢涉流沙而効質就御服以馴養頗驅馳而警蹕其體也赝膺毛服其目也擁後決前眸黕淼而鏡朗權應規而壁懸稟月精於地法星象於天鬣上朱明溝中血走朝辭辮髮之俗慕憇雕題之藪驌驦慙專美於前騕褭愧垂名於後及夫噴玉勒而洙素鳴金珂而響清指九重以獻壽勒百禮以効誠帝於是宣皇風馳聖道前賢斯鑒古訓斯考差轍迹於穆王想旅獒於召保乃宣言曰朕法天以清凈法地以玄虛有典有則不疾不徐梢星之旗逮於前步彗雲之旆設於後車吉行三十而當息良馬千里而焉如爾以馬爲寶我以德爲輿與其授受以交喪曷若乾乾而捨諸獻馬者乃黕䩉慙頹低徊弔影步遷延以眷眷神寂寞而耿耿於是德日洽祚惟永俾來葉之嗣君仰斯道以自警

獲大宛馬賦（以開遠戍得天馬爲韻） 胡直鈞

昔孝武籍善馬駕英才窮二師於海外獲汗血之龍媒於是宛卒大北神駒盡來馳駿奇狀超攄逸材走追風於馬邑嘶逐日於雲堆因行師之勳著辨前王之業開當夫海

西出征禦敵要遠始遲疑而不進承弄命之爰晚奉皇風之用宣甚邊草之齊偃既量功就已料生返越窮海之沙塵及大宛之城苑既高勲以茂勵且不愧於分閫芻糧盡取騄驥亦空材爲地產之最精降天山之中背不毛之殊俗從入律之東風沛艾骨異低昂氣雄溢鏡光於金勒流雪彩於花驄悉可耀威華夏奪魄德戎若乃發跡窮荒來儀中國史驚千載之異朝慶一人之德君子之德式孚天王之道允塞騰驤未埒會何比於權奇臧没長衢獨有類於筋力然則馬惟行地君實統天黷兵者耗財之本愛財者有國之先徒知天駟之可獲莫痛征夫之寡全時泰俗饒固理道之所急珍禽奇獸在人君之可捐穆王之荒何取文帝之事足傳竟洽大東之詠奚爲天馬之篇况驥之生兮有矣砥之產也在焉復何必勤求於遠卒當耗斁之事邊向使代宗退術士寶賢者罷征戰於戎夷浹風俗於純嘏自將致丹質之鳳鳥豈徒來汗血之龍馬故前代論邊之徒以勞師遠代屈衆策之下

汗血馬賦（以絕足方騁流汗如珠爲韻） 王損之

異彼天馬生于遠方每流汗以津潤如成血以熒煌所以名重騄驥價高驌驦骨騰肉飛既揮紅而沛艾麟超龍翥亦流汗以徜徉當其武皇耀兵二師服猛破大宛之殊俗獲斯馬於絕境由是辭虜塞以貞（一作俱）來望漢庭於遐騁初疑霡霂染瀚海之霜華終訝淋漓變榆關之霞（一作雪）影

及乎獻闕之始就駕之初飾金羈而勢如攝景耕玉勒而態若凌虛伯樂怎觀訝露襟而沃若王良載馭驚濺袖以班如觀其步驟如流驅馳若燬恣余力而聳躍控中衢而燮絕長鳴向日踥蹀而色若渥丹驤首臨風奮迅而光如振血疾徐中節羈束如濡流膂臆以飛赭灑纓鬣以疑珠雄姿泛彼逸態濡于映白駒之群皆疑失素齊紫燕之匹不可奪朱卓彼奇姿實爲殊觀初溢腹（二字一作盈冊）而露灑終盡足而渙汗小朱翼而表異難並駿良彼赤鬣以稱奇詎同款段超騰莫及迅疾難儔赫如以浹洽乍煥若以飛浮儻遂越都甚追風而更疾如同過隙似奔電以潛龍且其戢聯翩異蹤蹻材逾良驥名夫逸足倘不棄於血誠將八鑾

而齊躅

朔方獻千里馬賦（以題爲韻）　王起

騋彼名馬產茲玄朔得遐方之勁氣是禀嚴凝應（一作上）昭聖之禎符其來綿邈固可以飾和鸞之鏘鑣就鉤膺之濯濯始其同羣豐草挺質寒鄉名超茲白瑞掩飛黃伊六轡之爰設非九重之孰當爾其走險鹿駭望雲龍驤繫之維之登歌不懟於西極若臧若沒獻狀聿來於北方于以效伏皁之勤于以釋長鳴之怨流離而走血來格蔓落而執靮斯獻計鴻鵠之舉彼未居多涉燕宋之遥我方適願柔心有待逸足未宣權奇於絳闕之下沛艾於紫庭之前禀月未匹追風莫先所以闡幽鬱之美所以增華廄之妍既信且閑軼其羣兮相萬視遠兮邈遵其路兮且千一人既瞻八駿初比彼千駟花發六騶雲起其止也可齊乎足其行也無踰於里信愕視於華原而騰輝於良史伊茲駿之閒出在前王而殊寡或鑾輅而見損或詖車而不捨我皇昭景福錫純嘏稱德以喻夫後乂服勞以勸夫忠者豈維同兩漢之帝獲千里之馬

燕王市駿骨賦（以求骨於好駿騏雲集爲韻）

昔燕王思良馬以扶輈搜揚未獲竊寐而求以爲激貪可以動物明誠可以感幽乃市乎死駿之貴（疑作骨）比飛黃與驊騮則有權奇之類倜儻之儔既淪精於一代埋朽骨於千秋廾委土以從棄忽兼金而見留爾其慨意如生沉吟

未歇朔風至若聞其激揚纖塵飛想見其臧沒用已息於躡影狀猶存乎挾月匪充貨賄殊巨象之焚身不薦宗祧異立龜之祀骨嗟夫君之愛彼彼竟奚爲雖云力則無展傑亦魂而有知恩實殊常誠所謂汗血而匪恨生如可再思所願肉骨以効奇既而視同龜王之珍藏諸韞櫝之奧衆既美其惟一孰不從其所好於是不遠而致（一作至）貴然來思競選奇而徙矣爭簡異而歸之迭進騕褭爭呈秀騏包在坰於魯頌掩食場於周詩豈非結之以志感之以類寸誠式孚片骨罔棄不降階而屈身果麟集而塵至詎比夫虞公復諫竟貪屈產之良漢武勞師遠取大宛之驥乃知市骨以求駿馬則其至誠羣築臺而尊郭隗則其從如

雲骨何施焉姑明好駿之意愧未足也且表樂賢之君至
矣哉可喆規於典墳國家皇極立洪勳集安輪之騁尚無
數側席之求如不及儻俊骨之已收欲騰驤而見縶

市駿骨賦 以買死招生騰方一作貴必至為韻　韋執誼

代有良驥勤求可致上心好也固有開而必先朽骨沽諸
蓋有不期一作求而自至於是搜延一作馬廄發屠肆出千金
而易之獲一骼而無棄不賈其用雖瑜飾而無成將慮其
先使雄名而不隳昔之服纓王節軌倏追長風而齎沫先
急景而揚鑣豈知駟駿足於千里摧壯心於一朝權含月
而共落啼帶雪而俱銷當其死而不顧豈其生而可招是
以服其無斁守而無失外揚嘉善之名內作旁求之術伊

希代之異產固入用而無必處南中之穴莫測從求遊北
土之臯始將安出聿求既彰類聚其方人獻騄驥天降此
祥臧虜之役不興攻諸外廄伐燕之師不舉貢自遐荒此韻
不見黄字官韻觀此集時有無官韻者不知唐制如何　蓋將翁必張期於至止俾善
始而令終寧賤目而貴耳假其力既重之於生思其勞曷
輕之於死物以德易道由人弘當不遇其知乃負車而伏
轣苟應乎其感必虬躍而龍騰故八駿咸臻萬邦為楷物
非其產將命逾遠而來骨在於斯何惜發幣而買亦猶賢
士所趣知機稟征田忌收老以成仁卒強齊國燕昭市骨
而種德乃獲樂生覩求賢之未暢悟得駿之非輕倘長鳴
之見識庶吾道之將行

千金市駿骨賦 以顯為韻　張仲素

良金可聚駿骨難遇傳名豈限乎死生賈一作買價寧親乎
金具伊前王之善誘賴下臣之素一作遠數蒲巖初訝乎一
空絕足終欣其荐赴故郭隗發求馬之術使燕昭興築臺
之務賢為國寶昔見載之於經馬以龍名後亦表之於賦
當其勤求未至思慮益專安得戀軒而就勒空聞馳荊而
刷燕多亦奚為每厭倦於凡類愛而不見寧惜費於且千
蓋為傾心於延望之日市骨寔由生之年其志著其謀宣
非獨自馬而獲馬此實因賢而訪賢何異祿豐而遊士可
集餌美而潛魚必懸夫其取與之分戒其鄙吝是非罔一作
國感孰敢妄進苟能賤貨以沽名果乃愜心而得駿斯骨

也當填溝壑誰分天驥之上才縱視冊青豈辨雲疑作雲褚白馬
賦祖雲螭芳螭之洪胤幸特達而見重使聲價之復振至若唐
公驌驦穆王騄驥代勞聘路追奔結軌陳力効能死而後
巳豈若稱德之際交義之始金悴龜形骨異象齒求馬事
殊於漢日懸之數合於秦市智能測遠利用鉤深叶田方
之念諧季札之心致信外彰表然諾於匪石沉機內密重
枯朽於捐金想夫嘶風槩影垂髯此字廣韻有植髮雖仆質於
獘帷曾受精於皎月蒙君子一顧之渥恩知異窮塵之委
骨

飲馬投錢賦 以好善馳名叶乎前智為韻　王損之

昔人有瘠室無欺行路岐涉清流之蕩漾指白日以驅

馳乘疋馬而來念茲枯渴傾一囊以用投彼漣漪且水本無情人能誓志俯濯纓之上善控奔蹄之小駟廉隅是切斗升之水無多重價將酬子母之錢盡棄湯湯淺瀨歷歷五銖飲之而忘其是也投之而無乃甚乎同濟河而沉璧異濁水以求珠隱金沙之中迷於赤反落蘋蘩之上混彼青蚨嗟乎利己則多潔身誠鮮在一飲而何損投半兩而稱善鬼鸞下處對鵝眼而難分鱣鮪游時雜鯨文而不辨騣騣練影漪漪波聲蒲腹而自資行道墜泉而孰謂沽名郭況之家人儻來訝移金穴漢代之貲郎或見偷認水衡浦漵縈盈汀州(不當從水已注在前)重疊吳酌貪而難並王不言而雅叶致香醪而一醉且乏杖頭入春溜以俱沉不漂榆莢

登(一作澄)明水底散亂馬前乍似揀金之磧何殊種玉之田逐好利之徒無辭俯拾同貫珠之子譏誤旁穿是知雅志無儔常情不到將均勺水之直自勝飲冰之操則墜銀瓶於井底思婦徒傷投竹杖於陂中仙翁可報賢哉項氏之心從吾所好

文苑英華卷第一百三十二

文苑英華卷第一百三十三　賦一百三十三

鳥獸三

古駿賦　牛上士

寒閑月壯羽書南向虜馬秋肥胡兵犯障爟烽夜驚候馬相望雲橫朔塞之前雪滿天山之上於是天子按劍將軍事邊雷驅甲卒直指幽燕風鬣鬣(莊子作蓬蓬)而出海波漫漫

而騰天當鴈門而北上薄龍沙而左旋既而漢虜齊兵三軍合陣虹旗彗掃鼓聲雷振奕奕熊羆森森鋒刃或左提而右拂乍一留而一進則有俠少驫䮞(上必由下許聿切二字見吳都賦)雄駒捷疾耳若插箭顱疑削出蹋金鑣以弄影控鐵銜而齧膝始驂驔以舞風忽蹇略而追日蒙具裝擇組練雜然一往鼓作旗旋足不得搖目不得眄超騰絕壑走及奔箭疑隔漢之流星似披雲而出電左賢為之膽懾骨都為之頷戰飛奔肅肅恣意馳逐宛若遊龍行如驚鹿左右披靡東西往復溝壍漢以朱殷毛拂霜而蝟縮肖條萬里顧眄趨陀橫塞上以長嘶餘聲振于山谷況乃項籍英雄驅馳冠戎旗番落日劍倚長虹惜良騅之不逝歌美人於帳中

擢拔山之氣泄指烏江而路窮遂使畢會戰場挑身絳鏑
人控馬以騰踊馬隨人而奮擊轉足生風奫塵無迹跳山
超澗月刃衝敵突圍則漢將奔波怒目則追軍辟易遭楚
王之不利當壯年之虛擲也別有渥水龍媒朱旄逸才雙
瞳目（疑作日）耀五色花開逢漢王之棄置蹋吳坂（前後並用吳坂戰國策作吳坂）以徘徊思効拔於金埒願追仙於玉臺懷玉臺兮傷
遠道朝朝暮暮銜枯草千金買骨君儻知百萬交錢猶未
老垂兩耳兮伏鹽車倚雙輈兮慙蹇驢絆權奇而不用空
倜儻其焉如

吳坂馬賦（以下覩泥驥廻知貴駒為韻）　謝觀

吳坂之馬兮駿且奇伊孫陽兮不知伏櫪而誰憐拘絆

倚轅而但見清羸兩耳長垂不斷於嘶風噴月四啼可式（一作試）何愁於玉勒金羈當其初出渥洼孰分駑驥雖白日
之可逐愒青雲之自致頓銜轡首逢人兮不鳴强鳴弄影
超群知已兮未至須至唉乎全無芻粟半卧沙泥况惟靈
之祖有亦毛骨以非低金埒行時儻拔風塵之跡玉鞭垂
處願覩桃李之蹊於是將躍未騰欲真尚假徘徊龍廐之
側踡跼鹽車之下良時易失常憐過隙之光朗鑒難逢多
是迷途之者善相爰來精神陡升（一作）廻奮迅而蝟毛俱聳
嘶鳴而星眼俄開舊阜云辭步步而風雲借便長衢一去
行行而珂珮相催曩夕猶賤凌晨已貴群心惕惕以暗伏
衆口喧喧而相謂乍同曲突収將宮徵之音又似豐城指

出斗牛之氣蓋非斯人無以辨龍駒非斯馬無以動宸區
因二者之冥契播一時之令圖馬兮雖遇新知還因舊主
儻一顧之未替必載馳而可覩更有瑶池方外之程願着
鞭於造父

驥伏鹽車賦

有驥子兮維之朽索服鹽車兮困于絶漠將發憤於一哀
遂求知於伯樂由是騰健步奮奇毛連斷自若驤首彌高
負調兕之資空慙引重持向人之意終願代勞當其迢滯
燕郊蒼茫吳坂悲東道之莫及念北風之將晚既同蹋跡
載馳之用靡分倘遇知音千里之期何遠寧曳輪之是辱
恐負軛之非名飲齕雖憐其垂耳鞭驅奚敢以抗衡是使

玄黃莫遇（一作喻）欵叚無眷汗血雖難一日有祈於用力求
人未易三年何恨於不鳴今也勞役荐臻高名斯屬將激
昂以待碩願奔馳而徇欲重仲羸氣自殊要駕之難載發
哀聲幸比擊轅之曲或有賤同牛皁用匪龍媒亦在異於
剪拂辨以駑駘夫如是則當於輗軏之下自然不媿於群
材

却走馬賦（以天下有道無所用之為韻）

貞元初既平凶醜海縣安阜歸戍人於田里却戰馬於隴
畝所以示力爭之無益昭靜勝之足有乃命司武闢（一作闕）
御阜出群驪於紫陌閱衆驥於黃道吉行之乘存六駁而
有餘無戰之時惜萬蹄而空老於是脫羈鞅任超逾騰驤

於古塞之外飲齕於洪池之隅悠蕭蕭之永逸免逐逐之
長驅天廄初辭誠貴人而賤畜農車偕駕亦以有而之無
留之則跪（一作跳）其駿足而不與人共拴之則遂其生適而
損其國用顧東道之常來凌北風而遂縱褭者揚鑣噴沫
環（一作披）甲鳴鞭角紫燕以行地躡飛龍而御天追風於陣
表絕電於君前功德難忘信彌多而不厭驕奢作戒故雖
愛（一作受）而必損任物自然仁之上者脩文偃武德之要也
屏危事之形影張禮容於宗社尚茲恬淡見道發哀褒釋
彼權奇知化成天下材雖駔駿用亦有聘艱難則雲從而
騁力開泰則野逸而呈姿昔常代於人勞良多効矣今則
遂其天性非曰棄之感君恩之有序彌天壤而得所望驂

騑而躑躅依水草以容與彼周武之歸漢文之却曷足方
我皇之明舉

相馬賦　武少儀

徐先生相馬不相色不相力相其德與乎不可測何以徵
之鬣亂青絲兮風生眼黃金兮電光蹄盤攤而散花毛翕葩
而成章衆人觀之已駢於路傍不啻於墻堵一日爲龍一
日爲鹿中間何敢乎比方先生則異於是忘筌於毛質之
外引鏡於肺腑之裏見其心兮如思勿思見其目兮如視
非視虛舟爲動喬木爲止合大道而自然喪一齊至人而
何處有以若此者足不以蹈地影不以遂形騰六合敫四
溟截飛鳥遺流星日車爲之不轉風馭爲之中停二師爲

之罷貢伯樂爲之焚經卓然擅天下名宜乎不爾直中繩
曲中鉤徘徊闔闔之遊圜中規方中矩蜿蟺交衢之舞亦
以其次噫徐公不至駑駘共皁於騏驥徐公一來騏驥出
群於駑駘由此觀之世上賢才用則虎否則鼠何以異哉
小人也內頌無國馬之賢遇君有徐公之術早已蒙於一
顧至今長鳴猶未騁於千里更思剪拂超然自得悅然自
失倘受恩兮果如前則平生之願畢矣

萬年縣試金馬式賦（以漢朝鑄金爲名馬式爲韻）　呂鏄

馬以行地致用式乃範金取規表騏驥以立則擬形容而
可知合諸法象遵彼權奇卓爾蹻姿想從華而乍見駭茲
殊相疑軼塵而載馳毫髮盡此纖穠不差誠駿骨之倜儻

亦巧心之云爲本其稱自前朝制於往漢金也者持堅剛
之可久式也者驗逸異而有案形乃辨於千里功詎勞於
萬鍛匪刻鶴之同科豈偶人而齊貫載鍊載精我馬是程
武眷乍覩龍文可名星氣想合金光發明蜿足不前如俠
孫陽之顧望雲遨視寧殊渥水之生向日而疑將奮影臨
風而狀若長鳴曲盡其趣不愆于素寫逸態以全能制蘭
筋而巧附瞳雙鏡而可鑒顴（一作權）兩月以合度謂天驥之
呈材乃良金之所鑄取則不遠其象孔昭常矯矯以示象
特昂昂而建標腰褭在目飛（一作皆）黃立朝晒求市之三年
終觀駿死無相肥於一槩何慮駒跳所以稽乎驥德番此
作式指半漢以成規豈駑駘之可惑置於宮壼有待獻書

之賢鑄以越銅載假伏波之力事與名遠理將意深寧俟造父之能馴騂騮乃覩何必九方之善相驪牝獨尋等循形以觀影咸得駭於斯金故曰考兹術也選無遠者可以斷藏否明取捨形分似是類別真假欲獻狀於國門（赭白馬賦獻狀緋闕）期一中於名馬

第二韻（同前）　王起

先賢鑄金之英爲馬之形馬無韁而致用金不朽而垂名瞻之在前則至寶山立寂然不動則與體峰平固將六龍可驗八駿斯營遐追絕足遠契長鳴豈徒玩熒煌之彩眄熠爚之情哉始其模既全體將其思求絕塵之貌是假在鎔之鑄踴躍其液渥洼之形未出撲滅其煙浮雲之姿已

露方中矩兮圓中規勢倜儻兮情權奇誠可傳而可繼每不驅而不馳其（一作常）巧既畢安貞莫移豈貪夫而是徇諒工者之所爲若乃大閱群騶旁搜萬國獻絳闕而咸萃充華厩而尚惑乃審厥象俾臻其極仰從華之輝光知代勞之軌則駑駘咨至自垂百鍊之形駔駿俱（一作貞）來允叶萬邦之式其狀惟肖其儀孔昭仰沛艾以龍翥若騕驒而鹿超擢（詩推之殊之）秣勿施異乘黃之伏阜縶維罔及殊赭白之來朝翼翼雄姿煌煌壯觀恒引鑣以錯落每勝（疑作騰）精而半漢牛以石兮多慚池以同兮非匹是知武皇之制傳伏波之旨深用之則行昔飛聲於東道確乎不拔終成象於南金高門洞闢秘殿旁臨將萬古以駭目俾四方而宅心

豈作賂大宛其形見棄爲神蜀郡厥祀方歆若哉固宜無逃於衆寡不昧於取捨未作鏡於域中比懸衡於天下則稱驥德頌駉牧者未若似是而非常以馬而喻馬

銅馬賦（以鑄金象形用求良駿爲韻）　紇干俞

昔伏波資越銅之具皇漢得天馬之度蓋以張戎容程國步允稱其德懷致遠之無疆既授於師必命工而所鑄象物惟肖利人則深研精以範鎔憲于心始察形而視骨遂修火以鎔金煥若中起昂然四臨望册闕以就日俯玄墀而擇陰俾夫司僕載馳別於群而是仰倌人匪懈御于王而審象疑顧影以權奇乍含輝而爛朗由兹而明式遐布觀我而逸材利往即山爲類且尚其功存齕草無施敢勞

於惠養徒想其屹以沛艾爛兮晶熒狀赤文而呈瑞方候口於堯庭超乎獨立的爾殊形訝騏驥之變態聿登歌於彼騊叶以陰德禀于地靈列君軒之粹異咸此駿之儀形是知法以（疑衍）與人共思衆林而膺國用王惟智周寫弘範而俾營求矧乎操其物於精剛制其器於質良克絕奔踶邈無玄黃雖齊力齊毫用每戲於典禮建如龍如鹿形既造而昭彰美成式之不替信攺鑄（一作煎）之有常奚絕塵之足比麼出水而同方者哉銅爲寶兮固越俗之所擯馬之神也仰漢庭而未進徛善相以來歸豈康衢之增駿乎

甯戚飯牛賦（以取譬任牛首之下爲韻）

惟彼甯戚兮既貧且窶跡未出於樵夫身尚同於牧豎伽

勞日夕頻冐風雨苟直道而退讓不非義而進取執以綆
索積諸歲年取（疑作飯）以露草飲之靈泉取東皐之田同無
得而乃得於南山之石常思賢以薦賢高節彌堅潔操無
改扣角之音雖倦立身之志恒在遊乎緑野見以青疇雲
霞掩峻山川阻修異董生之乘馬同巢父之飲牛棲屑歧
路蹉跎壟畝衣褐不足蔽其骭糠粃不足充其口心常想
於青雲貌恐遲於皓首强於學也以待問藏其氣焉以候
時獨商歌而奚謂思齊居而聽之君乃問旃知其在野君
臣從此而道合理化以之而相假才足堪於輔佐位寧卑
於廡下

目無全牛賦（以虛心通明暗與理會爲韻）　王履真

著絕藝者積功而成窮物理者因心而明觀彼庖丁之游
刃合夫天道之至情運心術於妙用得玄技於惟精相彼
牛兮雖完體斯在於我目也而折俎已呈豈不以因功之深
爲志所使揮無厚以合度投有間之中執積就之妙既由
乎月將操割之微亦依乎天理君動不導窾（覒莊）任非由
已則必受夫力勁孰能免夫日視始異於牛也慮革未充
筋骨雕窮心無所措其利手無所施其功惑膂臑（疑作臑）之
原本迷脉腠之要終動既多悔勤而未通逮三載以積用
乃一朝而發蒙今吾於牛也察其傳碩考其小大不俟（一作候）
刃解自將神會定貴賤之骨若委地而在前視血脉之
胥雖表華而無外信功著而理貫乃道成而情泰遂得不
遵蓮鍔不合桑林騂騂之軀折如應手觶觶之角割若懸
心此乃變化斯擇視聽靡濫美候明而咸見雖處幽而無
暗夫人之脩業頗亦象諸能玄通而理達則疑釋而誤虛（一作決）
別有技業目牛得同碩鼠取勢行止喻依庠序竊學
見賢思齊敢望惟仁是與儻王庖之可待願發硎而延竚

文苑英華卷第一百三十三

文苑英華卷第一百三十四　　賦一百三十四

鳥獸四

由鹿賦（并序）　　呂温

貞元丁卯（一作丁巳）歲，予南出穰樊之間，遇野人縶鹿而至（一作滷）者問（一作詰）之，答曰：此爲由鹿，由此鹿以誘致群鹿也。備言其狀，且曰：此鹿每有所致，輒鳴嗥不飲食者累日。予喟

然歎曰：麑之即鹿也，必以其類致之；人之即人也，亦必以其友致之。寔繁有徒，古之（一作從古）然矣。嗟乎！鹿無情而猶知（一作有）痛傷，人之（一作此字）與謀（一作而字）寔（一作實）安，殘酷者（一無此字）彼何人斯（一本疊用此四字）。物微感深，遂作賦曰：

鹿之生兮，亦稟亭毒，備藍角以無競，循性情而自牧。姑有昧於行止，尚焉知乎倚伏。捨爾崇林，輕遊近麓，偶巧網之生致，蒙主人之全育。飲以（一作之）潔井，飼于芳庭，寢卧筌柔，騰倚蘭馨，露往霜來，日安月寧，雖矯性而非樂，終感恩而不驚。曾不知養非玩物（一作致養非真），用有（一作別包）深意，命曰由鹿（一作命之曰由），俾陷其類。涼秋八月，爽景清氣，羈致（或作彼）山阿㯳于（或作乎）蹊遂，設伏以待，翳叢而伺，同氣相求，誘之孔易，將

必慕侶，豈云貪餌？呦呦和（去聲）鳴，麌麌押至。彼泯慮於猜信，此無情於誠僞。孰是倉卒禍生，所忽毒鏑欻以星貫，潛機劃其電發。或洞胸而達腋，或折足而碎骨。望林巒兮非遠，顧町疃兮未滅。風嘷澤而北迅（一作至），日掩山而西沒。走駭侶於巖煙，叫饑麛於澗月。苟行路之聞者，孰不心摧而思絕？相（一作想）爾由矣，野心而仁，望純束兮（一作而）鷙惋（一作頓）顧（一作隨），獲車兮逡巡，視鼎中之消爛，覩機上之剖（一作剸）分，忽哀鳴以感類，若沉痛之在身。雖後麑之容遁，享以豐珍，比檻猿之駭躍，同海鳥之愁辛，敢擇蔭而後死（一作止），思走險其何因？痛無知以相陷，含惋（一作怨）毒而莫伸。客有感而言曰：物誠有諸，人亦宜乎，摭事或比（一作撫事或比），原心則殊。借如

淮陰構禍，究在神理，通說且拒，稀謀寧起，堂堂肖公，實曰知己，紿致鍾室，胡寧忍此？呂祿之難，誰非漢臣？交則不義，賣亦不仁。彼美酈生，既爲交親，誘襲軍印，豈無他人？於戲！微獸傷類，如不自容，忍（一作伊）人賣友而享其功，滅交道兮，墜義風，曾麋鹿之不若，何仁信之可宗？已焉哉！諒此世之茫茫，吾未見其始終。（一作參用集本及文粹）

管窺豹賦（以管中窺豹，時見一班爲韻）

管實圓通，豹稱奇質，將竊窺以無視，果遇文而得一。言如立信，初云必有可觀，美在其中，終荷守而勿失。奚執匡而莫見，諒衡（一作衛）空而有窺，注目每思其（一作夫）破竹，專心常切於主皮，故得精神靡息，聆睞無虧，辨或未分，豈敢因小

人所視言如有準安得謂童子何知事不可輕智難相短瞻夫隱霧之獸乃用窺天之管豈文質之不伸獨孤明之所蒲分形旣內識規規視遠惟中央坦坦然後知虛心可達小智攸同毫釐必遠一作則長短皆通投迹倘遇於東周孰辨犬羊之鞹有文而比夫西伯豈殊縲絏之中是謂斯進奚爲求知不倦將希國士之察用當君子之變羅因一目期一作斯所視之無偏利絕一源專向明之獨見乃知蔚文者道不足攀俯視者智或防閑一作智之或闕何微明之有辨果偶中之無難一作艱謂容止可觀且殊室隙同邂逅相遇更善通班信專美之獨嘉諒生知而何敎流涕已假夫觀止審像乃知其是効十年之學自分四晉之賢一管之明

更識南山之豹夫如是則履中不昧應手無疑冀覿覿一作闚闞之有以得專精而所之亦何必誇乂視聘一時然後知求仁之可驗唯智者之念玆

田獲三狐賦以田獲三狐吉無不利爲韻　李咸

客有都尉崔公嘗以投筆噬仕遇解九二爻應無何而立功成名遂之來一作無何立功異域追遠之來相與遊遠而獲三狐公以爲應往者之兆遂爲田獲三狐賦余因應云

放心而適者其在乎遊田徒御自肅鑣銜相牽指東郊以按轡乘北風以鳴鞭風威初厲鷹隼斯擊美寮訟閑農人務隙分曹命侶樂隨所歷未濟之狐欻起荒陌多疑膽捐虛驚心惕矯材競逐良弓可射筭分銖商遠近乃捨拔而則獲於是長舒遠引自北徂南遇豐草而必陟逢虎穴而爭探車輕輪高群足趨邅將使柔躝其十二三爾乃出林莽踐平蕪歷歷爾見綏綏有狐莫赤其色又腯其膚各挾爾之矢先張爾之弧雖羅空三面而人合四隅終見加其一日遽生擒於僕夫更有七擒七縱乍奔乍逸忽投足於舊丘且守之而勿失俄而獵父疑作火焰熾蘊崇烟欝知隱伏之無所動險中之瞰出搏噬交亂竿投揘篝西京賦竿殳之所揘咸罔解狐之終凶扶疑作符六二之貞吉得理中之道偕枉直之實且夫平原廣衍何有何無獨玆狐之見獲應君子之筮簪君子云誰其唯崔公噬簪伊何當入其仕乎固欲知蔡澤之躍馬而問詹尹以泛鳧公侯干城則四方壯士

文章經國則一代英儒我章斯銀我綬斯朱安比夫求魚靡餌即鹿無虞哉已而日低嵐岫煙生寒郲韔弓釋掤割鮮縱酒是田也蓋一作盡以集彼戎事從其群醜第吾人之謹謡則疑郢中之能不豈徒焚林竭澤乾池滌藪況夫天誠其馳騁御難其枯朽雖俟俟一作俟儦儦或群或友皆棄之而不受一作取嘻玆狐之無知何雖一作處獸而似智當其七雄分勢遇楚相以申威九尾來儀感魏君而呈瑞又若腋入珍裘肉登俎味在物斯賤與人爲利利之者以此載詠歌而無愧

孤死正丘首賦以樂生戀本仁者之心爲韻　白行簡

孤者微物死乃可珍想彼丘而結戀正玆首以歸仁生也

有涯且不忘其本死而無二亦不喪其眞可比德於先哲寔聞言於古人原夫委化將終微情有托面淇梁之窟穴目武都之林麓頓慕而首尾不差向背而東西必度死生契闊知歸骨之莫從視瞻無間念舊鄉之可樂矧茲異質蘊彼仁心寧九尾之足尚實三德而可欽豈不以懷舊誠切戀主志深等太公之於齊終聞返葬比飛鳥之去越尚發哀吟想夫濫觴數窮隱然存聆歎青丘之未訣想南山之不見其心懷土望故處以增悲惟首正丘抑向隅而表戀知其戀本者合於禮戀舊者繼乎情何綏綏之陋質叶仁人之美名觀物化感平生順指而千羊讓德頭會而百獸慙獰徒觀其首也不回心乎惟懇殊聽冰而表智異含

沙而招損正有花之質志在愼終委莫赤之容仁無棄本想其美也合於禮者鄙貫首之牂羊符戀主之良馬觀跋行喙息之類其數則多察樂生念本之徒斯情蓋寡繫（一作繫）玆獸之可奇諒古今而稱之死不擇陰嗟逐鹿於往日生而隱霧歎玄豹於昔時曷若懷念遠之感軫去故之悲異哉首丘之仁也非衆類之等夷

狐聽冰賦（以將濟大川愼其所履爲韻）　楊濤

風之壯兮長川凝閉狐之聽兮將往復滯慮陷身之有咎常矚耳而未濟究陰冰之厚薄聽潛溜之微細蹀足將舉故軫墜泉之憂傾首不移踏似枕流之勢豈不以稟心回惑澄思精專欲趦趄以未進恐凝沍之匪堅育熒在目懾慄臨川躡彼素姿恐有希夷之韻憂其羣漱忽生步武之前何危疑以立身匪果敢以行已不處其薄豈陷而止爲疑之理有殊鶴警之聽可比俯連白之上惟恐有聞頓莫赤之軀重其所履若將墜而常怯致身謂蓋厚而方敢舉趾且夫冰結也徒稱百丈狐疑也何啻三思顧流音之萬爾增殺氣以凄其同夫不可陷也曷肯聞斯行之所以汔濟等在梁之固保安同履地之時蓋由乎懼彼其融處於不磷雖磑磑而罔釋猶兢兢以克愼馮河有志且居安以思危濡尾是憂故易退而難進觀其俯皓質倪（一作映）清光惟審同而後行或逗撓而不遑審固而或行或止逗撓而君迎若將猜忌罔恤雖稱妖婦之化戒愼爲意未喻君子

之防所以志無堅決狀若虛佇想清流之若驚知素履之有所諒躡虛以爲驚將保全以爲大侯無聞而後行豈貽乎臧趾（一作跡）之害

第二（以堅勁之上審聞始行爲韻）　滕邁

狐出潛穴冰膠廣川俯皛皛而是聽慮峩峩之未堅於是臨渚曲傍河壖疑消溜之在中龐葺不動審疑沍之徹底惟盱欲前足縮縮而心感（疑）貌綏綏而聽專積素之姿逾淨莫赤之容潛映逼嚴凝以矚耳寧憚苦寒思涸沍以投軀必資餘勁若乃煙橫古岸月照空崖寂無人而久聽紛觸物以多疑聆遠吹之颼飀謂波撼岸曲聞殘錚之淅瀝驚溜斷河湄鄰曲載移於短步忙懷（一作懍）屢變於妖姿望

寒墟之在前庶斯遠矣感夏頒之不至俯而聽之遠近陰凝淺深風壯念茲道理在此氷上試之以耳猶迴耳之可圖試之以身將退身而何望況復窮陰慘凜川長難審徵春魚之欲上驗時不同比夏蟲之有疑執心彌甚及夫凮盈以測厚薄斯分颯爲表之毛知不可蹈低正丘之首惟恐有聞既勃窣而投趾乃凌兢而慎履尋聲不離於聽表處薄恐成於禍始奮自擾之迹一却一前曳有芘之軀時行時止是知事欲審於未萌心無妨於若驚儻躡虛以輕進必履險而忘傾則濡尾之憂至溺身之害并異哉一獸之智可以階善必聽而配規行者也

教猱升木賦 以仁義在躬教之則進爲韻

賈餗

猱之爲物兮敏捷無倫人之設教兮質性是因頓升木之容易豈從師之苦辛於是授以程度使之緣循步步彌高同下學而上達孜孜不倦若遊藝而依仁原夫引進他材發揮以知不言而化若喻於義指蹤在手所謂導而不牽瞽學因心誠宜誘之孔易俾夫趫容所騁迅足無累笑碩鼠之五能掩都盧之百戲枌疑鴻漸訝走險之翩翩卒若熊經忘阽危之惴惴則知夫性自天而莫改教率性而斯在失之者進寸而退尺得之者師逸而功倍從輪桷之異規隨曲直於真宰故君子將遷於物必省厥躬彼可適道吾方擊蒙野性既馴自殊於狠子怒心不發何愧於狙公牧羊以不鞭爲機養雞以似木爲傚一則行之而未遠一則久之而成教孰與箭易爲師攀援是資所得心乎愛矣方將教以化之負凌雲之材庶幾仰止守墜地之道難可求思至矣哉發彼騤騤一作騰頼茲引力足術術而風舉木杳杳而繩直千尋雖險亦可超而宛升一跌無虞那肯勃如戰色豈翫物以爲用將育材而取則所以木不告勞猱惟効順學無間於時習功自得於日進彼以求易於難致遠由近可因茲而立信

玄猿賦 并序

吳筠

前者志一作稱周穆王南征君子變爲猨鶴小人變爲蟲沙夫神用無方未必不爾筠自入廬嶽則覩斯玄猨加其夫一作雨昏則無聲景霽則長嘯不踐土石超遥於萬木之間

春咀其英秋食其實不犯稼穡深棲遠處猶猶一作有君子之性異乎狙猱之倫且多難已來庶品凋敝麋鹿殫於網罟遺胜困於誅求此獨蕭然物莫能患豈不以託跡夐一作冥絕不才遠禍昔夫子雖一無此字歎山梁雌雉曰時哉時哉予因感之聊以作賦云耳

伊玄猨之所育于南國之曾岑動不踐地居常在林雖泛泛而無據亦熙熙而有心雲雰一作嵐昏而共默風雨霽而爭吟使幽人之思清暢羈客之涕霑襟何必聆嶰谷之管對雍門之琴哉歷千尋之喬木俯萬仞之危嶠弄遊雲之亂飛嬉落日之橫照連肱澗飲命侶煙嘯嘯一作或聚而閑栖或分而迥趍壽同靈鶴性合木一作君子阻重巖之險非

虎豹所覆蔭交柯之密豈鵰鶚能視故逢蒙操弓彈（一作彈）高深而止鄧公折箭含惻隱而已何患累之罕臻不干物以利己詎若僨僨（一作彿彿）淩人以就戮猩猩耳酒而遄死夫時珍貂裘世寳狐白彼徒（一作徒能）工於隱伏終見陷於機辟麝懷香以賈害徂代（一作代）巧而招射小則翡翠殞於羽毛大則犀象殘於齒革孰能去有用之損取無用之益因（一作固）棄置於常情未逍遥以自適無威刑相臨有族類相親（一作無威刑以相臨有族類而相親）食資諸物衣取諸身不賦不役靡勞靡勤如政教之未絶保巢居之淳淳匪虞代（一作氏）之所及何徂公之能馴吾固知人爲萬物之貴又焉測元化之所大均乎（一作凡）皆文粹

馴猿賦　李子仞

節彼南山宛出人寰天分翼軫地界荊蠻標奇峰於海上置高嶺於雲間千林蓊鬱萬壑幽閑蓄霧藏煙信洪爐之造化匪朝伊夕即玄猿之往還爾其秉質玄造游心遠峰徹三聲於谷靜藏萬影於山重聯綿綠竹牢落青松其捷難紀其居易容不衒文章輕霧中之隱豹豈矜變化賤雲裏之非熊但恣乎任情之樂寧知乎有智之凶既而列卒籠山張羅竟野陣影開鶴雲光亂馬迫吳質之檻中驚楚臣之箭下既歎拙謀還傷力窮踰峰越嶂宛辭岑寂之居歷署離寒欻就喧卑之舍於是屈從縶宛安順遊頑步蘭砌因依蕙樓蹈標影之高下挫（疑）人心之去留載馳載驅異追風之整轡或驚或躍同在水之（一作中）銜鉤日潛餘巧空長孤愁悲夫自貽伊戚信美非珍雖徘徊於厚養終惆悵以勞神夜無幽陰憶南隴之吟月花朝明媚想喬林之弄春未屬放麑之慜且從飛雀之馴已矣哉樂鷃以詖載騷以車固不如深林之棲息窮谷之虚徐諒物性之同此希達人之鑑諸

傷駑犬賦

何仲尼之仁智雖弊蓋之不棄憫畜狗之將死恐肝腦以塗地豈不以其守禦之功多惻隱之情至況歲年馴養倏忽非命生而効能死不因病分以身首委其陷穽我誠拙於人謀彼何傷於物性雖無衛生之智且有天然之識出

其門吠非其主知其愛捉尾求食傳尺書而致遠逐狡兔而盡力信聰慧之兩兼亦忠勇而何極原夫萬物莫不以智遇禍以材喪身象以其齒龜以其神蟬得美蔭而忘己魚貪芳餌而挂綸由此言之莊周達者老氏至人吾將師之養素全真

文苑英華卷第一百三十四

文苑英華卷第一百三十五　賦一百三十五

鳥獸五

鸚鵡賦　李伯藥

嘉靈禽之擢秀，資品物以呈祥，含金精於兑域，體耀質於炎方。候風海而作貢，備黼黻以成章，繡領綺翼，紅衿翠裳，餙以朱紫，間以玄黃。碧雞仰而寢色，金鵝對以韜光。亘萬

里之重阻，隨四夷而來王。既逾嶺以自致，亦凌江而遠翔。開神情之聰辨，發樞機而抑揚。粵惟上聖，先天成命，在萬物而畢覩，舉四海而咸鏡。仁沾草木，信暨翔泳。洎此鳥之來儀，亦攝生而遂性。辨方物於圖象，且靈表於言詠。酬對清敏，發吐祥正。寔靡靡而可悦，雖喋喋而無競。徘徊阿閣，容與堂皇，背風雲之遐路，承日月之休光。聽蕭韶之逸響，味椒掖之餘芳。更無歡於羅罻，終懷恩於稻粱。齊鵬鷃於一指，屬鵷鸞而兩忘。翠觜孔質，鴻騫鵠跱，應舞節以鸞回，慕知來而鵲起。先假道於朱味，方徐行於緋紫。配六象以表德，參四靈而效祉。庭開霧夕，景凈霞空，作褰珠網，始出金籠。遊萬年於木末，既四照於花叢。窺仙盤而飲露，登井

幹以承風。懷故鄉之遠思，戀鷄鳴之舊侶。望天衢以寄聲，託歸飛而延佇。不假物以自衛，必任真於出處。以薄伎而見知，亦無憂而骨俎。不違道以飾智，故忘情於所語。豈止往來丹陛，周旋玉除，悦芝英之蘼靡，愛蓂莢之扶疎。將以整六翮而遐逝，望一舉而沖虚。希九成之兆吉，覬七日以傳書。時光華而始旦，歲蹉跎而遽晚。彼候鴈與賓鴻，違風霜而未返。嗟嗛蘆以避繳，恨日暮而塗遠。羡嚶嚶之好音，獨遷喬於上苑。仰上林之爽塏，襲崐閬之重規。寔神秘之棲息，萃群飛之羽儀。翔靈囿，遊天池，翳叢薄，泝漣漪。况能言之擅美，冠同類以稱奇。奉皇恩之亭育，將謝生而莫施。惟一人之有慶，願千歲其若斯。

白鸚鵡賦　以容日上海隅飛色媚爲韻　王維

若夫名依西域，族本南海，同朱喙之清音，變綠衣於一作而素彩。唯茲禽一作鳥之可貴，諒其美之斯在。爾其入翫於人，見珍奇質，狎蘭房之妓女，去桂林之雲日，易喬枝於一作以羅袖，代危巢於一作以瓊室。慕侶方遠，依人永畢，託言語而雖通，顧形影而非匹。經過珠網，出入金鋪，單鳴無應，隻影長孤。偶白鷳於池側，對皓鶴於庭隅，愁混色而難辨，每一作頻知名而自呼。明心有識，懷恩一作無何極。芳樹絶想，雕梁撫翼，時銜花而不言，每投人以方息。慧性孤稟，雅容非餙，含火德之明輝，彼金方之正色。至如海鷺呈瑞，有玉筍一作籠之可依；山雞學舞，向瑤一作寶鏡而知歸。皆毛羽一作羽毛之

儵麗奉日月之光輝豈憐玆鳥地遠形微色淩紈質彩奪繒衣深籠乂閉喬木長違倘見借於（一作其）羽翼與遷鶯而共飛（九一作皆文粹及集本無韻脚三賦雖注入韻）

今第一第二並上五韻疑唐制不同當考

第二同前韻

稽聖人之遺文懿珍禽之不一彼善言之靈鳥孕聰明以自逸苞火德之奇姿誕金方之素質匪含章以就殖故遠時而襲吉憐碧山之孤高恃（疑）榮松之蔽密傳衆音於清吹疑白華於皎日由是既飲既啄載留載飛觸雲網以摧羽閉彫籠而見歸豈不由斮素姿以羅患懷海陰而遂遠離失群以傷指亦順人而可依登玉架覘朱闈苟安性以

知樂每求容而自微雪膺皎晶擯池鷗之光潔霜毛瑩凈奪軒鶴之清輝且共翔不忘止居必任（疑）側莫敱傳弄豈鷙撫拭狎君子之光儀遠虞人之網弋感珍念而矜眷託恩馴以棲息而愛其豐姿氷華金（疑作全）體玉色匪鷀彩之爭妙何衆禽之比德呼名自應隔羅幔而飛來教語半成學美人之漸逼故對綺琴而傾聽上金屏而歛翼蒙正平之翰藻應司空之寵識夫玄黙者動之所求潔素者黙之攸尚矧聰性以受織悲惠心之爲亮抗幽意於霞表美高儔於海上彼不材兮見留此能言兮何妄或曰物惡近以招累理貴遠而無凶雖遁形以取美獨抱清而不從豈知夫善生者託人以遠害能壽者輔德以自容是以承君子之恩渥獨蒙幸以遭逢者也

第三（以容川上佈孤飛色媚爲韻）　郗名遠

珍禽生矣于彼南域稟離宮之淳精得金方之正色明而且慧聰而多識雖羽族之殊流與人智而同德懿其霜毛雪氅鮮襟皓臆明眸珠眴脩趾頳觜理翮整翰仰雲路而飜飛自遞陟遐託風林以棲息及夫出層嶠集高松刷勁翼端麗容遇天網之四掩獻君門於九重用能辯群別類重譯而至閉以雕籠處之丹地夫遠忤則傷性常順旨以從人乖背（一作背道）則喪生不貪榮以求媚爰（一作愛）遊上都隻影長孤懷好音而頓語每稱名而自呼當其踰山越嶂萬里遐曠常恐微軀毀全無妄豈知承曲成之惠渥奉君子

之嘉貺朝食琅玕之實夜宿畫梁之上而已哉顧慕多遠自惜容輝夢鄉山而歆戀思恩波而不飛獨有邈乎長想忻然志逸效彼珍寶瑞我帝室坐使素烏慙彩白鵬愧質苦炎洲之愁霧嘉長安之聖日信能言之見知接嬰谷而同出

寒梧棲鳳賦（以孤清夜月爲韻）　王勃

鳳兮鳳兮求（一作來）何所圖出應明主言棲高梧梧則嶧陽之珍木鳳則丹穴之靈鶵理符有契誰言則孤遊必有方哂南飛之驚鵲音能中呂嗟入夜之啼烏況其靈光蕭散節物淒清疎葉半殞高歌和鳴之鳥也將托其宿之人也焉知此情月照孤影風傳暮聲將振耀其五色似蕭韶之

九成九成則那率舞而下懷彼衆會罔知淳化雖碧沼可飲更能適於醲泉雖瓊林可棲復憶巡於竹榭念是欲往敢忘晝夜苟安安而能遷我則思其不暇故當披拂寒梧翩然一發自此西序言投比闕若用之銜詔冀宣命於軒墀若使之遊池庶承恩於歲月可謂擇木而俟處卜居而後歇豈徒比跡於四靈常棲棲而汲汲

江曲孤鳬賦（并序）

梓州之東南涪江之所合有潬焉周數十步青壁絶地綠波澄天常有孤鳬棲蕩其側飛沉翩唼而天性不遠嗟呼宇宙之容我多矣造化之資我厚矣何必處華池之内而求稻粱之恩哉遂作賦曰鸑鳳翔兮千仞大鵬飛兮六月

雖憑力而易舉終候時而難發不如深澤（集作潬）之鳥焉順歸潮而出沒迹已存於江漢心非繫於城闕吮紅藻翻碧漣倒霧露棲雲煙迫之則隱馴之則前去就無失沉浮自然爾乃忘機絶慮懷聲弄影乘駭浪而神驚漾澄瀾而趣靜耻園雞之戀促悲塞鴻之赴永知動息而多方屢沿洄而自省故其獨泛逍宿全真遠致反復幽溪淹留勝地傷雲鴈之嬰繳懼泉魚之受餌甘辭稻粱之惠焉而全飲啄之志也

馴鳶賦　前人

海上兮雲中青城兮絳宮金山之斷鶴玉塞之驚鴻謂江湖之漲不足懸謂宇宙之路不足窮終銜石矢坐觸金籠

聲酸夕露影怨秋風已矣哉何氣高而望潤卒神頽而智癢徒驚迹於仙遊（集作遙）竟纏機於俗網未若茲禽猶融泛想慙丹丘之麗質謝青田之逸響與道浮沉因時俯仰去非内懼馴非外獎夫勁翮揮風雄姿觸霧力制煙道神周天步躋霄漢之弘圖受園庭之近顧質雖滯於城闕策已成於雲路陳平負郭之居韓信昌亭之遇似達人之用晦混塵蒙而自託類君子之含道處蓬蒿而不作悲援餌之徒懸痛聞弦之自落故爾放懷於誕暢此寄心於寥廓

第二　盧照鄰

孕天然之靈質稟大塊之奇工觜距足以自衛毛羽足以凌風懷九圍之遠志託萬里之長空陰雲低而含紫陽景

升而帶紅經過巫峽之下惆悵彭門之東既而摧頽短翮寥落長想忌豢莊之見欺哀武溪之莫往進謝扶遙之力退慙歸昌（文選注風聲也）之響竊食多懼層巢無豫屈猛性以自馴抱愁容而就養於是傍跳德門言棲仁路不踐高粱之屋翔止吾人之樹聽鳴雞於月曉侶（一作進）群鵲於星暮狎蘭砌之高低翫荊扉之新故循廣庭之一息歷長檐而徑度若乃風去雨還河移月落徘徊亂於雙燕鳴舞均乎獨鶴乍背聚於露（集作霞）莊時追飛於雲閣荷大德之純粹將輕姿之陋薄思一報之無階欣百齡之有託

白鷴賦（并序）　蕭穎士

白鷴羽族之幽奇（一有也字）素質黑章爪觜純丹體備冠距頗

類夫雜翟神貌清閑不雜（一有於字）衆禽栖心（一作正）遐深與人境罕接固莫得而馴御也上聞而徵（一作敀）焉爰以雕籠致以驛遽（一作騎）是將集長揚游太液行有日矣天寶辛卯（一有歲字）予飄（一作旅）泊江介（一作會）流宕踰時秋八月自山陰前次東陽方議夫南登西泛極聞見之義諒禍懷所素蓄而未之從也會有命自天召赴京闕適與玆鳥偕至于會稽（一有之字）傳舍觀其宛頸旁睨廻惶（一作惶廻）掩抑徃徃孤鳴音韻淒涼如暮侶而不獲因感而賦之曰

鳥之生矣于彼南山彩必玄素文不綺班備文武之正飾懋（一作徵）妖姬之殊顏情莽眇以耿潔貌軒昂以安閑無馴擾之近性故不愜於人寰遊必海裔栖必雲間會（一作冀）養

拙以自保祛未萌之憂患不然豈陋彼都邑之佳麗顧投身乎阻艱以至（一作其）摽自然之靜故名之曰白鷴者歟何天聽之緬邈尋微禽之瑣細偶一日（一作目）之見羈委微軀以受制望層城以斂翼懷衆侶而孤唳從廐置之駿奔仰君門以遐逝君門兮九重洞杳（一作斗）篠兮穹崇池太液兮恖方壺萬族翔泳乎其中晝聒未央之繁絃夕驚長樂之虛（一作靈）鍾顧踈野之踐（一作賤）迹豈敢求一枝而見容越水清兮鏡色吳山遠兮天逼窺淺深以飄（一作颺）影逗清（一作香）冥兮一息謂杉松可得永日而喋聚尊裄足以窮年而咬（一作啄）食一與心賞兮睽遠念歸飛兮何極鸚能言而入座鶴善舞而登軒殊二者之常（一作俗）態諒慙惶於主恩是以

雖信美而非其志獨屏營而競魂者焉　九一作皆文粹

大鵬賦（并序）

李白

予昔於江陵（文粹有江字）見天台司馬子微謂余有仙風道骨可與神遊八極之表因著大鵬遇希有鳥賦以自廣此賦已傳于世徃徃人間見之悔其（集粹有少作二字）未窮宏達之旨中年棄之及讀晉書覩阮宣子大鵬贊（集作講）鄙心頗陋其作（六字集作鄙心陋之）遂更記憶多將舊本不同今復存於（集粹無於字）手（集粹作干）集豈敢傳諸作者庶可示之子弟而已其詞曰

南華老仙發天機于漆園吐崢嶸之高論開浩蕩之奇言徵至怪於齊諧談北溟之有（粹作巨）魚吾不知其（集粹無其字）幾千里其名曰鯤化成大鵬質凝胚渾脫鬐鱗（一字集作背鬣）于海

島張廣翅（集作羽毛）于塞門（集粹作于天門）刷渤澥之春流晞扶桑之朝暾烜赫（粹作赫變）乎宇宙憑陵乎崑崙一鼓一舞煙蒙（集粹作濛）沙昏五嶽爲之震蕩百川爲之沸騰（集粹作崩奔）爾乃蹶巨壑（集作厚地）蹶陵（集作指）上清（粹作太清集作摩）左廻右旋倏陰忽明激三千以崛起（集作向）搏九萬而迅征背峩泰山之崔嵬翼舉（集作垂）長天之縱橫（自左廻至縱橫三十四字集粹作亙層霄突重溟激三千以崛起搏九萬而迅征背嶪太山之崔嵬翼舉垂雲之縱橫左廻右旋倏陰忽明歷汗漫以夭矯排閶闔之崢嶸）簸鴻濛扇雷霆斗轉而天動山搖而海傾（集粹有怒無所搏雄無所爭固可想像其勢髣髴其形若乃二十字）足（集粹作縈）虹蜺目（集粹作耀）日月連軒沓拖揮霍翕忽噴氣則六合生雲落（集作灑）毛則千里飛雪邈彼北荒將窮南隅（集作裔）魂視三山杯觀五湖作龍銜光以照影列缺施鞭

而啓途垝視至啓途二十二字集粹作處迆翩運逸朝以旁鰲鼓奔飈而長驅燭龍銜光以照物列缺施鞭而啓途垝視三山杌觀五湖其動也神其應行也道俱集粹有任公見知而能約有窮不敢以擊弧不投竿失鏃仰之長吁爾其雄姿壯觀映背河漢三十四字上摩蒼蒼下覆漫漫盤古開天而直視羲和倚日以旁歡繽翻集作紛乎八荒之間隱集作掩映乎四海之半橫大明而掩晝集作當胸臆之掩晝若渾沌集作混茫之未判忽騰陵集作覆以迴轉粹作縱則霞廓而霧散然後六月一息至於天池集作海濱溟漲沸渭丘陵遷移長鯨扶栗以辟易巨鼇攝竄而踐昵窮洪荒之壯觀浮萬里之清漪借如羽蟲三百鳳爲之王或歎不至時無望邉徜迫脅於雲羅乃賢哲之所傷彼衆禽之瑣屑同蟭螟之渺茫自溟漲至渺茫共七十六字文粹作欻翳景以橫稽逆高天而下垂甚乎決漭之野入乎汪湟之地猛勢所射餘風所吹

溟漲沸渭巖嶽紛拔天吳爲之拙集作袂慄海若爲之蹺跣巨鼇冠山而却旋長鯨騰海而下馳鰌鯨挫鯊莫之敢竄吾亦不測其神怪而若此蓋乃造化之所爲豈比夫蓬萊之黃鵠誇金衣與菊裳吐蒼梧之玄鳳耀綠質與錦章既服御于靈仙亦集作久馴擾于池隍精衛愍愍集作勤苦于銜本鷃鷄悲愁乎薦觴天雞警曙于蟠桃駿馬炳集作昕耀于太陽不曠蕩而縱適何拘攣而守常未若茲鵬之逍遙無厥類而比方集粹有不矜大而暴猛每順時而行藏參玄根以比壽飲元氣以爲漿二字集作丸觴戲陽谷而徘徊憑炎淵而抑揚三十六字俄而希有集作鳥見而謂之曰偉哉鵬乎若集無此字此之樂也吾左集作右翼掩乎東集作西極右集作左翼蔽乎西集作東荒集粹有跨躡地絡周旋天綱八字以恍惚爲巢以虛無爲場我呼爾遊爾同集作呼我翔於是大鵬許之欣然相隨此二禽已登于寥廓而尺鷃之輩空見笑于藩籬

鯤化爲鵬賦

高適

北溟有魚其名曰鵾橫海底瞰龍門眼睔睔而明月不沒口呀呀而脩航欲吞一朝乘陰陽之運遇造化之主脫我鬐鬣生我翅羽背山橫而壓海崖我足山立而傴波揭竪張皇聞見卓犖今古過魯門者累百曾莫敢覩來滌支者成群又何足數旣負此特達壯心亦有取也若乃張乖天激洪漣海若籤其後陽侯騰其前洶如也皓一作皎如也蛟螭爲之悚一作怛怖洲島爲之崩騫如此上未上之間邈矣三千接海運摶風便飛廉倏而走羊角忽而轉如也遂如也雲溟爲之光掩山澤爲之色變如此高未高之間騰夫九萬足踏元氣背摩大清指天池以遥集按高衢而迅征時與運並道與時行遺天閼之類放逍遥之情如此自一日亘千歲陰數與陽數厤乃下夫南溟之裔嗚呼誰無借便之事九萬三千故非常情之所希冀誰無廻翔之圖一翥六月故希常情之所覬覦由此言之則鳳凰上擊誠未得其錙銖鴻鵠一舉適可動其鱸胡兒鶬鶊一作郭鷁之輩尺鷃之徒埸安埸給其足其君須史之間騰擲無數齷齪之內翩翻有餘伊小大之相絕亮在人而亦爾夌雲詞賦滿腹經史婆娑獨得骯髒自是不大過不大起謂斯言之無徵試假借乎風水看一動一息九歷天機一作夫機千萬里

鬬鴨賦

李邕

東吳王孫咲傲閶門魚橫王劍蟻沸金樽賓僚霧進遊俠

星奔桂舟兮錦纜碧石澗兮花源爾乃輟輕棹登水閣絲管遞進獻酧交錯雲歎起而中晋塵將飛而遂落既而酣歌徙座取物爲娛徵羽毛之好爲得瀏灕之仙鳧出籠而振少步而趨唼喋爭食離褷帶纚隨綠波而澹淡向紅藻而傚愉凫之爲物也説類殊種遷延遲重其聚則同而不和其鬪則仁而有勇參差軫軋疑作乢飄颻疑作杳繽紛其浮薮水其旋如雲共浴波而弄吭各求疋而爲群繞菰蒲而相逐隔洲渚而相聞於是乎會合紛泊崩奔鼓作集如異國之同盟散若諸侯之背約迭爲擒縱更相觸搏或離披以折衝或奮振以前却始戮力兮坎勝終追飛兮嫠弱聳謂驚鴻翔疑逐鶺逼亼兮掣裔聯翩兮踴躍忽驚迸以差池

倏沉浮而閃爍號唳兮沸亂傾耳爲之無聞超騰兮往來潑潬爲之濆濩排錦石蹴瑛沙披羽翰皴煙霞避參差之荇萊隨菡萏之荷花駐江妃之往棹爵海客之歸槎而乃擁津塞浦辨觀如堵空里屬訇厲天蛙黽兮失穴龜魚兮透泉專埸之雞沮氣傾市之鶴慙妍其爲狀也不一其爲態也且千豈筆精之所擬非意匠之能傳良戒之於在闗俾聞義而忘筌

文苑英華卷第一百三十五

文苑英華卷第一百三十六　　賦一百三十六

鳥獸六

鵰賦并進表　杜甫

臣甫言臣之近代陵夷公侯之貴磨滅鼎銘之勳不復照耀於明時自先君恕預以降奉儒守官未墜素業矣亡祖故尚書膳部員外郎先臣審言修文於中宗之朝高視於藏書之府故天下學士到于今而師之臣幸賴先臣緒業

自七歲所綴詩筆向四十載矣約有千餘篇今賈馬之徒得排金門上玉堂者甚衆矣唯臣衣不蓋體常寄食於人奔走不暇秪恐轉死溝壑安敢望仕進乎伏惟明主一作天子哀憐之一有明主二字儻使執先祖之故事拔泥塗之久辱則臣之述作雖不足以鼓吹六經先鳴數子至於沉鬱頓挫隨時敏捷而揚雄枚皐之流庶可跂及也有人如此陛下其捨諸伏惟明主哀憐之無令役役便至於衰老也臣甫誠惶誠恐稽首頓首死罪死罪以爲鵰者鷙鳥之殊特搏擊而不可當豈但壯觀於旌門發狂於原隰引以爲類是大臣正色立朝之義也臣竊重其有英雄之姿故作此賦實望以此達於聖聰耳不揆蕪淺謹投延恩匭進表獻上以

閑謹言　此表六百十卷重出今已削去

當九秋之清淒見一鶚之直上以雄材為己任橫殺氣而獨往梢梢勁翮肅肅遺響杳不可追俊無晉賞彼何鄉之性命碎今日之指掌伊鷙鳥之累百敢同年而爭長此鶚之大略也若乃虞人之所得也必以氣稟（一作禀）玄冥陰乘甲子河海蕩潏風雲亂起雪冱山陰水纏樹死迷向背於八極絕飛走於萬里朝無以（一作所）充腸夕違其所止頗愁呼而蹭蹬信求食而依倚用此時而椽枝待弋者而網紀表神羽而潛窺順雄姿之所擬凝捷來於森木固先繫於利觜解騰攫而竦神開羅網而有喜獻令（一作全又作禽）之課數備而已及乎閽隸受之也則擇其清質列在周垣揮拘攣

之掣曳挫豪梗之飛翻識畋遊之所使登馬上而孤騫然後綴以殊（一作珠）飾呈於至尊搏風搶巢用壯旌門乘輿或幸別館獵平原寒蕪空闊霜仗喧繁觀其夾翠華而上下卷毛血之崩奔隨意氣而電落引塵沙而晝昏豁堵牆之榮觀棄功効而不論斯亦足重也至如千年孽狐三窟狡兔恃古冢之荊棘飽荒城之霜露迴惑我往來趑趄我場圃雖有（一作此字）青骹載角白鼻如瓠蹙奔蹄而俯臨飛迅翼以（一作而）遐寓而料全於果見迫寧遽屢攪之而穎脫便有若於神功是以嘵哮其音颯爽其慮續下鞲而繚繞尚投跡而容與奮威逐北施巧無據方蹉跎而就擒亦造次而難去一奇卒獲百勝昭著夙昔（一作夕）多端蕭條何處斯又

足稱也爾其鶻鵃鴉鵰之倫莫益於物空生此身聯拳拾穗長大如人肉多奚有味乃不（二字一作不足）珍輕鷹隼而自若託鴻鵠而為鄰彼壯夫之慷慨假強敵而逡巡拉先鳴之異者及將起而遄臻忽翻天路終辭水濱寧掩羣而進取且快意而驚新此又一時之俊也夫其降精於金立骨如鐵目通於腦筋入於節架軒楹之上純漆光芒掣棟梁之間寒風凜烈雖趾蹻千變林嶺萬穴擊叢薄之不開突杈枒而皆折此又有觸邪之義也久而服勤是可呼畏必使烏攫之黨罷鈔盜而潛飛梟怪之羣想英靈而遽墜豈比乎（二字一作非）虛陳其力叨竊其位等摩天而自安與搶榆而無事者矣故不見其用也則晨飛絕壑暮起長汀來雖自

負去若無形置巢巖嵲養子青冥倏爾年歲茫然闕庭莫試鉤爪空迴斗星衆雛儻割鮮於金殿此鳥以（一作已）將老於巖扃　凡一作皆文粹及集本

鶻賦

李邕

伊鷙鳥之雄毅有俊體之超特意凝緩而無營體閑整而自得陰沉其情（一作精）慘淡其色固未足以異於衆禽也夫一指一呼一擊一搏為主之用騁人之樂凜然神動翕然氣作殞三窟之狡兔鸞五里之仙鶴騰霄漢而風卷透原野而星落萬乘為之顧眄六軍為之揮霍歡聲動於天地逸氣靄於林薄至若逐鳥料類射隼殊名獲不相讓遊不同征何至德而背（疑）制匈協義而不爭偶坐推食雙飛和

鳴殺敵齊力登樓比形夫其嚴冬沍寒烈風迅激或上棘林或依危壁身既稟於喬木骨將斷於貞石營全鳩以自暖罔害命以招益信終夜而懷仁仍詰旦而見釋矧乃戀主不去徇食循止豈貪利而求言將効誠而必死其閑於籠分從於使寧竭力之利人昜戢翼以存已則知負力干勢爭彖奪肉始飛聲而遠引忽側翅而橫飛遇之者夭當之者覆壯士感之驚歎行子美之迴矚故能連擊縱便臨事莫違一超雲以高舉一隨物以低飛驅逐妙於人智促節合於兵機禽雖小而不陋獸雖捷而無依或則九霄擊下萬里（一作文）接來風行電轉月上雲開乍差池而不中終棄置而不迴彼俊異之英决豈凝滯於嬾倩觀夫愛子防

嚴惜巢忌物吻（一作聲）戞戞而雄厲翅翩翩而勁逸觜距者先中而命處錦（疑作綿）鸞者異狀而同疾苟精別而棲條同賞心而無失

奉和鶻賦并序　高適

天寶初有自滑臺奉太守李公鶻賦以垂示適越在草野（一作澤）才無能為尚懷知音遂作鶻賦其詞曰

夫何鶻之為用置之則已縱之無匹懷果斷之沉潛任情性之敏疾頭小而銳氣雄而逸邈耿介以凌霜目精明而點漆想像遼遠孤貞深密將必取而乃迴若受詞而無失當白帝之用事下青霄（一作入青雲）而委質乃順（一作御）節而（一作以）勃然因指縱而挺出嚴冬欲雪蔓草初焚野莽蕩而風緊天崢嶸而日曛忿頑（一作頓）兎之彼伏耻高鳥之成羣始滅沒而界地忽昇騰而箏（一作滲）雲翻决裂以電繫（一作擊）皆披靡而星分奔走者折脇而絶脰鳴噪者血灑而毛紛雖百中而（一作之）自我終一呼而在君夫其左右更進縱橫發跡掃窟穴之陵兢振荆榛之折歷（一作折瀝）翁六翮以直上交雙指以迅擊合連弩之應機類鳴霹之破的豁爾胸臆伊何凌厲以爽朗曾莫蔕介豈虞夷險之（二字亦作險難而）怵惕覬其獲多不（三字亦作所獲多）有得用非媒歷閶闔以肅穆翊鈞陳以（一作而）環囬幸耀（一作輝）光於嵬符承剪拂於樓臺望鳳沼而輕舉紛羽族以驚猜路杳杳而何尚（一作向）雲茫茫而不開鸞出谷而（一作兮）徒爾鶴乘軒而何哉彼懷毅勇轍軻而

棄置胡不効其閒關而徘徊爾乃顧恩有地戀主多情忿層空而不去（一作起）託虛室而（一作以）無驚雅節表於能讓義心激於効誠勢愈（一作逾）高而下急體彌重而飛輕戢羽翼以受命（一作知）若肝膽之必呈嗟日月之云邁猶羈縻而見嬰別有橫大海而徑度順長風而一寫投足耿於巖巔脫身逸（一作宜）於弋者氷落落以凝閉雪皚皚而飄灑諒堅銳之時（一作持）憖寧苦寒以（一作之）求拾匪聚食以祈蒲聊擊羣（一作鮮）以自假比玄豹之潛形同幽人之在野矧其升巢絶壁獨立危（一作霜）條心倏忽於萬里思超遥於九霄豈外物（二字一作別物）之能慕曷凡禽之見邀（一有則字）未知鷙鷥之所以（一作適）孰與夫鵰鶚之（一作兮）逍遥云爾哉　九一作皆集本

蒼鷹賦

中（疑）靈繁毓萬象周流綜羣物之衆夥懿羽族之齊作俱含識與哺啄終愧容於鵜鶘散以瑶光之彩米自鍾巖之丘周官以司寇比德漢氏以將軍作儔鈎成利觜電轉竒眸蒼姿疊色玄距聯韝至于長楊大獵雲䨓時蒐寒光送曉霜氣横秋頓平原而亘弋截洞壑以張罘野霧初霽朝陽尚早於是排空漢飛絶島奮之鼓之載擊載討凌紫氣而蔽日下平皐而覆草歸鴻失四飛之路狡兎亡三穴之道夫品彙之功用之非器至於表德頒亦千致仙莫過龍駿莫過驥鵬垂天以圖遠劍斷甲以稱利夫其庶類之呈能未若玆禽之爲鷙固得緗牒再演史臣攸記逐彼鳥雀

然明之對國僑擊于殿上要離之讐慶忌且般樂之遊君子未適禽荒是戒哲王盛績太康洛汭（一作水）之表已鷩（一作怒）不還李斯上蔡之門情何更溺覽二君之喪道毋觀事其如惕幸免射於高墉願搏風而上擊

放籠鷹賦（以無育斯禽以明惡殺爲韻）　張昔

貞元初敷文教於率土念畋遊之無度啓鷙鳥幽縶之中示皇家不私之務將以致仁壽明好惡雕籠永閉念受紲之多虞金架爰辭俾凌風而得路由是縱逸翰於寥廓釋猛志於高因當其海晏時清天高日明離習習之恩重視蒼蒼而體輕捨靈檻而方鋭歷秋林而上征乍遂翻空出君門而不返遥憐厲吻過宫樹而猶鷩洎夫卹彼幽閑順玆飛止用成端拱之化將盡好生之理足使去韝上而無疑顧人間而何以昔因殊顧幸肉食以見覊今降深衷忽雲翔而有始故得脱身聖代矯跡天衢方縱心於萬里詎斂翼於四隅山藪之思俄失觜距之衛寧無然則播仁風於坱圠乃順時以止殺戒逸氣於荒淫故無用於玆禽豈俟夫養育之勞既久徘徊之懼彌深雖多士盈朝無聞諫獵故黔首在下盡得歡心則知信及纎微念玆棲宿庶羣情而知感期衆類之蒙福遂使擊搏之性將翺將翔乳哺之心既生既育是用保其鴻業建此深規惠澤爰臨整羽儀於戸牖徵誠既展遂鳥雀於藩籬信九霄之可託將一舉而在斯

白鷹賦

於爍明德兮動休徵縈墨綬兮効素鷹朱草（一作系）如之何所縈（一作繫）則止玉壺如之何所飲則承借如紫巖碧流煙深樹幽産鷙成羽自春徂秋含陰陽之淳粹任天地之剛柔懷好音與好質非成色而不求厭羽毛於原野戀主人而即晋嗟乎含情履潔象君之節厲吻鈎鋭潔毛玉截遷河陽之喬木一點清花映武成之瑶琴孤飛春雪昔王魯同動賢哉二君或雉隨黄壤或鸞下青雲莫匪白鷹之爲最况復見之與所聞良以出自幽谷遷於華屋霜飄上衣星流入目涅而不緇惟公象之比德於玉象公不欲匪我政表來儀者何致之由德翫物則那思君子以馴擾不避

虞人之網羅蓋以少而取㞳豈同乘鴈之爲多

一鶚賦 以凌厲淸浮有翮無匹爲韻 楊弘貞

禽之鷙者鶚兮挺生不翽翽以羣萃自耿介以孤貞羽族之中雖彼衆而我寡雲路之上如特立而獨行固將殺敵無匹擊鮮莫京豈惟拂之於平野訖之於大淸哉卓彼雄姿莫乎壯觀或危石以礪吻或高柯而整翰搏鳩之隼不敢飛揚逐鷰之鷃望而伏竄及夫當殺節乘勁秋雙眸電擊六翮雲浮仰之彌高方一舉而千里翔而後集趾乘居而匹遊旣而變金風鷙商律不類衆以頡頏自孤飛而厲疾介然直下固不可以同羣邀矣獨翔諒有殊於衆匹磨疑作摩碧落而上騰與紫氣而相凌自樂其絕侶無求於得

朋鷹揚者迎之而不逮鵰悍者攀之而不能莽蒼天高悠揚日厲自暇自逸倏來忽逝何剛者而不懼何劫者而不制風毛雨血見張衡西京賦在嫉惡而無遺草伏木棲咸畏威而若厲明心不測利用則殊以少爲貴彫繁有徒想像乎八紘之間視遠如邇隱映乎九霄之際出有入無諒搏擊而不競豈菟罝而弗圖是知禽之凡者雖累百而何補士之傑者將無雙而必取亦猶務利嘴刷迅羽雖多亦奚以爲固非一鶚之爲伍

射隼高墉賦 以君子藏器待時爲韻 敬驁

養形玄豹兮以隱霧而成文振羽飛蛾兮因附火而自焚彼紛然之落隼識昧此而衆禁誠不知高非小者所處靜爲躁者之君苟失度而接疑適將受斃而何云且夫長墉崇崇矗若雲峙飛隼翍翍倏𢥞風止曾不料其微陋焉更知其休否故疾惡之夫善射之子操騂角之弓調白羽之矢縱穿楊之妙呈落鴈之美量遠近於目端審高下於規裹紛洞胷而達腋果裂素而破嘴原夫剛鏃初架勁絃正張引彎彎之月影迸的的之星光鋒毛羽之振迅挫容貌之昂藏審必中而後發固焉用而不藏若也處身順理投跡知常時決起而無滯或怒飛而有方煙雲足以遐賞翳薈足以來翔必絕捐軀之患豈貽在彀之殃是則素有雋志徃無不利藏器者人獲隼者器矢應弦而上激禽應矢而橫墜微隼諒比於小人高墉亦方於重位苟不戒於遊

處曾何免於顛躓士有五善斯在載橐有待麗龜之知未志貫隼之誠勿改幸文武之不墜希蔚菲之必采則知發矢有期獲禽俟時想大易之靈一作垂文微言可順稽高墉之玄疑作立象壯立空持旣是則而是効求念玆而在玆

第二 同前韻 武少儀

羽族紛紛彼飛隼兮獨勁捷而莫羣心耿介以騰踴毳斑爛而被文擊每依於素節翔亦致乎青雲匪全身以自變一作燮寧有齒而見焚貫矢落庭旣垂名於孔宣父搏鳩陷網又伏罪於信陵君今也何時一作侍輕乎所獲伊廣甸不遊乃高墉爰止信非位乎是蹈宜買害而嚮死吾嘗問術於列禦寇學藝於熊渠子爾或棆諸吾斯過矣我使惟良

我亐未藏度中而發于何不臧刻專精而致用奚得失之難量哉於是正色歛容凝心定志挽手引蒲目注神萃鷩袪駭括將辟易以翻飛裂臆洞胷已抜離而迸墜覩彼隼之貽戚諒吾人之會意故君子周而不比用則擇地無苟進以躡高位無躁求以享厚利智昧於是安往而免夫顛躓（未見器字官韻）然則懷貪估力者怨（一有咎字）所聚材小任崇者覆（亡字）可待故聖人明彖象以立言懸日月而不改或有人兮脩其詞遇其時三復射隼之兆載質射隼之期幸寸長而罔貴冀一聞而在斯

文苑英華卷第一百三十六

文苑英華卷第一百三十七　賦一百三十七

鳥獸七

鶺鴒賦（并序）　喬林

鶺鴒鸜鵒也詩取其鳴行搖尾相應以興兄弟急難之義而已然無巢無鷇不知栖息孳孕之所人之見者更無大小之殊隼不能搏彈不能射網罟不能取朝之與夕常在人間竟不知此鳥之所自來也

何鶺鴒之小鳥與羽族而特殊鷫鶊（郭璞江賦鼓與翻鵁）飛鳴肖翹畢逋金睛玉爪紺尾青顱電瞥機駭火馳風趨來何從而去何適似出有而入無噫形器有生之類非外非胎不巢則穴罕知爾棲泊之所乳伏之節吾自見爾翩翾一狀小大無別莫涯鷇孕之源以出陶鈞之轍亦稱王母之使豈在神仙之列味喙鋒鋩毛衣霜雪惟若鷺之近道思數頷以周防苟彈射之莫中匪網罟而奚張齊姜所以遣重耳范蠡所以遊越王慮宴安之有毒斯儆戒以為良務相時而遂變豈膠柱而守常偶來池館非意稻粱吾將注目而悠然以逝（四字一作倏以閒遊）色斯舉矣而物莫之傷既忘情於進

取遂遊仍以翺翔乘輿於人間之世全身於自遠之場苟日新於運用能獨善於行藏

鴻漸賦（以鴻漸路適之爲韻）　陸贄

深不測者道大無疆者空空非羽而何適道匪人兮孰通適於道者是謂君子適於空者莫如漸鴻故聖人託象以明義務勤以傍躬將自邇而圖遠必因卑而致崇始其素卵新化青春殼（疑）融一之日乳哺衡陽之曲二之日翺翔彭蠡之中且愛（疑作爰）居以樂水亦從正而養蒙毳毛其成洞庭之芳草杓綠弱羽云就武陵之繁華巳紅而見其進未知其終美夫姿淑儀麗飛鳴有檢動靡求棲遊皆遠險思奮志於寥廓且藻容於菱芡昇不越次先冒履木之危

進而得中爰及于盤之漸漸如何其倣措方去渚而戾止俄躋陵而遐顧風水逆輔於羽毛煙雲未通於道路噰噰相召驚月次（一作光）而亂趨（一作起）肅肅連行拂天池而徑度信梁鶩之莫儔豈谷鸎之足慕亦猶九層起於累土千里始於投跡琢玉者日就其功爲學者月將其益皆自微以成著固何求而不適异夫出陸搏空驤首矯翮順寒暑以彼徂亘山川而罔隔以言乎鳥也尚不忘進以言乎人也如何無思思者所以志道進者所以脩辭誠既徂而莫返蕘將來而可追蒙亦有望於斯漸敢不翻然而勉之

第二　崔陟

易之爲書也八卦分體萬象潛通漸之爲義也進以得位動而有融故聖人假物筌理爰託喻於茲鴻鴻之爲物也跡卯洲渚去軼雲空始于干於漸陸竟自卑而陟崇飛則有序和而不同有類夫君子進德脩業積微成功陟遐以自邇謀始而利終者哉原夫交頸頡頏乘波澹淡逍遥自得罻羅莫掩匪干時以強進每卑棲而自檢雖欲致雲霄之高故必階盤陸之漸洎乎理瀚海表驤首煙路既應日而春來亦隨陽而類序行藏不昧於節遊止不愆於素匪親鳧鷖之群豈思稻粱之顧誠羽儀之可重奚鷰雀之能慕豈比夫鸚鵡銜其羽翮徒矜才以取譽然無罪而見獲鄉國迢遞箱籠窘迫慕侶心斷沖天望隔不階漸以苟進非（一作怛）怍物而致危豈同年而語哉

鴻賦

翩翩者鴻刷羽疏風背燕薊之北旅江湖之中何斯禽之寡識亦陰陽之載通若乃編名漢川棲身禁籞易象加其漸陸詩人美乎遵渚晉文以賓客見規齊桓以君臣相許既隨軒於良使（疑作吏後漢虞國爲日南太守行惠澤有雙鴻隨軒）亦銜丹於仙女其德性也肅肅習習繽繽紛紛泛濫綠水翱翔白雲飛則有貫集則爲群跡不以沙泥自混貌不以玄黃自分皎清真之不雜同朴略之無文於是寒月改纏朱星移度苔濃春水草滋甘露園木含榮溪水解沍乃連太陰於北漠遣少陽於南路唼藻而至豈鷹鶚之見猜銜蘆以飛何罻羅之足懼至於長距蒙賞利嘴見弃豹以尾而自貴鵠（疑）以

尾而自矜巢㠶之蟲終幽微而莫覩棄一作壟天之羽竟寥廓而難徵孰與夫鴻也窮遠適縱遐觀凌天衢拂青漢橫逸翮奋羽儀空違沮澤竟厲汙池有四海之心而人莫識有八方之氣而人莫知年歲蹉跎兮行不返毛羽翁習兮飛未遠歡借勢兮自強庶高翔兮不晚

秋鴻賦　趙勵

若夫隨陽之鳥翩翩者鴻高飛晴日長鳴朔風乘秋陰於廻塞結陣影於遥空觀其羽翮聯翩出入寥廓念江山而遊遠犯霜露而無託昔年春去愛洲渚之芳菲今日秋來値關山之搖落借如良人遠戍賤妾孤居帷屏曠望意息空疎路杳渺而無恨心嬋娟而有餘憶紫塞之年盡恐青

樓之夜虛莫不聞之者憤慨聽之者漣如羅廻文之織錦思繫足之邊書若乃明月霄懸黃雲晝洩牢落天地蒼茫溟碣行宛轉而初上影參差而不絶愁輕岱北之雲訝負遼西之雪既而南遊澤國北別沙塲千里萬里懷稻懷粱強能鳴以取愛恐不才而見傷所願免虞人之矰繳得狎君之池塘者也

晴皐鶴唳賦 以警露清野高飛唳天爲韻

廻野遠色寒空繁聲眺莫媚於雨霽聆何長於鶴鳴孤飛而天下疑作宇澄曠獨立而霜皐砥平對明一作對明月景之逾秀邈晨風而自清烱爾體空冷然響遺疑磬發而珮搖若霜標而雪麗林鷗之皓色難比雲鴈之青音罕繼雖居下而在幽不高聞而遠唳或引或罷以遊以遨顧塵寰而不雜仰天路而飛高懿夫秉心清廻稟質貞素偶影思侶矜容舉步忘機遂性豈思寵於乘軒遠害全軀每勞心於警露聽聞兮易感聲怨兮難度非陸氏之無聞想王生之可慕原其翔集玄圃騰騫舉微睨蓬壺而易感冐江海而懸飛情慕必止心徂匪遠或群翔而反顧或孤賞而忘歸厥仙府而舉華亭思鳴皐而適緑野爰擇日以遐騖遂凌煙而獨下一作於獨夜晴皐曙兮邈矣靜皓鶴鳴兮杳何求俄度曲於澗瀨乍迷影於雲景聞幽而音響清越覩麗而羽儀閑整何霽野之無人獨仙禽之虛警未見字韻

沙洲獨鳥賦　高郢

鳹彼飛鳥在河之洲一飲一啄載沉載浮賞心利涉之地浴德清波之流守道而行風水無情於六翮度才自處雲霄有望於雙翀聯翩失伴顧步無儔因潔身而獨立聊拂羽以孤遊蓋貞以不群鶩而有別將擇木以未暇乃漸槃而自悅窺形弄影欣得地以徘徊哀響奇音冀聞天而清切亦猶鴻志非鶩鶴群豈雞雉孕形於羽族諒稟性於天倪愼其獨焉知無心於黨與需于沙者必不至於沉泥豈比夫鸞對鏡而方舞鳳非梧而不棲候鴈有銜蘆之懼黃鳥與止棘之悲疑何出處之情遠而攝生之智迷況乎食粟貪榮乘軒取媚珍禽見育敗德於明主鷙鳥云亡行刑於下吏非靈應之攸止乃遊趣之所致豈若動非干物息

能擇地盜泉不飲得廉士之風止木常遊侔至人之智道有可鑒才無不備屬鳥瑞之昌期將遷鸎之厚意顧得振毛羽展精鶩若不信其飛鳴試假借於名位觀其處啓閉辨分至然後知沙洲之獨鳥非凡禽之類

傷馴鳥賦　權德輿

紛羽族之多端兮同翱飛而類殊有鸎谷之微禽亦播質於洪鑪因稱予之嬉遊得中園之墜鶵恣飲啄以馴擾來目前與坐偶爾乃棲以籠檻鎩其羽翼冀留軒（一作晋軒所）以為娛俾遐翥之無力作踉蹌而將舉顧褵縱而復息雖主人之見容終使喪天和於自得或親賓至此徽軫徐觸每聞絃而鼓翼亦追（一作區）節而翹足貌（一作怳）宛轉以成態聲

間關而叻曲乍寂寞以閑暇若凝情於相矚理輕毳以自潔類山立之珮玉每翔集以安卑同君子之自牧思謝尚之起舞邁風流之逸躅苟魯昭之不君固乾侯之出辱方渡濟以申敬伊凉德之自覆徵故老之相傳驗曩記之或存在端五（一作午）之司候剪其舌而能言巧喉轉（一作囀）以達情順人心而不謖方渴日以呈材顧朱明之酸奔忽愀愴以鶴顉響哀音於簾箔竟啁啾而不去若徊翔之有託悅心訴而未辨欻徂往之攫搏俄斃踣而不勝紛血灑以毛落彼葛盧與治長通鳥獸之音聲闕君子之周防無古人之至精既不能縱爾於遼廓又不能遂爾之生成使異類之得志曾未極其飛鳴則本夫養之之惠適所以害其生又憶夫清江之使若東海之波臣苟其時之不來則刳腸而涸鱗鶢鶋鍾鼓而亦悲馬阜棧而多死雖爲遇之已甚固又夭其天理曾聞乎賢聖之理物也愚智殊方薰蕕異藏善用無棄兮互見其長各有攸處兮兩不相傷官天地而府萬物繇此道而為常吾既悟斯理之不早因失之而後防収視聽以冥觀兮遂群性之茫茫

九一作皆川本文粹

鵲巢背太歲賦　陳仲師

營巢有因惟鵲無倫始自小寒之日不當太歲之神辯向背以經營必先避地顧縱橫而委積足以藩身且其矯翼徘徊向隅棲息時懷擇木之智日就積薪之力若在離宮

之內不可巢南如當子午之中無因逐北所以率先表異選勝知歸應時節而遷易辯方隅之是非念彼明神自易地而攸處顧茲弱羽信何枝而可依時也苟遂居安寧辭力役銜腐草而構思向高柯以容跡動覩所忌殊古人之橧巢理契不齊知（疑作如）方士之工曆擇地已有知風豈無方一枝而自託雖小數之能拘且相賀以和鳴喜同於雀乃卜居而類聚趨甚於凫兇復藉用茅茨殊荷庇蓋任風雨而自適豈陰陽而去泰念土宜之是顧足知見方信天理以自然焉能徇晦爾乃節屬玄律時方沍寒顧地角而知禁豈天時之可干無起土功異銜泥而戾止知於歲杪聊寓跡以求安既而飲啄無虛推移不滯得厭勝之良術

誠棲遲之上計漭軫明條之慮必附枳枸之勢摧枯拉朽已邈（疑作完）葺於崇朝命侶引雛聊優游於卒歲顧末俗之無遠信微禽之可繼

第二　崔元明

伊空桐之靈鳥兮丹嘴黑質拂羽青霄兮流形白日與鷲鷺而爲伍豈凡鳥之能匹故其聲則合雅動必依仁受惠而狎感恩而馴既裔裔而翔漢嘗啞啞而何人不驚不怖亦義而親爾其升丹楹入華堂對上客之羅薦拂佳人之聚裳驚空簾之秋色怨夕月之清光悲信美而非吾土傷幽栖而思故鄉（一作思故國）而多傷於是湘（一作楚）妃援琴相如爲歎何不開金籠而使飛末騫翥於雲漢重曰日宮難可躋月樹

復鶩栖未聽將雛曲空聞怨夜啼（此篇宜在紅嘴鳥賦之後）

鵲始巢賦　陳仲師

霜天慘慘兮楓樹之杪構彼層巢兮翩然宿鳥睇喬柯以上下憩弱羽之卑小周匝經營翻飛繚繞履危而金彈不發送喜而珠簾乍開逐矜心之眷戀無利觜之嫌猜架木末居岩隈容足之前望一枝以棲息翻身之際歷衆木而飛來拂曙聲多排空意遠惜光陰於朝暮迷飲啄之往返於是攫腐草銜飛蓬重疊尺箠迴環翠空凌寒而且近朝日構思而偏愁夜風俯仰求容冀資拾芥之力縱横居止顧就積薪之功必使輕舉得便群飛會同嬉遊遂憐（疑作躋）於清禦宭束長謝其雕籠所謂擬實以來憑虚相借不然

則六翮摧毁三冬徂謝飛鴞將出乎深谷黄雀亦誇其大厦故所以踰遠林矣前除仰窺肅爽遠慕扶疎當繞樹之時暫隨烏會在來巢之日常畏鳩居非微禽之敢競幸嘉木之有餘嗟呼搖尾馴擾斂客萃止依于主人來若處子匪能言以呈慧不善舞以招羡倘抵王無虞搏風資始故巢林以何報唯化印而後已

紅嘴鳥賦（以新飛羽未調爲韻）　李子卿

殊方之鳥兮丹嘴黑身異性特立兮既孝且仁勁毳非日黔而得黑快吻豈研珠而益新（一作勁翮毳毛非日黔而得觜喙決吻乃研朱益新）不顛頏以干物常翩翻而狎人非越鳥之思歸羡海鷗之多機謂富屋之堪止謂芳枝而可依其來也狀銜花未下

其去也疑帶火初飛何必將雛聲已傳於緑綺如能反哺遊更狎於綵衣嗷嗷其音泄泄其羽常飲啄於軒砌每棲翔於牖户凌美翼之鵁鶄掩能言之鸚鵡朝食芳餌全忘攫肉之心夜宿雕籠何有啼城之苦顧弱質而誰貴誠主人之厚意非九子之是思仰三足而多愧鳴躍既安（一作安安）搏扶尚未騫何得（疑作德）而遷喬鶴何功而在位稻粱已飽兮羽翼將調霜莖可宿兮雲漢非遥倘不使余尾之譙譙余音之曉曉爲君一舉凌丹霄

文苑英華卷第一百三十七

文苑英華卷第一百三十八　賦一百三十八

鳥獸八

鶴處雞群賦　皇甫湜

羣雞兮喧卑獨鶴兮超特何躁靜之殊致頓仙凡之異德今乃同處斯爲失職恃軒昂之貌棲耻鑿垣池抱清迥之心餓羞爭食恐沈于衆何德之孤志在廓寥跡依泥塗戀

祥雲於紫蓋憶仙馭於清都處衆而將齊一鶴離群而每羨雙鳧孰曰其微易散茲乃寔繁有徒在識家而競入悲得食而相呼憂心悄悄愠于群小愁電裳於末夜鮮王羽於清曉思大湖之澡刷念秋漢之清矯涅而不緇素以爲表寂寞清唳依適馴擾同李陵之入胡滿目異類似屈原之在楚衆人皆醉或振羽以將鳴或峩冠而瞪視囂囂煩耳紛紛撲地安知警露之質豈誠凌雲之意獨立不懼誠則莫之與京碩大無朋所謂拔乎其萃何憂乎彼衆我寡而患乎去同即異慘澹無色低徊不平困眼前之擾擾哀足下之營營動必以誠鄙度關之詐戒之在鬭非擅場之名誰恤大以捨小念彼濁而此清和而不同卑以自牧動

憂遠衆居常慎獨彼雖距似金形似木終羞與會等爲伍孰慮天下交之噴是宜翔金穴集芝田冀松喬於碧落侶鸞鳳於紫煙而忽齒陋質於階下溷愚衆於君前惆悵非所昂藏自賢顧彼雞矣相群若是多多益辨兩兩而比自謂鳥中之賢且具天下之美與之遊息甚可嗤鄙每戒比之匪人常耻獨爲君子特乎有在物不終否爾惡能浼我哉吾當一舉千里

木雞賦 以致此無敵故能先鳴爲韻　浩虛舟

惟昔有人心至術精得雞之情情可馴而無小無大術既盡而不飛不鳴對勍敵以自持堅如挺植登廣場而莫顧混若削成初其教以自然誘之不懼希漸染而能化將枯

槁而是喻質殊樸斲用明不競之由狀匪雕鎪蓋取無情之故然則飲啄必異嬉遊每殊竚栖心而自若期顧敵而如無日就月將功盡而稍同顛枿不震不悚性成而漸若枵株已而芥羽詎設一作玄羽詎翔雕籠莫閑卓然之至全變兀若之姿已致首圓脛直輪桷之狀俱呈嘴利距銛枳枸之芒並利是以縱逸情絕端良氣全臆離披而踵附眸眩曜而節穿驚被文而錦翼蔚矣迷搴木而花冠爛然虛驕者懷不才之慮安能自恃賈勇者有攻堅之懼莫敢爭先故能進異激昂處同虛寂郢工誤起乎心匠郈氏徒驚乎目擊澹然無撓子綦之質方儔確爾不回周勃之強未敵之一作其喻斯在其由可徵馴致已忘一作忌乎力制積習潛通

乎性能足則語南國者未足與議闘東郊者無德而稱士
有特力自持端然不倚塊其形而與木無二灰其心而顧
雞若是彼靜勝之深誠冀一鳴而在此

反舌無聲賦 以氣感聲盡取以候時爲韻　張仲素

彼衆禽兮終歲嚶嚶此反舌兮語默有程蓋時止而則止
故能鳴而不鳴青春始分則關關而爰語朱夏將半乃寂
寂而無聲有以見天地之候有以知禽鳥之情爾乃觀其
所來察其所以或群或友爰飛爰止喙朱櫻而潛下嬪綠
楊而暗起先秋而默恥競響於蜩螗擇木而遊契不言於
桃李於是靜觀其妙先徵其比闕茲百囀誠煩辭於躁人
默若三緘象欲訥於君子徒觀其行藏以時喧靜惟允其

鳴也有節其默也可準初疑管弦之並奏鏗爾曲終又似
環珮之齊鳴詘然聲盡是以理契中寂道符閑澹陰陽爭
而止聲春夏交而知感哂城烏之夜噪向曙仍啼歎野鶴
之秋鳴在陰常慘原夫生乃依巢來而作候靜集林薄閑
棲苑囿飛而無懼知皇家仁解網羅應不僭期答聖君信
及鳥獸懿夫遏其音調其羽結舌何異消聲可取鸎能囀
鸞善舞鳳鏘鏘而聲樂鴈嗷嗷而音苦在和鳴而則多於
敬授而何補曷若動適其宜靜得其能伴玄鷰之辭巢秋
而俱去陪黃鳥之遷木春以爲期豈比夫嘻嘻者聞妖於
亳社交交者兒刺於秦詩斯則冥契陰騭迥殊品彙標羽
族以稱奇載月令而爲貴配鳴鳩之拂羽備歲候於三百
六旬媲鶪鳥之无聲應天時於二十四氣至矣哉隨時之
智從宜之義抑斯禽之謂

鷰巢賦 以平入空橫爲韻　樊晦

鳳凰集於梧桐鷦鷯巢於枳棘俱順時以適理盡攝生以
自得豈如雕梁植燕茸高巢以安息既開兆户逐仙羽以
長生或在王遊 疑作王筐文選安陸王碑文注有燕氏取燕復入筐 馴主人而含識
識有寘於玄造妙無方兮何極頡頏金屋差池翠宮銜泥
繞棟度勢巡空憐綺窗之華影愛羅幌之春風得地相賀
分飛就功廣狹殊軌規模不同散彩彬班攢文準濬疊輕
藥而矜暖布重泥而訝濕跡似連珠形如聚粒霽光分曉
出虛竇以雙飛微陰合暝舞低簷而並入我室既真虛白

自生逼之不懼撫之不驚故鳥鵲可循而窺也龜麟協瑞
於太平余所以觸物而作興唯鷰雀之一鳴

秋鷰辭巢賦 以秋冷去急爲韻　侯喜

漢落葉兮火星西流 落葉一作案户續漢禮儀志曰仲秋之月縣道皆案户比民 白露
降兮萬物知秋嘉此鷰之有感將辭巢兮命儔命儔兮焉
求應節兮周遊去此集彼正爲良謀經北户以一息度南
軒而夂畱夂畱伊何我翼新整雖華屋之可戀怯高巢之
夜冷得不上下其音翩翻其影射 疑 白日之淹畱候令辰
之光景乘秋而發且有便於風高養羽既成亦可知其路
求況夫將適之所必能安據縱眷乎此巢可居固難以久
而不去克有攸往足觀來譽殺氣澄秋晴光滿瞩當是美

景此焉騫翥遂乃橫絕堦墀遠謀原隰事必謀始翔而不集空長而矯翼彌高日暮而連飛轉急同發者或有不進後來者莫能相及巢兮徒有思其所葺

鳥擇木賦 以君子之德翔而後集爲韻

鳥之擇木者不在乎得高枝在乎得所履或凌雲之幹而不可集或在庭之柯而必可止依惟賢之主人遠挾彈之公子若夫鳴而後集翔必有疑如智者之千慮叶君子之三思山有不材豈謂心乎愛矣林多獨秀寧同主則擇之孰謂無心依於有德豈惟葉之萃一作翠幹之直必在無驚弦之憂傾巢之逼惟喬之下想游女之求思避惡之陰同志士之不息若乃翼隨雲展身以風翔觀平林之漠漠見

絕嶺之蒼蒼豈爰止兮失正誠所集兮向方容足之柯乃處隱身之葉是藏故有繞樹之鳥鵲棲桐之鳳凰是知擇善而從何常之有既無巢幕之諂詎貽高墉之咎道惟空際諒有開而必先棲或林端乃觀影而從後未安其所豈樂其群傍青冥而頡頏白口出幽谷而翺翔碧雲水隔山而猶遠煙拂樹而漸分將欲巢林抄渡江濆如蕭何之擇漢主虞卿之謁趙君原其羽族所棲惟巢是葺雖衆樹之相蔽唯一枝而可給處必擇地食無不粒飛乃從宜固難妄集若然則禽之有靈也不可以愚智相期不可以飛走見遺集灌既知有以始巢當復何時是也一作以良木可期儻主人之見納俟我於庭乎而一有已字

射雉解顏賦 以藝極神驚愁顏發喜爲韻　浩虛舟

昔賈氏兮其容似鄙伊室家兮中心莫喜將非匹以爲念懼無能而是恥自初笄之歲終日低眉因獲雉之辰有時見齒原夫他室是託芳華正春謂妖容之可恃顧陋質以難親自西自東每棲棲而反目不言不笑常脉脉以凝神爾乃釋憾無方從權有計因如皋以肆望逞若神之絕藝執弓挾矢期應手以無遺果志愜心冀迴眸之一睇以一作已而徤馬蹄疾中原草平想娛娛之未悅聆戞戞之初鳴花顏惝怳以徐駭錦翼翩翻而忽驚遲迴而瀰月將發眄睞而橫波以青由是執轡情專馳神望極星走白羽綺張丹臆陋容蹙縮以興憤慢臉嬡娟而改色彩毛迸落初莞

爾以難持飛鏃洞穿遂嫣然而不息及夫廣陌將暮征途既還鳴鞘勁挺以風響潔翰皚毸而血般盻么麼之凡姿於焉改貌散低迴之鬱志由是開顏向使恨蓄兩心功虧一箭終悄兮而莫釋寧咥其之可見委絲蘿之弱性沒齒而難忘慘桃李之穠華終天而不變是知陋不足恥藝誠可優嘉伍善之殊妙解三年之積愁然後知一笑之難得豈止千金而是酬

敎鷄鳴度關賦　宋言

鷄何晨而風雨不渝人懷詐而關防可圖效長鳴於頃刻排大難於斯須近取諸身俾群情而莫測出於余口將五德以無殊昔者田文久爲秦質東歸齊國之日夜及函關

之際顧追騎以將歸念高門之尚閑君臣相視方懷累卵之危孟嘗使同謀未有托身之計下客無名潛來獻誠君裾方齧於虎口臣愚請敎於鷄鳴於是鷹揚負氣鵲立含情迥夜逆天未變沉沉之色攢肩鼓臂因爲喔喔之聲審聽直如逆聞酷似高穿紫塞之上深入黃河之裹一鳴而守吏先驚三唱而行人盡起迴瞻漸壓皆默默以無言散入荒村漸嗲嗲而不已想夫計即成欺人皆不疑重門似洞以俱闢駟馬如龍而莫追雖師曠之聰誠難辨矣縱治長之慧未必知之於是考智謀察能否君於士兮誠重士於君兮亦厚念關秦之百二難逞狼心笑齊客之三千不如鷄口既而美播強鄰名聞上賓暫解咽喉之急未爲心膂之臣想季路之危冠相眸未可任秦皇之利萮欲學無因豈非志在酧恩居能造鄕清濁如一高低不爽迷翰音之類應若同聲關反拒之門易於覆掌始知戰國之多才是招賢之道廣

鶴歸華表賦 以去家千歲今始一歸爲韻而賦中無一字韻

昔丁令威登山紫微念故鄕之久別化靈禽之 疑 一歸翻瑶瑩而遂下見華表而堪依凄凉而舊跡猶存徘徊有戀寂寞而故人誰在悵望難飛原夫托玉羽以潛逝歷冊霄而暫憩閶闔天之逸響駐凌雲之遠勢疑 疑 思慮於木末俯閭閻於煙際光陰可惜歡娛有憬於當年丘壟相望堝落徙悲於晚歲既而人事難尋俄成古今野逕榛亂煙虛 易作歷 草深岐路之黃埃不已桑榆之白日空沉眷戀無窮誰識孤高之貌悲傷莫惻空聞嘹唳之音至若似帶烟霞情深恨睽遲迴而脩趾不動眄睞而圓吭暫斜松檟蕭蕭遍是幽魂之宅蓬蒿歷歷今爲誰氏之家少別舊城長思故里似有求而不見若將飛而未起住仙界之長日痛人寰之逝水念當時之親識安問存亡窮累代之子孫莫言終始極木情烟凝思悄然別離而塵事不一條忽而芳春且千那求飲啄自惡腥膻歸歟而雲空慘澹望中而封樹連延笑彼乘軒不離乎金闕喜茲警露迥降於遙天已而卓爾無群超然將翥思杳杳之空際戀亭亭之高熲迥朱頂以長望疊霜毛而永慮留恨無窮忽矯身而飛去

紙鳶賦　唐宋

代有遊童樂事末工飾素紙以成鳥象飛鳶之戾空飄兮將度振沙之鷺杳兮空先漸陸之鴻抑之則有限縱之則無窮動息乎絲綸之際行藏乎掌握之中其翰非逸其羽乃疾弄輕影昂素質伴瑞鵲之臨河學靈烏之就日詭狀萬殊奇姿匪一衝激吹而頻驚入增 前漢增成之增 塵而乍失及夫晚際蕭寥近日迢遞出虛景過長霄艷艷裔裔亭亭迢迢如片雲之初下似殘雲之欲銷何裕如之翯翯紛攜茲而翫翫其上同綺翼之遷喬其下若馴鷗 疑 之就嗅羣羅獲免弦繳莫憚野鵲來 一作末 遷而伴飛都人相視而指看歎乎升騰得勢真假相亂殊不愁鷚鵡之被籠畜鷹鸇之受

絆六鷃尚退于宋都大鵬猶沈於海畔彼無識而無知亦曷足以見嗤但仰牽運不能自爲無仙鶴九臯之響之晨雞五德之奇零落倏忽箊惣楊暫特借鴛鶩之侶入鳳凰之池向若勞力高風莫吹安有妄於寥廓必不出於藩籬且紙之所尚事有攸往供筆陣之樂起詞華之賞故莫載於鳳文而反圖於鵰像因人而進爭路而長固不濟於時須欲屏之兮何奚

第二　楊譽

相彼鳶矣亦飛戾天問何能爾風之力焉余因稽於造物知不得於自然原其始也謀及小童徵諸哲匠蔡倫造紙公輸獻狀理纖筏以體成刷丹青而神王般然而髣彼羽

翼邀爾而引夫圓吭脣繫纖縷趾續長繩俯劇驂之七達桂高臺之九層形全而和似關雞之養紀消目大不覩若翼鶚之在雕陵因所好而毛羽思有遇而騫騰鄙宋都之退鷁暮溟海之搏鵬於是扇以扶搖縱諸寥廓絢練倏閃翕赩忽霍瞬息而上千里咄嗟而遊大漠翔鶤仰而不逮兕青鳥之與黃雀彼都人士瞻於城隅初指中疑作冲天之鶴遠言拂日之烏望有塵埃謂翻形而載旆德無音響疑避影以銜蘆始迴翔於元氣終出入於高衢所以羽翮既成雲霄自致期上騰以奮激何中路之顛墜力不踏風勢將控地感魚龍之失水羡蚊虻之附驥比畫虎之非真與芻徇之同棄寧待時而玄岀力信因人以成事于嗟鳶兮適時與我兮相期知我者使我飛浮不知我者謂我拘留喙膺鼠兮非所好哨第疑作茅棟兮增至愁才與不才且異能鳴之鴈適人之適將同可狎之鷗我於風兮有待風於我兮何求幸接飛廉之便因從汗漫之遊當一舉而萬里焉比夫榆枋之與鸒鶋者哉

文苑英華卷第一百三十八

文苑英華卷第一百三十九

蟲魚

黑龍飲渭水（一無水字）賦（以出爲祥下飲渭水爲韻）　白居易

龍爲四靈之長，渭居（一作爲）八水之一。飲亹亹之清流，浴彬彬之玄質。翻若（一作忽兮）下降，貣然躍出。首蜿蜒以涌煙，鱗錯落而點漆。動而無悔，爰作瑞於秦川；應必有徵，乃效靈於漢日。觀其攸止，察其所爲。行藏不忒，動靜有儀。晴眸眩燿，文彩陸離。下泉于焉表異，守黑于以標奇（一作躍下泉於焉表異守其黑所以標奇）。不一徒爾，異心有以（一作或隱或見特行特止），順春秋而隱見，隨晦明而行止（一作順於東下而無乖應昏明十一作而有以於是稽大易按前史口符）。叶聖人之昌運，飛而上天，表王者之休徵；見（一作下）而飲水，於是（一作爾乃）下長流（一作長川）（一作降），俯高岸。秋駿駿以矯矯（一作氣黕黕以黯黯），光燦爍而爛爛。紫雲隨而瑞氣氤氳，白日照而文章炳煥（一無此十六字）。聞之者心駭而易色（一作屏息），覩之者目眙（一作眴）而改觀。呼吸（二字一作一呼一吸）而聲起風雷，宛轉（二字一作或躍或騰）而勢超雲漢。爾其矯首陸梁，拖尾廻翔，蹈流鳴躍，劈波騰驤（爾其至騰驤十八作觀夫莫智匪常莫黑至祥契昌期於南面兮正色於北方拖尾廻翔背波騰驤），飲清瀾之澹澹（一作浩浩），噴（一作動）素浪（一作波）之湯湯。頓頷（一作頦）而碎珠迸落，奮鬐而細雨飛揚。讋水族則（一作水府兮鷩）鱣鮪奔走，駭泉室則黿鼉（二字一作兮鮫）伏藏。信可符帝王之度，叶邦家之光。表三泰之加瑞，呈二漢之徵祥（自信可至徵祥二十四字一作玄雲從而淺深一色白日照而左右交光）。且夫（一作彼）順氣（一作候時）出處，憑虛上下。度若（一作弱）水而斯馭，知（一作去）冎湖而是駕。同張華（一作茂先）（開）之飛劍，見長房之竹（一作杖）化。豈若（一有此字）炎精冥契，水德潛稟，黑質黯（三字一作玄甲背）以疑黛，玄文裴以摛錦（一作文章裴兮摛錦），逼而察也，類天馬出水以（一作而）遊；遠而望之，疑長虹截澗而飲。既（一作已）而跨白雲（一作負蒼天）騰（一作去）清渭，排冥冥之寥廓，度（一作亙）浩浩之元氣。則知水物之靈，鱗蟲之貴，展（一作盛）矣哉！抑斯龍之所謂

凡一作皆集本

葉公好龍賦（以所好非真見而增懼爲韻）　張隨

惟彼龍兮，潛水府，翔天路。何葉公之多尚，獨神物之是慕。假手于繪，對蟠蜒以好之。其形在堂，俄儆恍而反懼。初其終朝念茲，寤寐求之。嗟豢氏之莫遇，望雲津之遠。而載雕其宇，妥寫其姿，周屋壁環（一有轆字）堦墀，輝輝之章，不離其行坐；矯矯之質，常在於寥思。至於春風啓序，自暄而暑，則謂仰重陰而可竚。雨歇（一有兮字）雲收，杳不知其處。所其求雖阻，其志無阻。及其寒律方凝，自霜而冰，則謂窺潛壑而可徵。天高（一有兮字）日朗，空有見於泓澄。其覩未能，其誠益增。既而天縱（一作從疑）其欲，物應其好，龍乃拖其尾而登其堂，矯其首而

窺其奐垂錦帶張翠鱗光流電轉聲發雷振起雲而揀凝
積氣乘水而庭若通津而兒於斯人得不撓其性而駭其
真觸類而廣可明其徵唯龍也世好之必歸唯士也國招
之必依姑務乎辨真去僞寧求乎似是而非故好龍而旋用
古字如之通何期真假無變好士如之何在賢愚無眩蜿蜿之
狀且逢子高之儀堂堂之賢莫失哀公之眷勉矣凡今君
子必審之於聞見

漢武帝射蛟賦 以省括能中清除水害爲韻　獨孤授

有漢武徹惟特巡省窮禁之望揔江之汞舳艫塞川旗甲
蕩景洶洶旭旭虬盤龍騁駐清蹕則洪波可遏赫皇靈則
潛惟可怛何彼蛟之夭矯據積水之空瀾謂佽飛之劍莫

前滅明之璧是奪天子乃戒無譁於羽衛思有用於弦括
命舟牧迴清翰清疑作青說苑鄂君乘青翰之舟而止疑作上詔弓人奉烏
號以蚤肅天儀以山立將親發以杭稜陰察變態雄猜跨
騰古冶之倫皆裂不敢擅其勇逢蒙之黨技癢不敢專其
能我矢則直我弦斯控持滿而英氣頓一作坐飛命處而幽
姿必一作心中歘颷颷其電霍則頸鞹而胷洞贅殽者鼓般
天之雷稱慶者躍如熊之衆始乎發若神兵爆其有聲洪
波雪一作雲湧白羽月傾突紫肉裂素纓餘怒蚴蟉上浮泓
澄踣質已靡於巨艦流血方走乎東瀛介以鱗莫得捍七
札之勁神之化不能保重泉之生萬靈震駭九泒徐清然
後海若奄蹕陽侯洗兵山川肅其晏如雲霧廓其四除涉
者利乎涉魚者安乎漁於是左史趨進執簡以書曰天子
幸尋陽也親射蛟而獲諸遂翻龍旆韜象弭萬工奮棹歌
起威勵乎斷白蛇氣雄乎紐青兕隘秦皇之觀日追夏后
之勤水且夫君以勝殘爲大臣以叐德爲害亦將制於彀
中靜此宇內甲胄革之藝息垂衣之道泰豈徒與射夫漁
父校勇而論害前已押害字韻疑當作最

窮魚賦 并序　盧照鄰

余曾有橫事被拘爲群小所使將致之深議友人救護得
免竊感趙一窮鳥之事遂作窮魚賦常思報德故冠之篇
首云

有一巨鱗東海波臣洗靜月浦濯丹錦津映紅蓮而得性

戲碧浪以全身宕而失水屆于陽瀕漁者觀焉乃具竿索
集朋儔鳧趨雀躍風馳電往競下任公之犗一作釣爭陳豫
且之網螻蟻見而耳心傾聞而抵掌於是長舌利觜曳
綸垂鉤拖鬐挫鬣撫背扼喉動挺不可騰躍無由有懷纖
瀾寧望洪流大鵬過而哀之曰昔予爲鯤也與是遊乎自
予羽化之子其孤俄撫翼而下負之而趨南浮七澤東汎
五湖是魚也已相忘於江海而漁者猶悵望於泥塗

北溟有魚賦 以繫水三千摶風九萬爲韻　獨孤授

吹天地之量者海爲之大首鱗介之椎者鯤靡有敵稟形
徙惟其恢詭造物孰根乎朕迹慌北溟之安流考南華之
遺跡好奇焉得以心駭乘理可同乎目擊且魚之狀有踰

七日之尾而海之深蓋積八紘之水靜則高浪爲之中輟動則連山爲之四起介一（二字疑衍）鮮鱗俛首以駿奔玄冥捉（疑作投）足而却視其有適也越孟諸之夕宿其自縱也豈壚田（海賦陸死鹽田）之陸死兕風濤乍息空水相涵横巨鱗而海分爲二捲雙目而日爲之三渻淹迆延載回載旋嚇鰓則飛沫（疑作涞）成雨擊尾乃跳波溢天任公之術靡措龍伯之力徒然生無以傷肅識其長久大不可度莫知其幾千固非海若之所侯屬天雞之所犯干不吞龍舟以作暴豈貪牛餌而自殘遵坎德以獨適隨混元而變觀本所（擬）鱗而孰知終始化爲鳥而何足控搏一氣潛融飛沈以逼刺天之鬐拂日垂雲之翼從風躍靈韜映（疑作映文選月賦長河韜映）以騄晦

溟漲豁落而半空方鼓怒於澔漾欻騰踆於鳴濛觀其羽之化也將飛風之積也未厚六翮（疑作翻）之力相切萬流之波却走恐天衢之不容顧水府其何有嗟鷙鳥之累百異亢龍之上九彼黿鼉之穴處而釣魚或困彼鴻鵠之雲飛而網羅纔遠曷若縱溟渤而搏扶搖其勢固以相萬

魚躍龍門賦（以揚鬐鼓鱗撇波直上爲韻）　元弼

彼龍門之津流水激射斷山嶙峋厥功彰於夏禹斯險際乎蒼旻河源炳靈以峻極水族候時而荐臻副天用也佇龍行兮驤首祭神選也同鯤化兮脫鱗徒觀其向天俛辭水府望霄漢之九越泥沙之五來如及門出若由戶雖懸波而千仞絡作氣而一鼓我鬣既張彼川何長仰雲路而仰揚終不息而自強我功既奬彼河徒廣拼天衢而直上誠擇利而攸往變化伊何昇沉亦多縈廻曲渚泛艷長波背蛟室而大集指龍門而遠過至於激厲果決乘陵險絶雖迅湍奔雷駭浪噴雪終瞬息而上膺騰而撇揮其尾而不勞騁其力而不竭於是俄變魚服倏爲龍姿志氣自負歲（疑作威）靈自持豈同途於點額寧較力於撇鬐（一作鬣）哉於戲道有行藏運有通塞天資性靈神輔正直始有水而呀鰓忽升天而振翼然後隨方受變千里一色風雲際會未始有極慕李膺之徒哲孰不願遊追老氏之玄蹤而其不測儻真宰之可仰終進德於君門之側

魚登龍門賦（以躍白波入青雲爲韻）　苗秀

有客有客棲於草澤觀龍門壯禹跡目送跳沫千有餘里心驚懸流千有餘尺氣濛濛而霧蒸聲隱隱而雷激於是吞舟之倫吹浪將適奮泥沙而鱗刺歎鬐鬣以投擲鱗櫛比而映水星攢目曈矓而中流月白翔疊浪埈洪波當用（一作月）取之勢（疑衍）既逞志而浩汗何往不可豈失溜而蹉跎遂脫魚服入龍淵上既親於天水下不離於黿鼉天吳旁昧而莫測其以馮夷愕胎而孰知其他出彼處此載騰載躍遠任公之釣餌遠漁父之矰繳昔常未達伏艱難以如茲今則獲伸觀變化之何若既稟受乎靈遂隱見乎形鶩寥廓昇宵冥却訝泥蟠免翻身於尾赤旋驚意逸摩正色於天青然後知遊濠沈浮在藻出入嗟所處之齷齪恨中

區之於邑豈若一朝豹變千古名立當天衢而翱翔近日域而呼吸懸水之人文莫比赤鱗之巨鯉何及求無涸轍之憂寧有窮波之急别有志士卓然不群名嗟歲晚寢必夜分思拜手於丹闕願獻賦於明君儻獲此魚而變龍必能行雨而吐雲

漢武帝遊昆明池見魚銜珠賦（以題爲韻）　王起

漢武帝出咸京遊昆明覩潛魚之躍吐靈珠之英珍不藏川是獲媚川之色仁苟及物必能動物之誠先是鱗刺巨鱗傍畔水裔或詹何所中或任公所制利釣（疑作鉤）貫鰓而錯落長絲縈岸而掣曳殘瘁不振沉浮未濟是用脫其鋒觧其綴索於枯肆初同患於波臣銜以圖書終乃小於軒

帝他日擇良辰鏡清流捨鑾輅登龍舟不徐不疾以遨以遊於是傍臨桂棹遠映珠旒或御或垂似驪龍之頷將吐若明若滅比蟶蚌之胎未收光芒稍逼輝赫難儔實有意於豈報固（一作同）無情於瑭投含幽育明轉煌煌於晝鷁振鬐棹尾時熠熠於牽牛既而千宫動色百碎咸覩且曰脩其文耀其武澤之廣恩之溥雖彼池中之物亦懷天下之主報德而入於隨掌比類蛇銜惑（一作感）音而失於晉庭彼慙鶴舞況乎燭龍奮艷石鯨獨吐泣鮫人之目固不可倫綴神女之軀曾何足數由是儼天儀俯洪池映噞喁而未出炫的皪而方施然後得薦寸（韓氏外傳良珠度寸薦疑作度又文選魏都賦明珠蕪寸疑作蕪）之彩失圓折之規則皎皎駒來自掩白狼之美翩翩雖（疑）至徒稱赤雀之奇是知人能叶傳施物亦叶幽賛無煩罔象之索詎假闌干之貫向若安其忍棄其難俾須首長逝翅灰永散安得此樂於江湖見託於河漢則玉殿之側誰綴其玲瓏金輿之傍莫矜其照爛以言于魚也厥道斯存以言于人也如何勿斁則受加惠蒙溼恩得不效節於當代而垂名於後昆

烹小鮮賦（以理國如烹小鮮爲韻）　王起

有例（疑）者泉生乎小鮮將成登俎之羙必求爨鼎之妍惟烹也在於不撓惟魚也貴乎克全苟司味之有術諒爲政而則然若乃海曲蘆人江潭舟子厭須首於蒲藻得纖鱗於沼沚常窺瀲瀲漏於客網之中今則炎炎烹於沸鼎之

之裏是以激之有度爛而足恥先明水火之濟用契塩梅之理然後合沓有聲沸騰以烹碎文弱質萬品千名以脃脃之易懐（疑作壞）當洶湧之方驚觸之則土崩可喻安可（疑作之）則錦質皆成蓋以小爲貴在終和且平乃加以薑桂雜以薪燎同露鑊之白遵東箭而不擾雖湯騰其內火烈其表惟自然於衆味終不亂於群小既薦尾而獲珍皆騈首而可曉向若爛之不恤撓之是刺急舒無節乎中藻靜不放（疑）乎外自然成魚餒而不食比水煩而不大空摧鱗而莫分寧去乙而知害則知國喻乎鼎人喻乎魚之亂則烹以靜人之繁則制以徐鼎中之咸若天下之安如鮮之烹也不撓人之理兮作則將申老氏之戒用假庖人之

職既不爽於和羹幸有光於爲國

第二 以理國之道如烹鮮爲韻　李蟾

力刀之任庖人是司將脩火以烹矣取小鮮而將之淘淘之中似有躍泉之勢炎炎之上猶憐涌網之姿則無復游小沚奮纖鬐既逢鼎鑊之患永絶江湖之思其始也出彼清瀾委玆無厚落細鱗於方寸之質煦微沫於喉嗢之口齊一指而未并事寸刃而繞受驗星星一作腥腥之若無升鼒俎而何有其贍沉浮若氷洵湧如驚不有大舩莊子大舩從車奚假良庖之妙無容尺素何必呼兒以烹是知將善其事亦叶于道若運動之不息則完全而莫保如或罷其紛紜任其顛倒則偶瀊梅之側宛若銜珠映莫疑蘺之中猶如在

藻是知至人以魚小者國可喻焉其化而敦夫德善其烹而委之火傳則味不愆道乃全將成其心齊之化無貴乎獺祭之鮮且夫烹之煩而魚必毀政之撓而爲疑不理魚不以煩爲貴人不以撓爲美反覆無極必爲靡潰之道疑簡易不脩自作茲彰之始是知求全者動不如靜務理者語不如默動之則一躰渾渾語之則萬人惑惑想潋潋之微質不可而觕浩浩之撓風無由自息今聖人任一意朝萬國蓋以體玄元而得諸靜寰海而晏如豈徒以窮高極厚之內喻之於一魚者哉

魚在藻賦 以潛泳水府形諸雅什爲韻　李夷亮

鳴鈞之代兮動植斯慶至德旁流兮潛魚在泳忻藻荇之是依美陰陽之克正載頒其首將同宴鎬之觀不脫於泉自樂觀濠之性極浦風霽澄潭月盈鮮鱗繚繞聚法紆余或在鮫人之室或過陵鯉之居蓮花東西信可遊而可息文竿上下徒欲釣而求諸豈不以當在宥之時懸恬然之水乘顥顥之元氣得生生之至理大信波及湛恩草靡無虞竭澤之災自保深泉之美伊玄風之扇物物無細而不沾惟廣運之鋪時時或與之發潛

文苑英華卷第一百三十九

文苑英華卷第一百四十　賦一百四十

蟲魚

南有嘉魚賦（以樂得賢者次用韻）　楊諫

后非賢不乂魚非水不託賢豈晦以養蒙魚在藻而自樂故比思理以徵以求如南有嘉魚是網是繳此所謂旌別淑慝愛人治國為鹽梅之器用作生靈之表則不然豈延

故老於終南收釣翁於渭北張皇勳業者棄此曾未得我國家憂勞庶績審寀求賢且束帛戔戔每布之於寰海豈鱠筍卑卑獨烝然於巨川吳坂不遺於騏驥丙穴鱒鱣詩人格言必將與之於王國老氏遺戒不可脫之於重泉所謂持竿執柄者未容易焉爰有深沉慤對純蝦雖臨矰以及繳苟未高於天下徒唫喁於香餌終夷猶於取捨儻拆味之見珍其殺身於庖者

第二（同前韻）　李蒙

惟帝王之應運孰無賢而能作雖道洽於唐虞尚翹翹於林壑彼嘉魚之發興實思賢而共樂蓋（一作念）風俗之盛衰以廢興為善惡惟魚在淵兮其跡惟深賢在野兮其道惟

默植忠信以自保俟休明而觀國屬王度之清夷復何求而不得然後為衡為衡（疑）是效是則成天下之亹亹定衆人之惑惑國家化造往古政在求賢釣嘉魚在丙穴得奇士於滋川（呂氏春秋呂望釣於滋川）故開闢之功作之於我太平之人匪降自天余是以知玉帛之禮至矣嘉魚之詩大焉若乃日旰而食思彼賢者念茲在茲誰與天下心不忘於寢處足流詠於風雅斯蓋嘉魚之義故可得而述也

羨魚賦　王起

客有羨魚者立河壖俯臨泉窺綠藻瞰紅蓮彈鋏之歌逾切觀濠之意彌堅則有赬尾殊品紫鱗異質或依蒲而自娛或擁艾而爭出揚鬐奮鬣已見其由戢尾貫鰓未知其

術是用乘良辰守通津望唫喁而注目聆瀺灂以勞神乃嘆曰深不測者水藏諸水者鱗營之何及獲之何因彼不脫於泉徒求於泉下彼不蕩於水奚求於水濱衰志而退問於漁人漁人曰噫子過矣君子謀不失利動不合理貪之中也先夫矰繳獸之獲也資乎弓矢夫吾子坐金堤降玉址（址疑作趾）無留而窺其發發無筍而思其唯唯此所謂自包其羞不求諸已向若有具施之于水則和羹可待食肉茲始不為緣木之難自叶亡筌之美斯言富哉感激而回求詹公之術盡任子之才器必備藝咸該將中否之不惑希取捨之無猜羨之可以已也是以結網而復來

第二（并序）　敬括

閏正月旬有八日李崔二侯命余于邑之南澗以求魚也洎至止人鮮力微網則虛設遂無所獲願莫我從且漁者卑事非其人猶不可力行特敢豈容易哉因貽賦云

南有澗兮湜湜其流此有人兮温温寡侔涉春水兮以遨以遊羨嘉魚兮載沉載浮且人以功爲志魚以水爲利功高則其事易成水深則其魚易致况我網孔張我心匪臧網無及則魚以遐遁魚已遁而人猶未忘亦何異驅倚市者就戰俾善駕者持航雖終朝而筋骨之勞備盡徒悉力而尺寸之功不揚振振者李胡爲乎至此平陸不可以行舟千將不可以補履歸止歸止振振者崔胡爲乎忽來過屠之嚼何益臨川之羨空廻歸哉歸哉

結網求魚賦 以臨川羨魚未若結網爲韻　王起

網則結緒魚方躍泉其結也疎而不失其躍也嚐之任前一縱一横既克張於萬目無小無大亦何逃於百川是以揚鬐振鬣噴沫飛涎初同求於發笱終取義於忘筌於是當巧孜孜抗精上林賦抗士卒之精胥胥細緝絲枲解紛結絕想江湖之相忘遂網維之備設搖赬尾以游泳爾不厭深運素手以繽紛我思善結俾晝作夜日居月諸成兹密網念彼嘉魚庖犧之舊制無改良罟之新規有余獻鮮蒸之時兹爲謀始烹釜鬲疑作鬹之日此乃厥初且夫注目劬勞其心健羨於結網兮何有徒喚嗤而可見金盤既設無靃靃以霏霏鎗質乍窺徒赫赫而戰戰孰若氣奪九罭網殊一面始結綱而爰設終在藻而咸薦疎密由巳卷舒從心此紛紛而不紊彼潑潑而方禽亦何必不網而爲子釣斷罟而諫君臨其動則終疑其力不費事有類於組織志未殊於經緯薦尾安在提綱尚未想飛鴻而則羅有游魚兮不畏向若臨河廣恣心賞隨揭厲之淺深當鱗甲之來往出彼蘇鰓亦同反掌營鱣鮪方同濊濊之施罛禁鯤鮞豈此恢恢之漏網則知無其備者其功略有其具者其利博此不懲其經營彼無逃於潛躍夫然觸類斯長緣情可託詰詩書而爲網網則有條驅爵祿而爲魚魚兮咸若吾所以考先賢之微言悟臨川之妄作

巨鼇冠靈山賦 以滄溟之上神化不測爲韻　楊濤

海環四方東爲之滄有巨鼇兮其大無極戴仙山兮其力難量是山也根無附麗彼鼇也勢則騰驤積浪淪漣拖其身而欻以動蕩攢逢廻牙加於首而隨以低昂豈不以稟兹魁大舉其峻極當一動一息之際見翻海廻山之力延頸而犖嶺騰青聳身而半天映黑微物象之無比見神用之罕測亘横天極地之質邈爾形標冠蓬萊方丈之峯輕如首飾然則神岳之高兮莫知大鼇之壯兮若兹視鵾鵬如纖芥比嵩華於毫釐欽崟之容初結根於無地突兀之狀終冠首於此時舉其大吞舟不足稱也諭於小載勝有以似之觀其轉峰巒偃波浪萬派沸渭時立放曠荷至重而匪重見大壯之用壯風水之運贔屓而上摩天垠丘山

可勝嵯峨而高標海上蓬臺之靈神仙之宿獨冠岧亭橫截滄溟莫究其廣大之形谿谷陵阜嶄嵒紛糺仰戴於首無可無不可（疑）乃與夫天地相久者哉茲嶺磅礴隨流混淪聳切雲之高且知其抗者鼓翻波之勢想見其側身順時而或蹋或躍推理而乃聖乃神比愚公之移有異想龍伯之釣無因茲可謂氣冠渺瀰力（疑）均造化則鼇之載山也以地載（疑）之力相亞

黿鼉爲梁賦（以王師遠征水族冥感爲韻）　王起

周穆窮轍跡之所經駕黿鼉而咸（疑作感）靈所以濟浩汗所以通杳冥蜲蜲蜿蜿以代造舟之利匪彫匪刻皆連外國之形諒人力之不勤信神功而未寧當其師旅闐闐旌旗

肅肅臨九江而澶汗駐八駿而誇（疑作蹻）蹻望既濟於未濟終歎無梁思載沉而載浮孰能刳木得不乞靈於水府假道於介族則黿也不得而深藏鼉也不得而潛伏既而擘波有聲異狀可驚出層潭而櫛比駕飛浪而砥平連足俄維比浮柱之初立鱗甲迭映同板築之相成齊首而繩墨勿用曳尾而規模自呈其利惟博其安無傾殊滄海之龜構異銀河而鵲征彼詭類之可覽實至誠之所感假負鼎以臨深託盤跚而習坎其勢邐迤其狀參差無遠不屆惟危其時照赫變之五刃度張皇之六師乘以周旋且異琴高之鯉載於沉溺還符毛寶之龜漁者徒驚工人有耻同鼠共羅而罔及畫鵲雄虹而莫擬題之不可殊長卿之見

書抱之則難謝尾生之沉水是知代鼉以冐鼓其用匪良觧黿而染指其謀匪臧孰若奮功於舟楫感聖於君王昔在深泉懼骨沒於其穴今符至德忽結構而成梁固踈蹣而無害將騰躍而有光我皇仁洽道豐文脩武偃要荒畢服淳離斯返何必驅鼉而駕黿勞師而習（疑）遠

釣鼇賦（以一舉而連六鼇爲韻）　張友正

東海有三山山有六巨鼇鼇則偃蹇以戴山下橫乎大壑山則窮崇以厭海迥出乎洪濤哂鯨鯢兮瑣細視嵩華兮秋毫此則鼇之所以爲大山之所以爲高乃有龍伯之國巨人攸處謂天生之神物可以充乎鼎俎壯圖方啓高足云舉曾移十步之餘已奄五山之所於是載揭長竿別（疑）

綸巨緡俯滄溟其流如帶悉芳餌有肉如坻既投之以潛下果食之而不疑其肉未入於口而鉤已貫於順爭心既憤勇氣相持崩騰渤澥磅礴嵎夷蹴天柱裂地維地維廣兮振矣天雖高而殆而欲出不出騰躍非一萬川倒流八氣勞溢血吞瓔田之草波蹈鮫人之室輕共工之觸山小夸父之逐日豈長蚴蟉閬風之足數大鵬徒天地而可匹爾其駭百神奔萬族波臣蕩而失水海若迸而登陸以鼇之靈憑帝之福謂優游以無窮何瞬息而連六猶將灼其骨豈惟離其肉于以洎（釋文洎肉汁說文洎灌釜或疑作相烹也）之幾竭東海之水于以燔之足盡南山之木羣仙於焉以墊溺三山由是而淪覆且山之偁（疑）然若與天連鼇以首戴之里數不

知其幾千彼大人兮併之於背負之而頽斯其爲大也胡
可得言而稱天一作疑恃其人人有所不及恃於力力有所
不全若使以陰陽爲網以道德爲筌以信智爲機於其上
以仁義爲餌於其前則所爲獲物者其爲鼇也大焉

寅月釁龜賦 以擇茲上春虔侯明大爲韻　王起

國家謹時以授人敬卜以事神毋殺牲以獻歲用釁龜於
孟春法於天不失建寅之正位塗以血而皆祀骨之至珍
是尊是奉必躬必親周官之規不爽呂氏之令惟新時也
斗柄潛移葭灰稍暢簭一作華周禮雖有菙氏掌不又有簭人凡國大事先簭從從下會云占有待宜兩存之者也氏之占有待龜人之職無曠由是發市筍之
下於廟堂之上乾乾兮捧九江之殊形翼翼兮出十朋之

異狀然後刲牲來思流血注茲映乎頞則渥丹初啓運乎
手則研朱乍施所以布幽泉之物於枯槁之姿必勾芒之
用事俾僂句之不欺負圖之處既占獻兆之求必果迫而
察也異太史之定墨遠而望焉謂卜師之揚火物以好生
爲德我則釁而堅物以受汚爲累我方告其虔不潛寧同
於居蔡見珍皆得於巢蓮閼山澤之形紛其惟錯染青黑
之緣赫以相鮮木德式臨官占有侯幽賛先知之道啓迪
從長之美豈比夫楚軍龍祓釁執蹶由齊國鯨鍾仁稱孟
子且車甲之釁也所以交於神明孰若考元吉謀永貞候
青揚之辰是儀是準設朱殷之色必信必誠用能稽大疑
決碩畫罔積中而致毀咸著卜以慎擇既釁之而有徵顯

保之而無斁

蜃樓賦 以海旁蜃氣象樓臺爲韻　前人

伊浩汗之鵬窒有岩嶤之蜃樓不因材而結搆自以氣而
飛浮闃然無朕赫矣難儔出彼波濤　必麗天以成象化
爲軒檻疑寧假日以銷憂足以掩鼇山於別島滄一作洒蛟
室於懸流若乃霧歇煙銷雲歸月天一作朗千里目極八紘
心賞惟錯之類咸伏蜴候之波無響於是吐氛氳騰決漭
隱隱迥出亭亭直上乍明乍滅舒渤澥而新鮮若合若離
結麗譙而傅一作榑敞雖舟子來萃國工是仰莫不驚天地
之赫靈覩井幹而成象赫奕奕而有光紛郁郁而難詳影
臨具闕彩曳虹梁比繩墨之曲直如規矩之方員岳岳之

仙乍窺于天表盈盈之女且愧於路傍八窻未工百尺非
峻伴祥煙於巨浸雜佳氣於重潤仰層構之如暈必巨川
之化蜃大壯寘立全模洞開吐嗽而侔華宇呼吸而象瑰
材翔鵾拂而不散賀燕往而復來依俙碧落想像瑤臺旁
輝日域下瑩珠胎比落星之流熙綴疑明月之照徘徊則
知霞駮雲蔚有壯麗之貴棟折欀崩無壓覆之畏既變態
於倏忽亦憑虛而髣髴豈比夫昂居汾水艶艶以騰文劍
在豐城雄雄而增氣方今聖功不宰海物咸在固知吐爲
樓閣　以全其軀豈爭彼魚鹽弗加於海

蚌鷸相持賦 以洛城風日爲韻　郗昂

水濱父老以漁弋爲事常持釣緡荷矰繳且浮瀝澗晚沂

伊洛亂平漵之磷磷步清流之鑿鑿匪畋魚以爲務將釣國而爲託異戕一作夭忽而害生特自甃而方搏亦由守兎者目注於盧犬𢽾疑彈者志在於黃雀斬長鯨而四海晏如得巨魚而千里饜若　夫一舉而擒兩固功全而利博同不待而穫多齊不耕而自獲吁彼老蚌含胎孕明鷸是翔禽一作禽是翔鷸翼迅體輕或依岸而開合或遵渚以飛鳴旣相遇於茲地亦相殘於此生鷸以利嘴爲銛鍔蚌以外骨爲高城鷸以蚌爲腐肉可取蚌以鷸爲微禽可嘗鷸曰今日不雨必剝蚌之腹蚌曰明日不出必喪鷸之精並相持而坎難俱莫知其困并彼漁父聞而造曰危哉二蟲吾見爾命之將絶吾知爾力之已窮胡不潛沫於深水胡不乘

高一作鋑於大風何故枯骸於波際何故落翮於沙中乃携以俱歸釋此雙疾利其美用取其形質鷸有羽兮彩映華冠蚌有珠兮光照巨室雖假物類以爲用誠亦辨說之良術莊生寓語於前古是用廣之於今日

水母目鰕賦以後相雖而役齊者爲韻　楊濤

物有相感動　無不齊嗟水母之不明假鰕目以能覘因依倚以自警當行止而有制荷茲聘睞非唯一目之所加遊彼波瀾固亦兩心之潛契生雖異禀趣則同途記清明之氽照遵茫昧之微軀誠有利於攸往胡可去其斯須唯暗一作音是投唯明是假彼動容而有類此轉盼而奚捨乍若㦬駒之未視從彼目兮又　以瞽人之將行待彼相者備察察於清矑二字見楊雄傳之際共悠悠於碧波之下俾其誠以明之是同我之身也斯則目非獨見用必更相形質旣資於自晦視瞻每比於偷光分水類之餘睛每能瞿瞿遊泉室而有路曾不倀倀雖則視之不見終似暗然而彰豈不以水母爲名鰕居於首委雙眸而不惓當四望之能久處浩浩之無際瞻之在前俾冥冥之有知不曰我後由是審利害之所宜俾出處之從時合之則昭然發蒙固無隱也離之則寂爾無覩豈不默而旣精誠之是達在終始以相持我無爾虞旣一作恒司明以不替而一作爾爲我目其在暗而無疑則知明不自守昧者爲偶物有察而應心功有諭於假手是同久要之道曾不吾欺每思一聘之恩慙非已有

文苑英華卷第一百四十

文苑英華卷第一百四十一　賦一百四十一

蟲魚三

螢火賦并序　駱賓王

余猥以明時久遭幽縶見一葉之已落知四運之將終悽然客之爲心乎悲哉秋之爲氣也光陰無幾時事如何大塊是勞生之機小智非周身之務一作防嗟乎綈袍匪舊白首如新誰明公冶之非孰辯臧倉之愬是用中宵而作達

旦不瞋覩玆一有流字螢之自明哀一有此字覆盆之難照夫類同而心異者龍蹲歸而宋樹伐質殊而聲合者魚形出而吴石鳴苟有會於精靈夫何患於異類況乘時而變含氣而生雖造化之萬殊亦昆蚑一作蟲之一物應節不愆信也與物不競仁也逢昏不昧智也避日不明義也臨危不懼勇也事沿情而動興理因物而多懷感而賦之聊以自廣云耳

伊玄功之播氣有冊鳥之賦象順陰陽以亭毒資變化而涵養每寒潛而暑出一作至若知來而藏往既發暉而外融亦含光而內朗若夫小暑南收大火西流林塘改夏雲物迎秋或凌虛而赴遠乍排叢而出幽均火色一作齊之宵映如夜光之暗投逝將歸而未返忽欲去而中留入槐榆而焰發若改燧而環周繞堂皇而影遍疑秉燭以嬉遊點綴懸珠之網隱映落星之樓乍滅乍興或聚或散居無定所習無常翫曳景一作影周流飄光凌亂泛灔乎池沼徘徊乎林岸狀火井之沉熒左思蜀都賦火井沉熒一本作騰焚似明珠之出漢值衝飇而不烈逢霪雨而逾煥熠灼兮若湛盧之夜飛的皪兮象招搖之夕爛與夜燎而相炫照重陰於已昏共爝火而焉一作齊息避太陽於始旦爾其光不周物明以一作足自資偶仙鼠而伺夜謝飛蛾而一作對飛蛾之赴熺一作熺疑作類君子之有道入暗室而不欺同至人之無迹懷明義以應時處幽不昧居照斯晦隨隱顯而動息候昏明以進退委性命兮

幽玄任物理兮推遷化腐木而含彩集枯草而藏煙不貪熱而苟進每和光而曲全豈知一作知鎔金而自鑠寧學膏火而相煎陋蟬蜩而一作之習蛻怵螻蟻之慕羶匪傷蜉蝣之夕不羨龜鶴之年槍榆飛而控地搏扶起而垂天雖小大之殊品豈逍遥之異筌夫何化之斯化無使然而自然若乃有來斯通無去一作往不至排朱門而獨遠昇青雲而自致匪偷光於隣壁寧假暉於陽燧終徇已以效能靡因人以成事物有感而情動迹或均而行一作心異響必應之於同聲道一作物固求之於同類始未明其一作而趣捨終一作庸詎識其指意子尚不知魚水一無此字之爲樂吾又安一作庸字知螢火一無此字之所利明兮能遷變兮無窮一作融變遷兮無窮高明兮有

哀牛(一作牛哀)倏而化贙羽泉忽兮生熊血千年兮藏碧火(一作磷)一變兮成虹知戰塲之化(一作有)憐悟究微之爲蟲彼翩翻之弱質(一作彼翩飛之弱質)尚矯翼而凌空何微生之多賾獨宛頸以觸籠異壁(一作璧)光之照無同劒影之埋豐覬道迷而可復庶鑒幽而或通覽年華以自照顧形影而相弔感秋夕之殷憂慙(一作懸)宵行之熠燿熠燿飛兮絶復連殷憂積兮明自(一作且)煎見流光之不息愴驚覓之屢遷如過隙兮已矣(三字一作之已來)同奔電兮忽焉儻餘輝之可照庶寒灰之重然　凡一作皆集本及川本文粹

水螢賦　李子卿

水螢惟蟲惟蟲能天彼何爲而化草此何事而居泉腹可

自持故無取於蟹足能自運亦局蹐於蚑其形也蠢耳其光也烱然色動波間狀珠還於合浦影懸潭下若星聚於潁川明不可以並時故當晝而潛曜暗不可以同德故候夜而開照近而察之若海底之陰火遠而望也辟山邊之寒燎潛伏類於全真無故(疑作欲)均於觀妙質未爲用自脫豫且之網餌且不貪高視任公之釣徒觀夫因坎而止隨泮則流任晦明而隱見與風水而沉浮自得井蛙之樂何虞轍鮒之憂儻欲觀書固不惜於餘照如將案劒非有意於暗投火爲象兮取於時而去其熱水爲宅兮質其潤而得其潔且混迹於泥沙詎等夷於魚鼈同至人之樂道類君子之耳節覽於心乃止水之常淨燭於物靡傳薪之無絶由此而言覺吾道之滅裂

腐草爲螢賦(以積腐有光可名爲螢爲韻)　陳章

厥汜敗草霏微夜螢若受天之明命能在地以成形始爛然於朽壤俄蠢爾於荒庭形質甚微異囊中之點點本根旣朽想河畔之青青彼若昧而未彰此如茨而久積始前衰而委化終後顯而可覿寂然不動應大暑於茲時默爾而成颸温風於未夕徒觀夫從微至著出死入生幾變青袍之色漸加丹鳥之名匪我愆期故分形於夜朗自他有耀因易貌而宵行故得脫陳根騰宿莽質化幽蔼氣非腥腐無聲無臭同朽葦之成蛩有顯有微殊積穀之爲蠱小明必俟其時變待闇稍觀其類聚並桃蟲(疑作蟲)而映彼中

林薺藿蠲而光於舊圃始則退藏終能發揚詎蒙籠於階砌初炳耀於池塘豈比膏腴之地多休糞土之墻每遲留於三時不愆于候旣生成於六月必見其光徒有異於昇沉信莫分於彼我得賦象而自出故非時而不可晶熒乍起訝林際之無煙的皪漸生疑池中之有火隕霜殺兮自晦零雨被兮增萋考時文之小大咸若戴月令而遠近相隨始經黃落之餘三年不化旣及朱明之節一日可爲農夫之務旣停雜氏之芟已久飛光兮倏爾而至向晦兮于何不有斯所以成武子之能勤冀聚之於書牖

蟬賦　馬吉甫

鶉星兮御夏鵙鳴兮登序日月驟而運長贏陰陽爭而催

小暑詢求縱賞之地枚卜追凉之處尋川徑而棲遲傾林庭而延佇則有應律初蟬含生自然其聲嘒嘒其翼翩翩參萬物之動植隨四序之廻旋避啼鶯於春後伴鳴蛩於秋前廉而有德靜而無累逸豫攸安沉吟斯慰體素質而標儉養清心而拔萃食不求粒雖黍稷而非珍棲不擇林縱梧桐而何貴暨夫三危露結四野雲平蒼茫日暮爽朗天明託高枝以庇影寓密葉以流聲匝地臺之響亮洞巖壑之清冷羣吟則少懼孤引則多驚時行時止有虧有盈疑紡絡之雙至似蕭韶之九成避雀飛急迎風趨輕飾鬢我新樣圖冠有舊名雖屈螳蜋之斧終齊鵬鷃之情若乃平子歸田仲長就第新開泉石之賞俯洽琴歌之契莫不

悽促軫而方遠赴調絃而轉麗繁音遞進（一作相）顧白雪而難酬逸韻爭馳對薰風而莫繼足使牧子興感雍門下涕降翔鶴於雲端出潛魚於水際復有沙塞征夫山川遊子風蕭蕭兮八九月路悠悠兮千萬里坐聽霜鴈自無聊復對寒蟬怨何已望鄉關而思積撫搖落而愁起悲深嘶馬之初淚斷啼猿之始觸類多感于何不傷伊茲蟲之非陋識君子之行藏其立志也不慕於鴻鵠其守分也不越於榆枋任朝夕之棲處極天地之翱翔適其性韜其光豈比飛鳶之巢幕流螢之聚囊至如入檻愁猿觸籠窮鳥縶透水之幽志屈凌雲之遐矯豈無故而嬰羅諒有求而自擾聊息心於萬事放寓跡於一枝澹然兮自守千秋兮若斯

聽早蟬賦（以小子存作吸風飲露爲韻）　蕭穎士

清商兮暮急白露兮朝濕伊寒蟬之早聞知凉風之初入散亂搖颺倐參欻吸前聲未盡後響仍及邇簷櫳而驚歸向茂樹而遙集足令志士傷惋征夫佇立動閨人之夜悲垂塞客之秋泣況乎日晏天空晴景微風命儔嘯侶乍西或東既更鳴而迭息亦處異而音同催渡漢之離鴈伴橫堦之思蛩空庭暧其已寂遐路杳而難窮伊蜩螗之至細王侯毒（一作雖獨）而猶稟體孤高而自適候時節而斯審其處也敦兮若樸乃蝤蠐而未化其出也道之將行必沆瀣而方飲豈徒爾雅辯其名體詩人詠夫章句味編本草之錄聲徹上林之賦歌郗宰之化偶范綏而見稱飾趙王之冠

與貂尾而胥附莊篇載痀僂之志孔氏感螳蜋之捕苟動靜不爽飛鳴有度因依密葉蕭散凝露韜餘陰於歲晚等羣蟄於時暮兹括囊而用吉又曾何鳥雀之能喻

蜩甲賦（以似之而非爲韻）　魏炤

精氣爲物物必有依遊魂爲變變亦有歸蜩者精氣所聚甲者遊魂以飛功存造化理暗（凝）幽微察形如在責實而非觀乎離隱出穴先號後喜或附枯枝或映深水揮幽跧伏臨危聳跱致身勞苦不獨附贅懸疣動足艱難何殊駢梅枝指上懼於鵲下憂於蟻情有感於仁人（一作情有感之於人事）不可乎以已效神仙尸解之術得龍蛇變化之理雖欲全生且同半死既折既甌如動如止一體匾分雙形酷似高

冠而立睥目而視莫躁其心能靜諸已飲露則躍翻風忽起再生之命蠢焉不存之皮朽矣覩遺跡於棄甲想能鳴之在耳空披腹心徒伏泥滓其内也既等混沌之無竅其外也何患螳螂之利觜與繪事而均功齊木偶之所擬昔則如羨如沸孰能聽之今則不飲不食何憂餧而數往有分途窮有時雖臧天理尚存幽姿已脫輕翼猶帶懸緌有象受服者解褐衣而去又同適越者棄章甫於茲既逍遙以脫屣非蔕芥以僵屍其靈託焉蘧廬可以設諭其質去矣魍魎曷足措詞文非變虎殼等枯龜莫懷爾詐仍謂我欺心通者不惑性殊者猶疑君徒見僵仆塊然而無用曾不知脫身輕舉而莫追

痀僂丈人承蜩賦　高郢

巧乎道者承蜩之叟蜩擇木兮有翼叟持竿兮在手物我相絕嗜欲靡同彼不飛兮焉待此將掇兮何工丈人曰我有道也初五六月累丸爲術槁木其臂朽株其質不墜者二則失之錙銖不墜者三則失之十一既累五而咸若寧絕四而無必由是步平地之上入深林之下耳目俱營心手相假葉空密而皆見枝雖繁而不捨豈伊拾芥將同注瓦或挾三而兼兩或指多而就寡期於百中則啼猨之射乎曾不孑遺殊慕鴻之弋者彼飲露爲事蛻殼有期顧非鼎俎之實尚何彈射之疑庸詎知絕俗猶累凌虛亦危以無用之質遇有求之時始則長鳴聲嘒嘒而中絕方將一舉翅蕭條而半垂豈獲戾於不食而構患於有緌且觴深操舟丈馬捶鉤三十仍磨翁不溺十九年肯綮皆游徒聞其事未見其憂豈知天覆地載四荒八極不以萬物易蜩之智不以萬物易蜩之翼惟精惟一無反無側用志凝神何求而不得若以叟爲臣以蜩爲賊亂繩斯理背陣未克一言以蔽可詳周公之風一矢可加何遠蠻夷之域螳螂之捕兮信劣黃雀在後兮安得至哉丈人功並孫息（說苑晉靈公造九成之臺孫息以累十二棊加九雞子爲諷）

蟬蛻賦（以一體區分雙形酷似爲韻）　左牢

物之化兮則多蟬之類兮唯一棄捐無用之甲振奮有聲之質彼則曲拳孳跽附麗脩條此則遠害全身飛鳴末日

當其閑園向夕輕吹無聞衝孔之異狀初出寓物之雙形欲分暗入幽叢上纖莖而繞繚時搖殘蔓散芳氣之氤氳于以警素秋于以戒炎酷進退如懼攀援欲速兢兢而恐墜微躬步步而竟昇高木來能應候禍豈避於剞腸去乃乘時智終期於剖腹煙月思寡懸垂勢孤以抱膏肓之疾待成胡越之區拳跼而投足既定蹙縮而脫身是圖漸呀然而甲折俄豁爾而形殊前程而遠寄園林如矜得路下視而若遺枯朽孰肯守株由是乍舉輕躬初留具體薄翼而朝陽始照玄緌而宿露新洗纔發響於林下已傳聲於澗底驗形有二責實無雙啾啾而送恨蓬戶嘒嘒而添愁瑣窻吟遠樹於荒郊思盈秋野噪寒花於別浦韻遶晴江

則知造化之旨難窮其理何末異而本同何一生而一死其死信不自以爲苓其生信不自以爲美能彼我而兩忘則榮枯而相似刖有井穴居於聖代期羽化於天庭夂羡出身之術多慙负贅之形高枝尚遠短景難停儻遭逢於此夜蜚音響之堪聽

第二〔以變化逢時飛鳴有日爲韻〕　李遠

勿謂乎蟬之至微能變化以知機因挻質以竦拔遂脫身而沓飛餘殼連拳抱緑葉而猶在新聲響亮㗛清風而不歸原夫深宂初開空庭始夜步夌兢而微進形磊魂而將化託身而去上風篁投迹而來緑月樹𧸒險微駐愁危却下纖枝不定懼褭褭以頻移弱蔓難窮騰搖搖而盡亞於是輕軀蹔息一足才容時驚鼲鼠乍怯鳴蛩踞促而初安利瓜逡廵而欲改前蹤想黃雀之饑腸先變見捕念螳蜋之怒臂預恐相逢已而跛踖拳形窮〔疑作穹〕隆聳質既鎊發而微斷君苞開而漸出擘肌分理有謝於昔時露膽披肝請從於今日騰超稍異竦擢如驚新綾薄〔疑〕嫩舊翼羅輕覩腋分之折裂訝脉散之縱横嗟累卵之勢危方求上達歎含風之力寡未敢先鳴及大攄嶮形柔拏空股戰方疑乎蠖屈終類於龍變洞胷達腋玲瓏而素甲皆虛累巳全身輝赫而玄光已遍俄分曙色似邀良時便有臨空之意還生去故之悲嘒嘒而頻遷碧樹凄凄而若紛寒絲響遠晴雲傳楚岸之風遠聲催䀎京怨陶家之柳衰至若委蛻難晋冲虛已久體將泰而是望皮不存而何有儻假一枝願飛聲而不朽

文苑英華卷第一百四十一

文苑英華卷第一百四十二　賦一百四十二

蟲魚四

蚯蚓賦　東方虬

惟陰陽之播氣寔萬類以呈形有微蟲之稟質應甲子而濕生雨欲垂而乃見暑既至而先鳴乍逶迤而鱗屈或宛

轉而蛇行内乏筋骨外無手足任性行止物擊便曲徒進退而皓首竟不知其所欲東西詰屈南北奮緣上食塵塊下飲淵泉應軒轅土德之王入蔡邕勸學之篇其體甚微其用至專堙泥塗以自保觸鹽滋而罔全豈造化之賦命信歸之於自然

蟾蜍賦

觀夫天地之道轉萬物以自然鱗蟲之衆有蟾蜍而可稱焉烏吾知其擇木魚吾知其在泉此皆嬰刀俎以生患而我獨沉冥而得全爾其文章睆目銳頭皤腹本無牙齒之用寧懼鷹鸇之逐或處于泉或漸于陸常不離于跬步亦何擇於栖宿當夫流潦初溢陰霖未晴乘清秋之涼夜散響耳之繁聲傾洞雷殷混萬籟而為一喧豗鼓怒怛異類以那驚既莫知其所止故乃時逢則鳴觀其忘機似智稱善不伐進而無悔耻魚之躁鰓退亦能謀笑龜之灼骨方將樂彼泥中與井底安能出夫河長與海瀾稱其異則盡地成川謂其神則登天入月豈直漥坳之内而見其浮没意茲蟾蜍匪陋攸居沼沚之毛恣涵泳之無斁蘋藻之菜廉糇糧而有餘方其鳴孔公若聞于鼓吹當其怒越子亦駐乎乘輿彼龍蛇之蟄也吾不知其所如

尺蠖賦

六氣氤氳四時平分天道恍惚是生萬物化而為鳥兮有鳴鳳之來儀化而為蟲兮有尺蠖之能屈原夫蠖之為生

也不飲不食非榮非利無欲近道處身似智幸稟天地之生亦承雲雨之施哂搏擊而爭疾輕爪牙而自致其勇也不怯雷霆之聲其慎也寧勞鷹隼之鷙浩然無悶之境獨處不爭之地多其順時而出就暖而長吐微絲以逍遥蹙緩步而來往當靜泉澄遇躁風興屈伸進退翼翼繩繩同吹萬而生養體抱一以含弘聖人書之以作誡君子行之而足徵况不才之下士敢求伸以自矜

蝸牛賦并序　馬吉甫

甲辰歲夏五月余寓居官舍時雨初止有蝸牛蠢蠢緣堂砌而上恐致踐履之禍因命稚子移於墻陰乃潛角縮殼而有自衛之意退為賦云

褺賔仲月逆旅孤亭薄宦春罷閑門晝扃雲漫漫兮雨冥
冥荷蕖紅兮苔蘚青卷陰風於北愰閑疑皓月於南櫺覿
蝸牛之蕃育何詭錯之殊形若乃順陰而起背陽而化奮
緣於草木縈委於臺榭傍庭廡以徐廻循墻隅而亂下纖
角內奮寧交觸氏之兵堅殼外圖疑終結野人之舍鬭爪
牙兮自達無羽翼兮相借本志情於蚌守亦何憚於鷗鶒
故其拫迹多閑冥心寡欲進不奔競退非飲啄吸大道之
淳精體中庸之止足匪徇一作同物而天疑悔恒居沖而守
樸昇清流兮不爲籠頻黃汙兮不爲辱豈蜾識之可量何
蜆螜疑之能較借如海蛤無脛江龜有靈懷珠胎以自伐
韜玉兆以先形蜋之捕也後黃雀而寧懼魚之貪也前翠

竿而不驚覿萬夫而恕巳會千載而作程乃知無用之爲
用求生而喪生

聽秋蟲賦　李子卿

時不與兮歲不留一葉落兮天地秋況白露之夜遥聽陰
蟲之啾啾且鳴因夜急思以秋苦始趯趯而緣堦轉嚶嚶
而入戶輕颸颯而韶合殘溜冷而響聚隴水咽而應然峽
猿啼而何取由是知悲秋者自此生興感物者因茲爲主
則有三年逐臣千里遠客鄉路何處君門且隔吟澤畔之
風秋卧江臯之煙夕逆旅愁聽鳴蛩四壁欲解寒衣蕭然
淚滴婕妤恩薄義猶辭輦永巷秋深層城夜淺涼月斜照
明河近轉塵滿璗鈿珠簾不卷秋聲四入曼睩雙弦長樂
歌鍾悲來莫辨香衢甲第趙李經過霞擁繡軸風調玉珂
高堂引蒲醉舞婆娑承一作永夕之樂孰知其他清露醒後
遶砌聲多瞪視凝聽傷如之何去歲良人遠征絶域錦書
欲寄翩翩鴈翼不語朝紡含嚬夜織其那空閨悲鳴亂逼
欲夢飜驚方愁更憶腸絶聲聲門前月色貧士失職寂寞
下帷蘭葉風敗苔痕雨滋覽鏡而玄髮將白拂塵而素衣
巳緇柴門日暝響沸茅茨展轉孤枕偏驚故時念懸鶉之
正弊恨躍馬之將遲何必葉落自長年悲且蟲之聲也無
端人之聽也多緒亦由心羇者多感激志苦者易悽楚苟
有任於行藏亦何嗟於寒暑水之積也鱗斯奮風之厚也
翼斯舉彼數蟲兮何知且逍遥以容與

蜘蛛賦　賈餗

涼風起兮秋初步簷宇兮躊躇有微蟲之窈窕挂輕影於
空虛績不待筐固無求於蠶結而成網若有羨於魚觀其
周旋細密往復輕疾縷積於織綸成若屈其身也或垂之
如墜其絲也亦動而愈出成章無札札之聲不漏得恢恢
之質夜居於外同熠燿之宵行日就其功異蟻子之時術
於是規模既辨詭麗無儔纖羅礙日薄務含秋園影杪成
有似毀方而合轍絲乍吐還同不茹其柔塵飛空而胥結
葉下樹而縈留可以待遊蟲於死地爲終日之養羞嗟夫
積少者多因微者大始一絲而輕絡成衆日之交會言其
巧乃織婦不如語其功孰雕蟲可配豈徒玩廻文之縹緲

閱浮景之明昧風乍觸而將紛露微霑而成纇實亦愛其
組織憐於琢磨將懸心而有待信役力而無他容有志業
未騁勤勞則多文章徒緝職競不羅覩在戶之呈妍爾功
既就慙閉門而守拙吾道如何

第二　　敬括

蠢爾蠨蛸樂居閑邃不資毛羽以爲力不假𩐫光以爲媚
挺自然之巧畜多端之思託玉堂以謀生賞疑作當金窗而
得地得地于中因而致功委曲面實迴環一作旋接空跪長
絲於柔指拖纖網於輕躬妙技將臨愛南軒之上月清心
欲就愁北戶之生風始裔裔而將盡幾綿綿而不窮是經
是構既勤既劼或速延於壁隅時縈紆於楹曲雜花悅而

左右交引緣錦屏而遠近相屬爾其乾坤一作乾乾務生運動
多情窈窕前移有作調疑梭之勢逶迤下退無聞窸躡之
聲遠而瞻籠絡紛披如罾罟果恩之結出迫而察嬋娟斐
亹似綾紈綺縠之綴成至如河漢佳人濮陽美婦蜀江新
製秦樓妙手將積功之多途固仁智而同壽且驗以張弛
效其縈紆踈而不漏細而勿逾貼飛花則亂錦霑皓露則
垂珠彼蒼蠅兮則營營而見縶此粉蝶兮亦栩栩而就拘
則知縈縲繞者信非其罪囚羑里者又匪其辜韓非所以
飲恨伍子所以捐軀痛疑脂兮若爾祝一作想一面而得乎
雖復龍之神兮深其穴而自全隼之捷兮高其巢而取樂
龍竟入於炮醢隼終斃於弋繳彼守道者當然況復危而

可作既而倚伏無次職此之由應塞而止從波而流四皓
可以投契五湖可以泛舟即松石之堪保奚名利之足求
子徒羈牽於弋網期遠害而能無少憂

蒲盧賦以教彼他蟲變成時類爲韻

究政化之所歸於蒲盧而可見負么麽之異族能教誨而
知變大鈞所播各異禀而殊方二氣相生遂改形而革面
初其穿土取彼桑蟲負以蛸飛之勢寘諸蝸舍之中以氣
相感以類相通笑鄧攸之輩無見絕其天性若何晏之爲
假子養在公宮翡翡鼓翅咽咽傳意本乃與吾同物孰云
所畜非類如能肖貌便若假寐因蠕動而稍分與胎教而
齊致蠆尾潛出蜂腰未備將華故而就新諒末同而本異

嗟乎俱爲化育別感生成已改其狀復移其情蹋糞土而
股戰弄清風而翅輕漸能羽化求別跂行凡體皆遷雖似
通於應變無心而守曾不知其改更連拳未已奮迅復止
謂我自然莫知所以舉螳螂之臂而動振莎雞之羽乃起
化形如蝶既以忘於神遷委蛻若蟬信難窮於天理雖離
本質亦匪殊姿遇穴入易逢花去遲見其類而却爲非類
遇一作過其支一作枝下同而繼訝何支派彙皆同昔不非兮今
不是含生無別彼一時兮此一時然則聖人舉以立言指
而垂教謂微蟲兮猶如適變矧伊人兮不能胥效於戲其
形稍別其類靡他煦然而方隨氣毋蠢爾而共稟天和吾
徵夫蜾蠃之與螟蛉也見品物而若多

燈蛾賦以人皆見爭知爲韻　陳中師

燈者火也尊而不親奚斯蟲之玅質[illegible]體窈而意馴必將蹈火而後止是以疑氷之與隣雖異兮探湯執熱之情可見不蒙明照暗投之罪則均是以鴈飛無忘於避繳龍蟄有貴乎存神于以知無知之智有以同自知之人無損於明雖光暉可借自貽其咎與壓溺同塵始其燄燄中開青煙奚發薨薨一作蠹蠹四足白羽若月燋爛唐突離披觸蹙人心卒然天意若曰嬰焚灼者何如玉石之俱盡處高明者曷若烏兎之屢闕且繼彼覆車雖百夫死難而無餘納諸密網狀衆鳥驚飛而在初循環責實宛轉投虛沉脂膏則屈死觸烟燄則焚如自我構患非天禍兮愛水螢之光載浮

熠熠笑鼎魚之樂其薨疑作蠹徐徐跕乎焦原可叶其義投畀炎火莫之知避曷若晨雞候明以自得火鼠就躁疑作燥而無累莫不守之以爲順居之以爲智是蛾也餘光可託留彰如寄排朱燄扇輕吹胡麋疑作糜爛於瞬息爲腐餘之容易若然者蠢蠢之類將外強而必乖炎炎之著非內熱之所慄既油然相煦於膏火亦瞥然相忘於形骸吾所以知捐軀於鼎鑊與是道而孔偕

第二　范鳴鶴

流月半庭兮頹光初夕金釭坐明兮凝暉的的蛾繚繞而未息意沉潛而自溺逝者已往存者可哀伊戚戚之未畢俄栩栩而復來覩前軌之已覆因委命而不回彼尚無恨哉殊化難窮神理斯昧物情無傷亦或貽害毋捐慮於進止恒忘懷於否泰任逍遙以無營將何負而顛沛如膏之明豈惟前死比薰之馥所惜同燬儔二美而多懟痛一生之虛委明不可投投之必斃膏不可赴赴之必泥彼優遊之萬端奚於斯乎失計始來也吾攷知其必凶及死也吾未識於所從何生徵而智劣苟不若於自空爾愛候明何不候日光陰不留尚存爾質爾愛候明何不候月素華將移爾猶不滅何相繼以焚軀竟不知謀之爲拙玄豹深隱終不效幾是蟲以慾卒與命違豈若貴死之倦鼠得昏夕而後飛

螳蜋拒轍賦以怒臂當車生不知量爲韻　陳翃

蠢彼微蟲勇而不懼當往來之轍跡阻東西之馳騖聞轞轞而虎蹲佇轔轔而狼顧見危致命方確爾而靡遷唯敵是求乃毅然而增怒且肖形卓犖植性強梁豈奔衝之足畏非會遠而不當逸性喬桀雄姿激昂拖輕軀致命死地壯前跡若有巨防觀卧轍之時似當黃霸想埋輪之處何俾張綢其或輪轂千廂迸姬百兩力擊轂之自遠已張拳而相向死且如歸路何能讓苟不折節於焉用壯睅其目曾不見機揮以肱豈爲知量其理何如其生忽諸禍甚觸株之兎危同戲罟之魚行無逗撓立必蘧蒢在聖人之經誠宜避地非長者之轍詎肯迴車且一麟傷豈仁龍醢非智思捽搏而莫及諭壓溺而何啻不若履薄兢兢臨深惴惴

任肖翹之可遮曷强禦之不避微茫膚血豈足殷其左輪展轉路塵寧止斷其右臂君當假息動必阽危捨鳴蟬而莫捕蔑黄雀而不知儻所擄非擄亦何斯遠斯謂豺很之不若念虺蜴而何爲且含氣之類求生之厚豈必贊哉曷云能不獨不降志自貽伊咎誠轥轢之所加諒虀粉而何有奚必矜夫趯趯肙彼彭彭願陳力之方盛意當途之足驚曲循天理深居物情徒紏紛而莫紀固宻勿而難明倘不載馳載驅廣人之用當念無輗無軏遂爾之生

蟄蟲始振賦 以和氣初發幽蟄潛啓爲韻　王起

蟄以寒閉春以陽和閉者待時而後振和者煦物而無頗嵩穴之中或羽毛而櫛比積塊之下或鱗甲而駢羅咸蠢

蠢以潛發應熙熙之屢遷則知出處有時變通爲貴煦嫗斯感嚴凝罔畏跂行喙息負日月之融光蠕動蠉飛得天地之仁氣爾其形分土石色動丘墟潛乎野處違彼巖居歷窮陰而玆久當獻歲之厥初思麗景之鳴躍念和氣以吹噓順于時比應雷之雉感于候同上水（水疑作冰）之魚况夫勾芒整轡太蔟紀月蒸以絪縕歛其感發或振羽而不倦或動股而不歇細則肸蠁以凌空巨則連蜷而映窟處否藏周逢時出幽順地之理承天之休將昭蘇而忽變豈枯槁而爲儔相像山川依稀原隰氣且布於感動形無遠於爆濕秘邃泥蟠依稀土蟄青雲之表期蜿蜿以龍升繡戶之前佇翩翩而鷰入則知離于淹滯託彼沉潛苟存身而有待必坯戶而是瞻豈唯月令進章紀之而無斁時訓前典徵之而不厭客有窮屈伸之理得行藏之體固無恨於陸沉將必俟於天啓

蟋蟀鳴西堂賦 以始入於門漸藏床下爲韻　張隨

歲云秋矣秋亦暮止西堂寂聽之時蟋蟀寒吟之始紛稍稍（一作啃啃）以驚節洞嘤嘤以横耳若夫八月在宇三秋及門清韻晝動哀音夜繁潛生感而增思宋玉傷而斷魂于時招搖北馳河漢西瀉煙澄寥廓露肅原野背暑而出爾草間驚塞而入我床下或有聲相應氣相依雜蠨蛸於內屏混熠燿於前除羅幌燈寂珠簾月疎掖庭聞而夜久華省聽而秋餘若乃愁雲結陰暮雨流濕拂寒威之密邇當瞑

色而逾急我堂既在我室既入亦何異群鳥養羞昆蟲閉蟄嬾婦也唯爾可以促女功羇人也唯爾可以催客泣夜如何其夜未央天晴地白月如霜士有衣絺綌坐藜床怨空階之槁葉聆暗壁之寒螿乃言曰何彼蛩矣與時行藏火氛鬱蒸迹邁于中野秋氣融朗聲聞于西堂然後扉輕簟卷涼篁時歲忽以徂謝功名曷其荏苒矣涵化之有成陋晉風之太儉夫如是莫不驚白露之蟲躍望青雲之鴻漸

蚍蜉賦 并序　李德裕

此郡多蚍蜉余（一無余字）所居臨流寔蕃（一作繁）其類或聚於袵席或入於盤盂終日厭苦而不知可禦之術因戲爲此賦

令稚子爆（一作燁）和之

惟江潭之下國兕幽居於澤畔何螻蟻之微物亦有徙而淩亂或泮散於經營或夤緣於食案余乃戲而問之曰爾能居厚地而漏山河無乃處吾身而爲大患蟻不能言詞以意宣其旨曰我稟形於造化亦一氣之所甄嘗濟齊師之乏曾聞嫣德之瘠覩封宄而知雨驗寸壤而得泉以時術（三字一作出以時）而不息故學者得而稱焉戴粒而遊若巨鼇之冠神嶽繞磨而行如日月之麗青天若乃依垤緣壁淫涯奕奕其聚無聲其行無跡值晏温而出遊當初寒而入隙迅霤作而靡（一作不）駭微雨灑而自適生維（一作雖）瑣細亦有行藏止若群伞之聚進如旅鴈之翔乘其便也雖鱣鯨而可至制（一作無）其勢也雖蛭螾而不傷今願悔過哉於（一作）于垣墻豈敢同青蠅之點白汙君子之衣裳

文苑英華卷第一百四十二

文苑英華卷第一百四十三　賦一百四十三

草木一

枯樹賦一首　高松賦一首
道觀内栢樹賦一首　澗底寒松賦一首
同崔少監作雙槿樹賦一首
木蘭賦一首　病梨樹賦一首

枯樹賦　庾信

殷仲文者（一無此字）風流儒雅海内知名世（一作代）異時移出爲東陽太守常忽忽不樂顧庭槐而歎曰此樹婆娑生意盡矣至如白鹿貞松青牛文梓根柢盤魄山崖表裏桂何事而銷亡桐何爲而半死昔之三河徙植（一作殖）九畹移根開花建始之殿落實睢陽之園聲含嶰谷曲抱雲門將雛集鳳比翼巢鴛臨風亭（一作廷）而唳鶴對月峽而吟猿迺有拳曲擁腫盤坳反覆熊虎（一作彪）顧盼魚龍起伏節竪山連文橫水蹙匠石驚視公輸眩目雕鐫始就剞劂仍加平鱗鏟甲落角摧牙重重碎錦片片真花紛披草樹散亂煙霞若夫松子古度平仲君遷（左思吳都賦平仲君松梓古度）森梢百頃槎枿千年秦則大夫受職漢則將軍坐馬莫不苔埋菌壓鳥剝蟲穿或（一無此字）低垂於霜露或（一無此字）撼頓於風煙東海有白木之廟西河有枯桑之社北陸以楊葉爲關南陵以梅根作冶小山則叢桂留人扶風則長松繫馬豈獨城臨細柳之上塞落桃林之下若乃山河阻絕飄零離別拔本垂淚傷

根灑血火入空心膏流斷節横洞口而欹卧頓山腰而半折文斜者百圍氷碎（一作文袤合體俱碎）理正者千尋瓦（三字一作忠心直）裂載癭銜瘤藏穿抱穴木魅瞯睒（類聚作睒睗碑本作睒暘）山精妖孽况復風雷（一作雲）不感羈旅無歸未能采葛還成食薇沉淪窮巷蕪沒荆扉既傷摇落彌嗟變衰淮南子云木葉落長年悲斯之謂矣乃歌曰建章三月火黄河千里槎若非金谷滿園樹即是河陽一縣花桓大司馬聞而歎曰昔年種柳依依漢南今看摇落悽愴江潭樹猶如此人何以堪

凡一作皆碑本

高松賦　謝偃

登靈岳以遊目極千里兮周睇盡山川之重沓容雲物之

詭怪何兹松之挺茂擢脩幹於孤林映丹霄而有業凌青霞而矯心前絶萬仞却倚千尋俯崢嶸之深谷仰迢遰之層岑霏夕煙而曖景度神飈而流音若乃月起陽爻歲窮陰律匝地氷厚周空霧密雪積巖而逾峻風乘林而轉疾結晻靄之愁雲贖蒼茫之寒日於是衆草零群木墜千巖槁萬嶺悴獨㓗固而不渝常猗猗而結翠始見貞而表㓗乃以叢而辨類夫其深山遂性委液流津感天地之粹質稟陰陽之精純根含氷而彌固枝負雪而更新既無懼於玄月寧有悦乎芳春含奇文而養勁收高節而自珍耻取媿於稽子嗤受封於亡秦本絶希於雕刻詎有憂於斧斤若乃流膏可咀嘉實可薦香有四飛味逾九轉延促齡於度隙駐生涯於流電故餌之者目改服之者容變紛羽翼而上騰排紫虚而高翥起九垓而憩息周四海而頓盻信神經而最品寔祕録而精選嗟美材之無用悲側路之崄巇動跬步而致阻投一足而必危傷拙目之衆毁慨名工之獨知仰徑寸而靡及屈百尺而自卑縈白雲以舒盖接丹桂而變枝疑驊遠而瀸景纖羅桂而輕颺（一作垂）窮萬祀而不異歷千秋而不萎豈兹木之足歎亦前賢之所規何吾生之命舛懷丹誠而莫披心炳朗而無報情蕩滌而不羈任儻來之否泰委玄運之遭隨戢輕翮而未舉蜿（一作蜒）逸足而莫馳實未榮而先悴寧泛駕而致疲誠責躬而咎已豈藏瑕而掩疵恒怯進而勇退每知雄而守雌庶比兹

以自勗履貞固而不虧

道觀内柏樹賦并序　魏徵

玄壇内有柏樹焉封植營護幾乎二紀枝幹扶疎不過數尺籠於衆草之中覆乎藂棘之下雖磊落節目不改本性然而翳薈蒙蘢莫能自申達也惜其不生高峯臨絶壑籠日月帶雲霞而與夫擁腫之徒雜糅兹地此豈所謂方以類聚物以羣分者哉有感於懷喟然而賦其詞曰

覽大鈞之播化察草木之殊類雨露清（疑）而並榮霜雪茫而俱悴唯旭旭之庭柏稟自然而醇粹涉青陽不增其華歷玄英不減其翠原斯木之攸挺植新甫之高岑干霄漢以上秀絶無地而下臨籠日月以散彩俯雲霞而結陰邁

千祀而逾茂秉四時而一心靈根再徙兹庭爰植高節未彰貞心誰識既雜沓乎衆草又蕪没乎蓁棘匪王孫之見知志耿介其何極若乃春風起於蘋末美景麗乎中園水含苔於曲浦草鋪露於平原成蹊花亂幽谷鸎喧徒耿然而自撫謝桃李而無言至于日窮于紀歲云暮止飄蓬亂驚愁雲疊起氷凝無際雪飛千里碩衆類之颯然欝亭亭而孤峙貴不移於本性方有儷於君子聊染翰以寄懷庶無愧於善始

澗底寒松賦 并序

王勃

歲八月壬子旅遊於蜀尋茅谿之澗深溪絶磴人跡罕到爰有松焉冒霜停雪蒼然百丈雖崇柯儁穎不能踰其岸

嗚呼斯松託非其所出羣之器何以别乎蓋有殊類而合（一作共）情士因感而成興遂作賦曰

惟松之植于澗之幽盤柯跨嶮杳柢憑流寓天地兮何日霑雨（一作凌雲）露兮幾秋見時華之屢變知俗態之多浮故其磊落殊狀森稍峻節紫葉吟風蒼條振雪嗟英覽之希遇保貞容之未缺攀翠嶂而形疲指丹霄而望絶已矣哉盖用輕則資衆器完則施寡信棟梁之已成非榱桷（一作梲）之相假徒志遠而心屈遂才高而位下斯在物而有爲余何爲而悲者

同崔少監作雙槿樹賦 并序

盧照鄰

日昨於著作局見諸著作競寫雙槿樹賦蓬萊山上即對神仙芸香閣前仍觀秘寶金懸秦市楊子見而無言紙貴洛城陸生聞而罷笑故知柔條朽幹吹嘘變其死生落葉凋花剪拂成其光價方且傳石渠之故事得槿樹之新名足以脂粉仙臺丹青秘府者也君布衣藜杖巖栖藿食當堯時而非吏處漢代而無田學涉蕪淺文多瞽陋宜其屛竄用其静默盖窮而思達人之情也卑而應高物之理也故疾雷作而蟄蟲飛浮雲興而石爲潤不可廢也雖云聖朝多士而公實居之草澤有人亦國家之美事故復奬刷駑鄙作雙槿樹賦詞義猥薄退增慙靦謹啓賦曰

方丈蓬萊邈矣悠哉芸居石室圖天揆日若乃羲和掌地太史觀星銅渾玉策寶笥金銘地則圖書之府人則神仙

之靈中有芳萼欝欝亭亭觀其兩砌分植雙階並耀葉鏤五衢榮回四照紛廣庭之霍靡隱重廊之窈窕青陛至而鸎啼朱陽升而花笑紫帶紅綃玉蕊蒼枝露華的爍風色徘徊糝糝褭褭風婀娜隈綏迫而視之鳴環動珮歌扇開遠而望之連珠合璧星漢迴狀仙人之羽蓋疑佚女之瑤臺寂寞攸利棲閑此地委命卷舒隨時榮顇外無嬰夭之禍内有逍遥之致朝朝暮暮落復開歲歲年年紅似翠若夫游蜂戲蝶封其蕚輕煙弱霧結其條來不謂之苟去不爲之饒（一作去不謂之損來不爲之饒）故能出君子之殊俗入詩人之舊謡齊顯昧於兩曜放生死於一朝同喪我之非我固雖凋而不凋則有亭伯儒門令思詩友翰苑驤其吞夢文鋒高而

照斗詠無滋之朝夕悲積薪之先後縟繡起於縱紛煙霞生於灌莽豈與巖幽蒻篠澗底枯松徒肩霜而停雪空集鳳而吟龍詎得奉仙閣之廣價連簪匠之爲容已矣哉東方生聞而嘆曰故年花落不晋人今年花發非故春倏兮夕隕忽兮朝新侏儒何功兮短飽曼倩何負兮長貧聊寄辭於庭樹儻有感於平津

病梨樹賦并序

癸酉之歲余卧病於長安光德坊之官舍父老云是鄱陽公主之邑司昔公主未嫁而卒故其邑廢時有處士孫君思邈居之君道洽今古學有數術高談正一則古之蒙莊子深入不二則今之維摩詰及其推步甲子度量乾坤飛

煉石之奇洗胃腸之妙則其甘公洛下閎安期先生扁鵲之儔也自云開皇辛酉歲生今年九十二矣詢之鄉里咸云數百歲人矣共語周齊間事歷歷如眼見以此參之不啻百歲人也然猶視聽不衰神形甚茂可謂聰明博達不死者矣余年垂強仕則有幽憂之疾椿菌之性何其遼哉于時天子避暑甘泉邈亦徵詣行在余獨卧兹邑閒寂無人伏枕十旬閉門三月庭無衆木唯有病梨一樹圍纔數握高僅盈丈花實顦顇似不任乎歲寒枝葉零丁絶有意乎朝暮嗟乎同托根於膏壤俱稟氣於太和而脩短不均榮枯殊貫豈賦命之理得之自然將資生之化有所偏及樹猶如此人何以堪有感於悽賦之云爾

天象平運方祇廣植挺芳桂於月輪橫扶桑於日域建木聳靈丘之上蟠桃生巨海之側細枝葉連洪柯條直齊天地之一指任烏兔之栖息或垂陰萬畝或結子千年何偏施之雨露何獨厚之風煙歟兹珍木離離幽獨飛茂實於河陽傳芳名於金谷紫潤稱其殊旨玄光表其仙族爾生何爲零丁若斯無輪桷之可用無棟梁之可施進無違於斤斧退無競於班倕無庭槐之生意有巖桐之死枝爾其高纔數仞圍僅盈尺脩幹罕雙枯條每隻葉病多紫花凋少白夕鳥怨其巢危秋蟬悲其翳窄怯衝飇之搖落忌炎景之臨迫既而地歇蒸霧天收耀靈西秦明月東井流星顦顇孤影徘徊直形狀金莖之的皪疑石柱之亭亭若夫

西海夸父之林南海蚩尤之樹莫不摩霄拂日藏雲吐霧別有橋邊一作星橋朽柱天上靈查年年歲歲無葉無花榮孕兩齊吉凶同軌寧守雌以外喪不脩禊而内否亦猶縱酒高賢懸一作非佯狂君子爲其胸合豈其憂喜生非我生物謂之生死非我死谷神不死混彭殤於一觀庶筌蹄於兹理

木蘭賦并序　李華

華容石門山有木蘭樹鄉人不識伐以爲薪餘一本方操柯未下縣令李韶行春見之息馬其陰喟然嘆曰功列桐君之書名載騷人之詞生於遐深委於薪燎天地之産珍物將焉用之爰戒虞衡禁其翦伐案本草木蘭似桂而香去風熱明耳目在木部上篇乃採斫而歸理疾多驗由是

遠近從而採之榦剖枝分殆枯槁矣士之生世出處語默難乎哉郜余之從子也嘗爲余言感而爲賦云

沂長江以遐覽愛楚山之寂寥山有嘉樹兮名木蘭欝森森以茗茗當聖政之文明降元和於九霄更祲沴之爲雹貫霜雪而不凋白波潤其根柢玄雲暢其枝條沐春雨之濯濯鳴秋風以蕭蕭素膚紫肌綠葉緗蒂踈寄弊附高早蔭蔽華如霜雪實若星麗節一作氣勁松竹香濃蘭桂宜不植於人間聊獨立於天際徒翳薈兮爲隣挺堅芳兮此身嘉名列於道書墜露飲乎騷人至若靈一作如雲山霧欹譪譪林巇當楚澤之晨霞映洞庭之夜月發清明於視聽洗煩濁於心骨韻衆壑之空峒濳微雲之城沒露草白兮山淒

淒鶴既唳兮猿復啼窅深林以窴窴覆百仞之玄谿彼逸人兮有所思戀芳陰兮步遲遲悵幽獨兮人莫知懷馨香兮將爲誰惋樵父之無惠混衆木而皆盡揹晝疑類而揮斤遇仁人之不忍方卉心而勦絶俄固抵於傾殞憐春華而搴芳頓落日而迴軫達者有言巧一作功勞智憂養命獨瘞一作疾人胡不求枝殘體剝澤盡枯晋顛穎空山離披素秋鳥避戈而高翔魚畏網而深遊不材則終其天年能鳴則免於俎羞奚此木之不終獨隱見而罹憂自昔論一作淪芳於朝市墜實於林丘徒欝咽而無聲可勝言而計籌者哉吾聞曰人助者信神聽者直則臧倉譖言宣尼失職出處語默與時消息則子雲投閣方回受殛故知天地無心死生同域紛紜品物物有其極至人者文性循於自然寧任夫智之與力也雖皆愚各全其好草木不夭其生植一作殖已而已而翳疑不可得

文苑英華卷第一百四十三

文苑英華卷第一百四十四　賦一百四十四

草木二

荔枝賦并序　張九齡

南陽郡出荔枝焉每至季夏其實乃熟狀甚瓌詭味特甘滋百果之中無一可比余往在西掖嘗盛稱之諸公莫之

知而固未之信惟舍人彭城劉侯弱年遷累經羸（一作于）南海一聞斯談倍復嘉歎以爲甘旨（一作美）之極也又（一有謂字）龍眼凡果而與荔枝齊名魏文帝方引蒲桃及龍眼相比是時二方不通傳聞之火謬也每相顧閑議欲爲賦述而世務卒卒此志莫就及理郡暇日追叙往心夫物以不知而輕味以無比而疑遠旣（一無此字）不可驗終然永屈况士有未効之用而身在無譽之間苟無深知與彼亦何（一有此字）異也用導揚其實遂作此賦云

果之美者厥有荔枝雖受氣於震方實稟精於火離乃作酸於此裔爰負陽以從宜蒙休和之所播涉寒暑而匪戯下合圍以擢本傍蔭畝而抱規紫文紺理黛葉緗枝蓊茸（一作蓊鬱）靉靆環合（一有而字）棼纚如蓋之張如帷之垂雲煙沃若孔翠于斯靈根所盤不高不卑陋下澤之沮洳惡層崖之嶮巇彼前志之或妄何側生之見疵爾其勾芒在辰凱風入律肇允（一作氣）含滋芬敷謐溢綠穗靡靡青英苾苾不豐其華但甘（一作卉）其實如有意乎敦本故從（一作微）文而妙質蔕約房以（一作而）櫕萃披龍鱗以駢比膚玉英而含津色江蘋以吐日朱苞剖明璫出炯然數寸猶不可疋未玉齒而殆銷雖瓊漿而可軼彼衆味之有五此甘滋之不一伊醇淑之無準（一作算）非精言之能悉聞者歡而竦企見者訝而驚佗心恚可以蠲忿口爽可以忘疾且欲神於醴露何比數於甘橘援蒲桃以見擬亦古人之深失若乃華軒洞開

嘉賓四會時當煥煜客或煩憒而斯果在焉莫不心侈而體泰信琱盤之仙液實玳筵之綺繢有終食於累百逾（一作愈）益氣而理內故無厭於所甘雖不貪而必愛沉李美而莫取浮瓜甘而自退豈一座之所榮冠四時而（一作之）爲最夫其貴可以薦宗廟珍可以羞王公亭十里而莫致門九重兮曷通山五嶠兮白雲江千里兮春楓何斯美之獨遠嗟爾命之不工（一作逢）每被銷於凡口罕獲知於貴躬柿何稱乎梁侯梨何幸乎張公亦因地（一作人）之所遇孰能辨乎其中哉

九一作皆集本及文粹

伐櫻桃樹賦并序　蕭穎士

天寶八載以前校理罷免除資参（二字作鑿）廣陵太府軍事任

在限外無官舍是處寓居于紫極宮之道學館因領其教
職焉廟庭之右有大櫻柅樹厥高累數尋一作厥高累尋條暢蓊
蔚攢柯比葉擁蔽風景腹皆一作背微禽是焉棲託頡頏上
下喧呼甚適登其喬枝則俯逼軒屏中外斯隔寺實惡之
懼寇盜窺窬因是爲資遂命伐焉聊託興茲賦以儆夫在
位者爾賦曰
古人有言芳蘭當門不得不鋤眷茲櫻之攸止亦在物而
宜除觀其體異脩直材非棟幹外陰森一作森沉以茂密中紛
錯而交亂先羣卉以効諂望嚴霜而凋換綴繁英兮霰集
駢朱實兮一作以星爍故當小鳥之所啄食妖姬之所攀翫
也赫赫閟宇玄之又玄長廊霞截高殿雲褰寔吾君聿脩

祖德論道設教之筵宜乎蒔以芬馥樹以貞堅莫匪夫松
篠桂檜蓓若一作告蘭荃猗具美而一作其在茲爾何德一作斯
而居焉擢無用之璅質蒙本枝而自庇汨群林而非擬專
廟庭之右地雖先寢而式一作或薦豈和羹之正味每俯臨
乎簫牆姦回得而窺覦一作伺諒何惡之能爲終物情之所
畏於是命尋斧伐盤根客葉剥攢柯焚朝光無陰夕鳥不
喧肅肅明明暗蕩乎階軒嗟乎草無滋蔓梳不假器苟恃
勢而將偪雖見親而益忌譬諸人事也則翼吞并於僭沃
魯出逐於強季綝崚權而吳削倫冏專而晉墜其大者虎
遷趙嗣鸞齊明帝名竊齊位由履霜而莫戒聿堅冰而游至嗚
呼乃終古覆車之軌轍豈尋常散木之足議

九一作皆文粹

府庭雙石榴賦以平生少年日爲韻　呂令問

公府洞豁群木羅生歷衆芳而選妙得雙榴之美名擢質
森聳垂陰凄清掃危階之數級蔭閑庭之四平夾砌駢羅
則東西表賓主之位與時消息則寒暑任榮枯之情故其
異影同庇分芳對出夏景焯而開花秋氣結而成實剖之
則珠彩輝掌捧之則金光照日其生也雖雜居幽遷之蘭
其用也亦間居雕盤之栗若乃當公務之怱偶訟庭之要
爰趨爰揖或長或少皆指而稱曰彼石榴之所生何託根
之至妙俯環廊之廻合拂危簷之窈窱類甘棠之勿剪人
纔去而猶思若李樹之無言蹊有成而不召是以固其根

幹美其華輝使開軒而翠彩重合褰帷而紅榮四照也或
曰物惡近以招累事貴遠而克全空遁幽以獨美抱甘香
而自捐豈比夫善生者託仁以遠害能壽者輔道以延年
是以象疑作象君子之惠渥故終保夫自然

尚書省梧桐賦以託根得地藏器待時爲韻　崔鎮

惟皇立極建都河洛會府疏庭珍木咸若偉梧桐之嘉遇
竟因人以勝託傾鳳翼於朝陽偶鵷行於祕閣貴有常尊
靜爲躁君花繁翼子幹直謀孫履素至潔體柔常存搆日
月以曜穎含雨露以流根豈與夫龍門半死嶧陽孤植齊
萬籟而混吹合千巖以共色勁質氷摧而朽人莫識高標
風折爲樵人所得求知音於爨燃論分理於繩墨且聞之

以生死又焉議夫通塞故至人以全身遠害君子以自強不息失其理山林不足以攝生順其道朝市何妨乎育德梧桐生矣自遠而至輕去無何之鄉不居有過之地謂繁華兮國人服媚吾獨後春而翠謂揺落兮物情共棄吾亦先秋以悴不改節以邀利不立名而自異必居常以待終將百慮而一致大年椿榦稍雲豫章簡幹貞勁桂椒信芳百果甲折於金谷千林花發於河陽實繁者皆拆材用者先亡我異於是于何不臧布清陰於仙署棲白雲於帝鄉旁連杞梓俯接琳瑯蔚金蟬之氣色耀錦帳之輝光我封我樹無臭無香後天年於社櫟用當代於甘棠得喪齊致語默兩忘吾不知夫支離之德何獨擅而自出遼瑗之智

何獨卷而自藏復有剪刻為圭琢磨成器龍章鳳軫金符玉瑞平君子之心戒王者之戲晉侯得之諸侯磨至子野得之玄鶴来暨雖信美於疇日未若茲辰之佩仁服義我求懿德於是乎在疏相比遠相待以其彙征成而不宰璧諸草木生植有時除惡務本樹善務滋引之斯至椎疑之斯離角亏兮有什杕杜兮陳詩敢告在位如何不思念茲在茲庶疑作恕事順施祐求夏陰與秋實無拔揚以樹茨

紫宸殿前櫻桃樹賦　以日月所照榮華先發為韻　張莒

殿紫宸兮足麗木朱櫻兮可嘉扶疎柔弱暈豔芬葩晚移陰於冊楹朝延影於翠華美其固本宸居獻名清廟藹綠含彩攢紅吐耀晴暘斜映將藻井以相輝初月旁臨與璧璫而共照於是玄律方變青陽始萌日近易暖天臨早榮通條液潤附節茸生泰文信之著令漢稷嗣之從行莫不勤其時獻旌此嘉名將蓋拱以斜界與金華而對明玉輦行低雲旗雜處迎華往而搖露向朱明而清暑榮得其時摘得其所於芳也可尚取類也無疋净拂璇題遠當温室舊株昔移於漢圃寀榦今逢於堯日及夫春宿微雨秋含翠煙冬條雪染夏實珠駢垂一枝於萬葉託沃土以延年甑芳誠百花之首充薦乃衆果之先代帷房之錦帳奪首飾於金鈿濟濟多士鏘鏘拜闕拂露華以晨趨染香花一作花香而夕謁始凌寒而驚換纔及暖而前發自承疑存於攀實固無憂於剪伐伴穠李以表年笑階蓂之記月

豫章賦　敬括

東南一方淮海維揚爰有喬木是名豫章根坎窞彗天綱擣四氣煥三光矗縮雲聳離披翼張一擢而其秀頴發七年而其材莫當懿夫倚荊衡連楚越迴合湘沅之浦芬敷具會之關點一作黯彭蠡而煙垂汨滄浪而吹發清輝艷艷朝灑陽臺之雲翠影亭亭夕皓巫山之月爾其孤榦直指交莖亂傾緋葉煙綠朱華日明掩蒖靈之光價奪若木之芳榮卉不暇植蔓不及縈揔此衆美疇之與京其下則啼飛猱逐暴武突兀鹿麖爪牙鉤拏蹤遊其下盖難勝數其上則陸鴻漸谷鸞遷孔翠曳曳鵷鷁翩翩翼翳日聲聞天巢集其巔動盈百千嗟乎不菌不輪有典有則

其財也直空𠍴寶以自棄諒斤斧之未識日者龍宮是構鵲觀云脩壑山林之木應櫰桷之求何獨不見千金而留爲媒紹也闕爲出處也幽爲爾不任大爲賢而致尤今叢木之所忽吾亦爲之心憂借如將趙括於上軍秩長卿於下令良驥爲鹽車所伏谷松爲山苗所映以曼倩而等侏儒尚俳優而輕雅正雖物情之共爾故君子之攸病向若廊君之林池玄君之苑囿膏澤既沐鴻休亦覆門栁不可齊華庭梧不能獨秀已矣夫用之則晳抑之則沈隨取捨之攸措何棟梁之所任梓匠之瞻望靡及江潭之歲月空深誰當徙植天池畔終冀成君桃李陰

建木賦

廣都有建木焉大五千圍生不知始高八千尺仰不見巔過雷電一作雨遺雲烟倚白日磨疑青天靡蟠桃於度朔之上毫若木於滄海之邊斯未足奇者天收寸雲日在午位明白宇宙光啟燭祕枝枝攢太虛外青葉葉積元氣間孶無一點之影落之於地故自當玉京之要得天下之中左右仙翁前後玉童潤瑀露颸祥風五雲翼之而斐亹八景含之而玲瓏帝或自天而降天寧假羽翼帝或自地而還地不乘虛空以我有飛陞之力以我有太階之功必我之由忽乎遂通如此見其真宰之意生巨材而不易上帝之心寄巨材而亦深不然奚至是哉俗人生代重疊詭譎其或不聞聞之或不信境之絶信之或不往往之或不到智之劣自非天付洞徹神與明哲掛杳杳而何在身紛紛而已械士有以廣都爲帝王之宅以建木爲台階之臣自謂未達仰慕斯人髣髴雲宵徘徊風塵若巨材之一見希謁帝之有因

蟠桃賦以高捧文明以觀環照爲韻　獨孤授

東海神木是曰蟠桃可得聞其廣而未量其高蓋蒼龍之所臨攄白日之所先照結根於夌北之峯稟氣乎衡星之耀其生植也與乾坤始其蟠縈也至三千里上鳴天鷄下宅鬱壘徒駭於說莫原其以配若木以相望冠扶桑而特起爾乃煥枌陽之杲杲壓巨海之漫漫太皡司方以流眄羲和策御而上干傾高柯而飛鳥罕及隨巨葉而青雲共

蟠何帝休之名誌豈姑繇而變觀窮海陸以標奇抗蓬瀛而爭聳疑蒸林之相合乃一木之所擁照溟海則攀其若浮昇日輪則遠視如捧霜雪莫能以凋換風濤庸得其震傾拂垂雲之脩翼蔭吹潦之長鯨非有歲之可紀每先晨之効明拂青桂于陰魂掩白榆於太清信植物之神秀壯元化之曲成木無與儔其誰聘兩闕之術予不可獲安有被三竊之名是知瑰異之說或處明而若晦區域之心多玩小以疑大天無所不育地無所不載莫出混茫之中咸居耳目之外儻蟠桃之遐絶宜列仙之遊會安得擇神物而駐留顔涉滄海而登朔山驂素虬之夭矯駕綵鳳之廻環庶因此以捧日頹條脩而一攀

海上孤槎賦

滄州一望兮其傷實苦靈查萬里兮越在海浦何遭遇於聖日獨埋沒於重土島嶼雲深風塵歲古可爲萬乘之器郢匠未斲頹作浮海之桴魯人無取不取其材又無良媒驚沙若霧激電奔雷根柢折枝條摧勢窮兀兮半隱青樹色蒼茫兮渾生綠苔波濤灌注同汨羅之洲渚川澤卑濕類長沙之浦隈釣客登頓漁翁往來自然形變爲枯木心成於死灰誰憐在盤根之春當擢幹之日對上苑臨溫室植紫陌以獨秀蔭朱城而未出春風驟入花飛微（一作霏微）而雪下晴烟四歛葉布濩而雲容誠以負大厦之材濟巨川之質何斧斤之爲患使形骸而自失悲夫昔之繁華也如

彼今之搓落也如此故知道不常泰亦不常否物有萬生亦有萬死事既同於糺纆庸詎識其終始彰周公之聖則大木斯拔表宣帝之興則枯梛還起君無曰枯查委之泥沙試斲爲仙槎薦於公寢必能夢華胥之神國安蒼生之庶品君無曰散木棄之溝瀆試剖爲犧罇登諸廟門必能縮苞茅之醴酒降重天之渥恩濟美前烈垂芳後昆願君無棄於海上乘以登天朝至尊

桂林一枝賦（題中四字時禮部續貼） 崔琪

倬彼衆木者其桂林一枝淮南擢秀月上標奇光雨露之新沐拂香風以徐吹故能使顥氣凌空孤陰耀質心既冊而不二花又白而純一凝霜殞而色鮮嚴景凋而葉密若然者固將與大椿而爭長豈徒挺小山而間出至如孫弘已落鄒誅未第沮塵色與灰心然粒玉而燼桂孰謂連卷鄉半死之質特逢承再生之惠淹晉君之庭芳郁君之砌惜矣哉向使便辭仙客永棄幽林委根不用之境臧影空山之陰又焉能擅崐玉之高價吐歲寒之宿心彼徒見零落燋梧再斷恩深於既往殊不知摧殘朽桂一枝重遇於當今

散木賦 孫松

窅窅冥冥至道之精視之無見聽之無聲伊散木其何識廼冲用而保生夫其措跡隱深寓形偏寂青崿（一作嶂）右聳紅溪左闢滲滴瀝之飛泉枕嵌巖之古石將含休以處順

不祈祿而自適故其幹也閞砢（二字出上林賦）盤魄蟲穿鳥剝其節大兮不可以爲樀擁腫輪囷抱蠹生津其軸解兮不可以爲輪空心兮若喪拳枝兮不申理不中於規矩才豈任乎斧斤似支離之有疾固哀駘之入真日者秦構鳳皇漢營鳷鵲崇臨海之殿豐冠山之閣窮宇內之瓌寶盡域中之衡薄雖片善之必收故散木之不作用能以損之益居貞而晦不恃而成不有而大白雲至止雜蘿薜以成帷清風來兮協笙竽而吹籟異鵲胥集祥鸞曉會隱士掛瓢仙人倚蓋不逆於物夫何於害及夫郊暄淑氣景媚風煙夭桃變兮穠李發乍楊芳以競妍既乎寒露朝變凝霜夜結柤梨剝兮橘柚摧澹無情兮何折動息無撓榮枯任節道

將埶於樓寧德以庶於覭瀓與夫八五柞三槐仁賓君子東吴豫章西蜀蕭杞文杏聳於千尋木蘭香於十里皆虬蟠龖接重葩疊葉杳藹芊眠拂日摩天根柢深固表裏巖泉並恃材而喪質咸爲名而夭年是知明不若昧語不如默爲善者離其道立行者陰於德社櫟入夢而幾亡野桑因言而自刻豈若聖智双遣形神兩忘委不才以居寂任無用以爲祥鬱鬱於純寘之界落落於無何之鄉與天地而長久吸日月之明光蒙子休聞而嘆曰吾且逍遥其旁

文苑英華一百四十四卷

文苑英華卷第一百四十五　賦一百四十五

草木三

幽松賦

惟天地之覆載屬日月之貞明幸雲雨之廣潤及草木之滋榮代何材而不用材何代而不生若乃地勢卑而路脩迥一作迥有孤山曲澗之幽松挺百尺而數其狀聳千仞而擢其容柯榦夭矯花葉芊葺枝横栖鶴蓋偃盤龍璺皮而文疊一作疊巻宏磊砢而谷深重代一作伐人之所未見匠者之所未逢抱雅操兮積年載持慨節兮佇時雍稍森乎巖之畔扶疏兮山之足稟二儀而自清居四時而常緑其孤高也則排煙而蕩霧其貞堅也則超代而越俗偏睹日而疏陰遂自然而孤直起喻有叔夜之材入夢表丁君之職澗底幸左思之詠歲寒蒙孔丘之識偉哉盛矣屬時代兮多杞梓其用無隔窺幽澗兮茂松栢梓待構而見須松堪棟兮希擇其文理也奇絶可以雕木一作楹架梲其雅操也昂藏可以振雪凌霜向日貞心擢臨風足氣揚深谷如

蒙顧此地有材良王爾經過之而嘆曰帝德咸亨此松挺生公輸俯仰而顧曰王道利貞六大厦用成希皇鑒之留聘感鬱鬱之餘情者也

枯楊生稊賦 以青春光耀爲韻　敬括

柔得乎剛則變化無方故能令老者以安分少衰者而再芳不然冬之均奚獨殊其棟撓木之衆奚獨舉其枯楊徒觀其枝葉滋潤色帶韶光發枯槁擢豪芒直幹森梢歘浮於青翠高柯偃蹇漸變於蒼黄豈比夫顛木貴枿瓌材稱良而已哉至如和風稍吹遲日夂照淡清烟而羃䍥合晚露而凝耀苟非懷嘉狀雖死而猶生忽應鳴禽類先號而後笑是知心動於内氣變於形以類相感因時則異或叢

生落落或孤峙亭亭映平林而迥秀倚長空而半青爰有翰林墨客懿此惟新覩物生興與時爲春在陽當榮於枯木理代實資於哲人遂稽大道將期小伸相長楊以體物希百中於兹辰

木蓮賦

蔽芾珍樹森林綺堂庇根天壤擢秀春光雖違性於舊國終奉恩於此鄉違性何苦主人有勿剪之怙奉恩何其主人有摯執之滋君既加我以惠好我亦報君以萎蕤弱其枝圓其葉亂階前之蓂莢附疑緑縟䔩芊茸狀中浦之芙蓉既因其理又憐其美懷香則十步必聞含笑則千金可市有實雖漏於貢納有陰足延乎憇止此木也誠則不材必姑樹其桃李

松栢有心賦 以君子得禮歲寒不變爲韻　上官遜

觀卉木之庶類而松栢之異羣貫四時而不改柯易葉挺千尺而恒冐雪凌雲抗高標於物外遠卑冗於代紛其幹則直其理則文驗受命於方地信無奇於此君於是載離風霜多歷年紀持本性而常茂抱幽貞而獨美太華之上森森央仙堂之峯台嶺之傍落落蔭靈溪之水經冬不改憐江南之前剪疑乘春暫榮笑東園之桃李故見稱於前聖喻德於君子故其勁節可佳明心不忒寔繁衆類生我邦國故將枝葉無隔於心源豈同橘柚有限一作根於南北錯萬物以爲佐求其族而迨得是以後凋之義又不刊於

魯經有心之言永昭著於戴禮吉士遠託或亭亭於嶺上山苗乍凌時鬱鬱於澗底雖彼此殊執而榮華一體若乃背徂年當芳歲林烟乍卷秋雨時霽仙侶或遊隱倫常憇莫不對偃蓋以瀟洒仰仙雲而搖曳暢方外之遐遊滌樊籠之流滯若乃幽澗之側高岫之端葉離離而日來冬暖枝梢梢而風至夏寒不以無人而不秀又同美乎芳蘭至若大厦方構長材是求詣藪澤訪陵丘遠近必度大小斯謀有斯木之時疑作特達惟工倕而擇不重曰歲律云暮兮何木不變惟松栢兮凌霜葱蒨儻有心之可嘉期君子之一聘

歲寒知松栢後凋賦 以貞心勁節羣貫四時爲韻　裴度

窮陰忽至品物盡瘁唯良木之堅貞映衰林而葱翠桃蹊
李徑聞别葉之互飛松磵栢陵見脩條之自異諒本性以
無易託斯時而不類雖殺菽之霜再三斷蓬之風數四徒
凛凛以終日竟青青而在地懿夫春夏榮滋我不競於芳
時秋冬凄冽我不改其素節遥分郁郁之烟遠映霏霏之
雪故其桑榆種其前後杞梓植其行列或蕭瑟以柯空或
離披而條折何在昔而相混果迄今而旌别觀夫陽曜以
芳菲爲事陰凝而肅殺爲徒運以寒暑豈齊我於枯榮斯
乃時累不能累其質天損不能損其貞亦被霜氣亦含風
聲挺喬枝而易識在灌木而難并故蒼然以殊致豈蠢耳
以叢生異其鬱鬱秀色亭亭高餘産二儀之内我獨後凋

處群木之中孰云共貫當其黄殞方可瞻覩庭有槐兮落
際山有榛兮凋陰見（一作覩）枯槁之無色識茂悦之有心愛
日照而逾静嚴飈吹而轉勁或出衆而標奇或處幽而表
正雖結根山嶺移植軒屏如全直（一作真疑）而率性客有擇木
務材感衰歎盛悟漂（一作標）勁無永（疑）申蚍蜉之歌愛堅貞
不渝發風雨之詠松兮栢兮猶君子之志行

寒松賦　李紳

松之生也于巖之側流俗不顧匠人未識無地勢以銜容
有天機而作色徒觀其貞枝肅矗直幹芊眠倚層巒則梢
雲蔽景據幽澗則蓄霧藏烟窮石盤薄而埋根凡經幾載
古藤聯縁而抱節莫記何年於是白露零凉風至林野慘

慄山原愁悴彼衆盡於玄黄斯獨茂於蒼翠然後知落落
高勁亭亭孤絶其爲質也不易葉而改柯其爲心也甘冐
霜而停雪叶幽人之雅趣明君子之奇節若乃確乎不拔
物莫與隆陰陽（一作寒暑）不能變其性雨露所以資其豐擢影
後凋一千年而作蓋流形入夢十八載而爲公不學春開
之桃李秋落之梧桐亂曰負棟樑兮時不知冐霜雪兮空
自奇諒可用而不用固斯焉而取斯

栁栢賦并序　李德裕

夫受天地之正氣者唯松栢而已故聖人稱其有心美其
後凋豈無他木莫可儔匹余常歎栢之爲物貞若（若一作）有
餘而華滋（一作而姿華）不足徒植於精舍列於幽庭不得處園

池之中與松竹（一有相字）映獨此郡有栁栢風姿濯濯宛若羲
揚而冐霜停雪四時不改斯得（一有謂字）之具美矣惜其生於
遐遠人罕知之偶爲此賦以貽親友

惟天地之生物均覆載而不私雖草木之殊性皆榮落之
有時感松栢兮自得（二字一作得真）經隆冬兮（一作而）乃知常集霰
于窮節秉心終而不移觀夫竹嬋娟以挺秀松英茂以含
滋可蔭蔚於臺榭故封植於園池嗟緑栢之貞苦爰自託
乎（一作於）幽崖或森森於衆壟或蕭蕭（一作䨙䨙）於神祠何炎徼
之僻陋或珍木而在兹齊芊蔚於蘭茞儷貞芳（一作儷貞姿）於
桂枝遠而象之聳幹參差㬎翠旌之陸離迫而翫之布葉
低垂若孔蓋之葳蕤又似聚于列巢以（一作群）棲鸞奮翼而來儀

含輕烟於夕景泫零露於朝曦逮秋實之蕃衍綴青珠以纍纍嗟乎材不可備人亦如此斯子張之容雖盛柳惠之貞則虧有張孺之正色無思曼（南史張緒字思曼）之風姿歎此物之具美以幽深而見遺非金瑶林於塵外方王樹於前墀望舊國兮無際思故人兮未期曾不得倚瓊樹（二字一作樹而）泛瑶瑟攀條而獻蘭扃慨路遠而莫致抑毫端而孔悲顧謂稚子燀起爲謠曰楚山側兮秋（一作湘）水源美斯柏兮託幽根條總翠兮冬轉茂實垂味兮秋始蕃彼變化兮不測焉知非張緒之精䰟

金松賦（并序）　前人

廣陵東南有頹太師猶子舊宅其地則孔北海故臺余因晚春夕景命駕遊眺忽覩奇木植於庭除枝似檉松葉如瞿麥迫而察之則翠葉金貫爍然有光訪其名曰金松訊其所來曰得於台嶺乃就主人求得一本列（一有於字）平泉今聞封植得地枝葉益茂叙其所自作此賦焉

青春已暮白日將夕經顏子之陋（一作故）巷訪孔子之舊宅美珍木之在庭得嘉名於樵客曩擢本於台嶺近徙根於簷隙其柯肅肅自比於真松其葉纖纖實侔於瞿麥風入葉而成韻露垂柯而流液不受命於嚴霜諒因（一作同）心於寒栢含春藹而葱蒨映夕陽而的皪疑翠尾之群翔若金潭之旁射雜爽籟於篁竹混晶光於瑶宿（一作碧）琪樹以垂珠而擅名金松以潛頫（一作光）而莫覩亦由處子在於隱淪

奇才遺於草澤我有衡宇依山岑寂類仲長之清曠如簫宰之窮僻植根此地似在崖壁殊橘柚之不遷同芣棠之可惜庶封殖於園林永愛翫而無斁九一作皆集本

洞庭獻新橘賦（以湖海清和遠人脩貢爲韻）　可頻瑜

洞庭之遠兮亘全楚而連巨吴路悠悠似窮塞波淼淼而平湖遠國之奧壤中華之外區風土所宜兮四方各異珍果斯出兮諸夏或無至於白商謝玄律改風落瑶林寒生窮海枇杷落而將盡荔枝摘而不待然後浮香外散美味中成照斜暉而金色帶曉潤而霜清圓甚垂珠琪樹方而孰可味能適口玉果比而全輕在禹貢非它於周制則那充厥苞於林下發使者於江沱穰橙不得而雜楚柚不得而和所獻者皆歎其美所貴者不以其多歲峥嶸而已晚路崎嶇而自遠齊萬物以坌入離本枝而不迄其價可重其味可珍固緑蔕而未變施素錦而猶新若夕發於南國已朝奉於北辰匪雕飾以自媚實羽翼以因人獻芹者既非其匹敵獻桃者何足以等倫豈比夫江北則枳江陵則洲隨櫨棃而莫遂備職貢而無由同碩果而已矣望君門兮阻脩美哉植物斯多結實者衆斯橘也栽則隅乎淮浦生則主乎雲夢獨專美於當今及歲時而入貢

第二（同前韻）　仲子陵

皇帝垂衣裳而治萬國舞干戚而來九區苞之橘柚至自江湖歲以爲常知方物之咸有時而後獻表庭實之何無

本其來則風秋洞庭霜落震海元候布歛下吏旁採碧林冬生大小異名巳去霜蔕初辭緑葉然後盛以瀟湘之竹柬以江淮之菁背楚塞以西走望秦雲而北征上方端想玄默深居穆清扇鴻鈞而不宰張大樂而無聲閲彼要荒之貢得斯華實之英乃明四目乃停九歌朱紱方來以彰其道泰碩果可食以表其時和時和在乎務本道泰在乎柔遠一果熟知百果之不荒一方來知萬方之未晚橘之名也則珍橘之熟也惟新越彼千里獻于一人册其實體南方之正酸其味含木德之純足以附荔枝於末葉遺檳榔於後塵然出自荒陬升聞莫由烟波無巳歲月空流豈知夫烟（疑作煙）沉可達職貢可脩辭草澤以孤往入金門而

見收物之因人也其則以衆人之象物也豈不或中儻草木之可儔希成名於入貢

扶桑賦

朱鄴

木臨大壑名曰扶桑厭洪波之萬里在青帝之一方受浩氣以生成邪倫衆木挺仙材之秀麗能戴朝陽塵外風吟天涯雨泣山晴而瑞氣初動海晚而潮痕乍濕幾千歲月標下界之無雙廻抜榮枯倚高空而獨立霧折烟融孤光在東長迎旭日先得春風吾將原太極之意考真宰之功不產奇異安分混同物欲明焉我則與三才並起田云化矣我則與大朴無窮卓出古今莫逾貞固當乾坤之上位瞰魚龍之要路至若玉漏聲殘銀蟾影度收人間之暝色未遍群山聳海底之紅輪先經此樹露戢雲驚珠懸焰生雖凌厥熾寧奪茲榮豈若常材隨大匠之雕刻自如良輔契吾君之聖明巢之者不可得其窺蠹之者不可得其噬陽烏豫擇木之狀晴虹作挂弓之勢名大天下身高水際掩彩翠於蟠桃病蘙盈於月桂非海也不足以容其大非日也不足以升其高葉茂而雲垂齊景根深而龍撼驚濤早沃焦於尺土徹鄧林以秋毫巨影倒空而漠漠寒聲吹夜以颼颼靈境難尋人寰罕測性欺霜雪心藏正直故能齊衆甫而攙滄溟永佐東君之德

落葉賦

衆木森沉歲暮秋深日黯黯以斜度風悄悄而亂吟喬枝

邈以架廻墜葉紛以辭林睠彼摧落夫何蕭索形宛轉而斷連狀徘徊以斜（一作前）却枝稍高而飛遠條漸晚而陰薄逗凉空以伴螢繞明月而驚鵲或散漫於原野或摧颺於樓閣爾其下自幽谷高隤山椒葉何樹而不墜樹何葉而不凋擁玉砌以初聚值金風而復（一作不）摧浮於水中似孤舟之遠泛落於山際若斷雲之已飄悲夫處處園林紛紛相似覺絶漠之寒至聆洞庭之波起何夏茂而秋落何先榮而後死葉之致也既順陰陽之宜葉之趣也誠叶盛衰之理頗歸本而猶未嗟微脱而不巳別有寂慮卧幽逸氣無儔聊賞心以遐望乃觸目而增愁見一葉之巳落感四序之驚秋媿體物之逾拙思軋軋而空抽者也

文苑英華卷一百四十五終

文苑英華卷第一百四十六　賦一百四十六

草木四

竹賦　許敬宗

惟脩竹之勁節偉聖賢之留賞覽山經而遂聽詠周詩而遐想掩寰中而獨秀非庶物之所仰若夫嶰谷著美稽山見知衛國之稱淇澳梁園之賦夾池山陽之嬲客葉江潭之竦喬枝雖有聞於在昔諒無得而標奇乃徙植於廣一作帝庭爰移根於禁苑亘蕢草而界列繞醴泉而右轉脩幹橫於松徑嶠一作低枝拂於蘭畹對紫殿之初旭臨冊樓而何晚望威鳳而來儀佇化龍之爲遠爾乃春光變色夏景開松枝藏戲鳥葉間殘虹上便娟鬋一作而防露此句見楚詞檀欒而來風散歸雲之掩翳引落日之玲瓏雖復嚴霜曉結驚飈夕扇雪覆層臺寒生複殿惟真心與勁節隨春冬而不變考衆卉而爲言常最高於歷選

第二　吳筠

惟坤靈之播育何備物之寔繁偉茲竹之標挺得造化之清源契道含靈表貞示節葉森散以翠錯莖鮮脩而瓊絜爾其和風流暢萬彙昭陳𦹯葩韡其客苑荑柳藹于通津不郁馥以啓曜但葳蕤而有筠亦未知爲異也至如殺氣

夌厲凝霜蕭瑟覽平楚之蒼茫窺衆林其如失冐水霜之
涸沍逾青熒以欝客則殊可重焉故詩曰如苞書稱厥貢
倚兹淇園羡彼雲夢昔在軒后肇官陰陽伻伶倫於嶰谷
伐脩竹之珍篁裁六律以協氣調八風而順常然後成竽
籥以備樂其聲濫而彌長笙鏞以間鳥獸蹌蹌諒自然之
純粹局群材之可方若乃渭川千畝山陽數林會稽方潤
於碧玉羅浮比色於黄金上點點以雲翳下泠泠而鳳吟
袪赫曦之燠景納淒凉之清陰王子所以嘯詠稽生爲之
幽尋召嘉賓及令友暢緑醖與鳴琴羡遊盤之逸趣清寂
寞之遠心若乃夾滄江倚冊嶗蓄水霧之沉沉挃巖烟之
漠漠湘妃有揮涕之慼楚謠興防露之作或挺鼓吹之嶔

崟或垂天門之旁簿皆鸞鳳之所翔集孔翠之所棲託豈
獨嬋娟於廣漢之壤亦有璀璨於蓬萊之峰結實珠粒敷
花紫茸拂皓一作柳絮以飛鸞摧綷莖以韻鍾故列仙之攸
翫匪吾人之所從也亦有化雉吳國成龍葛陂客人筼筜
育蟲桃枝一笋明其衞嗣三節獲乎嬰兒榮燈纂以感孝
茂篾櫺以表奇彗家壇以塵城環石牀以陰滋皆靈變之
譎怪良難得而備知爾其衆彙非一則有篥疑作策吳都賦策簩有叢
簩筋蔓疑作蔓筋藝文類聚有筋竹初學記有蔓竹射筒箖箊吳都賦箖箊射筒篃箬
吳都賦注篃梧竹出交址簸箛一作篫初學記竹譜有筀竹似桂南都賦蓧蕗菰篫之肅蟲龍鍾
雲母之扶疎箬箭浮色以縹燠篡籊綷文而繡攄初學記皮類簹
隨繡竹方志之所遺載山經之所闕書安可得而詳矣靡不
勁堅其性葱蒨厥色不規而圓不㮚而直故高皇製冠以
守位孝文剖符以表職慱望侯傳於大夏之外穆天子樹
於玄池之側推此類以彌廣匪斯文之可極也

第三

惚群籟以擇音歷衆材而蘭疑質惟兹竹之珍勁獨懷貞
而守一若洗文濃露濯影華池離離嘉實冉冉纖枝含夕
氣而梅翠照晨旭以舒猗凌積霜而莫改因虛心而不虧
上横桂囀下拂松蓋杭脩莖於雲表肬輕花於霞外千仞
未極其高十圍寧申其大旣絶群以標傑亦冠叢而稱最
連星影而類珠脱虹掛而猶帶象客柔柯布護繁葉白日
朝映素輪夜接色净潭深影沉攢疊泊乎層陰結長飇起

清徵奏鳴弦理金罍溢而未傾王山巇而猶峙詆訶六籍
咀嚼三史窮玄燃之根抵極天地之終始此乃至人勝集
七子碌碌則安𥡴故語其用也則五離十析絲剖毫分縈
九華於紈扇結雙雉於簟文乍搖紈袖時拂緗裙掩疑鈆
之艷逸籠流麝之氛一作氳氳若夫取象制儀激商流雅圓
徵有素清亮非假信鳳鳴之可習定龍吟而可寫乃曲絶
而和微非韻高而調下豈知分光綺殿散影華軒淡雲霞
之遠色霑雨露之餘恩嘉庭樹之蠲忿跂桃一作慕蹊李之無
言庚歲寒而無易常耀節於梁園

慈竹賦并序

廣漢山谷有竹名慈生必向内示不離本脩莖巨葉攢根

杳抵叢之大者或至百千株焉而縈結踰乎咫步好事君子徙爲堦庭之翫焉吁嗟非此土所有乃有厭流俗之譏動鄉關之思者蓋撫高節而興感覽佳名而思歸遂爲賦曰有竹猗猗生于高陂左連瑤帶右雜瓊枝悵幽客之方賞嗟君侯之不知徙蔚丹谷遷榮緑池氣凜凜而猶在色蒼蒼而未離屈巖巒之容貌充堦庭之羽儀爾其劃地（一作疆）分域駢陰抗趾疊幹龍廻欑根鳳峙防碧落於霄末翳紅光於夕始崇柯振而烟霧生繁葉動而風飇起擁凉砌之晨肅屏炎扃之晝滓至若白藏載謝玄英肇切塞北河堅江（一作閉）南地裂觀衆茂之咸悴驗貞輝之獨潔抽勁緑以垂霜惣嚴青而負雪盖同類之常禀非殊方之異節若

乃宗生族茂天長地久萬柢爭盤千株競糾如母子之鈎帶似閨門之悌友恐孤秀而成危每群居而自守何美名之天屬而和氣之冥受嗟乎道之存矣物亦有之不背仁以貪地不藏節以遁時故其貞不自炫用不見疑保夷險之無易哂榮枯之有期我遂轉於岷徼遂萍流於江汜分兄弟於兩鄉隔晨昏於萬里撫貞容而骨媿伏嘉號而心死庶因感而長懷遂策情而勵已

第二　　喬林

維竹稱慈幾乎有知九族敦叙孝友威儀是竹必滋五服相殘骨肉携離是竹必衰苟自家而刑國亦觸類而增思本尊固護檀欒擲（一作擲）比如東之禂如挿之客勁節中聳欑根內實聲唯戞風影不透日類宗族之親比同朋友之造膝至若暮歲窮律霜凝雲霏陶鈞無發生之理松栢有後凋之期是竹也叢篁劈開牙筍怒長紫籜連披青筠粉上有偕老之情感饋親之養如受制於籬界不旁侵於土壤雨露之澤謝爾衆芳細葉未吐貞心已長恥高標而逈出斯褭曲而不揚匪趨時於律候寧隨韻於笙簧保無用而以道自將愧不才而與物俱昌苟成陰於隙地作盛景之清凉重曰夫緜緜瓜瓞兮知有子母邕邕鴻（一作鳴）鴈兮如吹弟兄於家則胥附禦侮於國則盤石維城田氏不分庭之荆陳家則應（一作聚）天之星莫不欝映棠棣急難鶺鴒斯竹也共根連茹一本千莖年深轉密歲晚彌榮一可以

厚骨肉一可以敦友生於靈臺而莫信性彰慈孝（一作愛）而感通神靈

孤竹賦

有斐君子兮將以自怡藝孤篠於前墀翫以時愜所思且面陛則陽笑漪漪而慶渭向砌則燠秘青青之在淇問君何事生乎茲嬋娟抱節而無詞借而東南之美會稽千里阻江阻河所貴則那至乃柯葉不二嗟吁此地彼已之子賤目貴耳豈知孤者取稀物莫之依含混元之休氣吸太陽之清暉長則尺準大可寸圍有美遊兮忘其歸更憶朝霞露未晞懸明月而影短帶疎雨而聲微觀乎裊娜容與風生其處應知點定洪鍾律幾日能令童子悟實方就而

孤龍(疑)食來枝或成而一龍飛去天造自然含虛佩堅堅
以保名虛以戒盈瞻彼標兮人之程萬類則改千芊(二字疑)
森在其在伊何增冰巖巖瞻彼磷兮不可磨則知天籟奇
兮由我起道生一兮得我始得之者非取翫物而已

大明西垣竹賦　高無際

嶰谷脩篁移植仙堂左聯溫室之樹前對鳳池之芳一生
孤貞四時青蒨不爭麗於夏色不改貞於秋霰保此歲寒
之容得蔭宰衡之院露纍歷以珠綴風清吟而響繁雜金
絲於比棭對稷禼於西垣曉視含烟朝歸棒日挺八柱以
獨秀與三槐而交客若夫制為用也則笙可以下鳳皇笛
可以奏宮商筆可以播文章管可以調陰陽信無施而不

可若有待而韜光亂曰託根勝地兮葱欝氳氳(此句參差疑有衍字)
託根勝地兮權榦梢雲抱貞節兮氤氳若賞七賢之清曠
不可一日無此君也

竹箭有筠賦　李程

喻人守禮如竹有筠俾脩己以自守同因(疑作固)本而相因
標持(二字詳注九十卷周兩賦)彰於歲慕勤德貴乎日新所以取彼後
凋之色戒夫行道之人將以禦冬且見檀欒而守節比於
藏器詎可須臾而去身若乃清霜翻玄律改彼衆卉之具
落同受氣於真宰何蓊茸而自異乃嬋娟而有待苟常其
性寒竹何患於時移不易其心志士當懷於道在豈不以
和澤自潤表裏相質竹無筠不能固其節人捨禮曷以法

於時伊先哲之善論(作)後代之元龜企於禮者勤而行之
苞本之時已包周身之防疎莖之勢更叶凌雲之期(疑當)
其易霰停霜雪披風靡諒青青而斯在何苒苒而居彼是
知禮之於己如我有筠之於竹如我有膚理無特立義
必相須堅剛自持雖貫四時而莫改賞翫不足奚可一日
而或無嗟乎皮之不存何以具其體心之不固何以謹其
禮所以大戴之記足徵相鼠之詩爰啓君子之道斯其象
諸示外以固執中而靈閱寒暑之不變齊榮辱之所如天
損不侵地利空積包綠籜而未改交翠葉而不易君子察
於此者可學禮而受益

湘妃泣竹賦　蔣防

昔帝舜之南巡不迴繄二妃兮心傷已摧對三湘之遥兮
積水無際望九疑之作(疑)兮愁雲不開欝丹誠而飲恨攀
綠篠以興哀涙浪浪而千里(一作重)墮睫竹冉冉而萬點凝
苔斂蛾之怨盈臆如狸之斑變色落紅臉而珠影爭圓染
碧纖兮纈文交織夭紹嬋娟嗚咽潸然灑青筒兮丹書粲
粲灑綠枝兮白露漣漣所謂精神達而理歸其著悲哀集
而物謝其堅想夫萬里迎秋重江向夕引蒼翠以歔欷忽
闌干而委積枝拳然之手兩點垂絲揮密爾之叢衆痕凝
碧是知至哀必感有怨必通竹無情而發外涙有感而從
中慷慨成行乍洗龍吟之管斕斒遠節如交鳳食之叢寧
類夫聲伯再懷其夢想楊朱徒嘆其西東豈無芳菲渝其

霜霞豈無浩淼忘其顧眄是以委檀欒寄葱蒨來非鼓瑟玉箸之滴瀝雙流去乃望夫粉籜之淋灕一變懿乎巖巒蒲目今古含情事雖遷於歲月理不昧於堅貞或剪脩竿對潭中而錦落或成長簟施堂上而霞騰豈不以拂水梢雲逾千越萬庾夫知我者謂我點點而成文不知我者徒曰青青而懐怨

文苑英華卷第一百四十六

文苑英華卷第一百四十七　賦一百四十七

草木五

幽蘭賦六首　青苔賦二首

尾松賦二首

幽蘭賦　楊烱

惟幽蘭之芳草禀天地之純精抱青紫之奇色挺龍虎之嘉名不起林而獨秀必固本而叢生爾乃丰茸十步綿連九畹莖受露而將低香從風而自遠當此之時叢蘭正滋美庭幃之孝子循南陔而采之楚襄王蘭臺之宮零落無叢漢武帝倚蘭之殿荒凉幾變聞昔日之芳菲恨今人之不見至若桃花水上佩蘭若而續魂竹箭山陰坐蘭亭而開宴江南則蘭澤爲洲東海則蘭陵爲縣隰有蘭兮蘭有枝贈遠别兮交新知氣如蘭兮長不改心若蘭兮終不移及夫東山月出西軒日晚受燕女於春闈降陳王於秋坂乃有送客金谷林塘坐曛鶴琴未罷龍劒將分蘭釭燭燿蘭麝氛氳舞袖迴雪歌聲遏雲度青夜之未艾酌蘭英以奉君若夫靈均放逐離群散侶亂鄢郢之南都下瀟湘之北渚步遲遲而適起心鬱鬱而懐楚徒眷戀於君王歛精神於帝女汀洲兮極目芳菲兮襲予思公子兮不言結芳蘭兮延佇借如君章有德通神感靈懸車舊館請一作覲老山庭白露下而驚鶴秋風高而虬𡨴循一作登階除而下望見秋蘭之青青重曰若有人兮山之阿紉秋蘭兮歲月多

思握之兮猶未得空珮之兮欲如何抽琴操爲幽蘭之歌歌曰幽蘭生矣于彼朝陽含雨露之津潤吸日月之休光美人愁思兮採芙蓉於南浦公子忘憂兮樹萱草於北堂雖處幽林於窮谷不以無人而不芳趙元淑聞而歎曰昔聞蘭葉據龍圖復道蘭林引鳳雛鴻歸鶯去紫莖歇露往霜來綠葉枯悲秋風之一敗與蕭草而爲芻

第二（以遠方襲人終古無絶爲韻）　喬彝

蘭之主矣不以無人而不芳被廣澤森田塘和寡調（一作調）高未儷郢中之曲神符夢叶終傳鄭國之香贈虛（一作嬀靈）倏於南浦襲嘉慶於北堂於是芊眠茂苑靡迆秋坂紉而爲佩騷人之意已深聞以在衿（一作谷）楚客之情何遠薄秋風

而（一作則）香盈十步氾皓露則花飛九畹豈（一作亭）衆草之敢陵幸移根之未晚若乃吳露清（一作青山）兮天氣新湘水碧兮楓岸春煙轉綠蕙波搖白蘋榮曲溆之初蓮遺天涯之美人離別經時數孤芳於秀質艷陽可惜悵獨立於良晨復有映金砌羅玉户分竹宮疏蕙圃因風而起不隨彼茁之遂擇地以生能殊有杕之杜宜其比同心於先哲冠美名於前古蘭之在幽兮其芳滿叢人（一作士）守業兮其道未通入提携固在於高賞播酷烈當踐（一作作）於下風寧使凋急景於散地迫嚴凝於歲終况復光陰條烈冰霰凄切靜而處順不得近於階墀長未當門獨遺冐於霜雪艷歇紅暗莖萎紫折懼鶗鴂之先鳴掩氛氲而頓絶於戲蘭與艾兮

異味薰與蕕兮殊途一室之人雖嘗執我之契十年之臭尚可攘公之揄豈然此道何有何無嗟乎蘭無蕙兮寒擷之所不及士無文兮聲華之所不立倘一借於韶光庶餘香之可襲

第三（同前韻）　陳有章

翹翹嘉卉獨成國香在深林以挺秀向無人而見芳幽之可居逵（一作遠）萌芽於陰壑時不可失吐芬香於春陽所以紫翹十步名轉九畹自下幷高結根聳榦布葉逾密重陽（一作陰）未晚開緗蘂而作合（一作合作）擢卅穎而何遠好遵正直生匪臨於斜徑不向嶮巇質寧被於長坂獨茂幽壑厭若鬟鍇新綫霑雨露猶若風塵采掇兮有日芳菲兮度春得

臨刈楚之地君異脩詞之人燕妃夢中榮何名而不遂蜀琴曲裏奏何聲而不新况衆英聚集傳香氣而相襲佳色葱蘢帶烟翠而攢叢（一作無窮）固已歎夫貞潔期見賞於始終幽處斯久照臨忽通喜會無私之日深緊有力之風幽莫過（一作幽）於芳蘭誠匪同諸草莽充佩而靈均不棄入握而仙都必取詎比夫山上蘼蕪泥中蘅杜將虛名以共播竟無善而足數焉知夫光善才於左思能成賦於師古而已哉知我者謂我如碩儒不知我者謂我如生芻此幽人之未已亦何代而云無幸逢昭代得遇良哲雖楷蕙猶固有分別勿以卉賦不顧幽芬勿以（一作以詞也）塞不矜孤絶倘折英而入用庶有光於優劣者也

第四韻同前　韓伯庸

陽和布氣兮動植齊光惟彼幽蘭兮偏含國香吐秀喬林之下盤根衆草之旁雖無人而見賞且得地而含芳於是嫩葉旁開浮香外襲既生成而有分何掇採之莫及入握稱美未遭時主之恩納佩爲華空載騷人之什光陰向晚歲月將終芬芳十步之内繁華九畹之中亂群峰兮上下雜百卉兮横叢（文子曰叢蘭欲發秋風敗之正用此事一作風月恐非）豈不勗地稍幽受氣仍別蕭艾之新苗漸長桃李之舊蹊將絶空牽戲蝶拂花葉之翩翻未遇來人尋芳春而採折既生幽徑且任榮枯羃輕烟而葱翠帶淑氣而紛敷冀雨露之溥（一作沾）及何見知之久無及夫日

之中迴爲一叢華以自妝和而不同揚翹布葉舒翠錯紅霄承結露曉泛光風傾於陽希所照無隱託其地知其道有終且求之昔人徵以邃古宛成章於楚客爰命操於尼父佩之衆匪蘭不紉曲之多匪蘭奚鼓夫以薰猶之喻臭味斯殊同之則十年猶有臭之則一日而無乃清以爲露滋而爲畹比德者以之守真贈離者以之傷遠宜其出幽谷之濱爲堦除之珍羅堂未晚被逕知春依瑤池而自庇與玉樹之爲鄰杜若芳芷香辛白蘋俱受生於大塊獨取象於同人是故蘭也之釆伊人所急篇章間起比興俱入道之廢可鋤而去道之興可俯而拾爲君灑微芳於素衿希見寶於重襲

往月來時占歲覩遇達人之回盼拔荒榛而見取横琴寫操夫子傳之而至今入夢爲徵燕姞聞之於前古生雖失處用乃有因枝條頹（一作嫩）而既麗光色發而猶新雖見（一作有亂字）辭於下土幸因遇於仁人則知夫生理未衰採掇何晚幽名得而不朽佳氣流而自遠既徵之而見寄願移根於上苑

第五韻同前　仲子陵

蘭惟國香生彼幽荒貞正内積芬華外揚和氣所資不擇地而長（一作育）精（一作清）英自得不因人而芳况乃崖（一作徑非）斷坂折蹊分石裂山有木而無轉深逕無人而自絶柔條獨秀芳心（一作氣）潛結翡翠戲而相鮮蘼蕪生而共悅然後衆草

第六韻同前　李公進

幽有寂兮蘭有香香者取其服媚寂者契其韜光是以綠葉紫莖偶貞士而必佩深林絶壑挺奇質而獨芳觀其異彩特秀結根自遠靡生於門寧滋於畹朝陽照而雜花不得間其榮光風轉兮衆草無以齊其儷杳杳深處芬芬絶倫保貞操以擅美發英華以藻春葉凝露以珠綴花含烟而色新移於支也（一作移之也）則斷金之利樹之庭（一無此字）也則如玉之珍豈比夫協夢呈祥表嘉名於鄭國循陔見釆流雅詠於詩人而已哉蘭之幽兮可折幽無人兮芳不絶蘭之生兮美自豐生（一作得）地兮美無終故雖敗於凉飈諒有嘉於前古方比契於松（一作筠）詎齊名於蘅杜且夫麗白雪之綺

靡被長坂之芬敷激（一無此字）芳以熒映極幽致而自（一無此字）殊則在握者何居擇若何無蘭處幽而轉芳芳無遠而不襲賢尚晦而必著著何道而不入（一作立）伊哲人之素履盍徵蘭以自執茍馨香之發聞越江山而採拾

青苔賦　王勃

吾之旅遊數月矣甚乎荒澗覩青苔焉緣崖而上迺嵋而歎曰嗟乎苔之生於林塘也爲幽客之賞苔之生於軒庭也爲居人之怒斯擇地而處無累於物也愛憎從而生遂作賦曰

若夫桂洲含潤松崖秘液繞江曲之寒沙抱巖幽之古石泯迴塘而積翠縈脩樹而凝碧契山客之寄情諧野人之

妙適及其瑶房有寂瓊室無光菲徵君子之砌蔓延君侯之堂引浮青而泛露散輕綠而承霜起金鈿之舊感驚玉筯之新行若夫弱質緜羃纖滋布濩措形不用之境託跡無人之路望夷險而齊歸在高深而委遇惟愛憎之未染何悲懽之詭赴宜其背陽就陰違諠處靜不根不蔕無跡（一作華）無影耻桃李之暫芳笑蘭桂之非永故順時而不競每乘幽而自整

第二　楊炯

粤若稽古聖皇重暉月光開博望之苑闢思賢之堂華館三襲珊軒四下地則經省而書坊人則後車而先馬相彼草木兮或有足言者吁嗟青苔兮可得而聞也借如靈山偃蹇巨壁崔嵬畫千峯而錦照圓萬壑（集作壁）而霞開王孫遊兮山之隈披薜荔兮踐莓苔悵容與兮徘徊一去千年兮時不復來至若圓潭寫鏡方流聚玉苔何水而不清水何苔而不綠漁夫遊兮漢川曲歌滄浪兮濯吾足桂舟橫兮蘭枻觸浦溆遭迴兮心斷續別有崇臺廣廈粉壁椒塗梁木蘭兮椽瑇瑁草離合兮樹珊瑚白露下蒼苔蕪暗瑶砌澁瓊鋪有美人兮向隅應門閉兮踟躕心震蕩兮意不愉顏如玉兮泪如珠請循其本也見商羊兮鼓舞召風伯兮電赴占顛兔兮離畢星雷闐闐兮雨冥冥皓兮蕩兮見潢汙之蒲庭倏兮忽兮視苔蘚之青青爾其爲狀也冪歷緜密浸淫布濩彬駁兮長廊寅緣兮古樹肅兮若遠山之

松栢汎兮若平郊之煙霧春澹蕩兮景物華承芳卉兮藉落花歲崢嶸兮日云暮迫寒霜兮犯危露觸類而長其生也蕃莫不文階兮錢瓦碧地兮青垣別生分類西京南越則爲韭兮綠錢金苔兮石髮苔之爲物也賤苔之爲德也深夫其爲讓也每違燥而居濕其爲謙也常背陽而即陰重扃秘宇兮不以爲顯幽山窮水兮不以爲沉有達人卷舒之意君子行藏之心唯天地之大德匪予情之所任

瓦松賦（并序）　崔融

崇文館瓦松者產于屋霤之上千株萬莖開花吐葉高不及尺下纔如寸不載於仙經靡題於藥錄謂之爲木也訪山客而未詳謂之爲草也驗農皇而罕記豈不以在人無

用在物無成乎俗以其形似松生必依瓦故曰瓦松揚烱謂余曰此中草木咸可爲賦其詞曰

賔館兮沉沉明月高兮重海深試一望兮上棟下宇開陽闔陰彼美嘉族依於夏屋煌煌特秀狀金芝兮產霤歷歷空懸若星榆而種天茶蕁芊茸青冝芊眠葩條郁毓根柢連拳間青苔而裛露陵碧瓦而含煙春風摇兮欝起冬雪糅兮蒼然詎充採掇罕任彫鐫桐君莫賞梓匠難甄用匪適於時要必濫聞於俗傳慙魏宮之烏韭恧漢官之紅蓮覩其衆開榮列虛心獨絜高寧我慕無木禾之五尋畢以自安類石蒲之九節進不必媚居不求利芳不爲人生不因地其質也菲無忝於天樂（一作然）其陰也薄縂足以自庇望

之常見其表尋之罔得其秘蕭穆承華堂皇不睬繩懸夌穗户刻萎花竹簷筤而衆色樹連理而相加芙蓉發池兮照爛日及（木槿花也）懸霤兮紛葩彼懷寶以遇賞此不材而見嗟雖有慕於階闥亦無混於泥沙已矣哉不學懸蘿附栢直蓬倚麻固將含美惡以同貫齊是非於一家亂曰少陽之地兮于何不春傳望之苑兮莫匪正人纖根弱植兮生君之館荷施霑恩兮爲人所翫物不謝生不知其榮唯頌聖皇千萬壽但知傾蘂向時明

第二

式觀圖籍幽山窮野闡卉木之名焉考神農之嘗者根莖可驗洪纖不拾惟瓦松兮闕書何昔人兮智寡原其所託高而又雅抽形先寄於鶴樓聳質更資於鴛瓦旖旎分葩含風接霞旣當春而吐蘂亦凌秋而黠花異山苗之極秀狀澗松兮抽牙高居壤霤匪雜泥沙向朝陽兮發榮經夕露兮增華常在危簷心必（一作拖）直詎欲牽風影竪斜小大殊品高卑異聆離離兮若星榆之昭灼韡韡兮疑石蒲之葱蒨旣乏棟梁之用寧怯鐫雕之變豈比夫桂山上蘭谷（一作石）中長幽隱兮銷馥爲芬芳兮敗叢奚若茲物之獨茂無憂患兮養蒙

文苑英華卷第一百四十七

文苑英華卷第一百四十八　賦一百四十八

草木六

採蓮賦并序　王勃

昔之賦芙蓉者多矣雖復曹王潘令（集作陸）之逸曲（集作興）孫鮑江蕭之妙韻莫不權陳麗美粗舉採掇豈所謂究厥艷態窮其風謠哉頃乘暇景歷睹衆製伏翫累日有不蒱焉遂作賦曰

非登高可以賦者唯採蓮而已矣況洞庭兮紫波復瀟湘

兮綠水或暑雨兮朝霽乍涼飈兮暮起黛葉（集作實）青跗煙周五湖紅葩絳蘤電鑠千里尤見重於幽客信作謎於君子爾其珍族廣茂淑類傅傳（集作傳鮮）藻河渭之空曲被沮漳之淪漣（集作漪漣）燭燈灣而爛爛立（集作互）脩漲之田田豈直水區澤國江滑海壖是以吳娃（集作姬）越艷鄭婉（集作媚）秦妍感靈翹於上朔（集作節）悅瑞色於中年錦帆映浦羅衣塞川飛木蘭之畫楫駕芙蓉之綺船問子何去幽潭（集作澤）採蓮已矣哉誠不知其所以然賞由物召興以情遷故其遊（一作所非）泳一致悲欣萬緒至若金室麗妃瑤宮佚女傷鳳臺之寂寞厭鸞（一作鳳）扃之閑勵侍飲南津（集作湘）陪歡北渚見磯岸之紆直覩旌旄（集作旗）之低舉上苑神池芳林御陂樓陰架

沚殿彩乘漪張拜洛之容衛備橫汾之羽儀簫鼓發兮龍文動鱗羽喧兮鷁首移咸靚妝而麗服各分鶯而並馳蘋縈槳（集作將）礙荇觸船危視雲霞之沃蕩望林泉之蔽虧洪川泱泱（四字集作水泱泱）兮菡萏積綠（集作無綠字）水湛湛兮芙蕖（集作蓉）披惜時歲兮易晚（集作惜歲時兮易暮）傷君王兮未知折綺房與緗菂攬紅葩（集作蕤）及碧枝廻綃裙（集作裾）兮竊獨嘆步羅襪兮私自奇莫不驚香悼色畏別傷離復有濯宮年少期門公子翠髮蛾眉頳唇皓齒傳粉蘭堂之上偷香椒屋（集作房）之裏亦復銜恩激誓佩寵緘愁承好賜之珍奉嬉遊（集作宴）之彩荇繡棟兮翠羽帳瑤塘曙兮青翰舟搴條拾蘂沿波沂流池心寬而藻薄浦口窄而萍稠和撓姬之衛吹接

榜女之齊謳去復去兮水色夕採復採兮荷華秋顧承歡而卒歲長接（集作奉）席而寡仇于時薊北無事關西始樂霧靜江垠氣恬海寞（集作漠）消（集作寂）惟氣於沅澧（集作湘）照榮光於河洛殊方異類舞詠相錯王公（集作侯）鄉士歌吹並作則有侯家瑣第戚里芳園穿池灞岸之曲蓄水河陽之源隄防谷口島嶼轇轕嘉木畢（集作異）植靈草具繁（集作綺麗且繁）沉桂北之冊藕播（集作濯）荊南之紫根欝蔓蔓而霧合燦曄曄而霞翻泊乎氣微都鄙景華川陸麥雨微涼梅飈（集作飈）淺燠命妖侶於石城嘯娛朋於金谷乃使綠珠捧棹青琴理舳樽芳醪藉珍饌汎玉潭之瀰漫遶金渠之隈隩石近水而苔濃岸連（集作匝）山而樹複排芰末而爭遠託蘆間而競逐

抴汨淩波飛袿振羅（集作殘濘）風低緑幹水濺黄螺上客喧兮
樂未巳美人醉兮頩將酡畏蓮色之如臉願衣香兮（集作而）
勝荷徘徊郢調悽慘燕歌念窮歡於水涘（集作曲）誓畢賞於
川阿結漢女邀湘娥北溪花尚（集作蘼向）寥南汀花更多恨（集作
惜）光景兮不駐指芳馨兮謂何若乃南鄢（集作楚）義妻東吳
信婦結襪整佩承筐奉篚忽君子兮有行復良人兮遠征
南討九真百越北戍雞田鴈城念去魂駭相視骨驚臨枉
（集作春）渚之（集作兮）一送見秋潭兮（集作之）四平與子之別煙波
望絶念子之寒江山路難水淡淡兮蓮葉紫風颼颼兮荷
葉冊翦瑤帶而猶欷（集作悵獨）折瓊英而（集作兮）不歡既而緣隈
逗浦還棧㟞樼睇芳草兮巳殘憶離居兮方苦延素頸於

極漲攘皓腕於神滸惜佳期兮未日（一作由）徒增思兮何補
又若倡姬蕩勝命侶招群淇上洛表湘皐汝濆望洲草兮
翡翠色動浦水兮驪龍文顧鮮佩以（集作而）邀子思褰裳而
從君恐（集作悲）時暮愁日嘌嗚鏘釧（集作珮）兮響窈窕艷珠翠
兮光繽紛憐曙野之絳氣變（一作望）晴天之碧雲棹巡汀而
柳拂船向渚而菱兮掇翠莖以翳景襲朱萼以爲裙裾揖
凌亂風流雨散鳴根絡繹霧罷煙釋狀飛蚪之蜿蜒若驚
鳴之奕奕艇怯奔潮篙憎淺石絲著手而偏遶刺牽衣而
屢襞迺有貴子王孫乘閑縱觀何平叔之符彩潘安仁之
藻翰秣龍馬於金隄命鳥舟於石岸錦纜翻洒銀橋照爛
日側光沉風驚浪深紆北渚之新贈恣東溪之客尋鴛鴦

繡彩之文履瑇瑁瓊華之寶琴扣舷擊榜吳歈越吟溱與
洧兮華夜水淮與濟兮花月濤值明月之夕出逢丹霞之
夜臨茱萸歌兮軫姿思芍藥曲兮傷人心伊採蓮之賤事
信忘情之蓋寡雖迹兆於水鄉遂風行於天下感極哀樂
聲參鄭雅是以緬察谷底窮覽地維北盡豐鎬滂滴南究
巴（集作江）淹越沂莫不候期應節沿濤汎湄薄言採之與言
報（集作服）之發文窩之麗什動幽愰之情詩使人結眷令人
想思宜其色震百草香奪九芝棲碧羽之神雀負青龜之
寶龜紫秩流記冊經祕詞豈徒加繡柱之光彩曄文井之
華茲巳矣哉向使時無其族代乏厥類獨秀上清之境不
生中國之地學鸞鳳而時來與鶼鶼而間至必能使衆瑞

彩没群貶色沮湯武齋戒伊皐虛（集作延）佇豈俾夫楚（集作秦）
童趙僕倡姬艷女狎而翫之瀕而彩之乎時有東鄙幽人
西園舊客常陪帝子之輿經侍（集作在）天人之籍詠綠竹於
風㬢賦彤管於日夕（集作華於月夕賦朱）暑往寒來忽矣悠哉蓬飄
梗逝天涯海際似還邛之寥廓同適越之淫滯蕭索窮途
飄颻一隅昔聞七澤今過（集作過）五湖聽姜歌兮幾曲視蓮
房兮幾株非鄴地之宴語異雎苑之歡娛況復殊方別域
重瀛複嶂虞翻則故鄉寥落許靖則生涯惆悵感芳草之
及時懼脩名之或喪哲剋跡顥上棲影渭陽枕箕岫之孤
石汎磻溪之小塘餐素實兮吸絳芳荷爲衣兮芰爲裳求
衆巳於丘壑長寄心於君王且爲歌曰芳草（集作芳華）懼脩名

（集作懼功名）奇秀兮異植紉光兮碧色稟天地之淑麗承雨露之霑飾（集作華飾）蓮有藕兮藕有枝才有用兮用有時何當婀娜華實移爲君含香藻鳳池

秋蓮賦　宋之問

天授元年敕學士楊炯共（一作與）之問分日（一作直）於洛城西入閣（一作閤）每雞鳴後至羽林仗閣人奏名請龜契佇命拱立于御橋之西玉池清冷紅蕖菡萏謬覆荷闕自春徂秋見其生視其長覩其盛惜其衰得終天年而無夭折者良以隔礙仙禁人莫由見向若生於瀟湘洞庭溱洧淇澳即有吳姬越客鄭女衛童芳心未成採擷都盡今委以白露順以涼風榮落有期私分畢矣斐然顧歌其事又之乃爲

秋蓮賦焉

若夫西城秘掖北禁仙流見白露之先降悲紅蕖之已秋昔之菡萏齊秀芬（一作芳）敷競發君門閟若（一作兮）九重兵衛儼兮千列綠葉青枝緣溝覆地映連旗以搖艷輝長劒兮陸離疏瀍兮引（一作裂）轂交流兮相沃四繞兮禁營（一作册禁）三入（一作市）兮承明曉而望之若霓裳宛轉朝玉京夕而察之若霞標的爍散赤城既如秦女艷日兮鳳鳴又似洛妃拾翠兮鴻驚足使瑤草罷色芳樹無情複道兮詰曲離宮兮相屬飛閣兮周廬金鋪兮璧除君之駕兮旖旎蓮之葉兮扶疎萬乘頓兮駐採騎六宮嘉（一作喜）兮停羅裾仰仙遊而德澤縱玄覽而神慮豈與夫溪澗兮沼沚自生兮自死海

沂兮江淹萬萬兮煙波汎漢女遊湘娥佩鳴玉戲清波（一作渦）中流欲渡兮木蘭楫幽泉一曲兮採蓮歌江南兮峴北汀洲兮不極有芳意兮何成（一作既有芳兮囊成）長無艷（一作依）兮水國豈知移植天泉飄香（一作香飄）列仙嬌紫臺之月露含玉宇之風煙雜芳（一作葩）兮昭屬（一作燭）衆彩兮相宣鳥翡翠兮册（一作舟）青翰樹珊瑚兮林碧鮮夫其生也春風晝（一作盡）蕩爍日相煎夭桃盡兮穠李滅出大隄兮火（一作艷焰）欲燃夫其謝也秋灰度管金氣騰天宮槐疎兮井桐變滏寒波兮風颯然歸根息豔兮八九月採花無窮兮千萬年越人望兮長久矣（一作長久）鄭女採兮無由緣何深葉之能固何香名（一作穠香）之獨全別有待制楊雄悲秋宋玉夏之來兮訛早紅秋之

暮兮悲餘綠醴盛燕臺人非楚材雲霧圍兮蘭爲閣（一作閤）金銀酒兮蓮作盃落英兮徘徊風轉兮哀哀入黃扉兮灑錦石縈白蘋兮覆綠苔寒暑忙忙兮代謝故葉新花兮往來何秋日之可表（一作哀）託芙蓉以爲媒（九此一作皆文粹）

長樂花賦（并序）　蘇頲

蜀太守庭際有紫華草秋中始繁英露洗冬早尚且（一作直）木霜封蕪雜大同於衆卉盛衰小異於群物余訝而未識吏或告余曰此長慶所賦蜀長樂花也故心賞焉因口授書吏遂墨而成作恨不見古人所爲得髣髴其旨爾夫長者以短長之形度其長者（一作則）至美夫樂者以哀樂之類同其樂者（一作則）至喜[illegible]衣也樂也吾安得而聞之嘉纖

植之並用俙令名兮在茲徒見其豈族茉尊高標璀璨莖冊外而綺中葉縹分以紅貫綴綠顆之重疊索紫耗之爛熳迫而象之君子其常或微或章聳危冠兮纓若綬默退靜其何望遠以意之佳人欲翔炫炫煌煌重羅綺兮撲搖（一作循搖）翠蹇來思而未嘗匪以幽兮自直匪以直兮自藏匪以晚兮自耀匪以耀兮自強文濁露之均灑庇清舒之汎光本無嫵於散地其有寓於殊芳然則太液初蒲上林新霽華茸灼爍萬品千計搖瑞色而函芝雜奇葩而轉蕙孰與夫玉堂金闕（一作閣）之徧（一作偏）賞白日青雲（一作春）之特麗歲不與兮時向闌風蕭蕭兮夜漫漫寘遠鴻於沙塞叫離鶴於江干君曾不見三月華矣盡林間之槁木千霜頓矣

亦庭下之枯蘭懿此常度陵於早寒假春期而不採（一作彩）雖秋令而不殘銜雨散之飛薄任雲山之險艱（一作難）芳弗珍於靡靡節常慕於檀欒吾則知樹背之奚託傾心之可安如後凋之是貴冏獨立其誰觀文學椽起而爲辭曰

白露凜凜何草不黃紫華的的（一作灼灼）生君之堂彼不伐兮秋自翳時或珍兮君是惠形（一作彤）旋赫兮朱草駢交岳軼兮友賓連伊榛莽而荒此君昌爲兮賦旃（九一作皆文粹）

庭莎賦并序　蕭穎士

天寶十載（集作十有二載）予以史臣推擇待詔闕下僻直多忤連歲不偶未選叙（集作未以選叙）求參河南府軍事府尹裴公以予浮名枉顧遇焉而尹之外姻或縮紀綱之局佑勢矜權求府僚降禮於已予清慎自守不能附會爰逝我陳（詩胡逝我陳注陳堂金也集作櫟非）嫵怒遂搆又同官多貴遊右戚酒食之會絲竹之娛無間旬朔予人（集作受）質鄙野雅不之好常願鷗鳥爲儔江海是處往歲久遊剡（集作去）中將遂終焉朝肯迫召故不獲展著白鵬賦以寄斯意至是欝悒彌用增想廳堦之下蹊（集作奚）有莎草故參軍宋之問徙于伊川而植焉結根五紀緜冪庭際廣畧萬步高樹十餘間以雜果陰蔽其上俗吏往來必凌踐之歎其稟山野之姿而託非其所以就窘迫因而賦曰（集作云）

厥公門之窘束玩纖草於茲亭奚卑弱之斯極豈雨露之愆靈尚含和以順時隨春夏之淒清（集作而萋清）軒房洞啓廣

階脩直槐楊蔽虧桃李（集作珍果）對植橫啓陰之宜異密紛繁英之翁艷既高低以異姿亦濃淡而殊色胥徒牒訴雜沓乎其側遊塵浮煙蒙翳而不息雖蕭颯以自得亦喧卑（集作闐）而見逼宜夫坐莽（集作莽）浪之野帶江湖之涘託（集作結）根山阿搖穎綠水芊綿靃靡連亘乎十數（集作百字）里何推遷而連會繆產蒔於庭隅憂好尚之傾奪見芟夷於難（集作及薙）除既無心於寵辱又奚議於（集作夫）親疎承滴（集作挙）瀝之中潤敝衣衿之曳婁雖爲幸於斯日諒稟性之云殊聞哲王之布澤迨蕭芾而霑鏞苟一類而（集作其）失所循納隍之在予矧皇穹之播氣陶庶彙於靈樞昌茲卉之攸託慘終年而莫舒吾將徵宰物之至理聿歸問於玄虛者焉

蓮藥散賦（并序）　蕭穎士

予同生（集作組）憯戚所萃，已未歲夏六月旅寄常城，憂傷感（集作成）疾，腫生於左（集作右）脇之下，彌旬不愈，楚痛備至。友生于逖、張南容在大梁，聞之，以言於方牧李公。公，予之舊知也，俯垂驚嗟，遠致是散，題曰蓮葉合（合字集作命和）之，以蘇用附腫上，又覆以油帛以幕（集作密）之，其瘳如洗，一夕復故。感恩歎異，于以賦焉。

彼散維黃，曰蓮之藥，有輕其質，如雪伊灑，君子養焉。厥疾遄已，撥艱疾（集作疢）之永戚，劉羈孤（一作旅）之遠情。諒積悲而成痾，委彼腫而（集作之）斯嬰，遘徂夏之赫曦，嬰憂虞於此城。堆以壅蓄，介于腰腹，如煙（集作熛）斯燉，如薰斯觸，靡胥靡晝，莫獲偃伏。亦既浹辰，寘予於毒，惴然（集作焉）其恐兮，如集於木。幸于張之久要，干至貴而爲言，感知己於名公，降踰涯之厚恩。旅信宿以（集作而）問至，致良散以（集作之）斯存，於是滌以蘇膏幕（集作蓬），以油帛茲焉塗附，未始竟夕，有瘳如神兮。厥痛斯滌，彼挂帆而奔駟，曾莫速乎靈跡，雖兼金而（集作與）製錦，豈厥價而能（集作之云）敵。異哉！討奇篇於綠帙，搜祕卷於青囊，奚要術之備列，獨無聞於此方。苟佳名之是徵，乃菡萏之餘芳。原夫託根清泚，敷藹馨香，宜蠲穢而蕩邪，救吾人之疾（集作疵）瘍。于以用之，終然允臧，愷悌君子，德音不忘。昔禽蛇之見拯，尚有答於（集作乎）隋噲，剡圓首之爲貴，聿稱靈於覆載，愍力微而施重，懼殞墜於酬戴（集作載）。蓮之藥兮，求以爲佩。

文苑英華卷第一百四十八

文苑英華卷第一百四十九　賦一百四十九

草木七

庭菊賦并序　楊炯

庭菊美貞芳也天子幸於東都皇儲監守於武德之殿以門下内省爲左春坊今庶子裴公所居即黄門侍郎之廳事也其庭有菊焉中令薛公昔拜瑣闈此焉遊處今兼左庶子止于東廳甍宇連接洞門相向每罷朝之後未嘗不

遊於斯詠於斯覽叢菊於斯歎其君子之德命學士爲之賦是日也薛愷（一作凱）以親賢爲洗馬田巖以幽貞爲學士高元思張師德以至孝託後車顏强學洗尊行以博聞兼侍讀周琮李憲王祖英曹叔父以儒術進崔融徐彥伯劉知柔石抱忠以文章顯德行則許子豐耆舊則權無二駱纘則古訓之前識張相則老莊之後英並承高命咸窮體物小子託於吹竽之末敢闕其詞哉遂作賦云

日之貞矣于彼重陽菊之榮矣于彼華坊含天地之精氣吹（集作吸是）日月之淳光雲布霧合箕舒翼張鬱兮曼衍郁兮芬芳琨枝金蔓翠葉紅芒其在夕也言庭燎之晢晢其向晨也謂明星之煌煌爾其萬里年華九州春色花灼爍兮如錦草錦連兮似織當此時也和其光同其塵應春光而早殖及天秋星下照金氣上騰風蕭蕭兮瑟瑟霜刺刺兮稜稜當此時也弱其志强其骨獨歲寒而晚登雨還風去天長地久純黄象於后土故採桑而菊衣輕體御於神仙故登山而菊酒文賓採之而羽化康公服之而不朽東極於是長在南陽以之眉壽胡大尉之允誠光輔漢庭萬機理三階平及暮年華髮垂肩（一作白又作耳）秋菊長（一作落）英蠲邪滌療於焉未貞鍾大尉之聲實彝倫魏室道合鹽梅功成輔弼降文星之命修彭祖之術保性和神此焉終吉君章請老歲久懸車秋風生兮北園夕白露濕兮前階虛佇（一作步）閑庭之曠邈對涼菊之扶疎人生行樂孰知其餘泉（一作淵）明解

印退歸田野山鬱律兮萬里天蒼莽（一作浪）兮四下憑南軒以長嘯出東籬而盈把歸去來兮何爲者若此窈窕重闉亘青瑣兮接皇穹深沉大壯通肅成兮連博望乃有甚（步同切河東聞喜縣有甚鄉）鄉貴族薛縣名家共汾河之鼎氣同庶子之春華朝遊夕處徘徊顧慕難援落於三秋偉貞芳於十步伊纖莖之菲薄荷君子之恩遇不羨池水之芙蓉願比瑶山之桂樹歲如何其歲已秋叢菊芳兮庭之幽君子至止帳容與而淹留歲如何其歲將逝叢菊芳兮庭之際君子至止聊從容以卒歲

百合花賦　王勔

似風竿而揭起荷春
光之餘煦託嵎山之峻趾比萱筴之能連引芝芳而自擬
固其布葉相從潛根必重示不孤於日用欣有叶於時雍
喻五葉之非偶陋三花之未濃亦藐兮不可長展兮不可
逢恐鶗鴂吟兮衆芳晚幸左右之先容

浮萍賦　　常袞

居洪泉而不根植者惟浮萍而已矣不懷芳以賈害不衒
疑作徳非色以標美動不忤物卑以安己乘流則遊得坻則止
如識變而知時似委命而順理故能無幽不涉無遠不詣
隨長汀而自汎值驚浪而不沉既不遷其清濁亦何避乎

淺深可以明逍遥之意可以警滯着之心然而推移河海
淩歷隈澳澠緩則去遲水急則浮速秋遇楓浦與墜葉而
齊奔春渡桃源共落花而相逐披拂卉草搖演青蘋出入
經其潭洞高下歸其裔淪擇利而行有似見機之士不常
厥所同乎漂梗之人歌曰大江之水東西流別有孤萍朝
夕浮莫言此中長汎汎終當結實觸王舟

第二　　趙昂

汎汎者萍秉流匪寧殊源比影共沼均形初苒弱兮碕岸
乍連延兮廣汀映池則草色同翠照日兮苔光共青霞凝
兮片片成玉月上兮處處疑星入門自媚穠李徒矜其妖
豔取足爲樂行潦豈小於滄溟觀其枯華有時自一作動靜
無必習坎斯止遇亨則逸安卑取順契君子之用心揚波
隨流豈漁翁之能詰每託隣於藻荇不混跡於蓬華與菡
萏而相鮮向莓苔而如失寔幽賞之可嘉何寓遊之足匹
夫物之云云糾纏誰分茨處牆兮或不才而見棄蘭生幽
也終以香而自焚惟兹萍矣獨善其美謙能居下知則樂
水鑒堅芳於楚客寧見羞於蘋蘩象虛舟而不繫或倏往
而忽來類至人之無心更出生而入死噫疑歟植匪深根
長無固蔕將舍之而不芟翦豈見用而能種藝鄙朝菌之
蹔榮笑匏瓜之長繫空懸雨露之恩竊愧陶鈞之惠願同
蒹葭比玉而見珍託陋質於池塘之際

水藻賦　　郭元超

遊子行邁登晉山之孤嶽翠谿㠌以淪漣紅嶂赫赫兮崩駁
爾其雲崖委灆風壑鳴泉苔彬彪以冒石藻漫莽兮山（疑）
川于以采藻于彼行潦沼沚之毛汙潭之藻（一作草）靃靃靡
靡汎汎悠悠乍夤緣於春水或羃歷於春洲覩其往往縈
散離離無畔嫂娟島嶼曄曄江漢碎流月於澄波隱孤雲
於斷岸生不擇所長亦無叢不資潤於微露不懼威於勁
風纖莖璀璀寄葉茸茸宿銀塘之白鷺矯清（一作碧）水之文
虹則知乘流則遊遇坻則植柔而能全弱而能直其爲隱
也不居高而處卑其爲讓也常韜光而晦色嗟茂族之無
託顧貞芳之見移生君之銅沼汎君之瑩池雜青蓮與翠
荇隅（一作偶）杜若與江蘺生（一作全）於水人不知歲歲年年幽

澗垂

艾人賦 以懸艾爲人以禳毒氣爲韻　陳章

採彼艾兮及此佳辰標（一作採）至靈以衛物因善救以成人
當戶而居惡莠言兮結舌負牆而立其菜色以安身異發
能以求舊方止惡以知新原夫生亦有涯寂然沒齒盈腰
雖賤於楚客奮臂若威乎厲鬼苟三年之疾雖云來者可
追而五日爲期豈復怨乎不以蓬頭亦取其容直蒿目似
存乎深視行止於百姓之病雖云具體而微育材於萬物
之靈必見（一作維）盡瘁以俟直躬不墜邪氣可禳每表先生
（師曠占病草先生者艾也）之侯善爲君子之防類宗則（荊楚歲時記宗則五月五日採
艾灸有驗）之初來一朝而獲順夏正之聚蓄久要不忘終躡虛

而挂戶爰撫實以升堂想在野之時豈謂生無根柢及得
門之後如其自有肝（一作肺）腸列名號於冰臺載典常於玉
燭免繩持而遏惡因草創而成俗以枝葉爲膚革之胞籍
麻縷爲筋骨之屬待時而用益彰惟爾之能不怒而威詎
可比子于毒起自蒿萊之下處乎軒屏之前奉百藥而首
出展四肢而脈連異萱草之忘憂孰云言樹等匏瓜之不
食焉肯徒懸藹爾端容森然屏氣逾芻狗而善御並木奴
而爲貴雖雷奔電激寧聞乎危者使傾而暑往寒來亦見
乎移（疑作後）生可畏故得摯蘭莫比懸葦未奇委質而桐君
是録焚軀而介子相隨宜爾室家略備詩人之採不折士
地雅同儒者之爲及夫氣散於中貌萎于外吊時匪謂其

徽福焦思亦齊乎遠害斯人也而有斯疾見靈溝之靈艾

荷珠賦 以泣珠鮮瑩爲韻　白居易

迸水所集輕荷正敷引修莖而出葉凝玉液以成珠淨綠
田田神龜之巢處斯在虛明皎皎靈鵲之銜來豈殊既羅
列其青蓋又昭章於白榆亂點的皪分規青瑩仰虛無以
上出掩晶熒而外映洒之不着湛兮逾淨淨寄寓於傾欹
每因依於平正可止則止必荷之中央在圓而圓得水之
本性飈飈既息而常疑魚鳥頻銜而不定爾乃一氣暗後
初陽照前宿雨霽而猶在曉露裛而正鮮熠熠有光映空
水而煥若纍纍無數遍池塘而烱然宛轉而魚目迴視艸
融而蚌胎未堅因霑霈而小大隨散合以虧全輕彩蕩淵

疑芳濃馥浥明璣而夜月爭光丹粟而晨霞散入其息也與波俱停其動也與風皆急若轉於長乃是江妃之珠如凝於盤遂成泉落（疑作客）之泣冰壺捧之而殊倫水鏡沉精而莫及則知氣有相假物有相資唯雨露之番處當芙蓉之茂時雖賦象而無準必成形而在兹（未見絲字宫韻）喻於人則寄之生也擬於道則冲而用之自契玄珠之妙何求赤水之遺

牡丹賦 并序

舒元輿

古人言花者牡丹未嘗與焉蓋遁於（一作乎）深山自幽而芳不（一作以）為貴者（一無此字）所知花則不可過為（四字一作何遇焉）天后之鄉西河也有衆香（一無此三字）精舍下有牡丹其花特異天

后歎上苑之有闕因命移植焉由此京國牡丹日月寖盛今則自禁闥洎官署外延士庶之家瀰漫如四瀆之流不知其止息之地每暮春之月邀（一作遨）遊之士如狂焉（一無此三字）亦上國繁華之一事也近代文士為歌詩以詠其形容未有能賦之者余獨賦之以極其美或曰子常以丈夫功業自許（一作特）今則肆情於一花無乃猶有兒女之心乎余應之曰吾子獨不見張荊州之為人乎斯人信丈夫也然吾觀其文集之首有荔枝賦焉荔枝信美矣然亦不出一果耳與牡丹何異哉但問其所賦之旨何如吾賦牡丹何傷或者不能對而退余遂賦以示之

圓玄瑞精有星而景有雲而卿其光下垂遇物流形草木得之發為紅英英之甚紅鍾乎牡丹拔類邁倫國香欺蘭我研物情次第而觀暮春氣極綠苞如珠清露宵偃韶光曉驅動盪支節如解凝結百脉融暢氣不可遏兀然盛怒如將憤泄淑日（一作色）披開照曜酷烈美膚膩體萬狀皆絕赤者如日白者如月淡者如赭（一作赭）殷者如血向者如迎背者如訣坼者如語合（一作含）者如咽俯者如愁仰者如悅裊者如舞側者如跌亞者如醉曲者如折密者如織疏者如缺鮮者如濯慘者如別初朧朧而上下（一作下上）次鮮鮮（一作鱗鱗）而重疊錦衾相覆繡帳連接晴籠晝薰宿霧（一作露）宵裛或的的騰秀或亭亭露奇或飆然如招或儼然如思或帶風如吟或泫露如悲或重然如縋或爛然如披或迎日擁

階（一作砌）或照影臨池或山雞已馴或威鳳將飛其態萬萬胡可立辨不窺天府孰得而見乍疑孫武來此教戰其戰謂何摧摧纖柯玉欄滿風流霞或（一作成）波歷階重臺萬朶千窠西子南威洛浦（一作神）湘娥或倚或扶朱顏已（一作色）酡角（一作各）衒紅釭爭顰翠蛾灼灼妖妖（一作夭夭）逶迤漢宮三千豔列星河我見其少孰云其多弄彩呈妍壓景駢肩席奪（一作發）銀燭爐升絳煙洞府真人會于羣仙晶熒往來金釭列錢（班固西京賦金釭銜壁是為列錢）凝睇相看曾不晤言未及行兩先驚早（一作旱）蓮公室侯家列之如麻咳唾萬金買此繁華遑恤終日以言相誇列幄庭中步障開霞曲廉重梁松篁相加如貯深閨似隔窗紗髣髴息嫣依稀館娃我來觀

之如乘仙槎脉脉不語遲遲日斜九衢遊人駿馬香車有
酒如澠萬坐笙歌一醉是競孰知其他我案花品此花第
一脫落羣類獨當一作占春日其大盈尺其香滿室葉如翠
羽擁抱櫛比蕋如金屑粧飾淑質玫瑰羞死芍藥自失夭
桃斂迹穠李慚出躑躅宵潰木蘭潛逸朱槿灰心紫薇屈
膝皆讓其先敢懷憤嫉煥乎美乎后土之產物也使其花
之如此而偉乎何前代寂寞而不聞今則喧一作昌然而大
來曷草木之命亦有時而塞亦有時而開吾欲問汝曷爲
而生哉汝且不言徒晋歎以徘徊

瓜賦　康子玉

巫山之岡秦川之陽舒條引蔓布緑敷黄彌皐被野合芬

吐芬轉晨風之穆穆湛宵露之瀼瀼花葉則燁燁煒煒文
彩則焜焜煌煌錦秀爲之失色霞日爲之奪光遠而望之
粲兮爛繁星列兮羅長漢光色連延遷相爒迫而察之峡
兮縣明璣盈蚌媚重泉大鱗巨介近相連細兩流風每飄
飄兮葉上遊蜂戲蝶時歷亂於花前爾其大明疑作則三尺
二升廣志青灯瓜大如三斗魁瓜長二尺餘疑當作二尺三斗桂枝美則金漿玉實狸頭
羊骸之字黃䫉白摶之質見陸機瓜賦感仙貴於孫鍾避世資於
步隲異蔕表於前代同心彰乎曩日旣而横綺蔕會嘉賓
琴罇逸賞海陸具陳香分四座氣雜八珍旣取類於毋子
亦取辨於君臣欽哉彼美流玩不已何以剖之金錯刀何
以洗之玉英水邴平固植以著業阮籍託詞而興巳非但

晋怨於戍夫抑亦取誡於君子

庭菊賦庭有菊集作庭有叢菊珉枝集作珉枝康公集作康長在集作長存
及暮年華髮垂有秋菊長英十一字集作及暮年之華髮味秋氣之落英歲
久集作歲久歸去來兮此下有夫字若此集作若夫

文苑英華卷第一百四十九

文苑英華卷第一百五十　賦一百五十

草木八

神著賦（以天生神物用配靈爲用）

神蓍之用兮誠禀靈於自然唯神也適變之義至唯用也極數之理全鈎深孰云乎筮短藏客彌彰於德圓冊三則蒙捨我而懼瀆五十以學由我而樂天揲之而雖隱必索

倮之而其靜愈専易之重者胡可比焉原夫質禀精粹叢分菱葑覆青雲以表奇伏玄龜而克配佐爾筮之貞吉觀我生之進退知微知章而可期何思何慮而或昧於是命彼筮人擇乎上春韞之而必致其用揲之而爰動其神感以洗心遂通端策之志執之諸掌空嗌握粟之倫禮事其儀易賛其妙探彼幽賾觀其秘要皆多假爾之能必叶窮神之照將欲觀貞諒無與京乾道變化而語（一作悟）神明幽賛而生原始要終思盡性於太衍知來數往翼明彖於小成非我無（一作妛）以照效法之道非我無以稽作易之情于以致百慮于以類萬物象四時四十九數而有常推三才三百六旬而不拂惟蓍之用惟神是聽運不窮而或變通其志而遂寧且提携而成列有感應而協靈滋而後數布之而可辨生而成象審之而必形何一卉之時育配十朋之天縱耻紅蘭之見鋤鄙白茅之藉用則知夫著之可貴也庶類安能而共之哉

靈茅賦

呂巖說

有靈茅之繁育禀（凝作堪）輿之粹品間叢薄以孕彩候韶陽之發生與百卉而同氣擅三脊而異名糅纖條以爲族枝連茹以彙征蔓延亭皐鋪敷原陸白華霜凈翠莖雲沃雜春澗之長松亂寒潭之羽（一作明）翦不剪彰帝堯之儉緼袍識子騫之服若乃蓊蔚匝地低昂順風或結根於江漢之滸或蓄茁於嶺岫之中挺芳心兮䔲䔲吐脩葉兮叢叢煙

霞之所蕩拂昆蟲之所翳蒙納日月之光照資露雨之霑融東市驗左生之術南征紀周王之功嘉此物之爲用蓋今昔之攸同至若錫厥于齊俾侯於魯頌容衛之所藉寔禮儀之攸覩純束美夫詩人縮酒貢其任土宜有意於遺芳諒無替於終古茅之爲物也賤尚見采於先王士之所貴者道豈敢昧於文章慕朝宗之涓滴對詞林而抑揚君邦國之是賴希寄心於棟梁

拔茅賦（以靈茅類征吉爲韻）

路蕩

披大易而探賾儒玄言之杳冥惟乾坤之交泰獲品物之流形惟卦也泰之義廣惟卉也茅之最靈其用也絜身而白當春也應候而青或茂江國或生楚郊三脊之異是稱

靈茅剌其無禮詩人引之於純束責其不入諸侯終貢於厥苞不然者草則多矣胡著之於繫爻哉故可比君子喻物類惟人也能同其地人易心則兩苦茅分族則雙悴苟連茹以相依夫何徃而不利是則傳其潔守其貞榮落惟運窮通曷情道或屯蒙滋雨露而育質時逢振拔與連類而共征確乎莫移以保貞吉用之錫命既著之夏典將以縮酒又薦於周室異芝蘭之禀性不用其香等葵藿之有心尚思向日歲聿云暮霜風慘慄願當蕪没之時不棄輕微之質

徵苞茅賦（以九合諸侯匡天下爲韻）

徛彼青茅挺生（一作然）不雜縮醪醴以致潔與清明而相合

荆人是職將有體其精誠王澤不流遂無聞於賦納故小白仗義夾輔襄周言念彤弓玄矢實征九伯五侯惟苞茅之有闕乃伊人之所羞爾貢或愆於先職王祭誠非於異求有命是遵雖云我疆理無思不服孰曰風馬牛於是戒徒無譁命衆以律顧爾心之有二諒我得之惟一楚子承擯以請罪夷吾將事而靡失陳師鞠旅見旗旆之翩翩伏軾致辭想德音之秩秩且曰祭有百邁縮酒爲先類生芻而比潔同有蕝以告虔職貢斯已爾則不共于命馨香罔薦我將讁見于天豈可（一作徒）徂爾車徒恃乃封守慢上則君臣異等黷兵則齊楚非偶議乎品列我則齒兄弟之二二揆以疆場我則吞蠻荆之八九是以來求獻捷豈敢定居如憂連茹而亡禍之大者乃將任土作貢禮可忽諸于以止戈寰區折衝醆斝倂潔白於粢醍肅君臣於上下太壇之禮成彼菁菁者（一作之）茅問罪之師罔倦悠悠于野然彼率職四方用賓于王信耀德於千祀豈矜功以一匡異魯隱觀漁以祀憲笑晉文將狩以亂常曷若迈行葦之積德遵方物之舊章美哉無私之舉也將歷代而彌光

江淮獻三春茅賦（以國有盛禮靈茅三春爲韻）　獨孤授

茅有衆靈名之爲盛雖百代以呈質終三春以居正每彰封禪之期如受鬼神之命生（一作先）於古既光七十之君獻於今更表千里之聖出於淮甸未彼江潭使馳於北星流於南捧執而有嚴有羃緘縢而再四再三及夫覲至尊呈

大國致於金華之上啓於瑤池之側施陳而百瑞慙容撫翫而千官變色美其出有常地生必舊形非成野鹿之禮寧假滫酒之馨超常倫而薦闕殊衆品而實庭理盡三分似叶通三之化體皆一類欲明德一之靈隱見之時吉蠲中禮獨標珍草之狀悉皆兄弟之體整齊而玉匣遥傳潔靜而瑣華新啓應盛禮而居首表常度而爲後道未格也雖有釆而必無徵可封焉縱不求而自有觀王者之得失知禮事之臧否且夫玉帛廣矣何尚於茅豈不以貴稱三春重載六爻始彙征於吳楚終遍籍於陶匏奉上之時且報云亭之兆升中之後因知天地之交吾皇由是命太史詔宗伯議封山謀勒石備文物與禮器脩玉函與金策使

聖功登於九天靈茅光於三脊使臣稽首稱萬壽以旋役

風偃草賦 以上之化人乃如是焉爲韻　羅立言

人之化兮從政之所向草之偃兮隨風之所仰大小單及道均乎廣敷高下必加義存乎溥暢將咸被於榮悴匪有阻於遐曠感之化靡自符於順柔動而悅隨豈因乎用壯如雲起於龍召君臣和於君唱豈蕭條衆芳之間翱翔激水之上而已美其抗威有制應物無私播生成於萬族順炎涼於四時彌岡坂以盡仆歷原隰而無遺颸飀其音時自南而自北扶疎其狀隨左之而右之況蘭叢而影分冊頴轉蕙圃而光搓碧滋有感而施不獨芃芃其麦觽類皆長靡 一作 寧遺楚楚者茨則知草之偃風威之所藉人之理

上政之所化不然則何以喻德君子比訓小人佐天地之化育助雷雨於陶鈞當槁葉辭條我則激凄清於霜夕及晴川解凍我則散煦嫗其陽春豈亢落餘花於黃菊翻碎浪於青蘋至哉凝韻松桂傳香蘭蓀不行而疾合帝德之無方不厲而威若神功之有宰茲君令所以爲此聖人於焉嘉乃觀其匪徐或吹或噓俾夫曲者必直勾者必舒庭葉晚飛墜丹梧於颯雨池荷夜轉瀉珠露以連如是則草非風不靡人非化不被故取鑒者用於斯觀政者必於是況王者致理與物化遷敬授人時乃何風不順式孚惠澤則何草不玄既殊拔木之日斯鄙偃禾之年賦風行之義可以知其教焉

草上之風賦 以君子之德風偃乎草爲韻　蔣防

草緜緜兮擢穎含薰風發發兮乍靡而分其取象也散芳馨於知己其爲義也合政令於人君豈惟動之而委順抑亦播之而有聞 一作以 觀其徜徉代起激拂無已轉綠蕙而影亂時光泛青蘋而文橫秋水浸淫騷奮振舊蘭芷颯然而動昔有遇於荆玉令爾斯來今不乘於列子翻翁鬱轉葳蕤在芃芃而可玩觀習習而無遺被以幽深諒有條而有暢布乎原隰誠長之而養之或徐或疾順天作則大以抑其滋蔓細以蕩其幽默分乎萬彙蓋吹萬以齊驅繫於一人誠晝 一作畫 一於同德不擇乎高下不棄乎幽蒙敷葉而重重偃翠翻花而灼灼駢紅連 一作聯 綿九野披靡千叢

倚伏俟時小人之心猶草哀榮不問君子之德如風芥眇乎阜悠揚茂苑風何草之不動 一作被 草何風而不偃飄杜衡而芳氣自遥歷蒿艾而清聲漸遠是知風爲號令之類草爲衆庶之徒方以俟 一作候 其披拂固有適 一作遇 於榮枯立政則斯爲大矣騰芳而孰不宜乎故觀其化者知神之造觀其風者知國之道將有宣於八方故寓形於蔓草仲尼以之而取譬宋玉由斯而奮藻雖異代而殊時竊敢攄於懷抱

轉蓬賦 以本根一斷隨風所之爲韻　前人

彼茁者蓬其生苯蓴因驚風之動地遂離根而去本委順而往異愚夫之守株任運則行叶高人之嘉遯摧弱質絶

陳根始遲遲而徐轉俄忽忽而駿奔體以圓而疾質以弱而存凌寒後凋雖有慙於松栢近秋俱敗亦無媿於蘭蓀時也玉霊為霜金風應律歎芳菲而難久覩搖落之不一礿宛轉以孤翻漸遷延而連出度平野而暫見映層阜而還失排徊未已同風葉之辭枝漂蕩不停甚水萍之委質若乃慘澹雲晚悠揚日短歲云秋矣莖弱者先衰風以動之根危者易斷徒觀其委地離披縈吹參差旣忘懷於近遠寧繫跡於高卑觸物何情類虛舟而自汎善行無跡於野馬而相隨豈不以生無固蔕轉有長風象車輪未始有極如循環莫知所終遊子感而忘歸歎飄居陌上小人見而懷土憶生在麻中矧夫依物甚停遇風復舉乍飄揚以

歷亂或迴旋而容與青蘋之末不起聊可以躊躇黃埃之中自飛孰知其處所客有因時結念寓物屬詞觀其衰兮懼老將至矣覩其轉也嗟行靡不之撫懷抱起心有之誠驚鬢髮增首如之悲儻陽春之可待亦何恨飄飄於此時

採葯賦并序　陸龜蒙

葯白芷也香草美人得此比之君子定情偶思聊為賦云

日正融冷春歸飾荒覩一時之流恨撫萬古之遺香問人則不屈不宋說地則非瀟非湘搴其榮煙携而動色擢其體雪挺而騰光諷咩牢愁子雲於焉華皓吟衰時命曼倩由是摧藏情思矜年慵情畏晚胡繩繫䓿以難駐昜車載一作蔦車載集蘭蔦水州似蔽春而不返陋君折楊柳須為送行陋君採

芙蓉仍勞贈遠豈如陰晴互出稚豔相迎限回鳳喜恣聆鴻鷩侍笑者青琴作號顧謂疑者碧玉為名偷襲積競縈盈目斜柯而水怯鬢疊葉而雲爭蘭在口以時聞嬌如連珀悳牽心而不定飄若懸旌契叩難申融怡自一作楷許石能潛遁以求偶山亦浮來而命侶誓不為巖阿竹冊冊孤生誓不為澗底松亭亭獨處於是欺皓本掩縮甤旁紅者自破帶縹者誰披望懷沙之浦詠遺襟之詞煙分而麝墨猶濕綺斷而龍刀合知只言長信長門年年可恨未必傾城傾國箇箇生悲臨階躑躅以歷徐當戶薔薇兮綽約一作弱蜂咋葉而先盡鶯蹼枝而易落未若北堂公子樹芳草忘憂南國佳人佩生香辟惡露茁烟治風條翠誰不知海

傍之期遠不信人間之命薄休為上計掾空尋寶釵聊作侍中郎且乘金絡別有廬江小吏屬一作蜀則郡長卿或支離而築恨或調笑以褭情不同乎稟簪裙而霧悄秉禮義以霸明鄭交甫則江邊佩觧蕚綠華則席上詩成彼怡神而致問皆護節而含貞悚懼趨前一作悚懼自持雖陳辭而徃愬遝焉却立終結抱而難平淚滴堪穿腸迴好繫蟲絲織怨以成段象酒蠲愁而判剤江僕射之孤灯向壁不少凄迷張說室之少婦當壚應還細麗景芳駘蕩思巳低摧酒疲於子建爲使花困於靈均作娸何庶物之相負痛妍華而未回莫與心傷瑝圃從鷩鶴鴾弟托二音如防膽怯空屛宜晝魁獸名堆也剩欲追尋徒嗟緬邈枉刑連理而終在扇樣合歡

而可學若遇劉公伯雅夢亦沉　沉如逄一有酉字王毋少兒黎一
作非晝還數數

蕭帶草賦　前人

彼碧者草云蕭帶名先儒既没後代還生有味非井莫共
三山芝校無昏可媚難將九畹蘭爭叨詞林畔種在經苑
中榮翠影臨波恐被芙蓉見鄙貞姿傍砌愁爲芍藥相輕
發葉一作地拙英因天受性紛稚圭池上之宅拂仲蔚門前
之徑不省教施異術安得返魂未嘗輙入明庭何當指佞
幾臨寒日幸到青春莎蓝未傳於漁父蒲茸竊詠於詩人
霜亦曾霑潘令徧知白薤風常遍起宋生帷道青蘋栽培
只倚於賢儕搴擷長憂乎雉戲出慙無用歸還有異當琴

操發伯牙山水之情値儒編動磬𧌒陽秋之思敢曰求友
寧忘慕義吳娃㨂上空羨苔滋魏主帷中惟通蕙氣或乃
蘭㷀越燉薰茂周原幽搜莫及興詠徒存此則對仲舉蕭
疎之室處子山搖落之園不識深宫豈是曾爲帝女非侵
遠道誰言能憶王孫徒愛其欹疎煙披曉露猶可攬結匀
能布護蕭蕭而不討榮枯漠漠而何干好惡金燈照灼尚
驚秦帝之焚粉蝶留連真謂羽陵之蠹爾乃高推離菊瑞
許階蓂我則惟親志士每聚流螢豈便離蒿萊於隙地希
杜若於遥汀儻遇翰林主人之一顧庶長保於青青

文苑英華卷第一百五十

唐賦韻數平側次叙初無定格今略舉一二有四韻者泰
階六符元亨利貞秋月至明周照炭熒呈瑞聖朝册皝國有豐年等篇是也有
五韻者五星同色是天有成命海上五色雲餘霞散成綺金莖日華川上
動殘雪明月照積雪等篇是也有六韻者止水清審洞澈容魍魎道德
仁義希夷信及豚魚聖朝道孚微隱善師不陣聖朝威服遠人等篇是也洪邁容齋
續筆乃以唐科記東郊朝日賦國家行仲之令人鏡賦主聖臣道光貞指爲六韻按文苑英華所載乃是國家行
仲春之令七韻主聖臣忠道光貞觀八韻並登科記欽三字耳有七韻者日再中漢文帝特數如
此武藝絶倫孤矢之利威天下觀紫極舞大樂與天地同和等篇是也有
八韻者今爲定格有九韻者二氣合景星其狀無常出有道之國竹宫望
拜神光上辛之日有事於國丘有大儺命有司送寒氣磔家室有十運者千秋鏡
鵲飛如向月龍盤似耿光泰客相劍炊浮雲清絶寒通題爲韻冰臺清如玉壺水何慙宿昔意諸

篇是也邁又云有三韻者引花萼樓以題爲韻今誤矣按登科記花萼樓記并序以題爲韻今文苑英華花
萼樓賦以花萼樓賦一首并序爲韻皆押八韻凡有五首蓋唐賦所謂以題爲韻者或并賦字押如日中有王字及
水象天河天並以題爲而作賦者并賦字押凡六韻今花萼樓賦一首并序以題爲八韻非三韻也其八韻
則有四平四側者今有定格有三平五側者日月合璧兩曜相合候時
不差先生正時令四時漸差以正有五平三側者二氷將釋和風既至
遲日物臨王氷壺堅白貞虛作人之則諸篇是也邁人以宣耀門觀試舉人賦君聖臣肅慎擇爲
精幽蘭賦遠方襲人悠久不絶金柷賦直而能一斯可制動爲三側五側今英華所載慎擇爲精擇悠久不絶爲終
古無絶直而能一爲貞而能一乃四平四側與登科記不同有二平六側者二泗濱浮磬
美石見質琢之成器圖畫功臣立定爾功惟堯永代有六平二側者白雲無心
山川出雲天實爲文鑿壁偷光將欲貪於鱗角之成諸篇是也邁又以旗風賦日雲解軍容清
肅爲六平二側今英華所載云風日雲也軍國清肅乃四平四側登科記必誤有以平上去入爲

韻者如三無私山公啓事并冊是有平上去入周而復始者

如空賦三足爲賦等篇是也遒又云自太和後始以八韻爲常按登科記太和六年試君子之听音賦以審音命志心鏗將爲循是六韻開成三年試霓常羽衣曲賦任用韻…文華所三首第一篇六韻第二第三篇皆七韻今云太和後八韻爲常未必然也